高等院校中文专业创新性学习系列教材

陈文新 主编

曹建国 周西宁 本卷主编

中国古代文学（上）

北京大学出版社
PEKING UNIVERSITY PRESS

图书在版编目(CIP)数据

中国古代文学/陈文新主编. —北京：北京大学出版社,2010.8
(高等院校中文专业创新性学习系列教材)
ISBN 978-7-301-17680-1

Ⅰ.①中… Ⅱ.①陈… Ⅲ.①文学史-中国-古代-高等学校-教材
Ⅳ.I209.2

中国版本图书馆 CIP 数据核字(2010)第 161345 号

书　　　名：	中国古代文学
著作责任者：	陈文新　主编
责 任 编 辑：	艾　英
标 准 书 号：	ISBN 978-7-301-17680-1/I·2254
出 版 发 行：	北京大学出版社
地　　　址：	北京市海淀区成府路 205 号　100871
网　　　址：	http://www.pup.cn　电子邮箱：pkuwsz@126.com
电　　　话：	邮购部 62752015　发行部 62750672　出版部 62754962
	编辑部 62752022
印　 刷　者：	三河市北燕印装有限公司
经　 销　者：	新华书店
	650mm×980mm　16 开本　52.25 印张　830 千字
	2010 年 8 月第 1 版　2023 年 1 月第 6 次印刷
定　　　价：	139.00 元(上、下)

未经许可，不得以任何方式复制或抄袭本书之部分或全部内容。
版权所有，侵权必究
举报电话：010-62752024　电子邮箱：fd@pup.pku.edu.cn

《高等院校中文专业创新性学习系列教材》
总编委会

主任委员：赵世举　刘礼堂

副主任委员：涂险峰　於可训　尚永亮

委员（按姓氏音序排列）：

陈国恩　陈文新　樊　星　冯学锋　李建中　卢烈红
王兆鹏　萧国政　张　杰　张荣翼　张思齐　赵小琪

《高等院校中文专业创新性学习系列教材》总序

一

这套系列教材的酝酿已有七个年头儿了。2002年我受命担任武汉大学中文系副主任,分管本科教学工作。正值新世纪之初,经济全球化进程日益加快,我国现代化建设全面推进,高等教育也随之迎来了新的机遇和挑战。面对新的形势,如何更好地培养适应时代要求的高素质人才?这已是摆在我们高等教育工作者面前的不得不思考、不能不应对的当务之急。正是在这一背景之下,为了适应人才观和教育理念的发展变化,我与时任系主任的龙泉明教授策划,以汉语言文学专业为试点,从修订培养方案入手,全方位地开展本科教学改革。举措之一,就是大刀阔斧地调整课程体系,压缩通史性、概论性课程,增加原典研读课程和实践性课程,旨在强化学生素质和能力的培养。与此相应,计划编写配套的教材。起初,为了加大原典阅读的力度,配合新培养方案增设的语言文学名著导读系列课程,我们首先组编了《高等学校语言文学名著导读系列教材》,2003年正式出版。与此同时,也酝酿编写一套适应新需要、具有新理念的基础课教材。从那时起便开始思考、调研、与同仁切磋。经过几年的准备,2006年开始系统谋划和全面设计,2007年正式组建了编委会,启动了编写工作。经过众多同仁的不懈努力,今天终于有了结果,令人欣慰。

这套教材是针对现行一些教材存在的问题,根据当今社会对人才的新要求,为培养高素质、创新型、国际化人才而设计编写的。旨在引导学生进行自主学习、创新性学习,养成勤于思考的习惯,强化不断探索的意识,增添勇于质疑的胆略,培育大胆创新的精神。这也是我们把这套教材命名为"创新性学习系列教材"的用意。全套教材共有12种,基本上涵盖了中文类本科专业的基础课和主干课。

客观地说,现有本科基础课教材已是铺天盖地,其中也不乏特色鲜明、质量上乘之作,但从总体上看,适应新时代新需求的优质教材品种不多,相当多的教材由于时代和条件的限制或受过去教育理念的影响,相对于当今人才培养的新需求而言,还存在着一定的局限性和薄弱点。很多同仁感到不少教材存在的比较突出的问题是:

1. 重知识传授而轻思维启迪和素质能力培育,主要着眼于将基本知识传授给学生。这恰恰顺应了学生从中学沿袭下来的应试性学习的习惯,容易导致学生只是重视背记教材上的知识要点,仅仅满足于对一些知识的记忆,而缺乏能动思考、深入探究和自我训练,不能很好地消化吸收,内化为素质和能力。

2. 习惯于"定于一",兼收并蓄不够,吸收新成果不多,较少提供启发学生思考和进行思想碰撞的不同学术视角、观点、立场和方法的内容,启发性、研讨性、学术性不足,不利于培养学生的思辨意识、研究能力和创新精神。

3. 内容封闭,功能单一,较少对学生课外自主研习、实践训练、拓展提高给予足够的引导,更未能对具有较大的学术潜能、更多的学识追求以及创新意识的使用者提供必要的帮助。即使学生有进一步阅读、训练、思考、探索的愿望,在学习了教材之后仍往往茫然不知所措。因此教材的有效使用对象也仅限于较为固定、单一、一般的层次。

显然这些问题与当代人才培养的需要是不相适应的。社会的发展呼唤知识基础好、综合素质高、实践能力强、富于创新精神的人才,而不需要只会死记硬背的书呆子。因此,着眼时代需要,转变教育理念,吸收新的教学成果、学术成果和现有教材的经验,进行教材编写的新探索,是完全必要的,也是必需的。

二

我们这套教材正是针对上述问题,根据时代的需要所做的一种新尝试:在重视知识传授的同时,更加注重引导学生思考,帮助学生拓展,强化学生训练,指导学生探究,激发学生创新,着力将传授知识与提高素质、培养能力、启发智慧融为一体,充分发挥教材的综合功能。

正是从上述理念出发,这套教材的编写主要致力于体现如下特色:

1. 注重基础与拓展的有机结合。即在浓缩现行教材重要的基本知识体系的基础上,增加拓展性的内容,给学生提供进一步拓展提高的空间、路径和条件。

2. 体现将知识传授与素质提高、能力培养、智慧启迪融为一体的理念。在教材中增加探究性内容和训练性环节,以促使学生发挥能动性和主动性,激发学生积极思考,深入钻研,注重训练,敢于质疑,勇于创新,从而使学生获得能力的锻炼、知识的积累、素质的提高、情感的熏陶和思想的升华。

3. 贯彻课内外一体的精神,将课堂内外整体设计,注重课内和课外学习的有机衔接,加强对学生课外学习和训练的指导。除了提供课堂教学所需要的内容之外,还增加了指导学生课外自主学习、自我研讨和自我训练的内容,将教学延伸至课外,实现课内课外的有机结合和优势互补,帮助学生有效地利用课余时间。

4. 引导学生改变被动学习、简单记忆的惯性,培养学生进行自主学习、创新性学习的能力和习惯。尽量多给学生一些启发,少给一点成说,把较多的空间留给学生,让学生自己研读,自己咀嚼,自己品味,自己感悟,自我训练。努力构建以学生为主体,以教师为主导,全面调动学生学习积极性和能动性的师生有机互动的新型教学模式。

5. 强化文本研读。即浓缩概论性、通史性内容,加大经典原著阅读阐释比重,促使学生扎扎实实地读原典,把学习落到实处,从而夯实专业基础,汲取各方面的营养,获得全面提高。

6. 构建立体化教学资源系统。除了纸质教材之外,我们还将研制与之配套的辅助性多媒体教学资源,如适应学生自主学习的电子文献库、专题资料数据库、习题与训练项目库、自我检测系统、多媒体课件、网络课程、师生互动学习平台等,为学生提供形式多样、方便适用、全方位的学习服务。

此外,本套教材也与我们已经编辑出版的《高等学校语言文学名著导读系列教材》互为补充、相得益彰。

本套教材在基本结构上,每章都由以下四个板块组成:

1. 基础知识

根据国家有关部门和组织颁布的以及现在通行的各门课程要求,参照全国有影响的各种教材的做法,精选基础性教学内容。本着"守正出新"的原则,去粗取精,提纲挈领,注重点面结合。一方面重视知识的系统性、普适性和知识结构的完整性、科学性,另一方面突出重点问题,深入讲解,并努力吸收较成熟的最新学术成果。此外我们还尽量注意,对于中学讲授过的和其他相关课程有所涉及的内容,一般只作简要归纳和适当拓展与深化,不作重复性铺陈。

2. 导学训练

就本章的课内外学习和训练提出指导性意见,引导学生抓住关键,掌握方法,自主研习,创新学习。主要包括以下内容:

(1)导学。对本章的学习提出意见和建议,必要时也对主要内容进行归纳,对疑难问题和关键点进行阐释。

(2)思考题。努力避免简单的知识性题目,着重要求学生从不同角度、不同层面对本章的内容进行爬梳、归纳、提炼和发挥,或就一些问题进行理论思考。

(3)实践训练。设计了一些让学生自己动手动口动脑的实践性项目,要求学生联系学过的知识去验证、训练、研讨、演绎、发挥。

3. 研讨平台

就本章涉及的若干重要内容或有争议的问题、热点问题提出讨论,旨在强化、深化学生对这些问题的认识,培养学生的问题意识、质疑精神,提高学生的思辨能力和研究能力。主要包括两方面的内容:

(1)问题概述。就要研讨的问题作引导性的简单概述,包括适当介绍相关的学术史尤其是最新进展,为学生思考提供背景知识,指点方向、路径。

(2)资料选辑。围绕要研讨的问题选辑一些重要著作和论文中的重要片段,包括立场、观点、视角、方法各不相同的材料和最新学术前沿信息,供学生学习、思考,以丰富学生知识,开拓学生视野,启发学生思维。

4. 拓展指南

介绍有助于本章学习理解的文献资料和有助于进一步深化提高或开展专题研讨的文献资料,不仅包括纸本文献,也包括各类电子文献、数据库和网络资源等,以引导学生广泛而有效地利用各种相关资源进行深入学习和探究。主要包括两方面的内容:

(1)重要文献资料介绍。选择与本章内容有关的若干种重要文献进行简要介绍,以便学生有针对性地学习。

(2)其他相关文献资料目录与线索。

以上四个板块中,"基础知识"和"导学训练"是基础部分,主要提供本科生应该掌握的最基本、最重要的系统知识,培养本科生应该具备的素质和能力;"研讨平台"和"拓展指南"两个板块是提高部分,一方面是对基础部分的提高和深化,另一方面也是为进一步学习和研究做好铺垫,指点路径和方法,在程度上注意了与研究生阶段的区别与衔接。主旨是从各科教学入手,引导学生学会怎样自主学习、思考问题、分析问题和解决问题,培养学生的综合素质、研究能力和创新精神。简而言之,提高部分的主要作用是:激发学生兴趣,促使学生学会思考、掌握方法,提高素质和能力。

三

这套教材的编写,是我们整体教学改革的有机组成部分。几年来我们一直慎重其事,不仅注重相关的理论思考,而且努力进行实践探索,同时还积极学习借鉴兄弟院校的经验,不断丰富我们的想法。为了保证编写质量,2007年我正式拿出编写方案之后,多次召开会议进行专题研讨;各部教材也都分头召开了编委会,反复研究具体编写方案,不断深化认识、完善思路、优化设计。因此这套教材是集体智慧的结晶,也是我们教学改革的成果之一。

在编写队伍方面,我们约请了本院和其他部属重点大学的学术带头人或知名教授担任各书主编和主要撰稿人,并组建了总编委会,负责总体把关,各科教材则采取主编负责制,以确保编写质量。

十分感谢北京大学、北京师范大学、中国人民大学、清华大学、复旦大学、南京大学、四川大学、中山大学、厦门大学、西北大学、西南大学、华东师范大学、华中师范大学、暨南大学、华中科技大学、湖南大学、华南理工大学、中国社会科学院研究生院以及上海师范大学、南京师范大学、首都师范大学、华南师范大学、湖南师范大学、新疆大学、北京第二外国语言大学(随机列举)等校同仁的大力支持和积极参与,他们为这套教材的编写奉献了智慧,付出了汗水,增添了光辉。

北京大学出版社为这套教材倾注了极大的热情,鼎力支持,尤其是责任编辑艾英小姐参与了很多具体工作,尽心尽力,令我们感动,在此谨致谢忱!

古言道:"苟日新,日日新,又日新。"教材建设是一个需要根据社会发展的要求不断与时俱进的常青事业,探索创新是永恒的。我们编写这套教材,无非是应时代之需,在责任和义务的驱动下,为这项永恒的事业做一份努力。毋庸讳言,作为一种新的探索,肯定还有不少需要改进的地方,我们真诚希望使用本教材的老师和同学提出宝贵的意见,帮助我们不断改进和完善,使之更加适应高素质、创新型人才培养的需要。

赵世举
2009年7月于珞珈山麓东湖之滨

本书编委会

主　编　陈文新

编　委　（按姓氏笔画排列）

　　　　王同舟　余来明　张玖青

　　　　吴光正　陈文新　周西宁

　　　　晏选军　曹建国　鲁小俊

　　　　谭新红

目 录

《高等院校中文专业创新性学习系列教材》总序 …………………… (1)

上 卷

第一编 先秦文学

第一章 绪论 ……………………………………………………………… (3)
 第一节 先秦文化的演进 ……………………………………………… (3)
 第二节 先秦文人身份的变化 ………………………………………… (6)
 第三节 先秦文学的嬗变 ……………………………………………… (8)

第二章 中国神话 ………………………………………………………… (12)
 第一节 神话思维与神话产生的时代 ………………………………… (12)
 第二节 神话的留存状况 ……………………………………………… (15)
 第三节 神话的类型 …………………………………………………… (16)
 第四节 我国神话的民族品格 ………………………………………… (19)
 第五节 上古神话的演化及其对后世文学的影响 …………………… (20)

第三章 《诗经》 ………………………………………………………… (23)
 第一节 《诗经》概说 ………………………………………………… (23)
 第二节 《诗经》的思想内容 ………………………………………… (25)
 第三节 《诗经》的艺术特征 ………………………………………… (32)
 第四节 《诗经》对后世文学的影响 ………………………………… (35)

第四章 先秦叙事散文 …………………………………………………… (36)
 第一节 甲骨文和青铜铭文 …………………………………………… (37)
 第二节 《尚书》和《春秋》 ………………………………………… (38)
 第三节 《左传》 ……………………………………………………… (40)

第四节　《国语》……（43）
　　第五节　《战国策》……（45）
第五章　诸子散文……（48）
　　第一节　《老子》和《论语》……（48）
　　第二节　《墨子》……（50）
　　第三节　《孟子》……（52）
　　第四节　《庄子》……（54）
　　第五节　《荀子》……（59）
　　第六节　《韩非子》……（62）
第六章　屈原与楚辞……（65）
　　第一节　楚辞释义……（65）
　　第二节　屈原及其作品……（68）
　　第三节　《离骚》、《九章》……（70）
　　第四节　屈原的其他作品……（73）
　　第五节　宋玉及唐勒赋……（76）
　　第六节　楚辞的地位及影响……（78）
［导学训练］……（79）
　　一、学习建议……（79）
　　二、关键词释义……（79）
　　三、思考题……（80）
　　四、可供进一步研讨的学术选题……（80）
［研讨平台］……（81）
　　一、《诗经》与音乐的关系……（81）
　　二、人文精神的发展与史传散文艺术的嬗变……（82）
　　三、楚辞阐释的文化视角……（84）
［拓展指南］……（86）
　　一、先秦典籍重要注疏资料简介……（86）
　　二、先秦文学重要研究成果简介……（88）
　　三、先秦重要考古发现举要……（90）

第二编　秦汉文学

第一章　绪论……（95）
　　第一节　汉代文学观念的进步……（96）

第二节　作家群体的出现 …………………………………………（98）
　　第三节　汉代文学的演进 …………………………………………（100）
第二章　秦代文学 ………………………………………………………（103）
　　第一节　《吕氏春秋》 ………………………………………………（104）
　　第二节　李斯之文 …………………………………………………（106）
　　第三节　秦简的文学价值 …………………………………………（109）
第三章　汉赋 ……………………………………………………………（112）
　　第一节　赋体考源 …………………………………………………（112）
　　第二节　骚体赋 ……………………………………………………（115）
　　第三节　散体赋 ……………………………………………………（119）
第四章　汉代诗歌 ………………………………………………………（128）
　　第一节　乐府诗 ……………………………………………………（128）
　　第二节　文人五言诗 ………………………………………………（134）
　　第三节　汉代的四言、骚体和七言诗 ……………………………（140）
第五章　汉代史传文学 …………………………………………………（144）
　　第一节　杰出的史学家司马迁 ……………………………………（144）
　　第二节　《史记》的史学成就 ………………………………………（146）
　　第三节　《史记》的文学成就 ………………………………………（149）
　　第四节　《汉书》与《吴越春秋》等史书 ……………………………（155）
第六章　汉代论说散文 …………………………………………………（160）
　　第一节　西汉前期的论说散文 ……………………………………（161）
　　第二节　西汉中后期的论说散文 …………………………………（165）
　　第三节　东汉时期的论说散文 ……………………………………（169）
[导学训练] ………………………………………………………………（174）
　　一、学习建议 ………………………………………………………（174）
　　二、关键词释义 ……………………………………………………（174）
　　三、思考题 …………………………………………………………（176）
　　四、可供进一步研讨的学术选题 …………………………………（177）
[研讨平台] ………………………………………………………………（177）
　　一、汉代文学与经学 ………………………………………………（177）
　　二、李陵、苏武五言诗真伪辨 ……………………………………（180）
　　三、班马异同评 ……………………………………………………（182）

[拓展指南] ································· （183）
  一、秦汉典籍重要注疏资料简介 ················· （183）
  二、秦汉文学重要研究成果简介 ················· （186）
  三、汉代重要考古资料介绍 ··················· （188）

第三编　魏晋南北朝文学

第一章　绪论 ···························· （193）
  第一节　魏晋南北朝社会概况 ·················· （193）
  第二节　魏晋南北朝文学的发展、成就和特点 ··········· （195）

第二章　建安诗坛与正始诗坛 ···················· （197）
  第一节　建安诗坛 ······················· （197）
  第二节　正始诗坛 ······················· （208）

第三章　两晋诗歌与陶渊明 ····················· （211）
  第一节　西晋诗歌 ······················· （212）
  第二节　东晋诗坛与兰亭之会 ·················· （217）
  第三节　陶渊明 ························ （219）

第四章　南朝诗歌 ·························· （222）
  第一节　刘宋诗坛 ······················· （222）
  第二节　齐梁陈诗风 ······················ （228）

第五章　北朝诗歌与南北朝乐府民歌 ················· （238）
  第一节　北朝诗歌 ······················· （238）
  第二节　南北朝民歌 ······················ （245）

第六章　魏晋南北朝的赋与文 ···················· （253）
  第一节　魏晋南北朝的赋 ···················· （253）
  第二节　魏晋南北朝的散文和骈文 ················ （262）

第七章　魏晋南北朝小说 ······················ （271）
  第一节　志怪小说 ······················· （272）
  第二节　志人小说 ······················· （279）

[导学训练] ································ （284）
  一、学习建议 ························· （284）
  二、关键词释义 ························ （284）
  三、思考题 ·························· （285）
  四、可供进一步研讨的学术选题 ················· （285）

[研讨平台] …………………………………………………………… (286)
  一、人的觉醒与文学自觉 …………………………………………… (286)
  二、玄学与魏晋文学 ………………………………………………… (287)
  三、门阀世族与魏晋南北朝文学 …………………………………… (288)
[拓展指南] …………………………………………………………… (289)
  一、魏晋南北朝文学重要研究成果简介 …………………………… (289)
  二、魏晋南北朝文学重要研究资料索引 …………………………… (291)

第四编　隋唐五代文学

第一章　绪论 ……………………………………………………… (295)
  第一节　唐代社会基本状况 ………………………………………… (295)
  第二节　隋唐五代文学的几个特点 ………………………………… (298)

第二章　隋与初唐诗歌 …………………………………………… (301)
  第一节　隋代诗坛 …………………………………………………… (301)
  第二节　初唐诗歌的发展与革新 …………………………………… (303)

第三章　盛唐诗歌 ………………………………………………… (308)
  第一节　初盛唐之交的重要诗人 …………………………………… (309)
  第二节　王维、孟浩然与山水田园诗派 …………………………… (310)
  第三节　王昌龄、李颀及其他诗人 ………………………………… (315)
  第四节　高适与岑参 ………………………………………………… (318)
  第五节　李白 ………………………………………………………… (321)

第四章　杜甫与中唐诗歌 ………………………………………… (328)
  第一节　杜甫 ………………………………………………………… (328)
  第二节　大历、贞元诗人 …………………………………………… (334)
  第三节　韩孟诗派与李贺 …………………………………………… (339)
  第四节　元白诗派 …………………………………………………… (344)
  第五节　刘禹锡与柳宗元 …………………………………………… (352)

第五章　晚唐五代诗歌 …………………………………………… (355)
  第一节　李商隐及晚唐情诗 ………………………………………… (355)
  第二节　杜牧与晚唐咏史诗 ………………………………………… (359)
  第三节　贾岛及晚唐其他诗人 ……………………………………… (362)

第六章　隋唐五代词曲 …………………………………………… (364)
  第一节　词的起源 …………………………………………………… (364)

第二节　敦煌曲子词与唐代文人词 ……………………………… (366)
第三节　温庭筠、韦庄与花间词人 ……………………………… (368)
第四节　李煜与南唐词人 ………………………………………… (370)

第七章　隋唐五代散文、骈文与辞赋 ……………………………… (373)
第一节　隋与初盛唐的文体因革 ………………………………… (373)
第二节　古文运动的兴起 ………………………………………… (375)
第三节　晚唐五代骈文与唐代的赋 ……………………………… (380)

第八章　唐人传奇与俗讲变文 ……………………………………… (383)
第一节　传奇释名 ………………………………………………… (384)
第二节　唐人传奇的文体特征 …………………………………… (385)
第三节　唐人传奇的发展进程 …………………………………… (389)
第四节　俗讲与变文 ……………………………………………… (399)

[导学训练] ……………………………………………………………… (401)
　一、学习建议 …………………………………………………… (401)
　二、关键词释义 ………………………………………………… (401)
　三、思考题 ……………………………………………………… (402)
　四、可供进一步研讨的学术选题 ……………………………… (402)

[研讨平台] ……………………………………………………………… (402)
　一、唐代士人生活与文学 ……………………………………… (402)
　二、唐代文学与宗教 …………………………………………… (404)
　三、唐代文学与科举 …………………………………………… (405)

[拓展指南] ……………………………………………………………… (406)
　一、隋唐五代文学重要研究成果简介 ………………………… (406)
　二、隋唐五代文学重要研究资料索引 ………………………… (407)

下　卷

第五编　宋代文学

第一章　绪论 ………………………………………………………… (413)
第一节　宋代社会的特点 ………………………………………… (413)
第二节　宋代文人的特点 ………………………………………… (417)
第三节　宋代文学的成就和特点 ………………………………… (419)

第二章　北宋诗 (421)
　　第一节　关于北宋诗的分期 (422)
　　第二节　宋初代表诗人王禹偁 (424)
　　第三节　梅尧臣、苏舜钦、欧阳修的诗 (425)
　　第四节　王安石和苏轼 (428)
　　第五节　江西诗派 (433)
第三章　南宋诗 (438)
　　第一节　南宋诗的发展历程 (438)
　　第二节　"中兴四大家" (440)
　　第三节　"永嘉四灵" (447)
　　第四节　江湖诗派 (448)
第四章　北宋词 (450)
　　第一节　柳永、张先和范仲淹 (451)
　　第二节　晏殊和欧阳修 (454)
　　第三节　苏轼与词的诗化 (457)
　　第四节　晏几道和秦观 (465)
　　第五节　周邦彦和词的律化 (469)
第五章　南宋词 (472)
　　第一节　李清照与宋南渡词人 (472)
　　第二节　辛弃疾与辛派词人 (479)
　　第三节　姜夔与史达祖 (488)
　　第四节　吴文英 (493)
　　第五节　南宋后期辛派词人 (496)
　　第六节　南宋后期姜派词人 (498)
第六章　宋代散文、辞赋和四六文 (503)
　　第一节　宋代散文的发展历程 (503)
　　第二节　欧阳修散文 (506)
　　第三节　王安石和曾巩的散文 (508)
　　第四节　"三苏"散文 (510)
　　第五节　宋代的辞赋 (513)
　　第六节　宋代的四六文 (514)
[导学训练] (517)
　　一、学习建议 (517)

二、关键词释义 …………………………………………………… (517)
　　三、思考题 ………………………………………………………… (518)
　　四、可供进一步研讨的学术选题 ………………………………… (518)
[研讨平台] ……………………………………………………………… (519)
　　一、唐诗与宋诗 …………………………………………………… (519)
　　二、宋词流派 ……………………………………………………… (520)
　　三、南北宋词之争 ………………………………………………… (521)
[拓展指南] ……………………………………………………………… (522)
　　一、宋代文学重要研究成果简介 ………………………………… (522)
　　二、宋代文学重要研究资料索引 ………………………………… (523)

第六编　辽金元文学

第一章　绪论 ………………………………………………………… (527)
　　第一节　辽代文学概述 …………………………………………… (527)
　　第二节　金代文学概述 …………………………………………… (528)
　　第三节　元代文学概述 …………………………………………… (530)
第二章　辽金诗歌 …………………………………………………… (532)
　　第一节　辽代诗歌 ………………………………………………… (532)
　　第二节　金代初期诗歌 …………………………………………… (534)
　　第三节　金代中期诗歌 …………………………………………… (536)
　　第四节　金代后期诗歌 …………………………………………… (539)
第三章　集大成的文学家元好问 …………………………………… (543)
　　第一节　元好问的生平与创作道路 ……………………………… (543)
　　第二节　元好问的诗词 …………………………………………… (545)
　　第三节　元好问的文学成就 ……………………………………… (548)
第四章　宋金元时期的戏曲、小说和说唱文学 …………………… (549)
　　第一节　宋代戏曲与金杂剧 ……………………………………… (549)
　　第二节　董解元《西厢记诸宫调》 ……………………………… (551)
　　第三节　白话小说 ………………………………………………… (553)
第五章　元前期杂剧 ………………………………………………… (559)
　　第一节　元杂剧概况 ……………………………………………… (560)
　　第二节　关汉卿及其杂剧 ………………………………………… (562)
　　第三节　王实甫和《西厢记》 …………………………………… (569)

第四节　白朴及其杂剧创作 …………………………………… (574)
　　第五节　马致远和《汉宫秋》 ………………………………… (575)
第六章　元后期杂剧 ……………………………………………… (576)
　　第一节　杂剧的衰微 …………………………………………… (576)
　　第二节　郑光祖与元后期其他作家 …………………………… (577)
第七章　元代南戏 ………………………………………………… (579)
　　第一节　南戏的形成与发展 …………………………………… (579)
　　第二节　高明和《琵琶记》 …………………………………… (580)
第八章　元代散曲 ………………………………………………… (583)
　　第一节　散曲的兴起和特点 …………………………………… (583)
　　第二节　元前期散曲创作 ……………………………………… (585)
　　第三节　元后期散曲创作 ……………………………………… (586)
第九章　元代诗文 ………………………………………………… (588)
　　第一节　元代前期诗文 ………………………………………… (589)
　　第二节　元代中期诗文 ………………………………………… (590)
　　第三节　元代后期诗文 ………………………………………… (592)
[导学训练] ………………………………………………………… (594)
　　一、学习建议 …………………………………………………… (594)
　　二、关键词释义 ………………………………………………… (594)
　　三、思考题 ……………………………………………………… (595)
　　四、可供进一步研讨的学术选题 ……………………………… (595)
[研讨平台] ………………………………………………………… (596)
　　一、苏学盛于北 ………………………………………………… (596)
　　二、元代文学与理学 …………………………………………… (596)
　　三、南戏与伦理 ………………………………………………… (597)
[拓展指南] ………………………………………………………… (598)
　　一、辽金元文学重要研究成果简介 …………………………… (598)
　　二、辽金元文学重要研究资料索引 …………………………… (599)

第七编　明代文学

第一章　绪论 ……………………………………………………… (603)
　　第一节　明代的政治文化生态 ………………………………… (603)
　　第二节　明代文学的历史进程 ………………………………… (605)

第二章　明代诗歌 (608)
第一节　明前期诗歌 (609)
第二节　第一次复古运动时期的诗歌 (611)
第三节　第二次复古运动时期的诗歌 (613)
第四节　晚明诗歌 (615)

第三章　明代词曲与民歌 (618)
第一节　明词 (618)
第二节　明代散曲 (621)
第三节　明代民歌 (623)

第四章　明代散文 (624)
第一节　明前期散文 (625)
第二节　第一次复古运动时期的散文 (626)
第三节　第二次复古运动时期的散文 (628)
第四节　晚明小品文及其他 (630)

第五章　明代八股文 (633)
第一节　明前期八股文 (633)
第二节　明中期八股文 (635)
第三节　明后期八股文 (637)

第六章　明代文言小说 (639)
第一节　古文的传奇化 (639)
第二节　"三灯丛话"及其他 (640)
第三节　中篇传奇小说 (643)

第七章　明代章回小说（上） (644)
第一节　明代章回小说的历史进程 (645)
第二节　《三国志演义》 (647)
第三节　《水浒传》 (655)

第八章　明代章回小说（下） (664)
第一节　《西游记》 (665)
第二节　《金瓶梅》 (671)

第九章　明代白话短篇小说 (676)
第一节　话本小说的基本知识 (676)
第二节　"三言二拍" (677)

第十章　明代戏曲 ………………………………………… （681）
第一节　明代杂剧的历史进程 ……………………………… （681）
第二节　明代传奇的历史进程 ……………………………… （682）
第三节　汤显祖与《临川四梦》 …………………………… （686）
[导学训练] ……………………………………………………… （693）
一、学习建议 ………………………………………………… （693）
二、关键词释义 ……………………………………………… （693）
三、思考题 …………………………………………………… （694）
四、可供进一步研讨的学术选题 …………………………… （694）
[研讨平台] ……………………………………………………… （695）
一、明代文学与心学 ………………………………………… （695）
二、明代文学论争 …………………………………………… （696）
三、明代八股文与科举文化 ………………………………… （696）
[拓展指南] ……………………………………………………… （697）
一、明代文学重要研究成果简介 …………………………… （697）
二、明代文学重要研究资料索引 …………………………… （699）

第八编　清代文学

第一章　绪论 …………………………………………………… （703）
第一节　清代的政治文化生态 ……………………………… （703）
第二节　清代文学的历史进程 ……………………………… （705）
第二章　清代诗歌 ……………………………………………… （708）
第一节　清前期诗歌 ………………………………………… （709）
第二节　清中期诗歌 ………………………………………… （712）
第三节　清后期诗歌 ………………………………………… （714）
第三章　清词 …………………………………………………… （717）
第一节　清前期词 …………………………………………… （717）
第二节　清中期词 …………………………………………… （720）
第三节　清后期词 …………………………………………… （721）
第四章　清代散文 ……………………………………………… （725）
第一节　清前期散文 ………………………………………… （726）
第二节　清中期散文 ………………………………………… （728）
第三节　清后期散文 ………………………………………… （731）

第五章　清代骈文辞赋 ……………………………………… (734)
第一节　清前期骈文辞赋 …………………………………… (734)
第二节　清中期骈文辞赋 …………………………………… (736)
第三节　清后期骈文辞赋 …………………………………… (740)

第六章　清代白话小说 ……………………………………… (741)
第一节　清代白话小说的历史进程 ………………………… (741)
第二节　《儒林外史》 ……………………………………… (745)
第三节　《红楼梦》 ………………………………………… (754)
第四节　晚清四大小说 ……………………………………… (761)

第七章　清代文言小说 ……………………………………… (768)
第一节　《聊斋志异》及其后裔 …………………………… (768)
第二节　《阅微草堂笔记》与清代志怪小说 ……………… (773)

第八章　清代戏曲 …………………………………………… (783)
第一节　清代戏曲的历史进程 ……………………………… (783)
第二节　《桃花扇》 ………………………………………… (785)
第三节　《长生殿》 ………………………………………… (792)

[导学训练] ……………………………………………………… (797)
一、学习建议 …………………………………………………… (797)
二、关键词释义 ………………………………………………… (798)
三、思考题 ……………………………………………………… (798)
四、可供进一步研讨的学术选题 ……………………………… (799)

[研讨平台] ……………………………………………………… (799)
一、清代文学与学术思潮 ……………………………………… (799)
二、清代文学与地域文化 ……………………………………… (800)
三、清代文学与女性 …………………………………………… (800)

[拓展指南] ……………………………………………………… (801)
一、清代文学重要研究成果简介 ……………………………… (801)
二、清代文学重要研究资料索引 ……………………………… (802)

后　记 …………………………………………………………… (804)

第一编 先秦文学

第一章 绪 论

先秦是中国文化的初创期,也是中国文学发展的源头。但这一时期还没有形成独立的文学观念,也没有专门从事文学创作的人,是文学与文化的其他形态混而未分的时期。也就是说,这一时期的文学还不是后世"纯文学"意义上的文学,它是一个文化的融合体,故而文化形态的演进主导着先秦文学的演变。

第一节 先秦文化的演进

这里所说的"文化"是从社会的角度定义的,即指与"自然"相对的,文明化了的人类所进行的一切活动。而作为一个时间概念,先秦则指从史前文明到秦统一六国这一漫长的历史时期。在这一历史时期内,文化发生的序列大致可以分为三个阶段,即巫卜文化、史官文化和士文化,其对应的历史时期分别为传说时代至周代中期偏早、西周中期到春秋末年、战国时期。

考古学所谓的旧石器时代是指距今 250 万年到 1 万年这段时期,其间在中国的土地上,除了著名的"北京人",还有元谋人、蓝田人等。尤其是在旧石器时代晚期,生产技术有明显进步,文化类型也更加多样。在华北、华南及其他地区,都存在时代相近但技术传统不同的文化类型。但总体上说来,这一时期的人类尚处于蒙昧野蛮的阶段。

在距今大约 1 万年前后,人类进入新石器时代。从文化分期上说,公元前 10000—前 7500 年为新石器时代早期,这一时期已经出现了稻作农业,如在湖南道县玉蟾岩遗址发现水稻谷壳食物。而在华北地区的徐水南庄头遗址,则发现了粗陶制品和大量动、植物遗存,有的可能为家畜。公元前 7500—前 5000 年为新石器时代中期,这一时期南方出现了较为发达的稻作农业,如湖南澧县彭头山遗址出现了栽培水稻的实物。黄河流域的裴李岗文化中出现了成熟的旱地农业,如粟的栽培,还发现了简单的农业工具。而在东北的兴隆洼文化遗址中清理出不同期别的半地穴式房址 170 余座、窖穴400余座、居室墓葬30余座,聚落内的所有房址成排分布,外围环绕椭圆形壕沟,是中国已发现的最完整的原始村落,被称为"华夏第一村"。公元前5000—前3000年为新石器时代晚期,这一时期的文化遗址在全国绝大部分地区都有发现,其中黄河中游为仰韶文化,发现了五六千处,而属于仰韶文化的半坡遗址则是首次发掘的母系氏族社会聚落遗址。黄河下游则有北辛文化和大汶口文化,根据大汶口文化遗址墓葬的随葬品,可以推测这一时期已经出现了贫富分化。长江流域中游前后相继有大溪文化和屈家岭文化,在公元前4400—前3300年的大溪文化中发现了中国迄今为止最早的水稻田,而在屈家岭文化遗址中发现了中国目前最早的史前城址。长江下游主要有河姆渡文化、马家浜文化和崧泽文化,在河姆渡发现许多农业工具骨耜、碳化稻谷、稻壳茎叶等堆积,还发现了最早的干栏式建筑和最早的木构水井。在东北则发现了红山文化遗址,出土了大量精美玉器,尤其是龙形玉器。而牛梁河红山文化遗址出土的玉猪龙和女神头像,为世人瞩目。公元前3000—前2000年为新石器时代末期,也称铜石并用时代或龙山时代,著名的文化遗存则有黄河中游庙底沟二期文化、"河南龙山文化"、客省庄文化和陶寺文化,黄河下游的龙山文化,长江中游的石家河文化,长江下游的良渚文化。这一时期很多的文化遗址中发现了冶铜遗迹、小件铜器和大量制作精美的玉礼器,如良渚文化中有祭天的玉琮和象征王权的玉钺,而陶寺墓葬表明当时已经有了等级制度,贵族有与之身份相配的礼器制度。①

就中国的古史而言,传说中的"三皇"或"五帝"都无法在考古上得到证明,有人认为牛梁河出土的女神头像可能就是女娲,然终究是猜测而已。甚至夏代在考古上也没有得到确切的证据。如果夏真的存在,它大概相当于新石器文化晚期,所以有学者认为二里头遗址可能是夏朝都城遗址。如夏置而不论,则商当是中国历史上最早的信而可征的王朝,它与随之而起的周王朝都兴起于黄河流域。这说明中华文明是多元文明,但黄河文明应处于核心地位。

而就文化形态而言,西周中期以前的文化都可以算是巫卜文化。巫卜文化的核心内容是巫通过一整套具有实用价值的动作——巫术,来达到某种实际的目的。在史前考古中,我们可以发现很多巫术文化的印迹,如在距今九千年到八千年的贾湖遗址中出土了具有宗教意义的刻辞龟甲、骨笛和权形骨杖等,甚至还发现了酒的痕迹。据张光直的研究,动物、植物以及药、

---

① 任式楠、吴耀利:《中国新石器时代考古学五十年》,《考古》1999年第9期。

酒等都是巫师的工具,具有天神的功能。① 在新石器时代晚期文化遗址中,发现了更多具有巫术性质的物品,如大量的殉葬品、精美的玉器等,尤其是在良渚文化中发现的玉琮,其模范天圆地方,沟通天人的意义更加突出。巫卜文化到商代发展到了极致,《礼记·表记》说:"殷人尊神,率民以事神。先鬼而后礼,先罚而后赏,尊而不亲。"商代的甲骨卜辞,均是就战争、祭祀、农事等各项事件问卜于鬼神以确定凶吉可否的记录,几乎到了无事不卜的程度。在周初,这种巫卜文化在一定时间内还得到了延续,在今天的陕西周原发现了周初的甲骨文,祭祀情形与商代甲骨没有差别。而学者的研究也表明,周人在建国之初延续商代礼仪制度,直到中期周穆王时代才建立起以雅乐制度为核心的周代制度。

　　从西周中期到春秋末年这一时期的文化可以称为史官文化。史官文化从巫卜文化中分离出来,二者之间还有一定的联系,瞽史知天道仍是人们的常识观念,但二者之间无论是文化主体还是技术手段都已发生了本质性变化。殷周政权的更替使周人产生了浓厚的鉴古意识,所谓"殷鉴不远,在夏后之世",换言之,周鉴亦不远,在殷商之世。因为商人无德,故天灭商,而周人有德,故皇天西顾。以史为鉴,周人便提出"皇天无亲,惟德是辅"以自警自励,确立了"尊礼尚施,事鬼敬神而远之,近人而忠焉"的文化政策。在尚礼的周文化中,天、帝等被逐渐抽象化,它们不是某一具体的祖先神,也不像商人信仰中的"帝"那样直接参与到人事活动中来,而是被视为一个至上的概念神。它听、视自民,成为道德与公正的化身,却也因此赋予人本身的行为以更大的决定意义。于是"礼"取代天命,成为人与人之间更主要的关系纽带。史传周公制礼,而礼的本义为祭祀祈福,主要指祭祖祀神。但周公制礼非仅关系祭祖,因人情而制礼,具有政治、伦理、宗教等多重内涵,是具有鲜明文化特征的人文之礼。作为治国王纲、社会法则、调节人与人关系的有效手段,人文之礼具有多维的指向性,举凡天子、诸侯、大夫、庶民,无不在礼的约束之下。所以在史官文化时代,人文之礼是文化的核心,史官掌礼,是礼乐的承担者。

　　到春秋末年,史官文化发生了很大的变化,随着它赖以存在的历史条件的消失,士文化渐渐取代史官文化,成为最具活力的文化类型。究其原因,大抵有如下数端。首先是人的主体意识更加觉醒,似乎连神的外衣也可以抖落不要了。春秋时期,一些有识之士一再发出重民轻神的呼声,诸如"夫

---

① 张光直:《中国青铜时代》,北京:三联书店1999年版,第252—280页。

民,神之主也。是以圣王先成民而后致力于神"、"国将兴,听于民;将亡,听于神。神,聪明正直而壹者也,依人而行"之声不绝于耳,甚至喊出"民,神之主也"这样振聋发聩的声音。他们清醒地认识到"祸福无门,惟人所召",所谓"天道远,人道迩,非所及也,何以知之"。这种日益高涨的人本观念进一步彰显了历史乃人道的本体特色,于是治道人人可言。其次是以礼乐征伐为主要内容的西周王官文化体系的崩坏。《周礼·春官》记载大史"掌建邦之六典",在祭礼中"与群执事读礼书而协事",在丧礼中"执法以涖劝防",在会同朝觐礼中"以书协礼事",小史"奠系世,辨昭穆",也就是说西周以来的史官文化依附于礼乐文化。而当礼乐征伐自诸侯出,甚至自大夫出的礼坏乐崩时代,史官赖以存在的文化制度都已经不存在了,史官又何以存在?礼乐文化制度的崩溃促进了史官的分化,故刘向、刘歆及班固确认诸子出于王官。再次是史鉴观念的衰落。史官"掌官书以赞治",所谓的官书便是史籍。但以史佐治实属于文功,而自春秋以来,诸侯相继而霸,此正《韩非子·五蠹》所谓"上古竞于道德,中世逐于智谋,当今争于气力","尊王攘夷"只不过是霸主们的遮羞布而已。在这种情况下,有哪位诸侯还愿意去听历史上的陈年旧事呢,他们所相信的只有武力而已。更有甚者,诸侯们害怕自己在历史上留下恶名而纷纷销毁史书,这就是孟子说的"诸侯恶其害己也,而皆去其籍"。所以,史官的地位日渐衰落,甚至等同于俳优。但反过来讲,史官文化的衰落在客观上也打破了文化一统的垄断局面,士子放言,导致了百家争鸣局面的出现。

第二节 先秦文人身份的变化

在巫卜文化占主导地位的时期,巫是文人。在巫术时代,掌握巫术的巫师成为专门职业者,是社会的特权阶级。人们在物质极其缺乏的情况下,之所以愿意供养这样的一个群体,是因为在当时人们的普遍信仰中,举凡天文地理、农耕渔猎,以至人的生老病死,巫被认为是无所不知、无所不晓的。人们相信,供养巫师会为他们带来更多、更大的回报。巫的作用在于通神。巫字甲骨文作"",有人认为这是两个"矩"字的合体,而矩则是画天画地的工具,而掌握这种工具的人便是能沟通天地人神的人。当然,这里的神,可以指天神,可以指祖先,也可以指人力所达不到的冥想境界,因此"神"代表的是超越的层次。凡是超越人经验的地方,就有巫的身影。马林诺夫斯基根据他自己对特洛布利安群岛美拉尼西亚人的长期观察得出结论说,原始人对经验与巫术的区分十分清楚,"凡有偶然性的地方,凡是希望与恐惧的情感作用范围很大的地方,我们就见得到巫术。凡是事业一定可靠,且为理智的方法与技术的过程所支配的地方,我们就见不到巫术。更可以说,危险大的地方就有巫术,绝对安全没有任何征兆的余地的就没有巫术"①。我们相信,巫师具有的某些实际经验,普通人也会在实际的生活中通过积累渐渐拥有。但巫师的超常之处在于他们能对这些经验作出解释,这是一般人所不具备的。尤其重要的是,巫师具有一种建立在联想之上的同时又以智能为基础的能力,这使得他们能在常人智力达不到的地方通过预言形式,或对事情的发展作出可能性预测,或者对某种现象给出象征性的解释。而预言的获得往往披着通神的外衣,预言便是神授。在目前发掘的新石器文化遗址中,人们发现了许多通神的工具,比如1987年在位于河南省濮阳县城西水坡的仰韶文化遗址发现了一个墓室,中部一壮年男性骨架的左右两侧,有用蚌壳精心摆塑的龙虎图案。研究者认为这个墓主极有可能是一位职业巫师,而龙、虎都是他通神的工具。可以设想,巫师的解释在极大的程度上缓解了人们心中的焦虑,如果巫的预言或解释正好与实际情况相吻合,或者事情的发展证实了巫的预言是正确的,那么,巫就会赢得人们的信仰,成为人们的主宰与权威。

到了史官文化占主导地位的时代,史官作为文化的记录者和保存者,成为思想的权威和知识的发布者。"史"起源很早,甲骨文有史,作"󰀀",其下部为手,上部为何则颇多争议,主流观点认为上部所从为"中",即简册簿书;或以为是书写之"笔"的简化。然而不论如何,大抵可以想见"史"与书写有关。上古之世,巫、史不分,或者说巫、史一体,可能"巫"是通神者,而史则专门负责书写记录。巫卜文化时代,佐巫之史主记神事,而到了史官文化时代,史主记人事。史官通过记言、记事保存历史,以此达到鉴古的目的。他们是天道的诠释者,也是盛衰存亡之历史的记录者和保存者。他们能预知天道,但这天道不是藏身在诬罔无征的甲骨兆文中,而是隐身在头绪纷繁的史迹中。但即便是到了史官文化为主导的历史语境中,史官宣讲天道有时也会披着神示的外衣。如晋献公欲伐骊戎,却使史苏卜之,史苏作出"胜而不吉"的预判。史苏的预判表面上看来依据的是兆文,其实依据的却是夏桀、商纣、周幽王的史事,而兆文只不过是"龟往离散以应我"而已。"应

---

① 〔英〕马林诺夫斯基:《巫术科学宗教与神话》,李安宅译,上海:上海文艺出版社1987年影印本,第175页。

我"二字实为史官文化时代巫、史关系的写照,也就是说以天道说事,但天视自民视,天听自民听,最终的根据却是落实在现实人事中。孔子说周文化是"郁郁乎文",这正是往返其事、繁博引征的史官文化的特征,故曰"文胜质则史"。

随着史官文化的衰落,士渐渐登上历史舞台成为文化的主体。"士"之义多端,阎步克归纳出以下数种,即"为一切成年男子之称;为氏族正式男性成员之称;为统治部族成员之称;为封建贵族阶级之称;为受命居官的贵族官员之称;为贵族官员最低等级之称"①。然而在此还要补充一义,即"士"为知书达理、通辨古今的"文士",类似于今天的"知识分子"。《说文》引孔子语曰"推十合一为士",《说苑》曰"辨然否,通古今之道,谓之士",说的都是这个意思。到了春秋时期,士便成为贵族阶级内部层次分化中最低级的那一部分,这在《左传》、《国语》、《周礼》等文献中有明确的记载,文士便是从这一最低级的贵族阶层中分离出来的。而分化的原因,余英时认为与"封建"秩序的崩溃有关。② 封建秩序的崩溃体现在政治方面便是世袭制的衰落,许多贵族阶层下降为"士",而更多的农、工阶层上升为士,这种冲撞、叠压造成了士阶层的扩大,也改变了士阶层的属性,士不再是先前的"有职之人",而成了"士民"。于是"仕"成了他们的人生目标,欲仕则学,学而优则仕,这就造就了一大批有学之士。封建秩序的崩溃体现在文化层面,便是以礼乐文化为主体的王官之学的崩坏,也就是庄子所说的"道术为天下裂",这使哲学的突破成为可能。于是那一批待仕的士民便群起而争,他们或救弊,或图新,形成了众多的学派,这便是诸子争鸣。

第三节　先秦文学的嬗变

先秦文学并非后世意义上的纯文学,而是具有与文化融而未分的特征。也就是说,文明化的一切人类活动都可能进入文学研究的视域,都可以被视为文学研究的对象。传世文献举凡《诗经》、《楚辞》、《周易》、史传文学以及诸子文学,出土文献如甲骨卜辞、青铜铭文,都带有鲜明的文化特征。所以研究先秦文学必须与文化相结合,以文化的视角观照先秦文学,才能体悟其丰厚绵远的文化底蕴。

---

① 阎步克:《士大夫政治演生史稿》,北京:北京大学出版社1996年版,第44页。
② 余英时:《士与中国文化》,上海:上海人民出版社1987年版,第9—21页。

在巫卜文化时代,艺术与巫术紧密相关,巫师便是艺术家。而从艺术形式的角度审视,则最先兴盛的艺术当为音乐。在新石器文化遗址中,我们发现了许多音乐文物,例如贾湖骨笛。贾湖遗址中出土了二十余支骨笛,大致可分为早、中、晚三期,最早的距今9000年左右,最晚的距今也有8000年。贾湖骨笛能演奏完整的七声音阶,尤其引人注目的是标号为M282:20的一支骨笛,笛开7孔,经黄翔鹏等人测音发现,能吹奏较为完整复杂的旋律,发音较好,音质也较为优美。根据骨笛表面留下的钻头印痕,可以推断在音孔钻制过程中,音孔位置曾根据测听的结果作了调整,在靠近第7孔的地方尚有一小孔,据推测可能原来准备在小孔位置钻第7孔,但测音显示不理想,于是又调整到现在的第7孔位置。调整后6、7孔间的音距为178音分,与小全音音分182音分只差4音分,一般人耳难以辨别。此外第2、3孔的位置也作了调整,调整后第4至第1孔的音距和音分值完全符合今天的十二平均律的音距和音分值。贾湖骨笛是音乐史上的一个奇迹,但奇迹的出现却与巫卜文化有着直接的关系。此外,青海大通县上孙家寨距今5100至4700年的马家窑文化遗址中,发现了一件带有"舞蹈纹"的彩陶盆,极其生动,似乎让人感受得到它极富韵律的节奏感。直到商代,音乐仍是最为发达的艺术门类,不仅乐器种类增多,而且出现了完整的七声音阶。商代音乐艺术的发达,与当时巫风兴盛有着密切的关系。原始时代乐、舞、诗不分,故音乐的发达也预示着诗歌的发达。就其与巫的关系而言,诗、乐、舞都是通神的手段,其中乐、舞重在娱神,而诗则是符咒。正如维科所说:"对诗人来说,没有什么事情比歌唱巫师们对符咒所造成的奇迹更加笃爱了。这一切都要用一个事实来说明:各民族对于神的万能都有一种藏在内心的感觉。从这种感觉里又涌起另一种感觉,即引导各族人民都对占卜表示无限崇敬。诗人们就是以这种方式在异教民族中创造出各种宗教。"①所以我们可以说诗歌是比散文更早发达的文学体裁,原因就在于诗歌更接近巫术,较之散文更受巫师的钟爱。

　　巫术时代的文学除了诗歌便是神话。神话是关于神的故事,自然万物以及先祖都成为神话叙事的对象。巫借助神话达到解释世界的目的,在原始社会生活中,神话具有不可取代的功能和社会价值。

　　随着史官文化的兴盛,音乐艺术有些衰落,渐渐失去独尊的地位,神话也渐渐进入历史叙事范围。比如就音声而言,商人不仅五声俱全,而且

---

① 维科:《新科学》,朱光潜译,北京:商务印书馆1997年版,第187页。

"宫"、"商"、"角"、"徵"、"羽"皆为骨干音。不管周人是否用全五声,但"商"音却不在骨干音之列。① 然根据《礼记·乐记》记载孔子与宾牟贾论《大武》乐,可知周初仍然借鉴并吸收了商人音乐成果。当周人建立起自己的礼乐制度,就把商音排斥在骨干音之外了。之所以如此,并非如宋代陈旸所说"商为金声而周以木王,其不用则避其所克而已",根本原因在于商、周文化的差异。商声清越嘹亮,故能激荡人心,在巫音中,具备商声更易发挥音乐所谓通神和娱神的功能。周既以史官文化为主题,音乐之用在于节制人情,借以彰显人道,故其将商音排斥在骨干音之外。魏文侯听古音便昏昏欲睡,也说明周代雅乐重在节制人情的特征。就《诗经》而言,如果将《周颂》与《商颂》相比,则《商颂》的水平无疑要高于《周颂》。最能代表周代雅乐文化特征的是《大雅》、《小雅》,其典型的四言句式便是青铜编钟选汰的结果。而《雅》诗的内容则呈现出鲜明的"史"的特征,尤其是对周人开国历史的回顾和对现实衰朽的批判。

与此同时,从商至周,史传文学也有了新的发展。从思想层面看,现实性增强,如在《尚书》的周初八诰中,反复申诉的是天命无常和天命不可信的思想,这与此前文献表现出来的价值观有很大的不同。因为天命无常,要维持天命永得天佑就必须有德,故敬德成为周人最主要的政治行为准则。敬德者得天下,失德者亡天下,这是历史经验,"我不可不监于有夏,亦不可不监于有殷"。所谓有德,所谓敬德,即要"知小民之依"、"明德慎罚"、"君子所其无逸"、"立政其惟克用常人",表明周代神权地位的减弱和人的自主地位的提高,是殷周宗教观的一大转变。从叙事层面看,叙事技巧也大大提高了,尤其是过程描述渐趋丰富。考其原因或在于,巫术时代,结果远比过程重要,或者说过程与结果都是神操纵的,人只能接受某种结果,对过程却无从了解。而史官叙事意在借鉴,故过程与结果一样重要,甚至更重要。甲骨卜辞只能看做是史传文学的雏形,其叙事非常简单,尤其是具有丰富叙事空间的"过程描写"被省略了。铭文也是如此,商代中期以后青铜器始有铭文,但大都简单,甚至只是简单的标识,没有长篇的铭文。但到了周代,随着史官意识的强化,历史叙事的技巧性明显强化了。周初八诰为了证明某个道理常会列举某些历史事实,记言同时带有记事的特征,而《金縢》更是运用了虚构的笔法,对后世叙事文学产生了很大的影响。同样,周代青铜铭文篇幅加长,叙事成分越来越多,甚至有如《裘卫盉》这样详细记载一次交易

---

① 黄翔鹏:《黄翔鹏文存》,济南:山东文艺出版社2007年版,第197—198页。

的铭文。

而等到士人登上历史舞台,先秦文学形态又为之一变。《诗》由创作形态转入阐释形态,而且伦理化的意味在逐步增强。孔子认为《诗》有兴、观、群、怨、事父、事君的功能,又说学《诗》不能达政虽多无用;孟子也在游说梁惠王、齐宣王过程中引《诗》为证,又喜从政治的角度阐发诗义。墨子也与此相类。总之人们都想要从中找到一条挽救衰败的救世之道。与此同时,散文取得前所未有的成就。就史传散文而言,史官表现出浓厚的士子化倾向,从人本主义出发,改变《尚书》只记天子王侯的记史模式,目光向社会下层延伸,凡夫俗子也能成为历史关注的对象。这对史官叙事是一种挑战,作为应对,其叙事策略也必须作相应的调整。比如以往那种只记"大人言"的记史方式已经不适宜了,表现小人物,记事远比记言合适,所以记言与记事的搭配,诸如情节的安排、人物的刻画,乃至气氛的渲染,都成为史学家要考虑的问题了。我们经常说《左传》的虚构性问题,其实这正是为了保证叙事的完整性而采取的一种手段。历史上有"左史记言、右史记事"说,其实两者的发展并不同步,最初的历史更倾向于记言,然后才是记事,这在《国语》中表现得尤其明显。而在后世的历史叙述中,记事往往比记言更重要。当然,士文化时代最重要的文学表征便是诸子散文的兴起。诸子之文皆以政治、哲学、伦理等问题作为讨论的话题,彰显其平治天下的主体精神。从历史渊源看,诸子散文与先秦历史的记言传统有着密不可分的关系,《国语》中大段记言未尝不可视为诸子文学的源头,散见于先秦史籍的《史佚之志》如"动莫若敬,居莫若俭,德莫若让,事莫若咨"(《国语·周语下》),"非我族类,其心必异"(《左传·成公四年》),"无始祸,无怙乱,无重怒"(《左传·僖公十五年》)等,与《老子》之文、《论语》孔子之言的风格没有根本性的差别。而就诸子本身而言,其与商周史官也有文化上的承继关系,如老子为周史官,孔子曾学于老子。正因为有这样的文化渊源,所以到了战国末期,诸子如《韩非子》与史传如《战国策》在文风上呈现出合流的趋势。

在先秦文学中,楚辞最为别调,这与它产生的文化背景有关。如果说在中原地区,三种文化以历时态的形式演进,而在楚地,三种文化却是以共时态形式存在着。在以屈原作品为代表的楚辞中,三种文化形态融合无间。楚辞表现出巫卜文化的特征,比如屈骚与巫关系密切,有人甚至认为屈原就是一个巫。楚辞中大量的神话也与巫卜文化有关。楚辞也表现出史官文化的特征,比如《离骚》、《九章》、《天问》多次陈述三代兴盛与衰亡的历史,便是鉴古观念在楚辞中的表现。其与士文化的关系就在于,楚辞,尤其是屈原作品表现出非常强烈的怀疑精神,举凡天地自然、古史异闻、政治兴衰都成为屈原追问和质疑的对象。所以单从楚文化的角度解释楚辞是不全面的,应该把楚辞看做是先秦几种文化共时性融合的产物,《天问》尤其如此。

就文风而言,《诗经》与《楚辞》之间还存在很大的差异。比如《楚辞》的篇幅比《诗经》大,《离骚》尤为长篇;《楚辞》的文辞瑰丽多姿,比《诗经》文辞华美了许多;《楚辞》句式多变,有四言、五言、六言、七言,又善用"兮"字,而《诗经》则几乎都是四言等等。《诗经》与楚辞的文风差异正是南北文化形态差异所致,而楚辞的多变正是多种文化合力的结果。

第二章　中国神话

简单地说,神话就是关于神的故事,而神是一切超自然力的对象化,它可能是自然万物,也可能是社会现象。借助对神的神圣叙事,人类试图建立理解世界的法则,解释尚不可知的自然和社会现象,表达其征服自然、改革社会的愿望,或者缓解对未知世界的莫名恐惧。神话诞生于人类的童年时代,它是那个时代的"百科全书",举凡后世之自然科学、历史学、哲学、文学等一切知识,都可以在先民创造的神话中找到踪迹。在先民的生活中,神话不是聊以消遣的故事,而是引导人们积极努力的力量源泉、原始信仰和道德智慧。它是知识,也是信仰,具有实用性、神圣性和权威性。神话解释世界万物,同时也在不断地被解释,因而内容日渐丰富,形式也逐渐多样化。而从艺术的角度看,神话天生就具有艺术的特质,它那瑰丽的想象和丰富的联想为后世的艺术创作提供了宝贵的资源。

第一节　神话思维与神话产生的时代

从思维角度看,神话是用观念最单纯的直觉形式来把握世界,是神话思维的产物。在先民的眼中,万物一体,自然万物也和人一样具有生命、情感和灵魂,都能和人进行交流,因而也都可以成为崇拜的对象。这种主客体相互交融的思维方式便是神话思维,它是先民感受和理解世界的方法,也是神

话产生的土壤。作为一种思维方式,神话思维具有以下特征:

首先,神话思维的基础是万物有灵论。在原始先民的眼中,人与自然并不能完全分离开来,但也已经有了相应的分化。"分化与不分化在神话思维结构里,正处于一种特殊的转折阶段和微妙的互补关系中。"①正因为如此,原始先民将世界与自己看成是一体的关系,万物都被看成是活的和有灵的,自然万物和自然现象以至各种抽象观念都被拟人化,和人具有同样的属性,比如葫芦可以生人,以人眼睛的睁闭解释昼夜的形成,以人的呼吸对应季节或风雨阴晴等天象。在这样的思维结构中,逻辑展开的程序是从具体到具体,以类观类,比如人有男女,便想象自然界的万物也是两性相对,天与地、日与月等都被赋予了一定的性别含义。

其次,神话思维是一种具象思维。这和先民以己观物、以己感物的思维结构以及先民的思维水平有关。先民的心智水平不高,尚不能进行有效的抽象思维,必须在同一性的基础上理解自然万物,"神话思维缺乏观念范畴,而且为了理解纯粹的意义,神话思维必须把自身变换成有形的物质或存在"②。在这种思维方法中,一切都变成了有形的物象,变成了可感的事物。比如时间演化成月亮神话、太阳神话和四季神话,月亮被想象成一位女性,而太阳也需要不断地沐浴以洗去尘埃。同样,四方也被具象为四方神,即东方句芒、南方祝融、西方蓐收、北方禺彊,且形象鲜明,如《山海经·海外东经》记载句芒"鸟身人面,乘两龙"。

再次,神话思维往往伴随着强烈的情感体验。这是因为神话思维是物我一体的具象思维,对象被幻想成和自己有着十分密切的利害关系的对象,因而伴随着想象者强烈的情感体验。需要注意的是,正是这种情感的统一性构成了神话思维的逻辑性,而不是概念的统一性,"一切思想、一切感性直观以及知觉都依存于一种原始的情感基础"③。情感成为自然万物的固有属性,同类或相关的事物在人的内心情感体验上是一致的。比如打雷让先民感到恐惧,这种恐惧情感的外化导致他们构想的雷神形象也是恐怖狰狞的。再比如月亮因为它柔和的光被想象成一位女性,所以在世界诸多神话体系中,月亮都和生育、丰收等有关。

---

① 邓启耀:《中国神话的思维结构》,重庆:重庆出版社1992年版,第115页。
② 〔德〕恩斯特·卡西尔:《神话思维》,黄龙保,周振选译,北京:中国社会科学出版社1992年版,第45页。
③ 同上书,第108页。

最后，神话思维具有象征性或隐喻性。所谓的象征或隐喻是指神话思维的表象不仅是它本身，也是某种绝对真实的实体性的力量。甚至说意义是第一位的，其次才是这种意义的表现，"在原始人的思维的集体表象中，客体、存在物、现象能够以我们不可思议的方式同时是它们自身，又是其他什么东西。它们也以差不多同样不可思议的方式发出和接受那些在它们之外被感觉的、继续留在它们里面的神秘的力量、能力、性质、作用"①。这是由于原始先民还不能运用概念进行抽象思维，所以他们就借助一些具体的物象来表现某些具有神秘色彩的力量，借以表达某种信仰或渴望。比如原始文化遗址出土的彩陶中多带有蛙纹且旁边附以小点，就是一种生殖崇拜观念的反映，蛙因其繁殖力而成为繁盛生殖力的象征。而且在日后的发展过程中，这种意义的关联被逐步固定下来，为表象的类型化以及符号的分化、发展、定性打下基础，逐步演化出更高级的思维类型。还以蛙纹为例，有学者认为，月崇拜便是来源于蛙崇拜，女娲的原始形象便与此相关联；而且彩陶上的蛙纹图案，便是"神"字之所出。

总之，神话思维作为原始先民的认知方式和表达方式，具有多重的意义和价值。就文学艺术而言，尽管神话的创作还是一种"不自觉的艺术方式"，神话思维也还不能被看做是艺术思维，但神话中蕴含的审美价值却不容忽视，神话思维也孕育催生了艺术思维。

关于神话产生的时代，目前我国神话学界主要有三种说法。一种是接受马克思的观点，认为神话产生于野蛮期的低级阶段，即相当于大约1万年前的新石器时代，在社会发展形态上这一时期属于母系氏族的全盛阶段。我国著名人类学、民族学学者杨堃认为神话产生于蒙昧时期高级阶段，5万年至1万年前，就是旧石器时代晚期，新人时代，也称为晚期智人时代，而不是产生于距今约300万年到5万年间的"人类童年时期"。而我国著名神话学家袁珂认为神话应该产生于蒙昧时期中级阶段，因为那时人类还过着原始群居生活，已有了萌芽状态的神话。诸说当中，当以杨堃的说法较为合乎情理。考古发现，旧石器时代晚期，生产水平逐渐向前发展，出现细石器，并运用了刮削、磨制和钻挖眼的新技术，而箭头的出现也说明弓箭已发明，这种新工具的产生推动了渔猎的巨大发展。这一时期人们已经有了美的意识。河北阳原县虎头梁遗址中发现13件装饰品，包括穿孔贝壳、钻孔石珠、鸵鸟蛋和鸟骨制成的扁珠。在这些饰物上，使用了磨孔、两面对钻圆孔和磨

---

① 〔法〕列维-布留尔：《原始思维》，丁由译，北京：商务印书馆1997年版，第69—70页。

光等工艺技术。尤为重要的是,这一时期已经出现了原始宗教意识。北京周口店龙骨山的山顶洞共分两层,上层供人们居住,下层是安葬死者的墓穴。在下室中发现一青年妇女、一中年妇女和一老年男子的化石。人骨上涂有赤铁矿粉粒,旁边放有兽牙装饰品和燧石石器等。将不同年龄的男女合葬,表现了一种氏族血亲的意识。人骨上涂有赤铁矿粉,可能是生者看到死者的皮肤逐渐变黄难看而用以装饰死者的,这是最早的安葬仪式,表示一种原始的宗教意识已经产生。据此可以推测,神话也应该产生于这一时期,因为在人类意识形态发展的早期,宗教的神常常也是神话中的神,神话与原始宗教源于一个统一体。

第二节　神话的留存状况

我国有悠久的文明史,神话资源非常丰富。例如距今约九千年的河南舞阳贾湖遗址出土了装饰品、葬龟、权形骨器等具有原始崇拜意识的随葬品,其中骨笛制作工艺尤其精良。值得注意的是,该墓还出土了一雌一雄相配的骨笛,而且音乐家还可以用这些骨笛演奏音乐。在那样的时代,人们为什么会花费如此大的精力制作骨笛,仅仅是出于娱乐的目的吗?是否另有其他更为神圣的目的,比如敬神?考虑到早期巫师和乐师之间的密切关系,人们大多相信这些骨笛的制作应该是服务于宗教的目的。无独有偶,在距今约七千年的河姆渡文化遗址也出土了一大批骨笛,大概也是服务于宗教或巫术的目的。此外,在仰韶文化遗址中,河南濮阳西水坡墓葬中出土的用蚌壳堆成的龙虎图案、西安半坡遗址出土的人面鱼纹盆,都可能是用于巫术的,张光直就将人面鱼纹与传世文献记载的双耳饰龙的神祇联系起来。[①]尤为重要的是在辽宁牛梁河发现了距今五千多年的红山文化遗址,不仅有大型祭坛、女神庙和积石冢群址,还出土了玉猪龙和彩绘女神头像等文物。而广汉三星堆的青铜神树、阴山岩画中的娱神巫师、连云港将军崖岩画诸神形象、随县擂鼓墩一号楚墓内棺盖上的执戟神像以及长沙马王堆帛画十二月神形象等等,都与神话密切相关。

在传世文献中,《山海经》记载的神话内容最为丰富。它约成书于战国初年至汉代初年,是一部巫觋之书,或说是一部"地理书"。其中山经多山神形貌描述及怪异动物形象,海经与大荒经多记异国风情。编著这样一部

---

① 张光直:《美术、神话与祭祀》,沈阳:辽宁教育出版社2002年版,第90页。

书的目的,或如《左传》王孙满对周鼎纹饰的解释,"百物而为之备,使民知神奸",以备"民入川泽山林"之用。除《山海经》外,《诗经》中的《生民》及《玄鸟》记载商周两个民族祖先的感生神话,而神话孑遗则更多,如《诗经》中的葫芦与上古大洪水神话之间有着非常密切的关系。《楚辞》中保留的神话材料格外丰富,尤其是《天问》一篇,作者的呵问中涉及大量的神话。此外,先秦史书如《逸周书》、《左传》、《国语》等也保留有一些神话的蛛丝马迹,而《穆天子传》记载周穆王与西王母的故事,尤具浪漫色彩。先秦子书《老子》、《孟子》、《墨子》、《韩非子》中都有神话材料,而以《庄子》一书援引最多,盖因庄子乃楚人,受巫风沾溉极深之故。书经秦火,丧失大半,然《淮南鸿烈》一书仍有许多神话记载,有一些还是我国神话的名篇,如《女娲补天》、《共工触山》等。

此外,我们还要关注口头神话。它是由集体创作,以口耳相授的方式保存,而且与现今尚存的原始信仰、心理、习俗保持着某种程度的联系。这种神话在我国的少数民族、尤其在南方少数民族中广泛流传,涉及图腾神、动植物神、自然神、祖先神、英雄神等诸多神祇。它与中原神话有同有异,如陈建宪所搜集的我国洪水神话有433篇,其中汉族98篇,藏缅语族群137篇,苗瑶语族群91篇,壮侗语族群63篇,南岛语族群26篇,阿尔泰语族群16篇,南亚语族群9篇,回族3篇。[①] 这些神话之间既有差别又有千丝万缕的联系,对研究洪水神话的演变具有重要的参考价值。

第三节 神话的类型

神话分类是神话学的一个难题,目前并没有统一的分类标准。就我国神话内容而言,大致可以分为如下几类:

一、创世神话

创世神话回答的是"天地万物从哪里来"的问题。在中国诸民族中,流传着不同类型的创世神话,如苗族的《枫木歌》、彝族的《阿细的先基》、纳西族的《创世记》等。当然最为著名的是盘古故事:

> 天地混沌如鸡子,盘古生其中。万八千岁,天地开辟,阳清为天,阴

[①] 陈建宪:《中国洪水神话的类型与分布——对433篇异文的初步宏观分析》,《民间文学论坛》1996年第3期。

浊为地。盘古在其中,一日九变,神于天,圣于地。天日高一丈,地日厚一丈,盘古日长一丈,如此万八千岁。天数极高,地数极深,盘古极长。后乃有三皇。(《艺文类聚》卷一引三国人徐整《三五历纪》)

这是一则典型的卵生神话,是先民仰观俯察的结果。盘古不仅开辟天地,而且化生出世间万物。清马骕《绎史》卷一引《五运历年纪》:"首生盘古,垂死化身。气成风云,声为雷霆,左眼为日,右眼为月,四肢五体为四极五岳,血液为江河,筋脉为地理,肌肉为田土,发髭为星辰,皮毛为草木,齿骨为金石,精髓为珠玉,汗流为雨泽,身之诸虫,因风所感,化为黎甿。"此外,《山海经》记载帝俊之妻羲和生十日、常羲生十二月的故事,而烛龙的生理行为产生了昼夜和四季的变化。长沙子弹库楚帛书记载了伏羲生四子做四季之神,进而开创世界的神话。而《老子》则记载了道生万物创始模式,在近出的楚简文献《太一生水》中,比较详细地描述了道生世界的过程。道家关于世界本源的思考代表了宗教性的创世神话向哲学本体意义方向的转变,以道代神,在思想史上尤具意义。

二、始祖神话

始祖神话回答的是"我从哪里来"的问题,如著名的女娲造人神话:

天地开辟,未有人民,女娲抟黄土作人,剧务,力不暇供,乃引绳于泥中,举以为人。故富贵者,黄土人也;贫贱凡庸者,缅人也。(《太平御览》卷七十八引《风俗通》)

这显然是承创世神话而来。但女娲为何用土造人,或者说为什么人是用土造的,确是耐人寻味。其或与五行有关,因为土为五行之主,居五行之中位,人为万物之主,居世界之中位,二者具有同构关系。尽管女娲造人神话始见于《风俗通》,但其起源一定很早,屈原在《天问》中就曾追问:"女娲有体,孰制匠之?"这正是对女娲造人神话的反诘。不仅如此,女娲还造神,《山海经·大荒西经》记载女娲之肠化为神,处栗广之野。始祖神话的类型是多样的,女娲造人是人类共祖神话,玄鸟生商、姜嫄履迹等则是氏族始祖神话,而劫难后人类再殖神话也可以看做是始祖神话。如洪水后兄妹再殖人类神话分布很广,其作为洪水神话的后续,回答的已经不是洪水灾难的问题,而是灾难后人类的再殖问题,因而应是始祖神话,而不是洪水神话了。

三、洪水神话

洪水神话广见于世界各地,如著名的诺亚方舟的传说。我国也有丰富的洪水神话,如陈建宪的统计所显示的那样。在传世文献中,女娲补天神话曾言及远古之时"水浩洋而不息",而共工神话则记载舜之时,"共工振滔洪水以薄空桑"。对后世影响最大的当属鲧禹治水神话。《山海经·海内经》记载:

> 洪水滔天,鲧窃帝之息壤以堙洪水,不待帝命。帝令祝融杀鲧于羽郊。鲧复生禹,帝乃命禹卒布土,以定九州。

鲧盗来息壤试图堵塞洪水,所谓的息壤是一种能自生自长的神奇物质,但它终究还是不能奈何滔天洪水,这实际上代表了古人对以堵治水方法的弃绝。而大禹之所以能成功治理洪水,就在于他对治水有通盘考虑。鲧禹治水神话是古人智慧的结晶,大禹也因治水之功成为圣明大德的象征。

四、战争神话

古代部落之间常常发生战争,由于年代久远,逐渐被饰以神话色彩。《山海经·大荒北经》:

> 蚩尤作兵伐黄帝,黄帝乃令应龙攻之冀州之野。应龙畜水,蚩尤请风伯、雨师,纵大风雨。黄帝乃下天女曰魃,雨止,遂杀蚩尤。

蚩尤是南方部族首领,传说中他"人身牛蹄,四目六手",或者"兽身人语,铜头铁额",而黄帝则是中华民族的人文始祖。黄帝与蚩尤大战于冀州涿鹿之野,双方各自请天神斗法,最终黄帝战胜了蚩尤。这则神话把战争描绘得如此有声有色、惊心动魄,曲折地反映出原始社会晚期部落间战争日益剧烈的情形。

五、英雄神话

英雄神话的主人公通常是人,但他们的品质、精神或意志尤其卓绝,因而被赋予神的名义。这样的神话实际上是我们的先民借助幻想表现人类巨大的信心和毅力,表现他们力求认识客观世界和改造客观世界的不屈精神。从产生时代角度看,英雄神话应该是属于晚起的神话。当我们的祖先逐渐减少了对自然界的恐惧,并且不是十分排斥自然界,有了一定的信心的时候,他们就把本部落里杰出人物加以夸大,赋予他们以超人的智慧、信心和力量,使之带有强烈的英雄主义色彩而加以崇拜。我国的英雄神话通常充满了悲剧性的力量,故能振奋人心。如《山海经·海外北经》记载夸父的故事:

> 夸父与日逐走,入日。渴欲得饮,饮于河、渭;河、渭不足,北饮大

泽。未至,道渴而死,弃其杖,化为邓林。

在今天看来,夸父的行为完全是无理性的荒唐之举,然而这正反映出我们祖先探索自然的勇气和力量,"与日逐走"是何等的英雄气概,而其杖化为邓林(桃林)则又极力彰显了他造福后人的精神品德。此外,射日的后羿和填海的精卫都能以个人微薄之力去对抗强大的自然,因而都极具英雄主义气概。

六、发明神话

在古人的世界中,一项发明就能改变人类文明的进程,为普通民众带来福利,所以先民对发明者的创造予以真诚的礼赞。值得注意的是,由于年代久远,人们已经不可能知道确切的发明人,于是众多发明归于一身。比如黄帝,传说中他发明了衣服、鼓、中医、锅灶、车、镜子、棺椁、鼎等诸多事项,其中还包括许多乐器。如《山海经·大荒东经》记载:

> 东海中有流波山,入海七千里。其上有兽,状如牛,苍身无角,一足,出入水则必风雨,其光如日月,其声如雷,其名为夔。黄帝得之,以其皮为鼓,橛以雷兽之骨,声闻五百里,以威天下。

这便是鼓的来历。而另外许多发明也和黄帝的臣子有关,比如他的史官仓颉发明了文字、风后发明了指南车等等。正因为如此,黄帝被尊为中华文明的人文始祖。

第四节 我国神话的民族品格

与西方神话比较起来,我国神话具有鲜明的民族特征。这主要表现在以下几个方面:

一是我国神话具有深重的忧患意识。奥林匹斯诸神是享乐型的,到处充满爱的嬉戏和浪漫的气息。而以黄河流域为中心的我国神话则体现了深重的忧患意识,这里不仅有洪水大旱等天灾,更有许多能给人带来灾难甚至食人的毒蛇猛兽、半人半兽或半禽半兽的灵怪。我们的先祖为了生存下去,就要不断与这种险恶的环境抗争。无论是女娲补天、后羿射日还是大禹治水,都反映了我们的祖先对种种灾难的深刻体验。但需要指出的是,在黄河流域以外的其他地方神话,比如楚地神话中,表现出来的精神意识就与黄河流域神话有极大的不同。在屈原《九歌》中,诸神的嬉戏与西方神话精神有相同之处,而人神之恋或神神之恋也颇具浪漫色彩。

二是我国神话将人神化,重视人的社会性。希腊神话将神人化,重视人的自然属性,因而希腊神话从人的肉体、欲望、爱憎、妒忌等心理出发去想象,并借这样的想象解释自然。而我国神话中的神和英雄都是利他的,它是从社会生活中的仁、义、志出发去想象,并借这样的想象解释自然。所以当灾难来临之时,女娲、后羿等无不成为人类的保护神。而黄帝钻燧生火,以熟荤臊,使百姓食之无肠胃之病;神农亲尝百草,不惜承担"一日而遇七十毒"的风险为人治病;这些无不寓寄后世对圣贤帝王的希望。与此同时,百姓对这些大德神明满怀赞美感恩之情,而女娲造人神话对社会等级的解释也颇符合后世社会伦理观念的要求。我国神话重视人的社会属性,与后世儒家等对神话的改造有关,因为这些著名的神话大多见诸汉人著述。

三是我国神话体现了先民们的抗争精神。就自然环境而言,我国神话极力表现先民生存环境的险恶,这种艰苦的环境也大大激发了我们的先祖不屈的奋斗精神。如后羿神话中的"十日并出"应该是干旱的隐喻,它与洪水神话中的洪水一样,都是恶劣自然环境的象征。后羿射日则表现出原始人面对自然困厄所作出的选择,那就是勇敢抗争,并且取得了胜利。而就我国神话的社会伦理属性而言,它的抗争精神还体现在诸神对至上神的反抗上,最典型的例子便是刑天。《山海经·海外西经》记载:刑天与帝争神,帝断刑天之首,把他的头埋在常羊之山。但刑天却以乳为目,以脐为口,操干戚以舞,继续与帝抗争。试想刑天被砍断了头颅也要对着天帝大舞干戚,这种顽强的抗争精神是何等的壮烈!刑天这一类神话人物身上所具有的悲剧性格和不屈的抗争精神,鼓舞一代代仁人志士抛头颅洒热血,并铸就了威武不屈的中华民族精神之魂。

第五节 上古神话的演化及其对后世文学的影响

我国原本丰富的神话大多亡佚了,现存下来的散见于古代书籍中,零星片断,不成系统。

我国神话亡佚的原因是多方面的,其中神话的历史化是最重要的原因。所谓神话历史化是指将神话当做真实的历史来对待。诚然,神话与历史有密切的关系,许多神话本身就以历史为根据。同时,人类理性思维能力的发展也会导致神话被解释为历史,使其进入文化传统中来。就我国神话历史化的途径而言,主要是改造神话原来的文本结构,删去其中的非理性内容。比如鲧禹治水神话中,据《说文》,鲧是一种鱼,而禹是一种爬虫,都不是人。

《国语》记载鲧死后化为黄能(三足鳖),没入羽渊。而《通志》引《淮南子》记载大禹治洪水,通镮辕山而化为熊①,这说明鲧禹治水神话可能产生于图腾制时期。《山海经·海内经》及《天问》都有"鲧复生禹"的情节,鲧殛死羽山,尸体三年不腐,剖以吴刀而生禹。鲧既生禹,说明这则神话可能是母权制社会的产物。到了父权制社会,鲧、禹都变成了男性英雄,治水方法有变,也增加了娶亲情节,而禹也因治水有功成为夏民族的先祖。至此,鲧、禹形象完成了从动物、半人半兽到人的转变,而那些"不雅驯"的内容则遭到删削而变得支离破碎。

神话历史化的第二种改造方式便是对原有神话的非理性内容作出理性化的阐释,使之符合正统伦理道德体系构建的要求。这种改造早在儒家出现之前就已经存在,比如鲧禹形象的嬗变中,旧的形象被删去,新的形象随之而生,便可以看做是一种替代性阐释。又如《左传·昭公十七年》将鸟图腾神话解释成一系列的官名,并按照后世官制加以系统化。而以孔子为代表的儒家学派本着"不语怪力乱神"的原则,对神话进行了伦理化阐释,比如"夔一足"和"黄帝四面"就被解释成圣贤君臣的史实。由于自汉代以后儒家思想渐成中国传统文化的主流,孔子对待神话的态度影响很大。一个显著的例子是,汉初典籍如《淮南子》中保留的神话大都被无情地删削了。

中国神话的亡佚,另一原因是神话宗教化,即神话变成仙话。神话变成仙话与战国以来长生观念的兴起有关,汉代以后道教的产生更加快了神话仙话化的步伐。仙道理论以求长生为终极目的,其以养生术为哲学基础,以修炼导引为手段,同时又辅以林林总总的仙道故事为宣传说辞。为了增加可信度,仙话常把神话人物变成仙道人物。以西王母为例:《山海经》中的西王母"其状如人,豹尾,虎齿,而善啸,蓬发,戴胜",尚未脱离半人半兽之形象。大概从战国时起,西王母渐渐与不死之药联系起来,进而演变成仙话中的人物。在早期汉代画像砖中,西王母的形象更接近《山海经》。而到了东汉以后,西王母逐渐成为一雍容华贵的妇人形象。可见,西王母定型为仙话人物,大概是在汉代。与神话相比,仙话的主题比较单一,其文化意蕴也相对要淡薄许多。

此外,神话文学化,神话故事演变成寓言,也是中国神话的一条发展变化之路。因为神话有比较深厚的文化底蕴和比较广泛的受众基础,故先秦诸子常借助神话说明道理。这一点在《庄子》一书中有非常明显的体现,

---

① 古代典籍记载禹化为"熊"可能是"能"(三足鳖)之讹误。

《逍遥游》之鲲鹏、《应帝王》之混沌、《天地》之黄帝遗珠等都有神话的影子,这些神话人物或富有神话色彩的叙事,不仅有助于《庄子》说理,也有助于《庄子》形成"意出尘外,怪生笔端"的汪洋恣肆的文风。

  从文学的角度看,神话善于运用夸张的手法,并富有想象力,具有很强的艺术表现力。如"女娲补天"神话,女娲用五彩石补天,这就解释了为什么天空彩霞满天,如山花烂锦,且不时又有陨石坠落。为了与天帝抗争,刑天被砍断头之后,却能以乳为目、以脐为口,继续抗争,这又是一个多么壮怀激烈、不屈不挠的英雄形象!神话不仅有夸张,有想象,有各种各样稀奇古怪的形象,而且作为故事还具有强烈的戏剧效果,正如卡西尔在《人论》中所说,"神话的世界乃是一个戏剧般的世界",各种各样的冲突使神话具有力量的美。这样的一个"戏剧"世界自然少不了叙事。早期的神话叙事大多比较简单,如《山海经·大荒南经》说讙头国的人"讙头人面,鸟喙,有翼,食海中鱼,杖翼而行",人民希望改善工具、提高生产效率,因而幻想如鱼鹰。这样的叙事只能算是平面叙事,是一种静止状态的,看不出情节变化。而到了《精卫填海》之类的神话,事件的来龙去脉便交代得清清楚楚了,情节性强,叙事水平大大地提高了。

  与世界其他文明一样,我国神话对于后世文学产生了很大的影响,"神话不特为宗教之萌芽,美术所由起,且实为文章之渊源"。首先,神话为后世的文学创作提供了丰富的素材,后世文学作品中大量出现神话中的人物或叙事情节,如《大雅·生民》、《商颂·玄鸟》、《庄子》散文、屈原辞赋,至于后世诗人、小说家、戏曲家以神话故事、神话人物写诗、创作剧本或小说,更是不胜枚举。其次,神话形式虽然简单,却蕴含着丰富的情感因素。它既是先民对世界及自身的思考与感受,也包含先民对拯救世人的先祖及英雄人物的崇拜和感佩之情。就我国神话而言,这种情感因素因为蕴含丰富的伦理意义而显得尤为厚重感人。当屈原在《离骚》中就重华而陈词时,实际上是自拟于帝舜。舜既是一位圣明君主、孝义人伦的代表,同时也是一位充满悲剧色彩的人物。他为救万民而身死苍梧,谨守孝悌却屡遭构陷。此时读者不仅进入了屈原的世界,也进入了帝舜的世界,双重情感世界的叠加与融合无疑会带给读者强大的情感体验和精神力量。总之,神话在后世文学中再获新生,也使后世文学在素材、情感、思维以及表现手法等诸多方面呈现出特异的色泽。

第三章 《诗经》

文字产生之前，原始歌谣就已经产生了。但我国古书中记载了一些据称是黄帝、尧、舜时代的歌谣，则明显是出于伪托。甲骨卜辞中有韵的作品太少太简单，《易经》中若干简朴韵语因为没有坚实的文献依据，也难以确认其年代。要讨论我国古代早期的诗歌，仍应以《诗经》为主。

第一节 《诗经》概说

《诗经》是我国历史上第一部诗歌总集，原名《诗》。《诗经》收录诗歌305篇，故又称"诗三百"。另有六篇笙诗，有目无辞，即《南陔》、《白华》、《华黍》、《由庚》、《崇立》、《由仪》。

《诗经》主要收集了自周初至春秋中叶五百多年间的作品，最后编订成书大约在公元前6世纪。这些作品产生的地域大体包括今天的黄河中下游及汉水上游地区，即陕西、山西、河南、河北、山东以及湖北的一部分。《诗经》的作者包括了从贵族到平民的各个社会阶层。

《诗经》在先秦时期是音乐作品，所有的诗篇都是配合音乐演唱的，《墨子·公孟》说："颂诗三百，弦诗三百，歌诗三百，舞诗三百。"《史记·孔子世家》又说："三百五篇，孔子皆弦歌之，以求合韶、武、雅、颂之音。"新出上海博物馆藏战国楚竹书《孔子诗论》也说《颂》乐的演唱风格是"安而迟"。这里都说《诗》可以入乐，是用来演唱的。故《诗经》按音乐风格分为风、雅、颂三部分，风是各邦国音乐，雅是朝廷正乐，颂是宗庙祭歌。《风》包括《周南》、《召南》、《邶风》、《鄘风》、《卫风》、《王风》、《郑风》、《齐风》、《魏风》、《唐风》、《秦风》、《陈风》、《桧风》、《曹风》、《豳风》，有诗160篇；《雅》包括《大雅》31篇，《小雅》74篇；《颂》包括《周颂》31篇、《鲁颂》4篇、《商颂》5

篇,而《商颂》的写作年代历来有争议。①

　　《诗经》中作品的收集,历史上有"采诗"说和"献诗"说两种。关于"采诗"说,见诸文献记载最早的当为《左传·襄公十四年》引《夏书》曰:"遒人以木铎徇于路。"所谓"遒人"便是古代帝王派出去了解民情的使臣,而杜预认为这些使臣以木铎徇路的目的就是采集歌谣。汉代关于采诗之官到民间采诗的记载很多,如《汉书·食货志》、何休《公羊春秋注》。尽管这种说法的确切性尚可存疑,但可以确信的是,《诗经》中作品来源广泛,如果没有人专门采集,这些诗篇很难汇集到周王室。而出土文献中,战国楚竹书《孔子诗论》在论及邦风时,说到"溥观民俗",也为周代有采风之制提供了一个佐证。关于"献诗"说,先秦的文献如《国语》都有记载,《国语·周语·召公谏弭谤》:"故天子听政,使公卿至于列士献诗,瞽献曲,史献书,师箴,瞍赋,矇诵,百工谏,庶人传语,近臣尽规,亲戚补察,瞽史教诲,耆艾修之,而后王斟酌焉,是以事行而不悖。"先秦许多典籍也收有朝臣献诗讽谏的例子,而《诗经》中的一些作品也记录了诗的作者及其作诗的目的,如《大雅·烝民》、《民劳》、《小雅·节南山》、《巷伯》等。所以,《诗经》有三个来源:从各地采集的诗篇,主要是《风》诗;公卿大夫至于列士献诗,主要集中在《雅》诗中;朝廷乐官保留的仪式用乐,如祭祀诗、燕飨诗等,这类诗歌集中在《颂》诗中,也包括《雅》诗中的一些诗篇。

　　关于《诗经》是如何编纂成书的,司马迁在《史记·孔子世家》中认为是孔子删选而成。而从《左传》季札观乐来看,孔子之前应该有和今本《诗经》差不多的文本存在。所以自东汉郑众以来,人们一直对"孔子删诗"提出质疑。② 直至今天,关于这一问题仍然没有定论。但越来越多的人认为,孔子不是《诗经》的删选者,但他对《诗经》有"正乐"之功,并且对《诗经》作过系统的整理研究。当然,何人编选《诗经》、如何编选、几次编选等一系列问题,现在已经很难弄清楚了。《周礼》等记载先秦时期大师以六诗教瞽矇、大司乐以六诗教国子,故《诗经》结集或与乐官有关。

　　战国以前,《诗》主要掌于大师和大司乐之手,大师以《诗》教瞽矇,以服务于各种礼仪场合。而大司乐以《诗》教国子,以培养各种政治人才,此即孔子所谓"授之以政"、"使于四方"。《左传》、《国语》等先秦典籍记载大量

---

①　汉代毛诗以《商颂》为商代诗歌,而韩诗等以《商颂》为春秋中叶美赞宋襄公的诗。到了近代,王国维提出《商颂》为西周中叶宋人之诗,详见其《观堂集林·说商颂》。

②　贾公彦:《周礼注疏》,北京:中华书局1980年版,第796页。

赋诗言志的事例,诸侯君臣出使或交接邻国,常称引《诗》以表达自己心意或以《诗》专对,诚可谓"不学诗,无以言"。春秋之后,礼坏乐崩,朝聘之事渐息,故赋诗之风也渐渐退出历史舞台。然而此时,诸子兴起,《诗》进入诸子视野,由原来重乐转为重视文本,实现了由乐章义向辞章义的转变。诸子尤其是儒家著述大量称引《诗》句,以取譬连类的方式,对《诗》进行伦理化阐释,以发挥《诗》的修身功能和社会功用。秦火之后,《诗经》因为"便于讽诵"而得以基本保全。汉惠帝四年(前191)废除"挟书令",《诗经》等先秦儒家典籍渐渐大行于世,出现了鲁(鲁人申培)、齐(齐人辕固)、韩(燕人韩婴)三家今文诗学。两汉时期,三家诗立为博士,成为官学,学徒甚众,盛极一时。又有古文毛诗,得河间献王刘德扶助,虽未立为学官,而在民间广泛传播。东汉以后,因马融、郑玄等推崇,遂盛行于世,最终压倒并取代今文诗学。后来今文三家诗逐渐亡佚,毛诗一枝独秀,今本《诗经》便是毛诗。汉儒说《诗》,并无本质差异,今文鲁、齐、韩诗与古文毛诗皆以"美刺"说诗,自然有附会、曲解之处。但汉代形成的说《诗》传统不仅对《诗经》学产生深远影响,对中国古代文学观念的生成与发展也起到了重要作用,我们不能对之视而不见。

第二节 《诗经》的思想内容

《诗经》是一部周代社会生活的百科全书,内容广泛,自天子诸侯至平民百姓,从庙堂盛典到民风民俗,无不有充分反映,因而在先秦时就被称为"义之府"。根据诗的内容,我们可以把《诗经》分为祭祀诗、民族史诗、农事诗、宴饮诗、丧乱诗、战争徭役诗、婚恋诗等。

一、祭祀诗

在古代,祭祀作为人神交通的手段,向来受到人们的重视,所谓"国之大事,在祀与戎"。在古人的生产、生活、战争乃至节日庆典、婚丧嫁娶等活动中,宗教祭祀都是不可或缺的组成部分。正因为如此,在《诗经》中,祭祀诗是非常重要的一个门类。但学术界关于《诗经》中祭祀诗的界定有广义、狭义之分,广义的是举凡涉及祭祀内容的诗都归于祭祀诗,如《生民》、《文王有声》之类。但这样的区分无疑会大大扩大祭祀诗的疆界,模糊了各类诗歌的界限,因此我们在此取狭义的祭祀诗概念,即在宗教祭祀场合演唱的,借助主祭者与神灵之间的沟通以表现面对神灵所产生的宗教感情和体验的诗。① 《诗经》的祭祀诗主要集中于《周颂》，祭祀的主要对象为周民族的先祖，尤其是周文王和周武王。祭祀诗的主要内容是歌颂先祖的盛德和功业，祭祀者对先祖充满了虔诚、敬畏和由衷的赞美，因而祭祀诗的情感基调是庄重肃穆的。如《周颂·执竞》：

> 执竞武王，无竞维烈。不显成康，上帝是皇。自彼成康，奄有四方，斤斤其明。钟鼓喤喤，磬筦将将，降福穰穰。降福简简，威仪反反。既醉既饱，福禄来反。

歌颂了周武王、周成王、周康王的功绩，称赞周武王的功勋卓著，无人能及，也称扬周成王、康王顺乎天心，开创周王室广大疆域的功德。但诗歌对于武王伐商、成王东征等具体的历史事件则一概不涉及，看似泛泛而咏，其实这正是《诗经》祭祀诗的一个特点：祭祀者心目中的祖先为"无形之象"。泛言功德，从虚处着笔而不涉及任何具体事项和外在的感性特征，正是为了保持祖先形象的内在统一性。而诗歌描绘盛大的祭祀场景、繁富的祭祀音乐以及"既醉既饱"的祭祀者情态，也表现了整个祭祀活动的隆重和祭祀者内心肃穆而又神圣的情怀，从而使整首诗笼罩在庄严肃穆的宗教神秘氛围中。

二、民族史诗

民族史诗是一个民族对自身兴盛壮大历史的记忆，故而民族英雄是民族史诗的歌颂对象。《诗经·大雅》中《生民》、《公刘》、《绵》、《皇矣》、《大明》等诗是周民族史诗，它们不仅记载了周民族产生、发展及灭商建周、统一天下的历史过程，也记载了周人的政治、经济、军事、民俗等方面情况，具有历史、文学等多重价值。从历史来看，《生民》歌颂周人的始祖弃。弃不仅有神奇的诞生经历，而且开创了周人以农业立国的传统。《公刘》则叙述公刘带领周人自邰迁豳的历史，有再续周人农业传统的功勋。《绵》叙述古公亶父由豳迁岐，建立了翦商的历史功勋，而且文王承统也是古公亶父慧眼识英的结果。此外，《皇矣》从太王、太伯、王季叙述到文王的伐密伐崇，《大明》从文王出生叙述到武王伐纣。从民族始祖到伐商立国，这五首诗见证了周民族一步步发展壮大的历史以及如何以"蕞尔小邦"灭了不可一世的"大邑商"的过程。

在演绎历史的同时，这些诗也反映了周的民族文化和风俗民情。以《生民》为例。弃是周人的始祖，他的诞生充满了神奇色彩。其母姜嫄履迹

---

① 赵沛霖：《关于〈诗经〉祭祀诗的几个问题》，《河北师范大学学报》2008年第4期。

而怀孕,实际上是只知其母不知其父的母系社会的折射。弃的出生"先生如达",非常顺利,反而让人觉得不可思议,故而被视为不祥,为其母所弃。但尤其令人啧啧称奇的是,弃历经磨难而不死,这一描写旨在突出其圣人感生的神圣意义。

  同时这些史诗也有很高的文学价值。《生民》吸引我们的不仅是弃诞生的神奇,也让我们感受到周人对农业生产劳动的熟悉和深厚的感情。诗的第五章:"诞后稷之穑,有相之道。茀厥丰草,种之黄茂。实方实苞,实种实褎,实发实秀,实坚实好,实颖实栗。"用"方"、"苞"、"种"、"褎"、"发"等十个形容词,写出了庄稼不同阶段的生长状态,这正是从事农业劳动、熟悉农业知识的人才有可能写得出来的。这里表面上是写农神后稷,实际上是人们对自己民族勤劳、智慧和具有丰富农业知识的歌颂。而诗中关于祭祀过程的描述,不仅充满宗教的虔敬,也蕴含着丰收的喜悦之情。此外,《公刘》写周人在公刘带领下刚到豳地住下时的情景是:"京师之野,于时处处,于时庐旅,于时言言,于时语语。"一派欢歌笑语的景象,很是传神。《绵》写建筑场面时,用了许多象声词:"捄之陾陾,度之薨薨,筑之登登,削屡冯冯,百堵皆兴,鼛鼓弗胜。"那盛土、倒土、捣土、削土的声音,把巨大的鼓声都掩盖住了,这宏大的气势正显示了周人建设家园的高涨热情。作为叙事诗,周民族史诗展示了我们的祖先在叙事方面的成就和水平,每一首诗的叙事都完整而有条理。

  除了这些诗以外,《诗经》中周宣王时期征伐猃狁的诗篇,如《常武》、《采芑》、《六月》等,也带有史诗的性质。

三、农事诗

  周人的始祖弃以教民稼穑而被奉为五谷之长,称为后稷。在周人看来,他们是以农业立国,所以《诗经》中农事诗十分丰富,《周颂》中的《臣工》、《丰年》、《噫嘻》、《载芟》、《良耜》等,《小雅》中的《大田》、《甫田》、《信南山》等以及《豳风·七月》等都是优秀的农事诗,它们反映了周人农事活动的方方面面。《诗经》农事诗既有宗教价值,也有历史价值。作为宗教性特征十分明显的诗,农事诗涉及祈年、藉田、报祭等多种宗教礼俗和宗教生活。如《周颂·噫嘻》是一首描述藉田仪式的诗,成王"率时农夫,播厥百谷",农夫"终三十里"、"十千维耦"。试想在广阔的田野上,数万名农夫同时劳动,这是何等壮观的场面!而从历史角度看,农事诗也反映了周朝的农业文明和农业发展形态、水平等诸多侧面,如"公田"、"私田"以及藉田等问题。郭沫若就大量引用《诗经》中的农事诗,来探讨周朝农业文明的发展形态等诸多问题。而像《七月》这样的优秀诗篇,不仅具有文化史价值,更具有很高的艺术价值。

《七月》是风诗中最长的一篇,共 8 章 88 句,380 字。它以平静的口吻叙述了农夫一年的生活,其中的丰富的农业资料如作物、耕作以及一年的农业节令都具有不容忽视的史料价值,凡是研究古代农业发展状况、古代气候的大多会参考《七月》。可以说,它是一部用诗歌写成的农业历法,是诗歌版的《夏小正》或《月令》。

就思想情感而言,《七月》表现出对自然非理性崇拜的超越,与之相关便是对技术更新的认识和对自然依赖的摆脱,每一季节该做什么,人们都有清楚的认识。诗中虽然也说到"献羔祭韭",但放在全诗中看,它的分量就非常小了,几乎可以忽略。因此,《七月》才能以自由的情感平等地面对自然,表现出平和气象。正因如此,这首诗在艺术成就方面受到的称誉很多,被称为"无体不备,有美必臻"、"淘天下之至文"、"真是无上神品"等。而清代崔述曰:"读《七月》,如入桃源之中,衣冠朴古,天真烂漫,熙熙乎太古也",认为《七月》如同陶渊明的诗一样有古朴自然的韵味。

诚然,这首诗从七月写起,按农事活动的顺序,以平铺直叙的手法,把风俗景物和农夫生活结合起来,朴实、生动地描摹了西周农人的生活状况,而农人的喜怒哀乐自然蕴含于其中。这便是艺术的《七月》,把它看做是后世田家诗的滥觞,也是毫不为过的。

四、宴饮诗

宴饮在周人的政治、文化生活中占有重要地位,举凡祭祀、朝聘等都要举行宴饮活动。而宴必有乐,故《诗经》中用于宴饮场合演唱的乐歌即宴饮诗占有相当大的分量。宴饮的目的是为了"示容合好",故宴饮诗极力渲染一种和谐融洽、欢快热烈的气氛。如《小雅·鹿鸣》:

呦呦鹿鸣,食野之苹。我有嘉宾,鼓瑟吹笙。吹笙鼓簧,承筐是将。人之好我,示我周行。

据《左传》、《国语》等记载,《鹿鸣》是君主宴享臣子的诗歌。鹿具有群居性且具有很强的可塑性,故诗用鹿起兴,以鹿呼同类象征主客的和睦,极力渲染祥和融洽的气氛。

但是我们也应该看到宴饮诗融洽气氛背后隐藏的交换关系。《鹿鸣》写"承筐是将",筐是用来盛装俏币的。《伐木》中主人反复吟唱"宁适不来,微我弗顾"、"宁适不来,微我有咎",说明他有召集众人宴饮的义务和责任,否则就"有咎"。而如果诸侯或宗主按期邀集人们宴饮,参加宴饮者不仅要受到"既立之监,或佐之史"的约束,而且要对主人表达自己的感激之情和臣服之心,如《天保》就用"如月之恒,如日之升,如南山之寿……如松柏之茂"这样充满颂扬情感的语言向天子致以祝福和颂扬。

五、战争徭役诗

以战争与徭役为主要题材的叙事和抒情诗称为战争徭役诗,《诗经》中这类题材的诗大概有 30 首,算是比较多的一种诗歌题材。战争与徭役在《诗经》中一般被称为"王事",对于重农尊亲的周人来说,"靡盬"的"王事"不仅使得他们"不遑启处",也使他们"不能艺稷黍",不能赡养父母。因而《诗经》中的战争徭役诗多表现出较为浓郁的感伤思乡恋亲的情怀,对繁重的王事多充满厌恶,凸现了较强的周民族农业文化的心理特点。

《小雅·采薇》是这类诗歌中具有代表性的诗篇。诗中主人公是参加周王朝对猃狁战争的士兵,他的内心是非常复杂的。他一方面满怀苦恼,整天想的就是早日回家,所以薇菜的一点点变化他都非常清楚。但"靡室靡家,猃狁之故。不遑启居,猃狁之故","王事靡盬,不遑启处。忧心孔疚,我行不来",眼看着日子一天天过去,回家之事却毫无指望,因而独自黯然神伤,"曰归曰归,岁亦莫止","曰归曰归,心亦忧止","曰归曰归,岁亦阳止"。最后终于盼到了回家的那一天,他走在回乡途中,天空飘着纷纷扬扬的雪花,身体又饥又渴,心里充满悲哀和物是人非之感:"昔我往矣,杨柳依依,今我来思,雨雪霏霏。"但另一方面这首诗也表现了战斗的激情和对胜利的渴望,因为当异族入侵时,他是为保家卫国而出征的。诗人疾呼"靡室靡家,猃狁之故",说明他怨恨的是猃狁而非周天子。诗人对侵略者充满了愤怒,诗篇中也洋溢着战胜侵略者的满腔豪情,如"戎车既驾,四牡业业。岂敢定居?一月三捷。驾彼四牡,四牡骙骙。君子所依,小人所腓"之类。

与战争诗相比,《诗经》中的徭役诗更加表现出对繁重徭役的愤慨和厌倦。无论是大夫还是下层人民,都同样厌倦无休止的徭役。如《四牡》描写了役夫久役在外不能供养父母的哀怨,《何草不黄》写男子服役,长期奔波于旷野,不能与家人团聚,因而怒火中烧,"何草不玄,何人不矜。哀我征夫,独为匪民"。外有旷夫,家有思妇,《小雅·杕杜》表达了妇女思念征夫的痛苦。《卫风·伯兮》中的女主人公因为思念远戍的丈夫而痛苦不堪,甚至无心梳妆打扮。《王风·君子于役》也以思妇的口吻抒发了对役政的不满。黄昏时候,牛羊等禽畜都按时回家,而自己的丈夫却不能如期回来,即景生情,在田园牧歌式的乡村小景中,渗透了思妇的无尽相思和悲哀。

六、丧乱诗

西周后期,由于王室腐败,戎族侵扰,统治秩序已被破坏,整个社会动荡不安。公元前771年,在内忧外患、天灾人祸的交相侵袭下,周幽王被杀。幽王被杀之后,其子宜臼自立为王,是为平王;而幽王另一子余臣继位于携,与平王分庭抗礼,史称"二王并立"。后来,余臣被杀,平王东迁,西周灭亡。《大雅》、《小雅》中产生于这一时期的诗,多为伤时悯乱之作,故称丧乱诗。这些丧乱诗的作者多为士大夫,他们一方面惊心于天灾,把天灾当做是上天对上层统治者的谴告。如《十月之交》:"烨烨震电,不宁不令。百川沸腾,山冢崒崩。高岸为谷,深谷为陵。"一副山雨欲来风满楼的景象,预示着大灾难、大动荡即将来临。然而可悲的是,"哀今之人,胡憯莫惩!"那些上层统治者不以为然,依旧过着醉生梦死的生活。另一方面,他们也对社会的黑暗进行了揭露,如《瞻卬》:"人有土田,女反有之;人有民人,女覆夺之。此宜无罪,女反收之。彼宜有罪,女覆说之。"对统治阶层内部秩序的混乱和不公正现象提出了指责,如《北山》:"或燕燕居息,或尽瘁事国;或息偃在床,或不已于行;或不知叫号,或惨惨劬劳;或栖迟偃仰,或王事鞅掌;或湛乐饮酒,或惨惨畏咎;或出入风议,或靡事不为。"有人升浮,有人沉降,有人为"王事"辛苦劳碌而无所得,有人无所事事却安享尊荣,这足以见出社会的不公。

即便如此,诗人并不敢与上层社会公开决裂,因为他们处境艰难,即便小心翼翼也常常不能见容于众人:"黾勉从事,不敢告劳。无罪无辜,谗口嚣嚣。"同时他们自己也隶属于这个集团,并不能彻底否定这个集团。因而他们可能会批评这个集团中的某些人,却不会对这个集团的存在提出质疑。

七、婚恋诗

《诗经》中婚恋诗所占比例非常大,成就也非常高,是《诗经》的精华之所在,也最为动人。具体说来,《诗经》中的婚恋诗又可以分为下述数种:

男女求偶相思之诗。如《关雎》,诗中主人公"辗转反侧"、"寤寐思服",但并没有因此而越礼,最终还是选择以琴瑟钟鼓而求之的方式,故孔子评其"乐而不淫,哀而不伤"。又如《采葛》的男女恋人"一日不见,如三月兮"、"如三秋兮"、"如三岁兮",更显情深意长。

欢聚幽会之诗。如《静女》写青年男女约会时的一个小插曲,女子调皮可爱,故意藏身不见,男子则憨态可掬,抓耳挠腮,不知所措。女子赠男子一根白茅草,男子珍视无比,因为这是"美人之贻"。在《诗经》时代,总的说来,对男女交往的限制还不像后代那样严厉,我们在这些诗中不难看到年轻的小伙和姑娘自由地幽会和相恋的情景,如《召南·野有死麕》:

> 野有死麕,白茅包之,有女怀春,吉士诱之。
> 林有朴樕,野有死鹿。白茅纯束,有女如玉。
> "舒而脱脱兮! 无感我帨兮! 无使尨也吠!"

一个打猎的男子在林中引诱一个"如玉"的女子,那女子劝男子别莽撞,别惊动了狗,表现了又喜又怕的微妙心理。与之相类似的诗篇还有《郑风·溱洧》、《陈风·宛丘》等,如《郑风·溱洧》描写在上巳节背景下,男女相邀,两情相悦则自由结合,没有丝毫的拘束。

爱情受阻之诗。当爱情出现波折,相爱中的男女就要承受熬煎与痛苦。如《鄘风·柏舟》的女子有了心上人,所谓"髧彼两髦,实维我仪"。但因为女子的母亲从中阻拦,使相爱的人不能自由相爱,于是女子便痛苦喊出"母也天只,不谅人只"。此外如《郑风·狡童》的女子因为单相思而寝食难安,《秦风·蒹葭》的主人公因为极度追寻以致心生幻觉,"宛在水中央",那种惆怅与失落确实不是一般人所能凭空想象出来的,比《汉广》更痴情。而《郑风·将仲子》则写一位女子因为顾忌父母、兄长以及邻里之言而只好恳求自己心爱的人不要再做出格之事,已带有深刻的社会伦理印记。

婚嫁喜庆之诗。如《桃夭》之灼灼桃花,《何彼秾矣》之唐棣之花,都将新嫁娘比喻成盛开的花朵,不仅写出其美貌,更烘托出浓浓的喜庆气氛。

婚后幸福生活之诗。如《郑风·女曰鸡鸣》以夫妇对话的形式,写清晨起床的一个片段,饶有风趣,表现了夫妇缠绵恩爱的情意。而《齐风·鸡鸣》极写男子对女子的依恋,也属于夫妻缠绵之诗。

生离死别之诗。不论是生离还是死别,对于恩爱双方来说,都是人生最大的和最难以忍受的伤痛。《卫风·伯兮》写一位女子因为心上人不在身边,甚至连梳洗都没有兴致;而《邶风·燕燕》写看着心爱的人渐行渐远,终于隐没于天边,禁不住"泣涕如雨";《邶风·绿衣》写生者睹物思人,心伤不已;《唐风·葛生》中一位死了丈夫的妻子更是表示"夏之日,冬之夜,百岁之后,归于其居",让人深深同情她的遭遇。

弃妇诗。理解《诗经》中的婚恋诗,一定要有先秦民俗及婚姻制度方面的知识。先秦时期,男女结合,"奔"是重要形式之一,如《国语·周语上》记载三女奔密康公之事。《诗经》中也有类似的诗篇,比如《鄘风·蝃蝀》。这样的婚姻缺少保证,所以一旦情境发生变化,婚姻便容易破裂。如《卫风·

氓》所写的婚姻便属"子无良媒"的私奔,当女子年老色衰,如"其黄而陨"的桑叶,婚姻便出现裂痕,甚至破裂;昔日的海誓山盟都化作乌有,而今只剩下无尽的悔恨。此外如《邶风·谷风》也是一首弃妇诗,甚至还有《小雅·我行其野》这样的弃夫诗。

第三节 《诗经》的艺术特征

《诗经》是音乐艺术,然后才是语言艺术。《诗经》是可以唱的。《尚书·虞书》曰:"诗言志,歌永言,声依永,律和声。"《周官》大师教六诗,且"以六德为之本,以六律为之音",《左传》记载吴公子季札请观周乐,使工为之歌《周南》、《召南》,并及于十二国《风》及《雅》、《颂》。《毛诗序》曰:"在心为志,发言为诗。"又曰:"言之不足,故嗟叹之;嗟叹之不足,故永歌之。"此言诗所由作,即《虞书》所谓"诗言志,歌永言"也。又曰:"情发于声,声成文谓之音",此言诗播为乐,与《虞书》之"声依永,律和声"同义。《史记》言:"《诗》三百五篇,孔子皆弦歌之,以求合《韶》、《武》、《雅》、《颂》。"凡此种种皆证明《诗》最先是配合音乐来演唱的。

正因为《诗》是音乐艺术,所以《诗》的文本具有重章、叠句、重言等特征。先看重章。《周南·芣苢》:

采采芣苢,薄言采之。采采芣苢,薄言有之。
采采芣苢,薄言掇之。采采芣苢,薄言捋之。
采采芣苢,薄言袺之。采采芣苢,薄言襭之。

全诗三章十二句,只改变了六个动词而已。然而整首诗却以章节的重复构建出回环复沓的旋律,渲染出生动活泼的气氛,类似于民间小调,给人一种一唱三叹的美感,无怪乎清人方玉润在《诗经原始》中比之于田家妇女的群歌互答。《诗经》中重章形式多种多样,音乐史家杨荫浏也正是通过《诗》章节复沓的形式归纳出了《诗》乐曲的十种调式①。

再看叠句。重章中常包含叠句,如《关雎》之"参差荇菜,左右流之"、"左右采之"、"左右芼之"。也有不同诗章叠用相同诗句者,如《汉广》每章的结尾都叠以"汉之广矣,不可泳思。江之永矣,不可方思"。这样的叠句很容易让我们想起歌唱中的合唱,应该是众人唱和之词。

---

① 杨荫浏:《中国古代音乐史稿》(上),北京:人民音乐出版社1980年版,第57—61页。

最后看重言。语言学家的研究表明,在先秦时代,汉语词汇仍以单音节为主,单音词在词汇构成中占绝对优势。不仅甲骨文、金文中复音词极少,就是《左传》、《论语》、《孟子》等传世文献中复音词的比例也不高。相对而言,《诗经》的复音词比例远远高于其他文献。① 而且《诗经》的复音词以单纯性复音词比例较高,包括重言、双声、叠韵、双声兼叠韵、非双声叠韵等诸多形式。其中最接近原生态的单纯性复音词是重言,如"关关"、"将将"之类,在《诗经》中数量最多,使用频率最高。《诗经》的复音词,尤其是单纯复音词比例如此之高,正因为《诗经》是音乐文学,它表现了《诗经》音乐二音一顿的节奏特征。

与《诗经》音乐性相关的还有《诗经》的四言句式。《诗经》的句式以四言为主,但构造四言句式的方式不一,主要有:截句,即以"四言"为限,对句子予以拆分,而不以文法、文义为虑,如《定之方中》之"树之榛栗,椅桐梓漆"。扩句,即不足四字的,通过添加语尾助词或加衬字,使之成为四言句。以衬字为例,《诗》中常用的衬字有"止"、"其"、"彼"、"斯"、"思"、"有"等,如《汉广》之"不可方思"。拆词,即原本是一个词,拆开后再加上衬字,这样做并没有文法上的依据,也不是出于文义的考虑,只是为了凑足四言,如《那》之"猗与那与"。《诗经》为了维持其四言句式采取的诸种手段几乎都不是出于文法考虑,甚至与文法相冲突。② 这正是音乐旋律的要求,因为四言句式正是"二·二"式节奏形式的体现。而周人音乐为什么是"二·二"式节奏形态,或与周人以青铜编钟为主体的雅乐体制有关。③

上述所说的都是《诗经》作为音乐文学在文本上的特征,它们使得《诗经》的文本读起来琅琅上口,给人以音乐旋律的美感。而就其表达的内容和情感而言,《诗经》则开创了中国文学写实的传统,具有非常深厚的现实基础。所谓"饥者歌其食,劳者歌其事",无论是写人们的劳动还是他们内心对爱情的渴望,都是真实自然的,没有丝毫忸怩造作之感和粉饰雕琢之弊,从而形成了朴素、自然的艺术风格。而大、小《雅》中诗人对统治者的批评,也同样是出自诗人忧戚国事之心,有些诗写的就是诗人自身的经历。如

---

① 向熹:《〈诗经〉里的复音词》,《语言学论丛》(第六辑),北京:商务印书馆1980年版,第28页。

② 黄侃先生对此有论,见黄侃:《文心雕龙札记》,上海:上海古籍出版社2000年版,第133—134页。

③ 曹建国:《青铜编钟与〈诗经〉的四言构体》,《中国学术》第20辑,北京:商务印书馆2007年版。

《诗经》中的丧乱诗,多揭批现实、指斥时弊,表达出鲜明的憎恶或哀伤之情。与此同时,《诗经》又具有生动的形象性和和很强的艺术感染力,这与它灵活运用赋、比、兴手法是分不开的。

关于赋、比、兴的含义,一直以来争论不断。其实,既有诗体意义上的"六诗"之赋、比、兴,有经学意义上的"六义"之赋、比、兴,又有作为艺术手法之赋、比、兴。三者代表不同时代人们对赋、比、兴的阐释,其出现各有时代背景或时代需求,理应区别对待。作为艺术手法的赋、比、兴,赋是铺陈叙事,比是打比方,兴则是以物发端,借他物引起所咏之词。三者之中,以"兴"最难把握。《诗经》中,兴有时纯粹作为发端之词,与所咏写的内容之间并没有多大的关联。如"鸳鸯在梁,戢其左翼"见于《小雅·鸳鸯》和《小雅·白华》,但用于《鸳鸯》为祝福之语,用于《白华》则为怨刺之词。但多数情况下,起兴之句与上下文之间有非常微妙的关合。它们或为烘托气氛之语,起兴之物与所咏之词在情感或物形外貌上有密切的关联,如《周南·桃夭》为新嫁娘之歌,诗用枝繁叶茂、花红朵朵的桃树比喻新娘的青春艳丽,并烘托出婚礼的热闹喜庆;或为某种原始崇拜物,借以表达某种原始宗教生活或文化礼俗,如《关雎》以擅捕鱼的鱼鹰鸟起兴,很容易让我们想起仰韶文化遗址中出土的陶缸上绘的鹳鸟、石斧以及鱼形图案。

比在《诗经》中运用也非常广泛,有很高的艺术成就。如《卫风·硕人》以"手如柔荑,肤如凝脂,领如蝤蛴,齿如瓠犀,螓首蛾眉"等一连串的比喻来描绘硕人的容貌。我们在惊叹硕人容貌美丽的同时,也更加钦服诗人超乎寻常的想象力。而"巧笑倩兮,美目盼兮"两句,让我们想到硕人顾盼生辉、鲜活灵动的神态,她的一笑一颦无不具有摄人心魄的力量。不仅如此,《诗经》还善于借助有形的事物来表达抽象的内涵,尤其善于借助一些客观物象来表现人物内心微妙的情感。如《卫风·伯兮》中的思妇把思念丈夫的心情比喻成炎炎烈日盼望下雨,"其雨其雨,杲杲日出",这就把内心的那种企盼与失望非常形象地表现出来了。

在《诗经》三种常用手法中,最不受重视的是赋。其实赋非常重要。《诗经》时代,叙事文学已经取得了很大的发展,《诗经》中就有不少用赋写成的诗章,如《七月》便是运用赋的手法,交代了一年四季农夫的生活,有条理,有章法。在《诗经》的整个表达体系中,赋往往起到铺垫的作用,没有赋的参与,《诗经》中的比兴便无以立足。这里仍以《伯兮》为例。诗中少妇之所以思念她的"伯",是因为伯外出打仗去了,"为王前驱",而且"伯"英勇善战,是"邦之桀"。而这些内容的交代全用赋法,没有这些交代,思妇内心的骄傲以及思念便无法表达出来。

在《诗经》中,赋、比、兴并不是独立的,朱熹在《诗集传》中曾归纳出"兴而比"、"赋而比"等,虽受人诟病,却也反映出《诗经》运用赋、比、兴的灵活性和多变性。综合运用赋、比、兴,使得《诗经》在表意和造境等方面都取得了卓越成就,如《秦风·蒹葭》便是这样的杰作。

第四节 《诗经》对后世文学的影响

作为中国文学的光辉起点,《诗经》的出现标志着中国古代诗歌在三千年以前就已经取得了辉煌的成就。它那丰富的思想、高尚的审美情操和精湛的艺术手法,哺育了一代又一代的作家和诗人。而作为儒家的经典,它规范了后世文学的创作方向,塑造了中国文学的精神传统。

首先,《诗经》开创了中国古代诗歌的抒情传统。《诗经》中的诗篇都是短章,非常适合表现生活中的感人瞬间,如《汉广》、《卷耳》;或人物内心一刹那间的悸动,如《黍离》、《蒹葭》。为了宣泄感情或渲染某种氛围,《诗经》多用比、兴手法。正因为如此,《诗经》中叙事诗比例很低,抒情诗占绝对优势。即便是诗中有叙事的成分,也是为了服务于抒情。自《诗经》成为经典之后,又加之"诗言志"、"诗缘情"等诗学理念的助推,抒情诗一直是中国诗歌的主体。

其次,《诗经》奠定了以"风雅"精神为最高追求的诗学旨趣。"风雅"既指温柔敦厚的诗风,也指反映现实、干预时政的政治情怀。这与儒家积极进取的用世态度相符,也是汉代经学阐释的结果。汉儒以美刺说诗,重视发掘《诗经》的政治伦理价值,不仅影响了《诗经》的阐释,也影响了后世诗人的诗歌创作观念。在后代的文学创作活动中,"风雅"成为人们追求的目标,尤其是当文学变革之际,"风雅"更成为文学革命的旗帜。无论是"感于哀乐,缘事而发"的汉乐府民歌,还是以乐府旧题写时事的建安诗歌,以及倡导"风雅兴寄"的陈子昂、慨叹"大雅久不作"的李白、宣称"别裁伪体亲风雅"的杜甫,都追求"风雅"旨趣,注重文学干预现实的功能。而这都和《诗经》的典范意义分不开。

其三,《诗经》确立了中国文学重视"比兴"的创作原则。在中国文学的创作方法中,兴寄、兴托、兴象等词都和"比兴"有关。所谓"比兴"就是说文学作品的形象必须要有寄托,要讽喻政治,批判现实,而不是空无所指。如果说"风雅"是文学创作的最高境界,则达到这一境界的手段便是"比兴"。

所以,"风雅"与"比兴"是两个相互依存的概念。比兴原则的确立和汉代《诗经》阐释学分不开,尤其与汉儒以比兴说诗的阐释方法密切相关。汉代以后,无论是建安文学、阮籍的《咏怀》、郭璞的《游仙》,还是李白的《古风》、李商隐的《无题》,以及元曲明清戏曲中的美刺讽喻作品,无不是对《诗经》比兴手法的继承与发展。而我国古典文学讲究韵味悠长、含蓄蕴藉的民族特色的形成,也与比兴原则有关。

就具体文本形式而言,作为诗歌总集,《诗经》自编辑成书以后,便成为后世诗人模拟的对象。自先秦至魏晋六朝,四言诗一直是重要的诗歌体式。尤其是早期的四言诗,非常接近于《雅》诗。而这对于中国文学追求"雅正"的美学风范的确立产生了显著的影响。

第四章　先秦叙事散文

巫、史分途以及文字的出现,是人类文明的一大进步。中国史官文化发达,就甲骨卜辞看,殷商时期史官的分工已经很细。历史上有"左史记言,右史记事"之说,这使得中国古代记载史事的叙事文学非常发达。从甲骨文到青铜铭文,从《尚书》到《春秋》,再到《左传》、《国语》、《战国策》,史家之文由简而繁,由质而文,由片断的文辞到较为详细生动的记言、记事、记人,不仅其本身取得了很高的艺术成就,同时也开启了中国叙事文学的传统,对后世文学产生了广泛而深远的影响。

关于先秦叙事文学,我们应该注意两个方面的问题:一是记言和记事散文的发展。从现有的出土文献及传世文献看,记言散文早于记事散文而率先达到较高的水平。随后,记言与记事逐渐融合,这一融合过程在《国语》中有明确的表现。二是先秦历史著作在其发展演变过程中,官方色彩逐渐减弱,而个体创作意识逐渐加强。早期的《尚书》,除假托的部分外,完全是史官所保存的文件的汇编;《春秋》虽相传经过孔子的删定,但仍然保持着史官记录的体式。战国初编成的《左传》、《国语》也利用了大量史官记录,但已经不是严格意义上的官方著作。至于战国末年至秦汉之际形成的《战国策》,其主要来源是策士的私人著作。随着官方意识形态的色彩趋于淡薄,先秦叙事散文的思想情趣也表现出民间色彩,而且愈是后期其民间色彩愈浓,文学意味愈是显著,至《战国策》达到顶峰。

第一节　甲骨文和青铜铭文

甲骨文是刻在兽骨和牛肩胛骨上的文字,是我们今天能看到的最古老的成熟文字。它们最初被发现于河南安阳,是殷商遗物。后来在陕西周原也发现了西周早期的甲骨文。甲骨文可以看做是早期史官保留的档案,内容涉及祭祀、农业、田猎、风雨、战争、疾病等诸多方面。而从叙事文学的角度看,甲骨文短的只有几个字,最长的也只有一百多字,只能对时间、地点、人物、事件经过作极为简单的交代,它只是历史散文的萌芽。如:

壬子王卜,贞田盂,往来无灾,王占曰:弘吉。兹御,获狼卅一,麂八,貆一。(前二·二七·一)

这则简短的卜辞叙事,已经具备了叙事文学的雏形,它包括了时间、地点、人物、事件、结果等诸多叙事要素,只是事情的经过比较模糊,惟"兹御"二字一笔带过。而这正是后世叙事文学所努力发展的一个方面,一旦叙事补足了"经过"这一环节,便走向了成熟。

青铜铭文以青铜器为载体。青铜器的铸造并非以生活工具的实用性为主要目的,它主要承载的是祭祀功能,以达到宗教象征的目的,在早期尤其如此。青铜器的铸造目的也决定了青铜铭文的性质和表现形式,《礼记·祭统》:"夫鼎有铭,铭者自名也,自名以称扬其先祖之美,而明著之后世者也。"所以青铜铭文的出现与铸器者称扬先祖并借以传自己声名于后世的心理诉求有关。

就已有的青铜器铭文考察,早期的青铜器主要借助纹饰以达到宗教祭祀的目的。大约到了商代中期偏晚开始出现铭刻,但多为刻工标志或家族符号。到了商代后期,渐有叙事意义的铭文出现,但总的说来,都比较简略。到了西周中期以后,铭文走向鼎盛,大量出现长篇铭文,如《毛公鼎》铭文近五百字,已经接近于《尚书》篇章的字数。西周中期以后,铭刻的目的也日趋多样化,并非仅限于祭祀先祖、称铭祖德,也出现了诸如司法、契约、军事等内容,如《裘卫盉》:

唯三年三月既生霸壬寅,三禹旂于丰。矩伯庶人取堇璋于裘卫,才八十朋。厥贮舍田十田。矩或(又)取赤琥两、麂韨两、贲鞈一,才廿朋,其舍田三田。裘卫廼矢告于伯邑父、荣伯、定伯、亢京伯、单伯。伯邑父、荣伯、定伯、亢京伯、单伯廼令参有司司徒微邑、司马单旗、司工邑人服眾受田。燹趞卫小子絜逆者(诸)其乡(飨)。卫用作朕文考惠孟宝盘,卫其万年永宝用。

铭文虽然也说是为了文考惠孟作盘,但却与祖先功德没有关系,记载的是一次交易。矩伯庶人从裘卫那里取了价值八十朋的堇璋,矩伯赠与裘卫十田。后来矩伯又取了裘卫赤琥、麂韍、贲鞈等物,又赠与裘卫三田。于是裘卫将此事汇报了白邑父等人,白邑父便命令三有司主持交易,丈量土地。最后裘卫的小臣絜迎接并宴请主事诸人。交易完成,裘卫便把这件事刻在了盂上。

后期的铭文不仅目的日趋多样,叙事技巧也日趋成熟,有的还写得声情并茂。如西周宣王时期的《兮甲盘》,记载兮甲受命职司成周及四方贡赋的征收。周宣王对兮甲颁布命令时说,淮夷原本就有为周王室贡献币帛的职责,如果淮夷敢不从命,就对他们进行惩罚和攻伐,若"敢不用命",就"即刑扑伐",声色俱厉,充满威胁的意味。

青铜铭文的时代大概与《尚书》中的《商书》、《周书》相当,其成就也与此二者相仿佛,有许多铭文的叙事水平甚至还超过了《商书》、《周书》。只不过受到书写载体的限制,其行文大多力求简洁,叙事能力未能充分展现出来。

第二节 《尚书》和《春秋》

《尚书》意为"上古之书",分为《虞书》、《夏书》、《商书》、《周书》四部分。它是中国上古历史文件的汇编,主要内容是记言,可分为誓、命、训、诰等几种文类。《尚书》中有一部分当为后人根据口传史料等追记,如《虞书》、《夏书》等。故《虞书》、《夏书》所记史事虽早,其成书年代却较晚。《尚书》在春秋战国时称《书》,到了汉代才改称《尚书》。儒家尊之为经典,故又称《书经》。据说《尚书》原有100篇,为孔子所纂辑,并为每一篇作了序。然经秦焚书后,汉初实存29篇,因为是用当时通行的字体写成,故称今文《尚书》。汉武帝时又发现一种古文《尚书》,比今文《尚书》多16篇,但因无人传教,后亡佚。到了东晋时,有个叫梅赜的人献出计有58篇的古文《尚书》,成为后来最流行的本子,并被收入《十三经》。其中33篇相当于今文《尚书》的28篇;另外的25篇,自宋代以来便有人怀疑其伪,直到清代著名学者阎若璩始考定其为伪作,习称《伪古文尚书》。但近年来随着出土文献的发现,《尚书》真伪问题又有了新的争论。

《商书》中《盘庚》、《高宗肜日》、《西伯戡黎》等是公认的商代作品,其中《盘庚》三篇可以算是《商书》中成书最早的,其文字古奥难读,较多地保留了原貌。这是殷王盘庚迁都时对臣民的演讲记录,虽然语辞古奥,但盘庚讲话时充沛的感情、尖锐的谈锋,还是可以感受到的。为了说服来自各方的反对意见,他在训辞中用了一系列的比喻,如"若颠木有由蘖",以倒地的"颠木"比喻旧都,以新生的"由蘖"比喻新都,劝服众人只有新都才能重新给古老的王朝带来生机和活力。又如"非予自荒兹德,惟汝含德,不惕予一人。予若观火,予亦拙谋,作乃逸。若网在纲,有条而不紊;若农服田力穑,乃亦有秋",短短的一段话,用了三个比喻,都形象传神、贴切生动。其中"予若观火"表明他对形势的预判非常准确,而"有条不紊"则表明他对一切都作了妥善的安排。然而劝说当中又隐含着警告,"予若观火"是对煽动民心的警告,"有条不紊"则表明上下理应有序,要诸臣和下民服从。所以在下文,盘庚便声色俱厉地告诫臣下不要煽动民众反对迁都,如果那样便会"若火之燎于原,不可向迩,其犹可扑灭",将把一切弄得不可收拾。

《周书》包括周初到春秋前期的文献,绝大多数可靠。除《文侯之命》、《秦誓》外,其余都是西周初期的文献。其中《牧誓》是武王伐纣,至商之牧野发布的誓师之词。《大诰》是周公讨伐武庚、大告庶邦之词。《洛诰》是周公营成周,遣使告卜以及与成王之间的对话。《无逸》写的是周公归政于成王时,劝勉成王要体恤下民,要知稼穑之苦,不要贪图享受。而写于春秋前期的《秦誓》,是秦伐晋失败后穆公的悔过自责之词,表达了穆公愧悔、悲痛的感情。

《尚书》中的散文,大概包括《虞书》、《夏书》以及《商书》中的早期文献,如《汤誓》等是后人追记,所以文字相对浅易明白。而《商书》中的《盘庚》等篇以及周初八诰,则晦涩难懂,正如韩愈在《进学解》中所说:"周诰殷盘,佶屈聱牙。"而春秋时期的文献,如《秦誓》,比《商书》和周初的文字要流畅得多,标志着散文的发展。

《春秋》是春秋时期各国史书的通称。当时各国都有记述本国历史的史书,如《墨子》所谓周、燕、宋、齐之《春秋》。但诸侯《春秋》经秦火大多已不存,现存《春秋》是鲁《春秋》,上起鲁隐公元年(前722),下至鲁哀公十四年(前481),凡242年历史,历12位鲁国诸侯。

《春秋》全书以灾异、礼仪、战争、朝聘、丧葬、会盟、即位等内容为主,采用纲目式的记载方式,文句简短,很少描写,语言谨严精练。

据说《春秋》是经孔子修订的,他按照自己的观点对一些历史事件和人物作了评判,并选择自认为恰当的字眼来暗寓褒贬之意,如根据进攻的正义性与否,选用诸如袭、伐、征、克、平、灭、取等词来记述战争;又如根据杀的正当性与否,选用"杀"或"弑"来表示编纂者的赞成或批评的态度。这被称为"春秋笔法"。因此《春秋》被后人看做是一部具有"微言大义"的经典,是定名分、制法度的范本:"孔子成《春秋》而乱臣贼子惧。"(《孟子·滕文公下》)《春秋》对后代史书以及文学创作都有一定影响。

第三节 《左传》

《左传》是《春秋左氏传》的简称,为配合《春秋》而作。相传它的作者是一位瞎眼的史官,叫左丘明,但后人对此颇多异议。左丘明见于《论语》,孔子曾提到过他。或以为他是孔子的学生,但并无实据。从孔子的语气看,左丘明也不像是孔子的学生,极有可能是与孔子同辈的贤人,所以孔子十分尊重他。

《左传》是以《春秋》为纲的编年史,记事起自鲁隐公元年(前722),终于鲁哀公二十七年(前468),比《春秋》多13年。其末尾一段记事已涉及韩、魏、赵三家灭知伯事,据此可知,《左传》大约成书于战国初年,与《国语》的成书同时或稍后。《左传》当时即有写本,长期单行,与《公羊传》、《谷梁传》并称《春秋》三传。西晋以后经传合一,成为今日所见的面貌。

作为一部历史著作,《左传》有鲜明的政治与道德倾向。它强调等级秩序与宗法伦理,重视长幼尊卑之别,同时也表现出"民本"思想。《左传》继承了自西周以来的天道观,认为天道鬼神的重要性已在"民"之下,或者以民意释天道鬼神。如桓公六年引季梁语:"夫民,神之主也。是以圣王先成民,而后致力于神。"庄公三十二年引史嚚语:"国将兴,听于民;将亡,听于神。"此类议论,都是作者所赞同的。诸子散文(尤其《孟子》)也有类似的议论,这应该代表了春秋战国时代一种重要的进步思想。

从这种天道观或民本思想出发,《左传》有不少地方揭示了在位者的暴虐淫侈行为,也表彰了许多忠于职守、正直和具有远见的政治家。但也有一些不合理之处。如晋楚城濮之战,晋文公为诱敌深入,助长敌方的骄傲懈怠之气,故意"退避三舍"。这本是一项巧计,书中却指责楚军统帅子玉步步进逼作为国君的晋文公,是"君退臣犯,曲在彼矣",故不能不失败。以道德评判作为战争胜负的理由,未免迂腐可笑。而《左传》记载一些诸如因果报

应的内容,则又显得荒诞不经了,如"庄公八年":

> 冬,十二月,齐侯游于姑棼,遂田于贝丘。见大豕,从者曰:"公子彭生也。"公怒曰:"彭生敢见!"射之。豕人立而啼。公惧,队于车,伤足,丧屦。

公子彭生杀了鲁桓公,然后又做了替罪羊。大概当时人替彭生抱不平,所以就设计了这样一件事,以"队于车,伤足,丧屦"表达对齐襄公的痛恨和嘲弄。但《左传》作者把这样的事情堂而皇之记载于史书,就显得"不雅驯"了。

《左传》是先秦叙事文学的高峰。具体说来,主要表现在以下三个方面:叙事之工、行人辞令之美、人物性格之鲜明。

《左传》叙事已具有明确的构思意识。这一点看似平常,实际上很不简单。《左传》之前的叙事文学,无论是卜辞、铭文还是《尚书》,基本上本着实录的原则,不作有意的构思设计,忠实于自己的眼睛和耳朵,有什么说什么,看见什么写什么,真实记录而已。但《左传》体现出了鲜明的构思意识。《左传》叙事一般首尾完整,结构严谨,把事情的来龙去脉交代得有条不紊。以《郑伯克段于鄢》为例。《春秋》中仅有"郑伯克段于鄢"这么一句话,而《左传》则详细交代了事情的来龙去脉,包括武姜为什么厌恶郑庄公都作了交代;尤其详尽地交代了郑伯对其弟叔段采取的谋略,使之陷入"多行不义,必自毙"的境地。祭仲、公子吕、子封等人的急切之言反衬了郑庄公的工于心计以及置亲情于不顾的冷酷,同时也从侧面反映出武姜的目光短浅与叔段的贪鄙,不枝不蔓,简洁明快。

为了突出重点,《左传》作者还得当地处理了事件的详略轻重,主题意识非常明确。以《曹刿论战》为例,其重点在论而不在战,所以《左传》对齐鲁之间的这场战争过程一笔带过,而对于战前君臣之间关于决定战争胜负因素的讨论却曲尽其详,从而突出了叙事主题:何以战。历来论《左传》者皆服膺其善叙事,尤其善写战争。其关键就在于,一切为主题服务,关系大者详之,关系小者略之。如秦晋殽之战是春秋时期一场著名的战争。文章依次叙写了蹇叔哭师、秦师骄狂、弦高犒师、晋伏秦师、晋释秦帅等细节,无不情境逼真,委婉动人;又巧设谜局,引人入胜。不仅揭示秦师败灭原因,而且借以申发劳师袭远者必败的战争观和政治观,既有宏大叙事,也有个体叙事,读来引人入胜。

作为史书,《左传》善叙事或与史官职能有关。因为从具体的历史事件中总结出某种经验,是史官的职责。作为史官,既要察天道,又要知人事。但与以往史官明显的不同在于:以往史官记载史事是不出场的,隐身于历史事件之后,叙事而已,或说记载而已。但《左传》不同,叙事者在场,由他来引导叙事;叙事者具有全知全能的视角,并主宰叙事,不仅以"君子曰"形式评价事件,也使细节描写成为可能。

春秋时代人文鼎盛,诸侯、士大夫交接邻国,常称引《诗》、《书》等先王典籍,和顺以言其志,委婉以道其情,体现出行人辞令之美。《左传》中,举凡求援、示好、警戒、嘲讽、批判无不称《诗》,甚至杀气腾腾的战争也能在赋诗中消弭于无形。襄公二十六年秋七月,齐侯、郑伯因为卫侯为晋所囚之事,一起入晋为卫侯求情。晋侯得知齐、郑此行的目的,在燕飨之际赋《嘉乐》以称道二君。而齐国的国子相齐侯赋《蓼萧》,称赏晋侯恩泽及远,若露之在萧;郑国子展相郑伯赋《缁衣》,表达对晋侯的忠心不贰。在切入正题后,晋侯言卫侯之罪,并使叔向告之齐、郑二君。于是国子赋《辔之柔矣》,劝告晋侯为诸侯盟主宜恩威并施,张弛有度;子展赋《将仲子兮》,警告晋侯人言可畏。最终晋侯答应放了卫侯。虽是几首诗,却是春秋时期颇具威力的软兵器。

如果说《诗》、《书》以委婉含蓄著称,而《左传》也不乏雄词,展现出行人辞令的另一面。以烛之武计退秦师为例。当初晋文公公子重耳逃亡过郑,郑侯无礼于重耳。重耳即位便想找个机会报复郑侯,恰巧郑侯贰于楚国,于是僖公三十年,晋国便联合秦国围攻郑国。当此之时,郑侯请求老臣烛之武出面退兵,烛之武便夜缒而出,面见秦伯。《左传》记载其言:

> 秦、晋围郑,郑既知亡矣。若亡郑而有益于君,敢以烦执事。越国以鄙远,君知其难也。焉用亡郑以陪邻?邻之厚,君之薄也。若舍郑以为东道主,行李之往来,共其乏困,君亦无所害。且君尝为晋君赐矣,许君焦瑕,朝济而夕设版焉,君之所知也。夫晋何厌之有?既东封郑,又欲肆其西封。若不阙秦,将焉取之?阙秦以利晋,唯君图之。

整篇说辞只一百多字,却抓住秦国企图向东发展而受到晋国阻遏的处境,利用秦、晋两国都想称霸的心理,轻而易举地瓦解了秦晋联盟,保全了郑国。烛之武之言虽不似战国策士之滔滔雄辩,却也具有摄人心魄的力量。

因为善叙事,又善记言,再佐之以细节,《左传》便成功地塑造了许多栩栩如生的人物形象。以公子重耳为例,因为受到骊姬的谗陷,重耳被迫逃亡。历经重重磨难,公子重耳从一个颐气指使的贵族公子成长为成熟的政治家,《左传》利用几个细节交代了这一转变过程。在重耳自狄适齐的途中,经过一个叫五鹿的地方。因为太饿,便"乞食于野人",想不到野人(即农夫)"举块以与之",重耳盛怒之下,便欲"鞭之",贵族公子的派头仍然很足。到了齐国,贪恋舒适生活的重耳不想再奔波了,愿意终老于齐国,"死于此"。于是姜氏便和子犯商量用酒灌醉重耳,带他离开齐国。重耳"醒,以戈逐子犯",想来是真的十分气愤了,而气愤也正好显出重耳尚未成熟。到了秦国,秦穆公将怀嬴嫁于重耳。有一次"公子使奉匜沃盥,既而挥之","挥之",或解释为公子重耳挥手让怀嬴离开,或解释为重耳摆手而将水珠溅到怀嬴身上,不论如何,都可以看出重耳内心轻贱怀嬴。所以怀嬴怒曰:"秦、晋匹也,何以卑我?"重耳"惧,降服囚命"。从这一个细节可以看出重耳在政治上的成熟,不需要别人指点也知道该如何处理这样的事了。正因为有了这些细节,人物形象才变得鲜活而丰满。

《左传》的语言也历来受人称赞,它继承了《春秋》词约义丰的优长,如以"舟中之指可掬"来形容晋军败后争相逃命的惨状。《左传》也擅长使用浅近明快的语言,与此前《尚书》的晦涩比较起来不啻天壤。故唐人刘知幾评价《左传》语言特色曰:"言近而旨远,辞浅而义深。虽发语已殚,而含义未尽,使夫读者望表而知里,扪毛而辨骨,睹一事于句中,反三隅于字外。"凡此种种,都表明《左传》堪称先秦叙事文学的典范,对后世叙事文学影响深远。

第四节 《国语》

《国语》是我国最早的一部国别史,也是《春秋》之后的一部重要历史著作。其记事上起周穆王,下迄鲁悼公,包括的时代大体为西周末年至春秋时期。全书共21卷,分别记载周、鲁、齐、晋、郑、楚、吴、越八国的史事,其中《晋语》9卷,齐、郑、越等国只有1卷,其余则2、3卷不等。

《国语》作者为谁,至今没有定论。司马迁在《史记·太史公自叙》及《报任安书》中均有"左丘失明,厥有《国语》"之言,因而一直以来,人们都认为《国语》与《左传》作者为一人,并称《左传》为《春秋内传》、《国语》为《春秋外传》。但因为《左传》记事与《国语》颇有差异,所以近代以来《国语》作者问题一直存在争论,如康有为认为是刘歆,郭沫若认为是楚左史倚相与吴起合著,也有人因为《晋语》最多而将《国语》著作权归之于三晋人。

根据《国语》内容,或许只能说它是一部先秦的"语"书,并非一时一人之作。同时考虑到它与《左传》的关联之处,则它的整理者可能也是鲁国人。

作为一部汇编性质的史书,整理者没有对材料作整齐划一的处理,所以《国语》看起来无论是材料的编排还是文风都不统一,较多保留原始材料的本来面目。就思想而言,尽管不同的某《语》展示了不同地域人们的精神世界以及不同时代的风貌,但循其大者,仍然可以看出那个时代的共性。它的思想倾向大体说来与儒家思想相通,崇礼、重德、主恭敬、戒奢、戒淫、主忠信,尤其把礼和德抬到了很高的地位。如《周语下·单襄公论晋周将得晋国》记载单襄公论"德",其中"文"是德的总名,它包括"敬"、"信"、"仁"、"义"、"知"、"勇"、"教"、"孝"、"惠"、"让"等数端,显示人们对德的理解系统而丰富、具体而深切。

在对待民众的问题上,《国语》也强调敬天保民。天神的意志和"民"密切相关,即所谓"天聪明自我民聪明,天明畏自我民明畏"(《尚书·皋陶谟》),"民之所欲,天必从之"(《尚书·泰誓》)。天、民成了事实上的一体关系,民是天意的体现者,天是民意的执行者。《周语上·内史过论神》中,内史过论神是无处不在的,有民的地方就有神,民的体验就是神的体验,或"神飨而民听(顺),民神无怨,故明神降之,观其政德而均布福焉",或"明神弗蠲而民有远志,民神怨痛,无所依怀,故神亦往焉,观其苛慝而降之祸",恭顺神灵与慈惠爱民不可偏废。所以当虢公不禋神、不亲民却使人请求神灵赐予土地时,内史过预言虢必亡。

《国语》既是一部史书,同时也是一部优秀的史传散文,具有很高的文学成就。唐代的刘禹锡称赞《国语》"辨而工",宋代的陈造谓之"文壮而辞奇"。即便是对《国语》的思想存有非议,如柳宗元等人批评《国语》"好诡以反伦,其道舛逆",但也不否认其"文胜而言庞"(柳宗元《与吕道州温论非国语书》),教人作文要"参之《国语》以博其趣"(柳宗元《答韦中立书》)。

作为记言为主的史书,《国语》在记言方面确实可谓文辨而工、辞壮而奇。如《周语中·襄王拒晋文公请隧》:

> 晋文公既定襄王于郏,王劳之以地,辞,请隧焉。王弗许,曰:"昔我先王之有天下也,规方千里以为甸服,以供上帝山川百神之祀,以备百姓兆民之用,以待不庭不虞之患。其余以均分公、侯、伯、子、男,使各有宁宇,以顺及天地,无逢其灾害,先王岂有赖焉。内官不过九御,外官不过九品,足以供给神祇而已,岂敢厌纵其耳目心腹以乱百度?亦唯是

死生之服物采章,以临长百姓而轻重布之,王何异之有？今天降祸灾于周室,余一人仅亦守府,又不佞以勤叔父,而班先王之大物以赏私德,其叔父实应且憎,以非余一人,余一人岂敢有爱也？先民有言曰:'改玉改行',叔父若能光裕大德,更姓改物,以创制天下,自显庸也,而缩取备物以镇抚百姓,余一人其流辟于裔土,何辞之有与？若犹是姬姓也,尚将列为公侯,以复先王之职,大物其未可改也。叔父其茂昭明德,物将自至,余敢以私劳变前之大章,以忝天下,其若先王与百姓何？何政令之为也？若不然,叔父有地而隧焉,余安能知之?"文公遂不敢请,受地而还。

公元前636年,颓叔、桃子等勾结狄人大败周师,周公忌父等周大夫被俘,周襄王奔郑,居住在郑之氾地。颓叔等拥立王子带,周襄王便向晋文公告急。公元前635年,晋文公帅晋军靖乱王室,擒杀王子带,复周襄王位。在这种情况下,晋文公恃复位之功,便向周襄王请求天子隧葬之礼。周襄王答应则失天子尊严,不与则得罪恃强有功的晋文公。周襄王的高明之处在于以天子的身份,辅以礼法的手段,柔中带刚地拒绝了晋文公的无礼要求。他首先从正面立论,一说王室以千里之地"供上帝山川百神之祀"、"备百姓兆民之用"、"待不庭不虞之患",其余皆均分于诸侯,以证王室不贪;二说"死生之服物采章"方面,天子与诸侯有别,以明诸侯若同于天子便是僭越。通过这种方式,周襄王事实上在警告晋文公既不要贪心,也不要僭越。然后周襄王又以退为进、以守为攻,说晋文公有功于王室,理应受到赏赐,但如果"班先王之大物以赏私德",就连你晋文公都要憎恶我这种违礼之举。又软中带硬,以"改玉改行"的古制讥刺晋文公若要自立为天子,则自己不辞"流辟于裔土";反之,如果你晋文公仍是姬姓,仍是公侯,则不能违先王之制。最后还不无嘲讽地让晋文公在自己封地上行非礼之事。在周襄王一番凌厉的语言攻势下,晋文公便灰溜溜地败下阵来。这确是一篇绝妙文辞,说者淋漓痛快,听者无地自容却又不便发作,体现出高超的论辩技巧。

第五节 《战国策》

《战国策》是汇编而成的历史著作,作者不明,当是战国、秦汉间人纂集而成。文章多出于战国后期纵横家之手,最后由西汉刘向整理成书,定名为《战国策》。全书共33篇,分别记载东周、西周、秦、齐、楚、赵、魏、韩、燕、宋、卫、中山等国史事。记事年代大致上接《春秋》,下迄秦统一,以策士的游说活动为中心,反映出这一时期各国政治、外交的情状。全书没有系统完整的体例,而是由相互独立的单篇构成。

从思想内容上看,《战国策》集中体现了纵横家的思想和人生观,大量描写策士们奔走于诸侯之间,纵横捭阖的历史事实,反映了战国时代"士"阶层的崛起和士人精神的张扬。那些活跃在政治舞台上的策士以才鬻名、急功好利、朝秦暮楚、玩弄权术,只为换取功名富贵。如苏秦开始以连横之策劝说秦惠王并吞天下,不果,落拓归乡,受到家人的冷遇,"妻不下纴,嫂不为炊,父母不与言"。后又以合纵之说劝赵王联合六国抗秦,身挂六国相印,富贵还乡,"父母闻之,清宫除道,张乐设饮,郊迎三十里。妻侧目而视,倾耳而听,嫂蛇行匍伏,四拜自跪而谢"。当苏秦戏问其嫂何以"前倨而后卑"时,嫂坦然答曰:"以季子之位尊而多金。"于是他感慨道:

> 嗟夫,贫穷则父母不子,富贵则亲戚畏惧。人生世上,势位富贵,盖可忽乎哉!

对于苏秦追求富贵的举动,《战国策》的记载不见任何贬损之意,而是满怀欣赏。这反映出当时的世风,极大地张扬了一直受贵族压抑的平民心理。

在对待"侠"的问题上,《战国策》热情讴歌了多位义侠之士的豪情壮举,充分肯定侠以自身的标准、个人的恩怨来决定自己的行动,重义轻生,感情激烈,表现出具有平民意味的道德观。这对司马迁《史记》也产生了影响。

从艺术风格上看,《战国策》有几个显著特点。

首先,它塑造了一系列栩栩如生的人物形象。全书对当时社会各阶层形形色色的人物多有鲜明生动的刻画,尤其是描写了一系列"士"的形象。如《冯谖客孟尝君》中,作者采用先抑后扬、对比映衬等手段刻画了冯谖藏而不露、装愚守拙、巧于试探的行为。一开始,描绘他三次弹铗而歌、有意索求更高物质待遇,初步刻画了他不同凡响而又故弄玄虚的形象。接着表现了他知恩图报、远见卓识、果断善谋的性格,展开了"冯谖署记"、"矫命焚券"、"市义复命"、"复谋相位"、"请立宗庙"等一系列情节,将一位有胆略、善筹划,同时又恃才放旷的"奇士"形象写得栩栩如生。同时也表现了孟尝君宽容大度、善于养士、知错就改的长者君子风度。而著名的《荆轲刺秦王》更是将荆轲的形象写得神采飞扬,激荡人心:

> 太子及宾客知其事者,皆白衣冠以送之,至易水上。既祖,取道。高渐离击筑,荆轲和而歌,为变徵之声,士皆垂泪涕泣。又前而为歌曰:

"风萧萧兮易水寒，壮士一去兮不复还。"复为羽声慷慨，士皆瞋目，发尽上指冠。于是荆轲遂就车而去，终已不顾。

后世提及荆轲无不以此为范本，如司马迁的《刺客列传》之荆轲就取材于《战国策》，而汉代的画像砖中，荆轲刺秦王是屡见不鲜的素材。后世对荆轲的壮举心追手摩，感慨万端，也多是受到了《战国策》的影响。

《战国策》在写人的时候，有意识地将一个人物的事迹集中在一篇文章中，开创了以人物为中心的纪传体先河。尽管《国语》在写人时也有此例，如《晋语》以大量篇幅写晋室之难，尤其细腻地刻画了重耳的转变过程。但这样的情况在《国语》中尚不多见，而《战国策》则较多地运用了这样的手法，成为《左传》编年体向《史记》纪传体的过渡。

其次，《战国策》多记策士之语，即纵横家游说之辞，彰显出辩丽横肆、铺张扬厉、气势纵横的风格。如《秦策一》苏秦说秦惠王连横一段，便极尽夸饰，层层铺展，先说秦国的地理优势，铺叙东西南北四方；次说秦国国富兵强；最后以称帝的前景撼动对方，而历数君王、车骑、兵法各种有利条件。排比夸饰，气势丰沛；语词排偶，辩丽宏富。这类说辞在《战国策》中比比皆是，如《秦策一·张仪说秦王》写张仪游说秦惠王，洋洋洒洒，气势恢宏，且连用"臣闻之"、"臣闻"、"臣闻之曰"、"臣敢言往昔"、"且臣闻之曰"、"且臣闻之"引起下段，铺陈描述，这样的笔法对后世的辞赋产生了很大的影响，如司马相如写《上林》等大赋就是运用这种层层铺排的方式。而为了说服对方，策士们还要把握对方心理，循循善诱，以情理服人。如《齐策一》的"邹忌讽齐威王纳谏"，邹忌采用迂回之术，先以自身的日常生活事件设置机关：妻子、侍妾、客人都夸赞自己比城北徐公漂亮，而自知不如，是因为诸人或偏爱自己，或敬畏自己，或有求于己，才说出赞美的话。由此导入，让齐威王明白自己如何被虚假的誉美之辞蒙蔽。这样既不会使听者产生反感，又能够明白达意，非常有效果。

《战国策》好用譬词，尤其善于引用生动的寓言故事。这些寓言常常简短精炼又形象鲜明，寓意深刻又浅显易懂，有效地起到了说理的作用。许多寓言，如"鹬蚌相争，渔翁得利"、"画蛇添足"、"狐假虎威"、"亡羊补牢"、"狡兔三窟"、"抱薪救火"、"南辕北辙"、"惊弓之鸟"等直到今天还被广泛地运用，有的已成为我们常用的成语了。

第五章　诸子散文

先秦时期是一个哲人辈出、文化勃兴的时代，诞生了孔子、老子、墨子、孟子、庄子、荀子、韩非子等诸子，哲学派别林立。这个时代的核心概念如道、德、和、同、礼、仁等也成为中国文化的关键词，而老庄思想、儒家思想、阴阳思想则成为真正意义上的中国精神宗教。总之，这是一个文化大繁荣的时代，它从各方面奠定了中华民族的文化特征。

为什么会在这个时代产生这么多有深远影响的文化巨匠？探讨其原因，大致有如下几个方面。政治体制方面，旧的秩序被破坏，但新的秩序还没有完全建立起来。权力的更替使士人有了跻身权力中心的可能，同时也激发了他们参政、议政的热情。经济制度方面，井田制瓦解，土地私有化，工商业群体出现，城市规模扩大，交通日益发达。士人集中，信息传播便捷，思想交锋才成为可能。文化方面，"学在官府"制度被打破，私学勃兴。这一点也非常重要，没有私学的兴起，就没有"士"阶层的崛起，就不能从根本上改变贵族对教育垄断的局面，社会下层平民寒士就无法跻身社会上层。例如孔子的学生中便有很多来自社会下层，甚至有子路这样的"野人"。等到新的制度建立起来，儒家登上思想宝座，士人的思想被钳制，就再也没有出现"诸子争鸣"这样的文化盛世了。

"诸子"，先秦习称"百家"，《史记·贾谊列传》始见"诸子"一名，《汉书·艺文志》则详细分述各派缘起、思想以及著述，至此"诸子"概念得以确立。学习先秦诸子散文，首先应该了解各派思想，因为文是载道的，道不同则文自然不同。

第一节　《老子》和《论语》

关于《老子》的成书年代，历史上一直有争论。但随着近年来与《老子》相关的文献出土越来越多，尤其是郭店简本《老子》的出土，证明《老子》成书应在战国中期以前。

《老子》的作者也有诸多的争论,司马迁在《老子列传》中记载了三个老子。其中最有名的是周守藏史李耳,字聃,故又称老聃。传说孔子曾赴周室向他请教过"礼"。一般认为,《老子》一书的作者就是李耳。《老子》一书是早期格言的汇编,其中多处世之道和君人南面之术,这也与老聃守藏史的身份比较符合。

　　作为一部哲学著作,《老子》探讨的核心问题是"道"。在《老子》中,"道"的含义非常丰富,它既是形而上的,又是形而下的。形上的"道"是万物本原,如第二十五章:"有物混成,先天地生。寂兮寥兮,独立不改,周行而不殆,可以为天下母。吾不知其名,强字之曰道,强为之名曰大。大曰逝,逝曰远,远曰返。故道大,天大,地大,王亦大。域中有四大,而王居其一焉。人法地,地法天,天法道,道法自然。"在此,《老子》用超越了它那个时代的语言为我们描述了道的抽象性和绝对性,天地万物皆由道出。而形下的道则指向人生哲理层面,是处世之道,常常是充满人生智慧的睿思。如第二章:"天下皆知美之为美,斯恶已;皆知善之为善,斯不善已。有无相生,难易相成,长短相形,高下相倾,音声相和,前后相随。是以圣人处无为之事,行不言之教。万物作焉而不辞,生而不有,为而不恃,功成而弗居。夫唯弗居,是以不去。"

　　《老子》一书的文学性主要体现在诗性思维特征和诗化的表达方式,显示出对人生的深刻感悟。兹举两例:

　　　第五章:天地不仁,以万物为刍狗;圣人不仁,以百姓为刍狗。天地之间,其犹橐籥乎!虚而不屈,动而愈出。多言数穷,不如守中。

　　　第二十章:唯之与阿,相去几何?善之与恶,相去若何?人之所畏,不可不畏。荒兮,其未央哉!众人熙熙,如享太牢,如春登台。我独泊兮,其未兆,如婴儿之未孩。儽儽兮,若无所归!众人皆有余,而我独若遗。我愚人之心也哉,沌沌兮!俗人昭昭,我独昏昏。俗人察察,我独闷闷。澹兮其若海,飂兮若无止。众人皆有以,而我独顽似鄙。我独异于人,而贵食母。

　　作为儒家的经典,《论语》记载了孔子及其一些弟子的言行,其成书当在孔子死后。《论语》的编撰当非一人一时,故其内容的编排基本上没有次序,有的甚至重复。《论语》用世态度非常积极,体现出自强不息的进取精神。其中颇多言简意赅、富于哲理性和启发性的语句,显示了孔子对社会和人生的深刻认识。许多流传后世,成为人们常用的成语、格言,如"学而不思则罔,思而不学则殆"(《为政》),"发愤忘食,乐以忘忧,不知老之将至"(《述而》),等等。有的则显示了孔子诗意的人生态度,让人悠然会心,如"饭疏食饮水,曲肱而枕之,乐亦在其中矣。不义而富且贵,于我如浮云"(《述而》)。

《论语》是语录体,篇章短小。它的文学性主要体现在:对人物形象的生动刻画和言近旨远、词约义丰的语言特色。尽管其语言简洁、篇制短小,但孔子及其主要弟子的形象还是被鲜明地刻画出来了。如孔子,他既是一位忠厚、达观、睿智的圣人,而见南子、应公山狃之召等也表现了他世俗性的一面。《论语》尽可能地在生活的真实中展示真实的孔子,而不是后世的文化偶像意义上的孔子。孔子的弟子,比如子路的粗直、颜渊的安贫乐道、子贡的能言、宰我的诡辩、子游的高孤、子夏的渊博等,《论语》都作了形象的描述。

第二节 《墨子》

墨翟的生活时代约当孔子与孟子之间,是春秋战国之际思想家、政治家,墨家学派的创始人。同时他也是一位有着先进科学观念的学者,对中国古代逻辑学有很大的贡献。相传他为鲁国人,一说为宋人,长期居住在鲁国。《墨子·耕柱》等篇提到他被人称为"贱人",又提到他能制作车辖,大约其出身比较低下。他早年曾"学儒者之业,受孔子之术",说明墨家是脱胎于儒家的。但后来墨子却选择了与儒家不同的方式来实现自己的治世观念。也正因为他曾受学于儒,所以他对于儒家的攻击往往能切中要害。墨家不但是一个思想学派,而且是一个有严格纪律的民间团体,其领袖被称为"钜子",门徒众多,后来的侠便与墨家有关系。墨学在战国时曾一度盛行,与儒学同为当时的"显学"。西汉以后,逐渐衰微。

《墨子》是墨家学派的著作,旧题战国墨翟作,但不可信,其书当为墨家后学辑录而成。《汉书·艺文志》著录《墨子》71篇,今存53篇。其中《经》、《经说》、《大取》、《小取》等六篇被人称为《墨经》或《墨辨》,主要阐述逻辑学及自然科学。《耕柱》、《公输》等篇记载墨子及其弟子的活动,《备城》、《杂守》等篇记载墨子的战争观念及守城、攻城战略,《兼爱》、《尚贤》、《非儒》等篇讲述墨家政治、伦理、哲学等观念,《亲士》、《三辨》等则杂有儒道观念。

墨子思想的核心是"兼爱",这种兼爱与儒家的"亲亲之等"是有区别的。儒家的"亲亲"是一种建立在血缘关系上的亲情,而墨子的"兼爱"则是一种功利主义的或者说是一种理智的"爱"。之所以有这种差别,就因为墨子相信自然的人具有竞争意识或者说自私的本性,即使在家庭内部也是如此。他说:"子自爱,不爱父,故亏父以自利。弟自爱,不爱兄,故亏兄以自利。臣自爱,不爱君,故亏君以自利。此所谓乱也。"(《兼爱上》)所以墨子相信奖赏与惩罚的威力。按照墨子的设计,社会要实现和平相处必须有一个贤明的君主,这个贤明的君主必须要爱所有的人,也就是说要先实现"普世"的爱,才能实现有偏向的爱。所以墨子走的是与儒家相反的道路。儒家由亲亲延及朋友再延及四海(四海之内皆兄弟),进一步"仁及草木",这是一个由近及远逐渐展开的爱的模式,而墨子正相反。既然人都有自私的本性,那么如何保证君主会爱其他人呢?这就是墨子提倡"天鬼"的原因,墨子相信有天鬼在上监视,这对统治者会有一种震慑力。如同儒家提倡反身求心的"慎独",墨子不相信人有这样自觉的本性,故而借助鬼神来监视人。墨子"尚贤",也是为了辅佐君主实现治世的理想。出于"兼爱"的立场,墨子强调"非攻"。如果说兼爱是墨子从理想的层面提倡对世人的大爱,非攻便是将这种无差别的大爱落到实处。同样是出于"兼爱"的立场,墨子提倡"节用"、"节葬",他主张"非乐"也是从现实的目的出发,为民节财。需要注意的是,他的"节葬"主张与他相信鬼神观念无关。

墨家的思想,就其对整个社会文化的看法来说,是提倡质朴和实用,所以一切语言文字的表达都强调有切实的内容,以理服人,反对无益于实用的修饰与文采。又因为墨子非常注重言说的逻辑性,在逻辑思维方面很有成就,所以《墨子》一书说理朴实,不事雕琢,同时逻辑严密,条理清晰,善于运用具体事例来说理。如《兼爱》,以君臣、父子、盗贼扩展至大夫、诸侯,皆因"自爱""不相爱",最终导致损人以利己,祸乱天下,进而提出"兼爱"的主张:"若使天下兼相爱,国与国不相攻,家与家不相乱,盗贼无有,君臣父子皆能孝慈,若此则天下治。"然后又从统治者需兴利除害造福于民,以及"兼"、"别"之分等方面详尽阐述自己的"兼爱"主张,由浅入深,条分缕析,将其主张表达得具体而鲜明。

为了说理,墨子常举事例,有时甚至假设事例,开创了诸子以寓言助说理的先河。如《非攻上》:

今有一人,入人园圃,窃其桃李,众闻则非之,上为政者得则罚之。此何也?以亏人自利也。至攘人犬豕鸡豚者,其不义又甚入人园圃窃桃李,是何故也?以亏人愈多,其不仁兹甚,罪益厚。至入人栏厩,取人

> 马牛者,其不仁义又甚攘人犬豕鸡豚,此何故也?以其亏人愈多。苟亏人愈多,其不仁兹甚,罪益厚。至杀不辜人也,扡其衣裘,取戈剑者,其不义又甚入人栏厩取人马牛。此何故也?以其亏人愈多。苟亏人愈多,其不仁兹甚矣,罪益厚。当此,天下之君子皆知而非之,谓之不义。

先从窃桃李说起,然后再说攘人犬豕鸡豚者、取人牛马者、杀无辜人夺其衣裘者,再三说明"苟亏人愈多,其不仁兹甚矣,罪益厚"的道理,条理清楚,具有很强的说服力。墨子散文可以看做是比较成熟的论说文了,对他以后的诸子散文,包括《荀子》在内,都有一定的影响。

第三节 《孟子》

孟子,名轲,邹(今山东邹县)人,大约生活在战国中期。孟子是孔子之后最重要的儒家代表人物,有"亚圣"之称。孟子曾受业于孔子之孙子思的门人,学成后游历列国,游说诸侯,宣传自己的政治主张。因为不被人采纳,晚年便致力于弘扬孔子学说,"退而与万章之徒,序《诗》、《书》,述仲尼之意,作《孟子》七篇"。

孟子具有强烈的使命感,既感于天下无道,诸侯征伐而"率兽食人",又感于墨家、杨朱学说滋扰民众,蛊惑人心。他在《滕文公下》中说:

> 处士横议,杨朱、墨翟之言盈天下,天下之言不归杨,则归墨。杨氏为我,是无君也;墨氏兼爱,是无父也。无父无君,是禽兽也。公明仪曰:"庖有肥肉,厩有肥马;民有饥色,野有饿莩,此率兽而食人也。"杨、墨之道不息,孔子之道不著,是邪说诬民,充塞仁义也。仁义充塞,则率兽食人,人将相食。吾为此惧,闲先圣之道,距杨、墨,放淫辞,邪说者不得作。作于其心,害于其事;作于其事,害于其政。圣人复起,不易吾言矣。

孟子的思想逻辑非常清楚,孔子学说便是治国安民之道,而因为杨、墨学说横行,所以导致孔子思想被遮蔽,以致"仁义充塞"。而"仁义充塞"便会"率兽食人"。从这种思想逻辑出发,孟子极力张扬孔子学说,发掘圣人仁义之深蕴,这就是"性善"。《公孙丑上》:

> 孟子曰:"人皆有不忍人之心。先王有不忍人之心,斯有不忍人之政矣。以不忍人之心,行不忍人之政,治天下可运之掌上。所以谓人皆有不忍人之心者,今人乍见孺子将入于井,皆有怵惕恻隐之心。非所以

内交于孺子之父母也,非所以要誉于乡党朋友也,非恶其声而然也。由是观之,无恻隐之心,非人也;无羞恶之心,非人也;无辞让之心,非人也;无是非之心,非人也。恻隐之心,仁之端也;羞恶之心,义之端也;辞让之心,礼之端也;是非之心,智之端也。人之有是四端也,犹其有四体也。有是四端而自谓不能者,自贼者也;谓其君不能者,贼其君者也。凡有四端于我者,知皆扩而充之矣,若火之始然,泉之始达。苟能充之,足以保四海;苟不充之,不足以事父母。"

也就是说,人人都有善心,人人皆可成圣,关键便在于养护自己的善心。一旦能"充之",便能做到达则兼济天下,穷则独善其身。孟子在其书中一再启发君王善心,劝说君王推行仁政,如《孟子见梁惠王下》,孟子与齐宣王谈论好色、好货、好战便是如此。

但孟子身处战国中期,当时"圣王不作,诸侯放恣",又加之思想界杨、墨之说信徒众多,而孟子学说已经与时代不合,被认为是"迂远而阔于事情"。然而孟子并没有因此而放弃自己的主张,而是极力游说梁惠王、齐宣王等诸侯,又与天下菲薄孔子学说的学派论争,被人讥为"好辩"(《滕文公下》)。事实上,孟子不仅好辩,而且善辩。孟子善辩体现在两个方面:一是讲究行文的技巧。具体可分为两方面:善于设置语言陷阱,所谓请君入瓮之法,比如孟子劝诫齐宣王行仁政,批驳农家主张,都是运用此种技巧;善于从正反两方面说理,比如孟子与齐宣王论仁政。如《梁惠王下》:

孟子谓齐宣王曰:"王之臣有托其妻子于其友而之楚游者,比其反也,则冻馁其妻子,则如之何?"王曰:"弃之。"曰:"士师不能治士,则如之何?"王曰:"已之。"曰:"四境之内不治,则如之何?"王顾左右而言他。

二是善用语言。具体又可分为两个方面:善于运用排比和反问句式来增强语言的力度,善于运用比喻来增强说理的形象性,包括寓言的大量使用。著名的如"五十步笑百步"、"齐人有一妻一妾"等,甚至有的比喻便可以视为寓言,如"缘木求鱼"之类。

孟子时代,士人的自我意识已经觉醒,倡言得士者生,失士者亡。孟子思想也受到这种时代风气的浸染,颇有策士气质。加之孟子认为自己是圣人之徒,"至大至刚,以直养而无害,则塞于天地之间",是所谓有"天爵"者。而那些王侯贵族,虽然广厦千间,或食前方丈,侍妾数百人,或驰骋田猎,后车千乘,但这些都不是他内心所渴望的,他所喜好的只有"古之制"。所以孟子敢于在诸侯面前放言"民贵君轻",称扬周武王诛杀商纣只是杀一"独夫民贼",是为民除害。因为孟子能轻鄙王侯,"说大人,则藐之,勿视其巍巍然",形之于文章,便气势充沛。如《离娄下》:

> 孟子告齐宣王曰:"君之视臣如手足,则臣视君如腹心;君之视臣如犬马,则臣视君如国人;君之视臣如土芥,则臣视君如寇仇。"
>
> 王曰:"礼,为旧君有服,何如斯可为服矣?"
>
> 曰:"谏行言听,膏泽下于民;有故而去,则君使人导之出疆,又先于其所往;去三年不反,然后收其田里。此之谓三有礼焉。如此,则为之服矣。今也为臣,谏则不行,言则不听;膏泽不下于民;有故而去,则君搏执之,又极之于其所往;去之日,遂收其田里。此之谓寇仇。寇仇,何服之有?"

所以前人评孟子文章,往往集中于孟子文章的气势,如苏洵《上欧公书》说:"孟子之文,语约而意尽,不为巉刻斩绝之言,而其锋不可犯。"叶梦得也评价他的文章"如决江河,如蒸云雾,殆不可以文论,盖自其为道出之"。这些都是中肯的评价。

第四节 《庄子》

先秦时期关于庄子生平及其学术的文献资料极少,只有《荀子·解蔽》和《庄子·天下》提到庄子的学术。荀子批评"庄子蔽于天而不知人",而在疑为其后学所作的《天下》篇中对庄子思想学术进行了比较全面的评价。到了汉代,司马迁在《史记·老庄申韩列传》中简单地介绍了庄子的生平。根据司马迁的介绍,庄子是战国时的蒙人,但蒙到底属于何地,太史公却未说,到今天也还有争议。庄子生活的时代大概与孟子同时,曾做过漆园小吏。他一生穷困潦倒,甚至靠告贷为继,但却拒绝楚威王的厚聘,甘愿"游戏污渎之中自快"。

汉代时,《庄子》一书计有52篇,后经西晋郭象删定,只保留33篇,流传于后世。一般认为,《庄子》33篇中,内7篇——《逍遥游》、《齐物论》、《大宗师》、《养生主》、《德充符》、《人间世》、《应帝王》为庄子本人所作,外篇15和杂篇11则是庄子后学所作。至今内、外、杂篇与庄子的关系,学术界尚有不同的意见。

关于庄子的思想渊源,司马迁认为他"学无所不窥,然其要本归于老子之言。故其著书十余万言,大抵率寓言也。作《渔父》、《盗跖》、《胠箧》,以诋訿孔子之徒,以明老子之术"。而自明代以来又有以儒解庄者,如朱得之《庄子通义》便有庄子与儒"其异者辞也,不异者道也"之说,方以智称庄子为"孔门别传之孤"。到了现代,如郭沫若等,更进一步认为庄子是孔门颜氏之儒。

其实庄子思想既不属于孔,也不完全属于老,而是别有归宗。《庄子·天下》篇评老子学说:"以本为精,以物为粗,以有积为不足,淡然独与神明居,古之道术有在于是者。关尹、老聃闻其风而说之。"评庄子学说则曰:"芴漠无形,变化无常,死与生与,天地并与,神明往与!芒乎何之,忽乎何适,万物毕罗,莫足以归,古之道术有在于是者。庄周闻其风而说之。"老、庄学术旨趣并不同,尽管他们都讲"道",但老子讲自然之道只讲道的本原性,此即《天下》篇所说的"以本为精"。老子认为上善若水,应该处下而不争,以柔弱胜刚强。而庄子更关注在道的层面齐同万物,以此来摆脱包括生死在内的外物对人心灵的束缚,达到逍遥的境界。庄子认为道是一切,世间万物皆平等,就因为它们都有道性。《天下》篇认为庄子的哲学是"万物毕罗,莫足以归",也应该包括《老子》在内,所以归老、归孔都不符合庄子哲学的本义。

《庄子》哲学的本体论依然是"道",这也是千百年来庄子被列于道家的原因。庄子的道论主要突出道的超越性,是宇宙万物的本源。《大宗师》曰:

> 夫道,有情有信,无为无形;可传而不可受,可得而不可见;自本自根,未有天地,自古以固存;神鬼神帝,生天生地;在太极之先而不为高,在六极之下而不为深,先天地生而不为久,长于上古而不为老。

从庄子的这段关于道的论述中,我们不难看出庄子的道具有逻辑先在性和超越性,是神秘莫测又创生万物的世界之本源。它超越了空间维度,无深无高;也超越了时间维度,无久亦无老。它神于鬼又神于帝,生天又生地,是宇宙万物之母。在《渔夫》篇中,作者借孔子之口说:"且道者,万物之所由也,庶物失之者死,得之者生,为事逆之则败,顺之则成。故道之所在,圣人尊之。"而且庄子也认为明亮产生于幽暗,有形产生于无形,但最终的根本则只有道。

其次,庄子认为道具有普遍性。在庄子看来,道无所不包,又无处不在。《天地》曰:"夫道,覆载万物者也,洋洋乎大哉!君子不可以不刳心焉。无为为之之谓天,无为言之之谓德,爱人利物之谓仁,不同同之之谓大,行不崖异之谓宽,有万不同之谓富。"它"于大不终,于小不遗,故万物备。广广乎其无不容也,渊渊乎其不可测也"(《天道》)。道又无处不在,甚至屎溺也是道(《知北游》)。

庄子的道是一个不可分割的整体,其特性是"通"。"物固有所然,物固有所可。无物不然,无物不可。故为是举莛与楹,厉与西施,恢诡谲怪,道通为一。其分也,成也;其成也,毁也。凡物无成与毁,复通为一。唯达者知通为一,为是不用而寓诸庸。庸也者,用也;用也者,通也;通也者,得也。适得而几矣。因是已,已而不知其然,谓之道。"以道观之,则万物齐同。如果割裂道的整体性,分出彼此,则小道成而大道毁。

在前代先哲中,庄子当然最崇敬老子,所以便有"老庄"合称。但庄子与老子并不完全同一,两者之间还是有一定的差别。比如道的现实替代物,老子说水最近乎道,而庄子则借助气来描述道,曰"通天下一气耳"。再如体道的层面,老子主要在政治层面来体悟道的玄妙,而庄子主要在人生的自由上体悟道。所以老子借道明天下治乱之理,秉承史官之品性,而庄子借道达到人生自由之目的,更具哲学家和诗人之气质。

欲明庄子为文之风格,需明庄子的学术归趣。历来评庄最得庄子之心者,仍属《庄子·天下》。其曰:

> 以谬悠之说,荒唐之言,无端崖之辞,时恣纵而不傥,不以觭见之也。以天下为沈浊,不可与庄语,以卮言为曼衍,以重言为真,以寓言为广。独与天地精神往来而不敖倪于万物,不谴是非,以与世俗处。其书虽瑰玮,而连犿无伤也。其辞虽参差,而諔诡可观。彼其充实,不可以已,上与造物者游,而下与外死生、无终始者为友。其于本也,弘大而辟,深闳而肆;其于宗也,可谓稠适而上遂矣。虽然,其应于化而解于物也,其理不竭,其来不蜕,芒乎昧乎,未之尽者。

庄子特借道明人生自由之境界,他说:"至人无己,神人无功,圣人无名。"(《逍遥游》)三"无"之中,当以"无己"为核心。人能"无己",自能无生无死,无依无待,然后达到真正的"逍遥"。但这样的人生境界,不仅一般人达不到,甚至也不能理解,故庄子便以"卮言为曼衍,以重言为真,以寓言为广"。其选择三言并非为了让天下人读懂自己,而是认为天下沉浊之人不足以与"庄语",特以"三言"展示自己"独与天地精神往来"、"上与造物者游,而下与外死生、无终始者为友"的精神境界。故"三言"便是《庄子》一书的精髓之所在，《庄子》的艺术特色皆由此而来。

关于"三言"，《庄子·寓言》说："寓言十九，重言十七，卮言日出，和以天倪。"郭象《庄子注》："寄之他人，则十言而九见信。世之所重，则十言而七见信。夫卮，满则倾，空则仰，非持故也。况之于言，因物随变，唯彼之从，故曰日出。日出，谓日新也，日新则尽其自然之分，自然之分尽则和也。"故寓言就是寓抽象高妙之哲理于具体之物象，非以道言道、以理说理。而重言便是为世所重之言，相当于圣哲之言，故黄帝、尧、舜、老子、孔子便成了庄子的化身。卮言便是无心之言，无成见之言，所谓"不以觭见之"者也，如此就能以人合天，顺乎大道。

《庄子》"三言"浑然一体，相辅相成。然而以艺术的眼光来看，"三言"之中寓言最重要，重言和卮言也都可以视为"寓言"，所以司马迁说《庄子》"大抵率寓言"。《庄子》一书中寓言有二百多个，长者千言，短者二十几字，有时甚至一篇文章全部由寓言组成。这些寓言大多"空语无事实"，也就是说，它们是用虚构的手法创造出来的。所以《庄子》哲学完全可以称得上是"神话哲学"，《庄子》的思维是诗性思维，《庄子》的语言也是诗性语言。整部《庄子》便是用"象"构造出来的世界，诡丽恢弘又变幻莫测。

首先我们看《庄子》中各种特征鲜明的形象。这些形象可以是人，也可以是物，还可以是无生命的意念。《庄子》中的人，既有藐姑射山神人、真人、海神若这类神话人物，黄帝、尧、舜这类古帝王，许由、老子、孔子、颜回、惠施这样的古今贤达，也有匠师、庖丁、轮扁、梓庆这样的手工业者。尤其令人诧异的是，庄子还塑造了一批形象各异的至丑之人，如《大宗师》中的子舆、《德充符》中的兀者王骀、申徒嘉、叔山无趾、恶人哀骀它、瓮䙬大瘿等。这些人虽形貌丑陋，却不以为意，如子舆心闲无事，反而摇摇晃晃走到井边欣赏自己残疾的身体。在庄子笔下，这些人都是得道之人，是真正遗形去智的圣人。不仅如此，庄子笔下的得道者、体道者、弘道者也可以是自然界的物乃至无生命的意念。栎树可以托梦给匠石讲述有用无用的辩证关系，以及无用全身的道理；骷髅可以同庄子对话，讨论死生之间的际遇；而罔两和影子也可以将精神与形体之间的关系辨识得清清楚楚。

庄子要独与天地精神相往来，在他的眼中，无此无彼，物我不分，一切相对立的界限都消失了。鲲化为鹏，其翼若垂天之云，击水三千里，抟扶摇直上九万里，从北冥迁徙至南冥；而蝶化为周，无周无蝶，有周有蝶，从而让人在庄周与蝴蝶的合分中，明白"物化"的道理。有周有蝶，全因有"我"；无周无蝶，亦全因无"我"，诚可谓"浑沦元气，参透化机"（刘凤苞《南华雪心编·齐物论》)。

其次来看《庄子》叙事。庄子善虚构,其叙事不仅情节曲折,而且也能借助言语、行为、神态等诸多方面,把事件中的人物形象塑造得丰满生动。如《盗跖》一篇完全可以当做小说看,孔子一心想劝服盗跖,不料一上来便遭到盗跖的一顿叱责。再次拜见盗跖时,孔子是"趋而进,避席反走",而盗跖却是"两展其足,案剑瞋目,声如乳虎",并直呼孔子"丘前来"。两者形象对比非常鲜明。而孔子最后"再拜趋走,出门上车,执辔三失,目芒然无见,色若死灰,据轼低头,不能出气",完全是一副丧魂落魄的形象。路遇柳下惠尚没有平息心中的恐惧,情不自禁发出"几不免虎口哉"的感叹。不仅长篇如此,就算是一个片段,也能体现出庄子高超的叙事水平。以《秋水》篇"濠上之游"为例:

> 庄子与惠子游于濠梁之上。庄子曰:"鯈鱼出游从容,是鱼之乐也。"惠子曰:"子非鱼,安知鱼之乐?"庄子曰:"子非我,安知我不知鱼之乐?"惠子曰:"我非子,固不知子矣;子固非鱼也,子之不知鱼之乐,全矣!"庄子曰:"请循其本。子曰'女安知鱼乐'云者,既已知吾知之而问我。我知之濠上也。"

惠施责于名实之辨,强调物物之分别,故责论庄子不能知鱼之乐。而庄子则一派天机,强调物物相通,故能返璞归真。故事的结局却意出言外,举重若轻:庄子以子非我,故不知我不知鱼之乐;子若知我知鱼之乐,则我告之以"濠上"。既有哲理的思辨,又不失生活的情趣。

再次,就整篇文章的结构而言,前人总结出《庄子》之文有"断续"之妙。所谓"断续"之妙,意指《庄子》之文大抵皆由寓言连缀而成,看似不相关,实则一脉贯穿,犷中引线,草里眠蛇。如《逍遥游》一篇,开篇就突兀而来,借鲲鹏变化引出"逍遥"话题。然后说到蜩与学鸠、斥鷃,似断;但又以"此小大之辨也",将上下文贯穿起来。接着又讲宋荣子、列御寇的故事,似断;而续之以"无穷之游",并引出至人、神人、圣人之"无待"境界,则又连矣。然后下文一口气说了许由、接舆、惠施等人的故事,看似不相关,实则都是围绕"无己"、"无功"、"无名"展开。凡《庄子》文章的构思,大体皆可作如是观。

除此之外,《庄子》的文学成就还表现在它对语言的自由灵活运用上,即所谓"谬悠之说,荒唐之言,无端崖之辞"。古往今来,人们一直以诗性语言来形容《庄子》语言,并将庄子比作诗人,如清人方东树说:"大约太白诗与庄子文同妙,意接词不接,发想无端,如天上白云,卷舒灭现,无有定形。"①或极力夸大,如任公子之垂钓;或曲尽其小,如蜗角之战争;欲赞美,则秕糠尧舜;欲讽刺,则舐痔得车。不仅寓言如此,即便是抽象之物,庄子也能曲尽其态。如《齐物论》写风:

> 夫大块噫气,其名为风。是唯无作,作则万窍怒呺。而独不闻之翏翏乎?山林之畏佳,大木百围之窍穴,似鼻,似口,似耳,似枅,似圈,似臼,似洼者,似污者;激者,謞者,叱者,吸者,叫者,譹者,宎者,咬者。前者唱于而随者唱喁。泠风则小和,飘风则大和,厉风济则众窍为虚。而独不见之调调之刁刁乎?

这一段写风全用赋法,层层铺垫,借有形之山林,写无形之风,曲尽风之态,确实臻乎诗境。宣颖《南华经解》称:"初读之,拉杂崩腾,如万马奔趋,洪涛汹涌;既读之,希微杳冥,如秋空夜静,四顾悄然。"这正是《庄子》为文妙思奇想之所在。

庄子在哲学史、文学史上的地位非常高,其深邃的思想是中国传统文化重要的资源,影响了千百年来士大夫之为人处世之道,而其"汪洋辟阖,仪态万方"的文风也影响了中国几千年来的文学,正如闻一多先生所说:"中国人的文化上永远留着庄子的烙印。"②

第五节 《荀子》

荀况,字卿,后人因避汉宣帝讳改称孙卿,战国时赵人。据钱穆考证,荀卿生活在公元前335年至前245年之间。他是战国后期最为著名的学者,曾游学于齐国的稷下学宫,"三为祭酒,最为老师"。后来又聘于秦、楚,聘楚期间,楚相春申君命其为兰陵令,后终老于此。

现存《荀子》32篇乃西汉刘向编订,全书体例不一,前24篇是论说体,基本上一篇围绕一个论题展开。第25篇是韵文体,第26篇是赋体,最后6篇是问答体或语录体。由其博杂体例可以推断,这32篇并非出自荀子一人之手,一般认为前26篇出自荀子之手,而后6篇乃荀子后学所记。

荀子以儒学为宗,是先秦儒家的最后一位大师。荀子面临与孟子同样

---

① 方东树:《昭昧詹言》,北京:人民文学出版社1961年版,第249页。
② 闻一多:《闻一多全集》第九册《庄子编》,武汉:湖北人民出版社1993年版,第7页。

的处境,其时儒学也受到了来自外部和内部的双重威胁。就内部而言,"儒分为八",或许还不止这些。就外部而言,儒学受到了道、名、法、墨等学派的挑战。在《非十二子》中,荀子不仅批评了道、墨等非儒家学派,也批评了子思、孟轲等儒家学派。面对内外的挑战,荀子采取了兼收并蓄的态度,在继承孔子思想的同时,也吸收各家之长,对儒学进行了一定程度的改造,以期拓展儒学。比如孔孟只讲"仁义"而讳言"兵阵",荀子讲仁义也专门"议兵"。孔孟以"仁义"释礼,不重"刑政",荀子则倡言"刑政",并重"礼"、"法"。所以李泽厚说荀子是"新时代条件下的儒家,他不是法家,也不再是像孔孟那样的儒家"①。

在人性论方面,荀子吸收了《管子》、《墨子》等学派的思想,主张"人性恶",反对孟子的"性善论"。他在《性恶》中说:

> 今人之性,饥而欲饱,寒而欲暖,劳而欲休,此人之情性也。今人饥见长而不敢先食者,将有所让也;劳而不敢求息者,将有所代也。夫子之让乎父,弟之让乎兄,子之代乎父,弟之代乎兄,此二行者,皆反于性而悖于情也。然而孝子之道,礼义之文理也。故顺情性则不辞让矣,辞让则悖于情性矣。用此观之,然则人之性恶明矣,其善者伪也。

孟子由稚子将坠乎井推阐人人皆有恻隐之心,试图证明人性皆善。荀子则由顺逆情性说明人性皆恶,为善者,伪也。"伪"即人为,是相对于先天禀赋而言的后天习得,也就是说人的本性是恶,人的种种善行都是后天习得的结果,所谓"生之所以然者,谓之性……性之好恶喜怒哀乐谓之情。情然而心为之择,谓之虑,心虑而能为之动,谓之伪,虑积焉能习焉而后成,谓之伪"(《正名》)。在荀子看来,孟子的性善论实际上取消了圣人和礼义存在的理据,"凡古今天下之所谓善者,正理平治也;所谓恶者,偏险悖乱也。是善恶之分也已。今诚以人之性固正理平治邪?则有恶用圣王,恶用礼义矣哉!"(《性恶》)所以荀子强调学,"今人之性固无礼义,故强学而求有之也;性不知礼义,故思虑而求知之也"(《性恶》)。学然后能为君子,乃至能为圣人,此所谓"涂之人可以为禹"(《性恶》)。

尽管道路上的人皆可为禹,但并非人人都是禹,所以在治国方面,荀子强调礼、法并重,而非一味地崇礼抑法。这是荀子思想的根本,也是荀子学说的现实意义所在。《君道》:"隆礼至法则国有常,尚贤使能则民知方,纂

---

① 李泽厚:《中国思想史论》,合肥:安徽文艺出版社1999年版,第112—113页。

论公察则民不疑,赏克罚偷则民不怠,兼听齐明则天下归之。"与这种治国方法相应,荀子的治国理想是兼采王霸。荀子所谓的"王"是义的化身,而"王道"则包括"王者之政"、"王者之人"、"王者之制"、"王者之论"和"王者之法"五个方面,五者的核心是"隆礼"(《王制》)。荀子所提倡的"霸"是信的化身,通过刑赏和禁令而立信于天下。尽管荀子认为王道高于霸道,但他对霸道也给予了很高的评价,而且认为王、霸之间并没有必然的鸿沟,霸者立义便可以成为王者。但无论是成王、成霸,还是由霸而王,其关键在于"慎取相",也就是要尚贤举能,否则不仅不能成王称霸,还有亡国之虞,故《王霸》篇曰:"与积礼义之君子为之则王,与端诚信全之士为之则霸,与权谋倾覆之人为之则亡。三者,明王之所谨择也。"

在社会历史观方面,荀子主张法后王,反对复古,强调要从现实出发以去取历史经验,重视现实问题。在天人关系上,荀子主张天人相分,提出"天行有常",要"制天命而用之",反对庄子以人和天的主张,认为那是"蔽于天而不知人"。荀子的天道观不一味依顺天道而强调人为,在当时有一定的进步意义。

正因为关注现实,强调富国强民而伸张霸道,所以荀子思想对法家有一定的影响,李斯、韩非皆出荀子之门,并非偶然。

荀子的散文多长篇大论,且能围绕一个论题展开周密详备的论述,析理精微又逻辑谨严,如《劝学》、《修身》、《礼论》、《乐论》等,都已是非常成熟的论说散文了。《荀子》议论常开宗明义,提出自己的主张,然后围绕此论点从各方面展开论述,以求论点鲜明,有条不紊。如《天论》开篇就提出要"明天人之分",从正反两方面立论,论述"天行有常",天并不能改变人的行为结果。这是全文立论的基础。下文围绕天人之分展开。天人所以分,因为有"天职",有"人职",天职在于天通过四时运行,造就包括人在内的天下万物;而人职在于明其"治","知其所为,知其所不为"。如此便能"天地官而万物役"。明于天人之分方可谓之知天,知天者方能知其可怪,明其可畏,如此才能"制天命而用之"。如此荀子便清晰明白地表达出他对天人关系的思考,强调了人所具有的主动性、能动性。

善于运用事例作论证也是荀子散文的一大特色,但荀子散文已不限于一般的举例明理,以具体说明抽象,而是用大量确凿无疑的可靠事实,来论证某些颇为玄奥费解的科学原理。以证代议,寓议于证,议证交融,合为一体,使文章更有文采,理论更加深化。像《解蔽》篇为了说明"凡观物有蔽,中心不定,则外物不清"的道理,就一连列举八例为证。而且荀子举例已舍弃以寓言为例的常见写法,而是选用有根据的事实,使文章"虽稍有铺陈,但更加清晰笃实,确实做到了理胜文奇"①。

孔子与孟子的语言、文章更富原始人道情怀因而更能感染人,而荀子散文更富人治精神因而更具理性思辨力量。但就行文而言,《荀子》散文并不枯燥乏味,同样文采斐然,这与《荀子》长于比喻有关。如《劝学》篇,全文共用数十处比喻,或正反相连,以喻证喻;或正反相对,以喻驳喻:

> 南方有鸟焉,名曰蒙鸠,以羽为巢,而编之以发,系之苇苕,风至苕折,卵破子死。巢非不完也,所系者然也。西方有木焉,名曰射干,茎长四寸,生于高山之上,而临百仞之渊,木茎非能长也,所立者然也。蓬生麻中,不扶而直;白沙在涅,与之俱黑。兰槐之根是为芷,其渐之滫,君子不近,庶人不服。其质非不美也,所渐者然也。故君子居必择乡,游必就士,所以防邪僻而近中正也。

整段文字皆是用比喻连缀而成,以说明"君子居必择乡,游必就士"的道理。从结构上分析,全段共用了五个比喻,有正有反,有详有略,而且行文整饬,具有骈文化的倾向,读来琅琅上口,富有音乐的韵律美。

《荀子》之文文辞丰赡,造语精练,写人状物极具风神。如《儒效》写"圣人":

> 井井兮其有理也,严严兮其能敬己也,分分兮其有终始也,厌厌兮其能长久也,乐乐兮其执道不殆也,炤炤兮其用知之明也,修修兮其用统类之行也,绥绥兮其有文章也,熙熙兮其乐人之臧也,隐隐兮其恐人之不当也。如是则可谓圣人矣。

作者运用骚体的文笔,从精神、品格、气度、才干等方面对圣人形象作了传神尽相的描写。

《荀子》中还有以"赋"名篇的文章,被认为是"赋"体文学的源头。其《成相》则用当时民间俗唱的形式写成,被视为"后世弹词之祖"。

第六节 《韩非子》

韩非(约前280—前233)是韩国诸公子,"与李斯俱事荀卿"。其为人

---

① 谭家健:《先秦散文艺术新探》,北京:首都师范大学出版社1995年版,第117—118页。

口吃,善著书,因为向韩王建议变法而未被采纳和信任,发愤著成《五蠹》、《孤愤》、《说难》等篇。据说秦王嬴政读了韩非的文章,大发感慨:"嗟乎!寡人得与此人游,死不恨矣!"当时李斯在侧,闻始皇言,便说:"此韩非之所著书也。"于是秦猛攻韩,欲得韩非。不得已,韩王命韩非出使秦国。韩非至秦,游说秦王存韩灭赵。秦王虽没有采纳韩非建议,但颇为欣赏韩非的思想。这让李斯非常嫉妒,于是与姚贾合谋,构陷韩非。秦王误信逸言,将韩非下狱,李斯派人送去毒药,逼其自杀。等到秦王醒悟,欲赦免韩非,韩非已冤死狱中了。

《韩非子》55篇,基本上是韩非本人的著作,其中有少许篇章为其弟子所作。这些文章大体上可以分为两类,一类是专题论说文,直接阐述韩非的思想;另一类是借历史故事或寓言以说理的文章,文学意味较浓。

战国末年,天下即将归于一统。韩非敏感地体察出这一天下大势,故精心构建其思想理论体系,为大一统国家制造舆论。首先,韩非发展了荀子"性恶论"思想,摒弃了荀子思想中的道德因素,对血缘及社会伦理关系作了冷峻峭刻的剖析。在韩非看来,夫妻、父子、君臣、朋友等关系,无不受到"利"的左右,是利害关系之所在。对韩非而言,他尤其想要强调的是君臣关系,"君臣之际,非父子之亲也,计数之所出也"(《难一》)。而即便是有父子之亲的关系又如何呢?且看韩非笔下的父母与子女的关系,《六反》:

> 且父母之于子也,产男则相贺,产女则杀之。此俱出父母之怀衽,然男子受贺,女子杀之者,虑其后便,计之长利也。故父母之于子也,犹用计算之心以相待也,而况无父子之泽乎?

父母之于子女尚"虑其后便,计之长利",血缘伦理关系尚且如此,那么君臣关系还要多说吗?既然无道德力量可依赖,一切只有决之于法,"圣人之治也,审于法禁,法禁明著则官法,必于赏罚,赏罚不阿则民用。民用官治则国富,国富则兵强,而霸王之业成矣"。

韩非的法治理论综合了商鞅的法治、申不害的术治和慎到的势治诸说,并加以发展,具有集大成的特征。他强调法、术、势,完全排斥治国与道德的关系,从某种意义上说可以认为是走向了思想的极端,也违背了人的社会属性。但作为先秦法治思想的集大成者,韩非的思想也有值得肯定的一面,与儒家思想构成了互补。其划道德于政治领域之外,确立政治领域的独立性,确是中国政治思想的一大进步。

《韩非子》代表了先秦说理散文的最高水平。具体说,《韩非子》举例切近现实,分析一针见血,行文逻辑严密,语言冷峻峭拔。尤其是《韩非子》行文的逻辑力量,远在先秦其他诸子之上。如《五蠹》为先秦说理文的第一长篇。全篇从王者当以法为教出发,斥责"学者"、"言谈者"、"带剑者"、"患御者"、"商工之民"为毒害国家政体的害虫,行文逻辑极其谨严周详。《韩非子》之文善于运用各种逻辑辩难手段,三言两语便可置对手于死地。如《难一》:

> 历山之农者侵畔,舜往耕焉,期年甽亩正。河滨之渔者争坻,舜往渔焉,期年而让长。东夷之陶者器苦窳,舜往陶焉,期年而器牢。仲尼叹曰:"耕、渔与陶,非舜官也,而舜往为之者,所以救败也。舜其信仁乎!乃躬藉处苦而民从之,故曰:圣人之德化乎!"
> 或问儒者曰:"方此时也,尧安在?"
> 其人曰:"尧为天子。"
> 然则仲尼之圣尧,奈何?圣人明察在上位,将使天下无奸也。今耕渔不争,陶器不窳,舜又何德而化?舜之救败也,则是尧有失也。贤舜则去尧之明察,圣尧则去舜之德化,不可两得也。

在此韩非运用二难推理,一针见血又轻而易举地指出儒家推举尧舜仁德治天下的荒谬,非常具有说服力。

《韩非子》的另一显著特色是善于运用寓言。《韩非子》一书多达三百余则,冠绝诸子。先秦诸子中,《庄子》也以善于运用寓言著称,但《庄子》寓言大多空言无实,故妙在似与不似之间;而《韩非子》寓言"取材平而不奇,实而不玄,很少以拟人化的动物或神异色彩浓厚的神话传说为题材,也很少有虚幻的想象和神乎其神的奇异描绘。它喜欢以较为平实可靠的历史事迹或现实生活为题材,而且写得具体踏实"[①]。如《守株待兔》等都是取材于现实生活或现实生活中可能发生之事,虽形制短小,但妙趣横生,又不失生活原味。

[①] 常森:《先秦诸子研究》,北京:人民教育出版社2008年版,第512页。

第六章　屈原与楚辞

《诗经》之后,我国的诗歌创作进入了一个相对沉寂期。到了战国末期,在我国的南方终于迎来了又一次诗的高潮,这便是楚辞的勃兴。楚辞的代表作家是屈原,屈原也因在楚辞创作上的卓越成就,成为中国古代最著名的诗人之一。屈原之后,有宋玉、景差、唐勒之徒继其遗响,并开汉代骚赋之先河。

第一节　楚辞释义

"楚辞"最初的意义是指楚地的一种诗体文学,相对于《诗经》来说,楚辞是一种新型的文学体裁。这种"新"表现在它"书楚语,作楚声,纪楚地,名楚物"(宋黄伯思《翼骚序》),带有浓厚的地方色彩。但我们也不能简单地把楚辞等同于楚地的民歌,宣称它是"楚族的诗歌"。就其产生来说,楚辞是多元文化的结晶。

长江流域同黄河流域一样,很早就孕育着古老的文化。楚民族兴起以后,成为这一地域文化的代表。由于政治上的对立和排斥,楚地发展着一种独立于中原文化之外的文化体系。一方面楚人被中原文化视为荆蛮,《国语·晋语八》载:"昔成王盟诸侯于岐阳,楚为荆蛮,置茅蕝,设望表,与鲜卑守燎,故不与盟。"与此同时,他们也以荆蛮自居,采取与中原文化自疏的态度,《史记·楚世家》熊渠语:"我蛮夷也,不与中国之号谥。"这种民族与心理上的分野,决定了楚辞接受楚地的文学传统,表现楚地的文化风俗,并且具有楚人的心理思维特征。

早在楚辞产生之前,楚地就已经有了比较深厚的文学积淀,尤其是音乐文学丝毫不逊于中原。楚地的音乐文学也就是楚调,或称南音。《左传》中便有"操南音"、"歌南风"的记载,《吕氏春秋·音初》甚至将南音追溯到夏禹时代,即涂山氏之女所歌之"候人兮猗"。刘向在《新序》中记载了一首《徐人歌》,词曰:

延陵季子兮不忘故,脱千金之剑兮带丘墓。

《说苑·善说》记载了一首与楚辞风格非常接近的《越人歌》:

今夕何夕兮,搴舟中流。今日何日兮,得与王子同舟。蒙羞被好兮,不訾诟耻。心几烦而不绝兮,得知王子。山有木兮木有枝,心悦君兮君不知。

此外如《论语》记载的《凤兮歌》、《孟子》记载的《沧浪歌》,风格与上述诗歌也大体相同。我们从《楚辞》等文献中还可以看到众多楚地乐曲的名目,如《涉江》、《采菱》、《劳商》、《九辩》、《九歌》、《薤露》、《阳春》、《白雪》等,上博楚简中也有一部简书记载了楚地的音乐曲目。而《楚辞》等记载了大量乐器名称,再加上出土的乐器,尤其是号称世界第八大奇迹的曾侯乙墓编钟,都可以证明楚地音乐的发达。

楚地歌词最具特征的是"兮"字的运用。可以说,"兮"是楚歌的灵魂之所在,其位置灵活,不仅可以出现在句尾,也可以出现在句中,这就使得楚歌的句式变化多端。"兮"还具有连接词的作用,这使得楚歌能够突破《诗经》为代表的四言句式,而演变成五言、六言、七言等。尤其重要的是,"兮"具有拉长音声的作用,它使楚歌具有缠绵哀怨的情致。楚辞在风调、情趣等方面都与楚歌有明显的渊源承继关系。

而就楚地文化习俗来说,楚人好巫,巫风兴盛。《汉书·地理志下》记载,楚地"信巫鬼,重淫祀",自民间至朝廷无不如此。民间是"夫人作享,家为巫史",而朝堂巫风更盛,如楚灵王,"简贤务鬼,信巫祝之道",甚至当吴人来攻甚急之时,仍"鼓舞自若",不肯发兵(《新论·言体论》)。楚怀王也"隆祭祀,事鬼神"(《汉书·郊祀志下》),把破秦的希望寄托在鬼神身上,最终客死秦国。楚人好巫在出土文献中也得到了证明,如河南信阳长台观1号楚墓出土的彩绘锦瑟上有巫师戏龙图,表现的是楚国巫师作法,展示了巫师在他的"动物伙伴"龙的帮助下飞升天国的情景。而另外一幅表现"傩仪"的场景,也极具宗教神秘氛围。这种巫文化的特质在楚辞中有充分的表达,《离骚》极力展示乘龙凤神游的场景,《九歌》则直接记载了楚地的宗教祭祀情况,而王逸在《楚辞》解题中也揭示了楚辞与巫风之间的关系。巫风巫趣深刻影响了楚辞的审美取向。

除了音乐传统和文化习俗,楚辞之产生还有其深刻的经济发展背景。南方的经济条件较北方具有一定的优越性,其有"江汉川泽山林之饶;江南地广,或火耕水耨,民食鱼稻,以渔猎山伐为业,果蓏蠃蛤,食物常足"。这就使较多的人力能够脱离单纯维持生存的活动,投入到更高级更复杂的物质生产中去。就近年考古发现看,战国时代中原地区的青铜器铸造基本上出于实用的考虑,纹饰相对简单,铭文也是如此。而楚国的青铜器则足以代表当时青铜器冶铸的最高水平,不仅造型精美,铭文也多长篇,且铭风典丽。至于楚地漆器、丝织品之精美,更是北方无法比拟的。作为娱神手段的艺术也承担了娱人的功能,在注重审美愉悦的方向上发展,充分展示出人们情感的活跃性。这些在楚辞中都能找到许多例子,例如它不仅展示了宫廷生活的富丽堂皇,也描绘了音乐舞蹈的热烈摇荡和诡谲奇丽。

但是楚辞又不是楚文化的单一衍生物,它也体现了南北文化的交融。至迟在殷商时期,楚人已经同北方政权发生关系,《诗经·商颂》记载商朝曾讨伐荆楚。至商末,楚与当时位于今陕西周原的周有了政治上的关系,在陕西周原出土的甲骨中,就有"楚子来报"的记载。而传世文献也记载楚子鬻熊曾"子事文王",后来熊绎又被成王封于楚(《史记·楚世家》)。这些都证明了楚人对周朝的归附和周王朝对楚人实际控制江汉地区的承认。但至周昭王时代,可能是为争夺今湖北大冶至安徽南陵一代铜资源的控制权,楚人与周朝发生了摩擦,甚至周昭王也死于与楚人的战争中。西周末年,楚人与周人战争更加频繁,在周末的青铜铭文与《诗经》等文献中,记载了许多周、楚之间的战争。春秋时代,楚国迅速发展壮大,兼并了长江中游许多大小邦国,成为足以与整个中原相抗衡的力量。楚庄王为春秋五霸之一,一度有问鼎中原之志。战国时期,楚进而吞灭吴越,版图之大、人口之多为诸雄之最。

战争与吞并是促进不同民族间文化融合的一个重要途径。战争期间,朝聘出使频繁,赋诗咏志之风大盛,楚人也不例外,故《左传》等史书记载的楚国君臣赋诗之事屡见不鲜。而楚国又能招纳诸侯国的贤才为其所用,如《国语·楚语上》记载楚庄王为傅太子而问于申叔时。近年来出土的文物资料也提供了许多证据。郭店简、上博简都出于楚墓,楚人对于中原文化兼包并蓄,并无偏见。就《诗经》而言,不仅楚器铭义诗化特征显著,更有《孔子诗论》这样的论《诗》专著。这也可以和《左传》等记载楚人引诗赋诗相互印证,证明楚人对包括《诗经》在内的中原文化的仰慕和接受。屈原出身于贵族,学识渊博,又有美政之理想,加之数次出使齐国,深受《诗经》等中原文化之影响,因而楚辞中自然也包含着中原文化因子。故鲁迅先生说:"楚虽蛮夷,久为大国,春秋之世,已能赋诗,风雅之教,宁所未习,幸其固有文化,尚未沦亡,交错为文,遂生壮采。……周室既衰,聘问歌咏,不行于列国,而游说之风浸盛,纵横之士,欲以唇吻奏功,遂竞为美辞,以动人主。……余波流衍,渐及文苑,繁辞华句,固已非《诗》之朴质之体式所能载矣。"①

屈原死后不久,楚为秦吞并,楚人哀楚国之亡,感屈原至诚,故屈原之文得以口耳相传而不绝。汉朝建立,因刘邦等都是楚人,所以楚风兴盛。上世纪70年代,阜阳汉简出土,墓主为第二代汝阴侯夏侯灶,墓葬下限为汉文帝十五年(前165)。墓中出土了楚辞残简,这说明楚辞文本的出现当早于汉文帝十五年。就传世文献而言,贾谊骚赋已征引楚辞文句。汉武帝即位,尝使淮南王刘安为《离骚赋》。"楚辞"之名也产生于武帝时,《史记·酷吏列传》记载:"始长史朱买臣,会稽人也。读《春秋》。庄助使人言买臣,买臣以楚辞与助俱幸,侍中,为太中大夫,用事。"大约当汉宣帝时,刘向编辑屈原等人作品,名之曰《楚辞》。故"楚辞"之义有二:一为屈原创立的楚歌风格的新诗体,一为以屈原为主的一群作家所创作的文学作品总集名。

第二节　屈原及其作品

如果我们不考虑《离骚》等屈原作品,屈原其人不见于先秦任何传世文献。因此自近代以来,有人对屈原其人的真实性提出怀疑,认为历史上本无屈原,屈原是一个"箭垛似"的人物。直到今天,仍然有人持怀疑态度,尤其是在日本。但我们认为尽管屈原不见于先秦文献,其真实性却不容质疑。盖因始皇焚书,"史官非秦纪皆烧之",延及《诗》、《书》、百家语皆"杂烧之",故先秦典籍十不存一,屈原不见于现存先秦文献一点也不奇怪。汉文帝时贾谊被谪长沙,他在《吊屈原赋》中明确地说:"侧闻屈原兮,自沉汨罗。"司马迁写《屈原列传》也曾亲赴长沙,"观屈原所自沉渊"。这说明屈原之事绝非汉人向壁虚构。

今天我们研究屈原的第一手资料当推《离骚》、《九章》等屈原本人作品以及汉代司马迁《屈原列传》、《史记·楚世家》及刘向编撰《新序·节士》等。学者根据《离骚》之"摄提贞于孟陬兮,惟庚寅吾以降"推断屈原生年,但诸说分歧较大。综合诸家结论推断,他当生于公元前340年前后。关于他的卒年,人们多依据《怀沙》、《哀郢》,定在公元前290年前后,也无确证。根据屈原在《离骚》等作品中的陈述,结合《史记》、《新序》等材料,大体知

---

① 鲁迅:《鲁迅全集》第九卷《汉文学史纲要》,北京:人民文学出版社1981年版,第379—380页。

道屈原与楚王同宗,年轻时因为博闻强识、才华出众,入能与楚王图议国事,以出号令,出则能应对诸侯,接遇宾客,深得楚怀王的信任,任楚国的左徒。后来屈原受到了上官大夫等人的排斥和陷害,昏聩的楚怀王"怒而疏屈平"。于是屈原被免去左徒之职,转任三闾大夫,掌管王族昭、屈、景三姓事务,负责宗庙祭祀和贵族子弟的教育。

楚怀王十六年(前313),秦派张仪使楚,许以秦国商于之地而要楚国与齐国绝盟。楚怀王被利益驱使,于是和齐国绝盟。因秦国背约,楚国并没有得到秦地,于是兴兵伐秦。秦人大败楚师,斩首八万,并夺取了楚的汉中之地。十八年(前311)楚怀王派屈原出使齐国,齐楚复盟。秦国害怕,便归还楚汉中之地,与楚议和。楚怀王衔恨,称"不愿得地,愿得张仪而甘心焉"。张仪再使楚,楚怀王却又听信靳尚、郑袖的话而放走了张仪。怀王二十四年(前305),楚背齐合秦,怀王迎娶秦妇。大约在这个时候,屈原与楚怀王再次发生冲突,并被流放到汉北。后来秦联合诸侯攻楚,数败楚兵,齐国痛恨楚国背信弃义而不出兵救援,使楚国遭到很大打击。怀王三十年(前299),秦人诱骗怀王会于武关。屈原曾极力劝阻,而子兰等却力主怀王入秦,最后怀王入秦被扣,三年后客死于秦。怀王被扣,太子横继位,是为楚顷襄王,公子子兰任令尹。因为子兰等对怀王之死负有责任,楚人谴责子兰。或许屈原也对子兰等予以痛斥,所以子兰指使上官大夫在顷襄王面前造谣诋毁屈原,顷襄王便把屈原流放到沅、湘一带。

屈原流落沅湘,多年不还,而楚国的形势江河日下。顷襄王二十一年(前278),秦将白起攻破楚都郢,迫使楚国东迁。而屈原则在美政破灭、报国无望的情况下,自沉汨罗。屈原死后不久,楚国便被秦国所灭。后人为了纪念屈原,把每年农历的五月五日作为纪念屈原的日子。

作为政治家,屈原是失败的,但作为诗人,屈原却取得了极大的成功。根据刘向、王逸等人记载,屈原作品共25篇,即《离骚》、《九歌》(11篇)、《天问》、《九章》(9篇)、《远游》、《卜居》、《渔父》等。司马迁在《史记·屈原列传》中还提到了《招魂》,而王逸《楚辞章句》把《招魂》归于宋玉。这说明在汉代关于屈原作品已有了分歧。后来,《九章》中的《思美人》、《惜往日》、《橘颂》、《悲回风》的著作权也产生了歧异的说法。现在学术界比较统一的意见是,《离骚》、《九歌》(11篇)、《天问》、《九章》(9篇)、《招魂》等应为屈原作品,而《远游》、《卜居》、《渔父》则为后人伪托。

第三节 《离骚》、《九章》

《离骚》有作于怀王晚期、顷襄王时期两说,无论如何,《离骚》应是屈原在政治上遭到打击之后的发愤抒情之作。《离骚》共372句,2400余字,贯穿全诗的是诗人忧国忧民之心和批判社会的不屈精神,感情跌宕,文气磅礴,想象奇警,造境高远,不仅是楚辞冠冕,也堪称中国文学史上最伟大的作品。

"离骚"的含义,司马迁解释为"离忧",班固承之,解"离"为"罹",以"离骚"为"遭忧作辞";王逸则说:"离,别也;骚,愁也。""离骚"就是离别的忧愁。此外,有人依据《大招》中的"劳商",认为"离骚"即"劳商"的异读,为楚曲目名;或以为"离骚"即"牢骚",全诗就是发牢骚以表达不满;也有人以为"离"即"乖离",全诗所写关乎君臣乖离、世事乖离。比较诸说,以司马迁、班固之说为优。

《离骚》体制恢宏,内容丰富,情节曲折。从楚辞学结构思考,《离骚》属于二段式结构,即正文和"乱",这与《哀郢》、《怀沙》等相类,与《天问》、《九歌》等一段式不同,也与《抽思》正文、少歌、倡、乱等相结合的形式不同。而《离骚》正文也可以简单地划分为两大部分。第一部分从开篇至"岂余心之可惩",主要写人境。第二部分从"女嬃之婵媛兮"到"蜷局顾而不行",重点写神境。但人境、神境并非是单线的,其中颇多曲折,而转折的标志便是诗人内心变化,包括诸多的矛盾、犹豫、进退的艰难取舍等。

第一部分基本上是屈原现实人生的追溯,从出生到行修,围绕"纷吾既有此内美兮,又重之以修能(或曰态)"展开,表现诗人才德之美。当君臣相知之时,诗人信心百倍,宣称要为君主"道夫先路",即告之以前王成败之迹。而"党人之偷乐"与"灵修之数化"让诗人遭到了第一次挫折,对应现实也许就是楚怀王第一次"怒而疏"之。这并没有击垮诗人的信心,他有新的希望,这就是"滋兰树蕙",教育英才,还有他自己的"信姱以练要"。但当诗人发现他"虽好修姱以鞿羁",仍"朝谇而夕替"时,尤其当他发现时俗工巧、众人"追曲",而自己却"独穷困乎此时",先前所培育的芳草也昭质已亏,心态第一次发生了变化,内心充满了痛苦的彷徨。尽管"回朕车以复路",却也有了"将往观乎四荒"的想法。在方圆不能周、异道难相安的情况下,诗人虽坚持操守,却也只能是"伏清白以死直"或"退将复修吾初服"。在"体解吾犹未变"的自誓中,也隐含了诗人对现实的失望。

第二部分是对神境的描写。屈原几乎全用幻想的方式,在神游中展开自己热烈的追求和渴望。所谓"上下求索",诗人寻找的既是拯救现实的未来之路,也是自我心灵的安顿方式,诗人试图用游仙的方式摆脱现实的困扰。诗人先假设一位"女媭"对他加以申斥,认为他的"婞直"不合时宜。其实这未尝不是诗人内心对自我的否定,但实现美政、拯救君国的强烈渴望使他依然能够坚持"依前圣以节中",所以他向古帝重华陈辞,重申自己的治国理想和主张。尽管在一定程度上否定了女媭的批评,但并不能打消自己内心的惶惑。在折中于重华之后,诗人伤心地吟出:"曾歔欷余郁邑兮,哀朕时之不当。"诗人上下求索,其中最主要的内容便是"求女"。但"求女"寓意为何,古今异说颇多。如果从实现美政的角度着眼,"女"代表了诗人理想的政治模式,它既不仅仅是贤君,也非仅仅是贤臣,或许应涵盖这两者。

诗人在想象中来到了天界,他"欲少留此灵琐",想"聊逍遥以相羊"。而天帝的守门人拒绝为他通报,他感叹"世溷浊而不分兮,好蔽美而嫉妒"。这样的幻境折射出现实生活的影子。

诗人"济白水"、"登阆风"、"游春宫"都与求女有关,所求为天女。但高丘无女,诗人"折琼枝以继佩",这很容易让我们想起《九歌·湘君》之"捐余玦"、"遗余佩",都是求女失败后的行为模式。然后他又开始求"下女"。但这些神话和历史传说中的美女,或"无礼"而"骄傲",或无媒以相通。在"求女"失败时,诗人感慨"聊浮游以逍遥",与《湘君》相类似。但在求有虞氏之二女失败后,诗人却说:"世溷浊而嫉贤兮,好蔽美而称恶。闺中既以邃远兮,哲王又不寤。怀朕情而不发兮,余焉能忍而与此终古!"再次在幻境中折射出现实生活的影子。

求女失败,诗人转而请灵氛占卜、巫咸降神以指点迷津。但无论是灵氛还是巫咸,都告诉他楚国已毫无希望,劝他离开楚国,另求君臣遇合的机会。而诗人在接受灵氛、巫咸的建议后,展示的却是驾飞龙,乘瑶车,扬云霓,鸣玉鸾,自由翱游于神仙幻境的情性。他"高驰邈邈",却"忽临睨夫旧乡","仆夫悲余马怀兮,蜷局顾而不行",直接从幻境中切入现实,表明自己最终还是无法离开故土。这算是第三次在幻境中折射现实生活的影子。

诗人在"乱辞"中这样写道:"已矣哉!国无人莫我知兮,又何怀乎故都!既莫足与为美政兮,吾将从彭咸之所居!"相对于正文的"过去时"而言,乱辞是诗人的"现在时"。政治理想的破灭,使他要追随先贤,以死来追求自己人格理想的完满与崇高。

《离骚》具有崇高的人格精神力量,它为我们塑造了一个伟大的"灵均"

形象。这位光彩照人的主人公不仅有高贵的家世、吉祥而富有神性的诞生，而且有非凡的气度、美好的品质和伟大的理想以及为实现理想不惜献身的牺牲精神。在污浊的社会中，他是那样的超拔出众，"民生各有所乐兮，余独好修以为常"；与现实的黑暗势力作斗争，他毫不妥协，"体解吾犹未变兮，岂余心之可惩"；为实现美政理想，他历经艰辛却从不放弃，"亦余心之所善兮，虽九死其犹未悔"，"阽余身而危死兮，览余初其犹未悔"。所有这些构成的是一个鲜活的生命，有血有灵而且历久弥新，成为后世文人景仰敬慕的理想人格范式。

在艺术成就上，《离骚》与《诗经》并称，成为后世文学的重要源头之一。它一方面继承《诗经》的比兴传统，这就是王逸所说的"《离骚》之文，依《诗》取兴，引类譬谕。故善鸟香草，以配忠贞；恶禽臭物，以比谗佞；灵修美人，以媲于君；宓妃佚女，以譬贤臣；虬龙鸾凤，以托君子；飘风云霓，以为小人"，另一方面在比兴的直接性和现实性方面有所突破。《诗经》虽有《相鼠》、《伐檀》这样批判性很强的比诗，但总的说来是温婉含蓄的，而《离骚》则是直面现实，将物与我、情与景融为一体，成为某种精神人格的象征，增强了诗歌的批判力度。在篇制方面，《离骚》突破了《诗经》的短章规模，借助宗教的力量并汲取民间文学的营养，以长篇巨制委婉曲折地展示主人公的形象及其丰富的内心世界，从而极大地增强了作品的艺术感染力。在句式方面，它突破了《诗经》的四言格式，用灵活多变的"兮"字为串联词，创造出一种句式参差、骈散结合的新句式，不仅增强了作品的抒情性，也成为后世骚体文学之祖。正如刘勰所说："自《风》、《雅》寝声，莫或抽绪，奇文郁起，其《离骚》哉！固已轩翥诗人之后，奋飞辞家之前。"

《离骚》带有鲜明的楚文学特征，具有巫文化特色。巫的本质在于天地通，人神合一。在《离骚》中，灵均可以驾玉虬飞升，可以役使百神，可以向重华陈词，命灵氛占卜，可以扣帝阍，游西极，全诗充满了奇特的幻想。在这些幻想中，我们很难说灵均是现实的人物还是神话中的人物，他已经与神合为一体，具有了神性。《离骚》运用了大量的神话题材，成为保留我国神话较多的作品之一。同时他还写了大量的香草，这些香草是精神人格的喻体，也是降神的道具。所有这些构成了一个光怪陆离的世界，丰富了我国传统文学的题材和表现形式。

《九章》由九篇作品组成：《惜诵》、《涉江》、《哀郢》、《抽思》、《怀沙》、《思美人》、《惜往日》、《橘颂》、《悲回风》。这些作品并非成于一时一地，因而风格不一，比如《橘颂》基调开朗乐观，不仅描绘橘树灿烂夺目的外表，也表现了橘树"受命不迁"、"深固难徙"的品质。它应该是诗人早年的作品,诗人借橘树表现他的抱负和理想,洋溢着积极向上的情怀。

其他篇章多为屈原在放逐期间所作。不仅内容情调、政治理想与《离骚》一致,其中有的篇章内容还与《离骚》存在相同和相近之处,如《哀郢》:"曼余目以流观兮,冀壹反之何时。鸟飞反故乡兮,狐死必首丘。信非吾罪而弃逐兮,何日夜而忘之?"《抽思》:"昔君与我诚言兮,曰黄昏以为期。羌中道而回畔兮,反既有此他志。憍吾以其美好兮,览余以其修姱。与余言而不信兮,盖为余而造怒。"

与《离骚》比起来,《九章》篇幅短小,重在写实和直接抒情,不以奇幻见长。如《涉江》当是屈原在江南长期放逐中所写的一首纪行诗。其中一段景物描写非常出色:

入溆浦余儃佪兮,迷不知吾所如。深林杳以冥冥兮,猿狖之所居。
山峻高以蔽日兮,下幽晦以多雨。霰雪纷其无垠兮,云霏霏而承宇。

诗人极其恰切地表现了景物的特征,以深山的幽邃晦暗和雨雪的凄清冷寂衬托出自己孤独无乐、寂寞悲怆的心境。楚辞中这类风光描写,对后世山水诗有一定的影响。

《哀郢》和《怀沙》应该是《九章》中较晚的作品,其中《哀郢》写顷襄王二十一年(前278)秦将白起攻陷楚都郢的史事。作品犹如"实录","民离散而相失兮,方仲春而东迁",写出了楚人离乡去国的流亡情景;而"发郢都而去闾兮,荒忽其焉极?楫齐扬以容与兮,哀见君而不再得。望长楸而太息兮,涕淫淫其若霰",抒发了深沉的亡国之痛。大概在这之后不久,诗人就在归国无望、见君不得的绝望中投水自杀了。据《史记·屈原列传》,《怀沙》是屈原的绝命诗。在《怀沙》的结尾,诗人写到:"知死不可让,愿勿爱兮。明告君子,吾将以为类兮。"表达了以死殉国的决心和追效前贤的信念。

第四节 屈原的其他作品

除《离骚》、《九章》外,屈原的其他作品还有《九歌》、《天问》、《招魂》等。

"九歌"的名称见于《左传》、《山海经》以及《离骚》、《天问》等,它是一种古乐曲的名称,渊源久远。王逸《九歌》解题曰:

> 《九歌》者，屈原之所作也。昔楚国南郢之邑，沅、湘之间，其俗信鬼而好祠。其祠，必作歌乐鼓舞以乐诸神。屈原放逐，窜伏其域，怀忧苦毒，愁思沸郁。出见俗人祭祀之礼，歌舞之乐，其词鄙陋。因为作《九歌》之曲。

根据王逸的意见，《九歌》为屈原晚年作品。也有人认为它们是屈原早期的作品，祭祀的对象是楚国的诸神，是楚国的国祭，而非南楚民间祭祀。学术界一般认为，《九歌》是屈原根据民间的祭神乐歌改写而成的，其中也包含着诗人自身的某种感受。

《九歌》十一篇中，前十篇各祭一神，末篇《礼魂》是送神曲。其所祭神灵包括天神：东皇太一（天帝，天神中最尊贵者）、云中君（云神）、大司命（主管寿命的神）、少司命（主管子嗣的神）、东君（太阳神）；地祇：湘君和湘夫人（湘水之神）、河伯（黄河之神）、山鬼（山神）；人鬼：国殇（战亡将士之魂）。其中《国殇》比较特殊，它是祭祀阵亡将士的，歌颂的是将士们视死如归的大义："诚既勇兮又以武，终刚强兮不可凌。身既死兮神以灵，子魂魄兮为鬼雄。"辞气慷慨悲壮，刚毅凛然。

关于《九歌》的祭祀模式，朱熹曰："楚俗祠祭之歌，今不可得而闻矣。然计其间，或以阴巫下阳神，或以阳主接阴鬼，则其辞之亵慢淫荒，当有不可道者。"这种祭祀活动中的异性相接仍见于今天沅湘间民俗，祭祀中巫师把神灵想象成情郎或情妹，用情歌打动神灵，以达到降神的目的。这种人神相恋的祭祀模式中，人、神相依相恋，喜怒哀乐一如世俗间男女相恋的情形，其中的恋爱、思慕、悲欢离合的种种情绪，缠绵悱恻，哀婉动人。这使得《九歌》非常具有人情味。比如《湘君》写湘君夷犹不行，似乎另有羁绊而留乎中洲，致使湘夫人哀怨伤痛。"横流涕兮潺湲，隐思君兮陫侧"，以无言写痛，而愈见其痛。"桂櫂兮兰枻，斲冰兮积雪。采薜荔兮水中，搴芙蓉兮木末。"桂櫂、兰枻本是用来渡水的，如何能击斲冰雪？薜荔何以能在水中，芙蓉如何能在树梢？诸多的错乱或正象征了爱情的失败，所以湘夫人唱出了"心不同兮媒劳，恩不甚兮轻绝"的歌，表达她对湘君托辞不赴约的不满。而《湘夫人》开篇便是一段凄迷景致：

> 帝子降兮北渚，目眇眇兮愁予。袅袅兮秋风，洞庭波兮木叶下。

深秋时节，秋风萧瑟，黄叶飘零。伊人不在，独立寒秋；烟水交织，情浓愁浓。短短四句便写尽了难以言说的凄迷惆怅之情，堪称是一幅秋江候人图。清代贺贻孙《骚筏》认为"洞庭波兮木叶下"一句便可敌宋玉《九辩》一篇，亦非夸大之词。《山鬼》则是一首凄美的失恋之歌。山鬼是一位少女的形象，"既含睇兮又宜笑,子慕予兮善窈窕",确乎娇媚动人。她盛装去幽会,可情人却始终不来赴约,使她陷入绝望和痛苦之中,故"思公子"、"怨公子"。诗的最后写"雷填填兮雨冥冥,猿啾啾兮又夜鸣。风飒飒兮木萧萧,思公子兮徒离忧!"似乎山鬼依然痴痴等待而不肯离去,而景物的阴冷凄清也映衬了山鬼的心境。

总之,《九歌》善于写男女感情,借助自然景物烘托人物的心境,以达到情景交融的艺术效果。它的语言则洗练优美,情韵悠长。

《天问》是一首奇诗。它以诗歌的形式、问难的语气,一口气问了172个关于自然、历史、社会、宗教、神话传说等方面的问题。其所表现出来的大胆怀疑精神,冠绝古今,而其中蕴含的深沉愁思也代表了屈原内心的忧愤。

王逸在《天问》解题中说：

> 《天问》者,屈原之所作也。何不言问天?天尊不可问,故曰天问也。屈原放逐,忧心愁悴。彷徨山泽,经历陵陆。嗟号昊旻,仰天叹息。见楚有先王之庙及公卿祠堂,图画天地山川神灵,琦玮僪佹,及古贤圣怪物行事。周流罢倦,休息其下,仰见图画,因书其壁,呵而问之,以渫愤懑,舒泻愁思。楚人哀惜屈原,因共论述,故其文义不次序云尔。

王逸的解题对我们理解《天问》非常重要。证之以传世文献及出土文献,则王逸所说的《天问》为呵壁之作是可信的。关于《天问》之错简,一直是学术界讨论的热点问题,这一问题还需要深入研究。

"天问"即"问天",相当于《离骚》中的"就重华而陈词",尤其是其中关于历史事件的一系列发问,实际上是无疑而问,表现了屈原的批判精神。从这一点来说,《天问》与《离骚》等篇的精神是相通的,故司马迁读《天问》犹如读《离骚》,一样的"悲其志"。

除了对历史的批判,《天问》还问了一系列自然问题,这与当时哲学思潮有关。传世文献如《老子》以道为万物本原,《庄子·天运》也追问了自然的问题,近出的楚简如《恒先》等同样也是对自然的追问。屈原数次出使北方,应当受到了这种思潮的影响。

依据王逸所说,屈原作《天问》不仅抒发愤懑,也发泄愁思。诗曰："薄暮雷电,归何忧?厥严不奉,帝何求?伏匿穴处,爰何云?荆勋作师,夫何长?悟过改更,我又何言?"所以悲剧性的力量贯穿《天问》,成为其诗学精神的重要特征。这也是《天问》能以诗的形式流传至今的原因。

《天问》以四言为主,行文跳宕,或两句一问,或四句一问,显示了诗人呵壁问难时情绪的起伏变化。

《招魂》的作者,司马迁《屈原列传》记载是屈原,而王逸《楚辞章句》却归之于宋玉。不仅作者有争论,就是招何人之魂也有不同说法。以屈原作《招魂》者,或以为是屈原招他自己的魂,或以为招怀王魂,而认为招怀王魂又有招生魂和招死魂之分歧。认为宋玉作《招魂》者,或以为招屈原魂,或以为招顷襄王魂。司马迁生于前汉,其说当有所据,故学术界一般认为《招魂》为屈原所作,招的是客死秦国的楚怀王之魂。

楚人好巫,"招魂"本是楚地一种常见的民间习俗。招魂可以为死者招魂,也可以为生者招魂。诗人借用此种风俗,以奇异的想象、诡丽的文辞创作出这篇奇诗。作品的开头部分可以看做是序文,交代招魂的原因。正文可以分为两部分,前半部分假托"巫阳"之言,竭力渲染东南西北上下六方的可怕、各种神异鬼怪的可怖,劝魂魄不可留居;后半部分则竭力铺陈楚国宫廷生活的富丽奢华,这里有宫室囿苑、车马仆御、锦衣玉食、女乐玩好,以此劝诱魂魄归来。最后文章以"目极千里兮伤春心,魂兮归来哀江南"收结,流露出无限深情。

《招魂》运用楚地招魂辞的艺术形式,大量运用"些"字,具有浓郁的地方色彩。其对空间方位的铺展,对汉赋,尤其是散体大赋的发展产生了很大的影响。

第五节 宋玉及唐勒赋

司马迁在《史记·屈原列传》中说:"屈原既死之后,楚有宋玉、唐勒、景差之徒者,皆好辞而以赋见称;然皆祖屈原之从容辞令,终莫敢直谏。"这是屈原之外的楚辞作家群体。但唐勒、景差等生平事迹皆不可详考,作品著录也让人难以相信。① 唯有宋玉作品著录较为可信,对后世影响也较大。

关于宋玉的生平,文献记载未必可靠,故存疑不论。而他的作品,《汉书·艺文志》著录为16篇,《隋书·经籍志》著录有《宋玉集》三卷,均无篇名。王逸《楚辞章句》中有《九辩》、《招魂》2篇;《文选》另有《风赋》、《高唐赋》、《神女赋》、《登徒子好色赋》、《对楚王问》共5篇。《古文苑》记载有《大言赋》、《小言赋》、《笛赋》、《讽赋》、《钓赋》、《舞赋》等。《招魂》为屈原

---

① 1972年银雀山出土汉简中有"唐勒"残简,有些研究者认为是唐勒赋,但文少难论。

作品,已见上文;《文选》《古文苑》所载诸篇是否为宋玉所作尚有争议,学术界多认为是后人伪托,故也存而不论。比较可信、异议较少的只有《九辩》一篇。

《九辩》之名,见于《山海经》《离骚》《天问》,与《九歌》一样,都是古乐曲名。王逸说:"辩者,变也。"郑玄注《周礼·大司乐》:"变,犹更也,乐成则更奏也。"据此,"九辩"即是"九阕",是多重乐章组成的有机整体。宋玉《九辩》虽沿用旧题,但篇章形式及内容均是创新。

《九辩》的主旨,王逸说是宋玉为悲悼其师屈原而作。就文本看,重在抒写贫士失职、怀才不遇、老而无成、报国无路的失意与愤慨。虽也有对楚国腐朽政治情状的揭露批判,如"谓骐骥兮安归?谓凤凰兮安栖?变古易俗兮世衰,今之相者兮举肥",但与屈原作品比起来已经少了锋芒,其内容主要是悲秋、感遇、思君,是一种顾影自怜的哀愁,所谓"惆怅兮而私自怜"。这可能与宋玉的地位有关。从后世托名为宋玉的作品以及后人记载的宋玉生平看,宋玉极有可能是一名文学侍臣,是"倡优蓄之"之类的人物,他的心态与屈原不同,也缺乏屈原那样的抗争精神。

《九辩》在内容与形式上都受到了屈原作品的影响,其中直接袭用或间接采用《离骚》《哀郢》等作品成句的地方共有十余处;复述屈原作品的内容、模仿屈原作品语气的地方更多,比如《九辩》最后的神游就明显借鉴了《离骚》。尽管与《离骚》比起来,《九辩》被幽怨哀伤之情所笼罩,缺乏震撼力,但《九辩》也有其出色之处,景物描写很好地烘托了人物内心的感受,一、三、七章写秋色、秋声、秋意,都非常成功。如第一章:

> 悲哉秋之为气也!萧瑟兮草木摇落而变衰,憭慄兮若在远行,登山临水兮送将归,泬寥兮天高而气清,寂寥兮收潦而水清,憯凄增欷兮,薄寒之中人,怆怳懭悢兮,去故而就新,坎廪兮贫士失职而志不平,廓落兮羁旅而无友生。惆怅兮而私自怜。燕翩翩其辞归兮,蝉寂漠而无声。雁廱廱而南游兮,鹍鸡啁哳而悲鸣。独申旦而不寐兮,哀蟋蟀之宵征。时亹亹而过中兮,蹇淹留而无成。

以"悲秋"二字直接点题,然后渲染秋天的萧瑟之景和肃杀之气,瑟瑟寒风中,草木凋零,北雁南飞,寒蝉无声。而这些与诗人孤独的背影相映照,作品也成功地塑造了一个"寒士"的孤寂形象。千百年后,马致远写《天净沙·秋思》用的仍是同样的笔法。

在行文方面,《九辩》的语言更加散文化。它的句子长短不拘一格,二字、三字、六字、七字、八字、九字、十字、十一字等,交互运用,灵活自然,错落有致。与之相应,在用韵方面,《九辩》也更加自由。有一组四句,句句用韵者;有两句一组为韵者;有六句成节,句句用韵者;有六句成节,间句用韵者;有七句成节,句句用韵者。《九辩》还大量运用双声、叠韵、叠字,这使得全篇的语言节奏灵活多变,自然跳动,在散文化句式中保持着音乐美。

宋玉《九辩》呈现出由诗向文转化的趋势,成为楚辞向汉赋转变的桥梁。其散体化的句式以及铺陈手法的运用都对汉赋产生了重要影响,是汉赋的直接源头之一。而他悲士不遇的感慨也被汉人继承,是汉赋非常重要的主题。所以刘勰《文心雕龙·诠赋》说宋玉作品是"别诗之原始,命赋之厥初"。

第六节 楚辞的地位及影响

楚辞与屈原不可分,后世文人喜爱楚辞在很大程度上也是受到了屈原精神的感召。司马迁《史记·屈原贾生列传》称赞屈原及其作品能和日月争光而光照千古,这一点得到了后世的广泛赞同。在我国历史上,大凡到了民族存亡的关头,屈原便成为一种具有强大精神感召力的象征,而《楚辞》的传播也就进入繁盛期。人们从屈原及其作品中获得一种上下求索、不屈服于黑暗势力的抗争精神,以及主动担当、直面悲剧的勇气。正如陆游在《哀郢二首》中所写的那样:"《离骚》未尽灵均恨,壮士千秋泪衣裳。"

楚辞是屈原精神的载体,也是光耀千古的文学杰作。与《诗经》相比,楚辞是个性鲜明的作品,它的风格是峭急的。它是屈原舞动的灵魂,也是不屈生命的抗争之歌。它率性任情,或热情洋溢,或切齿痛骂,或长歌当哭,或慷慨悲壮。在艺术方面,楚辞带有鲜明的楚文化特征,它尽可能地汲取神话和宗教的营养,借助幻想的方式,大量运用楚地的神话故事,其宏大的背景和壮阔的画面、浪漫的气质,具有激动人心的力量。在《诗经》比兴传统的基础上,楚辞大量运用象征手法来抒发情感,王逸将之归结为"香草美人"的表现手法,这是楚辞的贡献。与《诗经》相比,楚辞的篇章规模增大了许多,尤其是"兮"字的运用达到了出神入化的境界,句式灵活,情韵悠长。"兮"字是骚体文学显著的语言特征。

楚辞对后世文学的影响很大,它与《诗经》并称"诗骚",成为中国古典文学的重要源头之一。刘勰在《文心雕龙·辨骚》中说:"《骚经》、《九章》,朗丽以哀志;《九歌》、《九辩》,绮靡以伤情;《远游》、《天问》,瑰诡而惠巧……气往轹古,辞来切今,惊采绝艳,难与并能矣。……是以枚、贾追风以入丽,马、扬沿波而得奇,其衣被词人,非一代也。"刘勰之后,李白、杜甫、李贺等无不对楚辞心追手摩,称颂备至。直到现代,鲁迅、郭沫若、闻一多等也都受到了屈原及楚辞的影响。

【导学训练】

一、学习建议

先秦时期的文学有两个非常重要的特征,一是文史哲不分,文学是大文学概念;二是诗乐舞不分,三者之间乐为核心。我们不能以后世狭隘的学科分类来对待先秦文学史料,而应该融通各门知识,具有大文化的视野和大文学的观念。因此学习先秦文学至少应有三个意识:原典意识,即要静心研读先秦典籍;文化意识,即要有多元的文化视角,尤其是文化人类学的视角;考古意识,即关注并利用出土文献。

二、关键词释义

神话思维(pensee mythique):神话学和人类学术语。神话思维以神话为其思维内容和思维形式,主要存在于原始人及其艺术创作中,因而也有人称其为野性思维。神话思维具有直觉性、整体性、情感性、象征性等诸多特征,详细论述可以参考德国学者恩斯特·卡西尔《语言与神话》一书。

人类学:从生物和文化两方面对人进行研究的学科,分为体质人类学和文化人类学。文化人类学研究风俗、文化史、语言、原始艺术等众多的文化现象,与文学研究有着非常密切的关系。如泰勒的《原始文化》、弗雷泽的《金枝》、莫斯的《礼物》、马林诺夫斯基的《文化论》等都是著名的人类学著作,尽管它们对人类文化的解释各不相同,但都是早期文学研究的重要参考书。

巫术:巫术的产生先于宗教仪式,它既是一套完整的规则方法,也是一种带有全民性的信仰。弗雷泽在《金枝》中把巫术分为基于相似性的顺势巫术和基于接触率的交感巫术,但他同时也认为巫术是被歪曲了的自然准则,是一种伪科学。对此马林诺夫斯基予以了批评,他认为巫术既不是科学,也不是伪科学,而是以经验为基础;同时作为信仰的巫术可以增进个人的信心和道德力量,以及社会的组织力量。巫术往往由一系列的仪式单位组成,如咒语、护符、魔棒和魔杖、图像和古物等。所以韦勒克认为巫术是通过制造意象而影响艺术的,原始社会的诗人可以造出符咒,而现代诗人则能在诗中使用巫术的意象,即把文学意象用作一种巫术的——象征的意象。

譬性思维:中国人的思维特征,简单地说就是打比方。西方哲学中语言具有本体意义,是思辨的主体。而中国哲学则主张语言是体道的工具,但其本身具有缺陷,即"言不尽意",因而主张用取譬来弥补语言的缺陷,即"立象以尽意"。作为一种思维方式,譬性思维与诗性思维关系密切,它以类取譬,既明晰又模糊,明晰是指它的具体取象,模糊则是指它取象的多维视角,如老子论道、孔子论仁。同时譬性思维具有社会实践性,带有道德伦理意义,故孔子称取譬为"仁之方"。譬性思维对中国文学产生了显著影响,中国文学重表现,以及古人强调"不学博依,不能安诗"都与思维重取譬有关。

道:先秦文化的关键词。本义指路,抽象义指规律、原理、准则、宇宙本原、政治理想等,文学批评中则主要指艺术作品的创作规律、文学根源等。诸子言道非在同一层面展开。以儒、道而言,儒家以道言社会治乱之理和人生修养之方,道为艺术的渊薮,如孔子曰:"志于道,据于德,依于仁,游于艺。"(《论语·述而》)故儒家道论与文学的关系显而易见。而道家言道也并没有脱离人生社会的实际经验而完全跃入纯思辨领域,如老子曰"人法地,地法天,天法道,道法自然",则万物皆为道。而庄子论解牛的庖丁以技艺体现道,曰"道进乎技"。道并没有脱离技,道是技的极致。技的极致便是消解人与外物的对立,以及技对人心的束缚而达到自由境界,故道便成为最高的艺术境界。

三、思考题

1. 留意上古神话的存佚状况,复述几则著名的神话故事。
2. 从《周易》中挑选几则歌谣,并与《诗经》中的诗加以比较。
3. 解释《诗经》的"六义"。
4. 结合具体诗篇,分析《诗经》的艺术特色。
5. 分析《左传》的叙事成就。
6. 评价《国语》、《左传》、《战国策》记言、记事异同。
7. 论诸子的思想与其表达特色之间的关系。
8. 考察《庄子》的艺术特征及其对后世文学的影响。
9. 略述先秦寓言的发展及其艺术成就。
10. 熟读《离骚》,把握其思想内容及艺术特色。

四、可供进一步研讨的学术选题

1. 考古发现与先秦文学研究。

提示:考古发现不仅可以影响我们的学术观念,也可以丰富我们的研究资料。目前有大量的考古材料,如青铜铭文,等待我们去研究。可以从细部展开的论题更多,如楚简与先秦散文、楚简与先秦《诗》学、考古发现与楚辞研究等。

2. 先秦文学接受史研究。

提示:比如《诗经》的传播接受史。《诗》自汉代以后便称为《诗经》,以往学术史对《诗经》的关注也多是从经学意义上展开的。但《诗》毕竟是诗,它作为文学作品的传播接受状况及其对文学的影响,尤其是微观层面,并不十分清楚,值得研究。

3. 《国语》的文学价值。

提示:先秦史传文学研究的核心是《左传》,除此之外都十分冷寂。以《国语》为例,其不仅记言,也记事,而且呈现出先秦记言散文向记事散文转化的轨迹。可以把《国语》

放在大文化背景中讨论,将《国语》与《左传》、诸子做对比研究。

4. 诸子说理形象比较研究。

提示:诸子文学服务于诸子思想,道不同则文亦不同。可以选取一个小的角度,比如诸子说理形象,加以对比研究,以明诸子文学特色之生成。

5. 先秦文学地理研究。

提示:先秦时期交通不发达,从地理角度切入,有助于理清先秦文学的地域特征和学术的交融状况,以及先秦文学在地域文化影响下的发展状况。

【研讨平台】

一、《诗经》与音乐的关系

提示:《诗经》是音乐的艺术,或者说《诗经》寄生于音乐,它的文本形态因音乐而产生,带有鲜明的音乐性特征。我们只有将《诗经》置于音乐的艺境中,才能更好地认识《诗经》的艺术特色。

《毛诗传笺通释》(节选)·马瑞辰

《诗》三百篇,未有不可入乐者。《虞书》曰:"诗言志,歌永言,声依永,律和声。"歌、声、律皆承诗递言之。《毛诗序》曰:"在心为志,发言为诗。"又曰:"言之不足,故嗟叹之;嗟叹之不足,故永歌之。"此言诗所由作,即《虞书》所谓"诗言志,歌永言"也。又曰:"情发于声,声成文谓之音",此言诗播为乐,即《虞书》所谓"声依永,律和声"也。若非《诗》皆入乐,何以被之声歌,且协诸音律乎?《周官》大师教六诗,而云"以六德为之本,以六律为之音",是六诗皆可调以六律已。《墨子·公孟篇》曰:"诵《诗》三百,弦《诗》三百,歌《诗》三百,舞《诗》三百。"《郑风·子衿》诗《毛传》云:"古者教以诗乐,诵之歌之,弦之舞之",其说正本《墨子》。是《诗》三百篇皆可诵歌弦舞已。若非《诗》皆入乐,则何以六诗皆以六律为音?又何以同是三百篇,而可诵者即可弦可歌可舞乎?《左传》,吴季札请观周乐,使工为之歌《周南》、《召南》,并及于十二国。若非入乐,则十四国之诗不得统之以"周乐"也。《史记》言"《诗》三百五篇,孔子皆弦歌之,以求合《韶》、《武》、《雅》、《颂》"。若非入乐,则《诗》三百五篇,不得皆求合《韶》、《武》、《雅》、《颂》也。《六艺论》云:"诗,弦歌讽喻之声也。"《郑志》答张逸问云:"国史采众诗,时明其好恶,令瞽矇歌之。其无所主,皆国史主之,令可歌。"据此,则郑君亦谓《诗》皆可入乐矣。程大昌谓《南》、《雅》、《颂》谓乐诗,自《邶》至《豳》皆不入乐,为徒诗,其说非也。或疑《诗》皆入乐,则《诗》即为乐,何以孔子有删《诗》、定乐之殊。不知《诗》者,载其贞淫正变之词;乐者,定其清浊高下之节。古诗入乐,类皆有散声叠字以协于音律。即后世汉、魏诗入乐,其字数亦与本诗不同。则古诗之入乐,未必即今人诵读之文,一无增损,盖可知也。古乐失传,故《诗》有可歌有不可歌。《大戴礼记·投壶篇》曰:"凡《雅》二十六篇。其八篇可歌,歌《鹿鸣》、《狸首》、《鹊巢》、《采蘩》、《采蘋》、《伐檀》、《白驹》、《驺虞》;八篇废,不可歌;其七篇《商》、《齐》,可歌也;三篇间歌。"所谓可歌者,谓其声律犹存;不可歌者,仅存其词而声律已不传也。若但以其词言之,则三百五篇俱在,岂独《鹿鸣》、《鹊巢》诸篇为可歌哉？

（马瑞辰：《毛诗传笺通释》，北京：中华书局1989年版，第1—2页。）

《说周颂》(节选)·王国维

窃谓《风》、《雅》、《颂》之别，当于声求之。《颂》之所以异于《雅》、《颂》（笔者按：或当为"风、雅"）者，虽不可得而知，今就其著者言之，则《颂》之声较《风》、《雅》为缓也。何以证之？曰：《风》、《雅》有韵而《颂》多无韵也。凡乐诗之所以用韵者，以同部之音间时而作，足以娱人耳也。故其声促者，韵之感人也深；其声缓者，韵之感人也浅。韵之娱耳，其相去不能越十言或十五言。若越十五言以上，则有韵与无韵同。即令两韵相去在十言以内，若以歌二十言之时歌此十言，则有韵亦与无韵同。然则《风》、《雅》所以有韵者，其声促也。《颂》之所以多无韵者，其声缓而失韵之用，故不用韵。此一证也。其所以不分章者亦然。《风》、《雅》皆分章，且后章句法多叠前章。其所以相叠者，亦以相同之音间时而作，足以娱人耳也。若声过缓，则虽前后相叠，听之亦与不叠同。《颂》之所以不分章、不叠句者，当以此。此二证也。《颂》如《清庙》之篇不过八句，不独视《鹿鸣》、《文王》长短迥殊，即比《关雎》、《鹊巢》亦复简短，此亦当由声缓故也。此三证也。

（王国维：《观堂集林》卷二，北京：中国古籍书店1983年版，第19页。）

《音乐对先秦两汉诗歌形式的影响》(节选)·赵敏俐

音乐对《诗经》中《风》、《雅》、《颂》语言形式的影响有时可能是主导性的，在这方面，我们过去的认识是远远不够的。之所以如此，是因为我们过去在研究《诗经》各体的艺术风格和创作方法之时，往往习惯于从作品的内容入手，认为是内容决定了形式，是先有了庙堂的歌功颂德的内容，自然就会有了《周颂》那种板滞凝重的语言形式。其实事情并不那样简单，也许有时候实际的创作正好与此相反，不是内容决定形式，而是形式决定内容。先有了宗庙音乐的规范，自然就会产生那样的内容和语言，形式在这里可能起着决定性的作用。一个明显的例证是：传为周初所作的《思文》、《维天之命》、《大武》等乐章与《生民》、《绵》、《皇矣》等诗同为歌颂先王文武之功业，从创作的时间上看也不分先后，却因为前者属于《颂》诗而后者属于《雅》诗，因而无论从语言还是章法上都有着明显的区别。《雅》诗和《风》诗中的许多诗篇的产生也是如此，这在《诗经》的文本中可以找到证明。另外，当前的许多研究者都已经注意到，《诗经》中存在着许多固定的抒写格式和套语，按口传诗学的理论，这些固定的抒写格式和套语之所以存在，正是一个民族在漫长的口传诗歌发展过程中形成的形式技巧，这种技艺往往与音乐演唱的固定模式紧紧联系在一起，后世的歌唱者在创作中可以熟练地拿来套用。也就是说，一个民族在早期诗歌长久的发展过程中，逐渐形成了一些固定的音乐曲调和演唱程式，这些固定的音乐曲调和演唱程式，往往决定了一首诗的语言形式。所谓"诗体既定，乐音既成，则后之作者各以旧俗"（《毛诗正义》卷一），说的正是这一道理。

（赵敏俐：《周汉诗歌综论》，北京：学苑出版社2002年版，第186—187页。）

二、人文精神的发展与史传散文艺术的嬗变

提示：先秦史传散文滥觞于甲骨卜辞和青铜铭文，大备于《左传》、《国策》，其间最

大的进步是叙事水平的提高。学术界的讨论一般围绕史传散文艺术进步的表征进行，何以会有如此之进步则往往被忽略。史传散文叙事水平的提高，原因固有多端，而人文精神的发展当为荦荦大者，即人成为叙事主体和叙事主题。

《文史通义·诗教上》(节选)·章学诚

战国者，纵横之世也。纵横之学，本于古者行人之官。观《春秋》之辞命，列国大夫，聘问诸侯，出使专对，盖欲文其言以达旨而已。至战国而抵掌揣摩，腾说以取富贵，其辞敷张而扬厉，变其本而加恢奇焉，不可谓非行人辞命之极也。孔子曰："诵诗三百，授之以政，不达；使于四方，不能专对；虽多奚为？"是则比兴之旨，讽谕之义，固行人之所肆也。纵横者流，推而衍之，是以能委折而入情，微婉而善讽也。九流之学，承官曲于六典，虽或原于《书》、《易》、《春秋》，其质多本于礼教，为其体之有所该也。及其出而用世，必兼纵横，所以文其质也。古之文、质合于一，至战国而各具之，质当其用也，必兼纵横之辞以文之，周衰文弊之效也。故曰，战国者，纵横之世也。

（章学诚著，叶瑛校注：《文史通义校注》，北京：中华书局1994年版，第60—61页。）

《管锥编·〈左传〉记言》(节选)·钱锺书

吾国史籍工于记言者，莫先乎《左传》，公言私语，盖无不有。虽云左史记言，右史记事，大事书策，小事书简，亦只谓君廷公府尔。初未闻私家置左右史，燕居退食，有珥笔者鬼瞰狐听于旁也。上古既无录音之具，又乏速记之方，驷不及舌，而何其口角亲切，如聆謦欬欤？或为密勿之谈，或乃心口相语，属垣烛隐，何所据依？如僖公二十四年介子推与母偕逃前之问答，宣公二年鉏麑自杀前之慨叹，皆生无傍证、死无对证者。注家虽曲意弥缝，而读者终不餍心息喙。纪昀《阅微草堂笔记》卷一一曰："鉏麑槐下之词，浑良夫梦中之譟，谁闻之欤？"李元度《天岳山房文钞》卷一《鉏麑论》曰："又谁闻而谁述之耶？"李伯元《文明小史》第二五回王济川亦以此问塾师，且曰："把他写上，这分明是个漏洞！"盖非记言也，乃代言也，如后世小说、剧本之对话独白也。左氏设身处地，依傍性格身分，假之喉舌，想当然耳。《文心雕龙·史传》篇仅知"追述远代"而欲"伟其事"、"详其迹"之"讹"，不知言语之无征难稽，更逾于事迹也。《史通·言语》篇仅知"今语依仿旧词"之失实，不知旧词之或亦出于虚托也。《孔丛子·答问》篇记陈涉读《国语》骊姬夜泣事，顾博士曰："人之夫妇，夜处幽室之中，莫能知其私焉，虽黔首犹然，况国君乎？余以是知其不信，乃好事者为之词！"博士曰："人君外朝则有国史，内朝则有女史……故凡若晋侯骊姬床笫之私、房中之事，不可掩也。"学究曲儒以此塞黟涉之问耳，不谓刘知几阴拾唾余，《史通·史官建置》篇言古宫内朝女史，"故晋献惑乱，骊姬夜泣，床笫之私，不得掩焉"（浦起龙《通释》未注）。有是哉？尽信书之迂也！《左传》成公二年晋使巩朔献捷于周，私贿而请曰："非礼也，勿籍！""籍"，史官载笔也。则左、右史可以徇私曲笔（参见《困学记闻》卷一《中说·问易》条翁元圻注），而"内史"彤管乃保其"不掩"无讳耶？骊姬泣诉，即俗语"枕边告状"，正《国语》作者拟想得之，陈涉所谓"好事者为之词"耳。方中通《陪集》卷二《博论》下："《左》、《国》所载,文过其实者强半。即如苏、张之游说,范、蔡之共谈,何当时一出诸口,即成文章?而又谁为记忆其字句,若此其纤悉不遗也?"解事不减陈涉。明、清评点章回小说者,动以盲左、腐迁笔法相许,学士哂之。哂之诚是也,因其欲增稗史声价而攀接正史也。然其颇悟正史稗史之意匠经营,同贯共规,泯町畦而通骑驿,则亦何可厚非哉。史家追叙真人实事,每须遥体人情,悬想事势,设身局中,潜心腔内,忖之度之,以揣以摩,庶几入情合理。

(钱锺书:《管锥编》第一册,北京:中华书局1979年版,第164—166页。)

三、楚辞阐释的文化视角

提示:古今对屈原与楚辞的阐释存在两种不同的文化视角:北方视角和南方视角。"北方视角"是把屈原及其作品放在南北文化交融的背景中去观照,强调南北文化在其中的融合与冲撞,把屈原作品看成是一种合力的结果,强调楚辞对《诗经》的继承。而"南方视角"则是把屈原放在楚文化中去观照,强调楚辞独特的生成背景。事实上,"北方视角"与"南方视角"是互为逆向的求同与求异关系,而二者间的转换则为屈原及其辞赋的阐释打开了新的视域。

《离骚经章句序》·王逸

《离骚经》者,屈原之所作也。屈原与楚同姓,仕于怀王,为三闾大夫。三闾之职掌王族三姓,曰昭、屈、景。屈原序其谱属,率其贤良,以厉国士。入则与王图议政事,决定嫌疑;出则监察群下,应对诸侯。谋行职修,王甚珍之。同列大夫上官、靳尚妒害其能,共谮毁之。王乃疏屈原。屈原执履忠贞而被谗邪,忧心烦乱,不知所愬,乃作《离骚经》。离,别也。骚,愁也。经,径也。言己放逐离别,中心愁思,犹依道径,以风谏君也。故上述唐、虞、三后之制,下序桀、纣、羿、浇之败,冀君觉悟,反于正道而还已也。是时秦昭王使张仪谲诈怀王,令绝齐交;又使诱楚,请与俱会武关,遂胁与俱归,拘留不遣,卒客死于秦。其子襄王复用谗言,迁屈原于江南。屈原放在草野,复作《九章》,援天引圣,以自证明,终不见省。不忍以清白久居浊世,遂赴汨渊自沈而死。《离骚》之文,依《诗》取兴,引类譬谕,故善鸟香草,以配忠贞;恶禽臭物,以比谗佞;灵修美人,以媲于君;宓妃佚女,以譬贤臣;虬龙鸾凤,以托君子;飘风云霓,以为小人。其词温而雅,其义皎而朗。凡百君子,莫不慕其清高,嘉其文采,哀其不遇,而愍其志焉。

(引自洪兴祖:《楚辞补注》,北京:中华书局1983年版,第2—3页。)

《新校楚辞序》(节选)·黄伯思

楚辞虽肇于楚,而其目盖始于汉世。然屈、宋之文,与后世依放者,通有此目,而陈说之以为唯屈原所著,则谓之《离骚》,后世效而继之,则曰"楚辞",非也。自汉以还,文师词宗,慕其轨躅,摛华竞秀,而识其体要者亦寡。盖屈、宋诸骚,皆书楚语,作楚声,纪楚地,名楚物,故可谓之楚辞。若些、只、羌、谇、蹇、纷、侘傺者,楚语也;顿挫悲壮,或韵或否者,楚声也;沅、湘、江、澧、修门、夏首者,楚地也;兰、茝、荃、药、蕙、若、蘋、蘅者,楚物也。率若此,故以楚名之。

(引自吕祖谦:《宋文鉴》,《文渊阁四库全书》本第1351册,第80—81页。)

《楚辞女性中心说》（节选）·游国恩

我国文学在表现技巧上的一大进步，就是"比兴"法的发现。在公元前五六百年间，我国的韵文，如《诗经》，它已经在广泛地试验那"比兴"体的作法了。诗歌自从有了"比兴"法，它才在文艺的领域中开辟了无穷无尽的新的境界。

在《诗经》中显然看得出的"比兴"的材料真不少，它有草木，有虫鱼，也有鸟兽。更有各种器物，甚至有自然现象，如风、雷、雨、雪、蟋蟀和阴霾等等。可是，没有"人"，更没有"女人"。文学用女人来做"比兴"的材料，最早是楚辞。他的"比兴"材料虽不限于"女人"，但"女人"至少是其中重要材料之一。所以我国文学首先与"女人"发生关系的是《楚辞》，而在表现技巧上崭新的一大进步的文学也是《楚辞》。

王逸在《离骚序》里说：

> 《离骚》之文，依《诗》取义，引类譬喻，故善鸟香草，以配忠贞；恶禽臭物，以比谗佞；灵修美人，以媲于君；宓妃佚女，以譬贤臣；虬龙鸾凤，以托君子；飘风云霓，以为小人……

这段话虽然很不正确，但他看破《楚辞》用"比兴"法的原则与《诗经》相同，却是不错的。屈原《楚辞》中最重要的"比兴"材料是"女人"，而这"女人"是象征他自己，象征他自己的遭遇好比一个见弃于男子的妇人。我们不必惊异，这象征并非突然；在我国古代，臣子的地位与妻妾相同。《周易》"坤·文言"说："坤，地道也，妻道也，臣道也。"是够证明的了。所以屈原以女子自比是很有理由的。我们更要记得，从前对女子，有所谓"七出"之条。就是犯了其中一条或数条的女人，往往会被男子逐出的。总之，封建时代妇女的命运是非常悲惨的。屈原愿意以妇女作"比兴"的材料，至少说明他对妇女的同情和重视。何况他事楚怀王，后来被逐放，这和当时的妇人的命运有什么两样呢？所以他把楚王比作"丈夫"，而自己比作弃妇，在表现技巧上讲，是再适合也没有的了。

（游国恩：《游国恩楚辞论著集》第四卷，北京：中华书局2008年版，第1—2页。）

《三楚所传古史与齐鲁三晋异同辨》（节选）·姜亮夫

《诗》三百篇，皆悃质无华，其稍涉宗教性者，无非"神之来格"、"履帝武敏"，决无作者与神交往，上下天地四方之思。而屈赋二十五篇，几无不上交天神，驰驱上下。《九歌》描写神鬼栩栩如生，且与生人相爱恋。《离骚》则陈词重华，帝阍开关，求佚女，问二姚，乘云车，驰天津，召西皇，使飞廉，入昆仑，游帝囿。《远游》则叙天庭为最详，"二招"述四方为最悉。总而观之，则怪力乱神，无不具备，非病魔，即梦呓。置之齐、鲁、三晋文学之中，不几为中风狂走之病人，而在屈、宋文中，正其浪漫而表暴最为真挚之端，实为骚歌创作成份不可或缺之点。然此情又非由屈、宋个人自创为之，盖楚人信鬼，而事之诚笃。凡楚之神，在男则庄肃静穆，在女则轻盈飘渺，与人世之生活性习相调遂，而非剑拔弩张，面目狰狞，横眉髯额，与人世风习大不相调之凶神，则楚人之所谓巫风，正所以歌动民情之歌舞乐剧。北神使人畏其威，楚神使民慕其祥，故诗人于心情凋敝，面目憔悴之候，乃能于飘渺云天之中，得所以解慰，所以自救，所以舒畅其情思。无楚故习之美,不可能有屈、宋之文,无屈、宋传真抒情之文,不足以见楚风之丽。吾人试详参《骚》、《游》、"二招"之文,以与《三百篇》作一实质性之比较,则《三百篇》诚温柔敦厚,而《骚》、《歌》之生气勃勃,使之以鼓舞吾民吾族者,余宁先楚而后齐、鲁、三晋。近世论楚骚者,以为现实主义与浪漫主义之结合,就文艺论之,自得其要,而其所以如是者,则历史因力,不能不为一种重要之考索。

(姜亮夫:《楚辞学论文集》,上海:上海古籍出版社1984年版,第111—112页。)

【拓展指南】

一、先秦典籍重要注疏资料简介

1. [唐]孔颖达:《毛诗正义》,十三经注疏本,北京:中华书局1980年版。

简介:本书40卷。本着"疏不破注"的原则,广采他书,对毛传、郑笺进行阐述。又结合文本,分析了《诗经》的思想内容和艺术特色。同时也保存了大量汉魏晋南北朝以来的《诗经》注疏成果,从版本学、校勘学的角度对《毛诗》版本进行校订,诚可谓是两汉至初唐《诗经》研究的集大成之著。虽有过于冗繁之病,但仍是研习《诗经》的最重要的参考书。

2. [宋]朱熹:《诗集传》,北京:中华书局1958年版。

简介:宋人倡"疑经"之风,朱熹集其大成,表现在《诗集传》中便是疑《序》与废《序》,断以己意,使汉代以来的说《诗》之风为之一变。朱熹解诗重视文本,重视诗的赋比兴手法,凸显了诗的情感内涵。在训诂方面,他突破了《毛诗正义》的繁琐之风,力求简洁。同时能摆脱门户之见,吸纳各家《诗》说精义,尤其是《韩诗》义,开后世辑佚三家《诗》之先声。

3. 程俊英、蒋见元:《诗经译注》,上海:上海古籍出版社1985年版。

简介:本书是《诗经》的全译本,每首诗下有题解,阐明背景、诗旨。注释博采众长,尤其是大量吸收了清人的研究成果,取舍精审。译文先求信、达,在此基础上力求其雅。采取每句对译方式,便于读者比照对读。它是出色的《诗经》译注本,是古典文学爱好者学习《诗经》必备之书。

4. [晋]杜预:《春秋经传集解》,上海:上海古籍出版社1988年版。

简介:在晋人杜预之前,《春秋》与《左传》别本单行,杜预"分《经》之年与《传》之年相附,比其义类,各随而解之",这样便省去读者两读之烦,方便了阅读。杜注要言不繁,在字词训诂、文章大义、名物制度考证等方面都取得了突出成就,尤其精于地理考证,为后人所称道。《春秋经传集解》在《左传》学史上具有崇高位置,杜预也因之被称为"左氏功臣"。

5. 杨伯峻:《春秋左传注》,北京:中华书局2009年版。

简介:杨氏是著名的文献学家,精于训诂,其嗜爱《左传》,自称有"《左传》癖",故对历代《左传》著述多有涉猎。本书历时二十多年,征引著作340多种,堪称浩博。《春秋左传注》对《左传》涉及的历史事件、历史人物、典章制度、天文历法、服饰器物和地理方舆等方面的考证用力甚多,并能充分吸收前人研究成果及考古资料,融会贯通,新见迭出,自成一家之言,因而受到海内外学术界的高度重视和广大读者的欢迎。

6. [吴]韦昭:《国语解》,上海:上海古籍出版社1998年版。

简介:韦昭是三国吴人。他的《国语解》是我们能见到的最早、最完备的注本,其"因贾君之精实,采虞唐之信善,亦以所觉增润补缀。参之以五经,检之以内传,以《世本》考其流,以《尔雅》齐其训。去非要,存事实",对《国语》中的字词、名物、制度、史事都做了简明扼要的注释,又保留了郑众、贾逵、唐固、虞翻等人的《国语》训释,所以颇受世人重视,是研读《国语》的必读书。

7. 程树德:《论语集释》,北京:中华书局1990年版。

简介:《论语集释》征引各种古籍680种,全书共140万言。其内容分十类:考异、音读、考证、集解、唐以前古注、集注、别解、余论、发明、按语。其中"集解"为何晏《论语集解》,"唐以前古注"主要是皇侃《论语义疏》,"集注"是朱熹的《论语集注》,"按语"则是程氏针对诸家学说提出自己的见解。全书搜罗完备,内容弘富,是研究《论语》不可或缺的参考书。

8. 杨伯峻:《论语译注》,北京:中华书局2006年版;《孟子译注》,北京:中华书局2008年版。

简介:博采众长,注、译两当,是学习《论语》、《孟子》的基本参考书。

9. 郭庆藩:《庄子集释》,北京:中华书局1961年版。

简介:本书最大的价值是保存了晋郭象《庄子注》、唐成玄英《南华真经注疏》、陆德明《庄子音义》等解《庄》、注《庄》成果。作者还校订了《庄子》本文,考释字词名物,对《注》、《疏》、《音义》等也多有驳正、发明或补充,代表了清代解《庄》的最高水平。

10. 陈鼓应:《庄子今注今译》,北京:中华书局2009年版。

简介:本书参考了古今中外多种校注本,选择比较精当,对《庄子》全书作了注释和今译,尤其于注释用力颇勤,同时对各篇内容作了简明的解说,是一部较好的《庄子》通俗读本。

11. [宋]洪兴祖:《楚辞补注》,北京:中华书局1983年版。

"补注"者,补王逸《楚辞章句》也。故本书于楚辞正文下,先列王逸注,然后加以补充,用"补曰"相区分。洪兴祖是宋人,其补注较之王逸注更为详细完备,尤其是大量征引《山海经》、《淮南子》,补充了王注的不足。由于个人的特殊经历,洪兴祖在补注中特别重视对屈原精神的阐发。王注之外,《补注》还保存了许多汉至宋的遗说,尤其是七十多条《楚辞释文》的佚文,对研究《楚辞》版本及古音有很大价值。《补注》之外,洪兴祖曾作《楚辞考异》,考证《楚辞》版本,原单行,今已散入《补注》各句之中。

[附]其他先秦古籍注疏书目举要:

1. [晋]郭璞注:《山海经》,北京:北京图书馆出版社2004年版。
2. 黄寿祺、张善文:《周易译注》,上海:上海古籍出版社2004年版。
3. [清]孙星衍:《尚书今古文注疏》,北京:中华书局1986年版。

4. [清]陈奂:《诗毛氏传疏》,北京:中国书店1984年版。
5. [清]马瑞辰:《毛诗传笺通释》,北京:中华书局1989年版。
6. [清]王先谦:《诗三家义集疏》,北京:中华书局1987年版。
7. [清]孙诒让:《周礼正义》,北京:中华书局1987年版。
8. [清]孙希旦:《礼记集解》,北京:中华书局1989年版。
9. [清]洪亮吉:《春秋左传诂》,北京:中华书局1987年版。
10. 董立章:《国语译注辨析》,广州:暨南大学出版社1993年版。
11. 诸祖耿编:《战国策集注会考》,南京:凤凰出版社2008年版。
12. 陈鼓应:《老子今注今译》,北京:中华书局2009年版。
13. [清]焦循:《孟子正义》,北京:中华书局1987年版。
14. [清]孙诒让:《墨子间诂》,北京:中华书局2001年版。
15. [清]王先谦:《荀子集解》,北京:中华书局1988年版。
16. 王天海:《荀子校释》,上海:上海古籍出版社2005年版。
17. 陈奇猷:《韩非子集释》,上海:上海人民出版社1974年版。
18. [宋]朱熹:《楚辞集注》,上海:上海古籍出版社1979年版。
19. 游国恩主编:《离骚纂义》,北京:中华书局1980年版。
20. 许维遹:《吕氏春秋集释》,北京:中华书局2009年版。

二、先秦文学重要研究成果简介

1. 茅盾:《神话研究》,天津:百花文艺出版社1981年版。

简介:本书是茅盾《神话杂论》、《中国神话研究ABC》、《北欧神话ABC》的合集。20世纪中国神话研究史上,茅盾的神话研究具有重要意义。他有意识地运用人类学派的理论,将中国神话与北欧神话进行比较,借以观照中外神话的异同并阐释其成因。他提出的关于中国神话保存、修改、失传的原因,直到今天仍有意义。他的《中国神话研究ABC》是我国第一本运用西方理论研究中国神话的开山之作,标志着中国神话理论的形成,他也因此成为中国神话学的奠基人。

2. 《闻一多全集》第3、4卷,武汉:湖北人民出版社1993年版。

简介:《闻一多全集》第3、4卷收录的是闻一多《诗经》研究的成果,集中了《诗经的性欲观》、《说鱼》等单篇论文以及《诗经新义》、《诗经通义》(甲、乙)、《风诗类钞》(甲、乙)等。闻一多是20世纪当之无愧的学术大师,其《诗经》研究运用民俗学、文字学、考古学的方法,以还原《诗》的本来面目,探寻《诗》的情感内涵和艺术构思,胜义迭出,成就巨大,影响深远。

3. 钱锺书:《管锥编》,北京:中华书局1979年版。

简介:《管锥编》之《左传正义》,共67条,从书法义例、思想、风俗、训诂、文章技巧等诸多方面对《左传》进行分析探讨,征引弘富,眼光独到,堪称《左传》训读之示范,启人深思。

4. 钱穆:《先秦诸子系年》,北京:商务印书馆2005年版。

简介：本书由考辨、通表、附表三部分组成，文表呼应。虽名为诸子系年，实为诸子与战国史的融通之作。全书自孔子至吕氏，依世局三变、学风三起，将先秦学术思想发展分为"萌茁"、"酝酿"、"磅礴"、"归宿"四期。旁征博引、考订精审，对先秦诸子的生平事迹、师友渊源、各家思想之流变作了系统整理，是诸子学研究的集大成之作。

5. 谭家健：《先秦散文艺术新探》，济南：齐鲁书社 2007 年版。

简介：谭氏致力于先秦散文研究，是当今先秦散文研究成就最大的学者，《先秦散文艺术新探》便是其先秦散文研究的代表作。本书分为三编——诸子散文、史传散文、专题散文，涉猎广泛，既有《尸子》、《礼记·檀弓》这样少有人论的传世文献，也有《战国纵横家书》、《唐勒赋》、秦简《为吏之道》这样的新出文献。全书从文章学的角度，分析先秦散文的写作技法，具体而微，宏博而深，把先秦散文的艺术研究推向了一个新高度。文末所附《先秦散文评点书目举要》颇便读者检索。

6. 汤炳正：《屈赋新探》，济南：齐鲁书社 1984 年版。

简介：本书涉及五个方面的内容，即屈原的生平事迹、《楚辞》的成书与传本研究、论屈原的思想与流派、论屈赋中的神话传说、论屈赋的语言艺术。其中对《史记·屈原列传》的校理以及《楚辞》成书之研究都可成一家之说，而善于利用考古新发现研究楚辞则体现了作者的治学特色。

[附]先秦文学研究参考文献举要
（一）著作
1. 闻一多：《神话与诗》，天津：天津古籍出版社 2008 年版。
2. 徐旭生：《中国古史的传说时代》，桂林：广西师范大学出版社 2003 年版。
3. 袁珂：《山海经校译》，上海：上海古籍出版社 1985 年版。
4. 朱自清：《诗言志辨》，上海：华东师范大学出版社 1996 年版。
5. 于省吾：《泽螺居诗经新证》，北京：中华书局 2003 年版。
6. 刘毓庆：《雅颂新考》，太原：山西高校联合出版社 1996 年版。
7. 王靖献：《钟与鼓》，谢谦译，成都：四川人民出版社 1991 年版。
8. 章太炎：《国故论衡》，上海：上海古籍出版社 2003 年版。
9. 吕思勉：《经子解题》，上海：上海文艺出版社 1999 年版。
10. 郭沫若：《十批判书》，北京：东方出版社 2009 年版。
11. 傅延修：《先秦叙事研究》，北京：东方出版社 1999 年版。
12. 郭豫衡：《中国散文史》，上海：上海古籍出版社 2000 年版。
13. 童书业：《春秋左传研究》，北京：中华书局 2006 年版。
14. 张高评：《左传导读》、《左传之文学价值》、《左传文章义法探微》，台北：文史哲出版社 1982 年版。
15. 饶龙隼：《先秦诸子与中国文学》，南昌：百花洲文艺出版社 2002 年版。
16. 游国恩：《游国恩楚辞论著集》，北京：中华书局 2009 年版。
17. 姜亮夫：《楚辞今绎讲录》，昆明：云南人民出版社 1999 年版。

18. [英]泰勒:《原始文化》,连树生译,桂林:广西师范大学出版社2005年版。
19. [英]弗雷泽:《金枝》,徐育新等译,北京:新世界出版社2006年版。
20. [英]马林诺夫斯基:《文化论》,费孝通译,北京:华夏出版社2002年版。

(二)论文

1. 顾颉刚:《〈庄子〉和〈楚辞〉中昆仑和蓬莱两个神话系统的融合》,《中华文史论丛》第二辑,上海:上海古籍出版社1979年版。
2. 袁珂:《再论广义神话》,《民间文学论坛》1984年3期。
3. 王钟陵:《论神话思维的特征》,《中国社会科学》1992年2期。
4. 王国维:《说商颂》,《观堂集林》,北京:中华书局1959年版。
5. 朱东润:《国风出于民间论质疑》,《诗三百篇探故》,上海:上海古籍出版社1981年版。
6. 孙作云:《诗经恋歌发微》,《诗经与周代社会研究》,北京:中华书局1966年版。
7. 鲁洪生:《从赋、比、兴产生的时代背景看其本义》,《中国社会科学》1993年第3期。
8. 王小盾:《诗六义原始》,《扬州大学中国文化研究所集刊》第1辑,南京:江苏古籍出版社1998年版。
9. 张善文:《〈周易〉卦爻辞的文学象征意义》,《古代文学理论研究》第八辑。
10. 罗根泽:《先秦散文发展概说》,《文学遗产增刊》1955年第1辑。
11. 张碧波、雷啸林:《先秦散文论略——中国古代文学发展规律探微》,《社会科学战线》1988年2期。
12. 季镇淮:《略述先秦散文的艺术性》,《上海师范大学学报》1995年1期。
13. 陈平原:《从言辞到文章,从直书到叙事》,《文学遗产》1996年4期。
14. 陈平原:《百家争鸣与诸子遗风》,《文学遗产》1995年5期。
15. 赵逵夫:《论先秦寓言的成就》,《陕西师范大学学报》2006年4期。
16. 王国维:《屈子文学之精神》,郭绍虞主编《中国历代文论选》第4册,上海:上海古籍出版社1980年版。
17. 汤炳正:《〈离骚〉决不是刘安的作品》,《求索》1984年3期。
18. 刘纲纪:《楚艺术美学五题》,《文艺研究》1990年4期。
19. 潘啸龙:《离骚的抒情结构和意象表现》,《中国社会科学》1993年6期。
20. 李学勤、裘锡圭:《新学问大都由于新发现——考古发现与先秦、秦汉典籍文化》,《文学遗产》2000年3期。

三、先秦重要考古发现举要

1. 贾湖遗址:新石器时代文化遗址,位于河南省舞阳,年代为公元前7000—公元前5000年。这是迄今为止在淮河流域发现的年代最早的新石器文化遗存,出土的有刻符龟甲、骨笛、碳化的稻粒等。其中骨笛有二孔、五孔、六孔、七孔和八孔笛等,制作规范,形制固定,经中央民族乐团黄翔鹏等音乐家对其中一支七孔笛测试,知其已具七声音阶,并能完整吹奏现代乐曲。尤其令人惊奇的是,七孔骨笛还有调音孔。它不仅把人类音乐史向前推进了 3000 多年,而且与龟甲、权形骨杖一起成为贾湖先民已经具有原始崇拜意识的证明。

2. 仰韶遗址:最早发掘的新石器文化遗址,位于河南渑池仰韶村,故以"仰韶"命名,年代为公元前 5000—公元前 4000 年。仰韶遗址中出土有大量石器、骨器、陶器、蚌器等遗物,陶器多为红棕色素底,并涂有黑色或暗紫色纹饰,其彩绘体现了仰韶文化的重要特征。遗址中发现了冶炼铜器的遗迹。

3. 河姆渡遗址:我国南方早期新石器文化遗址,位于浙江余姚河姆渡镇,年代为公元前 5000—公元前 3000 年。遗址出土了骨器、陶器、玉器、木器等各类原料组成的生产工具、生活用品、装饰工艺品以及人工栽培稻谷物、干栏式建筑构件、动植物遗骸等文物近 7000 件,全面反映了我国原始社会母系氏族时期的社会生活,为研究当时的农业、建筑、纺织、艺术等文明提供了实物佐证。尤其是大量的玉器与象牙雕刻,不仅具有原始宗教意义,也显示了河姆渡先民的审美兴趣和文明程度。

4. 牛梁河遗址:红山文化祭祀遗址,位于辽宁省凌源、喀左、建平三市、县交界处,年代为公元前 3700—公元前 3000 年。遗址有大型祭坛、女神庙和积石冢群址,当为具有国家雏形的原始文明社会,出土重要文物有玉猪龙、玉猫头鹰、女神头像、玉佩饰、石饰和大量供祭祀用的具有红山文化特征的陶器等。其中女神头像尤其珍贵,有学者将其与女娲联系起来。牛梁河遗址的发现对研究上古社会的发展史、思想史、宗教史、建筑史、美术史以及上古神话都具有重要意义,中华文明史也因此提前了一千多年。牛梁河遗址具有中华文明发源地的性质和意义。

5. 城子崖遗址:新石器时代文化遗址,位于山东省章丘市,年代为公元前 2500—公元前 2100 年。城子崖遗址是龙山文化的命名地,也是我国首次发现的史前城市遗址。出土文物有白陶和黑陶,以磨光黑陶为主要文化特征,区别于红陶和彩陶文化的仰韶文化,被称为"黑陶文化"。其中蛋壳黑陶杯尤其著名,被称为是"四千年前地球文明最精致之制作"。

6. 良渚遗址:新石器时代文化遗址,位于浙江余杭,年代为公元前 3300—公元前 2000 年。出土大量具有宗教祭祀意义的玉礼器,尤以玉琮著名,对研究长江下游地区的文明起源具有重要的学术价值。

7. 二里头遗址:跨越新石器时代和青铜时代的文化遗址,位于河南省偃师二里头村,故名。二里头遗址的年代为公元前 1900—公元前 1500 年,与传说中的夏代晚期吻合,因而有学者认为二里头是夏代都城遗址。出土文物有石器、陶器、玉器,还有小件的青铜器如刀、爵、铃等,其中的一块镶嵌绿松石的兽面纹青铜牌饰尤其引人注目。

8. 安阳殷墟遗址:商代晚期都城,位于河南省安阳市,年代为公元前 1250—公元前 1050 年左右。出土了大量文物,如青铜器、玉器等,以甲骨文的发现意义最为重大,为研究商代晚期历史提供了重要而丰富的资料。甲骨文研究已经形成一门世界性的专门之学——甲骨学,出现了许多著名甲骨学研究大家,如罗振玉、王国维、董作宾、郭沫若、于省吾、岛邦男等。重要的参考书如陈梦家的《殷墟卜辞研究综述》,郭沫若主编、胡厚宣任总编辑的《甲骨文合集》,于省吾主编的《甲骨文字诂林》,姚孝遂主编的《殷墟甲骨刻辞类纂》等。

9. 青铜器考古:青铜器主要是指先秦时期用铜锡合金制作的器物,器物类型包括炊器、食器、酒器、水器、乐器、车马饰、铜镜、带钩、兵器、工具和度量衡等。青铜器研究具有社会史、宗教史、美术史意义,其中青铜铭文不仅具有史料价值,也有文学价值。有铭青铜器大概出现于商代中期,初始内容比较简单,多为标志性图案或铭刻。到了商代晚期,铭文渐长,内容渐丰。尤其是到了周代,大量的长篇铭文出现,甚至有像《毛公鼎》这样的长达490多字的长铭。目前发现的有铭青铜器有一万多件,内容涉及册命、典祀、征伐、约契、年历、官制、地理,以及名物制度、思想文化等诸多方面。重要的参考书目有十八册《殷周金文集成》、四册《近出殷周金文集成》、张亚初主编《殷周金文集成引得》等。

10. 简帛考古:简帛发现源远流长,从孔壁遗书到上博楚简,绵延两千多年。20世纪以来出土的先秦简有1957年的信阳简、1993年的湖北荆门郭店简、1994年上海博物馆从香港文物市场中购回的楚简等。信阳简中的《墨子》佚文①、郭店简中的儒道佚籍、上博简中的《孔子诗论》等都是学界讨论的热门话题。包括有些汉代简也关乎先秦文学的研究,如马王堆帛画与楚辞研究的关系、阜阳汉简中的《诗经》简,等等。清华大学又收购了一批楚简,其中有大量类似于《尚书》或者《逸周书》之类的材料,对于我们研究先秦散文以及《尚书》很有意义。

---

① 李零认为信阳简中的不是《墨子》佚文,而应该命名为《申徒狄》。见李零:《简帛古书与学术源流》,北京:三联书店2004年版,第176—192页。

第二编　秦汉文学

第一章 绪 论

公元前221年,秦王嬴政相继灭掉韩、赵、魏、楚、燕、齐六国,建立了秦王朝,自称始皇帝。这是中国历史上第一个中央集权的王朝,中国在历史上第一次实现了名副其实的大统一。这种大统一不仅是政治上的统一,也是经济的统一,即统一度量衡;文化的统一,即"车同轨,书同文"。

秦始皇统一中国,结束了诸侯纷争的局面,并在客观上为汉朝盛世的来临奠定了基础。随着纷争时局的结束、国家的统一,文学也进入秦汉文学阶段。

秦代文学成就不高,故刘勰谓之"秦世不文"。这一方面是由于秦朝国祚极短,另一方面也是因为秦始皇以法家思想为治,信武功而轻文治,信法吏而贱儒生,背弃了《吕氏春秋》苦心构建的牢笼百家、择善而从的治国纲要,采纳了法家"明主之国无书简之文,以法为教;无先王之语,以吏为师"(《韩非子·五蠹》)的理论主张。他晚年的"焚书"、"坑儒"之举,大大地激化了社会矛盾,也加剧了政治危机,导致了秦帝国大厦的快速崩塌。唐代诗人章碣在《焚书坑》一诗中曾讥讽秦始皇:"竹帛烟消帝业虚,关河空锁祖龙居。坑灰未冷山东乱,刘项原来不读书。"秦始皇死后(前210),胡亥靠李斯、赵高的支持登上帝座,史称二世。第二年(前209),陈胜、吴广在大泽乡揭竿而起,揭开了秦朝亡国的序幕。公元前206年,秦王朝被刘邦、项羽的起义大军推翻。从统一六国到亡国,秦王朝的国祚只有短暂的十五年。

秦朝流传下来的文学作品屈指可数。《汉书·艺文志》记载秦杂赋九篇、歌诗八篇,儒家羊子、名家皇公若干篇皆不传。吕不韦门客集体撰写的《吕氏春秋》体系完整,广泛吸收诸子百家的观点,客观上反映了战国末年即将实现国家统一的历史趋势,算是为秦代统一在理论上作了准备,所以可以归到秦代文学来叙述。秦代唯一有作品流传下来的文人是李斯,有著名的《谏逐客书》和记载秦始皇巡游封禅的刻石铭文。刻石中除《琅邪台》铭文外,都是三句一韵的诗体,浑朴古质,疏而能壮,对后世碑铭文影响很大。

出土文献在一定程度上丰富了秦代文学史料,如放马滩秦简、睡虎地秦简等。

秦王朝覆灭后,经过四年的楚、汉战争,到公元前202年,刘邦击败项羽,重新统一中国,定都长安,建立了汉王朝。汉王朝前后延续四百余年,是中国历史上与唐朝并称的盛世。汉王朝统一强盛的局面,为汉代文学提供了发展的基础。在此基础上,文学较之先秦时代有了很大的进步,其文学观念更加接近后世的"纯文学"观念,并出现了一定程度的文体意识和专门的文学创作群体,汉赋和乐府诗、五言诗的创作取得了辉煌的成就,在文学史上有重要地位。

第一节 汉代文学观念的进步

汉代文学观念上承先秦而有很大的发展,正处于由混沌趋向于明晰的过渡阶段。汉人论"文"有"文学"、"文章"之分,其"文学"与《论语·先进》提到的"文学"大体相同,是指包括文学在内的文化学术。如《汉书·董仲舒传》载董仲舒对策:"周之末世,大为亡道,以失天下。秦继其后,独不能改,又益甚之,重禁文学,不得挟书。"这里的"文学"实即学术的总称。《武帝纪》载武帝诏:"故旅耆老,复孝敬,选豪俊,讲文学。"此"文学"实即经学。直至东汉亦复如此,如《后汉书·邓禹传》载邓禹之子邓训"少有大志,不好文学",也是指经学而言。汉代察举科目有"文学"科,如汉昭帝始元五年"令三辅太常举贤良各二人,郡国文学高第各一人",此"文学"便是通晓经学的人,所谓"习先圣之术者"。故颜师古注《汉书·西域传下》之"为文学者"曰:"为文学,谓学经书之人。"对汉代"文学"与"经学"的关系作了明确的交代。

另一方面,汉代的辞赋、诗歌等体裁的文学创作日益繁盛,文学作品的地位也提高了,如汉宣帝认为辞赋创作与《诗》同义,还有一批专门从事文学创作的作家群体。所有这些都对旧有的文学观念造成冲击,并最终促使新的文学观念产生,两汉时代文学与学术的分离便势在必然。① 于是,"文学"之外,另有"文章"观念的诞生。"文章"既有同于"文学"的一面,如《汉书·艺文志》:"至秦患之,乃燔灭文章,以愚黔首。"此处的"文章"便是典籍的意思。但也有异于"文学"的一面,如《汉书·公孙弘卜式儿宽传》:"汉之

---

① 顾易生、蒋凡:《先秦两汉文学批评史》,上海:上海古籍出版社1995年版,第343—344页。

得人,于兹为盛。儒雅则公孙弘、董仲舒、兒宽……文章则司马迁、相如,滑稽则东方朔、枚皋,应对则严助、朱买臣,历数则唐都、洛下闳,协律则李延年……其余不可胜纪。是以兴造功业,制度遗文,后世莫及。孝宣承统,纂修洪业,亦讲论六艺,招选茂异,而萧望之、梁丘贺、夏侯胜、韦玄成、严彭祖、尹更始以儒术进,刘向、王褒以文章显……"这里的"文章"虽与后世纯文学还有点不同,但与经学之差别已不啻万里。"文章"之外,汉人尚有"文辞"的概念,如《汉书·地理志》:"景、武间,文翁为蜀守,教民读书法令,未能笃信道德,反以好文刺讥,贵慕权势。及司马相如游宦京师诸侯,以文辞显于世,乡党慕循其迹。后有王褒、严遵、扬雄之徒,文章冠天下。繇文翁倡其教,相如为之师。"这里的"文辞"便是专指司马相如的辞赋创作,与后世的"文学"观念相仿佛。

正因为有"文学"、"文章"(文辞)之分,司马迁、班固等汉代史学家在他们的史书中专门为文学家立传,如《史记·司马相如列传》、《汉书·扬雄传》等,而不是把他们归到《儒林传》中去;还特意在这些文学家的传中收录了他们的作品,尤其是铺张扬厉的散体大赋,以表明汉人的文学风尚与文体审美追求。

汉代文学观念的进步还表现在汉人的文学批评上。先秦的文学批评往往只重视"文学"的社会功能,如孔子的《诗》论,带有很强的功利主义色彩。而汉代文学批评在重视文学的社会功能时,也强调文学的形式美方面的要素。这一点在汉人的赋学批评中表现得尤为充分。如汉赋大家司马相如的"赋心"说,据《西京杂记》卷二记载:

> 司马相如为《上林》、《子虚》赋,意思萧散,不复与外事相关,控引天地,错综古今,忽然如睡,焕然而兴,几百日而后成。其友人盛览,字长通,牂柯名士,尝问以作赋。相如曰:"合纂组以成文,列锦绣而为质,一经一纬,一宫一商,此赋之迹也。赋家之心,苞括宇宙,总览人物,斯乃得之于内,不可得而传。"览乃作《合组歌》、《列锦赋》而退,终身不复敢言作赋之心矣。

所谓的"赋迹"应该是指作赋的法度,大抵是说赋不仅要辞采华美,而且要"一经一纬",精心组织,"一宫一商",细心搭配,以求结构之严谨和音节之浏亮。"赋心"则是针对创作主体提出的,意思是说要成就容纳万物的构建和雄包荒宇的气势,赋家需有一颗"苞括宇宙,总览人物"之心。"赋迹"、"赋心"相得益彰,从创作主体和作品表达两方面对散体大赋的创作进行了总结,道出了大赋"侈丽"的成因。此外如汉宣帝也指出汉赋的功能与《诗》同,形式方面又"辩丽可喜",给人以美的享受。扬雄指出"诗人之赋"和"辞人之赋"的差别在于"诗人之赋"既有形式方面的"丽",又有价值功用方面的"则",即有节制,重讽谏;而"辞人之赋"则虚辞滥说,一味追求"侈丽"而已。及至汉末,王符在《潜夫论·务本》中说:"诗赋者,所以颂善丑之德,泄哀乐之情也。故温雅以广文,兴喻以尽意。"突出诗赋既有"颂美丑之德"的群体意义上的价值,也有"泄哀乐之情"的个体角度上的意义,并就诗赋的表现手法提出了要求,比后来曹丕"诗赋欲丽"的阐释更加全面具体。在具体的作家批评方面,汉代人对屈原及其作品的批评尤其具有文学史意义。王逸作为汉代屈原及楚辞批评的集大成者,提出屈赋的"香草美人"传统,对后世的文学创作及批评都产生了深远影响。

汉人还有一定的文体意识,这也是先秦所不具备的。《汉书·艺文志》专设《诗赋略》,与《六艺略》、《诸子略》并称。《后汉书》述及传主的文学创作,常区分文体,如张衡"所著诗、赋、铭、七言、《灵宪》、《应间》、《七辩》、《巡诰》、《悬图》凡三十二篇",马融"所著赋、颂、碑、诔、书、记、表、奏、七言、琴歌、对策、遗令凡二十一篇"等等。区分文体不仅可以使我们了解汉人的文学观念,也有助于我们拓展汉代文学研究的范围,如奏议、碑刻等皆应纳入汉代文学研究的视野。

第二节 作家群体的出现

先秦时期出现了以屈原为代表的楚辞作家群体,但只是孤立的文学现象,而且时间上也已接近秦汉时期了。到了汉代,更多的作家群体出现,蔚为大观,成为汉代文学史上非常引人注目的文学现象。

两汉时期作家群体的出现呈现出动态发展的过程,其变迁受诸多因素的影响,而尤以权力更迭的影响为大。

汉初以诸侯王为中心,产生了诸多文人创作群体。吴王刘濞是高祖刘邦之兄刘仲的儿子,汉兴之初,招徕文士,擅长辞赋的枚乘、邹阳、严忌等皆出入其门。后来吴王谋反,枚乘、邹阳等人见机投奔梁孝王。梁孝王刘武是汉景帝的同母弟,有宠,曾"招延四方豪杰,自山以东,游说之士,莫不毕至",门下著名文士有齐人羊胜、路乔如、韩安国、公孙诡、邹阳等。司马相如不得志于朝廷,也弃官前往梁国,加入梁园盛会。淮南王刘安"都寿春,招宾客著书"(《汉书·地理志》),门客有大山、小山之徒,流传下来的作品有《淮南鸿烈》、《招隐士》等。《汉书·艺文志》著录淮南王赋82篇,淮南王群臣赋44篇,虽大多不传,但可见这是一个庞大且成就斐然的作家群体。河间献王刘德"夫唯大雅,卓尔不群",致力于古学的复兴,《西京杂记》载其"筑日华宫,置客馆二十余区,以待学士,自奉养不逾宾客",毛苌、贯公、董仲舒等从之游,对汉代经学有很大影响。

随着"削藩"等措施的施行,诸侯王势力大减,汉代文学创作群体逐渐移向朝廷。史载西汉时期的武、宣、元、成诸帝都是文学爱好者,其中武帝尤为突出。汉武帝本人能诗文,有诗赋传世;出于对文学的爱好而大量招揽文士,许多人也因有文才而得以出仕。其喜爱、任用司马相如非常富有传奇性,成为文学史上的佳话。此外,汉武帝的文学属臣尚有东方朔、枚皋、严助、朱买臣等。宣帝好神仙、楚辞及赋,推许辞赋"大者与《诗》同义,小者辩丽可喜"。他曾循武帝故事,"招选名儒俊材置左右",使刘向、王褒、张子侨等"朝夕论思,日月献纳",献赋颂数十篇。成帝朝不仅有扬雄等辞赋大家,还曾整理前朝辞赋作品,故班固《两都赋序》云:"孝成之世论而录之,盖奏御者千有余篇。"

东汉以后,朝廷权力格局有了新的变化,当权者除皇室外,尚有外戚、宦官和儒学世家。① 宦官和作家群体关系疏远,可略而不论,其余三者则关系密切。东汉皇室与文人群体相关者有三,即兰台、东观、鸿都门学。兰台、东观都是皇家藏书之所,《隋书·经籍志》记载:"光武中兴,笃好文雅,明、章继轨,尤重经术。四方鸿生钜儒,负帙自远而至者,不可胜算。石室、兰台,弥以充积。又于东观及仁寿阁集新书,校书郎班固、傅毅等典掌焉。并依《七略》而为书部,固又编之,以为《汉书·艺文志》。"掌兰台者为兰台令史,东汉兰台令史如贾逵、班固、班超、孔僖、傅毅、李尤等,均称一时之选,并且都有文学作品传世。而入直东观者主要职责为撰作国史,故称东观著作。东观始设当在光武帝时期,而终于灵帝。终汉之世为东观著作者如前期的班氏数人,中期则以马融、张衡为代表,兼及黄香、窦章、刘珍、刘騊駼、刘陶、孔僖、许慎等,后期以蔡邕为中心,兼及崔寔、朱穆、边韶、卢植、杨彪、韩说、李尤、李胜、高彪等人。可以说,东汉时期著名的文学家几乎都与东观产生过直接或间接的关系,东观也因之成为东汉文人向往的地方。身为东观著作不仅要博通经史,也要雅善属文。他们常奉诏献纳,与东汉文学的繁荣有

---

① 陈寅恪:《金明馆丛稿初编》,北京:三联书店2001年版,第142页。

着密切关系。① 与皇室相关的另一文学事件便是汉灵帝时期的鸿都门学的设立。鸿都门学招揽能为尺牍辞赋、工书鸟篆者,至于千人。汉灵帝对鸿都门士"待以不次之位",入则尚书、侍中,出则刺史、太守,甚至封侯赐爵,又为"鸿都文学乐松、江览等三十二人图像立赞,以劝学者"(《后汉书·酷吏列传》)。尽管鸿都门学遭到蔡邕等人的反对,但事件本身反映了汉末对文学审美的自觉追求,对文人群体的壮大有一定的促进作用。

  皇室之外,外戚也常以其位高权重而大量招纳宾客,故东汉许多著名作家做过外戚幕僚,如杜笃、傅毅之于马防,马融之于邓骘、梁冀。而窦宪于永元元年"复请毅为主记室,崔骃为主簿。及宪迁大将军,复以毅为司马,班固为中护军"(《后汉书·文苑列传》)。此外,章帝又将崔骃介绍给窦宪,以致"宪府文章之盛,冠于当世",成为文学史上的一件盛事。达官显宦招徕文人入幕也在一定程度上促进了东汉的游幕、游宦风气的兴盛,"自和、安之后,世务游宦,当途者更相荐引"(《后汉书·王符列传》)。游幕、游宦密切了文人间的交往,也壮大了文学创作群体。

  儒学世家的文学创作也是东汉文学史上一个值得关注的事件。大体上说西汉尚武功,东汉尚文治,故东汉较之西汉更加重学。而善属文也是家学的一部分,故东汉家学重文,如"崔禅雕龙,世为文宗"。东汉文学家族甚多,且家族传统延续长久,这不仅促进了东汉时期家族文学创作的勃兴,也在客观上造就了一大批家族文学群体,如扶风班氏、博陵崔氏、颍川荀氏等。西汉文学家族活动主要以帝王为中心,家族根基并不牢固,而东汉文学家族以习传家学为纽带,呈现出世族的特征,家族的演化与经学、社会、政治,尤其是汉代仕进制度之间关系密切。东汉女性作家群体的出现与家族门风密切相关。她们或开启门风,如班婕妤、崔篆母师氏,或承续家族传统,如马融女马伦、蔡邕女蔡琰,成为东汉作家群中一道亮丽的风景。

第三节　汉代文学的演进

  汉代文学的演进呈多元化的趋势,赋、诗歌以及包括史传、诸子在内的各体散文取得了很高的成就。但两汉之间又有差别,大体上西汉以大赋、史传、诸子文学为代表,而东汉则小赋、诗歌兴盛。这固然有政治、社会、文化方面的原因,也与文学史料的留存有关。比如西汉时期的乐府歌辞皆亡佚,

---

① 跃进:《东观著作的学术活动及其文学影响研究》,《文学遗产》2004 年第 1 期。

这使我们无法据以判断汉代乐府诗创作的整体风貌,以及西、东汉乐府诗创作的差异。与此同时,政治、文化诸因素也影响了文人的创作心态,他们或歌颂,或批判,或慷慨激昂,或叹息悲悼,呈现出一波三折的心路历程。

西汉建立伊始,统治者以史为鉴,总结秦王朝覆亡的历史教训,有意倡导黄老道家的无为而治思想,休养生息,恢复生产,以巩固新的政权。与之相应,汉初文学以总结秦亡教训为主,代表作是贾谊的《过秦论》。贾谊年少才高,为人所妒,最后贬死长沙。《过秦论》分上、中、下三篇,精辟地道出秦亡的原因在于不施仁义。此外,贾谊尚有《陈政事疏》、《论积贮疏》等文,他和晁错(写有《论贵粟疏》等文)的政论文被鲁迅称为"西汉鸿文"。在文学史上,贾谊还以骚体赋闻名,是汉代骚体赋代表作家之一。

长达40年的"文景之治"不仅恢复了社会经济,使汉王朝的国力大大增强,汉景帝在位期间采纳晁错的建议,削弱诸侯王的势力,加强中央集权,也在政体上为汉王朝兴盛局面的到来扫除了障碍。到了汉武帝时期,由于经济繁荣、综合国力以及军事实力的增强,又加之黄老无为渐渐让位于儒家思想,汉代文学进入全面发展和兴盛的时期,其标志是取得了辉煌成就的散体大赋,代表作家是司马相如。司马相如《子虚赋》、《上林赋》承袭枚乘《七发》建立的散体大赋体制,将大赋的"侈丽"特征发展到极致,奠定了散体大赋的经典范式。"文章西汉两司马",司马迁更是一个光耀千古的文学、史学巨匠。他以"究天人之际,通古今之变,成一家之言"的雄心撰写《史记》,举凡天文地理、经济文化无不涵盖,帝王将相、凡夫俗子,三教九流、诸子百家,林林总总,纷至沓来,《史记》也成为前无古人、后无来者的绝唱。

武帝之后,汉朝国运渐衰,但汉赋的创作并未消歇。汉宣帝号称中兴之主,且与曾祖武帝一样爱好辞赋,所以他在位期间有王褒、张子侨、刘向等辞赋大家,创作了大量的赋。元帝以后,随着西汉政治日益腐败,大赋创作渐呈衰落之势,尽管扬雄以《甘泉赋》、《长杨赋》等作品成为继司马相如之后另一位赋家代表人物,但他也因大赋欲讽反劝的结构性缺陷,最终放弃了辞赋创作,且目之为"雕虫小技",从而宣告大赋鼎盛时代的结束。歌功颂德的散体大赋衰落了,但以抒发作家个体情感为主的抒情小赋却表现出逐渐兴盛的态势,不仅有班婕妤《捣素赋》、《自悼赋》这样情文并茂的作品,也出现了刘歆《遂初赋》这样述行寄意的名篇,显示了赋体文学的新变。

综观整个西汉时代,诗的创作相对寂寥,只少数的骚体诗较有特色。文人的诗歌创作仍然以四言诗为主,且充满了模仿《诗经》的经学气息,了无生气,如韦孟《讽谏诗》之类。史传汉武帝时代有大量的乐府诗,可惜都已失传了。相传为枚乘、苏武、李陵创作的五言诗,学术界普遍认为是后世的伪托。

公元 8 年,王莽代汉自立,建立新朝,但很快就被推翻。公元 25 年,刘秀称帝,建立了东汉王朝。东汉前期,由于吸取了西汉与新朝灭亡的教训,在政治上实行让步政策,政权逐渐巩固,又出现了国家安定繁荣的景象,史称"光武中兴"。在思想意识形态方面,儒家开始真正登上统治宝座,成为国家思想的主导。与此同时,由于光武帝刘秀的大力推行,今文经学的谶纬迷信也开始逐步泛滥,成为国家的政治宗教。到和帝即位后,统治集团内部宦官、外戚擅权乱政,东汉政权跌入黑暗腐败的后期,至桓、灵末世愈发不可收拾。在这种情况下,社会矛盾日益激化,士族文人与国家,尤其是外戚、宦官的矛盾也日趋激烈,最终酿成"党锢之祸"。这种社会现实反映到文学上,使东汉文学发生了两点显著变化:一是以抒发作家个体情志为主的作品勃兴,二是文学的批判性大大增强。

首先,我们看东汉的辞赋创作状况。东汉时期,赋体文学仍居于主导地位,但散体大赋较之西汉已经大大衰落了。除了都城大赋,如杜笃《都城赋》、班固《两都赋》、张衡《二京赋》尚可称道外,在西汉时期盛极一时的游猎、宫苑等题材的大赋都再也没有复兴了。相反,抒情小赋的创作却渐渐兴起,开辟出属于自己的一片天地。东汉初期,班彪的《北征赋》、《览海赋》沿着刘歆所开创的述行显志的赋体革新道路继续拓展,同时又出现了冯衍、崔篆等人的显志述德赋。张衡曾以《二京赋》呼应班固,企图挽救大赋的颓势,但最终却以抒情小赋《归田赋》出色地完成了赋体变革,并推动赋体文学走上了更具艺术活力的全新道路。东汉后期,蔡邕大量创作抒情小赋,进一步革新赋体,使之日益呈现出诗化的特征,为魏晋诗体小赋的繁荣揭开了序幕。同时,随着政治日益腐败,社会矛盾日益激化,赋体文学批判现实的功能越来越为人们所重视,赵壹《刺世疾邪赋》是这方面最具代表性的作品。

其次,我们看东汉时期诗歌的发展。与西汉时期汉赋创作一枝独秀的局面不同,东汉时期各体文学都有长足的发展,赋体文学之外,尤以诗歌创作成就突出,甚至具备了和汉赋分庭抗礼的实力,无论是文人诗歌还是汉乐府都有许多杰出的作品产生。文人诗歌创作以班固《咏史诗》倡其端,张衡《同声歌》承其锐,至秦嘉《赠妇诗》出现,标志着文人五言诗已经成熟。而无名氏的《古诗十九首》则代表了汉代文人五言诗的最高成就,后人许以一字千金。《古诗十九首》产生于东汉中后期,内容以写夫妇、恋人的离别与思念、士人的失意与愿望、人生命运的无常与短暂为主,语言质朴直率,意境深婉,对后世文人诗歌创作产生了很大的影响,历来极受推崇,被称为"五言之冠冕"。除了文人创作的诗歌,以乐府诗为代表的民歌创作也取得了巨大成就。汉乐府继承了《诗经》关注民生、关注现实的优良文学传统,"感于哀乐,缘事而发",具有强烈的现实主义色彩。同时在《诗经》重抒情的文学传统之外,创作出了《陌上桑》、《孔雀东南飞》等优秀的叙事诗,对后来的叙事文学产生了深远影响。

在散文创作上,不仅有桓谭的《新论》、王充的《论衡》、王符的《潜夫论》这样抨击社会弊端的佳作,也有《汉书》这样承续《史记》的体制严整、内容精深的史学名著。《汉书》是我国第一部杰出的纪传体断代史,它全面深入地反映了西汉时代风貌,开启了我国官修正史的先河,班固也因之与司马迁并称"班马"。

正如上文所说,汉人的观念中,奏议、碑诔都是文学作品,但以往的文学史往往忽略了这方面的内容。为了更加全面深入地反映汉代文学的整体风貌,在文学史叙述中不能撇开这方面的内容。尤其是汉代碑刻,不仅有大量的出土资料,而且文献整理工作也成就斐然,如《汉碑全集》[①],这方面的研究还应加强。

总之,秦汉时期,尤其是汉代是我国古典文学发展的重要阶段,不仅文学观念较之先秦时期有很大的进步,也涌现出一大批重要作家,开创了"文必秦汉"的文学盛世。此外,汉代的文学批评也达到了相当的深度和广度,出现了《诗大序》、《离骚经章句序》这样的文学批评佳作和司马迁、扬雄、班固、王充这样的文学批评家,为魏晋文学批评盛世的来临奠定了基础。鲁迅先生称曹丕时代是文学自觉的时代,如果综合汉代文学诸因素判断,则汉代已经可以看做是文学自觉的时代了。

第二章 秦代文学

秦代文学以散文和诗歌为主,但《汉书·艺文志》著录秦代诗歌已不传,故可论者惟散文而已。《吕氏春秋》集战国末期诸子思想之大成,荟萃

[①] 徐玉立主编:《汉碑全集》,郑州:河南美术出版社2006年版。

各类寓言故事,成为战国诸子散文的绝响。李斯《谏逐客书》顺情入机,不愧为"上书之善说"者。而秦简《日书》及《墓主记》等丰富了秦代文学史料,为我们研究秦国文学打开了新的视野,其文学史意义也不容低估。

第一节 《吕氏春秋》

《吕氏春秋》是秦相吕不韦(?—前235)招集门客编写而成,成书时间约当秦始皇八年,即公元前239年。吕不韦,战国末卫国濮阳(今属河南)人,《史记》卷八十五有传。吕不韦本为一富商,后靠政治投机为秦相,以秦强而自己反不如战国四公子声名显赫而深感羞愧,故广招三千门客而善待之。有感于荀卿等战国辩士以善著书而流名天下,故让其门客把各自的见识写下来,集为《八览》《六论》《十二纪》,共20多万言,以备论天地古今万物之理,号曰《吕氏春秋》。据载,《吕氏春秋》成书后,吕不韦将之公布于咸阳市门,许诺诸侯游士宾客有能增损一字者即赏千金。

《吕氏春秋》体系谨严,堪称空前。全书分十二纪,按照十二月的顺序排列;每纪5篇,首篇类乎《月令》,然后以阴阳五行统摄,分述郊庙祭祀、礼乐征伐和农事活动,并与每一纪的宜忌相结合。八览,每览8篇(其中《有始览》逸去1篇),从开天辟地一直说到做人治国之道;六论,每论6篇,内容大量涉及先秦史事,有鉴古意识。再加一篇序文,共160篇。按照吕不韦的说法,他就是要构建这样一个取法天地人的完整体系,把诸子思想全部纳入自己的理论体系中来。而且每一纪、览、论又构成一个自足的小体系,这样大、小体系环环相扣,彼此响应,思想体系之博大严密实为诸子之最。

《汉书·艺文志》把《吕氏春秋》归入杂家类,并解释说:"杂家者流,盖出于议官,兼儒、墨,合名、法,知国体之有此,见王治之无不贯,此其所长也。"所以杂家便是综合百家的意思,从这一意义上说《吕氏春秋》是杂家并没有错。如《执一》倡天下一统,鼓吹"一则治,两则乱"。《恃君》则以人的生理特点设喻,张扬"君权";与此同时,又表彰道家无为思想,主张君主"无智、无能、无为"而任臣。此外,如《上德》倡导德治,《爱类》宣扬仁爱,《振乱》主张"义兵",《节丧》又宣扬节葬。如此等等,皆可以看出《吕氏春秋》之思想来源非专于一途,有择善而从,条贯百家的意思,同时又"以道德为标的,以无为为纲纪"(高诱《吕氏春秋原序》)。这种思想的出现实为战国末期学术发展之大势,正所谓"天下一致而百虑,同归而殊涂"(《易系辞》)。这种学术发展态势在《荀子》中已有明显表现,只不过《吕氏春秋》

表现得更加突出而已。汉司马谈《论六家要指》评道家曰:"道家使人精神专一,动合无形,赡足万物。其为术也,因阴阳之大顺,采儒、墨之善,撮名、法之要,与时迁移,应物变化,立俗施事,无所不宜,指约而易操,事少而功多。"司马谈所论的"道家"与《汉书·艺文志》之"杂家"颇为相类,也符合《吕氏春秋》的思想理路。吕不韦在《序意》中宣称:"凡《十二纪》者,所以纪治乱存亡也,所以知寿夭吉凶也。上揆之天,下验之地,中审之人,若此,则是非可不可无所遁矣。"表明其兼善各家,为秦帝国的出现作理论准备的用心。

就文风而言,《吕氏春秋》也有兼师诸子的特征。它的议论基本上能做到立论平实,摆事实,讲道理,不尚空谈,非常具有逻辑性;又善于运用比喻,在先秦诸子中最为接近《荀子》的文风。如《审分》讲述审查君臣上下名分的重要性,强调"正名"才能"分职"。文章首先指出"凡人主必审分,然后治可以至","至治之务,在于正名",然后具体论述查实审名、听言察类的具体方法。在行文中,善用譬喻:

> 凡为善难,任善易。奚以知之?人与骥俱走,则人不胜骥矣;居于车上而任骥,则骥不胜人矣。人主好治人官之事,则是与骥俱走也,必多所不及矣。夫人主亦有居车,无去车,则众善皆尽力竭能矣,谄谀诐贼巧佞之人无所窜其奸矣,坚穷廉直忠敦之士毕竞劝骋骛矣。人主之车,所以乘物也。察乘物之理,则四极可有。不知乘物,而自怙恃,奋其智能,多其教诏,而好自以,若此则百官恫扰,少长相越,万邪并起。权威分移,不可以卒,不可以教,此亡国之风也。王良之所以使马者,约审之以控其辔,而四马莫敢不尽力。有道之主,其所以使群臣者亦有辔。其辔何如?正名审分,是治之辔已。

用"人与骥俱走"和"居于车上而任骥"的比喻来说明两种治国方法的不同,又把君主比喻成驾车的王良、群臣比喻成四马,而正名审分就是控马之辔。这样便深入浅出地说明了正名审分则君臣各得其位,君主不劳而群臣皆任其力的道理。

《吕氏春秋》为论证充分,常反复其言;有些则行文整饬,有骈俪之风,与《荀子》相类。如《尊师》:

> 凡学,必务进业,心则无营。疾讽诵,谨司闻,观欢愉,问书意,顺耳目,不逆志,退思虑,求所谓,时辨说,以论道,不苟辨,必中法,得之无矜,失之无惭,必反其本。

> 生则谨养,谨养之道,养心为贵;死则敬祭,敬祭之术,时节为务。此所以尊师也。治唐圃,疾灌寖,务种树;织葩屦,结罝网,捆蒲苇;之田野,力耕耘,事五谷;如山林,入川泽,取鱼鳖,求鸟兽。此所以尊师也。视舆马,慎驾御;适衣服,务轻暖;临饮食,必蠲洁;善调和,务甘肥;必恭敬,和颜色,审辞令;疾趋翔,必严肃。此所以尊师也。

这段文字细致地论述了如何向老师学习,以及如何尊师的种种做法,不厌其烦,甚至用赋的笔法进行铺陈。

《吕氏春秋》另一重要的成就是善于运用寓言说理,据统计,此书共有寓言故事近三百则,先秦诸子惟《韩非子》可与之相较。其寓言或自创,如《刻舟求剑》、《荆人遗弓》;或融化改变神话、历史传说,如《祁黄羊荐贤》、《禹遇黄龙》。而且为了增加说理的透彻性,往往连用数则寓言以说一理,如《察今》为了说明因时变法的重要性,便连用《循表夜涉》、《刻舟求剑》、《引婴儿投江》三则寓言。这种手法与《庄子》、《韩非子》非常相似。在艺术特色上,《吕氏春秋》的寓言不仅具有比较强的现实针对性,且短小凝练,三言两语便揭示出想要说明的道理。如《当务》:

> 齐之好勇者,其一人居东郭,其一人居西郭。卒然相遇于涂,曰:"姑相饮乎?"觞数行,曰:"姑求肉乎?"一人曰:"子,肉也;我,肉也。尚胡革求肉而为?于是具染而已。"因抽刀而相啖,至死而止。勇若此,不若无勇。

它用这则寓言说明"勇而不当义"则不如无勇的道理,虽三言两语,却触目惊心,在给人以强烈的心理震撼的同时,也让人记住了寓言所说明的道理。

总之,《吕氏春秋》不仅在思想上包举各家,艺术构思和表现手法上也能兼具诸子之长,为先秦诸子散文划上了一个完美的句号。

第二节 李斯之文

李斯(?—前208)是秦代唯一可以称为作家的人,即鲁迅所谓"秦之文章,李斯一人而已"[1]。他是战国末期楚国上蔡(今属河南)人。早年为小吏,后从荀卿学帝王术,入秦为秦相吕不韦舍人,得吕不韦信任,荐为秦王政之近侍。因上书说秦王并六国得秦王信任,拜为客卿。秦始皇统一六国后,

---

[1] 鲁迅:《汉文学史纲要》,《鲁迅全集》第九卷,北京:人民文学出版社1980年版,第390页。

以斯为丞相。李斯以法家为治，定郡县制，并鼓动秦始皇焚书，治法严峻，受人诟病。秦始皇死后，李斯与赵高合谋，秘不发丧，并矫诏杀死公子扶苏，立胡亥为帝。二世登基以后，李斯上书推行"督责之术"，施行严刑酷法，鼓吹君王独断专行。后来赵高欲专朝政，便诬陷李斯谋反，李斯与其子李由被腰斩于长安市。

作为文学家，李斯最著名的作品便是作于秦始皇十年（前237）的《谏逐客书》。当时韩国苦于秦国征伐，害怕被秦国所灭，于是派水工郑国说服秦国开凿水渠，企图耗费秦国人力，使之不能攻韩。后来事情被发觉，秦国的宗室大臣便攻击所有诸侯国之士，认为这些人都会为了各自的宗国而损害破坏秦国的利益，并极力鼓动秦王把这些诸侯国之士驱逐出秦。李斯是上蔡人，自然也在驱逐之列，于是他上书秦王。《谏逐客书》开篇便直接点明自己的观点："臣闻吏议逐客，窃以为过矣。"举出历史上诸侯国客卿有功于秦的一系列史实，说明客卿不曾有负于秦。接着宕开一笔，列举秦国喜爱诸侯国珍宝、美女、良马、锦绣之事，指出其重物轻人乃愚蠢之举。最后又对比纳客和逐客的利弊，指出逐客是"借寇兵而赍盗粮"，不仅不利于秦国统一大业，还将导致秦国危亡。

李斯《谏逐客书》紧紧抓住秦王政欲统一天下的心理，摆出站在秦国立场上说话的姿态，围绕逐客不利于秦这一中心申述自己的观点，这就很容易打动秦王。相反，如果李斯仅仅是站在客卿的立场上替自己辩白，或者巧言替水工郑国辩说，也就达不到谏止逐客的目的了。所以刘勰评价李斯"烦（顺）情入机，动言中务"，是上书之善说者。

在艺术手法上，《谏逐客书》善于铺陈，极富文采，有纵横家之风。如：

今陛下致昆山之玉，有随、和之宝，垂明月之珠，服太阿之剑，乘纤离之马，建翠凤之旗，树灵鼍之鼓。此数宝者，秦不生一焉，而陛下说之，何也？必秦国之所生然后可，则是夜光之璧不饰朝廷，犀象之器不为玩好，郑、卫之女不充后宫，而骏马駃騠不实外厩，江南金锡不为用，西蜀丹青不为采。所以饰后宫充下陈娱心意悦耳目者，必出于秦然后可，则是宛珠之簪、傅玑之珥、阿缟之衣、锦绣之饰不进于前，而随俗雅化佳冶窈窕赵女不立于侧也。夫击瓮叩缶弹筝搏髀，而歌呼呜呜快耳者，真秦之声也；《郑》、《卫》、《桑间》、《昭》、《虞》、《武》、《象》者，异国之乐也。今弃击瓮叩缶而就郑、卫，退弹筝而取《昭》、《虞》，若是者何也？快意当前，适观而已矣。今取人则不然。不问可否，不论曲直，非秦者去，为客者逐。然则是所重者在乎色乐珠玉，而所轻者在乎人民也。此非所以跨海内制诸侯之术也。

运用多种修辞手法，或排比，或对偶，或设问，行文整饬，又灵活多变。文章用词得体，极具感染力，如"今取人则不然。不问可否，不论曲直，非秦者去，为客者逐"，一连四句都表达责让之意，便很有力。同时又富有文采，摹物状形，生动逼真，如写秦声一段便极具观赏性，描摹出秦声的粗鄙。文章音节流畅、抑扬顿挫，富有节奏感，具有了辞赋化倾向，如"太山不让土壤，故能成其大；河海不择细流，故能就其深"等，堪称是"辞赋初祖"。

二世胡亥登基以后，李斯还有几篇奏书，但因为时局变化，其内心又多私欲，便不免心口不一，辞不达意。如《上二世行督责之术书》便是因为章邯诮让李斯无能，"李斯恐惧，重爵禄，不知所出，乃阿二世意，欲求容"。因为言辞之间多违心之论，故辞气不畅，与《谏逐客书》之义正辞严相比，风格未免猥下。后来李斯被赵高诬陷下狱，其于狱中上书，自列"罪状"七条，明言其罪，实表其功，怨愤隐忍，语多反讽，尚有战国策士之风。

现存的秦代刻石之文也大多出自李斯之手。秦始皇统一中国之后，曾连续十年巡狩、封禅，到达峄山、泰山、琅邪、碣石、会稽等地，并刻石表功。这些刻石文大多保存在《史记·秦始皇本纪》中。

刻石之文源自铭颂，故内容以歌功颂德为主，语多溢美，辞多夸张，庙堂气息很重。但李斯刻石之文多法家语，如"普天之下，抟心揖志；器械一量，同书文字"，语言朴质，又清峻悍拔。在用韵方面，秦刻石除《琅邪台刻石》两句一韵外，其余都三句一韵，读起来节奏鲜明，又凝朴厚重，如《之罘刻石》：

> 维二十九年，时在中春，阳和方起。皇帝东游，巡登之罘，临照于海。从臣嘉观，原念休烈，追诵本始。大圣作治，建定法度，显著纲纪。外教诸侯，光施文惠，明以义理。六国回辟，贪戾无厌，虐杀不已。皇帝哀众，遂发讨师，奋扬武德。义诛信行，威燀旁达，莫不宾服。烹灭强暴，振救黔首，周定四极。普施明法，经纬天下，永为仪则。大矣哉！宇县之中，承顺圣意。群臣诵功，请刻于石，表垂于常式。

虽有粉饰之意，但辞气雄壮，也颇合秦君臣雄视天下的心理。刘勰《文心雕龙·封禅》中说："秦皇铭岱，文自李斯。法家辞气，体乏弘润。然疏而能壮，亦彼时之绝采也。"比较准确地道出秦刻石的特质。秦刻石文为后世碑铭之祖，汉魏以降碑铭云起，莫不循其遗则。

第三节　秦简的文学价值

秦简是战国时期的秦国以及后来的秦朝的简牍总称,到目前为止出土的秦简中比较重要者,如 1975 年湖北云梦睡虎地十一号和四号秦墓出土的简牍,内容包括《语书》、《为吏之道》(末附魏律二条)、《秦律十八种》、《效律》、《秦律杂抄》、《法律答问》、《封诊式》、《日书》、《编年记》、《尺牍》等;1980 年四川青川县郝家坪 50 号秦墓木牍,内容为律令;1986 年甘肃天水放马滩秦墓简,内容为《日书甲种》、古地图 7 幅、《墓主记》、《日书乙种》;1989 年湖北江陵云梦龙岗秦墓简,内容为秦律;1993 年湖北江陵王家台秦墓简,内容为《效律》、日书、《归藏》;2002 年湖南里耶简,数量巨大,有三万六千多枚,内容多为官署档案,涉及当时社会政治、经济、文化的各个层面。

1. **睡虎地秦简《为吏之道》**　《为吏之道》竹简共 51 枚,每枚分上下五栏书写。全书抄写时间,上限为魏安厘王二十五年(前 252),下限当在秦始皇统一之前。原无标题,整理者根据其首章首句之"凡为吏之道"命名。《为吏之道》主要讲为吏者对待民众应有的态度和处理政事的基本原则,以法家思想为主导,兼融儒家。在艺术形式上,其句式以四言为主,第一段和第五段用韵。其中有《成相词》八首:

　　凡治事,敢为固,谒私图,画局陈棋以为藉。肖人聂心,不敢徒语恐见恶。

　　凡戾人,表以身,民将望表以戾真。表若不正,民心将移乃难亲。

　　操邦柄,慎度量,来者有稽莫敢忘。贤酆溉辪,禄立(位)有续孰敢上?

　　邦之急,在體(体)级,掇民之欲政乃立。上毋间陛,下虽善欲独可(何)急?

　　审民能,以贽(任)吏,非以官禄夬助治。不赁(任)其人,及官之敨岂可悔?

　　申之义,以击畸,欲令之具下勿议。彼邦之倾,下恒行巧而威故移。

　　将发令,索其政,毋发可异史(使)烦请。令数究环,百姓摇贰乃难请。

　　听有方,辩短长,囷造之士久不阳。

这里的《成相词》与《荀子·成相》相似,句式都是"三、三、七、四、七"。内容是说做官吏应不谋私利,不讲空话,以身作则,区别贤否,确立等级,审能授官,伸张正义,打击邪恶,立法谨严,不能朝令夕改①,这与《荀子·成相》也相近。"相"是一种乐器,或为"舂牍",或为"拊",而"成相"就是以击打"相"作为伴奏手段的一种演唱形式。以前就有人推测"成相"应该是一种民间流传的艺术形式,相当于今天的莲花落、渔鼓词之类。但因为较为完整的只有《荀子·成相》,《汉书·艺文志》著录的《成相杂辞》十一篇亡佚了,《艺文类聚·木部下》只记载了一首成相词,材料太少,难下断语。睡虎地《成相》的发现,为我们研究成相提供了新的资料。据此我们可以推断,成相应该是流行于楚地的民间歌谣俚曲,其最初源自下层民众的劳动歌谣,后经士大夫改造,用来表达他们的政治思想和对时局的看法。有人甚至认为成相连缀成篇便是赋的早期形式,即汉人所谓"杂赋"。②

2. 放马滩秦简《墓主记》 据李学勤考证,《墓主记》的写作年代应为秦昭王三十八年(前269),它记述了一个名字叫丹的人死而复活的故事:

> 卅八年八月己巳,邦丞赤敢谒御史:大梁人王里□□曰丹□:今七年,丹刺伤人垣雍里中,因自刺矣。弃之于市,三日,葬之垣雍南门外。三年,丹而复生。丹所以得复生者,吾犀武舍人,犀武论其舍人□命者,以丹来(未)当死,因告司命史公孙强。因令白狗(?)穴屈出丹,立墓上三日,因与司命史公孙强北出越氏,之北地柏丘之上。盈四年,乃闻犬吠鸡鸣而人食,其获类益、少麋(眉)、墨,四支不用。丹言曰:死者不欲多衣(?)。市人以白茅为富,其鬼受(?)于它而富。丹言:祠墓者毋敢骰。骰,鬼去敬走。已收腏而馨(?)之,如此□□□□食□。丹言:祠者必谨骚(扫)除,毋以□洒(?)祠所。毋以羹沃腏上,鬼弗食矣。

从简文可知,丹原本居住在大梁,因为将人刺伤,便惧而自杀。弃世三天后被埋在垣雍南门外。过了三年,犀武舍人认为丹罪不至死,公孙强便把丹从墓中挖出,停放三天后带到了北地郡。又过了四年,丹起死回生。丹复活后便向人们讲述鬼的爱憎,以及祭祀鬼神要注意的事情。关于《墓主记》在文学上的价值和意义,李学勤认为它是魏晋志怪小说的滥觞。③《墓主记》以官方文书形式出现,与一般的道听途说不同,它反映了早期人们的生死观念,为我们考察志怪小说的缘起提供了有价值的史料。

---

① 谭家健:《云梦秦简〈为吏之道〉漫论》,《文学评论》1990年第5期。
② 姜书阁:《睡虎地秦墓竹简中的一篇成相杂辞》,《中国韵文学刊》1990年第2期。
③ 李学勤:《放马滩简中的志怪故事》,《文物》1990年第4期。

3. 秦简的神话学价值 秦简中涉及神话故事的流传,如嫦娥奔月、牛郎织女等,具有重要的神话学价值。1993 年,湖北江陵出土秦简《归藏》,其中有"嫦娥奔月"的内容,简文曰:

> 归妹曰:昔者恒我窃毋死之[药]奔月而枚占△△△

简文中的"恒我"即"嫦娥",《说文》:"恒,常也。"传世文献中最早记载"嫦娥奔月"神话的是《淮南鸿烈》,其《览冥》云:

> 譬若羿请不死之药于西王母,恒娥窃以奔月,怅然有伤,无以续之。

《淮南鸿烈》的嫦娥奔月故事应该是来源于《归藏》,所以李善注《文选》之《月赋》和《祭颜光禄文》,提及"嫦娥奔月"皆引《归藏》。

睡虎地秦简《日书》提到牛郎织女的传说和大禹娶涂山女的故事。《日书》甲种简一五五正面简文:

> 戊申,己酉,牵牛以取织女,不果,三弃。

传世文献中,《诗·大东》涉及牛郎、织女,曰:"维天有汉,监亦有光。跂彼织女,终日七襄。虽则七襄,不成报章。睆彼牵牛,不以服箱。"但这里的牛郎、织女并没有明确的夫妻关系,甚至不一定有联系。《日书》既然明确说到"牵牛取织女",说明两者已是同一个故事中的人物,而"不果"则是其悲剧性结局,这与后世的传说大同小异。《岁时广记》"七夕"条引《淮南子》佚文曰"乌鹊填河成桥而渡织女",说明至少在汉前期,"牛郎织女"故事已经成型。从《诗经》到《淮南子》,《日书》记载可谓承前启后,是一个重要的过渡环节。

《日书》甲种简二背面简文:

> 癸丑、戊午、己未,禹以取涂山之女也,不弃,必以子死。

此可与《天问》、《吕氏春秋·音初》相参看。

此外,《日书·诘》还写了"群鬼"形象,有些鬼还很有趣,如:

> 人毋(无)故而鬼惑之,是诱鬼,善戏人。(简三三背)
>
> 犬恒夜入人室,执丈人,戏女子,不可(简四七背一)得也,是神狗伪为鬼。(简四八背一)
>
> 鬼恒从人游,不可以辞。(简四六背二)
>
> 鬼恒胃人:"鼠(予)我而女。"不可辞。是上神下取妻。(简三九背三)

类似的例子还有很多。这些鬼很有趣，或善戏人，或化为犬而戏弄女子，或随人到处游荡，或化为天神向人索女，它们极具世俗色彩，在后世志怪小说甚至《聊斋志异》中也可以见到它们的影子。

第三章 汉　赋

清人焦循在其《易余龠录》中说："夫一代有一代之所胜，舍其所胜，以就其所不胜，皆寄人篱下者耳。余尝欲自楚骚以下至明八股，撰为一集，汉则专取其赋，魏、晋、六朝至隋则专录其五言诗，唐则专录其律诗，宋专录其词，元专录其曲，明专录其八股，一代还其一代之所胜。"近人王国维《宋元戏曲考》提出"一代有一代之文学"，汉代文学的代表文体也是赋。诚然，赋是汉代最有特色的文学体裁，不仅作家众多、题材繁富，也最能彰显汉代人的时代精神，故最能代表汉代的文学成就。汉人的文学批评也多围绕赋展开，可以说，在汉人的文学观念中，赋才是文学的正宗。

第一节　赋体考源

"赋"的主要意涵是指税收，如《吕氏春秋·孟冬》："收水泉池泽之赋。"高诱注："赋，税也。"赋也指兵，如《国语·鲁语下》："使叔孙豹悉帅敝赋。"韦昭注："赋，兵也。"也就是说，赋泛指钱粮兵力，是征敛之通名，故《周礼·地官·大司徒》："以敛财赋。"郑玄注："赋谓九赋及军赋。"

先秦时期，"赋"与文学发生联系，最早见于《周礼·春官》："教六诗，曰风，曰赋，曰比，曰兴，曰雅，曰颂。"据此，则"赋"是"六诗"之一。但"六诗"的分类标准或"六诗"的文体特征究竟如何，甚至有没有"六诗"，至今还有争议。后人多以"铺"释"赋"，如郑玄注《周礼》"六诗"之"赋"："赋之言铺，直铺陈今之政教善恶。"刘勰《文心雕龙·诠赋》："赋者，铺也，铺采摛文，体物写志也。""赋"的特征就是善铺陈，直接对事情经过或事物形貌进行反复叙写，以求穷形尽貌。所以郑玄注《周礼》"六诗"之赋特别强调其"铺陈"和"直"，孔颖达曾就这两点对郑注作更进一层解说："郑以赋之言铺也,铺陈善恶,则诗文直陈其事,不譬喻者,皆赋辞也。"也就是说凡诗中不是"比"、"兴"的文辞都是"赋"。

"赋"与文学的第二个关联便是"诵诗"。《国语·周语》:"瞍赋矇诵。"韦昭注:"赋,赋公卿列士所献诗也。"《左传》、《国语》等记载大量赋诗的内容,赋诗是古时候士大夫必备的一项技能。所以《汉书·艺文志》说:"传曰:'不歌而诵谓之赋。登高能赋可以为大夫。'言感物造端,材知深美,可与图事,故可以为列大夫也。古者诸侯卿大夫交接邻国,以微言相感,当揖让之时,必称《诗》以谕其志,盖以别贤不肖而观盛衰焉。"歌即是长言,也就是"歌咏言",同时"歌"与音乐相配,故《诗·园有桃》毛传曰:"曲合乐曰歌,徒歌曰谣。"不歌就是不用长言,不拖腔,不用配乐。但也一定要讲求声韵之美和语言的节奏感。也就是说,作为一种读诗之法,"赋"与"诵"无别(《周语》"瞍赋矇诵"中"赋"、"诵"并称,赋诗者和诵诗者都是瞎子),都是指按照一定的节奏来读有韵或韵律感较强的内容。

"赋"作为一种文体的名称,始于荀子。然而关于"赋"之缘起,历代说法各异。《汉书·艺文志》说"不歌而诵谓之赋",又说:"春秋之后,周道寖坏,聘问歌咏不行于列国,学《诗》之士逸在布衣,而贤人失志之赋作矣。大儒孙卿及楚臣屈原离谗忧国,皆作赋以风,咸有恻隐古诗之义。"班固《两都赋·序》说赋是"古诗之流"。两说都是承"六诗"或"六义"之"赋"而来,把《诗》作为赋的源头,赋是《诗》的流波。刘勰《文心雕龙·诠赋》:"赋也者,受命于诗人,拓宇于楚辞也。"在《时序》篇中,他又说:"爰自汉室,迄至成哀,虽世渐百龄,辞人九变,而大抵所归,祖述楚辞,灵均余影,于是乎在。"刘勰认为《诗》之外,楚辞是赋的重要源头之一。这是文学观念进一步发展演变背景下的说法,因为在汉人的观念中,楚辞也是赋,也是《诗》的旁支,所以王逸说《离骚》"以《诗》立义"。而清代章学诚认为,赋在《诗》、楚辞之外,还受到了战国诸子的影响,《校雠通义·汉志诗赋第十五》:"古之赋家者流,原本《诗》、《骚》,出入战国诸子。假设问对,《庄》、《列》寓言之遗也;恢廓声势,苏、张纵横之体也;排比谐隐,《韩非》储说之属也;徵材聚事,《吕览》类辑之义也。"这一说法,涵盖面较宽,说到了先秦寓言、纵横家文、隐语、类辑体等与赋的关系。近代以来论赋之缘起者,大多受到了章学诚的影响,倾向于把纵横家文、隐语作为赋的源头。此外,章太炎从"赋"的字形出发,认为"古代凡兵事所需,由民间供给者谓之赋,在收纳民赋的时候,必须按件点过。赋体也和按件点过一样,因此得名了"①。这种说法的确有些简单化了。而褚斌杰认为,作为一种文体,"赋"与《诗经》之"赋"没关系,与"不歌而诵"也没有关系,赋"来源于民间,其名称取意于'口诵'"②。李伯敬认为赋体最初勃兴于楚国。屈原本是楚人,荀子曾长期仕楚为兰陵令,他的《赋篇》就写成于楚。由此李氏认为荀屈所开创的赋体形式,可能与楚国地方民间文学有一定的渊源关系。③ 现在仍有学者探讨赋与"成相"词之类的楚地民间文学之间的关系。

我们讨论赋的源起,应该将汉赋与先秦赋予以区别。先秦时期的赋类型单一,形制也比较短小,流行地域以楚地为主。从某种意义上说,先秦赋可以看做是"隐语"在篇制方面的扩展,尤其是荀子之赋,只是一系列隐语的类辑。而"隐"是一种俗文学体裁,它的特点是巧言状物,善于取譬,故刘勰《文心雕龙·谐隐》:"谵者,隐也。遁辞以隐意,谲譬以指事也。"隐又称"廋",《国语·晋语》:"有秦客廋词于朝。"韦昭注:"廋,隐也。""廋"语之"廋"与《周礼》"瞍赋"之"瞍"有没有关系,可以进一步探讨。总之,"隐"语或"廋"词具有娱乐或讽谏的功能,都押韵,可以看做是诗或诗的变体④,其展开往往采用主客问答的形式。后世之赋,如汉代的散体大赋或者答客、解难之文可能受其一定的影响。

到了汉代,赋进入全面兴盛的阶段。汉赋的兴盛一方面是赋体文学自身发展的结果,也与统治者的喜好、提倡有密切关系,尤其是楚文化在其中起到了重要的铺垫作用。但汉赋实有多种类型,如骚体、散体、四言体等,甚至汉人所谓的辞、颂也与赋有关联。不同类别的汉赋既有共同的源头,又各有其直接源头。共同的源头,如《诗》、《骚》对汉赋的影响。⑤ 而各自更近的渊源,如骚体赋的兴盛与汉代楚辞的流行有密切关系,汉初的骚体赋大家贾谊曾被贬长沙,他的赋中有与屈原楚辞相同的文句,所以我们可以认为,汉代骚体赋的兴起是建立在模仿楚辞的基础上并逐渐兴盛起来的。而散体大赋的作者多为诸侯门客或朝廷侍臣,他们承战国游士之风,以文博名,铺

---

① 章太炎:《国学概论》,上海:上海古籍出版社1997年版,第59页。
② 褚斌杰:《论赋体之起源》,《文学遗产增刊》第14辑。
③ 李伯敬:《赋体源流辨》,《学术月刊》1982年第3期。
④ 《战国策·楚策》记载荀子谢绝春申君的邀请;提到"赋曰",其所谓"赋"便是传世本《荀子》所载《佹诗》的后半部分,而且《玉烛宝典》也称《佹诗》为《荆楚歌赋》。可见,"赋"与诗之间关系密切。
⑤ 龚克昌:《中国辞赋研究》,济南:山东大学出版社2003年版,第199—215页。

张扬厉,带有浓厚的纵横家气息。四言赋一般以四言为主,尤重规谏的社会功能,它应该导源于《诗》。所以,我们在讨论汉代赋体文学起源时,不能一概而论,而应该区别对待不同类型的赋。

汉代赋体文学的发展明显呈现出阶段性,汉初以骚体赋最为发达;汉武帝时代,散体大赋勃兴,取得了辉煌成就;东汉以后,赋逐渐抒情化,各体小赋取代散体大赋成为赋的主流,并开了魏晋时代抒情小赋勃兴的先声。

第二节 骚体赋

所谓的"骚体赋"是指受到屈原影响,内容多表达贤人失志的怨愤,形式多追摹屈原作品,比如文尾多用"兮"字,或以虚字为腰,等等。骚体赋是汉代最先兴起的一种赋体文学。骚体赋在汉初的勃兴有多种原因,统治阶级的喜好、提倡固然是其中重要的原因之一,同时也与屈原及其作品的接受观念有关。《远游》应该是汉初的作品①,它与贾谊的《惜誓》一样,都可以看做是对屈原《离骚》的续写,极力彰显的是屈原作品中的神仙思想。它们一方面替屈原抱不平,另一方面也替屈原安排了一个仙游的结局。不惟汉初,甚至在整个西汉时期,如汉武帝、汉宣帝等都喜爱楚辞,不仅因为他们是楚人,更重要的是因为他们好神仙,而屈原作品正好能满足他们的神仙之思。所以,神仙思想是屈原及其作品接受中主要的因素,也是汉初骚体赋兴起的一个重要原因。

贾谊(前200—前168)是汉初骚体赋的代表作家。贾谊在20多岁时便受到汉文帝的赏识,参与国家大事。汉文帝拟授他以公卿之位,但因其年少才高、性格狂狷,引起朝中元老周勃、灌婴等人的嫉妒排挤,被贬为长沙王太傅。在赴长沙途经湘水时,贾谊写了《吊屈原赋》,借悼屈原以自悼。他哀叹自己"逢时不祥",揭露社会不辨忠奸、"方正倒植"的荒谬,并表达自己"独离此咎"的愤懑。尽管受到排挤,贾谊并不因此屈服,其曰:

> 所贵圣人之神德兮,远浊世而自藏。使骐骥可得系而羁兮,岂云异夫犬羊! 般纷纷其离此尤兮,亦夫子之辜也。瞝九州而相其君兮,何必怀此都也? 凤凰翔于千仞之上兮,览德辉而下之。见细德之险徵兮,摇增翮逝而去之。彼寻常之污渎兮,岂能容吞舟之鱼! 横江湖之鳣鲟兮,

---

① 牟怀川:《韩众考疑》,《江汉论坛》2005年第8期。

固将制于蝼蚁。

他把那些搬弄是非、曲意陷害贤良的权贵比喻成犬羊、蝼蚁,而自己则是远郊的麒麟、高翔的凤凰、硕大的鱣鲸,又用"寻常之汗渎"比喻这个阴暗的社会或者放逐自己的朝廷。通过这样的对比,作者突出了其人格的高尚和不愿同流合污的精神。

长沙卑湿,生存环境恶劣,尤其是不能施展自己的才能,实现自己的政治抱负,所以贾谊的心情有些沮丧。于是,他便借《鹏鸟赋》表达这种愁苦的情绪。贾谊借鹏鸟以自况,宣扬的是道家随化思想,他说:"大人不曲兮,意变齐同。愚士系俗兮,窘若囚拘。至人遗物兮,独与道俱。众人惑惑兮,好恶积亿。真人恬漠兮,独与道息。释智遗形兮,超然自丧。"这完全是道家的口吻,似乎他已经非常旷达了,是个达观的"通人"。但事实上并非如此,这只是他一时的牢骚而已。

除此之外,《惜誓》当也是贾谊被贬长沙时的作品,因为文中表达的思想与《吊屈原赋》、《鹏鸟赋》颇多吻合之处,如"黄鹄后时而寄处兮,鸱枭群而制之;神龙失水而陆居兮,为蝼蚁之所裁","彼圣人之神德兮,远浊世而自藏。使麒麟可得羁而系兮,又何以异虖犬羊",不仅表意相同,连文句也相差无几。只是这篇赋的前半部分写的是"长生而久仙",表现出浓厚的神仙思想。其意当是承屈原《离骚》等篇的仙游内容而来的,也反映了汉初对屈原接受的另一面。

承贾谊而起的骚体赋名家是景帝时的庄忌,因为避汉明帝讳改称严忌。他命途多舛,先依附吴王刘濞,后投奔梁孝王刘武,都因政治斗争而受到牵连,在梁孝王死后便销声匿迹了。尽管《史记》、《汉书》都没有为他专门立传,我们甚至也不知其生卒年,但这丝毫不影响他在文学史上的地位。他的《哀时命》是骚赋名篇,收在刘向编纂的《楚辞》中,流传至今。《哀时命》不同于贾谊骚体赋的自我抒情,它的叙事、抒情皆从屈原作品而来,如:

哀时命之不及古人兮,夫何予生之不遘时。……志憾恨而不逞兮,杼中情而属诗。夜炯炯而不寐兮,怀隐忧而历兹。心郁郁而无告兮,众孰可与深谋。欿愁悴而委惰兮,老冉冉而逮之。居处愁以隐约兮,志沉抑而不扬。道壅塞而不通兮,江河广而无梁。愿至昆仑之悬圃兮,采钟山之玉英。擥瑶木之橝枝兮,望阆风之板桐。弱水汩其为难兮,路中断而不通。……廓落寂而无友兮,谁可与玩此遗芳。白日晼晚其将入兮,哀余寿之弗将。车既弊而马罢兮,蹇邅徊而不能行。身既不容于浊世兮,不知进退之宜当。……上同凿枘于伏戏兮,下合矩矱于虞唐。愿尊节而式高兮,志犹卑夫禹汤。虽知困其不改操兮,终不以邪枉而害方。世并举而好朋兮,壹斗斛而相量。众比周以肩迫兮,贤者远而隐藏。

读这一段文字,如同读屈原的《离骚》和《九章》。庄忌用自己的语言隐括了屈原作品的主要精神,可以看做是用赋的形式对屈原精神和作品主旨作了解读。从这意义上说,《哀时命》在汉代赋史和汉代屈原接受史上都占有重要地位。在他以后的东方朔的《七谏》、王褒的《九怀》、刘向的《九叹》、王逸的《九思》等,无论对屈原及屈原作品作出怎样的阐释,总体框架都没有超出《哀时命》的范围。

汉武帝时期是汉代骚体赋创作的一个高峰期,出现了众多的骚体赋作家,包括雄才大略的汉武帝也有骚体赋传世。司马相如以大赋闻名,但也有《哀二世赋》、《长门赋》、《大人赋》等骚体赋,其中《长门赋》对后世宫怨文学很有影响,而《大人赋》中,不仅西王母那种清苦生活"虽济万世亦不足以喜",就算是赋中的"大人"也"超无友而独存",讽谏之心非常明显。在武帝时期众多骚体赋中,《招隐士》是一篇艺术水平很高的赋作。其文曰:

> 桂树丛生兮山之幽,偃蹇连蜷兮枝相缭。山气巃嵷兮石嵯峨,溪谷崭岩兮水曾波。猿狖群啸兮虎豹嗥,攀援桂枝兮聊淹留。王孙游兮不归,春草生兮萋萋。岁暮兮不自聊,蟪蛄鸣兮啾啾。块兮轧,山曲弟,心淹留兮恫恍忽。周兮汤,憭兮栗,虎豹穴,丛薄深林兮人上慄。嵚岑碕礒兮,硱磳磈硊,树轮相纠兮,林木茷骫。青莎杂树兮,薠草靃靡。白鹿麚麚兮,或腾或倚。状貌崟崟兮峨峨,凄凄兮漼漼。獮猴兮熊黑,慕类兮以悲。攀援桂枝兮聊淹留,虎豹斗兮熊黑咆,禽兽骇兮亡其曹。王孙兮归来,山中兮不可以久留。

这篇赋的作者或题淮南王刘安,或曰淮南小山。所招之隐士,或以为是屈原,或以为是贤人,或以为是小山之徒招刘安。赋极力渲染了山中的幽暗阴森、孤寂凄苦,呼唤隐居山中的王孙早点归来。赋的篇幅虽然短小,但想象丰富,用词精当,多用双声叠韵词,语句或三言或四言、五言、七言、八言,几乎句句用"兮"字,句式回环往复,造境情韵幽深,音节铿锵浏亮,极富艺术感染力。清人刘熙载称赞其有"奇崛"之境,曰:"诗人之优柔,骚人之清深,后来难并矣。惟奇崛一境,虽亦诗骚之变,而尚有可广。此淮南《招隐士》

所以作与?"①

司马迁的《悲士不遇赋》也值得注意。从"愧顾影而独存"大概可以推测这篇赋是作于他受宫刑之后,故以"悲哉!士生之不辰"开篇,满怀激愤,句句含泪。句式的变化也值得注意,比如"兮"字的自由取舍。事实上"〇〇〇之〇〇兮,〇〇〇之〇〇"句式去掉"兮"字,就变成了六言,这是西汉末至东汉年间常见的骚体赋句式。

刘勰在《文心雕龙·时序》中提到"辞人九变"时,止于成哀。其实从两汉之际到整个东汉时期,骚体赋还很多。我们常说东汉以后赋的内容以纪行和述志为大宗,就目前所见,东汉的纪行赋和述志赋基本上是用骚体写成的。

纪行赋需要从刘歆说起。刘歆是刘向之子,也是著名的学者,章太炎甚至认为他是名实足以抗孔子的唯一之人②。他因为议论朝政得罪了朝廷大臣,于是请求外放,出任五原太守。在赴任途中,他据所见所感写下了《遂初赋》。赋中叙三晋,悲宗周,哀叹公室之卑;述屈原,叹仲尼,隐以自比。明显是借古讽今,指斥时政,抒发内心的不满。《遂初赋》是汉代第一篇直面现实、借古讽今的纪行赋,对东汉的纪行赋产生了很大影响。

班彪字叔皮,班固之父,也是著名的历史学家,他的《史记后传》是其子班固作《汉书》的基础。《北征赋》主要写他避难去凉州的途中见闻,与刘歆的《遂初赋》一样,也是感古伤今之作。它的独到之处表现为写景抒情真实自然,又能结合经典,如"日晻晻其将暮兮,睹牛羊之下来。寤怨旷之伤情兮,哀诗人之叹时",化用《诗经·君子于役》的诗句,借以表达思乡之情和对安定生活的向往。

班昭是班彪之女、班固之妹,也是一位博通古今的著名学者,班固《汉书》未竟,便是由她完成。永初七年,班昭随赴任的儿子从洛阳到陈留,其《东征赋》记述了在途中的见闻,同时表达了自己"去故就新"的伤感。总的说来,这篇赋成就不高。

汉代述行赋的压轴之作是蔡邕的《述行赋》。蔡邕是汉末的大学者,才华卓绝。他的《述行赋》作于桓帝延熹二年(159),当时他被迫应召入京,未至而归,内心愤懑,写下此赋。在写作方法上,《述行赋》仍然沿袭《遂

---

① 刘熙载:《艺概》,上海:上海古籍出版社1978年版,第91页。
② 章太炎:《检论·订孔》,《章太炎全集》第三册,上海:上海人民出版社1984年版,第425页。

初赋》的旧路,并无创新,只是篇幅相对短小一些。但这篇赋历来受人称赞。在赋前的序中,蔡邕就直接点明他对宦官以他善鼓琴而强征其入京之事不满;在赋中,他更是锋芒毕露,如"皇家赫而天居兮,万方徂而星集。贵宠扇以弥炽兮,佥守利而不戢。前车覆而未远兮,后乘驱而竞入。穷变巧于台榭兮,民露处而寝湿。消嘉谷于禽兽兮,下糠秕而无粒。弘宽裕以便辟兮,纠忠谏其骎急",实非一般人所敢言。

骚体的纪行赋外,便是述志赋,如崔篆《慰志赋》、杜笃《首阳山赋》、冯衍《显志赋》、班固《幽通赋》、张衡《思玄赋》等。赋家在赋中常表达归隐之志,寓寄其浮沉宦海或置身于动荡社会而不得志的愤懑之情,因而流露出强烈的不平之气。如崔篆的《慰志赋》为其临终自悼,写自己出仕新莽朝的无奈与归隐之志。张衡的《思玄赋》也是在被宦官谗陷的情况下,赋玄远之道以抒发内心不平,其上下求索之精神一如屈原之《离骚》。

东汉时期的骚体赋一方面是题材的扩大,另一方面是文体的规范化。就现存的东汉骚体赋看,无论是带"兮"字,还是仅仅保留虚字句腰的六言,也无论篇幅多大,几乎都是单一的句型贯穿始终,我们再也看不到《招隐士》那种跳荡的句式了。如张衡的《思玄赋》,篇幅较长,全篇几乎都是"○○○△○○兮,○○○△○○"(其中的"△"代表"之"、"其"、"与"、"而"、"以"、"于"之类的虚字),这样的文章缺少变化,让人感到压抑。句式的僵化在一定程度上削减了骚体赋的生命感,也束缚了它的艺术表现力。

第三节 散体赋

散体赋是一种以描述性为主的文体形式,排比铺陈,直书其事,与骚体赋等有所不同。它多以问答形式展开,句式是三言、四言乃至八言、九言等多种形式的汇合,复杂多变,自由灵动,也与骚体赋不同。

散体赋兴起于汉初的藩国,吴王刘濞、梁孝王刘武、淮南王刘安门下都集中了一批赋家,其中以梁孝王门下为著。梁孝王"招延四方豪桀,自山东游说之士,莫不毕至",从其游者既有原属吴国的枚乘、邹阳、庄忌,也有司马相如这样的朝官,再加上路乔如、羊胜、公孙诡等,一时间济济多士,形成了一个梁园作家群体。这些赋家尚存先秦策士之风,他们在一起吟咏唱和,竞胜使才,所作赋以咏物为主。如《西京杂记》卷四记载:"梁孝王游于忘忧之馆,集诸游士,各使为赋。枚乘为《柳赋》……路乔如为《鹤赋》……公孙诡为《文鹿赋》……邹阳为《酒赋》……公孙乘为《月赋》……羊胜为《屏风赋》……韩安国作《几赋》。不成，邹阳代作。……邹阳、安国罚酒三升，赐枚乘、路乔如绢，人五匹。"而文献记载淮南王刘安曾作《屏风赋》和《熏笼赋》，大概淮南国的情形也与梁国相差无几。这些咏物赋并没有什么社会价值，也没有多少感情内涵，只是为了逞才而讲求文采，注重铺陈词藻而已。

梁园文学群体中最为著名的赋家当为枚乘。枚乘字叔，淮阴人，初为吴王刘濞的郎中，因为劝谏吴王不要谋反，吴王不听，故去吴之梁，从梁孝王游。吴王与六国谋反，枚乘再次劝说吴王，吴王不能采纳他的建议，最终身败名裂，而枚乘也因此知名。景帝召拜枚乘做弘农都尉，但他并不喜欢做朝官，所以就以病辞官，再赴梁国。梁孝王死后，梁园赋家作鸟兽散，枚乘也返回老家淮阴。武帝即位，慕枚乘之名，召他入宫，结果他却因为年老而病死途中。

枚乘最著名的作品是《七发》。《七发》虚构楚太子因为"久耽安乐，日夜无极"而生病，"吴客"前往探视，连说七件事以启发他，是谓之"七发"，篇题也由此而来。《七发》的前六件事分别为音乐、美味、车马、宴游、狩猎、观涛等，尽管太子对田猎和观涛有兴趣，阳气也现于眉宇之间，但终因身体虚乏而作罢。最后吴客说之以贤哲的"要言妙道"，于是楚太子霍然病愈。

《七发》在艺术上取得了很高的成就，"腴辞云构，夸丽风骇"（《文心雕龙·杂文》），其中"观涛"一节尤为人所称道：

> 疾雷闻百里；江水逆流，海水上潮；山出内云，日夜不止。衍溢漂疾，波涌而涛起。其始起也，洪淋淋焉，若白鹭之下翔。其少进也，浩浩溰溰，如素车白马帷盖之张。其波涌而云乱，扰扰焉如三军之腾装。其旁作而奔起也，飘飘焉如轻车之勒兵。六驾蛟龙，附从太白。纯驰浩霓，前后骆驿。颙颙卬卬，椐椐强强，莘莘将将。壁垒重坚，杳杂似军行。訇隐匈盖，轧盘涌裔，原不可当。观其两傍，则滂渤怫郁，暗漠感突，上击下律。有似勇壮之卒，突怒而无畏；蹈壁冲津，穷曲随限，逾岸出追；遇者死，当者坏。初发乎或围之津涯，荄轸谷分。回翔青篾，衔枚檀桓。弭节伍子之山，通厉胥母之场。凌赤岸，篲扶桑，横奔似雷行。诚奋厥武，如振如怒。沌沌浑浑，状如奔马。混混庉庉，声如雷鼓。发怒庢沓，清升逾趾。侯波奋振，合战于藉藉之口。鸟不及飞，鱼不及回，兽不及走。纷纷翼翼，波涌云乱。荡取南山，背击北岸，覆亏丘陵，平夷西畔。险险戏戏，崩坏陂池，决胜乃罢。瀄汩潺湲，披扬流洒，横暴之极。鱼鳖失势，颠倒偃侧。沈沈湲湲，蒲伏连延。神物怪疑，不可胜言。直使人踣焉，洄暗凄怆焉。此天下怪异诡观也。

这一段文字,先写波涛"似神者三",然后写波涛初起、少进到洪波涌起的过程,运用多种比喻来描绘波涛的形、声、势,酣畅淋漓,动人心魄。

从赋史的角度看,《七发》从多方面奠定了汉赋的基础。首先是它在虚构的故事框架中,以问答的形式展开,使作者可以更加灵活自由地选择叙事内容和叙述方式。屈原《渔父》、宋玉《登徒子好色赋》等也是这样的行文方式,但总的说来,规模局促,而且作品真伪还存在争议。其次,《七发》已经摆脱了《离骚》等抒情化结构模式,转而以铺陈为中心,文句也更加整饬,具有散体大赋侈丽宏伟的特征。其次,《七发》的内容涉及多方面,很多都是此前赋作没有涉及的题材,如羽猎、观涛等。后来很多赋作,在题材上都可以追溯到《七发》。当然,《七发》也出现了汉代散体大赋所具有的内在结构性缺陷,"劝百讽一"、"欲讽反劝"等弊端在《七发》中已经显现出来了。枚乘之后,许多赋家以"七"为题,效仿《七发》,形成了文学史上的"七"体文学。

《七发》之外,《梁王菟园赋》也值得关注。其文辞华美,反复铺排,描写细致,已开后世宫苑赋之先河,对司马相如的《上林赋》有一定的影响。

枚乘之后,最著名的赋家当为司马相如。司马相如(?—前118),字长卿,蜀郡成都(今属四川)人。早年仕于景帝朝,为武骑常侍,因为景帝不喜辞赋,故辞官游梁。梁孝王死后,相如归蜀。汉武帝读到他的《子虚赋》大加赞赏,故又出仕武帝朝。《汉书·艺文志》著录其赋29篇,大多已亡佚或仅存残篇,今存完整者有《子虚赋》、《上林赋》、《大人赋》、《哀二世赋》、《长门赋》、《美人赋》等,其中《长门赋》、《美人赋》之真伪尚有异议。

《子虚赋》、《上林赋》是司马相如最著名的作品,确立了汉代散体大赋的体制,是后世散体大赋争相模仿的典范之作。这两篇赋保存在《史记》、《汉书》司马相如的本传中,原为一篇,名曰《天子游猎赋》,其文意贯通,结构完整。到萧统编《文选》,始一分为二,名之曰《子虚赋》、《上林赋》。但《天子游猎赋》、《子虚赋》、《上林赋》三者之间到底是什么关系,学术界尚有争议①。

《子虚赋》、《上林赋》同样是在虚构的故事框架内展开的。楚国使者子虚出使齐国,齐王便悉发境内"车骑之众",向子虚炫耀。游罢,子虚拜访齐国之臣乌有先生,借夸耀楚国的云梦泽和楚王游猎的盛况贬损齐王。乌有

---

① 龚克昌认为《史记》、《汉书》司马相如传中保存的赋当为《天子游猎赋》,而《子虚赋》、《上林赋》则是另外的两篇。见其《中国辞赋研究》,济南:山东大学出版社2003年版,第336页。

先生一面批评子虚,替齐王开脱,一面又极言齐国疆域之大、山川品物之繁富,想压倒子虚。最后,代表天子立场的亡是公,批评诸侯王及其使者、臣下"不务明君臣之义,正诸侯之礼,徒事争于游戏之乐、苑囿之大,欲以奢侈相胜,荒淫相越,此不可以扬名发誉,而适足以贬君自损也"。然后话锋一转,大赞天子上林苑之侈丽和天子游猎声势之浩大,以明诸侯之事不足观,从而贬低诸侯,抬高天子。司马相如对上林苑和天子游猎的描述,既有夸张的因素,也有真实的一面,与汉武帝时朝廷的蓄积、声威相符合。他之所以这样极言天子的豪奢,主要还是出于娱乐的目的,为了满足汉武帝的虚荣心。赋中大量同类词汇和生冷怪僻字的运用就是,如:

<blockquote>于是乎崇山龍嵷,崔巍嵯峨,深林巨木,崭岩参差,九嵕、嶻嶭,南山峨峨,岩阤甗锜,摧崣崛崎,振溪通谷,蹇产沟渎,谽呀豁閜,阜陵别岛,崴魁崣廆,丘虚崛礨。</blockquote>

司马相如是个文字学家,所以他能堆砌这些同形符的字以写山形、山势。他对汉武帝的奢靡、好大喜功以及"内多欲而外仁义"(《史记·汲黯列传》中汲黯对汉武帝的批评)也有不满,故借天子之口发出"嗟乎,此太奢侈"的慨叹。赋的结尾,这位天子更张改弦,自我纠正:

<blockquote>于是乎乃解酒罢猎,而命有司,曰:"地可以垦辟,悉为农郊,以赡萌隶;隤墙填堑,使山泽之民得至焉。实陂池而勿禁,虚宫馆而勿仞。发仓廪以振贫穷,补不足,恤鳏寡,存孤独。出德号,省刑罚,改制度,易服色,革正朔,与天下为始。"</blockquote>

这委婉的"曲终奏雅"相对于上文的极力夸饰几乎可以忽略不计,它已经被淹没了,达不到讽谏的目的。

《子虚》、《上林》二赋的突出特点是极度铺张扬厉的文风。《七发》以二千余字铺陈七事,而《子虚》、《上林》则以四千余字的长篇铺写游猎一事。它把山海河泽、宫殿苑囿、林木鸟兽、土地物产、音乐歌舞、服饰器物、骑射酒宴一一包举在内,为我们呈现了一幅立体的游猎图。与之相应,作者的文笔也是繁富的,华丽的辞藻触及游猎的方方面面。尽管一次次用"于是"承接上下文显得有些单调乏味,但作者似乎毫不在意,只想为读者描绘出一个"苞括宇宙,总览人物"的图景,把其中林林总总、形形色色的事物一一展示给读者。

司马相如早年有梁园高会的经历,他从前辈赋家如枚乘等人那里学到了作散体大赋的技巧。《子虚》、《上林》二赋中依稀可见《七发》、《梁王菟园赋》的影子。只是在此基础上,又有了新的发展。比如一人的独白变成三人的争胜,这更容易在同一层面上对描写对象作铺陈,所以尽管《子虚赋》《上林赋》只写游猎一事,却是通过三个人,写了三种游猎场景。在讽谏部分,《七发》的"要言妙道"是"圣人辩士之言",纵横家的气质非常明显。而在《子虚赋》《上林赋》中,"要言妙道"被统一为儒家思想学说,所谓"游于六艺之囿,驰骛乎仁义之途","修容乎《礼》园,翱翔乎《书》圃"。这些变化是文化一统的产物,也确立了后世散体大赋不可动摇的范式。

  武帝朝著名的赋家除了司马相如,还有东方朔和枚乘之子枚皋。东方朔的赋除了上文提到的《七谏》,还有《答客难》。这是一篇含泪微笑的赋作,看似滑稽的正言反说饱含作者沉沦下僚的痛苦和辛酸。在集权时代,文人的命运掌握在皇帝的手中,所谓"绥之则安,动之则苦;尊之则为将,卑之则为虏;抗之则在青云之上,抑之则在深渊之下;用之则为虎,不用则为鼠",道出了文人的可悲和无奈。枚皋的赋很多,《汉书·艺文志》著录有120篇,但这些赋都是供皇帝取乐的"恢笑嫚戏"之作,早已不传。

  武、宣、成、元时代是散体大赋的黄金时期,据班固《两都赋序》称,当时"崇礼官,考文章。内设金马、石渠之署,外兴乐府、协律之事,以兴废继绝,润色鸿业",不仅赋家辈出,而且时时间作,朝夕献纳,至汉成帝时有赋千余篇。这其中最为人称道的是王褒和扬雄,有趣的是,这两人都是蜀郡人,都深受司马相如的影响。

  王褒,字子渊,蜀郡资中(今四川资阳)人。据《汉书》卷六十四下本传记载,他起初见赏于益州刺史王襄,经王襄推荐,被征辟于宣帝朝,与张子侨等待诏,常从宣帝畋猎,帝每幸宫馆,辄令褒等创作诗赋,然后品评其高下,并分别予以赏赐。《汉书·艺文志》记载王褒赋有16篇,今传3篇,其中《九怀》(咏屈原作品,保存在《楚辞》中)和《洞箫赋》为完篇,《甘泉赋》为残篇。《洞箫赋》是第一篇专门描写乐器与音乐的赋,从竹子的生长环境到洞箫的制作、装饰,再到洞箫的音乐演奏效果,依次而写,富有想象力。尤其是写洞箫的音乐效果一节,把听觉转化为视觉形象,"故听其巨音,则周流泛滥,并包吐含,若慈父之畜子也。其妙声则清静厌瘱,顺叙卑达,若孝子之事父也。科条譬类,诚应义理,澎濞慷慨,一何壮士!优柔温润,又似君子。故其武声则若雷霆骏輷,佚豫以沸愲;其仁声则若凯风纷披,容与而施惠",如"高山流水"之妙评,诚可谓知音者也。在思想上,《洞箫赋》受到了《礼记·乐记》的影响,表现出儒家中和的音乐观,尚德音,重节制。句式上,它在散句之外大量运用骚体句,或骚或散,"兮"字句缠绵悱恻,非"兮"字句则短悍促急,读文如听音,给人以音乐的美感。

扬雄字子云,蜀郡成都人,《汉书》卷八十七有传。其少好学,博览群书,但不喜章句、训诂之学,为人简易,不好富贵功名。成帝时,扬雄因为文似相如,被征入朝。但长期不得志,"三世不徙官",年龄很大时才转为大夫。《汉书·艺文志》记载扬雄有赋12篇,绝大多数留存至今。他的赋可以分为前后两个时期。成帝时他作赋的热情很高,而且钦慕司马相如的赋作,"心壮之,每作赋,常拟之以为式"。同时他希图在政治上有所作为,故在赋中常常讽谏成帝,希望成帝能做贤君。著名的《甘泉赋》、《河东赋》、《羽猎赋》、《长杨赋》便创作于这一时期。经历了王莽代汉以后,尤其是个人多舛的政治命运,使扬雄对赋家似倡优一样的政治地位有了深刻的体验。这一时期他的赋大概只有《逐贫赋》、《解嘲》这样的愤世嫉俗之作,和《太玄赋》这样的推阐玄理、宣扬保真的赋。既然赋家似倡优,欲以文章成名于后世的扬雄,便改弦易辙,仿《周易》作《太玄》,效《论语》作《法言》。

扬雄的四大赋驰骋想象,铺陈夸饰,具有散体大赋的典型特征。相比司马相如的赋,扬雄的四大赋讽谏意识更强,更多地描述个人的主观感受,同时语句也相对较为平易,堆砌的成分消减了许多。尽管如此,他终究还是不能突破司马相如奠定的散体大赋的范形,缺乏创造性,也逃脱不了"欲讽反劝"的尴尬处境。就扬雄在赋史上的地位而言,他对赋的反思与批评更有意义,他深刻地认识到赋的内在缺陷,提倡诗人之赋,反对辞人之赋,这些都对东汉以后的辞赋创作和批评产生了较大的影响。

东汉以后,散体大赋便衰微了。为什么衰微?或以为是经学衰落使然;或以为是经济衰退导致盛世景象不再,使散体大赋失去了用武之地;或以为是道家学说的复兴带动了人性的自觉,使赋家关注自我而鄙弃俳优蓄之的处境,等等。上述诸说都有一定的道理,但更加重要的原因在于人们对散体大赋结构性缺陷的不满。从某种意义上说,散体大赋的衰落是它自身变革的结果。自枚乘《七发》以来,赋家的主观愿望立足于讽谏,而赋家实现讽谏的手段便是夸饰,以穷形尽相的夸饰彰显天子、诸侯的奢侈,借以批判它与社会、政治伦理的悖逆。其结果却陷入了一种进退维谷的尴尬处境,不极力铺陈不足以彰显君过,而极力彰显却又导致讽、劝比例的失调,往往是"劝百讽一"。这种手段与目的之间的紧张关系一直困扰着散体大赋的作者,扬雄看出了这个困境,最终放弃辞赋创作。

东汉以后,散体大赋作者开始着手解决这一问题。东汉散体大赋的代表作多为都城赋,如杜笃的《都城赋》、班固的《两都赋》、张衡的《二京赋》

等。京都赋的兴起有其特定的时代背景,即自东汉建立以来的迁都之争。单从这一点来看,京都赋的勃兴便与西汉散体大赋不同,其立足点是解决现实问题,而非彰显皇家威仪。在具体创作中,东汉大赋也重在解决侈丽之美与讽谏之义两者之间的矛盾,力图理顺"讽"与"劝"的错位关系。① 无论是《两都赋》还是《二京赋》,都有一个共同点,即写西都都极力渲染西都的豪奢,其夸饰的手法及其效果与西汉散体大赋相比有过之而无不及;但到写东都时,便变成了礼义的宣讲,皇城之内"奢不可逾,俭不可侈",皇城之外"制同乎梁邹,谊合乎灵囿",讲武"必临之以《王制》,考之以《风》《雅》。历《驺虞》,览《驷驖》,嘉《车攻》,采《吉日》",欢娱则"万乐备,百礼暨",一切皆以讲礼宣德为目的,为了杜绝侈心复萌,又"申旧章,下明诏。命有司,班宪度。昭节俭,示太素"。这就改变了西汉赋那种以夸对夸、以盛压盛的写作策略,而将西都宾等人对西都的盛夸置于礼义道德的对立面,变成了批判的靶子。张衡《西京赋》中虚公子说:"惟帝王之神丽,惧尊卑之不殊。虽斯宇之既坦,心犹凭而未摅。思比象于紫微,恨阿房之不可庐。"这是说西汉帝王营造豪奢宫苑的目的是为了区分尊卑,树立尊严,是对秦朝政治伦理观念的继承。真正的上下尊卑及君臣和谐,应该体现在以礼乐秩序为核心的法度之中。宫苑建筑不应一味追求华丽盛大,应"奢未及侈,俭而不陋。规遵王度,动中得趣",符合"中庸"之法度。这里礼义道德的宣讲不再是点缀,而是真正变成行文重点之所在,从而理顺了"讽"与"劝"的关系。

东汉都城大赋无论写长安的未央宫、建章宫、昭阳宫、上林苑,还是写洛阳德阳殿及其附属设施,并没有因为要强调其巨丽或富庶而以虚言衬托,而是据实叙说(有些已经被考古发掘证实),这与西汉赋也不一样。比如上林苑,司马相如按照水、山、草、木、鸟、兽等分门别类加以铺陈,敷衍成鸿篇巨制,而为了强调上林苑之广大,也故意选用了夸饰意味很强的词,比如写上林苑之大说:"左苍梧,右西极。丹水更其南,紫渊径其北。"而张衡在写到上林苑时,只是说它"至鼎湖,邪界细柳。掩长杨而联五柞,绕黄山而款牛首,缭垣绵联,四百余里"。班固也说上林苑"绕以周墙,四百余里"。这是有根有据的实写。同时,历史叙事成分在东汉散体大赋中占有相当大的比例,《两都赋》、《二京赋》在写洛阳时,都对高祖以来的汉朝历史作了回顾。

理顺了"讽"、"劝"之间的错位,使散体大赋有补于风规,却也造成它的颓势。因为少"劝"而多"讽"是以牺牲"侈丽"为代价的,而牺牲了"侈丽"

---

① 常森:《〈两都赋〉新论》,《北京大学学报》2007年第1期。

也就等于抽掉了司马相如以来大赋的脊梁。所以当班固矜夸其"义正乎扬雄,事实乎相如",张衡自称"信而有征"时,实际上舍弃了相如赋的"壮观"和扬雄赋的"骋辞"。其后尽管有马融的《长笛赋》、王延寿的《鲁灵光殿赋》这样传统题材的散体大赋,但散体大赋的颓势终究不可挽回了。

大赋衰落的同时,东汉迎来了包括散体、骚体在内的抒情小赋的勃兴,为赋体文学开辟了新天地。其实西汉就已经有了篇幅短小而具抒情性的赋,如贾谊的《吊屈原赋》、司马相如的《吊二世赋》、司马迁的《悲士不遇赋》之类,但数量太少,尚未成为赋体文学的主流,而且多以"悲士不遇"为主,题材太单一。东汉时期,抒情赋延伸到了文人生活的各个方面,不仅有纪行、述志这样西汉没有的新题材,即便是西汉已有的题材,东汉辞赋家也赋予它新的艺术特质,呈现出别样的风采。如咏物赋,这是两汉小赋的大宗,然西、东汉咏物小赋自有不同。概括地说,西汉咏物小赋"品物毕图",行文重外部特征刻画,讲求铺陈,有大赋之风。作赋旨在托物寄意,或抒发哲理沉思,如刘向《围棋赋》;或表彰伦理道德,如孔臧《杨柳赋》。若临席受命,则旨在颂对君王,如路乔如《鹤赋》。而东汉尤其是后期的咏物小赋重在抒情,常常是因物触兴,托物致情;略其外形,而重其神韵。如王粲的《柳赋》,"览兹树之丰茂,纷旖旎以修长。枝扶疏而覆布,茎森梢以奋扬",斯为写柳;而"人情感于旧物,心惆怅以增虑。行游目而广望,睹城垒之故处。悟元子之话言,信思难而存惧",此为抒情。两相结合,正所谓"树犹如此,人何以堪"之意。故同为咏柳,却与枚乘、孔臧之文有很大的差别,也非枚、孔所能匹敌。再如伤悼赋,贾谊、王褒、扬雄、班彪、梁竦、蔡邕等人的悼骚、悼屈之赋,还有司马相如《哀二世赋》、蔡邕《伤故栗赋》、杨修《伤夭赋》之类。刘勰《文心雕龙·哀吊》:"原乎哀辞大体,情主于痛伤,而辞穷乎爱惜。"又曰:"必使情往会悲,文来引泣,乃其贵耳。"故伤悼赋主情,自毋庸赘言。值得注意的是,东汉写伤悼赋的作者比西汉多,视野更广。如蔡邕就为一粒粟作赋,赋美故粟"根茎之丰美",而伤其"夭折"。

在东汉的抒情小赋中,张衡的《归田赋》历来受人好评,不仅被视为汉代抒情小赋成熟的标志,也被许为千古田园赋之祖。永和三年(138),张衡在对朝廷极度失望的情况下,上书"乞骸骨",写了著名的《归田赋》:

> 游都邑以永久,无明略以佐时。徒临川以羡鱼,俟河清乎未期。感蔡子之慷慨,从唐生以决疑。谅天道之微昧,追渔父以同嬉。超埃尘以遐逝,与世事乎长辞。
>
> 于是仲春令月,时和气清。原隰郁茂,百草滋荣。王雎鼓翼,仓庚

  哀鸣。交颈颉颃,关关嘤嘤。于焉逍遥,聊以娱情。
    尔乃龙吟方泽,虎啸山丘。仰飞纤缴,俯钓长流。触矢而毙,贪饵吞钩。落云间之逸禽,悬渊沉之鲨鰡。
    于时曜灵俄景,系以望舒。极盘游之至乐,虽日夕而忘劬。感老氏之遗诫,将回驾乎蓬庐。弹五弦之妙指,咏周孔之图书。挥翰墨以奋藻,陈三皇之轨模。苟纵心于域外,安知荣辱之所如。

  首先交代了自己归隐田园的原因,因为自己无明略佐时,同时想到人生短暂,年寿不永,故决定长辞世事,归隐田园。接着用清丽的语言描绘了大自然的勃勃生机,仲春时节,草长莺飞,良辰美景,令人陶醉。然后写归隐田园以后的自在生活,优游啸吟,弋鸟垂钓,自由自在。然而"触矢"、"贪饵"等句似写鸟、鱼,实则自警,寓意深刻。最后一段写自己抛开了世事,故能超然物外、荣辱不加。这篇小赋形式似诗、语言似诗,意境尤其似诗。它一扫散体大赋铺采摛文、臃肿板滞的形式,而用清新自然的语言营造出一个诗意的栖居地,使沉浮宦海的厌倦心灵得到彻底的解脱。虽形制短小,却情韵悠长,在和平恬淡的艺术氛围中,给人以温暖似春、明净如秋般的美感。它代表了大赋向小赋的转变,同时其诗化技巧对魏晋诗体小赋有导夫先路的作用。

  《归田赋》之外,蔡邕的《青衣赋》也是一篇诗化程度很高的作品。赋写一青衣女子美丽动人、举止合礼,称她"宜作夫人,为众女师",并表达了对青衣女的爱恋。全篇用四言写成,是一篇典型的诗体小赋。

  除了这种诗化程度很高的小赋,汉末还有一些揭批现实的政治抒情小赋,以赵壹的《刺世疾邪赋》为代表。《刺世疾邪赋》是赵壹被友人从死牢中救出之后写的,"刺世疾邪"即鲜明地揭示了作品的主题。东汉末年,宦官与外戚轮流执政,大兴党祸,许多正直的文人因此被禁锢。朝廷也明码标价,公开鬻爵。面对黑暗的社会现实,赵壹满怀激愤,作此赋予以揭批,锋芒毕露。试看作者笔下的社会怪现状:

    于兹迄今,情伪万方。佞谄日炽,刚克消亡。舐痔结驷,正色徒行。妪媚名势,抚拍豪强。偃蹇反俗,立致咎殃。捷慑逐物,日富月昌。浑然同惑,孰温孰凉。邪夫显进,直士幽藏。

  这是一个黑白颠倒、是非不分的世界,考其原因,便是"实执政之匪贤",是这些当权者使得"法禁曲挠于势族,恩泽不逮于单门"。所以他说宁忍饥挨饿也要生活在尧舜之世,就算是衣食无虞也不愿意"饱暖于当今之丰年",

可见赵壹对这个社会是多么痛恨和厌弃,态度又是多么决绝。

第四章　汉代诗歌

　　如果放在整个中国古代诗歌史上来衡量,汉代诗歌可以算是一个过渡期,从四言过渡到了五言,七言也开始萌芽;诗歌正逐步与音乐脱离,乐府诗还可以演唱,但文人的五言诗就无需再配乐了。经过汉代诗歌的铺垫,五言腾跃的建安时期就要到来了。

第一节　乐府诗

　　"乐府"一词具有多种含义:官署名,汉代歌诗名,魏晋南北朝时期用乐府旧题所作的诗,唐代的"新乐府"或"系乐府",宋元时期的词、曲亦称乐府。总而言之,汉代及其以后的诗歌被称为"乐府",或因其与音乐有关,如汉乐府、词、曲;或以乐府诗题而得名,如魏晋乐府;或因"感于哀乐,缘事而发"的精神而命名,如唐代的新乐府。

　　"乐府"一词最早为官署名,其出现当为汉代以前。1977年秦始皇陵附近出土的错金甬钟上就铸有"乐府"二字。汉朝建立之初,名物制度承袭秦朝,故汉初已有乐府之名。《史记·乐书》:"高祖过沛诗《三侯之章》,令小儿歌之。高祖崩,令沛得以四时歌舞宗庙。孝惠、孝文、孝景无所增更,于乐府习常肄旧而已。"《汉书·礼乐志》:"又有《房中祠乐》,高祖唐山夫人所作也……高祖乐楚声,故《房中乐》楚声也。孝惠二年,使乐府令夏侯宽备其箫管,更名为《安世乐》。"1983年,广州南越王墓出土铜钲刻有"文帝九年乐府工造"。据《汉书·百官公卿表》,乐府属于内廷少府,掌管帝王宫廷音乐活动,如负责乐器的制作,又有"乐府音监"①。故早期的乐府不参与外事。到了汉武帝时,乐府机构及其职掌范围都有所扩大,如采诗,《汉书·礼乐志》记载:"至武帝定郊祀之礼,祠太一于甘泉,就乾位也;祭后土于汾

---

① 《汉书》卷五十九《张汤附延寿传》记载乐府音监景武事。

阴,泽中方丘也。乃立乐府,采诗夜诵,有赵、代、秦、楚之讴。"同时《汉书·百官公卿表》记载武帝时乐府令下设三丞,而《礼乐志》记载到成帝时,乐府有员八百余人,规模扩大几百倍。

《汉书·礼乐志》记载汉武帝"乃立乐府",《汉书·艺文志》和《两都赋序》中,班固的说法大体相同。后人对此多理解为乐府乃汉武帝所立,如刘勰在《文心雕龙·乐府》中说:"暨武帝崇礼,始立乐府。"颜师古注《汉书》,亦曰:"始置之也,乐府之名,盖起于此。"对照传世文献及出土文献,这里"乃立"不是前所未有之"始立",而是在原有的基础上扩大乐府规模,比如武帝之前汉代并无"采诗"之事,武帝时方有"采诗"之事,且职属乐府,故郑重其事,名之曰"乃立乐府"。"乐府所掌,既已非同旧制"[1],故相对于原来属于少府的"乐府"来说,武帝"乐府"不啻为新"乐府"。汉武帝扩充乐府是为了制作礼乐以颂神,《礼乐志》又曰:"以李延年为协律都尉,多举司马相如等数十人造为诗赋,略论律吕,以合八音之调,作十九章之歌。以正月上辛用事甘泉圜丘,使童男女七十人俱歌,昏祠至明。夜常有神光如流星止集于祠坛,天子自竹宫而望拜,百官侍祠者数百人皆肃然动心焉。"故"夜诵"之"赵、代、秦、楚之讴"大抵如楚辞《九歌》之属,但乐府所采之诗绝不仅限于此,于是各地歌谣便云集乐府,《汉书·艺文志》曰:"自孝武立乐府而采歌谣,于是有代赵之讴,秦楚之风,皆感于哀乐,缘事而发,亦可以观风俗、知厚薄云。"后人便把这种能够演唱的诗称为"歌诗",魏晋以后称之为"乐府"。立乐府、采歌谣不仅在客观上促进了汉代歌诗艺术的发展,也重续了《诗经》的文学精神和文化传统,故班固许以"观风俗,知厚薄"的意义。

《汉书·艺文志》记载西汉歌诗310多篇,这些作品大多亡佚了。今天我们能见到的汉代乐府诗主要保留在宋人郭茂倩编的《乐府诗集》中。《乐府诗集》共分为十二大类:郊庙歌辞、燕射歌辞、鼓吹曲辞、横吹曲辞、相和歌辞、清商曲辞、舞曲歌辞、琴曲歌辞、杂曲歌辞、近代曲辞、杂歌谣辞、新乐府辞。其中包含汉乐府的为郊庙歌辞、鼓吹曲辞、相和歌辞、杂曲歌辞、杂歌谣辞等几类。"郊庙"一类都是由文人制作的朝廷典礼乐章,民歌则主要保存在"相和"、"鼓吹"、"杂曲"这三类中,尤以"相和"类中为多。"相和"是一种丝竹相和的管弦乐曲,也是汉代民间的主要乐曲;"鼓吹曲"是武帝时吸收北方民族音乐而形成的军乐;"杂曲"是原来音乐归类已经失传的作品。这些乐府诗大体说来都是东汉时期的作品。

---

[1] 刘永济:《十四朝文学要略》,哈尔滨:黑龙江人民出版社1984年版,第92页。

尽管汉乐府诗不是汉代文学创作的主流,甚至不是汉代诗歌创作的主要形式,但其光辉成就还是被后世所认可,对后代文学产生的影响广泛而深远。下面我们从内容和艺术成就两个方面对之加以概述。

班固《汉书·艺文志》指出汉乐府都是"感于哀乐,缘事而发"的作品,这实际上可以看做是从内容和艺术两方面对汉乐府的概括,亦即乐府诗所抒发的哀乐之情皆是因为某些事情而触发。乐府诗具有史的特质,社会的不公、战争的残酷、爱情的悲喜、生命的慨叹等等,在乐府诗中都有充分的表现,为我们展示了一幅真实的社会生活画卷,让我们千年之下还可以真切地感触到他们的喜怒哀乐,产生强烈的情绪共鸣。

揭示社会矛盾,尤其是社会不公,是汉乐府诗最重要的组成部分。这里有社会下层人民的饥寒交迫,在死亡线上挣扎的情景。如《妇病行》:

> 妇病连年累岁,传呼丈人前一言。当言未及得言,不知泪下一何翩翩。"属累君两三孤子,莫我儿饥且寒!有过慎莫笞答:行当折摇,思复念之!"乱曰:抱时无衣,襦复无里。闭门塞牖,舍孤儿到市。道逢亲交,泣坐不能起。从乞求与孤买饵,对交啼泣,泪不可止。"我欲不伤悲,不能已!"探怀中钱持授交。入门见孤儿啼,索其母抱。徘徊空舍中,"行复尔耳,弃置勿复道!"

这可以称得上是惨绝人寰的一幕,看似平凡无奇,却浸满血泪。妻子生病连年累岁都无钱治病,如今将死,托孤于丈夫。丈夫在妻子死后辛酸度日,上街乞讨,"我欲不伤悲,不能已!"回到家中,懵懂幼儿尚不知母死而"索其母抱"。或许就如诗中的"丈夫"所说,这家人不久都将饥寒而死。

正因为人们处在水深火热之中而无法继续生活下去,所以有人铤而走险,试图反抗。《东门行》中的妻子看见丈夫拔剑出门,便苦苦哀求丈夫不要做冒险的事,否则将祸及池鱼,孩子会被无辜地牵连进去。但丈夫实在是走投无路了,横竖一个"死",便说:"吾去为迟。白发时下难久居!"他因绝望而决绝!

《孤儿行》写一个孤儿在父母生前死后生活的不同状况。父母活着的时候,"乘坚车,驾驷马"。父母死了以后,备受兄嫂的折磨,以至于发出"居生不乐,不如早去"的凄惨呼声。汉代标榜以"孝"治天下,讲求儒家的人伦之道,举荐制度中就有"孝廉"科,所以《孤儿行》可算是一幕含泪的讽刺剧。

汉乐府也展示了上层统治者的奢靡生活。如《相逢行》:

> 相逢狭路间,道隘不容车。不知何年少,夹毂问君家。君家诚易

知,易知复难忘。黄金为君门,白玉为君堂。堂上置樽酒,作使邯郸倡。中庭生桂树,华灯何煌煌。兄弟两三人,中子为侍郎。五日一来归,道上自生光。黄金络马头,观者盈道傍。入门时左顾,但见双鸳鸯。鸳鸯七十二,罗列自成行。音声何噰噰,鹤鸣东西厢。大妇织绮罗,中妇织流黄。小妇无所为,挟瑟上高堂。丈人且安坐,调丝方未央。

无论诗人是站在上层统治者的立场赞颂这种生活,还是站在下层民众的立场讽刺这种奢侈,都在客观上为我们提供了一个参照,与《妇病行》等诗形成了非常鲜明的对比。一方是无衣无食,妻儿饿死,一方却是锦衣玉食,甚至还豢养大群的水鸟。读过以后不禁让人心生感叹,为什么同为人类,命运却是如此的不同呢?

汉代是一个战争频仍的朝代,或因蛮夷入侵,或因武皇开边,战争不断。战争给人们带来的痛苦不仅是美好时光的流逝,更有家破人亡。如《十五从军征》:

十五从军征,八十始得归。道逢乡里人:"家中有阿谁?""遥看是君家,松柏冢累累。"兔从狗窦入,雉从梁上飞。中庭生旅谷,井上生旅葵。春谷持作饭,采葵持作羹。羹饭一时熟,不知贻阿谁。出门东向看,泪落沾我衣。

这首诗和《小雅·采薇》堪称合璧。《采薇》以"杨柳"、"风雪"展示士兵一生时光的流逝,但那一切还是在路上。而《十五从军征》则写出士兵的家庭变故,家破人亡。一生从军,到老却是孑然一身,也许在回家的路上他还寄希望和家人团聚,让他在暮年能享受短暂的人伦之乐。然而这希望如今也破灭了,如何让人不心生痛惜呢?

乐府诗中还有大量诗篇,对男女感情作了大胆直接的表现,诗中的主人公敢爱敢恨,感情浓烈而纯挚。如《上邪》:

上邪!我欲与君相知,长命无绝衰。山无陵,江水为竭,冬雷震震,夏雨雪,天地合,乃敢与君绝!

诗中的这位女子对感情无比忠贞,她一连举了五种不可能发生的事情作为自己与恋人分手的理由或可能性,实际上是说她永远不会与所爱的人分开。只有爱之深,方能恨之切,深爱的人一旦发现自己的感情被轻贱,心中的愤怒便如喷涌的岩浆,有毁坏一切的力量。《有所思》便是这样的一首诗。当恋人移情别恋的消息传来,愤怒的她便把当初的定情物——双珠瑇瑁簪,拉杂摧烧、扬其灰，这一连串的动作写出了女主人公的极度愤怒。但毕竟是深爱的人，突如其来的打击固然会使之狂怒，但冷静下来之后便会有些犹豫，所以她又说"东方须臾高知之"。

个人悲喜的背后也许还有更深广的社会背景，而个人的情感生活放在广阔的社会背景中便被赋予了社会性力量，厚重而发人深思。《陌上桑》可以看做是一幕轻喜剧，剧中的太守是一个被嘲讽的对象，而秦罗敷则是美丽与智慧的化身。相比而言，《孔雀东南飞》就是一出催人泪下的悲剧。美丽而勤劳的刘兰芝和忠厚恭谨的焦仲卿原本是一对恩爱夫妻，因为焦母不喜欢儿媳，焦仲卿只好让妻子暂回娘家。而刘兰芝因为哥哥的逼迫，加之对焦母之凶横和焦仲卿之忠厚怯懦品性的了解，最后绝望投水而死，焦仲卿也上吊自杀。这是一对夫妻的悲剧，而造成悲剧的幕后黑手却隐身于社会之中。汉乐府诗中，弃妇诗是非常重要的题材。《诗经》弃妇诗多因"男子负心"，而汉乐府则更多地写出了社会原因，如"三纲五常"等戒律、"七出"等枷锁，女子权利被无端剥夺却又无可奈何。《上山采蘼芜》写一被弃女子路遇故夫，还要屈膝长跪，委婉陈词，而"新人不如故"的事实更增加了诗的悲剧性力量和读者想象的空间。

除了男女之爱，乐府诗还有一部分侧重表达个体生命感受，尤其是在面对生死的时候。在汉代，追求长生的社会风气十分兴盛，上至帝王将相，下至贩夫走卒，无不对长生充满渴望。这在汉代画像砖、画像石中有充分的表现，传世文献中也可以找到许多例证：如汉武帝对求仙的热情远远超过秦始皇；再如《汉书》、《后汉书》中有那么多以"延寿"、"延年"为名的人，也从一个侧面反映了当时社会对长生的渴望。乐府诗中，如《蒿里》："蒿里谁家地？聚敛魂魄无贤愚。鬼伯一何相催促，人命不得少踟蹰！"虽是短短几句，却刻骨铭心，凄怆之极。而汉代的镜铭及碑刻中，也有许多类似的表达。

下面我们再谈谈乐府诗的艺术成就。汉代乐府诗不仅有丰富的内容，反映了深刻的社会主题，也有优美的艺术形式，给人以美的享受。

汉乐府的叙事手法非常巧妙。《诗经》以抒情诗为主，楚辞亦然，而乐府诗中的叙事诗较之前两者已有大幅度的增加，并且这些叙事诗也是乐府诗最精华的部分。除《孔雀东南飞》外，乐府诗大都是短篇。限于篇幅，乐府诗善于选取生活中富有诗意的一个片段，精心剪裁，通过压缩叙事空间，把矛盾集中在一个焦点上。这样既可避免冗长叙事，又给读者留下丰富的想象空间。如《上山采蘼芜》就抓住故妇路遇故夫这样一个非常偶然的生活镜头，故妇跪问，故夫作答，借故夫之口道出"新人不如故"。至于故人何以被休,故夫与新人如何结婚,故妇离开后的生活等等,一概省去。而故夫的悔恨之词,恰恰成为故妇所受不公待遇的一个印证。《妇病行》叙述了几个片段,把这一家人的悲惨境遇浓缩在一起,给读者心灵造成巨大的冲击。至于丈夫和孩子最后的命运到底如何,却又省去不说了,让读者去想象。

汉乐府塑造了一系列有意味的艺术形象。文学是人学,叙事的最终目的是为了表现人物。乐府诗刻画人物与叙事一样,也是抓住一点,以突出人物性格的某一方面。为了达到这一目的,汉乐府往往借助细节描写、对话等艺术手段。细节描写如《艳歌行》:"翩翩堂前燕,冬藏夏来见。兄弟两三人,流宕在他县。故衣谁当补?新衣谁当绽?赖得贤主人,览取为吾绽。夫婿从门来,斜柯西北眄。语卿且勿眄,水清石自见。石见何累累,远行不如归!"女主人为游子缝衣,男主人归来内心不快,倚门斜视。诗抓住这样一个细节,写男主人的心胸狭窄和冷漠,而流浪人生活的艰辛也尽在不言中了。传神的对话也是乐府诗塑造人物常用的手段。《妇病行》中的妻子临终前交代丈夫,话不多,却把"母亲"的惨淡心理生动地表现了出来。而《羽林郎》中一句"男儿爱后妇,女子重前夫",再加上"裂红罗"这样一个动作,便展示出了酒家女不慕权贵的铮铮铁骨。再如烘托手法的运用。《陌上桑》中的秦罗敷出现在旭日初升的早晨,她一出场堪称惊艳,通过行者、少年、耕者、锄者的忘形渲染了秦罗敷的美貌。而使君的愚蠢又与秦罗敷的智慧形成鲜明的对比,可以想见使君在秦罗敷面前的狼狈相。《陌上桑》不仅揭示了当时的社会矛盾,更为后人塑造了一个美丽聪明的女子形象,而行者、少年、使君等都起到了烘托的作用。

汉乐府塑造艺术形象以《孔雀东南飞》最为杰出。这首长篇叙事诗塑造了一批栩栩如生的人物,如美丽、明慧、刚强的刘兰芝,忠厚而又略显怯懦的焦仲卿,蛮横暴戾的焦母,攀龙附凤的刘兄等,无不各具面目,诚如沈德潜所说:"淋淋漓漓,反反复复,杂述十数人口中语,而各肖其声音面目,岂非化工之笔!"①《孔雀东南飞》在塑造人物形象时,使人物置身于矛盾的漩涡中,运用铺叙手法逐步展开,使人物性格鲜明突出;同时又运用了个性化的对话,注意细节描写、环境或景物烘托等多种艺术手段。

乐府诗的风格各不相同,或深婉,或率直,或悲怨,或慷慨,但都被统一在质朴这一总体风格之下。所谓质朴,是指乐府诗对感情的抒发不事雕琢,平实流畅,自然道来,具有浑然天成的艺术效果。其语言"质而不俚,浅而

---

① 沈德潜:《古诗源》,北京:中华书局 1963 年版,第 87 页。

能深,近而能远",尤其能体现其质朴的艺术特征。如《江南可采莲》一诗,连用五句"鱼戏莲叶△",看似至拙,却又至巧,反复的吟唱恰切地表现出热烈的氛围和采莲女的清纯可爱,状景如在眼前,有《周南·芣苢》之妙境。《孤儿行》、《妇病行》等以口语入诗,却更具表现力。《孔雀东南飞》也是"真率自然而丽藻间发",与民间说唱文学有密切关系。

汉乐府民歌使用了新的诗体——杂言体和五言体,即前期以杂言为主,打破了《诗经》以来的四言传统;后期随着文人的逐渐介入,五言乐府渐成主流。杂言体诗在《诗经》、楚辞中都有,然总体上不占主流;汉乐府诗则不然,它的杂言体诗自由灵活,一篇之中从一字成句到十多字成句都有。杂言是汉乐府诗作为民间文学的又一种原生态形式,并非有意如此,但确乎具有特殊的美感,是诗人感情抒发的自然需求。后世诗人如鲍照、李白等善于创作杂言乐府诗,尤其是李白的乐府诗情感充沛,再加上杂言这种灵活的表现形式,自由挥洒,行止自如。相对而言,五言乐府对后世文学的影响更大。

第二节　文人五言诗

《玉台新咏》著录枚乘诗9首,除《兰若生春阳》外,其余8首与《文选》著录的《古诗十九首》相同。另有称名苏武、李陵的赠答五言古诗10首分别存于《文选》、《初学记》、《古文苑》、《艺文类聚》等书,称名班婕妤的《怨歌行》著录于《文选》、《玉台新咏》。关于这些诗的真伪及创作时代,学术界争论很大,一般认为这些诗都是东汉中后期以后的作品。现存最早的完整的文人五言诗是东汉班固的《咏史》,写西汉文帝时期缇萦上书救父事,本事记载于《汉书·刑法志》。这首诗用史的笔法,依照事件原委依次写来,结篇慨叹缇萦胜过男儿;就事论事,不作虚笔,语言也质实无文。《咏史》在文学史上有重要的意义,不仅被视为第一首文人五言诗,也是后世咏史诗的滥觞。

张衡的《同声歌》在汉代文人五言诗创作中同样占有重要的地位:

邂逅承际会,得充君后房。情好新交接,恐栗若探汤。
不才勉自竭,贱妾职所当。绸缪主中馈,奉礼助蒸尝。
思为莞蒻席,在下蔽匡床。愿为罗衾帱,在上卫风霜。
洒扫清枕席,鞮芬以狄香。重户结金扃,高下华灯光。
衣解巾粉御,列图陈枕张。素女为我师,仪态盈万方。
众夫所希见,天老教轩皇。乐莫斯夜乐,没齿焉可忘!

这首诗以新婚女子的口吻写出自己既惊且喜的心情,"情好新交接,恐栗若探汤",摹状新婚女子好奇、胆怯、渴望的心理微妙传神,"思为莞蒻席"四句想象奇特,写出新婚女子对丈夫的关爱及美好的心愿。结尾部分写新婚之乐,大胆、率直。总之,《同声歌》在艺术上较班固《咏史》成熟,长于抒情的表达方式也对后世诗歌产生了深远的影响。《乐府解题》认为这首诗是"喻臣子之事君也",虽略显迂阔,但并非没有根据。从《思玄赋》来看,张衡受屈原作品影响很大,说他有意识继承屈原作品的"香草美人"传统也并非没有可能。张衡的诗所存不多,但善写男女情爱,如《思玄赋》所附诗写怀春女子对恋人的怨望,《秋兰》残篇写对"美人"的思慕,等等,大都语言清丽,情致委婉,甚至《舞赋》和《定情赋》所附的歌也是如此,从中可以看出屈原作品对他的影响。

秦嘉,字士会,东汉陇西人。他的《赠妇诗》三首标志着汉代文人五言诗的成熟:

人生譬朝露,居世多屯蹇。忧艰常早至,欢会常苦晚。念当奉时役,去尔日遥远。遣车迎子还,空往复空返。省书情凄怆,临食不能饭。独坐空房中,谁与相劝勉。长夜不能眠,伏枕独展转。忧来如循环,匪席不可卷。

皇灵无私亲,为善荷天禄。伤我与尔身,少小罹茕独。既得结大义,欢乐苦不足。念当远离别,思念叙款曲。河广无舟梁,道近隔丘陆。临路怀惆怅,中驾正踯躅。浮云起高山,悲风激深谷。良马不回鞍,轻车不转毂。针药可屡进,愁思难为数。贞士笃终始,恩义不可属。

肃肃仆夫征,锵锵扬和铃。清晨当引迈,束带待鸡鸣。顾看空室中,仿佛想姿形。一别怀万恨,起坐为不宁。何用叙我心,遗思致款诚。宝钗可耀首,明镜可鉴形。芳香去垢秽,素琴有清声。诗人感木瓜,乃欲答瑶琼。愧彼赠我厚,惭此往物轻。虽知未足报,贵用叙我情。

诗用通俗的语言,叙写夫妇之情,如沈德潜《古诗源》所说,"词气和易,感人自深"。这三首诗在时间上具有连续性,第一首写秦嘉即将赴京之际遣车迎妇,第二首写秦嘉想面见徐淑而不得,第三首写启程赴京时以礼物赠予徐淑。这组诗首尾相连,有完整的叙事,但却以抒情为主。相较于此前的文人五言诗,秦嘉的这几首诗不仅能熟练运用各种手法来表达自己的情感,而且文气流荡自如,已经形成诗歌本身的内在节奏;语言上则受到了《诗经》和乐府俗曲的双重影响。所以说秦嘉的五言诗标志着汉代文人五言诗的成熟,在文学史上具有重要的影响。

东汉后期,郦炎、蔡邕、赵壹等受到整个时代的影响,其五言诗也以表达文人失志而怀才不遇为主,对社会不公及政治的黑暗进行了大胆的批判,同时也表达了全身远害的思想。如郦炎的《见志诗》仰慕"陈平敖里社,韩信钓河曲",渴望能够"德音流千载,功名重山岳",但"抱玉乘龙骥,不逢乐与和",失志文人只能"贤才抑不用,远投荆南沙"。赵壹的《疾邪诗》以"河清不可俟"表达了对现实社会的失望,以"文章虽满腹,不如一囊钱"揭露了贿赂公行、重钱财而轻学问的社会现实,这种刺世疾邪的精神超越此前文人五言诗,且与当时的批判社会小赋精神相通。蔡邕的《翠鸟诗》是首寓言诗,翠鸟暂时托身庭前的若榴树,但对以往被虞人追捕的遭遇仍心有余悸。这首诗既是蔡邕自身经历的形象反映,也是汉末文人身处乱世内心惶恐不安的写照。

除上述知道作者姓名的五言诗外,汉代还有许多无名氏的文人五言诗,成就最高的当属《古诗十九首》。这组诗见于萧统所编《文选》。萧统将不知作者姓名的十九首古诗编在一起,统称为《古诗十九首》,因而得名。

《古诗十九首》究竟产生于何时,由何人所作,有过种种不同说法:《文心雕龙》提到枚乘作古诗,又明确地将《冉冉孤生竹》归属傅毅;与萧统差不多同时的徐陵编成的《玉台新咏》则将其中 8 首归到枚乘名下;又有人认为,这些诗大都是曹植、王粲等人所作。但上述诸说均难以确证。目前大多数学者的看法是这批古诗并非一人之作,其产生年代大约在东汉中后期。

可以肯定的是,这些诗的作者都是具有一定社会地位和较高文化素养的士子,其创作背景与汉代游学、游宦之风有非常密切的关系。现实往往是残酷的,尤其是东汉中后期,一方面经学繁琐,白首不能通一经;另一方面仕途控制在外戚或宦官之手,正直才俊受到压制,正如赵壹所说,文章满腹却不值一文钱。这使得绝大多数的士子文人失去了报效君国的机会,也失去了赖以安身立命的精神支柱。以往的价值观念随之坍塌,一切都变得无常。痛苦和哀伤困扰着他们,人生苦短的悲伤和思念亲人的苦情成为"古诗"作者强烈的人生体验和感触。

"古诗"的重要主题之一是游子思妇的万般情怀。一方面是游子对家乡的思念,"还顾望旧乡,长路漫浩浩"(《涉江采芙蓉》),"客行虽云乐,不如早旋归"(《明月何皎皎》)。值得注意的是,"古诗"中游子对家乡的思念大都以怀内为主,焦点是男女恋情。这与《诗经》有很大的差异。《诗经》的作者在慨叹"王事靡盬"时,忧心的往往是父母失养,表现出很强的道德伦理意识；而"古诗"的作者多是思恋妻子和情人，如"同心而离居，忧伤以终老"(《涉江采芙蓉》)，"客从远方来，遗我一书札。上言长相思，下言久离别"(《孟冬寒气至》)，故园之思和男女恋情相融汇，带有强烈的个性色彩。与游子思乡相对应的便是思妇的情怀。《古诗十九首》有许多是以思妇的口吻写的，主要表达对远方游子的关切。如《客从远方来》：

> 客从远方来，遗我一端绮。相去万余里，故人心尚尔。文彩双鸳鸯，裁为合欢被。著以长相思，缘以结不解。以胶投漆中，谁能别离此。

丈夫托人从远方捎来半匹绮，让妻子感到"故人心尚尔"的温暖。于是妻子便将这段绮裁成合欢被，置身被中便如同置身丈夫的怀抱，故有"结不解"、"胶投漆"之奇思妙想，并以此表达对丈夫的思念和彼此心意相通的喜悦之情。思妇对感情生活的渴望，在《古诗十九首》中也得到了表达。《冉冉孤生竹》虽不满于独守空房，但尚称委婉和内敛。而《青青河畔草》中的"荡子妇"更是发出"荡子行不归，空床难独守"的心声，个性张扬，与《诗经·伯兮》那种"谁适为容"、"甘心首疾"有很大不同。这是时代的新声，由此也可以看出民歌对文人五言诗创作的影响。

人生无常、青春易逝的悲哀是《古诗十九首》另一重要主题。其作者多为离家在外，试图通过各种途径走上仕途以建功立业的宦游子弟，他们丝毫不掩饰对功名的渴望。比如"何不策高足，先据要路津。无为守穷贱，轗轲长苦辛"(《今日良宵会》)，"盛衰各有时，立身苦不早"(《回车驾言迈》)，等等，都表达了对功名利禄的渴望和希望早日实现人生价值，以求"荣名"不朽的愿望。但他们的努力常常落空。这种失败给人巨大的心理反差，他们便顿起生命短促、人生无常之感："人生天地间，忽如远行客"(《青青陵上柏》)，"浩浩阴阳移，年命如朝露。人生忽如寄，寿无金石固。万岁更相送，贤圣莫能度"(《驱车上东门》)，"生年不满百，常怀千岁忧"(《生年不满百》)。人生短暂，庄子譬之以过隙白驹，然而庄子此言并不含多少留恋的悲哀，反倒是表达对逆旅人生的淡漠。而《古诗十九首》的作者特意将短暂生命与自然界恒久之物进行对比，他们或寄慨于"青青陵上柏"、"磊磊涧中石"，或感慨于那无生死之哀乐也永远不会变化的"金石"。试想百年后，这些熟悉的事物依然存在，而斯人不在，这该是何等的悲哀。因留恋而生悲哀，一切都成为引发人生悲慨的触媒，而节序物候的变迁尤其引起他们的强烈反应："回风动地起，秋草萋以绿。四时更变化，岁暮一何速"(《东城高且长》)，"凛凛岁云暮，蝼蛄夕鸣悲"(《凛凛岁云暮》)，"孟冬寒气至，北风何惨栗"(《孟冬寒气至》)。即便是阳光明媚的春天,在他们心中激起的也不是喜悦,"四顾何茫茫,东风摇百草。所遇无故物,焉得不速老"(《回车驾言迈》),东风如西风,新物替旧物,无论是春天还是秋天都成了带走美好万物的可怕东西。在他们心中,那些逝去之物成为自身的象征,原本美好的春天也成了自己身后世界的象征。《古诗十九首》中,坟墓和白杨是常见的物象,它们与死亡紧密相关,很容易引起人们对死亡的恐惧与想象:"出郭门直视,但见丘与坟。古墓犁为田,松柏摧为薪。白杨多悲风,萧萧愁杀人"(《去者日已疏》),"驱车上东门,遥望郭北墓。白杨何萧萧,松柏夹广路。下有陈死人,杳杳即长暮。潜寐黄泉下,千载永不寤"(《驱车上东门》)。可以说,这种体验是深刻的,甚至深刻到残忍的程度。在这种情况下,他们便寻求其他方式以求得平衡。但《古诗十九首》的作者都是非常清醒的人,他们并不相信神仙和长生不老的传说,也不作这方面的无谓努力,"服食求神仙,多为药所误"(《驱车上东门》)。他们要及时行乐,"昼短苦夜长,何不秉烛游?为乐当及时,何能待来兹?"(《生年不满百》)而"及时行乐"的内容,主要是生理欲望的满足,诸如"斗酒相娱乐,聊厚不为薄"(《青青陵上柏》),"不如饮美酒,被服纨与素"(《驱车上东门》),"荡涤放情志",不甘"自结束"。与游子思妇情怀一样,士子对功名的渴望以及追求及时行乐的思想,也是自我意识彰显的结果。他们似乎不愿意再受现实礼教的约束,只求无愧于今生。对于这种情绪以及因此催生出的及时行乐思想,也许不能简单地定性为腐朽和没落,而包含着对自我价值的肯定和对自身需求的关注,是人性觉醒的表现。

《古诗十九首》的艺术成就很高。人们之所以对之低首心折,首先在于它所表达的价值观具有普适性。对于人来说,思慕男女感情,希冀功名利禄,渴望荣名传世,都是最正常不过的了。孔子说富贵是人生之大欲,告子亦曰食、色人之性也。在此之前,文学还没有如此集中地表达过这些内容,《古诗十九首》算是第一次直面这一问题,并抒发了真实的感受,悲慨凄怆且又豪放旷达,很容易引起读者的共鸣。

其次,《古诗十九首》长于抒情,是古代抒情诗的典范之作,具有很高的艺术价值。它善于借景抒情,融情入景,寓景于情,构成浑然圆融的艺术境界。如《明月何皎皎》:

明月何皎皎,照我罗床帏。忧愁不能寐,揽衣起徘徊。客行虽云乐,不如早旋归。出户独彷徨,愁思当告谁。引领还入房,泪下沾裳衣。

皎皎明月、孤独的徘徊者,共同构成一幅月夜怀人图。月光的静寂冷凄折射出怀人者的心境,传达出愁苦哀怨的情绪。此外如《迢迢牵牛星》,通篇描绘牵牛、织女形象,而男女离别之情已隐含其中。

《古诗十九首》还善于以事传情,借助生活中的细节展示人物内心活动,使抒情带有叙事意味。这种有叙事意味的抒情,虽语言平淡,却醇厚绵长,情韵悠远。如《西北有高楼》:

> 西北有高楼,上与浮云齐。交疏结绮窗,阿阁三重阶。上有弦歌声,音响一何悲。谁能为此曲,无乃杞梁妻?清商随风发,中曲正徘徊。一弹再三叹,慷慨有余哀。不惜歌者苦,但伤知音稀。愿为双鸿鹄,奋翅起高飞。

通过高楼听曲这一生活情节,展示了一个失路文人的孤独和苦闷。诗中的"不惜歌者苦,但伤知音稀",既是替歌者惋惜,也是自身处境的写照。

善于发端也是《古诗十九首》的一大特征。《古诗十九首》很少开篇即抒情明理,而是借助具体的物象或事件开篇,多运用比兴手法以酝酿氛围,三言两语为全诗定下基调,达到语短情长的艺术效果。如《冉冉孤生竹》写新婚女子与丈夫别后深长的思念,即以孤竹结根泰山喻女子托身君子,为后面抒写久别之苦作了很好的铺垫。而《涉江采芙蓉》、《庭中有奇树》选择的都是采择鲜花以赠情侣的情节,《孟冬寒气至》和《客从远方来》则以女主人公收到远方寄来的物品开篇。这些诗都是以具体事件发端。

在语言上,《古诗十九首》炉火纯青,历来受人尊崇。诗中多处化用《诗经》等经典文本的语句,如《东城高且长》之"《晨风》怀苦心,《蟋蟀》伤局促",借对《秦风·晨风》之忧怀君子和《唐风·蟋蟀》之有节制行乐的否定,表达自己"荡涤放情志,何为自结束"的纵情享乐观念;又如《迢迢牵牛星》之"终日不成章,泣涕零如雨。"分别化用《小雅·大东》之"跂彼织女,终日七襄。虽则七襄,不成报章",以及《邶风·燕燕》之"瞻望弗及,泣涕如雨"。"古诗"的作者都有较高的文化素养,《诗经》等经典早已沉潜于诗人的心底,成为其自由驰骋思维的人文依托,而"古诗"也因此显得醇厚绵长,并无丝毫艰涩之感。与此同时,"古诗"又受到了乐府诗的影响,朴质平实,浅近自然。如《行行重行行》以"胡马依北风,越鸟巢南枝"虚写思妇对丈夫久行不归的怨怀,以"相去日已远,衣带日已缓"状绘思妇刻骨的相思,以"浮云蔽白日,游子不顾返"叙说思妇对丈夫的猜度,都具有深衷浅貌、短语长情的特点。至于《青青河畔草》、《迢迢牵牛星》妙用叠字,使诗的内在节奏流荡自然,读来颇有乐府诗的神韵。

在中国古代文学史上,绝大多数的文学现象或作家作品都褒贬不一,唯有《古诗十九首》千百年来受到了一致的称赞。刘勰《文心雕龙》称赞"古诗"是"五言之冠冕",钟嵘《诗品》更称其"惊心动魄,可谓几乎一字千金",都高度肯定了"古诗"的成就。

第三节 汉代的四言、骚体和七言诗

汉代诗歌除了乐府诗和文人五言诗之外,尚有四言诗、骚体诗、七言诗等诸多种类。其中四言诗在汉代可能还占有相当的分量,地位至少不低于五言诗和乐府诗;只是由于传播、接受等原因导致四言诗声名不显。就汉代文学的实际而言,四言诗应占有一席之地。

在汉代,儒术独尊,《诗》被奉为治国经典,号称《诗经》。正由于《诗经》的缘故,四言体在两汉文坛的地位很高,统治者用于祭祀大典的乐歌,如汉初《安世房中歌》17首中有13首四言体、3首三言体、1首杂言体;汉武帝时的《郊祀歌》19首中有8首四言体、7首三言体、4首杂言体。东汉明帝时东平王刘苍所献用于祭祀光武帝的庙歌《武德舞歌诗》也是用四言体写成。此外,还涌现出一批文人四言诗和四言乐府、歌谣诗。在逯钦立先生辑校的《先秦汉魏晋南北朝诗》中,有两汉四言诗百余首,完整的文人四言诗77首。其中署名的四言诗30首,未署名的四言诗(主要是指郊庙歌)21首,完整的四言歌谣26首,这当中也不乏四言名篇。尤其是署名焦赣的《易林》,全书以《周易》六十四卦为本,演变成4096卦。每一卦配诗一首,少许三言,绝大多数是四言诗。就整个诗歌发展史来说,汉代四言诗的创作已呈强弩之末之势,很难再现《诗经》时代四言诗的辉煌。但在汉代经学昌盛这一特殊的时代背景下,两汉诗坛仍奉《诗经》为圭臬,四言诗仍是两汉诗歌创作的主要形式之一。

《诗经》的四言诗是配乐的作品,所以音乐性是其重要特征,表现在句式上便是以虚字为中心,二字一顿、两句一连表达一个完整的意思,如"关关雎鸠,在河之洲"之类。但汉代的四言诗,无论是文人创作还是歌谣、俗谚,都不是配合音乐的文学作品了,所以多以实词为中心,虽是二二节奏,却是一句表达一个完整的意思,句与句之间无需形式上的承启过渡,多采用对偶和排比的方式。如《汉书·王吉传》引"里中为王吉语":"东家有树,王阳妇去。东家枣完,去妇复还。"又如仲长统《见志诗》之一:

  飞鸟遗迹,蝉蜕亡壳。腾蛇弃鳞,神龙丧角。至人能变,达士拔俗。乘云无辔,骋风无足。垂露成帏,张霄成幄。沉瀍当餐,九阳代烛。恒星艳珠,朝霞润玉。六合之内,恣心所欲。人事可遗,何为局促。

全诗共 18 句,有 14 句是工整的对偶句。四言诗的这种变化主要是为了强化诗的文字表达功能,丰富诗的内涵。因为诗与音乐脱离了,表义完全靠语言。

  在风格上,汉代文人四言诗用词精工,平典雅致。如韦孟《讽谏诗》不仅整体风格像《诗经》的雅颂,其中也多处化用《诗经》"不惟履冰"、"穆穆天子,照临下土"等雅颂诗的句子。而四言的乐府歌谣之类,相对来说,语言风格则轻松许多,如《箜篌引》:

  公无渡河,公竟渡河。堕河而死,当奈公何?

临河而诉,泣不成声,悱恻缠绵,哀怨动人,是汉代四言乐府中的名篇。

  代表汉代四言诗最高成就的当属《焦氏易林》。尽管《易林》是一部《易》学书,其意在于解《易》而不在于作诗,但其将林辞创作成四言形式并通篇押韵,明显是受到了《诗经》的影响。所以宋人杨简《慈湖诗传》共 67 次用《易林》韵验证《诗》韵,明人杨慎更是对《易林》推崇备至,称其为"西京文辞也。辞皆古韵,与《毛诗》、《楚辞》叶音相合,或似诗,或似乐府、童谣",而钱锺书先生更是称其与《诗经》"并为四言诗矩矱"。① 《诗》之比兴与《易》之象实有相通之处,诗之道在于用比兴表情,而《易》之道在于以象明意,故《易·系辞下》曰:"八卦成列,象在其中。"对《易林》而言尤其如此。因为《周易》一卦一辞,而《易林》一卦六十四辞,故较之《周易》,《易林》用象更密,即所谓"正象、覆象并用"。尚秉和先生尝感慨:"二千年学者不知《易林》谈《易》象,故莫能以象定词。而《易林》之书遂讹误不堪卒读。"而如何取象,《易林》独尽妙思。如《同人之蛊》:"龙渴求饮,黑云影从。河伯捧觞,跪进酒浆,流潦滂滂。"所写当为下雨之事,其时狂风大作、乌云密布,紧接着大雨滂沱,一片汪洋。惟其构想出"龙渴求饮"、"河伯捧觞,跪进酒浆"之事,出人意表,让人不禁拍案叫绝。又《大畜之观》:"三蛆逐蝇,陷坠釜中,灌沸济嘻,与母长诀。"这是一首寓言诗,无情嘲讽那些追名逐利之人,柳宗元《蝜蝂传》与之神似。《易林》之象一如《诗》之比,其间

---

① 钱锺书:《管锥编》,北京:中华书局 1979 年版,第 536 页。

奇思妙想不胜枚举，故钱锺书先生称许《易林》"工于拟象"①。不惟如此，从林辞情感指向看，《易林》多哀辞，宣称"作此哀诗，以告孔忧"（《大有之贲》）；或写内忧，"奸佞施毒，上下昏荒，君失其邦"（《蒙之比》）；或写外患，"跨马控弦，伐我都邑"（《震之丰》）；或斥奸臣误国，"众雾集聚，共夺日光"（《噬嗑之艮》）；或批外戚专权，"女谒横行，正道壅塞"（《蛊之复》）；或伤君子失路，"小人成群，君子伤伦"（《随之明夷》）；或悯百姓疾苦，"暴骨千里，岁饥民苦"（《小畜之恒》）。这显然是受到了《诗经》的影响。《易林》在阐发《易》理的同时，也阐发《诗》心，彰显诗的"刺世"功能，这正是《诗经》以来的四言诗精义之所在。

汉代骚体诗的勃兴既与政治有关，也与屈原作品的传播接受有关。从政治的方面来看，楚人是推翻秦王朝的主要力量，随着楚人当权，楚歌成为当时最为流行的音乐曲调。同时，汉代文人对屈原及其作品的喜爱也促进了汉代骚体诗的创作。

汉初项羽的《垓下歌》和刘邦的《大风歌》，一为英雄末路之悲吟，一为君临天下之感怀，都一样充满激荡人心的力量。

汉武帝刘彻是汉代著名的骚体诗作家，其代表作当属《秋风辞》：

> 秋风起兮白云飞，草木黄落兮雁南归。兰有秀兮菊有芳，怀佳人兮不能忘。泛楼船兮济汾河，横中流兮扬素波。箫鼓鸣兮发棹歌，欢乐极兮哀情多，少壮几时兮奈老何？

《汉武帝故事》记载武帝行幸河东，祠后土，顾视帝京，欣然中流，与群臣燕饮，"欢甚，乃自作《秋风辞》"。实际上这是一首典型的人生悲歌，借秋景秋色抒发人生无常的感伤。汉武帝虽为一代雄才大略之主，但于死生之事却颇为荒唐。他沉湎于神仙方术，以求长生不老，然而终究也难逃衰老和死亡的威胁。《秋风辞》慷慨悲凉，意境深远，汉武帝也因此被称为"秋风客"。

东汉时期，随着抒情小赋的勃兴，骚体诗渐渐衰微。值得注意的是秦嘉之妻徐淑答秦嘉诗，虽然每句都是整齐的五言，却又在每句中嵌一"兮"字，实为骚体五言诗。

> 妾身兮不令，婴疾兮来归。沈滞兮家门，历时兮不差。旷废兮侍觐，情敬兮有违。君今兮奉命，远适兮京师。悠悠兮离别，无因兮叙怀。

---

① 钱锺书：《管锥编》，北京：中华书局1979年版，第549页。

瞻望兮踊跃，伫立兮徘徊。思君兮感结，梦想兮容晖。君发兮引迈，去我兮日乖。恨无兮羽翼，高飞兮相追。长吟兮永叹，泪下兮沾衣。

尽管比起秦嘉诗，这首骚体五言成就稍逊，但抒发离情，真挚悲婉，也可算是汉代骚体诗的名篇。

与四言、五言、骚体比起来，汉代七言诗创作尚处于摸索阶段，只有零星篇章传世。如《文选》李善注引了刘向的《七言》诗六句，《后汉书》载杜笃有《七言》、东平王刘苍有《七言别字诗集》，但这些作品都没有流传下来。

张衡的《四愁诗》是一首完整保留下来的七言诗。诗前有小序，交代了作诗的缘起和目的：

张衡不乐久处机密。阳嘉中，出为河间相。时国王骄奢，不遵法度，又多豪右并兼之家。衡下车，治威严，能内察属县，奸猾行巧劫，皆密知名。下吏收捕，尽服擒。诸豪侠游客，悉惶惧逃出境，郡中大治。争讼息，狱无系囚。时天下渐弊，郁郁不得志，为《四愁诗》。效屈原以美人为君子，以珍宝为仁义，以水深雪雰为小人。思以道术为报，贻于时君，而惧谗邪不得以通。其辞曰：

一思曰：我所思兮在太山，欲往从之梁父艰，侧身东望涕沾翰。美人赠我金错刀，何以报之英琼瑶。路远莫致倚逍遥，何为怀忧心烦劳。

二思曰：我所思兮在桂林，欲往从之湘水深，侧身南望涕沾襟。美人赠我金琅玕，何以报之双玉盘。路远莫致倚惆怅，何为怀忧心烦伤。

三思曰：我所思兮在汉阳，欲往从之陇阪长，侧身西望涕沾裳。美人赠我貂襜褕，何以报之明月珠。路远莫致倚踟蹰，何为怀忧心烦纡。

四思曰：我所思兮在雁门，欲往从之雪雰雰，侧身北望涕沾巾。美人赠我锦绣段，何以报之青玉案。路远莫致倚增叹，何为怀忧心烦惋。

这首诗以比兴的手法，写自己"思以道术相报，贻于时君，而惧谗不得以通"的苦闷。尽管它形式上仍有骚体诗的痕迹，但作为七言诗的滥觞，在文学史上仍有非常重要的地位。

第五章　汉代史传文学

汉代史传文学主要指西汉司马迁的《史记》和东汉班固的《汉书》。《史记》在继承和总结此前史传文学的基础上，开创了纪传体这一后世正史通用的体例。司马迁以卓绝的史家意识，融合其悲凉的人生体验，创作出享有"史家之绝唱，无韵之《离骚》"美誉的《史记》。而班固的《汉书》虽思想上较《史记》保守，但叙事、写人更加谨严，同样是史学杰作。

第一节　杰出的史学家司马迁

司马迁（前145—？），字子长，夏阳龙门人（今陕西韩城）。司马迁出生于史官世家，"世典周史"。他的父亲司马谈是一位渊博的学者，曾从当时的许多大学者学习，"学天官于唐都，受《易》于杨何，习道论于黄子"。司马谈信仰黄老道家，《史记·太史公自序》中保存了司马谈的一篇纵论诸子之学的文章《论六家要指》。司马谈在文中对道家评价颇高，认为"道家使人精神专一，动合无形，赡足万物。其为术也，因阴阳之大顺，采儒墨之善，撮名法之要，与时迁移，应物变化，立俗施事，无所不宜，指约而易操，事少而功多"。司马迁在《太史公自序》中特意完整地引述了这篇文章，正表明他对父亲观点的认同。

司马迁的童年是在家乡韩城度过的。韩城地处山西、陕西的交通要道，自古以来便是兵家必争之地。春秋战国以来，这里爆发过多次著名的战争，如公元前645年的韩原之战，秦国在此俘获了晋惠公；公元前205年，韩信在此擒获魏豹。家乡丰厚的历史积淀沾溉了司马迁，对他的成长以及以后撰写《史记》都产生了很大的影响。司马迁从小便受到了良好的教育，"耕牧河山之阳，年十岁则诵古文"，这种耕读生活一直持续到20岁。

20岁以后，司马迁有过一段较长时间的漫游生活。在《史记》的五帝本纪、《河渠书》、《齐太公世家》、《魏世家》、《孔子世家》、《伯夷列传》、《孟尝君列传》、《魏公子列传》、《春申君列传》、《屈原贾生列传》、《淮阴侯列传》、

《樊郦滕灌列传》、《龟策列传》、《太史公自序》诸篇中，司马迁都言及自己的漫游生活，而以《太史公自序》记述最详：

> 二十而南游江、淮，上会稽，探禹穴，窥九疑，浮沅、湘；北涉汶、泗，讲业齐、鲁之都，观孔子之遗风，乡射邹、峄，厄困鄱、薛、彭城，过梁、楚以归。

后来司马迁入仕为郎中，深受汉武帝的信任，曾出使西南，远到昆明。又侍从武帝东达于碣石，西至空峒（今甘肃平凉），到过北部边塞，还参加了武帝带领群臣负薪塞河的活动。上述这些游历不仅丰富了司马迁的社会阅历，帮助他访求到大量轶闻遗事，也使他拓展了视野，增长了才干，提高了史鉴能力，为以后撰写《史记》积累了大量素材。《史记》人物形象鲜活，文笔生动，每每给人亲历之感，便与司马迁亲赴其地寻访旧事有密切关系。

元封三年（前108），司马迁继其父任太史令之职。此时的司马迁，无论是阅历还是识见都已经成熟，于是"䌷史记石室金匮之书"，承袭父业，撰作《史记》。《史记》一书的写作始于司马谈，司马迁曾襄助其事。司马谈死后，司马迁便独自承担了这一伟大而艰巨的任务。在撰写《史记》期间，司马迁的人生发生了一次重大变故。天汉二年（前99），名将李广之孙李陵抗击匈奴，力战之后，兵败投降。而当时统一指挥战斗的是汉武帝宠妃李夫人之兄贰师将军李广利，朝臣揣摩汉武帝心理，曲护李广利而诋毁李陵。司马迁出于对李陵的了解和同情，仗义执言为李陵辩护，认为李陵之降实为无奈之举，有机会必将报答汉朝。司马迁的辩护触怒了武帝，认为他替李陵游说，打击李广利。盛怒之下的武帝将司马迁下"蚕室"，处以"腐刑"。对于司马迁这样的节士来说，这种奇耻大辱远比死刑更痛苦；只是想到《史记》还没有完成，方才忍辱负垢，不轻言一死。他在《报任安书》中交代了自己的心路历程：

> 所以隐忍苟活，函粪土之中而不辞者，恨私心有所不尽，鄙没世而文采不表于后也。古者富贵而名摩灭，不可胜记，唯倜傥非常之人称焉。盖西伯拘而演《周易》；仲尼厄而作《春秋》；屈原放逐，乃赋《离骚》；左丘失明，厥有《国语》；孙子膑脚，《兵法》修列；不韦迁蜀，世传《吕览》；韩非囚秦，《说难》、《孤愤》；《诗》三百篇，大抵贤圣发愤之所为作也。

人能忍辱而生，有时比慷慨一死更难。司马迁从先贤的遭遇中看到自己的未来，决定完成自己的弘愿。他实在是一个了不起的大丈夫。

司马迁出狱后被任命为中书令,继续他的《史记》撰作。到太始四年他作《报任安书》时,《史记》已经完成,后又陆续有所修订。其定稿正本留存官府,副本留在京师家中。司马迁的卒年不可考,褚少孙在《建元以来侯者年表褚补》中说:"太史公记事尽于孝武之事。"故一般认为他应该与汉武帝相终始,卒于公元前87年前后。

对这位伟大的史学家,后世褒贬不一。褒之者盛赞其有良史之才,如梁启超甚至称司马迁为"史界太主"①。而贬之者则批评其思想不够纯正,所作《史记》"是非颇谬于圣人"、"论大道则先黄老而后六经,序游侠则退处士而进奸雄,述货殖则崇势利而羞贱贫"。甚至有人因此否定《史记》,称之为"谤书",认为其为"发其私愤者"。其实,批评司马迁不正统,就因为这些批评者太"正统"了。

第二节 《史记》的史学成就

司马迁身为太史令,他的《史记》首先是一部历史著作。鲁迅先生称《史记》为"史家之绝唱",它确实当之无愧。自《史记》问世以来,后人对之无不心追手摩,就算是批评其不以圣人是非为是非的班彪父子,也不能跳出《史记》而另创新的史书体制,只不过稍加变化而已。班氏父子记载武帝以前史事,也多是踵武史迁。

作为伟大的历史著作,《史记》在综合前代史书各种体制的基础上,开创了以人物为中心的纪传体史例。这种体例也成为中国正史的标准体例,衣被史界二千年。《史记》全书由十二本纪、十表、八书、三十世家、七十列传组成。这五种体例各有区别,相互配合,构成一个有机的整体。《史记》纪传体的体例不惟博大精深,也凝聚着司马迁悠远深邃的史识,有他独特的思考。他在《史记·太史公自序》中说:

> 罔罗天下放失旧闻,王迹所兴,原始察终,见盛观衰,论考之行事,略推三代,录秦汉,上记轩辕,下至于兹,著十二本纪。既科条之矣,并时异世,年差不明,作十表。礼乐损益,律历改易,兵权山川鬼神,天人之际,承敝通变,作八书。二十八宿环北辰,三十辐共一毂,运行无穷,辅弼股肱之臣配焉,忠信行道,以奉主上,作三十世家。扶义俶傥,不令

---

① 梁启超:《中国历史研究法》,石家庄:河北教育出版社2000年版,第23页。

己失时,立功名于天下,作七十列传。

据此可知,《史记》一书,十二本纪是全书的纲领,记载上自黄帝、下至西汉武帝时代3000年的历史兴衰沿革大势;十表以时间为中心,八书以典章制度为线索,与十二本纪一起构成历史概貌的描述;而三十世家如环绕着车轴的辐条,或者是围绕北斗的二十八宿,构成了本纪的必要补充;相比而言,七十列传所刻画的更加精细,一如天上闪烁的群星,填充了历史天空的细节。《史记》的五个部分相辅相成,一起组成了庞大的历史叙事网络,展示了一幅波澜壮阔的社会生活画图。

编撰形式涵蕴着历史的卓识,这卓识便是他在《报任安书》中言及的"究天人之际,通古今之变,成一家之言"。"究天人之际"的提出与司马迁的职掌有关。太史令在秦、汉时为太常所属诸令、长之一,秩六百石,有丞;掌天时、星历,每近岁末,奏新年历,所属有明堂丞、灵台丞及治历、龟卜、请雨、候星、候晷等,例如司马迁在太初年间便曾与壶遂、邓平等造太初历。古人十分留意于天体运行,尤其是日月五星的运动周期的观测。其精密与否直接影响到历法的周密程度,并因此对农业生产、宗教生活、思想信仰、皇权神威的混乱与否发生重要的影响。作为太史令,司马迁不可能完全理性地对待天,尤其是完全否定"天运"的存在。《史记·天官书》说:"夫天运,三十岁一小变,百年中变,五百载大变;三大变一纪,三纪而大备,此其大数也。为国者必贵三五。上下各千岁,然后天人之际续备。"他的父亲司马谈也说过"自周公卒五百岁而有孔子。孔子卒后至于今五百岁,有能绍明世,正《易传》,继《春秋》,本《诗》、《书》、《礼》、《乐》之际"的话。这个说法并没有超出传统占星术考察历史变异的旧知,《孟子》就曾说过"五百年必有王者兴"。①

与"究天人之际"紧密相关的便是"通古今之变"。"究天人之际"主要指向天,尚缺少历史的理性主义,而"通古今之变"则以人之行事为重心,将历史的兴衰演变落到实处。天运固然重要,而人的主导因素也同样不可忽视,甚至比天意更重要,往往成为天意的主导。得道者得天助,失德者失天助,如《史记·六国年表序》所说:"秦始小国僻远,诸夏宾之,比于戎翟,至献公之后常雄诸侯。论秦之德义不如鲁卫之暴戾者,量秦之兵不如三晋之强也,然卒并天下,非必险固便形势利也,盖若天所助焉。"《史记·秦楚之

---

① 朱维铮:《壶里春秋》,上海:上海文艺出版社2002年版,第196—197页。

际月表序》也说:"昔虞、夏之兴,积善累功数十年,德洽百姓,摄行政事,考之于天,然后在位。汤、武之王,乃由契、后稷修仁行义十余世,不期而会孟津八百诸侯,犹以为未可,其后乃放弑。秦起襄公,章于文、缪、献、孝之后,稍以蚕食六国,百有余载,至始皇乃能并冠带之伦。以德若彼,用力如此,盖一统若斯之难也。秦既称帝,患兵革不休,以有诸侯也,于是无尺土之封,堕坏名城,销锋镝,锄豪桀,维万世之安。然王迹之兴,起于闾巷,合从讨伐,轶于三代,乡秦之禁,适足以资贤者为驱除难耳。故愤发其所为天下雄,安在无土不王。此乃传之所谓大圣乎?岂非天哉,岂非天哉。"在《项羽本纪》中,司马迁指出:"吾闻之周生曰:'舜目盖重瞳子',又闻项羽亦重瞳子。羽岂其苗裔邪?何兴之暴也!夫秦失其政,陈涉首难,豪杰蜂起,相与并争,不可胜数。然羽非有尺寸,乘势起陇亩之中,三年,遂将五诸侯灭秦,分裂天下,而封王侯,政由羽出,号为'霸王',位虽不终,近古以来未尝有也。及羽背关怀楚,放逐义帝而自立,怨王侯叛己,难矣。自矜功伐,奋其私智而不师古,谓霸王之业,欲以力征经营天下,五年卒亡其国,身死东城,尚不觉寤而不自责,过矣。乃引'天亡我,非用兵之罪也',岂不谬哉!"在司马迁看来,秦失其政是历史的必然,然则谁能得政却充满了未知数,正所谓"皇天无亲,惟德是辅",所以项羽归罪于天,司马迁认为是大谬不然。

司马迁的"究天人之际,通古今之变"固然有探寻王朝兴衰更迭之大势的用意,比如《史记》从传说中的五帝起始,叙述漫长的3000年历史。但相对而言,司马迁还是更加关注秦汉的更迭,以及汉兴以后何以治天下的问题,故班固说司马迁"其言秦汉详矣"。这与汉初人共同关注的"秦所以失而汉所以兴"的时代命题相关,同时也与司马迁的"原始察终,见盛观衰"的史鉴意识相关。在《高祖本纪赞》中,司马迁特意指出"汉兴,承敝易变,使人不倦,得天统矣"。这句史评耐人寻味,可以看做司马迁对秦汉间政权更迭的总结。秦人以暴统一天下,又以暴治理天下,所以失其政是历史的必然。而项羽承秦之敝,却不思改易,一样的"奋其私智而不师古,谓霸王之业,欲以力征经营天下",故国亡身死。与之不同,刘邦却能承秦之敝,并变易其政,知人善任,得张良、萧何、韩信等襄助,故能顺应天人之心而"得天统"。

与"究天人之际,通古今之变"相应的便是"成一家之言"。所谓的"成一家之言"便是坚持史学家应有的史识、史德,不以圣人是非为是非,不以王者喜怒而篡改历史真相。他要像孔子那样,以一种文化担当的自觉,为天下确立准则。司马迁"是非颇谬于圣人",秉笔直书,以"实录"精神作史,其间所体现出来的都是"成一家之言"的价值取向。司马迁在作史过程中曾受到不公正待遇,被处以宫刑,肉体和精神都受到了极大摧残。他取法圣贤,发愤著书,却并没有如王若虚所言那样泄一己之私愤。如他在《封禅》、《平准》等书,《匈奴》、《大宛》等传中,都直笔无隐,揭示了汉武帝的暴行和愚蠢;但他并不因人废言,有意隐略汉武帝的长处,而是"恶而知其美",在许多篇章中也颂扬了武帝的雄才大略。又如酷吏是司马迁所愤恨的,他本人也身受其害,但在《酷吏列传》中,司马迁对郅都的"敢直谏,面折大臣于朝"、"公廉,不发私书,问遗无所受,请寄无所听",张汤的"扬人之善蔽人之过",赵禹的"据法守正"等均予以公允的评价。魏公子信陵君是司马迁大力褒扬的一个人物,因为六国公卿将相只有信陵君真能礼贤下士,从谏如流,能抑强秦。《史记·信陵君列传赞》说:"天下诸公子亦有喜士者矣,然信陵君之接岩穴隐者,不耻下交,有以也,名冠诸侯,不虚耳",仰慕之情溢于言表。同时司马迁又直书信陵君"与宾客为长夜饮,饮醇酒,多近妇女,日夜为乐饮者四岁,竟病酒而卒",不因个人喜好而虚美。司马迁能"成一家之言",正在于他具有史学家应有的品格,坚持写出事实真相,而不顾经义或时论是否认为悖谬。这是《史记》所以有原创性的根本原因之所在。

第三节 《史记》的文学成就

司马迁不仅是历史学家,也是一位有着火一样热情的诗人,所以鲁迅先生称《史记》是"无韵之《离骚》"。《史记》确实如诗一般,它的奇情妙思、沉郁雅健和悲情意识,都和《离骚》有相通之处,而司马迁本人也和屈原遭遇相近,心意相通。① 那么《史记》的文学成就到底体现在哪些方面呢?

首先,《史记》为我们刻画了一系列栩栩如生的历史人物。《史记》是以人物为中心的纪传体史书,全书涉及人物四千多个,重要人物数百名,上自帝王将相,下至市井细民,诸子百家、三教九流,凡"倜傥非常之人",司马迁均取之入史。《史记》写人妙在传神,极富艺术的感染力。明代茅坤在《史记钞》中曾经谈及他读《史记》的感受:

> 读《游侠》,即欲轻生;读《屈原贾谊传》,即欲流涕;读《庄生》、《鲁仲连传》,即欲遗世;读《李广传》,即欲立斗;读《石建传》,即欲俯躬;读

---

① 熊礼汇:《先唐散文艺术论》,北京:学苑出版社 1999 年版,第 271 页。

《信陵》、《平原君传》，即欲养士；若此者何哉？盖各得其物之情，而肆于心故也，而固非区区句字之激射者也。

茅坤认为《史记》刻画人物之所以成功，就在于抓住了人物的特征，把人物写活，与读者之心有戚戚焉。那么司马迁是如何做到这一点的呢？

　　在人物选择上，司马迁偏好那些"倜傥非常之人"。自扬雄以来，后世人多指司马迁"爱奇"，认为这是司马迁离经叛道的表现，因而多持批评的态度。如刘勰说他"爱奇反经"，赵匡指责他"爱奇多谬"。他们不明白"爱奇"恰恰是司马迁的高明之处，也是他与众不同的地方。如不爱奇，他就写不出那些感情激越、笔墨酣畅、气势雄健，让读者读来心动神摇、回肠荡气、一唱三叹的篇章；如不爱奇，这些奇人将被历史的洪流淹没淘汰，后世读者也就无缘得知。大抵说来，司马迁笔下的"奇人"，或是处于弱者地位而富于抗争精神，在与强者的博弈中显示出刚烈气节，精神上反而占有压倒优势，如刺客；或是社会地位低微，为上层统治者所不齿，而品节高尚，取得卓著功业，如滑稽、游侠；或是身居高位，禄厚势重，而不居尊自傲、凭势凌人，能屈身就下、敬贤礼士，如四公子；尤其是那些命运偃蹇、遭际坎坷而忍辱负重、坚持不懈，最终功成名就而流芳千古的人物，如勾践、伍子胥、商鞅、苏秦、张仪、孙膑、屈原、贾谊、韩信、季布、李广等。[①] 毫无疑问，司马迁对这些人倾注了大量的心血，也寄托了自我的人生悲慨。如声名赫赫、威震边陲的"飞将军"李广，其人论德则仁爱士卒，论才则天下无双，论勇则"射石没镞"，论功则身经大小七十余战。但其际遇坎坷，命途多舛，尤其是受到当权者及其亲信们的排挤、陷害，以致于自刎身亡。与以内宠而封侯的霍去病、卫青、李广利等相比，李广所受的待遇是极不公的。其含冤而死，尤其能唤起司马迁的切肤之痛，所以他不仅将其事采写入传，而且譬之为下自成蹊的无言桃李，意极钦慕而笔极酣畅。《李将军列传》是《史记》中最为动人的篇章之一。

　　《史记》不仅选择奇人，而且致力于写出奇人之"奇"。大凡奇人必有其特异之处，《史记》写人每每能写出人物的"这种"特征。同为谋者，张良不同于范增；同为勇者，廉颇异于樊哙，豫让异于专诸；而刘邦也与项羽不同。奇人之奇，或奇在貌。如留侯张良运筹帷幄，决胜千里，司马迁以为其魁梧奇伟，但"至见其图，状貌如妇人好女"。张良辅佐刘邦，常能以柔克刚，委

[①] 刘振东：《论司马迁之"爱奇"》，《文学评论》1984年第4期。

婉其计而成其事,与范增喜逆龙鳞不同。或许在司马迁看来,张良之行事风格,一如其状貌。奇人之奇,或奇在性格。如项羽为西楚霸王,力能举鼎,气吞山河。但这样一位莽直之人,有时却又表现出侠骨柔情,如垓下被围、四面楚歌之时,项羽悲歌慷慨,自为诗曰:"力拔山兮气盖世,时不利兮骓不逝。骓不逝兮可奈何,虞兮虞兮奈若何!"不仅他自己"泣数行下",而且"左右皆泣,莫能仰视",确乎悲切之至,让人读来唏嘘不已。而他在鸿门宴前,向刘邦道出曹无伤之事,却又展示其性格简单的一面,缺少心机。自刎乌江之前,为了证明是天欲亡之,非战之罪,便上马冲杀,接连斩杀数员汉将,这有点像儿戏,不可以常理衡之。凡此种种,将项羽的奇特性格展示无余,为我们揭示出一个复杂多面的奇人形象。奇人之奇,或奇在行事。如《游侠列传》叙郭解之行事:有人杀了其姐姐的儿子,郭解不怪罪他人而"罪其姊子",众人皆服其节义。汉武帝迁徙豪门富家居茂陵,郭解能使卫青为之求情。杨季主之子为县掾,检举郭解,郭解哥哥的儿子便杀了杨季主之子,后来又杀了杨季主。杨家人告状,又有人在宫阙之下杀了告状之人。官府追捕郭解,于是知情之人自杀,以断绝追捕线索。有儒生因为说"郭解专以奸犯公法,何谓贤",便被郭解的门徒杀死。而这个"天下无贤与不肖,知与不知,皆慕其声,言侠者皆引以为名",能让天下人争先恐后为之死的游侠,却是"为人短小,不饮酒,出未尝有骑"。两相对比,更加显示郭解的不同寻常。

《史记》写人,不仅表现人物的外部特征,而且描绘出人物的内心活动,这在史书中是不多见的。不过,《史记》不像后世的文学作品那样直接写人的心理活动,而是通过人的行事来展示人的内心,尤其是富有意味的细节描写。如《萧相国世家》三次写到刘邦的"大喜"。其一是汉三年刘邦"数使使劳苦丞相",于是萧何从鲍生计策,将"子孙昆弟能胜兵者悉诣军所",故刘邦大喜。其二是汉十一年,萧何计杀韩信,于是刘邦"使使拜丞相何为相国,益封五千户,令卒五百人一都尉为相国卫",众人皆贺,只有召平看出其中奥妙,"置卫卫君,非以宠君也",实为监视,于是劝萧何"让封勿受,悉以家私财佐军",刘邦又大喜。其三是汉十二年,有客劝萧何"多买田地,贱贳贷以自污",以此来打消刘邦的猜忌,萧何照此办理,刘邦大喜。凡此三喜,细致地刻画出刘邦多疑、猜忌之心,以及萧何谨小慎微、明哲保身的心理,使君臣间微妙复杂的关系显露无遗。

《史记》善于运用细节刻画人物性格,看似闲笔,却是传神之处。如张汤儿时劾鼠如老吏,刘邦微时豪放无赖,陈平为乡人分割祭肉想到宰割天下等等,都是由细琐的事件呈现人物的性格,避免抽象的人物评述。

再来看《史记》的叙事。除十表、八书外,《史记》之文皆为写人叙事。袁宗道《论文》中说:"司马迁之文,其佳处在叙事如画,议论超越。"所谓"如画",即指《史记》叙事水平高超,使读者千载之下如临其境。

班固《司马迁传》称赞司马迁善序事理时,言及司马迁叙事有"事核"的特点。所谓"事核",便是指司马迁叙事有坚实的历史依据。在《刺客列传赞》中,司马迁说:"世言荆轲,其称太子丹之命,'天雨粟,马生角'也,太过。又言荆轲伤秦王,皆非也。始公孙季功、董生与夏无且游,具知其事,为余道之如是。"这说明司马迁对史料的判断有自己的依据。反过来说,如果没有坚实的证据,司马迁宁愿存疑待考,也不妄下断语,故《老子列传》记载了三个"老子"。

在材料真实的前提下,司马迁精心剪裁,其叙事缜密清晰,井然有序。比如他写秦、楚用兵路线,即如顾炎武所言:"秦楚之际,兵所出入之涂,曲折变化,唯太史公序之如指掌。以山川郡国不易明,故曰东曰西曰南曰北,一言之下,而形势了然。以关塞江河为一方界限,故于项羽则曰:'梁乃以八千人渡江而西',曰'羽乃悉引兵渡河',曰'羽将诸侯兵三十余万行略地至河南',曰'羽渡淮',曰'羽遂引东,欲渡乌江',于高帝则曰'出成皋、玉门,北渡河',曰'引兵渡河,复取成皋'。盖自古史书兵事地形之详,未有过此者。太史公胸中固有一天下大势,非后代书生之所能几也。"① 司马迁叙事取舍精当,一些看似无关的闲笔,实则是巧妙布局,为下文叙事作了很好的铺垫。如"鸿门宴"一段,在让人紧张得透不过气的气氛中,司马迁却花笔墨写帐中饮酒的座次,"项王即日因留沛公与饮。项王、项伯东向坐。亚父南向坐。亚父者,范增也。沛公北向坐,张良西向侍"。这好像是累赘之笔,故班固《汉书》叙述至此便删去了这段文字。实际上这是班固不了解司马迁的用心,或说这是司马迁叙事的妙处。这段座次描写为下文紧张的交锋布置了一个场景。而项羽坐尊贵的东座,刘邦坐卑微的北座,也反映了双方的地位及性格。就文章的表达而言,这段文字是"急煞人事,偏用缓笔写之"的"摇曳"法,吊足了读者的胃口,增强了文章的吸引力。

刘知幾曾指责《史记》的叙事有弊病:"同为一事,分在数篇,断续相离,前后屡出,于《高纪》,则云'语在《项传》',于《项传》,则云'事具《高纪》'。"其实,这正是《史记》高明之处,后人称之曰"互见法"。司马迁多处

---

① 顾炎武著,陈垣校注:《日知录校注》,合肥:安徽大学出版社2007年版,第1431页。

采用了这种方法:"其事在《商君》语中"、"语在《晋》事中"、"语在《淮阴侯》中"、"语在《田完世家》中",不胜枚举。司马迁的"互见法"具有史学和文学的双重意义。运用"互见法",将一个人的事迹分散在不同的地方,而以其本传为主;或将同一件事分散在多处,而以一处的叙述为主。这不仅避免了叙述的重复,也是为了使每一篇传记都有审美意味上的统一性,使传主的形象具有艺术上的完整性。否则,如果把传主所有的事情集中在一起记述,就会眉毛胡子一把抓,缺少中心、缺少重点、头绪不清、层次混乱。如项羽,其人性格非常复杂,难以用一种标准来评价。为了突出其英雄形象,本传对他几乎全部作正面描述;而把他许多政治、军事上的错误放在《淮阴侯列传》中去写,借韩信之口,指出项羽的匹夫之勇、迁逐义帝、失天下之心、妇人之仁等诸多缺陷;至于他政治上的幼稚愚蠢则多是放在《高祖本纪》中描写,并拿他与刘邦进行对比。综合数篇,读者便可以得到一个完整、立体的项羽。其他如《文帝本纪》,司马迁记载了一位贤明仁厚的皇帝形象,并在文末借景帝的诏书对汉文帝作了极高的评价,称赞他能"临天下,通关梁,不异远方。除诽谤,去肉刑,赏赐长老,收恤孤独,以育群生。减嗜欲,不受献,不私其利也。罪人不帑,不诛无罪。除宫刑,出美人,重绝人之世。……此皆上古之所不及,而孝文皇帝亲行之。德厚侔天地,利泽施四海,靡不获福焉"。但就是这样一位圣明君王,其登上皇位也经历了一番流血冲突。如果过分渲染或详细记载文帝登基时事,势必冲淡孝文帝的整体形象,故而交代说"事在吕后语中"。

除"互见法"外,《史记》还有一种"迭见法"。二者的区别是:"互见法"中的事件是详与略的关系,而"迭见法"中的事件则是重复的关系。读《周本纪》与《吴世家》、《齐世家》、《鲁世家》、《燕世家》等诸侯世家时,我们可以发现一些事件如"齐桓公始霸"、"孔子摄鲁相事"等反复出现,这便是迭见法。当然,这里的重复也不是简单的重复,而是"有意味的重复"。凭着这样"有意味的重复",《史记》勾勒出特定时期关乎天下的重大事件,勾勒出历史发展大势。通过多种手法的相互补充,《史记》作为中国第一部纪传体通史、第一部正史起到了很好的范例作用,有着崇高的历史地位和彪炳千古的历史影响。[①]

在具体的叙事中,《史记》常常带有很强的倾向性。如《秦始皇本纪》以秦始皇之好大喜功、穷兵黩武来影射汉武帝。而且《史记》叙事也深受《春

[①] 王冉冉:《史记讲读》,上海:华东师范大学出版社 2006 年版。

秋》影响,善用"春秋笔法"。如《卫将军骠骑列传》极力摹写卫青的战功,对霍去病则借天子诏书来叙事,司马迁本人在叙述中,仅仅称其"出陇西,有功"、"捕首虏甚多",两相比较,以见天子之言虚妄不实。尤其是在行文叙述中,司马迁往往借他人之口,道出自己的看法,于叙事中寓寄论断。此可谓寓寄褒贬于句外。尤其是在行文叙述中,司马迁往往借他人之口,道出自己的看法,于叙事中寓论断。正如清人顾炎武所言:"古人作史,有不待论断,而于序事之中即见其指者,惟太史公能之。《平准书》末载卜式语,《王翦传》末载客语,《荆轲传》末载鲁句践语,《晁错传》末载邓公与景帝语,《武安侯田蚡传》末载武帝语,皆史家于序事中寓论断法也。后人知此法者,鲜矣。惟班孟坚间一有之,如《霍光传》载任宣与霍禹语,见光多作威福;《黄霸传》载张敞奏,见祥瑞多不以实,通传皆褒,独此寓贬,可谓得太史公之法者矣。"① 司马迁还在每一篇的论赞中表达对史事的看法。《史记》论赞既有对史事的客观评价,也表达了自身的体验,故多慨叹之语。如《晋世家论赞》谓晋文公"即位而行赏,尚忘介之推,况骄主乎",便是借晋讽汉。尤其是《季布栾布列传赞》:

> 太史公曰:以项羽之气,而季布以勇显于楚,身屡覆军搴旗者数矣,可谓壮士。然至被刑戮,为人奴,而不死,何其下也! 彼必自负其材,故受辱而不羞,欲有所用其未足也,故终为汉名将。贤者诚重其死。夫婢妾贱人感慨而自杀者,非能勇也,其计画无复之耳。栾布哭彭越,趣汤如归者,彼诚知所处,不自重其死。虽往古烈士,何以加哉!

此段文字实为司马迁自家身世语,其称赞季布负材不死、受辱不羞,又言贤者诚重其死,皆是借季布吐自己胸中块垒。

《史记》的语言具有洁、峻、朴的特点。所谓"洁"是指语言精练明洁、生动传神。如《淮南王传》中,司马迁用"欲"、"畏"、"恐"、"念"、"亦欲"、"时欲"、"偷欲"、"计欲"等字词,把淮南王犹豫侥幸之心理情状表现得毫发毕现。所谓"峻"是指语言高峻脱俗。作者仿佛置身于历史的顶端,驾驭全局,冷眼旁观,对人、事作出准确的评判。如《外戚世家》记载窦皇后与其弟窦广国失散而复聚,"窦后持之而泣,泣涕交横下,侍御左右皆伏地泣,助皇后悲哀",一个"助"字,意味深长,写出世态人心,可谓诛心之笔。

归有光曾说:"班孟坚云太史公质而不俚,人亦易晓。柳子厚称马迁之

---

① 顾炎武著,陈垣校注:《日知录校注》,合肥:安徽大学出版社2007年版,第1432页。

峻,峻字不易知。"①对此,刘大櫆解释说:"文到高处,只是朴淡意多;譬如不事纷华,翛然世味之外,谓之高人。昔谓子长文字峻,震川谓此言难晓,要当于极真极朴极淡处求之。"②所以极高洁、极峻伟便复归于平淡、朴质。就《史记》而言,司马迁不仅不避世俗语,反而有意利用当时通俗的语言。比如他引用先秦《尚书》、《左传》等典籍,只是保留原文的意思,用的是当时通俗的语言。有时为了传神尽相,甚至故意重复,以期写出人物的气度、神态、好尚等方面的特征,如陈涉故人"夥矣"之叹、周昌"期期"之语、樊哙"流涕"之言等等。有时引用当时的俗谚、格言,如《李广传赞》中的"桃李不言,下自成蹊"之类。这些原本通俗的语言都收到了很好的表达效果,并形成《史记》之质实、朴拙、厚重的审美风格。

《史记》对后世文学影响很大。唐宋古文的主要样板就是《史记》,韩愈、柳宗元等还采用"史记体"撰写人物传记。自明清以来,围绕《史记》形成了"《史记》评点学"。王世贞《艺苑卮言》卷三把《史记》称为"圣于文者";归有光对《史记》的五色圈点是从文学角度点评史书的名作;唐顺之、茅坤亦有《荆川先生精选批点史记》、《史记钞》。此外还有凌稚隆的《史记评林》,焦竑选辑、李廷机注、李光缙汇评的《史记萃宝评林》,陈仁锡的《史记评林》,朱东观的《史记集评》等。清代,桐城派古文家们所倡导的"义法"、"文法"、"笔法"等也是来自《史记》,《史记》事实上成了桐城派的古文范本。这些丰富了我国古代文论的内容,对后世文学创作,尤其是古文创作产生了深远的影响。而如果从取材的角度看,后世尤其是明清小说、戏曲,很多故事都取材于《史记》。据傅惜华《元代杂剧全目》所载,取材于《史记》的剧目就有180多种。据李长之统计,在现存132种元杂剧中,有16种采自《史记》的故事,如《赵氏孤儿》、《赚蒯通》、《伍员吹箫》、《冻苏秦》、《气英布》、《晋文公火烧介子推》、《萧何追韩信》、《卓文君私奔相如》、《渑池会》等等。总之,《史记》是中国古代文学史上的一座丰碑,对后世文学产生了深远的影响。

第四节 《汉书》与《吴越春秋》等史书

《史记》记事止于汉武帝太初年间,其后一些学者如刘向、刘歆、扬雄、

---

① 归有光:《震川先生集》,上海:上海古籍出版社1981年版,第863页。
② 刘大櫆:《论文偶记》,北京:人民文学出版社1959年版,第7页。

班彪等都曾做过续补《史记》的工作,其中以班彪《史记后传》六十五篇成就最高。光武帝建武二十年(54)班彪去世,其子班固承袭父业,在《史记》和《史记后传》的基础上,开始了规模浩大的《汉书》编撰工作。后有人上书明帝,告他私作国史,班固因此下狱。幸得其弟班超上书营救,加之明帝比较赞赏班固所撰《汉书》,于是召班固入京,任兰台令史,继迁升为郎、典校秘书,继续撰写《汉书》。至章帝建初七年(82),除八篇表及《天文志》外,其余基本完成。班固晚年遭人陷害,被捕入狱,冤死狱中。班固死后,其妹班昭补足八表,又由马续协助修成《天文志》。至此,《汉书》以班固为主撰,先后经过班彪、班固、班昭、马续四人之手,历数十年终告完成。

《汉书》是我国历史上第一部断代史。其记事上起汉高祖元年(前206),下至王莽新朝地皇四年或者汉更始帝元年(23),前后共220年。全书共有十二帝纪、八表、十志、七十传,总计为一百篇、一百二十卷。其体例主要是在《史记·项羽本纪》基础上加以变化,力求更加谨严合理。《汉书》删去了"世家",把《史记》的"书"改称志,合《史记》的《律书》、《历书》为《律历志》,合《礼书》、《乐书》为《礼乐志》,改《平准书》为《食货志》、《封禅书》为《郊祀志》,《天官书》为《天文志》,《河渠书》为《沟洫志》,又新增了《史记》所没有的《刑法志》、《五行志》、《地理志》、《艺文志》。《汉书》完备地记载了诸如司法制度、地理沿革、文化典籍等历史状况,成为后代史书的标准。在内容上,汉武帝太初年以前的内容基本上沿袭《史记》,但稍有调整,如增加了《惠帝纪》,把《项羽本纪》、《陈涉世家》改为列传等。

与《史记》相比,《汉书》有意节制喜怒哀乐之情的表达。比如鸿门宴中,樊哙是非常关键的一个人物,他为了解救刘邦,冒死当面斥责项羽,使项羽为之气馁。在《史记·项羽本纪》中,司马迁从多方入手,极力彰显樊哙的豪气:

> 张良至军门,见樊哙。樊哙曰:"今日之事何如?"良曰:"甚急。今者项庄拔剑舞,其意常在沛公也。"哙曰:"此迫矣,臣请入,与之同命。"哙即带剑拥盾入军门。交戟之卫士欲止不内,樊哙侧其盾以撞,卫士仆地,哙遂入,披帷西向立,瞋目视项王,头发上指,目眦尽裂。项王按剑而跽,曰:"客何为者?"张良曰:"沛公之参乘樊哙者也。"项王曰:"壮士!赐之卮酒。"则与斗卮酒。哙拜谢,起,立而饮之。项王曰:"赐之彘肩。"则与一生彘肩。樊哙覆其盾于地,加彘肩上,拔剑切而啖之。项王曰:"壮士,能复饮乎?"樊哙曰:"臣死且不避,卮酒安足辞!夫秦王有虎狼之心,杀人如不能举,刑人如恐不胜,天下皆叛之。怀王与诸

将约曰：'先破秦入咸阳者王之。'今沛公先破秦入咸阳，豪毛不敢有所近，封闭宫室，还军霸上，以待大王来。故遣将守关者，备他盗出入与非常也。劳苦而功高如此，未有封侯之赏，而听细说，欲诛有功之人。此亡秦之续耳，窃为大王不取也。"项王未有以应，曰："坐。"樊哙从良坐。

这一番言语也许得自张良的指授，但樊哙说得慷慨激昂，而入军门、瞋视、饮酒、吃肉等一系列行为则是性格使然。司马迁之所以写得如此激情澎湃，是因为樊哙勇于赴难、急人所急的性格于他心有戚戚。但如此精彩、充满戏剧冲突的文字在《汉书》中变成了冷静而简略的叙述：

哙闻事急，直入，怒甚。羽壮之，赐以酒。哙因谯让羽。

这样的差别在《史记》、《汉书》中还有很多。

《汉书》也有它的长处，与《史记》相比，《汉书》具有平实、谨严、整齐的特点。① 平实是指它思想正统，不作险怪惊奇之论，叙事说理不离中正之道。在取材上，司马迁钟情于才智杰出而落拓不遇之人，他不以成败论英雄，更看重历史人物所具有的精神价值；而班固则出于正统观念，对历史人物或赞或批，对于那些虽奇伟却无益于维护正统观念的人士如刺客、游侠、滑稽、日者等不予立传。在具体的叙述中，班固也是冷静客观，娓娓道来。如司马迁作《贾谊列传》，只强调他与屈原精神、遭遇相通的一面，把贾谊基本上写成了一个落魄的文人；而班固则在《贾谊传》中记录了他的《陈政事疏》等政论文，把贾谊视为一个政治家。谨严是指《汉书》体例一定，章法严密。历代正统史家常指责司马迁作史体例不够谨严，如项羽传入本纪、陈涉传入世家、不为惠帝作传等等。而班固则谨遵儒家矩矱，将项羽、陈涉降入列传，为惠帝刘盈补传。司马迁将淮阴侯韩信单独立传，实有阴白其冤的用心，而班固则将其与黥、彭、陈、卢等谋反诸将合传。在行文上，《汉书》谋篇布局严密有法，记事详备而删减精当，尚剪裁而词少芜蔓；看起来虽少生气，更难有奇气，却也循规蹈矩，合于矩度。而整齐则主要针对语言而言。司马迁纵横开阖，以气驭文，故行文跌宕，义气郁勃；而班固为文张弛有度，谨严重法，具有骈化的倾向，如《公孙弘传赞》之"群士慕向，异人并出：卜式拔于刍牧，弘羊擢于贾竖，卫青奋于奴仆，日磾出于降虏"，《司马迁传赞》之"论大道，则先黄老而后六经；序游侠，则退处士而进奸雄；述货殖，则崇势利而羞贱贫"等皆是。

---

① 熊礼汇：《先唐散文艺术论》，北京：学苑出版社1999年版，第322—334页。

《汉书》于《史记》之外,记载了众多的历史人物,秉承不虚美、不隐恶之史家传统,为我们留下了许多精彩的篇章。如李陵在汉代是一个有争议的人物。在《史记》中,限于材料,司马迁只用了区区几百字为之作传。而到了《汉书》,班固发挥其良史之材,着重写了李陵的英武及其赫赫战功,详细交代其率步卒五千转战大漠,面对匈奴单于亲率的八万骑兵,从容镇定,立下"杀数千人"、"斩首三千余级"、"复杀数千人"、"复伤杀虏二千余人",并迫使单于"欲去"等赫赫战功。在传中引用司马迁《报任安书》中对李陵的评价,不仅高度赞扬李陵,同时也有为司马迁伸张正义的意思。凡此种种皆表现出班固的史识与史德。在《苏武传》中,班固更是深入李陵的内心,表现出李陵内心的痛苦:

> 初,武与李陵俱为侍中。武使匈奴明年,陵降,不敢求武。久之,单于使陵至海上,为武置酒设乐,因谓武曰:"单于闻陵与子卿素厚,故使陵来说足下,虚心欲相待。终不得归汉,空自苦亡人之地,信义安所见乎?前长君为奉车,从至雍棫阳宫,扶辇下除,触柱折辕,劾大不敬,伏剑自刎,赐钱二百万以葬。孺卿从祠河东后土,宦骑与黄门驸马争船,推堕驸马河中溺死,宦骑亡,诏使孺卿逐捕不得,惶恐饮药而死。来时,太夫人已不幸,陵送葬至阳陵。子卿妇年少,闻已更嫁矣。独有女弟二人,两女一男,今复十余年,存亡不可知。人生如朝露,何久自苦如此!陵始降时,忽忽如狂,自痛负汉,加以老母系保官。子卿不欲降,何以过陵?且陛下春秋高,法令亡常,大臣亡罪夷灭者数十家,安危不可知,子卿尚复谁为乎?愿听陵计,勿复有云。"武曰:"武父子亡功德,皆为陛下所成就,位列将,爵通侯,兄弟亲近,常愿肝脑涂地。今得杀身自效,虽蒙斧钺汤镬,诚甘乐之。臣事君,犹子事父也。子为父死无所恨。愿勿复再言。"
>
> 陵与武饮数日。复曰:"子卿一听陵言。"武曰:"自分已死久矣!王必欲降武,请毕今日之驩,效死于前。"陵见其至诚,喟然叹曰:"嗟乎,义士!陵与卫律之罪上通于天。"因泣下沾衿,与武决去。
>
> 陵恶自赐武,使其妻赐武牛羊数十头。后陵复至北海上,语武:"区脱捕得云中生口,言太守以下吏民皆白服,曰上崩。"武闻之,南乡号哭,欧血,旦夕临。
>
> 数月,昭帝即位。数年,匈奴与汉和亲。汉求武等,匈奴诡言武死。后汉使复至匈奴,常惠请其守者与俱,得夜见汉使,具自陈道。教使者谓单于,言天子射上林中,得雁,足有系帛书,言武等在某泽中。使者大

喜,如惠语以让单于。单于视左右而惊,谢汉使曰:"武等实在。"于是李陵置酒贺武,曰:"今足下还归,扬名于匈奴,功显于汉室。虽古竹帛所载,丹青所画,何以过子卿!陵虽驽怯,令汉且贳陵罪,全其老母,使得奋大辱之积志,庶几乎曹柯之盟,此陵宿昔之所不忘也。收族陵家,为世大戮,陵尚复何顾乎?已矣!令子卿知吾心耳。异域之人,一别长绝。"陵起舞,歌曰:"径万里兮度沙幕,为君将兮奋匈奴。路穷绝兮矢刃摧,士众灭兮名已隤。老母已死,虽欲报恩将安归!"陵泣下数行,因与武决。单于召会武官属,前以降及物故,凡随武还者九人。

在这段文字中,班固为我们刻画了两个性格鲜明的人物形象。一方面,表现了苏武这一光照千古的忠君爱国者之高风亮节;另一方面承袭上文,为我们揭示出李陵内心的悲苦。正如司马迁所言,李陵虽降,但仍会找机会报答汉朝。但汉武帝杀戮其母,族其全家,终于绝了李陵的后路。所以罪不在李陵,而在于刻薄寡恩的汉室朝廷。虽然李陵投降匈奴已二十年,但内心的痛苦却丝毫不减,对此班固予以深深同情。故班固不仅记李陵语、李陵歌,而且反复写到李陵"泣下沾衿"、"泣下数行"。如果说班固颂赞苏武用的是直笔明写,其同情回护李陵则用的是曲笔暗写。

总之,《汉书》是继《史记》之后第一部可与《史记》相媲美的史学巨著。后世学者喜言《史记》、《汉书》异同,且多褒《史记》而贬《汉书》。其实,两者各有长短,不应任情褒贬。唐刘知幾《史通·鉴识》云:"《史》、《汉》继作,踵武相承。王充著书,既甲班而乙马;张辅持论,又劣固而优迁。然此二书,虽互有修短,递闻得失,而大抵同风,可为连类。"可谓公允之论。

《吴越春秋》是赵晔所撰。晔字长君,绍兴人,生卒年不详。他早年为县吏,耻于朝迎暮拜,故弃官拜经学大师杜抚为师,学习《韩诗》。他的著作除《吴越春秋》外,尚有《诗细历神渊》,已佚。

《吴越春秋》是叙述春秋末年吴越争霸的史实,内容采自《国语》、《左传》、《史记》,兼采民间传说,具有一定的文献价值,后人注释《史记》、《文选》、《水经》等书,征引了很多出自该书的资料。在体例上,《吴越春秋》兼有编年体和纪传体的特点,又因糅合正史、野史、民间传说等资料,"纵横漫衍",有不少夸诞成分,具有历史演义小说的特征。如《阖闾内传》有一则故事:

椒丘䜣者,东海上人也。为齐王使于吴,过淮津,欲饮马于津,津吏曰:"水中有神,见马即出,以害其马,君勿饮也。"䜣曰:"壮士所当,何神敢干。"乃使从者饮马于津。水神果取其马,马没,椒丘䜣大怒,袒裼持剑,入水中求神决战,连日乃出,眇其一目。

这显然是民间传说,虽荒诞不经,却有助于表现人物性格。此外如刻画伍子胥运用了托梦范蠡等情节,以表现伍子胥的忠愤急切之性格,都"参错小说家言"。《吴越春秋》是一部介于历史与小说之间的作品。

《越绝书》旧称子贡作,四库馆臣根据书末《叙外传记》的廋词隐语,定为"会稽袁康所作,同郡吴平所定"。《越绝书》主体内容与《吴越春秋》相类,主要写吴越争霸事,但较之《吴越春秋》更加"博丽奥衍"。总体上文学性不如《吴越春秋》,但也有个别篇章写得相当生动出色,如《计倪内经》写钱塘江大潮:

> 山林幽冥,不知利害所在。西则迫江,东则薄海,水属苍天,下不知所止;交错相过,波涛浚流,沉而复起,因复相还。浩浩之水,朝夕既有时,动作若惊骇,声音若雷霆,波涛援而起,船失不能救,未知命之所维。

这段文字如赋家之笔,把钱塘大潮写得绘声绘色,动人心魄。

第六章　汉代论说散文

就内容看,散文实为两汉文学之大宗,除上文专章论述之汉赋、史传外,尚有诸多门类。为了论述的方便,我们概称之为论说散文,并以时代为序展开论述。两汉论说散文与世风相鼓荡,大抵西汉前期承周秦之余绪,为文尚有诸子流韵;西汉中期后,儒术独尊,文风渐分为两途,或论事说理仍尚气使才,疾言无所隐遁,或引经据典,委婉作论,尚敦厚之风,重章法之谨;东汉以后,经学独尊,思想一统,故持论谨严,而体归骈俪。钱基博曾论两汉文风:"前汉恢张扬厉,袭战国纵横捭阖之遗,而自出变化。东汉春容整赡,得儒者俯仰揖让之态,而好为依仿。前汉张而不弛,东汉弛而不张。前汉为周秦纵横之余,东汉开齐梁骈偶之风。"[1]

---

[1]　钱基博:《中国文学史》,北京:中华书局1993年版,第101页。

第一节　西汉前期的论说散文

西汉汉高祖至汉景帝这一时期,思想界尚呈现多元的趋势。当时黄老道家比较受推崇,但因为黄老道家本身具有比较大的包容性,所以不会构成对思想的钳制。加上西汉前期,尤其是文景时期施行比较宽松的统治政策,故文人思想相对活跃。西汉前期的帝王都比较留意"秦所以失而汉所以兴者",这大大激发了文人的政治热情。故汉初文士多以长篇巨制抒发自己的政治激情,畅所欲言以构造自己的政治蓝图,展示了那个时代特有的精神风貌。在这样的时代背景下,西汉前期的散文以政论散文水平最高。

西汉前期的政论散文大体可以分为著述类和单篇散文。其中著述类当以陆贾《新语》和刘安集结众门客编撰的《淮南鸿烈》为代表,而单篇散文则以贾谊、晁错成就最高。

陆贾是汉代第一位政论文作家,楚人,跟随刘邦参与反秦战争以及后来与项羽争天下的楚汉战争。陆贾能言善辩,颇有战国策士之风。他常常告诫汉高祖"居马上得天下不可以马上治之",并应高祖之请撰著《新语》。《新语》主要内容是总结秦亡经验,为汉王朝提供历史借鉴,并以黄老道家思想为基础。全书分道基、术事、辅政、无为、辨惑、慎微等十二篇,其中《道基》为全书总纲,统摄全书;立论有创见,"由意而出,不假取于外",文字平实,通俗易懂。

《淮南鸿烈》是西汉鸿文,思想渊深,艺术成就很高。它是汉代皇室贵族淮南王刘安(前179?—前122)召集门客编成。史称刘安好文学,曾奉汉武帝命作《离骚传》①;又招致宾客方术之士数千,集体编写了《淮南鸿烈》。《汉书·艺文志》还记载淮南王刘安本人及其群臣有大量赋作,可见淮南王及其门客是一个有成就的文学创作群体。元狩元年(前122),有人告刘安谋反,刘安下狱自杀。其书名《淮南鸿烈》,乃取广大光明之义以喻道体。

从思想上来看,《淮南鸿烈》以道家思想为主线,兼容并包孔、墨、申、韩之说,故东汉高诱说此书"旨近老子,淡泊无为,蹈虚守静,出入经道"。作为一部理论著作,《淮南子》博奥宏富,无所不包,它的价值也是多方面的,

---

① 关于刘安所作是《离骚赋》还是《离骚传》,存有争议且各有道理。为此,此处照录原文,称之为"传"。

举凡天文、地理、政治、文学等,无不卓有建树,对整个汉代思想文化的构建作用巨大。尽管如此,它的重点乃在于"纪纲道德,经纬人事"(《淮南子·要略》),为帝王提供修身、治政之术。

《淮南鸿烈》是汉初黄老道家文学的集大成之作,具有很高的文学价值。在写作上,《淮南鸿烈》受到了《吕氏春秋》、《庄子》、《离骚》的影响。比如在叙事上,它受《吕氏春秋》的影响,常常运用历史故事来帮助说理,故黄侃说:"自《吕览》、《淮南》之书,虞初百家之说,要皆采取往说,以资博识。"①又多用神话、传说来说理,《原道》广引禹、舜、共工、越王翳、蘧伯玉等历史传说和神话故事,《览冥》引用了"师旷奏白雪之音"、"庶女叫天"、"武王伐纣"、"鲁阳挥戈止日"、"雍门子见孟尝君"、"黄帝治天下"、"女娲补天"、"羿请不死之药"等十几个神话、传说和历史故事,明显是受到了《庄子》和《离骚》的影响。至于它的语言艺术更是受人推崇,被称许为奇诡、宏放、富丽、峭拔②。如《览冥》写兼并战争给社会和人民造成的巨大灾难和痛苦,便有"伏尸数十万,破车以千百数;伤弓弩矛戟矢石之创者,扶举于路。故世至于枕人头,食人肉,菹人肝,饮人血,甘之于刍豢"之语,触目惊心。而有些语言又灵妙如诗,如《主术》:"草木之发若蒸气,禽兽之归若流泉,飞鸟之归若烟云,有所以致之也。"这样的例子比比皆是,可谓博采众长而事奇辞巧。

西汉前期以单篇论说散文而闻名者有贾山、贾谊、晁错等人,其中以贾谊成就最大。先看贾山。他在文帝时作有《至言》。《至言》先总结秦王朝奢靡无度而亡国的历史经验,次说周之能兴在于重养士,然后又说到秦王朝不养老,无谏臣,故速亡。两相对比,提出人君应该礼贤下士。清人姚鼐在《古文辞类纂》中评《至言》的文章风格是"雄肆之气,喷薄而出",指出其文风之雄奇奔放。《至言》行文善铺陈,每一事喜用一句话进行总结,这已经接近于贾谊政论文了,只是文气稍逊而已。

贾谊以《过秦论》上、中、下以及《陈政事疏》、《论积贮疏》等彪炳千古。其《过秦论》上、中、下纵论秦国兴亡的历史发展轨迹,分析秦统一六国后的成败得失,开我国史论性论说散文之先河,是对后世散文影响很大的西汉鸿文。《过秦论》三篇依次论述秦始皇之过、秦二世之过、子婴之过,最后得出结论,对汉朝皇帝提出劝鉴。三篇文章原本当合成一篇看,以第一篇气势最

---

① 黄侃:《文心雕龙札记·事类》,北京:中华书局2006年版,第188页。
② 熊礼汇:《先唐散文艺术论》,北京:学苑出版社1999年版,第256页。

盛。实因秦国历史上,始皇帝功最高,国力最盛,错失也最大,故贾谊用力最深。全文峰回路转,跌宕起伏,说到秦国强大处,则语气奔激,重叠铺陈,极力彰显秦国的强大;说到陈涉的弱处,也重叠反复,极力彰显其弱。两相对比,发人深思,并以秦能克六国之强大,却不能胜陈涉之弱小,提出问题:"秦以区区之地,致万乘之权,招八州而朝同列,百有余年矣。然后以六合为家,殽函为宫。一夫作难而七庙隳,身死人手,为天下笑者,何也?"最后干脆利落地给出"仁义不施,而攻守之势异也"的答案。《古文观止》评曰:"《过秦论》者,论秦之过也。秦过只是末'仁义不施'一句便断尽,从前竟不说出。层层敲击,笔笔放松,正笔笔鞭紧,波澜层折,姿态横生,使读者有一唱三叹之致。"

贾谊《陈政事疏》、《论积贮疏》则论汉室何以承秦之敝而兴,何以能长治久安,显示了他作为青年才俊的政治才干。《陈政事疏》作于汉文帝六年(前174),此时汉朝建国已达30年,朝野上下普遍认为"天下已安已治",因此一片歌舞升平之气。但浮华的背后掩藏着深深的政治危机,年仅27岁的贾谊居安思危,敏锐地觉察到国家的政治危机。当时,外有匈奴压境,内有同姓诸侯与中央对立,再加上国家初建,制度疏阔,治具未备,如此之势,犹如置身火山口,出事则一发不可收拾。为此,贾谊在《陈政事疏》中列举了有关国家兴亡的九件事,名之曰"可为痛哭者一,可为流涕者二,可为长太息者六",促使汉室天子对此保持深刻而清醒的认识。尤其是他指出同姓诸侯王对朝廷的威胁,言人所未能言,言人所不敢言,不仅显示出超拔的政治洞察力,也表现出过人的政治胆识。所以班固在《汉书·贾谊传赞》中引刘向语,称赞贾谊"言三代与秦治乱之意,其论甚美,通达国体,虽古之伊、管未能远过也。使时见用,功化必盛。为庸臣所害,甚可悼痛"。刘勰在《文心雕龙·奏启》中特别称赞贾谊"识大体"。至于《陈政事疏》的行文,洋洋六千言,知无不言,言无不尽,痛切陈辞,气势逼人。他甚至在文中直接质问汉文帝之"能"与"不能",这在后世的奏疏中是很少见的。金圣叹在《天下才子必读书》中称赞这篇文章是真文海,是读之便能生出天授神笔的好文章。

晁错与贾谊同侍文帝朝,但两人思想不同。贾谊更倾向于儒家,而晁错则以法家思想为治。他的政论散文主要有《贤良文学对策》、《论贵粟疏》、《守边劝农疏》、《论削藩疏》、《言兵事疏》等,为人峭急深刻,为文也论理直切,辞气决绝。如他的《论削藩疏》:"今吴王前有太子之隙,诈称病不朝,于古法当诛,文帝弗忍,因赐几杖。德至厚,当改过自新。乃益骄溢,即山铸钱,煮海水为盐,诱天下亡人,谋作乱。今削之亦反,不削之亦反。削之,其反亟,祸小;不削,反迟,祸大。"这样的文字确是一般人所不敢说的,也无怪乎晁错的父亲要说:"刘氏安矣,而晁氏危矣,吾去公归矣!"因为担心祸及己身,饮药而死。

  晁错最为著名的文章当属《论贵粟疏》。在这篇文章中,他提出了重农贵粟的主张,"粟者,王者大用,政之本务"。文章先从历史的经验中指出"贵粟"的必要性,然后就"贵粟"与轻农的利害关系作进一步的对比,指出现实生活中,农民艰难度日,衣不蔽体,食不果腹,尤其是水旱天灾、政府的层层盘剥,更使得农民要卖田地子孙来偿债了。而另一方面,法律虽然贱商人,但商人囤货居奇;虽然男不耕,女不织,却"衣必文采,食必粱肉"。这种"商人兼并农人,农人流亡"的局面如果不能控制,必将危及国家统治,这就从反面进一步论证了"贵粟"的重要性。文章最后指出使民务农的办法及其优越性,再回到"贵粟"这一主题上来。《论贵粟疏》布局行文极有特色,例如其论理不从正面切入,而是用了曲笔,使得皇帝不会感到被冒犯,而更加容易接受他的主张:

  圣王在上而民不冻饥者,非能耕而食之,织而衣之也,为开其资财之道也。故尧、禹有九年之水,汤有七年之旱,而国无捐瘠者,以蓄积多而备先具也。今海内为一,土地人民之众不避汤、禹,加以亡天灾数年之水旱,而蓄积未及者,何也?地有遗利,民有余力,生谷之土未尽垦,山泽之利未尽出也,游食之民未尽归农也。

这样的起笔不是开门见山的指责,而是在与历史的对比中指出现实的问题,既有力,又有分寸。这篇文章的语言也辞气恳切,看来作者对农民的疾苦确实有非常深入的了解,所以才能抓住问题的关键。

  除了这些专题论说散文之外,西汉前期枚乘的《谏吴王书》和邹阳的《上吴王书》以规谏吴王谋反为目的,也可以归之于论说散文。枚乘的《谏吴王书》作于景帝初年。吴王刘濞因太子被杀心生怨恨,称疾不朝而暗行邪谋。枚乘上书委婉劝谏,大意是说"福生有基,祸生有胎";行文善用譬喻,句式多用排比,有策士之风。邹阳的《上吴王书》作于景帝之初,目的也是劝谏吴王不要谋反。文章先以秦为喻,言秦为张耳、陈胜所败,是因为"列郡不相亲,万室不相救也"。接着说赵、齐、城阳、淮南三国等各怀心思,不会专一助吴。然后以"鸷鸟累百,不如一鹗"作结,说明诸侯再强大也敌不过中央政府,并举淮南厉王、赵幽王为证,"全赵之时,武力鼎盛,胡服以台之下者,一旦成市,不能止幽王之湛患;淮南连山东之侠,死士盈朝,不能还厉王之西也"。又写"今天子"之威,"变权易势,大臣难知",劝吴王不要轻举妄动,否则"我吴遗嗣不可期于世"。最后以高祖皇帝之创业声威来警醒、震慑吴王刘濞,同时也是想从情感上打动曾参与高祖创业的吴王。

此外还有邹阳的《狱中上梁王书》。邹阳初仕吴,因上书劝谏吴王不要反汉无果,遂与枚乘等去吴奔梁。邹阳为人有智略,"慷慨不苟合",遭梁孝王门客羊胜、公孙诡进谗下狱。得知梁孝王欲杀之,邹阳遂上书申冤,梁孝王得邹阳上书,便将其放出,待为上客。在这封狱中上书里,邹阳以大量历史故事讲述了君臣遇合有关忠信、相知、信谗等问题,并以"圣王制世御俗,独化于陶钧之上,而不牵于卑乱之语,不夺于众多之口"期许梁王。他告诫梁王,只有"公听并观,垂明当世",天下之士才会"尽忠信而趋阙下"。邹阳以"天下寥廓之士"自命,表明自己不"摄于威重之权",不"主于位势之贵",不"回面污行以事诌谀之人",以此来彰显其高贵的品质和耿直的性格。

司马迁在《史记·鲁仲连邹阳列传》中说:"邹阳辞虽不逊,然其比物连类,有足悲者,亦可谓抗直不桡矣。"其所谓"比物连类",乃是指邹阳将大量相关的事例连类排比,以增强文章的说服力。比如为了申辩自己的忠信,他用了四十多个历史故事作铺陈,雄辩有力,颇有战国纵横家铺张扬厉之文风。邹阳还能揣摩人主心理,晓之以情,动之以理,从而说服梁王。在语言上,邹阳的狱中上书句式整齐,语多骈俪,在骈文形成过程中有一定影响。故四库馆臣在《四六法海》提要中说:"自李斯《谏逐客书》,始点缀华词;自邹阳《狱中上梁王书》,始叠陈故事,是骈体之渐萌也。"邹阳此书是汉代较早的为个人不幸遭遇鸣不平的文章,其借古人书愤的写法对后世散文影响较大。

第二节 西汉中后期的论说散文

汉武帝时代是汉代最鼎盛的时期,又是一个带有转折意义的时期。此时汉代的国力强大,思想也逐渐走向一统,儒学取代汉初黄老之学成为新的统治思想。但盛极而衰,武帝之好大喜功及穷兵黩武也给社会带来巨大灾难,社会矛盾逐步走向激化,煌煌大汉开始走下坡路了。与此同时,儒家对君权的尊奉、对社会等级的强调,也正改变汉初黄老时期兼容并包的思想态势,独尊儒术成为中央集权的理论基石。政治与文化的变革对西汉文风产生显著影响,一方面汉初的诡激之风仍在延续,如司马迁、东方朔、路温舒、贾捐之等人之文;另一方面以儒术为核心的经学既是皇权的维护者,同时也成为批判皇权的理论依据,儒家散文引经据典,言归敦厚,这正是所谓的"汉文本色",如董仲舒、刘向等人之文。

司马迁除皇皇巨著《史记》外,尚有《报任安书》、《悲士不遇赋》等传世。他的《报任安书》道述冤情,情深意悲,历来受人推崇。这篇文章虽为书信,然其文字张扬切激,实承汉初文风余绪。司马迁受宫刑后,出为中书令,表面尊崇,实则与宦官无异。故司马迁深以为耻,内心充满痛苦。太始四年,他的朋友益州刺史任安写信给他,希望他能"推贤进士"。于是司马迁便借着这次回信,以洋洋三千余言,将自己所受的不公遭遇和满腔忧愤喷薄而出、吐露无遗。文章就从任安的"顺以接物,推贤进士"说起,历举种种史实,以明自己作为"刑余之人"的愤激之情。接着自叙得罪之由,其中写李陵战败一节曲折周备,可当《李陵传》来读,较之班固《汉书·李陵传》也不逊色。李陵的国士之风与媒蘖其短、落井下石的无耻小人形成鲜明对比,而一句"私心痛之"也显示了司马迁的古道热肠。但这样的人竟然"佴之蚕室",让后世读者亦"私心痛之"。紧接着,司马迁用直笔抒发了自己的屈辱和痛苦:

> 仆之先人非有剖符丹书之功,文史星历,近乎卜祝之间,固主上所戏弄,倡优畜之,流俗之所轻也。假令仆伏法受诛,若九牛亡一毛,与蝼蚁何以异?而世俗又不与能死节者比,特以为智穷罪极,不能自免,卒就死耳。何也?素所自树立使然。人固有一死,死有重于泰山,或轻于鸿毛,用之所趋异也。太上不辱先,其次不辱身,其次不辱理色,其次不辱辞令,其次诎体受辱,其次易服受辱,其次关木索被箠楚受辱,其次鬄毛发婴金铁受辱,其次毁肌肤断支体受辱,最下腐刑,极矣。传曰:"刑不上大夫",此言士节不可不厉也。猛虎处深山,百兽震恐,及其在穽槛之中,摇尾而求食,积威约之渐也。故士有画地为牢,势不入,削木为吏,议不对,定计于鲜也。今交手足,受木索,暴肌肤,受榜箠,幽于圜墙之中。当此之时,见狱吏则头抢地,视徒隶则心惕息。何者?积威约之势也。及已至此,言不辱者,所谓强颜耳,曷足贵乎!

真是长歌当哭,连用"其次",将内心的痛苦推至极致。而"见狱吏则头抢地,视徒隶则心惕息",则让读者也禁不住要为之流泪了。然而古今欲成大事者,必能受大屈辱,隐忍苟活,实勇于一死,故司马迁列举数位先贤,以明自己内心,引出发愤著《史记》的来由。文章最后再次言及自己受辱之恨,一方面是大耻难忘,同时也是回答任安的责备,与前文呼应。

司马迁的《报任安书》可以称得上是千古至情至性之文,语出自然而能动人心魄,不讲章法却自成章法,一腔忧愤从心中流出,故行止自如。吴楚才等《古文观止》评曰:"此书反复曲折,首尾相续,叙事明白,豪气逼人。其感慨啸歌,大有燕赵烈士之风;忧愁幽思,则又直与《离骚》对垒,文情至此极矣。"

东方朔年长于司马迁,他的性格大概是极幽默的,如他22岁写的《上书自荐》便自我矜夸,称自己"长九尺三寸,目若悬珠,齿若编贝,勇若孟贲,捷若庆忌,廉若鲍叔,信若尾生"。后来他出仕,生活在满朝多唯诺而顺旨饰非的武帝朝,虽有报国之志,无奈武帝倡优蓄之,于是他便以"避世于朝廷者"自许。这样的政治遭遇与从政心态,对他的文风有一定影响。如他的《答客难》、《非有先生论》等都是通过问答的形式,以滑稽的言辞表达他内心的愤懑;语虽诙谐,内容则极严肃,开后世牢骚之文风。

武帝之后,愤激之文渐归余响。值得称道的惟路温舒、杨恽、贾捐之几人而已。路温舒在汉宣帝即位之初,针对宣帝杂王、霸之治与"持刑太深"之弊,上《尚德缓刑书》。该文本义在于劝谏宣帝"缓刑",却从"尚德"讲起,历陈前代贤王尚德之举。然而说到"缓刑",言辞犀利,直言不讳:"秦有十失,其一尚存,治狱之吏是也"。最后又委婉劝谏,让人心悦诚服而易于接受。

杨恽是司马迁外孙,汉昭帝时其父杨敞为丞相。恽为人豪侠有才,宣帝时为郎,因揭发霍氏子孙谋反有功,封平通侯。因他为人刻薄,好揭人隐私,也得罪了不少权贵。后来太仆戴长乐上书告发杨恽言论不敬,恽被免为庶人。杨恽治产业,起屋居,以财自娱,因而下狱。他写给好友孙会宗的这封信被搜出。宣帝看后大怒,判以大逆不道罪,腰斩处死,其妻子被流放。《报孙会宗书》充满桀骜不驯之气。尤其是书信的下半段用大量篇幅宣扬及时行乐,并宣称"人情所不能止者,圣人弗禁";又说他今天已是庶民,所以"道不同不相为谋,今子尚安得以卿大夫之制而责仆哉",放纵之意、抑抗之情溢于言表。前人评此文豪荡之气似司马迁《报任安书》,而悍厉过之,这可能就是汉宣帝"见而恶之"的原因吧。

贾捐之在汉元帝时作有《罢击珠厓对》,内容是劝谏朝廷不要出兵攻击作乱的珠厓郡。文辞遒劲,笔力雄健,如"父战死于前,子斗伤于后,女子乘亭鄣,孤儿号于道,老母寡妇饮泣巷哭,遥设虚祭,想魂乎万里之外",写战争的惨烈及摧伤,情辞并发,感人颇深。

汉武帝时期,政治上解决了一直威胁汉代中央集权的诸侯王问题,思想上则"罢黜百家,独尊儒术"。于是,以经学为根基的儒家散文在武帝朝兴起,形成了后世文论家所津津乐道的"汉文醇厚"之特色。[①] 这其中,董仲舒是一个具有关键意义的人物。思想上,董仲舒号称明于《春秋》,尤重《公羊春秋》。他在传统儒家天人观的基础上融合阴阳五行学说,用"天人合一"的方式解释现实政治得失与自然灾异之间的关系,从而干预现实。他为文立足于儒家经典,极力发挥儒家君臣之义,尤其是《公羊传》的"大一统"之义。他的文章除了《春秋繁露》之外,便是著名的"天人三策"。《春秋繁露》是阐发经义之文,主要阐释《春秋》书法及"微言大义"。而"天人三策"发挥"天人合一"的哲学思想,提出"大一统"的理论主张。行文上,"三策"引经据典,贯通古今,娓娓而谈,明晰畅达,确有儒者敦厚之风。故刘熙载《艺概》称赞有汉之文,惟董仲舒一路无秦气,且明于经义,深奥宏博。

刘向与董仲舒一样,学为文宗。与董仲舒相比,或许刘向的创造性稍逊,但其善属文辞,知识比董仲舒广博,尤其是历史知识。刘向生活在西汉末世,又身为皇室,累与外戚许史、宦官弘恭、石显冲突,两度下狱却愈挫愈勇。《汉书》本传记载他曾经对好友陈汤说:"灾异如此,而外家日盛,其渐必危刘氏。吾幸得同姓末属,累世蒙汉厚恩,身为宗室遗老,历事三主。上以我先帝旧臣,每进见常加优礼,吾而不言,孰当言者?"如果说董仲舒以经立义,发挥的是经学温柔敦厚之传统;刘向奏疏之以经立义,彰显的则是经学代天立言的权威性。刘向放言无忌,痛切直陈,表现出极强的社会批判性和极大的政治勇气。如他的《谏营起昌陵书》:

> 《易》曰:"安不忘危,存不忘亡,是以身安而国家可保也。"故贤圣之君,博观终始,穷极事情,而是非分明。王者必通三统,明天命所授者博,非独一姓也。

其以经典的终极力量,否定刘姓皇权的绝对合理性,简直是一篇讨伐皇帝的檄文。又如矛头直指外戚的《极谏用外戚封事》:

> 王氏一姓乘朱轮华毂者二十三人,青紫貂蝉充盈幄内,鱼鳞左右。大将军秉事用权,五侯骄奢僭盛,并作威福,击断自恣,行污而寄治,身私而托公。依东宫之尊,假甥舅之亲,以为威重。尚书九卿州牧郡守皆

[①] 刘熙载:《艺概》,上海:上海古籍出版社 1978 年版,第 9 页。

出其门,笼执枢机,朋党比周。称誉者登进,忤恨者诛伤;游谈者助之说,执政者为之言。排摈宗室,孤弱公族,其有智能者,尤非毁而不进。远绝宗室之任,不令得给事朝省,恐其与己分权;数称燕王、盖主以疑上心,避讳吕、霍而弗肯称。内有管蔡之萌,外假周公之论,兄弟据重,宗族磐互。历上古至秦汉,外戚僭贵未有如王氏者也。……事势不两大,王氏与刘氏亦且不并立,如下有泰山之安,则上有累卵之危。陛下为人子孙,守持宗庙,而令国祚移于外亲,降为皂隶,纵不为身,奈宗庙何!

王氏外戚权势熏天,刘氏政权危如累卵,故刘向忧心如焚,痛陈利弊,甚至指责成帝可以不为自己考虑,但不能置宗庙社稷安危于不顾,用语尖锐,充满忠愤之情。其实不仅刘向如此,西汉中期以后,尤其是宣帝以后的大臣奏议往往都借灾异说事,以经典为依据,直言进谏,无所顾忌,如翼奉、谷永、鲍宣、匡衡等,包括其子刘歆也是如此。刘歆的《移让太常博士书》便因"辞刚而义辨"而被刘勰称为"文移之首",只是不如刘向激烈而已。

此外还有扬雄,他是西汉末年的重要文人,一生郁郁不得志,好在能淡泊名利,好古乐道,只欲以文章成名于后世,故一生勤于著述。早年好辞赋,后以辞赋是"雕虫小技"而弃之。扬雄认为经以《易经》为首,故撰《太玄》;传以《论语》为首,故撰《法言》。二书皆传于后世。他的《太玄》多四言韵语,其中许多语句效仿《诗经》。而《法言》依《论语》设为语录体,文辞深奥,内容以宣扬儒家伦理道德观念为主,也兼涉道家。在杂体文创作方面,他受东方朔的影响,《解难》、《解嘲》之类都有东方朔《答客难》的风韵。他的一些奏疏和书信也有特色,尤其是《答刘歆书》一改艰涩文风,通俗流畅,真切感人,刘勰称其"志气盘桓,各含珠采,并杼轴乎尺素,抑扬乎寸心"。

第三节 东汉时期的论说散文

后人评两汉之文,常常扬西汉而贬东汉,古文家尤其如此。比如多因袭而少创造、讲究文辞骈俪等等,都成为诟病东汉文的口实。然平心而论,东汉论说散文也有其长处。盖因东汉以后,"文章"观念益发自觉,故为文重辞采也在情理之中。就文体而言,原有的文体如辞赋在继承中有创新,新兴的文体如碑刻也日渐成熟。西汉之文雄奇梗概固然可喜,而东汉文之典雅雍容未必就是衰弊。故论两汉之文,应该兼包并蓄,因其短长实事求是,而不能心存偏见。

东汉论说散文成就最大,或者说最具特色者便是子书散文,如桓谭、王充、王符、崔寔、仲长统等都有重要的作品。桓谭是两汉之交时人,因为不信图谶,被光武帝贬斥,最终抑郁而死。史称桓谭不喜章句,能文章,尤好古学,作品有《新论》29 篇,《琴道》、书、诔、赋、奏等计 26 篇。可惜包括《新论》在内的大多数作品都已亡佚,今天只能见到一些残篇。《新论》多综论古今,总结历史经验教训,为刘秀的新王朝提供借鉴,对当时的图谶之学抨击尤盛。如《新论·言体》言王莽"好卜筮,信时日,而笃之事鬼神",但终因"为政不善"而"见叛天下";及"难作兵起,无权策以自救解,乃驰之南郊告祷,抟心言冤,号兴流涕,叩头请命,幸天哀助之也。当兵入宫日,矢射交集,燔火大起,逃渐台下,尚抱其符命书及所作威斗,可谓蔽惑至甚矣"。穷形尽相,写出王莽的至死不悟与滑稽可笑。桓谭主张文质并重,有实际内容又有华美的形式方能算是好文章。他受到了司马迁的影响,认为苦难的经历有助于作家焕发文采,也主张博采众长,广泛涉猎,认为这有助于提高作家的修养。钱锺书《管锥编》认为,《新论》如果为全篇,当可与王充《论衡》相媲美。而王充在《论衡》中也屡屡称赞《新论》,认为它与"《春秋》会一",可见王充也受到了桓谭及其《新论》的影响。

　　王充在中国思想史上有很高的地位,是东汉最负盛名的子书作家,他的《论衡》就被称为"思力绝人"。王充作《论衡》,前后历时三十余年,可谓殚精竭思。关于《论衡》创作的缘起,他在《对作》篇中说:"《论衡》之造也,起众书并失实,虚妄之言胜真美也。故虚妄之语不黜,则华文不见息;华文放流,则实事不见用。故《论衡》者,所以铨轻重之言,立真伪之平,非苟调文饰辞为奇伟之观也。"又在《佚文》中说:"《诗三百》,一言以蔽之,曰:思无邪。《论衡》篇以十数,亦一言也,曰:疾虚妄。"可见王充作《论衡》就是为了去浮华,求真实,对当时的虚妄之言、增饰之语持批判态度。对当时的图谶之学,王充更是斥之为"远见未然,空虚暗昧"。

　　以"疾虚妄"为宗旨,王充要求为文要立真诚、斥华伪以求真美。他认为文章在于实用,"为世用者,百篇无害;不为世用,一章无补"(《自纪》),所有故意"调弄笔墨,为美丽之观"的文章都与其追求"真美"的文学观相冲突,都在摒弃之列。王充的《论衡》很好地实践了他的文学观,比如在《实知》篇中,他对当时附加在孔子身上的神圣光环一一予以廓清。文章条分缕析,各个击破,征引史书,以驳斥谶记之虚妄不实,诚可谓言之凿凿,有理有据。

　　因为主张"疾虚妄"、"求真诚",务求有用于世,故王充为文主张独创而反对模拟。其曰:

> 饰貌以强类者失形,调辞以务似者失情。百夫之子,不同父母,殊类而生,不必相似,各以所禀,自为佳好。文必有与合然后称善,是则代匠斲不伤手,然后称工巧也。文士之务,各有所从,或调辞以巧文,或辩伪以实事。必谋虑有合,文辞相袭,是则五帝不异事,三王不殊业也。美色不同面,皆佳于目;悲音不共声,皆快于耳。酒醴异气,饮之皆醉;百谷殊味,食之皆饱。谓文当与前合,是谓舜眉当复八采,禹目当复重瞳。(《自纪》)

正因为如此,故《论衡》之文,刘熙载《艺概》称之为"独抒己见",章太炎《检论》赞之为"分析百端"而"不避上圣"。不过,由于王充过分强调求真,以致于对作为文学手法的夸饰也一概否定,未免矫枉过正,失之于褊狭。

王充之后,尚有王符作《潜夫论》、崔寔作《政论》、仲长统作《昌言》。这些论著大都揭露现实的黑暗,具有强烈的批判性,语言则慷慨激昂,挟有悍拔之气,是典型的乱世之文。章太炎曾在《检论·学变》中说:

> 东京之末,刑赏无章也。儒不可任,而发愤者变之以法家。王符之为《潜夫论》也,仲长统之造《昌言》也,崔寔之述《政论》也,皆辩章功实,而深疾浮淫靡靡,比于"五蠹";又恶夫以宽缓之政,治衰敝之俗。《昌言》最恢广。上视扬雄诸家,牵制儒术,奢阔无施,而三子闳远矣。

东汉的奏议有一部分仍然沿袭了西汉奏议的写法,喜称引经典,尤其是谶言纬语以言事,充满神秘诡异之特质,如《后汉书·郎𫖮传》记载郎𫖮上书,便广引《易纬》、《诗纬》、《春秋纬》等。东汉初期和后期还出现了一些任气而发、言辞犀利的奏议,在文风上可与西汉末年刘向等奏疏相衔续。如章帝时的郑弘是一位骨鲠之臣,因忤窦宪而被免官。他的《疾笃上论窦宪书》由窦宪之恶论及章帝之非,措辞非常激烈:

> 窦宪之奸恶,贯天达地,毒流八荒,虐闻四极,海内疑惑,贤愚疾恶。宪何术以迷主上,流言嚾𠹗,深可叹息。昔田氏篡齐,六卿分晋,汉事不远,炳然可见。陛下处天子之尊,自谓保万世之祚,无复累卵之危,信谗佞之臣,不计存亡之机。臣虽弱疾,命在移晷,身没之日,死不忘忠。愿陛下为尧舜之君,诛四凶之罪,以素厌人鬼愤结之望。

到了东汉后期,奏议之逞气骋辞者,当以陈蕃为最。陈蕃是汉末有名的诤臣,有《极谏党事疏》、《谏校猎疏》、《火灾疏》、《谏请刘瓆等疏》、《论诛宦官疏》等,自谓上书"敢触龙鳞"。他的奏议大多言辞激切,如《谏校猎疏》谏止熹平六年（158）桓帝驾幸广城校猎事，直言当今之世有"三空之厄"，即"田野空，朝廷空，仓库空"。《极谏党事疏》是因为李膺、范滂等为宦官构陷下狱，陈蕃上书极谏，把桓帝比作"亡国之君"。而他的《论诛宦官疏》更是将矛头直指当时炙手可热的宦官：

> 臣闻言不直而行不正，则为欺乎天而负乎人。危言极意，则群凶侧目，祸不旋踵。钧此二者，臣宁得祸，不敢欺天也。今京师嚣嚣，道路喧哗，言侯览、曹节、公乘昕、王甫、郑飒等与赵夫人诸女尚书并乱天下。附从者升进，忤逆者中伤。方今一朝群臣，如河中木耳，泛泛东西，耽禄畏害。陛下前始摄位，顺天行诛，苏康、管霸并伏其辜。是时天地清明，人鬼欢喜，奈何数月复纵左右？元恶大奸，莫此之甚。今不急诛，必生变乱，倾危社稷，其祸难量。愿出臣章宣示左右，并令天下诸奸知臣疾之。

奏议不避祸端，放胆而言，而且语言通俗，浅显明白。

东汉书牍大兴，就内容来分，有公文书牍，如朱浮的《与彭宠》、臧洪的《答陈琳书》；有与友人书，如刘秀的《与严子陵书》、李固的《遗黄琼书》；有诫子弟书，如马援的《诫兄子书》、郑玄的《诫子益恩书》；有夫妻两地书，如窦玄前妻的《与窦玄书》、秦嘉的《与妻徐淑书》、徐淑的《答夫秦嘉书》；有遗命书，如李固的《临终敕子孙》、赵岐的《遗令敕兄子》等等。这其中不乏或辞采飞扬或感人肺腑的名篇，如臧洪的《答陈琳书》、李固的《遗黄琼书》。今以徐淑《答夫秦嘉书》为例，一睹汉人书牍之风采：

> 知屈珪璋，应奉臧使，策名王府，观国之光。虽失高素皓然之业，亦是仲尼执鞭之操也。
>
> 自初承问，心愿东还。迫疾未宜，抱叹而已。日月已尽，行有伴例。想严装已办，发迈在近。"谁谓宋远，企予望之。"室迩人遐，我劳何如！深谷逶迤，而君是涉；高山岩岩，而君是越。斯亦难矣！长路悠悠，而君是践；冰雪惨烈，而君是履。身非形影，何得动而辄俱？体非比目，何得同而不离？于是咏萱草之喻，以消两家之思。割今者之恨，以待将来之欢。今适乐土，优游京邑。观王都之壮丽，察天下之珍妙。得无目玩意移，往而不能出耶？

徐淑诚然是中国文学史上少见的才女，也是一位至情至性的奇女子。她与秦嘉夫妻情深，秦嘉早死，其兄要她改嫁，她作《为誓书与兄弟》，表明心志。后因"哀恸丧生"，也不幸早死。这封《答夫秦嘉书》是答丈夫秦嘉的《与妻徐淑书》而作，当时秦嘉赴洛阳向朝廷进献计簿，徐淑有病在娘家养病，夫妻分离,故有书信往还。徐淑一方面劝慰秦嘉不要因夫妻之情影响功业,表达自己不能随行的遗憾,同时又深情委婉地想象秦嘉此行路途之艰辛,关切、相思之情溢于言表。尤其是信的结尾,"观王都之壮丽,察天下之珍妙。得无目玩意移,往而不能出耶?"把自己担心秦嘉一去不返的曲折内心展示无遗,又点到为止,实为妙绝之笔。整篇书信文辞雍容,含蓄有致,且引经据典,四字成章,显示了徐淑深厚的文学素养。

碑刻在东汉文学中占有重要地位,《后汉书》列举众人创作,几乎都要列出碑、铭。以往的文学史往往认为碑刻是谀墓文字而不予重视,实则有失褊狭。碑刻文中有虚夸失实成分自不容讳言,但也有言近乎实、情近乎真的佳作,如蔡邕是碑铭高手,刘勰称他的碑刻"其叙事也该而要,其缀采也雅而泽;清词转而不穷,巧义出而卓立"。他为多人作过碑铭,自称"皆有惭德",唯《郭泰碑》"无愧色"。其《郭泰碑》曰:

先生诞膺天衷,聪叡明哲,孝友温恭,仁笃柔惠。夫其器量宏深,姿度广大,浩浩焉,汪汪焉,奥乎不可测已。若乃砥节励行,直道正辞,贞固足以干事,隐括足以矫时。遂考览六籍,探综图纬,周流华夏,游集帝学。收文武之将坠,拯微言之未绝。于时缨緌之徒,绅佩之士,望形表而景附,聆嘉声而响和者,犹百川之归巨海,鳞介之宗龟龙也。

碑文称颂郭有道之品德、器度、学识、修养以及士林对他的景仰,与《后汉书·郭泰传》记载基本吻合,并无溢美之词。

碑刻末尾一般都附有用韵语写成的赞铭,有些可以看做是诗。如1997年出土于陕西绥德县四十里铺的《公乘田鲂画像石墓题记》,其末附有一篇用骚体写成的诗,文曰:

哀贤明而不遂兮,嗟痛淑雅之夭年。去日日而下降兮,荣名绝不信(伸)。精浮游而浪浪兮,魂飘摇而东西。恐精灵而迷惑兮,歌归来而自还。掾兮归来无妄行,卒遭毒气遇匈殃。①

文辞凄婉,与汉乐府中保存的《薤歌》之类的诗有异曲同工之妙。

碑刻行文一般有固定的套路,内容也有一定的要求,言辞典丽工整。但也有写得非常有趣的,完全可以当成志怪小说来读。如1991年出土于河南

---

① 徐玉立:《汉碑全集》,郑州:河南美术出版社2006年版,第187—188页。

偃师蔡庄乡的肥致碑,记载了肥致的一些奇异之事。①

> 少体自然之姿,长有殊俗之操,常隐居养志。君舍止枣树,三年不下,与道逍遥,行成名立,声布海内,群士钦服,来集如云。时有赤气著钟连天,及公卿百僚以下无能消者。诏闻梁枣树上有道人,遣使者以礼聘君。君忠以卫上,翔然来臻,应时发算,除去灾变。拜披庭待诏,赐钱百万,君让不受。诏以十一月中旬,上思生葵。君却入室,须臾之顷,抱两束葵出。上问君于何所得之。对曰:"从蜀郡太守取之。"即驿马问郡。郡上报曰:"以十一月十五日平旦,赤车使者来,发生葵两束。"君神明之验,讥彻玄妙,出窈入冥,变化难识。行数万里,不移日时。浮游八极,休息仙庭。

他"少体自然之姿,长有殊俗之操",其行怪诞,"舍止枣树,三年不下",以致"枣树道人"声名远播。他道术高明,不仅能止灾变,还能万里取物。整篇碑文充满了道教色彩和奇幻情节,是研究汉代道教和汉代小说的珍贵史料。

【导学训练】

一、学习建议

时代进入秦汉,文学观念已有了很大的进步,但文学观念仍然比较宽泛,诏书、奏议、书牍、碑刻之类都是秦汉文学的重要组成部分。以往研究秦汉文学集中在《史记》、汉赋、乐府诗、《古诗十九首》等狭隘的范围之内,事实上它们并不能反映出秦汉文学的整体风貌。研读秦汉文学,要尽可能地根据秦汉文学的实际,把握当时的文学风貌、文体特征及文学思想的演变过程。在此基础上,结合哲学、考古、美术等各门学科,对各种文体作整体性研读。

二、关键词释义

经学:汉人所谓的"经"有广义、狭义之分,广义的"经"泛指一切经典,如《山海经》、《离骚经》、《甘石星经》之类也可以称经,而狭义的"经"则专指儒家的五部典籍:《易》、《书》、《诗》、《礼》、《春秋》。汉代的"经学"之"经"为狭义之经,"经学"即解释这五部儒家典籍的学问。汉武帝接受董仲舒的建议,确立儒术独尊的学术、政治地位,设立"五经"博士,标志着汉代经学的初创。不过至少到宣帝时期,儒学并没有真正确立其独尊的地位,宣帝训诫太子尚有"汉家自有制度,本以霸王道杂之,奈何纯任德教,用周政乎"

---

① 河南省偃师县文物管理委员会:《偃师县南蔡庄汉肥致墓发掘简报》,《文物》1992年第9期。

(《汉书》)之论。经过元、成、哀等几朝的努力,儒家方始真正确立其思想界的统治地位。随着儒家正统地位的真正确立,与孔子关系密切的《孝经》和《论语》也具有了"经"的地位。东汉以后,班固作《艺文志》,将《尔雅》等小学之书也列入六艺范围。

汉代经学有今文、古文之分。表面上看来是经书文字书写的差异,实则是儒家经典阐释以及孔子地位的认定有不同。今文经学关注经书的政治意义,通过阴阳五行、灾异谴告发挥经书的微言大义,故能以《春秋》决狱,以《洪范》治河,把《诗三百》当谏书。古文经学则多讲求文字训诂,留心于典章制度,具有较强的实证色彩。故刘师培说:"大抵两汉之时,经学有今文、古文之分,今文多属齐学,古文多属鲁学。今文家言多以经术饰吏治,又详于礼制,喜言灾异、五行;古文家言详于训诂,穷声音、文字之原。各有偏长,不可诬也。"(刘师培:《经学教科书·序例》)东汉以后,今文、古文渐有合流趋势,至大儒郑玄融通今、古,成为一代通儒,才改变了经学的格局。

谶纬:《说文》曰:"谶,验也。"《释名》曰:"谶,纤也,其义纤微而有效验也。"可见谶是神秘预言,故张衡称谶是"立言于前,有征于后"。谶出现颇早,可以追溯到先秦之时,但到西汉中期以前,这些谶语并不以"谶"名,而称为"图"或"策",如《史记》所载《鹏鸟赋》文曰:"发书占之兮,策言其度。"而《汉书》同篇作"谶言其度"。《史记·武帝本纪》及《封禅书》记"汉兴复当黄帝之时,汉之圣者在高祖之孙"并称鼎书,而荀悦《汉纪》则称谶书(《两汉纪》,北京:中华书局2002年版,第226页)。故张衡说"图谶知成于哀、平之际"的意思当是图谶之称名于哀平之际始见于典籍,非谓图谶之学成于哀平之际(蒙文通:《经史抉原》,成都:巴蜀书社1995年版,第85页)。有谶有经方有纬,经、谶结合便是纬书。纬书出现的最初原因并不是学术史常说的以谶解经,而是谶纬作者用经来证谶,以证明谶的合法性。从郑兴、桓谭等人非谶来看,图谶之学起初也受到一些学者的抵制,尤其是正统经学家往往认为其非圣人之学而斥其荒诞。当此之时,谶纬作者便转而向儒家经典寻求支持。诚如清人徐养原所说:"图谶乃术士之言,与经义初不相涉。至后人造作纬书,则因图谶而牵合于经义。"(徐养原:《纬候不起于哀平辨》,《清经解》,南京:凤凰出版社影印本2005年版,第10834页)后来靠谶纬起家的光武帝刘秀宣布图谶于天下,政治权力的推动使得谶的地位渐高于经,于是才有以谶解经、以谶决五经异同之事。魏晋以后,纬书屡遭禁毁,故现存纬书除《易纬》外,其他的散佚严重。

天人之学:汉代学术的根基是天人之学,无论是董仲舒的"天人相副",还是司马迁的"究天人之际",都立足于天人以究朝代之更迭与政治之得失。天人之学起源甚早,从远古时期的巫术、卜筮,到先秦诸子关于天人的论述,如庄子的"以人合天"、荀子的"人定胜天"等等。到了汉代,经过大儒董仲舒的阐发,天人之学逐渐建立起一套完整而系统的规则,具有了可操作性。这便是他在《天人三策》中阐发的"天人感应"理论,所谓天有十端,天阴阳五行人,天人之间惟阴阳五行之气,故天人可以同气相感。在此基础上,董仲舒把灾异、祥瑞视为阴阳五行之变,并将其与现实政治之治乱联系起来,达到"屈民而伸君,屈君而伸天"(《春秋繁露·玉杯》)的目的,以实现对政治的干预。可以说董仲舒是汉代天人之学的理论构建者,后世儒者莫不受其影响。就汉代文学而言,如诏策奏议之类的文章,有大量借异以言事的内容;同时对汉文风格也有很深的影响。

发愤著书:"发愤"一词首见于《论语·述而》,其曰:"不愤不启,不悱不发。"又曰:"其为人也,发愤忘食,乐以忘忧,不知老之将至云尔。"作为一种心理状态,"愤"是指内心有所郁结而情志不通,欲有以发。就文学创作而言,"愤"是指饱满的热情、冲动的创作欲望和强烈的批判精神。先秦时,屈原在《九章·惜诵》中说:"发愤以抒情。"《礼记·檀弓》中子游也曾言及。进入汉代,《淮南子》、《毛诗大序》都曾谈到这一问题,如《淮南子·修务》:"夫歌者,乐之征也,哭者,悲之效也,愤于中则应于外,故在所以感。"当然,最为自觉也最为深刻的论述出自司马迁,他在《史记·太史公自序》中提出了"发愤著书"说:"昔西伯拘羑里,演《周易》;孔子厄陈蔡,作《春秋》;屈原放逐,著《离骚》;左丘失明,厥有《国语》;孙子膑脚,而论《兵法》;不韦迁蜀,世传《吕览》;韩非囚秦,《说难》、《孤愤》;《诗》三百篇,大氐贤圣发愤之所为作也。此人皆意有所郁结,不得通其道也,故述往事,思来者。"在《报任安书》及《史记·屈原贾生列传》中,他表达了相同的观点。司马迁的"发愤著书"说在文学批评史上有着非常重要的意义,对刘勰、钟嵘等后世文论家都有影响,如刘勰的"志思蓄愤"说、钟嵘的"托诗以怨"说、韩愈的"不平则鸣"论、欧阳修的"穷而后工"论均与之相通。不惟如此,司马迁"发愤著书"说对我们理解《史记》的精神及其艺术也有重要的意义,不理解他的不幸遭遇及"发愤著书"说就不能真正理解《史记》强烈的抒愤色彩与批判精神。

屈原批评:汉朝建立,由于刘邦及其军功集团主要成员多为楚人,故当时楚风盛行。这对于屈原及其作品的传播接受产生了重要影响。阜阳汉简的下限是汉文帝十五年(前165),其中有写有楚辞的简文,与之相同的时期,贾谊在被贬长沙时作了《吊屈原赋》。汉代第一个评论屈原及其作品的是淮南王刘安,作有《离骚傅》,序文保存在《史记·屈原贾生列传》和王逸的《楚辞章句》中。西汉末年,刘向辑录屈原作品及汉人仿作,编成《楚辞》一书,开辟汉代楚辞传播的新时代。西汉时,对屈原基本上是赞扬之声,贾谊、扬雄所怪,只是不解其为何要投水而死,其实是惋惜多于批评。东汉时期,班固从正统思想出发,对屈原"露才扬己"及"称君恶"加以批判,尽管他称赞屈原文采出众,可称"妙才";不仅如此,他也否定了西汉自刘安以来对屈原的正面评价,认为那是诬枉不实之论。对于班固的观点,王逸在《楚辞章句》中进行了驳斥,并"依经立义",对屈原及其作品予以了高度的评价,甚至将《离骚》称为"经"。

汉人围绕屈原及其作品展开的一系列文学活动,具有重要的文学史意义。从文学批评的角度,汉代对屈原赋的评价促进了汉代赋体文学的自觉。而就文学创作而言,汉代人对屈原及其作品的接受促进了汉代赋体文学的演变和成熟,正如刘勰在《文心雕龙·诠赋》中所说:"赋也者,受命于诗人,拓宇于楚辞也。"

三、思考题

1. 谈谈你对秦汉文学研究的想法。

2. 分析汉代经学与文学的关系。
3. 论汉赋的发展与演变。
4. 论汉代的"七"体文学。
5. 考察两汉论说散文的艺术特色及其成因。
6. 论《史记》写人的艺术成就。
7. 班马异同评。
8. 分析《孔雀东南飞》的人物及其叙事成就。
9. 论汉乐府民歌在中国文学史上的意义。
10. 分析扬雄在文学史上的地位。

四、可供进一步研讨的学术选题

1. 汉代散文研究。

提示:这里所说的"汉代散文"更主要是指奏议、诏书、碑诔之类的体裁,这是汉代文学散文研究的一个盲区,很多内容值得去关注、研究。

2. 汉代四言诗研究。

提示:在汉代,也许四言诗才是诗歌的正宗。但在后世,随着五言诗的兴起,四言诗渐渐无人问津。汉代四言诗仍有比较丰富的资源,但学界对汉代四言诗的研究不够深入,从《诗经》到魏晋时代的四言诗创作中许多环节尚未弄清。

3. 汉代画像与汉代文学关系之研究。

提示:汉代画像不仅是汉代文学重要的背景材料,其本身也是一种文学体裁,只不过采取的是图像叙事手法。

4. 谶纬与汉代文学研究。

提示:谶纬作为思想史材料,可以帮助我们更加深入地理解汉代人的思想、精神以及情感世界。谶纬中还有大量的文学理论叙述,如《诗纬》之类,对我们了解汉代文学理论的发展有一定的价值。

5. 汉代家族文学研究。

提示:汉代文学与家族有着非常密切的关系,《文心雕龙》以及《文选》提及的汉代作家有一半左右可以归属某个家族。正因为如此,汉代文学呈现出明显的家族化特征,比如东汉以来的家族士族化与汉代文学的经学旨趣之间的关系,又如汉代碑诔文学的勃兴与家族观念之间的关系等等。从这个意义上说,研究汉代文学与汉代世族大家的关系是非常有意义的,不仅可以丰富我们对文学社会功能的认识,而且还能够为汉代文学的研究提供多样化的视角。

【研讨平台】

一、汉代文学与经学

提示:汉代经学对汉代文学的影响非常之大,概言之,大抵可以归于两端:一曰经学观念对文学观念之影响,如以经立义与汉代的《楚辞》阐释学;经学思想与汉代赋学观念;"采风"与汉乐府的发展;《春秋学》与汉代史传文学的兴盛,等等。二曰经学思维对汉代文学的影响,如经学阐释与汉赋的夸饰之风;汉代经学之"师法"、"家法"观念与汉代文学创作中的模拟之风;汉代谶纬经学与汉代志怪小说等诸体文学的影响等。

《法言·寡见》(节选)·扬雄

或问:"五经有辩乎?"曰:"惟五经为辩。说天者莫辩乎《易》,说事者莫辩乎《书》,说体者莫辩乎《礼》,说志者莫辩乎《诗》,说理者莫辩乎《春秋》。舍斯,辩亦小矣。"

(汪荣宝:《法言义疏》,北京:中华书局1987年版,第215页。)

《史记·屈原贾生列传》(节选)·司马迁

《国风》好色而不淫,《小雅》怨诽而不乱。若《离骚》者,可谓兼之矣。上称帝喾,下道齐桓,中述汤、武,以刺世事。明道德之广崇,治乱之条贯,靡不毕见。其文约,其辞微,其志洁,其行廉,其称文小而其指极大,举类迩而见义远。其志洁,故其称物芳。其行廉,故死而不容。自疏濯淖污泥之中,蝉蜕于浊秽,以浮游尘埃之外,不获世之滋垢,皭然泥而不滓者也。推此志也,虽与日月争光可也。

(司马迁:《史记》,北京:中华书局1963年版,第2482页。)

《两都赋序》(节选)·班固

或曰:赋者,古诗之流也。昔成康没而颂声寝,王泽竭而诗不作。大汉初定,日不暇给。至于武宣之世,乃崇礼官,考文章,内设金马石渠之署,外兴乐府协律之事,以兴废继绝,润色鸿业。是以众庶悦豫,福应尤盛。《白麟》、《赤雁》、《芝房》、《宝鼎》之歌,荐于郊庙;神雀、五凤、甘露、黄龙之瑞,以为年纪。故言语侍从之臣,若司马相如、虞丘寿王、东方朔、枚皋、王褒、刘向之属,朝夕论思,日月献纳;而公卿大臣,御史大夫倪宽、太常孔臧、太中大夫董仲舒、宗正刘德、太子太傅萧望之等,时时间作。或以抒下情而通讽谕,或以宣上德而尽忠孝。雍容揄扬,著于后嗣,抑亦雅颂之亚也。故孝成之世,论而录之,盖奏御者千有余篇,而后大汉之文章,炳焉与三代同风。且夫道有夷隆,学有粗密,因时而建德者,不以远近易则。故皋陶歌虞,奚斯颂鲁,同见采于孔氏,列于《诗》、《书》,其义一也。稽之上古则如彼,考之汉室又如此。斯事虽细,然先臣之旧式,国家之遗美,不可阙也。

(萧统:《文选》,上海:上海古籍出版社1986年版,第1—3页。)

《文心雕龙·正纬》(节选)·刘勰

若乃羲农轩皞之源,山渎钟律之要,白鱼赤乌之符,黄金紫玉之瑞,事丰奇伟,辞富膏腴,无益经典,而有助文章。是以后来辞人,采摭英华。

(刘勰著,范文澜注:《文心雕龙注》,北京:人民文学出版社1958年版,第31页。)

《柳宗直西汉文类序》·柳宗元

左右史混久矣,言事驳乱,《尚书》、《春秋》之旨不立。自左丘明传孔氏,太史公述历古今,合而为《史》。迄于今交错相糺,莫能离其说。独《左氏国语》记言不参于事,《战国策》、《春秋后语》颇本右史《尚书》之制。然无古圣人蔚然之道,大抵促数耗矣,而后之文者宽之。文之近古而尤壮丽，莫若汉之西京。班固书传之，吾尝病其畔散不属，无以考其变。欲采比义，会年长疾作，驽堕愈日甚，未能胜也。幸吾弟宗直爱古书，乐而成之。搜讨磔裂，攟摭融结，离而同之，与类推移，不易时月，而咸得从其条贯。森然炳然，若开群玉之府。指挥联累，圭璋琮璜之状，各有列位，不失其叙，虽第其价可也。以文观之，则赋、颂、诗、歌、书、奏、诏、策、辨、论之辞毕具；以语观之，则右史记言，《尚书》、《国语》、《战国策》成败兴坏之说大备，无不苞也。噫！是可以为学者之端邪。

始吾少时，有路子者，自赞为是书，吾勉而叙其意，而其书终莫能具，卒俟宗直也。故删取其叙，系于左，以为《西汉文类》首纪。殷周之前，其文简而野，魏晋已降，则荡而靡，得其中者汉氏。汉氏之东，则既衰矣。当文帝时始得贾生，明儒术，武帝尤好之。而公孙弘、董仲舒、司马迁、相如之徒作，风雅益盛，敷施天下，自天子至公卿大夫士庶人咸通焉。于是宣于诏策，达于奏议，讽于辞赋，传于歌谣，由高帝迄于哀、平、王莽之诛，四方之文章烂然矣。

（柳宗元：《柳宗元集》，北京：中华书局1979年版，第575—578页。）

《王充与两汉文风》（节选）·周勋初

自元帝积极倡导儒学之后，文士进入仕途，一般必须接受经学的训练。翻阅《汉书》、《后汉书》中一些达官贵人的传记，诸如"经明行修"、"经术通明"之类的记载，数见不鲜。

……

大家知道，汉代的经学分为今文与古文两大学派。西汉盛行今文学派，东汉盛行古文学派。二者之间虽然经常产生矛盾，实则只是统治阶级内部的非原则纠纷，按其各别的经学内容来看，都是为了巩固封建政权而在作着各种自成体系的解释。由是经学上产生了所谓师法、家法等说。师法为解说某种经典的一家之言，家法则是从师法中分化出来的另一支派。西汉重师法，东汉重家法，愈分愈细碎，愈说愈支离，于是儒生年幼入学，皓首或不能说一经，本来用作统治阶级上层建筑的经学，同时又起到了束缚士人头脑的作用。

随着汉代政权的稳定，统治阶级要求一切社会秩序都趋于稳定，"天不变，道亦不变"，就是为刘汉皇朝服务的正统思想也都应该稳定下来。为此统治者利用政治手段操纵学术活动，防止各学派内容的变质或相混，藉以统制思想。例如西汉之时众人荐孟喜为博士，宣帝闻其改师法，遂不用。东汉之时光武立五经博士，令各以家法教授；安帝以经传之文多不正定，乃选刘珍等人诣东观各校雠家法；顺帝采纳左雄意见，命郡国所举孝廉皆诣公府，诸生试家法；永元之时鲁丕上疏强调说经者传先师之言，非从已出，不得相让，相让则道不明，若规矩权衡之不可枉；徐防上疏言太学试博士弟子皆以意说不修家法，因而主张若不依先师义有相伐者皆正以为非，和帝诏书下公卿，皆从防言。凡此种种，无不表明汉代儒生在学习问题上受着清规戒律的重重束缚。可以说，汉代的经学，犹如迷信《圣经》的神学。博士弟子学习某种经典，必须恪守家法，这里只有盲目信从的义务，没有发表怀疑的权利。因此，一代代经学的传授，后代经师继承前人成说，只能愈来愈趋烦琐,不大可能出现新创的成份。这样,汉代的学术界自然会弥漫着墨守成规的风气。

如上所述,汉代的经学对当时的士人有着极为巨大的影响,因此这种摹拟学风自然会涉及其他文学领域。

汉魏六朝之时辞赋并称。由于刘汉皇室的提倡,西汉之时写作骚体的人很多。只是这批文人缺乏和屈原同样的品格和生活经历,因此他们的创作活动也就不免流为死板的摹仿。王逸附入《楚辞章句》中的一些作品,就是明显的例证。《文心雕龙·时序》篇上说:"爰自汉室,迄至成、哀,虽世渐百龄,辞人九变,而大抵所归,祖述楚辞,灵均余影,于是乎在。"对此作了相当确切的概括和评判。

大赋这种文体是从楚辞之中演变出来的。早期赋家如司马相如等人的创作活动还有新创的成份,但到元、成之后的赋家也就深受摹拟学风的影响,很少出现新创的东西了。

汉赋固有想象丰富等特点,但赋家不从现实生活中去汲取养料,不能突破原有的体制格局,这样,他们的写作很快地就形成了某种程式,一代代的作家也常是在摹拟中度过其创作生涯了。

根据近代文学史家的研究,可以把汉赋的演变分为四个时期:自汉初至武帝时为创始期,自武帝至元、成间为成熟期,自西汉末至东汉末为摹拟期,直到汉末魏初才重新转入创新期。比较起来,摹拟期历时最久,产生的作品最多,所谓汉赋四大家中的三家——扬雄、班固、张衡,都处在这一阶段。因此,这一时期的创作活动很能代表汉代的文学风气。

总起来说,汉代摹拟学风的形成原因很多,而受经学上墨守家法的风气的影响至为深巨。当时除了民间文学领域中还保持着旺盛的创造力外,在文人的圈子内创新的空气也就显得很淡薄了。可以说,自西汉元、成时起,不论大小作家,或多或少都受着摹拟学风的影响。当时的一些著名作品很多是有所承袭而来的。

(周勋初:《周勋初文集》三,南京:江苏古籍出版社2000年版,第4—7页。)

二、李陵、苏武五言诗真伪辨

提示:《文选》、《初学记》、《古文苑》、《艺文类聚》等记载李陵、苏武诗计有十首。这些诗到底是否为李陵、苏武所作,历史上有很大的争议。关于这些诗的作者,看似著作权的归属问题,实际上涉及汉代五言诗的起源,故意义重大。目前学术界一般认为,这些诗的写作时间当与《古诗十九首》相仿佛,应该是东汉时期的作品。当然也有不同的意见,这一问题还可以继续讨论。

《文心雕龙·明诗》(节选)·刘勰

汉初四言,韦孟首唱,匡谏之义,继轨周人。孝武爱文,柏梁列韵,严马之徒,属辞无方。至成帝品录,三百余篇,朝章国采,亦云周备,而辞人遗翰,莫见五言,所以李陵、班婕妤见疑于后代也。按《召南·行露》,始肇半章;孺子《沧浪》,亦有全曲;《暇豫》优歌,远见春秋;《邪径》童谣,近在成世。阅时取证,则五言久矣。又《古诗》佳丽,或称枚叔;

其《孤竹》一篇，则傅毅之词。比采而推，两汉之作乎？观其结体散文，直而不野，婉转附物，怊怅切情，实五言之冠冕也。

（刘勰著，范文澜注：《文心雕龙注》，北京：人民文学出版社1958年版，第66页。）

《诗品总论》（节选）·钟嵘

气之动物，物之感人，故摇荡性情，形诸舞咏。照烛三才，晖丽万有；灵祇待之以致飨，幽微藉之以昭告；动天地，感鬼神，莫近于诗。昔《南风》之词，《卿云》之颂，厥义夐矣。《夏歌》曰："郁陶乎予心。"《楚谣》曰："名余曰正则。"虽诗体未全，然是五言之滥觞也。逮汉李陵，始著五言之目矣。"古诗"眇邈，人世难详。推其文体，固是炎汉之制，非衰周之倡也。自王、杨、枚、马之徒，词赋竞爽，而吟咏靡闻。从李都尉迄班婕妤，将百年间，有妇人焉，一人而已。

（陈延杰：《诗品注》，北京：人民文学出版社1961年版，第1页。）

《答刘沔都曹书》（节选）·苏轼

梁萧统集《文选》，世以为工。以轼观之，拙于文而陋于识者，莫统若也。……李陵、苏武赠别长安，而诗有"江汉"之语。及陵与武书，词句儇浅，正齐梁间小儿所拟作，绝非西汉文。而统不悟。

（苏轼：《苏轼文集》，北京：中华书局1986年版，第1429页。）

《苏李五言诗》·杨慎

苏文忠公云：苏武、李陵之诗，乃六朝人拟作。宋人遂谓在长安而言"江汉"，"盈卮酒"之句，又犯惠帝讳，疑非本作。予考之，殆不然。班固《艺文志》有《苏武集》、《李陵集》之目。挚虞，晋初人也。其《文章流别志》云："李陵众作，总杂不类，殆是假托，非尽陵志。至其善篇，有足悲者。"以此考之，其来古矣。即使假托，亦是东汉及魏人张衡、曹植之流始能之耳。杜子美云："李陵苏武是吾师。"子美岂无见哉！东坡跋黄子思诗云"苏李之天成"，尊之亦至矣。其曰六朝拟作者，一时鄙薄萧统之偏辞耳。

（杨慎：《升庵集》，文渊阁本《四库全书》第1270册，第475页。）

《中国诗史》（节选）·陆侃如、冯沅君

枚乘诗九首中，除《兰若生春阳》外，余均在《古诗十九首》内。我们怀疑的理由是：

1. 《汉书·枚乘传》及《诗赋略》只称他的赋，未及他的诗。《诗品》也说他"辞赋竞爽而吟咏靡闻"。

2. 《文选》以枚诗杂入《古诗十九首》中，李善注说："并云古诗，盖不知作者。"又说："昭明以失其姓氏，故编在李陵之上。"徐陵为萧统晚辈，何所据而定为枚作？

3. 而且《玉台新咏》载陆机等人的拟作，均题曰"拟古"，而不说拟枚乘。《诗品》亦称陆机所拟的几首古诗"人代冥灭"，更可助证。

以上证明古无枚乘作诗之说。即就各首本文而论，亦可知其非西汉诗：

4. 《洛阳伽蓝记》卷四说：清河王怿舍宅立冲觉寺，"西北有楼，出凌云台，俯临朝市，目极京师。古诗所谓'西北有高楼，上与浮云齐'者也"。虽未必即北朝诗，然可借以推测它不是西汉诗。

5.《日知录》说:"枚乘……诗'盈盈一水间'。……在武、昭之世而不避讳,又可知其为后人之拟作,而不出于西京矣。"

6. 西汉有"代马"、"飞鸟"对举的成语(如《韩诗外传》及《盐铁论·未通篇》),然不工切。东汉则有以"胡马"、"越燕"对举者(《吴越春秋》),有以"代马"、"越鸟"对举者(曹植《朔风》诗),均较工稳。枚诗亦有"胡马"、"越鸟"之对,其非两汉人手笔可知。

《文心雕龙》说,"古诗佳丽,或称枚叔",盖时人推测之辞,其实是没有根据的。

至于李陵、苏武的诗,那是千余年来久争不决的问题。李诗的可疑处如下:

1.《汉书·李陵传》及《诗赋略》均未提及他的五言诗。

2.《文心雕龙》说,"李陵见疑于后代",可见很早就有怀疑的人。

3.《容斋随笔》卷四说:"予观李诗云:'独有盈觞酒,与子结绸缪',盈字正惠帝讳。汉法触讳者有罪,不应陵敢用之。"

4.《十驾斋养新录》卷十六说:"观《汉书·李陵传》,置酒起舞作歌,初非五言,则知河梁唱和出于后人依托。"

5.《文选旁证》引翁方纲论"嘉会难再遇,三载为千秋"一句的话:"苏、李二子之留匈奴,皆在天汉初年,其相别则在始元五年,是二子同居者十八九年之久矣,安得仅云三载嘉会乎?"

苏诗的可疑处如下:

6.《汉书·苏武传》及《诗赋略》均未提及他的五言诗。

7.《诗品》列论西汉五言诗,已杂了不少的伪作,尚无苏武之名。

8. 苏轼《答刘沔书》说:"李陵、苏武赠别长安,而诗有'江汉'之语……而统不悟。"

所以我们不相信这七首是西汉时诗。

(陆侃如、冯沅君:《中国诗史》,天津:百花文艺出版社1999年版,第235—236页。)

三、班马异同评

提示:关于司马迁《史记》与班固《汉书》的异同优劣,自古以来争论颇多,或扬马而抑班,或褒班而贬马。然而无论是创体之功还是叙事文采,尤其是放胆直言、情真事核,司马迁较之班固都更胜一等。

《班彪列传》(节选)·范晔

司马迁、班固父子,其言史官载籍之作,大义粲然著矣。论者咸称二子有良史之才,迁文直而事核,固文赡而事详。若固之序事,不激诡,不抑抗,赡而不秽,详而有体,使读之者亹亹而不厌,信哉其能成名也。彪、固讥迁,以为是非颇谬于圣人。然其论议常排死节,否正直,而不叙杀身成仁之为美,则轻仁义,贱守节愈矣。固伤迁博物洽闻,不能以智免极刑;然亦身陷大戮,智及之而不能守之。呜呼,古人所以致论于目睫也!

(范晔:《后汉书》,北京:中华书局1965年版,第1386页。)

《刻汉书评林序》·茅坤

太史公与班掾之材,固各天授。然《史记》以风神胜,而《汉书》以矩矱胜。惟其以风神胜,故其道逸疏宕,如餐霞,如啮雪,往往自眉睫之所及,而指次心思之所不及,令人读之,解颐不已;惟其以矩矱胜,故其规画布置,如绳引,如斧剌,亦往往于其复乱虎杂之间,而有以极其首尾节腠之密,令人读之,鲜不濯筋而洞髓者。予尝譬之若治兵,太史公则韩、白之兵,批亢捣虚,无留行,无列垒,鼓钲可响,川沸谷夷;若乃班掾则赵充国之困先零,诸葛武侯之出岐山也,严什伍,饱馈粮,谨间谍,审向导,先为不可胜以待敌之可胜,故其动如山,其静如阴,攻围击刺,百不失一。两家之文,并千古绝调也。然其间创述难易,夐自不同。太史公则剗去史氏编年以来之旧,突起门户,首为传记。且以一人之见,而上下数千百年之见,故其文已散亡,而所闻易泊,所自表见者固多,而其所蔽且舛者亦时有之。班掾则仅起汉氏,非其间巷长老之所传习,即其令甲耳目之所睹记。况武帝以前,则按《史记》故本为之表里,夫既缀其所长,而避其所短,而昭、宣以后,则又有刘向《东观汉书》为之旁佐,羽翼其际,补其阙遗,而惩其固陋。此则两家者所值之异也。

（茅坤:《茅鹿门先生文集》卷十四,《续修四库全书》本第 1344 册,第 656 页。）

《艺概》(节录)·刘熙载

苏子由称太史公"疏荡有奇气",刘彦和称班孟坚"裁密而思靡"。"疏"、"密"二字,其用不可胜穷。

（刘熙载:《艺概》,上海:上海古籍出版社 1978 年版,第 15 页。）

《十四朝文学要略》(节选)·刘永济

叔皮斟酌前史,首著慎核整齐之论;孟坚缀集遗闻,复标文赡事详之美。观固自序,亦将以纬六经,缀道纲,总百氏,赞篇章,诚足以媲美子长矣。后之论者,或甲班而乙马,或劣固而优迁,或谓班书体密为优,或许史迁文朴可喜。抑扬任意,高下在心,要未可为定论也。千古而下,惟实斋章氏圆神方智之说独能得二家之精髓,识两京之风尚。（注:章学诚《文史通义·书教下》:"《尚书》一变而为左氏之《春秋》,《尚书》无成法,而左氏有定例,以纬经也。左氏一变而为史迁之纪传,左氏依年月,而迁书分类例,以搜逸也。迁书一变而为左班之断代,迁书通变化,而班氏守绳墨,以示包括也。就形貌而言,迁书远异左氏,而班史近同迁书。盖左氏体直,而自为编年之祖;而马、班曲备,皆为纪传之祖也。推精微而言,则迁书之去左氏也近,而班史之去迁书也远。盖迁书体圆用神,多得《尚书》之遗。班氏体方用智,多得官礼之意也。"）后世史家,所以多撷兰台之余芬,鲜及龙门之高躅者,岂非体方者易循,神圆者难学乎？故仲豫删略班书,尚称典要;而褚生补苴马史,徒见鄙辞也。

（刘永济:《十四朝文学要略》,哈尔滨:黑龙江人民出版社 1984 年版,第 123—126 页。）

【拓展指南】

一、秦汉典籍重要注疏资料简介

1. 司马迁:《史记》,北京:中华书局 1959 年版。

简介:裴骃集解,司马贞索隐,张守节正义。裴骃的《史记集解》是较早的《史记》校注本,引了不少先儒旧说,有很高的文献价值。司马贞的《史记索隐》则长于辩驳,其探求典故,采摭异闻,在裴骃《集解》基础上多有发明。而张守节的《史记正义》则长于地理考辨。中华书局以金陵局本为底本,用新式标点,并将三家注移于文后,便于阅读。

2.《史记会注考证附校补》,上海:上海古籍出版社1986年版。

简介:日人泷川资言考证,水泽利忠校补。《史记会注考证》是迄今为止资料最丰富的《史记》注本,是研究《史记》以及中国古代史非常重要的参考书。一般《史记》版本大多只收录三家注,《考证》收录了三家注以来中日相关资料120多种,其中包括日本学者有关《史记》研究成果二十几种,具有很高的文献价值。

3. 班固:《汉书》,北京:中华书局1962年版。

简介:颜师古注。《汉书》自问世以来,注家颇多。唐代著名学者颜师古在东晋蔡谟《汉书集解》的基础上汇集二十三家注,又吸取了他的叔父颜秦游的《汉书决疑》成果,撰成《汉书》注。此注一出,为世所重,颜氏堪称班氏功臣。中华书局1962年以王先谦《汉书补注》本为底本,又与其他四种本子互校,写成《校勘记》附于本卷后,便于读者参考。

4. 王先谦:《汉书补注》,北京:中华书局1983年据虚受堂本影印。

简介:颜注《汉书》代表唐代《汉书》注本的最高水平,而清代王先谦的《汉书补注》堪称是《汉书》注本的集大成之作。王先谦在颜注的基础上,搜集自唐至清研究《汉书》的成果六七十家,著成《汉书补注》一百卷。该书以搜罗宏富、考证精严而著称,是深入研究《汉书》的必读书。

5. 范晔:《后汉书》,北京:中华书局1965年版。

简介:李贤注。范晔《后汉书》乃是在众家《后汉书》的基础上删取而成。所以第一个为《汉书》作注的刘昭便着力于范书与包括《东观汉记》在内的众家《汉书》的比较,保存了大量后汉历史文献。到了唐代,李贤等人为范晔《后汉书》作注,侧重于字句解释。但书出众人之手,良莠不齐,错误、遗漏较多。中华书局出版《后汉书》排印本时,多本互校,又吸收了诸如王先谦《后汉书集解》、黄山《校补》等成果,写成《校勘记》附于每卷后,以便于读者参考。

6. 郭茂倩编:《乐府诗集》,北京:中华书局1979年版。

简介:本书的价值有二:一是搜罗齐备,全书共一百卷,收录上起陶唐、下至隋唐几乎全部的乐府诗;二是解题"征引浩博,援据精审,宋以来考'乐府'者,无能出其范围",对乐府诗的源流特征及其音乐变化都作了很好的梳理,具有很高的参考价值。现在比较通行的《乐府诗集》是1979中华书局校点本,全书四册,是以文学古籍刊行社影印宋本为底本,参考了毛晋汲古阁本,纠正了一些错讹,并附上了诗名人名索引,使用比较方便。

7. 逯钦立编:《先秦汉魏晋南北朝诗》,北京:中华书局1983年版。

简介:全书共135卷,搜集隋代以前除《诗经》、《楚辞》外所有传世的诗歌谣谚作品,引用书籍达300种。最大的优点是注明出处,考证异文,而且编次也较合理,便于读者阅读。其缺陷在于对出土文献如碑刻中的韵文作品关注不够。

8. 徐陵编:《玉台新咏》,北京:中华书局1985年版。

简介:本书收录汉代至梁诗歌,其中卷一至卷八收汉代至梁五言诗,卷九收杂言诗,卷十收五言二韵短诗。作为《诗经》、《楚辞》之后最古的诗歌总集,《玉台新咏》收诗主闺情,故大量收录梁代新兴的民间歌诗及文人拟作,另外收录了许多古代的叙事诗,如《羽林郎》、《陌上桑》、《孔雀东南飞》等。许多诗歌赖《玉台新咏》得以保存,故其文学价值、文献价值很高。1985年中华书局印本以稻香楼刻本为底本,并校以敦煌写本及古代类书,校勘较精。中华书局文学编辑室又补录了28篇序跋,颇便研读。

9. 萧统编:《昭明文选》,上海:上海古籍出版社1986年版。

简介:李善注。《文选》是我国现存最早的一部诗文选集,在文学史及文化史上都有很高的地位和很大的影响。萧统在文学上主张"事出于沉思,义归乎翰藻",故《文选》选文以文为本。《文选》注本颇多,以李善注本最精。李善学识渊博,号称"书簏"。他注释《文选》引书近1700种,并数易其稿。他的注释偏重于说明语源和典故,体例谨严,引证赅博。因为他所引用的大量古籍已经亡佚,后世学者往往以其注释作为考证、辑佚的渊薮。上海古籍出版社的《文选》以胡克家刻本为底本,并附上他的《文选考异》,又与尤袤刻本互校,加以标点,故底本较精,且便于研读。

10. 严可均编:《全上古三代秦汉三国六朝文》,北京:中华书局1987年影印本。

简介:本书主要依据明梅鼎祚的《文纪》及张溥的《汉魏六朝百三家集》,共收唐代以前作者3497人,分代编次为十五集。每集作者又分帝、后、宗室诸王、群雄、诸臣、宦官、列女、阙名、外国、释氏、仙道、鬼神等,绝大多数作者前有小传。搜罗齐备,考证也较精审,引文必注明出处,校勘也说明依据。但由于编者未见存于日本的《文词馆林》、《文镜秘府论》,存于朝鲜的《东古文存》等书,又不收金石铭刻,故缺漏较多。

[附]其他秦汉古籍注疏书目举要:

1. 陈奇猷:《吕氏春秋新校释》,上海:上海古籍出版社2002年版。
2. 《贾谊集》,上海:上海人民出版社1976年版。
3. 周桂钿、钟肇鹏等:《春秋繁露校释》,济南:山东友谊出版社1994年版。
4. 刘文典:《淮南鸿烈集解》,北京:中华书局1989年版。
5. 张双棣:《淮南子校释》,北京:北京大学出版社1997年版。
6. 朱一清、孙以昭:《司马相如集校注》,北京:人民文学出版社1996年版。
7. 王伯祥:《史记选》,北京:人民文学出版社1982年版。
8. 向宗鲁:《说苑校证》,北京:中华书局1987年版。
9. 张震泽:《扬雄集校注》,上海:上海古籍出版社1993年版。
10. 汪荣宝:《法言义疏》,北京:中华书局1987年版。
11. 刘盼遂:《论衡集解》,北京:古籍出版社1957年版。
12. 黄晖:《论衡校释》,北京:中华书局1990年版。
13. 陈立:《白虎通疏证》,北京:中华书局1994年版。
14. 张震泽:《张衡诗文集校注》,上海:上海古籍出版社1986年版。

15. 汪继培:《潜夫论》上海:上海古籍出版社 1978 年版。
16. 蔡邕:《蔡中郎文集》,上海:上海商务印书馆 1938 年版。
17. 高步瀛:《两汉文举要》,北京:中华书局 1990 年版。
18. 曹道衡:《两汉诗选》,北京:中华书局 2005 年版。
19. 龚克昌:《全汉赋评注》,北京:花山文艺出版社 2003 年版。
20. 沈德潜:《古诗源》,北京:中华书局 1963 年版。

二、秦汉文学重要研究成果简介

1. 熊礼汇:《先唐散文艺术论》,北京:学苑出版社 1999 年版。

简介:本书最大的特色是实证。熊氏致力于古代散文研究,在作品的反复研读中,实事求是地探讨一家、一代散文之艺术特色,将宏观把握和微观剖析相结合,努力勾勒出先唐散文之艺术嬗变。行文体例,分著述散文与单篇散文而论之;剖析作品,重视字法、句法、文法;具体评价,重视吸收古代古文评点理论。尤其是在论述两汉散文时,将奏议、诏书、碑刻等悉数纳入,视野宏阔。

2. 龚克昌:《汉赋研究》,济南:山东文艺出版社 1990 年版。

简介:本书从赋与时代关系的角度切入,评价汉赋的政治价值和文学价值。全书既有总论,也有专家、专篇研究。关于汉赋的时代价值,龚克昌认为汉赋的出现是为了适应汉帝国大一统的时代需求,而人们之所以从讽谏的角度批评汉赋"虚辞滥说",正因为汉代文学尚没有摆脱经学附庸的地位。关于汉赋的文学史价值,龚克昌提出汉赋是中国文学自觉的起点,开汉代文学自觉说之先声。在具体作家、作品研究中,重视从政治方面入手,分析其现实意义。

3. 李长之:《司马迁之人格与风格》,上海:上海三联书店 1984 年版。

简介:这是第一部把司马迁当做史学家、文学家、思想家加以考察的学术专著,具有叙、评、论、考的性质。作者说他的写作是"基于自己的一点创作欲求",因而笔调富有文学色彩。他对《史记》的文学成就分析精到,对《史记》的用笔归纳全面,计有统一律、内外谐和律、对照律、对衬律、上升律、奇兵律、减轻律七种,其对内外和谐律的分析堪称绝妙。这是一部研究《史记》文学成就的不可多得的精深之作。

4. 萧涤非:《汉魏六朝乐府文学史》,北京:人民文学出版社 1984 年版。

简介:本书分六编,其中第一编为绪论,第二编专论两汉乐府。他认为一切诗体皆出乐府,而非乐府仅为诗之一体,这是全书的基本观点。其论汉代乐府,分民间乐府和贵族乐府之"双线结构"而论之,并认为班固之"感于哀乐,缘事而发"乃是指民间乐府而言,诚"探源得要"(黄节《审查报告》)。基于"文学为时代之反映"的现代文学观念,其论乐府常能结合史事而论,以史证诗,独申己见而发人未发。黄节称其"知变迁,有史识;知体制,有文学;知事实,有辨别;知大义,有慨叹",王运熙称其能传之久远,皆为诚信不欺之评。

5. 马茂元:《古诗十九首初探》,西安:陕西人民出版社 1981 年版。

简介:全书共分三部分:第一部分是对《古诗十九首》的整体概述,分别探讨了《古诗十九首》的作者、产生时代、思想内容、艺术特色诸问题;第二部分是对作品的具体注释和分析,打乱了《文选》的编排,分成游子和思妇两大类,以便于讲解和阅读;第三部分搜集从古至今对《古诗十九首》的评论,便于读者进一步研究。本书最有价值的地方是作者对每一首作出的注释和分析,从字词、语句、典故等方面入手,结合诗的历史背景,真切而具体地分析每一首诗的情感抒发和艺术特色。需要考证的地方也尽可能简洁,不枝不蔓。同时吸纳了前人研究成果,如隋树森《古诗十九首集释》,并注明出处。

6. 周予同:《周予同经学史论著选集》,上海:上海人民出版社 1983 年版。

简介:朱维铮选编。周予同先生是著名历史学家,尤精于经学史研究。周先生善于把枯燥乏味又头绪纷繁的经学史用深入浅出的语言讲出来,不仅条理清晰,而且饶有情趣。本书收集了周先生四部经学史专著以及论文杂著三十三篇,其中既有深入的专题研究,也有指示入门的如《群经概论》、《孔子》这样通俗的读物。其中《经今古文学》以及论谶纬的内容,对于了解汉代经学史发展状况很有帮助。编者朱维铮是周先生的高足,也是著名的经学史家,他的编选后记《中国经学史研究五十年》本身也是一篇提纲挈领、点评精到的经学史研究论文。

[附]秦汉文学研究参考书目举要

(一) 著作:

1. 鲁迅:《汉文学史纲要》,《鲁迅全集》第九卷,北京:人民文学出版社 1981 年版。
2. 梁启超:《中国之美文及其历史》,北京:东方出版社 1996 年版。
3. 钱锺书:《管锥编》第 1、2、3 册,北京:中华书局 1979 年版。
4. 周勋初:《文史探微》,上海:上海古籍出版社 1987 年版。
5. 陈柱:《中国散文史》,北京:东方出版社 1995 年版。
6. 郭豫衡:《中国散文史》(上),上海:上海古籍出版社 2000 年版。
7. 马积高:《赋史》,上海:上海古籍出版社 1987 年版。
8. 陶秋英:《汉赋研究》,杭州:浙江古籍出版社 1986 年版。
9. 万光治:《汉赋通论》,成都:巴蜀书社 1989 年版。
10. 阮忠:《汉赋艺术论》,武汉:华中师范大学出版社 2008 年版。
11. 朱东润:《史记考索》,上海:华东师范大学出版社 1996 年版。
12. 程金造:《史记管窥》,西安:陕西人民出版社 1985 年版。
13. 韩兆琦:《史记通论》,桂林:广西师范大学出版社 1996 年版。
14. 余冠英:《汉魏六朝诗论丛》,上海:上海古典文学出版社 1956 年版。
15. 王运熙、王国安:《汉魏六朝乐府诗》,上海:上海古籍出版社 1986 年版。
16. 赵敏俐:《汉代诗歌史论》,长春:吉林教育出版社 1995 年版。
17. 叶嘉莹:《汉魏六朝诗讲录》,石家庄:河北教育出版社 1997 年版。
18. 于迎春:《汉代文人与文学观念的演进》,北京:东方出版社 1997 年版。
19. 信立祥:《汉代画像石综合研究》,北京:文物出版社 2000 年版。

20. 葛兆光：《中国思想史》第一卷，上海：复旦大学出版社 2001 年版。
21. 陈文新：《中国文学流派意识的发生和发展》，武汉：武汉大学出版社 2007 年版。

（二）论文
1. 刘跃进：《秦汉文学史研究的困境与出路》，《文学遗产》2003 年第 6 期。
2. 张少康：《论文学的独立和自觉非自魏晋始》，《北京大学学报》1996 年第 2 期。
3. 许结：《扬雄与东汉文学思潮》，《中国社会科学》1988 年第 1 期。
4. 熊礼汇：《两汉散文艺术嬗变论》，《武汉大学学报》1997 年第 5 期。
5. 吴承学：《〈过秦论〉——一个文学经典的形成》，《文学评论》2005 年第 5 期。
6. 冯沅君：《汉赋与古优》，《冯沅君古典文学论文集》，济南：山东人民出版社 1980 年版。
7. 朱光潜：《诗与隐》，《诗论》，北京：三联书店 1984 年版。
8. 朱一清：《论汉赋的艺术特色》，《文学评论》1983 年第 6 期。
9. 万光治：《论汉赋的图案化倾向》，《四川师院学报》1982 第 3 期。
10. 何新文：《赋家之心 苞括宇宙——论汉赋以"大"为美》，《文学遗产》1986 年第 1 期。
11. 徐公持：《诗的赋化与赋的诗化——两汉魏晋诗赋关系之寻踪》，《文学遗产》1992 年第 2 期。
12. 常森：《〈两都赋〉新论》，《北京大学学报》2007 年第 1 期。
13. 王国维：《太史公行年考》，《观堂集林》第 11 卷。
14. 余嘉锡：《太史公书亡篇考》，《余嘉锡论学杂著》，北京：中华书局 1963 年版。
15. 葛晓音：《论汉乐府叙事诗的发展原因和表现形式》，《社会科学》1984 年第 12 期。
16. 钱志熙：《汉乐府与"百戏"众艺之关系考论》，《文学遗产》1992 年第 5 期。
17. 罗根泽：《五言诗起源说评录》，《罗根泽古典文学论文集》，上海：上海古籍出版社 1985 年版。
18. 闻一多：《论〈易林〉》，《闻一多论古典文学》，重庆：重庆出版社 1984 年版。
19. 叶岗：《汉〈郊祀歌〉与汉代谶纬》，《文学评论》1996 年第 4 期。
20. 杨义：《汉魏六朝"世说体"小说的流变》，《中国社会科学》1991 年第 4 期。

三、汉代重要考古资料介绍

1. 秦简考古：目前出土的重要秦简有 1975 年湖北云梦睡虎地十一号和四号秦墓出土的简牍、1980 年四川青川郝家坪 50 号秦墓木牍、1986 年甘肃天水放马滩秦墓简、1989 年湖北江陵云梦龙岗秦墓简、1993 年湖北江陵王家台秦墓简、2002 年湖南里耶简等。这些简牍多涉及当时社会政治、文化风俗等方面，关系到秦代文学研究的如睡虎简《为吏之道》、放马滩简《墓主记》、王家台简《归藏》等。另外大量出土的《日书》也可以帮助我们了解当时社会的风俗民情，以及秦代文学的文化特质。

2. 汉代简帛考古：目前汉简出土量非常大，重要的如1907—1930年甘肃居延简、1959年的武威简、1972年的临沂银雀山简、1973年的河北定县简和马王堆帛书、1977年的阜阳简、1983年的江陵张家山简、1992年的甘肃悬泉简、1993年的江苏尹湾简。相对秦简而言，汉简内容更加丰富，涉及的学科更多。如马王堆汉墓出土的就有帛书经书类《周易》、史书类《春秋事语》、《战国纵横家书》、诸子类《老子》、兵书类《刑德》以及术数类、医术类等，而同时出土的"T"形帛画不仅具有很高的艺术价值，对我们研究楚辞等先秦文学也很有帮助。总的说来，汉代简帛中关系到文学的资料比较丰富，除马王堆帛书外，还有银雀山简中的《孙子》、《唐勒》，定县简《论语》、《文子》，阜阳简《周易》、《诗经》、楚辞残句，尹湾简中的《神乌赋》等。

3. 汉画像考古：汉代的墓室、石祠堂或石阙上一般刻有各类绘画题材的纹饰，概称为汉画像。汉画像是汉代生活面貌的具体描画，涉及政治、社会、生产、战争、道德、信仰以及艺术等诸方面。它不仅为我们研究汉代文学提供了真实可感的历史背景，汉代画像材料中有大量关涉到灾异祥瑞，可以帮助我们理解诸如汉赋、《郊祀歌》之类的文学体裁。有些可与文学直接参证，如汉画像中的神话故事，尤其是西王母内容很丰富，对我们研究汉代小说具有重要的启发意义。再举个具体的例子，汉代小说中有一部《燕丹子》，说荆轲刺秦王之事。在汉代画像石、画像砖中有大量以此为题材的内容，其传神尽相与文字叙述比起来毫不逊色。不同的时期、不同的区域的荆轲刺秦王画像还有差异，这有利于我们考察这一题材在汉代的生成与传播状况。

4. 汉碑考古：汉代碑刻内容非常丰富，而碑文本身就是汉代文学要研究的对象。汉代碑刻不仅关涉到汉代散文研究，也关涉到汉代诗歌研究。因为碑文中的铭、赞、颂等皆为韵文，有的还是骚体韵文，如《孔彪碑》、《郙阁颂》。此外，汉代碑刻对我们研究汉代小说也有重要的价值，如前举之《肥致碑》。目前，汉代碑刻文献的整理已经取得了很大进展，赵万里、赵超、高文、毛远明、徐玉立等在这方面都做出了斐然成就。

第三编 魏晋南北朝文学

第一章 绪 论

魏晋南北朝不仅是中国历史的重要转折点,亦为文学发展之关键。政治上,九品中正制建立,门阀世族制度占据重要地位;经济上,庄园经济、寺院经济兴起,江南得到开发,南北经济趋于平衡;思想宗教上,儒学衰微,玄学兴盛,佛教输入,道教趋于系统化;社会关系上,各民族联系密切并渐趋融合,同时又体现出各自的风格和特色;文学艺术上,文学、绘画、音乐等都产生了重要的新变,取得了丰硕的成果。这些都为隋唐时期的全面繁荣奠定了基础。

第一节 魏晋南北朝社会概况

从汉末大乱到隋代统一,历时约400年。这一时期,社会处于长期分裂和动荡不安的状态,历史情况复杂,大略言之,可概括为:(1)战乱不息,南北对立;(2)门阀兴起,士庶对立;(3)儒学衰微,玄佛流布。

一、战乱不息,南北对立

魏晋南北朝至隋时期是中国历史上战争频发、社会最为动荡不安的年代。汉末黄巾起义、三国混战以及战后的大瘟疫,致使人口急剧下降。魏统一中原并过渡到晋以后,又爆发了历时16年之久的八王之乱,西晋的社会经济被严重破坏,农业人口大量南逃。同时,北方游牧民族频繁内迁,永嘉年间,匈奴集团占领洛阳,晋怀帝遭俘并遇害,酿成了"永嘉之乱"。自此南方汉族政权与北方少数民族政权的战争从未消歇,直至隋统一中国。

永嘉乱后,北方士族大量南迁。自此南方之学术文化均与北方分道发展,形成其独特风格,其中文学、音乐、绘画等尤为显著。经过魏晋南北朝,中国经济的重心也已从黄河流域逐渐转移到长江流域。整个魏晋南北朝时期,除了西晋有过短暂的统一,其余年代都处于分裂割据状态,永嘉乱后的南北对峙更是长达260余年。

战乱不息与南北对立,对社会生活有着多方面的影响。首先,商品经济的发展受到了极大的阻碍。汉代商品货币关系相当发达,而至三国时商业活动和私人手工业几乎陷入停滞,市场急剧萎缩,自然经济占据了统治地位。至南北朝时期,南方商业发展较快,北方则相对缓慢。① 其次,南方得到了迅速开发,江左腹地经济发展业已达到了相当可观的水平。建康这样的新兴城市取代了北方的洛阳、长安,成为新的政治、文化、商业中心,城市的繁荣对音乐和文学的兴盛都有直接的影响。最后,人口流动加剧。人口的流动促进了各地的文化交流,也促进了各族人民走向共存共处,促进了民族融合。不同的民族文化的交融,为中国文学的进一步繁盛提供了活力,打下了基础。

二、门阀兴起,士庶对立

魏晋南北朝政治制度上最为显著的特点,就是九品中正制的实施与门阀世族的兴起。门阀起于汉代。汉代以经学取士,一些世家大族借助对知识的垄断,往往累世公卿,门生弟子遍布天下,在政治文化和社会生活中占据着特殊地位。这就是早期的门阀。这种门阀阶层借助九品中正制的确立进一步制度化。九品中正制创设于曹魏,贯穿整个魏晋南北朝时期。其来源颇为复杂。一方面,九品中正制受到汉末党祸与清议的重要影响②;另一方面,它又是魏政权和大族名士妥协的结果。由于中正官多由门阀世族担任,故门阀世族就事实上把持了官吏选拔之权,甚至形成"上品无寒门,下品无势族"(《晋书·刘毅传》)的局面。

门阀制度的形成,对文学的发展有着巨大的影响。首先,庄园经济重新崛起,这就为世族文学集团的形成提供了经济基础和地理环境。其次,世族子弟往往担任清要之职,有充足的时间和精力从事文学艺术研究和创作。再次,世族子弟拥有良好的文化环境,世族社会为文学交流和评鉴提供了可能,也决定了时代文学风气的走向。魏晋南北朝时期世族文学集团大量出现,谢氏家族是其典型代表。

门阀制度也造成了士庶阶层的对立。这种对立表现在两个方面。对于依靠军功崛起的庶族地主阶层,他们一方面采用种种手段对世族进行压制,另一方面又往往热衷于文学艺术,希望借此跻身世族圈子。而对于出身寒素的士人,他们对隔绝仕进之路的门阀制度心怀不满,这种不满与悲愤也借

---

① 参见唐长孺:《魏晋南北朝隋唐史三论》,武汉:武汉大学出版社1992年版,第39—42、130—154页。

② 参见杨筠如:《九品中正与六朝门阀》,上海:商务印书馆1930年版,第1—17页。

文学作品表达出来。门阀制度在东晋达到鼎盛,形成世族与皇族共治的门阀政治,南北朝时期随着庶族阶层的崛起而渐趋衰落。

三、儒学衰微,玄佛流布

在汉代占据中心地位的儒学,至魏晋南北朝时已失去了其维系人心的力量,转而被玄学所代替。玄学是盛行于魏晋时期的一种哲学、文化思潮。它以道释儒,兼宗儒道,后期又受到了佛教的影响。玄学的产生有其社会背景和思想文化背景,魏晋时期动荡的社会环境以及门阀制度为其在社会上层的流行提供了条件。玄学是对汉代经学繁琐章句的反动,也是经学中重视义理一支的延续和发展,同时还受到了汉末魏初清谈品题之风的影响。

玄学以《老子》、《庄子》、《易经》这"三玄"为基础,探讨自然界的本原、演化规律、结构以及人与自然的关系等诸多颇具形上色彩的问题,达到了很高的思辨水准,其理论带有鲜明的审美思维特征,对后世的文学创作和文学鉴赏有着重要的影响。

玄学的流行极大地影响了魏晋士人的价值观念、心理情感以及思维方式,对魏晋时期独特的社会风貌的形成起到了重要的推动作用。佛学输入的影响则更为深远。至晚于东汉中期,佛教已经传入东土。然而这时的佛教影响甚小,传教者也没有独立的社会地位,与方术之士并无不同。佛教之兴盛,实始于桓灵之际,至汉末而成气候。魏晋南北朝时期,佛经被大量翻译,佛教开始在上层士人中流行,南朝尤为兴盛。许多文人都与僧人交往,熟悉佛经典故。佛教的造型艺术、音乐、舞蹈、佛教故事以及佛教的思维方式和世界观,甚至佛教词汇,都对这一时期的文学产生了重要的影响。宫体诗的兴起,四声的发现,反切的产生,大量志怪小说的出现,都与佛教有着密切的联系。

第二节　魏晋南北朝文学的发展、成就和特点

魏晋南北朝时期的诗歌起于建安,以"三曹七子"为代表的建安诗坛,以激越慷慨之音表现出强烈的社会责任感和深沉的生命意识。正始时期,阮籍之诗表现出个人在乱世中无路可走的痛苦与焦灼,抒情的范围和手法较之建安都有深入和拓展。太康年间,诗人全力拟古,华丽藻饰、雕琢繁缛是这一时期的特点。左思之诗抨击豪族,感慨寒士际遇,卓尔不群。两晋之交,郭璞借游仙之作抒坎壈之怀,是两晋游仙诗中文学成就最高者。降及东晋,玄风大炽,玄言诗笼罩诗坛百余年。晋宋之交,出现了伟大的田园诗

人陶渊明。陶渊明的诗歌是诗歌抒情传统与哲学思辨力量结合的产物,其真、淡、简的艺术特色在中国文学史上打下了深刻的印记,也开辟了田园隐逸诗歌传统。

刘宋时期,谢灵运继承了魏晋以来诗歌中注重景物描摹、注重辞采的一面,开创了影响极大的山水诗派。鲍照长于乐府,风格俊逸豪放,富于力度。齐梁时期,出现了以沈约、谢朓为代表的永明体。这一时期"四声"的发现和相关的声律研究是最为重大的事件。梁陈时期,"宫体"盛行,其情调轻艳,诗风柔靡缓弱,影响远及隋和初唐。北朝诗歌的代表人物是庾信。他融合南北诗风,既有齐梁诗歌的形式美,又有北地的劲健厚重,是南北朝诗歌的收束者。

民歌方面,南朝民歌主要分为吴歌、西曲两大类,以情歌为主,风格真挚细腻、哀怨缠绵,情感鲜明突出,修辞活泼多样。《西洲曲》是其中最杰出的作品。北朝民歌内容广泛,质朴刚健,《木兰诗》代表了北朝民歌的最高水准。

在辞赋方面,文采清丽、咏物抒情的小赋是魏晋南北朝的主流。建安时期曹植、王粲,正始时期向秀等人俱有佳制。西晋大赋复兴,左思、潘岳直追汉人。东晋时期辞赋由密丽渐趋清旷,陶渊明诸作是其中的杰出代表。南朝赋体复兴,鲍照、谢惠连、谢庄、江淹等风格各异,达到了很高的艺术成就。庾信后期赋作无论在思想性还是艺术性上,都代表了南北朝赋的最高成就。《哀江南赋》是中国辞赋史上的名篇巨制,堪称"赋史"。

在散文与骈文方面,注重文章的艺术美是整个魏晋南北朝时期的共同特点。建安多表章书记之文,词义慷慨,富于个性。正始时论辩说理之文兴起,以思辨周密、文思跌宕为特色。西晋时,陆机之书表论辩,潘岳之哀诔之文,俱弘丽妍赡。东晋文风萧散,疏荡玄远。陶渊明之文优美质朴,独具魅力。元嘉时文风典丽,鲍照眼界宏大,雄健精工,独步当时。俳谐文中,孔稚珪的《北山移文》讽刺辛辣,文辞优美,堪称代表。丘迟、吴均、陶弘景等书简文字以写景见长,文笔清新,疏朗明丽,与齐梁主流的华藻丽句恰成对比。北朝之文,以《水经注》和《洛阳伽蓝记》两大巨制为代表。二者对唐及唐以后的古文家影响很大。

小说方面,魏晋南北朝时期出现了大量的志人志怪小说。志人小说以刘义庆《世说新语》为代表,特点是简练警拔,能于细微处见精神。志怪小说以干宝《搜神记》为代表。这类小说保存了大量的民间传说,既是后世小说创作的素材库,也为小说写作积累了经验。

魏晋南北朝时期出现了许多文学集团,且都取得了重要的成果。这对文学发展无疑有着极大的推动作用。文学摆脱了经学的附庸身份开始获得较为独立的地位。刘宋时设立文学馆,《后汉书》中立《文苑传》,《典论·论文》、《文赋》、《文心雕龙》、《诗品》的产生,"文笔之辨",《文选》、《玉台新咏》的编纂,都是文学趋于独立的表现。

魏晋南北朝时期,不仅有陶渊明这样的伟大诗人,文人诗、散文、辞赋、小说,乃至民歌都出现了一大批优秀的作品。这些作品反映了人们对生活的认识和对世界的理解,带有强大的情感力量和突出的审美特征,千载之下犹能打动人心。

第二章 建安诗坛与正始诗坛

三国时期的诗歌创作以曹魏政权为中心,可分为建安和正始两个阶段。以"三曹"、"七子"为代表的建安诗人群,其创作骨力刚健、意气充溢,反映了当时积极进取的时代精神,形成了"建安风骨"这一美学范式。曹植作为这一时期最杰出的诗人,以其文采气骨兼备的创作为后人树立了典范。正始时期,以阮籍为代表的诗人转而抒写内心深处的冲突与苦闷,以含蓄蕴藉、曲折深沉的手法抒情言志,这就拓展了诗歌抒情的范围,也使诗歌对心灵世界的表现更加深入。

第一节 建安诗坛

建安是东汉末年汉献帝的年号,自公元196年曹操奉汉献帝移都许昌,改元"建安"始,至公元226年曹丕即位称帝,改元"黄初"止,共25年。文学史意义上的"建安文学"所涵盖的范围却不止于此,而往往包括了黄初时期的文学创作在内。黄初文学实为建安余绪,其主要抒情手段和诗歌体制均未超出建安范畴,严羽《沧浪诗话·诗体》自注云:"(黄初)与建安相接,其体一也。"曹植、曹丕等重要诗人生活的时代都横跨建安和黄初,尤其是曹植,许多代表作品都产生于黄初时期。

"三曹"是建安诗歌创作的中心。这既是由于他们特殊的政治身份和地位,也是因为他们在诗歌创作中表现出了卓越的才华和开拓精神。

曹操(155—220),字孟德,沛国谯(今安徽省亳州市)人,东汉末年杰出的政治家、军事家、文学家。曹操之父曹嵩是当时得宠宦官曹腾的养子,官至太尉。曹操自公元184年汉末黄巾起义时崭露头角,历经讨董卓、降张绣、破袁术,于公元200年官渡之战击破袁绍,成为北方中原地区的实际统治者。

现存曹操的二十余首诗歌,全部是乐府诗。相较于当时其他诗人对于五言诗的开掘,曹操对诗体的选择是颇值得我们关注的。曹操多才多艺,精擅音乐,而乐府的重要特点就是其音乐性。王沈《魏书》说他:"登高必赋,及造新诗,被之管弦,皆成乐章。"张华《博物志》亦云:"桓谭、蔡邕善音乐……太祖皆与埒能。"另一方面,曹操的诗作不仅是个人情志的体现,还常用于燕饮酬答,这也和其诗作中相和歌辞占主体的情况是统一的。

曹操的乐府诗可以分为四类。第一类是《薤露行》、《蒿里行》这种对当时历史事实加以记录的诗歌,如《蒿里行》:

> 关东有义士,兴兵讨群凶。初期会盟津,乃心在咸阳。军合力不齐,踌躇而雁行。势利使人争,嗣还自相戕。淮南弟称号,刻玺于北方。铠甲生虮虱,万姓以死亡。白骨露于野,千里无鸡鸣。生民百遗一,念之断人肠。

此诗记公元190年关东各路首领讨伐董卓之事,上半部分写同盟军的组建与失败,下半部分写战争给社会造成的巨大破坏。全诗感情深沉,气势宏大,堪称诗史。又如《薤露行》,记述了汉末董卓之乱的前因后果,前八句写何进"知小而谋强",虽欲铲除宦官,反而误国殃民,身罹其害,造成了君王被持,汉祚覆坠的局面。后八句写董卓逼宫杀帝,焚烧洛阳,"荡覆帝基业,宗庙以燔丧",献帝被逼西迁,只留下一片残垣断壁,"瞻彼洛城郭,微子为哀伤"。全诗读来犹如展开一幅汉末历史长卷,令人感慨不已。此诗带着鲜明的感情色彩,对事件的记述、对人物的褒贬、对乱世的悲悼,都浓缩在短短80字中。明代钟惺的《古诗归》称《薤露行》、《蒿里行》为"汉末实录,真诗史也"。

第二类是抒发其政治理想和政治伦理观念的诗歌,如《度关山》、《对酒》、《善哉行》等。这类政治诗,就诗歌艺术本身而言并不出色,但是它们对于理解曹操的理想与观念却相当重要。

第三类是表达生命感受的抒情诗歌。如《短歌行》(其一)：

> 对酒当歌,人生几何!譬如朝露,去日苦多。慨当以慷,忧思难忘。何以解忧?唯有杜康。青青子衿,悠悠我心。但为君故,沈吟至今。呦呦鹿鸣,食野之苹。我有嘉宾,鼓瑟吹笙。明明如月,何时可掇?忧从中来,不可断绝。越陌度阡,枉用相存。契阔谈䜩,心念旧恩。月明星稀,乌鹊南飞,绕树三匝,何枝可依?山不厌高,海不厌深。周公吐哺,天下归心。

全诗以对酒当歌发端,以天下归心收尾,实际上是将普遍的对于人生价值的追问收束到个体的社会责任上来,故带有鲜明的个性特征,极富感染力。又如《步出夏门行·观沧海》："秋风萧瑟,洪波涌起。日月之行,若出其中;星汉灿烂,若出其里。"气势宏大,笔力雄健,正是诗人个体人格的投影。

第四类是游仙诗,在曹操诗作中占据的比例很高,如《气出唱》三首、《秋胡行》二首、《陌上桑》等,都属此类。曹操的游仙诗,既有当时道教养生之术的影响,也有宴饮消遣的成分。其中涉及游仙的内容,则是车马服饰的华丽繁美,神药、灵芝、美酒等奢华物质的享乐,仙人玉女的弹歌奏乐、翩翩起舞,"酒与歌戏,今日相乐诚为乐"。这种游仙诗的主导情感并非道教的清虚恬淡,而是包含着浓烈的对于现世生活的执著和不舍。

曹操的乐府诗脱胎于汉乐府民歌,却不限于乐府民歌的写作方式,为乐府诗开辟了新的道路。这种创新可以分为三类。其一是古题作品内容上的个人化,如《苦寒行》,抒写征夫从军之苦与思乡之情,这与汉乐府中同题代言体诗是一致的。但是曹操的诗因诗人主体的参与使得诗歌由普泛化的感叹变成个人化的抒情："熊罴对我蹲,虎豹夹路啼。溪谷少人民,雪落何霏霏!""担囊行取薪,斧冰持作糜。悲彼《东山》诗,悠悠令我哀。"这种细节描写使得诗歌带上了个性色彩。这正是民歌与文人诗歌的一个重要的区别。其二是古题乐府内容的扩展,如《薤露行》、《蒿里行》,本是挽歌,曹操用此题抒写汉末时事,诗中仍然包含着人命浅危、朝不保夕的原古题精神,在诗歌的情感基调上有相近之处。其三是完全抛开古题本意,自铸新辞。如《陌上桑》本是写罗敷故事,《秋胡行》本是写秋胡戏妻之事,曹操用之写游仙诗。

曹操在文学史上的意义,不仅在于其本身的创作,还在于其对文学的倡导。建安文学能够在长期战乱、社会残破的背景下勃兴,与他的重视和推动是分不开的,建安时期的主要作家无不同他有密切关系。"建安七子"中除了孔融,均为曹操所用,而蔡琰、繁钦、仲长统等也都托庇于曹操的荫护。

曹丕(187—226),字子桓,曹操次子。他少有逸才,广泛阅读古今经传、诸子百家之书。年仅8岁即能为文,又善骑射、好击剑。建安十六年为五官中郎将,二十二年,运用各种计谋,在司马懿、吴质等大臣帮助下,在继承权的争夺中战胜了弟弟曹植,被立为世子。延康元年(220),曹操死,曹丕袭位为魏王,任丞相。他积极调节曹家与士族阶层之间的矛盾,果断采纳陈群的意见,建立九品中正制,获得了士族的支持。同年十月,逼迫汉献帝禅位,改国号魏,自立为皇帝,改元黄初,定都洛阳。

曹丕现存诗作约40首,古诗与乐府各半。其内容大体有四类。第一类是宴游诗。曹丕在邺下过着贵公子的生活,经常与义士宴游赋诗。铜雀园之游、玄武池之游皆有诗存世。这类宴游诗,一部分多个人感慨,间杂政治伦理和道德说教,如《短歌行》、《秋胡行》(其一),另一部分侧重刻画景物,细致入微,文辞华美,并开始重视对偶。如《芙蓉池作诗》云"丹霞夹明月,华星出云间。上天垂光彩,五色一何鲜";《于玄武陂作诗》云"菱芡覆绿水,芙蓉发丹荣。柳垂重荫绿,向我池边生。乘渚望长洲,群鸟讙哗鸣,萍藻泛滥浮,澹澹随风倾"。这些诗为山水诗的兴起在技巧和语言上作了重要的积累。

第二类是个人的纪事抒情言志之诗。如《饮马长城窟行》:"浮舟横大江,讨彼犯荆虏。武将齐贯錍,征人伐金鼓。长戟十万队,幽冀百石弩。发机若雷电,一发连四五。"文辞颇为雄壮。又如《黎阳作诗三首》记曹军南征,纪事写景中表达了自己"救民涂炭"的理想。《广陵于马上作诗》记公元244年三讨东吴、屯兵广陵(今扬州)时阅兵的所见所感,上半部分极写军容之盛:"戈矛成山林,玄甲耀日光。"下半部分感慨战争对社会造成的破坏,打算"兴农淮泗间,筑室都徐方",希望"不战屈敌虏,戢兵称贤良"。

第三类是游仙诗。曹丕既不信游仙,也不关心养生,游仙诗的写作只是表明了时代风气的影响。曹丕曾称"呼吸吐纳""好道术"之流为"古今愚谬"(《三国志·魏书·方技传》注引《典论》)。其《折杨柳行》云:"西山一何高,高高殊无极。上有两仙僮,不饮亦不食。……王乔假虚辞,赤松垂空言。达人识真伪,愚夫好妄传。追念往古事,愦愦千万端。百家多迁怪,圣道我所观。"以游仙始而最终归结到"百家多迁怪,圣道我所观",这实际上是否定游仙了。

第四类是代言体诗。代言对象有征人、游子、思妇、寡妇等。《代刘勋妻王氏杂诗》、《寡妇诗》、《见挽船士兄弟辞别诗》、《陌上桑》、《杂诗》等都属此类。其中《燕歌行》二首因其成熟的七言体式而为人们所重视。其一云：

> 秋风萧瑟天气凉，草木摇落露为霜，群燕辞归雁南翔。念君客游多思肠，慊慊思归恋故乡，君何淹留寄他方？贱妾茕茕守空房，忧来思君不敢忘，不觉泪下沾衣裳。援琴鸣弦发清商，短歌微吟不能长。明月皎皎照我床，星汉西流夜未央。牵牛织女遥相望，尔独何辜限河梁？

全诗委婉曲折而又清新流丽，情深语浅而又构思精巧，这既缘于曹丕所受的文学训练，也得益于他敏感多情、体察入微的个人性格。

曹丕非常重视音乐的描写，而且这些描写总是指向一种悲情。"哀弦微妙，清气含芳。流郑激楚，度宫中商。感心动耳，绮丽难忘。"（《善哉行》其二）"乐极哀情来，寥亮摧肝心。"（《善哉行》）"奏桓瑟，舞赵倡。女娥长歌，声协宫商。感心动耳，荡气回肠。"（《大墙上蒿行》）"弦歌发中流，悲响有余音。音声入君怀，凄怆伤人心。"（《清河作诗》）这也反映了时人以悲为美的审美取向和生命感受。

曹丕诗作诸体俱备，三言、四言、五言、六言、七言、杂言无不尝试，这种勇气和魄力正是建安时代精神的集中体现。以曹丕为中心的宴游唱和，已开文人雅集的先河。

曹植（192—232），字子建，曹操之子，曹丕同母弟。因其终封于陈，谥号为"思"，故世称陈思王。曹植自幼颖慧，早年颇得曹操喜爱，几乎被立为太子。然其性行疏略，不能自饰，终于在立储之争中败给了曹丕，造成了他后半生的悲剧。曹植的诗以建安二十五年（220）曹丕称帝为界，可分为前后两期。

曹植早年有两种截然不同的生活，一方面，他"生乎乱，长乎军"（曹植《陈审举表》），多次随父出征，"南极赤岸，东临沧海，西望玉门，北出玄塞"（《求自试表》），几乎经历了曹操东征西讨的每一次重大战役；另一方面，建安八年曹操攻克邺城之后，曹植定居于此，又过着文士环绕、宴游驰骛的贵公子生活。因此其前期诗作兼有两种生活的影响——既有描绘社会乱离、抒发理想与抱负的诗作，又有"怜风月，狎池苑，述恩荣，叙酣宴"（《文心雕龙·明诗》）的贵族生活的描写。前者如《送应氏》（之一）：

> 步登北邙阪，遥望洛阳山。洛阳何寂寞，宫室尽烧焚。垣墙皆顿擗，荆棘上参天。不见旧耆老，但睹新少年。侧足无行径，荒畴不复田。游子久不归，不识陌与阡。中野何萧条，千里无人烟。念我平常居，气结不能言。

这种主体(行为)——客体(景物)——主体(情感)的抒情模式在汉乐府之《步出城东门》,《十九首》之"回车驾言迈"、"驱车上东门"、"去者日以疏"等篇中用的很普遍,主要是感怀时光的无情和生命的无常。而曹植此诗则反映董卓之乱对当时社会造成的巨大破坏——宫室焚毁、田野荒芜、人烟稀落,以致20年后仍令人"气结不能言"。洛阳城的遭遇实际上是汉末乱世的缩影,对洛阳的伤悼饱含着面对乱世,目睹文明秩序被摧毁而产生的惊惧与悲哀。在这样的艰难时事之中送别好友应场,其中滋味不言而喻。

曹植早期的诗歌以《白马篇》为代表:

> 白马饰金羁,连翩西北驰。借问谁家子?幽并游侠儿。少小去乡邑,扬声沙漠垂。宿昔秉良弓,楛矢何参差。控弦破左的,右发摧月支。仰手接飞猱,俯身散马蹄。狡捷过猴猿,勇剽若豹螭。边城多警急,胡虏数迁移。羽檄从北来,厉马登高堤。长驱蹈匈奴,左顾陵鲜卑。弃身锋刃端,性命安可怀。父母且不顾,何言子与妻。名编壮士籍,不得中顾私。捐躯赴国难,视死忽如归。

游侠儿武艺高强,狡捷勇剽,救难解危,扬声大漠,一旦边关报急,毅然捐躯赴国难。对游侠的赞美既表达了曹植对建功立业的渴望,也表达了他对理想人格的追求。这种理想人格忽而化身为《鰕䱇篇》里"抚剑而雷音,猛气纵横浮"的"壮士",忽而化身为《野田黄雀行》中"拔剑捎罗网"的少年,忽而化身为《结客篇》中"利剑鸣手中,一击而尸僵"的"客"(豪侠之士)。这些抒情主人公虽然身份地位并不相同,但都是曹植理想人格的化身。再如他的《名都篇》:

> 名都多妖女,京洛出少年。宝剑直千金,被服丽且鲜。斗鸡东郊道,走马长楸间。驰骋未能半,双兔过我前。揽弓捷鸣镝,长驱上南山。左挽因右发,一纵两禽连。余巧未及展,仰手接飞鸢。观者咸称善,众工归我妍。归来宴平乐,美酒斗十千。脍鲤臇胎虾,寒鳖炙熊蹯。鸣俦啸匹侣,列坐竟长筵。连翩击鞠壤,巧捷惟万端。白日西南驰,光景不可攀。云散还城邑,清晨复来还。

此诗描写的是贵公子出猎游宴的场景,与《白马篇》的题材不同。但是,在所透露出的感情上,我们却可以发现共同点。两诗的重点,都在一个"捷"字,无论是游侠的"狡捷"还是贵公子的"巧捷",突出的都是一种属于年轻生命的速度感和协调感,都是生命处于上升期所表现出的澎湃激情和勃勃朝气——不管这种"捷"体现于骑马射猎还是蹴鞠击壤,也不管这种激情和朝气归之于捐躯赴难还是游宴嬉戏。曹植关注的是这种生命力本身,是对于生命活力的赞歌。

对生命力的张扬,使曹植早期诗作带有一种独特的劲健爽朗的特色。钟嵘称曹植的诗"骨气奇高",很重要的原因就在这里。

曹植后期的诗歌中,这种理想人格并未改变,但是,由于生存境遇的变化,早期诗作中热情奔放的赞颂变成了冲突、压抑、失落甚至彷徨。如《野田黄雀行》:

> 高树多悲风,海水扬其波。利剑不在掌,结友何须多。不见篱间雀,见鹞自投罗。罗家得雀喜,少年见雀悲。拔剑捎罗网,黄雀得飞飞。飞飞摩苍天,来下谢少年。

"拔剑捎罗网,黄雀得飞飞。"这是诗人理想人格与恶势力的冲突,是被压抑的生命与命运际遇的抗争,也是诗人心目中的世界与现实中的世界的激烈碰撞。诗人用幻想的方式解决了这种矛盾,但是现实中所受的迫害却有增无减。黄初四年(223),曹植与白马王曹彪、任城王曹彰同赴京师朝见曹丕,曹彰于京城暴毙,归途中曹植与曹彪为监国使者所逼,被迫分道而行。曹植极度悲愤,写下了《赠白马王彪》。曹植痛斥当权者"鸱枭鸣衡轭,豺狼当路衢。苍蝇间白黑,谗巧反亲疏",哀悼曹彰"奈何念同生,一往形不归。孤魂翔故域,灵柩寄京师。存者忽复过,亡没身自衰",悲叹"人生处一世,去若朝露晞。年在桑榆间,影响不能追。自顾非金石,咄唶令心悲"。在诗中,早期的热情、中期的幻想都一扫而空,虽然曹植仍勉强喊出"丈夫志四海,万里犹比邻",但全诗的格调已转向悲哀。从这个意义上说,《赠白马王彪》已超出了建安文学的范畴,开启了正始诗歌的先声。

曹植后期另一类重要的诗作,是游子思妇之诗。这些诗作大多承袭汉乐府民歌的传统题材,抒写个体在特定环境中的感受,或思乡,或思人,常以"孤独"为主题。但其中一部分作品已与传统的"代言体"有很大的不同,并非纯粹代诗中的主人公抒发感受,而往往掺杂了自己的情感和观念。如《杂诗》其五:

> 仆夫早严驾,吾将远行游。远游欲何之,吴国为我仇。将骋万里涂,东路安足由。江介多悲风,淮泗驰急流。愿欲一轻济,惜哉无方舟。闲居非吾志,甘心赴国忧。

汉乐府中的这类诗歌表达的都是游子思乡之情,而曹植写的却是报国无门、立功无路。"闲居非吾志,甘心赴国忧",这种慷慨激昂的声音,显然与汉乐府的情感基调大相径庭。又如《怨诗行》：

> 明月照高楼，流光正徘徊。上有愁思妇，悲叹有余哀。借问叹者谁，自云宕子妻。君行逾十载，贱妾常独栖。念君过于渴，思君剧于饥。君作高山柏，妾为浊水泥。北风行萧萧，烈烈入吾耳。心中念故人，泪堕不能止。浮沉各异路，会合当何谐？愿作东北风，吹我入君怀。君怀常不开，贱妾当何依？恩情中道绝，流止任东西。我欲竟此曲，此曲悲且长。今日乐相乐，别后莫相忘。

"浮沉各异路，会合当何谐"，读到这样的诗句，我们很难不将其与曹丕、曹植的际遇联系起来。这种委婉曲折的表达，继承了屈赋"香草美人"的比兴传统，耐人寻味。

曹植还有许多游仙诗。曹植的游仙诗重在享乐而非游仙，如《仙人篇》、《平陵东行》、《五游咏》等，满篇都是龙驾华堂、玉液琼浆。《五游咏》结尾点出"王子奉仙药，羡门进奇方。服食享遐纪，延寿保无疆"，可见当时的游仙诗与宴会场合的应景需求关系密切。曹植还有咏史诗（如《三良诗》）、代言体诗（如《代刘勋妻王氏杂诗》）、咏物咏事诗（如《斗鸡》），以及大量的宴会和赠答之诗。

曹植诗作以"辞采华茂"著称，许多诗句都成为后人效法的典范。写景的如："惊风飘白日，光景驰西流"（《野田黄雀行》），"秋兰被长坂，朱华冒绿池。潜鱼跃清波，好鸟鸣高枝"（《公燕诗》），"白日曜青春，时雨静飞尘"（《侍太子坐》）；写物的如："群雄正翕赫，双翘白飞扬。挥羽激清风，悍目发朱光。觜落轻毛散，严距往往伤。长鸣入青云，扇翼独翱翔"（《斗鸡》）；写事的如："虎贲采骑，飞象珥鹗。钟鼓铿锵，箫管嘈喝。万骑齐镳，千乘等盖。夷山填谷，平林涤薮"（《孟冬篇》）；写人的如："罗衣何飘飘，轻裾随风还。顾盼遗光采，长啸气若兰"（《美女篇》）。凡此种种，无不反映了曹植对于语言的敏感和天分。

曹植是一个情绪性的诗人，抒情在其诗作中占据了很大的成分。其情感的抒发有种种不同的方式：有时直抒胸臆，如《白马篇》、《赠白马王彪》；有时借助历史人物来表达，如《精微篇》、《三良诗》等；有时用汉乐府的游子思妇题材，如《弃妇诗》、《怨诗行》等；有时借物抒情，如《吁嗟篇》、《浮萍篇》等。这些抒情手段在曹植手中交织融合，很有表现力。如《吁嗟篇》，全篇以飞蓬喻人，通过对飞蓬转折动荡、无所归依的描写，深切反映出诗人面对命运的无力与无奈："自谓终天路，忽然下沉渊。惊飚接我出，故归彼中田。当南而更北,谓东而反西。""糜灭岂不痛?愿与根荄连。"这种对于人生际遇的曲折描写无疑极为形象和典型,最后的决绝之词更是令人痛彻心肺,带有一种悲壮之美。

曹植的抒情诗已经跳出了汉乐府民歌那种"感"、"兴"的传统写作手法,开始将情景事结合成一个有机的整体。

曹植是建安时期最杰出的诗人,天才和勤奋,加之自身的悲剧遭遇,使其获得了极高的成就。钟嵘称曹植:"骨气奇高,词彩华茂,情兼雅怨,体被文质,粲溢今古,卓尔不群。"(《诗品》)无论是质量还是数量,曹植都是建安诗歌的当然代表,也是诗歌发展史上的重要里程碑。

曹丕在《典论·论文》中论及当世文人时说:"今之文人,鲁国孔融文举,广陵陈琳孔璋,山阳王粲仲宣,北海徐干伟长,陈留阮瑀元瑜,汝南应场德琏,东平刘桢公干。斯七子者,于学无所遗,于辞无所假,咸以自骋骥騄于千里,仰齐足而并驰。""建安七子"因此得名。七人之中,除孔融以外,其余六人都依附于曹操,是"邺下文人集团"的组成部分。就诗歌而言,王粲和刘桢是其中翘楚。

王粲(177—217),字仲宣,山阳高平(今山东邹县西南)人。他出身名门,曾祖王龚顺帝时官至太尉,祖父王畅灵帝时官至司空,都曾位列三公,父亲王谦是大将军何进的长史。王粲与曹植类似,自小便有才名。献帝西迁时,王粲徙至长安,左中郎将蔡邕见而奇之。后到荆州依附刘表。刘表死后,王粲劝刘表次子刘琮归降于曹操。曹操辟王粲为丞相掾,赐爵关内侯。魏国始建宗庙,王粲与和洽、卫觊、杜袭同拜侍中,成为曹魏名臣。

王粲诗作散佚较多,目前留存者大体可分为三类。第一类是归曹前所作,以《七哀》为代表。其一曰:

　　西京乱无象,豺虎方遘患。复弃中国去,远身适荆蛮。亲戚对我悲,朋友相追攀。出门无所见,白骨蔽平原。路有饥妇人,抱子弃草间。顾闻号泣声,挥涕独不还。未知身死处,何能两相完?驱马弃之去,不忍听此言。南登霸陵岸,回首望长安。悟彼下泉人,喟然伤心肝。

初平三年(192)董卓之乱爆发,诗人离开长安,避难荆州。此诗写的就是避难途中的所见所闻。就主题而言,与曹操《薤露行》、曹植《送应氏》相类似。曹操是宏观的历史追述,曹植是 20 年后面对废墟时的哀悼,而王粲是亲身所历所感,故而尤其显得真切感人。王粲以方位和动作统领全诗,"西京"、"去"、"适"、"出门"、"弃去"、"南登"、"回首"贯穿一气,读来如临其境。

王粲之后,这种背景描述、个案亲历、历史感慨融于一体的写作成为一种诗歌范式。沈德潜说这首诗为"杜少陵《无家别》、《垂老别》诸篇之祖"(《古诗源》卷五),指的正是这种写作手法对后世的影响。《七哀》其二写避乱荆州后的游子之思,写景精工,感情深沉,亦为佳构。

第二类是王粲归曹后跟随曹操出征所写的从军诗。这类诗歌带着明显的功业意识和进取精神。如:"窃慕负鼎翁,愿厉朽钝姿。不能效沮溺,相随把锄犁。""弃余亲睦恩,输力竭忠贞。惧无一夫用,报我素餐诚。"(《从军行》其一)"许历为完士,一言犹败秦。我有素餐责,诚愧伐檀人。虽无铅刀用,庶几奋薄身。"(《从军行》其四)都饱含着伸展抱负的愿望和理想。诗中有大量对曹操、对曹军、对邺下的赞颂之词。这种赞颂除了传统的颂上成分以外,是带有一定真实性的,尤其是《从军行》其五中乱世与谯郡的对比,更体现出动荡时代稳定生活的可贵。

第三类是邺下游宴时唱酬应和之作。这类诗语言华美,讲究对仗。如"曲池扬素波,列树敷丹荣"(《杂诗》),"幽兰吐芳烈,芙蓉发红晖"(《诗四首》其二),"北临清漳水,西看柏杨山"(《诗四首》其一)。这些诗作对于诗歌技巧的探索和诗歌写作经验的积累有着重要的意义。

王粲还有一些四言赠答诗,用词典雅,造意平正,间有警句。但总体而言诗风较为平稳,成就远不如其五言诗。

钟嵘《诗品》称王粲:"发愀怆之词,文秀而质羸。在曹、刘间,别构一体。方陈思不足,比魏文有余。"所谓"质羸",主要原因是王粲诗中缺乏曹植那样劲健爽朗、无拘无束、无畏无惧的理想人格特质和澎湃的生命活力,故虽有报国之志、进取之心,现实中也"特处常伯之官,兴一代之制"(《三国志·魏书·王粲传》),但其诗作终究归于"愀怆之词",偏重于乱世悲情的抒发。王粲是建安诗风的代表之一,刘勰在《文心雕龙·才略》中赞誉其为"七子之冠冕",亦可见其影响。

刘桢(?—217),字公干,东平国(今山东东平)人,曾任丞相掾属。为人狂放,有着强烈的道德期许。这种道德期许使得他面对乱世仍可以保持自己的独立与个性,诗中满溢着自尊与高傲。如《赠从弟》其二:

> 亭亭山上松,瑟瑟谷中风。风声一何盛,松枝一何劲。冰霜正惨凄,终岁常端正。岂不罹凝寒,松柏有本性。

面对世间的苦难与不公,面对命运与环境的逼迫,诗人既没有像曹植那样陷入冲突、压抑、失落、彷徨,也没有像王粲那样愀怆悲叹,而是如寒冰凝霜中

傲然端立的松树,风声越盛,越发显出其劲健。这种强烈的自信使得全诗气势豪迈,"高风跨俗"。再如其《斗鸡》:

> 丹鸡被华采,双距如锋芒。愿一扬炎威,会战此中唐。利爪探玉除,瞋目含火光。长翘惊风起,劲翮正敷张。轻举奋勾喙,电击复还翔。

较之曹植的同题之作,刘桢之诗对斗鸡场景的把握更为准确,描绘更为精当,气势更盛,饱含着一往无前的精神力量。

钟嵘称刘桢:"气过其文,雕润恨少。"事实上,刘桢并不缺乏雕饰的才力。"月出照园中,珍木郁苍苍。清川过石渠,流波为鱼防。芙蓉散其华,菡萏溢金塘。"(《公䜩》)"细柳夹道生,方塘含清源。轻叶随风转,飞鸟何翩翩。"(《赠徐干》)"凉风吹沙砾,霜气何皑皑。明月照缇幕,华灯散炎辉。"(《赠五官中郎将》其四)这些文辞与同时代的诗人比起来并不逊色。只不过刘桢那种"终岁常端正"的气质,那种"愿一扬炎威"的气势,那种"奋翅凌紫氛"的气概,实在是太过耀眼夺目,以至于历来论者忽略了他诗作中的其他侧面。

"建安七子"中的其他诗人也有一些较为出色的诗作。如陈琳的《饮马长城窟行》和阮瑀的《驾出北郭门行》,格调苍劲,语言质朴,保持了汉乐府民歌的风格特色。陈琳其他诗作多为游宴诗,描景写物色彩鲜艳,语言也比较华丽。阮瑀诗多忧生、思乡、离别之叹,又有咏史诗两首,刻画三良殉穆公、荆轲别易水,营造当时场景颇为真切。徐干以写男女之情见长,其《室思》共六章,从不同侧面抒发妻子对丈夫的怀念,"宛笃有十九首风骨"(钟惺《古诗归》)。

七子之外较为重要的诗人当属蔡琰。蔡琰字昭姬,乃蔡邕之女,晋时避司马昭讳,改字文姬。初嫁卫仲道,夫亡无子,归宁于家,后为董卓部将所虏,流落匈奴,嫁南匈奴左贤王,生二子。建安十二年(207),曹操遣使以重金赎回,再嫁陈留董祀。传世有《悲愤诗》二篇,一为五言,一为楚辞体,以及长诗《胡笳十八拍》一篇,叙述了文姬一生不幸的遭遇。此三篇真伪一直存在争议,一般认为五言《悲愤诗》较为可信。全诗共108句540字,记述了自董卓作乱始至被赎归乡的整个过程,叙事与抒情并行,真实细腻,极具感染力。如其记董卓掳掠平民:

> 卓众来东下,金甲耀日光。平土人脆弱,来兵皆胡羌。猎野围城邑,所向悉破亡。斩截无孑遗,尸骸相撑拒。马边悬男头,马后载妇女。长驱西入关,迥路险且阻。还顾邈冥冥,肝脾为烂腐。所略有万计,不

得令屯聚。或有骨肉俱,欲言不敢语。失意几微间,辄言毙降虏。要当以亭刃,我曹不活汝。岂敢惜性命,不堪其詈骂。或便加棰杖,毒痛参并下。旦则号泣行,夜则悲吟坐。欲死不能得,欲生无一可。彼苍者何辜,乃遭此厄祸。

这种记述,令人不忍卒读。又如其描写别子回国:

存亡永乖隔,不忍与之辞。儿前抱我颈,问母欲何之。人言母当去,岂复有还时。阿母常仁恻,今何更不慈。我尚未成人,奈何不顾思。见此崩五内,恍惚生狂痴。号泣手抚摩,当发复回疑。兼有同时辈,相送告离别。慕我独得归,哀叫声摧裂。马为立踟蹰,车为不转辙。观者皆嘘唏,行路亦呜咽。去去割情恋,遄征日遐迈。悠悠三千里,何时复交会。念我出腹子,胸臆为摧败。

这种五内俱焚、撕心裂肺的痛苦绝非代言体诗人所能体会、所能表达,这类自传体的诗作也带有某种程度上的不可复制性。全诗犹如一幅汉末历史长卷,宏大的气势、严谨的结构、准确的语言、丰富敏锐的情感表达,使之达到了很高的艺术水准。毫不夸张地说,五言《悲愤诗》代表了当时五言诗的发展水平。

第二节 正始诗坛

正始是魏废帝曹芳的年号,自公元 240 年至 249 年,共计 10 年。与建安类似,文学史意义上的正始范围并不仅限于此,而往往是整个魏末的代称。如依此计算,正始文学从公元 240 年到西晋立国的 265 年,共有 26 年的时间。

正始时期最显著的时代特点,一是现实政治中的混乱残酷,一是学术思想上的玄学盛行。魏明帝曹叡死后,曹芳以 8 岁之幼即帝位,将军曹爽、太尉司马懿共同辅政,争斗不休。先有曹爽擅权,后有正始十年(249)高平陵之变,司马氏诛曹爽,何晏、丁谧、邓扬等八家三族皆遭杀戮。接着是嘉平六年夏侯玄、李丰等被诛,齐王芳被废;再从正元元年司马师立高贵乡公、平毋丘俭和文钦,到甘露五年司马昭杀高贵乡公,改立少帝曹奂,再到景元三年嵇康被杀,直至景元四年阮籍辞世,"天下多故,名士少有全者"(《晋书·阮籍传》)。政治的恐怖对文人心灵造成了极大的冲击。

汉末以来,社会的动荡与混乱使得传统经学失去了收拢人心、维持秩序的力量,经学本身的繁琐也使其欲振乏术,失去了吸引力。于是,一种新的学术思想登上了历史舞台,这就是玄学。玄学在正始时期开始盛行。

由于以上两个因素,正始诗歌显示出与建安诗歌不同的特质来:英雄意识、功业意识消退,诗人转而抒写内心深处的彷徨、动荡、怀疑、忧惧,开始将自我的思考融入抒情。这种思考导致了对人生价值的追问,拓展了诗歌抒情的范围,形成了正始诗歌独具魅力的一面。在正始诗人中,最具特色、成就最大的是阮籍和嵇康。

阮籍(210—263),字嗣宗,陈留尉氏(今属河南)人,"建安七子"之一阮瑀之子。曾任步兵校尉,世称阮步兵。他的代表作是《咏怀诗》82 首。这些诗非一时一地所作,但在整体上却表现出某种一致性。其中有人与社会的冲突、人与命运的冲突、不同价值观之间的冲突、外在压力与内心追求之间的冲突、心灵自由与全身保命之间的冲突……这些冲突给诗人带来的是无尽的痛苦与悲哀,最终化为悲慨沉郁之音。

阮籍早期所持的是儒家价值观,其诗作中表现出"王业须良辅,建功俟英雄"(《咏怀诗》第 42,下仅列编号)的自我期许,但世事动荡,阮籍的英雄情怀和功业观念被完全打碎,他转过头来对其青年时期的理想进行了否定:"昔闻东陵瓜,近在青门外。连畛距阡陌,子母相钩带。五色曜朝日,嘉宾四面会。膏火自煎熬,多财为患害。布衣可终身,宠禄岂足赖。"(6)当他认识到"天时有否泰,人事多盈冲"(42)时,就转而标举适性逍遥:"愁苦在一时,高行伤微身。曲直何所为,龙蛇为我邻。"(34)在精神上又由高远之慕转向了适性自足。

阮籍还曾高咏游仙:"……穷达自有常,得失又何求。岂效路上童,携手共遨游。……俯仰运天地,再抚四海流。系累名利场,驽骏同一辀。岂若遗耳目,升遐去殷忧。"(28)阮籍游仙的现实起点,是"哀哉人命微"(40)、"系累名利场"(28)的人间困扰,游仙的理想终点,是"登明遂飘飘"(81)、"飘飘登云湄"(40)、"升遐去殷忧"(28)的立地飞升。但是,这种道教思想显然并不能真正说服阮籍,因此他也就无法在游仙中实现与道逍遥,真正将世俗的限制和负累在更高的精神层面上蜕去。

功业无门,隐逸无由,游仙无路,人生可能的出路和价值寄托阮籍一一尝试,又一一放弃。阮籍所见所感的世界充满了孤独、危殆与辛酸:"徘徊将何见,忧思独伤心。"(1)"独坐空堂上,谁可与欢者。"(17)"独坐山岩中,恻怆怀所思。"(55)"繁华有憔悴,堂上生荆杞。"(3)"岂为夸誉名,憔悴使心悲。"(8)"岂惜终憔悴,咏言著斯章。"(16)"感慨怀辛酸,怨毒常苦多。"

(13)"挥涕怀哀伤,辛酸谁语哉。"(36)"羁旅无俦匹,俯仰怀哀伤。"(16)"终身履薄冰,谁知我心焦。"(33)"一身不自保,何况恋妻子。"(3)在他的诗作中,触目皆是秋风、严霜、蒿莱,满篇都是孤鸟、寒鸿、离兽、蟋蟀、蟪蛄。这使得其诗带有一种独特的深沉色调:

> 夜中不能寐,起坐弹鸣琴。薄帷鉴明月,清风吹我襟。孤鸿号外野,翔鸟鸣北林。徘徊将何见,忧思独伤心。(1)

这种深沉的情感,是阮籍诗歌最可贵之处。阮籍和嵇康不同,他不能像嵇康那样从容面对屠刀。阮籍是一个普通人,他的内心时时充满着矛盾和冲突。一方面,他眼睁睁看着司马氏颠倒伦常,杀戮英杰;另一方面,却又必须"发言玄远,口不臧否人物"。阮籍的一生是一个悲剧,是一个比嵇康就义更可悲的悲剧。阮籍的这种"普通人"的立场,也是其超越前人、独树一帜的重要原因。

阮籍诗歌之引人注目,除了深厚的感情之外,还在于情感的抒写方式。阮籍之诗,其结构并不是按时间递进展开,诗句之间也不是单纯的因果关系,而是平行并列的各种意象,共同围绕在诗人之"意"周围,形成了一种具有多重解读可能性的抒情结构。如:

> 湛湛长江水,上有枫树林。皋兰被径路,青骊逝骎骎。远望令人悲,春气感我心。
>
> 三楚多秀士,朝云进荒淫。朱华振芬芳,高蔡相追寻。一为黄雀哀,泪下谁能禁。(11)

与《古诗十九首》以及建安诗歌的明晰相比,此诗显得晦涩难解。能够确指的只有阮籍悲哀的情绪。至于诗人的用意,历代注家纷争不已,却得不出一个能够服众的答案。造成多种解读可能的原因,就在于阮籍诗作的这种独特的结构。可见,钟嵘所谓"归趣难求"、刘勰所谓"阮旨遥深",不仅与诗人所抒发的情感本身有关,更与诗人如何抒发这种情感有关。

嵇康(223—262),字叔夜,谯郡铚县(今安徽宿县西南)人。其人风姿特秀,远迈不群,高傲刚直,不拘礼法,善音律,好养生,"尚奇任侠",是"竹林七贤"中的领袖人物,在士林中声望极高。嵇康幼年丧父,成年后娶魏宗室之女,与曹魏政权关系密切。景元年间被司马氏构陷杀害。

嵇康诗作带着浓重的玄学意味。这种玄学意味并非如东晋玄言诗一般宣扬玄理,而是用玄学的思辨方式观察自然,这使得他对于自然的认识和描绘与前人相比有了很大的不同。嵇康不再局限于对现实世界中自然物象的描述,而往往采用自我建构的方式将抒情置于虚拟化的自然之中。这种虚拟化的自然,往往是作为社会现实之对立物而存在的。如其被钟嵘誉为"五言之警策"的《五言赠秀才诗》:

> 双鸾匿景曜,戢翼太山崖。抗首漱朝露,唏阳振羽仪。长鸣戏云中,时下息兰池。自谓绝尘埃,终始永不亏。何意世多艰,虞人来我疑。云网塞四区,高罗正参差。奋迅势不便,六翮无所施。隐姿就长缨,卒为时所羁。

这首诗描述了两个世界:一个是意足自得的自然世界,在这里,诗人超绝尘世,自由而愉悦;但是,这种自由和愉悦被另一个世界——现实世界所打破,在这里,有的是四面的云网,有的是密布的高罗,有的是限制、束缚与困顿。嵇康此诗是为其兄嵇喜被征召入军所作。军旅生活无疑是充满险阻与局促的,然而放眼看来,即使是军旅之外,滔滔天下,哪里不是罗网密布呢?

嵇康诗歌中的自然,既不同于感物诗中的情感化的自然,也不同于贵游诗中形式化的自然。以其《赠兄秀才公穆入军》(其十五)为例:

> 息徒兰圃,秣马华山。流磻平皋,垂纶长川。目送归鸿,手挥五弦。俯仰自得,游心太玄。嘉彼钓叟,得鱼忘筌。郢人逝矣,谁与尽言。

在这类以自然作为大道本体之表现的诗作中,意象是抽象的、模糊的,甚至是近于概念化的,但却并不是随意的。诗人的目的是要传达他所体悟的大道玄理,那么必然会选择他认为最能传达这种感受的物象。其他诸如"藻泛兰池,和声激朗。操缦清商,游心大象。倾昧修身,惠音遗响。钟期不存,我志谁赏"(《四言诗十一首》其三),"琴诗自乐,远游可珍。含道独往,弃智遗身。寂乎无累,何求于人。长寄灵岳,怡志养神"(《四言赠兄秀才入军诗十八首》之十七)等,也都存在着同样的倾向。

第三章 两晋诗歌与陶渊明

公元 265 年,司马炎取代魏室,改国号为"晋",定都洛阳。晋以其强大的军事力量统一了当时还处于分裂之中的中国,结束了东汉末年以后的混乱局面。宫廷权力之争引发了宗室混战,史称"八王之乱"。随后西北边疆内迁的少数民族起兵反晋,316年,匈奴兵攻占洛阳,西晋灭亡。公元317年,镇守建康的晋宗室司马睿在江南重建晋室,史称东晋。东晋政权维持了长期的偏安统治,到公元420年被刘裕所建立的宋所取代。西晋享国52年,东晋享国103年。

两晋诗坛以晋室南渡而分为两段,各具特色。西晋诗坛崇尚复古,形成了以繁缛为特色的诗歌风气。东晋玄风大振,玄言诗兴盛一时。晋宋之交,出现了伟大诗人陶渊明。陶渊明是田园诗的开创者,为诗歌树立了新的审美典范,对后世产生了巨大的影响。

第一节　西晋诗歌

钟嵘《诗品序》云:"太康中,三张、二陆、两潘、一左,勃尔复兴,踵武前王,风流未沫,亦文章之中兴也。"太康(280—289)是晋武帝司马炎的第三个年号,是晋消灭孙吴政权、统一中国后的第一个年号,也是西晋文学活动最繁盛的时期。因此太康也常被用作整个西晋文学的代称。所谓"三张、二陆、两潘、一左"指的是张协、张载、张亢兄弟,陆机、陆云兄弟,潘岳、潘尼叔侄以及左思。除此之外,西晋重要的诗人还有傅玄、刘琨、郭璞等。其中陆机、潘岳、左思、郭璞的诗歌成就最高。

西晋的士人既缺乏建安文人激昂慷慨的进取精神,又没有正始诗人深沉悲慨的忧患意识,整个社会弥漫着追逐名利的风气。文人多卷入政治,而往往以悲剧告终。诗坛上则大兴拟古之风,繁缛雕饰成为这一时期的诗歌特征。

陆机(261—303),字士衡,吴郡吴人(今上海松江人)。出身名门,祖父陆逊为三国名将,曾任东吴丞相,父陆抗曾任东吴大司马,领兵与魏国羊祜对抗。东吴灭亡后,陆机与弟陆云隐退故里,闭门勤学。太康十年(289),二陆入洛,受到张华等北方名士的器重。陆机一生汲汲于功名,历任平原内史、祭酒、著作郎等职,世称"陆平原"。后八王之乱爆发,成都王司马颖讨伐长沙王司马乂时,司马颖任陆机为后将军、河北大都督。兵败被谗,为颖所杀。

陆机的诗以拟古和赠答为主,尤其是拟古诗,占了大部分。拟古的主要对象是《诗经》、汉魏乐府和《古诗十九首》。其价值主要反映在诗歌语言和诗歌技巧的锤炼上,具体表现为语言的雕琢、描写的繁复、句式的骈偶。如

其《日出东南隅行》:

> 扶桑升朝晖,照此高台端。高台多妖丽,濬房出清颜。淑貌耀皎白,惠心清且闲。美目扬玉泽,蛾眉象翠翰。鲜肤一何润,秀色若可餐。窈窕多容仪,婉媚巧笑言。暮春春服成,粲粲绮与纨。金雀垂藻翘,琼佩结瑶璠。方驾扬清尘,濯足洛水澜。蔼蔼风云会,佳人一何繁。南崖充罗幕,北渚盈軿轩。清川含藻景,高岸被华丹。馥馥芳袖挥,泠泠织指弹。悲歌吐清响,雅韵播幽兰。丹唇含九秋,妍迹凌七盘。赴曲迅惊鸿,蹈节如集鸾。绮态随颜变,沈姿无定源。俯仰纷阿那,顾步咸可欢。遗芳结飞飙,浮景映清湍。冶容不足咏,春游良可叹。

此诗原题记罗敷事,陆机转而描写上巳洛水之游时女子的美貌。全诗无论在语言的华美雕琢还是在描绘的精工繁复上,都远远超过了前人,带有赋体影响的痕迹。诗中存在大量的骈偶句,数量之多、密度之大,均是前所未见。

陆机最为出色的作品,是其《赴洛道中作诗》二首:

> 总辔登长路,呜咽辞密亲。借问子何之,世网婴我身。永叹遵北渚,遗思结南津。行行遂已远,野途旷无人。山泽纷纡余,林薄杳阡眠。虎啸深谷底,鸡鸣高树巅。哀风中夜流,孤兽更我前。悲情触物感,沉思郁缠绵。伫立望故乡,顾影凄自怜。

> 远游越山川,山川修且广。振策陟崇丘,案辔遵平莽。夕息抱影寐,朝徂衔思往。顿辔倚高岩,侧听悲风响。清露坠素辉,明月一何朗。抚枕不能寐,振衣独长想。

这两首诗是太康末年他应召北上途中所作,抒写客游之思、孤独之情。较之前人同类作品,显得造语新奇,对偶妥帖,富于表现力;较之他的拟古作品,又显得清丽流畅,无繁缛之苦;加之所抒情感为亲身体验,较之他的代言体诗更为真切感人。

潘岳(247—300),字安仁,祖籍荥阳中牟(今属河南)。出生于仕宦之家,"总角辩惠,摛藻清艳",少有奇童之名。成年后先是栖迟下僚,后与石崇等谄事贾谧,成为"二十四友"之一。曾直接参与构陷愍怀太子,人品颇遭非议。后终为赵王伦所杀。

潘岳与陆机齐名,他的作品虽然辞藻华美,但不像陆机那样精雕细琢,较为明净疏畅。潘岳善写悲情,创作了大量优秀的哀悼之作。《晋书·潘岳传》云:"岳美姿仪,辞藻绝丽,尤善为哀诔之文。"《文心雕龙·指瑕》也称:"潘岳为才,善于哀文。"其代表作《悼亡诗》尤为出色。其二云:

> 皎皎窗中月,照我室南端。清商应秋至,溽暑随节阑。凛凛凉风升,始觉夏衾单。岂曰无重纩,谁与同岁寒。岁寒无与同,朗月何胧胧。展转盼枕席,长簟竟床空。床空委清尘,室虚来悲风。独无李氏灵,仿佛睹尔容。抚衿长叹息,不觉涕沾胸。沾胸安能已,悲怀从中起。寝兴目存形,遗音犹在耳。上惭东门吴,下愧蒙庄子。赋诗欲言志,此志难具纪。命也可奈何,长戚自令鄙。

全诗笔触细腻,感情哀婉。

左思(约250—约305),字太冲,临淄(今山东淄博)人。出身寒微,其貌不扬,然而才华出众。晋武帝时,因妹棻被选入宫,举家迁居洛阳,任秘书郎。晋惠帝时,依附权贵贾谧,为"二十四友"之一。贾谧被诛,退出官场,专心著述,后病逝于冀州。

左思诗作的代表作品是《咏史》八首,其二云:

> 郁郁涧底松,离离山上苗。以彼径寸茎,荫此百尺条。世胄蹑高位,英俊沉下僚。地势使之然,由来非一朝。金张藉旧业,七叶珥汉貂。冯公岂不伟,白首不见招。

左思出身贫寒,其貌不扬,口齿迟钝,这三点都是其融入上层社会的重要障碍。故虽因椒房之宠得以跻身上层社会,与当时的名士相往来,但交往中难免受到歧视和排挤。仕途上的不得意,生活中所受的歧视与不公,加之极度高傲的个人性格,形成了左思诗歌雄迈劲健、慷慨激昂的独特风格。他在诗中反复抨击王侯贵族:

> 济济京城内,赫赫王侯居。冠盖荫四术,朱轮竟长衢。朝集金张馆,暮宿许史庐。南邻击钟磬,北里吹笙竽。寂寂扬子宅,门无卿相舆。寥寥空宇中,所讲在玄虚。言论准宣尼,辞赋拟相如。悠悠百世后,英名擅八区。(其五)

左思称颂扬雄,显然有自我期许在其中。这种自我期许并不仅仅限于擅长辞赋的文人,还包括段干木、鲁仲连那样的义士,荆轲那样的豪杰,许由那样的隐士。可以看到,这些历史人物,或能排难解纷,或能与世殊伦,或能自洁其身,都是诗人理想人格的一个侧面。站在这种理想人格的立场上,诗人的主体精神得到了极度的扩展,使得诗中的情感抒发充实饱满、激荡有力:

> 荆轲饮燕市,酒酣气益震。哀歌和渐离,谓若傍无人。虽无壮士节,与世亦殊伦。高眄邈四海,豪右何足陈。贵者虽自贵,视之若埃尘。

> 贱者虽自贱,重之若千钧。(其六)

左思高扬的主体精神化作了慷慨悲歌的荆轲、高渐离,化作了"高眄邈四海,豪右何足陈"的英雄豪杰,喊出了"贵者虽自贵,视之若埃尘。贱者虽自贱,重之若千钧"的强音。

左思诗中除了对"豪右"的抨击,还有对寒士际遇的感慨:

> 主父宦不达,骨肉还相薄。买臣困采樵,伉俪不安宅。陈平无产业,归来翳负郭。长卿还成都,壁立何寥廓。四贤岂不伟,遗烈光篇籍。当其未遇时,忧在填沟壑。英雄有迍邅,由来自古昔。何世无奇才,遗之在草泽。(其七)

主父偃、朱买臣、陈平、司马相如……这些名士都有着跌宕起伏的命运。当其不遇之时,甚至"忧在填沟壑",人生际遇的不可捉摸、不可把握为命运抹上了一层悲剧色彩。这种悲剧非一时一地,亦非一人一事,而是贯通古今、概莫能外。左思极为敏锐地将这一点提炼出来,将个人的不幸上升为一种普遍性的悲剧。

可以看到,左思的《咏史》实质上是咏叹自我,历史只不过是这个自我在不同角度的投影。换言之,左思的《咏史》更多的是咏怀。如:

> 皓天舒白日,灵景耀神州。列宅紫宫里,飞宇若云浮。峨峨高门内,蔼蔼皆王侯。自非攀龙客,何为欻来游。被褐出阊阖,高步追许由。振衣千仞冈,濯足万里流。(其五)

以自然山水的壮阔对抗侯王府第的宏伟,以舍此取彼的人生选择突出抒情主人公的志向高远,全诗豪迈奔放,意境不凡,绝非传统咏史题材所能笼络。

就题材而言,左思的《咏史》承接了班固、曹植、王粲的咏史传统。但就抒情方式而言,左思受益最多的前代诗人应是阮籍。班固的《咏史》固然是"质木无文",但曹植、王粲所作与班固并无本质的区别,其诗作始终不能脱离所咏本事。但是左思的咏史诗就不同,诗中历史事实的阐述已经退居次要地位,他将阮籍《咏怀诗》的抒情方式运用于《咏史》,使得个人怀抱的抒发摆脱了史事的局限,一跃而成为诗歌抒情的中心。

正因如此,左思可以以情驭事、以意驭事,极大地扩展了咏史诗的范围。或表达建功立业的理想:"长啸激清风,志若无东吴。铅刀贵一割,梦想骋良图。左眄澄江湘,右盼定羌胡。功成不受爵,长揖归田庐。"(其一)或表达对心目中理想人格的赞颂:"当世贵不羁,遭难能解纷。功成耻受赏,高节卓不群。"(其三)或表达对人生际遇的慨叹:"英雄有迍邅,由来自古昔。何世无奇才,遗之在草泽。"(其七)或表达对寒士人生价值的肯定:"贵者虽自贵,视之若埃尘。贱者虽自贱,重之若千钧。"抒情方式的立体化带来了抒情内容的多样化。

要之,左思的《咏史》有两个显著的特点。一是主体精神的高扬,二是以情驭诗的写作方式。钟嵘标举的"左思风力",正在于二者的结合。

两晋之交的重要诗人,有刘琨和郭璞。刘琨(271—318),字越石,中山魏昌(今河北无极东北)人。早年列名"二十四友",生活豪纵,且喜老庄、好玄谈,后卷入"八王之乱",以功封广武侯。西晋危亡之际,刘琨于北方辗转抗敌,终为段匹䃅所害。作为民族志士、悲剧英雄,刘琨诗作留存不多,但是质量很高。其《扶风歌》曰:

> 朝发广莫门,暮宿丹水山。左手弯繁弱,右手挥龙渊。顾瞻望宫阙,俯仰御飞轩。据鞍长叹息,泪下如流泉。系马长松下,发鞍高岳头。烈烈悲风起,泠泠涧水流。挥手长相谢,哽咽不能言。浮云为我结,归鸟为我旋。去家日已远,安知存与亡。慷慨穷林中,抱膝独摧藏。麋鹿游我前,猿猴戏我侧。资粮既乏尽,薇蕨安可食。揽辔命徒侣,吟啸绝岩中。君子道微矣,夫子故有穷。惟昔李骞期,寄在匈奴庭。忠信反获罪,汉武不见明。我欲竟此曲,此曲悲且长。弃置勿重陈,重陈令心伤。

光熙元年九月,司马越派刘琨出任并州(今山西东部、河北西部)刺史。在此两年前匈奴王刘渊趁"八王之乱"已在并州起兵建立"汉"政权(后改称"赵",史称前赵)。刘琨带领一千余人辗转离开首都洛阳,冒险而进,备尝艰辛,于元嘉元年(307)春天到达晋阳(今山西太原)。此诗即写于途中。由于特殊的境遇,此诗既有家国之悲,又有行旅之叹,更有一腔忠愤之气弥漫全诗。又如《重赠卢谌诗》,写于刘琨被段匹䃅所拘时,同样悲慨激愤,"何意百炼刚,化为绕指柔"是其中名句。

郭璞(276—324),字景纯,河东闻喜县(今山西省闻喜县)人。其人博学多识,是著名的训诂学家;又好卜筮,是两晋著名的方士。其诗作以《游仙诗》为代表,现存完整者10篇。

郭璞的游仙诗是两晋游仙诗中成就最高者。钟嵘云:"(郭璞)宪章潘岳,文体相辉,彪炳可玩。始变永嘉平淡之体,故称中兴第一……《游仙》之作,词多慷慨,乖远玄宗……乃是坎壈咏怀,非列仙之趣也。"李善注《文选》也认为:"……璞之制,文多自叙,虽志狭中区,而辞兼俗累,见非前识,良有以哉！"这些都指出了郭璞游仙诗与汉魏游仙诗相区别的地方。汉魏游仙诗的重点，在于描摹仙界的奇异美好，也即李善所说的"滓秽尘网，锱铢缨绂，餐霞倒景，饵玉玄都"。郭璞所关注的显然并不在此，其《游仙诗》（其一）曰：

> 京华游侠窟，山林隐遁栖。朱门何足荣，未若托蓬莱。临源挹清波，陵冈掇丹荑。灵溪可潜盘，安事登云梯。漆园有傲吏，莱氏有逸妻。进则保龙见，退为触藩羝。高蹈风尘下，长揖谢夷齐。

与其说此诗是游仙诗，毋宁说是隐逸诗。诗人一面说"朱门何足荣，未若托蓬莱"，一面又说"灵溪可潜盘，安事登云梯"，其目标是山林中的自由高蹈，而非修仙的立地飞升。其所举庄子、老莱子等俱是隐士的代表人物。在隐逸之思中，又有玄理的抒发。如"进则保龙见，退为触藩羝"就是以易学玄理来表达人生困境。隐逸玄理之外，又有山水景色的清丽描写。游仙诗中的景色描写不自两晋始，但确乎以两晋较为突出。郭璞诗作之"彪炳可玩"，也在于其山水描写的杰出："翡翠戏兰苕，容色更相鲜。绿萝结高林，蒙笼盖一山。"（其三）"晦朔如循环，月盈已复魄。蓐收清西陆，朱羲将由白。寒露拂陵苕，女萝辞松柏。"（其七）"旸谷吐灵曜，扶桑森千丈。朱霞升东山，朝日何晃朗。回风流曲棂，幽室发逸响。"（其八）"璇台冠昆岭，西海滨招摇。琼林笼藻映，碧树疏英翘。丹泉溧朱沫，黑水鼓玄涛。"（其十）俱是写景佳句。郭璞写景写人，经常采用一种高远的、超越性的视角，以刻画人物的离俗出尘。如"青溪千余仞，中有一道士"（其二），"绿萝结高林，蒙笼盖一山。中有冥寂士，静啸抚清弦"（其三），皆是如此。

郭璞的游仙诗中颇多坎壈之怀的抒发："珪璋虽特达，明月难暗投。潜颖怨清阳，陵苕哀素秋。悲来恻丹心，零泪缘缨流。"（其五）"愧无鲁阳德，回日向三舍。临川哀年迈，抚心独悲咤。"（其四）郭璞以游仙写失意之悲，已超出了传统游仙诗的范畴，兼隐逸、咏志、山水、游仙、玄言于一体，这也正是两晋之际诗歌流变的一个特征。

第二节　东晋诗坛与兰亭之会

在东晋诗坛占据主导地位的是玄言诗。所谓玄言诗，是在东晋玄学昌盛的社会文化背景下，玄学中人以玄学思维方式来体悟、阐发玄理，表达其逍遥自足、自适任性的人生态度的诗。东晋的玄言诗人，早期以庾阐为代表,咸康永和间以孙绰、许询为代表,末期以殷仲文、谢混为代表。其中咸康永和间是玄言诗的极盛时期,孙绰、许询也是最重要的玄言诗人。公元353年的兰亭之会,是玄言诗的一次集中展示。

永和九年(358)暮春上巳节,王羲之、孙统、孙绰、谢安、支遁等42人,汇集于山阴(今浙江绍兴)兰亭,流觞饮酒,即兴赋诗,共得五言诗23首,四言诗14首,后汇编成《兰亭集》,王羲之著名的《兰亭集序》即为此而作。兰亭之会不同于魏及西晋的以乐舞为主的声色之娱,而是饮酒、谈玄、赋诗,其主题在于化解生死之悲。如王羲之诗:

> 合散固其常,修短定无始。造新不暂停,一往不再起。于今为神奇,信宿同尘滓。谁能无此慨,散之在推理。言立同不朽,河清非所俟。

这首诗可以看做《兰亭集序》的五言诗版。面对万事万物的变动不居、盛衰变化,产生悲慨是人之通性,而王羲之旨在通过对大道至理的体悟推演来消解这种悲慨。也正因为兰亭之集主题在"散慨",所以兰亭诗作中也处处体现出这样的特征来。如曹华云:"愿与达人游,解结遨濠梁。"曹茂之云:"时来谁不怀,寄散山林间。"桓伟云:"今我欣斯游,愠情亦暂畅。"王徽之云:"散怀山水,萧然忘羁。"王肃之云:"嘉会欣时游,豁尔畅心神。"王蕴之云:"散豁情志畅,尘缨忽已捐。"袁峤之云:"激水流芳醪,豁尔累心散。"……解结、寄散、畅神、散怀、散豁,说的都是一个意思——摆脱俗世的负累、消解生死的忧虑,在自然山水中体悟玄理,发现自我。

从兰亭集可以看出玄言诗作为一种诗歌流派的特点:第一,玄言诗作者的特殊性。简单地说,他们都是玄学中人。第二,山水景物的特殊性。玄言诗对山水的描写具有玄学色彩。第三,玄言诗主旨的特殊性。玄言诗是以阐发玄理为主旨,而非一般地表现隐逸或游仙思想。第四,玄言诗语言的特殊性。以玄言入诗,与一般的哲理诗和说理诗不同。

作为一种诗歌流派,玄言诗本身的价值并不高。但是玄言诗中反映的许多观念,却对诗歌发展有着重要的影响。如提倡人与自然的契合冥会就推动了山水游赏,孕育了山水审美精神,促进了山水诗的形成。再如其重直觉、重体悟的思维方式,也促进了古典诗歌审美情趣的成熟。诗人由"以言传意"转向"以象传意",从"兴""理""质""玄""冥"等玄学术语转向"流风""停云""九皋""莺""修竹""游鳞"等自然物象,"山水以形媚道",正式登上了诗的殿堂,终于至谢灵运而大成,成为中国古典诗歌的重要类型。

第三节 陶渊明

东晋百余年,诗坛被玄风笼罩,玄言诗取代诗骚传统,成为诗歌创作的主流。在这样的背景下,出现了伟大的田园诗人陶渊明。陶渊明(365?—427),又名潜,字元亮,自号五柳先生,私谥靖节,浔阳柴桑(今江西九江)人。29岁出仕,初任江州祭酒;先后任桓玄、镇军将军刘裕、建威将军刘敬宣参军;41岁时任彭泽令,仅80余日便弃职归田,躬耕务农;避世村居,不易其节,病卒。他是魏晋南北朝时期最伟大的诗人,也是中国古典诗歌的代表人物之一。

陶渊明的思想倾向尚存争议。儒家、道家思想在其作品中均有体现,佛家的某些观念与其诗也有契合之处。但总体上不脱魏晋思想特征,秉持的是一种经魏晋玄学改造过的新自然观。陈寅恪称之为"承袭魏晋清谈演变之结果及依据其家世信仰道教之自然说而创改之新自然说"、"外儒而内道"。①

陶渊明思想中的儒家部分,主要体现为固穷守节的人格。曾祖是东晋名将陶侃,祖父陶茂官至太守,陶渊明一支虽已家境败落,但家族传统必然会对早年的他产生影响。其《饮酒》(其十六)云:"少年罕人事,游好在六经。"《拟古》其八云:"少时壮且厉,抚剑独行游。"《杂诗》其八云:"忆我少壮时,无乐自欣豫。猛志逸四海,骞翮思远翥。"但是,陶渊明所处的时代决定了他要么成为宗室内斗的工具,要么成为军阀篡政的帮手,这并不是陶渊明所希望的。当混战与杀戮、背叛与阴谋成为时代的主题时,采取不合作的态度就是对自我节操的一种保护,也是对儒学价值观的一种捍卫。因此,他反复赞颂"节"、"固穷"、"节义",并以此自我激励。"历览千载书,时时见遗烈。高操非所攀,谬得固穷节。"(《癸卯岁十二月中作与从弟敬远》)"不赖固穷节,百世当谁传。"(《饮酒》其二)"竟抱固穷节,饥寒饱所更。"(《饮酒》其十六)"至德冠邦闾,清节映西关。"(《咏贫士》其五)"闻有田子泰,节义为士雄。斯人久已死,乡里习其风。"(《拟古》其二)这种对节操的标举显然是要为自己的生命价值和人生追求给出一个定位与解释。

陶渊明思想中的玄学部分主要表现为直面生死的生命态度、重生轻名

---

① 陈寅恪:《陶渊明之思想与清谈之关系》,《金明馆丛稿初编》,上海:上海古籍出版社1980年版,第228—229页。

的生活态度和适性保真的人生态度。

自汉末以来,感慨岁月易逝、人生苦短就是诗的主旋律。面对人生无常这一自然界的铁律,儒家给出的答案是建功立德以求身后不朽,道教给出的答案是服药炼丹以求白日飞升。而玄学关注的,是如何面对、如何看待这一问题,而非如何解决、如何逃避这一问题。玄学认为,生死都是自然变化,从无生到有生、从有生归无生,都是自然而然的。陶渊明秉持的,正是这种看法。如其《神释》:

> 大钧无私力,万理自森著。人为三才中,岂不以我故!与君虽异物,生而相依附。结托既喜同,安得不相语!三皇大圣人,今复在何处?彭祖爱永年,欲留不得住。老少同一死,贤愚无复数。日醉或能忘,将非促龄具!立善常所欣,谁当为汝誉?甚念伤吾生,正宜委运去。纵浪大化中,不喜亦不惧。应尽便须尽,无复独多虑。

人生有始有终,没有必要畏惧、逃避。"有生必有死,早终非命促。"(《挽歌诗》其一)"死去何所道,托体同山阿。"(《挽歌诗》其三)"同物既无虑,化去不复悔。"(《读山海经》)"纵浪大化中,不喜亦不惧。应尽便须尽,无复独多虑。"委运大化,也就是《归去来辞》所说"聊乘化以归尽",坦然地拥抱生活,淡然地迎接死亡。

归隐田园是陶渊明适性保真的人生态度的体现。陶渊明说:"少无适俗韵,性本爱丘山。"(《归园田居》其一)他在《归去来辞》序中谈及辞官归家也说:"及少日,眷然有归欤之情。何则?质性自然,非矫励所得。"在陶渊明看来,自然就是其本性,就是其"不得不为"的内在必然性。有自然之性,故有归欤之情,这两者是一而二二而一的。《始作镇军参军经曲阿》云:

> 弱龄寄事外,委怀在琴书。被褐欣自得,屡空常晏如。时来苟冥会,宛辔憩通衢。投策命晨装,暂与园田疏。眇眇孤舟逝,绵绵归思纡。我行岂不遥,登降千里余。目倦川涂异,心念山泽居。望云惭高鸟,临水愧游鱼。真想初在襟,谁谓形迹拘。聊且凭化迁,终返班生庐。

陶渊明反复强调他归于田园的原因,不是事业无门,不是仕途险恶,而是个人的天性。诗人的自然天性得以表露,得以发展,得以任性而行,得以与自然相契相合,一体无二,这就达到了"真"。"忘天地,遗万物,外不察乎宇宙,内不觉其一身,故能旷然无累,与物俱往,而无所不应。"(郭象《庄子注·齐物论》)这种排除理性的精神境界,这种消融主客、呈现真我的方式,正是审美体验的典型特征。如《饮酒》其五:

> 结庐在人境,而无车马喧。问君何能尔?心远地自偏。采菊东篱下,悠然见南山。
> 山气日夕佳,飞鸟相与还。此中有真意,欲辨已忘言。

"采菊东篱下,悠然见南山"历来为诗论家盛赞,究其原因,正在于暗合"外不察乎宇宙,内不觉其一身"的审美之境。

陶渊明诗歌的艺术特色,可以用"真、淡、简"来概括。

"真"指的是陶诗描写真实、态度真诚、感情真挚。如《归园田居》(其三):

> 种豆南山下,草盛豆苗稀。晨兴理荒秽,带月荷锄归。道狭草木长,夕露沾我衣。衣沾不足惜,但使愿无违。

以士人身份从事农业劳动,陶渊明不仅身体力行,而且把他从事劳动的情状都写在诗里,显得真实而坦然,因而格外动人。又如《移居》(其二):

> 春秋多佳日,登高赋新诗。过门更相呼,有酒斟酌之。农务各自归,闲暇辄相思。相思则披衣,言笑无厌时。此理将不胜,无为忽去兹。衣食当须纪,力耕不吾欺。

翻开陶渊明的诗集,对自然的热爱、对朋友的亲厚、对妻子的感愧,这些毫无伪饰的真挚情感仿佛扑面而来。"真"是陶诗具有永恒生命力的基础。

"淡"指的是陶诗冲淡自然的审美风格。汉魏诗以悲情为基调,追求情感剧烈变动带来的审美效果。到了东晋,悲音大潮渐渐平息,士人们转而追求平静自然、任性自得的生活方式。这种平静与坦然甚至成为一种品评名目,"神色闲畅"、"神色恬然"、"神意甚平"成为屡被使用的品题之语。玄言诗的兴起正是这种转变的体现,而陶渊明则将这种玄学的哲理意味与传统诗歌结合起来,形成了一种冲淡自然的审美风格。如其著名的《归园田居》(其一):

> 少无适俗韵,性本爱丘山。误落尘网中,一去十三年。羁鸟恋旧林,池鱼思故渊。开荒南野际,抱拙归园田。方宅十余亩,草屋八九间。榆柳荫后檐,桃李罗堂前。暧暧远人村,依依墟里烟。狗吠深巷中,鸡鸣桑树颠。户庭无尘杂,虚室有余闲。久在樊笼里,复得返自然。

描绘的是农家平和自然的生存状态,本色的生活场景与冲和闲远的精神状态完全融为一体。如严羽《沧浪诗话》所说:"谢所以不及陶者,康乐之诗精工,渊明之诗质而自然耳。"朱熹《朱子语类·论文下》也说:"渊明诗平淡,出于自然。"指出其诗风"平淡",究其所以乃是因为他"出于自然",也就是说形成这种诗风的原因乃是因为其诗歌之表现极为自然,毫无矫饰,"淡"乃"真"的结果。

"简"指的是陶诗语言的简洁省净。钟嵘云:"其源出于应璩,又协左思风力。文体省净,殆无长语。笃意真古,辞兴婉惬。每观其文,想其人德。世叹其质直。至如'欢言酌春酒'、'日暮天无云',风华清靡,岂直为田家语耶?古今隐逸诗人之宗也。"比起太康诗人华丽繁缛的诗风,陶诗语言极具概括力和表现力。如"蔼蔼堂前林,中夏贮清荫"之"贮","有风自南,翼彼新苗"之"翼",无不准确精当。这些都说明,陶诗绝非原初状态的"自然",而是对语言有着自己独特的美学追求。

第四章　南朝诗歌

南朝是诗歌史上的新变период,诗歌题材的拓展和对诗歌形式美的追求是这一时期最为重要的特征。刘宋时期,谢灵运以其山水诗创作,使山水题材成为古典诗中的重要组成部分;鲍照以其乐府诗唱出了门阀制度下寒士的命运与不平。齐梁时期,声律研究取得重大成就,形成了讲求"四声八病"的永明体,为律诗的成熟奠定了基础。梁陈时期,以咏物和描写女性体态为主的宫体诗大盛,其成就不高,但在语言、技巧方面的探索却有着积极的意义。

第一节　刘宋诗坛

刘宋时期的重要诗人,主要有并称"元嘉三大家"的谢灵运、颜延之、鲍照。

谢灵运(385—433),祖籍陈郡阳夏(今河南太康)。他出身的谢家是南北朝最显赫的世族家庭之一,祖父谢玄是东晋名将。谢灵运18岁即袭封康乐公,世称谢康公、谢康乐。晋末曾出任琅邪王司马德文大司马行参军、豫州刺史刘毅记室参军、北府兵将领刘裕太尉参军等。入宋后,降爵为康乐侯。谢灵运门第高贵，天资过人，政治上的自我期许很高。但其个性高傲、敏感、急躁，加之刘宋皇族采取压抑世族政策，故几度入朝几度被谴。元嘉十年（433）被宋文帝刘义隆以"叛逆"罪名杀害。

因为政治上的不得意，谢灵运在任永嘉太守、临川内史等职时，以营园林、游山水、探奇寻胜为主要生活方式，而他的诗歌创作也以山水诗最为著名。山水诗与诗歌中的山水因素是一对相联系又有区别的概念。在诗歌中描写自然景物的传统由来已久，然而山水诗作为一种诗歌流派，直至谢灵运才正式形成。一方面，过去诗歌中的山水因素，或依附于道德伦理，或散落于田园游宴，并不是独立的审美观照的对象；另一方面，这些山水因素始终处于附庸的、点缀的地位，并未构成诗歌的主体。永嘉乱中，北方士人随晋室南迁。为协调南北士族利益，北方世族多据会稽一带，而会稽正是"丰山水"之地。如果说江南秀美的山水风光构成了山水诗产生的现实条件，那么魏晋士人对于理想人格的追求，澄怀观道、体玄适性的人生宇宙观，就构成了山水诗兴起的内在动力。这是中国古典诗歌史上极其重要的一个转变。

谢灵运的山水诗，具有如下特点：

首先是山水描写独立、完整，细节丰富。

在谢灵运手中，原先片段的、附庸的山水因素大为发展，景物描写趋向完整、独立。如其《过白岸亭诗》：

> 拂衣遵沙垣，缓步入蓬屋。近涧涓密石，远山映疏木。空翠难强名，渔钓易为曲。援萝聆青崖，春心自相属。交交止栩黄，呦呦食苹鹿。伤彼人百哀，嘉尔承筐乐。荣悴迭去来，穷通成休戚。未若长疏散，万事恒抱朴。

末六句是对玄理的抒发，这也是谢灵运山水诗的一个特点——"玄言的尾巴"。除此以外，全诗完全可以看做一首独立自足的山水诗。这种全面、完整的山水描写在前人诗作中是很少见的。

其次是山水描写中时空观念的增强。

山水诗多是诗人亲临山水的过程中心灵与自然景物相互交融的产物。既然是亲临的过程，那么时间和空间就成为其中一个重要的部分。置身于山水自然之间，必然感受到游历之地的空间特征以及游览过程中的时光流逝。日落月升、远山近水，山水风景正是藉时空而串联成篇。山水赏会越趋自觉，时空观念也越是明确。谢灵运的诗即通过对仗表现出较为严格的空间布局。如:"近涧涓密石,远山映疏木。"(《过白岸亭》)通过"远""近"来标志空间距离。"舍舟眺回渚,停策倚茂松。"(《于南山往北山经湖中瞻眺》)通过"眺""倚"两个动词暗示了人与景物的关系。"崖倾光难留,林深响易奔。"(《石门新营所住》)更是通过光影和声响来揭示空间关系,把声、光、色、空间等多种因素糅合在一句之中。相比而言,表达时间延续的手法则较为单一而明确,这就是"朝(晨)……暮(夕)"句式。这在谢客的诗中比比皆是,如:"晨策寻绝壁,夕息在山栖。"(《登石门最高顶诗》)"朝搴苑中兰……暝还云际宿。"(《石门岩上宿诗》)"朝旦发阳崖,景落憩阴峰。"(《于南山往北山经湖中瞻眺诗》)又如其名作《石壁精舍还湖中作诗》:

> 昏旦变气候,山水含清晖。清晖能娱人,游子憺忘归。出谷日尚早,入舟阳已微。林壑敛暝色,云霞收夕霏。芰荷迭映蔚,蒲稗相因依。披拂趋南径,愉悦偃东扉。虑澹物自轻,意惬理无违。寄言摄生客,试用此道推。

一诗之中,表达时间概念的有"昏"、"旦"、"早"、"阳已微"、"暝"、"夕",表达空间概念的有"归"、"出谷"、"入舟"、"趋南径"、"偃东扉",此外林壑、云霞、夜幕、芰荷、蒲稗也多有空间上的对应关系。

最后是善于描摹,注重炼字,强调对偶,多名句而少名篇。

谢灵运山水诗的一个重要特点是描景写物时的拟人化倾向。如其诗中多用"含"字:"密林含余清,远峰隐半规。"(《游南亭诗》)"山水含清晖,清晖能娱人。"(《石壁精舍还湖中作诗》)"初篁苞绿箨,新蒲含紫茸。"(《于南山往北山经湖中瞻眺》)这样的诗句中,"含"赋予了无生命的山水景物一种特殊的生机。这种对于描写对象的敏感实际上是魏晋审美意识在诗歌中的必然延续。没有"翳然林水,便自有濠、濮间想也。觉鸟兽禽鱼,自来亲人"(《世说新语·言语》)的审美态度,就不会有谢灵运的山水诗中对于譬喻和炼字的追求。将譬喻和炼字仅仅看做一种写作技巧,无疑是不够全面的。

谢灵运常用对仗和偶句,这也增强了诗歌即景绘色的功能。如"云日相辉映,空水共澄鲜"(《登江中孤屿》),不是孤立地分写云、日、空、水,而是将它们配合起来,相互映衬,致使各自的色彩形貌更加鲜明。又如"连鄣叠巘崿,青翠杳深沉。晓霜枫叶丹,夕曛岚气阴"(《晚出西射堂诗》),青、翠、红、白,错杂纷呈,令读者眼为之明。

炼字的兴起在增强诗歌表现力的同时,也带来了一定的弊端。这就是所谓的"有句无篇",如著名的"池塘生春草,园柳变鸣禽"。正如贺贻孙在

《诗筏》中所指出的那样,这种弊病属于"习尚使然":"谢诗虽多佳句,然自首至尾,讽之未免痴重伤气;惠连亦有是病,或当时习尚使然。"这实是诗歌发展无法逾越的必然阶段。

　　谢灵运继承了魏晋以来诗歌注重景物描摹、注重辞采的一面,将描写的对象由园林转向山水,将描写的范围由片段转向整体,开创了影响极大的山水诗派,这是他最大的贡献。谢诗明丽精工,清新自然。因其志趣高远,故虽刻意追求形式之美,却不落俗套。谢诗也存在着明显的弊端,"玄言的尾巴"破坏了诗的整体美感;铺排过甚以致"颇以繁富为累";过分追求新奇导致一些诗句拗口费解,不够流畅;过分追求对偶导致一些对句相当勉强,了无生气。但无论如何,谢灵运都是南朝首屈一指的大诗人。虽然在今天看来,谢灵运的诗不如陶渊明纯净,但就影响而言,谢灵运在南北朝时期却远较陶渊明为大。谢诗代表了南朝诗风的主流。

　　颜延之(384—456)在元嘉诗坛上声望很高,与谢灵运并称"颜谢"。其诗多公宴赠答、应酬唱和之作,特点是"密"与"丽"。所谓密,指的是颜诗经常针对同一内容,从不同角度反复申说。所谓丽,是指颜诗色彩华丽、典故繁多。这两点形成了颜诗丰赡绵密、藻丽典雅的特点。颜延之比谢灵运更加注重对偶和炼字,往往使诗歌沦为纯粹的修辞载体。鲍照称其诗:"如铺锦列绣,亦雕缋满眼。"(《南史·颜延之传》)如《赠王太常僧达》,全诗淹没在典故之中,几乎"无一字无来历"。这种纯粹为炫耀才学而使用的典故,使得诗作了无诗意。

　　颜延之较有个性的诗作,有《北使洛》、《还至梁城作》、《五君咏》等。义熙十二年,刘裕北伐取得胜利,十月,克复洛阳。这是东晋一代对北方用兵最成功的一次。颜延之奉命到前线祝贺,《北使洛》、《还至梁城作》两诗即作于此年冬天。中原残破,故国凋零,诗人描景写物深沉凝重,颇有黍离之悲。"故国多乔木,空城凝寒云"尤为出色。《五君咏》以"竹林七贤"中除山涛、王戎二人外的其他五人为主题,《嵇中散》云:

　　　　中散不偶世,本自餐霞人。形解验默仙,吐论知凝神。立俗迕流议,寻山洽隐沦。鸾翮有时铩,龙性谁能驯。

前六句潇洒散淡,刻画入神,后两句发言惊挺,颇有骨力。

　　鲍照(415?—470)字明远,本籍东海。宋文帝元嘉十六年(439),谒见临川王刘义庆,献诗言志,获得赏识,被任为国侍郎。后历任低级官职,最后任临海王刘子顼参军。刘子顼支持晋安王刘子勋反对刘彧。子勋战败,子项被赐死，鲍照亦在江陵为乱兵所害。

鲍照的乐府体诗最为出色。他的乐府多用旧题，小部分自立新题。多为代言体，在代言中往往掺杂了作者自身的情感和寄托。如《代放歌行》云："夷世不可逢，贤君信爱才。明虑自天断，不受外嫌猜。一言分珪爵，片善辞草莱。岂伊白璧赐，将起黄金台。"凭借个人的才学一言而获高位富贵，这在战国时期是极为常见的，鲍照献诗于临川王刘义庆，也是期望能够跻身于冠盖华缨之列。这种期望是如此强烈，以至于在许多诗作中都有所表露：

> 骢马金络头，锦带佩吴钩。失意杯酒间，白刃起相雠。追兵一旦至，负剑远行游。去乡三十载，复得还旧丘。升高临四关，表里望皇州。九涂平若水，双阙似云浮。扶宫罗将相，夹道列王侯。日中市朝满，车马若川流。击钟陈鼎食，方驾自相求。今我独何为，坎壈怀百忧。

（《代结客少年场行》）

曹植描写游侠儿，是歌颂其强大的生命力、自由的人生选择和执著的价值担当；而在鲍照，游侠却是理想不得实现时的无奈选择，故诗歌虽极力描绘游侠的勇健，在与京洛贵族的生活相对照时，却归于惆怅感叹，仗剑远游、去乡离国也变成了不得融入主流社会秩序的自我放逐和逃遁。这与曹植诗中表现出的澎湃激情和勃勃朝气可谓大相径庭。

鲍照所处的时代，门阀是晋身最重要的因素。鲍照出身寒微，虽然受到刘义庆的赏识，却始终无法在上层社会找到一席之地。当功业之梦被门阀制度碾碎时，不满、抗争、愤懑就成为诗歌的主导情绪。《行路难》其四云：

> 泻水置平地，各自东西南北流。人生亦有命，安能行叹复坐愁！酌酒以自宽，举杯断绝歌路难。心非木石岂无感，吞声踯躅不敢言。

魏晋以来，命运的不可捉摸、不可把握已经成为人们的普遍感受。对于寒士而言，道德、才学敌不过门阀出身，更加深了他们的感慨。纵酒也好，悲歌也好，虽曰"自宽"，反而愁上加愁。"吞声踯躅不敢言"犹如万丈堤坝，将奔腾的情感强加收束。当这种情感终于喷泻而出时，便更加慷慨淋漓、势不可挡：

> 对案不能食，拔剑击柱长叹息。丈夫生世会几时，安能蹀躞垂羽翼！弃置罢官去，还家自休息。朝出与亲辞，暮还在亲侧。弄儿床前戏，看妇机中织。自古圣贤尽贫贱，何况我辈孤且直。（《行路

难》其六)

"弃置罢官去"的原因仍在于"跼躅垂羽翼"。当志向难伸、宏图难展,诗人宁愿重归草莱,而非在二者之间随波逐流、蝇营狗苟。当诗人把自身命运与圣贤际遇相联系时,这种感慨就超越了个人而获得了普遍性:

> 直如朱丝绳,清如玉壶冰。何惭宿昔意,猜恨坐相仍。人情贱恩旧,世议逐衰兴。毫发一为瑕,丘山不可胜。食苗实硕鼠,点白信苍蝇。凫鹄远成美,薪刍前见陵。申黜褒女进,班去赵姬升。周王日沦惑,汉帝益嗟称。心赏犹难恃,貌恭岂易凭。古来共如此,非君独抚膺。(《代白头吟》)

将自我融入历史,从中获得藉以对抗现实的道德力量,这种坚决态度使得鲍照的诗歌有一种力度美,而不会沦于自怨自艾的情调。

除了这些直接表达自身情感的诗作之外,鲍照还有一些代言体诗,不出游子、思妇、从军等传统主题。如《拟行路难》(其十三)写征人思乡:"我初辞家从军侨,荣志溢气干云霄。流浪渐冉经三龄,忽有白发素髭生。今暮临水拔已尽,明日对镜复已盈。但恐羁死为鬼客,客思寄灭生空精。"《拟古诗》(其七)写思妇:"宿昔改衣带,且暮异容色。念此忧如何,夜长忧向多。明镜尘匣中,宝瑟生网罗。"在这些代言体诗中,鲍照并不像西晋诗人那样全力拟古,而往往流露出自己的怀抱和情感。鲍照还是较早写作边塞诗的诗人,如《代东武吟》、《代苦热行》和《代出自蓟北门行》,这些同样是代言体,描写的并不是诗人真正参与的实际战争。在这些诗中,鲍照描写边塞风光、军旅生活,格调雄壮,语言奇崛。

鲍照还有一些反映百姓疾苦、揭露统治者横征暴敛的诗。如《拟古》(其六):"河渭冰未开,关陇雪正深。笞击官有罚,呵辱吏见侵。"这种描写在南朝诗人中是极为少见的。

鲍照的五言诗多以记述行旅和惆怅赠答为主,较乐府诗工整典雅。其山水描写有与谢灵运类似之处,如:"朱华抱白云,阳条熙朔风。蚌节流绮藻,辉石乱烟虹。"(《望孤石诗》)总体而言,精工深切不如谢灵运,而雄健幽奇过之,一些诗句因过于追求奇险而显得生涩。

鲍照的诗风俊逸豪放,富于力度。读鲍照的乐府,往往有一种酣畅淋漓的速度感。一方面,鲍照得力于汉魏乐府和南朝民歌,有意学习民间语言特色,故能自然流畅,与当时流行的典密整饬的诗风相比显得俊逸不凡。鲍照的诗歌被时人讥为"俗",今天看来,却恰好是其出彩之处。另一方面,鲍照的乐府节奏明快。尤其是其开创的杂言式七言歌行,五七言交错,也不再每句押韵,而是隔句用韵或篇中换韵,这种错综变化的诗歌体式,极适于表达慷慨激昂、激荡不平的感情。

鲍照善于运用比喻:"直如朱丝绳,清如玉壶冰";"昔如鞲上鹰,今似槛中猿";"马毛缩如猬,角弓不可张";"泻水置平地,各自东西南北流。人生亦有命,安能行叹复坐愁!"这些精妙的比喻极大地增强了诗的表现力,奇矫不凡。更有全篇用兴寄的,如《梅花落》:

> 中庭杂树多,偏为梅咨嗟。问君何独然?念其霜中能作花,露中能作实。摇荡春风媚春日,念尔零落逐寒风,徒有霜华无霜质。

鲍照的乐府中很少出现现实的具体的人或事,很少交代背景或环境,诗人以情感的抒发为中心组织意象和语言,或借历史,或借比喻,或借他人之口,或纯粹抒发情感,而将自身际遇隐藏起来。这种特点的形成,既是受到乐府这种体裁写作传统本身的影响,也是继承了阮籍、左思等发展而来的新抒情方式。它使得鲍照的乐府在情感抒发上纵横恣肆、无拘无束。

由于鲍照诗风与当时流行诗风存在较大差异,南朝对其评价并不太高。《南齐书·文学传论》称:"发唱惊挺,操调险急,雕藻淫艳,倾炫心魂,亦犹五色之有红紫,八音之有郑卫,斯鲍照之遗烈也。"钟嵘《诗品》列其为中品,称"其……才秀人微,故取湮当代。然贵尚巧似,不避危仄,颇伤清雅之调。故言险俗者,多以附照。"隋唐以降,对鲍照的评价渐趋合理,杜甫用"俊逸鲍参军"赞美李白,充分肯定了鲍照的成就和鲍照诗风对唐人的影响。

第二节 齐梁陈诗风

公元479年,萧道成灭宋建齐,至此南朝宋宣告灭亡。齐朝历7帝23年,梁朝历4帝55年。公元557年,陈霸先废梁敬帝,自立为帝,是为陈武帝。公元589年,隋文帝杨坚灭陈,结束了中国近300年的分裂局面,南北朝结束。

齐梁诗的主要特征是注重诗歌艺术形式的经营,尤其讲求声律。齐梁时代,出现了以皇族为中心的几个文学集团,文学创作和学术活动非常兴盛。南朝民歌从市井进入宫廷,被改造为宫体诗。因陈代主要作家大都在梁代就开始了创作活动,且与梁代几个重要的文学集团有各种关系,本节一并论之。

一、沈约、谢朓与永明体

永明是南朝齐武帝的年号,其时社会政治相对稳定,经济比较繁荣,为文人们潜心创作提供了良好的物质条件。《南齐书·陆厥传》说:"永明末,盛为文章,吴兴沈约、陈郡谢朓、琅邪王融以气类相推毂,汝南周颙善识声韵,约等文皆用宫商,以平上去入为四声,以此制韵,不可增减,世呼为'永明体'。"永明时期诗歌发展最重要的事件是对四声的发现,在此基础上时人制定了一系列诗歌写作的声韵原则,用以规范诗歌创作。

四声的发现有一些大的背景。首先,传统的诗歌声韵多与音乐有关,依照的是乐律。汉魏以来,随着诗歌的文人化,五言古诗已摆脱乐府而独立发展成为书面文学样式,也即不再入乐。诗歌与音乐的分离要求有新的供书面文学使用的声律系统来满足诗歌创作的需要。其次,魏晋以来,清议清谈长盛不衰,参与者不仅关心玄理精义,更注重语言之美。音调、节奏、抑扬、韵律都是"娱心悦耳"的重要因素,而"音辞流畅"、"整饬音辞"、"别宫商"则成为清谈中的重要评判标准。这种对于声音美的讲求也深刻影响了文学创作。再次,随着佛教传入和佛经翻译的繁荣,梵汉转读也对音韵学的发展产生了重要影响,反切注音的出现即与此有关。

永明年间,周颙著《四声切韵》、沈约撰《四声谱》、王斌著《四声论》,声律研究盛极一时。他们将声律与传统诗歌音韵相结合,规定了一套五言诗创作应避免的声律上的毛病,也即后人所谓的"八病"。"四声八病"的提出,标志着诗人对声律的掌握由朦胧的、感受式的自发状态变成了清晰的、理性的自觉状态。这对于诗歌发展,尤其对格律诗的出现无疑是具有关键意义的。

永明体的代表诗人,主要是沈约、谢朓。

沈约(441—513),字休文,南朝名相,死后谥隐,故后人也称他为"隐侯"。沈约具有较高的政治地位,热心于奖拔人才,在当时影响很大,是文坛的领袖人物。

沈约诗有三个特点:语言清丽,情感哀怨,声韵和谐。其诗也讲究修辞,但是不像颜延年那样丰赡绵密、藻丽典雅,而较为清新自然。沈约虽博学,但并不堆砌典故,其诗较为浅显易懂。在抒情上,沈约偏好抒发哀而不伤、近于惆怅的淡淡哀怨,不似鲍照般激烈抗直。如《登玄畅楼》:

> 危峰带北阜,高顶发南岑。中有陵风榭,回望川之阴。岸险每增减,湍平互浅深。水流本三派,台高乃四临。上有离群客,客有慕归心。

> 落晖映长浦,焕景烛中浔。云生岭乍黑,日下溪半阴。信美非吾土,何事不抽簪。

除游子思乡之情外,经常出现的情感主题还有时光易逝、思妇、离别、伤悼等。这些都是传统诗歌主题,但在沈约笔下往往显得较为收敛、较为含蓄。如《饯谢文学离夜诗》:

> 汉池水如带,巫山云似盖。瀄汩背吴潮,潺湲横楚濑。一望沮漳水,宁思江海会。以我径寸心,从君千里外。

又如《别范安成》:

> 生平少年日,分手易前期。及尔同衰暮,非复别离时。勿言一樽酒,明日难重持。梦中不识路,何以慰相思。

诗中既有时光逝去的感叹,又有好友离别的伤感,以可以把握的今天与不可知的未来相对应,反衬离别的哀伤与不舍。又用战国时张敏、高惠的典故——现实的离别期望由梦中的相会来弥补,却又因"不识路"而无缘得见,从中也可看出,沈约用典并不以炫耀学问为主旨,而能化入诗中,浅显平易。末四句多为后人袭用。

沈约的这种清怨之情,往往与其山水景物描写结合起来,如《秋晨羁怨望海思归》:

> 分空临澥雾,披远望沧流。八桂暧如画,三桑眇若浮。烟极希丹水,月远望青丘。

海天浩淼反衬出自我的孤独渺小,正合"羁怨"、"思归"之题。这种含蓄的表达方式正是沈约所长。全诗气象阔大,以意取形,是南朝山水诗中的上乘之作。

沈约有一些咏物咏事诗,总体水准不太高,间杂佳句。他还有许多模仿民歌的作品,其中一些艳情之作对宫体诗的形成有影响。

范云与沈约经历相仿,历仕三代,身居高位。其诗多描写孤烟、大雾、秋蓬、寒藻、霜叶,空寂高远;偶及边塞题材时,写景奇崛不凡,如:

> 江干远树浮,天末孤烟起。江天自如合,烟树还相似。沧流未可源,高飘去何已。(《之零陵郡次新亭》)

> 秋蓬飘秋甸,寒藻泛寒池。风条振风响,霜叶断霜枝。幸及清江满,无使明月亏。月亏君不来,相期竟悠哉。(《赠俊公道人》)

>寒沙四面平,飞雪千里惊。风断阴山树,雾失交河城。朝驱左贤阵,夜薄休屠营。昔事前军幕,今逐嫖姚兵。失道刑既重,迟留法未轻。所赖今天子,汉道日休明。(《效古》)

范云的诗中,意象往往衔接回环、重复出现。如《之零陵郡次新亭》中的"江"、"烟"、"树",《赠俊公道人》中的"风"、"霜"、"月"。这种手法造成了一种特殊的美学效果,钟嵘《诗品》称为"范诗清便宛转,如流风回雪"。范诗浅而不俗,雅而不繁,潇洒自然,审美价值很高。

谢朓(464—499),字玄晖,陈郡阳夏(今河南太康)人,谢氏子弟。《南齐书》本传称他"少好学,有美名,文章清丽"。先后做过豫章王萧嶷太尉行参军、随王萧子隆文学,是竟陵王萧子良文学集团"竟陵八友"之一。明帝时曾掌中书诏诰。建武二年(495)任宣城太守,世称"谢宣城"。后任尚书吏部郎。东昏侯永元元年(499)始安王萧遥光谋取帝位,谢朓遭诬陷,下狱死。

谢朓是永明体的代表诗人,也是齐梁时期最为杰出的诗人。与其族叔谢灵运不同,谢朓在政治上并未表现出突出的兴趣,相反,动荡的社会、家族中不断有人卷入政治斗争而遭杀害的现实使他身怀忧惧。不像谢灵运那样高傲不羁、充满野心,他的性格较为软弱,惟求自保。其诗中的思想感情,始终以身世忧惧为中心,并以此情感基调抒发思乡、归隐、欢会、离别等情感。在表达方式上,较少激烈的呼告和不屈的对抗,而多为迷惘、忧伤、无奈,往往以深度而非力度胜。如《暂使下都夜发新林至京邑山西府同僚》:

>大江流日夜,客心悲未央。徒念关山近,终知返路长。秋河曙耿耿,寒渚夜苍苍。引领见京室,宫雉正相望。金波丽鳷鹊,玉绳低建章。驱车鼎门外,思见昭丘阳。驰晖不可接,何况隔两乡。风云有鸟路,江汉限无梁。常恐鹰隼击,时菊委严霜。寄言罹罗者,寥廓已高翔。

作此诗时,谢朓于西府荆州任随王萧子隆文学,颇得爱赏。荆州刺史王秀之忌之,进谗于齐武帝,将其调回京城。因此诗中既有离别同僚的悲哀,也有惧灾畏祸的不安。起句以大江无尽东流对人生悲哀之深远,气势磅礴,感情悲壮,极具感染力,为后人激赏。谢朓写景,不像谢灵运那样追求对景物的客观描摹,讲究"巧言切物",着力于精工,而是将自己的人生感情渗透进景物描写。如《晚登三山还望京邑》:

>灞涘望长安,河阳视京县。白日丽飞甍,参差皆可见。余霞散成

> 绮,澄江静如练。喧鸟覆春洲,杂英满芳甸。去矣方滞淫,怀哉罢欢宴。
> 佳期怅何许,泪下如流霰。有情知望乡,谁能鬒不变。

全诗描景写物圆润流畅,一气呵成,既深婉含蓄,又感人至深。起句虽用王粲、潘岳之典,但同样若自家语,丝毫不显滞涩。谢朓曾云"好诗圆美流转如弹丸",此诗足以当之。又如《之宣城郡出新林浦向板桥》:

> 江路西南永,归流东北骛。天际识归舟,云中辨江树。旅思倦摇摇,孤游昔已屡。既欢怀禄情,复协沧洲趣。嚣尘自兹隔,赏心于此遇。虽无玄豹姿,终隐南山雾。

诗中的孤旅思乡之情,远没有《晚登三山还望京邑》表现的那么深沉痛苦。"天际识归舟,云中辨江树"两句,意境圆融,似真似幻、朦胧难辨的景物恰与"虽无玄豹姿,终隐南山雾"相应,切合诗人"朝隐"的心理。他始终在出仕与归隐之间徘徊犹豫,甚至一场朝雨也能引发他内心的冲突:

> 朔风吹飞雨,萧条江上来。既洒百常观,复集九成台。空濛如薄雾,散漫似轻埃。平明振衣坐,重门犹未开。耳目暂无扰,怀古信悠哉。戢翼希骧首,乘流畏曝鳃。动息无兼遂,歧路多徘徊。方同战胜者,去剪北山莱。(《观朝雨诗》)

平明飞雨,重门不开,诗人暂得脱离世事,悠然怀古。戢翼隐居时想要出仕,有所作为;出仕时又恐如鱼跃龙门,曝鳃而止。一面是功业之心未泯,一面是仕途艰难险恶,冲突矛盾之中,只能"动息无兼遂,歧路多徘徊"。这首诗颇能显示谢朓的性格特点。

作为永明体的代表诗人,谢朓诗十分讲究声韵的和谐流畅和情思的意味深长,警句甚多,在南朝堪称独步。沈约《伤谢朓》云:"调与金石谐,思逐风云上。"即着眼于此。除前引诗作外,如"远树暧阡阡,生烟纷漠漠。鱼戏新荷动,鸟散余花落。不对芳春酒,还望青山郭"(《游东田》),"日出众鸟散,山暝孤猿吟。已有池上酌,复此风中琴"(《郡内高斋闲望答吕法曹》),"云去苍梧野,水还江汉流,"(《新亭渚别范零陵云》),"寒城一以眺,平楚正苍然"(《宣城郡内登望》),"停琴伫凉月,灭烛听归鸿。凉熏乘暮晰,秋华临夜空。叶低知露密,崖断识云重"(《移病还园示亲属》),"往往孤山映,处处春云生。差池远雁没,飒沓群凫惊"(《和刘西曹望海台》),"星回夜未央,洞房凝远情。云荫满池树,中月悬高城。乔木含风雾,行雁飞且鸣"(《奉和随王殿下诗》其二),均为佳句。谢朓的一些短诗带有南朝民歌气息,去其俚俗,留其情致,加上语言精致、音调和谐、明白晓畅又富于韵味,对五言绝句的形成有着一定的影响。

谢朓的诗作不仅在当时就享有盛名,对唐诗也有着深刻的影响。翻开李白的诗集,诸如"谢朓"、"谢公"、"小谢"之类的字眼,触目可见。王士禛《论诗绝句》云:"青莲才笔九州横,一生低首谢宣城。"杜甫也称:"诗接谢宣城"(《陪裴使君登岳阳楼》)、"谢朓每篇堪讽诵"(《寄岑嘉州(州据蜀江外)》)。这些评价足以表明谢朓在中国诗史上的影响和地位。

二、南朝诗人集团与宫体诗

魏晋南北朝文学发展的一个重要事实,是文人集团的出现。如以曹丕、曹植为核心的邺下文人集团,以阮籍、嵇康为核心的"竹林七贤",贾谧"二十四友"等。这些文人集团或追求政治上的庇护,或追求仕途上的提携,或依附于物质财富的供给,或有着共同的兴趣目标。虽然集团形成的初衷并不是为了文学事业,但在实际上促进和影响了文学的发展。除此之外,以家族为中心的门阀世族,如南渡的琅琊王氏、陈郡谢氏,都产生了一批文化史上的重要人物。尤其是谢家,谢混、谢灵运、谢惠连、谢庄、谢朓俱是有名的诗人,甚至家族中的女性如谢道韫都有诗才。刘宋之后,皇权逐渐集中,门阀势力受到打压,皇族取代世族成为新的文学集团中心。南朝较著名的有临川王刘义庆文学集团、南齐竟陵王萧子良文学集团、梁武帝萧衍文学集团、昭明太子萧统文学集团、梁简文帝萧纲文学集团。

刘义庆是宋武帝刘裕的侄子,袭封临川王,官至尚书左仆射、中书令。他尊崇儒学,晚年好佛,"为性简素,寡嗜欲,爱好文义。……招集文学之士,近远必至。"(《宋书·刘道规传》附《刘义庆传》),当时有名的文士如袁淑、陆展、何长瑜、鲍照等人都曾受到他的礼遇。这个文学集团不仅开展文学活动,还编纂了《世说新语》。此书反映了门阀世族的思想风貌,保存了社会、政治、思想、文学、语言等方面史料,价值很高,鲁迅称之为"名士的教科书"。

萧子良为齐武帝萧赜次子,既是史学家,也是文学家,自身文化素养很高,又能礼才好士,故一大群文士集合于其左右,形成了一个文学群体,文学史上称"竟陵八友"。《梁书·武帝本纪》云:"竟陵王子良开西邸,招文学,高祖(萧衍)与沈约、谢朓、王融、萧琛、范云、任昉、陆倕并游焉,号曰'八友'。"这个文学集团的主要贡献是创制"永明体",推动新诗风。除前文所论的沈约、谢朓、范云外,王融也长于诗,诗风与谢朓相近,任昉、陆倕则以文名,时称"任笔沈(约)诗"。集团中人常有唱和赠答之诗,亦有同题同咏或联句之作,为一时之盛。

梁武帝萧衍本是"竟陵八友"之一,即帝位之后,"旁求儒雅,诏采异人,文采之盛,焕乎俱集。每所御幸,辄命群臣赋诗,其文善者,赐以金帛,诣阙庭而献赋颂者,或引见焉"(《梁书·文学传序》)。萧统是萧衍长子,两岁被立为太子,未及即位而卒,谥昭明,世称昭明太子。他有很高的文学才华和鉴赏能力,除了自身创作外,还招集文人学士,广集古今书籍3万卷,编集成《文选》30卷。萧衍萧统文学集团中虽无特别突出的诗人,但他们对文学的繁盛起了很大的推动作用。

梁简文帝萧纲是萧衍第三子,在做太子时期写了大量轻艳之诗。当时的属官徐摛、庾肩吾等又推波助澜,文学侍从之臣竞相仿作,一时蔚为风气,形成宫体诗派。"宫体"之名,始见于《梁书·简文帝纪》对萧纲的评语:"然伤于轻艳,当时号曰宫体。""宫"即是指萧纲的太子东宫。宫体诗主要以妇女生活、体态举止、容貌、所用器物为描写内容,也有一些抒情咏物之作。其情调流于轻艳,诗风比较柔靡缓弱。比永明体更趋格律化,对律诗的形成有着推动作用。其辞采秾丽、音乐性强、用典多、描写细密,对后世诗人也有一定的影响。

宫体诗的形成与南朝民歌有着密切关系。梁陈时期,汉代以来的相和旧曲将近一半已经散佚,而南方的民间谣讴——吴声、西曲,由于城市各阶层人士的喜爱而日益兴盛。这些民歌多用妇女的口吻描写过往爱情的欢乐、相思的痛苦以及婚姻不自由的苦闷,风格较为侧艳。这种诗风通过乐府进入宫廷,正合帝王贵族偏安江左溺于逸乐的心理。梁武帝曾命乐工谱写了大量新曲。在音乐上,这些民歌曲调婉转悱恻,"歌谣数百种,《子夜》最可怜。慷慨吐清音,明转出天然"(《大子夜歌》)。这些都对宫体诗风的形成产生了影响。在文人诗层面,鲍照、汤惠休的艳体,沈约的《领边绣》、《脚下履》,谢朓《咏镜台》等都是宫体先声。除此之外,佛教文学中的一些女性情态描写以及色欲描写对宫体诗的勃兴也有影响。

历来批评宫体诗者,多目以"淫荡""放纵"。事实上,宫体诗中不健康的、格调低下的作品并不似前人想象中那么多。以萧纲《和徐录事见内人作卧具》为例:

> 密房寒日晚,落照度窗边。红帘遥不隔,轻帷半卷悬。方知纤手制,讵减缝裳妍。龙刀横膝上,画尺堕衣前。熨斗金涂色,簪管白牙缠。衣裁合欢褶,文作鸳鸯连。缝用双针缕,絮是八蚕绵。香和丽丘蜜,麝吐中台烟。已入琉璃帐,兼杂太华毡。且共雕炉暖,非同团扇捐。更恐

从军别,空床徒自怜。

此诗描写的是女子制作被褥的过程。这样的题材在以前的文人诗中极为少见。全诗描写细致,用词华丽。"且共雕炉暖,非同团扇捐。更恐从军别,空床徒自怜"是民歌情调的宫廷变体。这样的诗,可以称之为轻艳,但绝非淫荡。

另有一些宫体诗,描写的则是女子的体态,如萧纲《咏内人昼眠》:"梦笑开娇靥,眠鬟压落花。簟文生玉腕,香汗浸红纱",很能表现女性体貌之美。与此类似,一些咏物诗也往往和女性有关。如萧纲《咏初桃》:"飞花入露井,交干拂华堂。若映窗前柳,悬疑红粉妆。"更甚者则指向床笫之欢,如东宫学士纪少瑜的《咏残灯》:"残灯犹未灭,将尽更扬辉。惟余一两焰,才得解罗衣。"

魏征说萧纲的诗"止乎衽席之间"、"思极闺闱之内",从女性题材这一面而言,这种批评是正确的。宫体诗最大的问题,在于诗歌表现中情感的缺失。咏物与咏人,在宫体诗人那里其实是一致的,吟咏女性同样用的是咏物的手法,咏物中既无兴寄,咏人同样没有情感可言。在对待女性的态度上,我们看不到热烈奔放或委婉缠绵的情感,看不到诗人心灵的参与。这一点是宫体诗与民歌中的艳情作品最大的差别。宫体诗人们受到了艳诗的影响,但这种影响只停留在表层,艳诗在宫廷中被抽去了情感内容,保留下适合宫廷诗人创作的题材和形式成分,成为应酬欢会时的佐料。

宫体诗在声律、对偶等方面都较永明体有了进步,语言吸收了文人诗与乐府民歌的优点,这些都有着积极的意义。它扩大了诗歌审美表现的范围,进一步推进了诗歌的律化,是诗歌发展史中不可忽视的一环。

三、南朝其他诗人

永明诗人、宫体诗人之外,比较重要的诗人有何逊、吴均、阴铿、江淹、江总等。

何逊出身贫寒,一生游宦而沉沦下僚。曾仟建安王萧伟记室、尚书水部郎,人称"何记室"或"何水部"。何逊诗作的特点在于情景交融、讲究声律、清新简省,尤其善于写暮色、夜景。如《从镇江州与游故别》:

历稔共追随,一旦辞群匹。复如东注水,未有西归日。夜雨滴空阶,晓灯暗离室。相悲各罢酒,何时同促膝。

抒发惆怅、伤感、悲哀、无奈的情感时多婉转含蓄,不那么激烈高亢。何逊很注意语言的锤炼,如"夜雨滴空阶,晓灯暗离室"两句,景物描写婉转切情,

对仗工整,含蓄凝练,历来为人所称道;末句浅近如话,却情意深挚。又如《铜雀妓》:

> 秋风木叶落,萧瑟管弦清。望陵歌对酒,向帐舞空城。寂寂檐宇旷,飘飘帷幔清。曲终相顾起,日暮松柏声。

全诗无一字写情,而是通过秋风、落叶、管弦、空城、寂寥的屋宇、飘飘的帷幔和鸣号的松涛营造出凄凉清空的氛围。这种纯以意象选择来抒情的手法已相当接近唐诗。又如《相送》:

> 客心已百念,孤游重千里。江暗雨欲来,浪白风初起。

过去、现在、未来,情感、景物、事件交织在一起,非常具有概括力。再如《夜梦故人》:

> 客心惊夜魂,言于故人同。开帘觉水动,映竹见床空。浦口望斜月,洲外闻长风。九秋时未晚,千里路难穷。已知臃肿木,复似飘摇蓬。相思不可寄,直在寸心中。

全诗明白晓畅,省净深婉,从中也可以看出何逊驾驭语言的功力。

何逊与诗人刘孝绰并称"何刘",又与陈代诗人阴铿并称"阴何"。范云称:"顷观文人,质则过儒,丽则伤俗;其能含清浊、中今古,见之何生矣。"(《梁书·何逊传》)这是说他既注重诗歌的形式之美,又不同于时俗的轻靡流荡。杜甫自云"颇学阴何苦用心"(《解闷十二首》之三),又称"能诗何水曹"(《北邻》),也可见何逊对唐人的影响。

吴均诗风质朴,出语较有气势,如《胡无人行》:

> 剑头利如芒,恒持照眼光。铁骑追骁虏,金羁讨黠羌。高秋八九月,胡地早风霜。男儿不惜死,破胆与君尝。

此诗是梁代边塞诗中少有的雄壮之作。

阴铿人生经历与何逊相仿,诗风也有相近之处。然何逊较悲苦,除直接诉说生活的不幸外,又常以秋景、夜景、夕景、暗景反映心理情感。阴铿较劲健,即使写悲,也悲中见壮,故诗中多壮阔的大江形象。如:

> 大江一浩荡,离悲足几重。潮落犹如盖,云昏不作峰。远戍唯闻鼓,寒山但见松。九十方称半,归途讵有踪。(《晚出新亭》)
>
> 江陵一柱观,浔阳千里潮。风烟望似接,川路恨成遥。落花轻未下,飞丝断易飘。藤长还依格,荷生不避桥。阳台可忆处,唯有暮将朝。

(《和登百花亭怀荆楚》)

其他如"大江静犹浪,扁舟独且征"(《和傅郎岁暮还湘洲》),"夜江雾里阔,新月迥中明"(《五洲夜发》),"行舟逗远树,度鸟息危樯。滔滔不可测,一苇讵能航"(《渡青草湖》),"鼓声随听绝,帆势与云邻"(《江津送刘光禄不及》),均清思健劲,悲而不苦。阴铿写景也较何逊鲜艳明丽。何逊诗较为淡雅,很少用鲜艳的色调,显得清空虚净;而阴铿则不同,如"水随云度黑,山带日出红"(《晚泊五洲》),"绿野含膏润,青山带濯枝,"(《闲居对雨》),"沉水桃花色,湘流杜若香"(《渡青草湖》),"夹筱澄深绿,含风结细漪"(《经丰城剑池》),"栋里白云归,窗外落晖红"(《开善寺》),色彩明丽,富于生机。在格律上,阴铿更加成熟,达到了相当高的水准,反映了陈代诗人在诗律上的进步。

江淹的诗以善于拟古著称。诗风清丽幽怨,善写伤感之情,如《赤亭渚诗》:

> 吴江泛丘墟,饶桂复多枫。水夕潮波黑,日暮精气红。路长寒光尽,鸟鸣秋草穷。瑶水虽未合,珠霜窃过中。坐识物序晏,卧视岁阴空。一伤千里极,独望淮海风。远心何所类,云边有征鸿。

与阴、何相较,显得不够流畅,气象偏小。

江总是陈后主宫廷文人中名声最著者,所作辞采艳丽,音节流荡,颇具形式美。其《闺怨篇》平仄对仗严谨,有论者认为已开唐人排律之体:

> 寂寂青楼大道边,纷纷白雪绮窗前。池上鸳鸯不独自,帐中苏合还空然。屏风有意障明月,灯火无情照独眠。辽西水冻春应少,蓟北鸿来路几千。愿君关山及早度,念妾桃李片时妍。

陈灭后,江总的诗也渐渐洗去浮艳之色,时有悲凉之音:

> 传闻合浦叶,还向洛阳飞。北风尚嘶马,南冠独不归。去云目徒送,离琴手自挥。秋蓬失处所,春草屡芳菲。太息关山月,风尘客子衣。
> (《遇长安使寄裴尚书》)

第五章　北朝诗歌与南北朝乐府民歌

北朝诗歌有明显的学习、模仿南朝的痕迹,又有自身的特点。其中成就最高的是由南入北的诗人庾信和王褒。庾信融合南北诗风,既有齐梁所追求的形式美,又有北地的劲健厚重,他以凌云健笔表达乡关之思与故国之情,成为南北朝诗的收束者。

南北朝民歌是中古诗坛的一朵奇葩。由于长期处于分裂状态,南朝与北朝在文化、政治、经济、民族习俗等方面都存在着差异,其民歌同样具有不同的内容、情调、风格。总体而言,南朝民歌以情歌为主,较为清丽,北朝民歌题材广泛,风格较为粗犷。《西洲曲》和《木兰诗》分别代表了南北朝民歌的最高成就。

第一节　北朝诗歌

北朝是我国历史上与南朝同时代的北方王朝的总称,其中包括了北魏、东魏、西魏、北齐、北周等数个王朝。北方王朝的统治者要么是出自塞北的鲜卑族,要么是与鲜卑族有着密切关系的汉族政权。与南朝比起来,北朝文学无论在数量还是质量上都乏善可陈。《魏书·文苑传》说:"永嘉之后,天下分崩,夷狄交替,文章殄灭。"造成这种状况的原因主要有三个。首先是北地战争不断,经济衰败,社会生活极不稳定,文化亦随之低落。《北史·文苑传序》云:

> 既而中州板荡,戎狄交侵,僭伪相属,生灵涂炭,故文章黜焉。其能潜思于战争之间,挥翰于锋镝之下,亦有时而间出矣。……章奏符檄,则粲然可观;体物缘情,则寂寥于世。非其才有优劣,时运然也。

其次是永嘉之乱,大量文士随晋室南渡,许多世族也举族南迁。这使得北方既缺乏人才,也中断了魏晋以来的文学传统。最后,相对于南朝的历代君主,北方统治者自身缺乏文学素养,很难形成以皇族为中心的文学集团。

公元439年魏太武帝拓跋焘统一北方，社会渐趋稳定。孝文帝拓跋宏力行汉化改革，对于民族融合和经济发展起了重要的推动作用，文学创作也渐有起色。就诗歌创作而言，此时北方的诗人主要是学习和模仿南朝诗人。当然，由于北地风气和社会政治的影响，北朝诗人并没有像南朝那样过分崇尚华丽绮靡，仍有其"重乎气质"的一面。南北朝后期，两地接触与交流增多，南北文学得以融通。许多南朝文人因各种原因流寓北方，兼有南北之长，从而开辟了诗歌创作的新道路。

北魏初年的诗人主要有崔浩、高允，严格地说，他们的身份主要是学者而非文人。崔浩善阴阳术数，常为明元帝讲授经书，参谋国事。高允通经学，尤善《春秋》，著有《左氏解》、《公羊释》等。他们主要写作宣扬教化、枯燥无味的四言诗，高允有拟汉乐府的《罗敷行》、《王子乔》等，缺乏文采。

真正可称诗人的北方作者，是被称为"北地三才"的温子升、邢邵、魏收。

温子升诗流传不多，大多篇幅短小，有明显的学习南朝的痕迹。如《从驾幸金墉城》"细草缘玉阶，高枝荫桐井。微微夕渚暗，肃肃暮风冷"诸句，和齐梁诗风很是相似。但要说其诗作完全是模仿南朝，也并不尽然。如《捣衣诗》：

　　　　长安城中秋夜长，佳人锦石捣流黄。香杵纹砧知近远，传声递响何凄凉。七夕长河烂，中秋明月光。蠮螉塞边绝候雁，鸳鸯楼上望天狼。

以捣衣题材入诗，源自班婕妤的《捣素赋》，南朝的谢惠连、柳恽、王僧孺、费昶、萧衍等均有捣衣诗。南朝诗人之作较为注重辞采和细节，往往对过程详加描绘，如"微芳起两袖，轻汗染双题"（谢惠连《捣衣》）。温子升的诗作反映了北朝诗人"重乎气质"的一面，更为真切感人。同时，南朝诸作都是五言诗，温子升则杂用五七言，显得流畅圆转。写北方边塞之景，也为南朝诗人笔下所无。"七夕长河烂，中秋明月光。蠮螉塞边绝候雁，鸳鸯楼上望天狼。"这种时空对照的抒情体式为唐人袭用，如沈佺期有"九月寒砧催木叶，十年征戍忆辽阳。白狼河北音书断，丹凤城南秋夜长"（《古意呈乔补阙知之》），张若虚有"谁家今夜扁舟子，何处相思明月楼。可怜楼上月徘徊，应照离人妆镜台。玉户帘中卷不去，捣衣砧上拂还来"（《春江花月夜》）。从中也可看出温子升诗的独创之处，绝非纯粹模仿南朝。又如《白鼻䯀》：

　　　　少年多好事，揽辔向西都。相逢狭斜路，驻马诣当垆。

此诗袭自魏乐府《高阳乐人歌》。原诗描写的是酒肆酣饮的场面，温子升却把重点放在"少年"形象的塑造上。全诗笔调简略,却形神具备。又如远行是汉魏以来传统的悲情题材,温子升却一反传统,以远行为乐,颇为高亢激昂:

> 远游武威郡,遥望姑臧城。车马相交错,歌吹日纵横。
> 路出玉门关,城接龙城坂。但事弦歌乐,谁道山川远。
>
> (《凉州乐歌二首》)

温子升在当时名声很大。济阴王王晖业称:"江左文人,宋有颜延之、谢灵运,梁有沈约,我子升足以陵颜轹谢,含任吐沈。"他的诗文流传到江南,梁武帝萧衍深有感慨地说:"曹植、陆机复生于北土,恨我辞人,数穷百六。"这些评价代表了当时的舆论。

邢邵诗仅存8首。《冬日伤志篇》是其代表作:

> 昔时惰游士,任性少矜裁。朝驱玛瑙勒,夕衔熊耳杯。折花步淇水,抚瑟望丛台。繁华凤昔改,衰病一时来。重以三冬月,愁云聚复开。天高日色浅,林劲鸟声哀。终风激檐宇,余雪满条枚。遂游昔宛洛,踟蹰今草莱。时事方去矣,抚己独伤怀。

北魏后期,历尔朱氏"河阴之变"和高欢迁都于邺,曾经繁华昌盛的洛阳日渐衰败荒芜。邢邵所写的这种情形,颇类于建安诗人面对董卓之乱后残破的洛阳。这是邢邵晚期的作品,语言质朴,感情深沉,与其前期诗风有所不同。据《北齐书·魏收传》载:

> 收每议陋邢邵文。邵又云:"江南任昉,文体本疏,魏收非直模拟,亦大偷窃。"收闻乃曰:"伊常于沈约集中作贼,何意道我偷任昉。"任、沈俱有重名,邢、魏各有所好。武平中,黄门郎颜之推以二公意问仆射祖珽,珽答曰:"见邢、魏之臧否,即是任、沈之优劣。"

可见其主要诗作仍然是模仿南朝诗人。

魏收历仕北魏、东魏、北齐三朝,是《魏书》的作者。其诗较温子升、邢邵更近齐梁。较好的作品如:

> 春风宛转入曲房,兼送小苑百花香。白马金鞍去未返,红妆玉箸下成行。(《挟瑟歌》)
>
> 雪溜添春浦,花水足新流。桃发武陵岸,柳拂武昌楼。(《棹歌行》)

安适闲逸,明丽轻快,画面感很强。

从南到北的文人,最著名的是庾信和王褒。

庾信(513—581),字子山,早年曾任梁湘东国常侍等职,陪同太子萧纲(梁简文帝)等写作一些绮艳的诗。梁武帝末,侯景叛乱,庾信时为建康令,率兵御敌,战败。建康失陷,他被迫逃亡江陵,投奔梁元帝萧绎。元帝承圣三年(554)他奉命出使西魏,抵达长安不久,西魏攻克江陵,杀萧绎。他被留在长安,官至车骑大将军、开府仪同三司;北周代魏,更迁为骠骑大将军、封侯。死于隋文帝开皇元年。

庾信的诗作,以其42岁出使西魏为标志,可分为前后两期。前期仕于梁朝,随其父庾肩吾出入萧纲宫廷,后与徐陵一起任萧纲东宫抄撰学士,自此以文名。《周书·庾信传》载:

> 摛子陵及信,并为抄撰学士。父子在东宫,出入禁闼,恩礼莫与比隆。既有盛才,文并绮艳,故世号为徐、庾体焉。当时后进,竞相模范。每有一文,京都莫不传诵。

所谓"徐庾体",其特征是轻靡绮艳,注重声律,讲究细节描写。在题材上,多奉和应制之诗,主要有两类,一类是游览途中的景物描写,一类是女性及与女性相关的歌舞器物描写。前一类如《奉和山池诗》,全诗几乎全为对句,后四句尤为精工,表现出诗人对诗歌技巧和语言的掌握已有了相当水准。后一类如《舞媚娘》,虽是宫体,但较为注重心理描写,显得活泼而有生气。

庾信后期的诗可分为两大类,一类是奉和应酬之作,另一类则是自我的感怀抒情。前一类中,有一部分保留了早期的绮丽风格。如《奉和赵王美人春日诗》等,还有一部分则超出了南朝宫体诗的范围,转向军旅、游猎等生活,气势较为雄壮。如"胡笳遥警夜,塞马暗嘶群"(《和赵王送峡中军诗》),"阵云平不动,秋蓬卷欲飞","流星夕照镜,烽火夜烧原","轻云飘马足,明月动弓弰"(《拟咏怀》),"马嘶山谷动,弓寒桑柘鸣"(《伏闻游猎》)等,其刚健之气是南朝宫体诗中缺乏的。除此之外,庾信还有一些游仙论隐、谈佛说道的奉和之作,共同特征是工稳平正,间有警句,价值不大。

庾信诗中最受重视的,是其感怀抒情之作。公元554年,庾信出使西魏,恰逢西魏出兵伐梁,庾信被扣留。不久梁亡,庾信遂仕于西魏及北周。北方统治者对庾信极为看重,他不仅身居高位,更受皇帝礼遇,与诸王结布衣之交。陈朝与北周通好,流寓人士并许归还故国,唯有庾信与王褒因受器

重不得回南方。《周书·庾信传》云其:"虽位望通显,常有乡关之思。"这种情感最集中的表露,是他的《拟咏怀》27首,如:

> 俎豆非所习,帷幄复无谋。不言班定远,应为万里侯。燕客思辽水,秦人望陇头。倡家遭强娉,质子值仍留。自怜才智尽,空伤年鬓秋。(《拟咏怀》其三)

> 榆关断音信,汉使绝经过。胡笳落泪曲,羌笛断肠歌。纤腰减束素,别泪损横波。恨心终不歇,红颜无复多。枯木期填海,青山望断河。(《拟咏怀》其七)

庾信的这种痛苦,往往以"乡关之思"的方式表达出来。但这与传统抒情诗中的思乡主题绝不相同。庾信的思乡,并不仅仅是远离故土的孤独,而是一种文化上的隔绝带来的心灵绝望,是一种高文化族群被文化程度较低的族群征服时所感受到的屈辱和悲愤。这里的"乡"实际上是文化上的、心灵上的故乡,"汉使"、"胡笳"、"羌笛"等用语带有明显的民族文化意识。故庾信有"倡家"、"质子"之喻,其感情表达也格外激切。枯木填海、青山断河,用"精卫衔木填海"、"华岳二山合拢断河"二则中国古代神话,表达在绝望中仍不放弃的南归心志,这使得全诗的悲剧色彩格外浓厚。

作为使臣,庾信使魏肩负的是国家的外交使命,这个身份决定了他的心态与王褒等被俘南臣并不相同。对于梁的灭亡,庾信不仅有着亡国之恸,更有着使命没有完成的自责和羞愧:

> 六国始咆哮,纵横未定交。欲竞连城玉,翻征缩酒茅。析骸犹换子,登爨已悬巢。壮冰初开地,盲风正折胶。轻云飘马足,明月动弓弰。楚师正围巩,秦兵未下崤。始知千载内,无复有申包。(《拟咏怀》其十五)

春秋时,吴王用伍子胥计破楚入郢,申包胥赴秦求援,哭了七天七夜,终于使秦发兵救楚,使楚国免于灭亡。而庾信使魏,终究未能避免梁的灭亡。这种心态以曲笔写来,真实而深沉。又如:

> 白马向清波,乘冰始渡河。置兵须近水,移营喜灶多。长坂初垂翼,鸿沟遂倒戈。的颅于此去,虞兮奈若何。空营卫青冢,徒听田横歌。(《拟咏怀》其八)

既不能像卫青般抗击外族,保家卫国,又不能如田横般羞为汉臣,决然自杀,那么,自身的价值和历来坚持的操守何在?面对梁室子弟惨遭杀戮,庾信能做的仅限于"悲伤刘孺子,凄怆史皇孙。无因同武骑,归守灞陵园"。这种无力感始终缠绕着庾信。正因庾信的"思乡"始终与"国破"相联系,故其对个人遭际的悲叹就能超越个体的特殊性,反映出他面对时世变迁时的无能为力与无可奈何。

有论者认为庾信对梁多怨恨之心,诗中仅有乡关之思而无故国之情。事实上,庾信的"故国"乃文化之国、伦理之国,非萧氏一姓之国。无论庾信对梁的感情如何,这种对于自我身份的定位是无法改变的,这种对于自我归属的确认也是无法改变的。这种"故国之情"不仅存在,更是庾信《拟咏怀》的核心,乡关之思、亡国之恸、仕北之惭、避世之志俱由此生发展开。

庾信《拟咏怀》的艺术特色也相当明显。首先是用典极多,除第九首外篇篇用典,尤其是第四、第十五两首,句句用典。这既与齐梁诗风的影响有关,也缘于庾信身仕北朝,无法直言的现实。庾信思想的复杂性也是其多用典故而很少直抒胸臆的重要原因。其次是善用对偶,还善用回环手法,如前引诗作中的"寓卫非所寓,安齐独未安","飞去复飞还","残月如初月,新秋似旧秋","惟忠且惟孝,为子复为臣"等均是如此。其中"残月如初月,新秋似旧秋"尤其精工警省,看似写景,却写出时光变迁中诗人的绝望与无奈,堪称神来之笔。庾信又常以散句入诗,甚至以散句作对(如"虽言梦蝴蝶,定自非庄周"),这使得他的诗虽典故密集,却带有汉魏诗的质朴之气,不致滞涩难通。在用字上,多用"望"、"归"、"空"、"徒"、"寒"、"秋"、"断"、"绝"、"独"、"悲"、"愁"以表达思乡、孤独、绝望之情。

庾信后期诗作中,还有一些五言新体诗也写得相当出色:

玉关道路远,金陵信使疏。独下千行泪,开君万里书。(《寄王琳》)

阳关万里道,不见一人归。唯有河边雁,秋来南向飞。(《重别周尚书》其一)

其结构之精致、表达之含蓄、语言之精省,都已近于唐人。其七言诗《乌夜啼》、《秋夜望单飞雁》、《代人伤往二首》都堪称唐人七律、七绝的先驱。尤其是《乌夜啼》,已基本符合律诗的平仄:

促柱繁弦非子夜,歌声舞态异前溪。御史府中何处宿,洛阳城头那得栖。弹琴蜀郡卓家女,织锦秦川窦氏妻。讵不自惊长泪落,到头啼乌恒夜啼。

对于庾信在诗歌发展史上的地位,明代杨慎指出:"庾信之诗,为梁之冠冕,启唐之先鞭。"(《升庵诗话》卷三)清代刘熙载也指出:"庾子山《燕歌行》开初唐七古,《乌夜啼》开唐七律,其他体为唐五绝、五排所本者,尤不可胜举。"(《艺概·诗概》)明代张溥《汉魏六朝百三名家集·庾子山集》题辞说:

> 史评庾诗"绮艳",杜工部又称其"清新"、"老成"。此六字者,诗家难兼,子山备之。玉台琼楼,未易几及。……令狐撰史,诋为"淫放"、"轻险"、"词赋罪人"。夫唐人文章,去徐、庾最近,穷形写态,模范是出,而敢于毁侮,殆将讳所自来,先纵寻斧欤?

令狐德棻在《周书》中对庾信多有贬斥,张溥一针见血地指出,唐人文章正是承庾信所来,对庾信的毁侮实为"讳所自来"。这种着眼于文学流变的评价是有见地的。

在诗歌风格上,杜甫在《戏为六绝句》中说:"庾信文章老更成,凌云健笔意纵横";又在《咏怀古迹》中论其"暮年诗赋动江关"。庾信晚年能融合南北诗风,既有齐梁诗的形式美,又有北地的劲健厚重,加上自身际遇造成的诗歌情感和抒情方式的独特性,使其成为南北朝诗歌的收束者,也为唐代新诗风的出现做了必要的准备。

王褒(513—576)在诗歌上的成就总体上不及庾信。现存诗作多是到北方后所作,侧重抒发羁旅之情、故国之思和边塞风情。如:

> 秋风吹木叶,还似洞庭波。常山临代郡,庭障绕黄河。心悲异方乐,肠断陇头歌。薄暮临征马,失道北山阿。(《渡河北》)
>
> 连翩悯流客,凄怆惜离群。东西御沟水,南北会稽云。河桥两堤绝,横歧数路分。山川遥不见,怀袖远相闻。(《别王都官》)
>
> 关山夜月明,秋色照孤城。影亏同汉阵,轮满逐胡兵。天寒光转白,风多晕欲生。寄言亭上吏,游客解鸡鸣。(《关山月》)

前两首写故国之思,感情抒发比较纯粹,不似庾信那么复杂,用典也不像庾信那么密集。王褒善于描写秋日萧瑟凄寒之景,如"秋风吹木叶,还似洞庭波","关山夜月明,秋色照孤城",都能选取典型意象,锤炼成看似平易实则精工的诗句。又如《送刘中书葬》:

> 昔别伤南浦,今归去北邙。书生空托梦,久客每思乡。塞近边云黑,尘昏野日黄。陵谷俄迁变,松柏易荒凉。题铭无得迹,何处验龟长。

人生无常之叹、羁旅思乡之情,再加上"塞近边云黑,尘昏野日黄"的环境衬托,使得悲凉无路之感浸透入骨。这种沉重的"黑"、"黄"色彩在王褒诗中屡屡出现,且往往与孤寒相应,如"云生陇坻黑,桑疏蓟北寒"(《赠周处士诗》),"百年余古树,千里暗黄尘"(《入关故人别诗》)。对于特定情感和景物的偏好,使得王褒的诗歌悲凄有余而劲健不足,"寂寞灰心尽,摧残生意余"(《和殷廷尉岁暮诗》),这是王褒与庾信相比不足的地方。

王褒还有一首七言歌行体长诗《燕歌行》,兼具南朝文辞的华丽和北方的骨气,代表了七言歌行发展的新阶段。

第二节　南北朝民歌

南北朝民歌的时间范围并不完全与历史上的南北朝概念相对应。从汉末大乱到三国鼎立,南方与北方就长期处于分裂状态,虽然有过西晋的短暂统一,但为时不过37年。一些传统称为"南朝民歌"的作品在时间上可上溯至三国东吴时期。故"南北朝民歌"代表的是整个魏晋南北朝的民歌,而绝非限于宋齐梁陈。同时,我们今天所见的南北朝民歌,尤其是南朝民歌,并不完全都是民间作品。有些经过文人的润色、加工,有些甚至本身就是文人的模仿之作。这些并不妨碍我们将其列入民歌的范畴并加以考察。

一、南朝民歌

南朝民歌大部分保存在宋代郭茂倩所编《乐府诗集·清商曲辞》中,主要分为吴歌、西曲两大类:

> 吴歌杂曲并出江南,东晋以来,稍有增广。其始皆徒歌,既而被之管弦。盖自永嘉渡江之后,下及梁陈,咸都建业,吴声歌曲,起于此也。(卷四十四《吴声歌曲》)

> 按西曲歌出于荆、郢、樊、邓之间,而其声节送和与吴歌亦异,故(因)其方俗而谓之西曲云。(卷四十七《西曲歌》)

建业(南京)是东晋到陈的历代都城,吴歌主要产生于建业及其周边地区。荆(湖北江陵)、郢(江陵附近)、樊(湖北襄樊)、邓(河南邓县)位于江汉流域,是西部军事重镇和经济文化中心,故称此地民歌为"西曲"。除这两类以外,吴歌中还有一类神弦曲,共18首,是民间祀神的乐章。

南朝民歌的兴起,有三大背景。

首先是整体动乱,局部偏安。南朝政权频繁更替,外战内乱不休。在这动乱年代,部分城市却得以聚集资源和人口,形成局部的偏安和繁盛。永嘉丧乱后,北方士族和民众大量南迁,绝大部分南迁北人集中于京口、晋陵、淮南等地,三吴地区地狭人稠,经济最为繁荣。荆楚地区物产丰富,连东西,通南北,地理优势明显,也成为全国经济的重心。这是南朝民歌得以滋生的经济背景。

其次是思想开放,文化交融。汉末以来,儒家伦理的束缚力日益削弱,新观念、新思想层出不穷,重情尚意,追求人生的适性满足成为普遍要求,而南方吴越、荆楚地区有着独特的地方文化,这些文化中,情感表达较为奔放、自由、热烈。这对南朝情歌的流行有着促进作用。

再次是风气更替,好尚大变。魏晋的主流音乐是继承了汉乐府,尤其是汉乐府中的相和歌发展而来的。这种音乐在南朝时被认为是"雅乐",其歌辞主要由文人创制或拟作,民歌的搜集不被重视。西晋丧乱,这种雅乐随之消亡。宋武帝时,散落北方的雅乐被带回南方,但已无法引起南方上层社会的兴趣。《南齐书·萧惠基传》说:"自宋大明以来,声伎所尚,多郑卫遗俗,雅乐正声,鲜有好者。惠基解音律,尤好魏三祖曲及相和歌,每奏辄赏悦不已。"此时,新鲜、活泼的江南民歌进入了他们的视野,成为新的艺术风尚。

南朝民歌具有如下特点:

其一,曲调繁富,内容狭窄。《乐府诗集》引《古今乐录》载:"吴声十曲:一曰《子夜》,二曰《上柱》……又有《七日夜女歌》、《长史变》、《黄鹄》、《碧玉》、《桃叶》、《长乐佳》、《欢好》、《懊恼》、《读曲》,亦皆吴声歌曲。""西曲歌有《石城乐》、《乌夜啼》、《莫愁乐》……《月节折杨柳歌》三十四曲。"足可见其曲调之丰富多样。其中吴声曲辞较为集中,又以《子夜歌》(42首)、《子夜四时歌》(75首)、《华山畿》(25首)和《读曲歌》(89首)各曲歌辞为多。西曲的曲调较吴声多,但歌辞数量较为零散,最多的《月节折杨柳歌》也不过13首。

虽然曲调繁富,但这些民歌表达的情感内容却较为狭窄。南朝民歌以情歌为主,或写对爱情的憧憬,或写相思的痛苦,或写离别的悲哀,或写信念的坚贞,或写婚姻不得自由的苦闷,都离不开男女之情。

南朝民歌内容的狭窄有着多方面的原因。一方面,与《诗经》、汉乐府不同,南朝民歌源自城市,是一种市井之歌而非郊野之歌,反映的是市民及下层士人的生活而非一般平民生活。因此,我们很难在其中看到汉乐府中常见的耕作劳苦、赋税压榨、军旅行役等内容。另一方面,汉乐府的采集带有"观风俗、知得失"的政治用意,因此一些反映民生疾苦的民歌得以保存下来。而南朝的音乐采集纯粹是为了宴会享乐,选取的内容偏于缠绵悱恻的情歌。因此,现存的南朝民歌并不能与当时的南朝民歌等量齐观。

其二,总体风格类似。吴歌之中,《子夜歌》单纯朴素,多写怀春之情,情感表达较为直接,如:"始欲识郎时,两心望如一。理丝入残机,何悟不成匹。""今夕已欢别,合会在何时?明灯照空局,悠然未有期!"而《子夜四时歌》则有文人修饰的痕迹,多以四时景物描写衬托情感抒发,表达较为含蓄蕴藉。如:"秋风入窗里,罗帐起飘扬。仰头看明月,寄情千里光","春林花多媚,春鸟意多哀。春风复多情,吹我罗裳开"。《华山畿》则多用夸张、想象,多决绝之语,如:"华山畿!君既为侬死,独生为谁施?欢若见怜时,棺木为侬开!""懊恼不堪止,上床解要绳,自经屏风里。"无论是写对爱情的坚贞还是写爱情带来的烦恼,都极具力度。《读曲歌》、《懊侬歌》语言质朴,较口语化,如:"打杀长鸣鸡,弹去乌臼鸟。愿得连冥不复曙,一年都一晓。"(《读曲歌》)"我与欢相怜,约誓底言者?常叹负情人,郎今果成诈。"(《懊侬歌》)《神弦歌》带有鲜明的南方特色,多写民间崇拜的杂神,描述其居住环境、美貌容颜和情感,风格颇近于楚辞《九歌》,如:"开门白水,侧近桥梁。小姑所居,独处无郎。"(《青溪小姑曲》)"积石如玉,列松如翠。郎艳独绝,世无其二。"(《白石郎曲》)

西曲产生于江汉流域,这是南北东西要道的交汇处,商业发达。其民歌往往与长江水道相关,多描写旅客商妇的离别之情。相比起来,吴歌更加艳丽柔弱,富于闺阁气息,代表物象是罗帐、窗帘、屏风;西曲较为开朗明快,富于生活气息,代表物象是浪潮、篙橹、舟船。如:"逆浪故相邀,菱舟不怕遥。妾家扬子住,便弄广陵潮。"(《长干曲》)"闻欢下扬州,相送楚山头。探手抱腰看,江水断不流。"(《莫愁乐》)

六朝之前,虽然家妓在上层社会相当普遍,市井商业性的妓女却并不多。六朝时,江南商业城市的兴起也导致私妓出现。西曲中就有一些描写妓女生活的民歌,如:"夜来冒霜雪,晨去履风波。虽得叙微情,奈侬身苦何。"(《夜度娘》)"鸡亭故侬去,九里新侬还。送一却迎两,无有暂时闲。"(《寻阳乐》)"朝发襄阳城,暮至大堤宿。大堤诸女儿,花艳惊郎目。"(《襄阳乐》)

其三,情感鲜明突出,修辞手法活泼多样。南朝民歌大都是抽离了背景的纯粹情歌,我们很难看到诗人的身份、地位、志趣、遭遇,也很少有道德伦理、社会舆论的考虑,而是对情感的直接歌唱。这些民歌多为女性视角,因此汉魏以来文人诗作中常见的忧生之嗟、功业之志、羁旅之愁统统让位,爱情几乎成为唯一的主题。在这个主题下,单纯、忧郁、欢愉、悲哀、憧憬、绝望,各种与之相关的情态得到充分的描写和展示。

南朝民歌形式短小明快、语言自然。这对西晋繁缛雕琢、用典密集、艰深晦涩的诗风是一个反拨,也是对文人诗的重要补充,直接影响了五言绝句的形成。修辞上,南朝民歌主要运用夸张、双关、隐喻、钩连等手法,浅显易懂又回味无穷。如《华山畿》各诗写泪水:"泪落枕将浮,身沈被流去";"石阙昼夜题,碑泪常不燥";"牵牛语织女,离泪溢河汉";"泪如漏刻水,昼夜流不息";"长江不应满,是侬泪成许"。这些夸张的语言非常具有艺术感染力。双关隐语的大量运用是南朝民歌的一大特色,如以"藕"双关"偶","莲"双关"怜","丝"双关"思",以布匹之"匹"双关匹配之"匹",黄连之"苦"双关相思之"苦"等等。这种民间式的机智对南朝民歌婉转缠绵风格的形成起着重要的作用。

虽然南朝民歌以吴歌和西曲为主,但其最杰出的作品却是《杂曲歌辞》中的抒情长诗《西洲曲》:

忆梅下西洲,折梅寄江北。单衫杏子红,双鬓鸦雏色。西洲在何处?两桨桥头渡。日暮伯劳飞,风吹乌臼树。树下即门前,门中露翠钿。开门郎不至,出门采红莲。采莲南塘秋,莲花过人头。低头弄莲子,莲子清如水。置莲怀袖中,莲心彻底红。忆郎郎不至,仰首望飞鸿。鸿飞满西洲,望郎上青楼。楼高望不见,尽日栏杆头。栏杆十二曲,垂手明如玉。卷帘天自高,海水摇空绿。海水梦悠悠,君愁我亦愁。南风知我意,吹梦到西洲。

此诗《玉台新咏》作江淹诗,但宋本不载。明清人编的古诗选本或作"晋辞",或以为是梁武帝萧衍所作。从内容和风格看,它当是经文人润色改定的一首南朝民歌。全诗以五言四句一解为基础,用民歌中常用的钩接句法将全篇贯穿为一个整体,读来回环婉转、似断似续、缠绵不尽,将相思之意表达得极为细腻优美。更为特殊的是,全诗描写的非一时一地的相思,而是四季相思之情。这种四季相思通过一系列连贯性的动作连接起来,用心理时间对现实时间进行剪接,造成了一种时间飞逝、相思不尽的独特感受。沈德潜《古诗源》说它"续续相生,连跗接萼,摇曳无穷,情味愈出",陈祚明《采菽堂古诗选》则谓之"言情之绝唱"。

南朝民歌对当时的文人诗有着很大的影响,鲍照、汤惠休以下,南朝诗人多有拟作,宫体诗的出现更与南朝民歌的影响直接相关。唐代许多诗人也深受其惠。

二、北朝民歌

北朝民歌大部分保存在宋郭茂倩编《乐府诗集·横吹曲辞》的《梁鼓角横吹曲》中，《杂曲歌辞》和《杂歌谣辞》也收有一小部分。这些民歌大多是北魏、北齐、北周时期的作品，传入南朝，被梁乐府保存了下来，故称"梁鼓角横吹曲"。

北朝民歌的形成有赖于其特殊的背景：

首先是北地独特的自然风光。与南方秀丽温润、千姿百态、错落有致的山水景色不同，北方景物的特征是壮阔、豪迈，是高天阔地，是千里平原。在这样的环境下，人们的目光变得辽远，心胸变得阔大，形成了粗犷豪迈的性格。人们观察的是事物的整体而非细节，关注的是共性而非个性，吟唱的是现实的生活而非理想的情致。

其次是游牧民族自身的文化传统和北方的长期战乱。三国时期，匈奴已进入华北，曹魏模仿汉代的五属国，将进入山西的匈奴分为五部加以统治。十六国时期，"五胡"大举进入内地建立政权。淝水之战后，鲜卑拓跋氏崛起于代北，439年统一北方，其后孝文帝迁都洛阳，更多的鲜卑人来到中原腹地。这是汉唐时期规模最大的一次游牧民族内徙。匈奴、羯、氐、羌、鲜卑等游牧民族逐水草而居，缺乏农业社会的稳定性和秩序性，往往是征服伴随着被征服、掳掠伴随着被掳掠，武力成为决定胜负的主要因素。故他们崇尚强力，以武勇为荣。加之北方长期战乱，无论是中原居民反抗异族统治的斗争，还是少数民族之间的战争，都伴随着残酷的血与火。这些都造就了北方的强悍气质。

最后是北方经济和中心城市的衰落。战乱使北方经济遭受摧残，农业生产处于停滞和衰退状态。很多秦汉时期繁荣兴盛的城市荒废无人。较之南方商品经济的活跃和江浙、荆楚的繁荣，北方既无法形成南方那种商业阶层与市民阶层，也无法提供频繁宴饮聚会所需的条件。南朝民歌产生于酒楼渡口，北朝民歌产生于草原马背，南朝民歌伴随的是酒盏与乐舞，北朝民歌伴随的是刀剑与马鞭，这自然造成了风格上的极大区别。

现存北朝民歌仅有70首左右，远不及南朝民歌的数量。但北朝民歌在内容上却广泛得多。其中有对北方风情的描写，如著名的《敕勒歌》：

敕勒川，阴山下。天似穹庐，笼盖四野。天苍苍，野茫茫，风吹草低见牛羊。

这首民歌是北齐时敕勒人的牧歌,"其歌本鲜卑语,易为齐言,故其句长短不齐"(《乐府诗集》卷八十六《杂歌谣辞》引《乐府广题》)。敕勒族原名狄历族,一称铁勒族,系原匈奴族的一支后裔。南北朝时期,该族的聚居地在今山西省朔州市宁武县管涔山一带桑干河、汾河源头区,受鲜卑族北魏王朝(后属东魏)统治。据《乐府广题》记载,公元646年,统治中国北部的东魏和西魏两个政权之间爆发一场大战,东魏丧师数万,军心涣散。主帅高欢为稳定军心,在宴会上命大将斛律金唱《敕勒歌》,群情因之一振。可见其曲调之雄壮豪放。此诗前六句大笔素描,静态勾画,末句由静转动,生机全出。这样的诗句,只有生活在草原上、热爱这片草原、这种生活,并以此自豪的人才能唱出,绝非文士伏案雕琢可得。黄庭坚称此诗"仓卒之间,语奇如此,盖率意道事实耳"(《山谷题跋》卷七),说的正是这一点。

又如反映北地崇武好勇风尚的:

> 健儿须快马,快马须健儿,跛跋黄尘下,然后别雄雌。(《折杨柳歌》)
> 新买五尺刀,悬着中梁柱,一日三摩娑,剧于十五女。(《琅琊王歌》)

风味和气概均不同于南朝缠绵之辞。反映爱情的如:

> 侧侧力力,念君无极,枕郎左臂,随郎转侧。(《地驱乐歌》)
> 摩捋郎须,看郎颜色,郎不念女,不可与力。(《地驱乐歌》)

与南朝民歌相比,显得较为粗犷。反映婚姻问题的如:

> 驱羊入谷,白羊在前,老女不嫁,踏地唤天。(《地驱乐歌》)
> 门前一株枣,岁岁不知老,阿婆不嫁女,那得孙儿抱。(《折杨柳歌》)

表达直率,并不讲求含蓄委婉。需要指出的是,这些婚姻诗和南朝民歌中求嫁的诗作不同:南朝民歌中的婚姻是爱情的理想结局,较多浪漫色彩;而这里的婚姻往往与生殖繁衍、劳动力补充、生存状况的改变联系起来,是现实生活和北地民俗的真实反映。又如一些反映民生疾苦和世态人情的民歌:

> 快马常苦瘦,剿儿常苦贫,黄禾起羸马,有钱始作人。(《幽州马客吟歌》)

东山看西水,水流盘石间,公死姥更嫁,孤儿甚可怜。(《琅琊王歌》)

兄在城中弟在外,弓无弦,箭无括,食粮乏尽若何活!救我来!救我来!(《隔谷歌》)

男儿可怜虫,出门怀死忧,尸丧狭谷中,白骨无人收。(《企喻歌》)

贫贱者的悲哀、勤苦者的激愤、孤儿的悲惨、战争的残酷、漂泊的凄凉,都在诗中一一展现,构成中原社会生活的画卷。

要之,与南朝民歌相比,北朝民歌反映的社会生活要宽广得多。北朝民歌的直率粗犷、质朴刚健与南朝民歌的柔媚清丽、婉转缠绵恰相对照。北朝民歌较少修辞,也没有双关、隐喻等南朝民歌中常见的技巧,没有对景物细致精工的描绘,不追求音韵的圆转流利,纯以气势夺人、真率动人、写实感人。虽然很多民歌是翻译作品,我们仍可感受到这种鲜明的特点。这些特点正是南朝偏于柔弱的诗风所缺乏的,为后世诗人集南北之长、开拓新境界提供了重要的资源。

与南朝民歌相似,北朝民歌篇幅也不长,大多为五言四句。但其中的《木兰诗》却是罕见的长篇叙事诗,代表了北朝民歌的最高水准:

唧唧复唧唧,木兰当户织,不闻机杼声,惟闻女叹息。问女何所思,问女何所忆,女亦无所思,女亦无所忆。昨夜见军帖,可汗大点兵。军书十二卷,卷卷有爷名。阿爷无大儿,木兰无长兄,愿为市鞍马,从此替爷征。东市买骏马,西市买鞍鞯,南市买辔头,北市买长鞭。旦辞爷娘去,暮至黄河边。不闻爷娘唤女声,但闻黄河流水鸣溅溅。旦辞黄河去,暮宿黑山头。不闻爷娘唤女声,但闻燕山胡骑鸣啾啾。万里赴戎机,关山度若飞。朔气传金柝,寒光照铁衣。将军百战死,壮士十年归。归来见天子,天子坐明堂。策勋十二转,赏赐百千强。可汗问所欲,木兰不用尚书郎。愿驰千里足,送儿还故乡。爷娘闻女来,出郭相扶将。阿姊闻妹来,当户理红妆。小弟闻姊来,磨刀霍霍向猪羊。开我东阁门,坐我西阁床。脱我战时袍,着我旧时裳。当窗理云鬓,对镜贴花黄。出门看伙伴,伙伴皆惊惶。同行十二年,不知木兰是女郎。雄兔脚扑朔,雌兔眼迷离。双兔傍地走,安能辨我是雄雌。

此诗的产生年代及作者,从宋代起就有不同记载和争议。一般认为《木兰诗》产生于北魏,创作于民间,经过了文人的加工。全诗有三大特点。其一是人物理想化,情节戏剧化。诗中的木兰孝顺父母,忠于国家;淡泊名利,不忘故里;勇毅非凡,功勋卓著;貌美体健,机智活泼。这些美好品质集于一身,造就了既富英雄传奇色彩又有生活气息的木兰形象。在情节上,无论是篇首的代父从军,还是篇末的恢复女儿身,都带着强烈的戏剧色彩。其二是雅俗交融,详略得当。总体而言,木兰诗的语言较为质朴,不事雕琢,体现出北朝民歌的特点。如《折杨柳枝歌》中有:"敕敕何力力,女子临窗织。不闻机杼声,只闻女叹息。""问女何所思,问女何所忆?阿婆许嫁女,今年无消息。"这些显然是当时民歌习语,故为《木兰诗》所用。诗中"万里赴戎机,关山度若飞。朔气传金柝,寒光照铁衣。将军百战死,壮士十年归"显然有文人加工的成分。胡应麟《诗薮》云:"(《木兰诗》)高者上逼汉魏,平者下兆齐、梁。如'南市买辔头,北市买长鞭',尚协东京遗响;至'当窗理云鬓,对镜帖花黄',齐梁艳语宛然。"谢榛《四溟诗话》亦云:"《木兰诗》云'问女何所思?问女何所忆?女亦无所思……北市买长鞭。'此乃信口道出,似不经意者,其古朴自然,繁而不乱。若一言了问答,一市买鞍马,则简而无味,殆非乐府家数。'万里赴戎机,关山度若飞……'等绝似李白五言近体,但少结句耳。"这些判断虽然有可商榷之处,但《木兰诗》并非纯粹的民歌,这一点是可以肯定的。全诗中,对话、行动描写较为口语化,景物、女性梳妆的描写则较为典雅,而后一点正是南朝诗风的特点。应当说,文人的加工是相当高明的,既保留了民歌本身的风味,又使得重点突出,剪裁得当,不致变成流水账。备置鞍马、交代动机用了 16 句,远赴战场用了 12 句,回乡用了 16 句,可谓极详;而真正的战事描写仅用 4 句一笔带过,可谓极简。这种叙事,突出的并非事件而是人物,简繁之间,木兰的犹豫、果决、英勇、恋乡情怀、女儿心态无不跃然纸上,一些看似无关的铺陈使得全诗生活气息浓郁,既有传奇性,又富真实感。其三是叙事与抒情结合,细节描写与氛围渲染结合。此诗虽是叙事诗,却带有浓重的抒情色彩,字里行间无不洋溢着热情的歌颂和真挚的赞美,诗中既有备战、梳妆、家人迎接之类的细节描写,又有征途、战场的氛围渲染,相互呼应,共同构成了完整的木兰形象。

  《木兰诗》对后世的影响不仅体现在文学史上,更体现在文化史上。千百年来,木兰的身影在诗歌、小说、戏剧中不断出现,直至今日,木兰仍然是中国女性英雄的代表,是中国人心中英雄女性的典范。

第六章　魏晋南北朝的赋与文

魏晋南北朝文的总体特征是追求文体的形式之美，注重声律、对偶、辞藻的雕饰。辞赋方面，除了西晋时期大赋的短暂复兴外，文采清丽、咏物抒情的小赋成为主流，庾信的赋代表了南北朝辞赋的最高成就。散文由早期的书表论辩之文转向抒情写景之文，形式逐渐整饬，骈文在这一时期正式形成并达到成熟，产生了一批名作。此外，北朝诞生了《水经注》和《洛阳伽蓝记》两大巨制，代表了北朝文学的杰出成就。

第一节　魏晋南北朝的赋

建安时期的赋有三个特点，即风格抒情化、篇幅小品化、题材多样化。

赋是汉代文学的主流。汉人心目中的赋，是"苞括宇宙，总揽人物"（《西京杂记》）的巨制，因此宫殿城市、帝王游猎等成为汉赋最具代表性的题材，其代表作品规模巨大，结构恢宏，气势磅礴，语汇华丽，动辄千万言。东汉以后，小赋逐渐兴起，铺采摛文、体物写志的大赋逐渐转向文采清丽、咏物抒情的小赋。

建安赋的代表作品，是曹植的《洛神赋》和王粲的《登楼赋》。

《洛神赋》在结构和人物描写上取法于宋玉的《神女赋》，但主题并不相同。《神女赋》虽极言神女之美，其主旨却在"讽于淫"，是对君王贪恋美色的讽喻。而曹植的《洛神赋》却没有这样的道德喻意，全篇表达的，是"恨人神之道殊"的惆怅，是理想追求不得实现的悲哀。此赋善于在动态之中反映洛神之美，形象刻画细致生动、不平板：

　　其形也，翩若惊鸿，婉若游龙，荣曜秋菊，华茂春松。仿佛兮若轻云之蔽月，飘飘兮若流风之回雪。远而望之，皎若太阳升朝霞；迫而察之，灼若芙蕖出渌波。……体迅飞凫，飘忽若神，凌波微步，罗袜生尘。动无常则，若危若安，进止难期，若往若还。转眄流精，光润玉颜，含辞未吐，气若幽兰。华容婀娜，令我忘餐。

用词雅丽,比喻精当,是中国文学史上描写女性美的典范之一。赋中抒情色调颇类于《九歌》:

> 动朱唇以徐言,陈交接之大纲。恨人神之道殊兮,怨盛年之莫当。抗罗袂以掩涕兮,泪流襟之浪浪。悼良会之永绝兮,哀一逝而异乡。

全赋笼罩着一层迷离的感伤色彩。从曹植的生平看,这篇作品应与其政治失意有关,但此赋之价值正在于作者超越了自身的际遇,抒发了一种追求不得结果的遗憾和失落之情。这无疑是更普遍、更深刻的抒情主题。

王粲《登楼赋》是建安时期抒情小赋的代表作:

> 登兹楼以四望兮,聊暇日以销忧。……惟日月之逾迈兮,俟河清其未极。冀王道之一平兮,假高衢而骋力。惧匏瓜之徒悬兮,畏井渫之莫食。步栖迟以徙倚兮,白日忽其将匿。风萧瑟而并兴兮,天惨惨而无色。兽狂顾以求群兮,鸟相鸣而举翼,原野阒其无人兮,征夫行而未息。心凄怆以感发兮,意忉怛而憯恻。循阶除而下降兮,气交愤于胸臆。夜参半而不寐兮,怅盘桓以反侧。

此赋作于王粲流寓荆州,依附刘表期间。其时董卓作乱,天下不安。王粲远离故土,又不得刘表重用,故时世动荡之叹、孤旅离群之感、壮志未酬之悲、时光飞逝之惧融于一体。全赋写景凝重浑厚,抒情婉转凄恻,达到了很高的艺术水准。

《洛神赋》、《登楼赋》之外,祢衡的《鹦鹉赋》也是建安赋作中的名篇,能够代表建安咏物赋的特点。全赋假借鹦鹉以抒述自己托身事人的遭遇和忧谗畏讥的心理,反映了乱世才杰之士"闭以雕笼,翦其翅羽。流飘万里,崎岖重阻"的不幸遭遇。才杰之士求归不得,只能勉强为居高位者效命,以求于乱世中保全性命。尽管如此,也时时担心"嗟禄命之衰薄,奚遭时之险巇?岂言语以阶乱,将不密以致危?"言语会招来祸患,祢衡对于这一点是有清醒认识的。然而他终因言语狂放而被黄祖所杀,令人唏嘘不已。

正始文坛中,较好的赋作有嵇康的《琴赋》和向秀的《思旧赋》。前者体制较长,类于汉人,极写琴音之美,标举旷远、渊静、放达的审美态度。《思旧赋》较短,录之如下:

> 将命适于远京兮,遂旋反而北徂。济黄河以泛舟兮,经山阳之旧居。瞻旷野之萧条兮,息予驾乎城隅。践二子之遗迹兮,历穷巷之空庐。叹黍离之愍周兮,悲麦秀于殷墟。惟古昔以怀人兮,心徘徊以踌

踌。栋宇存而弗毁兮,形神逝其焉如!昔李斯之受罪兮,叹黄犬而长吟。悼嵇生之永辞兮,顾日影而弹琴。托运遇于领会兮,寄余命于寸阴。听鸣笛之慷慨兮,妙声绝而复寻。停驾言其将迈兮,遂援翰而写心!

此赋是向秀为怀念故友嵇康和吕安所作。嵇、吕因反对司马氏而死,故向秀无法直言,只有将无尽的哀伤悲愤隐晦曲折地表达出来。全赋以闻笛而思琴、过旧居而怀故人为线索,既有"栋宇存而弗毁兮,形神逝其焉如"的丧友之痛,又有"叹黍离之愍周兮,悲麦秀于殷墟"的国变之悲,俊才罹难与邦国殄瘁,双重情感叠加融合,使"山阳闻笛"成为古典文学中的典型意象之一。

西晋时,由于天下统一,社会生活相对较为安定,赋体写作盛极一时。大赋重新进入人们的视野,诸如左思《三都赋》、潘岳《藉田赋》、成公绥《啸赋》等,在体制上都直追汉人。这一时期较为重要的赋作者有陆机、潘岳、左思等。

陆机最为出色的赋作是《文赋》。《文赋》既是重要的文学理论著作,也是精美的文学作品。在《文赋》中,陆机对文学创作心理、创作构思、创作灵感、文体风格、审美标准等问题一一作了阐述。这种阐述借助形象性的语言表达出来,可谓曲尽其妙。全赋构思精巧,遣词妍丽,声韵和谐,正是陆机文学观点的实践。《叹逝赋》也是陆机赋中的佳作。此赋写天命无常、人命浅危,反映了魏晋士人忧生惧死的普遍心态:

悲夫,川阅水以成川,水滔滔而日度。世阅人而为世,人冉冉而行暮。人何世而弗新,世何人之能故。野每春其必华,草无朝而遗露。经终古而常然,率品物其如素。譬日及之在条,恒虽尽而弗悟。虽不悟其可悲,心惘焉而自伤。亮造化之若兹,吾安取夫久长?

潘岳在五言诗创作的成就上不如陆机,但在赋体写作上却占了胜场。萧统《文选》收录潘岳的赋共 8 篇,是赋类入选作品最多者。潘岳善于在前人作品中寻找题材,汲取灵感。如《秋兴赋》源自宋玉《九辩》,《闲居赋》得力于张衡《归田赋》,《西征赋》取法于班彪的《北征赋》和班昭的《东征赋》,《橘赋》受到屈原《橘颂》的影响。潘岳于继承中有创新,为赋体的发展做出了贡献。

潘岳的赋题材很广,大体可分为四类。其一是以《秋兴赋》和《闲居赋》为代表的抒情小赋,其二是以《笙赋》、《河阳庭前安石榴赋》为代表的咏物赋,其三是以《西征赋》、《藉田赋》为代表的大赋,其四是以《寡妇赋》和《怀旧赋》为代表的哀悼赋。其中《西征赋》对洛阳至关中的史迹传说——加以铺陈评述,体制宏大,辞采华美,造句工整,征引广博,表现了潘岳的才力和西晋文人对形式美的追求。

《秋兴赋》体制较小,承袭了宋玉《九辩》的悲秋基调。与宋玉不同的是,潘岳写此赋时已位居虎贲中郎将,故赋中并没有"贫士失职而志不平"的悲悯凄怆。面对秋色,他感慨的是"苟趣舍之殊涂兮,庸讵识其躁静",追求的是"且敛衽以归来兮,忽投绂以高厉。耕东皋之沃壤兮,输黍稷之余税",而归结于"逍遥乎山川之阿,放旷乎人间之世。悠哉游哉,聊以卒岁"的归隐生活,生命悲情被老庄之志消解。

潘岳的咏物赋以描写细致见长,且多有兴寄之意。如写萤火:"无干欲于万物,岂顾恤于网罗……在阴益荣,犹贤哲之处时,时昏昧而道明,若兰香之在幽,越群臭而弥馨。"写石榴:"处悴而荣,在幽弥显。其华可玩,其实可珍。羞于王公,荐于鬼神。"写石榴:"嗟嘉卉之芳华,信氤氲而芬馥,既蓊茸而葳蕤,且参差而櫹矗。"《笙赋》赞美笙"唱发章夏,导扬韶武,协和陈宋,混一齐楚,近不逼而远无携,声成文而节有叙"。其他诸如《莲花赋》、《芙蓉赋》、《秋菊赋》、《沧海赋》等,也都长于刻画自然风物,具有清丽婉畅的风格。

潘岳以擅写哀情名世,《寡妇赋》代妻妹抒发孤寡之情:"四节流兮忽代序,岁云暮兮日西颓。霜被庭兮风入室,夜既分兮星汉回。梦良人兮来游,若闻阖兮洞开。"《怀旧赋》伤悼岳丈杨肇及其子:"自祖考而隆好,逮二子而世亲。欢携手以偕老,庶报德之有邻。今九载而一来,空馆阒其无人。陈荄被于堂除,旧圃化而为薪。步庭庑以徘徊,涕泫流而沾巾。"抚往追昔,描景写物,俱悲怆动人。

西晋大赋中,左思的《三都赋》最为可观。此赋写作十年,问世后豪贵之家竞相传抄,一时洛阳纸贵。其规模宏大,内容丰博,辞藻华赡,足以追步汉人而毫无愧色。全赋分《吴都赋》、《魏都赋》、《蜀都赋》,名为三都,实写三国。左思强调"求实",一应描写均有根有据。《魏都赋》从政教出发,注重描写政治中心的宫室府舍、军容田猎、典章仪式,《蜀都赋》则着力于山水景物、地方特产、风土人情,《吴都赋》铺陈吴地的繁华富饶,着重表现其水乡特色。在《三都赋》的最后,"魏国先生"描绘的魏都终于压倒了"吴蜀二客",使他们"矍焉相顾,倏焉失所"。这是汉大赋的惯用手法,也是左思政治理念和用世情结的表现。在左思看来,王道政治伦理的价值远胜于奇珍异宝和一时的繁华兴盛,"虽明珠兼寸,尺璧有盈,曜车二六,三倾五城,未若申锡典章之为远也"。他对三都的构思安排正是要说明这一点。

除陆机、潘岳、左思的作品外,木华的《海赋》也是西晋赋的代表作品。此赋描写大海,将大海的气势磅礴、无边浩瀚、物产丰奇写得淋漓尽致、壮丽多姿。赋中的一些比喻如"于是鼓怒,溢浪扬浮。更相触搏,飞沫起涛。状如天轮,胶戾而激转;又似地轴,挺拔而争回",既逼真又形象,如在目前。

与《海赋》风格略近的是郭璞的《江赋》,总体而言,《江赋》的气势不如《海赋》。郭璞是训诂学家,喜欢在赋中炫耀学识,好用生僻的字词,使得全赋尤其是前半部分犹如字书,难以卒读。

郭璞之后,东晋文坛被玄风笼罩,赋的创作陷入低潮,多沦为玄学的注脚。较好者有孙绰的《天台山赋》。陶渊明的《归去来兮辞》则是这一时期难得的一篇杰作。

《归去来兮辞》之"辞",是介于散文与诗歌之间的一种文体,可以看做是抒情的韵文、押韵的赋。在这篇作品中,陶渊明开篇即写乘舟返乡,充满了误入官场的自责自悔和对隐居生活的向往。接着描写隐居生活的平和安乐。根据景物描写推断,这种描写应该是其想象之词:

> 乃瞻衡宇,载欣载奔。僮仆欢迎,稚子候门。三径就荒,松菊犹存。携幼入室,有酒盈樽。引壶觞以自酌,眄庭柯以怡颜。倚南窗以寄傲,审容膝之易安。园日涉以成趣,门虽设而常关。策扶老以流憩,时矫首而遐观。云无心以出岫,鸟倦飞而知还。景翳翳以将入,抚孤松而盘桓。

结尾表达其安天乐命的人生追求:"聊乘化以归尽,乐夫天命复奚疑!"《归去来兮辞》语言精美而又浅显,辞意畅达而又雅致,感情真挚,意境深远,有着很强的感染力。

除《归去来兮辞》外,《感士不遇赋》和《闲情赋》也是陶渊明的代表作。与《归去来兮辞》的偏于庄老不同,《感士不遇赋》反映了陶渊明思想中偏于儒家的一面。赋中历数前贤之困顿悲苦,而归之于"宁固穷以济意,不委曲而累己",有激愤之情,而无凄苦之意。《闲情赋》在《陶渊明集》中别具一格。其中的十愿,写来宛如后世的情诗:

> 愿在衣而为领,承华首之余芳;悲罗袂之宵离,愿秋夜之未央。愿在裳而为带,束窈窕之纤身;嗟温凉之异气,或脱故而服新。……愿在木而为桐,作膝上之鸣琴;悲乐极以哀来,终推我而辍音。

此赋想象奇特,文辞妍丽,音韵流转,赋中的一些描写与后世宫体诗颇有类似之处。

　　进入南朝,赋体复兴。刘宋一代,元嘉三大家谢灵运、颜延之、鲍照都有赋作。颜延之代表作有《赭白马赋》,其序与赋几乎全为偶句。文中描写骏马奔驰之速,"旦刷幽燕,昼秣荆越",屡为后人所仿。谢灵运之作主要是山水题材,如《岭表赋》、《山居赋》、《长溪赋》,与其山水诗相类,注重"巧似"和炼字修辞,间有佳句。其中《山居赋》体制较大,文中的景物描绘对后世散体山水游记的兴起有着重要的先导作用。

　　以上所论为颜谢作品中较为出色之处,但就总体而言,二人的作品大多着力于逞才炫学,典故繁密,滞涩难读。与之相比,鲍照直抒胸臆,气骨沉雄,堪称大家。《芜城赋》是其代表作。此赋虽以芜城为名,却非穷形刻画的大赋,而是借景抒情的小赋。芜城即广陵(今扬州),是刘宋时期著名的富庶之地。元嘉二十七年(450)北魏太武帝拓跋焘率军南侵,大明三年(459)广陵王刘诞叛逆,芜城两遭兵祸,繁华荡尽,凋敝不堪。鲍照写作此赋的时间存在争议,一般认为此赋可能是大明三年鲍照过广陵有感而作。芜城昔日繁盛之时,"车挂辖,人驾肩,廛闸扑地,歌吹沸天。孳货盐田,铲利铜山。才力雄富,士马精妍";遭逢战乱之后,几为鬼域:

　　　　泽葵依井,荒葛罥涂。坛罗虺蜮,阶斗麇鼯。木魅山鬼,野鼠城狐。风嗥雨啸,昏见晨趋。饥鹰厉吻,寒鸱吓雏。伏虣藏虎,乳血飧肤。崩榛塞路,峥嵘古馗。白杨早落,塞草前衰。棱棱霜气,蔌蔌风威。孤蓬自振,惊沙坐飞。灌莽杳而无际,丛薄纷其相依。通池既已夷,峻隅又以颓。直视千里外,唯见起黄埃。

两相对照,不由得使人产生天道无常、世事多变的感慨。"天道如何,吞恨者多",战乱中,繁华衰败,文明沦丧,在这个大背景下,个人的际遇不足为道,个体的挣扎无能为力,死亡是消泯了外在差异的统一归宿:"边风急兮城上寒,井径灭兮丘陇残。千龄兮万代,共尽兮何言!"全赋张弛有度,富于缓急错综之美,加上情感深沉,辞藻繁丽,读来催人泪下。

　　鲍照的《舞鹤赋》借白鹤"去帝乡之岑寂,归人寰之喧卑"的遭遇,表达了文士因其才华而沦为观赏之物,"守驯养于千龄,结长悲于万里",不得自由的悲哀。赋中极力描写白鹤的出尘之姿和鹤舞之美,"众变繁姿,参差洊密,烟交雾凝,若无毛质"诸句尤为出色。

　　除鲍照二赋之外,谢惠连的《雪赋》和谢庄的《月赋》也是刘宋赋作中的名篇。前者托言司马相如应梁王之请,后者托言王粲应曹植之邀,前者取意

浩然贞洁之志,后者抒发感伤惆怅之情。前者善于白描,对雪景的刻画生动形象,如在目前:

> 其为状也,散漫交错,氛氲萧索。蔼蔼浮浮,灖灖弈弈。联翩飞洒,徘徊委积。始缘甍而冒栋,终开帘而入隙。初便娟于墀庑,末萦盈于帷席。既因方而为珪,亦遇圆而成璧。眄睐则万顷同缟,瞻山则千岩俱白。于是台如重璧,逵似连璐。庭列瑶阶,林挺琼树,皓鹤夺鲜,白鹇失素,纨袖惭冶,玉颜掩姱。

后者善用衬托,通过相关的景物点缀和人事活动描写来营造清静平和的月下世界:

> 若夫气霁地表,云敛天末,洞庭始波,木叶微脱。菊散芳于山椒,雁流哀于江濑;升清质之悠悠,降澄辉之蔼蔼。列宿掩缛,长河韬映;柔祇雪凝,圆灵水镜;连观霜缟,周除冰净。君王乃厌晨欢,乐宵宴;收妙舞,弛清县;去烛房,即月殿;芳酒登,鸣琴荐。

二赋清美流利,属对工整,尤其是《月赋》,清人李调元《赋话》称其为"律赋先声"。《月赋》篇末的"美人迈兮音尘阙,隔千里兮共明月",因月及人,情味深永,屡为后人化用。

齐梁时期的赋家,以江淹为代表。江淹是南朝赋作最多的作家,其作品又以《别赋》、《恨赋》堪称双璧。离别是古典文学的重要主题,《别赋》通过对戍人、富豪、侠客、游宦、游仙者、情人等别离场景的描写,将这一主题发挥得淋漓尽致:

> 黯然销魂者,唯别而已矣!况秦吴兮绝国,复燕宋兮千里。或春苔兮始生,乍秋风兮暂起。……故别虽一绪,事乃万族。至若龙马银鞍,朱轩绣轴,帐饮东都,送客金谷。……乃有剑客惭恩,少年报士,韩国赵厕,吴宫燕市。割慈忍爱,离邦去里,沥泣共诀,扰血相视。……或乃边郡未和,负羽从军。辽水无极,雁山参云。闺中风暖,陌上草薰。……至如一赴绝国,讵相见期?视乔木兮故里,决北梁兮永辞,左右兮魄动,亲朋兮泪滋。……又若君居淄右,妾家河阳,同琼佩之晨照,共金炉之夕香。君结绶兮千里,惜瑶草之徒芳。……傥有华阴上士,服食还山。……暂游万里,少别千年。惟世间兮重别,谢主人兮依然。下有芍药之诗,佳人之歌,桑中卫女,上官陈娥。春草碧色,春水渌波,送君南浦,伤如之何!至乃秋露如珠,秋月如圭,明月白露,光阴往来。与子之

别,思心徘徊……

全赋以"黯然销魂"的离别之情为线,将不同时间、不同地点、不同身份的离别场景贯穿起来,驰骋文才,散而不乱。在离别情状的描写上,江淹善于选取典型意象、典型环境烘托人物,尤善写景。"春草碧色,春水渌波,送君南浦,伤如之何!"将《九歌·河伯》"送美人兮南浦"的描写扩展为情景交融、情意深厚的抒情意象,使得"南浦"成为古典诗文中的典型审美意象,成为离别的代名词。

《恨赋》与《别赋》类似,分别描写帝王、名将、美人、高士之恨,而总归之于"自古皆有死,莫不饮恨而吞声"。与《别赋》的感伤相比,此赋情感较为激越,表达较为直露,这也是主题不同带来的风格差异。然总体而言,二赋都是将人生中普遍的悲情因素抽取出来,打破时空的局限、身份的差异来加以表现,从而揭示人生无可避免的悲剧本质。这两篇赋对后代文人影响很大。

梁代是南朝辞赋的全盛时期,作家和作品的数量都超过前代。此时的主要作家是沈约、萧纲、萧绎以及早期的庾信。沈约的题材较为广阔,如《愍涂赋》写思乡之情,颇类于江淹;《悯国赋》写战事,也有一定的气势;《丽人赋》则是萧、庾辈刻画女性体态的先声:"垂罗曳锦,鸣瑶动翠。来脱薄妆,去留余腻。沾粉委露,理鬓清渠。落花入领,微风动裾。"这些描写虽无甚深意,在语言技巧的运用上却为后来者提供了范本。萧纲、萧绎以及早期的庾信,题材较为狭窄,多写美人、春思、灯烛、采莲、荡子荡妇等主题,风格上则绮语闲情、轻艳流荡。这与当时文学创作整体趋向艳丽柔靡是一致的。这类作品中较好的,有萧绎的《荡妇秋思赋》。此赋虽是思妇题材,却毫无脂粉气。全赋意象开阔,思绪流转,情思渺茫,没有宫体诗的轻浮与琐细。

庾信是南北朝最后一位赋作大家,其后期赋作无论在思想性还是艺术性上,都代表了南北朝赋的最高成就。《哀江南赋》是其代表作。赋前有序,语言精丽,意绪悲凉,用典密集而又准确自然,是一篇极为精彩的骈文,其辞如:

日暮途远,人间何世!将军一去,大树飘零;壮士不还,寒风萧瑟。荆璧睨柱,受连城而见欺;载书横阶,捧珠盘而不定。钟仪君子,入就南冠之囚;季孙行人,留守西河之馆。申包胥之顿地,碎之以首;蔡威公之泪尽,加之以血。钓台移柳,非玉关之可望;华亭鹤唳,岂河桥之可闻!

全赋以个人际遇写家国兴衰,体制宏大,感情深沉。赋中追述西魏攻下江陵,数万士女被掳往长安为奴,惨痛之情,溢于言表:

> 水毒秦泾,山高赵陉。十里五里,长亭短亭。饥随蛰燕,暗逐流萤。秦中水黑,关上泥青。于时瓦解冰泮,风飞电散。浑然千里,淄、渑一乱。雪暗如沙,冰横似岸。逢赴洛之陆机,见离家之王粲。莫不闻陇水而掩泣,向关山而长叹。况复君在交河,妾在青波,石望夫而逾远,山望子而逾多。

庾信认为,梁统治者的粉饰太平、朝堂的荒疏政事、宗室内斗的自私残忍,都是导致梁灭亡的原因。他在赋中作了沉痛的反思和严厉的批判:

> 宰衡以干戈为儿戏,缙绅以清谈为庙略。乘渍水以胶船,驭奔驹以朽索。小人则将及水火,君子则方成猿鹤。敝笱不能救盐池之咸,阿胶不能止黄河之浊。既而鲂鱼赪尾,四郊多垒。殿狎江鸥,宫鸣野雉;湛庐去国,艅艎失水。见被发于伊川,知百年而为戎矣。

《哀江南赋》是中国辞赋史上的名篇巨制,堪称"赋史"。全赋感情凝重,情怀慷慨,语言典丽,对偶工稳,文气流宕,笔意纵横,极富冲击力和感染力。尤须指出的是,全赋典故密集,表情达意几乎全用典故,却又精切自然、浑无痕迹,足见庾信学识之丰博、才力之浩荡。文中也有一些生硬的对句,然小瑕不掩大瑜,无损于《哀江南赋》在赋史上的地位和影响。

《小园赋》、《枯树赋》、《伤心赋》、《竹杖赋》等也是庾信后期的代表作。《小园赋》是庾信对其生活态度的表白,充满矛盾和痛苦,"草无忘忧之意,花无长乐之心"。究其原因,乃是由于家国巨变,"山崩川竭,冰碎瓦裂,大盗潜移,长离永灭",流落北地,"寒暑异令,乖违德性",而又不得不"低头于马坂"。身体与精神的双重痛苦使他始终处于悲哀彷徨之中。这与他在诗中表现出的精神状态是一致的。《枯树赋》写原本充满生机的树木因遭摧残而摇落变衰,庾信失国丧家,飘零异域,恰似赋中那被拔本伤根的树木。故其篇首即云:"顾庭槐而叹曰:此树婆娑,生意尽矣。"篇末又结以桓温"树犹如此,人何以堪"之语,全篇语调消沉,读来倍感凄凉。《伤心赋》感伤个人际遇:子死国亡,飘落异乡,人生之痛,莫过于此。《竹杖赋》假托"楚丘先生"之语,言"楚丘先生"因家国之痛而忧老衰病,非礼遇可以医治。这显然也是庾信自况之语。

要之,庾信后期赋作的主题都在乱离之悲、家国之痛。故发而为文,往往如杜鹃啼血,凄凉苦痛之感深入骨髓。杜甫云:"庾信平生最萧瑟,暮年诗赋动江关",关注的正是这种惨痛身世带来的血泪之文。

第二节 魏晋南北朝的散文和骈文

骈体文是中国古代特有的一种文体。其特殊性在于,它是从修辞手法发展出的一种文体,而不是从表达功能发展出的一种文体。所以,与骈体文并列的是散体文,而不是诗、赋、小说、戏曲。这里将魏晋南北朝的散文和骈文放在一起介绍,就是由于这个原因。

建安时期的文风,重情尚气,清峻通脱,骈散分化进一步加剧。建安作者中,曹操是"通脱"之风的代表。其文质朴浑重、率真流畅,教令尤有特色。《让县自明本志令》是曹操教令代表作。此令作于建安十五年(210),当时曹操已统一北方,时人盛传曹操将"有不逊之志",曹操借退还皇帝加封三县之名,表明自己的本志,反击了朝野谤议。全文自述自己的身世,叙述了他从"欲为一郡守"到"欲为国家讨贼立功",直至"奉国威灵,仗钺征伐"、"荡平天下"的历程。面对朝野谤议,他坦然直言:"今孤言此,若为自大,欲人言尽,故无讳耳。设使国家无有孤,不知当几人称帝,几人称王!或者人见孤强盛,又性不信天命之事,恐私心相评,言有不逊之志,妄相忖度,每用耿耿。"这些语句充满自信和自负,出现在诏令这种讲究庄重典雅的文体中,可谓不拘常例,无所顾忌。又如《求贤令》,打破了汉代重德轻才的用人惯例,直言:"若必廉士而后可用,则齐桓其何以霸世!今天下得无有被褐怀玉而钓于渭滨者乎?又得无盗嫂受金而未遇无知者乎?二三子其佐我明扬仄陋,唯才是举,吾得而用之。"这种态度对时风的影响、对时人观念的冲击无疑是巨大的。诏令之外,曹操的其他应用文体也充满个性和感情色彩。如《祀故太尉桥玄文》。曹操年轻时不为人知,得桥玄品题声名始重。桥玄死后,曹操于东征途中遣使祭祀桥玄,倾诉知己之感。文中提及当年戏笑之言:

> 又承从容约誓之言:"殂逝之后,路有经由,不以斗酒只鸡过相沃酹,车过三步,腹痛无怪。"虽临时戏笑之言,非至亲笃好,胡肯为此辞乎?匪为灵忩,能诒己疾,旧怀惟顾,念之凄怆。

语短情长,质朴感人。

与曹操相比,曹丕的文章较为华美,带有感伤情调。《与朝歌令吴质书》是其代表作。建安二十二年(217),北方大疫,"徐、陈、应、刘一时俱逝",同年王粲也逝去,加上212年去世的阮瑀,建安文坛顿时冷落。曹丕于218年写了此信给吴质,表达其思念和追逝之情。信中追怀昔日游宴生活:

> 每念昔日南皮之游,诚不可忘。既妙思六经,逍遥百氏;弹棋间设,终以博弈,高谈娱心,哀筝顺耳。驰骋北场,旅食南馆,浮甘瓜于清泉,沈朱李于寒水。白日既匿,继以朗月,同乘并载,以游后园,舆轮徐动,宾从无声,清风夜起,悲笳微吟。乐往哀来,怆然伤怀。

亡友逝去的悲痛,人生无常的悲怆,融入对往昔美好事物的追思和怀念之中,使得全文情调哀婉、如见肺腑。《又与吴质书》内容相仿,而情感表达更加沉痛悲怆。《答繁钦书》则以丽句佳藻见长。

与曹丕的感伤哀婉不同,曹植之文充满自我期许的豪宕情怀,文风也更加肆意奔放、才气挥洒。如《与杨德祖书》:

> 然今世作者,可略而言也:昔仲宣独步于汉南,孔璋鹰扬于河朔,伟长擅名于青土,公干振藻于海隅,德琏发迹于此魏,足下高视于上京。当此之时,人人自谓握灵蛇之珠,家家自谓抱荆山之玉。吾王于是设天网以该之,顿八纮以掩之,今悉集兹国矣。
>
> ……辞赋小道,固未足以揄扬大义,彰示来世也。昔扬子云先朝执戟之臣耳,犹称壮夫不为也。吾虽薄德,位为藩侯,犹庶几戮力上国,流惠下民,建永世之业,流金石之功,岂徒以翰墨为勋绩,辞赋为君子哉!

这种热切的功业心在其晚年也未消歇。其侄曹睿在位时,他屡屡上书求用,《求自试表》云:"流闻东军失备,师徒小衄,辍食忘餐,奋袂攘衽,抚剑东顾,而心已驰于吴会矣!"在《陈审举表》中,面对曹魏政权旁落的危险,曹植大声疾呼:

> 夫能使天下倾耳注目者,当权者是矣。故谋能移主,威能慑下,豪右执政,不在亲戚。权之所在,虽疏必重;势之所去,虽亲必轻。盖取齐者田族,非吕宗也;分晋者赵魏,非姬姓也。惟陛下察之!苟吉专其位,凶离其患者,异姓之臣也。欲国之安,祈家之贵,存共其荣,没同其祸者,公族之臣也。今反公族疏而异姓亲,臣窃惑焉!

曹植的这些作品,言词激切,披肝沥胆,发夫至诚,充满慷慨之气,而文辞瑰丽,已有较重的骈文气息,代表着两晋南北朝文学发展的方向。

"建安七子"中,孔融"体气高妙,有过人者"。其代表作《论盛孝章书》

是孔融任少府时请求曹操搭救盛孝章的信,全文动之以情,劝之以理,诱之以招贤之志、正名之心,层层推进,文心细密。兼之感情深沉、辞藻华美,历来为人们所喜爱。孔融的其他作品,多犀利诙谐的嘲讽之词,如两篇《难曹公表制禁酒书》,广征博引,嬉笑怒骂,其句如"鲁因儒而损,今令不弃文学;夏商亦以妇人亡天下,今令不断婚姻",极具个性。

陈琳以章表书记闻名,《为袁绍檄豫州》、《为袁绍与公孙瓒书》、《檄吴将校部曲》等俱是名作。《为袁绍檄豫州》辞藻瑰丽,词气慷慨,引证古今,陈说利害,非常具有鼓动力,读来令人气志飞扬。官渡之战后,陈琳被俘,曹操因其才华而恕其罪,将其收归幕下,成就了文学史上的一段佳话。《三国志·陈琳传》引曹丕《典略》说:"琳作诸书及檄,草成呈太祖(曹操)。太祖先苦头风,是日疾发,卧读琳所作,翕然而起曰:'此愈我病。'数加厚赐。"足见其文的魅力。

陈琳之外,阮瑀也善章表书记,代表作为《为曹公作书与孙权》。此文意在与孙吴修好,故深切委婉又绵里藏针,情理俱下、恩威并施。虽为代笔,却颇能显示曹操的枭雄本色。

正始时期,玄学大盛,清谈成为时代风气。此时章表书记之文已无用武之地,辩论说理之文兴起。代表作家是阮籍、嵇康。阮籍的主要作品有《乐论》、《通易论》、《通老论》、《达庄论》及《大人先生传》。《大人先生传》是其思想的集中反映。其时司马氏怀篡位之心,政治黑暗,纲常崩坏,有志之士无处容身:"往者天尝在下,地尝在上,反复颠倒,未之安固。焉得不失度式而常之?天因地动,山陷川起,云散震坏,六合失理,汝又焉得择地而行,趋步商羽?往者群气争存,万物死虑,支体不从,身为泥土,根拔枝殊,咸失其所,汝又焉得束身修行,磬折抱鼓?"对于一班依权附贵的鼓吹之士,阮籍毫不留情地加以嘲讽:"且汝独不见夫虱之处于裈中,逃乎深缝,匿乎坏絮,自以为吉宅也。行不敢离缝际,动不敢出裈裆,自以为得绳墨也。饥则啮人,自以为无穷食也。然炎丘火流,焦邑灭都,群虱死于裈中而不能出。汝君子之处区内,亦何异夫虱之处裈中乎?"这种犀利传神的语言,加上全文意境宏大、思辨周密、文思跌宕,使《大人先生传》既有浪漫玄远的情思、瑰丽奇崛的想象,又有对现实的抗争和揭露,富于艺术魅力。

嵇康的代表作是《与山巨源绝交书》。景元二年(261),同为"竹林七贤"的山涛由大将军从事中郎迁任吏部侍郎,举荐嵇康代替自己的位置。嵇康因写此书以明心志。书中列举了自己"必不堪者七,甚不可者二",前段清直刚毅,义正词严,后段嬉笑怒骂,个性十足。嵇康尤喜作翻案文章。

在《声无哀乐论》中，他将作为主观情感的"心"和作为外在事物的"声"分离开来，认为二者"殊涂异轨，不相经纬"。在《释私论》中，嵇康借辨公私来谈是非，抨击社会生活中"矜以至让，贪以致廉，愚以成智，忍以济仁"的虚伪与价值观的颠覆。《管蔡论》一文，为历来被说成是"顽恶显著，流名千里"的管叔、蔡叔翻案，认为他们"卒遇大变，不能自通。忠于乃心，思在王室。遂乃抗言率众，欲除国患"。《明胆论》申辩聪明与勇气各具异用，不能相生。《难张辽叔自然好学论》认为"民之性，好安而恶危，好逸而恶劳"，甚至放言"向之不学未必为长夜，六经未必为太阳也"。嵇康的这些论文，文风犀利，极具胆识，颇合其刚直之性。

嵇、阮之外，李康《运命论》亦是佳构。其文广征博引，气势磅礴，结构缜密，比喻精当。于才士不遇的不平之中，仍不失其清拔倔挺之气。"故木秀于林，风必摧之；堆出于岸，流必湍之；行高于人，众必非之"，"势之所集，从之如归市；势之所去，弃之如脱遗"等俱是名句。

西晋之文，主要作者是陆机和潘岳。陆机有《演连珠五十首》，这些作品都是由自然社会之事而及政治人生之理，行文正反相合，层层推进，由物及人，心巧辞熟，确如明珠磊磊自转。陆机还有《豪士赋序》、《谢平原内史表》、《荐戴渊书》、《五等诸侯论》、《辨亡论》、《吊魏武帝文并序》、《汉高祖功臣颂》等名作。《豪士赋序》云：

> 身危由于势过，而不知去势以求安；祸积起于宠盛，而不知辞宠以招福。见百姓之谋己，则申宫警守，以崇不畜之威；惧万民之不服，则严刑峻制，以贾伤心之怨。然后威穷乎震主，而怨行乎上下，众心日陊，危机将发，而方偃仰瞪眄，谓足以夸世，笑古人之未工，亡己事之已拙，知曩勋之可矜，暗成败之有会。是以事穷运尽，必于颠仆；风起尘合，而祸至常酷也。圣人忌功名之过己，恶宠禄之逾量，盖为此也。

此为告诫齐王司马冏之语，说理精切，层层推进，富于张力和气势，很能代表陆机文的特色。《文选》取此序而舍赋文，可见其价值。

潘岳"辞藻绝丽，尤善为哀诔之文"（《晋书·潘岳传》），其中《杨仲武诔并序》、《夏侯常侍诔并序》、《马汧督诔》、《哀永逝文》较为出色。《哀永逝文》近于辞体，写亡妻出殡时的哀思，其句如："户阖兮灯灭，夜何时兮复晓？归反哭兮殡宫，声有止兮哀无终。"哀情的抒发很是真实感人。又如《杨仲武诔》之"纸劳于手，涕沾于巾"、"归鸟颉颃，行云徘徊。临穴永诀，抚榇尽哀"，《夏侯常侍诔并序》之"望子旧车，览尔遗衣。愊抑失声，迸涕交挥"、"日往月来,暑退寒袭。零露沾凝,劲风凄急。惨尔其伤,念我良执。适子素馆,抚孤相泣",都体现了潘岳缠绵凄怆、情深辞茂的特点。

张载的《剑阁铭》也是西晋名作。此文借对剑阁地势和重要性的叙述,告诫统治者"兴实在德,险亦难恃","自古迄今,天命匪易。凭阻作昏,鲜不败绩。公孙既灭,刘氏衔璧。覆车之轨,无或重迹",感慨深沉。

东晋之文有袁弘的《三国名臣序赞》,可与陆机《汉高祖功臣颂》相侔。其赞着眼于品德风骨、节概操守,有意存风教、垂范后世之意。全文句法骈整,辞语精雅,明丽流畅。

东晋时期,文风转向自然清疏。王羲之的《兰亭集序》是其代表:

> 夫人之相与,俯仰一世,或取诸怀抱,晤言一室之内;或因寄所托,放浪形骸之外。虽趣舍万殊,静躁不同,当其欣于所遇,暂得于己,快然自足,曾不知老之将至。及其所之既倦,情随事迁,感慨系之矣。向之所欣,俯仰之间,已为陈迹,犹不能不以之兴怀。况修短随化,终期于尽。古人云:"死生亦大矣。"岂不痛哉!

其深沉的人生感慨和宏大的宇宙意识足以与建安诸子相较,又兼文风疏荡,独具美感。

陶渊明是东晋大家,其文虽少,却篇篇出色。《五柳先生传》是其自况:

> 先生不知何许人也,亦不详其姓字。宅边有五柳树,因以为号焉。闲静少言,不慕荣利。好读书,不求甚解。每有会意,便欣然忘食。性嗜酒,家贫,不能常得。亲旧知其如此,或置酒而招之。造饮辄尽,期在必醉,既醉而退,曾不吝情去留。环堵萧然,不蔽风日。短褐穿结,箪瓢屡空,晏如也。尝著文章自娱,颇示己志。忘怀得失,以此自终。
>
> 赞曰:黔娄之妻有言:"不戚戚于贫贱,不汲汲于富贵。"味其言,兹若人之俦乎?衔觞赋诗,以乐其志,无怀氏之民欤?葛天氏之民欤!

全文以"不"贯穿始终,正是对世俗的抗拒、对真性的坚持。其用词洗练精准,语调舒缓自如,语浅意深。《桃花源记》是一篇近于小说的散文。桃花源中人的热情真诚与现实中的虚伪黑暗恰成对比,"不足为外人道也"的叮嘱也反映出他们的自乐自足。此文影响极大,以致"世外桃源"成为国人在失落感伤、疲惫危殆时共同的憧憬之地。

进入刘宋后,抒情体物传统重新成为主流。但东晋疏朗散淡的文风对刘宋之文仍有影响。

刘宋建国之初,傅亮的应用文是一大亮点。傅亮博涉经史,尤善文词,表策文诰多出其手。《为宋公至洛阳谒五陵表》是其代表作。此文作于义熙十二年(416)刘裕收复洛阳之时,其辞如"山川无改,城阙为墟。宫庙堕顿,钟簴空列。观宇之余,鞠为禾黍。廛里萧条,鸡犬罕音。感旧永怀,痛在心目",黍离之悲溢于言表。

元嘉三大家中,颜延之文以典丽缜密见长,然往往牵于用典繁密和过分重视形式的病累,缺乏情致和兴寄。其文如《三月三日曲水诗序》、《宋元皇后哀策文》、《庭诰》等无不如此。《陶征士诔》是其较为优秀的作品。颜延之和陶渊明私交甚笃。诔前有序,略述陶渊明生平,准确指出陶渊明的隐居实在于"殊性"与"自足":

> 夫璇玉致美,不为池隍之宝;桂椒信芳,而非园林之实;岂期深而好远哉?盖云殊性而已。故无足而至者,物之藉也;随踵而立者,人之薄也。……道不偶物,弃官从好。遂乃解体世纷,结志区外,定迹深栖,于是乎远。灌畦鬻蔬,为供鱼菽之祭;织绚纬萧,以充粮粒之费。心好异书,性乐酒德,简弃烦促,就成省旷,殆所谓国爵屏贵、家人忘贫者与?

正文夹叙夹议,称颂其德,很能反映陶渊明的气质精神。语言上较为朴素,与颜延之总体的典丽缜密风格相去较远,应是好友逝去,情发于中,故能情辞并美;兼受渊明影响,故文风一扫繁缛规整而颇多清朗之气。

鲍照的代表作品是《登大雷岸与妹书》。永嘉十六年(439),临川王义庆出镇江州,引鲍照为佐吏。是年秋,鲍照从建康(今南京)西行赶赴江州,至大雷岸(今安徽望江县附近)作此书致妹令晖。鲍照将旅途所见一一展现于笔下,极写九江、庐山一带的地理景物之胜:

> 向因涉顿,凭观川陆,遨神清渚,流睇方曛。东顾五洲之隔,西眺九派之分,窥地门之绝景,望天际之孤云。长图大念,隐心者久矣!南则积山万状,负气争高,含霞饮景,参差代雄,凌跨长陇,前后相属。带天有匝,横地无穷。东则砥原远隰,亡端靡际。寒蓬夕卷,古树云平。旋风四起,思鸟群归。静听无闻,极视不见。北则陂池潜演,湖脉通连。苎蒿攸积,菰芦所繁。栖波之鸟,水化之虫,智吞愚,强捕小,号噪惊聒,纷牣其中。西则回江永指,长波天合。滔滔何穷?漫漫安竭!创古迄今,舳舻相接。思尽波涛,悲满潭壑。

因是亲历亲闻,故较之赋家的想象之作更显真实亲切。又兼鲍照眼界宏大,往往能由外返内,由景物而思及历史人生,故山川壮美,文心浩荡,感慨良深,余味悠远。

齐梁时期的章台文字,以任昉最为杰出。《梁书·任昉传》称"昉雅善属文,尤长载笔,才思无穷,当世王公表奏,莫不请焉。昉起草即成,不加点窜"。其文与沈约之诗并称。

南朝还出现了一些俳谐文,如沈约《修竹弹芭蕉文》、袁淑《驴山公九锡文》等。孔稚珪的《北山移文》是其中代表。移文是古代官府文书的一种,类于檄文。此文可能是因周颙隐居而又出山做官一事而作,作者假借钟山神灵之口,对当时的假隐士、真官迷作了辛辣的嘲讽:

> 虽情投于魏阙,或假步于山扃。岂可使芳杜厚颜,薜荔蒙耻,碧岭再辱,丹崖重滓,尘游躅于蕙路,污渌池以洗耳。宜扃岫幌,掩云关,敛轻雾,藏鸣湍,截来辕于谷口,杜妄辔于郊端。于是丛条瞋胆,叠颖怒魄。或飞柯以折轮,乍低枝而扫迹。请回俗士驾,为君谢逋客。

全文以景物刻画之工,佐人事嘲讽之切,清音雅谑,相得而益彰。

齐梁时期的写景文成就突出。这些写景文多为书札类的小品,如丘迟《与陈伯之书》、吴均《与朱元思书》、陶弘景《答谢中书书》。其共同特点是文笔清新、疏朗明丽,与齐梁主流的华藻丽句、绮语闲情、轻艳流荡恰成对比。如《与陈伯之书》,一方面陈说利害、晓以大义,另一方面又畅抒故国之思、乡关之情,情理兼备,是一篇历代传诵的招降文字。其中,写暮春三月的景色尤为动人:

> 暮春三月,江南草长,杂花生树,群莺乱飞。见故国之旗鼓,感平生于畴日,抚弦登陴,岂不怆悢?所以廉公之思赵将,吴子之泣西河,人之情也。将军独无情哉!

娓娓道来,非常具有感染力。又如《与朱元思书》:

> 风烟俱净,天山共色。从流飘荡,任意东西。自富阳至桐庐,一百许里,奇山异水,天下独绝。水皆缥碧,千丈见底,游鱼细石,直视无碍。急湍甚箭,猛浪若奔。夹岸高山,皆生寒树,负势竞上,互相轩邈,争高直指,千百成峰。泉水激石,泠泠作响;好鸟相鸣,嘤嘤成韵。蝉则千转不穷,猿则百叫无绝。鸢飞戾天者,望峰息心;经纶世务者,窥谷忘返。横柯上蔽,在昼犹昏;疏条交映,有时见日。

清省隽洁,形象鲜明,是历来传诵的名篇。

这一阶段的说理辩论之文,以刘峻《辩命论》和《广绝交论》为代表。这两篇都是骈文,音节清壮,说理雄辩。尤其是后者,铺写人情世态、浮沉冷暖,激愤之情沉郁勃发,读来痛快淋漓。

史传之文,则有晋陈寿《三国志》、宋范晔《后汉书》。前者高简有法,质而不野。后者文采富丽,尤其是论赞部分,声律协畅,意精旨深,具有较高的文学价值。

北朝之文,以《水经注》和《洛阳伽蓝记》两大巨制为代表。《水经注》以注《水经》而得名,然较《水经》有极大扩展,文字增加了二十多倍,是一部影响深远的综合性地理著作。作者郦道元(466 或 472—527),古范阳涿县(今河北省高碑店市)人,生活于北魏时期。官至御史中尉,奉使关中时,为叛将萧宝夤围攻战死。

《水经注》的文学价值,主要是对山水景物的描写。这些描写有的取自六朝地志,如:

> 自三峡七百里中,两岸连山,略无阙处。重岩叠嶂,隐天蔽日,自非亭午夜分,不见曦月。至于夏水襄陵,沿溯阻绝。或王命急宣,有时朝发白帝,暮到江陵,其间千二百里,虽乘奔御风,不以疾也。春冬之时,则素湍绿潭,回清倒影。绝巘多生怪柏,悬泉瀑布,飞漱其间,清荣峻茂,良多趣味。每至晴初霜旦,林寒涧肃,常有高猿长啸,属引凄异,空谷传响,哀转久绝。故渔者歌曰:"巴东三峡巫峡长,猿鸣三声泪沾裳。"

这段文字取自刘宋盛宏之的《荆州记》。原文在南朝并无太大影响,经郦道元引用,始进入文人视野,成为山水描写的典范之作。还有一些是郦道元自出机杼的创作,如《清水注》:

> 黑山在县北,白鹿山东,清水所出也。上承诸陂散泉,积以成川,南流,西南屈。瀑布乘岩,悬河注壑,二十余丈。雷赴之声,震动山谷。左右石壁层深,兽迹不交,隍中散水雾合,视不见底。南峰北岭,多结禅栖之士;东岩西谷,又是刹灵之图。竹柏之怀,与神心妙远;仁智之性,共山水效深,更为胜处也。其水历涧流飞,清泠洞观,谓之清水矣。

郦道元往往将个人对山水景物的感受和评价融入文中,使山水摆脱了纯粹的自然状态,更富情致。如写西陵峡时,称"山水有灵,亦当惊知己于千古矣"。写其家乡时,称"匪直田渔之赡可怀,信为游神之胜处也"。其文风疏荡,时有佳句。如"渌水平潭,清洁澄深,俯视游鱼,类若乘空矣"(《洧水注》),即是后世柳宗元《至小丘西小石潭记》中"潭中鱼可百许头,皆若空游无所依"所本。《水经注》的这种文风,对唐以后古文家的影响极大。

《洛阳伽蓝记》是南北朝时期记载北魏首都洛阳佛寺兴衰的地方志,也是北朝文坛的杰作。伽蓝原意指僧众所居之园林,后多用以称僧侣所居之寺院、堂舍。作者杨衒之,北魏时北平(今河北定州市)人,作过期城(河南泌阳)太守、抚军府司马、秘书监等官职。

北魏自太和十九年(495)迁都洛阳后,大修佛寺,盛极一时。后历尽战乱,毁败殆尽,东魏武定五年(547)杨衒之重至洛阳,目睹盛衰之变,感慨万千,故作此记。其序云:

> 至武定五年,岁在丁卯,余因行役,重览洛阳。城郭崩毁,宫室倾覆,寺观灰烬,庙塔丘墟,墙被蒿艾,巷罗荆棘。野兽穴于荒阶,山鸟巢于庭树。游儿牧竖,踯躅于九逵;农夫耕老,艺黍于双阙。麦秀之感,非独殷墟,黍离之悲,信哉周室。京城表里凡有一千余寺,今日寥廓,钟声罕闻。恐后世无传,故撰斯记。

此书虽以佛寺为主题,其情感基调却与鲍照《芜城赋》相类,是借盛衰之迹写兴亡之感,佛寺实为串联历史社会变故的主线。如记永宁寺,先是极写宝塔之宏伟精丽,而后用了大量篇幅叙述尔朱氏作乱,魏庄帝被杀,接着笔锋一转又回到永宁塔:"永熙三年二月,浮图为火所烧……当时雷雨晦冥,杂下霰雪。百姓道俗,咸来观火,悲哀之声,振动京邑。"佛塔的兴灭与国事之盛衰交织在一起,佛寺命运成为国家命运的缩影。

书中对民间习俗与社会生活也多有记述。如卷四写河间王元琛豪奢生活:

> 琛常语人云:"晋室石崇乃是庶姓,犹能雉头狐掖,画卵雕薪;况我大魏天王,不为华侈?"造迎风馆于后园,窗户之上,列钱青琐,玉凤衔铃,金龙吐佩,素柰朱李,枝条入檐,伎女楼上,坐而摘食。琛常会宗室,陈诸宝器,金瓶银瓮百余口,瓯檠盘盒称是。自余酒器,有水晶钵、玛瑙杯、琉璃碗、赤玉卮数十枚,作工奇妙,中土所无,皆从西域而来。又陈女乐及诸名马,复引诸王按行府库,锦罽珠玑,冰罗雾縠,充积其内。绣缬绸绫丝彩越葛钱绢等不可数计。琛忽谓章武王融曰:"不恨我不见石崇,恨石崇不见我!"融立性贪暴,志欲无限,见之惋叹,不觉生疾,还家卧三日不起。

记章武王元融的贪婪:

> 于时国家殷富,库藏盈溢,钱绢露积于廊者,不可较数。及太后赐

> 百官负绢,任意自取,朝臣莫不称力而去。唯融与陈留侯李崇负绢过任,蹶倒伤踝。太后即不与之,令其空出,时人笑焉。

这些描写固然有批评揭露之意,但文辞之间流露出的仍是对盛世的追思和怀念。

《洛阳伽蓝记》骈中有散,典丽清拔,《四库全书总目提要》谓"其文秾丽秀逸,烦而不厌",是北朝美文的代表。

第七章　魏晋南北朝小说

中国古代的文言小说主要包括三种类型:志怪小说、志人小说和传奇小说。其中,志怪小说成熟最早,志人小说其次,最晚的是传奇小说。依照小说类型产生的先后,我们对魏晋南北朝小说的考察从志怪小说开始。

从汉至唐,志怪长期隶于史部,直到宋代欧阳修等纂《新唐书·艺文志》,才将其归属于子部小说家类。从渊源上看,志怪小说的确是从史书中分化出来的。如唐代刘知幾《史通》卷八《书事》所说:"三曰旌怪异……幽明感应,祸福萌兆则书之……若吞燕卵而商生,启龙漦而周灭,厉坏门以祸晋,鬼谋社而亡曹,江使返璧于秦皇,圯桥授书于汉相,此则事关军国,理涉兴亡,有而书之,以彰灵验,可也。"史书中含有志怪的成分,看来没有疑问。

不过,《左传》、《史记》等毕竟不是"小说",因为:第一,作者记叙怪异的目的不是为了愉悦读者,而是"事关军国"、"理涉兴亡",是为了预示或验证重大的历史事变。第二,其体例以人事为经纬,怪异只是人事的附属成分。志怪故事从史乘中分离出来成为志怪小说,必须在创作目的和体例两方面均具备独立的品格。以这个标准来衡量,战国时代的《汲冢琐语》、《山海经》等标志着志怪小说的初步阶段,可视为准志怪小说;两汉的《括地图》、《神异经》、《洞冥记》、《十洲记》、《异闻记》等属于基本成熟的志怪小说;魏晋南北朝是志怪小说的黄金时代,诞生了《博物志》、《搜神记》、《拾遗记》等彪炳史册的名著。这三部名著,分别代表了志怪小说的三个类别:"博物"体、"搜神"体和"拾遗"体。

第一节 志怪小说

魏晋南北朝是志怪小说的黄金时代。"博物"体、"拾遗"体在两汉奠定的基础上继续推进,产生了《博物志》、《拾遗记》等名作;志怪小说的正宗"搜神"体终于脱颖而出,以《搜神记》、《搜神后记》、《幽明录》、《异苑》等代表作赢得小说史家的瞩目。名家辈出,名作如林,其阵容之壮观,足以与唐之传奇小说、宋元之话本小说相提并论。

一、《博物志》与"博物"体

"博物"体志怪成熟于汉代,而在魏晋南北朝继续发展。其作者多为博识多闻的学者。胡应麟《少室山房笔丛·华阳博议下》云:"两汉以迄六朝,所称博洽之士,于术数方技靡不淹通,如东方、中垒、景纯、崔敏、崔浩、刘焯、刘炫之属,凡三辰七曜、四气五行、九章六律,皆穷极奥妙,彼以为学问中一事也。"《华阳博议引》亦云:"古今称博识者,公孙大夫、东方待诏、刘中垒、张司空之流尚矣。"其中,张司空(张华)、景纯(郭璞字景纯)正是两位大名鼎鼎的"博物"体志怪作家,《博物志》、《玄中记》的作者。

西晋张华是一位带有神秘色彩的人物,后来谈博物的,往往以他为代表。《晋书》本传说他"博物洽闻,世无与比",还举出许多令人很难置信的事例,如:"惠帝中,人有得鸟毛长三丈,以示华。华见,惨然曰:'此谓海凫毛也,出则天下乱矣。'"陆机送他鱼鲊,他一见,便断定是龙肉,"以苦酒濯之",果然"五色光起"。他和雷焕发现丰城剑气,得到干将宝剑的故事,更为世人熟知。这样一位闪烁着神秘色彩的人物,写"博物"体志怪可谓顺理成章。

《博物志》的体例略仿《山海经》。宋李石《续博物志序》说:"张华述地理,自以禹所未至,且天官所遗多矣;经所不载,以天包地,象纬之学,亦华所甚惜也。虽然,华仿《山海经》而作,故略。"崔世节《博物志跋》也说此书:"天地之高厚,日月之晦明,四方人物之不同,昆虫草木之淑妙者,无不备载。"这正是"博物"体志怪的特色。

卷十《八月槎》是《博物志》中格外富于情趣的一篇:

> 旧说云:天河与海通。近世有人居海渚者,年年八月有浮槎去来,甚大,往反不失期。人有奇志,立飞阁于查(通"槎")上,多赍粮,乘槎而去。十余日犹观日月星辰,自后茫茫忽忽,亦不觉昼夜。去十余日,

奄至一处,有城郭状,屋舍甚严。遥望宫中多织妇,见一丈夫牵牛渚次饮之。牵牛人乃惊问曰:"何由至此?"此人具说来意,并问此是何处,答曰:"君还至蜀郡访严君平则知之。"竟不上岸,因还如期。后至蜀,问君平,曰:"某年月日有客星犯牵牛宿。"计年月,正是此人到天河时也。

古人对于日月星辰的运行、风雨雷电的出没等自然现象往往充满了好奇心,试图作出自己的解释。嫦娥奔月,"碧海青天夜夜心",这是神奇的想象,不妨说也是探索宇宙奥秘的一种尝试。乘槎登天,亦可作如是观。读者借助作品的描述进入银河系,那是多么令人振奋的人生情态!就叙事技巧而言,《八月槎》也是首屈一指的。"此人"在茫茫的日月星辰之间,见到了城郭,见到了织女,见到了牵牛人,他究竟置身于"何处"?张华不愿平淡无奇地告诉读者,而是引入了一个神秘人物严君平,由他在篇末揭开谜底。如此处理题材,使读者感到银河系的广阔无垠与深奥莫测,而这就是我们说的第三人称限知叙事。

《八月槎》、《异虫》等篇,其题材特征依旧是"博物"体的,但在表达方面,从侧重于表现物体或形态到侧重于表现动作和情事,从注重表达空间里的景象平列到注重展示时间上的情节延续,一句话,减弱了铺陈式的描写,加强了线条式的叙述,这是传统"博物"体的变异。它使《博物志》在同类志怪中可读性较强,但也表明:"博物"体在达到鼎盛的同时亦臻于极限。它不得不借鉴"搜神"体的叙事手法。

二、《搜神记》与"搜神"体

"搜神"体是志怪小说的主要类型。它发轫于汉末陈寔的《异闻记》,经过旧题魏文帝《列异传》的发展,至东晋初干宝《搜神记》问世,"搜神"体在志怪小说中确立了其主导地位。其后又产生了署名陶潜的《搜神后记》、刘义庆的《幽明录》、刘敬叔的《异苑》等优秀作品,阵容壮观、成就显赫。尽管它的成熟要晚于"博物"体、"拾遗"体,但却不愧为志怪小说的正宗。

干宝《搜神记》是魏晋南北朝志怪小说的代表作。干宝(?—336),字令升,东晋新蔡(今属河南)人。生卒年详见李剑国考证[①]。少勤学,博览群书。以才器召为佐著作郎。平杜弢有功,封关内侯。晋元帝时,中书监王导表为史官,领国史。因家贫求补山阴令,升任始安太守。王导请为司徒右

---

① 李剑国:《干宝生卒年考》,《文学遗产》2001年第2期。

长史迁散骑常侍。曾著《晋纪》二十卷,时有"良史"之称。另有《春秋左氏义外传》、《百志诗》九卷、《干宝集》四卷、《搜神记》三十卷等。除《搜神记》外,余皆散佚。事见《晋书》卷八十二《干宝传》。

《搜神记》的题材来源,据干宝《搜神记序》,主要有两个方面:一为"考先志于载籍",一为"收遗逸于当时",即或抄撮于故书,或采自魏晋时的传闻。由于干宝以极为认真的态度来从事写作,精心地加工整理搜罗到的材料,遂使《搜神记》成为不朽的名著。

仙、鬼、怪构成《搜神记》的主要形象系列。仙人集中在卷一,如赤松子、宁封子、偓佺、彭祖、琴高、刘根、钩弋夫人等;他们或辟谷服食,或乘风雨烟气上下,或双凫化舄,或变化隐形,或劾鬼召神,或呼风唤雨,或画符念咒,都似曾相识。倒是《董永》、《杜兰香》、《弦超》三篇,在仙故事中别开生面。兹以《弦超》为例,对《搜神记》的女仙形象略加解剖。

《弦超》所显示的时代色彩是异常浓郁的。其一,在两汉志怪中,求仙之艰难是被强调的重点,至于仙界的生活究竟如何,人们并不关心,而魏晋南北朝志怪作者却对后者倾注了较多的注意力。他们无法为仙界的日常生活安排充实的、富于情趣的内容,遂推测仙人必然活得寂寞无聊。于是,与求仙相对的另一主题——思凡,便应运而生,因为人间的生活才是真正值得眷恋的。葛洪《神仙传·彭祖》中的彭祖说:"仙人者,或竦身入云,无翅而飞;或驾龙乘云,上造天阶;或化为鸟兽,浮游青云;或潜行江海,翱翔名山;或食元气;或茹芝草;或出入人间而人不识;或隐其身而莫之见;面生异骨,体有异毛;率好生僻,不交俗流。然此等虽有不死之寿,去人情,远荣乐,有若雀化为蛤,雉化为蜃,失其本真,更守异气。余之愚心,未愿此已。人道当食甘旨,服轻丽,通阴阳,处官秩耳,骨节坚强,颜色和泽,老而不衰,延年久视,长在人间。"彭祖的话,无异于一篇思凡的宣言,只是术士气太浓,给人贪得无厌之感,很难使读者喜欢。比较起来,读者更愿接受成公知琼的下凡。她早年失去父母,孤苦无依,天帝可怜她,遂令她下嫁从夫。这样一来,成公知琼的翩然到来,以常人的观点来看,也是应该热情接纳的。因为,她毕竟是一位孤苦无依的女子。设想仙女也会寂寞,也会孤独,也会需要亲人,这使魏晋南北朝志怪中的仙与人的距离越来越小。至于董永因至孝感动天帝,天帝令织女帮他偿债,织女的下凡,理由与成公知琼不同,但在思慕人间生活这一点上,两者并无差异。

其二,在两汉志怪中,亦不乏女仙,如西王母等,但她们总是居高临下地俯瞰人世。汉武帝以帝王之尊,在西王母面前亦只能仰视。甚至在较早的

《列异传》中，凡人对女仙的任何不敬的念头都会招致大难，如《麻姑》："神仙麻姑降东阳蔡经家，手爪长四寸，经意曰：'此女子实好佳手，愿得以搔背。'麻姑大怒；忽见经顿地，两目流血。"蔡经只是心里想想（"意曰"），麻姑竟大动干戈。干宝笔下的成公知琼就亲切多了。当然，她与人的交往仍闪烁着仙凡相通的神秘色彩，所谓"宿世感运"，便传达出此种意味；但成公知琼毕竟和普通女性一样，作为妻子，对她的丈夫满怀恩爱之情。当她因春光泄漏，不得不与弦超分别时，恋恋不舍，先赠裙衫，再赠诗，然后"把臂告辞，涕泣流离"，那份情意是能感动弦超的；后来，二人因偶然的机遇重逢，悲喜交加，重温旧好，这和人间情侣的久别重逢有何不同？中国古代较早涉及人神（仙）相恋的是赋这种文体，如先秦宋玉的《高唐赋》、《神女赋》，读者一向当做虚构的作品来看；并非偶合，《弦超》的本事亦出自晋张敏《神女赋》（张敏还作有《神女传》），显然亦是虚构。这篇产生于晋代的虚构故事，将女仙世俗化、凡人化，正是魏晋知识阶层人格觉醒的标志之一，难怪人情味如此浓郁了。

其三，两汉志怪中的女仙，其容貌之美已得到大笔渲染，如《汉武内传》中的西王母："视之年可三十许，修短得中，天姿掩蔼，容颜绝世，真灵人也。"但对女仙的才情似未予重视。而《弦超》在简洁地交代成公知琼"非常人之容"后，一再写她长于诗、文，其文"既有义理，又可以占吉凶"，其诗可用于抒发别情，才色兼具，已近于唐人传奇中的恋爱女主角了。上述三个特点，表明魏晋南北朝志怪小说中的女仙形象已相当丰满。①

《搜神记》中的鬼故事集中在十五、十六两卷，其中名篇颇多，如《河间郡男女》、《苏娥》、《秦巨伯》、《紫玉》、《卢充》、《贾文合》等。《河间郡男女》所描述的坚贞不渝的恋情是异常感人的。更值得注意的也许是王导对河间女复活所作的解释："以精诚之至，感于天地，故死而复生。"在当时人看来，感情是可以超越生死的，河间女复活即是例证之一。

---

① 《搜神记》卷一《弦超》中的知琼和《杜兰香》中的杜兰香因扮演了与凡人恋爱的女主角而备受关注。《阅微草堂笔记》卷十四："己卯典试山西时，陶序东以乐平令充同考官。卷未入时，共闲话仙鬼事。序东言有友尝游南岳，至林壑深处，见女子倚石坐花下。稔闻智琼、兰香事，遽往就之。女子以纨扇障面曰：'与君无缘，不宜相近。'曰：'缘自因生，不可从此种因乎？'女子曰：'因须夙造，缘须两合，非一人欲种即种也。'瞥然灭迹，疑为仙也。余谓情欲之因缘，此女所说是也。至恩怨之因缘，则一人欲种即种，又当别论矣。"纪昀：《阅微草堂笔记》，上海：上海古籍出版社1980年版，第354页。《阅微》的记载，反映了后世对这种人仙恋爱故事的一种理解：它近于婚外的"采兰赠芍，偶然越礼"。

《搜神记》卷十一《韩凭夫妇》亦旨在突出感情的永恒性。宋康王欲夺韩凭的妻子何氏,致使这对忠贞的夫妇先后自杀殉情。何氏在遗书中请求康王将他们夫妇合葬,可是残忍的康王却故意将二人分埋,使两冢遥遥相望,并以挑衅的口气说:"尔夫妇相爱不已,若能使冢合,则吾弗阻也。"出乎康王的意料之外,奇迹居然很快就发生了:"宿昔之间,便有大梓木生于二冢之端,旬日而大盈抱,屈体相就,根交于下,枝错于上。又有鸳鸯,雌雄各一,恒栖树上,晨夕不去,交颈悲鸣,音声感人。宋人哀之,遂号其木曰:'相思树'。相思之名,起于此也。南人谓此禽即韩凭夫妇之精魂。"形亡魂在,身体虽消失了,但感情永生;对感情永恒性的确信是与灵魂不灭的观念糅合在一起的。

《紫玉》和《韩凭夫妇》的相同之处较多。吴王小女紫玉与韩重相"悦","私交信问,许为之妻"。韩重托父母去求婚,吴王一怒之下断然拒绝,致使紫玉心情抑郁而死。韩重从外地游学归来,得知紫玉去世,"往吊于墓前"。紫玉"魂从墓出",与韩重相见,并唱了一首哀怨欲绝的歌。这种感伤情调以及对感情的执著,都与《韩凭夫妇》相通。区别在于:韩凭与何氏系夫妻之情,韩重与紫玉为恋人之情。宋康王因好色而蓄意制造悲剧,是卑鄙的权贵;吴王因不满于女儿的私订终身而拒绝韩重求婚,是个"明于礼义而陋于知人心"的父亲。

《紫玉》还有些内容是无法与《韩凭夫妇》作比较的。比如对于"死生异路"的强调。紫玉在唱完那首哀怨欲绝的歌后,唏嘘流涕,邀请韩重到她的墓中去,韩重不愿意,说:"死生异路,惧有尤愆,不敢承命。"他后来虽然进去了,也仅停留了三天三夜。韩重的这种态度,紫玉表示非常理解:"死生异路,吾亦知之,然今一别,永无后期,子将畏我为鬼而祸子乎?欲诚所奉,宁不相信!"并非偶合,在《搜神记》卷十六《卢充》中,当卢充得知"崔是亡人"而他曾"入其墓"时,亦"懊惋"不已;他与崔少府女的婚姻,亦以三日为限。小说强调:"死生异路",人与鬼是不能长期在一起的。

《搜神记》中的怪故事集中在十七、十八、十九三卷。怪,也就是后世所说的妖精,系由年老的动物、植物、器物变化而成,是与人格格不入的异类。它们作恶多端,常干坏事,并不时幻化为男子,淫人妻女,如《田琰》中的犬怪。也许有必要指出,在涉及男女关系的志怪小说中,和人恋爱的鬼几乎全是女性(已死的丈夫与活着的妻子同居属于例外),同样,下凡结婚的也全是女仙。为什么不是男鬼或男仙呢?主要是因为,倘若一位男仙下凡,或一位男鬼现形,来到人间建立家室,又不能"从一而终",那就有玩弄女性的嫌疑。而女鬼、女仙与人间的男子恋爱，却不会被视为品行不端。与上述现象成为对照，物怪却常以玩弄女性的面目出现在男女关系中，这便鲜明地显示出了怪的可恶。

物怪有时也幻化成求爱的女性，其中尤以狐精最善于蛊惑男子。如《阿紫》中的阿紫。后世称善作媚态迷惑人的不正派女子为"狐狸精"，就是由这类故事演变而来的。阿紫的神通也确实够大的。王灵孝因阿紫而放弃了职守，抛弃了发妻，被救出来后，还恋恋不舍地回顾那段"乐无比"的生活；阿紫之善于媚惑，可见一斑。至于别的物怪，虽也想方设法媚人，但那本领就小多了。如《搜神记》卷十八《苍獭》。苍獭之不高明，从几个方面看得出来：其一，全身上下都穿着青色的衣服，撑着青色的伞，装束甚为古怪；其二，诱惑的对象是管堤的小吏丁初，丁初从未见过这样一位女子，现在忽然有个女人冒着阴雨走路，不能不引起他的怀疑；其三，丁初快步地走，它也追得很急，但距离却越拉越大，足见其能耐有限。如此獭怪，却多次用色相来迷惑年轻人，假如有人上当的话，那也只是因为男子太好色（人性的弱点）。

从《搜神记》中，我们还能了解到魏晋南北朝人对物怪的蔑视之意。无论物怪有多大的神通，人都不必害怕它们。采取这种态度的理由是充分的。第一，人有办法使物怪现出原形，只要带上一只猎犬或一面古铜镜即可；第二，方士可以服怪，如《搜神记》卷三《淳于智》所写；第三，气豪胆壮、风度旷达足以服怪。第三类与魏晋南北朝的士风相通，故事也较有趣，如《搜神记》卷十八《宋大贤》。

《搜神记》的问世，标志着"搜神"体在志怪小说中确立了其主导地位。它在中国小说发展史上的地位和意义都应以此为基点来加以阐述，否则便不得要领。值得关注的有下述三个方面。

"搜神"体在写法上与正史的区别至为明显。北宋以前，正史的体裁主要分为三种：一为编年体，如《左传》；一为纪传体，如《史记》；一为国别体，如《国语》。其中，司马迁所开创的人物传记体尤为学者文人所青睐，两汉时即已蔚为大观。诸如刘向的《列女传》、《列士传》、《孝子传》，嵇康的《高士传》，均为广泛流传之作。它们的行文格局是：在记叙一人之事迹时，务求详备，首尾贯通。因此，尽管这类著述多因"虚不可信"而被后人视为"小说"，但其写法却严格遵循史家套路。"搜神"体则不强求完整和长度，即使是一个片断、一幅素描，也可以厕身其间。这是标准的志怪小说的写法，所以它们多以"记"为名。《列异传》虽以"传"名书，却并不谨守"传"的规范，如《望夫石》，便谈不上系统化的叙事。

"搜神"体为古代叙事文体所作的一个贡献是:大量采用了第三人称限知叙事。一个故事必须有一个讲述人。现代西方的小说理论认为这一要素的地位甚至超过了人物、情节与主题。在中国的正史中,叙事者扮演了无所不在的第三人称目击者的角色,历史人物的一切言行(除了心中所想与"密语")他都了如指掌。但"搜神"体作家放弃了这一特权。他们记述的是奇闻怪事,为了使读者相信,有必要提供一个见证人。于是,第三人称限知叙事应运而生。我们来看一个实例,《搜神记》卷十九《张福》:

> 鄱阳人张福船行,还野水边。夜有一女子,容色甚美,自乘小船来投福,云:"日暮畏虎,不敢夜行。"福曰:"汝何姓?作此轻行,无笠雨驶,可入船就避雨。"因共相调,遂入就福船寝。以所乘小舟,系福船边。三更许,雨晴月照,福视妇人,乃是一大鼍,枕臂而卧。福惊起,欲执之,遽走入水。向小舟,是一枯槎段,长丈余。

所谓第三人称限知叙事,意味着作者只能从"这个人物"那里得到信息,作者不能告诉读者"这个人物"所不知道的东西。在上例中,"这个人物"是张福。我们随着他来到野水边,我们通过他的眼睛见到鼍怪的前后表演;作者仍然是叙事者,但不再能对事件进行"全知"的描述——张福以为鼍怪是一"容色甚美"的"女子",作者也只能照他的看法叙述;张福最终明白了"女子"是鼍怪,作者也跟着他恍然大悟。作者没有告诉读者任何一点张福所不清楚的情况。《搜神后记》卷一《桃花源》、卷六《张姑子》、《异苑·大客》等,均遵循这一规范。作家有意限制自己的叙事权利,这就增强了可信性。

"搜神"体所向往的风格是"简澹"、雅饬。回顾一下《四库全书总目提要》对其中几部代表作的评价是必要的:

> (《搜神记》)叙事多古雅。
> (《搜神后记》)文辞古雅。
> (《异苑》)词旨简澹,无小说家猥琐之习。

古雅简澹,跟正史的凝重厚实便迥然不同。这种不同具有重要的小说史意义。盖正史"资治",而"小说""消闲",故正史理当凝重,而"小说"则务必淡雅。"搜神"体臻于这一境界,理所当然成为志怪小说的正宗,并因此在风格上区别于其他叙事文体,尤其是区别于历史著作。

三、《拾遗记》与"拾遗"体

"拾遗"体志怪在汉代已基本成熟,在魏晋南北朝时期继续推进,并取得了丰硕成果。葛洪《神仙传》、王嘉《拾遗记》是其代表作,而《拾遗记》尤为显赫,代表了"拾遗"体志怪的最高成就。它的问世,使"拾遗"体足以与"搜神"体、"博物"体鼎立而三。王嘉,字子年,陇西安阳(今甘肃渭源)人。十六国时前秦方士。后赵石虎末,隐居长安终南山。前秦苻坚屡征不起,"公侯已下咸躬往参诣,好尚之士无不宗师之。问其当世事者,皆随问而对。好为譬喻,状如戏调;言未然之事,辞如谶记,当时鲜能晓之,事过皆验"(《晋书》卷九十五《艺术传》)。为后秦主姚苌请入长安,颇受礼遇,后因答问忤姚苌意被杀。事迹见《晋书·艺术传》、《高僧传·释道安传》、《云笈七仙·洞仙传》、《类说·王氏神仙传》。

《拾遗记》的外在框架是杂史和传记型的,前九卷以历史年代为经,卷一记庖牺、神农、黄帝、少昊、高阳、高辛、尧、舜八代事;卷二至卷四记夏至秦事;卷五、卷六记汉事;卷七、卷八记三国事;卷九记晋及石赵事。最后一卷即第十卷则采用"博物"体的著述方式,以方位的移换为依托,依次记叙昆仑、蓬莱、方丈、瀛洲、员峤、岱舆、昆吾、洞庭八座名山的奇异景物。

《拾遗记》在中国志怪小说发展史上的地位不容忽视。《四库全书总目提要》说:"嘉书盖仿郭宪《洞冥记》而作……历代词人,取材不竭,亦刘勰所谓'事丰奇伟,辞富膏腴,无益经典,而有助文章'者与?"所谓"有助文章",从表面看,是用做词藻、典故或闲暇的话柄,而实质则是摆脱实用性的奴役,从"经济"走向了审美,从历史走向了文学。其意义是重大的。倘若单从对小说影响的角度来看《拾遗记》,那么,至少有两点必须指出:一是《拾遗记》代表了"拾遗"体的最高成就。二是王嘉有意虚构情节,"词条丰蔚",其辞章化倾向对唐人传奇影响甚巨。程毅中《唐代小说史话》第二章认为:"唐代传奇,从题材上说源出于志怪,而从体裁上说则源出于传记","而最早的作品,当追溯到魏晋南北朝","如《赵飞燕外传》、《神女传》、《杜兰香别传》等,就可以看做传奇文的早期作品,与六朝志怪已经有所不同"。[①] 而从整体上看,"拾遗"体为唐人传奇"导夫先路"之功也许更突出些;由此追溯传奇小说的形成轨迹,线索可能会更清晰。

第二节 志人小说

志人小说发轫于先秦,而成熟于魏晋南北朝。先秦诸子如《庄子》、《韩

[①] 程毅中:《唐代小说史话》,北京:文化艺术出版社1990年版,第20、27页。

非子》中均有大量的记叙"人间言动"的片断,经书如《论语》中亦不乏富于情味的叙事短章,但其作用是为了"论道说理",自身的独立价值尚未清晰地呈现出来。

志人小说是在魏晋南北朝时期获得独立品格的:远实用而近于娱乐,不再附属于"道"、"理",不再受命于与身份联系在一起的责任,它是作家个性的间接而真实的展示,是作家品味生活、参与生活的途径之一。

志人小说在其发生、发展过程中,逐渐形成了三大类别,即以《西京杂记》为代表的"杂记"体(野史)、以《世说新语》为代表的"世说"体、以《笑林》为代表的"笑林"体(笑话)。这里主要介绍《世说新语》及其所代表的"世说"体。

"世说"体是志人小说的主要类型。魏晋时期,先后产生了几部以名士的言行片断为辑录对象的笔记,如晋郭颁的《魏晋世语》、袁彦伯(宏)的《名士传》、裴启的《语林》、郭澄之的《郭子》等。但这几部书都已散佚。南朝宋临川王刘义庆的《世说新语》是以上述几部笔记为基础并参考其他旧籍和传闻编撰而成的,是"世说"体影响深远的代表作。其后的《妒记》、《俗说》等,成就有限,聊备一格而已。刘义庆(403—444),彭城(今江苏徐州)人。刘宋王朝宗室。武帝初袭封临川王,任侍中。文帝时官至南兖州刺史,加开府仪同三司。传附《宋书》卷五十一、《南史》卷十三《刘道规传》。

关于《世说新语》的写作宗旨,从古至今人们已经说了很多,但比较起来,还是明胡应麟《少室山房笔丛·九流绪论下》的一句评语最得其神髓:

《世说》以玄韵为宗,非纪事比。

胡应麟把《世说新语》与"纪事"的历史著作区别开来,认为二者本质上不属于同一类型,并且指出《世说新语》的基本审美追求在于"以玄韵为宗",这一概括是精粹的。

那么,什么是玄韵?"玄韵"就是玄学的生活情调。刘义庆以展示玄学的生活情调为核心,这种创作观是对中国史学传统的双重超越。其一,超越了实用的目的而旨在陶情。历史著作与实用的缘分是解不开的,它的目的无外乎"使乱臣贼子惧",揭示重大事变的因果联系,从而为后世提供殷鉴之类,因此,不关天下所以存亡之事不录成为史家宗旨。而刘义庆却把目光投向了富于玄远意味的名士们的生活。钱穆《读〈文选〉》说:"文人之文之特征,在其无意于施用。其至者,则仅以个人自我为中心,以日常生活为题材,抒写性灵,歌唱情感,不复以世用撄怀。"①移以评《世说新语》,也至为恰当。其二,超越了史家笔法而建立起新的文体风范。记事的完整性、褒贬的明确性、风格的庄重性,这是伴随着史传的实用目的而必然出现的情形。而随着刘义庆"以玄韵为宗",其笔墨也渗出一股新的风味:初非用意,而逸笔余兴,百态横生。所以清刘熙载《艺概·文概》推崇道:"文章蹊径好尚,自《庄》、《列》出而一变,佛书入中国又一变,《世说新语》成书又一变。"

《世说新语》的简约风格及其与玄韵之间的内在联系,古代学者多有评述,如宋刘应登《世说新语·序》:"晋人乐旷多奇情,故其言语文章别是一色,《世说》可睹已。《说》为晋作,及于汉魏者,其余耳。虽典雅不如左氏《国语》,驰骛不如诸《国策》,而清微简远,居然玄胜。""临川善述,更自高简有法。"明袁褧《刻世说新语序》:"尝考载记所述,晋人话言,简约玄澹,尔雅有韵。世言江左善清谈,今阅《新语》,信乎其言也!临川撰为此书,采掇综叙,明畅不繁……"但语焉不详,还需稍作阐发。

《世说新语》之简约,首先表现为情节、背景等的充分淡化或虚化。中国古代的正史,尤其是以人物传记为主的《史记》、《汉书》等,对人物的家世、生平通常要作完整的记叙,并注意交代时间和空间背景,一般的单篇人物传记亦然。但《世说新语》却截然不同,其中的绝大多数片断根本不涉及家世、生平,各种背景,无论是时间背景还是空间背景,均未提及。这是有意的省略,而并非偶一为之,出于无心。其效果有二:其一,形式向内容显示出自身的独立性和主动性。《世说新语》是纪实的(少数与事实不符,系因传闻异词,不是作者有意的虚构),故其记载多为唐人修《晋书》时取用,如《德行》之"管宁华歆共园中锄菜"、《言语》之"过江诸人"等,但《世说新语》的审美指向却大异于《晋书》,前者被誉为"简约玄澹",后者则予人凝重之感。这是由于,讲究背景淡化的《世说新语》,其文体有着独特的风味:由情节化走向意绪化;经验世界的人为的完整性消失了,取而代之的是活跃的"玄韵"。而在《晋书》中,"玄韵"却被人为的完整性和庄重风格所窒息。其二,淡化或虚化有利于传神。传神是魏晋时代的一个重要艺术目标,而达到传神的途径有两条:一是采用顾长康(顾恺之)式的非写实的变形手法,如《世说新语·巧艺》所载:在裴叔则的面颊上添上三根毫毛以表现他的识力,把谢幼舆画在岩石中以显示他在山水之间自得其乐的性情。将传神跟写实对立起来,这是无可奈何的做法,与中国传统的艺术精神不相

---

① 钱穆:《读〈文选〉》,《新亚学报》1958 年第 3 卷第 2 期,第 135 页。

吻合，故不为刘义庆所取。二是"略其玄黄，取其隽逸"，在写实的前提下传达出对象之"神"。《世说新语》所用的正是这一手法：省略掉无关"神明"的部分，选取对象最富于"玄韵"之处，以灵隽的笔墨刻画出来。故清毛际可《今世说序》云："昔人谓读《晋书》如拙工绘图，涂饰体貌，而殷、刘、王、谢之风韵情致，皆于《世说》中呼之欲出，盖笔墨灵隽，得其神似……"算是说到了点子上。

情节、背景等的淡化或虚化，与宋祁等修《唐书》的"简"不能同日而语。宋祁的"简"，即所谓"事增文省"，致力于材料的完备；刘义庆的"简"，却是尽量删汰无关"神明"的材料，精雕细绘地突出有关"神明"之处。所以，《世说新语》的细节描写，相形之下，反而比正史多一些曲折，如《尤悔》载：

> 桓公卧语曰："作此寂寂，将为文景所笑。"既而屈起坐曰："既不能流芳百世，亦不足复遗臭万载邪！"

宋刘辰翁批注说："此等较有俯仰，大胜史笔。"所谓"较有俯仰"，即将人物瞬间的情态变化"纤悉曲折"地表现出来。《世说新语》中到处是引人入胜的细节。

《世说新语》用语简约，其重要收获是创造了许多言简意赅的新的语汇。如"扪虱而谈"（《雅量》）、"传神阿堵"（《巧艺》）、"玉山将倾"（《容止》）、"土木形骸"（《容止》）、"木犹如此，人何以堪"（《言语》）、"千岩竞秀，万壑争流"（《言语》）、"飘如游云，矫若惊龙"（《容止》）、"兰摧玉折"（《言语》）、"悬河泻地，注而不竭"（《赏誉》）等。这些语汇，既令读者回想起作品所描写的细节，又传达出了某种"神明"。细腻与简约统一，这才是富于魅力的简约。

《世说新语》简约风格的形成，除了靠刘义庆的烹炼功夫外，在一定程度上也得益于魏晋清谈本身——因为清谈的特征之一便是用语简约。《世说新语·赏誉》载："王夷甫自叹：'我与乐令谈，未尝不觉我言为烦。'"刘孝标注引《晋阳秋》曰："乐广善以约言厌人心，其所不知，默如也。太尉王夷甫、光禄大夫裴叔则能清言，常曰：'与乐君言，觉其简至，吾等皆烦。'"足见清谈以简为贵。这种"简"的语言一旦进入笔底，理应有其独特的美感。

以上是对《世说新语》及"世说体"的介绍。下面简单说说"笑林体"和"杂记体"。

诙谐与讽刺在中国有着悠久的传统。先秦的若干寓言，如"守株待兔"、"郑人买履"、"齐人有一妻一妾"等，都是出色的讽刺文字，"优孟衣冠"等与滑稽表演相联系的故事，也说明讽刺艺术很早就在社会生活中有了一席之地。

两汉以降，笑话在数量上迅速增加，除载入经史子书外，大量的散见于各种笔记小说和丛谈作品中。西汉司马迁撰《史记》，特设《滑稽列传》；东汉班固的《汉书》亦专为"滑稽之雄"东方朔立传。三国魏邯郸淳的《笑林》则是我国第一部笑话集。

刘勰《文心雕龙·谐隐》曾将梁以前的笑话文学发展的历史分为两个阶段：先秦为第一阶段，其特色是"意存微讽，有足观者"，"辞虽倾回，义归于正"，以诙谐的方式达到讽谏的目的，如"优旃之讽漆城、优孟之谏葬马，并谲辞饰说，抑止昏暴"。秦汉以降为第二阶段。笑话的讽谏作用不再受到重视，作者满足于一种滑稽有趣的效果，即刘勰所谓"虽抃笑衽席，而无益时用矣"。《笑林》就属于这一时期。从"远实用而近娱乐"的角度看，它与《世说新语》等的趋向完全一致。隋侯白《启颜录》亦属于《笑林》一类。

"杂记体"小说，萌芽与于名人、名著有关的收集传闻的著述，如战国时代的《晏子春秋》、西汉韩婴的《韩诗外传》及刘向的《说苑》、《新序》。这些著述网罗遗闻轶事，已近乎笔记，但尚未获得独立的品格。

东晋葛洪《西京杂记》的问世标志着"杂记体"小说已由经、史的附庸脱颖而出，南朝梁殷芸的《小说》则是我国第一部以"小说"为名的"杂记体"小说集。

对于《西京杂记》，《四库全书总目提要》评价颇高："其中所述，虽多小说家言，而摭采繁富，取材不竭。李善注《文选》、徐坚作《初学记》，已引其文，固有不可遽废者焉。"《西京杂记》被后世引为典实的传说甚多，如文君当垆、匡衡好学、秋胡戏妻、五侯鲭等。有些故事的含蕴颇深，如卷三《高帝侍儿言宫中乐事》：

> 戚夫人侍儿贾佩兰，后出为扶风人段儒妻。说在宫内时，见戚夫人侍高帝，尝以赵王如意为言，而高祖思之，几半日不言，叹息凄怆，而未知其术，辄使夫人击筑，而高祖歌《大风》诗以和之。

高祖（刘邦）的《大风歌》是许多人所熟悉的："大风起兮云飞扬，威加海内兮归故乡，安得猛士兮守四方。"一般认为这是一个英雄在获得成功后兴奋地抒发豪情。但《西京杂记》却提示读者，诗表达了一种无法把握自己命运的情绪。也许，这一提示更准确地把握了诗意。《公孙弘》亦别有蕴蓄：

> 公孙弘起家徒步为丞相,故人高贺从之。弘食以脱粟饭,覆以布被。贺怨曰:"何用故人富贵为?脱粟、布被,我自有之。"弘大惭。贺告人曰:"公孙弘内服貂蝉,外衣麻枲;内厨五鼎,外膳一肴,岂可以示天下。"于是朝廷疑其矫焉。弘叹曰:"宁逢恶宾,不逢故人!"(卷二)

它令人想起《史记·陈涉世家》中"苟富贵,毋相忘"之语,其含义是:希望交游能富贵,尤其希望他富贵而不弃贫贱之交。但从公孙弘一事看来,微时旧交,亦复难处,稍有不慎,即遭怨恨,难怪公孙弘有"宁逢恶宾,不逢故人"之叹了。

【导学训练】

一、学习建议

充分注意战乱、门阀、玄学、宗教等因素对士人心态的影响,以此为桥梁理解文学作品中情感之流变。重视魏晋南北朝时期对文学规律的探索与总结,理解这些探索在实际文学创作中的体现。理解各时期各体文学的发展状况、代表作家、代表作品及影响。准确把握这一时期文学史中的一系列关键词。

二、关键词释义

士族与庶族:士族有宽狭两义,此处取其狭义——同于"世族",指的是魏晋南北朝时期以家族为基础,以门第为标准,在政治、经济、文化生活中占据高位、享有特权的特殊阶层。士族起源于汉,产生于魏,盛行于晋。汉代以经学取士,学术上的家法传承造就了一批累世为官的名门望族。东汉时,世家大族垄断察举征辟,操纵乡间清议,门阀观念遂逐渐形成。曹魏时期实行九品中正制以选拔官吏,然中正官逐渐被门阀把持,加速士族阶级发展,造成"上品无寒门,下品无势族"的现象,形成严格的姓氏等级制度。东晋是士族势力发展的鼎盛时期,形成了士族与皇室共治的"门阀政治"。其时士庶之隔如霄壤。南朝时,战乱不息,庶族地主乘机以军功崛起,渐掌机要。至隋唐两代,废止九品中正制,实行科举制,门阀士族制度最终消亡。

玄学:盛行于魏晋时期的一种哲学、文化思潮。它以道释儒,兼宗儒道,后期又受到了佛教的影响。玄学以《老子》《庄子》《易经》("三玄")为基础,探讨自然界的本原、演化规律、结构以及人与自然的关系等诸多颇具形上色彩的问题,达到了很高的思辨水准。玄学的流行极大地影响了魏晋士人的价值观念、心理情感以及思维方式,对魏晋时期独特的社会风貌的形成起到了重要的推动作用。玄学的主要论题有:崇有与贵无,圣人有情与无情,言意之间的关系,声音有无哀乐之性,公与私,以及养生之道等。主要代表人物有何晏、王弼、阮籍、嵇康、向秀、郭象等。

建安风骨:对建安文学,尤其是建安诗歌美学特征的概括。以"三曹"、"七子"为代表的建安诗人,诗风刚劲有力、俊秀爽朗,带有强烈的理想精神和现实情怀,标志着文人诗的第一次高潮。在他们的诗中,有三点表现得尤为突出:其一,对时代战乱的关注以及由此产生的阔大的政治理想;其二,对人生命运的关注以及由此产生的人格理想;其三,日益成熟的诗歌技巧以及由此产生的美学理想。这三点构成了建安诗歌慷慨激昂、格调劲健、富于艺术感染力的"风骨"。建安风骨作为文学史上典范性的美学标准,屡屡被后人用以反对空洞、轻艳、浮靡、艰涩等诗风,对后世产生了巨大的影响。

三、思考题

1. 玄学对魏晋文学有哪些重要影响?
2. 比较分析建安、正始、太康诗风的异同。
3. 论门阀制度对魏晋南北朝文学的影响。
4. 论玄言诗向山水诗的转变。
5. 论宫体的形成及其在隋唐的影响。
6. 论庾信赋在南北朝赋史上的地位。
7. 分析魏晋南北朝小说的类型特征及其对后世的影响。
8. 比较南北朝乐府民歌的风格差异及其对后世的影响。

四、可供进一步研讨的学术选题

1. 佛道思想对魏晋南北朝文学的影响。

提示:佛教、道教的勃兴是魏晋南北朝时期重要的文化现象,佛、道两教与文学尤其是道教与文学的相关性研究目前尚显不足。此论题难度较大,应在充分收集、梳理相关材料的基础上展开。

2. 魏晋南北朝地域文学研究。

提示:可结合政治经济、社会生活、文人集团、文学体式等加以论述。

3. 陶渊明、谢灵运诗歌接受史的比较研究。

提示:应在陶谢地位的沉浮中发掘文学思想与文学审美标准变迁的过程及其影响因素。

4. 魏晋南北朝士人自然观变迁与文学流变。

提示:如何看待人与自然的关系,决定着人们如何在文学作品中表现自然。自然山水由人物活动的背景变为文人歌咏的对象,这一过程中所显示的诗歌精神的变迁值得予以关注。

5. 魏晋南北朝民间文学与士人文学的相互影响。

提示:可结合乐府民歌、民谚、俗赋、变文、传说故事等加以论述。

6. 庾信诗文与南北朝文风。

提示:庾信是魏晋南北朝最后一位诗文大家,其作品在文学史上具有承上启下的意义。通过这一论题的研究,可以更深入地把握南北朝诗文的基本特征、南北朝文风的融合及其影响。

【研讨平台】

一、人的觉醒与文学自觉

提示:"文学自觉"问题作为20世纪文学史研究的一个重大问题,自铃木虎雄、鲁迅提出以后,就一直是文学史研究的一个热点,并在90年代初引发了一场大讨论。这一问题关系到我们如何理解魏晋时期的文学现象和文学思想,更关系到我们如何看待整个古典文学的发展流变。

《中国诗论史》(节选)·铃木虎雄

通观从孔子以来直至汉末,基本上没有离开道德论的文学观,并且在这一段时期内进而形成只以道德思想的鼓吹为手段来看文学的存在价值的倾向。如果照此自然发展,那么到魏代以后,并不一定能够产生自文学自身看其存在价值的思想。……

可以说,自周朝直至汉代,文学是一直没有达到自觉的程度的。到魏代时,文学开始了自觉的时代。文学逐渐离开了实用文学,而自身的价值则被人们所认识,魏文帝曹丕在其所著《典论》中肯定了文章是经国之大业,不朽之盛事,并认为年寿有时而尽,荣乐止乎其身,二者必至之常期,未若文章之无穷。这一论点的意义,不仅在于文学的自身价值,而且在于正确指出了文学具有的永久生命力。

([日]铃木虎雄:《中国诗论史》,许总译,南宁:广西人民出版社1989年版,第37、112—113页。)

《魏晋风度及文章与药及酒之关系》(节选)·鲁迅

后来有一般人很不以他(曹丕)的见解为然。他说诗赋不必寓教训,反对当时那些寓训勉于诗赋的见解,用近代的文学眼光来看,曹丕的一个时代可说是"文学的自觉时代",或如近代所说是为艺术而艺术(Art for Art's Sake)的一派。

(鲁迅:《魏晋风度及文章与药及酒之关系》,《鲁迅全集》第三卷,北京:人民文学出版社1973年版,第490—491页。)

《美的历程》(节选)·李泽厚

从东汉末年到魏晋,这种意识形态内的新思潮即所谓新的世界观人生观,和反映在文艺——美学上的同一思潮的基本特征,是什么呢?简单说来,这就是人的觉醒。它恰好成为从奴隶社会逐渐托身出来的一种历史前进的音响。在人的活动和观念完全屈从于神学目的论和谶纬宿命论支配控制下的两汉时代,是不可能有这种觉醒的。但这种觉醒,却是通过种种迂回曲折错综复杂的途径而触发、前进和实现。文艺和审美心理比起其他领域,反映得更为敏感、直接和清晰一些。……既定的传统、事物、功业、学问、信仰又并不怎么可靠,大多是外面强加给人们的,那么个人存在的意义和价值就突现出来了,如何有意义地自觉地充分把握住这短促而多苦难的人生,使之更为丰富满足,便突现出来了,它实质上标志着一种人的觉醒,即在怀疑和否定旧有传统和信仰价值的条件下,人对自己生命、意义、命运的重新发现、思索、把握和追求,这是一种新的态度和观点。……

如果说,人的主题是封建前期的文艺新内容,那么,文的自觉则是它的新形式。两者的密切适应和结合,形成这一历史时期各种艺术形式的准则。以曹丕为最早标志,它们确乎是魏晋新风。……文的自觉(形式)和人的主题(内容)同是魏晋的产物。

（李泽厚：《美的历程》,桂林：广西师范大学出版社2001年版,第122—128、132—133页。）

《"魏晋文学自觉说"反思》（节选）·赵敏俐

日本学者铃木虎雄首倡的"魏晋文学自觉说"并不是一个科学的论断,而鲁迅先生接受这一说法本是一种有感而发,虽然具有一定的学术启发性,但是不能把它上升为一种文学史规律性的理论判断。"汉代文学自觉说"是对"魏晋文学自觉说"的一个有力挑战,从汉魏以来"功利主义"与"文学自觉"、汉人的"个体意识"与抒情文学的关系来看,促进汉魏以来中国中古文学发展变化的根本原因是秦汉社会制度的变革、文人阶层的出现及其特殊的文化心态,以及他们对于文学的基本态度。以此为基础,可以清晰看到从汉到唐的中国文学的演变轨迹,"魏晋文学自觉说"不能全面地概述中国中古文学的发展过程,它影响了我们对于中国文学发展规律和本质特征的认识,因而在中国中古文学研究中不适宜使用"文学自觉"这一概念。

（赵敏俐：《"魏晋文学自觉说"反思》,《中国社会科学》2005年第2期。）

二、玄学与魏晋文学

提示：玄学作为魏晋时期独有的学术思潮和文化现象,其对文学的影响不仅在于玄言诗的出现,更在于提供了一种新的自然观和人生观,确立了新的审美型的理想人格。对于玄学与文学的关系,应持辩证的态度加以分析。

《魏晋玄学论稿》（节选）·汤用彤

汉末以后,中国政治混乱,国家衰颓,但思想甚得其自由解放。此思想之自由解放本基于人们逃避苦难之要求,故混乱衰颓实与自由解放具因果之关系。黄老在西汉初为君人南面之术,至此转而为个人除罪求福之方。老庄之得势,则是由经世致用至此转为个人之逍遥抱一。又其时佛之渐盛,亦见经世之转为出世。而养生在于养神者见于嵇康之论,则超形质而重精神。神仙导养之法见于葛洪之书,则弃尘世而取内心。汉代之齐家治国,期致太平,而复为魏晋之逍遥游放,期风流得意也。故其时之思想中心不在社会而在个人,不在环境而在内心,不在形质而在精神。于是魏晋人生观之新型,其期望在超世之理想,其向往为精神之境界,其追求者为玄远之绝对,而遗资生之相对。……

（汤用彤：《魏晋玄学论稿》,上海：上海古籍出版社2001年版,第196、120页。）

《玄学与魏晋士人心态》（节选）·罗宗强

自正始之后,玄风成为一股巨大的不可阻挡的力量,席卷士林,渗透士人生活的一切方面,迅速地改变着他们的价值取向、生活情趣以致改变他们的风度容止。从嵇康的人生追求里,从阮籍的近于虚幻的人生理想里,我们可以找到正始玄学的印记；从西晋士人的任自然而纵欲、士当身名俱泰的心态里,我们可以找到与郭象适性说的联系,而从东晋士人所追求的宁静心境中,我们可以看到玄学与佛学合流的理论趋向。玄学发展的各个不同阶段,既反映了其时士人心态的变化,又推动着心态的进一步变化。整个玄学思潮自始至终都与士人心态的变化紧紧联系在一起,在中国古代思想史上,除了两汉儒学、宋明理学之外,恐怕没有一种思潮像玄学这样集中、这样广泛、这样深入、这样长久地影响着士人的生活。

(罗宗强:《玄学与魏晋士人心态》,天津:天津教育出版社2005年版,第289—290页。)

《魏晋六朝诗学》(节选)·陈顺智

为魏晋名士所推崇并风靡一时的魏晋玄学,作为一种思想体系,具有其独特的价值和理想人格。……既不同于儒家奋进型的理想人格,也有别于道家超脱型的理想人格,与墨家功利型的理想人格更是大相径庭,而自成一种审美型的理想人格。而这也正是魏晋时期的人之独立与文学之独立的重要基础。如果我们从人的自觉与人格的仰慕来看玄学,则玄学的发展可以分为三个阶段:何晏、王弼的本体人格,阮籍、嵇康的精神人格和向秀与郭象的个性人格。……有此审美的理想人格,方有六朝人审美的人生态度;有此审美的人生态度,方有六朝人纯粹审美的文学艺术观念和眼光,也方有六朝生机盎然、多姿多彩、令人炫目的艺术成就。

(陈顺智:《魏晋六朝诗学》,长沙:湖南人民出版社2000年版,第17—35页。)

三、门阀世族与魏晋南北朝文学

提示:门阀世族问题是魏晋南北朝时期政治社会生活中的一个关键问题,门阀世族不仅在政治上占据高位,还垄断着文化资源,形成文化门阀和家族文学集团。门阀子弟在魏晋南北朝文人中占据重要的地位,他们的作品所表现出的审美情趣和风格特征直接影响了文学发展的走向。可以说,不了解门阀世族制度以及门阀子弟心态变化历程,就很难对魏晋南北朝时期的文学现象作出全面的解释。

《东晋门阀制度》(节选)·田余庆

社会上崭露头角的世家大族或士族,在学术文化方面一般都具有特征。有些雄张乡里的豪强,在经济、政治上可以称霸一方,但由于缺乏学术文化修养而不为世所重,地位难以持久,更难得入于士流。反之,读书人出自寒微者,却由于入仕而得以逐步发展家族势力,以至于跻身士流,为世望族。《颜氏家训·勉学》:"自荒乱以来,诸见俘虏。虽百世小人,知读《论语》、《孝经》者,尚为人师,虽千载冠冕不晓书记者,莫不耕田养马。……若能常保数百卷书,千载终不为小人也。"颜氏之言为劝学而发,容有夸张。他于梁末俘虏行列中所见所感,不能概括魏晋南北朝的常情,特别是不能概括以九品之法官人而又是上品无寒门,下品无势族的晋代常情。他所谓"百世"、"千载"云云,只能是极而言之,不切实际。但所言文化条件对于获得和维持家族门户地位的重要性,则是确凿无疑的。

(田余庆:《东晋门阀政治》,北京:北京大学出版社1996年版,第354—355页。)

《门阀士族与永明文学》(节选)·刘跃进

东晋南朝文化,就其实质而言,是一种门阀士族文化。将近三百年间,以南北士族为主体的文人集团,自始至终左右着江左文化的嬗变。南齐永明年间……(竟陵八友)通过一系列文化活动,有力地促进了偏安江南的渡江士族与东南士族从百年隔阂走向真正融合。这种融合在南朝历史上具有重要意义:它不仅促使从《古诗十九首》到南朝文学的第二次历史性转变的最终完成,而且,更重要的是,这种融合大大加速了高门士族自身命运的历史性转变。……

(刘跃进:《门阀士族与永明文学》,北京:三联书店1996年版,第27页。)

《世族与六朝文学》(节选)·程章灿

降及六朝时代,世族人才群体出现的特征愈为突出。而且,随着世族本身在文化素养上的提高,其文化环境的改善以及文化积累的增加,也为世族人才的培育和成长,提供了良好的条件。在世族子弟的成长过程中,家族有可能提供一个自足的、相对封闭的文化环境,促进其才华成熟。在这种环境里,世族子弟与父叔辈彼此往来,形成一种世族文学集团。……在这样的世族文学集团内部,各个成员不仅锻炼了各自的文学鉴赏和批评能力,而且容易形成比较接近的文学观点和审美情趣。……

一般来说,六朝世族子弟都有较高的文学素养,也善于批评,能够品鉴作品。由于他们在政治和文化上的优势地位,他们的喜厌爱恶,往往能对社会产生较大的影响,乃至左右一时的风尚。……对于一个籍籍无名的作家或者出身寒素的文士来说,要想使自己文学创作不成为世族歧视和世俗偏见的牺牲品,就得首先获得世族高士的肯定。……

方法的移植、概念的渗透和术语的借用,只是世族人物品藻影响文学批评的几点最显著的表现。从论人到论文,通过概念术语的移植,通过不同学科门类的语言术语的借用化用、交叉杂交,使文学批评的面貌焕然一新,这应该说是六朝文学批评取得重大进展的一个重要原因。

(程章灿:《世族与六朝文学》,哈尔滨:黑龙江教育出版社1998年版,第22—47页。)

【拓展指南】

一、魏晋南北朝文学重要研究成果简介

1. 刘师培:《中国中古文学史讲义》,上海:上海古籍出版社1999年版。

简介:本书系刘师培先生执教北京大学国文学门时所编讲义,也是魏晋南北朝文学史研究的开山之作。全书分五课,第一课概论全书之原则,第二课论"文学辨体",后三课依时代分论中古文学之概要,先略作导语,次胪列史料,间杂案语,或陈述史料之意义,或发挥己意,往往言简意赅,一语中的。其摘选相关史料博洽缜密,论述文学流变从容精要,令人叹服。刘氏特重溯源,其才力既大,故能提纲挈领,要言不烦。附录《搜集文章志材料方法》,又兼收罗常培所录《汉魏六朝专家文研究》,可一并参考。

2. 刘永济:《十四朝文学要略》,北京:中华书局 2007 年版。

简介:本书分两卷,论述先秦至隋代之文学,篇章极简而史料甚丰。正文描述文学现象,提出相关观点,再以类于传统注疏的形式铺排史料加以佐证。全书提玄勾要,举重若轻,注重文体兴变的历史渊源和外部环境,更兼文辞华美,精雅可诵。与魏晋南北朝相关者有四章:《建安文学之殊尚》、《魏晋之际论著文之盛况》、《六朝诗学之流变》、《南北风谣特盛及乐声流徙之影响》,涉及中古文学许多重要问题。这是一部史论结合,具有重要学术价值的著作。

3. 王瑶:《中古文学史论》,北京:北京大学出版社 1984 年版。

简介:本书论述范围始于汉末,讫于梁陈,大致可分为三部分。第一部分是"文学思想",着重研究文学思想本身以及它和当时一般社会思想的关系;第二部分是"文人生活",着重研究文人生活和文学作品的关系;第三部分是"文学风貌",主要论述主要作家和文学体式。作者对中古文学的一系列问题做专题研究,如玄学与清谈、文人与药、文人与酒等,取得了许多影响深远的成果。全书以文人心态为基本着眼点,以文化焦点切入研究文学史的规律,史料征引详尽细致,考据严谨,有着重要的参考价值。

4. 胡国瑞:《魏晋南北朝文学史》,上海:上海文艺出版社 1980 年版。

简介:本书是新中国成立以来第一部断代的魏晋南北朝文学史,有着拓荒和奠基的意义。作者在魏晋南北朝文学久受屈抑、被严重否定的背景下,以此著作全面论述了这一时期文学发展的价值和意义所在,指出魏晋南北朝诗歌对于唐代诗歌繁荣所起的关键性作用,为魏晋南北朝文学价值的再发现作出了重要的贡献。全书采用分文体论述的形式,特点是富于系统性,对文学发展的外部环境与内在动因都很关注,注重文体流变,平实而时见新意。对文人及其作品体会真切,故发语简约明快,富于概括力。其中论述赋与骈文之部分,尤可补今日诸文学史之不足。

5. 曹道衡、沈玉成:《南北朝文学史》,北京:人民文学出版社 1991 年版。

简介:本书是新时期南北朝文学史的代表作,也是南北朝文学研究成果的重要总结。全书共 27 章,依次叙论了南朝宋齐梁陈以及北方十六国文学、北魏北齐北周隋代文学的代表作家及重要作品。特点有三,其一是建立在大量的文学研究成果的基础上,观点较新较全,学术水准较高;其二是重视文献,言必有据,此外还列出了作家之文集及其版本情况,注释中保存了大量的考辨内容;其三是论述深入,视野阔大,尤其是各章概论部分尤见功力。

6. 徐公持:《魏晋文学史》,北京:人民文学出版社 1999 年版。

简介:本书是新时期魏晋文学史的代表作,也是魏晋文学研究成果的重要总结。全书共三编,分论三国文学、西晋文学和东晋文学。特点有三,其一是涉及面极广,许多以往文学史疏略之处在此书中都得到了表现和阐发,大批中、小作家进入了文学史,宗教对文学的影响等问题也得到了梳理;其二是论述扎实细密,文献丰富,考证严谨;其三是富于学术个性,往往能深入文人内心世界加以阐发。

二、魏晋南北朝文学重要研究资料索引

（一）著作：

1. 萧涤非：《汉魏六朝乐府文学史》，北京：人民文学出版社 1984 年版。
2. 洪顺隆：《从隐逸到宫体》，台北：文史哲出版社 1984 年版。
3. 王钟陵：《中国中古诗歌史》，南京：江苏教育出版社 1988 年版。
4. 〔日〕小尾郊一：《中国文学中所表现的自然与自然观》，邵毅平译，上海：上海古籍出版社 1989 年版。
5. 葛晓音：《八代诗史》，西安：陕西人民出版社 1989 年版。
6. 孔繁：《魏晋玄学和文学》，北京：中国社会科学出版社 1987 年版。
7. 蒋述卓：《佛经传译与中古文学思潮》，南昌：江西人民出版社 1990 年版。
8. 罗宗强：《玄学与魏晋文人心态》，杭州：浙江人民出版社 1990 年版。
9. 傅刚：《魏晋南北朝诗歌史论》，长春：吉林教育出版社 1995 年版。
10. 孙明君：《汉末士风与建安诗风》，台北：文津出版社 1995 年版。
11. 罗宗强：《魏晋南北朝文学思想史》，北京：中华书局 1996 年版。
12. 刘跃进：《门阀士族与永明文学》，北京：三联书店 1996 年版。
13. 胡大雷：《中古文学集团》，桂林：广西师范大学出版社 1996 年版。
14. 钟涛：《六朝骈文形式及其文化意蕴》，北京：东方出版社 1997 年版。
15. 熊礼汇：《先唐散文艺术论》，北京：学苑出版社 1999 年版。
16. 陈顺智：《魏晋南北朝诗学》，长沙：湖南人民出版社 2000 年版。
17. 程章灿：《魏晋南北朝赋史》，南京：江苏古籍出版社 2001 年版。
18. 钱志熙：《魏晋诗歌艺术原论》，北京：北京大学出版社 2005 年版。
19. 李剑国：《唐前志怪小说史》，天津：天津教育出版社 2005 年版。
20. 王运熙：《乐府诗述论（增补本）》，上海：上海古籍出版社 2006 年版。
21. 陈文新：《传统小说与小说传统》，武汉：武汉大学出版社 2007 年版。

（二）论文：

1. 鲁迅：《魏晋风度及文章与药及酒之关系》，《而已集》，《鲁迅全集》第 3 卷，北京：人民文学出版社 1956 年版。
2. 宗白华：《论世说新语和晋人的美》，《美学散步》，上海：上海人民出版社 1981 年版。
3. 冯友兰：《论风流》，《三松堂学术论集》，北京：北京大学出版社 1984 年版。
4. 陈寅恪：《四声三问》、《陶渊明之思想与清谈之关系》，《金明馆丛稿初编》，上海：上海古籍出版社 1980 年版。
5. 汤用彤：《魏晋玄学与文学理论》、《魏晋文学与思想》、《魏晋玄学论稿》，上海：上海古籍出版社 2001 年版。
6. 胡国瑞：《魏晋南北朝的诗歌在我国诗歌发展史上的地位》，《武汉大学学报》1978 年第 5 期。

7. 周振甫:《释"建安风骨"》,《文学评论》1983年第5期。
8. 葛晓音:《论齐梁文人革新晋宋诗风的功绩》,《北京大学学报》(哲学社会科学版)1985年第3期。
9. 章培恒:《关于魏晋南北朝文学的评价》,《复旦学报》(社会科学版)1987年第1期。
10. 王立群:《晋宋地记与山水散文》,《文学遗产》1990年第1期。
11. 张海明:《魏晋玄学与游仙诗》,《文学评论》1995年第6期。
12. 于景祥:《骈文的形成与鼎盛》,《文学评论》1996年第6期。
13. 傅刚:《论汉魏六朝文体辨析观念的产生与发展》,《文学遗产》1996年第6期。
14. 钱志熙:《乐府古辞的经典价值——魏晋至唐代文人乐府诗的发展》,《文学评论》1998年第2期。
15. 胡大雷:《玄言诗的魅力及魅力的失落》,《文学遗产》1997年第4期。
16. 胡大雷:《试论南朝宫体诗的历程》,《文学评论》1998年第4期。
17. 詹福瑞:《中古文学理论范畴的形成及特点》,《文学评论》2000年第1期。
18. 曹道衡:《论东晋南朝政权与士族的关系及其对文学的影响》,《文学遗产》2003年第5期。
19. 普慧:《佛教对中古文人思想观念的影响》,《文学遗产》2005年第5期。
20. 陈文新:《论先秦时代的三种叙事类型》,《文学评论》2007年第5期。

第四编　隋唐五代文学

第一章 绪 论

隋唐五代始于公元589年隋文帝杨坚灭南陈,讫于公元960年宋朝建立,历时360余年。无论是延续的时间还是取得的成就,唐代都是隋唐五代的主体。这一时期是文学全面繁荣的时期,这种繁荣与唐代的社会生活状况有着密切的联系。

第一节 唐代社会基本状况

以公元755年"安史之乱"的爆发为界,唐代可以分为前后两期。其前期社会状况可概括为:(1)国力强盛,经济繁荣;(2)政治开明,思想开放;(3)兼容并蓄,三教并立。后期社会状况可以比照这三点加以说明。

一、国力强盛,经济繁荣

唐代建立以后,人口迅速增长,至开元天宝年间达到顶峰。杜甫《忆昔》诗云:"忆昔开元全盛日,小邑犹藏万家室。"正是其时唐代国力之盛的真实写照。不仅人口繁盛,耕地面积也大幅增加。一方面,经过东晋、南朝的大力开发,南方日渐繁荣,"四海之内,高山绝壑,耒耕亦满"(元稹《问进士》);另一方面,西北边境的开拓取得了很大进展。《资治通鉴》卷二一六载:"是时中国盛强,自安远门西尽唐境万二千里,闾阎相望,桑麻翳野。天下称富庶者无如陇右。"不仅如此,农业技术也有了空前的提高。粮食单位亩产量比汉朝大幅增加,是中国历史上发展最快的时期。[①]

不仅农业有了长足的进步,唐代的商业也有了巨大的发展。魏晋南北朝时期,自然经济占据统治地位,庄园经济、寺院经济、谷帛易货是其特征。唐代中外商人均得以自由贸易,用于转运买卖货物的邸店大量增加,替商人保管钱物的柜坊开始出现,甚至产生了最早的汇兑凭证飞钱。盐、铁、茶、

---

① 蒙文通:《中国历代农产量的扩大和赋役制度及学术思想的演变》,《四川大学学报》1957年第1期。

酒、丝绸、瓷器等交易盛极一时。工商业的发展促进了城市的繁荣,长安既是政治中心,又是中亚与中原贸易集点,故尤为昌盛,是当时世界上规模最大,也是中国古代最大的都城。农业、工商业的兴旺为唐王朝提供了财力基础。

充足的财政保证了唐代的军力。唐朝统一了隋末群雄割据的中国后,唐太宗、高宗、武后在位时又远征东西两突厥,灭高昌,收其地为州县,灭高句丽和百济,又与靺鞨、铁勒、室韦、契丹等民族征战。唐太宗被各游牧民族尊为"天可汗"。唐代极盛时有大量羁縻府州,分属边州都督府和六都护府,所辖羁縻地区极为广大。安史乱后,唐帝国削弱,疆土收缩,许多羁縻地区渐失控制。

安史乱后,唐王朝走上了下坡路。土地兼并严重,财政失衡,一系列社会问题爆发,党争不休、宦官专权、幕府割据等导致了国力日衰,不复往日之辉煌。

二、政治开明,思想开放

与魏晋南北朝时期相比,唐代的政治风气更为开明。首先,唐代继承和完善了隋代的科举制度,科举成为选拔高级官吏的主要手段。这就冲破了魏晋南北朝时期世族门阀垄断官员选拔的局面,为一般士子参与政治提供了可能,天宝年间确定进士科以诗赋取士,更为文人参政提供了有利的条件。其次,唐代继承和完善了隋代的三省制,并正式确立六部,建立了三省六部的职官体系。这一制度"结束了上半段历史上的三公九卿制,而开创了下半段的尚书六部制","此为中国政治史上一大进步,无论从体制讲,从观念讲,都大大进步了"。① 唐代文人屡屡在诗文中指斥朝政、评议时局而无文字狱之虞,正是这一开明政治风气的表现。

唐代不仅政治开明,思想也开放。唐人之自信气度远超前代,这一点尤其体现在民族融合与文化交流上。唐高祖李渊提出,处理民族问题应持"天下一家"(《资治通鉴》卷一九一)、"胡越一家"(《旧唐书·高祖本纪》)的态度。与唐交往的"异国番邦"有 70 余国,要求归附者道路不绝。唐政权中,由"胡人"担任各类官职甚至宰相的情形并不鲜见,担任高级将领和一方节度使的尤多。唐代允许少数民族贵族子弟入国子学,在一些大城市,外国人、少数民族与汉族长期共处,商业往来极其频繁。长安、洛阳等更是

---

① 钱穆:《中国历代政治得失》,北京:三联书店 2001 年版,第 45、73 页。

胡汉不分,如音乐之胡乐、羌歌,舞蹈之《胡旋舞》、《胡腾舞》,非常流行。再如食物之胡饼、毕罗、葡萄酒、蔗糖以及各种乳制品的引进,竟至于"贵人御馔,尽供胡食"(《新唐书·舆服志》),长安城中就有许多胡人开的酒店,屡见于唐人诗章。其他如服饰之胡服胡帽、家具之胡床,绘画雕塑乃至民间习俗等等,无不受到异域文化影响。文化交流的频繁和眼界的开阔使唐人在思想上牵拘较少。不仅男子如此,唐代妇女的社会地位也较前代为高,男女较为平等,妇女在行为上也较为自由。

正是在这种思想开放的背景下,唐代的艺术获得了全面繁荣。唐代的书法是晋代以后的又一高峰,各体均有大家,真、草影响犹大,如欧阳询、虞世南、褚遂良、薛稷、张旭、怀素、颜真卿、柳公权、李阳冰等。唐代绘画是中国古代绘画的巅峰,出现了阎立本、吴道子、李思训、王维等一大批名家。唐代建筑技术也有巨大的发展,长安城的规划和建设即是明证。雕塑艺术也走向成熟,著名的奉先寺卢舍那佛龛群像、乐山大佛、昭陵六骏、墓葬三彩陶俑等都反映了唐代雕塑家杰出的艺术才能。在此基础上,唐代描写书法、绘画、乐舞、建筑的诗也随之繁荣,取得了超越前人的成就。

三、兼容并蓄,三教并立

唐代思想的开放,除了体现在民族融合上,还典型地反映在宗教政策上。唐代治国,虽以儒家为主,却能兼容释、道。除了唐武宗短暂的"灭佛"政策之外,佛教并没有遭受过严重的打击。这是三教在唐代都能取得较大发展的重要原因。

唐代儒学介于汉代经学、宋代理学之间,表现出重要的转型特征。从唐前期《五经正义》为代表的章句之学转向中唐之际韩愈之道统论,儒学表现出由历史文献之学向天道伦理之学转变的趋势。这中间既有儒学自身发展困境导致的新变,又有对佛道二教的吸收和排斥。从实际生活看,终唐之世,儒学依然在社会生活中占据着重要的地位,唐人强烈的功业情怀、家国观念以及社会责任感都显示出儒学的影响。

佛教自汉季传入东土,经魏晋南北朝,至隋唐发展到了鼎盛。一方面,南北佛学相互融合,开创出各大宗派,相互竞争,促进了佛教的繁荣。另一方面,统治者如高宗、武后、玄宗、肃宗等多有亲佛之举,客观上对佛教的发展起了推动作用。士大夫崇佛成为一种普遍的社会风气。反佛之激烈如韩愈,也同佛教徒多有来往,于此可见一斑。佛教广泛地深入到社会生活的各个层面。文人与僧人的交游、结社,佛教故事、佛教语言的流行传播,俗讲等活动的兴盛,士人读书于山林,题名于雁塔,都反映着佛教的影响力。佛教带来了一种观察世界的新视角,一种思考人生的新途径。这是佛教对中国文学最为重大的贡献。佛教为诗歌增添了一种空灵淡泊、幽洁清寂而又富于情趣、意味悠长的美学特色,是其对唐代文学最为直接显著的影响。

太宗李世民认老子为始祖,将道教作为本家,为道教的发展确立了基础。唐代的统治者大都极力扶植道教,玄宗时更是达到极盛。老君地位被抬到极高,多处兴建玄元皇帝庙,道家祥瑞之事屡奏于朝堂并得到表彰,管理道教的"崇玄署"也被归于宗正寺,享有皇室特权。道教还纳入了科举体系,以道举入仕者不乏其人。著名的道士如吴筠、司马承祯等与文士多有交往,在士人中影响很大。道家与道教对于文学的影响主要反映在以下几方面:为文学注入了一股清拔脱俗的高蹈之气;为作家提供了丰富奇丽的想象;神仙信仰成为文学中常见的主题;道观经常成为文人士大夫聚集之地,道士与文人的交往在一定程度上刺激了文学作品的产生。

第二节 隋唐五代文学的几个特点

隋唐五代文学的特点主要表现在以下几个方面:
一、文学创作队伍和表现对象有了极大的扩展

与魏晋南北朝时期相比,唐代的文人群体构成要广泛得多、复杂得多。魏晋南北朝时期的文人主要集中于宫廷和门阀世族,这既与魏晋南北朝的政治制度和社会结构相关,也反映了文化资源的封闭与垄断。唐代以科举取士,对文化普及无疑是极大的推动。京城的国子监、弘文馆、崇文馆,各州县的学馆,以及遍布全国的私学①甚至藏书丰富的寺庙,都为唐人提供了良好的教育条件。教育的普及带来了文化的兴盛。帝王将相、时望贤达、底层小吏、征夫怨妇、乐工歌姬、医师隐士、儒生游子、边塞居民、僧人道士等都有作品。换言之,文学创作已不再是世族高门的专利,而成为一种普遍的社会现象。

随着文人群体的扩大,文学反映的社会生活面貌也有了极大的扩展。宫廷、朝堂、山水、田园、城市、边塞、市井、农家、宗教……无一不在文学中得到反映。举凡表达志向、抒发情怀、议论政事、表现战争、刻画民生、描摹山水、传播观念、传达感受……无不成为文学的功用。唐人又有着良好的艺术

---

① 《唐会要》载开元十六年正月十九日敕:"其天下州县,每乡之内,各里置一学,仍择师资,令其教授",如依其理想,每七十到一百户人家即有一私学在。

鉴赏能力,音乐、舞蹈、雕塑、建筑、书法等其他艺术门类也在文学中得到了充分的表现。凡此种种,均是唐代文学取得前所未有成就的重要原因。

二、文学流派纷呈,文学风格多样

唐代文学的繁荣,还表现在文学风貌的多样性上。仅以诗歌而言,从初唐的"上官体"到陈子昂、"初唐四杰"、"文章四友",再到盛唐的山水田园、边塞诗派,中唐的大历十才子,元白、韩孟两大诗派,直至宗法贾、姚的"晚唐体",加上"吴中诗派"、"方外十友"、"箧中集"诗人群等影响较小的流派,可谓流派纷呈,风格各异。这些流派规模不一,持续的时间长短不一,在文学史上的影响也有大小之分,但都是唐诗这一大家族的成员,各有其意义和价值。无论是绮艳典丽、慷慨昂扬,还是清寂空漠、自然冲淡,都充分展现了诗歌的丰富性和多样性。唐诗之成就,正是建立在这些流派和风格之上;唐诗之美,也是通过这种诗歌个性体现和表达出来。唐诗分初、盛、中、晚四期,虽以盛唐为巅峰,每一阶段又都有自己的特色和成绩,有着属于自己的杰出诗人和创作群体。

唐诗的多样性,还表现为对前代文学遗产的总结和继承。《诗经》、《楚辞》、《庄子》、六朝乐府民歌、汉魏古诗、三曹七子、阮籍、陶渊明、谢灵运、谢朓、鲍照、庾信、南朝宫体……唐人继承了他们的经验,总结了他们的教训,转益多师,开拓创新,所以风格多样,迈越前代。

三、各体文学全面繁荣

隋唐五代是各体文学全面繁荣的时期,众体之中,又以诗歌的成就最为突出和显著,其发展走向也特别清晰明显。隋与初唐相当长的时期内,诗歌风气还是承袭着南朝的影响,精致细腻,内容和题材局限于宫廷。"上官体"是其代表。随着"四杰"、陈子昂登上诗坛,诗歌描写的范围被大大拓展了,开始表现更为广阔的社会现实和更为复杂的内心情感。在"四杰"、"文章四友"和沈、宋手中,律诗最终成型。

进入盛唐,诗歌全面繁荣,山水、边塞两大题材并立。王维之诗空明澄澈、意味隽永;孟浩然淡雅优美,情感真挚;高适气势沉雄,骨力浑厚;岑参想象丰富、笔触俊丽。其他如储光羲、王昌龄、李颀、王之涣、王翰、崔颢……无一不是名家。盛唐诗人继承了前代诗人尤其是魏晋南北朝诗人的丰富遗产,结合盛唐的时代精神,作品气韵生动、骨力遒劲,表现出充满生机与活力的盛唐气象。李白才情卓越,以其对大好河山的描绘、对人格独立的追求,将盛唐精神表现得淋漓尽致,成为古典诗歌的标志性人物。

随着安史之乱的爆发,唐代由顶峰走向衰落,诗歌中的理想主义色彩消褪。这一时期产生了伟大的诗人杜甫。杜诗直面战乱,关注现实,容纳百家,自铸伟词,成为诗歌史上承前启后的集大成者。大历、贞元年间是诗的反思期,个人与群体的疏离成为诗的主要基调,孤独寂寞成为诗人们表达的主要情感,刘长卿、"大历十才子"是这一时期的代表诗人。贞元、元和年间,诗歌创作出现了又一个高潮。这个高潮以韩孟、元白两大诗派为代表。韩孟诗派追求诗歌的奇险,强调内心感受的抒发和意象的新颖。李贺诗以意象凄离冷艳、想象奇特险怪、意绪跳跃不定独树一帜。元白诗派注重语言的浅显和表达的流畅,强调诗风的浅切平易。白居易、元稹、张籍、王建等人倡导写作关注现实的新乐府诗,对后人也有重要影响。

晚唐诗渐趋消沉,低回婉转,历史、爱情与山水景物成为主要的诗歌题材。李商隐是晚唐最为杰出的诗人,他对丰富细腻、复杂多变的内心世界的表现,大大扩展了诗歌表达的广度和深度。杜牧的咏史诗俊朗爽利,多有名篇。贾岛、姚合的诗作,以抒发孤寂凄冷心理、描写琐碎事物、营造闲适意境为主,切合时人心理,影响很大。韦庄的七古《秦妇吟》记录黄巢之乱,是晚唐难得的反映现实的巨制。

唐代的文也成就不俗。南朝是骈文的鼎盛期。唐人引散入骈,强调骨力,无论是奏对或是抒怀,都能有感而发,充实饱满。天宝后期,李华、萧颖士、独孤及、梁肃、柳冕等人提倡古文。在儒学复兴思潮以及中唐政治革新的背景下,韩愈、柳宗元提出了"文以明道"、"不平则鸣"、"词必己出"、"务去陈言"、"气盛言宜"等一系列文学主张,构建起了系统、全面的古文理论。他们既为散文的发展提供了理论依据,又以自己的创作实绩将唐代的散文创作推向了高峰。晚唐时,骈文重新取得统治地位,李商隐是其中成就最高者。其文典丽清峻,属对精工,间杂散句,流畅自如,堪称唐代骈文的典范。唐代的律赋是科举考试的直接产物,要求音韵谐和,对偶工整,于音律、押韵都有严格规定,主要内容是歌功颂德、阐发经义。

在小说方面,唐代出现了一种新的体式——传奇,与唐诗并称"一代之奇"。唐传奇是"有意为小说"的产物,代表了文言小说发展的新阶段。唐传奇兴盛于中唐,在晚唐仍势头甚劲。除了唐传奇外,唐代还产生了变文。其内容通俗易懂,对小说和后代的说唱文学都有所影响。

唐代还产生了一种影响深远的新文体,这就是词。词的产生,音乐的发展是其动因,城市的繁荣是其基础,文人的参与则是其关键。词的繁荣出现在晚唐五代,以温庭筠、韦庄为代表的西蜀《花间》词人,风格偏于绮靡轻艳，这批作品的出现标志着词的规范化和艺术特征的明确化，对后代有着巨大影响。南唐词人多为君王重臣，词风较为清丽，注重内心感受的表达。李煜之词以清丽流畅、明净优美的语言直接抒发人生感受，取得了很高的艺术成就。

唐代是古典文学经过长期积淀后的爆发期和繁荣期。它创造了不可复制的唐诗，留下了大量经典之作。唐代文学中也孕育着许多新变的种子，为宋代文学的转型打下了基础。

第二章　隋与初唐诗歌

隋与初唐是唐诗发展的储备期，呈现出三个重要特点。首先，南朝诗风仍然在很大程度上支配着诗坛风气；其次，"四杰"、陈子昂等有识之士倡导诗歌革新，将诗从宫廷解放出来，为唐诗发展注入了新的活力；再次，对诗歌形式的探索取得新的进展，产生了粘式律，并最终形成了格律诗。在这一基础上，唐人融合南北诗风，为盛唐诗的繁荣打下了基础。

第一节　隋代诗坛

隋代立国虽短，在诗歌发展过程中却有着承上启下的意义。随着中国270余年南北分裂局面的结束，诗歌也渐趋交汇融合，表现出新的气象。隋代的诗歌作者，以身份而言可分为北朝旧臣与南朝入隋的文人；以地域而言又可分为关陇豪族、江左士族、山东旧族三大集团。关陇豪族源于代北武川，最能表现其文化精神的当数杨素与杨广。

杨素的代表作品，有《出塞》、《赠薛播州十四首》、《山斋独坐赠薛内史二首》等。《出塞》描写出塞征战之事，因系作者自身亲历，故写来慷慨悲凉，劲健深沉。景物描写尤为出色，如"北风嘶朔马，胡霜切塞鸿"、"交河明月夜，阴山苦雾辰。雁飞南入汉，水流西咽秦"等句，都能融情于景，将置身塞外的感受准确地传达出来。《山斋独坐赠薛内史》则以工巧见长。诗中大量使用"空"、"虚"、"徒"、"不"这样的否定词，借以传达清寂孤独的惆怅情思，无论是意境的营造还是词汇的选择，对于两晋南朝诗歌传统的继承都是明显的。

杨广现存诗43首，是隋代存诗最多的诗人。其中成就较为突出的是一些乐府和模仿吴歌所作的乐歌。前者如《饮马长城窟行》。公元609年，杨广西巡，从京都长安到甘肃陇西，西上青海，横穿祁连山，经大斗拔谷北上，到达河西走廊的张掖郡。此诗即途中所作。"肃肃秋风起，悠悠行万里。万里何所行，横漠筑长城。""千乘万旗动，饮马长城窟。秋昏塞外云，雾暗关山月。"颇能反映作者的气度。除了这类作品以外，杨广常年驻守江南，深受江左吴歌的影响，其仿作清新明丽，如《春江花月夜》其一：

  暮江平不动，春花满正开。流波将月去，潮水带星来。

全诗画面感很强，简净而富于韵味。

江左士族入隋后多成为杨广宫中的文学之臣，如虞世基、王胄、徐仪、诸葛颖等。他们的作品基本上是应制之作。一些描写亡国之痛、思乡之悲、塞外征战的作品较为可观。其中成就最突出的是虞世基。其《初渡江诗》云："敛策暂迟首，掩涕望江滨。夫复东南气，空随西北云。"《入关》又云："陇云低不散，黄河咽复流。关山多道里，相接几重愁。"融情入景，将被掳入关的悲痛写得十分深切。又有长诗《秋日赠王中舍》，兼具忧生之嗟、黍离之悲、好友离别之意、贤士罹难之情，引论古今而寄意比兴，是中古文人诗歌情绪的集中表达。

山东旧族是隋代诗人群中创作成就最大的，其代表作家有卢思道和薛道衡。卢思道的作品多作于隋前，实为北朝作家。一部分模仿南朝的作品，如《棹歌行》、《美女篇》、《采莲曲》、《后园宴诗》、《赋得珠帘诗》等，宫体气息很浓。其代表作《从军行》、《听鸣蝉篇》等则为北朝格调。《从军行》为七言乐府，气骨不凡，充分体现了北朝诗人的贞刚之气，开初唐七言歌行先河。《听鸣蝉篇》借鸣蝉抒发客愁乡思："轻身蔽数叶，哀鸣抱一枝。流乱罢还续，酸伤合更离。暂听别人心即断，才闻客子泪先垂。"后半段纵论人生遭际，感慨遥深。

薛道衡诗多写思妇闺怨，如《豫章行》、《昔昔盐》等。《昔昔盐》以"暗牖悬蛛网，空梁落燕泥"这一佳句而著称于世。这些闺怨诗细腻委婉，哀怨之中暗含了作者政治失意的惆怅落寞。薛道衡另有小诗《人日思归》：

  入春才七日，离家已二年。人归落雁后，思发在花前。

后二句构思新巧，用语奇妙，历来为人们所称道。

第二节　初唐诗歌的发展与革新

自唐高祖武德开国至唐太宗贞观末年(618—648),主导唐初诗坛的是以李世民和其元老重臣为中心的贞观诗人群体,包括虞世南、李百药、魏徵、陈子良、王珪等。

李世民本人的诗既有壮大情怀的抒发、宏阔景象的描写,也有琐碎细密、偏于浮艳的吟风弄月之作。前者多为军旅、咏怀之作,如《经破薛举战地》、《还陕述怀》等。《帝京篇》十首描写帝王生活,辞藻富丽,很能代表他的诗歌风格。

虞世南、陈子良等"以文章进"的诗人,其作品大多崇尚典雅富丽,带有明显的宫廷趣味。虞世南的佳作主要是拟乐府,《从军行》二首、《结客少年场行》或苍凉深沉,或英挺豪迈,均不同于宫廷应制之作。《出塞》二首描写边塞景象:"雪暗天山道,冰塞交河源。雾烽黯无色,霜旗冻不翻",发语警醒,为后人袭用。虞世南的咏物小诗也多有兴寄,往往高出同侪,如《蝉》:

> 垂绥饮清露,流响出疏桐。居高声自远,非是藉秋风。

以其清挺孤傲之气而卓然不群。虞世南之外,李百药善写孤旅愁思,长于怀古咏史,对唐代贬谪题材和怀古题材的诗有一定的影响。

魏徵、王珪等"以材术显"的诗人,往往以咏史题材对君主加以讽劝。如王珪的《咏汉高祖》、《咏淮阴侯》,都有现实的政治意义。魏徵多颂功祀神的郊庙之作,也有《赋西汉》这样的咏史作品。《咏怀》雄浑苍劲,是其代表作:

> 中原初逐鹿,投笔事戎轩。纵横计不就,慷慨志犹存。杖策谒天子,驱马出关门。请缨系南粤,凭轼下东藩。郁纡陟高岫,出没望平原。古木鸣寒鸟,空山啼夜猿。既伤千里目,还惊九折魂,岂不惮艰险,深怀国士恩。季布无二诺,侯嬴重一言。人生感意气,功名谁复论。

贞观时期的诗坛,宫廷诗始终是主流。无论是虞世南还是魏徵,后期都走向了雅正典丽,加入了宫廷乐队的合唱。尽管魏徵等人已经清醒地认识到"江左宫商发越,贵于清绮;河朔词义贞刚,重乎气质。气质则理胜其词,清绮则文过其意。理深者便于时用,文华者宜于咏歌。此其南北词人得失之大较也"(《隋书·文学传序》),但这种理论上的认识并没有带来诗歌实践上的"各去所短,合其两长",真正实现南北融合。事实上,江左诗风仍然占据着压倒性的地位，"文华者宜于咏歌"始终是贞观诗坛的主流。发展到贞观后期，形成了一种影响很大的诗风——上官体。

上官仪（608？—664），字游韶，陕州陕县（今河南三门峡陕县）人。长于南方寺院中。受南朝文化的熏陶和宫体诗影响，其诗风"以绮错婉媚为本"（《旧唐书·上官仪传》），风行一时。所谓"绮错婉媚"，具体表现为讲求对句，注重声韵，风格上偏于柔媚。就内容而言，上官体诗几乎全是应制之作，如《奉和山夜临秋》：

> 殿帐清炎气，辇道含秋阴。凄风移汉筑，流水入虞琴。云飞送断雁，月上净疏林。滴沥露枝响，空濛烟壑深。

较之六朝诗作，由浮入深，由艳转媚，这些都得力于纯熟的诗歌技巧而非深刻的思想内涵。但在诗歌意境的营造上，则确有其突出之处——不疾不徐，雍容典雅，这对当时的诗人是有吸引力的。

较之上官仪，许敬宗诗的内容则更为贫乏。他将诗歌中的颂圣成分大大拓展，发展出一套颂圣的专用语言，满纸金玉龙凤、朱紫青黄，镂金错彩，缺乏诗思。

由于宫廷诗人在题材、内容和视野上固有的局限性，初唐时期成就突出的诗人多在宫廷之外，如王绩。王绩（589—644）出身官宦世家，是隋末大儒王通之弟。他一生三仕三隐，终归于山林田园，以琴酒诗歌自娱。王绩诗以田园生活为主，善于描写自然景物，并于其中寄寓自己的人格理想，表现抒情主人公心灵的自然和谐。如其代表作《野望》：

> 东皋薄暮望，徙倚欲何依。树树皆秋色，山山唯落晖。牧人驱犊返，猎马带禽归。相顾无相识，长歌怀采薇。

与阮籍、陶渊明类似，王绩的诗同样反映着他的人生态度。这种人生态度表现得较为淡泊平和，又往往带有一种冷眼旁观的高傲。如《山夜调琴》："促轸乘明月，抽弦对白云。从来山水韵，不使俗人闻。"这些显然并非简单的生活情状的描写，而是对自我价值的确认。

王绩诗的总体风格是朴素真切，但这绝不意味着他不注重诗歌的形式。事实上，王绩很重视剪裁锻炼，其诗歌入律的程度非常之高，沈德潜甚至认为《野望》是唐人五律之始。

与上官仪同时的卢照邻（634？—689）、骆宾王（619—684？）、王勃（650—676）、杨炯（650—693）是中下层士人的代表。他们被称为"初唐四杰"，代表着新的创作风气和精神面貌。

"四杰"之说,最早见于宋之问《祭杜学士审言文》。四杰年辈并不相同,卢、骆较王、杨为长。"四杰"都曾积极进取,渴望博取功名,施展才华。无论是建功立业的渴望,还是不得志的愤懑,都带有强烈的个性色彩,都是宫廷诗风所无法表达的。杨炯在《王勃集序》中说:

> 尝以龙朔初载,文场变体,争构纤微,竞为雕刻。糅之金玉龙凤,乱之朱紫青黄。影带以徇其功,假对以称其美。骨气都尽,刚健不闻;思革其弊,用光志业。

这种批评指出了宫廷诗作的几个短处:格局狭小、词汇固定、注重修辞、内容贫乏。"四杰"突出之处就在于,他们的诗是理想之诗,自有雄壮慷慨之气。这种理想或借助诗中描绘的人物形象加以夸耀,如"不受千金爵,谁论万里功"(卢照邻《结客少年场行》)的游侠少年,"愿得斩马剑,先断佞臣头"(卢照邻《咏史》其四)的晋朝壮士朱云;或直抒胸臆,如骆宾王《从军行》中的"不求生入塞,唯当死报君"、杨炯《从军行》中的"宁为百夫长,胜作一书生"。这是他们诗歌中富于理想的一面。而理想和现实的冲突又使他们反过来对社会人生、历史变迁加以思考,这种思考因源于自身际遇而带有浓烈的情感色彩,又因超越自身际遇而成为士人们的共同体认。他们一边渴望塞外建功,一边清醒地看到"节旄零落尽,天子不知名"(卢照邻《雨雪曲》)的现实;一面注目于"帝畿平若水,官路直如弦"(杨炯《骢马》)的仕途之径,一面悲叹"无论去与住,俱是梦中人"(王勃《别薛华》)。这一点在他们的歌行体中表现得尤为突出。如卢照邻的《长安古意》:

> 自言歌舞长千载,自谓骄奢凌五公。节物风光不相待,桑田碧海须臾改。昔时金阶白玉堂,即今唯见青松在。寂寂寥寥扬子居,年年岁岁一床书。独有南山桂花发,飞来飞去袭人裾。

前段大幅描写长安的奢华生活,结尾却转入世事无常的感慨,这实际上是要为自我命运的淹滞寻求历史层面的解释和解脱。王勃《滕王阁》:"闲云潭影日悠悠,物换星移几度秋。阁中帝子今何在,槛外长江空自流。"秉持的也是同样的态度。又如骆宾王的《帝京篇》,核心也是"不遇"二字:"古来荣利若浮云,人生倚伏信难分";"春去春来苦自驰,争名争利徒尔为。久留郎署终难遇,空扫相门谁见知";"三冬自矜诚足用,十年不调几遭回。汲黯薪逾积,孙弘阁未开。谁惜长沙傅,独负洛阳才"。

"四杰"的创作主要集中于三大题材:宦游、送别、边塞。前二者又往往交织在一起。如王勃的《杜少府之任蜀川》:

> 城阙辅三秦，风烟望五津。与君离别意，同是宦游人。海内存知己，天涯若比邻。无为在歧路，儿女共沾巾。

诗中着力强调的是身份的一致性。这种身份并非外在的官阶品位，而是诗人的自我定位。这种定位将诗人与稳定安逸的生活割裂开来，使他始终处于漫游的状态，又将同样处于这种状态的士人在精神上聚集到一起，彼此引为同调。长期的漫游虽不免疲倦之感，却也开阔了诗人的眼界，诗歌描绘的对象遂由台阁中的花草建筑转向了无限阔大的江山："江涛出岸险，峰磴入云危"（王勃《泥谿》）；"陇头闻戍鼓，岭外咽飞湍"（卢照邻《早度分水岭》）；"重岩窅不极，叠嶂凌苍苍。绝壁横天险，莓苔烂锦章"（杨炯《巫峡》）。骆宾王的一系列边塞题材的作品更是苍凉悲壮，开唐代边塞诗的先声。

在诗歌形式上，"四杰"对五律的发展起了重要的推进作用。卢照邻和骆宾王还创作了不少七言歌行体。歌行体较少格律的束缚，可以写得格局宏大、气势磅礴。在一些咏物记事之诗中，"四杰"也表现出了他们的风格和个性，骆宾王的《在狱咏蝉》、《于易水送别》等都是名篇。

与"四杰"同时或稍后，由进士科出身的一批诗人成为诗坛主力，主要包括并称"文章四友"的杜审言、李峤、苏味道、崔融和并称"沈宋"的沈佺期、宋之问。这些诗人的作品在主要内容上仍不脱宫廷诗的习染，但他们在诗歌技巧方面却取得了很大的进步，并最终完成了五律的定型。

"四友"中，成就最为突出的是杜审言（645?—708）。《和晋陵陆丞早春游望》是其代表作品：

> 独有宦游人，偏惊物候新。云霞出海曙，梅柳渡江春。淑气催黄鸟，晴光转绿蘋。忽闻歌古调，归思欲沾巾。

宦游之思因春意被唤起，又借助于秀美清新的景色，冲淡了思乡情绪中暗淡悲情的部分，使得全诗高华雄整，不落俗套。又如《春日京中有怀》：

> 今年游寓独游秦，愁思看春不当春。上林苑里花徒发，细柳营前叶漫新。公子南桥应尽兴，将军西第几留宾。寄语洛城风日道，明年春色倍还人。

虽是写传统题材，但构思巧妙，音调谐美。胡应麟称："初唐无七言律，五言亦未超然。二体之妙，杜审言实为首倡。"（《诗薮》内编卷四）杜诗现存五言律几乎全部符合近体诗的粘式律，足见其在律诗方面的成就。

五律的最终定型,由宋之问和沈佺期完成。作为典型的台阁诗人,他们将大量精力用于诗律的研究,确立了一套完整的平仄粘对的写作规则。这些规则与诗人的情思相结合,产生了一些较好的作品。如宋之问(或作刘长卿)《新年作》:

> 乡心新岁切,天畔独潸然。老至居人下,春归在客先。岭猿同旦暮,江柳共风烟。已似长沙傅,从今又几年!

此诗作于宋之问被贬岭南时,和谐的音律、严整的对偶已与乡关之思、身世之感融为一体。又如《渡汉江》:

> 岭外音书断,经冬复历春。近乡情更怯,不敢问来人。

语短情长,为读者提供了充分的想象空间。

　　沈佺期长于七律,《旧唐书·沈佺期传》说他"尤长于七言之作"。与宋之问类似,沈佺期较好的作品都是被贬流放期间所作。如《遥同杜员外审言过岭》:

> 天长地阔岭头分,去国离家见白云。洛浦风光何所似,崇山瘴疠不堪闻。南浮涨海人何处,北望衡阳雁几群。两地江山万余里,何时重谒圣明君。

眼界开阔宏大,情感深沉厚重,语言平易自然,迥异于其应制之作。

　　在律诗体式定型的同时,一位年轻诗人登上了历史舞台,他就是陈子昂。陈子昂(659—700)出生于蜀地,其家族世习纵横之术,这造就了陈子昂的豪侠性格。他年轻时轻财好施,慷慨任侠;成年后发愤攻读,博览群书;为官后不畏权势,直言敢谏;后期遭遇冤狱,报国无门,孤愤退隐。

　　高度的人格独立和强烈的用世精神是贯穿陈子昂一生的两条主线。因为人格独立,所以他不屑于厕身宫廷;因为用世精神,他始终对现实保持着高度的关注。前者使他放弃馆阁诗人的平典,在诗中挥洒个性;后者使他超越馆阁诗人的狭窄,在笔端表现社会万象。这二者结合起来,就是他倡导的诗歌精神——比兴言志的风雅传统。他在《与东方左史虬修竹篇序》里直言:"文章道弊五百年矣。汉魏风骨,晋宋莫传。"将"兴寄"与"汉魏风骨"联系在一起,标举"骨气端翔,音情顿挫,光英朗练"的美学理想,倡导劲健昂扬的诗歌风格,这些都对唐诗的发展产生了很大的影响。

　　陈子昂的诗是其理论主张的实践。如《度荆门望楚》:

> 遥遥去巫峡,望望下章台。巴国山川尽,荆门烟雾开。城分苍野

外,树断白云隈。今日狂歌客,谁知入楚来。

此诗作于陈子昂离蜀入楚之际,昂扬奋发之情飞腾欲上,读来令人感奋不已。即使理想一时无法实现,陈子昂表现出的也多是进取的激情,而非苦闷的消沉。如《感遇》(其三十五):

> 本为贵公子,平生实爱才。感时思报国,拔剑起蒿莱。西驰丁零塞,北上单于台。登山见千里,怀古心悠哉。谁言未忘祸,磨灭成尘埃。

陈子昂还有大量与社会政治现实有关的诗歌。如《感遇》(其三十七)指斥边将无能,《感遇》(其二十九)反对武后发动的讨羌之战,《感遇》(其十九)更是直接抨击统治者崇佛的荒唐与可笑:

> 圣人不利己,忧济在元元。黄屋非尧意,瑶台安可论。吾闻西方化,清净道弥敦。奈何穷金玉,雕刻以为尊。云构山林尽,瑶图珠翠烦。鬼工尚未可,人力安能存。夸愚适增累,矜智道逾昏。

陈子昂不仅记录下了相关的社会内容,更加入了自己的思考。这些思考有的是对具体问题的评价,有的则超越了事件本身,是对更普遍的社会人生问题的反思。陈子昂的 38 首感遇诗,几乎篇篇都带有这种思辨色彩。他的《登幽州台歌》更是千古绝唱:

> 前不见古人,后不见来者。念天地之悠悠,独怆然而涕下。

这是吊古伤今的生命之歌,也是个体自觉的高亢咏叹;这是一个伟大时代开启的号角,是诗歌王国辉煌大幕拉开前的序曲。天地无穷,人生有限,诗人因对这一感受的卓越表达而获得不朽。

第三章　盛唐诗歌

盛唐是唐诗的巅峰,也是古典诗歌的巅峰。在国力强盛、经济繁荣、科举兴起、中外交流频繁的大背景下,盛唐涌现出一批杰出的诗人,形成了山水田园、边塞两大诗派,产生了大量的不朽之作。李白以其杰出的想象力和天才的诗艺,以其对人格独立的追求和对壮丽山水的赞美,典型地反映了盛唐的时代风貌和士人精神,成为屹立于盛唐诗坛高峰之巅的伟大诗人。"盛唐气象"这一美学典范具有丰富的内涵和无限的魅力。

第一节 初盛唐之交的重要诗人

陈子昂之后,诗坛出现了一批承上启下的诗人。他们是并称"二张"的张说、张九龄,"吴中四士"贺知章、包融、张旭、张若虚以及刘希夷等。

张说(667—730)前后三次为相,封燕国公。掌文学之任凡三十年,为开元前期一代文宗,与苏颋掌朝廷制诰著作,并称"燕许大手笔"。张说有大量的庙堂应制诗,而较为出色的则是他的山水诗和怀古诗。前者以一系列吟咏洞庭的诗作为代表。如《送梁六自洞庭山作》:

> 巴陵一望洞庭秋,日见孤峰水上浮。闻道神仙不可接,心随湖水共悠悠。

意在言外,余味不尽。后者如《五君咏》、《邺都引》、《过怀王墓》等,均富于力度,气势沛齐,很能代表盛唐之初的诗歌精神。

张九龄(678—740)与张说相似,既是名相,又为文宗。他为政时贤明正直,直言敢谏,对"开元之治"作出了重要的贡献。后因李林甫的排挤,罢相被贬。

张九龄的诗以《感遇》十二首为代表。如果说张说诗反映的是盛唐文人积极进取投身功业的一面,那么张九龄的这些诗则主要关注自身人格的高洁。在艺术表现上,《感遇》主要采用兴寄手法,虽有悲愤之情,却藏而不露,委婉醇厚。如《感遇》其一:

> 兰叶春葳蕤,桂华秋皎洁。欣欣此生意,自尔为佳节。谁知林栖者,闻风坐相悦。草木有本心,何求美人折。

又如《望月怀远》:

> 海上生明月,天涯共此时。情人怨遥夜,竟夕起相思。灭烛怜光满,披衣觉露滋。不堪盈手赠,还寝梦佳期。

缠绵悱恻的情思弥漫全诗,情景交融,浑然一体,是难得的佳作。

"吴中四士"中,贺知章(659—744)善七绝,其代表作是《咏柳》、《回乡偶书》二首,共同特点是构思新巧,风格明快。包融擅五古,长于描写隐逸生活。张旭是著名的"草圣",善于写景,尤其是春天的景色,笔下常带烟雨,出语洒脱浪漫。张若虚(660—720?)之诗仅存两首,但其中的七言歌行《春江花月夜》却是千古传颂的杰作,也奠定了他在诗歌史上的地位。其诗云:

> 春江潮水连海平,海上明月共潮生。滟滟随波千万里,何处春江无月明!江流宛转绕芳甸,月照花林皆似霰;空里流霜不觉飞,汀上白沙看不见。江天一色无纤尘,皎皎空中孤月轮。江畔何人初见月?江月何年初照人?人生代代无穷已,江月年年只相似。不知江月待何人,但见长江送流水。白云一片去悠悠,青枫浦上不胜愁。谁家今夜扁舟子?何处相思明月楼?可怜楼上月徘徊,应照离人妆镜台。玉户帘中卷不去,捣衣砧上拂还来。此时相望不相闻,愿逐月华流照君。鸿雁长飞光不度,鱼龙潜跃水成文。昨夜闲潭梦落花,可怜春半不还家。江水流春去欲尽,江潭落月复西斜。斜月沉沉藏海雾,碣石潇湘无限路。不知乘月几人归,落月摇情满江树。

《春江花月夜》本为吴歌旧题,是陈隋宫体诗的诗题之一。张若虚将五言改为七言,一扫传统的艳情成分,将对人生、对命运、对宇宙大化的思索和感触融于一片似真似幻、空明澄澈的春江花月之中,进而注目于人间思妇游子的离别相思、哀怨愁绪,归结到"不知乘月几人归,落月摇情满江树",余音袅袅,绵邈不尽。全诗借用了《西洲曲》中的民歌钩接句法,千回万转,变化无穷。至于语言的清丽、音律的优美,更是历来为人们所称颂。王闿运称张若虚"孤篇横绝,竟为大家"(《王志·论唐诗诸家源流》),闻一多赞颂此诗"是诗中的诗,顶峰上的顶峰"(《宫体诗的自赎》),都说明了此诗的高度。

"二张"、"吴中四士"之外,还有擅长歌行的刘希夷。刘希夷稍早于张若虚,其诗以闺情、出塞、怀古为主,尤以闺情为多。代表作为《代悲白头翁》。此诗与《春江花月夜》有类似之处,起篇借春花凋落感伤青春易逝、岁月无常,接着用红颜少年和白头翁的对比感慨人生短暂、富贵繁华转眼消逝。"年年岁岁花相似,岁岁年年人不同",对比强烈,是诗中的名句。

第二节 王维、孟浩然与山水田园诗派

王维(700?—761)是盛唐时期名声最著的诗人,也是盛唐山水田园诗的代表诗人。他出身太原王氏,早年受到了良好的家庭教育,很早就有文名。开元九年(721)中进士第,历任太乐丞、济州司仓参军、右拾遗等职。

天宝十五载(756)安史乱军陷长安,为叛军所获,署以伪官。两京收复后,因所作怀念唐室的《凝碧池》诗,兼其弟王缙请削官为兄赎罪,故仅降职为太子中允,后复累迁至给事中,终尚书右丞。晚年无心仕途,专诚奉佛。诗歌之外,书画皆长,精通音律,是位多才多艺的艺术大师。

王维出身仕宦之家,长于盛唐之世,早年诗作充满进取精神。这些诗主要以游侠、出塞为题材,反映了他的入世情怀。如《使至塞上》:

> 单车欲问边,属国过居延。征蓬出汉塞,归雁入胡天。大漠孤烟直,长河落日圆。萧关逢候骑,都护在燕然。

敏锐的观察力、高度的概括力和严整的法度,与诗人内在的激情相结合,创造出雄浑阔大的诗歌意境。

王维青年时曾居住山林,中年一度居于终南山,后又得宋之问蓝田辋川别墅,于自然风光多有亲近。张九龄被贬后,王维开始疏离政治,半官半隐,又兼崇信佛教,故寄情山水,诗风也渐趋淡泊。王维这一时期的五言律诗杰作尤多,如:

> 楚塞三湘接,荆门九派通。江流天地外,山色有无中。郡邑浮前浦,波澜动远空。襄阳好风日,留醉与山翁。(《汉江临泛》)

这类诗作往往通过视角的变换,使描写对象产生立体感和层次感。这种手法颇类于文人山水画的构图方式。除了这类作品外,王维还有一类反映人生志趣、刻画隐逸生活的诗作:

> 中岁颇好道,晚家南山陲。兴来每独往,胜事空自知。行到水穷处,坐看云起时。偶然值林叟,谈笑无还期。(《终南别业》)

这类诗歌中的景物总与诗人的活动相关,并且以后者为线索加以组织。景物因诗人而带上了难以言说的玄妙色彩,心灵与自然完全融为一体。在一些作品中,诗人也会悄然隐去,只在结尾点出:

> 空山新雨后,天气晚来秋。明月松间照,清泉石上流。竹喧归浣女,莲动下渔舟。随意春芳歇,王孙自可留。(《山居秋暝》)

全诗着力于外在环境的营造而非主体行为的刻画,故山水景物得以凸显而占据了中心地位。诗歌技巧上的返璞归真表明诗人对富丽精工的诗歌传统的疏远,也反映出诗人淡漠朝堂的心态。

王维的绝句也可分为两大类型。在一类中,诗人以其空明之心对自然

加以观照,在空寂中表现生命的生息变化,又以这些生息变化进一步反衬出整体的静寂:

> 木末芙蓉花,山中发红萼。涧户寂无人,纷纷开且落。(《辛夷坞》)
>
> 人闲桂花落,夜静春山空。月出惊山鸟,时鸣春涧中。(《鸟鸣涧》)

如果说在这类诗中,诗人的视角是超越人世的话,那么在另外一类中,王维表现出的却是温暖的人间情怀:

> 君自故乡来,应知故乡事。来日绮窗前,寒梅著花未?(《杂诗》其二)
>
> 渭城朝雨浥轻尘,客舍青青柳色新。劝君更进一杯酒,西出阳关无故人。(《送元二使安西》)

这些诗语短情长,历来为人们所传诵。

王维既是画家,也是音乐家,这些对其诗歌创作都有助益。最突出的影响就是观察力的细致敏锐。这种敏锐有时表现在色彩的描绘上:

> 日落江湖白,潮来天地青。(《送邢桂州》)
>
> 荆溪白石出,天寒红叶稀。(《山中》)

有时表现在音响的捕捉上:

> 雨中山果落,灯下草虫鸣。(《秋夜独坐》)
>
> 细枝风响乱,疏影月光寒。(《沈十四拾遗新竹生读经处同诸公之作》)

这些都使其诗作既有画面感,又有音乐性。

王维在当时与后世都享有盛誉,他的成就堪称盛唐文化的一个缩影。作为杰出的诗人、画家、音乐家、书法家,王维广泛地吸收盛唐文化的成果,打通艺术门类的界限,为诗歌中注入了新的元素和活力。王维的山水田园诗作,在六朝的基础上大大迈进了一步。他将东晋诗人"以山水体道"的观念真正化入了诗歌,实现了情、景、理的融合无迹,创造出空明澄澈、意味隽永的诗歌境界。王维的创作影响了当时的许多诗人,山水田园诗大量出现,形成了盛唐的山水田园诗派。其作品也成为后人模仿和学习的典范,由唐至清绵延不绝。后人从其诗歌艺术中总结出一系列美学范畴,如"诗中有画"、"妙悟"、"神韵"等,对后世的诗歌发展和诗学理论的发展有着重要的影响。

孟浩然(689—740)是与王维并称的山水田园诗派的代表诗人。他出身于襄阳的一个地主家庭,接受的是传统的儒学教育。"维先自邹鲁,家世重儒风"(《书怀贻京邑同好》),但他没有王维那样显赫的家世,几次入京求仕都一无所获,以隐士终身。他年长于王维,成名却较王维为晚。

孟浩然的一生,始终在隐居、求仕、漫游之中度过。在时人眼中,孟浩然是一个典型的隐士。于孟浩然自身而言,"弃轩冕"实为无奈之举,是济时用世之志屡屡受挫后不得已的选择。他在诗中说得很清楚:"予复何为者,栖栖徒问津。中年废丘壑,上国旅风尘。忠欲事明主,孝思侍老亲。"(《仲夏归汉南园寄京邑耆旧》)他求仕不得,又不肯屈己事人:"愿随江燕贺,羞逐府僚趋。欲识狂歌者,丘园一竖儒。"(《和宋太史北楼新亭》)于是就以背弃流俗的姿态投身于山水田园。如果说王维对待自然的态度是"观照",那么孟浩然则更多的是"感发":

> 北山白云里,隐者自怡悦。相望始登高,心随雁飞灭。愁因薄暮起,兴是清秋发。时见归村人,沙行渡头歇。天边树若荠,江畔洲如月。何当载酒来,共醉重阳节。(《秋登兰山寄张五》)

从中可以看出孟浩然诗的特点:写景淡雅优美,飘逸中带着淡淡的惆怅。由写景过渡到怀人,也是孟浩然的一贯手法,如:

> 山光忽西落,池月渐东上。散发乘夕凉,开轩卧闲敞。荷风送香气,竹露滴清响。欲取鸣琴弹,恨无知音赏。感此怀故人,中宵劳梦想。(《夏日南亭怀辛大》)

孟浩然的怀人,不仅寄托着对友人的思念,更是对诗人孤高形象的反衬。在风格上,如果说王维以佛家之心更多地看到万物之"寂",那么孟浩然则以隐士之笔更多地描绘了万物之"幽":

> 山寺钟鸣昼已昏,渔梁渡头争渡喧。人随沙路向江村,余亦乘舟归鹿门。鹿门月照开烟树,忽到庞公栖隐处。岩扉松径长寂寥,惟有幽人夜来去。(《夜归鹿门山歌》)

可以看到,在孟浩然的作品中,景物与情怀常常相互生发。所以,当孟浩然自身的态度有所不同时,他笔下的景物也会随之转变色调:

> 八月湖水平,涵虚混太清。气蒸云梦泽,波撼岳阳城。欲济无舟

楫,端居耻圣明。坐观垂钓者,空有羡鱼情。(《望洞庭湖赠张丞相》)

此诗作于孟浩然受征于张九龄幕府时,颇有一展壮志的雄心,"气蒸云梦泽,波撼岳阳城"这样气势不凡的诗句正与其时的情怀吻合。需要指出的是,无论是哪一种情怀,孟浩然都能以白描手法道出,举重若轻,似淡实醇,充分体现了他的艺术功力:

> 故人具鸡黍,邀我至田家。绿树村边合,青山郭外斜。开轩面场圃,把酒话桑麻。待到重阳日,还来就菊花。(《过故人庄》)

孟浩然的诗作,在体制和题材上都较为狭窄,自然冲淡、清幽超逸始终是其主导风格。作为较早大量写作山水隐逸诗的诗人,孟浩然以其创作促进了盛唐山水田园诗的发展,对后世产生了深远的影响。

与王维、孟浩然诗风相近的,还有储光羲、常建、裴迪、綦毋潜、卢象等诗人。其中储光羲存诗较多。他有一部分反映社会现实之作,如《效古》二首。一些田园诗写樵夫、渔夫、牧童等形象,以写景始而以议论结,往往有所寄托。较好的作品是《田家杂兴》八首和《杂咏》五首。如《杂咏·钓鱼湾》:

> 垂钓绿湾春,春深杏花乱。潭清疑水浅,荷动知鱼散。日暮待情人,维舟绿杨岸。

总体而言,储光羲田园诗的风格是真朴古雅,生活气息较浓。常建则偏于清幽空寂,近于王维,如《题破山寺后禅院》:

> 清晨入古寺,初日照高林。曲径通幽处,禅房花木深。山光悦鸟性,潭影空人心。万籁此都寂,但余钟磬音。

这种风格易流于寒僻,读来不免孤苦之感,对孟郊、贾岛一路诗风有所影响。綦毋潜兼受佛道两家影响,喜写寻幽访隐的情趣。代表作是《春泛若耶溪》:

> 幽意无断绝,此去随所偶。晚风吹行舟,花路入溪口。际夜转西壑,隔山望南斗。潭烟飞溶溶,林月低向后。生事且弥漫,愿为持竿叟。

裴迪曾长期与王维唱和,受其影响很深。其代表作《辋川集》风格清丽,虽在艺术敏感性、语言表现力和意蕴的丰富性上均不及王维,但也时有佳篇妙句。如《华子冈》:

> 落日松风起,还家草露晞。云光侵履迹,山翠拂人衣。

卢象存诗不多,但在当时声誉很高。其句如"云从三峡起,天向数峰开"(《峡中作》)雄奇劲健;"云气转幽寂,溪流无是非"(《家叔征君东溪草堂》其二)冲淡超逸;"夕鸟向林去,晚帆相逐飞"(《永城使风》)轻灵潇洒……都说明其颇有才力。

第三节 王昌龄、李颀及其他诗人

与王维、孟浩然同时出现于盛唐诗坛的,有一批位卑名高、胸怀壮志的诗人。他们以才学自许,以功业自励,虽落拓不遇,却风骨凛然,王翰、王之涣、王昌龄、李颀、崔颢是其中的杰出代表。

王翰是并州晋阳(今山西太原市)人,家资富饶,一生都过着"枥多名马,家有妓乐","日聚英豪,从禽击鼓,恣为欢赏"的狂放生活。其诗作大多吟咏沙场壮士、青春少女,如《凉州词》其一:

葡萄美酒夜光杯,欲饮琵琶马上催。醉卧沙场君莫笑,古来征战几人回?

出语旷达爽朗,是盛唐名作。

王之涣一生沉沦下僚,做着主簿、县尉这样的小官。常击剑悲歌,与高适、王昌龄等相唱和,其诗多被当时乐工制曲歌唱,名动一时。王之涣的诗今仅存六首,均为佳制。如《登鹳雀楼》:

白日依山尽,黄河入海流。欲穷千里目,更上一层楼。

写景雄浑,余味无穷,足以代表盛唐奋发进取之时代精神和诗人高远不凡的胸襟。全诗对偶精工,却自然平易,无迹可寻。《凉州词》(其一)也是王之涣传诵千古的名作:

黄河远上白云间,一片孤城万仞山。羌笛何须怨杨柳,春风不度玉门关。

整体格调浑厚深沉,情致委婉,在艺术上达到了极高的成就。

王昌龄的籍贯有太原、京兆两说。他家境比较贫寒,开元十五年(727)进士及第,授秘书省校书郎。开元二十二年(734)选博学宏词科,转汜水县尉。开元二十七年(739)被贬岭南。翌年北归,任江宁丞。后又被贬为龙标尉,世称王龙标。安史之乱时,离任而去,迂回至亳州,竟为刺史闾丘晓所杀。

王昌龄的诗主要以边塞、闺情、送别酬赠为主。

王昌龄的边塞诗气象阔大,格调劲健。如《出塞》:

> 秦时明月汉时关,万里长征人未还。但使龙城飞将在,不教胡马度阴山。

明月依旧,雄关犹在。昔人已逝,名将难求。个体在明月雄关映衬之下显得无常而渺小,其中蕴含的精神却永恒而伟大。又如《从军行》七首:

> 琵琶起舞换新声,总是关山旧别情。撩乱边愁听不尽,高高秋月照长城。(其二)
>
> 青海长云暗雪山,孤城遥望玉门关。黄沙百战穿金甲,不破楼兰终不还。(其四)
>
> 大漠风尘日色昏,红旗半卷出辕门。前军夜战洮河北,已报生擒吐谷浑。(其五)

明月关山、黄沙长云、羌笛琵琶,这些意象既为王昌龄的诗思提供了载体和背景,也决定了其诗歌的主要基调。在王昌龄笔下,这些元素都不再限于其本身,而带有一种文化、历史的暗示。离愁乡思,军旅风采,都在对比中得到了充分的展示。无论是清婉惆怅,还有昂扬奋发,都有一种劲健气骨贯穿其中。

王昌龄还有许多反映妇女生活的诗,主要描写少女情态、少妇闺情和宫中幽怨。前者如《采莲曲二首》其二:

> 荷叶罗裙一色裁,芙蓉向脸两边开。乱入池中看不见,闻歌始觉有人来。

构思新巧,带有南方民歌风味。闺情诗如《闺怨》:

> 闺中少妇不知愁,春日凝妆上翠楼。忽见陌头杨柳色,悔教夫婿觅封侯。

诗人欲抑先扬,情感转折自然合理,心理把握细腻传神。宫怨诗如《西宫春怨》、《春宫曲》等都是佳制,《长信秋词五首》(其三)尤其出色:

> 奉帚平明金殿开,且将团扇暂徘徊。玉颜不及寒鸦色,犹带昭阳日影来。

此诗用汉代班婕妤故事,由物传情,以情寄意,妙用反语,表达出一种令人怦然心动的幽怨之意。

王昌龄的送别酬答之诗多用明月秋雨意象。《芙蓉楼送辛渐二首》其一最为人称道：

> 寒雨连天夜入吴，平明送客楚山孤。洛阳亲友如相问，一片冰心在玉壶。

作此诗时，诗人正遭谤议，更兼寒雨连天，好友远行，其心境可想而知。在此孤独难堪之际，诗人犹能高标独立，其清刚傲岸之气极富魅力。

王昌龄的诗在当时就享有盛誉，殷璠《河岳英灵集》把他举为体现"风骨"的代表，誉其诗为"中兴高作"，选入的数量也为全集之冠。他最为出色的诗多为七绝，被后人誉为"七绝圣手"。传统诗论将他与李白并称，被认为是这一体裁的代表诗人。王昌龄的七绝在唐诗发展过程中占据着重要的地位，代表着盛唐的时代风貌和审美特征，是后人模仿和学习的范本。

李颀籍贯赵郡（今河北赵县），家居颍阳（今河南登封），于开元二十三年（735）进士及第，曾任新乡县尉，后归隐东川（别业名），漫游于洛阳、长安之间。早年豪爽任侠，后醉心道术，与当时一些著名的道士有交往。

与王昌龄长于七绝不同，李颀的作品以歌行最为出色。李颀存诗中绝大部分是古体诗，以边塞、赠答和描写音乐的作品为主。边塞诗的代表作有《古从军行》：

> 白日登山望烽火，黄昏饮马傍交河。行人刁斗风沙暗，公主琵琶幽怨多。野云万里无城郭，雨雪纷纷连大漠。胡雁哀鸣夜夜飞，胡儿眼泪双双落。闻道玉门犹被遮，应将性命逐轻车。年年战骨埋荒外，空见蒲桃入汉家。

诗中写到了战争给"胡儿"带来的痛苦，这在唐诗中是极为少见的。全诗大量运用叠韵叠字，读来苍凉低回，满怀抑郁之气。

李颀多才多艺，喜欢用诗来写绘画、书法甚至博弈，其描写音乐的诗篇尤为出色。《琴歌》、《听董大弹胡笳弄兼寄语房给事》、《安万善吹觱篥歌》等都以音乐为主题，如《听董大弹胡笳弄兼寄语房给事》：

> 董夫子，通神明，深山窃听来妖精。言迟更速皆应手，将往复旋如有情。空山百鸟散还合，万里浮云阴且晴。嘶酸雏雁失群夜，断绝胡儿恋母声。川为净其波，鸟亦罢其鸣。乌孙部落家乡远，逻娑沙尘哀怨生。幽音变调忽飘洒，长风吹林雨堕瓦。迸泉飒飒飞木末，野鹿呦呦走堂下。

董庭兰是唐代著名的音乐家,李颀此诗写听其弹琴留下的印象。诗人用自然界和人类社会的各种声音加以比附,有一种震荡心神的冲击力。李颀还善于刻画观众对于音乐的反映,如《琴歌》中的"一声已动物皆静,四座无言星欲稀",《听安万善吹觱篥歌》中的"傍邻闻者多叹息,远客思乡皆泪垂。世人解听不解赏,长飙风中自来往"等。

与王昌龄、李颀相比,崔颢的边塞诗充满游侠之气和少年情怀,诗中看不到战争的残酷,也看不到战士的艰辛,更多的是一种对优雅生活的点缀。他的妇女题材的诗较为浮艳,带有宫体色彩,应是其早年作品。崔颢南游时,还曾模仿江南民歌写了一些诗,如《长干曲》(其一):

> 君家何处住?妾住在横塘。停船暂借问,或恐是同乡。

清新活泼,独具韵味。

崔颢最著名的作品,是南游至武昌时创作的《黄鹤楼》:

> 昔人已乘黄鹤去,此地空余黄鹤楼。黄鹤一去不复返,白云千载空悠悠。晴川历历汉阳树,芳草萋萋鹦鹉洲。日暮乡关何处是,烟波江上使人愁。

此诗格律不甚严谨,似古似律,却被严羽推为"唐人七律第一",传说曾令李白罢笔。全诗寄意高远,情调深沉,历来为人们所喜爱。

第四节 高适与岑参

高适和岑参是盛唐边塞诗人的杰出代表,并称"高岑"。二人都有戎幕经历,擅长以古体诗抒写边塞题材,为诗坛作出了重要的贡献。

高适(700?—765),字达夫,河北景县人。少孤贫,爱交游,有游侠之风,以建功立业自期。开元中入长安求仕,后北上蓟门,漫游燕赵,建功不得,寓居宋中近十年。天宝八载(749),应举中第,授封丘尉,因不忍"鞭挞黎庶"、不甘"拜迎官长"而辞官,再赴长安。后入陇右、河西节度使哥舒翰幕,为掌书记。安史乱后,曾任淮南节度使、彭州刺史、蜀州刺史、剑南节度使等职,入朝为刑部侍郎,转左散骑常侍,封渤海县侯。世称"高常侍"。

高适是唐代诗人中少有的位居高官而封侯者,《旧唐书》本传称:"有唐以来,诗人之达者,唯适而已。"但他最出色的作品却大多写于其坎壈落魄之时,晚年诗作相对较少。

高适先后三次出塞,对边塞生活有着切身体验,集中反映他对边塞战争看法的,是其第一次北上归来后创作的名篇《燕歌行》：

> 汉家烟尘在东北,汉将辞家破残贼。男儿本自重横行,天子非常赐颜色。摐金伐鼓下榆关,旌旆逶迤碣石间。校尉羽书飞瀚海,单于猎火照狼山。山川萧条极边土,胡骑凭陵杂风雨。战士军前半死生,美人帐下犹歌舞。大漠穷秋塞草腓,孤城落日斗兵稀。身当恩遇恒轻敌,力尽关山未解围。铁衣远戍辛勤久,玉箸应啼别离后。少妇城南欲断肠,征人蓟北空回首。边庭飘飖那可度,绝域苍茫更何有。杀气三时作阵云,寒声一夜传刁斗。相看白刃血纷纷,死节从来岂顾勋。君不见沙场征战苦,至今犹忆李将军。

在这首诗中我们可以看到许多熟悉的元素：游侠诗中对男儿气概的歌颂；大军出行的壮阔场景；战事的紧张激烈；兵将待遇的悬殊；征人思妇的悲哀；拼死搏杀的残酷；临危不顾身的壮烈；对古时良将的缅怀……这些元素在前人的边塞诗中或多或少都有所表现,但是将其融合为一个丰满的艺术整体,高适却是第一个。全诗骈散结合,平仄互换,古中带律,气势沉雄,骨力浑厚,是难得的杰作。

边塞诗之外,高适还有一些抒发自我怀抱的作品。如《封丘作》：

> 我本渔樵孟诸野,一生自是悠悠者。乍可狂歌草泽中,宁堪作吏风尘下。只言小邑无所为,公门百事皆有期。拜迎官长心欲碎,鞭挞黎庶令人悲。归来向家问妻子,举家尽笑今如此。生事应须南亩田,世情付与东流水。梦想旧山安在哉,为衔君命且迟回。乃知梅福徒为尔,转忆陶潜归去来。

诗中表现了诗人性格的傲岸与对百姓遭遇的同情,真实感人。全诗四句一转,散骈相对,散句言事,骈句抒情,精练概括,质直平易,可见高适对歌行体的驾驭能力。

高适的一些绝句也写得气骨沉雄,不同凡俗。如《和王七玉门关听吹笛》："胡人吹笛戍楼间,楼上萧条海月闲。借问落梅凡几曲,从风一夜满关山。"《别董大》其一："千里黄云白日曛,北风吹雁雪纷纷。莫愁前路无知己,天下谁人不识君。"都是视野阔大、情思壮伟的佳构。

高适的诗作,殷璠《河岳英灵集》称为"多胸臆语,兼有气骨"。所谓"多胸臆语"指的是高适诗真实感人,而"气骨"则是指高适诗中的豪迈意气、独立人格与进取精神。这些共同构成了高适浑朴厚重、雄壮劲健的诗歌风格。

岑参(715?—770),原籍南阳(今属河南新野),迁居江陵(今属湖北)。

出身于官宦家庭，曾祖父文本、伯祖父长倩、堂伯父羲都官至宰相，号称"一门三相"。其父曾任仙、晋二州刺史。岑参出生前二年(713)，岑羲因参与太平公主谋害睿宗太子李隆基，事败伏诛，亲族皆被放逐，从此家道衰落。岑参幼年丧父，从兄受书，天宝三载(744)中进士，授兵曹参军，充安西四镇节度使高仙芝幕府书记，赴安西。回长安后与高适、杜甫结交唱和。后又做安西北庭节度使封常清判官，再度出塞，为时三年。回朝后任右补阙，转起居舍人等职，大历元年(766)入蜀，官至嘉州(今四川乐山)刺史，世称岑嘉州。后罢官，客死成都旅舍。

与高适相似，岑参同样热衷于功名。这种热衷带有时光易逝的焦灼，使得诗人对年龄特别敏感。他在诗中大声疾呼："丈夫三十未富贵，安能终日守笔砚！"(《银山碛西馆》)岑参那些慨叹不遇的失志之作，往往与哀伤年老联系在一起，"白发"、"白首"、"白头"在诗中屡屡出现。嗟卑出于叹老，叹老实为嗟卑，二者都反映了他强烈而急切的用世情怀。

岑参前后两次在边塞共六年。边塞经历为其创作提供了丰富的素材，他写作了70余首边塞诗，在盛唐诗人中首屈一指。这些诗作展现了边塞奇伟壮丽的景象。如《走马川行奉送出师西征》：

> 君不见，走马川行雪海边，平沙莽莽黄入天。轮台九月风夜吼，一川碎石大如斗，随风满地石乱走。匈奴草黄马正肥，金山西见烟尘飞，汉家大将西出师。将军金甲夜不脱，半夜军行戈相拨，风头如刀面如割。马毛带雪汗气蒸，五花连钱旋作冰，幕中草檄砚水凝。虏骑闻之应胆慑，料知短兵不敢接，车师西门伫献捷。

《走马川》作于第二次出塞时，诗中描写的狂风大雪、沙石严寒都是中原地区感受不到的，岑参对此着力渲染。这也反映了岑参的一个特点：对那些奇景异象感兴趣并极力在诗中加以表现。又如《白雪歌送武判官归京》：

> 北风卷地白草折，胡天八月即飞雪。忽如一夜春风来，千树万树梨花开。散入珠帘湿罗幕，狐裘不暖锦衾薄。将军角弓不得控，都护铁衣冷难著。瀚海阑干百丈冰，愁云惨淡万里凝。中军置酒饮归客，胡琴琵琶与羌笛。纷纷暮雪下辕门，风掣红旗冻不翻。轮台东门送君去，去时雪满天山路。山回路转不见君，雪上空留马行处。

此诗本是送别之作，诗人却把目光放在了壮丽的塞外雪景上。"忽如一夜春风来，千树万树梨花开"用喻，将漫天风雪化为绚烂春色，足见诗人心中的豪情和非凡的想象力。"纷纷暮雪下辕门，风掣红旗冻不翻"化用虞世南之句,发语惊挺,动静相应,以实写虚,于一片纯白之中点上鲜艳的红色,使全诗格外奇丽。同样是写严寒,前诗用马毛结冰、砚水凝结这样的客观细节来表现,此诗则用衣被不暖、战甲难着这样的主观感受来表现,都取得了很好的效果。又如《轮台歌奉送封大夫出师西征》:"上将拥旄西出征,平明吹笛大军行。四边伐鼓雪海涌,三军大呼阴山动。"渲染大军出征的气势,读来使人志气昂扬,雄心勃发。再如《火山云歌送别》,同样是奇丽多姿:

  火山突兀赤亭口,火山五月火云厚。火云满山凝未开,飞鸟千里不敢来。平明乍逐胡风断,薄暮浑随塞雨回。缭绕斜吞铁关树,氛氲半掩交河戍。迢迢征路火山东,山上孤云随马去。

  从这些诗中我们可以看到岑参的边塞诗与高适的不同之处。高适笔下的边塞始终是个政治概念,始终与战争、民族、离别等相关联,因此写来较为深沉凝重,饱含着诗人的思考;而岑参笔下的边塞更近于地域概念,诗人能够较超脱地对塞外景象加以欣赏,因此写来瑰丽奇崛,色调更为明亮。高诗往往夹叙夹议,直接抒发爱憎悲喜之情;而岑诗则以描写为主,寓情于景。高适较为质实,主要利用意象之间的组合营造整体意境;而岑参则善于利用比喻、夸张、想象等手法,充分地加以铺陈渲染。

  岑参还善于利用音韵的变化来配合诗歌内容的展开。《白雪歌》一韵到底,舒缓平稳,适于送别;《轮台歌》二句一转,入声为主,跌宕起伏,正合出征情状;《走马川》三句一换,句句用韵,紧促急迫,与"将军金甲夜不脱,半夜军行戈相拨"正相呼应。这些都体现了岑参的创造力和求变求新的特色。

  除了七言歌行外,岑参的绝句也多有佳作。如《逢入京使》:"故园东望路漫漫,双袖龙钟泪不干。马上相逢无纸笔,凭君传语报平安。"不假雕饰,感情真挚而细腻。

第五节 李 白

  在中国诗歌史上,李白是位标志性的诗人。他的名字经常与天才的创作力、澎湃的激情,以及独特的个人魅力联系在一起。围绕着他有无数的传说和故事,这些传说与他生活的时代背景相结合,共同塑造了一位诗坛巨星的伟大形象。

  李白(701—762),字太白,号青莲居士,祖籍陇西成纪(现甘肃秦安)。其家世、出生等问题至今仍聚讼不已。大略说来,李白先祖可能是十六国时西凉建立者凉武昭王李暠之后,移居条支或碎叶,李白可能出生于此。后其家迁居绵州昌隆(今四川江油),李白也从蜀地开始了读书游历生活。

李白少年时家境富裕,其父身份不可知,然其家庭应有相当的文化教养。少年李白接受的教育颇为庞杂,与传统士大夫以儒学为主、以科举为目标的教育方式差异很大。李白好神仙道术,喜仗剑游侠,大约18岁左右隐居大匡山,从赵蕤学。赵蕤博学韬钤,善为纵横之学,对李白有所影响。20岁时李白游历成都,得到时任益州长史的许国公苏颋赏识,后遍游蜀地,写下了许多描绘蜀地风光的诗作。

开元十二年(724),李白从峨眉山沿羌江东下至渝州,出夔门,"仗剑去国,辞亲远游"(《上安州裴长史书》)。至荆门,游洞庭,又至金陵、扬州,游越中。后回舟西上,经襄阳,遇司马承祯,得其"仙风道骨"之赞。不久定居于湖北安陆,并以安陆为据点,四处干谒。"酒隐安陆,蹉跎十年。"(《秋于敬亭送从侄游庐山序》)入长安求仕,失望而归。后举家东迁,定居任城(今山东济宁)。其间李白与山东名士孔巢父、韩准、裴政、张叔明、陶沔等同游于徂徕山,人称"竹溪六逸"。

天宝元年(742),李白被征召入朝。这次征召主要是因其道家隐士的身份和"布衣贤士"的名望。作为供奉翰林,李白所作的主要是润色文章、草拟文告的文书工作,这期间写了一些侍游之诗。不久遭朝中权贵嫉恨,被放还乡。李白沿黄河东下,至洛阳与杜甫相识,又与杜甫、高适同游梁宋,度过了一段饮酒逐猎、品诗论文的生活。后在齐州受道箓,会杜甫于东鲁,同游泗水、东蒙等地。其后南下吴越,北上蓟门,往来于宣城、金陵、扬州等地。天宝十四载(755),安史之乱爆发。其时玄宗之子永王璘起师,"辟书三至"(《与贾少公书》),时隐居于庐山的李白下山入幕,随军东下。后永王以反叛罪被杀,李白受此牵连长流夜郎。乾元二年(759),李白至白帝城,遇大赦,返舟东下江陵。后欲投李光弼军抗击史朝义,因病未果,至当涂依族叔李阳冰。宝应元年(762),李白与世长辞,结束了他传奇的一生,终年62岁。

在以上对李白一生经历的简略介绍中,我们可以看到李白形象的复杂性——游侠、纵横家、隐士、道教徒、狂放的名士、天才的诗人。在不同时期,李白扮演着不同的角色,而贯穿始终的,则是他强烈的功业意识和极度的个性自由。

建功立业是盛唐诗的重要主题,而李白特出之处在于,他心目中的功业之路始终是一蹴而就的过程,是一种才学与功业的直接对应:"常欲一鸣惊人,一飞冲天,彼渐陆迁乔,皆不能也。"(范传正《唐左拾遗翰林学士李公新墓碑序》)在《代寿山答孟少府移文书》中,李白写道:"申管晏之谈,谋帝王之术,奋其智能,愿为辅弼,使寰区大定,海县清一。"这种毫无具体目标的理想实为乱世策士的理想,而非一般士人之理想。李白始终认为,自己可以如姜尚、傅说、张良、诸葛亮一般,只要君臣遇合,就可大展宏图,因此,他大力歌颂梁孝王、燕昭王这样礼贤下士的英主,感叹自己生不逢时:"梁王已去明月在,黄鹂愁醉啼春风"(《携妓登梁王栖霞山孟氏桃园中》),"昭王白骨萦烂草,谁人更扫黄金台"(《行路难》其二)。

李白思想中另一个较为突出的特点,就是钟情于功成身退。这种思想与战国纵横遗风、道教观念、历史教训以及他热爱自由的个性都有关系。他在诗中歌颂的鲁仲连、张良、介子推等都是这类人物的代表。对于李白来说,"身退"本身就是道德的满足和个性的张扬,是其独立人格的充分展示。因此,他在诗中反复申诉、反复强调,将"身退"成为一种自我标榜的高傲姿态,把自己与一般的求仕者分割开来。

李白之所以会如此理想化,是与其极度的自负分不开的,而强烈自负背后,又是李白始终坚持的人格独立与个性自由。在《代寿山答孟少府移文书》中,李白写道:"近者逸人李白自峨眉而来,尔其天为容,道为貌,不屈己,不干人,巢由以来,一人而已。"李白诗中赞颂的人物,如鲁仲连、姜尚、管仲、诸葛亮、商山四皓等,也都是帝王师友而非一般的臣子。因此,他即便是在求仕时也放言恣肆,一旦不用,就要"再拜而去,西入秦海,一观国风,永辞君侯,黄鹄举矣"(《上安州裴长史书》)。然而,这种作派在大一统的社会是并不被认可的,李白所渴望的时代早已消逝远去,不仅成为帝王师不再现实,士子们反而争相参加科举考试,以求获得"天子门生"的资格。这是李白难以接受的。他以布衣的姿态对权贵加以嘲讽批判,由"交王侯"转向"轻王侯":"中贵多黄金,连云开甲宅。路逢斗鸡者,冠盖何辉赫。鼻息干虹蜺,行人皆怵惕。"(《古风》其二十四)"珠玉买歌笑,糟糠养贤才。"(《古风》其十五)。这些都反映了李白重个人价值和重气骨的一面。

李白诗最典型的特征,就是强烈的抒情性。李白将诗的抒情特征发挥得淋漓尽致。试看以下两首诗:

君不见黄河之水天上来,奔流到海不复回。君不见高堂明镜悲白发,朝如青丝暮成雪。人生得意须尽欢,莫使金樽空对月。天生我材必有用,千金散尽还复来。烹羊宰牛且为乐,会须一饮三百杯。岑夫子,

> 丹丘生,将进酒,杯莫停。与君歌一曲,请君为我倾耳听。钟鼓馔玉不足贵,但愿长醉不愿醒。古来圣贤皆寂寞,惟有饮者留其名。陈王昔时宴平乐,斗酒十千恣欢谑。主人何为言少钱,径须沽取对君酌。五花马、千金裘,呼儿将出换美酒,与尔同销万古愁。(《将进酒》)
>
> 花间一壶酒,独酌无相亲。举杯邀明月,对影成三人。月既不解饮,影徒随我身。暂伴月将影,行乐须及春。我歌月徘徊,我舞影零乱。醒时同交欢,醉后各分散。永结无情游,相期邈云汉。(《月下独酌》)

这两首诗的风格差异是很大的,前一首热烈奔放,一泻千里;后一首高情逸韵,余味深长。但是,这两首诗的主要观念却是一致的,那就是及时行乐。前人诗歌中的及时行乐,多出于一种生命忧惧。李白的诗则并非如此。虽然他在诗中也极力渲染"高堂明镜悲白发,朝如青丝暮成雪",但真正想表达的,是"天生我材必有用,千金散尽还复来"。换言之,主导这首诗的,是李白极度的自信,以及由此生发的豪气,故全诗毫无衰败之意,反而是奔腾热烈、昂扬奋发。李白将对生命活力的赞颂和对自我价值的肯定合为一体,这就使诗的抒情极为个性化,打上了李白个人的印记。

李白的这种生命激情一旦投射于外界自然,他笔下雄奇壮丽的山川河流便仿佛有了思想和生命,张扬凌厉、奔放多变,带有一种不可阻遏的力量感。《蜀道难》是这类诗歌的代表作:

> 噫吁嚱,危乎高哉!蜀道之难,难于上青天!蚕丛及鱼凫,开国何茫然。尔来四万八千岁,不与秦塞通人烟。西当太白有鸟道,可以横绝峨眉巅。地崩山摧壮士死,然后天梯石栈相钩连。上有六龙回日之高标,下有冲波逆折之回川。黄鹤之飞尚不得过,猿猱欲度愁攀援。青泥何盘盘,百步九折萦岩峦。扪参历井仰胁息,以手抚膺坐长叹!问君西游何时还?畏途巉岩不可攀。但见悲鸟号古木,雄飞雌从绕林间。又闻子规啼夜月,愁空山。蜀道之难,难于上青天!使人听此凋朱颜!连峰去天不盈尺,枯松倒挂倚绝壁。飞湍瀑流争喧豗,砯崖转石万壑雷。其险也若此,嗟尔远道之人,胡为乎来哉!剑阁峥嵘而崔嵬,一夫当关,万夫莫开。所守或匪亲,化为狼与豺。朝避猛虎,夕避长蛇,磨牙吮血,杀人如麻。锦城虽云乐,不如早还家。蜀道之难,难于上青天!侧身西望长咨嗟!

《蜀道难》古题有功业难成之意,李白此诗却将重心放在了对蜀道本身的描绘刻画上。诗中借用辞赋手法,极力夸饰,将蜀道的险峻壮丽充分加以展示。全诗发兴无端,气势雄壮,如殷璠《河岳英灵集》所说:"可谓奇之又奇,然自骚人以还,鲜有此体调也。"所谓"骚人以还",正是指出了李白与楚辞的血缘关系。这种血缘关系在《梦游天姥吟留别》中表现得尤为清晰,他在诗中写道:

> 我欲因之梦吴越,一夜飞度镜湖月。湖月照我影,送我至剡溪。谢公宿处今尚在,渌水荡漾清猿啼,脚著谢公屐,身登青云梯。半壁见海日,空中闻天鸡。千岩万转路不定,迷花倚石忽已暝。熊咆龙吟殷岩泉,栗深林兮惊层巅。云青青兮欲雨,水澹澹兮生烟。列缺霹雳,丘峦崩摧。洞天石扉,訇然中开。青冥浩荡不见底,日月照耀金银台。霓为衣兮风为马,云之君兮纷纷而来下。虎鼓瑟兮鸾回车,仙之人兮列如麻。

此诗描写梦境,诗人的想象力得以任意驰骋,各种奇幻景象层出不穷。因诗人一气贯之,故能浑然一体,虽千回百转却毫不滞涩,显示出卓越的驾驭能力。

除了描写梦境的作品,李白在一般性的题材中也是广纳博收,上下千年、纵横万里,都为其诗思所驾驭,用以表达其情感。如《行路难》其一:

> 金樽清酒斗十千,玉盘珍羞直万钱。停杯投箸不能食,拔剑四顾心茫然。欲渡黄河冰塞川,将登太行雪满山。闲来垂钓碧溪上,忽复乘舟梦日边。行路难,行路难,多歧路,今安在?长风破浪会有时,直挂云帆济沧海。

此诗完全打破了传统乐府的叙事模式,而代之以个人抒怀。在手法上,联想、比喻、夸张乃至梦境相互生发,使全诗跳宕灵动,浪漫而有韵致。在诗的结尾,李白则一扫悲情,寄情高远,昂扬有力。从此诗也可看到李白用喻的一个特点,他常常是结合自身情怀感受,用比喻的方式形象化地加以表现,借助比喻化虚为实,化无形为有形,可谓以情用喻,借喻寄情。又如《宣州谢朓楼饯别校书叔云》一诗:

> 弃我去者昨日之日不可留,乱我心者今日之日多烦忧。长风万里送秋雁,对此可以酣高楼。蓬莱文章建安骨,中间小谢又清发。俱怀逸兴壮思飞,欲上青天揽日月。抽刀断水水更流,举杯消愁愁更愁。人生在世不称意,明朝散发弄扁舟。

出语新奇而又平易流利,悲情中有豪壮,感伤中有慷慨,失意中有不屈,起句用两个十一字的长排句,惊绝突兀,继之以高旷秋景、思古幽情。壮思豪情之中,诗思急转而下,突发悲愤之音,如惊雷骤雨、激浪狂风,扑面而来。结句虽有湖海之思,却以诗人之高傲形象收结,意在言外。

除了这些奇丽恢弘、自言情志的歌行、古题乐府外,李白还有一些委婉含蓄、富于兴寄的古体诗。如《长干行》(其一),由青梅竹马的童年写至夫妇别离后的相思,既无华词丽藻,又无奇情妙想,只是娓娓道来。儿时的天真烂漫、新嫁娘的羞涩温柔、青春流逝的哀怨,无不跃然纸上。又如《子夜吴歌》其三:

长安一片月,万户捣衣声。秋风吹不尽,总是玉关情。何日平胡虏,良人罢远征?

全诗以问句收结,余音袅袅,余味不尽,恰似闺愁绵长,无休无止。在另一些诗中,这种委婉情思以寥廓高远的空间和绵邈不断的时间做背景,形成了阔大雄浑而又含蓄缠绵的风格。如《关山月》:

明月出天山,苍茫云海间。长风几万里,吹度玉门关。汉下白登道,胡窥青海湾。由来征战地,不见有人还。戍客望边色,思归多苦颜。高楼当此夜,叹息未应闲。

古体诗以外,李白的近体诗同样有许多佳作。与前人相比,李白的五律数量仅次于李峤、孟浩然,是当时创作五律较多的诗人。如《渡荆门送别》:

渡远荆门外,来从楚国游。山随平野尽,江入大荒流。月下飞天镜,云生结海楼。仍怜故乡水,万里送行舟。

这是李白早期的作品,格律整饬,对仗精切,是标准的五律。诗人后期的一些作品如《夜泊牛渚怀古》,不用对仗,格调高古,应是有意为之。李白七律较少,仅存八首,《鹦鹉洲》、《登金陵凤凰台》是其中较为出色的。二诗均受到崔颢《黄鹤楼》影响,后者发语高旷,格调深沉,可与崔作媲美。另有一些五言排律,体制较小。

最能代表李白近体诗成就的,是他的绝句。胡应麟说:"太白五七言绝,字字神境,篇篇神物。"(《诗薮》内编卷六)盛唐诗人中,王维、孟浩然长于五绝,王昌龄长于七绝,兼长五绝、七绝并能达到艺术顶峰的,唯李白一人。李白五绝的特色是简洁明快,善于捕捉瞬间印象,以表达某些永恒的情思。千古名作《静夜思》就体现了这种特点。再如《玉阶怨》:

玉阶生白露,夜久侵罗袜。却下水晶帘,玲珑望秋月。

此诗的主要元素在吴均、萧子显、沈约、鲍照的相关诗作以及南朝民歌中都曾出现,而李白独能将其融合为精致无瑕、意蕴丰富的艺术整体。又如《独坐敬亭山》:

> 众鸟高飞尽,孤云独去闲。相看两不厌,只有敬亭山。

此诗出语平易,宛如信口道来,诗境却超然悠远,令人神往。

与五绝相比,李白的七绝以格调爽朗、气度飘逸见长。如:

> 天门中断楚江开,碧水东流至此回。两岸青山相对出,孤帆一片日边来。(《望天门山》)

李白为朋友写了许多诗,这些诗或借景抒情余味不尽,或朴素自然如脱口而出,或想象奇特情思弥漫,无论是惆怅、感怀或是忧虑,都表达得真切感人:

> 杨花落尽子规啼,闻道龙标过五溪。我寄愁心与明月,随风直到夜郎西。(《闻王昌龄左迁龙标遥有此寄》)

在另一些诗中,李白描绘了自己的心境:

> 问余何意栖碧山,笑而不答心自闲。桃花流水窅然去,别有天地非人间。(《山中问答》)

这些诗有的情致深远,有的惆怅含蓄,有的高古冲淡……在技巧上,有的以古入律,信笔挥洒;有的极尽修辞,摄人耳目;有的对仗工巧,举重若轻。李白仿佛有永远用不完的才情。

李白是诗歌史上极具艺术个性的诗人,而他对后世的影响,首先也在于他的个性。作为站在盛唐诗坛高峰之巅的伟大诗人,李白继承了前代文学的丰富遗产。《诗经》、《楚辞》、《庄子》、汉魏六朝乐府民歌、阮籍、陶渊明、谢灵运、谢朓、鲍照、庾信、陈子昂……李白或是吸收他们的美学观念,或是学习他们的创作方法,或是借鉴他们的诗歌意象,或是继承他们的题材构思甚至句法,又以自己无与伦比的天赋加以开拓创新,构建起自己的诗歌王国。李白的诗艺在当时和后世获得了无数的赞誉,对后代诗人产生了巨大的影响,韩愈、李贺、苏轼、陆游等大诗人都曾从他的诗作中汲取营养。李白的诗始终与李白其人紧密联系在一起,后人愈强调他诗歌无法学习的一面,愈发显示出其独特性和影响的广泛性。千百年来,李白不仅是古典诗坛上的巨星,更已成为一种影响深远的文化现象,他是中国诗歌的骄傲,也是中国文化的骄傲。

第四章　杜甫与中唐诗歌

唐玄宗天宝十四载(755),安史之乱爆发,战乱历时八年,对唐代社会造成了极大的破坏。随着唐王朝由盛转衰,唐诗随之发生了重大变化。初、盛唐诗人笔下的理想色彩和浪漫气息,以及极度自信的功业情怀逐渐消退,忧时伤世、关注现实的作品大量增加。游侠、隐士、神仙、策士等人格理想的影响力大大削弱,儒家文学观念得到了加强,诗的政教功能被重新标举并付诸实践。一批诗人由重境界浑融转向锤炼字句,并表现出对特定表现手法和风格特征的重视和关注。这使得诗风更趋多样化,形成了不同的诗歌流派。承接盛唐与中唐的,是伟大的诗人杜甫。杜甫直面战乱,关注现实,将激烈深沉的情感融于起伏顿挫的叙事,容纳百家,自铸伟词,成为诗歌史上承前启后的集大成者,对后世产生了极其巨大的影响。

第一节　杜　甫

杜甫(712—770),字子美,京兆杜陵(今陕西西安市东南)人,生于河南巩县。其先祖为晋代名将、经学大家杜预。其家族"奉儒守官,未堕素业"(《进雕赋表》),秉持儒学和官宦传统。其祖父杜审言是初唐著名诗人,其父杜闲官至兖州司马、奉天县令,其母出于士族高门清河崔氏,早逝。杜甫青少年时代在读书、漫游、交友、求仕之中度过。他20岁时南游吴越,24岁回洛阳应举不第。其父时任兖州司马,翌年杜甫赴兖州省亲,得以东游齐赵,过着"放荡齐赵间,裘马颇轻狂"(《壮游》)的生活。30岁时卜居偃师首阳山下,往来于偃师、洛阳之间。约在此时,与司农少卿杨怡的女儿结婚。33岁在洛阳与李白相识,同游梁、宋,结下了"醉眠秋共被,携手日同行"(《与李十二白同寻范十隐居》)的深厚友谊。在宋中遇高适,三人谈诗论文,酣饮射猎,非常愉悦。

35岁时,杜甫赴长安求取功名,参加天宝六载的科举考试。因权相李林甫把持朝政,编导了一场"野无遗贤"的闹剧,使得应试士子全部落选。

这对杜甫的打击很大。加之其父杜闲也于此时去世,杜甫不得不四处干谒献赋,以求引荐,但都无结果。不仅没有获得官职,生活也愈发困顿,甚至"卖药都市,寄食友朋"(《献三大礼赋表》),尝尽辛酸屈辱。天宝九载,杜甫向玄宗进献《三大礼赋》,受到赞许,得以待制集贤院,"参列选序",但直到天宝十四载才得授河西尉。因杜甫"不作河西尉,凄凉为折腰"(《官定后戏赠(时免河西尉,为右卫率府兵曹)》),改任右卫率府兵曹参军,而就在这年的十一月,安史之乱爆发。

安史之乱中,杜甫为叛军所虏,押至长安。杜甫冒死逃出,投奔于灵武即位的肃宗,"麻鞋见天子,衣袖露两肘"(《述怀一首(此已下自贼中窜归凤翔作)》),得授左拾遗。不久因疏救房琯触怒肃宗,被放还鄜州省家。长安收复后,被贬为华州司功参军。杜甫弃官,先后漂泊于秦州(今甘肃天水)、同谷(今甘肃成县),衣食无依,饥寒交迫。岁末抵达成都,在其亲朋好友的帮助下,于城西建了一座草堂,过上了略为安定的生活。剑南兵马使徐知道叛乱,杜甫流寓梓州(今四川三台)、阆州(今四川阆中)一带。广德元年(762),唐军收复河北,历时八年的安史之乱结束。广德二年(763),杜甫故交严武二次镇蜀,表荐杜甫为节度参谋、检校工部员外郎,世称"杜工部"。永泰元年(765),严武去世,蜀中大乱,杜甫乘舟南下逃难,经嘉州(今四川乐山)、戎州(今四川宜宾)、渝州(今重庆)、忠州(今重庆忠县)至云安(今重庆云阳),次年暮春迁居夔州(今重庆奉节)。大历三年(768)春,离开夔州,漂泊于江陵、公安、岳阳、潭州等两湖水路。大历五年(770)冬,死于湘江舟中,时年59岁。

杜甫早年过着"检书烧烛短,看剑引杯长"(《夜宴左氏庄》)的读书游历生活,其间写了大量诗歌,但是留存下来的很少,可以确定的不过20余首。这些诗在风格上带有明显的盛唐格调,昂扬、自信,内容多为登临、游宴、酬赠、观画等。如:

  岱宗夫如何?齐鲁青未了。造化钟神秀,阴阳割昏晓。荡胸生层云,决眦入归鸟。会当凌绝顶,一览众山小。(《望岳》)

他曾作《饮中八仙歌》,描写贺知章、李白、张旭等好酒之士。这期间他还写了一些怀人送别之作,如《春日忆李白》、《送孔巢父谢病归游江东兼呈李白》。前者情深意重:"渭北春天树,江东日暮云。何时一尊酒,重与细论文。"后者神思飘渺,带有庄骚色彩。

杜甫困守长安时期的遭遇,集中体现于他的《奉赠韦左丞丈二十二

韵》。韦济天宝七载任尚书左丞,对杜甫颇为赏识,杜甫因作此诗,表述了他的人生理想和现实遭遇:

> 纨袴不饿死,儒冠多误身。丈人试静听,贱子请具陈。甫昔少年日,早充观国宾。读书破万卷,下笔如有神。赋料扬雄敌,诗看子建亲。李邕求识面,王翰愿卜邻。自谓颇挺出,立登要路津。致君尧舜上,再使风俗淳。此意竟萧条,行歌非隐沦。骑驴三十载,旅食京华春。朝扣富儿门,暮随肥马尘。残杯与冷炙,到处潜悲辛。主上顷见征,欻然欲求伸。青冥却垂翅,蹭蹬无纵鳞。甚愧丈人厚,甚知丈人真。每于百僚上,猥诵佳句新。窃效贡公喜,难甘原宪贫。焉能心怏怏,只是走踆踆。今欲东入海,即将西去秦。尚怜终南山,回首清渭滨。常拟报一饭,况怀辞大臣。白鸥没浩荡,万里谁能驯?

如果说杜甫初入长安曾满怀热情与理想,那么长安十年的磨难,让他将热情变为思考,将目光投向现实,开始关注社会民生。《兵车行》、《丽人行》等诗的问世,标志着杜甫诗风的转变。《兵车行》描绘战争给人民带来的苦难:"君不闻汉家山东二百州,千村万落生荆杞";"信知生男恶,反是生女好。生女犹是嫁比邻,生男埋没随百草。君不见青海头,古来白骨无人收。新鬼烦冤旧鬼哭,天阴雨湿声啾啾"。传统的《从军行》题材,反映的多是赏罚不公、战事残酷和士兵埋骨荒野的命运。杜甫这首《兵车行》的意义,就在于能够跳出战事之外,站在整个社会的角度来观察和思考战争,将战争与统治者的政策、百姓的生活联系在一起。《丽人行》大力铺陈杨国忠兄妹的豪奢生活和骄横气焰,全以事实说话,不发议论而讥讽之意自现,可谓胆识与见识兼具。天宝十四载(755),杜甫自京赴奉先县探望妻子,据一路所思所闻、所见所感,写成名作《自京赴奉先县咏怀五百字》。全诗约可分为三部分,第一部分怀昔伤今,叙说自己"许身一何愚,窃比稷与契"的理想与"居然成濩落,白首甘契阔"之现实之间的冲突。第二部分描写赴奉先途中见闻,面对社会不公,杜甫沉痛而尖锐地控诉:"朱门酒肉臭,路有冻死骨。"第三部分写归家见闻:"入门闻号咷,幼子饥已卒。吾宁舍一哀,里巷亦呜咽","所愧为人父,无食致夭折"。全诗以时间顺序加以铺写,但就写作动机而言,第三部分实为发端。发生在杜甫身上的人间悲剧使其对自身、对社会重新思考,他之所以能"穷年忧黎元,叹息肠内热",固然与其儒家信仰有着重要关系,但表达得如此深切,正在于他能由己及人,从自身的不幸看到了时代的苦难。这是杜甫的特点,也是其伟大之处。

安史之乱期间,杜甫写下了一系列反映战乱的诗歌。如《春望》:

> 国破山河在,城春草木深。感时花溅泪,恨别鸟惊心。烽火连三月,家书抵万金。白头搔更短,浑欲不胜簪。

杜甫身怀经国济世之学、致君尧舜之志,于此衰败之际,既不能一振社稷,更兼年华逝去,个人也走向衰老。时代与个人的命运何其相似!其见花流泪、闻鸟伤心也就有了深厚的情感基础。再如《哀江头》:"明眸皓齿今何在,血污游魂归不得。"与鲍照《芜城赋》:"东都妙姬,南国丽人,蕙心纨质,玉貌绛唇,莫不埋魂幽石,委骨穷尘,岂忆同舆之愉乐,离宫之苦辛哉?"何其类似!"去住彼此无消息,人生有情泪沾臆",乃是借玄宗、贵妃之事发乱世悲慨,不能仅仅理解为恋君之词。"三吏"、"三别"是杜甫在战乱期间创作的最有影响的作品。"三吏"为《石壕吏》、《新安吏》、《潼关吏》,作者在诗中出现,以亲身经历的方式叙事;"三别"为《新婚别》、《无家别》、《垂老别》,通篇为人物独白,近于代言体。这些作品作于乾元二年,杜甫时任华州司功参军。当时唐军大败于邺城,强行征发民夫,给民间造成了巨大的灾难。对于杜甫来说,如何看待这种政策是一个两难的问题。一方面,百姓深受征丁之苦,往往是家破人亡,妻离子散;另一方面,征丁是为了平叛,恢复社会秩序,这与杜甫的理想又是一致的。从前一个角度看问题,杜甫在诗中极力描绘了百姓的痛苦与绝望:

> 三男邺城戍,一男附书至,二男新战死。存者且偷生,死者长已矣!……老妪力虽衰,请从吏夜归,急应河阳役,犹得备晨炊。夜久语声绝,如闻泣幽咽。天明登前途,独与老翁别。(《石壕吏》)

从后一个角度看问题,杜甫又常对百姓加以安慰劝解甚至勉励:

> 就粮近故垒,练卒依旧京。掘壕不到水,牧马役亦轻。况乃王师顺,抚养甚分明。(《新安吏》)

平叛战争有其道义层面的合理性和正义性。而杜甫之伟大,就在于他并未因此而轻视甚至忽略道义名义下个体生命遭受的不幸,将此看做道义实现过程中无足轻重的必然牺牲——如传统史书所采取的方式。与传统的反映战乱的诗歌相比,杜甫的矛盾挣扎更显可贵。杜甫的诗被后人称为"诗史",如仅以历史事件的记录而言,本与诗歌艺术价值无涉,但杜甫之记录是一种主动选择,带有强烈的个人价值观念和感情色彩,故因时事而发,又不限于一时一事。除了这类反映征丁之苦的作品外,杜甫战乱期间还有两类重要诗作。一类是表达自己对战争和国事策略的看法,一类则反映个人遭遇和感受。前者如《塞芦子》、《洗兵马》、《留花门》;后者如《自京窜至凤翔喜达行在所三首》、《抒怀》、《羌村三首》、《彭衙行》、《喜达行在所三首》等。《北征》则二者兼备,诗长700字,是杜甫五古中最长的一首。依次叙述诗人的忠君之情、由凤翔至鄜州沿途见闻、家中妻儿之饥寒困顿、对借兵回纥的忧虑、对战事的看法、对时政的总结以及对肃宗的期望与激励。全诗夹叙夹议,无论是篇幅还是内容,都是少有的鸿篇巨制。

759年,杜甫弃官,先后漂泊于秦州、同谷一带。这段时间杜甫的诗歌创作主要以感怀述志、怀人送别以及描写困苦漂泊的生活为主,还有一些富于兴寄的咏人咏物之作。《秦州杂诗二十首》是其由华州往秦州时所作。杜甫至凤翔获得左拾遗之官后,本以为可以施展才华,谁知转眼又被贬斥,甚至因为生计逃难秦州。至此,杜甫对时事和朝堂已经极度失望,诗作中的情感非常低沉,甚至在怀人之作中也是如此。《月夜忆舍弟》、《梦李白二首》、《天末怀李白》、《送远》等作,或出语悲切,或抑郁不平。如《天末怀李白》:

　　凉风起天末,君子意如何。鸿雁几时到,江湖秋水多。文章憎命达,魑魅喜人过。应共冤魂语,投诗赠汨罗。

与《赠李白》、《春日忆李白》、《冬日有怀李白》等早期作品比较起来,诗风的差别是明显的。这期间杜甫还创作了《乾元中寓居同谷县作歌七首》,用七古体裁发出了自己濒于绝境时的呼告。

入蜀以后,杜甫开始了漂泊西南的生活。这段时间持续了11年,有诗千余首,占现存杜诗的七成以上。杜诗中出现了一些描写日常生活的诗篇。这些诗带有闲适意味,这和杜甫到蜀地之后生活较为稳定是分不开的。如七律《客至》:

　　舍南舍北皆春水,但见群鸥日日来。花径不曾缘客扫,蓬门今始为君开。盘飧市远无兼味,樽酒家贫只旧醅。肯与邻翁相对饮,隔篱呼取尽余杯。

虽略带孤寂之意,基本情调还是轻松愉悦的。其他如《卜居》、《为农》、《江村》、《后游》都是如此。绝句更多,《漫成一绝》、《赠花卿》、《绝句漫兴九首》、《江畔独步寻花七绝句》等都是名作。

在杜甫后期诗中最为突出的内容,是对历史的思考和对人生的总结。与上一阶段大量叙事相比,抒情,尤其是结合了历史和个人际遇的抒情是这一阶段的主流。如《蜀相》：

> 丞相祠堂何处寻，锦官城外柏森森。映阶碧草自春色，隔叶黄鹂空好音。三顾频烦天下计，两朝开济老臣心。出师未捷身先死，长使英雄泪满襟。

需要注意的是，杜甫与李白诗中的诸葛亮并不相同。在李白笔下，诸葛亮是一个乘势而起的英雄，吸引李白的是诸葛亮的不凡功业，而杜甫着眼之处并不在此。在他看来，诸葛亮是一个道德完善者的悲剧典型。一方面，他"志决身歼军务劳"（《咏怀古迹》其五），是儒家贤臣；另一方面，虽然诸葛亮道德完美，智慧过人，却终究"运移汉祚终难复"（《咏怀古迹》其五），"长使英雄泪满襟"。这种历史的悲剧感在杜甫诗中比比皆是，《咏怀古迹五首》最为典型："庾信平生最萧瑟，暮年诗赋动江关"（其一）；"摇落深知宋玉悲，风流儒雅亦吾师"（其二）；"千载琵琶作胡语，分明怨恨曲中论"（其三）……诗人面对历史，对于人的命运，尤其是才俊之士的坎坷命运寄以同情和悲叹。当杜甫将历史、人生与外界的景物、现实的世事结合起来时，就产生了《诸将五首》、《秋兴八首》这样意蕴丰富、结构严密、情感深沉的杰作。《诸将五首》是政治抒情诗，诗人历记吐蕃攻入长安、肃宗借兵回纥、洛阳两遭战火等时事，批评朝廷无能、诸将平庸、宦官专权，赞扬严武等治军有方。组诗多用转折之词，读来跌宕起伏，纵横无定。《秋兴八首》是杜甫律诗的巅峰之作，以故国之思为中心展开。王嗣奭《杜臆》云："秋兴八首，以第一首起兴，而后七首俱发中怀；或承上，或起下，或互相发，或遥相应，总是一篇文字。"就内容而言，前三首以夔州为主，感慨身世飘零，理想落空：

> 玉露凋伤枫树林，巫山巫峡气萧森。江间波浪兼天涌，塞上风云接地阴。丛菊两开他日泪，孤舟一系故园心。寒衣处处催刀尺，白帝城高急暮砧。（其一）
>
> 夔府孤城落日斜，每依北斗望京华。听猿实下三声泪，奉使虚随八月槎。画省香炉违伏枕，山楼粉堞隐悲笳。请看石上藤萝月，已映洲前芦荻花。（其二）
>
> 千家山郭静朝晖，日日江楼坐翠微。信宿渔人还泛泛，清秋燕子故飞飞。匡衡抗疏功名薄，刘向传经心事违。同学少年多不贱，五陵衣马自轻肥。（其三）

第四首写长安近况，感慨时局变迁。第五、六、七首回忆长安宫阙、曲江池苑与昆明池，感伤盛衰之变，反复申诉。第八首回忆长安渼陂之游，叹息昔年豪情不再。

　　杜甫诗的特点和成就，前人以"集大成"概括之。从风格而言，庄骚之浪漫、汉魏之古雅、六朝之清丽，以及宫廷诗之严谨，在杜甫诗中都得到了继承和发挥。另一方面，这种继承又是一种个性化的继承而非简单的模仿，故杜甫能形成其独特的"沉郁顿挫"（《进雕赋表》）的诗风。就体裁而言，杜甫诸体皆善，尤长于五、七言古、七言律、五言长律。杜甫的古体诗往往是叙事、抒情、议论、写景融于一体，不傍前人。杜甫的律诗技巧纯熟，风格多样，在七律上的成就尤为突出。他完善了这一诗体的声律特征，将其由宫廷酬唱中解放出来，成为言志抒情的载体。如被胡应麟推为"古今七律第一"（《诗薮》内编卷五）的《登高》：

　　　　风急天高猿啸哀，渚清沙白鸟飞回。无边落木萧萧下，不尽长江滚滚来。万里悲秋常作客，百年多病独登台。艰难苦恨繁霜鬓，潦倒新停浊酒杯。

至于以《诸将》、《秋兴》等七律组诗议论抒情，更是前所未有。这些都极大地扩展了七律的表现力，为这一体裁在诗坛的地位奠定了基础。就语言而言，杜甫也集前人之长而加以开拓。他曾自言"语不惊人死不休"（《江上值水如海势聊短述》）。杜甫极长炼字，尤其重视诗中动词和形容词的使用。他又大量吸纳俗语、方言以及一些传统认为"鄙陋"的词语入诗，粗拙尖新，不流于凡俗。晚年诗作往往音节奇崛，格律拗峭，突兀之中为诗歌平添一份劲健风骨。这就为律诗技巧的进一步发展提供了一条可行的道路，多为后人尤其是宋人模仿学习。

　　中唐以降，杜甫的地位不断提高，无论是其思想人格还是诗歌创作，都被视为诗家典范，无不对后世产生了巨大影响。清代叶燮《原诗》说："杜甫之诗，包源流，综正变。自甫以前，如汉魏之浑朴古雅，六朝之藻丽秾纤、澹远韶秀，甫诗无一不备。然出于甫，皆甫之诗，无一字句为前人之诗也。自甫以后，在唐如韩愈、李贺之奇异，刘禹锡、杜牧之雄杰，刘长卿之流利，温庭筠、李商隐之轻艳，以至宋、金、元、明之诗家，称巨擘者，无虑数十百人，各自炫奇翻异，而甫无一不为之开先。"杜甫是诗歌史上承前启后的标志性人物，他对文人诗的影响是其他诗人难以企及的。

第二节　大历、贞元诗人

　　大历是唐代宗李豫年号，贞元是唐德宗李适年号，二者用以约指公元

766年至805年这一段时期。这段时期活跃在诗坛的诗人大多经历过开元盛世,对盛唐的富庶繁华和安史之乱后的破败萧条有着切身体会。战乱在他们心中留下了深刻的伤痕,忧惧、惊惶、悲凉之音取代了盛唐时的壮阔豪迈。与盛唐诗人的狂放志向和不羁性格相比,大历、贞元诗人变得自卑自伤、惆怅苦闷。对于社会的走向和自我的人生定位,他们茫然无措,充满怀疑与困惑。他们不再有揽辔澄清的壮志豪情,往往退守自我,追求内心的平静与安宁。因此,个人与群体的疏离成为诗歌的主要基调,孤独寂寞成为诗人们表达的主要情感,冲淡清远的诗歌风格成为占主导地位的审美追求。这一时期的代表诗人有刘长卿、韦应物、顾况、李益以及"大历十才子"等。

刘长卿(726?—780?),字文房,宣城(今属安徽)人,郡望河间(今属河北)。玄宗天宝进士。肃宗至德间任监察御史、长洲县尉,贬岭南南巴尉,后旅居江浙。代宗时历任转运使判官,知淮西、鄂岳转运留后,被诬再贬睦州司马。德宗时任随州刺史。

刘长卿两次遭贬,一生漂泊,多逢战乱,有不少反映战乱及战后荒凉景象的诗作,如《新息道中作》、《吴中闻潼关失守因奉寄淮南萧判官》、《旅次丹阳郡遇康侍御宣慰召募兼别岑单父》等。这些诗作的基本情调是哀怨悲叹,感情较为内敛,深婉的表达方式是刘长卿诗歌的共同特征。如《长沙过贾谊宅》:

> 三年谪宦此栖迟,万古惟留楚客悲。秋草独寻人去后,寒林空见日斜时。汉文有道恩犹薄,湘水无情吊岂知。寂寂江山摇落处,怜君何事到天涯。

此诗借凭吊贾谊发心中块垒,同是写怀才不遇的传统题材,与盛唐诗人的直抒胸臆、悲愤不平相比较,差异是非常明显的。

刘长卿笔下的景物多夕阳秋草、孤鸟寒云、荒村雪夜,带着无尽的残破凋零之意。如《感怀》:

> 秋风落叶正堪悲,黄菊残花欲待谁。水近偏逢寒气早,山深常见日光迟。愁中卜命看周易,梦里招魂读楚词。自笑不如湘浦雁,飞来即是北归时。

与盛唐诗人相比,刘诗取景仍有阔大的一面。但是这种阔大不是浑厚雄健,而是空疏落寞。如《逢雪宿芙蓉山主人》:

> 日暮苍山远,天寒白屋贫。柴门闻犬吠,风雪夜归人。

刘长卿诗中多"白首"、"白头"之词。盛唐诗人言此多为发功业不就之感慨,在刘长卿笔下则往往与孤单漂泊相联系,而以退守隐逸为归宿。如:"一官成白首,万里寄沧洲。久被浮名系,能无愧海鸥。"(《松江独宿》)"小邑沧洲吏,新年白首翁。一官如远客,万事极飘蓬。"(《海盐官舍早春》)"寂寥东郭外,白首一先生。解印孤琴在,移家五柳成。"(《过前安宜张明府郊居》)俱是如此。

刘长卿诗情感内敛,境界萧散,表达舒缓,充分展示了诗歌风尚由盛唐向中唐过渡的特征。至于将这种特征推而广之,形成占主导地位的审美追求和创作倾向,"大历十才子"起到了重要的作用。

据姚合《极玄集》和《新唐书》载,十才子为李端、卢纶、吉中孚、韩翃、钱起、司空曙、苗发、崔峒、耿湋、夏侯审。他们大多生平不详。"十才子"中,钱起成就较高,"曲终人不见,江上数峰青"(《省试湘灵鼓瑟》)韵味深长,是其名句。李端才思敏捷,善写酬唱送别,尤善闺情。卢纶多年居于军营,善边塞题材,《和张仆射塞下曲》六首气势雄壮,可与盛唐诸家媲美:

> 林暗草惊风,将军夜引弓。平明寻白羽,没在石棱中。(其二)
> 月黑雁飞高,单于夜遁逃。欲将轻骑逐,大雪满弓刀。(其三)

"十才子"在创作上有着相近的倾向,大体可概括为意象纤细新巧、律体工稳清丽、格调清冷萧瑟。其诗如:

> 静夜四无邻,荒居旧业贫。雨中黄叶树,灯下白头人。以我独沉久,愧君相见频。平生自有分,况是蔡家亲。(司空曙《喜见外弟卢纶见宿》)
> 乡心不可问,秋气又相逢。飘泊方千里,离悲复几重。回云随去雁,寒露滴鸣蛩。延颈遥天末,如闻故国钟。(钱起《晚次宿预馆》)

总体而言,无论是技法上对新巧词句的探索,还是意境上对清空疏散的追求,"十才子"都对中晚唐律诗的发展有着较大的影响。

与"十才子"诗风相类的还有戴叔伦、李嘉祐、戎昱、张继等人,除戎昱兼善边塞戎旅题材外,其他诗人基本以秋思、怀乡、送别、酬答为主,张继的《枫桥夜泊》是其中代表。

韦应物(737?—791?),长安人。早年以三卫郎为玄宗近侍,安史之乱起,入太学读书。代宗广德至德宗贞元间,先后为洛阳丞、京兆府功曹参军、比部员外郎、滁州、江州刺史、左司郎中、苏州刺史。贞元七年退职。世称韦江州、韦左司或韦苏州。

韦应物的诗歌中,一部分意气风发、昂扬慷慨的作品带着明显的盛唐遗韵,如《古剑行》、《寄畅当》、《饯雍聿之潞州谒李中丞》、《长安道》、《广陵行》、《弹棋歌》等,大抵不出游侠意气纵横、壮士从军报国、贤者重士轻财、贵族骄纵豪奢等传统题材。《逢杨开府》描绘其早年放浪生活,是其前半生行迹的总结。随着早年的志向转为失望,韦应物的豪情也渐趋沉寂,转而效法陶渊明的隐居生活,诗中流露出的是一派淡漠萧散之意。如《滁州西涧》:

  独怜幽草涧边生,上有黄鹂深树鸣。春潮带雨晚来急,野渡无人舟自横。

在手法技巧和意境营造上,与王维、孟浩然有相似之处。然而韦应物与王、孟生活的时代和经历毕竟并不相同,其冲淡高雅中又常带有人世变迁的淡淡惆怅和独处荒寒的哀伤,如《寄全椒山中道士》:

  今朝郡斋冷,忽念山中客。涧底束荆薪,归来煮白石。欲持一瓢酒,远慰风雨夕。落叶满空山,何处寻行迹?

王维的隐居更多的是主动地选择,故为离群之际感受到的是大化流转的勃勃生机和生命愉悦,并无孤独清苦之感。而韦应物的退隐则是寻求自我慰藉,带着一种看透世情的感慨和无奈:

  江汉曾为客,相逢每醉还。浮云一别后,流水十年间。欢笑情如旧,萧疏鬓已斑。何因不归去?淮上有秋山。(《淮上喜会梁州故人》)

韦应物还有一些歌行体诗和古风之作,亦有特色。如《王母歌》、《马明生遇神女歌》、《鼋头山神女歌》、《夏冰歌》等想象奇特,出语峭丽;《听莺曲》、《五弦行》、《骊山行》、《长安道》、《贵游行》等音调流美,语含兴讽。这些对后世也有一定的影响。

顾况字逋翁,苏州人,或说海盐(今属浙江海宁)人。至德二载(757)进士,曾任润州刺史、镇海军节度使韩滉幕府判官,后入朝任著作佐郎。因性格桀骜,为众人排挤,贬饶州司户参军。晚年定居茅山。

顾况重视文学的社会作用,他曾模仿《诗经》作《上古之什补亡训传十三章》,《险竿歌》、《露青竹杖歌》等诗实已开元白乐府先河。《叶上题诗从苑中流出》是其宫怨名作:

  花落深宫莺亦悲,上阳宫女断肠时。君恩不闭东流水,叶上题诗寄与谁。

顾况诗歌的特色是"俗"与"奇":

> 野人爱向山中宿,况在葛洪丹井西。庭前有个长松树,夜半子规来上啼。(《山中》)
>
> 青嶂青溪直复斜,白鸡白犬到人家。仙人住在最高处,向晚春泉流白花。(《望简寂观》)

他甚至以白话句法入诗,如《苔藓山歌》。又喜作怪异惊人之语,如《险竿歌》写民间杂耍:"……翻身挂影恣腾蹋,反绾头髻盘旋风。盘旋风,撇飞鸟;惊猿绕,树枝袅。头上打鼓不闻时,手蹉脚跌蜘蛛丝。忽雷掣断流星尾,矐睒划破蚩尤旗……"其诗歌通俗怪奇的特色对元白、韩孟两大诗派均有影响。

李益(748—829?),字君虞,陕西姑臧(今甘肃武威)人,后迁河南郑州。大历四年(769)进士。早年任郑县尉,建中四年(783)登书判拔萃科。因仕途失意,弃官漫游燕赵,多次从军入幕。元和后入朝,以礼部尚书致仕卒。

李益创作了大量边塞诗,其中一部分带有盛唐边塞诗的特征,慷慨豪迈,气骨凛然。如:

> 伏波惟愿裹尸还,定远何须生入关。莫遣只轮归海窟,仍留一箭射天山。(《塞下曲》)

另一方面,李益的边塞诗又与盛唐诗人有着显著的差异。李益很少像高适、岑参那样,对军伍的雄壮气势直接加以描述,而是更多关注军旅生活中的细腻情感,尤其是思乡之情。如:

> 回乐峰前沙似雪,受降城下月如霜。不知何处吹芦管,一夜征人尽望乡。(《夜上受降城闻笛》)
>
> 天山雪后海风寒,横笛偏吹《行路难》。碛里征人三十万,一时回首月中看。(《从军北征》)

在这些诗中,主要情调是感伤中有悲凉,清冷中带惆怅,低沉婉转,余味不尽。

除了边塞诗外,李益的一些送别、怀古之作和仿民歌作品也有特色:

> 汴水东流无限春,隋家宫阙已成尘。行人莫上长堤望,风起杨花愁杀人。(《汴河曲》)
>
> 嫁得瞿塘贾,朝朝误妾期。早知潮有信,嫁与弄潮儿。(《江南词》)

在大历诗人中，顾况和李益属于较有个人风格的诗人。又因二人年寿较高，对贞元、元和诗人有着重要的影响。尤其是李益，晚年入朝，成为声望极高的诗坛领袖，为中唐诗风的传承发展作出了贡献。

第三节　韩孟诗派与李贺

大历、贞元时期的诗歌出现了一些新的倾向，如以俚俗之语入诗、追求新奇等，这些因素一旦整合，就形成了新的诗歌流派和风气。贞元八年（792）、九年（793），韩愈、李观、柳宗元、刘禹锡、元稹等人的相继及第标志着这一过程的开始，至唐宪宗元和年间，名家辈出，名作如云，流派分立，唐诗面貌甚至是中国的诗歌面貌发生了巨大的改变。其中，韩孟诗派起到了开风气之先的重要作用。

孟郊（751—814），字东野，唐朝湖州武康（今浙江德清）人。他是韩孟诗派中较为年长的诗人。早年生活贫困，曾周游湖北、湖南、广西等地，无所遇合。46岁始登进士第，贞元十七年（801）任溧阳尉。元和初，任河南水陆转运从事，试协律郎，定居洛阳。一生沉沦下僚，生活艰辛。

孟郊专于古体尤其是五古，现存诗中没有一首律诗。这在唐代诗人中是很少见的。对于诗，他有着自己的见解，《读张碧集》一诗云：

> 天宝太白殁，六义已消歇。大哉国风本，丧而王泽竭。先生今复生，斯文信难缺。下笔证兴亡，陈辞备风骨。

对于大历以来的诗歌风气，他是很不满意的。他认为诗歌要联系现实，对时事有所反映，要有刚健气骨。他偏爱古诗尤其是五古，也许与这一见解有关。这就将孟郊与大历诗风较为明显地区分开来。

孟郊喜用幽僻孤寒意象，诗风险奇艰涩。这和孟郊一生落魄的遭遇、刚直的个性以及诗艺上的自觉追求都有关系。韩愈称其诗"刿目鉥心，刃迎缕解，钩章棘句，摇撼胃肾，神施鬼设，间见层出"（《贞曜先生墓志铭》）。如：

> 天寒色青苍，北风叫枯桑。厚冰无裂文，短日有冷光。敲石不得火，壮阴夺正阳。苦调竟何言，冻吟成此章。（《苦寒吟》）

再如《秋兴十五首》：

> 秋月颜色冰，老客志气单。冷露滴梦破，峭风梳骨寒。（其二）

> 老骨惧秋月,秋月刀剑棱。纤辉不可干,冷魂坐自凝。(其六)
> 冷露多瘁索,枯风晓吹嘘。秋深月清苦,虫老声粗疏。(其九)

就描写"寒"的一面而言,孟郊有承接大历诗人之处,但他选取的意象和使用的语言却远不像大历诗人那样清雅淡宕。孟郊总是寻求夸张新奇的意象来表达自己的内心感受,这种感受又往往偏于痛苦、悲愤、焦灼,出语奇险,极富张力。其中想象的奇崛、意象的怪诞、色调的阴沉,都足以惊人耳目。孟郊的这类诗作,对于矫正大历诗风的柔弱圆熟有着重要的意义。

孟郊还有一类较为平易的诗。这些诗在当时影响不大,但其中的佳制如《游子吟》却被后人传诵不已:

> 慈母手中线,游子身上衣。临行密密缝,意恐迟迟归。谁言寸草心,报得三春晖。

韩愈(768—824),字退之,河阳(今河南省焦作孟州市)人。郡望河北昌黎,世称韩昌黎。晚年任吏部侍郎,又称韩吏部。谥号"文",又称韩文公。三岁而孤,受兄嫂抚育,早年孤贫好学。贞元八年(792)中进士,应吏部试不中。后入宣武军节度使董晋、武宁节度使张建封幕,回京任四门博士。监察御史任上,因关中旱灾上书直言,被贬阳山令。元和六年(811)任国子博士,擢礼部郎中。后从裴度征吴元济,迁刑部侍郎。因谏迎佛骨,贬潮州刺史。移袁州。不久回朝,历国子祭酒、兵部侍郎、吏部侍郎、京兆尹兼御史大夫等职,终年57岁。

在韩孟诗派中,韩愈居于中心地位。孟郊虽较韩愈年长,但登第晚于韩愈,他在当时诗坛的盛名与韩愈对其诗作的推崇是分不开的。李翱、卢仝、皇甫湜、马异、刘叉、贾岛、李贺等人,或为韩门弟子,或深受韩愈影响。韩愈中心地位的形成有多方面的原因,如社会地位、人生经历、人格魅力等,但最为重要的是他有着明确的文学观念和创作风格。韩愈提出"不平则鸣",强调"语必己出",这对当时的诗歌创作是很大的推动。

韩愈诗有和孟郊相似的地方,那就是崇奇尚险;但不像孟郊那样僻寒病瘦,而是富于气势,笔力雄壮。如《听颖师弹琴》:

> 昵昵儿女语,恩怨相尔汝。划然变轩昂,勇士赴敌场。浮云柳絮无根蒂,天地阔远随飞扬。喧啾百鸟群,忽见孤凤凰。跻攀分寸不可上,失势一落千丈强。嗟余有两耳,未省听丝篁。自闻颖师弹,起坐在一旁。推手遽止之,湿衣泪滂滂。颖乎尔诚能,无以冰炭置我肠。

一连串生动、准确而又出人意表的比喻,将琴音之美形容得淋漓尽致。从中亦可见出韩愈之才力。

韩愈作诗时又常用赋体,极力铺排罗列,以求穷形尽相。这在很大程度上增加了诗的气势和力度。《南山》是这类诗的典型。诗中描绘南山之峰石:

> 或连若相从,或蹙若相斗。或妥若弭伏,或竦若惊雊,或散若瓦解,或赴若辐凑。或翩若船游,或决若马骤。或背若相恶,或向若相佑。或乱若抽笋,或嵲若注灸。或错若绘画,或缭若篆籀。或罗若星离,或蓊若云逗。或浮若波涛,或碎若锄耨。

除了以赋入诗,韩愈还常以散文的篇章结构、句法及其虚词、虚字入诗。如《嗟哉董生行》,全篇都用散文手法。又如《寄卢仝》,诗中"破屋数间而已矣"、"忽此来告良有以"、"放纵是谁之过欤"诸句,打破了诗歌的传统节奏。这种对常情常理的违反,颇能给人以新奇的刺激和震撼。

韩愈不仅在诗歌技巧上致力于创新,在诗歌题材上也加以拓展。韩愈不仅像其他诗人一样,写《新竹》、《晚菊》这些富于美感和文化意义的诗,还写了《落齿》、《嘲鼾睡》、《谴疟鬼》、《病鸱》这一类丑怪俚俗题材的诗,甚至蚊虫蝇虱也在诗中出现。这类诗的成就不高,但对于开拓诗歌发展的空间有着实验意义。

韩愈的七古《山石》以散文章法作诗,取得了极大成功:

> 山石荦确行径微,黄昏到寺蝙蝠飞。升堂坐阶新雨足,芭蕉叶大支子肥。僧言古壁佛画好,以火来照所见稀。铺床拂席置羹饭,疏粝亦足饱我饥。夜深静卧百虫绝,清月出岭光入扉。天明独去无道路,出入高下穷烟霏。山红涧碧纷烂漫,时见松枥皆十围。当流赤足踏涧石,水声激激风吹衣。人生如此自可乐,岂必局束为人鞿。嗟哉吾党二三子,安得至老不更归。

全诗以时间为序,一一道来,如山水游记。意象的选取、色调的转换、行踪与景物的穿插都极富匠心,既使全诗有很强的画面感,又显得气势遒劲。《左迁至蓝关示侄孙湘》是韩愈律诗的代表作:

> 一封朝奏九重天,夕贬潮阳路八千。欲为圣朝除弊事,肯将衰朽惜残年。云横秦岭家何在,雪拥蓝关马不前。知汝远来应有意,好收吾骨瘴江边。

"欲为"、"肯将"略带散文句意,却并未破坏诗歌本身的结构,颈联下笔千钧,大气磅礴。全诗情思跌宕,气度沉雄,久负盛名。

韩愈还有一些表达闲适情怀的小诗,其中也颇有佳制,如绝句《早春呈水部张十八员外二首》其一:

> 天街小雨润如酥,草色遥看近却无。最是一年春好处,绝胜烟柳满皇都。

清人叶燮在他的《原诗》中说:"唐诗为八代以来一大变,韩愈为唐诗之一大变。其力大,其思雄,崛起特为鼻祖。"韩愈的创新,对于诗歌的进一步发展有着重要的意义,对后人尤其是宋人的诗歌实践有着深远的影响。韩愈是旧传统的破坏者和新道路的探索者,在探索的过程中,不可避免会存在一些弊端。他大量使用生僻字词,影响了诗歌的流畅性和阅读体验,其诗中的一些丑陋意象、过多的议论,也对诗歌韵味有所破坏。这些弊端对后世造成了一些负面影响。

韩孟诗派的重要成员还有卢仝、皇甫湜、马异、刘叉等人,在好奇险怪方面有着共通之处,因成就不高,兹不详述。真正形成独特风格,并取得较高艺术成就的,当属李贺。

李贺(790—816),字长吉,祖籍陇西,生于福昌县昌谷(今河南洛阳宜阳县)。唐宗室郑王李亮后裔,但其时家道已没落。其父名晋肃,因"晋"、"进"同音,被指当避父讳,不得举进士。韩愈曾作《讳辩》为之申辩。一生愁苦多病,仅做过3年从九品微官奉礼郎,因病早卒,终年仅27岁。

李贺是个早熟的天才,《新唐书》说他"七岁能辞章",又言"为人纤瘦,通眉,长指爪,能疾书"。对他而言,仕途的断绝意味着生命意义的虚无空耗,故对时间的流逝非常敏感甚至恐惧。加上一生多病,衰老和死亡很早就成为他关注和思考的对象。因此,在李贺的诗中,我们看到的是与其年龄不符的对于生命的悲叹:

> 咽咽学楚吟,病骨伤幽素。秋姿白发生,木叶啼风雨。灯青兰膏歇,落照飞蛾舞。古壁生凝尘,羁魂梦中语。(《伤心行》)

面对时光的无情,他甚至想到:"天东有若木,下置衔烛龙。吾将斩龙足,嚼龙肉,使之朝不得回,夜不得伏。自然老者不死,少者不哭。"(《苦昼短》)

对时间的敏感,对现实的绝望,使李贺着力于超现实的仙境鬼域的刻画。在那里,时间被极度拉长:"瑶姬一去一千年,丁香笻竹啼老猿"(《巫山高》);"博罗老仙时出洞,千岁石床啼鬼工"(《罗浮山人与葛篇》);"更变千年如走马"(《梦天》);"劫灰飞尽古今平"(《秦王饮酒》)。举凡青狸寒狐、老鸮毒蛇、山魅鬼母、阴火凄雨,无不聚诸笔端,构成了千奇百怪、凄丽虚幻的想象世界。

李贺笔下的鬼神之境带有明显的楚辞特色。汉乐府中的游仙题材以及李白诗中跌宕起伏、眩目惊心的奇幻景象,也为李贺所继承。韩愈、孟郊求新求奇的倾向,尤其是"骨"、"老"、"瘦"、"魂"、"血"、"啼"等一系列寒僻险奇的意象,在李贺手中更是被渲染得淋漓尽致。如:

此马非凡马,房星本是精。向前敲瘦骨,犹自带铜声。(《马诗》其四)
老兔寒蟾泣天色,云楼半开壁斜白。(《梦天》)
桂叶刷风桂坠子,青狸哭血寒狐死。(《神弦曲》)

李贺喜用极端绚烂、对比强烈的色彩,如红、绿、黑、白,构成视觉冲击力极强的画面。如:

斫取青光写楚辞,腻香春粉黑离离。(《昌谷北园新笋四首》其二)
泪湿红轮重,栖乌上井梁。(《谢秀才有妾缟练四首》其四)
漆灰骨末丹水沙,凄凄古血生铜花。白翎金竿雨中尽,直余三脊残狼牙。(《长平箭头歌》)

当绚丽的色彩与寒僻的意象相结合,就形成了李贺独有的凄艳风格,如《金铜仙人辞汉歌》:

茂陵刘郎秋风客,夜闻马嘶晓无迹。画栏桂树悬秋香,三十六宫土花碧。魏官牵车指千里,东关酸风射眸子。空将汉月出宫门,忆君清泪如铅水。衰兰送客咸阳道,天若有情天亦老!携盘独出月荒凉,渭城已远波声小。

"酸风"之语奇,"射"字更奇;拟金铜仙人发语本已出人意表,铜人之泪重"如铅水"更是奇上加奇。至于"天若有情天亦老"之句,发语惊挺,真是"奇绝无对"(司马光《温公续诗话》)。类似的诗句在李贺诗中比比皆是:"羲和敲日玻璃声"(《秦王饮酒》)、"鬼灯如漆点松花"(《南山田中行》)、"玉轮轧露湿团光"(《梦天》)、"踏天磨刀割紫云"(《杨生青花紫石砚歌》)、"毒蛇浓吁洞堂湿,江鱼不食衔沙立"(《罗浮山人与葛篇》)、"天河夜转漂回星,银浦流云学水声"(《天上谣》)。《李凭箜篌引》尤为典型:

吴丝蜀桐张高秋,空山凝云颓不流。江娥啼竹素女愁,李凭中国弹箜篌。昆山玉碎凤凰叫，芙蓉泣露香兰笑。十二门前融冷光，二十三丝动紫皇。女娲炼石补天处，石破天惊逗秋雨。梦入神山教神妪，老鱼跳波瘦蛟舞。吴质不眠倚桂树，露脚斜飞湿寒兔。

与韩愈《听颖师弹琴》对读，尤可见出李贺迥异常人的思维方式和惊人的想象力。乐声居然可以震破天穹，引发秋雨，这不是常人所能想到的。至于想象的跳跃不定、跌宕起伏，更是如流水泄地，略无定型。这种忽略理性逻辑、全以心理意识驾驭诗歌的手法前人使用较少，在李贺诗中却屡屡出现。

强烈敏感的时间意识、凄离冷艳的诗歌意象、奇特险怪的夸张想象、跳跃不定的意绪流动，是李贺诗歌的主要特征。在内心世界的开掘和心理意识表现的深度上，李贺不仅远远超过了韩孟，在整个诗歌史上亦独树一帜。李贺的诗无法以法度、范式的形式被再现。晚唐诗人学习李贺，多得其形而少其神，原因也在于此。由于追求心理表现，李贺的一些诗歌语意过于晦涩，情绪过于低沉，加之鬼神怪异意象过多，招致了后人的一些批评。

第四节　元白诗派

与韩孟诗派同时稍后，以白居易、元稹为代表的元白诗派在诗坛崛起。如果说韩孟诗派的主要特色是崇奇尚险，那么元白诗派则注重语言的浅显和表达的流畅。韩孟诗派追求"不平则鸣"、"陈言务去"、"笔补造化"，强调内心感受的抒发和意象的新颖；元白诗派则"不务文字奇"（白居易《寄唐生》），强调诗风的浅切平易，"务言人所共欲言。……触景生情，因事起意，眼前景，口头语，自能沁人心脾，耐人咀嚼"（赵翼《瓯北诗话》）。当然，这种区别仅就两大诗歌流派中较为突出的特点而言。一方面，元白诗派的创作较为复杂。除了"惟歌生民病"（白居易《与元九书》）的"讽喻诗"之外，还有《长恨歌》、《琵琶行》这样的"感伤诗"，以及流连杯酒光景间的闲适诗。三种诗风格并不一致。另一方面，两大诗派主要诗人面对的社会现实相同，孟郊、李贺等诗人同样有以乐府写时事的作品，此乃时代风气。元白诗派之贡献在于将其系统化和理论化，并不是说这一题材为其专美。且元白诗派中人也有近于韩孟的诗，流派的划分乃是相对而非绝对的。

元白诗派的兴起有其外在的社会背景，也与诗歌传统相关。唐宪宗年间，安史之乱早已平定，社会矛盾却并未得到解决，藩镇割据、宦官擅权、官僚内斗、外族滋扰、政治腐败，百姓苦不堪言。面对这样的环境，一批有识之士相互呼应，要求去除政治积弊，推动政治革新。王叔文集团的永贞革新即为一例。韩愈、柳宗元等人发起了儒学复兴运动,儒家重现实、重民生、重责任的精神得到了发扬,美刺比兴的诗歌传统也重新成为诗人们的旗帜。从诗歌发展看,从《诗经》、汉魏乐府直至杜甫,重现实的传统从未断绝,杜甫一系列自拟新题的乐府作品及其富有生活气息的语言,都为元白诗派所吸收借鉴。

元白诗派的主要诗人有白居易、元稹、张籍、王建、李绅等。

张籍、王建从事乐府诗写作较早,并称"张王乐府"。张籍(767?—830?)字文昌,原籍苏州(今属江苏苏州),迁居和州乌江(今安徽和县乌江镇)。贞元十五年(799)进士。后受韩愈荐为国子博士,迁水部员外郎,又迁主客郎中、国子司业。世称"张水部"、"张司业"。

张籍乐府兼有古题和新题。或写下层百姓的贫苦生活,如《征妇怨》、《筑城词》;或写官府的苛捐杂税,如《牧童词》;或写战乱,如《董逃行》;题材相当广泛。当涉及兵事时,张籍的诗风表现得苍凉悲劲,气度沉雄,如:

> 秋月朗朗关山上,山中行人马蹄响。关山秋来雨雪多,行人见月唱边歌。海边茫茫天气白,胡儿夜度黄龙碛。军中探骑暮出城,伏兵暗处低旌戟。溪水连天霜草平,野驼寻水碛中鸣。陇头风急雁不下,沙场苦战多流星。可怜万国关山道,年年战骨多秋草。(《关山月》)

在另外一些古诗中,又表现出婉转流利、缠绵悱恻的特色,如著名的《节妇吟》:

> 君知妾有夫,赠妾双明珠。感君缠绵意,系在红罗襦。妾家高楼连苑起,良人执戟明光里。知君用心如日月,事夫誓拟同生死。还君明珠双泪垂,何不相逢未嫁时。

全诗以情爱喻政治,含蓄优美,带有民歌风味。张籍的近体诗清丽萧散,与大历诗人有类似之处,绝句格调清新,有一唱三叹的婉曲之美:

> 洛阳城里见秋风,欲作归书意万重。忽恐匆匆说不尽,行人临发又开封。(《秋思》)

张籍自言"学诗为众体"(《祭退之》)。总体而言,张籍受《古诗十九首》和汉魏乐府的影响最大,其他如老杜、王维、孟浩然、盛唐边塞诗、韩愈、孟郊、白居易等对其都有影响。张籍诗语言平易流利,但并不直白;虽有讽喻,却很少直接发议论。

王建字仲初,颍川(今河南许昌)人。出身寒微,40 以后方为官,任县丞、太府寺丞、陕州司马之类小官,世称王司马。

　　王建的乐府与张籍相类,在反映民间疾苦时多用对比手法,然而情调较为含蓄,不似张籍般激切愤慨。如:"输官上顶有零落,姑未得衣身不著。当窗却羡青楼倡,十指不动衣盈箱。"(《当窗织》)"锦江水涸贡转多,宫中尽著单丝罗。莫言山积无尽日,百尺高楼一曲歌。"(《织锦曲》)皆不直发己意,而借助暗示对比。

　　王建善于女性题材。如《秋千词》写"回回若与高树齐,头上宝钗从堕地"的"少年儿女",《春词》写"对镜著衣裳"的"美人",《老妇叹镜》写"长向暗中梳白发"的老妇,《送衣曲》写"去秋送衣渡黄河,今秋送衣上陇坂"的征人之妇,《宋氏五女》写唐德宗时的名媛才女,俱能依其特点,一一加以表现。他又有表现宫女生活的《宫词》百首,其中骑射歌舞、亭台楼阁、召对问政、图书征集等等无不入诗,堪称唐代宫廷生活的长卷,具有重要的史料价值。

　　张籍、王建的乐府创作,并无明确的理论主张。就尖锐程度和主题明确而言,不如后起的元、白,但也相对的较少议论和说教。张籍、王建的乐府诗创作为诗歌的写实化与通俗化作出了贡献,也为元稹、白居易的新乐府创作提供了经验。

　　李绅也是元白诗派的重要诗人,"新乐府"的概念即起于他的"乐府新题"二十首。但其诗作大多散佚,今人只能从《悯农》等诗中看出其大概的风格特点。

　　元稹(779—813),字微之,河南洛阳人。贞元九年(793)以明两经擢第。21 岁初仕河中府,25 岁登书判出类拔萃,授秘书省校书郎。28 岁列才识兼茂明于体用科第一名,授左拾遗,转监察御史。因触犯宦官权贵遭贬。后历通州司马、虢州长史、膳部员外郎、祠部郎中、知制诰。长庆元年(821)迁中书舍人,充翰林院承旨。次年,居相位三月,因与裴度不和,出为同州刺史、浙东观察使。大和三年(829)为尚书左丞,五年,逝于武昌军节度使任上。年 53 卒,赠尚书右仆射。

　　与张籍、王建相比,元稹的新乐府创作显得集中而自觉,他因此成为新乐府的代表人物之一。元和四年(809),在读了李绅的"乐府新题"二十首后,写下了《和李校书新题乐府十二首》。这批诗有很强的目的性,直接针对当时的社会政治,如《上阳白发人》写宫女放遣问题,《五弦弹》写求贤问题,《西凉伎》批评边将只知享乐,《法曲》推崇儒家礼乐,抨击"胡音胡骑与胡妆,五十年来竞纷泊"的社会现实,《驯犀》借驯兽表达"不扰""不夺"的治国之理。这些诗作大多叙事杂乱,成就不高。与其新题乐府相比,元稹于元和二年(817)与刘猛、李余等人相和的 19 首古题乐府相对较为流利,但仍有滞涩之病。

元稹写得较好的,是《杂忆五首》、《离思五首》等语浅意深的小诗,如:

> 曾经沧海难为水,除却巫山不是云。取次花丛懒回顾,半缘修道半缘君。(《离思》其四)

> 半欲天明半未明,醉闻花气睡闻莺。猧儿撼起钟声动,二十年前晓寺情。(《春晓》)

怀念亡妻韦丛的诗也写得相当感人:

> 昔日戏言身后意,今朝皆到眼前来。衣裳已施行看尽,针线犹存未忍开。尚想旧情怜婢仆,也曾因梦送钱财。诚知此恨人人有,贫贱夫妻百事哀。(《遣悲怀三首》其二)

语言浅近流利,感情深挚温厚,远较其乐府出色。元稹还有大量与白居易等人的酬唱赠答之作,长篇排律多逞才显技,短制则时有可诵之作,如:

> 残灯无焰影幢幢,此夕闻君谪九江。垂死病中惊坐起,暗风吹雨入寒窗。(《闻乐天授江州司马》)

元稹还有叙事长诗《连昌宫词》,全诗通过连昌宫的盛衰之变,发兴亡之感,希望"努力庙谟休用兵"。从艺术手法上看,元稹对史实的处理明显受到传奇小说的影响。

白居易(772—846),字乐天,祖籍山西太原,其曾祖父迁居下邽(今陕西渭南北),其祖父白湟又迁居河南新郑。贞元十六年(800)进士及第,后中书判拔萃科,授秘书省校书郎。元和元年(806),为应制举,与元稹写成《策林》七十五篇。后任左拾遗、充翰林学士,其间多次上书言事,直陈时政,并创作了大量政治讽喻诗。元和五年(810),改任京兆府户曹参军,翌年因母丧回乡守制三年,除服返长安任左赞善大夫。元和十年(815)六月,宰相武元衡和御史中丞裴度遭人暗杀,武元衡当场身死,裴度受重伤。白居易上疏力主严缉凶手,反被扣上越职言事的帽子,贬为江州司马,后改任忠州刺史。十五年(820),召还京,拜尚书司门员外郎,迁主客郎中,知制诰,进中书舍人。长庆二年(822)出为杭州刺史。后又做过短期的苏州刺史。文宗大和元年(827),拜秘书监。次年转刑部侍郎。

晚年定居洛阳,过着饮酒谈禅、诗歌唱和的闲适生活,先后担任太子宾客、河南尹、太子少傅等职。以刑部尚书致仕,会昌六年(846)卒于洛阳香山。

白居易的诗歌理论较之前人更加系统,带着鲜明的儒家色彩。他认为:"诗者:根情,苗言,华声,实义。"其诗歌理想是"补察时政","泄导人情","救济人病,裨补时阙","上以广宸听,副忧勤;次以酬恩奖,塞言责;下以复吾平生之志",也即"文章合为时而著,歌诗合为事而作"(《与元九书》)。在具体的写作层面,他强调:"为君、为臣、为民、为物、为事而作,不为文而作。"(《新乐府序》)"为君"是白居易诗歌功能论的中心,一面"唯歌生民病,愿得天子知"(《寄唐生》),一面劝告君主"欲开壅蔽达人情,先向歌诗求讽刺"(《新乐府·采诗官》),这两方面都是以"天子"为圆心。

白居易的新乐府诗主要创作于元和初至元和四年,包括《秦中吟》以及《新乐府》五十首。在《伤唐衢二首》其二中,他写道:"忆昨元和初,忝备谏官位。是时兵革后,生民正憔悴。但伤民病痛,不识时忌讳。遂作秦中吟,一吟悲一事。贵人皆怪怒,闲人亦非訾。天高未及闻,荆棘生满地。"白居易自称为"讽喻诗"的这些新乐府,就主题而言,主要有三大类。

第一类是对社会习俗的批评。如《立部伎》"刺雅乐之替也";《胡旋女》"戒近习也";《司天台》"引古以儆今也";《草茫茫》"惩厚葬也";《古冢狐》"戒艳色也"。这类作品中《井底引银瓶》流传较为广泛。此诗主旨是"止淫奔也",女主人公因无媒聘而遭弃,"为君一日恩,误妾百年身",悲剧色彩颇为浓厚。

第二类是对执政者的批评。如《蛮子朝》"刺将骄而相备位也";《西凉伎》"刺封疆之臣也";《官牛》"讽执政也";《紫毫笔》"讥失职也";《黑潭龙》"疾贪吏也"。《轻肥》批评太监专权,荒淫无度:

> 意气骄满路,鞍马光照尘。借问何为者,人称是内臣。朱绂皆大夫,紫绶或将军。夸赴军中宴,走马去如云。樽罍溢九酝,水陆罗八珍。果擘洞庭橘,脍切天池鳞。食饱心自若,酒酣气益振。是岁江南旱,衢州人食人!

这些诗篇,或直言慷慨,或反语嘲讽,锋芒锐利,无怪乎"权豪贵近者,相目而变色"、"执政柄者扼腕"、"握军要者切齿"(《与元九书》)了。

第三类是对下层人民悲惨生活的描绘。如《杜陵叟》揭露官吏明知庄稼受灾却依然横征暴敛;《缭绫》写织女的苦辛与富贵者的豪奢;《缚戎人》描叙一个边塞贫民的悲惨命运。其中《卖炭翁》一诗流传尤为广泛:

> 卖炭翁,伐薪烧炭南山中。满面尘灰烟火色,两鬓苍苍十指黑。卖炭得钱何所营,身上衣裳口中食。可怜身上衣正单,心忧炭贱愿天寒。夜来城上一尺雪,晓驾炭车辗冰辙。牛困人饥日已高,市南门外泥中歇。翩翩两骑来是谁,黄衣使者白衫儿。手把文书口称敕,回车叱牛牵向北。一车炭,千余斤,官使驱将惜不得。半匹红纱一丈绫,系向牛头充炭直。

全诗以"官使"载炭而去作结,意味深长。

白居易的新乐府诗一事一诗,主题集中,叙事流畅。在手法和技巧上则表现为善用对比、善于转折、善写结句。如《重赋》中的"夺我身上暖,买尔眼前恩。进入琼林库,岁久化为尘",《轻肥》中的"食饱心自若,酒酣气益振。是岁江南旱,衢州人食人",《歌舞》中的"日中为一乐,夜半不能休。岂知阌乡狱,中有冻死囚",《红线毯》中的"一丈毯,千两丝。地不知寒人要暖,少夺人衣作地衣",都是通过强烈的对比表达激愤之情。与前人相比,白居易在人物形象的塑造上投入了更多心力,《井底引银瓶》、《轻肥》、《卖炭翁》、《新丰折臂翁》等诗,人物都非常鲜明。白居易以其大量创制的新乐府诗,在诗史上留下了重要的影响。

元和六年,白居易因母丧回乡守制,其创作也发生了变化,"讽喻诗"渐少,表达闲适心境的"闲适诗"逐渐增多。元和十年,白居易被贬江州司马,政治上的失望愈发使其由"兼济天下"转向"独善其身"。与其讽喻诗相比,白居易的闲适诗同样有通俗平易的特点,但在内涵上则着意表现心灵的平和:

> 自从委顺任浮沉,渐觉年多功用深。面上减除忧喜色,胸中消尽是非心。妻儿不问唯耽酒,冠盖皆慵只抱琴。长笑灵均不知命,江蓠从畔苦悲吟。(《咏怀》)

白居易所歌咏的,是他心目中"理想的白居易";他所描写的生活,是理智上认同的"应该如此"的生活,而非感情上"确是如此"的生活。白居易的这类诗歌,情怀类似,难免语意重复,缺乏新意。

白居易还有一些写景诗,善于选取景物,调配色彩,如:

> 孤山寺北贾亭西,水面初平云脚低。几处早莺争暖树,谁家新燕啄

春泥?乱花渐欲迷人眼,浅草才能没马蹄。最爱湖东行不足,绿杨荫里白沙堤。(《钱塘湖春行》)

一些友朋赠答的小诗,也情致隽永,饶有趣味:

> 绿蚁新醅酒,红泥小火炉。晚来天欲雪,能饮一杯无?(《问刘十九》)

白居易还有大量酬唱之作,与元稹的应和尤多,且多为次韵相酬长篇排律。这些作品大多为诗歌技巧的炫耀,与元、白状咏风态物色、表达闲适情怀的诗作一起,被称为"元和体",在当时影响很大(元和体历来有异说,此处取《旧唐书·元稹传》以及元稹《白氏长庆集序》之说)。

代表白居易诗最高成就的作品是《长恨歌》和《琵琶行》。

《长恨歌》和《琵琶行》被白居易归入"感伤"类,即"事物牵于外,情理动于内,随感遇而形于叹咏者"(《与元九书》)。这种长篇叙事诗是随着唐传奇的兴盛而随之出现的,元稹、李绅等人都有类似的作品,白居易这两篇是其中翘楚。

《长恨歌》作于元和元年。据陈鸿《长恨歌传》载,其时白居易与王质夫、陈鸿同游仙游寺,话及唐明皇与杨贵妃故事,王质夫乃邀白居易作此诗,"意者不但感其事,亦欲惩尤物,窒乱阶,垂于将来者也"。就主旨而言,大抵不出"鉴嬖惑",但其具体表达则成为对爱情悲剧的同情与悲叹。

诗歌起首即写杨贵妃的美貌惊人和唐明皇因之荒废朝政,略带讽喻意味。安史之乱爆发,玄宗逃蜀、贵妃身亡,史实性的叙述就此截止。下文转入抒情和想象,是《长恨歌》的主体。在诗人笔下,唐明皇回宫后独自徘徊,宫中的一草一木都令他睹物思人,心碎神伤:

> 归来池苑皆依旧,太液芙蓉未央柳。芙蓉如面柳如眉,对此如何不泪垂?春风桃李花开日,秋雨梧桐叶落时。西宫南内多秋草,落叶满阶红不扫。梨园弟子白发新,椒房阿监青娥老。夕殿萤飞思悄然,孤灯挑尽未成眠。迟迟钟鼓初长夜,耿耿星河欲曙天。鸳鸯瓦冷霜华重,翡翠衾寒谁与共?

"临邛道士鸿都客"为玄宗上天入地,四处寻找杨贵妃,最后在海上仙山中找到了已成为仙子的太真。然而天人相隔,杨贵妃只能"惟将旧物表深情,钿盒金钗寄将去",同时表白自己的坚贞和誓言:"但教心似金钿坚,天上人间会相见。七月七日长生殿,夜半无人私语时。在天愿作比翼鸟,在地愿为连理枝。"这种坚贞不渝的爱情，与二人无法掌握自我命运的现实相对照，尤其显得伤感悲凉。较之中国文学中大量忠与奸、善与恶、压迫与被压迫的对立性悲剧，《长恨歌》之"恨"格外令人黯然神伤。一代代的读者从中看到了自己的影子，将其反复改编为小说、戏剧。人生无往不在枷锁之中，这正是《长恨歌》永远有其价值和意义的原因。

《琵琶行》作于元和十一年，其时白居易正被贬江州。诗中借琵琶女的身世感慨自我的坎坷命运。据其诗序云，诗人关注琵琶女最初的原因是其音"铮铮然有京都声"，而其"漂沦憔悴，转徙于江湖间"的身世也勾起了诗人的感伤："予出官二年，恬然自安，感斯人言，是夕始觉有迁谪意。"二人的际遇相似相类，故诗中的感情尤为真挚，感慨也异常悲凉。

全诗以送客发端，由"忽闻水上琵琶声，主人忘归客不发"引入琵琶女，接下来是一段精彩的音乐描写：

> 千呼万唤始出来，犹抱琵琶半遮面。转轴拨弦三两声，未成曲调先有情。弦弦掩抑声声思，似诉平生不得志。低眉信手续续弹，说尽心中无限事。轻拢慢捻抹复挑，初为《霓裳》后《六幺》。大弦嘈嘈如急雨，小弦切切如私语。嘈嘈切切错杂弹，大珠小珠落玉盘。间关莺语花底滑，幽咽泉流水下滩。水泉冷涩弦疑绝，疑绝不通声暂歇。别有幽愁暗恨生，此时无声胜有声。银瓶乍破水浆迸，铁骑突出刀枪鸣。曲终收拨当心画，四弦一声如裂帛。东船西舫悄无言，唯见江心秋月白。

刻画与想象兼备，尤其是用音乐节奏的变化表达情绪的起伏，极为细腻贴切。结句更是神来之笔，余味悠长。琵琶女自述身世，早年在京都过着"五陵年少争缠头，一曲红绡不知数。钿头银篦击节碎，血色罗裙翻酒污"的豪华生活，而如今"门前冷落鞍马稀，老大嫁作商人妇"，白居易由此联想到自己的贬谪，于是深发感喟："同是天涯沦落人，相逢何必曾相识！"因其感同身受、同病相怜，故而伤感尤为深切。最后，琵琶女再弹一曲："感我此言良久立，却坐促弦弦转急。凄凄不似向前声，满座重闻皆掩泣。座中泣下谁最多？江州司马青衫湿。"

如果说《长恨歌》之悲在于唐玄宗与杨贵妃的死别，那么《琵琶行》之悲则来自于诗人与琵琶女命运的重叠。二人都拥有美好的过去，都面对着不如意的现在，都畏惧那不可知的未来。对他人的同情与对自我的感伤逐渐混同，再也难分彼此。

就当时而言，白居易的酬唱之作和闲适诗影响最大。就诗歌发展而言，白居易的新乐府诗有着重要的价值和意义。就诗歌本身而言,《长恨歌》与《琵琶行》成就最高。这种现象要求我们全面看待白居易,既不能简单地将其看做民间疾苦的代言人,也不能认为他是醉心禅悦的自了汉或"多于情者"。毫无疑问,白居易是中唐最重要也是最出色的诗人,其诗作上自宫廷,下至民间,流传极为广泛,甚至远及朝鲜、日本等国。他的诗歌风格以及浅切通俗、明白易懂的诗歌语言在后世产生了巨大的影响,在诗歌发展史上留下了深深的印记。

第五节 刘禹锡与柳宗元

韩孟、元白两大诗派之外,还有一些风格独特、艺术成就较高的诗人,刘禹锡和柳宗元是其中杰出的代表。

刘禹锡(772—842),字梦得,洛阳人;柳宗元(773—819),字子厚,河东(今山西永济)人。二人都出生于官宦世家,都是贞元九年(793)进士。贞元十九年(803)闰十月,刘禹锡由渭南县主簿、柳宗元自蓝田县尉同时擢为监察御史,永贞元年(805)都积极参与了王叔文集团的政治革新,革新运动失败后都遭贬谪。刘禹锡被贬为朗州司马,后辗转于连州、夔州、和州,在荒山野水间度过了20余年,大和二年(828)回长安,后外任苏州、汝州刺史,迁太子宾客,分司东都。柳宗元初贬永州,后贬柳州,47岁卒于柳州贬所。两位诗人都与佛教有着很深的渊源,刘禹锡早年学诗于诗僧皎然、灵澈;柳宗元自幼好佛,于贬谪之地常与禅僧来往。

刘禹锡与柳宗元常年贬斥在外,远离韩、孟、元、白为代表的主流诗坛,受诗坛风尚的影响较小,仍保留着几分大历遗风,如写景的萧瑟寂寥、情感的困惑迷茫,以及对老病孤寂的感慨忧愁。但因其个性和遭遇,又有与大历诗风截然不同的一面。

刘禹锡为人刚毅豪猛,虽屡遭贬斥,却并不绝望沉沦,也不似白居易般故作旷达之语,而是充满抗争精神和傲然意气。元和十年,他被召回京,写下了《元和十年自朗州承召至京戏赠看花诸君子》:"紫陌红尘拂面来,无人不道看花回。玄都观里桃千树,尽是刘郎去后栽。"对朝中新贵加以讥讽,结果触怒当权者,被贬连州。14年后,由于宰相裴度的荐拔,他再回京城,又写下《再游玄都观》:"百亩庭中半是苔,桃花净尽菜花开。种桃道士归何处?前度刘郎今又来!"其风骨可见一斑。

刘禹锡不屈不挠、愈挫愈勇的刚健之气,在其他类型的诗中也有展现。如：

> 自古逢秋悲寂寥,我言秋日胜春朝。晴空一鹤排云上,便引诗情到碧霄。(《秋词》)
>
> 莫道谗言如浪深,莫言迁客似沙沉。千淘万漉虽辛苦,吹尽狂沙始到金。(《浪淘沙九首》其八)

刘禹锡常年贬谪在外,对于朝堂浮沉、人世变迁感触尤深,正所谓"曾随织女渡天河,记得云间第一歌。休唱贞元供奉曲,当时朝士已无多"(《听旧宫中乐人穆氏唱歌》)。自身遭遇的坎坷与坚韧豪雄的性格,使其在悲叹自身际遇时仍能看到希望与未来:

> 巴山楚水凄凉地,二十三年弃置身。怀旧空吟闻笛赋,到乡翻似烂柯人。沉舟侧畔千帆过,病树前头万木春。今日听君歌一曲,暂凭杯酒长精神。(《酬乐天扬州初逢席上见赠》)

当这种个人体会与历史相结合时,就变为一种普遍性的感慨。这种在永恒与无常的对比中抒发出的感慨,就是刘禹锡最为人称道的咏史诗:

> 王濬楼船下益州,金陵王气黯然收。千寻铁锁沉江底,一片降幡出石头。人世几回伤往事,山形依旧枕寒流。今逢四海为家日,故垒萧萧芦荻秋。(《西塞山怀古》)

其他如《金陵怀古》、《姑苏台》、《荆州道怀古》、《金陵五题》等俱为佳制,如：

> 山围故国周遭在,潮打空城寂寞回。淮水东边旧时月,夜深还过女墙来。(《金陵五题·石头城》)

刘禹锡的写景之作,也不同于大历诗人衰草寒月的意象和萧瑟衰败的情调,而表现出更为旷达平和的气度:

> 湖光秋月两相和,潭面无风镜未磨。遥望洞庭山色翠,白银盘里一青螺。(《望洞庭》)

全诗视野开阔,富于俊秀清丽之美。

与刘禹锡诗的雄沉豪放相比,柳宗元的作品较为内敛。柳宗元曾有过极高的政治热情和远大的人生理想,初放永州时,也曾激烈地表达他的愤恨和不平。但随着时间流逝,悲愤终于化为无尽的苦闷与忧郁。在柳宗元的诗中,他总是在压抑中独自感伤:

> 破额山前碧玉流,骚人遥驻木兰舟。春风无限潇湘意,欲采蘋花不自由。(《酬曹侍御过象县见寄》)

内心的压抑使柳宗元有一种深沉的孤独感。与李白无人相伴尚要邀月伴影不同,柳宗元对孤独和寂寞始终保持着一种体味感悟的态度,并以此为出发点观照外界的物象:

> 觉闻繁露坠,开户临西园。寒月上东岭,泠泠疏竹根。石泉远逾响,山鸟时一喧。倚楹遂至旦,寂寞将何言。(《中夜起望西园值月上》)

在诗人笔下,物象蒙上了一层清冷落漠的色彩,带着淡淡的忧郁之意。

柳宗元诗中的孤独,不仅源于他自身的经历,也受到了佛教的影响。他常将万物动静与佛教中万物缘起的观念联系在一起,这种观念为柳诗笼上了一层空灵淡泊的色彩。如:

> 渔翁夜傍西岩宿,晓汲清湘燃楚竹。烟销日出不见人,欸乃一声山水绿。回看天际下中流,岩上无心云相逐。(《渔翁》)

"欸乃一声山水绿"是由阒寂凝成生机,"无心"正切"不识不知"的维摩精义。《江雪》一诗,则于幽冷中见出峭拔:

> 千山鸟飞绝,万径人踪灭。孤舟蓑笠翁,独钓寒江雪。

将人物放置于宏大背景之中加以表现,"绝"、"灭"带来的肃杀气氛配合"寒"、"雪"带来的冷寂环境,使全诗别具高洁之美。

在这类幽洁孤冷的诗作之外,柳宗元时有气度沉雄之作:

> 城上高楼接大荒,海天愁思正茫茫。惊风乱飐芙蓉水,密雨斜侵薜荔墙。岭树重遮千里目,江流曲似九回肠。共来百越文身地,犹自音书滞一方。(《登柳州城楼寄漳汀封连四州》)

与刘禹锡相比,柳宗元在传统继承上更为复杂。陶渊明、王维、大历诗人都在其诗中留下了鲜明的印记,一些峭拔尖利的语言也与韩愈、孟郊有类似之处。然而柳宗元诗的魅力,还是在于反复渲染的孤独意识和始终不绝的生命感伤,以及佛教影响下独特的表现形式。

第五章　晚唐五代诗歌

晚唐一般是指文宗大和(827)以后至梁王朱全忠代唐称帝,建立梁王朝(907)的80年时间。这段时间里,唐王朝进一步走向衰落。长年藩镇割据使唐王朝的统治权力名存实亡。宦官专权引发甘露之变,政治一片黑暗。以牛僧孺为首领的牛党和以李德裕为首领的李党,互相倾轧近40年,许多有才华的士子成为党争的牺牲品。这一时期叛乱迭起,874年,黄巢、王仙芝等人起兵反唐,十几年间横扫半个中国,并一度夺取了唐王朝的统治中心长安、洛阳。在这样的背景下,诗的风貌也发生了变化,音调渐趋消沉,感情也转向低回婉转,历史、爱情与山水景物成为主要的诗歌题材,新的艺术表现形式和审美追求开始受到关注。

第一节　李商隐及晚唐情诗

李商隐(812?—858),字义山,号玉谿生,又号樊南生、樊南子,祖籍怀州河内(今河南沁阳市),祖辈迁至荥阳(今河南郑州)。10岁时,父亲在浙江幕府去世,他和母亲、弟妹回到郑州,过着贫困的生活。李商隐自言:"某年方就傅,家难旋臻;躬奉板舆,以引丹旐。四海无可归之地,九族无可倚之亲"(《祭裴氏姊文》),甚至于要靠抄书挣钱,贴补家用。坎坷的经历培养了他敏感的性格,也促使他埋头苦读,以求功名。

大和三年(829),李商隐受到牛党要员令狐楚的赏识,被聘为幕僚,并跟随令狐楚学习"四六义"(骈体文)。在令狐楚与其子令狐绹的帮助下,于开成二年(837)进士及第。令狐楚病逝后,李商隐入泾原节度使王茂元幕。王茂元爱其才,将自己的女儿嫁给了他。由于王茂元与李党首领李德裕亲善,李商隐依附王茂元的行为自然就被视为对老师和恩主的背叛。此后,他便在牛李两党争斗的夹缝中求生存,在朝中短暂任职后,就辗转于各藩镇幕府当幕僚,郁郁不得志,潦倒终身。

李商隐的诗主要包括咏史、咏怀以及表现微妙复杂感情的无题诗。在其现存诗章中,有大量针对现实政治而写的作品,记录了晚唐一系列重大历史事件,如《曲江》、《有感二首》、《重有感》等。李商隐还常利用咏史题材曲折地表达自己的观点。这些诗集中于批判统治者沉湎女色、服药求仙、醉心享乐,贤士空负大才而不得任用。如《北齐》:"小怜玉体横陈夜,已报周师入晋阳。"《富平少侯》:"当关不报侵晨客,新得佳人字莫愁。"《海上》:"直遣麻姑与搔背,可能留命待桑田。"《隋宫》:"春风举国裁宫锦,半作障泥半作帆。"讥讽之意、愤慨之情溢于言表。再如《贾生》:

> 宣室求贤访逐臣,贾生才调更无伦。可怜夜半虚前席,不问苍生问鬼神。

晚唐帝王醉心鬼神仙佛之事,无心任贤,李商隐怀"欲回天地"之志,却始终沉沦下僚,故感慨尤深。他的这类诗,讽刺中有感慨,愤怒中有悲凉,意蕴丰富,耐人寻味。

李商隐的咏怀诗,多表达落拓不遇的悲慨,如"凄凉宝剑篇,羁泊欲穷年。黄叶仍风雨,青楼自管弦。新知遭薄俗,旧好隔良缘。心断新丰酒,销愁斗几千?"(《风雨》)其咏物之作,也多怀兴寄之意,感叹自身遭遇和时事变迁,如:"曾逐东风拂舞筵,乐游春苑断肠天。如何肯到清秋日,已带斜阳又带蝉。"(《柳》)"皇都陆海应无数,忍剪凌云一寸心。"(《初食笋呈座中》)"芳心向春尽,所得是沾衣。"(《落花》)"寒梅最堪恨,常作去年花。"(《忆梅》)"流莺漂荡复参差,渡陌临流不自持。巧啭岂能无本意,良辰未必有佳期。"(《流莺》)"本以高难饱,徒劳恨费声。五更疏欲断,一树碧无情。"(《蝉》)"已悲节物同寒雁,忍委芳心与暮蝉。"(《野菊》)都能超越物象本身,饱含诗人或孤高或感伤或愤恨的情感。

李商隐最为出色、也最为人们所熟知的,是一系列表现微妙复杂感情的"无题"诗或相当于无题的诗。如《无题》:

> 相见时难别亦难,东风无力百花残。春蚕到死丝方尽,蜡炬成灰泪始干。晓镜但愁云鬓改,夜吟应觉月光寒。蓬山此去无多路,青鸟殷勤为探看。

全诗完全脱略了时间、地点、人物、事件,纯粹以情绪为中心加以表现。读者能够感受到的,是弥漫全诗的离愁别绪,以及缠绵不尽的情思。又如《锦瑟》:

> 锦瑟无端五十弦,一弦一柱思华年。庄生晓梦迷蝴蝶,望帝春心托

杜鹃。沧海月明珠有泪，蓝田日暖玉生烟。此情可待成追忆，只是当时已惘然。

除首尾两联隐约点出"追忆"这个主题外，中间四联全以典故构成。这些典故有三个特点，其一是都带有变动不定的奇幻色彩。庄子梦中化为蝴蝶，蜀王望帝化为杜鹃，鲛人之泪化为珍珠，蓝田美玉化为轻烟，都是说的变化。这种奇异难解的变化传递出一种迷惘困惑的特殊情感，同时也带来人事无常的伤感惆怅。其二是这些典故本身代表的也都是迷惘悲凉的情调。庄生梦蝶与鲛人泣珠表达的是真实与虚幻的交错，望帝啼血与良玉生烟表达的是可望不可即的悲哀失落，铺排开来，给人一种空幻无望之感，正切首联"无端"、尾联"惘然"之意。其三，诗人选取的典故中，都包含美好的、精致的、容易引发联想的意象。蝴蝶杜鹃、明月珍珠、美玉轻烟，构成华丽精美的意象群，直接以其形式美对读者产生冲击。全诗打破了时间与空间的界限，也打破了主体与对象、想象与现实、情感与动机、心灵与物象的界限，化为一片朦胧恍惚的绵邈情思。正因如此，《锦瑟》既难确解又拥有极大的阐释空间。古往今来，释读此诗者比比皆是，说法也各有不同，这正说明了此诗的独特魅力。

李商隐善用典故的特点，在其他诗作中同样有体现。如《嫦娥》：

> 云母屏风烛影深，长河渐落晓星沉。嫦娥应悔偷灵药，碧海青天夜夜心。

反用其意，从而在典故中生发出新的意义，形成新的审美效果。

李商隐对于色彩的搭配有其独特之处。他喜用浓烈的色彩与凄清的情调形成对比，尤喜用"红"、"金"、"青"、"碧"对照风、月、雨、露，形成秾丽与清雅并存的独特风貌。如《重过圣女祠》：

> 白石岩扉碧藓滋，上清沦谪得归迟。一春梦雨常飘瓦，尽日灵风不满旗。萼绿华来无定所，杜兰香去未移时。玉郎会此通仙籍，忆向天阶问紫芝。

此诗含蕴较《锦瑟》明晰，但手法大体相类。"梦雨"、"灵风"营造的朦胧之境，"华来"、"香去"暗含的飘渺之感，奇花异草代表的美好意象，令人心荡神摇，遐想无尽。"白"、"碧"、"绿"、"紫"以及"华"、"玉""杜兰"暗含的色彩，与凄迷的风雨之景既相辅相成，又相映相对。

在李商隐的诗中，我们可以看到多种艺术传统的印记，如：楚辞的轻灵飘逸;阮籍寄托遥深的抒情方式;齐梁宫体的华词丽藻、精细刻画;大历诗人对秋景的描写以及迷惘情绪的表现;杜甫诗中情感的沉郁和律体的浑成等等。李商隐与李贺有更多的可比性。李贺对内心世界的开掘,意绪情感跳跃不定的表达方式,奇特瑰丽的想象,以及凄艳的色彩,都被李商隐所学习利用。与李贺不同的是,李商隐的情绪不像李贺那么激烈,思维方式也不像李贺那么奇诡。李贺笔下的意象偏于寒僻奇险,瘦硬尖锐,常发惊挺之语;李商隐则喜用华美清丽的意象,常出感人之句。李贺偏于压抑情感的发泄,个性更强,可视为才气的喷涌;李商隐偏于伤感气氛的营造,更具有控制力,是理性与情感结合下的精心结撰。李贺多用喻;李商隐多用典。李贺全用古体,李商隐较好的作品则以近体为主。

李商隐是晚唐最为杰出的诗人,也是诗歌发展史上不可或缺的大家。他对丰富细腻、复杂多变的内心世界的表现,大大扩展了诗歌表达的广度和深度。其朦胧多义、意蕴深远的诗作,发掘了新的审美趣味,树立了新的诗歌范本。他对典故的运用、对色彩的搭配,都带有鲜明的创新特征,具有深远的影响。其咏史诗、咏怀诗以及无题类诗作,都取得了很高的成就;七律、七绝尤其出色,大大推进了这两种诗体的发展。唐代以后,学李者不计其数,宋初更是形成了宗法李商隐的西昆体。

除了李商隐,晚唐较多写作爱情题材的还有温庭筠、韩偓等人。

温庭筠(812?—866),字飞卿,太原祁(今山西祁县)人。早年以词赋知名,屡试不第,纵酒放浪。其诗在当时与李商隐并称"温李",但实际成就远逊于李。温庭筠诗分乐府歌行和近体两类。其乐府在风格上受到齐梁诗风以及李贺的影响,描写细致,色彩秾丽,想象奇异。在现实题材中,温庭筠多写游宴歌舞以及闺阁愁怨,以描摹刻画为主,较为平面,不似李商隐那么深沉真挚。他还有一些模仿民歌的诗,融入了宫体的描写技巧以及唐以来的炼字手法,对词的发展有启发意义。

温庭筠的近体诗以抒怀为主,与其乐府风格截然不同,其中颇有些感慨深沉的佳作:

> 曾于青史见遗文,今日飘蓬过古坟。词客有灵应识我,霸才无主始怜君。石麟埋没藏春草,铜雀荒凉对暮云。莫怪临风倍惆怅,欲将书剑学从军。(《过陈琳墓》)

> 晨起动征铎,客行悲故乡。鸡声茅店月,人迹板桥霜。槲叶落山路,枳花明驿墙。因思杜陵梦,凫雁满回塘。(《商山早行》)

后一首情景交融,很有感染力。

韩偓,字致尧,京兆万年(今西安)人。有《香奁集》,以香奁诗著名。善于描写女性姿态、情思以及与女性相关的物件,如《咏灯》、《屐子》、《咏浴》、《咏手》之类,近于宫体。其句如"手香江橘嫩,齿软越梅酸"(《幽窗》),格调不高。较好之作如:

> 碧阑干外绣帘垂,猩色屏风画折枝。八尺龙须方锦褥,已凉天气未寒时。(《已凉》)

颇得含蓄之意。还有一些涉及时事的作品,如《故都》:

> 故都遥想草萋萋,上帝深疑亦自迷。塞雁已侵池籞宿,宫鸦犹恋女墙啼。天涯烈士空垂涕,地下强魂必噬脐。掩鼻计成终不觉,冯驩无路斅鸣鸡。

此诗就天祐元年(904)朱温强迫唐昭宗由长安迁都洛阳一事抒写感慨。其时韩偓流离在外,听闻此事,想象故都颓败,不平之气充溢在字里行间。全诗跌宕起伏,是韩偓诗中难得的好作品。

第二节 杜牧与晚唐咏史诗

杜牧(803—852),字牧之,京兆万年(今陕西西安)人。文宗大和二年(828)进士,授宏文馆校书郎。后赴江西观察使幕,转淮南节度使幕,又入观察使幕。历任史馆修撰、膳部、比部、司勋员外郎,黄州、池州、睦州刺史等职,官至中书舍人。

杜牧的祖父是三朝宰相、著名的史学家杜佑。杜牧受其影响,有着经世致用的远大抱负,致力于"治乱兴亡之迹,财赋甲兵之事,地形之险易远近,古人之长短得失"(《上李中丞书》)。他写了不少军事论文,还曾注释《孙子》。有《雪中书怀》、《感怀诗一首》、《郡斋独酌》、《河湟》等议论时政兵事、表达报国情怀的诗。

然而杜牧的人生道路并不顺利,虽出身名门,但其父早逝,童年时家道即已中落,甚至于"奴婢寒饿,衰老者死",过着"食野蒿藿,寒无夜烛"(《上宰相求湖州第二启》)的困苦生活。在仕途上,他没有得到施展才华的机会,长期沉沦于幕府,40岁才任州官。这使他感到失落。在淮南节度使幕中时,长期混迹于扬州的青楼楚馆,过着浪荡不羁的生活。杜牧对这种生活并不满意,却又感到无可奈何。他在诗中写道:"落魄江南载酒行,楚腰纤细掌中轻。十年一觉扬州梦,赢得青楼薄幸名。"(《遣怀》)"江涵秋影雁初飞,与客携壶上翠微。尘世难逢开口笑,菊花须插满头归。但将酩酊酬佳节,不用登临恨落晖。古往今来只如此,牛山何必独沾衣。"(《九日齐安登高》)

　　杜牧最为出色的,是他咏史抒怀的作品。这些诗往往情调深沉,眼界阔大,而又带着浓重的感伤色彩:

　　　　长空澹澹孤鸟没,万古销沉向此中。看取汉家何事业,五陵无树起秋风。(《登乐游原》)
　　　　千里莺啼绿映红,水村山郭酒旗风。南朝四百八十寺,多少楼台烟雨中。(《江南春绝句》)

"千里"、"万古"所展现的是诗人的想象视野,二者的极力拓展,正反映出时光的无情。繁华终将消逝,盛世一去不返,面对自然的永恒,人力铸就的文明显得短暂而脆弱:

　　　　繁华事散逐香尘,流水无情草自春。日暮东风怨啼鸟,落花犹似堕楼人。(《金谷园》)

这种沉重的无力感并不是杜牧专属,而是时代感受的体现。有唐一代,怀古之作多不胜数,卢照邻《长安古意》、王勃《滕王阁诗》、陈子昂《蓟丘览古赠卢居士藏用七首》、高适《宋中十首》等都曾感叹时光的无情流逝。但是,他们的悲叹,中心是个人际遇。杜牧不同,他面对的不仅是个人遇合问题,更面对着一个王朝不可逆转的衰颓,这种大环境的衰颓与个人的才华志向构成了悲剧性的矛盾,振作不能,放弃又不舍:

　　　　清时有味是无能,闲爱孤云静爱僧。欲把一麾江海去,乐游原上望昭陵。(《将赴吴兴登乐游原一绝》)

正因哀悼的是整个时代的颓败,是曾经盛极一时的文明的衰落,杜牧诗中不仅消褪了激情,甚至消褪了愤怒,只留下无尽的无奈与伤感。当杜牧把历史与自我相联系时,这种伤感尤为显著:

　　　　六朝文物草连空,天淡云闲今古同。鸟去鸟来山色里,人歌人哭水声中。深秋帘幕千家雨,落日楼台一笛风。惆怅无因见范蠡,参差烟树五湖东。(《题宣州开元寺水阁阁下宛溪夹溪居人》)

同样是写范蠡,李白写的是"范蠡说句践,屈平去怀王"(《留别曹南群官之江南》),谈的是功业际遇;白居易写的是"范蠡有扁舟,陶潜有篮舆"(《和微之诗二十三首·和三月三十日四十韵》),谈的是隐逸;而到了杜牧这里,范蠡已经成为飘渺远去的理想,可望而不可即。从中也可看到时代对诗的影响。

除了感慨时光之无情,杜牧还在诗中对世人之无情加以讥讽,对统治者的荒淫加以批评,对重大历史事件发表自己的看法:

> 烟笼寒水月笼沙,夜泊秦淮近酒家。商女不知亡国恨,隔江犹唱《后庭花》。(《泊秦淮》)
>
> 长安回望绣成堆,山顶千门次第开。一骑红尘妃子笑,无人知是荔枝来。(《过华清宫绝句三首》其一)
>
> 折戟沉沙铁未销,自将磨洗认前朝。东风不与周郎便,铜雀春深锁二乔。(《赤壁》)

咏史诗之外,杜牧描景写物、咏物怀人也颇多佳作:

> 远上寒山石径斜,白云生处有人家。停车坐爱枫林晚,霜叶红于二月花。(《山行》)
>
> 青山隐隐水迢迢,秋尽江南草木凋。二十四桥明月夜,玉人何处教吹箫?(《寄扬州韩绰判官》)

虽然杜牧诗的总体情调偏于伤感,但却并不阴暗颓废,反而显示出俊朗爽利的特色。这主要是因为他的视野比较高远开阔,加上语言明快、取象清丽,故脍炙人口。杜牧诸体均擅,七律、七绝尤为杰出。

许浑,字用晦,祖籍安州安陆,寓居润州丹阳(今属江苏)。文宗大和六年(832)进士。他是杜牧好友,二人有诗唱和。其诗以表达闲适心态,描写隐居生活以及禅思佛理为主,全为近体。喜用水、雨等意象,人称"许浑千首湿"(《苕溪渔隐丛话》卷二十四引《桐江诗话》)。又喜将律句三字尾的声调改为"仄平仄"对"平仄平",世称"丁卯体"(许浑诗集名《丁卯集》)。许浑较好的作品,是一些怀古之作,如:

> 玉树歌残王气终,景阳兵合戍楼空。松楸远近千官冢,禾黍高低六代宫。石燕拂云晴亦雨,江豚吹浪夜还风。英雄一去豪华尽,唯有青山似洛中。(《金陵怀古》)

写景较有气骨,境界也很阔大,结句韵味深长。许浑善于在诗中,尤其是同一句中进行古今盛衰的对比,并配以风雨凄迷之景,表达苍凉之感、失落之悲,《登故洛阳城》《咸阳城东楼》等诗均是如此。在结构上,这类诗基本相同,首联写所见所思,引入怀古主题;中间两联进行古今对比,表达世事无常之感;尾联用超越尘世变迁的永恒之物收结。这种工稳一致的律体写作方式正是许浑的特征。

与杜牧、许浑大略同时的还有张祜,善写羁旅愁思:

> 金陵津渡小山楼,一宿行人自可愁。潮落夜江斜月里,两三星火是瓜洲。(《题金陵渡》)

他还善写宫女的寂寞情怀,《宫词二首》其一流传很广:

> 故国三千里,深宫二十年。一声《河满子》,双泪落君前。

此诗本是咏武宗嫔妃孟才人歌《河满子》而气绝之事,但在传播与接收的过程中本事逐渐淡化,成为表达宫怨的名作。

第三节 贾岛及晚唐其他诗人

贾岛与姚合生于中唐,卒于晚唐,因二人的"苦吟"态度以及清新冷寂的诗风在晚唐影响极大,故一并归入晚唐。

贾岛(779—843),字浪仙,范阳人(今河北涿县)。早年为僧,法名无本,后还俗应进士试未中。做过一些低级官吏。

贾岛之诗可分为两大类。一类主要表现人生失意的愤懑、穷愁病老的哀怨、孤身羁旅的伤感:

> 客愁何并起,暮送故人回。废馆秋萤出,空城寒雨来。夕阳飘白露,树影扫青苔。独坐离容惨,孤灯照不开。(《泥阳馆》)

贾岛使用的意象,多为冷月寒露、衰柳霜叶、秋雨雪夜,与孟郊有着共同之处。但是贾岛不像孟郊用词那么奇仄硬涩,反而更近于大历诗人。大历诗人常用的秋雨孤灯、秋雁鸣蛩、孤舟白露等意象在贾岛笔下若隐若现,如:"半夜长安雨,灯前越客吟。孤舟行一月,万水与千岑。"(《忆吴处士》)"萤从枯树出,蛩入破阶藏。落叶书胜纸,闲砧坐当床。"(《寄胡遇》)这些景物无不带有诗人主观的情感因素,营造出极为清冷衰飒的意境。

另一类诗主要表现禅隐生活:

> 闲居少邻并,草径入荒园。鸟宿池边树,僧敲月下门。过桥分野色,移石动云根。暂去还来此,幽期不负言。(《题李凝幽居》)

"鸟宿池边树，僧敲月下门"是贾岛的名句。这种动与静的对比，主要还是衬托出大环境的幽静，与王维"月出惊山鸟，时鸣春涧中"(《鸟鸣涧》)、柳宗元"欸乃一声山水绿"(《渔翁》)那种阒寂凝成生机的大化流转之感并不相同。

贾岛一生落魄潦倒，愁困之中，诗歌实已成为他的精神支柱。他的心力主要集中在诗歌技巧的锤炼上，追求对句的工整、用字的新颖、音律的和谐。尤其是对律诗的中间两联，更是极为重视。如其"二句三年得"的苦心之句：

> 独行潭底影，数息树边身。(《送无可上人》)

总体而言，贾岛诗的特色是幽寂清雅，注重句法炼字，讲究工整精警；格局较小，往往有句无篇，无法构成浑成圆融的整体意境。

与贾岛相比，姚合仕途较为顺利，初授武功主簿，后历监察御史、户部员外郎，荆、杭二州刺史，秘书少监等职，生活上较为优裕。诗也多表现闲适情趣。如《武功县中作三十首》、《闲居遣怀十首》都是如此。姚合常写自己的"野性"、"疏懒"，如：

> 微官如马足，只是在泥尘。到处贫随我，终年老趁人。簿书销眼力，杯酒耗心神。早作归休计，深居养此身。(《武功县中作三十首》其三)

与贾岛相似，姚合也注重炼字和清幽之景的描写，如"梦觉空堂月，诗成满砚冰"(《武功县中作三十首》其十四)，"漏声林下静，萤色月中微"(《寄友人》)，"过门无马迹，满宅是蝉声"(《闲居》)，"晓来山鸟散，雨过杏花稀"(《山中述怀》)。与贾岛不同之处在于，姚合还有许多貌似朴质实则用心之句，如"马随山鹿放，鸡杂野禽栖"(《武功县中作三十首》其一)，"夜犬因风吠，邻鸡带雨鸣"(《武功县中作三十首》其十八)，"病多唯识药，年老渐亲僧"(《武功县中作三十首》其十四)等等。

贾岛、姚合的诗，以抒发孤寂心理、刻画琐碎事物、营造闲适意境为主，这些都贴合了唐帝国衰败之际士人的心理，故成为一时风尚。晚唐五代甚至有立贾岛铜像、挂贾岛画像而拜之者，可见其影响之大。

晚唐较重要的诗人还有韦庄、郑谷、罗隐、陆龟蒙、皮日休、司空图等人。

韦庄的七古《秦妇吟》，是现存唐诗中最长的一首。全诗的背景是黄巢攻破京城。韦庄借秦妇逃出长安、东奔洛阳过程中的所见所闻，展现了动乱中的悲惨景象。"内库烧为锦绣灰，天街踏尽公卿骨。"此诗在当时影响极

大,韦庄甚至因此被称为"《秦妇吟》秀才"。诗中记述一位老翁的哭诉:

> 乡园本贯东畿县,岁岁耕桑临近甸。岁种良田二百廛,年输户税三千万。小姑惯织褐绌袍,中妇能炊红黍饭。千间仓兮万丝箱,黄巢过后犹残半。自从洛下屯师旅,日夜巡兵入村坞。匣中秋水拔青蛇,旗上高风吹白虎。入门下马若旋风,罄室倾囊如卷土。家财既尽骨肉离,今日垂年一身苦。一身苦兮何足嗟,山中更有千万家。朝饥山上寻蓬子,夜宿霜中卧荻花!

这种真实的描写足可称为诗史。全诗叙事流利,感情深沉,是晚唐难得的反映现实的巨制。郑谷的诗主要描写其战乱之中流荡飘零的生活,较为感伤。罗隐诗多讽喻之意,较为激愤。皮日休与陆龟蒙并称"皮陆"。皮早年有《补周礼九夏系文·九夏歌九篇》、《三羞诗三首》这类宣扬儒家道德理想的诗作,又有《七爱诗》这类歌颂房玄龄、李白、白居易等才俊的诗作,还有《正乐府十篇》这样模仿白居易、反映民生疾苦的作品。结识陆龟蒙后,二人相互唱和,编为《松陵唱和集》,题材不外酒茶渔樵之类,又常作回文、离合体诗,价值不高。司空图主要学贾岛,诗风清雅淡漠,间有佳句。

第六章　隋唐五代词曲

　　词是唐代新兴的文学体裁,其产生与音乐有着密切的关系。敦煌曲子词见证了词在民间的发展。唐代的文人词早在中唐就已粗备其体,晚唐五代形成了西蜀和南唐两大词的创作中心,产生了第一部文人词集《花间集》。《花间集》标志着词的规范化和艺术特征的明确化,对后世有着重大影响。李煜改变了词的代言特征,使词超越了"艳体"而成为抒情述怀的重要体裁,成就卓越,影响深远。

第一节　词的起源

　　词在产生之初是一种音乐文学,它是辞乐相配的产物。这种音乐是一种被称为"隋唐燕乐"的俗乐。隋唐燕乐中包含着西域胡乐、中原乐、南方音乐、少数民族音乐等多种因素，是汉族俗乐与境内其他民族以及外来俗乐相融合的产物。这种新的音乐形式与清雅舒缓的传统音乐相比，更加悦耳新鲜，通常用于娱乐场合。随着音乐的发达，人们对音乐节奏的认识更加深入，曲体也逐渐规范化，大批优秀的曲调随之出现。有了音乐，自然要配之以词。这种配合一是倚声配词，一是采诗入乐。唐代许多诗人的作品都有入乐的记载，"旗亭画壁"的传说更是诗坛佳话，韩翃也有"乐人争唱卷中诗"之句（《送郑员外》），可见采诗入乐是普遍风尚。这两种方式，前者可称为曲子辞，后者可称为声诗，从配合音乐的角度看，二者是一致的，但由于创作方式和创作者不同，又存在明显的差异。前者多为乐工所作，以杂言为主；后者多出自文人之手，以齐言为主，兼有杂言。由于声诗多为齐言，与曲调相配合必然存在不协之处，要达到音乐与文辞的和谐，必然要寻找新的出路。关于齐言向杂言的转化，前人提出了多种解释，有和声、虚声、泛声诸说。这些说法有其合理的一面，但仅能解释部分词调的出现。意义更为重要的，是文人主动地依曲作词。刘禹锡《忆江南》二首自注云："和乐天春词，依《忆江南》曲拍为句。"所谓"依曲拍为句"，实际上就是以文辞就乐，自觉地考虑入乐问题。沈括《梦溪笔谈》云："唐人乃以词填入曲中，不复用和声。此格虽云自王涯始，然贞元、元和之间，为之者已多，亦有在涯之前者。"如此说可信，那么中唐文人已开始依乐填词。需要注意的是，此时仍然是依曲谱作文辞，与后世格律化的依词谱填词是不同的。

唐代所传的曲乐主要包括太常曲和教坊曲。前者出于太常寺八署之一的大乐署，主郊庙祭祀，与词的产生关系不大。教坊主教习音乐歌舞，类于宫廷乐团，以女乐和俗乐为主，起着创制新曲和收集各地乐曲的作用。据崔令钦《教坊记》载，天宝年间的教坊曲共 324 曲（杂曲 278、大曲 46），演变为唐五代词调的有 79 曲，占据了唐五代所用词调的近半数，可见其在词发展过程中的贡献。一些大曲因规模过于繁复，未能变为词调，而其中可独立的一遍被摘出变为词调。

词的发展还可能受到了酒令著辞的影响，这种酒令著辞是宴会中酒令游戏的一种，由于力求翻新，往往有着复杂多变的令格。其中一些令格被继承，成为词的某些体式或修辞特点。

总体而言，词的产生是复杂的，隋唐燕乐是贯穿其中的主线，民间的"胡夷里巷之曲"、教坊的俗乐、倚声配词与采诗入乐的两种方式、文人们的"依曲拍为句"，乃至歌宴酒令中结合音乐的文字游戏，都在不同侧面对之发生了影响。

第二节 敦煌曲子词与唐代文人词

20世纪初,大量五代写本被发现于甘肃敦煌莫高窟,一批唐五代民间词从此面世。这批词被称为敦煌曲子词,或称为敦煌歌辞。数量很大,即使是界定较为严格的王重民的《敦煌曲子词集》,辑词也有163首。这些作品的发现弥补了从汉魏六朝乐府诗到唐代文人词之间缺失的一环,具有重要的意义和价值。其中最重要的是收词30首的《云谣集杂曲子》。

敦煌曲子词时间早,作者杂,范围广。与《花间集》相比,仅《云谣集杂曲子》就至少要早近30年。敦煌曲子词作者身份各异,征夫怨妇、乐工歌姬、医师隐士、儒生游子等无不包括,多为下层民众。词的内容也非常广阔,如《菩萨蛮·敦煌自古出神将》写边塞居民对"灭狼蕃"的期望;《酒泉子·每见惶惶》写晚唐"长枪短剑如乱麻,争那失计无投窜"的动乱,讥讽统治阶层"金箱玉印自携将,任他乱芬芳";《望江南·曹公德》歌颂"靖难论兵扶社稷"的敦煌地区统治者曹议金;其他如民生疾苦、爱恋婚姻、爱国情怀、渔樵隐遁,甚至经义典籍、佛道教义都在词中有所反映,连伤寒的原因和症状都写入词中。如:

> 攻书学剑能几何?争如沙塞骋偻啰。手持绿沉枪似铁,明月,龙泉三尺斩新磨。堪羡昔时军伍,谩夸儒士德能多。四塞忽闻狼烟起,问儒士,谁人敢去定风波。(《定风波》)

敦煌曲子词中数量最多,成就最高的,还是爱情题材的作品。这些作品或是表达对爱人的思念:

> 天上月,遥望似一团银。夜久更阑风渐紧,为奴吹散月边云,照见负心人。(《望江南》)

或是表达对爱情的坚贞信念:

> 枕前发尽千般愿,要休且待青山烂。水面上秤锤浮,直待黄河彻底枯。白日参辰现,北斗回南面。休即未能休,且待三更见日头。(《菩萨蛮》)

语言朴素,感情真挚,富于生活气息。

敦煌词创作时间较长,工拙不一,一些词明显带有藻饰的痕迹,表现出某些民间词向文人词过渡的特征。既有内容充实、情感饱满、个性独特的佳作，也有思想庸俗，偏于低级趣味的作品。总体而言，敦煌词还处在初创阶段，在音律、语言、内容等方面都还不够成熟。如咏调名、联章词、一调多体、大量的衬字等现象都说明了这一点。无论如何，这些民间词都是词史中不可或缺的一环，为词的发展提供了经验，也通过各种方式对文人词产生了影响。

唐代的文人词早期主要集中于宫廷，多为歌功颂德的应制作品，形式多为齐言体，如许敬宗、崔液、李峤、沈佺期、张说等人的作品，成就并不高。宋人《尊前集》、《花庵绝妙词选》载题名李白的《忆秦娥》、《菩萨蛮》，气格不凡。但这两首词的真伪历来存在争议，反对者多以唐代典籍无载、过于成熟以及风格不类盛唐作品等原因予以否定。可以确定产生于中唐，同时艺术价值又较高的词作应属张志和的《渔歌子》：

   西塞山前白鹭飞，桃花流水鳜鱼肥。青箬笠，绿蓑衣，斜风细雨不须归。

张志和字子同，本名龟龄，又号玄真子，婺州金华（今属浙江）人。早年曾任翰林待诏，后因事贬为南浦尉，未到任，扁舟垂纶，游隐江湖，自称"烟波钓徒"。此词为大历八年其于颜真卿席间与众宾客唱和之作，色彩明丽，声韵悠扬，影响远及日本。

韦应物、戴叔伦、王建都作有《调笑令》：

   胡马，胡马，远放燕支山下。跑沙跑雪独嘶，东望西望路迷。迷路，迷路，边草无穷日暮。（韦应物作）

   边草，边草，边草尽来兵老。山南山北雪晴，千里万里月明。明月，明月，胡笳一声愁绝。（戴叔伦作）

这两首可能是酒宴唱和时行令之作，即改令著辞。

元和以后，作词的文人更多，刘禹锡和白居易是其中的代表。刘留意民谣，词作往往带有民歌色彩，如《竹枝词二首》。《潇湘神》则更富文人词韵致：

   斑竹枝，斑竹枝，泪痕点点寄相思。楚客欲听瑶瑟怨，潇湘深夜月明时。

白居易的代表作是《忆江南》三首，兹录前两首：

   江南好，风景旧曾谙。日出江花红胜火，春来江水绿如蓝，能不忆

> 江南。
>
> 　　江南忆，最忆是杭州。山寺月中寻桂子，郡亭枕上看潮头，何日更重游。

第一首热烈鲜明，第二首冲淡清雅，诗家熟稔的意象和擅长的手法在词中已运用无碍，可见词体已发展到相当成熟的境地。

到了晚唐五代，词的写作已成为文人的普遍爱好，专业的词家和词集开始出现。由于时代的混乱和帝国的衰颓，词也集中于描写男女之情和身世之感，前者以温庭筠为代表，后者则以韦庄为典型。

第三节　温庭筠、韦庄与花间词人

温庭筠是词史上第一个大力作词的文人，也是唐人中存词最多的一位。他一生落魄，出入秦楼楚馆，纵酒放浪。《旧唐书》本传说他"士行尘杂，不修边幅，能逐弦吹之音，为侧艳之词"。温庭筠的词以闺情为主，主要风格是铺陈渲染、精雕细刻、色彩秾艳、多用比兴。如《菩萨蛮》：

> 　　小山重叠金明灭，鬓云欲度香腮雪。懒起画蛾眉，弄妆梳洗迟。照花前后镜，花面交相映。新贴绣罗襦，双双金鹧鸪。

光线、色彩、动作乃至闺房的陈设都带有强烈的暗示性。细节描写的细致入微、动静相应的意象搭配，都显出匠心。温庭筠善于把情思潜藏在意象之中，以氛围营造刻画心理活动。再如：

> 　　水精帘里颇黎枕，暖香惹梦鸳鸯锦。江上柳如烟，雁飞残月天。藕丝秋色浅，人胜参差剪。双鬓隔香红，玉钗头上风。（《菩萨蛮》）

全篇甚至没有出现相思的对象，而相思之情和对往事的追忆却暗含其中。冷暖交错、色彩丰富，这种意象捕捉和组合能力使温庭筠的词保持着一种统一性——平面铺陈的外在形式与深沉含蓄的内在情感的统一。这种特点在那些不那么含蓄的词中同样存在：

> 　　玉炉香，红蜡泪。偏照画堂秋思。眉翠薄，鬓云残。夜长衾枕寒。梧桐树，三更雨。不道离情正苦。一叶叶，一声声。空阶滴到明。（《更漏子》）

其他如"春恨正关情，画楼残点声"（《菩萨蛮·竹风轻动庭除冷》），"画堂照帘残烛，梦余更漏促"（《归国遥·香玉》），"花露月明残，锦衾知晓寒"(《菩萨蛮·夜来皓月才当午》),"画楼相望久,栏外垂丝柳"(《菩萨蛮·凤皇相对盘金缕》)等,无不融情于景,借助联想增加了抒情的力度。

温庭筠也有一些清新明快、色调淡雅的作品,如:

> 梳洗罢,独倚望江楼。过尽千帆皆不是,斜晖脉脉水悠悠。肠断白蘋洲。(《梦江南》)

总体而言,温词喜用金、玉、翠、锦、兰等华贵艳丽之词,又喜用双声叠韵,描写细密绵腻,抒情含蓄隐约,故而秾丽婉约是其词风主流。温词对于词的发展有着开创性的意义,其声律、结构、意象、语言、色彩,包括细腻情感的表达手法,都为后人提供了可供借鉴的范式,温词所代表的风格也被许多后代词人奉为正宗,影响深远。

五代十国期间,形成了两个较为集中的词创作中心,分别是西蜀和南唐。前蜀王衍、后蜀孟昶割据蜀中,60年间沉湎于歌舞伎乐,词也因之盛行。后蜀赵崇祚于940年编成《花间集》十卷,共收录了自晚唐至五代的温庭筠、韦庄、皇甫松、牛峤、孙光宪等18位词家的500首作品,其中大多为蜀地文人。这是最早的文人词总集,是词史上的一块里程碑。它的出现标志着词的规范化和艺术特征的明确化,对后代词作发展有着巨大的影响。由于这些词家风格大体相近,后世称之为"花间派"。

"花间派"的特点,欧阳炯在《花间集序》中说得很清楚:

> 镂玉雕琼,拟化工而迥巧;裁花剪叶,夺春艳以争鲜。……名高白雪,声声而自合鸾歌;响遏行云,字字而偏谐凤律。……则有绮筵公子,绣幌佳人,递叶叶之花笺,文抽丽锦;举纤纤之玉指,拍按香檀。不无清绝之词,用助妖娆之态。自南朝之宫体,扇北里之倡风。何止言之不文,所谓秀而不实。

换言之,这些词作是供酒宴享乐时歌女所唱,风格偏于绮靡轻艳。除温庭筠、韦庄外,大部分词人成就不高。

韦庄,字端己,京兆杜陵人。少孤贫,才敏过人,为人疏旷不拘,任性自用。前期仕唐,天复元年(901)应王建之聘入川为掌书记。天祐四年(907),朱温篡唐,韦庄劝王建称帝,建立蜀国,史称前蜀。他被王建倚为心腹,任左散骑常侍、判中书门下事,后官至吏部侍郎平章事,卒于成都。

韦庄名列《花间集》,有着花间词人柔媚婉丽的一面;同时又受到白居易等人的影响,词风较为清新明朗,与温庭筠有着显著的差别。韦庄重视意脉的连续，一首词一般只写一件事，表达的意思也较为单纯，很少做大幅度的跳跃。虽然也用一些华丽的词语，但一般只限于固定的意象，并不堆砌，总体风格俊秀雅淡，较为清爽。在一些以他本人为主人公的词作中，这种特点更为明显：

> 如今却忆江南乐，当时年少春衫薄。骑马倚斜桥，满楼红袖招。翠屏金屈曲，醉入花丛宿。此度见花枝，白头誓不归。（《菩萨蛮》）

韦庄早年曾避乱江南，后来写下了一系列回忆江南的词作。这首词描写江南的放浪生活，实为对青春年华和早年人生遇合的追忆。末句看似潇洒，细读却有一种沉痛决绝之情。在另一词中，这种情感表达得更为激烈：

> 人人尽说江南好，游人只合江南老。春水碧于天，画船听雨眠。垆边人似月，皓腕凝霜雪。未老莫还乡，还乡须断肠。（《菩萨蛮》）

全篇都是他人劝留言语，渲染江南之风景秀丽、生活安逸、女子貌美，结句却翻空出奇，中原满眼破败战乱，何得不断肠！由此再读上文的清丽词句，其中蕴含的曲折悲伤不言而喻。

从中唐的刘禹锡、白居易，到皇甫松、司空图、薛昭纬直至五代的孙光宪、李珣等人，词风都偏于清俊疏丽，韦庄无疑是这一派最杰出的代表。他清丽淡雅的词风、婉转切情的抒情、自然平易的语言，都为词的发展提供了经验和范例，对"花间"一派的形成起到了重要作用。

第四节　李煜与南唐词人

南唐是五代十国的十国之一，定都金陵，历时 39 年。最盛时地跨今江西、安徽、江苏、福建和湖北、湖南等省。在五代乱世中，南唐建立之初，"比年丰稔，兵食有余"（《资治通鉴·后晋纪三》，卷二八二）。由于经济发达，文化繁荣，加上历代君主爱好文学，因此产生了一批词人。北宋陈世修为冯延巳《阳春集》所作序中说：

> 公以金陵盛时，内外无事，朋僚亲旧，或当燕集，多运藻思，为乐府新词，俾歌者倚丝竹而歌之，所以娱宾而遣兴也。

南唐词的兴起较西蜀稍晚，由于词作者主要是君王重臣，风貌与西蜀词有所不同。主要的词人有冯延巳、中主李璟和后主李煜。

冯延巳(903—960),又名延嗣,字正中,广陵(今扬州)人。历任秘书郎、元帅府掌书记。李璟登基后,为翰林学士承旨,至中书侍郎、同平章事,处相位。屡遭弹劾,数次罢相又复起。

冯延巳是五代存词最多的词人,其作品多写闺阁情事与个人愁怨,语言清新婉转,境象开阔深远,与花间词人不同。如:

> 风乍起,吹皱一池春水。闲引鸳鸯香径里,手挼红杏蕊。斗鸭阑干独倚,碧玉搔头斜坠。终日望君君不至,举头闻鹊喜。(《谒金门》)

"吹皱一池春水"是一个动态的比兴,将细微的心理波动用物象表达出来。词中表达的意义虽仍以相思为主,却并不像花间词人那样悲情,反而隐约带出些活泼中的寂寞、快乐中的惆怅。在一些自我抒情的作品中,这种抛却本事、以心境刻画为中心的手法更为突出:

> 谁道闲情抛掷久?每到春来,惆怅还依旧。日日花前长病酒,敢辞镜里朱颜瘦。河畔青芜堤上柳,为问新愁,何事年年有?独上小楼风满袖,平林新月人归后。(《鹊踏枝》)

全词以"闲情"展开,因其为"闲情",故无可确指又无可抛掷,如青芜堤柳,年年不绝。读者被这一片缠绵情绪笼罩,不再去关注具体的际遇——宦途坎坷、漂泊思乡、生命忧惧、怀才不遇、情恋相思等等。这就使词的抒情天地广阔起来。这种广阔不是题材的扩大,而是内涵的丰富和表达的深沉。王国维《人间词话》认为:"冯正中词虽不失五代风格,而堂庑特大,开北宋一代风气。"陈廷焯《白雨斋词话》以沉郁顿挫论词,认为冯延巳可与温、韦鼎立,看重的都是这一点。

李璟(916—961)是南唐第二代国君,存词四首。《浣溪沙》是其代表作:

> 菡萏香销翠叶残,西风愁起绿波间。还与韶光共憔悴,不堪看。细雨梦回鸡塞远,小楼吹彻玉笙寒。多少泪珠何限恨,倚阑干。

李璟对外界景物非常敏感,又常将个人感伤投射于景物之中。由于词人选取的都是高洁清芳的意象,置之于凄迷幽冷的环境之中,这种感伤也就超越了自身,带有一种美好事物不得永存的普泛悲慨。

李煜(937—978),字重光,李璟第六子,才华横溢,工书善画,能诗擅词,通音晓律。25岁即位,39岁国破降宋,后被宋太宗毒死。史称李后主。

李煜是一个天才型的词人,作词对其而言,只是将心中奔涌的情感倾泄出来,因而没有压抑,没有束缚,也没有遮遮掩掩,有感则发,自成丽句。这种天赋来源于他的本色,也来源于他的热情。这在他早年描写宫廷奢靡生活的词中表现得很充分。然而李煜的这种热情,很快沉寂为悲凉,面对国破家亡,他毫不掩饰自己的真实感受:

  四十年来家国,三千里地山河。凤阁龙楼连霄汉,琼枝玉树作烟萝。几曾识干戈?
  一旦归为臣虏,沈腰潘鬓销磨。最是仓皇辞庙日,教坊犹奏别离歌。垂泪对宫娥。(《破阵子》)

凤阁龙楼、琼枝玉树一去不返,李煜的目光也开始超越狭小的宫廷,词中的秾丽色彩和脂粉香气逐渐褪去,让位于外界物象引发的悲哀:

  春花秋月何时了,往事知多少。小楼昨夜又东风,故国不堪回首月明中。雕阑玉砌应犹在,只是朱颜改。问君能有几多愁,恰似一江春水向东流。(《虞美人》)

词人由家国之悲上升为宇宙人生之悲,核心在于对人生的追问。这种悲剧情怀始终是一种直接的感悟而非理性的认知。词人见人所不能见,又以一腔真情笼罩物象,故愁思深广。再如《浪淘沙》:

  帘外雨潺潺,春意阑珊。罗衾不耐五更寒。梦里不知身是客,一晌贪欢。独自莫凭栏,无限江山,别时容易见时难。流水落花春去也,天上人间。

李煜在词中直接表达自己的喜怒哀乐,抒发自己的人生感受,这就改变了词中主人公多为女性形象的传统观念,使词超越了"艳体"而成为抒情咏怀的重要体裁。这对于词的发展无疑有着重要的意义。在艺术手法上,李煜的词本色自然,"粗服乱头,不掩国色"(周济《介存斋论词杂著》)。李煜多用白描,善用比喻,长于意境营造,是五代词的最高典范。王国维《人间词话》称:"词至李后主,而眼界始大,感慨遂深,遂变伶工之词而为士大夫之词。"这充分说明了李煜词的价值和意义。

第七章　隋唐五代散文、骈文与辞赋

在南朝骈文大盛的基础上,唐人引散入骈,强调骨力,改变了这一文体的面貌。中唐时期,韩、柳结合儒学复兴运动,大倡古文,提出一系列理论主张,无论是在题材内容还是在文体形式层面都产生了深远的影响。韩、柳的实际创作也取得了很高成就,为后世古文树立了典范。晚唐骈文复兴,骈文大家李商隐代表了唐代骈文的最高成就。辞赋方面,唐代产生了新的赋体——律赋。律赋的产生与科举制度有着直接关系,特点是限韵作赋,对行文有一套规范化的要求。

第一节　隋与初盛唐的文体因革

在隋与唐代前期,骈文占据着主导地位,尤其是章、奏、书、议等应用文体,完全是骈文的天下。面对这样的局面,不断有人试图加以改变。早在西魏,宇文泰的重臣苏绰就痛斥六朝以来的浮华文风,模仿《尚书》写成《大诰》,作为范文。入隋后,隋文帝黜落浮华,力行朴质,李谔作《上隋高帝革文华书》,批评六朝文风:"连篇累牍,不出月露之形,积案盈箱,唯是风云之状。世俗以此相高,朝廷据兹擢士。禄利之路既开,爱尚之情愈笃。"这些批评的出发点大都在于政教而非文学本身。虽然隋文帝等人做了很多努力,甚至有官员因文风华艳"付所司治罪",但并没有形成长久的影响。唐初的虞世南、许敬宗等人的骈体文仍然为世风所尚;唐太宗等人的文章也未能摆脱齐梁习气。此时值得注意的是魏征等人的谏议奏疏,语言流畅,风骨凛然,与当时流行的骈文不同。

以虞世南、上官仪等为代表的宫廷文人,以及以魏徵为代表的朝堂重臣,分别在重形式、重辞藻和重内容、重骨力两条道路上推动着文体发展。到了"四杰"时期,文质兼善的美文将骈文推上了又一个高峰。如王勃的《滕王阁序》:

> 天高地迥,觉宇宙之无穷;兴尽悲来,识盈虚之有数。望长安于日

下,指吴会于云间。地势极而南溟深,天柱高而北辰远。关山难越,谁悲失路之人;萍水相逢,尽是他乡之客。怀帝阍而不见,奉宣室以何年?呜呼!时运不齐,命途多舛。冯唐易老,李广难封。屈贾谊于长沙,非无圣主;窜梁鸿于海曲,岂乏明时?所赖君子安贫,达人知命。老当益壮,宁移白首之心;穷且益坚,不坠青云之志。

其文高华典丽,才气横溢,去繁缛之病,得清俊之气,可谓融雄词健笔、华章丽句于一体。其他如骆宾王的《代李敬业传檄天下文》:

南连百越,北尽三河;铁骑成群,玉轴相接。……班声动而北风起,剑气冲而南斗平。喑呜则山岳崩颓,叱咤则风云变色。以此制敌,何敌不摧?以此图功,何功不克?

再如杨炯的《王勃集序》、卢照邻的《释疾文》等,虽在文体风貌上不尽相同,但与流行的以上官仪为代表的骈文相比,差别是很显著的,可谓"壮而不虚,刚而能润,雕而不碎,按而弥坚"(杨炯《王勃集序》)。继之而起的陈子昂则进一步提出"兴寄"、"风骨"的主张,"横制颓波,天下翕然,质文一变"(卢藏用《陈伯玉文集序》)。陈子昂的奏疏章表,说理雄辩,富有力度,如《答制问事》、《为乔补阙论突厥表》、《谏雅州讨生羌书》、《谏灵驾入京书》等都是佳作。陈子昂的这些应用文,充分发挥散文长于说理、富于气势的一面。因其内容与社会现实联系紧密,所以影响很大,以致"子昂所论著,当世以为法"(《新唐书·陈子昂传》)。陈子昂又有《与韦五虚己书》,诉说自我的怀才不遇,慷慨悲愤,极具感染力。

进入盛唐之后,骈体文风进一步发生变化。号称"燕许大手笔"的张说、苏颋,将骈文由宫廷体变为台阁体。其一是内容上崇尚雅正,多叙儒家伦理、王道兴衰;其二是风格上变轻靡华丽为雍容凝重,雄浑大气;其三是运散入骈,在骈文中引入更多的散句,张说《与执政书》甚至直用散体。二人的论说文往往一气贯之,自然流畅,为文体的发展提供了经验。张说尤善碑传,《贞节君碑》、《姚文贞公神道碑》、《齐黄门侍郎卢思道碑》等都是名作,对后人尤其是韩、柳的同类作品有着重要影响。

由于王维、李白等的出现,骈文也有了新的面貌。王维诗文兼善,《大唐故临汝郡太守赠秘书京兆韦公神道碑铭》、《裴仆射齐州遗爱碑》等碑志,《送秘书晁监还日本国诗序》、《送高判官从军赴河西序》、《送郑五赴任新都序》等送别文,或豪迈,或苍凉,或清丽,无不真切自然。一些写景的书简序文则骈散相间,自然优美。《山中与裴秀才迪书》是其中的代表。与之相

比,李白之文则更为流动疏宕,具有个性魅力:

> 夫天地者,万物之逆旅也,光阴者,百代之过客也。而浮生若梦,为欢几何?古人秉烛夜游,良有以也。况阳春召我以烟景,大块假我以文章,会桃花之芳园,序天伦之乐事。群季俊秀,皆为惠连;吾人咏歌,独惭康乐。幽赏未已,高谈转清。开琼筵以坐花,飞羽觞而醉月。不有佳咏,何伸雅怀?如诗不成,罚依金谷酒数。(《春夜宴从弟桃李园序》)

所谓行云流水,此文尽矣!又如《上韩荆州书》,意气昂扬,陈情凯切,同样极具美感。

从以上概论中,我们可以看到骈文发展的几个趋势:在句法上引散入骈,逐渐打破了骈文的严整;在内容上强调骨力,无论是奏对或是抒怀,都能有感而发;在语言上走向平易,用典隶事逐渐减少;在风格上由辞藻富艳转向燕许的凝重典雅和王维、李白的清丽自然。这些特点在陆贽手中得到了进一步发展。陆贽以奏议闻名,说理从容自如,反复曲畅,可说是以散文之气驭骈文之形。如:

> 然以长于深宫之中,暗于经国之务,积习易溺,居安忘危,不知稼穑之艰难,不察征戍之劳苦……或一日屡交锋刃,或连年不解甲胄,祀奠乏主,室家靡依,生死流离,怨气凝结,力役不息,田莱多荒。暴命峻于诛求,疲甿空于杼轴,转死沟壑,离去乡间,邑里邱墟,人烟断绝。天谴于上,而朕不悟,人怨于下,而朕不知,驯致乱阶,变兴都邑。贼臣乘衅,肆逆滔天,曾莫愧畏,敢行凌逼,万品失序,九庙震惊,上辱于祖宗,下负于黎庶。(《奉天改元大赦制》)

此文是泾原兵变后陆贽为逃亡奉天的德宗起草的罪己诏。据《旧唐书》陆贽本传载:"奉天所下书诏,虽武夫悍卒,无不挥涕感激,多贽所为也。"可见其文之诚挚平易。再如《奉天请罢琼林大盈二库状》、《论裴延龄奸蠹书》等,无不具有这样的特点。陆贽是唐代名相,其道德节操、治国才能在当时和后世都为世人所重,因此其文章影响之大,是很多文人无法企及的。他的奏议对于骈文由审美走向应用、由重辞采走向重意气、由古奥难懂走向平易晓畅、由板滞严整走向灵活流利,有着重要的贡献。

第二节 古文运动的兴起

上文所述之文体变迁,仅就其大体趋势而言。在实际的创作上,除了

"四杰"和陈子昂曾发出理论号召以外,作家的创作仍以个人为主,并未形成相互呼应的剧烈变革。这一情形在萧颖士等人出现以后发生了变化。

从玄宗天宝年间登上文坛的萧颖士、李华,到德宗前期领袖文坛的梁肃、崔元翰,他们之间有着紧密的联系,形成了几个相互交叉、相互呼应的文人群体。这些群体的核心萧颖士、李华、独孤及、梁肃,有着自己明确的理论主张和文学观念。

首先,他们都倡导宗经复古。萧颖士说他自己"平生属文,格不近俗,凡所拟议,必希古人。魏晋以来,未尝留意","有识以来,寡于嗜好,经术之外,略不婴心"(《赠韦司业书》)。李华称:"《左氏》、《国语》、《尔雅》、《荀》、《孟》等家,辅佐五经者也。及药石之方,行于天下,考试仕进者宜用之。其余百家之说、谶纬之书,存而不用。"(《质文论》)

其次,他们都强调文学的教化功能。李华称:"文章本乎作者,而哀乐系乎时。本乎作者,《六经》之志也,系乎时者,乐文、武而哀幽、厉也。立身扬名,有国有家,化人成俗,安危存亡,于是乎观之。"(《赠礼部尚书清河孝公崔沔集序》)独孤及也说:"追念夙昔,尝陪讨论,综核微言,揭厉孔门……誓将以儒,训齐斯民。"(《祭贾尚书文》)柳冕亦多次强调教化:"是以君子之儒,学而为道,言而为经,行而为教。""文章之道,不根教化,别是一技耳。"(《谢杜相公论房杜二相书》)

再次,他们都持质重于文的文学观念,对屈宋尤其是魏晋南北朝的文学予以否定。独孤及曾引友人的话说:"扬、马言大而迂,屈、宋词侈而怨。沿其流者,或文质交丧,雅郑相夺。"(《唐故殿中侍御史赠考功郎中萧府君文章集录序》)李华也称:"屈平、宋玉哀而伤,靡而不返。"(《赠礼部尚书清河孝公崔沔集序》)柳冕更直称:"至于屈、宋,哀而以思,流而不反,皆亡国之音也。"(《谢杜相公论房杜二相书》)

萧颖士、李华这一批提倡复古的文章家,观念略有差异,作品成就并不太高,但是他们的社会影响却很大。李华《质文论》曾提出改革科举的主张,杨绾、贾至以及经学大师赵匡也都曾上书要求停试诗赋,改试有切时用的文体。建中年间,令狐峘、赵赞等人知贡举时部分采纳了这些意见。这都说明,文体改革已成为一种共识,是不可阻挡的时代潮流。

与萧颖士、李华同时而在实际创作上有所成就的是元结。其文短小精悍,意气超拔,如《丐论》。还有山水游记,如《右溪记》:"南流数十步合营溪。水抵两岸,悉皆怪石,欹嵌盘屈,不可名状。清流触石,洄悬激注。佳木异竹,垂阴相荫。"遣词之雅洁简省,近于柳宗元,应对后者有所影响。

在前人的基础上,韩愈、柳宗元构建了系统的古文理论。

在韩愈之前,古文家们虽然极力提倡宗经明道,但对于"道"的指向和内涵并没有十分明确的认识,"宗经"范围既广,"明道"也就驳杂不纯,如独孤及的文章就经常掺杂道教思想。此其一。

其二,韩愈首倡儒家"道统论",将尧舜禹汤文武周公孔子直至孟子视为儒家的正宗传承。韩愈一力尊崇孟子,认为"荀与杨也,择焉而不精,语焉而不详"(《原道》),又说"孟氏醇乎醇者也。荀与杨,大醇而小疵"(《读荀子》)。与荀子相比,孟子更强调个体在王道历史中的责任,以及个人道德修养支持下的人格独立。孟子更注重民生,也更看重儒家的历史地位,孟子与杨朱之争有着鲜明的卫道色彩,这些都切合了韩愈的需要和当时的历史背景。

其三是"文以明道"论的充分阐发。柳宗元在《答韦中立论师道书》中说:"始吾幼且少,为文章,以辞为工。及长,乃知文者以明道,是固不苟为炳炳烺烺,务彩色、夸声音而以为能也。"韩愈也说:"愈之所志于古者,不惟其辞之好,好其道焉尔。"(《答李秀才书》)与此同时,二人也注重个体情感的表现,以"不平则鸣"这种文学发生论为依据,为文章中情感的宣泄与抒发辩护,进而使其成为散文写作的题中之义。

韩愈的古文可分为三类。第一类是论说文,如《原道》、《论佛骨表》、《原性》、《师说》,特点是论点鲜明,雄辩恣肆,气势夺人:

> 博爱之谓仁,行而宜之之谓义;由是而之焉之谓道,足乎己无待于外之谓德。仁与义为定名,道与德为虚位。故道有君子小人,而德有凶有吉。老子之小仁义,非毁之也,其见者小也。坐井而观天,曰天小者,非天小也。彼以煦煦为仁,孑孑为义,其小之也则宜。其所谓道,道其所道,非吾所谓道也;其所谓德,德其所德,非吾所谓德也。凡吾所谓道德云者,合仁与义言之也,天下之公言也。老子之所谓道德云者,去仁与义言之也,一人之私言也。(《原道》)

第二类是叙事之文,或宏大凝重如《平淮西碑》,或慷慨激昂如《张中丞传后叙》,寥寥数语,声貌必现:

> 南霁云之乞救于贺兰也,贺兰嫉巡、远之声威功绩出己上,不肯出师救;爱霁云之勇且壮,不听其语,强留之,具食与乐,延霁云坐。霁云慷慨语曰:"云来时,睢阳之人,不食月余日矣!云虽欲独食,义不忍;虽食,且不下咽!"因拔所佩刀,断一指,血淋漓,以示贺兰。一座大惊,

皆感激为云泣下。云知贺兰终无为云出师意，即驰去；将出城，抽矢射佛寺浮图，矢着其上砖半箭，曰："吾归破贼，必灭贺兰！此矢所以志也。"（《张中丞传后叙》）

第三类是记人抒情之文，往往情真意切，富于感染力：

> 呜呼！汝病吾不知时，汝殁吾不知日，生不能相养以共居，殁不能抚汝以尽哀，敛不得凭其棺，窆不得临其穴。吾行负神明，而使汝夭；不孝不慈，而不能与汝相养以生，相守以死。一在天之涯，一在地之角，生而影不与吾形相依，死而魂不与吾梦相接。吾实为之，其又何尤！彼苍者天，曷其有极！自今已往，吾其无意于人世矣！（《祭十二郎文》）

韩愈虽力推散文，但并不排斥骈文的优点，往往间用骈句，造成文章的错落跌宕，富于音律之美。他对于前代的文学作品多有继承和吸收，如《张中丞传后叙》就带有鲜明的史传文学特色，而《毛颖传》更是借鉴了传奇小说笔法，虽为戏谑之作，却很见功力。韩愈强调创新，"蝇营狗苟"（《送穷文》）、"同工异曲"、"俱收并蓄"（《进学解》）等词语都是其创制，充分实践了他"言必己出"的语言追求。

柳宗元的创作以山水游记和寓言小品成就最高。前者继承了郦道元《水经注》、晋宋地记以及南朝小赋的某些手法，也可能受到了王维等人相关作品的影响。意境幽冷，文字简洁，多写人迹罕至的自然山水之美，孤清落拓之意深潜其中：

> 从小丘西行百二十步，隔篁竹，闻水声，如鸣佩环，心乐之。伐竹取道，下见小潭，水尤清冽。全石以为底，近岸，卷石底以出，为坻为屿，为嵁为岩。青树翠蔓，蒙络摇缀，参差披拂。潭中鱼可百许头，皆若空游无所依。日光下澈，影布石上，佁然不动；俶尔远逝，往来翕忽，似与游者相乐。潭西南而望，斗折蛇行，明灭可见。其岸势犬牙差互，不可知其源。（《至小丘西小石潭记》）

柳宗元的山水游记有三大特点。首先是始终与柳宗元本人的贬谪心态相联系。柳宗元选择的描写对象，多为声名不彰之处。在作者看来，这些风景秀美之处，"致之沣、镐、鄠、杜，则贵游之士争买者，日增千金而愈不可得。今弃是州也，农夫渔父过而陋之，贾四百，连岁不能售"（《钴鉧潭西小丘记》），"不为之中州，而列是夷狄，更千百年不得一售其伎"（《小石城山记》）。这其中无疑寄寓着作者遭贬远放的身世感慨。其次，写景"凄神寒骨,悄怆幽邃"(《小石潭记》),极尽孤寒之意。在物象的选择上,则钟情于诡石、怪木、奇卉、美箭,如:"石之突怒偃蹇,负土而出,争为奇状者,殆不可数。"(《钴鉧潭西小丘记》)"然后知是山之特出,不与培塿为类,悠悠乎与颢气俱,而莫得其涯;洋洋乎与造物者游,而不知其所穷。"(《始得西山宴游记》)"无土壤而生嘉树美箭,益奇而坚,其疏数偃仰,类智者所施设也。"(《小石城山记》)着意寻奇,显然与作者疏离流俗、清高自许的心态有关。再次,与唐代的山水诗类似,柳宗元的山水游记同样蕴含着晋人以来由山水散怀体道、体察宇宙的精神。他自言"心凝形释,与万化冥合"(《始得西山宴游记》),"枕席而卧,则清泠之状与目谋,瀯瀯之声与耳谋,悠然而虚者与神谋,渊然而静者与心谋"(《钴鉧潭西小丘记》)。柳宗元以其才情文心感受自然,塑造出一个美的世界。

柳宗元的山水游记,将山水描写推向了一个新的高度,为山水游记这一文体在文坛上地位的确立作出了杰出的贡献。

柳宗元的寓言小品大多短小生动,意在讥刺,富含哲理。如:

> 临江之人,畋得麋麑,畜之。入门,群犬垂涎,扬尾皆来。其人怒,怛之。自是日抱就犬,习示之,使勿动,稍使与之戏。积久,犬皆如人意。麋麑稍大,忘己之麋也,以为犬良我友,抵触偃仆,益狎。犬畏主人,与之俯仰甚善。然时啖其舌。三年,麋出门,见外犬在道甚众,走欲与为戏。外犬见而喜且怒,共杀食之,狼藉道上。麋至死不悟。(《临江之麋》)

又有《骂尸虫文》等骚体杂文,痛快淋漓,语言辛辣。《答问》、《起废答》、《愚溪对》等问答体杂文,正话反说,指斥世情,激愤之情溢于言表。《捕蛇者说》以"赋敛之毒有甚是蛇"为主题,抨击"悍吏之来吾乡,叫嚣乎东西,隳突乎南北,哗然而骇者,虽鸡狗不得宁焉"的暴虐。其他祭吊答问之文,多具身世之悲,含牢骚之意,其中《祭吕衡州温文》笔墨沉痛,感人至深,是唐代祭文中的名篇。

除了韩柳之外,从事古文创作的还有韩愈的友朋弟子如李观、欧阳詹、樊宗师、李翱、皇甫湜、刘禹锡、吕温以及白居易、元稹等也是重要作者,可谓盛极一时。但在他们相继去世后,古文创作却陷入了低谷,骈文重新取得了主导地位。晚唐时,罗隐、皮日休、陆龟蒙等人的讽刺小品异军突起,成为唐代散文最后的回响。

唐代的散文创作以韩愈、柳宗元倡导的古文运动为中心。他们既为散文的发展提供了理论依据,又以自己的创作实绩将唐代的散文创作推向了高峰。在韩、柳之前,散文处于积累的阶段;在其之后,散文与骈文并行,并在宋代高居于骈文之上。韩、柳的古文创作,在各种题材、各种体裁上都取得了很大的成就。这为宋代古文的再次兴起提供了丰富的经验。韩、柳不仅是唐代古文运动的领袖,更是散文发展史上具有标志意义的大家。

第三节　晚唐五代骈文与唐代的赋

随着古文运动的大潮渐渐退去,骈文在晚唐重新取得了主导地位。

在晚唐早期,一些文人尚能以文写情,文质并重,包括令狐楚、杜牧、李商隐等人。令狐楚之文并不繁缛,文风较为清新劲健,用典也不那么密集。杜牧之文较重气势,往往纵横浩荡,反复抒陈。李商隐是晚唐骈文成就最高者。他曾学四六于令狐楚,在文风的繁缛和用典的密集上则超过了令狐,呈现出丽辞云簇、藻采纷呈的面貌。但李商隐之文不但不显得柔弱,反而因与内容相合而有其特殊的力度,《为濮阳公与刘稹书》、《为濮阳公陈情表》等无不气势飞动,撼人心魄。再如:

> 虽伐木析薪,必循其理;而逝梁发笱,亦有可虞。抑臣又闻,父之于子也,有严训而无责善,君之于臣也,有掩恶而复录功。故得各务日新,并从夕改。同寘于道,不伤其慈。傥犯在斯须,便遗天性;过当造次,遽抵国章。则以古以今,孰为令子?在朝在野,谁曰全臣?虚牵复之微言,失不贰之深旨。(《为濮阳公论皇太子表》)

其时文宗宠杨贤妃,欲废皇太子李永(王德妃之子),李商隐遂代泾原节度使王茂元作此表,为皇太子申辩。全文忠鲠剀切、风骨凛然。再如《上河东公启》:

> 某悼伤以来,光阴未几。梧桐半死,才有述哀;灵光独存,且兼多病。眷言息胤,不暇提携。或小于叔夜之男,或幼于伯喈之女。检庾信荀娘之启,常有酸辛;咏陶潜通子之诗,每嗟漂泊。所赖因依德宇,驰骤府庭。方思效命旌旄,不敢载怀乡土。锦茵象榻,石馆金台,入则陪奉光尘,出则揣摩铅钝。兼之早岁,志在玄门,及到此都,更敦凤契。自安衰薄,微得端倪。至于南国妖姬,丛台妙妓,虽有涉于篇什,实不接于风流。况张懿仙本是无双,曾来独立,既从上将,又托英僚。汲县勒铭,方依崔瑗;汉庭曳履,犹忆郑崇。宁复河里飞星,云间堕月,窥西家之宋

玉,恨东舍之王昌?诚出恩私,非所宜称。

李商隐中年丧妻,其上司柳仲郢欲为其续弦,他作此书婉言谢绝。感情深沉绵邈,发语委婉曲折,用典虽多,却无损于作者的情感抒发。李商隐也有一些用典较少甚至不用典故的作品,如《祭小侄女寄寄文》:

哀哉!尔生四年,方复本族。既复数月,奄然归无。于鞠育而未申,结悲伤而何极!尔来也何故,去也何缘?念当稚戏之辰,孰测死生之位?时吾赴调京下,移家关中,事故纷纶,光阴迁贸,寄瘗尔骨,五年于兹。白草枯荄,荒途古陌,朝饥谁饱?夜渴谁怜?尔之栖栖,吾有罪矣!

感伤哀婉,令人不忍卒读。除此之外,《奠相国令狐公文》、《祭外舅赠司徒公文》、《祭裴氏姊文》等也都是佳作。这些作品文情并茂、华实相扶,堪称唐代骈文的典范。

与李商隐并称的温庭筠、段成式,在风格上与李商隐有类似之处,但却缺乏李商隐饱满的情感力量。骈文至此,文格已卑,文气已衰。此后的司空图、韩偓、欧阳炯等人,越发绮靡浮艳,题材上不离金玉香软、酒色享宴,无足多论。

最后谈一下唐代的赋。

唐代的赋主要分为古赋、抒情赋、咏物赋以及新出现的律赋。古赋在盛唐重现生机,与当时国势的强盛以及盛唐人豪迈自信的气度有着直接的关系。在具体内容上,则以描写京都气象、宫殿礼乐以及皇家游猎为主,骈散结合,奔放洒脱,不拘一格。如李白的《明堂赋》,李庚的《西都赋》、《东都赋》,李华的《含元殿赋》,杜甫的《三大礼赋》等,都继承了汉大赋铺张扬厉、气势宏伟的特点。

唐代的抒情赋不外感慨时光易逝、怀才不遇,或者抒发吊古伤今之感。体制受六朝影响很大,如:

忽逢江外客,复忆江南春。罗衣乘北渚,锦袖出东邻。江边小妇无形迹,特怨狂夫事行役。凤凰山上花无数,鹦鹉洲中草如积。春江澹容与,春期无处所。春水春鱼乐,春汀春雁举。君道玉门关,何如金陵渚?为问逐春人,年光几处新?何年春不至?何地不宜春?亦有当春逢远客,亦有当春别故人,风物虽同候,悲欢各异伦。(王勃《春思赋》)

大量近于诗体的句子带有明显模仿庾信《春赋》的痕迹。进入盛唐以后,赋

风或清丽自然,或雄浑奔放,眼界比较开阔,已与六朝之浮靡不同。如李白的《悲清秋赋》:

> 登九疑兮望清川,见三湘之潺湲。水流寒以归海,云横秋而蔽天。予以鸟道计于故乡兮,不知去荆吴之几千。于时西阳半规,映岛欲没;澄湖练明,遥海上月。念佳期之浩荡,渺怀燕而望越。荷花落兮江色秋,风嫋嫋兮夜悠悠。临穷溟以有羡,思钓鳌于沧洲;无修竿以一举,抚洪波而增忧。归去来兮,人间可以托些,吾将采药于蓬丘。

中唐的赋家或多或少参与了文体革新运动,他们的赋作多表达仕途坎坷、怀才不遇的愤懑。这类作品有韩愈的《闵己赋》,李翱的《述怀赋》、《幽怀赋》,刘禹锡的《伤往赋》等。如柳宗元的《闵生赋》:

> 肆余目于湘流兮,望九疑之垠垠。波淫溢以不返兮,苍梧郁其莽云。重华幽而野死兮,世莫得其伪真。屈子之悁微兮,抗危辞以赴渊。古固有此极愤兮,矧吾生之菲艰。列往则以考己兮,指斗极以自陈。登高岩而企踵兮,瞻故邦之殷辚。山水浩以蔽亏兮,路葐蒀以扬氛。空庐颓而不理兮,翳丘木之榛榛。块穷老以沦放兮,匪魑魅吾谁邻。

吊古之作大多以兴衰之变言治乱之道,刘禹锡《山阳城赋》"痛人亡而事替",王昌龄《吊轵道赋》批评"以暴易乱,莫知其极",郊昂《骊山伤古赋》"嗟拔山之壮气,成拱木之寒烟",无不用意当世,语含讽谏。

唐代的咏物赋有三点值得注意。其一是在范围上较六朝宽广,无论自然物象还是人类文明的成果,无不成为赋家描绘的对象。其二是境界渐趋开阔,笔力更为劲健,李白的《大鹏赋》、杜甫的《雕赋》是其代表。其三是柳宗元的讽刺赋在晚唐发展成为以指摘时事、讽刺世情为主旨的讽刺咏物赋潮流,如李商隐《虱赋》、罗隐《秋虫赋》、陆龟蒙《蚕赋》等。这些作品往往笔锋尖锐,感情激愤。

律赋是唐代新出现的赋体。在文体层面上,它受到唐代发达的律诗大潮的影响;在现实层面上,它是唐代科举制度的直接产物。王勃《寒梧栖凤赋》就以"孤清夜月"为韵,可视为律赋滥觞。开元二年,王邱知贡举,试题为《旗赋》,且规定必须以"风日云野,军国清肃"八字为韵。这可能是科举中最早的限韵作赋。到了大和八年,杂文所试专用诗赋,律赋迎来了它的兴盛期。

律赋要求音韵谐和、对偶工整,于音律、押韵都有严格规定,科举考试时一般以四言二句八字为韵立意,八韵要求依次四平四仄,字数一般不超过

400字。因律赋多为应试之作,注重对题目的阐发和展开。中唐以后,士人多习律赋,名家有裴度、蒋防、元稹、白居易、白行简、贾𫗧、李程、王起等。体制虽同,风格各异,如白居易自然流畅,蒋防清丽精美,李程、裴度、贾𫗧等则偏于庄重典雅:

> 满时而玉貌和光,难分皓皓;亏处而娥眉共丽,不辨娟娟。炯若通辉,超然绝俗。想明眸而下鉴,并玉钩而傍烛。闺中结恨,感予于三五之时;笛里传情,听我于关山之曲。岂伊异人,学道全真。湘波之妃,洛浦之神,曾不足继其芳尘。(蒋防《嫦娥奔月赋》,以"一升天中,永弃尘俗"为韵)

律赋的内容主要是歌功颂德、阐发经义、吟咏性情。由于形式要求严格,加上多为求利禄的敲门砖,往往缺乏真情实感。到了晚唐,一些赋家或以古事为题,寓悲伤之旨,或以物象为寄,表避世之情。虽然在情调上偏于消极,却也为律赋摆脱科举束缚作出了贡献。黄滔是其中的代表作者。他的《馆娃宫赋》、《明皇回驾经马嵬赋》、《景阳井赋》、《秋色赋》、《狎鸥赋》等都是佳制:

> 吴王殁地兮,吴国芜城。故宫莫问兮,故事难名。门外已飞其玉弩,座中才委其金觥。舞榭歌台,朝为宫而暮为沼。英风霸业,古人失而今人惊。(《馆娃宫赋》,以"上惊空壕,色施碧草"为韵)

唐代还有一些接近口语的俗赋,对小说发展有着重要的影响。

第八章 唐人传奇与俗讲变文

唐人传奇与唐诗并为"一代之奇"。继魏晋南北朝志怪小说、志人小说之后,唐人传奇又为中国小说史写下了光彩夺目的一页。在唐传奇外,还出现了通俗文体俗讲和变文,俗文学的发展从此展开了新的局面。

唐人传奇何以在唐代成熟并取得卓越成就?它在精神气质和艺术风貌上有什么足以将自身凸显出来的特征?这些正是我们首先要回答的问题。

第一节 传奇释名

"传奇"一词,可以作为文体名称使用,也可以不作为文体名称使用,这给划定其外延造成了一些困难。我们争取表述得简明一些。

"传奇"名称的外延,有个演变的过程。它最初是唐代裴铏所著小说集的专名,或者如周绍良《〈传奇〉笺证稿》所证明的,它更早是元稹《莺莺传》的原名。到宋代,人们通常在两种意义上使用"传奇"这一名称:一是指唐代裴铏的小说集,如陈师道《后山诗话》:"范文正公为《岳阳楼记》,用对语说时景,世以为奇,尹师鲁读之,曰:'《传奇》体尔!'《传奇》,唐裴铏所著小说也。"①二是指宋代说话四家中"小说"家门的一个题材类别,灌圃耐得翁《都城纪胜》、罗烨《醉翁谈录》、吴自牧《梦粱录》都罗列有"传奇"一目,其故事均为人世间的爱情。《梦粱录》将诸宫调中写人世恋爱题材的作品也称为传奇。

元代人曾泛称南戏、杂剧、诸宫调为传奇,这可能是就其题材具有奇异性而言。南戏《小孙屠》第一出"副末开场"有"后行子弟,不知敷衍甚传奇"之语;元钟嗣成《录鬼簿》著录元杂剧作家与作品分类标目,题为"前辈已死名公才人,有所编传奇行于世者"。但元末的陶宗仪已用"传奇"来特指唐代的传奇小说,他在《南村辍耕录》中说:"唐有传奇,宋有戏曲、唱诨、词说……"(卷二十五)"稗官废而传奇作,传奇作而戏曲继。"(卷二十七)将"传奇"区别于六朝小说("稗官")和宋代的戏曲、诸宫调,其文体意义已相当明晰。

明胡应麟在《少室山房笔丛·九流绪论下》里更确切地将"传奇"视为文言小说中与"志怪"、"杂录"等并列的一个类别。胡应麟的同时代人臧懋循在其《负苞堂文集》卷三《弹词小记》中还提出了"唐人传奇"这一名称。鲁迅称唐代小说中那些有意虚构,"叙述宛转,文辞华艳"的作品为传奇,正

---

① 清何文焕辑:《历代诗话》,北京:中华书局1981年版,第310页。明代胡应麟也确认"传奇"首先是指唐代裴铏的小说,其《少室山房笔丛》卷四一《庄岳委谈下》云:"传奇之名不知起自何代,陶宗仪谓唐为传奇,宋为戏诨,元为杂剧,非也。唐所谓'传奇',自是小说书名,裴铏所撰,中如蓝桥等记,诗词家至今用之,然十九妖妄寓言也。裴晚唐人,高骈幕客,以骈好神仙,故撰此以惑之。其书颇事藻绘而体气俳弱,盖晚唐文类尔,然中绝无歌曲、乐府若今所谓戏剧者,何得以传奇为唐名?或以中事迹相类,后人取为戏剧张本,因展转为此称不可知。范文正记岳阳楼,宋人讥曰传奇体,则固以为文也。"见胡应麟:《少室山房笔丛》,上海:上海书店出版社2001年版,第424页。

是承胡应麟、臧懋循而来的。

明代嘉靖以后,"传奇"也被用来指称不限出数、各类角色都可以唱、篇幅较长的南曲戏曲剧本。明吕天成《曲品》卷上说:"金元创名杂剧,国初沿作传奇。"清初李渔在《闲情偶寄》卷一中具体解释说:"古人呼剧本为'传奇'者,因其事甚奇特,未经人见而传之,是以得名。可见非奇不传。"他着眼于剧本情节的新奇。近人沿袭明人的习惯称呼,"传奇"遂成为戏曲中的一个专名。

可以看出,"传奇"一名的外延比较复杂。本章所讨论的"传奇",仅指文言小说中的一个体类;超越这一范围的外延,不在我们的视野之中。

第二节 唐人传奇的文体特征

作为传奇小说,它在精神气质和艺术风貌上的特征是什么?或者换一种表述,就文体而言,唐人传奇有什么特征?

一、传奇之"奇"与正史之"正"

传奇之"奇"与正史之"正",这种字面上的对照关系恰好是其逻辑关系的表现。所谓正史,之所以是"正",乃是因为它"非天下所以存亡"之事"不著",是朝代兴衰的严肃记录,后世君臣可引以为鉴。在正史中,细腻的情感描写和日常生活铺叙是应力求避免的。《史记》避免不够,便被讥为过于好奇。而传奇小说却不大关心那套"天下所以存亡"之事,也不留意人世间的功业和勋名。它与"无关大体"(无关"天下所以存亡"的大体)的浪漫人生更为接近。其精神气质与正史完全不同,正史是"正",传奇小说当然就是"奇"了。因此,结论是:唐人传奇之"奇",乃是指它的"无关大体"。

就具体的题材指向而言,传奇之"奇"与爱情、豪侠和隐逸三者的联系非常密切。

唐人传奇是在德宗至宪宗朝发展到鼎盛阶段的,而其主要标志便是爱情题材的作品骤然勃兴。清章学诚《文史通义》卷五《诗话》谈到唐人传奇时说:"大抵情钟男女,不外离合悲欢,红拂辞杨,绣襦报郑,韩李缘通落叶,崔张情导琴心,以及明珠生还,小玉死报。凡如此类,或附会疑似,或竟托子虚,虽情态万殊,而大致略似。"沈既济《任氏传》、许尧佐《柳氏传》、元稹《莺莺传》、白行简《李娃传》、陈鸿《长恨歌传》、蒋防《霍小玉传》、沈亚之《湘中怨解》、李朝威《柳毅传》、佚名《韦安道》以及《玄怪录·崔书生》等,均为有声有色的爱情名篇。

"以武犯禁"的豪侠在先秦一度备受重视，司马迁的《史记》曾专设《游侠列传》。但秦汉以后，为侠者只有三条路可走：一是占山为王，成为《水浒传》世界的好汉；二是为清官效命；三是横行一方，实即土豪。自唐代确立官修正史的制度后，历代正史不再为侠士立传，这不仅因为行侠难以见容于大一统的天下，而且由于侠这一社会阶层确已不复存在。然而，有意味的是，唐人传奇与正史的趋向截然相反：在被正史所忽略的爱情题材勃兴的同时，被大部分正史所摒弃的豪侠义士也成为光彩夺目的主角。冯燕风神高迈，"杀不谊，白不辜，真古豪矣"；吴保安与郭仲翔高行侠举，其人际关系已从世俗的机变算计中超越出来；昆仑奴以打抱不平为核心内容；柳毅亦儒亦侠，梗概多气。女侠的出现在小说史上尤具划时代意义。红线、红拂、聂隐娘是女侠中的佼佼者；而那些以复仇为人生主题的女侠则似乎对后世影响更大。

正史总是为建功立业者立传，唐人传奇却鼓励读者去做隐士。沈既济《枕中记》、李公佐《南柯太守传》是表达这种见解的重要篇目。《枕中记》的卢生、《南柯太守传》的淳于棼都饱享了人生的荣华富贵，也备尝了失宠受辱的凄凉悲辛，大梦骤醒，他们的感受是什么呢？归结到一点，无非是人生的短促与人世的逼仄。有人以为人生很长，可以慢慢消受，殊不知卢生那个几十年荣辱的大梦做完，"主人蒸黍未熟，触类如故"。淳于棼在大槐安国叱咤风云，自以为那片天地非常宽广，谁知仅同区区蚁穴。既然人生是如此短暂，人世是如此逼仄，一切升沉、荣辱又有什么值得营求、值得挂在心上的呢？卢生、淳于棼豁然悟道，便是由这一逻辑演绎出来的。

唐代后期的传奇将《枕中记》、《南柯太守传》的悟道具体化为求仙。诸多作品所设计的仙境，其实是山水诗的境界，本质上是对隐士生活的一个侧面的观照。这种"好游山水"、"永绝宦情"的心理，自然是由乱世所造成的，但作家们热衷于用传奇小说来加以抒写，正说明它本来有着注重隐逸题材的传统。

爱情、豪侠、隐逸，这三种题材向来为正史所拒绝，或处于正史的边缘，而在唐人传奇中，它们却居于中心位置。这种反差是值得关注的，因为二者同属于叙事体裁。叙事的正史和叙事的传奇在题材选择上容或有重合的部分，但其区别却是显而易见的。正、奇之别，题材选择的差异是一个重要的方面。

二、"嗜奇"、"好异"的想象

唐人传奇成熟于一种独特的社交氛围中。唐代士大夫的社交文化，其特点似不如魏晋显著,但至少有一点是可以指出的:那时的文化人除了爱切磋诗、文、赋之外,也爱谈说奇闻异事,诸如神仙、鬼怪、轶事等。他们不求事情的真实,而希望从中获得超越日常生活的幻想情趣。许多传奇作者对此都津津乐道,如《太平广记》卷二八《郗鉴》(出《纪闻》)、卷七四《俞叟》(出《宣室志》)、卷八三《张佐》(出《玄怪录》)、卷一二八《尼妙寂》(出《幽怪录》)、卷三四三《庐江冯媪》(出《异闻集》)、卷四八八《莺莺传》(元稹撰)、陈鸿《长恨歌传》、李公佐《古岳渎经》、《三水小牍·王知古》等都描述了当时士大夫热衷于"宵话奇言"、"征异话奇"、"各征其异说"、"宵话征异"的社交生活。在这种不乏浪漫色彩的社交氛围中,唐人以六朝志怪为借鉴,以社会人生为参照,以佛道的想象为羽翼,从而创造了丰富多彩的幻想世界。

幻想伴随着虚构,因此,虚构成为唐人创作传奇的一个重要手法。明胡应麟《少室山房笔丛·二酉缀遗中》说:"凡变异之谈,盛于六朝,然多是传录舛讹,未必尽幻设语。至唐人乃作意好奇,假小说以寄笔端,如《毛颖》、《南柯》之类尚可,若《东阳夜怪录》称'成自虚',《玄怪录》'元无有',皆但可付之一笑,其文气亦卑下亡足论。"虽意存贬抑,但却准确地指出了唐人"作意好奇"这一事实。一些传奇作家往往有意在小说中留下虚构的痕迹,比如李公佐《谢小娥传》。谢小娥的父亲和丈夫被申春、申兰劫杀,他们向谢小娥托梦,理当直接点出申春、申兰的名字,可是他们偏不,而用"田中走,一日夫"隐申春,以"车中猴,东门草"隐申兰,以至于小娥好些年也弄不清仇人是谁。这显然不合情理。"此类由于记录者欲神其说,不必实有其事。"(纪昀《阅微草堂笔记》卷二十一)"嗜奇"乃唐代传奇作者的基本特征之一。对于唐人传奇的某些虚构,用"不中情理"加以责备是不大合适的,因为它的作者正是要在对日常"情理"的违背中获得一种超越寻常的风味。

三、传、记的辞章化

唐人传奇基本包括传、记两种体制。"传"较多地继承史家纪传体的传统,对人物的生平、出处、归宿等有相当完整的交代,文末通常还有一段论赞式的议论;"记"偏于继承志怪小说的传统,不大注意交代人物生平,而是截取人生的某一片段加以记叙。但无论是"传",还是"记",它们都属于"文、笔"中的"笔",属于史书一脉。从这样的角度看,说唐人传奇受到史家影响是不必置疑的。

但是,尚未辞章化的传、记是不具备传奇小说品格的,或者说,只有与"文"(辞章)融合的"笔"(传、记)才算具备了传奇小说品格。于是,在传、记与辞章之间寻找区别和联系,就是为传奇小说定位的一个较为可行的办法。

　　首先从六朝的文、笔之别说起。

　　南朝梁昭明太子主编的《文选》,是一本影响极大的"文(诗、赋、骈文)选"。他在序文中介绍了他的编选原则:一是不选经书,如《论语》《孟子》等;不选子书,如《庄子》《荀子》等;因为经书其体尊严,不宜加以删汰,而子书"以立意为宗,不以能言为本",即子书注重的是思想,而不是文章的形式、辞藻、声调。二是不选史书,因为"记事之史,系年之书,所以褒贬是非,纪别异同,方之篇翰,亦已不同"。历史著作经由对事实的记叙揭示历史演变的规律,表达作者的价值判断,仍以思想和见识为骨,与经、子属于同一类型。萧统钟情的是"事出于沉思,义归乎翰藻"的美文(诗、赋、骈文),这种美文所要达到的效果,是使读者"情灵摇荡"。这表明,"文"是一种抒情的文体类别。为了取得较好的抒情效果,它特别讲求形式、辞藻、声调。

　　毫无疑问,属于"笔"类的史书与属于"文"类的辞章,两者之间存在重要的区别。比如,史书通常排斥景物描写,排斥虚构,排斥第一人称限知叙事和第三人称限知叙事,排斥私人化的感情,排斥色彩清丽或绚烂的措词;而诗、赋、骈文则排斥重大的历史事件,排斥对哲理的原原本本的阐释,而钟情于史书所排斥的那些方面。二者的区别使传、记与辞章分道扬镳,自成面目。而唐人传奇作为新型文体的特征之一,即将传、记辞章化,将文、笔融成一体,从而创造了一种新的文学样式。比如,《南柯太守传》《补江总白猿传》以"传"命名,叙人记事,这都受赐于史书,但前者的结尾"假实证幻,余韵悠然"(鲁迅《中国小说史略》),后者着力于风景的描绘,则显然是仿效辞章。沈亚之的《秦梦记》以"记"命名,叙奇搜异,这都受赐于志怪,然而,《秦梦记》虽安排了沈亚之在梦中娶秦穆公女儿弄玉的情节,但对这段"驸马"生活并未花费多少笔墨,而是以弄玉"声调远逸,能悲人"的箫声作为焦点,渲染由悼亡、伤别引发的感伤情调。后一方面主要受到诗的濡染。至于裴铏《传奇》以骈文叙事写人,更明确显示出传、记辞章化的特点。可以有把握地说一句,传、记辞章化,这是唐人传奇文体成立的基本前提之一。就这一特征而言,我们不妨称唐人传奇为辞章化传奇。

　　以上我们从三个方面阐释了唐人传奇的文体特征,即:面向"无关大体"的浪漫人生;注重想象和虚构;传、记辞章化。这三个方面,又以第三点最为重要。或者这样表述:"传、记辞章化"是唐人传奇最基本的文体特征。唐人传奇融传、记与辞章为一体,建立了若干新的写作惯例:从选材上看,唐人传奇对想象世界和私人感情生活倾注了浓厚的兴趣;就艺术表达而言,唐人传奇在传、记的框架内穿插大量景物描写,注重形式、辞藻、声调的经营,不仅采用第三人称客观叙事和第三人称限知叙事,还不止一次地采用第一人称限知叙事。可以说,只有在融合了辞章的旨趣和表现手法后,传、记才成为了传奇。

第三节 唐人传奇的发展进程

唐人传奇的发展,如仿照明代高棅《唐诗品汇》对唐诗的分期,大致可分四个时期:初期(618—779),从唐高祖起,到唐代宗止,这是传奇产生及渐趋成熟的时期。盛期(780—820),从唐德宗起,到唐宪宗止,这是传奇发展的鼎盛时期。中期(821—873),从唐穆宗起,到唐懿宗止,这是传奇集创作大获丰收的时期。晚期(874—910),从唐僖宗起,延续到五代初,这是传奇衰退、变异的时期。唐人传奇在其不同的发展阶段,不仅作品数量存在差异,在精神气质和艺术风貌方面也存在显著不同。

一、初期唐人传奇

产生于唐初至代宗朝的单篇唐人传奇,现存的名作有王度《古镜记》、无名氏《补江总白猿传》、张鷟《游仙窟》、陈玄祐《离魂记》。唐晅《唐晅手记》、张说《梁四公记》、郭湜《高力士外传》等亦有可取之处。"单篇文字形式本来用于辞赋、散文、传记等,而用于述异语怪的小说,反映出把小说文章化,亦即自觉创作的产生。"[①]这一时期的传奇集或者收录有传奇的小说集,主要有三部:牛肃《纪闻》(约乾元年间)、张荐《灵怪集》(约大历年间)、戴孚《广异记》(约大历末至建中初年)。

从唐初到代宗朝,这是一个艰难的发轫期。唐人传奇带着六朝志怪烙印在它身上的痕迹,步履蹒跚地走上了文坛。

在单篇传奇中,《古镜记》、《补江总白猿传》虽与人事相关,但并未跨越志怪的樊篱。张说的《梁四公记》以闾公、㽔公、𣅿公、杰公为线索,记述远国殊方的奇禽异兽、珍宝珠玉等,其取材与汉魏六朝的《神异经》、《十洲记》、《博物记》相类。李舟的《李牟吹笛记》写李牟吹笛而遇异人,亦有志怪意味。郭湜的《高力士外传》属纪实小说,凡玄宗怠政、安史作乱、玄宗幸蜀、马嵬兵变诸事,均事关军国。只有《游仙窟》写张鷟的艳遇,以一种天真

---

① 李剑国:《唐五代志怪传奇叙录》,天津:南开大学出版社1993年版,第34页。

的放肆笔调,涉及"进士与妓女"这一在唐人传奇中格外显赫的话题。至于陈玄祐《离魂记》,当然是优美而动人的,但文辞简约,还不足以酿造一种感情生活的氛围。

仙、鬼、妖怪构成此期小说集中最为庞大的形象系列,有关社会人生的情感尚未得到应有的表达。《纪闻》所写到的真人真事,以奇为归,倒与唐传奇的总体特色吻合,尤其是《吴保安》,状写义气,已开颂扬豪侠的先例。《灵怪集》中的《许至雍》、《郭翰》等篇,或叙夫妻之爱,或讲人神之恋,亦粗具"负才则自放于丽情"(汪辟疆《唐人小说·序》)的品格。但这些为数甚少的作品,尚未蔚成壮阔的景观。

二、盛期唐人传奇

从唐德宗建中初(780),到唐宪宗元和末(820),这是唐人传奇的鼎盛时期。单篇传奇所达到的成就,构成了文言小说史上一个与唐诗并立的高峰。鲁迅《唐宋传奇集·序例》说:"惟自大历以至大中中,作者云蒸,郁术文苑,沈既济、许尧佐擢秀于前,蒋防、元稹振采于后,而李公佐、白行简、陈鸿、沈亚之辈,则其卓异也。"其中绝大部分名作都写于贞元、元和年间,只有蒋防的《霍小玉传》、沈亚之的《秦梦记》可能稍晚一些。

除了单篇外,这一时期还产生了两部小说集:牛僧孺《玄怪录》、陈劭《通幽记》。其中,《玄怪录》尤为著名。

考察这一时期传奇小说的审美追求,我们拟着眼于两个方面:整体的精神气质及其在艺术上对前辈的超越。就精神气质而言,其特征是对"无关大体"的浪漫人生的热烈关注;就艺术风貌而言,其特征是"有意为小说",创造了一系列新的叙事惯例。

这一时期传奇在精神气质方面的基本特征,首先表现在产生了一批直抒出世情怀的作品,如沈既济的《枕中记》、李公佐的《南柯太守传》,都以隐逸号召世人。沈既济(约749—约800),苏州吴(今江苏苏州)人。《新唐书》有传,称他"经学该明",有良史才。德宗朝宰相杨炎推荐他任左拾遗、史馆修撰。后杨炎获罪,他也于建中二年十月(781)被贬为处州司户参军,后入朝任礼部员外郎,撰有《建中实录》。其传奇小说今存《枕中记》和《任氏传》。《枕中记》(《太平广记》卷八三题作《吕翁》)写卢生得到道士吕翁的一个枕头,枕之入梦,在梦中登第入官,历任显要,50余年,饱享了人世的富贵荣华,也备尝失宠受辱的辛酸滋味,一觉醒来,主人的黄粱米饭还未蒸熟。他由此感悟到功名的空虚。

《南柯太守传》(《太平广记》卷四七五题作《淳于棼》)是李公佐的名

作。李公佐生平不详。他现存的四篇传奇《南柯太守传》、《谢小娥传》、《庐江冯媪传》、《古岳渎经》全都写于贞元、元和年间。《南柯太守传》写淳于棼酒醉沉睡,梦入大槐安国,被招为驸马,享尽荣华富贵,后因威望日高,引起国主疑忌,终被遣归,梦醒方知"大槐安国"乃槐树下一大蚂蚁窝。它和沈既济《枕中记》的构思相近,均"以短梦中历尽一生"。但《枕中记》突出的是"长与短"的对比,梦中数十年,实际上还不够做一顿饭的时间;《南柯太守传》除了"长与短"的对比外,还强调了"大与小"的对比:淳于棼在大槐安国叱咤风云,自以为他活动的天地十分宽广,谁知不过是区区蚁穴!

《枕中记》、《南柯太守传》所抒写的人生如梦、人世局促的出世情怀,在唐以前,一向由其他体裁来承担,比如阮籍的《大人先生传》、《咏怀》诗,陶渊明的《五柳先生传》、《归去来兮辞并序》等。沈既济、李公佐率先"假小说以寄笔端",确乎别开生面。

传奇对私人感情生活的描写更展开了令人耳目一新的格局。

其一,男女恋情具有了更多自由、浪漫的色彩。初期传奇中的《离魂记》中,王宙与倩娘有过非正式的父母之命,这样,他们的感情仍是一种婚姻架构内的感情,而婚姻中的夫妻关系主要是一种伦理关系,责任比感情更加重要。他们维持到生命终点的正式夫妻关系更强化了这种伦理意味。相形之下,许尧佐《柳氏传》之柳氏,李景亮《李章武传》之王氏子妇等,其行为则自始至终不以婚姻为归宿。柳氏以李生之幸姬而属意于韩翊;一度被沙吒利"宠之专房"后,又重与韩翊聚首。她与韩翊之间,始终不存在正式的夫妻关系,维系二者的纽带是"翊仰柳氏之色,柳氏慕翊之才"的浪漫情怀。就连身为玄宗妃子的杨玉环,陈鸿《长恨歌传》写她的痴情也主要是在她死后——那时她与玄宗之间已不存在现实的婚姻关系。迷恋于夫妻生活之外的爱,而且把这种爱写到铭心刻骨的程度,这是一个特点。

其二,作家们开始以深刻的悲剧意识来感受这种伦理架构之外的恋情。唐人传奇写夫妻关系之外的恋情,确立了一个基本原则,即:这种恋情不对婚姻造成危害或妨碍。所以,我们不难理解一个事实:在蒋防的《霍小玉传》中,霍小玉从未要求成为李益的妻子;在元稹的《莺莺传》中,崔莺莺也对张生的"始乱终弃"表示一定程度的谅解。这样一种恋情,其归属不是婚姻,也不与婚姻相冲突。可以说,它既不是合道德的,也不是反道德的,而仅仅是一种被许多人视为人生插曲的感情生活,因而并不被重视。耐人寻味的是,唐人传奇却给了它一席不容忽视的位置:爱情的缺憾与人生的其他挫折如仕途之贬谪、家庭之变故一样,足以使人"情动于中而形于言"。初期传奇中的《离魂记》，已约略涉及男女情人被迫分开的"郁抑"、"悲痛"。而许尧佐《柳氏传》在处理一对情人暌隔的情节时，虽寥寥数语，却深沉悲怅。李景亮《李章武传》叙李章武与王氏子妇亡魂离别，《霍小玉传》写霍小玉对李益的期待，无不感人至深。《莺莺传》和《长恨歌传》也充溢着悲剧意味。

《莺莺传》的结局多次引起争议。宋代的何东白说崔、张"始相遇也，如是之笃；终相失也，如是之遽"，感到传奇的收煞太突然；但逍遥子（可能即赵令畤）认为，元稹已比较充分地写出了张生与莺莺不得已而分离的悲剧性情感："崔之始相得，而终至相失，岂得已哉！如崔已他适，而张诡计以求见，崔知张之意，而潜赋诗已谢之，其情盖有未能忘者矣。乐天曰：'天长地久有时尽，此恨绵绵无尽期。'岂独在彼者耶！"在他看来，崔、张始终是一对有情人，惟其如此，他们"终至相失"的结局才是悲剧性的。这个看法，导致了后世崔、张故事的两种结尾设计：一以金董解元《西厢记诸宫调》、元王实甫《西厢记》杂剧为代表，让有情人终成眷属；一以《不了缘》杂剧为代表，让崔、张永远处于不能相见的痛苦思念之中。这些情况表明，崔莺莺在后世读者中所引起的关注是别的小说人物所不能比拟的。元稹也因此在小说史上获得了重要地位。

霍小玉的悲剧命运构成《霍小玉传》的主体内容。而悲剧的产生，则与其妓女身份密切相关。妓女可能有丰裕的物质生活条件，也可能有良好的文化教养，但社会地位极低，和奴婢一样地被人买卖或互赠，已丧失基本的人身权利。"她们一生只有三条出路：就是老后为假母，续操旧业，嫁与人为妾媵，入空门为道士或女尼。"[①]她们不能与士人建立正常的婚姻关系。据孙棨《北里志》"王团儿"条记载：妓女王宜之渴望从良嫁给孙棨，孙棨无奈之下只好用两句诗拒绝她："泥中莲子虽无染，移入家园未得无。"正由于妓女（哪怕像泥中莲子一样出污泥而不染）不得"移入家园"，所以，当霍小玉与李益定情之后，尽管李益对她一片深情，并且发誓"粉骨碎身，誓不相舍"，霍小玉仍然清醒地意识到她与李益之间的社会地位的悬殊，对李益的盟约不抱任何幻想。她只希望李益在30岁以前，和她共同度过八年的有限时光，此后李益"妙选高门，以谐秦晋"，她自己则"舍弃人事，剪发披缁"，在青灯古佛旁消磨一生。这确乎是一个"短愿"，即使真的实现，也依旧充满凄楚。然而，一个悲剧性的"短愿"，竟被更大的悲剧所毁灭。

霍小玉的性格与崔莺莺有所不同。崔莺莺自尊心极强，迹近高傲，虽

---

① 刘开荣：《唐代小说研究》，上海：商务印书馆1956年版，第146页。

"待张之意甚厚",而从不形于言谈。霍小玉爱李益,心里爱,外面也表露出来。李益逾期未还,霍小玉先是"数访音信",得不到可靠消息;继之以求神问卜,一样没有结果;最后"赂遗亲知,使通消息",耗尽家资,不得不典卖"箧中服玩之物"。就这样,她终于知道李生彻底负心了,她也彻底地绝望了,"冤愤益深,委顿床枕"。霍小玉也比崔莺莺刚烈。崔莺莺是温柔的,她以"蒲苇纫如丝"的摧而不折的坚韧来维护自己的尊严;霍小玉则宁可使用激烈的方式来声讨"坏人"。当黄衫豪士将李益挟持到小玉家时,她不是像莺莺那样柔中带刚地拒绝见面,而是抓住机会,痛斥负心郎。

李益是个负心郎,但他鲜明地区别于张生。张生知其不可为而不为,主动抛弃了莺莺。李益知其不可为而欲为,他对小玉表示的盟誓都发自内心,并非虚与委蛇;但他欲为而不敢为,性格软弱,当受到来自家庭的压力时,就不再坚持自己的信念。他抛弃了小玉,却又始终对她怀有深情,小玉死后,他"为之缟素,且夕哭泣甚哀",埋葬的次日,又"至墓所,尽哀而返"。这个在夹缝中挣扎的人物,在一定程度上,也能引起读者的几分同情。

盛期传奇中的豪侠义士是一类情怀壮烈的大丈夫形象,在他们身上,较多寄寓了作者追求崇高人格的情愫。其中,许俊和黄衫豪士以打抱不平为特色;冯燕则有"好汉做事好汉当",宁可自己去死,也不使他人受冤的光明磊落的胸襟;谢小娥矢志报仇,以女性而洋溢出豪侠气息(《谢小娥传》);郭元振勇于拯人于水火,不计利钝成败(牛僧孺《玄怪录·郭元振》);柳毅虽为儒生,却也不乏豪宕之气(李朝威《柳毅传》)。这些形象的出现,标志着豪侠在唐人传奇中已成为主角之一。

在艺术追求方面,这一时期的传奇创作加强了"有意为小说"的倾向,并在传、记辞章化方面臻于胜境。所谓"有意为小说",其内涵之一即有意虚构,着力创造一个丰富多彩的幻想世界。这又具体呈现为两个方面:

其一,不拘束于"古书"的虚构,而向唐代的生活寻找灵感。著名的例子即关于李隆基与杨玉环的恋爱。"若依唐代文人作品之时代,一考此种故事之长成,在白歌陈传之前,故事大抵尚局限于人世,而不及于灵界,其畅述人天生死形魂离合之关系,似以《长恨歌》及传为创始。此故事既不限于现实之人世,遂更延长而优美。然则增加太真死后天上一段故事之作者,即是白陈诸人,洵为富于天才之文士矣。"① 白居易《长恨歌》、陈鸿《长恨歌传》以本朝帝王后妃为幻想对象,附会修饰,曼衍滋繁,其摆脱羁绊的倜傥

---

① 陈寅恪:《元白诗笺证稿》第一章,上海:上海古籍出版社1978年版,第13页。

风度,令后世企慕。

据程毅中《唐代小说史话》,沈亚之《秦梦记》也是据真人真事而想象发挥的。当时有一位西河公主,初嫁吴兴沈翚,生一子,沈死后,再嫁郭子仪的孙子郭铦。弄玉再嫁,与西河公主正相仿佛。沈亚之将自己虚拟为弄玉的后夫,也够天真放肆的了。

沈亚之,字下贤,生卒年不详,吴兴人。宋晁公武《郡斋读书志》"沈亚之集"条对其生平有比较详细的记载:"元和十年(815)进士。泾原李汇辟掌书记。为秘书省正字。长庆初,补栎阳尉。四年(824),为福建团练副使,事徐晦。后累进殿中丞御史、内供奉。太和三年(829),柏耆宣慰德州,取为判官。耆罢,亚之贬南康尉,后终郢州掾。亚之以文词得名,狂躁贪冒,辅耆为恶,故及于贬。常游韩愈门,李贺、杜牧、李商隐俱有拟沈下贤诗,亦当时名辈所称云。"李贺在《送沈亚之歌》中称他为"吴兴才人"。他的传奇今存《冯燕传》、《异梦录》、《湘中怨解》及《秦梦记》,都写于元和至太和年间。据说《感异记》(一题《沈警感异记》)也是他的作品。

其二,虚构故事,目的不是或主要不是用来寓劝惩。李公佐如此,沈亚之亦然;牛僧孺则将这一倾向推到极致,以至胡应麟在《少室山房笔丛·二酉缀遗中》批评他的《玄怪录》"但可付之一笑",纪昀也在《四库全书总目提要》中说他的传奇集"无关风教,其完否亦不必深考也"。其实,关注想象自身的魅力,这正是牛僧孺的通脱之处。

可以举一个例子。《枕中记》、《南柯太守传》强调"大与小"、"长与短"的对比,一方面表现了作者对想象的兴趣,另一方面也表达了作者的人生见解。牛僧孺也多次写到"大与小"、"长与短"的相对性,目的仅是"假笔墨以寄才思"。《岑顺》(《太平广记》卷三六九)叙金象军与天那军对阵:"其下有鼠穴,化为城门。垒敌崔嵬,三奏金革,四门出兵,连旗万计,风驰云走,两阶列阵。"《张佐》(《太平广记》卷八三)叙薛君胄的两耳中跳出二童子,二童子的耳朵中有兜玄国,按照薛君胄的推论:二童子仅"长二三寸,岂复有国土? 倘若有之,国人当尽焦螟耳"。事实却与推论截然相反:兜玄国与中国大小相当;其人身高也跟薛君胄不相上下。《侯遹》(《太平广记》卷四百)叙一老翁"尽取遹妓妾十余人,投之书笈,亦不觉笈中之窄"。《巴邛人》(《太平广记》卷四十)叙"轻重亦如常橘"的"二大橘"中,"每橘有二老叟"。大与小的区别在这些小说中已不再存在。而牛僧孺构拟这些情节,只是为了炫奇耀异,并不打算寄寓什么见解或感慨。

小说中穿插诗歌,这在六朝志怪中也偶尔能够见到。如《拾遗记》卷一叙帝子与皇娥并坐,皇娥倚瑟而歌;初期唐人传奇中穿插诗的现象又多了一些。盛期唐人传奇所取得的进展尤为可观:第一,诗的创作与传奇的创作相辅而行,诗人与小说家联手的盛况出现了:白居易作《长恨歌》,陈鸿作《长恨歌传》;元稹作《莺莺传》,李公佐作《莺莺歌》;此外,白行简作《李娃传》,元稹作《李娃行》。叙事诗与叙事的传奇相呼应,其结果之一是小说的抒情色彩分外浓郁。如果说《长恨歌》是一首小说化的诗,那么《长恨歌传》就是一篇诗化的小说。第二,产生了像沈亚之这样以"诗才"为主要凭藉而进入传奇领地的作者,这是前所未有的。沈亚之的诗人气质使他的传奇成为一种诗化的小说:小说中的主要人物多擅诗,《湘中怨解》中的汜人"能诵楚人《九歌》、《招魂》、《九辩》之书,亦常拟其调,赋为怨句,其词丽绝,世莫有属者";《异梦录》中的"美人""好诗,而常缀此";《秦梦记》中的沈亚之索性就是作家本人。传奇以他们的名义,写了若干首诗,均堪讽诵。进一步,我们甚至可以说,沈亚之的传奇,其美感魅力的主要来源是诗一样的情调和氛围。如《异梦录》记陇西公所述邢凤之"异",既不以情节为结构中心(没有一般传奇的悲欢离合),也不以性格刻画为重点(邢凤与丽人的个性均甚模糊),而着力渲染的是一片凄迷渺茫的氛围:沈亚之笔下的古装丽人、情调哀婉的《春阳曲》、舞罢"美人泫然良久"的表情,以及她杳如黄鹤去无踪的行迹,都足以诱发怅惘的意绪,字里行间流荡出一股若吊古、若感时的气氛。同样,他的《秦梦记》虽安排了沈亚之在梦中娶秦穆公女儿弄玉的情节,但对这段"驸马"生活并未花费多少笔墨;在少量的记"驸马"生活的笔墨中,写"乐"更少,倒是着意点出弄玉"喜凤箫,每吹箫,必下翠微宫高楼上,声调远逸,能悲人"的特点。以"悲人"为情绪基调,重点记沈亚之的一首挽歌、一篇墓志铭、二首与秦穆公及宫人的别诗以及这些作品所引发的感伤情调。悼亡、伤别,这些本属于古典诗的题材,就这样进入了传奇小说的领域。第三,诗在性格刻画和情节发展中的作用更大了。比如《莺莺传》末尾,莺莺已嫁他人,张生旧情不断,想再见她一面;莺莺知道张生的意思后,写了一首诗以"谢绝"他:"弃置今何道,当时且自亲。还将旧时意,怜取眼前人。"既抱怨张生,又对张生未能忘情,因相爱而体谅,并没有激烈地予以斥责。自行挣扎,自承痛苦,莺莺的人格有些像古诗中的焦仲卿妻。

把史家的传、记与注重描写的辞赋结合起来,在六朝志怪中偶然也能找到先例,如《搜神记》卷一《弦超》、《拾遗记》卷七《薛灵芸》等;初期唐人传奇中的《补江总白猿传》等已着意于风景的摹绘。但盛期唐人传奇的收获在广度和深度上都是空前的。骈散兼施的描写,极大地拓展了语言的表现力。《柳毅传》、《长恨歌传》、《玄怪录》等的文笔均是第一流的。而沈亚之的"怪艳",《玄怪录》的诙诡,尤别具风味。传、记辞章化,揭开了传奇小说史的新篇章。

三、中期唐人传奇

从穆宗初到懿宗末(821—873),这是唐人传奇发展的中期。其成就以传奇集为主,较为著名的有:薛用弱《集异记》、李复言《续玄怪录》、薛渔思《河东记》、郑还古《博异志》、卢肇《逸史》、无名氏《会昌解颐录》、陆勋《集异记》、李玫《纂异记》、张读《宣室志》、裴铏《传奇》、袁郊《甘泽谣》。单篇的著名传奇有:柳珵《上清传》、房千里《杨娼传》、韦瓘《周秦行纪》、薛调《无双传》。无名氏《东阳夜怪录》也可能是这一时期的作品。

考察中期唐人传奇的精神气质,必须注意到一个事实,即:这一时期的知识精英,普遍有一种置身世纪末的痛苦。而就艺术风貌而言,"传奇"之"奇"的内涵又有了新的扩充或变迁,与此前相比,由人生内容之"奇"到情节之"奇",风味已大有不同。这里就其情节之"奇"多说几句。

比如,裴铏、李复言的传奇,其结局往往在开头部分就暗示出来了,但这并未减弱情节的戏剧性,相反还有助于增强其戏剧性。我们认为,其成功在于,在经营情节时,从开始到结局,抓住了下述几个关键环节:

第一,中心人物的命运成为读者关注的焦点。如《裴航》(见裴铏《传奇》)中的裴航、《崔炜》(见裴铏《传奇》)中的崔炜、《定婚店》(见李复言《续玄怪录》)中的韦固。《传奇》的情节,以曲折著称。人生本来就是曲折的,诸多格言如"塞翁失马,焉知非福","祸兮福所倚,福兮祸所伏",都蕴含了穿透生活的辩证法。而裴铏则将生活的辩证法充分地戏剧化了。不妨以《崔炜》为例略作解剖。本篇叙崔炜入南越王赵佗墓及娶齐王女田夫人的事。故事拉开帷幕时,崔炜已因"不事家产,多尚豪侠"而"财业殚尽",只能栖身于佛庙。尽管如此,他依旧侠骨铮铮,慨然助乞食老妪偿还瓮值。老妪用少许越井冈艾来酬谢他,说是什么赘疣都能治,"不独愈苦,兼获美艳"。老妪的话太令人难以置信了,故崔炜"笑而受之"——这是一个有身份的人虽不拿对方的话当真却也不忍使对方下不来台的宽厚大度的笑;读者呢,同样不相信老妪的艾有如此神通。然而,数日后,崔炜果真为一老僧治好了耳上赘疣。老僧无以奉酬,荐崔炜给"藏镪巨万"的任翁疗"斯疾",任翁病愈,盛情款留崔炜,欲以十万钱为酬金。至此,读者确信崔炜已时来运转,并期待他"兼获美艳"。正当我们作此预料时,裴铏却让崔炜突然面临杀身之祸——而且凶手就是任翁。"时任翁家事鬼曰独脚神,每三岁,必杀一人飨之。时已逼矣,求人不获。"任翁负心,拟杀崔炜。而崔炜还在等着酬金呢!读者既愤愤不平,又紧张至极。山穷水尽处,忽又柳暗花明。任翁之女私下叫崔炜逃走。慌乱中崔炜落入一大枯井,乃一巨穴,有一数丈长的白蛇盘曲其中。它会吃掉崔炜吗?读者不能不朝这方面想。结果呢?它不但未加害于崔炜,反因崔炜为它治好了嘴上的疣,把他送到了南越王赵佗宫中。后又几经周折,终与田夫人成亲。故事的结局在开头就已点明:"不独愈苦,兼获美艳。"但具体的情节展开却险象环生,波澜迭起,读者的阅读期待一再落空。这便是"奇"!得失、祸福,本是司空见惯的人生现象,然而到了裴铏笔下,却成了不寻常的戏剧场景。

第二,目的被阻。人物不能得到他所追求的东西,如崔炜、裴航;或人物竭尽全力逃避其归宿,如韦固。人物的命运由此出现曲折,读者的好奇心被进一步激发起来。《裴航》叙长庆年间裴航与仙女云英遇合的事。其旨趣可用"蓝桥便是神仙窟,何必崎岖上玉清"来概括——谁毫不迟疑地投身于爱情,谁就具备了仙的品格。在裴铏看来,爱情的世界即神仙的世界,所以,为他所偏爱的"狂生"追求爱情时总是无拘无束的。裴航见到同船的樊夫人,"乃国色也",他也不管樊夫人是否已婚,就"赂侍妾袅烟"递去情诗一首,得不到酬答,又"求名酝珍果而献之",樊夫人无奈,只好直言相告:"妾有夫在汉南……岂更有情留盼他人?"裴航虽然不再"干冒",却也并未死心,樊夫人不辞而别,他还曾四处寻觅。之后,他见到云英,为云英的美所折服,想起樊夫人说过一句"玄霜捣尽见云英"的话,这才把痴情集中到云英身上来。他急切地提出要娶云英,并一心一意去寻访老妪所指定的聘物玉杵臼。"至京国,殊不以举事为意,但于坊曲、闹市、喧衢,而高声访其玉杵臼","或遇朋友,若不相识,众言为狂人"。终于在虢州药铺找到了,又不惜重价,"货仆货马",买下了它。其痴情感动老妪,答应了他的求婚;可云英又要他捣药百日,"航即捣之"。最后,他如愿以偿娶了云英;同时升入仙界。

第三,初步障碍被克服。如崔炜从任翁处脱难,裴航见到云英,韦固派人刺杀陈婆女而未遂。故事朝着既定方向推进,读者期待着预定结局的到来。

第四,目的再次被阻。这次被阻较第一次更难克服。突然出现的情况几乎使中心人物像是走近了与预定结局根本不同的终点。如韦固的娶刺史王泰女、裴航的寻不到玉杵臼、崔炜的落入蛇穴。

第五,突转。艺术中的突转可以将作品以惊心动魄的方式推向结尾,如崔炜被玉京子(蛇)送入南越王赵佗宫中,裴航与云英成亲而成仙,韦固娶的王泰女就是"陈婆女"。结局虽然早已预定,可结局最终到来时却仍令我们愕然:它既是合情合理的,又是出人意料的。

应该说明,我们归纳的几个关键环节只是就大略而言,事实上,在裴铏《传奇》中,目的被阻的次数经常超过两次;薛调《无双传》至少设计了四轮障碍。这些作品对于曲折情节的追求,给后世的通俗文学以巨大启示。

四、晚期唐人传奇

从僖宗初到五代初(874—910),这是唐人传奇发展的晚期,作品较少,而以传奇集为主,较著名的有:皇甫氏《原化记》、康骈《剧谈录》、高彦休《阙史》、柳祥(或李隐)《潇湘录》、皇甫枚《三水小牍》。较重要的单篇传奇有:无名氏《灵应传》、传为杜光庭作《虬髯客传》。

唐末是传奇的蜕变期。或者说,传奇小说从此进入了长期的低谷状态。这集中呈现为三个方面:

第一,从选材来看,"无关大体"的浪漫人生不再处于这一时期传奇的中心。高彦休、柳祥、皇甫枚、康骈等似乎没有多少以文为戏的兴趣,不想在传奇中像沈亚之、牛僧孺、裴铏那样以写一个美丽的故事为宗旨。

第二,有些题材陈陈相因,新意不多。以皇甫氏《原化记》为例,其《周邯》(《太平广记》卷二三二)一篇系将裴铏《传奇·周邯》(《太平广记》卷四二二)缩写而成,内容无多大出入,只是将相州改为汴州、王泽改成邵泽、篇末祭龙的改成周邯而已,文字却更为简率。又如《原化记·萧颖士》据薛用弱《集异记·萧颖士》而加以改动,反而弄得不合情理。胡应麟《少室山房笔丛·二酉缀遗中》说:"《集异记》,河东薛用弱撰……萧颖士遇二少年,谓似鄱阳忠烈王。颖士实八世孙,闻言大骇。后会盱眙长勘发冢盗,乃知二少年实发鄱阳冢,忠烈貌如生,因知颖士状类,此理或然。而《原化记》称颖士遇老翁逆旅中,谓尝为萧八代祖书佐,见颖士貌酷肖,不觉咨叹。则《集异》所载诚有之,而《原化》因附会以为神仙。"其他如《原化记·葫芦生》(《太平广记》卷七七)之于卢肇《逸史·李藩》(《太平广记》卷一五三)、《原化记·画琵琶》(《太平广记》卷三一五)之于刘敬叔《异苑·鳣父庙》等,因袭迹象均甚明显。

第三,以议论为小说,削弱了传奇的美感魅力。散文发展到唐末,出现了罗隐《谗书》这一类几乎全是抗争和愤激之谈的文章,在写法上,简单的故事与由此引申出的尖锐议论相结合,是常用的方式之一。罗隐的这种写法,也为一些传奇作家所采用。传为柳祥作《潇湘录》便极为典型。作者的目的是要表达积郁内心的愤懑不平:或对执政者提出批评,或对某些传统观念提出质疑,或阐述治国的方略。应该说,其立论不乏新警之处,但用传奇来承担这一使命,并不恰当。

皇甫枚《三水小牍》不愧为这一时期最好的传奇集,但其多训诫的倾向却不足为训。《阙史》、《剧谈录》等也爱发劝惩之论。而特别值得一提的,当属单篇传奇《虬髯客传》。

《虬髯客传》写隋末权臣杨素的侍妾红拂与胸有胆略的李靖私奔,二人在赴太原途中结识豪侠虬髯客;虬髯客有帝王之志,后见李世民有"真天子"之风,遂毅然赴海外开创基业,而以家财尽付李靖,嘱他辅佐世民。过了十余年,李靖成为唐朝开国元勋,虬髯客则在海外得手,成为扶余国主。这篇小说的主要成就是成功地塑造了"风尘三侠"(即李靖、红拂、虬髯客)的形象。

《虬髯客传》的故事在明代备受青睐。凌濛初据以创作杂剧《虬髯翁》,张凤翼和张太和创作了同名传奇剧本《红拂记》。

第四节 俗讲与变文

俗讲、变文属于唐代的俗文学,其研究始于敦煌藏经洞中大量相关资料的发现。俗讲是随着佛教的传播兴起的。僧侣们把经文和经文中的故事用通俗易懂的方式向俗众进行说唱宣讲,这就是俗讲。这种宗教宣传的方式因为切合了民众的需求,在唐代盛行一时。俗讲有着一定的仪式,由负责转读佛经正文的"都讲"和负责解释佛经、作通俗化讲唱的"俗讲僧"(或称"化俗法师")主持,一般是"都讲"先咏一段经文,然后"俗讲僧"作通俗化的散韵相间的讲唱,如此反复。俗讲的底本就是讲经文,现存十余种,散韵结合,说唱兼行,其内容都是佛经故事的敷衍。

与讲经文相比,变文的情况比较复杂,变文与讲经文的关系也尚存争议。首先,变文有广义和狭义两种,广义的变文包括敦煌遗书中所有故事说唱作品,如姻缘、押座、话本、俗赋等等。狭义的变文指的是标题中明确带"变"、"变文"或佚名却符合"变文"特征的作品。其次,"变"字的含义和渊源至今尚无定论。这就牵涉到另外一个问题,"变文"究竟是先从佛教宣扬经义中产生,后变为民间曲艺,还是先有"变文"这类民间说唱艺术,后被佛教宣传用来宣讲经义?持前一观点的认为"变"是梵文 citra(图画)之翻译,而持后一观点的则认为"变"是本土固有,含神通变化之意。这个问题的澄清,还有待新资料的发现。

现存明确标有"变文"、"变"的作品,有《破魔变文》、《降魔变文》、《大目乾连冥间救母变文并图一卷并序》、《八相变》、《频婆娑罗王后宫彩女功德意供养塔生天因缘变》、《汉将王陵变》、《舜子变》(又题《舜子至孝变文》)、《前汉刘家太子变一卷》(又题《前汉刘家太子传》)8种,此外标题缺失,研究者视为变文的还有约15种。变文的体制不完全一致,有说散体,如《刘家太子变》;有六言赋体,如《舜子至孝变文》;而更多的则是散韵并陈、说唱相间,如《破魔变》、《汉将王陵变》。变文的韵句一般用七言诗,间用三言、五言、六言句式。散文多为俗语和浅近骈体。变文在讲唱时还配有图画,吉师老《看蜀女转昭君变》诗即有"画卷开时塞外云"之句。敦煌写本《降魔变义》上也明确画有配合唱辞的图画。这种形式可视为后世插图小说的滥觞。

变文的内容有宗教和非宗教两大类。前者如《破魔变文》、《降魔变文》、《大目乾连冥间救母变文》等,不拘经文,可任意选取佛经故事加以自由发挥,不像讲经文需严守经文讲解。后者包括历史人物、民间故事、社会时事等,如《王昭君变文》、《伍子胥变文》、《刘家太子变》等。特点是虚构细节,大加渲染,富于想象力。如《王昭君变文》中的一段:

> 昭军(君)一度登千山,千回下泪,慈母只今何在?君王不见追来。当嫁单于,谁望喜乐。良由画匠,捉妾陵持,遂使望断黄沙,悲连紫塞,长咽赤县,永别神州。虞舜妻贤,泲能变竹,飑良(杞梁)妇圣,哭烈(裂)长城。乃可恨积如山,愁盈若海。单于不知他怨,至夜方归。虽还至帐,卧仍不去。因此得病,渐加羸瘦。单于虽是番人,不那夫妻义重。频多借问,明妃遂作遗言,略述平生,留将死处若为陈说?

接下来就是昭君与单于的对唱,昭君哀叹自己"容华渐渐衰",要单于将其死讯报于汉王,单于则表达他的情深意重:"愿为宝马连长带,莫学孤蓬剪断根,公主时亡仆亦死,谁能在后哭孤魂。"这些情节都出于变文作者的想象。再如《伍子胥》变文,将《史记》中61字的记载扩展为2500字的长文,增加了伍子胥在江边的遭遇和感慨。这些都反映了变文作者的创作能力。

变文一般通俗易懂,富于生活气息。这些都对唐人传奇和后代的说唱文学有所影响。如《破魔变文》中的许多描写就对后世神魔小说有着启发意义。很多变文故事被改编为小说、戏剧,以新的形式流传后世。

【导学训练】

一、学习建议

对隋唐五代文学史的学习应充分注意唐代文学全面繁荣的历史背景,在掌握基本文献、熟悉文学发展脉络的基础上理解各时期各体文学的发展状况、代表作家、代表作品及影响。对这一时期文学史中的一系列关键词应能理解并记忆。应特别重视以下几点:1.唐代社会生活面貌(政治、经济、宗教、文化艺术)与文学发展之关系;2.唐代文人交往、文人群体的形成与文学流派之关系;3.文学范式的形成及其传播与影响。

二、关键词释义

山水田园诗派:唐代主要的诗歌流派之一,代表人物有盛唐的王维、孟浩然、储光羲、常建,中唐的韦应物、柳宗元等,其体裁主要是五言古体和五言律绝。山水田园诗派以自然山水和田园风光为描写对象。他们或将心灵与自然完全融为一体,或由自然观照引发感兴,风格或空寂幽静,或自然冲淡,或清冷超逸,或明朗活泼,或质朴真淳,共同将山水景物描写推向了高峰,为诗歌创作中情与景的结合提供了范本。唐以来山水田园诗绵延不绝,成为中国古典诗史中极为重要的一支。

边塞诗派:盛唐主要的诗歌流派之一,主要代表人物有高适、岑参、李颀、王昌龄等人。中唐时卢纶、李益等也以边塞绝句知名。形式上五七言俱用,七言歌行和七言绝句尤有特色。唐代许多边塞诗人都有实际的边塞经历,他们或抒发自己追求建功立业的雄心,或表达自己对于边塞战争的思考,或表现对边塞百姓遭遇的同情,或描写兵、将地位和待遇的悬殊,或传达征人离妇的情思愁绪,或描绘边塞景色的奇伟壮丽,往往气象阔大,格调劲健,想象丰富,笔触俊丽。

唐代古文运动:指中唐的文体改革运动。其特点是倡导宗经复古,强调文学的教化功能,提倡古文,反对骈文。韩愈认为自己的散文继承了先秦两汉文章的传统,不同于六朝以来讲求声律及辞藻、排偶的骈文,故称之为"古文"。古文运动的背景是中唐政治革新运动与儒学复兴运动,主要代表人物是韩愈和柳宗元。韩愈之前,萧颖士、李华、元结、独孤及、梁肃、柳冕先后提出宗经明道的主张,并用散体作文,成为古文运动的先驱。韩愈、柳宗元以其文学观念和创作实绩把古文的发展推向了一个新的阶段,开创了中国文学史上新的古文传统。韩、柳的古文理念被宋代的欧阳修、王安石、曾巩、苏洵、苏轼、苏辙继承和发展,共同构成了文学史上波澜壮阔、影响深远的唐宋古文运动。

唐人传奇:指唐代的一种文言短篇小说。主要有爱情题材、豪侠题材等,在中唐时期达到鼎盛。唐人传奇是用辞章传统改造传记的产物,标志着中国古代小说进入了一个新的阶段。代表作品有元稹的《莺莺传》、李朝威的《柳毅传》、蒋防的《霍小玉传》、李公佐《南柯太守传》以及《虬髯客传》等。

花间词:五代十国期间,前蜀王衍、后蜀孟昶割据蜀中,60年间,沉湎于歌舞伎乐,词也因之盛行。后蜀赵崇祚编成《花间集》十卷,共收录自晚唐至五代的温庭筠、韦庄等

18位词家的500首作品。这是最早的文人词总集,是词史上的一块里程碑。由于这些词家的词风大体相近,后世称之为"花间派"。风格绮靡轻艳,内容不外离思别愁、闺情绮怨。它的出现标志着词的规范化和艺术特征的明确化,对后代词作发展有着巨大的影响。

三、思考题

1. 论宗教对隋唐五代文学的影响。
2. 论科举制度对隋唐五代文学的影响。
3. 比较分析李白、杜甫诗风之异同及其原因。
4. 比较分析盛唐诗歌流派。
5. 李商隐、李贺诗风之比较。
6. 论古文运动的兴起及其影响。
7. 论中唐文学之新变及其影响。
8. 分析唐人传奇的不同类型及其异同。
9. 唐五代词范式意义之考察。

四、可供进一步研讨的学术选题

1. 隋唐五代骈文、辞赋研究。

提示:相对于诗歌研究而言,唐代的骈文、辞赋研究是一个薄弱环节,尚有许多课题有待深入。尤其是唐代骈文、辞赋与其他文体之间的关系研究,显得尤为不足。

2. 唐人传奇叙事研究。

提示:唐人传奇的叙事兼受史家传记和诗赋骈文的影响,相关研究尚待深入开拓。

3. 唐代文人社会交往与文学群体研究。

提示:文学群体与文学流派是不同的概念,又有交叉重叠之处,梳理唐代文人的社会交往及在此基础上形成的文学群体,是全面认识唐代文学的一个重要前提。

4. 唐代文学的相关性研究。

提示:包括文学与社会习俗、政治、经济、艺术、宗教等的关系研究。这方面已有先行者作出了示范,很有必要进一步深入和细化。注意从文本出发,避免牵强附会和过分夸大某一因素的作用。

5. 唐代士人文学与民间文学的关系研究。

提示:对词的考察是这一课题的典型个案之一。除此之外,其他文体是否存在类似的情况?士人文学与俗文学是如何交流,又是如何相互影响的?这其中还有许多尚待梳理的问题。

【研讨平台】

一、唐代士人生活与文学

提示:唐代士人生活分为两个层面,一个是士人与普通民众共有的、普遍的生活方式,这牵涉到唐代的民俗民风以及社会发展状况;另一个是士人阶层独有的、与文化身份相关的生活方式,这昭示着士人的特殊性和情趣爱好。二者共同构成了唐代文学发展的基础和背景。

《唐人习业山林寺院之风尚》(节选)·严耕望

(读书山寺之情形)不始于隋,而始于南北朝乱离之世。盖世乱逼人,不能不投身山林,俾能安心肆业也。……(唐时)士子为求前途发展,乃林栖谷隐,潜心习业以取科第。……(又有)科场失意,则期以山中遇师,盖当时一般青年文士习业山林,学成出就科举,如不得意,仍归山林从师习业也。……(又有)寒苦读书至宰相者……而皆在僧寺,且随僧斋飡。当时寺院为寒士聚读之所,亦可想见。……唐代学子多习业山林寺院,学成然后出而应试以仕宦矣。唐代士人喜居山林,故名山之区并不很寂寥,非如今日士人皆集中都市生活。……唐中叶以后,士人习业山林寺院之风如此其盛,推原其故,盖有数端:(1)经学衰,文学盛。……(2)世家大族之没落与平民寒士之进用。……(3)佛教鼎盛。……(4)一般文人山居之风尚。……(5)山林寺院之藏书。……

(严耕望:《唐人习业山林寺院之风尚》,《唐史研究丛稿》,新亚研究1969年版,第367—424页。)

《唐代文人与妓女的交往及其与诗歌的关系》(节选)·孙菊园

有唐一代,狎妓冶游成为一种社会风气。上自朝廷宰执,下至地方牧守,士子商贾,无不竞染此风。……唐代文人的冶游成风,从根本上说,是那个时代的政治经济和文化条件所决定的。经济繁荣,国力强盛,政治相对比较开明,通过"丝绸之路"还进来了胡酒、胡姬和胡乐,使当时的城市出现高度繁荣,而声妓繁华便是城市繁荣的必然结果和重要内容。这种繁华必然对当时的文人举子具有很大的诱惑力,使他们对充满了声色歌舞的都市生活取肯定和沉湎的态度。唐代即使很严肃的士人,也难免陪同官吏一起挟妓游宴地应酬。唐代文人或贵为宰执官吏,或屈为宾客幕僚,他们自然也无例外地受到了时代风气的熏染。他们所写下的大量诗篇,或赞美都市的声妓繁华,或歌咏妓女的声容技艺,或抒写对妓女的眷恋情爱,或感叹妓女的悲凉身世,都不乏精湛的传世之作。……唐代士人和妓女的交往对诗歌创作的影响,不仅表现在这种交往为诗人提供了诗歌创作所必需的生活素材和感情体验,而且表现在诗人们创作好的作品尚需通过妓女们的歌唱,在当时的社会上广泛流传。

(孙菊园:《唐代文人与妓女的交往及其与诗歌的关系》,《文学遗产》1989年第3期。)

《唐代幕府与文学》(节选)·戴伟华

唐代文人入幕,以中唐以后为甚。但我们不能忽视的是唐前期主要的文学大家几乎都入过幕,而且给他们的仕宦经历人生旅程都带来很大影响……尽管唐前期的幕府生涯给士人创作以巨大影响,但当时毕竟是与少数人发生了联系。玄宗天宝以后经安史之乱,入幕之风渐成燎原之势,天下文人可以说十有八九竟走于幕府之中,形成了一时的幕府大盛的局面。文人士人在幕府中体验他们很少能接触到的社会生活和自然风光,互相切磋为文之道和作诗的艺术。幕府成为唐代文士的文学沙龙,是导致唐代文学繁荣的一个重要因素。

(戴伟华:《唐代幕府与文学》,北京:现代出版社1990年版,第51页。)

《唐帝国的精神文明:民俗与文学》(节选)·程蔷、董乃斌

长安东、西两市最能体现唐人诗化生活意向,与诗人文豪们关系最为密切的地方,还要算酒肆旗亭这种买醉寻欢之处。……

在酒店饮酒,并在壁上题诗,这是当时的一种风气,也可以说是一种风俗,犹如现代的饭店酒家常喜邀约名人题诗作画悬挂于墙壁,以增加其店的文化色彩,提高其文化档次。只是唐时酒店题壁所写内容,多与眼前事直接有关,故往往富于真实切近的民俗意味。

胡人来中国经商开店,除做珠宝杂货生意外,经营酒肆也是主要行业,而"胡姬当垆"、"胡姬劝酒"也就成为一种堪与"胡人识宝"比美的极具时代特色的民俗文化景观。

酒肆本是任何人都可出入的公共场所,所以这里往往出现一些奇客异人,发生不少传奇故事。……自然,酒肆更是文人墨客们流连忘返之地,所以往往与文学关系密切。……王昌龄、高适、王之涣旗亭传唱的著名故事,又向我们昭示,当日长安酒楼在某种程度上实具有文艺沙龙的性质。……有学者考证,认为王昌龄、高适、王之涣三人开元中相会于长安绝无可能。我们认为,这故事的价值,本来就并不在于提供作家生平的确凿史料,而作为在民间盛传的文人故事,它却很精采地反映了盛唐人开阔爽朗的心胸、积极自信的生活态度,一般市民,包括伶官艺人对于著名作家的崇慕景仰和当时民俗生活的若干细节。

(程蔷、董乃斌著:《唐帝国的精神文明:民俗与文学》,北京:中国社会科学出版社1996年版,第203—209页。)

二、唐代文学与宗教

提示:唐代社会思想的重要特点是兼容并蓄,因而各种宗教在唐代均有长足发展。宗教的勃兴一方面直接影响了文学的语言、题材、风格特征,同时又通过对文人世界观、人生观以及思维方式的改变而间接改变了文学面貌。

《佛教与中国文学》(节选)·孙昌武

隋唐五代是中国佛教发展的繁盛期,也是佛教思想与中国传统思想文化进一步融合并创造出新的成果的时期,因此,佛教对于文人与文学也就有更巨大的影响。加上以下几个客观条件,这种影响更加深刻了。一是佛教义学的高度发展和各宗派的形成。……二是唐代统治者大力提倡佛教,在社会上形成崇佛空气。……三是儒、佛、道三教进一步调和,特别是儒、释调和的思想有了进一步的发展。……这样,唐代文人对佛教的受容就比前代大大进了一步。

(孙昌武:《佛教与中国文学》,上海:上海人民出版社1988年版,第85—90页。)

《唐音佛教辨思录》(节选)·陈允吉

关于佛教对中国文学影响的途径……就个人见闻而及,觉得至少体现在以下几方面:(一)佛教的时空观念、生死观和世界图式的影响;(二)大乘佛教的认识论和哲理思

辨的影响;(三)佛经的行文结构与文学体制的影响;(四)佛经故事和佛经寓言的影响;(五)佛传文学的佛教叙事诗的影响;(六)佛教人物和古印度神话人物的影响;(七)佛教文化和美学思想的影响;(八)佛经翻译文字的语言风格产生的影响。

(陈允吉:《唐音佛教辨思录》,上海:上海古籍出版社1988年版,第284页。)

《想象力的世界——道教与唐代文学》(节选)·葛兆光

道教对于唐代文学的直接影响,正在于:它刺激了文学家的想象力;它使文学家更直率、更强烈地表露出内心深处久被理性(道德、义务、责任)压抑的欲望;它提供了神奇谲诡、瑰丽多姿的意象,使文学作品富于浪漫精神之外,更有绚丽色彩。

……道教以"存想思神"为核心的宗教情感、经验与想象,改变了老庄只重"坐忘"、"心斋"式空寂体验的习惯,给唐代文学带来了超越时空、沟通人神的丰富想象力与追求永恒与自由的意志冲动;道教网罗了从《山海经》《庄子》《楚辞》以来的各种神话,构筑了一个庞大的神仙体系,描述了一个神奇的非现实世界,它给文学家的想象提供了无数夸饰的意象;它那神秘美妙的音乐、凌虚蹈空的舞蹈、谲诡瑰丽的塑像壁画仪仗和富于诡秘色彩的斋醮方术,又使这一想象力更加热烈而神奇。道教作为楚文化与唐代文学之间的桥梁之一,无疑刺激了唐代文人的想象力,使唐代涌现了一大批富于浪漫色彩的文学作品。无论哲学文学作品的色调是热忱的还是阴冷的、是明亮的还是灰暗的、是健康的还是变态的,它们都表现了道教影响下中国文学想象力的再度恢复与高涨。

(葛兆光:《想象力的世界——道教与唐代文学》,北京:现代出版社1990年版,第7、155页。)

三、唐代文学与科举

提示:科举制度是影响唐代社会政治生活的一个极为重要的因素。科举对文学的影响表现在三个方面,第一是科举本身所产生的科举文学,以及对士子文辞技巧方面的要求和训练;第二是与科举相关的行卷干谒之风对文学风气的影响;第三是科举对于文人阶层形成的影响,以及对此阶层精神面貌的塑造。

《唐代进士行卷与文学》(节选)·程千帆

由于进士科出路比其他科目都要好,所以竞争就特别激烈,由于进士考试重在文词,其录取又要采平日誉望作为重要参考,所以举子们用来表现自己的创作水平乃至于见识和抱负的行卷,就特别重要。在一般情况下,举子们没有不努力提高自己的文学修养,以期写出较好的作品,并用它们来行卷,从而打动当世显人的心的。这样,行卷的风尚在客观上就不能不对唐代的文学发展起着较广泛和较长远的推动作用。……行卷之诗,确有佳作,行卷之风,确有助于诗歌的发展。……韩愈等人正是掌握了这个契机,在自己成为当世显人以后,又利用后进之士希望觅举、学文一举两得的心理,借行卷的风尚,来展开古文运动,获得成功的。……唐代进士以传奇小说行卷,确曾对这种新兴文学样式的发展,起过相当大的促进作用,是无可怀疑的。

(程千帆:《唐代进士行卷与文学》,上海:上海古籍出版社1980年版,第13、65、78、87页。)

《唐代科举与文学》(节选)·傅璇琮

由于科举开始是面向地主阶级的整体,它以文化考试为主要的内容,这就刺激人们对其子弟进行文化教育,客观上则对文化在社会上的普及起了推动作用,唐代文化的普及远远超过了前代,唐代灿烂的文学艺术就是以文化的普及为基础的。

……科举诗赋的讲究声韵对偶,也刺激了文人对声律的研究,从诗歌创作的形式上来说,也不是没有值得肯定的一面。……从初唐起,已经把进士科与讲究文藻词章相联系。凡是应进士科试的,必须在文学方面有相当的训练,而开元以后,则进士举子更需要在诗赋的创作上,特别是在诗歌方面,下更大的工夫。士人应试……造成人才的流动。有才能之士,并不是终生困居于一隅,而是聚居于通都大邑,游历于名山大川,这对于文士视野的开阔,加深对现实生活的认识,都极有好处。才艺相当者,互相切磋,交通声气,对于文学创作当然也是有利的。在题材上,因科举的兴起,已在传统的送别诗的范围内,加入新的内容,那就是产生了相当数量的送人赴举、贺人及第与慰人下第的诗篇,这些作品不少写得声情并茂,并富有现实内容和时代气息。

(傅璇琮:《唐代科举与文学》,西安:陕西人民出版社1986年版,第408—420页。)

【拓展指南】

一、隋唐五代文学重要研究成果简介

1. 闻一多:《唐诗杂论》,上海:上海古籍出版社1998年版。

简介:本书是闻一多先生论述唐诗的一些文章的合集。作者站在社会历史发展演进的角度,从文化研究的角度探讨唐诗与唐代社会及整个思想文化的关系,进而对唐诗之特点和发展走向作出解释。这种宏通的视野使作者能高屋建瓴,以小见大,发前人之所未发。加上作者的诗人气质和优美文笔,使全书达到了理致与美感的统一。书中的一些具体观点尚存争议。

2. 陈寅恪:《元白诗笺证稿》,北京:三联书店2001年版。

简介:本书是陈寅恪先生以史证诗、诗史互证研究方法的代表作品。作者以宏通的史家眼光观照文学,从纷繁芜杂的史料中勾勒出历史人物所处的时代背景,通过诗歌与史料的互证对当时的社会文化现象作出解释,实现对研究对象"了解之同情"。作者学识渊博,又善于运用史料,具有极敏锐的问题意识,故此书虽以元白诗为主要研究对象,其成果所涉却远远超出了这一范围。诸如中唐诸文体之关系、文人之关系、文学之流变、士大夫之转移升降与社会风气之变迁等等,无不有精到卓越的论述。堪称唐代文史研究的典范之作。

3. 程千帆:《唐代进士行卷与文学》,上海:上海古籍出版社1980年版。

简介:本书是唐代社会生活与文学相关性研究的代表作之一。全书对唐代"行卷"之风的由来及其具体内容作考察,论述了这一风气对唐代文学发展的影响,指出行卷风尚对"诗歌、古文、传奇任何一个文学样式来说,都起过一定程度的促进作用"。全书以

小见大,文史结合,篇幅虽短,却因其思力敏锐、角度新颖而为学术界所重视。

4. 罗宗强:《隋唐五代文学思想史》,上海:上海古籍出版社1986年版。

简介:本书是以隋唐五代文学思想为主要研究对象的断代文学思想史专著,也是中国文学思想史研究领域的开山与奠基之作。全书最有特色之处是将文学批评、文学理论和文学创作倾向结合起来考察,梳理出文学思想发展的因承转接线索,实现了"文学思想的历史还原"。作者将创作实践中的思想倾向纳入理论流变,以时代精神和士人心态为中介沟通文史,具有创新意义。全书史料翔实,论证充分,是了解这一时期文学思想流变的重要参考书。

5. 〔美〕宇文所安:《初唐诗》,贾晋华译,北京:三联书店2004年版。

简介:宇文所安(斯蒂芬·欧文)是海外唐诗研究的中坚人物。本书具有典型的西方汉学特色:注重比较视野下的文本细读;注重诗歌的内在结构、形式、互文性的分析;新批评、结构主义方法的使用等。不足之处也较为明显,如文献学缺陷、诗意误读、过度阐释以及对历史文化背景的忽略等。作者以其开阔的文学史视角和敏锐的洞察力,提出了一系列富有新意的观点,行文既明快简练又富有魅力,提出、解决问题透彻爽快,无论是其观点还是治学方法,都有值得借鉴之处。作者另有《盛唐诗》(三联2004年版)、《追忆》(三联2004年版)、《中国"中世纪"的终结——中唐文学文化论集》(三联2006年版),可一并参阅。

二、隋唐五代文学重要研究资料索引

(一) 著作:

1. 钱冬父:《唐宋古文运动》,北京:中华书局1962年版。
2. 陈贻焮:《唐诗论丛》,长沙:湖南人民出版社1980年版。
3. 任半塘:《唐声诗》,上海:上海古籍出版社1982年版。
4. 孙昌武:《唐代文学与佛教》,西安:陕西人民出版社1985年版。
5. 傅璇琮:《唐代科举与文学》,西安:陕西人民出版社1986年版。
6. 林庚:《唐诗综论》,北京:人民文学出版社1987年版。
7. 陈伯海:《唐诗学引论》,北京:知识出版社1988年版。
8. 〔美〕高友工:《唐诗的魅力》,〔美〕梅祖麟、李世耀译,上海:上海古籍出版社1989年版。
9. 程千帆、莫砺锋、张宏生:《被开拓的诗世界》,上海:上海古籍出版社1990年版。
10. 葛晓音:《汉唐文学的嬗变》,北京:北京大学出版社1990年版。
11. 戴伟华:《唐代幕府与文学》,北京:现代出版社1990年版。
12. 蒋寅:《大历诗风》,上海:上海古籍出版社1992年版。
13. 董乃斌:《李商隐的心灵世界》,上海:上海古籍出版社1992年版。
14. 尚永亮:《元和五大诗人与贬谪文学考论》,台北:文津出版社1993年版。
15. 李剑国:《唐五代志怪传奇叙录》,天津:南开大学出版社1993年版。
16. 邓小军:《唐代文学的文化精神》,台北:文津出版社1993年版。

17. 张明非:《唐音论薮》,桂林:广西师范大学出版社 1993 年版。
18. 莫砺锋:《杜甫评传》,南京:南京大学出版社 1993 年版。
19. 刘尊明:《唐五代词的文化观照》,台北:文津出版社 1994 年版。
20. 许总:《唐诗史》,南京:江苏教育出版社 1994 年版。
21. 霍然:《隋唐五代诗歌史论》,高雄:复文图书出版社 1993 年版。
22. 乔象钟、陈铁民主编:《唐代文学史》,北京:人民文学出版社 1995 年版。
23. 程蔷、董乃斌:《唐帝国的精神文明:民俗与文学》,北京:中国社会科学出版社 1996 年版。
24. 〔日〕松浦友久:《李白诗歌抒情艺术研究》,刘维治译,上海:上海古籍出版社 1996 年版。
25. 杜晓勤:《初盛唐诗歌的文化阐释》,北京:东方出版社 1997 年版。
26. 葛晓音:《诗国高潮与盛唐文化》,北京:北京大学出版社 1998 年版。
27. 孟二冬:《中唐诗歌之开拓与新变》,北京:北京大学出版社 1998 年版。
28. 查屏球:《唐学与唐诗》,北京:商务印书馆 2000 年版。
29. 程毅中:《唐代小说史》,北京:人民文学出版社 2003 年版。
30. 陈文新:《文言小说审美发展史》,武汉:武汉大学出版社 2007 年版。

(二) 论文:

1. 钱穆:《杂论唐代古文运动》,《中国学术思想史论丛》(四),北京:三联书店 2009 年版。
2. 王运熙:《释〈河岳英灵集序〉论盛唐诗歌》,《复旦学报》1957 年第 2 期。
3. 饶宗颐:《论杜甫夔州诗》,《京都大学·中国文学报》17 册,1962 年版。
4. 程千帆:《张若虚〈春江花月夜〉的被理解和被误解》,《文学评论》1982 年第 4 期。
5. 葛晓音:《论初盛唐诗歌革新的基本特征》,《中国社会科学》1985 年第 2 期。
6. 陈顺智:《试论大历诗歌的社会心理特征——兼论盛中之变》,《中州学刊》1987 年第 4 期。
7. 程毅中,《论唐代小说的演进之迹象》,《文学遗产》1987 年第 5 期。
8. 陈新璋:《论韩孟诗派的产生及其诗歌艺术风格》,《华南师范大学学报》1988 年第 4 期。
9. 王春庭:《浅论唐代古文运动与新乐府运动的关系》,《江西社会科学》1989 年第 3 期。
10. 吴承学:《关于唐诗分期的几个问题》,《文学遗产》1989 年第 3 期。
11. 袁行霈:《在沉沦中演进——试论晚唐诗歌创作趋向》,《中华文史论丛》第 48 辑,上海:上海古籍出版社 1991 年版。
12. 刘尊明:《晚唐五代词发展兴盛的文化观照》,《文学遗产》1995 年第 1 期。
13. 许总:《唐诗体派论》,《文学遗产》1995 年第 3 期。

14. 陈尚君、汪涌豪:《司空图〈二十四诗品〉辨伪》,《中国古籍研究》第 1 辑,上海:上海古籍出版社 1996 年版。

15. 罗宗强:《自然范式:李白的人格特征》,《唐代文学研究》第 6 辑,桂林:广西师范大学出版社 1996 年版。

16. 霍松林:《论唐人小赋》,《文学遗产》1997 年第 1 期。

17. 余恕诚:《李商隐诗歌的多义性及其对心灵世界的开拓》,《文学遗产》1997 年第 2 期。

18. 钱志熙:《乐府古辞的经典价值——魏晋至唐代文人乐府诗的发展》,《文学评论》1998 年第 2 期。

19. 杜晓勤:《地域文化的整合和盛唐诗歌的艺术精神》,《文学评论》1999 年第 4 期。

20. 陈文新:《传记辞章化:对唐人传奇文体属性的一种描述》,《传统小说与小说传统》,武汉:武汉大学出版社 2007 年版。

高等院校中文专业创新性学习系列教材

中国古代文学（下）

陈文新 主编

谭新红 吴光正 本卷主编

北京大学出版社
PEKING UNIVERSITY PRESS

目 录

下 卷

第五编　宋代文学

第一章　绪论 ……………………………………………………（413）
　第一节　宋代社会的特点 ………………………………………（413）
　第二节　宋代文人的特点 ………………………………………（417）
　第三节　宋代文学的成就和特点 ………………………………（419）

第二章　北宋诗 …………………………………………………（421）
　第一节　关于北宋诗的分期 ……………………………………（422）
　第二节　宋初代表诗人王禹偁 …………………………………（424）
　第三节　梅尧臣、苏舜钦、欧阳修的诗 ………………………（425）
　第四节　王安石和苏轼 …………………………………………（428）
　第五节　江西诗派 ………………………………………………（433）

第三章　南宋诗 …………………………………………………（438）
　第一节　南宋诗的发展历程 ……………………………………（438）
　第二节　"中兴四大家" …………………………………………（440）
　第三节　"永嘉四灵" ……………………………………………（447）
　第四节　江湖诗派 ………………………………………………（448）

第四章　北宋词 …………………………………………………（450）
　第一节　柳永、张先和范仲淹 …………………………………（451）
　第二节　晏殊和欧阳修 …………………………………………（454）
　第三节　苏轼与词的诗化 ………………………………………（457）
　第四节　晏几道和秦观 …………………………………………（465）
　第五节　周邦彦和词的律化 ……………………………………（469）

第五章　南宋词 ……(472)
　　第一节　李清照与宋南渡词人 ……(472)
　　第二节　辛弃疾与辛派词人 ……(479)
　　第三节　姜夔与史达祖 ……(488)
　　第四节　吴文英 ……(493)
　　第五节　南宋后期辛派词人 ……(496)
　　第六节　南宋后期姜派词人 ……(498)

第六章　宋代散文、辞赋和四六文 ……(503)
　　第一节　宋代散文的发展历程 ……(503)
　　第二节　欧阳修散文 ……(506)
　　第三节　王安石和曾巩的散文 ……(508)
　　第四节　"三苏"散文 ……(510)
　　第五节　宋代的辞赋 ……(513)
　　第六节　宋代的四六文 ……(514)

[导学训练] ……(517)
　　一、学习建议 ……(517)
　　二、关键词释义 ……(517)
　　三、思考题 ……(518)
　　四、可供进一步研讨的学术选题 ……(518)

[研讨平台] ……(519)
　　一、唐诗与宋诗 ……(519)
　　二、宋词流派 ……(520)
　　三、南北宋词之争 ……(521)

[拓展指南] ……(522)
　　一、宋代文学重要研究成果简介 ……(522)
　　二、宋代文学重要研究资料索引 ……(523)

第六编　辽金元文学

第一章　绪论 ……(527)
　　第一节　辽代文学概述 ……(527)
　　第二节　金代文学概述 ……(528)
　　第三节　元代文学概述 ……(530)

第二章　辽金诗歌 ……（532）
第一节　辽代诗歌 ……（532）
第二节　金代初期诗歌 ……（534）
第三节　金代中期诗歌 ……（536）
第四节　金代后期诗歌 ……（539）

第三章　集大成的文学家元好问 ……（543）
第一节　元好问的生平与创作道路 ……（543）
第二节　元好问的诗词 ……（545）
第三节　元好问的文学成就 ……（548）

第四章　宋金元时期的戏曲、小说和说唱文学 ……（549）
第一节　宋代戏曲与金杂剧 ……（549）
第二节　董解元《西厢记诸宫调》 ……（551）
第三节　白话小说 ……（553）

第五章　元前期杂剧 ……（559）
第一节　元杂剧概况 ……（560）
第二节　关汉卿及其杂剧 ……（562）
第三节　王实甫和《西厢记》 ……（569）
第四节　白朴及其杂剧创作 ……（574）
第五节　马致远和《汉宫秋》 ……（575）

第六章　元后期杂剧 ……（576）
第一节　杂剧的衰微 ……（576）
第二节　郑光祖与元后期其他作家 ……（577）

第七章　元代南戏 ……（579）
第一节　南戏的形成与发展 ……（579）
第二节　高明和《琵琶记》 ……（580）

第八章　元代散曲 ……（583）
第一节　散曲的兴起和特点 ……（583）
第二节　元前期散曲创作 ……（585）
第三节　元后期散曲创作 ……（586）

第九章　元代诗文 ……（588）
第一节　元代前期诗文 ……（589）
第二节　元代中期诗文 ……（590）
第三节　元代后期诗文 ……（592）

[导学训练] ·· (594)
　一、学习建议 ·· (594)
　二、关键词释义 ·· (594)
　三、思考题 ·· (595)
　四、可供进一步研讨的学术选题 ·· (595)
[研讨平台] ·· (596)
　一、苏学盛于北 ·· (596)
　二、元代文学与理学 ·· (596)
　三、南戏与伦理 ·· (597)
[拓展指南] ·· (598)
　一、辽金元文学重要研究成果简介 ·· (598)
　二、辽金元文学重要研究资料索引 ·· (599)

第七编　明代文学

第一章　绪论 ·· (603)
　第一节　明代的政治文化生态 ·· (603)
　第二节　明代文学的历史进程 ·· (605)
第二章　明代诗歌 ·· (608)
　第一节　明前期诗歌 ·· (609)
　第二节　第一次复古运动时期的诗歌 ·· (611)
　第三节　第二次复古运动时期的诗歌 ·· (613)
　第四节　晚明诗歌 ·· (615)
第三章　明代词曲与民歌 ·· (618)
　第一节　明词 ·· (618)
　第二节　明代散曲 ·· (621)
　第三节　明代民歌 ·· (623)
第四章　明代散文 ·· (624)
　第一节　明前期散文 ·· (625)
　第二节　第一次复古运动时期的散文 ·· (626)
　第三节　第二次复古运动时期的散文 ·· (628)
　第四节　晚明小品文及其他 ·· (630)
第五章　明代八股文 ·· (633)
　第一节　明前期八股文 ·· (633)

第二节　明中期八股文 …………………………………（635）
　　第三节　明后期八股文 …………………………………（637）
第六章　明代文言小说 ………………………………………（639）
　　第一节　古文的传奇化 …………………………………（639）
　　第二节　"三灯丛话"及其他 ……………………………（640）
　　第三节　中篇传奇小说 …………………………………（643）
第七章　明代章回小说（上）…………………………………（644）
　　第一节　明代章回小说的历史进程 ……………………（645）
　　第二节　《三国志演义》 …………………………………（647）
　　第三节　《水浒传》 ………………………………………（655）
第八章　明代章回小说（下）…………………………………（664）
　　第一节　《西游记》 ………………………………………（665）
　　第二节　《金瓶梅》 ………………………………………（671）
第九章　明代白话短篇小说 …………………………………（676）
　　第一节　话本小说的基本知识 …………………………（676）
　　第二节　"三言二拍" ……………………………………（677）
第十章　明代戏曲 ……………………………………………（681）
　　第一节　明代杂剧的历史进程 …………………………（681）
　　第二节　明代传奇的历史进程 …………………………（682）
　　第三节　汤显祖与《临川四梦》…………………………（686）
[导学训练] ……………………………………………………（693）
　　一、学习建议 ……………………………………………（693）
　　二、关键词释义 …………………………………………（693）
　　三、思考题 ………………………………………………（694）
　　四、可供进一步研讨的学术选题 ………………………（694）
[研讨平台] ……………………………………………………（695）
　　一、明代文学与心学 ……………………………………（695）
　　二、明代文学论争 ………………………………………（696）
　　三、明代八股文与科举文化 ……………………………（696）
[拓展指南] ……………………………………………………（697）
　　一、明代文学重要研究成果简介 ………………………（697）
　　二、明代文学重要研究资料索引 ………………………（699）

第八编　清代文学

第一章　绪论 ……………………………………………………………（703）
　　第一节　清代的政治文化生态 ………………………………………（703）
　　第二节　清代文学的历史进程 ………………………………………（705）

第二章　清代诗歌 ………………………………………………………（708）
　　第一节　清前期诗歌 …………………………………………………（709）
　　第二节　清中期诗歌 …………………………………………………（712）
　　第三节　清后期诗歌 …………………………………………………（714）

第三章　清词 ……………………………………………………………（717）
　　第一节　清前期词 ……………………………………………………（717）
　　第二节　清中期词 ……………………………………………………（720）
　　第三节　清后期词 ……………………………………………………（721）

第四章　清代散文 ………………………………………………………（725）
　　第一节　清前期散文 …………………………………………………（726）
　　第二节　清中期散文 …………………………………………………（728）
　　第三节　清后期散文 …………………………………………………（731）

第五章　清代骈文辞赋 …………………………………………………（734）
　　第一节　清前期骈文辞赋 ……………………………………………（734）
　　第二节　清中期骈文辞赋 ……………………………………………（736）
　　第三节　清后期骈文辞赋 ……………………………………………（740）

第六章　清代白话小说 …………………………………………………（741）
　　第一节　清代白话小说的历史进程 …………………………………（741）
　　第二节　《儒林外史》 …………………………………………………（745）
　　第三节　《红楼梦》 ……………………………………………………（754）
　　第四节　晚清四大小说 ………………………………………………（761）

第七章　清代文言小说 …………………………………………………（768）
　　第一节　《聊斋志异》及其后裔 ………………………………………（768）
　　第二节　《阅微草堂笔记》与清代志怪小说 …………………………（773）

第八章　清代戏曲 ………………………………………………………（783）
　　第一节　清代戏曲的历史进程 ………………………………………（783）
　　第二节　《桃花扇》 ……………………………………………………（785）
　　第三节　《长生殿》 ……………………………………………………（792）

[导学训练] ……………………………………………………（797）
  一、学习建议 ………………………………………………（797）
  二、关键词释义 ……………………………………………（798）
  三、思考题 …………………………………………………（798）
  四、可供进一步研讨的学术选题 …………………………（799）
[研讨平台] ……………………………………………………（799）
  一、清代文学与学术思潮 …………………………………（799）
  二、清代文学与地域文化 …………………………………（800）
  三、清代文学与女性 ………………………………………（800）
[拓展指南] ……………………………………………………（801）
  一、清代文学重要研究成果简介 …………………………（801）
  二、清代文学重要研究资料索引 …………………………（802）

后　　记 ………………………………………………………（804）

第五编 宋代文学

第一章 绪 论

宋代是中国古代社会一个十分重要的阶段,处于中古与近古的转型期。宋人在各个领域的开拓精神,使中国近古文明呈现出整体发达的辉煌状态。朱熹曾骄傲地宣称:"国朝文明之盛,前世莫及。"①陈寅恪《邓广铭宋史职官志考证序》更是说:"华夏民族之文化,历数千载之演进,造极于赵宋之世。"

第一节 宋代社会的特点

宋朝以1127年"靖康之乱"为界分为北宋与南宋两个阶段。其社会特点可概括为:

一、政治稳定,经济繁荣

在政府机构的设置方面,为了避免重蹈晚唐五代君弱臣强的覆辙,宋朝统治者实行分权的策略。在中央,宰相是行政首脑,中书主民,枢密使是军事长官,三司管财政,分割相权。御史台和谏院则控制言路,弹劾宰执百官,最后裁决权归于皇帝。在地方,路设有漕司、宪司、帅司、仓司四个机构,其中漕、宪、仓三司长官负有监察州、县官员的职责,通称为"监司"。州设知州,又设可以直接向皇帝奏事的通判,使之互相监视、牵制。在财政方面,宋初下令各州赋税收入除了各类开支外,其余全部上缴中央,由皇帝直接掌握,还特设转运使管理各路财赋,务使"外州无留财,天下支用悉出于三司"②。这样一来,皇帝集财、政、军权于一身。正如朱熹所说:"本朝鉴五代藩镇之弊,遂尽夺藩镇之权,兵也收了,财也收了,赏罚刑政一切收了。"③宋代成为一个高度中央集权的王朝,皇帝的绝对权威得到保证。这有效地维护了国内政治的稳定,消弭了各种内讧,有利于经济和文化的发展。吉川幸

---

① 朱熹:《楚辞集解》,上海:上海古籍出版社1979年版,第300页。
② 李焘:《续资治通鉴长编》卷三四,北京:中华书局2004年版,第746页。
③ 黎靖德:《朱子语类》卷一二八,北京:中华书局1994年版,第3070页。

次郎《宋诗概说》序章即云:"虽然南宋先是与金为敌,后来又与成吉思汗的蒙古对峙,但与北宋一样,却能长期保持了国内的和平。"从 960 年立国算起,到 1279 年亡于蒙元,宋朝享有国祚达 319 年,秦代以后的历代王朝中,仅次于汉代,与此不无关系。①

宋朝的农业已开始实行精耕细作,创造了当时世界上最高的亩产量。宋朝有发达的手工业,造船业、纺织业、造纸业、制瓷业等均比唐朝有相当大的提高。政府财政收入也大大超过唐朝。据李心传《建炎以来朝野杂记》甲集卷十四记载:"国朝混一之初,天下岁入缗钱千六百余万,太宗皇帝以为极盛,两倍唐室矣。"到了约 100 年后的熙、丰年间,"合苗、役、易、税等钱,所入乃至六千余万",财政收入已经是唐朝的七倍多了。宋代的人力也超过唐朝,到北宋晚期人口已经超过一亿。② 在两宋统治的 300 余年中,我国经济的发展居于世界前列,是当时物质文明非常发达的国家。

政治的稳定、经济的繁荣,使得城市人口大大增加,市民阶层进一步壮大。宋代县以上城市约有 1163 个,镇有 1900 个以上。其中州府主、客户总数超过 10 万者共有 49 个,以每户五口计,这些州府总人口都在 50 万以上。人口在 1 至 10 万的城市不少于 100 个,人口在 1 万以下的城镇大约有 3000 个。③ 在南宋,杭州的人口已经达到 100 万以上,而当时欧洲最大的城市,人口也仅有几万。马可·波罗在宋亡后 32 年抵达临安,他笔下的杭州是"雄威壮丽的京师"、"庄严和秀丽,堪为世界其他城市之冠"。④ 这些大城市店铺林立,天南地北的商品数量丰富,品种繁多。著名的《清明上河图》就为我们描绘了当时汴京繁盛的商业景象。宋代城市打破了唐代坊、市独立的格局,居民区与商业区融为一体。商业活动突破前代朝启暮闭的限制,不禁夜市,为商业和娱乐业的迅速发展提供了有利的环境。城市的发展既为文学创作提供了丰富多彩的生活素材,也催生和发展了各类以娱乐为目的的文艺形式,词、说话、杂剧、影剧、傀儡戏、诸宫调等迅速兴起和发展,词更是成为宋代最有代表性的文学样式。

---

① 关于宋代的政治制度,可参钱穆《中国历代政治得失》,北京:三联书店 2005 年版,第 67—91 页。
② 葛剑雄主编,吴松弟著:《中国人口史》第三卷,上海:复旦大学出版社 2000 年版,第 352 页。
③ 李春棠:《坊墙倒塌以后——宋代城市生活长卷》,长沙:湖南出版社 1993 年版,6—7 页。
④ 《马可·波罗游记》,北京:远方出版社 2003 年版,第 169 页。

二、冗官冗兵,积贫积弱

虽然政局稳定、经济繁荣,宋代却又是一个积贫积弱的王朝,这缘于统治者一系列对内对外政策。

早在北宋,包拯《论冗官财用》、宋祁《上三冗三费疏》等就指出国家有冗官、冗兵、冗财"三冗"之弊。据统计,北宋一代开科69次,共取正奏名进士19281人,诸科16331人,合计35612人,如果包括特奏名及史料缺载者,取士总数约为61000人,平均每年约为360人,这在科举史上是空前绝后的。① 另外,宋代实行荫补制即官僚世袭制。在太祖、太宗时,"天下初定,万事草创,有司停阙待注而无人,故多为取士之门、荫补之法以应用"②。到了仁宗时,荫补之滥已经成为严重的弊病。范仲淹《答手诏条陈十事》曾说:"假有任学士以上官经二十年者,则一家兄弟子孙出京官二十人,仍接次升朝,此滥进之极也。"由此而使许多才低智弱之辈进入官场,严重影响了官僚机构的行政效率。科举取士人数的激增,加上世袭的官僚,使冗官为患,造成了沉重的财政负担,成为严重的社会痼疾。

宋代国家正规军几乎完全由招募的雇佣兵构成,军队的数量超过百万,这使国家军费的开支规模远超唐代。宋代数千万的财政收入,绝大部分都是供军费开支。③ 除了庞大的官费、军费开支,宋王朝还要赔偿辽、金少数民族政权数量不菲的岁币,每年宗室食禄、郊祀赏赉、东封、祀汾、明堂等也花费不少。如此多项而巨大的开支,使得宋朝的财政从宋仁宗嘉祐年间就开始入不敷出了。

宋朝还是一个对外特别软弱的王朝。太祖由将士拥立以践阼,惩于兵强之危险,于是"务弱其兵、弱其将以弱其民"(梁启超《王安石传》)。尤其是在军事制度方面,由皇帝指挥相对强大的中央军——禁军,地方则由比较分散而又缺少战斗力的厢兵驻守,削弱了地方武力。吕祖谦在《历代制度详说》卷十《屯田》中曾抨击当时的防务:

> 大警备于平居无事之时,屯守于闾奥至安之地,未尝有一日之战,而上下交以为至难,此所谓斥地与敌,守内虚外,以常为变,以易为难

---

① 张希清:《北宋贡举登科人数考》,北京大学《国学研究》第2卷。
② 毕仲游:《试荫补人议》,参见曾枣庄、刘琳主编《全宋文》第111册,上海:上海辞书出版社、合肥:安徽教育出版社2006年版,第66页。
③ 关于宋代军费开支的比例,可参见汪圣铎《两宋财政史》,北京:中华书局1995年版,上册第395—402、下册第771—774页。

者耶!

宋朝虽然维持着大规模的常备军,但战斗力不强,而辽朝和金朝则先后为东亚军事最强的国家,宋朝在与他们的交锋中败多胜少,因此只能"斥地与敌",以牺牲国家和人民的利益换取所谓的和平。

宋朝统治者还实行崇文抑武、以文驭武的军事政策,让文臣在中央控制军队或是到地方直接统军。虽然文臣中不乏富有军事才能的人,如李纲、宗泽等就是其中的杰出代表,但不可否认,多数文臣只是稍通兵略,又缺乏实战经验,让他们指挥作战,严重削弱了军队的战斗力,也使整个时代的尚武精神沦落。北宋后期,宦官参与军事,军队进一步弱化。到了北宋末年,举国竟然难觅率军御侮之将。朱敦儒在《水龙吟》中即云:"回首妖氛未扫,问人间英雄何处。"这样的政策虽然使国内政权稳定,但导致了抗敌御侮之士的匮乏,负面后果严重。

这一历史时期,在今天的中国境内还先后存在过辽、西夏、金、回鹘、喀喇汗、吐蕃、大理、蒙古(后定国号元)等其他兄弟民族建立的若干政权,其中辽、金是两个与宋朝长期对峙且实力强劲的少数民族政权。从实控版图看,北宋辖有今华北大部,西起兰州、四川,直至南方。南宋则丧失约三分之一的土地,退至今大散关和淮水以南。而辽朝全盛期的统治区包括今东北、内蒙、外蒙、华北的北京、大同一带以至新疆东北等地,金朝极盛期的统治区大致包括原辽朝的辖区外加南至淮水的广大地域。由于控制的国土面积并不比宋朝小,军事实力还要超过宋朝,因此辽、金常称宋为"南朝",宋则往往称辽、金为"北朝"。从整个中国历史的发展来看,这又是一个南北朝互相抗争、对峙和各兄弟民族之间相互影响、融合的"后三国"或"后南北朝"时代。①

宋代的民族矛盾空前激烈,300年间外患不断,北宋和南宋都亡于外族入侵。北宋时期,辽和西夏经常侵扰边境,宋王朝无力制止,就每年供给巨额财物以求得妥协。从北宋末年开始,更强大的金、元相继崛起,铁马胡笳不但骚扰边境,而且长驱南下,直至倾覆宋室。在政治上分裂与军事上对抗的同时,又有各地区、各民族之间各种形式的交往与沟通,异质文化之间不可避免地发生碰撞,导致中国文化的融合与更新。

---

① 参见《王曾瑜说辽宋夏金》,上海:上海科学技术文献出版社2009年版,第1页;虞云国:《试论10—13世纪中国境内诸政权的互动》,张希清等编《10—13世纪中国文化的碰撞与融合》,上海:上海人民出版社2006年版。

总之,宋代既是当时世界上非常先进的国家,同时又是一个积贫积弱的国家。这对宋代文学整体风貌的影响是巨大的。

三、教育发达,文化昌盛

经济的发展,社会的繁荣,印刷术的盛行,造纸术的日益普及,使宋代的教育文化事业取得了超越前代的成绩。宋代的太学和各地的州县学、书院蓬勃兴起。民办教育也很发达,南宋后期的临安城内外,"乡校、家塾、舍馆、书会,每里巷须一二所,弦诵之声,往往相闻"(耐得翁《都城纪胜·三教外地》)。宋朝的教育较前朝有了很大的普及。

宋代是中国古代经学发展的重要时期,完成了由"汉学"向"宋学"的转变,即由章句之学转变为义理之学。学者们不仅对儒经的注疏,甚至对儒经也提出大胆的怀疑。宋学把学术探索和社会实践结合起来,力图经世致用。宋学开创了学术探索的新局面,并表现了它独特的新思路和新方法。在宋学诸多流派中,先后占据支配和主导地位的是王安石新学和程朱理学。两派都尊孟,孟子在宋代由诸子之一而被提到亚圣的地位,儒学开始了孔孟并称的新阶段。

宋朝文明在当时世界上占据领先地位。宋代是中国古代科技史上的黄金时期,四大发明中,指南针、印刷术和火药主要是在宋代得到应用和发展。宋代的史学也堪称鼎盛,各种官修史书卷帙浩繁,李焘《续资治通鉴长编》成为中国古代私人撰写的最大编年体史书,司马光《资治通鉴》可与《史记》争辉。中国的绘画在宋元达到高峰,书法也形成了独特的风格,文学则确立了与唐音迥异的宋调。

第二节 宋代文人的特点

一、社会责任感强

兴盛的科举制,造就了发达的"以儒立国"的文官政治。与重视门第不同,宋朝"取士不问家世,婚姻不问阀阅"(郑樵《通志》卷二十五《氏族略第一》)。所谓"与士大夫治天下"[1],就是与科举登第者共治天下。文官政治既有利于政治稳定,也使士大夫的社会责任感和参政热情空前高涨。他们以国家栋梁自居,意气风发地发表政见。"开口揽时事,议论争煌煌"(欧阳

---

[1] 李焘:《续资治通鉴长编》卷二二一,第5370页。

修《镇阳读书》),成为宋代士大夫特有的精神风貌。

"天下之患莫大于士大夫至于无耻,则见利而已,不复知有他。"(游酢《奏士风疏》)中国古代十分强调士大夫的道德和气节问题,认为这关系到国家的安危和社会的文明程度。宋代虽然也有"士风媮薄,世道颓靡,面誉背毁,心私迹公"(魏了翁《直前奏事札子二》)的问题,但以范仲淹、李纲、宗泽、文天祥等为代表的一大批志节之士,忧国忧民,清正廉明,以天下为己任,在危急关头挺身而出甚至不惜牺牲自己的生命,他们的浩然正气千百年来影响着中华儿女,代表着真正的宋儒风采。

从权力结构看,虽然治理天下的权力牢牢握在皇帝手中,但宋代士大夫有着强烈的政治主体意识。范仲淹倡导"以天下为己任"获得普遍而热烈的回响,熙宁变法时,王安石更是在实际政治生活中要求与皇帝"共定国是",这种主体意识在南宋理学家中获得了更深一层的发挥。可以说士的主体意识的觉醒贯通有宋一代。① 这使宋代士大夫有着强烈的社会责任感和深沉的忧患意识。

二、精神自由,心灵宁静

宋代承五代武人跋扈之后,重文抑武,对士采取"宽柔"政策。宋太祖曾秘订誓约:"勒石,锁置殿中,使嗣君即位,入而跪读。其戒有三:一、保全柴氏子孙;二、不杀士大夫;三、不加农田之赋。"②不杀士大夫的誓约使宋代政争少有诛杀,对官员最重的处罚不过是流放岭南或海南岛。"六朝及天水一代思想最为自由。"③宋代士大夫的地位得到前所未有的提高。同时,在较为宽松的政治和舆论环境下,宋朝台谏政治的发达超越前朝后代。台谏官有良好的谏诤条件,他们行使监督权,对于扶持直道、维系一个时代的正派士风,有一定意义。

宋代统治者实行宽容的宗教政策,推动了融儒、释、道为一体的宋代理学的形成和发展。太祖建国,对佛教采取保护政策,其后历代皇帝,除宋徽宗崇道抑佛外,都大力宣扬佛教。宋代皇帝也多信奉道教,真宗曾令天下普建道观,尊老子为太上老君混元上德皇帝;徽宗更是把道教地位提高到无以复加的地步。宋代皇帝对儒、释、道兼容并收的政策,正是理学形成和发展的重要背景之一。理学虽标榜为儒学正宗,却渗透着佛、道精神。在儒家思

---

① 余英时:《士与中国文化》,上海:上海人民出版社 2003 年版,第 519 页。
② 王夫之:《宋论》卷一,北京:中华书局 1964 年版,第 4 页。
③ 陈寅恪:《论再生缘》,《寒柳堂集》,北京:三联书店 2001 年版,第 72 页。

想影响下,宋儒有强烈的入世精神,对社会民生保持强烈的责任心,而"禅宗教义与中国传统的老庄哲学对自然态度有相近之处,它们都采取了一种准泛神论的亲近立场,要求自身与自然合为一体,希望从自然中吮吸灵感或了悟,来摆脱人事的羁縻,获取心灵的解放"①。这使宋儒在努力于事功的同时,也追求一种精神的自由宁静,对现实人生有较为超越、达观的态度,"不以物喜,不以己悲",这影响了宋代文学冷静、理性风貌的形成。

三、作家学者化与创作全能化

宋代以"郁郁乎文哉"著称,是中国古代文化最发达的时期,上自皇帝,下到各级官吏和地主士绅,构成一个比唐代远为庞大也更有文化教养的阶级或阶层。② 这一阶层内向型的书斋生活,造就了宋代作家学者化、知识结构的多元化、创作才能的全面化。宋代作家好学深思,博今通古,与唐代不同,"大都是集官僚、文士、学者三位于一身的复合型人才,其知识结构一般远比唐人淹博融贯,格局宏大"③。他们既是文化的创造者,又是整理者、传承者和研究者。宋代作家不仅对音乐、书画有很深的造诣,对哲学、科技也有研究。许多作家诗、文、词无不兼能,有的还是小说家、剧曲家以至书画大家,或者是学者、史家。如欧阳修不但在诗、词、文、四六、辞赋等的创作中有过人的才华,而且在经学研究、历史撰述、文学批评等方面有杰出的成就,苏轼、王安石、叶梦得等人也都具有多方面的才能。学者化带来宋诗议论化或说理化、理性化的特质。严羽《沧浪诗话》说宋人"以文字为诗,以才学为诗,以议论为诗",与宋代作家的学者身份和知识结构是密切相关的。

第三节 宋代文学的成就和特点

宋代文学是继唐代文学之后的又一座高峰。不仅在作家作品的数量上远超前代,而且从创作实绩考量,诗唐宋可称并峙,词和文的成就甚至超过了唐朝,尤其是词代表了宋代文学的最新成就。宋代还出现了白话小说,这是中国小说史上新的里程碑。戏曲在南宋也已经成熟。这些文体的出现和成熟,标志着文学体裁的主流发生了巨变和倾斜,审美趣味从雅文学走向俗文学,从贵族文学走向平民文学,接受对象从上层社会走向下层社会。

---

① 李泽厚:《美的历程》,《美学三书》本,合肥:安徽文艺出版社1999年版,第167页。
② 同上书,第174页。
③ 王水照:《宋代文学通论》,郑州:河南大学出版社1997年版,第27页。

相对前代文学而言,宋代文学发生了许多新变,主要体现在以下方面:

一、作家阵营的群体化和文坛盟主的影响力增强

魏晋之际是文学的个体自觉时期,宋代则堪称文学群体意识的自觉时期,出现了很多有影响的文学团体甚至是文学流派,如北宋就出现了以钱惟演为领袖的洛阳幕府僚佐集团、以欧阳修为领袖的进士文人集团、以苏轼为领袖的汴京"学士"集团及以黄庭坚为领袖的江西诗派。江西诗派是中国文学史上第一个由派中人提出的自我认同的诗歌流派,其影响一直延续到南宋中后期。① 作家的群体化和文坛盟主影响力增强,出现了代代相承的文人集团和相应的领袖人物。这些群体或集团的成员常常在一起切磋唱和,影响着一代或一地的文风。

二、作家队伍的南方化

中国文化经历了三次大的南移,一是东晋永嘉之乱,二是唐代安史之乱,三是靖康之难。② 安史之乱后,南方的经济超过北方,但政治文化中心仍在北方。北宋的文化中心仍在京洛汝颍之间,尤其是京洛之间。靖康之难后,文化中心转移到南方苏、杭一带的太湖流域。文化中心的南移,带来文学风格和审美理想的变异。魏徵、令狐德棻《隋书文学传序》曾说:

> 江左宫商发越,贵于清绮;河朔词义贞刚,重乎气质。气质则理胜其词,清绮则文过其意,理深者便于时用,文华者宜于咏歌,此其南北词人得失之大较也。若能掇彼清音,简兹累句,各去所短,合其两长,则文质斌斌,尽善尽美矣。

北方人刚健勇猛,豪放爽朗;南方人文静含蓄,柔弱多情。在交通不发达的古代,风土气候的不同造成人性和文化的差异,故北方文学厚重,以气质胜;南方文学华美,以情韵胜。随着政治经济中心的逐渐南移,宋代文化更多地体现出南方文化的特性。如果说唐型文化是一种开放、相对外倾、色调热烈的文化类型,宋型文化则是一种相对封闭、相对内倾、色调淡雅的文化类型。从整体风貌考量,两宋古文舒徐和缓、阴柔澄定,宋词婉约幽隽、细腻雍容,

---

① 王水照:《北宋的文学结盟与尚"统"的社会思潮》、《北宋洛阳文人集团的构成》、《北宋洛阳文人集团与宋诗新貌的孕育》、《北宋洛阳文人集团与地域环境的关系》等文,均见《王水照自选集》,上海:上海教育出版社2000年版。

② 陈正祥:《中国文化地理》第一编《中国文化中心的南移》,北京:三联书店1983年版;冯天瑜等:《中华文化史》第七章第七节《文化中心的南移》,上海:上海人民出版社2005年版。

宋诗"如纱如葛"、"思虑深沉",都具有典型的宋代文化特征。① 特别是宋词,作为一种"狭深"的文体和表现"心绪"的文学,其柔媚性、香艳性具有典型的南方文学特征。②

三、传播方式的便捷化与文学的商品化

宋代之前的文学传播主要还是手工抄写的形式,传播的速度和广度都受到极大的限制。宋代文学传播的方式则多种多样,主要有书面传播和口头传播两种。书面传播可分书册(或称"集本")传播与单篇传播两类。单篇传播又主要有雕印、石刻、题壁三种形式。宋代作家的单篇作品,主要是靠这三种形式发表问世。③ 传播方式的改进,加速了文学作品的流通与消费,一方面扩大了作家在当代文坛和读者中的影响,促进了本地文学的发展,为文学集团和文学流派的形成提供了联结的媒介和纽带;另一方面也增进了各民族之间文学、文化的交流与融合。南宋与金元文学的密切联系和"一体化"趋势,就离不开文学传播所起的作用。

第二章　北宋诗

宋诗是继唐诗之后又一座高峰。从数量看,《全宋诗》收诗二十余万首,诗人近九千人,远迈唐朝。唐诗既臻峰顶,宋人欲独树一帜,唯有求变求异,变唐人之所已能,而发唐人之所未尽。凡是唐人以为不宜入诗的题材,宋人都拿来写进诗中,且往往喜欢于琐事微物逞显才技,故宋诗的内容较唐诗更为广阔,技巧也比唐诗更为精细,然情味则不及唐诗醇厚,兴象也不如唐诗华妙。

---

① 冯天瑜等:《中华文化史》,上海:上海人民出版社2005年版,第502页。
② 杨海明:《唐宋词史》,天津:天津古籍出版社1998年版,第12页。
③ 王兆鹏:《宋文学书面传播方式初探》,《文学评论》1993年第2期;谭新红:《宋词的书册传播》,《武汉大学学报》2008年第1期。

第一节　关于北宋诗的分期

北宋诗歌的发展大致可以分为四个阶段：

一、沿袭中晚唐的宋初"三体"

宋初前半个多世纪的诗坛被中晚唐诗风所笼罩，白体、晚唐体和西昆体先后兴起，在继承传统的基础上，也显露出一些新气象。

所谓"白体"，是学习白居易而形成的一种诗风，主要代表人物有李昉、徐铉、徐锴、王禹偁等人，而以王禹偁为盟主。他们主要从两个方面学习白居易，一是宋初文坛盛行唱和诗，白居易的元和体便成为他们学习的榜样；二是学习白居易浅切平易的诗风。

"晚唐体"指学习贾岛、姚合等诗人而形成的一种诗风，主要代表有以惠崇为代表的"九僧诗派"和以潘阆、魏野、林逋为代表的隐士诗人，宰相诗人寇准也是这一诗派的代表作家。他们继承贾、姚反复推敲的苦吟精神，在艺术技巧上争奇斗胜，沉溺于用小巧细碎的笔法描绘清邃幽静的山林景色，或抒发清苦幽僻的个人性情，题材内容不出草木鸟兽虫鱼之外。①

"西昆体"指师法李商隐而形成的诗风，因杨亿编《西昆酬唱集》而得名。诗集刊行后，风靡一时。欧阳修《六一诗话》曾说："自杨、刘唱和，《西昆集》行，后进学者争效之。风雅一变，谓西昆体。由是唐贤诸诗集几废而不行。"西昆体主要有三类题材，一是怀古咏史，二是咏物，三是描写日常生活和个人雅趣，题材范围总体来说比较狭隘。但西昆体字句华丽，用事精巧，对偶工切，在艺术上很有特色。其典雅诗风和堂皇气象不仅革除了晚唐体的风花雪月、小巧呻吟之病，也满足了北宋帝国处于上升时期的审美需求。

二、欧阳修等人的革新运动

西昆体学李商隐，仍然是走唐人的老路，其末流更是惟工组织字句，往往徒具华丽的外表而缺乏内在气韵。到了仁宗朝，新一代诗坛主将欧阳修和梅尧臣、苏舜钦崛起后，大刀阔斧地对这种专事模仿而缺乏创新精神的诗风进行改革，宋诗才显露出自己的时代特色。

欧、苏、梅主要从三方面改变了宋诗的发展方向，奠定了宋诗的基本格

---

① 关于宋初三体，可参白敦仁：《宋初诗坛及"三体"》，《文学遗产》1986 年第 3 期。

调:一是从审美理想上变西昆体的雕琢典丽之美为接近生活的自然平淡之美;二是在题材取向上不仅重视反映社会现实生活,而且注重表现日常生活中的琐屑小事,改变了唐诗俗事琐事不入诗的传统,确立了宋诗题材取向上的日常性特征;三是继承了韩愈诗议论化和散文化的特点,开辟了宋诗"以文字为诗,以才学为诗,以议论为诗"(严羽《沧浪诗话·诗辨》)的方向,奠定了宋诗主理尚意的基础。

欧、苏、梅三人的诗风各成一家,欧诗清丽婉转,梅诗闲肆平淡,苏诗则豪迈奔放。三人之中,梅尧臣的成就和影响最大。

三、苏轼等人的创作高峰

经过百余年的孕育和欧阳修等人的革新,到神宗、哲宗两朝,宋诗进入全盛期,与"唐音"并称的"宋调"最终确立。王安石、苏轼、黄庭坚和陈师道的诗都自成一体,代表着宋调的特质。此外如王令和张耒等人的诗也各有特色。

王安石作为政治家,早年的诗政治色彩相当浓厚,议论说理、抒怀言志,锋芒毕露。其咏史诗尤善于以敏锐深刻的政治家眼光,对人们所熟悉的历史事件或历史人物进行翻案。最能代表"荆公体"艺术个性的是他晚年的诗,雅丽精绝,新奇工巧,深为后人推重。①

苏轼诗代表着宋诗的最高成就,内容博大精深,风格丰富多样,艺术技巧高超娴熟。其中最能体现宋诗特质、也最具开创性的是其诗富有理趣和人生哲理。他善于对人生命运和生命价值进行独特的体悟和反思,也善于从平凡的日常生活和常见的自然景物中发现深刻的哲理和归纳出事物的规律。其诗中的哲理或理趣,蕴含在生动的艺术形象和具体的审美感受之中。这种艺术境界比一般宋诗通过议论来阐发道理或见解要高妙得多,它既没有损害诗的艺术形象性,又将感性的体验升华到理性和哲理的层次,从而赋予诗歌以灵思妙理。

四、江西诗派

黄庭坚的诗奇崛瘦硬,与唐诗的浑厚丰融形成鲜明对照,山谷诗所代表的宋诗美学风范成为中国诗歌史上与唐诗对立而互补的两种典范性的审美形态。如果说苏轼是天才型的诗人,纵笔挥洒,自然天成,黄庭坚则是人工巧匠,苦心经营,讲究作诗的法则。他又常常向晚辈后学传授诗法途径,追

---

① 关于王安石诗,可参莫砺锋:《论王荆公体》,《南京大学学报》1990年第1期。

随者络绎不绝,诗坛上形成了宋代影响最大、延续时间最长的诗派,即江西诗派。

南北宋之际,吕本中作《江西诗社宗派图》,以黄庭坚为领袖,列举陈师道、潘大临、谢逸、洪刍、祖可等25人为诗社成员,又将这些人的诗编为《江西宗派诗集》150卷,于是江西诗派之名正式确立。南宋中期的诗人杨万里作《江西宗派诗序》、宋末刘克庄作《江西诗派总序》予以宣扬,江西诗派遂成为影响南宋一代的诗派。方回《瀛奎律髓》又创"一祖三宗"之说,以唐代的杜甫为江西诗派之祖,而以黄庭坚、陈师道和陈与义为三宗。

第二节 宋初代表诗人王禹偁

王禹偁(954—1001),字元之,济州巨野(今属山东)人。太宗太平兴国八年(983)进士,授成武主簿。拜左司谏、知制诰。因刚正不阿,敢于言事,三黜以死。在贬谪过程中,写了不少关注民生疾苦的诗篇。有《小畜集》、《小畜外集》,存诗500多首。

北宋初的诗歌很多写得轻佻浮华,王禹偁极力纠正这种不良诗风,提倡向杜甫和白居易学习。他自幼喜读白居易诗,早期诗即多唱和之作。贬谪之后,由师法白居易的讽喻诗进而学习杜甫面向现实的创作精神,写出了诸如《对雪》、《竹》、《感流亡》和《对雪示嘉祐》等忧国忧民的佳作,比较深刻地反映和揭露了北宋初期的社会矛盾。如《感流亡》描写一个农夫搀扶年迈双亲、提携三个幼儿去外地逃荒讨饭的情景,以无限同情的笔调,真实地描绘了劳动人民因旱荒而挣扎在死亡线上的悲惨图景。又如在名作《对雪》中,诗人由一己之生活联想到"河朔民"、"边塞兵"正在因为与契丹作战而饱受苦寒,进而深深自责,对那些尸位素餐者不无鞭挞之意。诗人在诗中表现的自我批评精神,和范仲淹"先天下之忧而忧,后天下之乐而乐"一样,都是宋代士大夫以天下为己任的责任感的鲜明体现,也是杜甫、白居易关怀民瘼的精神在宋诗中的再现。王禹偁一些借景抒情、咏物言志的诗歌也颇有特色,如《村行》:

> 马穿山径菊初黄,信马悠悠野兴长。万壑有声含晚籁,数峰无语立斜阳。棠梨叶落胭脂色,荞麦花开白雪香。何事吟余忽惆怅,村桥原树似吾乡。

程千帆《古诗今选》说:"诗中不念京城而念家乡,暗示了政治上的失望。壑本无声,风吹则闻之有声,这是真;峰不能语,静立却反似能语而不语,这是幻。闻之真与见之幻,交织在一起,是此诗写景独特之处。"

王禹偁诗歌平淡流畅,语言朴实无华,并带有议论化和散文化的特点,成为开创宋诗风气的先驱。① 吴之振《宋诗钞·小畜集钞》即云:"是时西昆之体方盛,元之独开有宋风气,于是欧阳文忠得以承流接响。文忠之诗,雄深过于元之,然元之固其滥觞矣。穆修、尹洙为古文于人所不为之时,元之则为杜诗于人所不为之时者也。"与白体诗派其他成员多写流连光景的闲适生活和语言浅俗不同,王禹偁追求内容深警、语言精练,在一定程度上避免了白体诗派内容浅薄、语言浅俗的毛病,从而成为白体诗派中最杰出的诗人。

第三节 梅尧臣、苏舜钦、欧阳修的诗

宋初诗歌沿袭唐五代旧习,意境狭隘,格调不高。王禹偁创作成就较高,但影响并不大。西昆体风靡一时,但由于专主形式,以词藻富丽、用典精工为高,严重脱离现实。到了庆历年间,梅尧臣、苏舜钦、欧阳修等人起而矫之,他们广泛地向前人学习,关注现实,一反西昆体华而不实的诗风,力求做到平易畅达而有真实的思想感情,为宋诗的发展开辟了广阔的道路。

一、梅尧臣

梅尧臣(1002—1060),字圣俞,安徽宣城人。以荫补太庙斋郎,皇祐三年(1051)赐进士出身,累官至尚书都官员外郎,世称梅都官。他一生仕途不畅,生活也比较穷困,遂将全部精力倾注在诗歌创作上,欧阳修所谓"穷而后工",即针对梅氏而言。有《宛陵先生集》,存诗2800多首。

梅尧臣是继王禹偁之后宋代诗坛最有影响的人物之一。刘克庄《后村诗话前集》卷二称他为宋诗的开山祖师,叶燮《原诗·外篇》也说"开宋诗一代之面目者始于梅尧臣、苏舜钦二人"、"变尽昆体,独创生新"。梅诗风格多变,而以深微淡远为主。他在《读邵不疑学士诗卷》一诗中曾说:"作诗无古今,惟造平淡难。"要求"意新语工,得前人所未道者","状难写之景,如在目前;含不尽之意,见于言外"(欧阳修《六一诗话》引梅尧臣语)。他继承杜甫、白居易的传统,写了很多反映民生疾苦的诗歌,代表作有《陶者》、《田家

---

① 陈植锷:《试论王禹偁与宋初诗风》,《中国社会科学》1982年第2期。

语》和《汝坟贫女》等。如《汝坟贫女》：

> 汝坟贫家女，行哭音凄怆。自言有老父，孤独无丁壮。郡吏来何暴，县官不敢抗。督遣勿稽留，龙钟去携杖。勤勤嘱四邻，幸愿相依傍。适闻闾里归，问讯疑犹强。果然寒雨中，僵死壤河上。弱质无以托，横尸无以葬。生女不如男，虽存何所当。拊膺呼苍天，生死将奈向。

诗歌借《诗经·周南》中的《汝坟》旧题，通过汝水边贫家女的哭诉，描述了一个因征兵而家破人亡的贫民家庭，反映了人民在兵役中所遭受的苦难。此外如《陶者》揭露陶者"屋上无片瓦"而肉食者却"鳞鳞居大厦"的不公平现实，《田家语》控诉统治者繁重的赋税和徭役，都表现了诗人为民请命的风骨和上承杜甫《三吏》、《三别》的创作精神。

梅尧臣兼工古、今体诗，五律尤其出色。方回《瀛奎律髓》卷二十三就说他的五律平淡有味，在宋人中当推第一。如《鲁山山行》：

> 适与野情惬，千山高复低。好峰随处改，幽径独行迷。霜落熊升树，林空鹿饮溪。人家在何许，云外一声鸡。

全诗动静结合、视听结合，描绘山间景致，语言平淡，意境幽远，充分体现了他"状难写之景如在目前"的艺术功力。

梅尧臣诗歌不但受到同行的肯定，还深受老百姓的喜爱，不懂诗的人也以得到他的诗而自夸，西南地区的少数民族将他的诗句织在布上，还有皇亲用重价购买他的单篇诗作，都说明了梅尧臣诗歌在当时的巨大影响。

二、苏舜钦

苏舜钦（1008—1049），字子美，原籍梓州铜山（今四川中江），生于汴京（今河南开封）。宋仁宗景祐元年（1034）进士及第，历任蒙城、长垣县令和大理评事、集贤校理等职。因支持范仲淹政治改革，于庆历四年（1044）被革职除名。流寓苏州，筑沧浪亭，读书其间，寄愤懑于诗歌。著有《苏学士文集》。

《宋史》本传称苏舜钦"少年能文章，慷慨有大志"。他前期的诗歌痛快淋漓地反映时政，具有鲜明的时代感和现实性，如《庆州败》通过对丧师辱国的边塞战役的描述，揭露了北宋将士的怯懦，批判了朝廷的用人不当；又如《城南感怀呈永叔》刻画了"十有七八死，当路横其尸。犬豸咋其骨，乌鸢啄其皮"的现实惨象，谴责了身居高位的统治者"高位厌粱肉，坐论搀云霓"的可耻行径。

因愤慨于国势削弱、异族侵凌而抒写"破敌立功"的英雄抱负,苏舜钦此类题材的诗作在宋诗中具有导夫先路的作用,对后来陆游等爱国诗人产生了深远的影响。① 如《吾闻》:

> 马跃践胡肠,士渴饮胡血。腥膻屏除尽,定不存种孽。予生虽儒家,气欲吞逆羯。斯时不见用,感叹肠胃热。昼卧书册中,梦过玉关北。

抒发了保卫边疆的豪情壮志,慷慨激越,振奋人心。此外如《送李冀州》云:"男儿胜衣志四海,实耻坐得万户侯。"《寄富彦国》云:"已知高贤抱器识,因时与国为辉光。"鼓励朋友投身疆场,杀敌卫国,都充满了爱国豪情。

罢官闲居后,苏舜钦诗风由前期的痛快淋漓转向疏朗简古。他在诗中寄情山水,歌咏自然景物,如《淮中晚泊犊头》:

> 春阴垂野草青青,时有幽花一树明。晚泊孤舟古祠下,满川风雨看潮生。

描绘出一幅晚泊淮河的自然风景画,并融入自己的失意孤寂之感,情景交融而不露痕迹。类似的作品还有很多,如《独步游沧浪亭》、《夏意》等都写得清新恬淡,表现了诗人旷达自得而又孤高不屈的精神。

苏舜钦与梅尧臣并称"苏梅",但二人"放检不同调"(梅尧臣《偶书寄苏子美》)。梅尧臣"平生苦于吟咏"(欧阳修《六一诗话》),走的是靠工力作诗的路子,而苏舜钦更多是靠才气。他性格豪迈,不随流俗,诗也写得"笔力豪隽,以超迈横绝为奇"(《六一诗话》)。加之他推崇和学习杜甫,故所作诗于豪迈之外又多了一份沉郁顿挫的感慨。方回《瀛奎律髓》卷二十二就说:"苏子美壮丽顿挫,有老杜遗味。"以才气写诗,使他的诗歌语言时有粗糙生硬的毛病,有的构思也流于平俗,削弱了诗歌精炼含蓄的韵味。

三、欧阳修

欧阳修(1007—1072),字永叔,庐陵(今江西吉安)人。自号醉翁、六一居士。天圣八年(1030)进士,官至参知政事。他支持范仲淹改革,为人刚毅正直,为士林树立了正直敢言的典范。他还善于培养人才,苏轼、苏辙、曾巩以及理学家程颢、张载、朱光庭等人都出于他门下。欧阳修是北宋诗文革新运动的领袖,反对浮靡空泛,主张"明道"、"致用",为有宋以来第一个在诗、词、文各领域都成就卓著的大家,是当时公认的文坛领袖。苏轼《居士

---

① 钱锺书:《宋诗选注》,北京:人民文学出版社1989年版,第21页。

集叙》说他"论大道似韩愈,论事似陆贽,纪事似司马迁,诗赋似李白"。有《欧阳文忠集》。今存诗 860 余首。

胡仔《苕溪渔隐丛话》后集卷二十三说欧阳修作诗"盖欲自出胸臆,不肯蹈袭前人",加之他"天分既高,而于古人无所不熟"(蔡絛《西清诗话》),故能熔铸百家而自成一格。他的诗歌内容比较丰富,既有如《食糟民》、《边户》这类反映民生疾苦、富有社会现实意义的作品,也有蕴含哲理意味的佳作,如被贬夷陵(今湖北宜昌)时写的《戏答元珍》:

> 春风疑不到天涯,二月山城未见花。残雪压枝犹有橘,冻雷惊笋欲抽芽。夜闻归雁生乡思,病入新年感物华。曾是洛阳花下客,野芳虽晚不须嗟。

诗人伤今怀昔,在对山城春寒料峭时独特风景的描绘中,抒发了遭谗被贬的苦闷以及自我解脱的开阔胸襟。颔联对偶流动,富有启示意义。又如《画眉鸟》中的"始知锁向金笼里,不及林间自在啼",在不经意间透露出深刻的蕴味,对苏轼等人的哲理诗具有启示作用。

欧阳修的咏史怀古诗也有特色,如《明妃曲和王介甫作》借咏史以抒怀,诗句清新爽利,在历史故事的咏叹中发挥新警的议论,含意深远,开宋代以文为诗的风气。

王安石形容欧阳修诗歌的语言风格时说:"犹转积水于千仞之溪,其清快孰能御之。"(何谿汶《竹庄诗话》卷九引)准确地指出了欧诗接近散文的那种流动潇洒、清快活泼的语言风格。欧阳修继承了韩愈以文为诗的传统,喜用赋体,多发议论,同时又学习李白清新、明快的诗风,将议论与叙事、抒情融为一体,避免了生僻险怪之失而有情韵悠长之胜,为王安石、苏轼等人奠定了基础,对用散文化的诗体来讲哲学、史学乃至天文、水利的邵雍、徐积等道学家也不无影响。① 叶梦得《石林诗话》卷上说:"欧阳文忠公诗始矫昆体,专以气格为主,故其言多平易疏畅。"用高格响调纠正浅薄卑俗之风,故语虽平易,而意自深刻,这直接影响了北宋诗风的革新。

第四节　王安石和苏轼

王安石和苏轼是北宋的两个大家,苏轼尤为杰出。

---

① 钱锺书:《宋诗选注》,北京:人民文学出版社 1991 年版,第 24 页。

一、王安石

王安石(1021—1086),字介甫,号半山,临川(今属江西)人。因晚年被封为荆国公,故世称王荆公。庆历二年(1042)进士,官至宰相,主持了熙宁变法。王安石文为"唐宋八大家"之一,诗号"荆公体",词也曾开风气之先。欧阳修在《赠王介甫》一诗中赞道:"翰林风月三千首,吏部文章二百年。老去自怜心尚在,后来谁与子争先。"把他比为李白、韩愈一类人物。著有《临川集》、《临川先生歌曲》。存诗1531首。

王安石前期诗尚意气,少含蓄;中期多从唐诗中吸取营养,艺术上渐趋成熟,形成了雄直峭劲而又壮丽超逸的独特风貌;晚年诗风转为深婉华妙。① 其诗"务为有补于世"(《上人书》),对现实社会政治问题倾注了更多的关心,写了不少反映民生疾苦、揭露社会矛盾和民族危机的诗歌。如《河北民》:

> 河北民,生长二边长苦辛。家家养子学耕织,输与官家事夷狄。今年大旱千里赤,州县仍催给河役。老小相携来就南,南人丰年自无食。悲愁天地白日昏,路旁过者无颜色。汝生不及贞观中,斗粟数钱无兵戎。

描写了河北民老少相携向南逃荒的凄惨景象,抨击了朝廷敛财于民、侍奉夷狄的屈辱政策。此外如《收盐》、《省兵》、《兼并》、《茶法》等诗篇,抨击弊政,体现了他关怀民瘼的情怀。这些政论诗虽多直接以议论入诗,但他以政治家特有的敏锐反思历史、观察现实,能做到说理精警、论述生动,进一步发展了以才学为诗、以议论为诗的创作手法,体现了宋诗关注现实、议论现实的倾向,具有鲜明的艺术个性。

作为杰出的政治家,王安石敢说敢为,他的诗歌也体现出独排众议、新见迭出的特点。如作于嘉祐四年(1059)的《明妃曲》二首之一云:

> 明妃初出汉宫时,泪湿春风鬓角垂。低徊顾影无颜色,尚得君王不自持。归来却怪丹青手,入眼平生几曾有。意态由来画不成,当时枉杀毛延寿。一去心知更不归,可怜着尽汉宫衣。寄声欲问塞南事,只有年年鸿雁飞。家人万里传消息,好在毡城莫相忆。君不见咫尺长门闭阿娇,人生失意无南北。

---

① 程千帆、吴新雷:《两宋文学史》,上海:上海古籍出版社1991年版,第80页。

前人写王昭君，包括李白、杜甫，所写都不离悲愁二字；而王安石写王昭君，却巧妙地做翻案文章。全诗立意新颖，大受欧阳修、司马光、刘敞等人的赞赏，纷纷起而和之，然而他们的和作都不及王安石。又如贾谊，前人多着眼于他才高位卑的悲剧命运，王安石在《贾生》中却说："一时谋议略施行，谁道君王薄贾生。"见解非凡，非常人之见所可比拟。

王安石退出政治舞台后，大量的写景诗和禅理诗代替了政治诗。所作多律诗和绝句，构思精巧，技巧成熟，语言精美，风格深婉不迫，深得时人好评。黄庭坚说："荆公暮年作小诗，雅丽精绝，脱去流俗，每讽味之，便觉沉濯生牙颊间。"（胡仔《苕溪渔隐丛话》前集卷三十五）叶梦得《石林诗话》卷上也说："王荆公晚年诗律尤精严，造语用字，间不容发，然意与言会，言随意遣，浑然天成，殆不见有牵率排比处。"此期诗名篇佳句很多，如《书湖阴先生壁》二首之一：

  茅檐长扫静无苔，花木成畦手自栽。一水护田将绿绕，两山排闼送青来。

又如《北陂杏花》：

  一陂春水绕花身，花影妖娆各占春。纵被春风吹作雪，绝胜南陌碾成尘。

王安石的绝句现存近 600 首，占他全部诗歌近十分之四。他的绝句不仅数量多，而且修辞巧妙、意境清新。曾季狸《艇斋诗话》认为"荆公绝句妙天下"，并说"绝句之妙，唐则杜牧之，本朝则荆公，此二人而已"。张邦基《墨庄漫录》卷六也说："七言绝句，唐人之作往往皆妙，顷时王荆公多喜为之，极为清婉，无以加焉。"

王安石诗题材多样，风格独特，喜造硬语、押险韵。加之"少好读书，一过目终身不忘。其属文动笔如飞，初若不经意，见者皆服其精妙"（《宋史》本传），他在创作时使事用典，改窜古人诗句，随意挥洒，无不得心应手。他还善于将精警的议论和生动的形象巧妙地融为一体，以揭示深刻的道理，不愧为宋代最杰出、最有成就的诗人之一。

二、苏轼

如果说代表 11 世纪上半期的作家是欧阳修，苏轼则是继欧阳修之后领袖一代的文坛巨擘。苏轼（1037—1101），字子瞻，号东坡，四川眉山人。嘉祐二年（1057）进士，官至翰林学士。富有政治才能，在杭州、密州、徐州、湖州任地方官时,灭蝗救灾,抗洪筑堤,政绩卓著。为人刚直敢言,不随时俯仰,故仕途坎坷,一生屡遭贬谪。苏轼融合了儒释道的思想,既执著于人生而又能超然物外,这种人生态度使他坚定、沉着、乐观、旷达,在逆境中照样能保持浓郁的生活情趣和旺盛的创作活力。他天才纵逸,诗、词、文、赋、书法、绘画无所不能,宋代的诗、词、文都在他手里达到了高峰。

苏轼为中国诗史一大家,今存诗2700多首。他善于向陶、柳、李、杜、刘禹锡、白居易等前辈诗人学习,熔铸百家,成为富有创造性、具有独特面貌的大诗人。叶燮《原诗》卷一说:"苏轼之诗,其境界皆开辟古今之所未有,天地万物,嬉笑怒骂,无不鼓舞于笔端。"苏轼诗歌题材之广泛、内容之丰富,在宋代首屈一指。

苏轼在许多州郡做过地方官,也曾多次被贬蛮荒之地。在做地方官时,他关心民生。而被贬时,又曾躬耕自营。"去年东坡拾瓦砾,自种黄桑三百尺。今年刈草盖雪堂,日炙风吹面如墨。"(《次韵孔毅父久旱已而甚雨》)这种经历拉近了他和百姓的距离。"下马作雪诗,满地鞭棰痕。伫立望原野,悲歌为黎元。"(《正月十八日蔡州道上遇雪次子由韵》)为老百姓唱出了不少悲歌,如《吴中田妇叹·和贾收韵》:

> 今年粳稻熟苦迟,庶见霜风来几时。霜风来时雨如泻,杷头出菌镰生衣。眼枯泪尽雨不尽,忍见黄穗卧青泥。茅苫一月垅上宿,天晴获稻随车归。汗流肩赪载入市,价贱乞与如糠粞。卖牛纳税拆屋炊,虑浅不及明年饥。官今要钱不要米,西北万里招羌儿。龚黄满朝人更苦,不如却作河伯妇。

这首诗写于宋神宗熙宁五年(1072)。其时王安石新法施行,国家赋税收钱不收米,钱荒米贱,而朝廷又花了很多钱粮"招抚"沿边的羌人部落。苏轼在诗中揭露了双重压榨下百姓无路可走的现状。此外如《除夜大雪留潍州元日早晴遂行中途雪复作》写到了连年遭受蝗旱之灾的北方农民,《送黄师是赴两浙宪》写的是在水灾侵袭下的吴越百姓。反映民生苦乐和时政得失的诗篇在苏诗中虽然不多,却反映了他对人民深厚的同情之心和以天下为己任的情怀。

如果说以上诗歌是"哀民生之多艰",他另有些诗歌则写出了农民的善良和农村生活的宁静闲暇。如《东坡》用平实而简洁的语言将谪居之地农民的热情、坦率、善良表现得淋漓尽致。又如《新城道中二首》之一:

> 东风知我欲山行,吹断檐间积雨声。岭上晴云披絮帽,树头初日挂

铜钲。野桃含笑竹篱短,溪柳自摇沙水清。西崦人家应最乐,煮芹烧笋饷春耕。

将春日农村的秀美景象和农民朴实而又丰富的生活描绘得如诗如画,令人神往。

东坡诗中有一类抒发个人感慨的作品,尤为感人,如他写于熙宁六年(1073)的《除夜野宿常州城外》之一:

行歌野哭两堪悲,远火低星渐向微。病眼不眠非守岁,乡音无伴苦思归。重衾脚冷知霜重,新沐头轻感发稀。多谢残灯不嫌客,孤舟一夜许相依。

写出了内心深沉的孤独之感。又如《东栏梨花》因梨花盛开而感叹春光易逝、人生如寄,也是名作。

面对逆境,苏轼更多的是对苦难的傲视和对痛苦的超越。如他被贬黄州时写道:"长江绕郭知鱼美,好竹连山觉笋香。"(《初到黄州》)将谪居之地黄州写得水肥鱼美、山秀笋香。又如他被贬惠州时,有诗感叹道:"日啖荔支三百颗,不辞长作岭南人。"(《食荔支二首》之二)而被贬儋州,又说:"他年谁作舆地志,海南万里真吾乡。"(《吾谪海南,子由雷州,被命即行,了不相知。至梧乃闻其尚在藤也,旦夕当追及。作此诗示之》)更加典型的是他在海南遇赦北归时写的《六月二十日夜渡海》:

参横斗转欲三更,苦雨终风也解晴。云散月明谁点缀,天容海色本澄清。空余鲁叟乘桴意,粗识轩辕奏乐声。九死南荒吾不恨,兹游奇绝冠平生。

方回《瀛奎律髓》卷四十三评道:"当此老境,无怨无怒,以为兹游奇绝,真了生死,轻得丧,天人也。"苏轼一生,历经坎坷,但他却能坦然面对,没有伟大的人格和坦荡的心胸是写不出如此诗句的。

胡仔《苕溪渔隐丛话》卷四十二引《后山诗话》云:"王介甫以工,苏子瞻以新,黄鲁直以奇。"苏轼诗之"新"主要体现在富有理趣,充满着人生哲理,如《和子由渑池怀旧》:

人生到处知何似?应似飞鸿踏雪泥。泥上偶然留指爪,鸿飞那复计东西。老僧已死成新塔,坏壁无由见旧题。往日崎岖还记否?路长人困蹇驴嘶。

寄意深沉,能够引发很多联想。又如《题西林壁》:

> 横看成岭侧成峰,远近高低总不同。不识庐山真面目,只缘身在此山中。

这首山水诗也富于哲理,如全体与部分、宏观与微观的关系等都可从此诗中找到形象的说明。

富于联想和善用比喻,也是苏诗的特色。苏轼有着非凡的想象力,腾天潜渊,迈古游今,不受束缚,而又往往带有日常生活的情趣,令人感到亲切。如写春夜赏花:"只恐夜深花睡去,故烧高烛照红妆。"(《海棠》)写夜间行舟:"卧看落月横千丈,起唤清风得半帆。"(《慈湖夹阻风》)写夏日骤雨惊雷:"十分潋滟金尊凸,千杖敲铿羯鼓催。"(《有美堂暴雨》)鲜活奇特,给人以美的享受。

苏诗的比喻不仅丰富,而且新鲜贴切,施补华《岘佣说诗》即云:"人所不能比喻者,东坡能比喻;人所不能形容者,东坡能形容。比喻之后,再用比喻;形容之后,再加形容。"如《百步洪》第五到八句一连用了七个比喻,突出长洪斗落、轻舟如梭的迅急之势,穷形尽相。此外如"春畦雨过罗纨腻"(《南园》)、"欲知垂尽岁,有似赴壑蛇。修鳞半已没,去意谁能遮"(《守岁》)等都是善用比喻的佳例。①

苏诗风格多样,"有汗漫者,有典丽者,有丽缛者,有简淡者,翕然开阖,千变万态"(刘克庄《后村诗话》),而艺术技巧高超娴熟,代表着宋诗的最高成就。他的诗在当时就深受人们的喜爱,往往是刚一落笔就被人传诵。陆游诗学杜甫、苏轼,元好问学诗也是从苏轼入手,然后上溯李、杜。公安派袁宏道称赞"苏公诗无一字不佳者",认为他兼有李、杜之长,"卓绝千古"(《答梅客生开府》),甚至推为"前无作者"的"诗神"(《与冯琢庵师》)。清人赵翼《瓯北诗话》卷五则视其为继李、杜之后又一大家。

第五节　江西诗派

江西诗派是宋代影响最大的诗歌流派。其成员并非都是江西人,但他们都受到黄庭坚的影响,而黄庭坚是江西人。正如杨万里《江西宗派诗序》所云:"以味不以形也。"这些人的创作精神和作品风格具有某种共同特征,因而被视为一个流派。

---

① 钱锺书《宋诗选注》对苏轼诗善用比喻有精到的分析,可参看。

一、黄庭坚

黄庭坚（1045—1105），字鲁直，号山谷道人、涪翁，洪州分宁（今江西修水县）人。治平四年（1067）进士。元祐初为校书郎、《神宗实录》检讨官，擢起居舍人。后被贬黔州（今四川彭水）、戎州（今四川宜宾）、宜州（今属广西）等地。位列"苏门四学士"之首，诗与苏轼齐名，是宋诗最有代表性的诗人之一。今存诗1956首。

黄庭坚毕生致力于诗歌创作，他在《赠谢敞王博喻》中提出"文章最忌随人后"，表明了自己要独创新路的决心。他苦心钻研诗的技巧，在语言、意境、格律以及表现方式等方面力辟蹊径。其创作方法可归纳为三个方面：

一是强调多读书，讲求"无一字无来处"、"点铁成金"、"夺胎换骨"。①"古之能为文章者，真能陶冶万物，虽取古人之陈言入于翰墨，如灵丹一粒，点铁成金也。"（黄庭坚《答洪驹父书》）"诗意无穷，而人之才有限，以有限之才，追无穷之意，虽渊明、少陵不得工也。然不易其意而造其语，谓之换骨法；窥入其意而形容之，谓之夺胎法。"（惠洪《冷斋夜话》卷一）所谓"夺胎"，即采用前人的诗意和句式加以发展，造成新的意境；所谓"换骨"，指采用前人的诗意而用自己的语言重新表达，即意同而语异。这种手法在王安石手里渐成气候，苏轼更推进一步，而在黄庭坚的诗里则登峰造极。如名作《登快阁》：

> 痴儿了却公家事，快阁东西倚晚晴。落木千山天远大，澄江一道月分明。朱弦已为佳人绝，青眼聊因美酒横。万里归船弄长笛，此心吾与白鸥盟。

首句典出《晋书·傅咸传》，次句化用李商隐《闲游》"西楼倚暮霞"和《即日》"高楼倚暮晖"而来。颔联境界深邃，是历代传诵的名句，也是从杜甫《登高》"无边落木萧萧下，不尽长江滚滚来"、李白《秋夜宿龙门香山寺》"水寒夕波急，木落秋山空"和《金陵城西楼月下吟》"解道澄江净如练，令人长忆谢玄晖"等诗句化用而来。颈联典出《吕氏春秋·本味篇》和《晋书·阮籍传》，尾联典出《列子·黄帝》。诗人广泛汲取前贤的诗境语句并加以点化，意境疏阔，风韵天成，丝毫不给人补缀之感。

二是好用拗律、押险韵。黄庭坚师法杜甫，用拗体、变调来写律诗，以树

---

① 参见周裕锴《惠洪与夺胎换骨法》、莫砺锋《再论夺胎换骨说的首创者》，《文学遗产》2003年第6期。

立奇峭劲挺的独特诗风,追求格韵高绝的境界。为了避俗生新,追求不同凡响的艺术效果,还喜押险韵。

三是好用奇字僻典,刻意苦吟。如他为了歌颂范仲淹父子的政绩、战略和边功而写的《送范德孺知庆州》,全诗共 18 句,父、兄、弟各占 6 句,结构严谨。"敌人"二句本《孙子·九地》"始如处女,敌人开户;后如脱兔,敌不及距",点化旧文,将意境相距很远的两句放在一处,令人耳目一新。其用韵故意打破均匀的局面,先是平韵 8 句,间以仄韵 2 句,又是平韵 8 句,换意与换韵参差错综,与前人换意即换韵之注重声情相应者不同。这都体现出其诗求新求奇的特点。①

除了注重艺术技巧上的推陈出新,黄庭坚也重视诗的内容和社会功用,主张"有为而后作"(《王定国文集序》),强调文章的济世功用。他的诗以感时伤怀、山水纪游、亲情友情、书画题咏为主,其中有不少意蕴深厚的作品,主要包括以下几方面:

首先是忧国忧民的情怀。如著名的《流民叹》前半部分写百姓受到旱灾、地震和洪水的连连侵害,流离失所,没有依靠,生活艰难痛苦;后半部分则希望朝廷重用贤臣能臣,实行仁政,解百姓于水火之中。此外如《和谢公定河朔漫成八首》委婉而深刻地讽刺了朝廷割地求和的苟安政策,《戏和答禽语》直揭新法的流弊,《和答魏道辅寄怀十首》之四赞扬了死于保家卫国的徐禧的爱国精神。

黄庭坚笃于亲情友情,如《嘲小德》:

> 中年举儿子,漫种老生涯。学语啭春鸟,涂窗行暮鸦。欲嗔王母惜,稍慧女兄夸。待渠能小艇,伴我钓烟沙。

将小德的调皮、聪明、可爱以及自己中年得子的欣喜心情表现得淋漓尽致。又如写友情的《寄黄几复》表现了自己和黄几复的深厚友情,描绘了黄几复官微贫穷而又襟怀高尚的能吏形象,情真意深,不愧名篇。

中国绘画艺术的高峰在宋元,题画诗大量出现。黄庭坚的题画诗具有独特的审美价值。如《题李亮功戴嵩牛图》:

> 韩生画肥马,立仗有辉光。戴老作瘦牛,平田千顷荒。觳觫告主人,实已尽筋力。乞我一牧童,林间听横笛。

---

① 关于黄诗的创作方法和艺术技巧,可参见程千帆、吴新雷著《两宋文学史》,上海:上海古籍出版社 2005 年版,第 205 页。

诗人对戴嵩《牛图》这幅画本身并没有作过多的描写,更多的是通过"瘦牛"这一形象传达自己厌恶政治斗争、不求仕进的心声。黄庭坚不少题画诗都是将画面和主体情思紧密结合,从心灵深处发掘独特的情感体验,从而赋予题画诗以更深的含义。如《蚁蝶图》充满了世事无常的感慨,言浅意深;《追和东坡题李亮功归来图》赞扬李亮功"朝市山林俱有累,不居京洛不江湖"的高风亮节。

黄庭坚诗歌在立意、谋篇、造句、炼字以及声律各个方面都力求推陈出新,从而别具风味,成为宋诗独特风貌的重要组成部分。陈岩肖《庚溪诗话》卷下即云:"山谷之诗,清新奇峭,颇道前人未尝道处,自为一家,此其妙也。"黄庭坚诗在当时就产生了很大影响,以至于开宗立派,声势很大,影响直至宋末元初,延续了整整200年。严羽《沧浪诗话·诗辨》说:"至东坡、山谷始自出己意以为诗,唐人之风变矣。山谷用工尤为深刻,其后法席盛行,海内称为江西宗派。"

二、陈师道

陈师道(1053—1102),字履常、无己,号后山居士,彭城(今江苏徐州)人。一生穷困,"我贫无一锥,所向皆四壁"(《答张文潜》)。中年因苏轼推荐,任过徐州教授等卑微官职,后以苏党被免,贫病困顿而死。诗、词、文均有较高的成就。作诗远承杜甫,近宗黄庭坚,五古出入于郊、岛之间,诗风雄健清劲,成就很高,当时即"黄、陈齐名"(刘克庄《后村诗话》),是江西诗派的重要诗人。有《后山集》。存诗近700首。

在诗歌理论方面,陈师道提出"学诗当以子美为师,有规矩,故可学"(《后山诗话》),同时认为学杜要从学习黄庭坚入手。他还要求诗歌"不主故常"(《后山诗话》),在继承的基础上变化创新,这与黄庭坚论诗是一致的。他认为"学诗之要,在乎立格、命意、用字而已"(张表臣《珊瑚钩诗话》卷二),重视在格律、结构、命意、句法、字法等方面仔细琢磨。陈师道是"苦吟型"诗人。他作诗"宁拙毋巧,宁朴毋华,宁粗毋弱,宁僻毋俗"(《后山诗话》),有意矫正尖巧、华靡、纤弱、浅俗的诗风,创造出以朴拙为主要特征的艺术风格。如《别三子》:

> 夫妇死同穴,父子贫贱离。天下宁有此,昔闻今见之。母前三子后,熟视不得追。嗟乎胡不仁,使我至于斯。有女初束发,已知生离悲。枕我不肯起,畏我从此辞。大儿学语言,拜揖未胜衣。唤爷我欲去,此语那可思。小儿襁褓间,抱负有母慈。汝哭犹在耳,我怀人得知。

元丰七年(1084)五月，陈师道岳父郭槩提点成都府路刑狱，陈寓居汴京，因家贫，妻儿都随郭入蜀就养。陈因母老，不能同往，离别之际，因作此诗。诗人选取一个感人的离别场面，勾勒儿女临行时依依难舍的情态，真切地将清贫人家相依为命的骨肉深情渲染出来。语言质朴而情感真挚，不假雕琢而凄楚感人。潘德舆《养一斋诗话》卷六称赞此诗"沛然至性中流出，而笔力沈挚又足以副之，虽使老杜复生不能过"。其《示三子》描写诗人初见久别儿女那一刹那间复杂微妙的心态，也是质朴凝重的名篇。

陈师道曾感叹"苦嗟所历小，不尽千里目"(《和魏衍三日二首》之一)。由于人生经历并不丰富，陈诗在题材内容方面比较狭窄，像《田家》、《呜呼行》、《送杜侍御纯陕西转运》这样的诗并不多见。他的诗主要集中于日常生活，除了《别三子》、《示三子》这类表现儿女亲情的作品外，反映落魄文人穷途失意、朋友之间深厚友谊的作品也倍受人们称道。如《春怀示邻里》：

> 断墙着雨蜗成字，老屋无僧燕作家。剩欲出门追语笑，却嫌归鬓着尘沙。风翻蛛网开三面，雷动蜂窠趁两衙。屡失南邻春事约，只今容有未开花。

这首春怀诗表现作者贫居闲静的心境，委婉地流露出不愿在风尘中追逐的高尚情操和对世路崎岖、人生失意的愤慨情绪，不愧为名作。他写给朋友的诗更是充满真情实感，如《九日寄秦觏》：

> 疾风回雨水明霞，沙步丛祠欲暮鸦。九日清尊欺白发，十年为客负黄花。登高怀远心如在，向老逢辰意有加。淮海少年天下士，可能无地落乌纱。

既写了诗人对重九佳节的眷恋之情，也表现了自己对朋友的怀想和期盼。此外如为怀念贬谪海南的苏轼而作的《怀远》诗，以极沉痛语写出了自己对苏轼的深情厚谊和无限同情；又如《妾薄命》以一位侍妾悲悼宠爱她的主人的口吻，表达了对恩师曾巩的沉痛悼念之情，感人肺腑。卢文弨《后山诗注跋》曾说："其境皆真境，其情皆真情，故能引人之情，相与流连往复，而不能自已。"恰切地总结了陈诗情感真挚的特点。

陈师道每成一诗，"揭之壁间，坐卧哦咏，有窜易至月十日乃定，有终不如意者，则弃去之"(徐度《却扫编》卷中)，创作态度非常严肃。他的诗思深语细，凝练紧凑，瘦硬劲峭、朴拙无华而又意味深长，体现了宋诗以平淡为美、以思理见长的特色。

黄庭坚、陈师道确立范式后，推敲文字技巧成为江西诗派一时的创作倾向。李格非、叶梦得等人就批评其末流"腐熟窃袭"、"死声活气"、"以艰深之词文之"、"字字剽窃"。[①] 靖康之乱后,江西诗派的创作发生了深刻的变化,他们记录了那个翻天覆地的时代,表达了忧国伤时的思想感情,其中代表性的诗人是吕本中、陈与义和曾几。然而随着南宋小朝廷的投降路线渐占上风和绍兴和议的最终签订,这些诗人的题材取向又回归到书斋生活和山水景物,曾经高扬的爱国旗帜,就有待于伟大的爱国主义诗人陆游续举了。

第三章 南宋诗

靖康之乱打破了诗坛的沉闷空气,江西诗派在南宋初又焕发出新的生机。到了南宋中期,陆游、范成大、杨万里等诗人创造了诗坛的中兴局面,他们继承南渡诗人的创作主张,又自出机杼,最终以新的艺术风貌取代了江西诗派在诗坛上的主流地位,成为继元祐之后宋诗又一个辉煌期。南宋后期诗坛虽然貌似繁华,但永嘉四灵、江湖诗派又重弹学习晚唐的老调,总体成就有限。直到南宋灭亡之际,众多爱国志士和遗民诗人才又为宋诗增添了新的光彩。

第一节 南宋诗的发展历程

南宋诗的发展历程大致可以分为三个时期:

一、"中兴四大家"

靖康之难前后出生的陆游、杨万里、范成大和尤袤这"中兴四大家"崛起诗坛后,宋诗又呈现出新的辉煌。他们早年都是从江西诗法入门,最终又从题材、风格和艺术表现手法等角度超越了江西派诗风,改变了徽宗朝以来数十年间诗坛上江西诗派独领风骚的格局。

[①] 刘壎《隐居通议》卷六"本之诗"条引李格非语,陶宗仪《说郛》卷二十载吴萃《视听钞》引叶梦得语。

陆游现存诗歌有9400多首,是宋代存诗最多的诗人,也是宋代最富有激情的战士型诗人。由于外族入侵,国土分裂,呼唤抗战复国一直是南宋诗歌的重要主题,而陆游同类主题的诗歌却具有与众不同的特质。他的诗激情洋溢,意象雄奇,爱国题材贯穿始终,使他成为一位堪与屈原媲美的伟大作家。在受重文轻武观念支配而军事题材比较少见的宋代诗坛上,陆游激昂雄壮的从军乐如异军突起,格外引人注目。

杨万里创造了幽默风趣、灵动活泼的"诚斋体"。其诗的题材内容虽然大都是平凡的自然景物,但他善于从中发现奇趣和理趣,并赋予自然景物以生命灵性和知觉情感。他在诗中建构的灵性的自然,为中国山水诗开辟出一种新的审美境界。

范成大最具开创性的是田园诗,其中最著名的是组诗《四时田园杂兴》。范成大的田园诗继承和融汇了陶渊明的田园农事诗和中唐张籍、王建、白居易等人的"悯农"、"田家词"这两种创作范式,以写实的笔调,全面真切地表现出农家的四季景物、岁时风俗、生活困境、劳动场面、闲暇休憩等日常生活情态和种种喜怒哀乐的情怀,丰富和发展了中国古代田园诗的艺术宝库。

二、"永嘉四灵"

在中兴四大家即将退出诗坛之际,永嘉(今浙江温州)地区出现了四位名字中都带有"灵"字而并称为"四灵"的诗人:徐照字灵晖、徐玑号灵渊、赵师秀号灵秀、翁卷字灵舒。"四灵"回归晚唐,专工五律,实际上又滑入了宋初"晚唐体"的轨道。但他们由于受到当时著名理学家叶适的揄扬而名著一时,诗坛趋之若鹜。《四库全书总目》卷一六五《云泉诗提要》从宋诗变化的角度对四灵作过切实的评价:"宋承五代之后,其诗数变。一变而西昆,再变而元祐,三变而江西。江西一派,由北宋以逮南宋,其行最久,久而弊生,于是永嘉一派以晚唐体矫之,而四灵出焉。然四灵名为晚唐,其所宗实止姚合一家,所谓武功体者是也。其法以清切为宗,而写景细琐,边幅太狭,遂为宋末江湖之滥觞。"

三、江湖诗派

继四灵而起的江湖诗人,大多是未曾仕宦而以诗文行谒为生的江湖游士,其中也有些官场失意之士。他们本是一个松散的群体,各人身份不尽相同,也没有像江西诗派那样公认的宗主,只是因为当时临安的书商陈起把他们的诗合刻为《江湖集》,才被称为江湖诗派。其中著名的有戴复古、孙惟信、刘克庄等人。江湖诗派近学四灵,远宗晚唐,诗歌境界比四灵诗稍阔,工于白描,诗风也比较清丽。由于在经济上缺乏独立性,相当一部分江湖诗人的社会责任感比较淡漠,追求人格的自我完善和清高独立的观念也比较淡薄。江湖派的诗多角度地展现了宋末知识分子这一人格心态变化的历程。

南宋后期的诗,总体上是走下坡路。幸而在宋元易代之际,文天祥等人激昂慷慨的悲歌打破了宋末诗坛相对冷清的格局,给宋诗增添了最后一道辉煌!

第二节 "中兴四大家"

"中兴四大家"是陆游、杨万里、范成大、尤袤四个南宋诗人的并称。

一、陆游

陆游是我国文学史上继屈原、杜甫之后最为杰出的爱国诗人,也是宋代作品数量最丰富的诗人。他60年间万首诗,作品风格前后也有变化:45岁以前以藻绘为工,颇重技巧。46岁入蜀从军至65岁被劾罢官这20年里,开拓诗境,务求博大宏肆。赵翼《瓯北诗话》卷六就说:"放翁诗之宏肆,自从戎巴蜀,而境界又一变。"这一阶段是陆诗成熟的关键时期,所以他将自己的诗集题作《剑南诗稿》。66岁以后退隐山阴,家居20年,风格转趋平淡。

陆游(1125—1210),字务观,号放翁,越州山阴(今浙江绍兴)人。绍兴二十三年(1153)进士试名列第一,因遭秦桧忌恨,礼部复试时被黜落第。宋孝宗即位,赐进士出身,历镇江、隆兴、夔州等地通判。乾道八年(1172)入四川宣抚使王炎军幕,参赞军务。淳熙二年(1175)在四川制置使范成大幕中任参议官。后曾任严州知州、礼部郎中等职,淳熙十六年(1189)被人弹劾而罢职。陆游的一生是悲剧的一生,状元被黜,政治上一再受到排挤和打击,又被迫与爱妻唐琬离异。事业与爱情的双重悲剧,充分表现在其诗中。

陆游和爱妻唐氏的爱情悲剧在漫长的岁月里一直折磨着诗人,他因此而创作了一些荡气回肠的诗词作品,例如68岁时写了《禹迹寺南有沈氏小园,四十年前,尝题小阕壁间,偶复一到,而园已易主,刻小阕于后,读之怅然》:

枫叶初丹槲叶黄,河阳愁鬓怯新霜。林亭感旧空回首,泉路凭谁说断肠？坏壁醉题尘漠漠,断云幽梦事茫茫。年来妄念消除尽,回向禅龛一炷香。

75岁时又写了《沈园》二首：

城上斜阳画角哀,沈园非复旧池台。伤心桥下春波绿,曾是惊鸿照影来。

梦断香消四十年,沈园柳老不吹绵。此身行作稽山土,犹吊遗踪一泫然。

陈衍《宋诗精华录》卷三曾评论这几首诗说："古今断肠之作,无如此前后三首者。""无此绝等伤心之事,亦无此绝等伤心之诗。就百年论,谁愿有此事？就千秋论,不可无此诗。"这些情感深挚的作品,反映了诗人爱情生活中的悲剧和他对于这种悲剧的抗议。

时刻希望杀敌复国的陆游所面对的现实却是南宋小朝廷偏安于半壁江山的定局,理想与现实的巨大矛盾使他格外苦闷,这造成了他事业的悲剧、理想的悲剧。他的名作始终是把个人的理想与民族的大业联系在一起加以表现,如《书愤》：

早岁那知世事艰,中原北望气如山。楼船夜雪瓜洲渡,铁马秋风大散关。塞上长城空自许,镜中衰鬓已先斑。《出师》一表真名世,千载谁堪伯仲间。

一心报国的英雄却壮志难酬,空度岁月,反映了诗人理想与现实的矛盾及其爱国主义情怀。又如《关山月》：

和戎诏下十五年,将军不战空临边。朱门沉沉按歌舞,厩马肥死弓断弦。戍楼刁斗催落月,三十从军今白发。笛里谁知壮士心,沙头空照征人骨。中原干戈古亦闻,岂有逆胡传子孙？遗民忍死望恢复,几处今宵垂泪痕。

通过一位老战士之口,鞭挞了丧权辱国、醉生梦死的朱门权贵,对求战不得、空死沙场的广大士兵和备受蹂躏、渴望统一的百姓深表同情。

除了爱国主义和反映爱情悲剧的诗歌外,陆游其他题材的诗作也有许多好诗。如《岳池农家》将农民们难得的欢乐生活写入诗中,赞誉他们自耕而食、自织而衣的平静生活；《游山西村》赞美宁静的农村景象和淳朴的民风,细致入微,是享誉千古的名篇；"公子皂貂方痛饮,农家黄犊正深耕"（《作雪寒甚有赋》）,对贫富悬殊、苦乐迥异的现实给予了深刻的揭露；"数年斯民厄凶荒,转徙沟壑殣相望。县吏亭长如饿狼,妇女怖死儿童僵"(《秋获歌》)、"有司或苛取,兼并亦豪夺。正如横江网,一举孰能脱"(《书叹》),则对受到天灾和苛政双重打击的农民寄予了深切的同情;"但得官清吏不横,即是村中歌舞时"(《春日杂兴》),他希望统治者清正廉洁,这样老百姓才能过上好日子。

陆游的写景诗也很出色,如《登拟岘台》:

> 层台缥缈压城闉,倚杖来观浩荡春。放尽樽前千里目,洗空衣上十年尘。萦回水抱中和气,平远山如酝藉人。更喜机心无复在,沙边鸥鹭亦相亲。

全诗充满欢快的气氛,雅洁冲淡、清新脱俗,于其雄浑豪健、峻峭沉郁的主体诗风外别开一格。其绝句《花时遍游诸家园》十首描绘花木禽鸟,也是著名的写景诗。陆游的写景诗摹景写物,形象生动,具有独特的美感。他曾说:"今代江南无画手,短笺移入放翁诗。"(《春日》)对自己描景写物的技巧非常自信。

陆游各体皆工。其古诗豪健,"精采发露,自斑剥可爱"①,如被称为陆诗压卷之作的名篇《长歌行》(人生不作安期生),笔力清壮顿挫,结构波澜迭起,恢宏雄放的气势寓于明朗晓畅的语言和整饬的句式之中,体现了个性风格。其律诗对仗工整,使事熨贴,"当时无与比埒"(沈德潜《说诗晬语》卷下)。刘克庄在《后村诗话》前集中甚至说"古人好对偶被放翁用尽"。陆游的律诗特别是七律名句很多,如"小楼一夜听春雨,深巷明朝卖杏花"、"山重水复疑无路,柳暗花明又一村"等,被认为是"诗家之能事毕,而七律之能事亦毕"(洪亮吉《北江诗话》卷二)。其七绝也写得情味深长,如《剑门道中遇微雨》:

> 衣上征尘杂酒痕,远游无处不消魂。此身合是诗人未?细雨骑驴入剑门。

就是一首广泛传诵的名作,诗情画意,十分动人。此外如《秋夜将晓出篱门迎凉有感》二首、《十一月四日风雨大作》二首之二等也都是脍炙人口的名篇佳作。

陆游在宋代诗坛占有十分重要的地位。江湖诗派中的戴复古和刘克庄

---

① 陈訏:《宋十五家诗选·剑南诗选引言》,上海:上海古籍出版社 1995 年影印本。

都师承陆游,刘克庄在《后村诗话》中高度评价陆游的诗:"放翁记问足以贯通,力量足以驱使,才思足以发越,气魄足以陵暴。南渡而后,故当为一大宗。"永嘉四灵也是"用陆之法度"、"多酷似处"(魏庆之《诗人玉屑》卷十九)。陆游诗在元、明两代也有较大的影响。到了清代,陆游的影响更大,清初学习陆游的诗人很多,如汪琬、王士禛、查慎行、郑燮、赵翼、方东树等,汪琬在《蘧步诗集序》中将陆游与杜甫、苏轼并称为三大家,赵翼《瓯北诗话》甚至认为陆游要胜过苏轼。到了近代,梁启超《读陆放翁集》满怀激情地赞扬道:"诗界千年靡靡风,兵魂销尽国魂空。集中什九从军乐,亘古男儿一放翁。"对陆游的爱国精神给予了最充分的肯定。

二、杨万里

杨万里(1127—1206),字廷秀,自号诚斋,吉州吉水(今属江西)人。绍兴二十四年(1154)进士。名将张浚曾以正心诚意之学勉励他,杨万里因将自己的书房取名"诚斋",并以自号。独具风格的"杨诚斋体"有一个漫长的形成过程,他最初学江西派,后来学王安石的绝句,又转而学晚唐人绝句,最后"忽若有悟",谁也不学,"步后园,登古城,采撷杞菊,攀翻花竹,万象毕来,献予诗材"(《荆溪集序》),认识到应该摆脱前人的藩篱而自成一家。今存诗4200余首,有《诚斋集》传世。

"诚斋体"主要有以下几个特点:

一是诗人善于选择日常生活中一些富于诗意和理趣的细节,以通俗流畅的语言表达出来,迥异于江西诗派末流造语生涩隐晦的诗风。如:

去时数点雨,归时数片雪。雨雪两不多,山路双清绝。

城中雪一尺,山中雪一丈。地上都已消,却在松梢上。(《人日出游湖上》二首)

雨来细细复疏疏,纵不能多不肯无。似妒诗人山入眼,千峰故隔一帘珠。(《小雨》)

此外如"接天莲叶无穷碧,映日荷花别样红"(《晓山净慈寺送林子方》)、"寒鸦可是矜渠黠,踏折枯枝不堕空"(《晚风寒林》),都富有理趣。姜夔曾称赞他说:"处处山川怕见君。"(《送朝天续集归诚斋》)

二是幽默风趣、灵动活泼。如:

雨里船中不自由,无愁稚子亦成愁。看渠坐睡何曾醒,及至教眠却掉头。(《嘲稚子》)

闭轿那知山色浓,山花影落水田中。水中细数千红紫,点对山花一

一同。(《水中山花影》)

杨万里善于从寻常事物中发现诙谐和机趣,让人读后发出会心之笑。农夫插秧,他看到后突发奇想,以诙谐之笔写道:"新秧乱插成井字,却道农夫不解书。"(《暮行田间》)贫女晚嫁,他用宽慰的语气打趣道:"秋月春风担阁了,白头始嫁不羞人。"(《和王道夫山歌》)苦行僧德轮刺血抄佛经,以示虔诚,他笑云:"袈裟未着愁多事,著了袈裟事更多。"(《送德轮行者》)因此吴之振《宋诗抄·诚斋诗抄小序》曾说:"不笑不足以为诚斋之诗。"

三是构思巧妙、想象奇特。如《发赵屯得风宿杨林池,是日行二百里》:

> 动地风来觉地浮,拍天浪起带天流。舞翻柳树知何喜,拜杀芦花未肯休!两岸万山如走马,一帆千里送归舟。出笼病鹤孤飞后,回首金笼始欲愁!

杨万里曾说,他作诗的功夫全在一"捉"字(周密《浩然斋雅谈》)。他善于捕捉大自然的各种物态,在平凡中发现不平凡的情趣,并用奇巧的构思和多变的手法表现出来。这首诗就想象丰富,层次曲折。此外如他写下山时的感受:"正入万山圈子里,一山放出一山拦。"(《过松源晨炊漆公店》)写萧散淡远的农村景致:"童子柳阴眠正着,一牛吃过柳阴西。"(《桑茶坑道中》)他还善于捕捉刹那间的感受和情态,用白描手法形象地显现出来:"日长睡起无情思,闲看儿童捉柳花"(《闲居初夏午睡起》),"好山万皱无人见,都被斜阳拈出来"(《舟过谢潭》),"溪回路转愁无路,忽有梅花一两枝"(《晚归遇雨》),就是其中比较典型的例子。

四是语言流利活泼,明白如话。他从口语中提炼出平易浅近、雅俗共赏的诗句,富于表现力,如:

> 梅子留酸软齿牙,芭蕉分绿与窗纱。日长睡起无情思,闲看儿童捉柳花。(《闲居初夏午睡起》)

> 篱落疏疏一径深,树头新绿未成阴。儿童急走追黄蝶,飞入菜花无处寻。(《宿新市徐公店》)

杨万里认为:"诗固有以俗为雅,然亦须经前辈取镕,乃可因承尔。"(《答卢谊伯书》)他的创作看似平易自然,犹如里巷常谈,实则多是化用前人成语,章宪就说他"每下一俗间言语,无一字无来处,此陈无己、黄鲁直作诗法也"(陈长方《步里客谈》卷下)。王应麟《困学纪闻》卷十八也说他的诗"涉猎广博"。①

"诚斋体"自辟蹊径,不落前人窠臼,在当时及后世都影响颇大。陈衍《石遗室诗话》卷十六说:"宋诗人工于七言绝句,而能不袭用唐人旧调者,以放翁、诚斋、后村为最。大抵浅意深一层说、直意曲一层说、正意反一层、侧一层说。诚斋又能俗语说得雅,粗语说得细,盖从少陵、香山、玉川、皮、陆诸家中一部脱化而出。"这也就是所谓"活法",即要求诗人用自己的感官去观察世界,当"万象毕来"时,用活泼的语言把亲身感受生动而巧妙地表现出来。

三、范成大

范成大(1126—1193),字致能,号石湖居士,吴郡(今苏州)人。绍兴二十四年(1154)进士。官至参知政事。

范诗具有比较充实的社会内涵,人民苦难、政治生活、田园风光等在诗中都有表现。在艺术手法上他也取径较广,据《四库全书总目》卷一百六十《石湖诗集提要》可知,自中唐李贺、王建,直至北宋苏、黄,都是范成大学习的对象。中年后自成一家,诗风以清新流畅、婉转健峭为主。他有两组诗在文学史上有着重要的地位,一是使金纪行诗,二是田园诗。

范成大于乾道六年(1170)六月曾出使金国,大义凛然,不辱使命,受到朝廷上下一致赞扬。在出使过程中,渡淮经南京、东京、相州、邯郸、涿州直至燕京,每到一地即写诗一首,共写了72首绝句纪行诗。这些诗有的写念念不忘故国的人民,有的颂扬忠臣义士,有的写万里孤臣的报国决心,有的则暴露金人统治区的荒凉残破。如写中原百姓渴望南宋王朝收复失地的《州桥》云:

> 州桥南北是天街,父老年年等驾回。忍泪失声询使者,几时真有六军来。

唱出了沦陷区苦难人民的心声,也表达了对南宋统治者偏安一隅的不满。又如写金人占领区荒凉残破的《宜春苑》云:

> 狐冢獾蹊满路隅,行人犹作御园呼。连昌尚有花临砌,肠断宜春寸草无。

---

① 关于"诚斋体",可参见:胡明《杨万里散论》,《文学评论》1986 年第 6 期;王兆鹏《建构灵性的自然——杨万里"诚斋体"别解》,《文学遗产》1992 年第 6 期。

靖康之乱时已过去近半个世纪,汴京仍然残破不堪,其时其地人民生活状况之悲苦可想而知。

这组纪行绝句在中国文学史上有着重要的地位。首先,它们是当时宋金对立的实录,通过这些诗可以了解当时百姓的苦难、心声及社会现实;其次,这些出使诗在文学史上是一种独特的类型,它们既不同于边塞诗,也不同于纪游诗,取材独特,丰富了中国文学的题材。

范成大第二类值得注意的诗是田园诗。他晚年所作的《四时田园杂兴》不但是最广为传诵、最有影响的诗篇,也称得上是中国古代田园诗的集大成之作。《诗经》中的《七月》叙述了农民的辛勤劳动和艰苦生活,为中国的田园诗开了个好头。而其后的田园诗更多的是走陶渊明田园诗所表现的安宁闲适、乐天知命的路子,内容从劳动过渡到隐逸。范成大的田园诗上接《诗经》传统,使田园诗有了泥土和血汗的气息,获得了新的生命。① 组诗《四时田园杂兴》60首,在相当广阔的范围内反映了江南水乡农民的劳动场景、日常生活和他们的乐趣及痛苦,这在古代田园诗中别具一格。如:

> 柳花深巷午鸡声,桑叶尖新绿未成。坐睡觉来无一事,满窗晴日看蚕生。(《春日田园杂兴》之一)

> 昼出耘田夜绩麻,村庄儿女各当家。童孙未解供耕织,也傍桑阴学种瓜。(《夏日田园杂兴》之七)

有的诗反映了农民受压迫剥削的苦难,如:

> 采菱辛苦废犁锄,血指流丹鬼质枯。无力买田聊种水,近来湖面亦收租。(《夏日田园杂兴》十一)

> 垂成穑事苦艰难,忌雨嫌风更怯寒。笺诉天公休掠剩,半偿私债半输官。(《秋日田园杂兴》之五)

这组田园诗题材新颖,劲峭之中不失雍容和雅之态。由于范成大长期生活在石湖农村,对农村生活有深切的感受,以一个亲历者而非旁观者的身份进行观照,这些诗在表现农村生活及农民哀乐时就异常真切。这正是其田园诗的独特之处和贡献。

---

① 钱锺书:《宋诗选注》,北京:人民文学出版社1989年版,第193页。

第三节 "永嘉四灵"

宋宁宗在位的近 30 年中,宋金关系进入了一个相对稳定的时期。此时范、杨、尤、陆等诗人相继辞世,江西诗派盛极而衰,理学家的诗又充满了迂腐陈旧的道学气,"永嘉四灵"遂应运而生。他们体物写情,讲求诗律,倾注于对诗歌艺术的探究以及对人和自然本身的关注,成为宋宁宗开禧、嘉定年间一个很有影响的诗歌流派。"永嘉四灵"中以赵师秀的成就较高,方回《瀛奎律髓》卷四十七推他为"四灵"之冠,有"五言专城"之誉(葛天民《简赵紫芝》)。

江西诗派"资书以为诗"(刘克庄《韩隐君诗序》),"四灵"反其道而行之,"捐书以为诗",或寄情山水,或抒写性情,或摹写物态。他们对自然山水特别感兴趣,认为"诗凭景物全"(徐照《舟中》),"沿路万千景,废君多少吟"(翁卷《送刘成道》)。薛嵎《徐太古主清江簿》即云:"四灵诗体变江西,玉笥峰青首入题。""四灵"诗派对抗江西诗派,其中很重要的一点就是自然景物在诗中的分量加重了。他们写过不少田园山水名篇:

出望月轮小,不如临海生。又疑今夜看,难比故乡明。立柏正无影,清猿偏有声。数家弦管外,专此照离情。(徐照《湘中中秋》)

黄碧平沙岸,陂塘柳色春。水清知酒好,山瘦识民贫。鸡犬田家静,桑麻岁事新。相逢行路客,半是永嘉人。(徐玑《黄碧》)

石路入青莲,来游出偶然。峰高秋月射,岩裂野烟穿。萤冷粘棕上,僧闲坐井边。虚堂留一宿,宛似雁山眠。(赵师秀《龟峰寺》)

偶种得成阴,翛翛过别林。月寒双鸽睡,风静一蝉吟。映地添苔碧,临池觉水深。贫居来客少,赖尔慰人心。(翁卷《题竹》)

这些诗字句洗炼、清雅可诵,特别是每首诗的中间两联多为名对,方回《瀛奎律髓》即云"四灵"诗"大抵中四句锻炼磨莹为工,以题考之,首尾略如题意","中四句工,但俱咏景物而已"。江西诗派重意轻景、情多景少,多不借助景物而直抒胸臆,有时长篇大章,力盘硬语,当人们对这种枯槁生涩的诗逐渐生厌后,读到"四灵"的诗,顿有清新隽逸之感。

"四灵"诗在当时有不小的影响,除了一批永嘉本地的诗人向他们学习诗法外,"江湖诗人多效其体,一时自谓之唐音"(严羽《沧浪诗话·诗辨》)。"四灵"江湖一派灵脉不绝,意义深远。其局限在于,主题限于文人的清雅情趣,写景状物过于琐细,境界狭窄,正如《四库全书总目》卷一六二《芳兰轩集提要》所云:"四灵之诗,虽镂心钵肾,刻意雕琢,而取径太狭,终不免破碎尖酸之病。"方回《瀛奎律髓》卷十也批评说:"所用料不过花、竹、鹤、僧、琴、药、茶、酒,于此几物一步不可离,而气象小矣。"另外,作为一个诗派,"四灵"人丁不旺,名位不显,才情不高,徐玑、赵师秀只做了几年县丞、主簿之类的"卑官"、"冷官",徐照、翁卷则布衣终生,四人现存作品数量也不多,总共才700余首。这些因素制约了他们取得更大的成就。①

第四节 江湖诗派

南宋宁宗时,书商陈起在临安(今杭州)栅北大街睦亲坊开"陈解元书坊",刻书售书,结交了不少江湖诗人。他先后编刻《江湖集》、《江湖前集》、《江湖后集》,为这些浪迹江湖的隐逸布衣、低级官吏和谒客游士刻印诗集,这些诗人就被称为江湖诗派。他们在创作上的共同旨趣是反江西而崇晚唐,与"四灵"大体属于同道,但取材较广,堂庑较"四灵"为大,也不赞同"四灵"捐书以为诗的主张。江湖诗人大多数是功名不遂或官场失意的中下层知识分子,为了生活,不免以诗歌作为干谒权贵、谋取衣食的工具,写过很多无聊的应酬诗。但生当末世,又生活在社会的低层,他们也创作了不少反映现实、同情民生疾苦的诗。②利登《野农谣》、许棐《泥孩儿》、赵汝燧《耕织叹》、乐雷《逃户》等是其中的优秀作品。而江湖诗派大家戴复古的此类诗最显沉痛,如组诗《庚子荐饥》之三:

> 饿死抛家舍,纵横死路歧。有天不雨粟,无地可埋尸。劫数惨如此,吾曹忍见之?官府行赈恤,不过是文移。

揭露了南宋末饿殍遍野、无处埋尸的惨状和官府不赈济灾荒的罪恶。此外如《织妇叹》云:"绢未脱轴拟输官,丝未落车图赎典。"将官府的贪婪和织妇的悲惨生活表现得淋漓尽致。

不少江湖诗人在诗中表现了自己的忧国情怀,如葛天民《尝北梨》:

> 每到边头感物华,新梨尝到野人家。甘酸尚带中原味,肠断春前不见花。

---

① 赵平:《永嘉四灵诗派研究》之"诗艺篇"、"论争篇",杭州:浙江大学出版社2006年版。
② 关于江湖诗派,可参张宏生《江湖诗派研究》,北京:中华书局1995年版。

又如戴复古《频酌淮河水》：

> 有客游濠梁，频酌淮河水。东南水多咸，不如此水美。春风吹绿波，郁郁中原气。莫向北岸汲，中有英雄泪。

两首诗都表达了恢复中原、统一祖国的渴望，意蕴深刻，语极沉痛。

江湖诗人写得最有特色的还是抒情写景诗。这些诗歌或抒发个人情怀，或描绘自然景色，字句精丽，长于白描，受"四灵"的影响，但境界又较"四灵"开阔。例如叶绍翁的《游园不值》和戴复古的《江村晚眺》之二：

> 应怜屐齿印苍苔，小扣柴扉久不开。春色满园关不住，一枝红杏出墙来。

> 江头落日照平沙，潮退渔船阁岸斜。白鸟一双临水立，见人惊起入芦花。

戴复古的《夜宿田家》也写得情深景奇，中间两联用白描笔法，将农村田园的静谧抒写得令人神往，语言朴素平淡而又不失工致典雅。

《四库总目提要》卷一六四《梅屋集提要》曾说江湖派"大抵以赵紫芝等为矩矱"、"以高翥等为羽翼"、"以书贾陈起为声气之联络"、"以刘克庄为领袖"，指出了刘克庄在江湖诗派中的领袖地位。

刘克庄（1187—1269），字潜夫，号后村，福建莆田人。嘉定二年（1209）以门荫补将仕郎，曾知建阳县，因所作《落梅》诗获罪，闲废十年。理宗朝赐同进士出身，官至工部尚书兼侍读。喜提携后进，故被许多江湖诗人视为领袖，是江湖诗人中官位最高、年寿最长、阅历也最为丰富的作家。学问渊博，不仅以诗名家，而且擅长填词，兼工散文、骈文。著有《后村先生大全集》，存诗4000多首，在宋代仅次于陆游。

刘克庄写诗从学习"四灵"入手，后来认识到江西派"资书以为诗失之腐"，晚唐派"捐书以为诗失之野"（《韩隐君诗序》）。他转益多师，自云"初余由放翁入，后喜诚斋，又兼取东都、南渡、江西诸老，上及于唐人，大小家数，手抄口诵"（《刻楮集序》），进而形成了自己的风格。

在感时忧国的《有感》中，刘克庄写道："忧时原是诗人职，莫怪吟中感慨多。"他生活的时代，南宋王朝已濒临覆亡，心忧国家的诗人将无限感叹写进诗中，如乐府诗《军中乐》：

> 行营面面设刁斗，帐门深深万人守。将军贵重不据鞍，夜夜发兵防隘口。自言虏畏不敢犯，射麋捕鹿来行酒。更阑酒醒山月落，彩缣百段

支女乐。谁知营中血战人,无钱得合金疮药。

描写生动,笔墨细致,深刻地揭露了南宋末年政治、军事的腐败和黑暗,是对高适《燕歌行》"战士军前半死生,美人帐下犹歌舞"所揭露的不公平现象的进一步表现。此外如《国殇行》、《筑城行》、《开壕行》、《运粮行》等乐府诗也都反映了作者忧国忧民的情怀。

刘克庄写日常生活的五言律诗成就也颇高,如《夜过瑞香庵作》和《郊行》:

> 夜深扣绝顶,童子旋开扉。问客来何暮,云僧去未归。山空闻瀑泻,林黑见萤飞。此境惟予爱,他人到想稀。

> 一雨饯残热,忻然思杖藜。野田沙鹳立,古木庙鸦啼。失仆行迷路,逢樵负过溪。独游吾有趣,何必问栖栖。

思深句工,语淡情浓,境界幽峭古雅,风格平易明快,不失为江湖诗中的佳作。

刘克庄诗笔力雄健,境界开阔,有时则流于粗野浅露。他喜使事用典,虽时收言简意赅之效,但又往往流于机械甚至滑熟,犹如"一个瘦人饱吃了一顿好饭,肚子撑得圆鼓鼓的,可是相貌和骨骼都变不过来"[①],影响了诗的形象和韵味。

第四章 北宋词

宋初词坛经过了半个世纪的沉寂局面,从柳永开始,步入了发展的快车道。真宗、仁宗两朝,柳永、范仲淹、张先、晏殊和欧阳修等人先后登上词坛,他们的词反映的主要是"承平"时代的享乐意识和乐极生悲后对人生的反思。神宗、哲宗、徽宗时,苏轼、黄庭坚、秦观、贺铸和周邦彦等"元祐词人群"带来了宋词的空前繁荣。他们的词多表现个体人生的失意不幸,都市

---

① 钱锺书:《宋诗选注》,北京:人民文学出版社1989年版,第250页。

化的文学镀上了一层想象中的山林化色彩。①

第一节　柳永、张先和范仲淹

在第一代词人群中,柳永、张先和范仲淹在词的内容题材、形式及创作技巧等方面都作出了开拓性的贡献。比较而言,晏殊、欧阳修更多地是继承唐五代词风,进一步地加以完善提高。

一、柳永

柳永(987?—1053?),原名三变,字景庄,后改名永,字耆卿,排行第七,又称柳七。祖籍河东(今属山西),后移居崇安(今福建武夷)。宋仁宗景祐元年(1034)进士,官至屯田员外郎,世称柳屯田。为人放荡不羁,仕途坎坷,工于填词。有《乐章集》,存词200多首。

柳永对词最大的贡献是发展了慢词。在他之前,慢词已有萌芽。敦煌曲子词中,如《倾杯乐》、《拜新月》、《凤归云》等都是慢词,杜牧《八六子》、薛昭蕴《离别难》说明文人也开始了慢词的填制。只是在柳永之前,与小令相比,慢词还处于绝对弱势的地位。只有到了柳永,才在原有慢词的基础上,或是变旧声作新声,或是衍小令为长调,或是自创新调,填制了大量的慢词。自此以后,慢词得以与小令齐头并进,词调日益丰富,词体的表现能力得到明显提高。

词自唐五代至宋初,所写之景主要是闺阁园亭,所抒之情多为离情别绪,词是虽小却好,虽好却小。柳永的词,或描写城市的繁荣景象和市民的生活风尚,或表现男女爱情,或抒写江湖落拓、秋士易感之情,极大地拓展了词的表现领域。如《望海潮》:

> 东南形胜,三吴都会,钱塘自古繁华。烟柳画桥,风帘翠幕,参差十万人家。云树绕堤沙。怒涛卷霜雪,天堑无涯。市列珠玑,户盈罗绮,竞豪奢。　　重湖叠巘清嘉。有三秋桂子,十里荷花。羌管弄晴,菱歌泛夜,嬉嬉钓叟莲娃。千骑拥高牙。乘醉听箫鼓、吟赏烟霞。异日图将好景,归去凤池夸。

将杭州的富庶繁华和西湖的美丽热闹表现得淋漓尽致。柳永生活的年代,

---

① 关于宋词的分期,可参王兆鹏《宋南渡词人群体研究》,南京:凤凰出版社2009年版,第2页。

正是北宋政局稳定、经济繁荣的时期。农业、手工业、商业都有了长足的发展,城市人口急剧上升,出现了汴京、杭州等繁华的大都市。柳永率先在词里对这些城市进行了描写,除《望海潮》外,《笛家弄》、《倾杯乐》和《透碧霄》写汴京,《木兰花慢》和《瑞鹧鸪》写苏州,对太平年代的城市繁荣和市民生活作了鲜明的表现。所以范镇说:"仁宗四十二年太平,镇在翰苑十余载,不能出一语歌咏,乃于耆卿词见之。"(祝穆《方舆胜览》卷十一)

柳永还善于抒写羁旅行役、秋士易感之情,比较有代表性的如《凤归云》:

> 向深秋,雨余爽气肃西郊。陌上夜阑,襟袖起凉飚。天末残星,流电未灭,闪闪隔林梢。又是晓鸡声断,阳乌光动,渐分山路迢迢。　驱驱行役,苒苒光阴,蝇头利禄,蜗角功名,毕竟成何事,漫相高。抛掷云泉,狎玩尘土,壮节等闲消。幸有五湖烟浪,一船风月,会须归去老渔樵。

为了蝇头微利、蜗角功名,词人奔波于道途,消磨着自己的青春与壮志。词的上片写旅途景色,不仅细致生动,极有层次,而且景中含情,寄寓着深沉的悲慨。

柳永还特别注意面向市民大众创作,用通俗易懂的语言歌唱大众的心声,因而深受市井民众的喜爱,如"镇相随,莫抛躲,针线闲拈伴伊坐"(《定风波》),"早知恁地难拼,悔不当时留住"(《昼夜乐》),"待这回、好好怜伊,更不轻离拆"(《征部乐》),用清新的语言大胆地写出现实生活中女性的真实感情,这对花间词人作品中类型化的女性形象是一个突破。

除了这类深受民众喜爱却不见容于文人士大夫的俗词外,柳永另有些词写得兴象高远,为文人士大夫所欣赏,如《八声甘州》:

> 对潇潇、暮雨洒江天,一番洗清秋。渐霜风凄紧,关河冷落,残照当楼。是处红衰翠减,苒苒物华休。惟有长江水,无语东流。　不忍登高临远,望故乡渺邈,归思难收。叹年来踪迹,何事苦淹留。想佳人,妆楼颙望,误几回、天际识归舟。争知我、倚阑干处,正恁凝愁。

词中"渐霜风凄紧,关河冷落,残照当楼"几句,境界宏阔苍凉,苏轼曾称赞说"不减唐人高处"。此外如《雪梅香》中"楚天阔,浪浸斜阳,千里溶溶",《夜半乐》中"凝泪眼、杳杳神京路。断鸿声远长天暮",《少年游》中"长安古道马迟迟。高柳乱蝉栖。夕阳岛外,秋风原上,目断四天垂"等,都是高远的景象与淳真的感情完美结合而境界开阔博大的例子。

柳永的词音律谐婉,长于铺叙,讲究章法结构,词风真率明朗,语言自然流畅,不避俚俗,具有鲜明的艺术个性。他的词当时流播极广,"凡有井水饮处,即能歌柳词"(叶梦得《避暑录话》卷下),对后世影响也十分深巨,张端义《贵耳集》卷上引项平斋语云:"诗当学杜诗,词当学柳词。"苏轼、秦观、周邦彦等人就从中受惠不少。

二、张先

张先(990—1078),字子野,乌程(今浙江湖州市)人。天圣八年(1030)进士。曾任吴江知县、嘉禾判官。晚年游赏于杭州、湖州之间,流连花酒,与歌儿舞女为伍。著有《安陆词》,又称《张子野词》,现存180多首。

晁补之曾说:"张子野与柳耆卿齐名,而时以子野不及耆卿,然子野韵高,是耆卿所乏处。"(吴曾《能改斋漫录》卷十六)张先是与柳永同时而略晚的词人,在词史上堪称柳永的辅翼。柳永大量创制慢词长调,张先是一名积极的响应者,谱写了不少慢词,如《山亭宴慢》、《谢池春慢》、《倾杯》等。张先驾驭慢词的能力比不上柳永,在词的层次结构上不如柳永那么缜密,慢词数量也远不如柳永多。他写得好的还是那些含蓄有味的小令,在追随唐五代词人步伐的同时又有自己的创获。

张先描写自然景物独具匠心,往往通过物影来表现景物的动态美和朦胧美。《安陆词》中有20多个写"影"的句子,其中"云破月来花弄影"、"帘压卷花影"和"堕轻絮无影"特别有名,张先因此而获"张三影"的美名。如《天仙子·时为嘉禾小倅,以病眠不赴府会》:

> 水调数声持酒听,午醉醒来愁未醒。送春春去几时回?临晚镜,伤流景,往事后期空记省。　　沙上并禽池上暝,云破月来花弄影。重重帘幕密遮灯,风不定,人初静,明日落红应满径。

"云破月来花弄影"一句写云的流动、风的吹拂带动了花影的摇曳,意境优美,无怪乎杨慎《草堂诗余评》赞叹说:"景物如画,画亦不能至此。绝倒!绝倒!"

张先不但善于写景,还长于言情。如《一丛花令》:

> 伤高怀远几时穷。无物似情浓。离愁正引千丝乱,更东陌、飞絮濛濛。嘶骑渐遥,征尘不断,何处认郎踪。　　双鸳池沼水溶溶。南北小桡通。梯横画阁黄昏后,又还是、斜月帘栊。沉恨细思,不如桃杏,犹解嫁东风。

词写闺中女子与心上人分别以后的相思和愁怨。结句"不如桃杏,犹解嫁东风"无理而妙,表现出女主人公自怨自艾的深情。由于拟人新颖贴切,在当时就博得了欧阳修的赞赏,并戏称他是"桃杏嫁东风郎中"(范公偁《过庭录》)。

要之,张先推动了慢词的发展,在小令艺术的发展过程中也作出了自己的贡献。他还率先用词来赠别酬唱,最早在词中使用题序,这扩大了词的表现领域,完善了词体的艺术形式。

三、范仲淹

范仲淹(989—1052),字希文,吴县(苏州)人。大中祥符八年(1015)中进士。宋仁宗时官至参知政事,曾主持了历史上有名的"庆历新政"。又曾于康定元年(1040)至庆历三年(1043)任陕西经略安抚副使兼知延州(治今陕西西安),抗击西夏。今存词5首。

边塞的军旅生活和非凡的气度使范仲淹具有不凡的胸襟,他的词因此而具有较为壮阔的境界,即使是情深语丽的婉约词《苏幕遮》、《御街行》,与同时期其他人的作品比较,风格上也更为爽朗。而其边塞词《渔家傲》可称为最早的豪放词名篇:

> 塞下秋来风景异,衡阳雁去无留意。四面边声连角起。千嶂里,长烟落日孤城闭。　浊酒一杯家万里,燕然未勒归无计。羌管悠悠霜满地。人不寐,将军白发征夫泪。

词描写了广漠萧瑟的塞外景象和苦寒的边塞生活,抒发了将士们久戍思乡的感情和报国立功的志向。词情苍凉悲壮,造语劲健有力,为词世界开辟了崭新的审美境界。先著、程洪《词洁》卷二曾称赞此词说:"一幅绝塞图,已包括于'长烟落日'十字中。唐人塞下诗最工、最多,不意词中复有此奇境。"范仲淹创造的这一"奇境",成为后来苏、辛豪放词的直接源头,这也正是他在词史上最大的贡献。

第二节　晏殊和欧阳修

在两宋词坛上,晏殊与欧阳修并称为"晏、欧",他们主要是学习南唐冯延巳的词风。刘熙载《艺概》卷四即云:"冯延巳词,晏同叔得其俊,欧阳永叔得其深。"

一、晏殊

晏殊(991—1055),字同叔,临川(今江西抚州)人。14岁以神童召试,受到真宗赏识,赐同进士出身,为东宫伴读。仁宗时备受宠信,累官至集贤殿学士、同中书门下平章事兼枢密使,是仁宗时的太平宰相。范仲淹、欧阳修和宋祁等名流都出其门下,所以有"务进贤才"的好名声。有《珠玉词》。

刘攽《中山诗话》说:"晏元献尤喜江南冯延巳歌词,其所自作,亦不减延巳。"在继承前人的基础上,晏殊进一步深化了词境。他善于用敏锐善感的心灵,体会人类共有的无常的悲哀,并用警炼的词句准确地予以抒写,风格上委婉含蓄、凝重平稳而又雍容华贵。如其名作《浣溪沙》:

> 一曲新词酒一杯,去年天气旧亭台。夕阳西下几时回。 无可奈何花落去,似曾相识燕归来。小园香径独徘徊。

那依然如昔的天气和亭台,那似曾相识的归来燕,正反衬出人类生命易逝的悲哀;而西下的夕阳和凋落的花朵,又加重一层地从正面衬托出光阴的一去不复返。短短42个字,在近似客观理性的叙述中,将对人生的感叹含蓄委婉地表现出来。结句"小园香径独徘徊",尤可见出深沉的孤独之感,读来余味无穷。类似例子还有很多,如"一向年光有限身,等闲离别易销魂"(《浣溪沙》),"所惜光阴去似飞。风飘露冷时"(《破阵子》),"绿杨芳草长亭路,年少抛人容易去"(《玉楼春》)等等,就都抒写了年华易逝的莫名惆怅。

除了这类轻烟薄雾般的作品外,晏殊也有些词写得明快疏朗,如《破阵子》:

> 燕子来时新社,梨花落后清明。池上碧苔三四点,叶底黄鹂一两声,日长飞絮轻。 巧笑东邻女伴,采桑径里逢迎。疑怪昨宵春梦好,元是今朝斗草赢,笑从双脸生。

这首词脱去了花间词的脂粉气,用白描手法写出了一位天真可爱的少女形象。《山亭柳》也是别具一格之作:

> 家住西秦。赌博艺随身。花柳上,斗尖新。偶学念奴声调,有时高遏行云。蜀锦缠头无数,不负辛勤。 数年来往咸京道,残杯冷炙谩消魂。衷肠事、托何人。若有知音见采,不辞遍唱阳春。一曲当筵落泪,重掩罗巾。

与其含蓄委婉的整体风格不同,晏殊这首词写得激越飞扬。强烈的今昔对比突出了歌女的悲惨命运,也暗寓着自己贬官后的冷落心境,与白居易《琵琶行》有同等悲慨。

类似《破阵子》和《山亭柳》这样的词在《珠玉词》中虽然不多,但其意义却不容忽视。它们突破了唐五代词的传统格局,描写的是个性化的人物,表现的是个性化的情感。晏殊在继承唐五代词的基础上,作出了开拓性的贡献。

二、欧阳修

欧阳修现存《六一词》、《醉翁琴趣外编》,共有240多首。其词清丽委婉,内容主要是写相思恋情、离愁别恨。

刘熙载《艺概》卷四说欧阳修得冯延巳之"深",可见欧阳修主要也是继承了南唐特别是冯延巳的词风。所谓"得其深",是说他的恋情词脱去了脂粉味,情感深刻真挚,如《踏莎行》:

> 候馆梅残,溪桥柳细。草薰风暖摇征辔。离愁渐远渐无穷,迢迢不断如春水。　　寸寸柔肠,盈盈粉泪。楼高莫近危阑倚。平芜尽处是春山,行人更在春山外。

词写离情。上片从远行人着笔,写他在旅途中面对一派恼人的春色,愈走愈抑制不住强烈的愁思;下片写闺中人登楼望远,遥念离人,哀怨满怀。全词用淡语写浓情,词情婉约而真挚。

欧阳修词的风格多种多样,既有继承南唐词风的深婉之作,有些词也写得疏朗明快,歌咏颍州西湖的十首《采桑子》就集中体现出这种风格特征,如其中的第一首:

> 轻舟短棹西湖好,绿水逶迤。芳草长堤。隐隐笙歌处处随。　　无风水面琉璃滑,不觉船移。微动涟漪。惊起沙禽掠岸飞。

这首词的语言清新晓畅,写景优美如画,富有生活气息,显现出与五代华丽词风迥异的新的审美趣味。再如第三首:

> 画船载酒西湖好,急管繁弦。玉盏催传。稳泛平波任醉眠。　　行云却在行舟下,空水澄鲜。俯仰留连。疑是湖中别有天。

词的下片将水天之景描写得醉人心脾。船在水中的浮云影里划行,犹如在天上的白云之间游走,水的清澈、天的碧蓝融为一体,美丽异常。

他的《朝中措·送刘仲原甫出守维扬》更是疏朗中见豪放之气:

平山阑槛倚晴空,山色有无中。手种堂前垂柳,别来几度春风。
　　文章太守,挥毫万字,一饮千钟。行乐直须年少,尊前看取衰翁。

词中的"文章太守",与范仲淹《渔家傲》中的"白发将军"、晏殊《破阵子》中的"东邻女伴",都突破了传统的歌姬舞伎形象,为词走进更广阔的天地奠定了基础。其疏朗飞扬的气概对苏轼的词风有直接影响,也就是冯煦《〈宋六十一家词选〉例言》所说的"疏隽开子瞻"。

　　欧阳修还有一类词值得注意,那就是艳词。以今天的眼光看,其中有些词具有独特的认识价值,如《南歌子》:

　　凤髻金泥带,龙纹玉掌梳。走来窗下笑相扶,爱道画眉深浅、入时无。　　弄笔偎人久,描花试手初。等闲妨了绣功夫。笑问双鸳鸯字、怎生书。

从《诗经》开始,中国文学作品中就多怨妇弃妇和愁眉泪眼,这首词写的却是一位娇羞可爱而又过着幸福生活的闺中女性,这不能不说是对传统的突破。

第三节　苏轼与词的诗化

　　在北宋词坛上,理论上有以苏轼为代表的"自是一家"说和以李清照为代表的"别是一家"说的并立。苏轼认为词是"诗之苗裔"(朱弁《风月堂诗话》卷上),诗词一体,从诗词同源的角度提高了词体的地位;李清照则认为词不同于诗,诗词有别,从词体出发确立了词的独立文学地位。在创作实践中,相应地就有苏轼的"以诗为词"和李清照维护词体特征的不同取径。在当时,苏轼的理论与实践不但不被多数人认同,反而受到了很多批评和指责。以今天的眼光考量,正是苏轼的努力实现了词坛的革新与突破,为词的发展赢得了生机。

　　元好问《新轩乐府引》云:"坡以来,山谷、晁无咎、陈去非、辛幼安诸公,俱以歌词取称,吟咏情性,留连光景,清壮顿挫,能起人妙思……皆自坡发之。"提出了一条自苏至辛的发展线索,而黄、晁二人的词则正处在这中间的"过渡阶段",二人在词史上的位置,由此可以确定。

一、苏轼

　　词至柳永而一变,至苏轼又一变,他们都开创了词的新局面。苏轼对词的变革主要体现在以下几个方面:开拓词的题材内容、改变词的风格、提升词的品位以及在形式技巧上的创新。

就题材内容而言，除了闺怨恋爱、感时伤事和羁旅行役等传统题材外，苏轼填词是"无意不可入，无事不可言"（刘熙载《艺概》卷四），举凡咏史怀古、伤别悼亡、谈玄说理、赠答酬和、山水田园等惯用诗歌表现的题材无一不被他写进词里，极大地扩大了词的表现功能，开拓了词的艺术境界。苏轼在词的题材内容方面的开拓在以下三个方面最值得注意。

一是用词抒写豪情壮志。词以表现男女柔情为主调，到了苏轼手里，豪放词昂首步入词坛，一片闺音的词坛格局才最终被打破，给宋代词坛带来一股刚健雄风。如《江城子·密州出猎》：

老夫聊发少年狂。左牵黄，右擎苍。锦帽貂裘，千骑卷平冈。为报倾城随太守，亲射虎，看孙郎。　　酒酣胸胆尚开张。鬓微霜，又何妨。持节云中，何日遣冯唐。会挽雕弓如满月，西北望，射天狼。

作品描绘了打猎的壮观场面，抒发了自己杀敌报国、建功立业的雄心壮志。全词境界壮阔，节奏明快，开启了南宋辛派词人的先河。此外如《南乡子》（旌旆满江湖）、《阳关曲》（受降城下紫髯郎）等词也都通过从军将士的形象，抒发了自己的壮怀。

二是描写山水风光和田园生活。"若乃山林皋壤，实文思之奥府"（刘勰《文心雕龙·物色》），受山水田园诗的影响，山水田园也成为唐宋词的重要内容，早在敦煌曲子词中就出现了以自然风光为主要描写对象的作品。但受"缘情而绮靡"观念的影响，山水田园词的发展一直比较缓慢，直到苏轼出现，山水田园词才有了突破性的进展，举凡雄川大山、清风明月、溪雨岸花、收麦赛神、缲丝煮茧等，都被他一一写进词中。如作于黄州的《西江月》：

照野弥弥浅浪，横空暧暧微霄。障泥未解玉骢骄。我欲醉眠芳草。　　可惜一溪明月，莫教踏破琼瑶。解鞍欹枕绿杨桥。杜宇一声春晓。

微风吹拂下，月光在草丛木叶之上浮动，犹如波浪；天空中，月亮在淡淡的薄云中时隐时现。醉眼朦胧的词人，不忍马蹄踏碎溪中明月，于是醉眠芳草。在东坡笔下，自然山水犹如瑶池仙境，静美异常。这首山水词洒落有致，将苏轼潇洒旷达的风神表现得淋漓尽致。

苏轼善于描写清新秀丽的农村田园风光，这是以前的词人从未关注过的领域。在任徐州太守时，苏轼到石潭谢雨，用定格联章的形式写了五首

《浣溪沙》,描绘乡村之景与农家之乐,涉及农村生活的多个方面。如第二首写他往石潭社庙行谢雨典礼时的热闹场景,富有生活气息:

　　旋抹红妆看使君。三三五五棘篱门。相挨踏破茜罗裙。　　老幼扶携收麦社,乌鸢翔舞赛神村。道逢醉叟卧黄昏。

乡村女子朴野、热情、好奇的性格特征跃然纸上。又如第四首:

　　簌簌衣巾落枣花。村南村北响缲车。牛衣古柳卖黄瓜。　　酒困路长惟欲睡,日高人渴漫思茶。敲门试问野人家。

将农村繁忙的劳动场景和古朴的生活情调渲染得风味十足。苏轼的田园词,将农村的自然风光、村民形象、生活习性、农事活动等方面都表现得鲜明生动,极大地丰富了田园词的表现力。

　　三是在词中诉说亲情友情。词虽以抒情见长,但在苏轼之前,所抒却多儿女私情,亲情友情这类庄重的情感还较少进入词的世界。苏轼对亲人、对朋友情真而意深,如他和胞弟苏辙感情甚笃,《水调歌头》(明月几时有)就是中秋"兼怀子由"而创作的名篇。苏轼的原配王弗,卒时年仅27岁,十年后,苏轼在密州写了悼亡词《江城子》(十年生死两茫茫)。在词中,词人用深情的语言表达了对亡妻永难忘怀的真挚感情,沉痛悲切,感人至深。

　　除了亲情,苏轼也非常重视友情。他送别友人、怀念朋友的词真挚感人,如在密州雪中送文安国还朝写的《满江红》(天岂无情)。类似的作品还有很多,如《南乡子》说:"回首乱山横,不见居人只见城。谁似临平山上塔,亭亭,迎客西来送客行。"又如《浣溪沙》说:"门外东风雪洒裾,山头回首望三吴。不应弹铗为无鱼。"都抒发了对友人的拳拳深情。

　　苏轼的哲理词似不食人间烟火语,提高了词的品味。在350多首东坡词中,蕴含着作者对自然、宇宙、人生、生命的睿智思考的,不少于50首。如果说苏轼把词带向"诗言志"的境界,是在晚唐五代至北宋前期词人李煜、韦庄、范仲淹、柳永、张先、晏殊、欧阳修、王安石等人词作言志基础上的进一步开拓,那么他将词提升到形而上的哲理诗的境界,则是更大胆也更独到的创新。① 名作《水调歌头》为其中的代表。作者以天仙化人之笔,勾勒出一种皓月当空、美人千里、孤高旷远的境界氛围,抒发了自己外放无侣的孤独情怀。作者俯仰古今变迁,感慨宇宙流转,厌倦宦海风波,揭示了睿智的人

---

① 陶文鹏:《苏轼诗词艺术论》,上海:上海古籍出版社2001年版,第170页。

生理想。全词挥洒自如,不假雕琢,而浩然之气超凡绝尘,体现了他"逸怀浩气,超然乎尘垢之外"(胡寅《酒边词序》)的哲思。又如作于黄州的《定风波》:

> 莫听穿林打叶声。何妨吟啸且徐行。竹杖芒鞋轻胜马。谁怕。一蓑烟雨任平生。　料峭春风吹酒醒。微冷。山头斜照却相迎。回首向来潇洒处。归去。也无风雨也无晴。

这首词富有哲思理趣,表现了词人超然达观的精神。苏轼的哲理词超凡脱俗、出神入化,极大地提升了词的审美境界和艺术品味。

除了以上几类,苏轼词在内容上的开拓还涉及许多方面,举凡咏史怀古、咏物节序、贺寿游仙、登临游赏等等,无不被他写进词中。在苏轼之前,词的内容不外乎美女与爱情,李煜的亡国之音、柳永的秋士易感,算是对词这种狭隘格局的两次突破。但这只是他们的遭遇在词中的一种连带反应,而不是有意识地要为词的题材内容开疆拓土。到苏轼出现,才自觉地用这种合乐而歌的形式,抒写自己的襟抱志意和社会生活,使词从"小道末技"上升为一种与诗等量齐观的抒情文体。

苏轼在词史上的另一贡献是创造了新的风格。苏轼之前的词以婉约为主,苏轼则有意识地突破这一传统,开创了豪放词风。他在《答陈季常书》中说:"又惠新词,句句警拔,诗人之雄,非小词也。但豪放太过,恐造物者不容人如此快活,一枕无碍睡,辄亦得之耳。""诗人之雄,非小词"的说法,表明苏轼高度认同豪放风格的词。苏轼填词较晚,大约始于 37 岁任杭州通判时。38 岁知密州,写了《江城子》(老夫聊发少年狂)和《水调歌头》(明月几时有)这两首最早的豪放词代表作,从而在词坛上树起"自是一家"的旗帜。44 岁因乌台诗案贬居黄州五年,更是创作了《念奴娇·赤壁怀古》这样的豪雄之词,把对自然山水的观照与对历史、人生的反思结合起来,在雄奇壮阔的自然美中融入深沉的历史感和人生感慨。类似作品在东坡词中并不鲜见,如"雪浪摇空千顷白,觉来满眼是庐山,倚天无数开青壁"(《归朝欢》),"有情风、万里卷潮来,无情送潮归。问钱塘江上,西兴浦口,几度斜晖"(《八声甘州》),"上殿云霄生羽翼,论兵齿颊带风霜,归来衫袖有天香"(《浣溪沙》)等等。

豪放词在东坡词中尽管只是少数,却改变了唐宋词徒具阴柔之美的单一格局,阳刚之美昂首进入词的世界。苏轼开创并确立的新词风在当时后世虽然屡遭非议,却也不乏追随者和支持者。从创作层面看,在北宋有晁补之、黄庭坚等传人，南宋有叶梦得、陈与义、张元干、张孝祥、陆游、辛弃疾、陈亮、刘克庄等继承发扬，辛弃疾攀登至最高峰；从批评角度言，自从明人张綖在《诗余图谱·凡例》中提出婉约、豪放二分法后，豪放词取得了与婉约词并肩的地位。到了清代，王士禛、徐釚更称豪放词为英雄之词，均可见出其对后世的影响。

在表现手法上，苏轼"以诗为词"，将诗的创作手段移入词中，主要表现在以议论为词、摆脱音乐束缚以及用题序、用典等方面。

要之，令词自二晏、欧阳修以降，已达至高潮，若不生变化，词的发展势必走向末路。柳永、苏轼遂应运而生。柳永发展了慢词长调，增强了词的表现能力。苏轼则扩充了词的情感内涵，丰富了词的表现方式，使词朝着独立抒情诗体的方向发展。其豪放词风更是打破了狭窄的樊篱，为长短句歌词注入了新的生命，成为词史上永不衰竭的优良传统。

二、王安石

在词的诗化过程中，王安石也作出了贡献。王安石对词本怀轻视之意，他读晏殊词后曾经笑道："为宰相而作小词，可乎？"（魏泰《东轩笔录》卷五）这种观念影响了他的创作实绩，其词今仅存 29 首。王安石词数量虽然不多，却"瘦削雅素，一洗五代旧习"（刘熙载《艺概》卷四），没有丝毫脂粉气。其金陵怀古词《桂枝香》最为有名：

> 登临送目。正故国晚秋，天气初肃。千里澄江似练，翠峰如簇。归帆去棹残阳里，背西风、酒旗斜矗。彩舟云淡，星河鹭起，画图难足。　念往昔、繁华竞逐。叹门外楼头，悲恨相续。千古凭高，对此谩嗟荣辱。六朝旧事随流水，但寒烟、芳草凝绿。至今商女，时时犹唱，后庭遗曲。

词人临江揽胜，凭高吊古，抒发了六朝兴亡的历史感慨和对现实的忧思。全词笔力遒劲，境界高远朗肃。其咏史词《浪淘沙令》（伊吕两衰翁）、抒怀词《渔家傲》（平岸小桥千嶂抱），或寄托自己的政治抱负，或表现自己退居金陵后恬淡的心境，都不失为言志抒怀的佳作。

三、贺铸

贺铸（1052—1125），字方回，号庆湖遗老、北宗狂客，原籍山阴（今浙江绍兴），生长于卫州共城（今河南辉县）。北宋著名的藏书家、诗人，尤以词名于世。其词今传 280 余首，在北宋仅次于苏轼。贺铸既深于儿女之情，又富于豪侠之气，加之因秉性刚直而仕履蹭蹬，这种个性和境遇使他的词兼具豪放、婉约之长,慷慨悲壮和富艳精工两种不同的词风在他的词中都得到了完美的体现。著有《庆湖遗老集》和《东山词》(一名《东山寓声乐府》)。

贺铸与苏轼同时而稍晚,虽并非出自苏门,但和苏轼有交往。他传承了苏轼开创的"以词言志"的豪迈词风,写出了一些意气风发的词。《六州歌头》就是其中的名篇:

> 少年侠气,交结五都雄。肝胆洞,毛发耸。立谈中,死生同,一诺千金重。推翘勇,矜豪纵,轻盖拥,联飞鞚,斗城东。轰饮酒垆,春色浮寒瓮。吸海垂虹。闲呼鹰嗾犬,白羽摘雕弓,狡穴俄空,乐匆匆。　似黄粱梦,辞丹凤。明月共,漾孤篷。官冗从,怀倥偬,落尘笼,簿书丛。鹖弁如云众,供粗用,忽奇功。笳鼓动,渔阳弄,思悲翁。不请长缨,系取天骄种,剑吼西风。恨登山临水,手寄七弦桐,目送归鸿。

词情慷慨激越,苍凉悲壮,抒发了有心报国而无路请缨的不平之气。词中包含的不仅是人生失意的悲愤,而且有对国家民族命运的忧虑,与苏轼的《江城子》(密州出猎)一起唱出了戎马报国的主题,开创了南宋爱国主义的英雄词风。

贺铸还有不少豪迈奇崛之作。《行路难》(缚虎手)借他人酒杯浇自己快垒,抒写词人徒有文才武艺,却得不到朝廷重用,只好纵酒狂歌以麻醉自己;《将进酒》(城下路)以陡健笔力抒抑郁不平之气,飘飘然有豪纵高举之气;以边塞为题材的组词《古捣练子》六首,写闺妇思念征人,体现了自己关心人民疾苦的胸怀,也颇具豪健之风。这些题材和思想内容均为前此之词中所罕见,在词的诗化进程中贡献很大。夏敬观《手批东山词》曾说:"稼轩秾丽之处,从此脱胎。细读《东山词》,知其为稼轩所师也。世但言苏、辛为一派,不知方回,亦不知稼轩。"贺铸豪迈词风是苏轼和辛弃疾之间的一座桥梁。苏轼开创豪放词风,一时还未能为大多数人所接受。北宋词人中,贺铸较多地继承并发展了苏轼的创新精神。苏轼的豪放词以意为主,逸气流贯其中,然而时有不合音律的地方。贺铸的豪放词则在艺术技巧上更臻完善,并且都合乐可歌,"苏门四学士"之一的张耒在《东山词序》中就说贺词"皆可歌"。他的这一成就被辛弃疾等人继承下来并发扬光大,创造了南宋英雄词的辉煌。

不但豪放词为北宋一大家,贺铸的婉约词也写得本色当行,并不逊色于婉约派大家秦观,如《青玉案》:

> 凌波不过横塘路。但目送、芳尘去。锦瑟华年谁与度。月桥花院,

> 琐窗朱户。只有春知处。　　飞云冉冉蘅皋暮。彩笔新题断肠句。若问闲情都几许。一川烟草,满城风絮,梅子黄时雨。

词借孤芳自赏、寂寞幽居的"凌波佳人"形象,曲折地表现了作者自伤身世、理想失落的悲感。末四句写愁,以问呼起,以博喻作答,将愁思纷乱、迷茫无边的情景形容曲尽,兴中有比,新奇工巧,堪称绝唱,贺铸因此而得"贺梅子"美名。又如其悼亡名作《鹧鸪天》:

> 重过阊门万事非。同来何事不同归。梧桐半死清霜后,头白鸳鸯失伴飞。　　原上草,露初晞。旧栖新垅两依依。空床卧听南窗雨,谁复挑灯夜补衣。

用朴素质直的语言深情地怀念患难与共、相濡以沫的亡妻赵氏,缠绵悱恻,真挚感人,与苏轼《江城子》堪称悼亡词双璧,也体现了贺铸词柔情的一面。

贺铸词不但题材丰富,风格多样,而且富有艺术创造性。在词学批评史上,贺铸常与周邦彦并称,如王灼《碧鸡漫志》卷二云:"贺、周语意精新,用心甚苦。"又说《离骚》遗意"惟贺方回、周美成时时得之"。清人先著在《词洁》卷六中也说:"方回长调便有美成意,殊胜晏、张。"贺铸和周邦彦年龄相仿,他们的词确有异曲同工之妙。他们填词都喜欢从唐诗中撷取藻采与故实,甚至直接采用唐人成句;也都擅用《离骚》"美人香草"式的比兴寄托方式;他们的长调在时空结构上更显错综复杂,富有跳跃性。这些作风在南宋词中有更加丰富的体现,贺铸、周邦彦当为创始者。

四、黄庭坚

黄庭坚的词,宋人评价颇高。陈师道《后山诗话》说黄庭坚和秦观是当时最杰出的词人。李清照《词论》品评词人非常严苛,却说黄庭坚和晏几道、贺铸、秦观是少数几个知道词"别是一家"的词人。到了清代,批评之声渐多,贺裳《皱水轩词筌》、彭孙遹《金粟词话》、陈廷焯《白雨斋词话》、冯煦《宋六十家词选例言》等指责其词鄙俚浅俗,认为黄不及秦远甚,他们的批评影响了黄庭坚的词史地位。

平心而论,在现存192首山谷词中,确有一些极俚极俗者,这类词的审美价值不高,曾被刘体仁《七颂堂词绎》批评为"山谷恶道"或"蒜酪体"。黄庭坚艺术价值更高的是那些学习苏轼词风的作品,如《水调歌头》:

> 瑶草一何碧,春入武陵溪。溪上桃花无数,花上有黄鹂。我欲穿花寻路,直入白云深处,浩气展虹霓。只恐花深里,红露湿人衣。　　坐

玉石,欹玉枕,拂金徽。谪仙何处,无人伴我白螺杯。我为灵芝仙草,不为朱唇丹脸,长啸亦何为。醉舞下山去,明月逐人归。

苏轼的中秋词营造的是夐绝难及的玉宇天界,黄庭坚此词却构造了一个纯洁幽隽的人间仙境,凸显的是一位高蹈遗世、醉舞长啸的狂者形象。又如"可继东坡赤壁之歌"(胡仔《苕溪渔隐丛话》后集卷三十一)的名作《念奴娇》(断虹霁雨),是元符年间词人贬居戎州(今四川宜宾)时与友人酌酒赏月而作。整首词想象奇特瑰丽,意境清疏高远,感情旷达豪迈,显示了作者豪放豁达、傲岸不羁的襟抱。

除了这类超旷豪逸之作是直接继承苏轼词风以外,另外一些充满英武豪迈之气的英雄词也是学习苏轼的结果,如《水调歌头》(落日塞垣路)中雕弓白羽、铁面骅骝的打猎者形象,雄武勇猛,心系国家安危,与苏轼《江城子·密州出猎》中"西北望,射天狼"的打猎太守有某种因缘关系。较之苏词而言,黄庭坚这首词于"豪"之外,更有一种"悲"蕴含于字里行间,为南宋辛派词人悲壮激烈的抗战词导夫先路。

在北宋中后期词坛,黄庭坚继承并发展了苏轼词风,进一步扩大了苏词的影响,对南宋豪放词派的辉煌发挥了积极的作用。

五、晁补之

晁补之(1053—1110),字无咎,号归来子,巨野(今属山东)人。神宗元丰二年(1079)进士,官至礼部郎中。著有《鸡肋集》七十卷,词集《晁氏琴趣外篇》六卷,风格受到苏轼的影响。

在苏门中,晁补之词格被认为最接近苏轼。刘熙载《艺概》卷四即云:"东坡词在当时鲜与同调,不独秦七、黄九别成两派也。晁无咎坦易之怀,磊落之气,差堪骖靳。"因此张尔田在《忍寒词序》中说:"学东坡者,必自无咎始。"晁补之的词甚少绮艳语,有些词神姿高秀,确可与苏轼词比肩。如《洞仙歌·泗州中秋作》:

青烟幂处,碧海飞金镜。永夜闲阶卧桂影。露凉时、零乱多少寒螀。神京远,惟有蓝桥路近。　水晶帘不下,云母屏开,冷浸佳人淡脂粉。待都将许多明,付与金尊,投晓共、流霞倾尽。更携取、胡床上南楼,看玉做人间,素秋千顷。

这是晁补之的绝笔词,其开阔宏大的词境、磊落坦荡的胸襟、冰魂玉魄的词心与苏轼中秋词差堪比拟。

晁补之历经宦海浮沉,屡遭贬谪,他的贬谪词和隐逸词写得很有特色。

如《忆少年·别历下》：

> 无穷官柳，无情画舸，无根行客。南山尚相送，只高城人隔。　　罨画园林溪绀碧。算重来、尽成陈迹。刘郎鬓如此，况桃花颜色。

晁补之于绍圣元年（1094）出知齐州，次年坐党籍被贬，本篇即其离任时写的一首贬谪词。起首三叠句写杨柳、画舸、行客，语妙而情深，道尽行踪飘零、宦途辗转和临去时的满腔离愁。下片结句悬想他日归来，鬓已斑，花已败，无限感慨尽付于时序变迁之中。又如其代表作《摸鱼儿》（买陂塘）的上片写东皋新雨后的可爱景致及与鸥鹭为伴的闲适生活，下片则感叹当年追求功名反而耽误了年华，荒废了田园。表面上旷达，骨子里却是愤激不平。刘熙载《艺概》卷四云："无咎词堂庑颇大。人知辛稼轩《摸鱼儿》（更能消几番风雨）一阕，为后来名家所竞效，其实辛词所本，即无咎《摸鱼儿》（买陂塘旋栽杨柳）之波澜也。"说出了晁补之隐逸词对辛词的影响。

第四节　晏几道和秦观

北宋中后期，当苏轼等人沿着诗化的道路革新词坛时，晏几道、秦观更多地是继承婉约传统，填制"本色"、"当行"的婉约词，并将其推向高潮。冯煦《蒿庵论词》说："淮海、小山，真古之伤心人也，其淡语皆有味，浅语皆有致。求之两宋词人，实罕其匹。"指出了两人的共性和词坛地位。

一、晏几道

晏几道（1038—1110），字叔原，号小山，江西临川（今抚州）人。曾任监颍昌许田镇、乾宁军通判、开封府判官等低微职位。小晏词抒写哀愁，笔调饱含感伤，感情深沉真挚，情景融合，造语工丽，秀气胜韵，吐属天成，有很高的艺术成就。著有《小山词》，今存260首。

追忆往日恋情、感伤聚散离合是《小山词》的主要内容，如《临江仙》：

> 梦后楼台高锁，酒醒帘幕低垂。去年春恨却来时。落花人独立，微雨燕双飞。　　记得小蘋初见，两重心字罗衣。琵琶弦上说相思。当时明月在，曾照彩云归。

词写怀念小蘋的怅惘之情。全词通过四幅画面，逐层表达了作者的思绪起伏和深沉忆念。又如《鹧鸪天》：

> 彩袖殷勤捧玉钟。当年拚却醉颜红。舞低杨柳楼心月，歌尽桃花

扇底风。　　从别后,忆相逢。几回魂梦与君同。今宵剩把银釭照,犹恐相逢是梦中。

这首词描写和心上人久别重逢的复杂心情,从当年初次见面时的欢乐、分别后忆念的愁苦以及今宵重逢疑是梦中的惊喜等几个角度,将这种感情烘托出来。陈廷焯《白雨斋词话》卷一说:"下半阕曲折深婉,自有艳词,更不得不让伊独步。"可谓的当。

晏几道以"贵人暮子,落拓一生,华屋山邱,身亲经历,哀丝豪竹,寓其微痛纤悲"(夏敬观《小山词跋尾》)。出身相门而家道中落,自许颇高而又怀才不遇,于是他将失意不平之气、仕途沦落之悲委婉曲折地融入悲欢离合的题材中,使其作品具有浓重的感伤情调,正如郑骞《成府谈词》所云:"小山词境,清新凄婉,高华绮丽之外表,不能掩其苍凉寂寞之内心,伤感文学,此为上品。"如《阮郎归》:

天边金掌露成霜。云随雁字长。绿杯红袖称重阳。人情似故乡。　　兰佩紫,菊簪黄。殷勤理旧狂。欲将沉醉换悲凉,清歌莫断肠。

这是他在异乡作客、适逢重阳的自抒怀抱之作。上片写身处异乡,重阳佳节的风俗虽然与家乡一样,但心随境迁,满目但见寥阔悲凉的深秋景象。下片紧承上片而来,看到人们佩戴的紫兰黄菊,傲物睥世、牢骚不平的狂放往事顿时涌上心头。结句直抒胸臆,深沉浓重的感伤情绪溢于言表。

李清照《词论》说:"乃知别是一家,知之者少,后晏叔原、贺方回、秦少游、黄鲁直出,始能知之。又晏苦无铺叙。"认为晏几道能够维护词的体裁特征,而批评其词"苦无铺叙",实际是说他不善长调。这一批评从反面说明了晏几道小令的巨大艺术价值,正是他将令词艺术推向了高峰。黄庭坚《小山词序》云:"及独嬉弄于乐府之余,而寓以诗人之句法。清壮顿挫,能动摇人心。"刘永济《唐五代两宋词简析》进一步指出:"其词能于小令之中,具有长调之气格。"即在继承令词的表达技巧外,又注意吸取慢词的精神气度,从而形成清新豪壮、顿挫跌宕的独特美感。

二、秦观

秦观(1049—1100),字太虚、少游,号邗沟居士、淮海居士,扬州高邮(今江苏省高邮县)人。宋神宗元丰八年(1085)进士。哲宗时历任太学博士、秘书省正字、国史院编修官。坐党籍历贬郴州(今湖南省郴县)、雷州(今广东省海康县)等地。秦词多写柔情,亦有感伤身世之作。风调婉约清丽,辞情兼胜。著作现存《淮海集》四十卷,后集六卷,存词 100 首。

秦观小令、慢词兼擅。他的小令主要走的是冯延巳、晏殊、欧阳修的深婉路数,只是在传统的风格模式中注入了新的情感内涵,故能自出机杼,实非晏、欧诸公所能牢笼。如《鹊桥仙》:

> 纤云弄巧,飞星传恨,银汉迢迢暗度。金风玉露一相逢,便胜却、人间无数。　　柔情似水,佳期如梦,忍顾鹊桥归路。两情若是久长时,又岂在、朝朝暮暮。

词咏七夕,通过牛郎织女悲欢离合的神话故事,歌颂坚贞诚挚、永恒不移的爱情,提升了恋情词的精神境界,这在他之前的恋情词中还是比较少见的。又如名作《踏莎行》:

> 雾失楼台,月迷津渡。桃源望断无寻处。可堪孤馆闭春寒,杜鹃声里斜阳暮。　　驿寄梅花,鱼传尺素,砌成此恨无重数。郴江幸自绕郴山,为谁流下潇湘去。

这首词以凄迷的景色和宛转的语调表达了秦观被贬郴州的凄苦寂寞的心情。曲折委婉地表达身世之感、贬谪之情,正是其小令超迈他人之处。

秦观有些小令犹如"初日芙蓉,晓风杨柳"(况周颐《蕙风词话》卷二),写得含蓄优美、风韵标致,咀嚼无滓,久而知味。如《浣溪沙》:

> 漠漠轻寒上小楼,晓阴无赖似穷秋。淡烟流水画屏幽。　　自在飞花轻似梦,无边丝雨细如愁。宝帘闲挂小银钩。

词通过环境的铺叙、景物的描写,烘托出词人的愁绪。风格轻柔朦胧,特别是下片以抽象喻形象,更见其迷离惝恍之致,读之令人挹味无穷。又如《画堂春》:

> 落红铺径水平池。弄晴小雨霏霏。杏园憔悴杜鹃啼。无奈春归。　　柳外画楼独上,凭阑手捻花枝。放花无语对斜晖。此恨谁知。

词写得细腻婉约,在柔婉之中表现了一种凄凉无奈的感情。从以上两首词可以看出,秦观写愁写恨,没有特定的情事和人物,也没有强烈的悲欢离合之情,一切看似柔柔的、淡淡的,但由于是内心深处细微的体会,所以令人挥之不去。他和晏几道将小令推向高峰,但在表现方式上却有差异。郑骞《成府谈词》即云:"小山词伤感中见豪迈,凄凉中有温暖,与少游之凄厉幽远异趣,小山多写高堂华烛、酒阑人散之空虚,淮海则多写登山临水、栖迟零落之苦闷。二人性情家世环境遭遇不同,故词境亦异,其为自写伤心则一也。"

秦观还善于用长调抒情,学柳永能去其庸俗猥亵的情趣而得其宛转铺叙的手法。柳永的慢词发露有余而蕴藉不足,铺叙过甚而精警不够。秦观将小令文雅含蓄的特点融入慢词长调,虽仍以铺叙为主,但在关键的地方却插入含蓄优美的景语,使那本欲一泻无余的感情有所收敛、有所顿挫。① 如《满庭芳》:

> 山抹微云,天连衰草,画角声断谯门。暂停征棹,聊共引离尊。多少蓬莱旧事,空回首、烟霭纷纷。斜阳外,寒鸦万点,流水绕孤村。　销魂。当此际,香囊暗解,罗带轻分。谩赢得、青楼薄幸名存。此去何时见也,襟袖上、空惹啼痕。伤情处,高城望断,灯火已黄昏。

这首词与柳永《雨霖铃》同是写离别的场面,也采用了层层铺叙的手法。但与柳词不同的是,秦观明显加强了写景的成分,而叙事和言情则大大减少。其抒情不是一泻无余,而是用景结情,缠绵情思,一往而深,含蓄而有余味。又如《八六子》:

> 倚危亭。恨如芳草,萋萋刬尽还生。念柳外青骢别后,水边红袂分时,怆然暗惊。　无端天与娉婷。夜月一帘幽梦,春风十里柔情。怎奈向、欢娱渐随流水,素弦声断,翠绡香减,那堪片片飞花弄晚,濛濛残雨笼晴。正销凝。黄鹂又啼数声。

这首词意象优美,情景交融,既有柳词铺叙之长,又深得唐五代令词遗韵,堪称离情词的典范。

由于出身寒微,又屡遭政敌打击迫害,加之性格偏于柔弱,面对外界的打击,秦观很容易变得悲观绝望,这在他的词中得到鲜明的体现。他将深悲巨痛融入离愁别恨之中,词作充满感伤情调,正如冯煦《蒿庵论词》所云:"少游以绝尘之才,早与胜流,不可一世,而一谪南荒,遽丧灵宝。故所为词,寄慨身世,闲雅有情思,酒边花下,一往而深,而怨悱不乱,悄乎得小雅之遗,后主而后,一人而已……他人之词,词才也,少游,词心也。得之于内,不可以传,虽子瞻之明俊,耆卿之幽秀,犹若有瞠乎后者,况其下邪?"这也说明了少游词具有气格较弱的缺点。

---

① 杨海明:《唐宋词史》,天津:天津古籍出版社1998年版,第381页。

秦观是两宋婉约词派的代表。他的小令雅正婉约,没有花间词的淫艳;他的慢词清新淡雅,情辞兼胜,而无柳永慢词的俚俗。其词"情韵兼胜"①,诵之令人回肠荡气,直接影响了稍后的周邦彦和李清照。

第五节　周邦彦和词的律化

周邦彦(1056—1121),字美成,自号清真居士,钱塘(今杭州)人。元丰六年(1083)由太学诸生而提拔为太学正,从此步入仕途。神宗死后,旧党执政,周邦彦被排挤出京城,出为庐州(今安徽合肥)教授、溧水(今属江苏)令。哲宗亲政后,被召回京,任国子主簿、秘书省正字。徽宗即位,因精通音律,善填词,被任命为徽猷阁待制、提举大晟府。有《清真集》,又名《片玉集》,存词206首。

小令在晏几道、秦观的手里已经达到精美完善的境界,而周邦彦则又有所开拓,"于短短小令中写复杂故事,为其独创,当时无人能及,后世亦少有敢企及者"②。如《少年游》:

> 并刀如水,吴盐胜雪,纤手破新橙。锦幄初温,兽香不断,相对坐调笙。　低声问向谁行宿,城上已三更。马滑霜浓,不如休去,直是少人行。

短短51字,有环境描写,有人物形象,有对话,有情节,甚至还暗含心理刻画,这种写法在周邦彦之前是绝无仅有的。其《蝶恋花》也有异曲同工之妙:

> 月皎惊乌栖不定。更漏将残,辘轳牵金井。唤起两眸清炯炯。泪花落枕红棉冷。　执手霜风吹鬓影。去意徊徨,别语愁难听。楼上阑干横斗柄。露寒人远鸡相应。

这首纪别小令,从将晓景物写起,依次写到唤醒、倚枕泣别、临风执手、临别依依、行人远去,次序井然。最后以景语作结,神韵悠远,兴味无穷,无怪乎俞陛云《唐五代两宋词选释》评其为"自来录别者希有"的上乘之作。

周邦彦的慢词浑化雅洁,达到了相当完美的艺术境界。早在南宋,陈振孙《直斋书录解题》卷二十一就赞其长调是"词人之甲乙"。到了清代,陈廷

---

① 《四库全书总目·淮海词提要》云:"观诗格不及苏黄,而词则情韵兼胜,在苏、黄之上。"
② 吴世昌:《词林新话》,北京:北京出版社2000年版,第177页。

焯《云韶集》更称周邦彦长调"高据峰巅,下视群山,尽属附庸";张其锦《梅边吹笛谱跋》也说秦、柳、苏、黄的慢词犹如初唐,体格虽具,然风骨未遒,周邦彦的慢词犹如杜诗,"有盛唐之风矣"。

首先,周邦彦善于化用典故和融化前人诗句,形成典雅的语言风格。张炎《词源》就说他"善于融化诗句"、"采唐诗融化如自己者,乃其所长"。如《西河·金陵怀古》就先后化用了谢朓《入朝曲》、李白《蜀道难》、古乐府《莫愁乐》、刘禹锡《石头城》和《乌衣巷》诗。一首百余字的词有六处化用了前人诗句,而一股沉雄气韵流贯全篇,丝毫不给人以破碎之感。此外如《满庭芳》(风老莺雏)也多处化用杜甫、刘禹锡、白居易等人的诗,结合这些诗人的遭遇来抒写自己流落的悲慨;《瑞龙吟》(章台路)化用杜甫、李贺、杜牧、李商隐等人的诗句,含蓄蕴藉而又淋漓尽致地抒发了自己暮年被召还京的复杂心情。

其次,周邦彦完善了慢词长调的章法结构。夏敬观曾说:"耆卿多平铺直叙,清真特变其法,一篇之中,回环往复,一唱三叹。故慢词始盛于耆卿,大成于清真。"①周邦彦在前人特别是柳永的基础上,打乱时空顺序,顺叙、倒叙、插叙交相使用,空间上回环往复,将开合变化、离合顺逆等笔法引入长调,使其章法结构得到了极大的发展和提高。如《兰陵王·柳》:

柳阴直。烟里丝丝弄碧。隋堤上、曾见几番,拂水飘绵送行色。登临望故国。谁识京华倦客。长亭路,年去岁来,应折柔条过千尺。
闲寻旧踪迹。又酒趁哀弦,灯照离席。梨花榆火催寒食。愁一箭风快,半篙波暖,回头迢递便数驿。望人在天北。　　凄恻。恨堆积。渐别浦萦回,津堠岑寂。斜阳冉冉春无极。念月榭携手,露桥闻笛。沉思前事,似梦里,泪暗滴。

这首词三叠三换头。过去、现在、未来,时间回环往复,长亭、别浦、月榭,地点错综复杂,使作品呈现出恍惚迷离、跌宕多姿的美感。他的《瑞龙吟》(章台路)也分三片,第一片叙写目前景况情事,"还见"二字扣住往昔;第二片追叙过去,"黯凝伫"则挽住今日;第三片承写当下情事,而"前度刘郎重到"又绾合了今昔。整首词开阖变化而丝丝入扣,沉郁顿挫而浑然一体。

周邦彦妙解音律,精于创调和自度曲。他新创、自度的曲子共50余调,

---

① 《手评乐章集》,转引自龙榆生《唐宋名家词选》,上海:上海古籍出版社1980年版,第87页。

虽然数量上没有柳永多，但词韵清蔚，音节清妍和雅，深受文人士大夫喜爱。如《瑞龙吟》(章台路)三叠中的第一、二叠，字句平仄相同，称为双拽头，既美视又美听。周邦彦还"增演慢曲、引、近，或移宫换羽为三犯四犯之曲，按月律为之，其曲遂繁"(张炎《词源》)，即把不同调的曲子组成为一支曲子，如其《六丑·蔷薇谢后作》就是犯六调而成。

周邦彦填词，注重词调的声情与宫调的音色协调一致。他"下字运意，皆有法度"(沈义父《乐府指迷》)，用字审音，严分平、上、去、入四声。唐宋词的字声有一个演变发展的过程。温庭筠已经分出平仄，晏殊渐辨去声，严于结拍。柳永分出上声和去声，尤严于入声。周邦彦在他们的基础上，严格平、上、去、入四声的用法，并且更多变化，使语言字音的高低与曲调旋律的变化密切配合，成为南宋词人的学习典范。[1]

周邦彦词并不直接抒发身世之感和兴亡之叹，而是用比兴寄托的手法间接表现。早在南宋，王灼《碧鸡漫志》卷二就说："柳(永)何敢知世间有《离骚》，惟贺方回、周美成时时得之。"认为周词继承了《离骚》"香草美人"的传统，表面上是咏物写人，内里实有深意。到了清代中期，周济以比兴寄托论词，更是把周邦彦当做"无意寄托"的最高典范。这一特点在他的咏物词中得到了鲜明体现，如《六丑·落花》：

> 正单衣试酒，恨客里、光阴虚掷。愿春暂留，春归如过翼。一去无迹。为问花何在，夜来风雨，葬楚宫倾国。钗钿堕处遗香泽。乱点桃蹊，轻翻柳陌。多情为谁追惜。但蜂媒蝶使，时叩窗隔。　东园岑寂，渐蒙笼暗碧。静绕珍丛底，成叹息。长条故惹行客。似牵衣待话，别情无极。残英小、强簪巾帻。终不似一朵，钗头颤袅，向人欹侧。漂流处、莫趁潮汐。恐断红、尚有相思字，何由见得。

全词咏蔷薇，刻画形象，传神逼真，但词人并没有拘泥于物象的客观描摹，而是借惜花伤春寄托身世之感，看是咏物，实是自叹，为南宋词咏物重寄托开无数法门。

陈郁《藏一话腴》云："(周邦彦)二百年来以乐府独步，贵人学士、市儇妓女知美成词为可爱。"可见其词深受市井百姓喜爱。周邦彦对文人词影响更大，与他同时的大晟府词人，如万俟咏、晁端礼、晁冲之、田为、徐伸等人的创作，与周邦彦走的就是同一路数。到了南宋，周邦彦词大受欢迎，他的

---

[1] 夏承焘:《唐宋词字声之转变》,《唐宋词论丛》,上海:上海古典文学出版社1956年版。

词集一版再版,并且出现了很多注本,人们填词时效仿的对象也是"以清真为主"(沈义父《乐府指迷》),姜夔、史达祖、卢祖皋、高观国、周密、王沂孙、张炎等,无不是在周邦彦的基础上进一步深化雅词、格律词的创作。清代道光年间,周济《宋四家词选》首列周邦彦,说他是集大成者,是词中杜甫,他在《宋四家词选目录序论》中提出"问途碧山,历梦窗、稼轩以还清真之浑化"的学词主张,从而创立了影响深远的常州词派,周邦彦的声誉至此达到顶点,影响直至近今词坛。

第五章 南宋词

南宋词主要有以下几个群体:以叶梦得、朱敦儒、李纲、李清照、张元干等为代表的"南渡词人群",以辛弃疾、陈亮、刘过和姜夔等为代表的"中兴词人群",以刘克庄、吴文英、陈人杰、孙惟信和黄升等为代表的"江湖词人群"及以周密、刘辰翁、王沂孙、张炎、蒋捷等为代表的"遗民词人群"。[①]

第一节 李清照与宋南渡词人

宋南渡词人群,是指生活、创作历经北宋末徽宗朝和南宋初高宗朝的一群志士词人,包括叶梦得、徐度、李光、朱敦儒、李清照、吕本中、向子諲、李纲、赵鼎、李弥逊、陈与义、王以宁、张元干、邓肃和胡铨等。他们反和主战,李纲、叶梦得、向子諲、张元干、王以宁等更不仅力主抗战恢复,而且投身于抗战事业,曾在疆场上与金兵浴血奋战。这种政治态度表现在他们的词中,就形成了一股震撼人心的力量。[②] 特殊的政治形势和军事形势,促使一代词风发生了深刻而重大的变化:以忧国为主,抒发报国热情,孕育了一种"抚时感事"、"情真意深"的新词风。

[①] 王兆鹏:《宋南渡词人群体研究》,南京:凤凰出版社2009年版,第3—4页。
[②] 同上书,第12—20页。

一、李清照

李清照(1084—1155?),自号易安居士,济南章丘(今属山东)人。其词以靖康之乱为界,前后期呈现出明显不同的面貌:前期词多写离别相思之情,哀而不伤,苦涩中略带甜美,叹息时不失轻盈[1];后期词抒写辞乡别土、国破家亡的哀愁,词风由轻盈的叹息变为沉重的感伤。李清照词散佚甚多,现存作品真伪杂陈,其中以王仲闻辑《李清照集校注》所录43首最为可靠。

在其他批评家如苏轼、黄庭坚、晏几道、张耒等人都在强调词和那些受人尊重的文体如诗、乐府、赋的亲缘关系时,李清照在《词论》中提出了词"别是一家"的著名观点,严分诗词畛域,维护词这种特定的文学体裁的特征,推动了词的发展,影响深远,意义重大。直到明清之际,李渔、沈谦等词学家还在提出词上不能似诗、下不能似曲的理论诉求。[2]

在创作上,李清照生动地展现了她的生命历程和情感历程。她早年抒写少女生活和情怀的作品,流丽婉秀,明快活泼,有时还夹杂一丝淡淡的莫名惆怅之情,如两首《如梦令》:

尝记溪亭日暮,沉醉不知归路。兴尽晚回舟,误入藕花深处。争渡,争渡,惊起一滩鸥鹭。

昨夜雨疏风骤,浓睡不消残酒。试问卷帘人,却道海棠依旧。知否,知否?应是绿肥红瘦。

前一首描述少女郊游的欢乐,表现了无忧无虑、开朗活泼的性格;第二首以新颖活泼的对话,揭示出暮春时节自然界变化的情景,表现了主人公惋惜春光易逝的微妙心情,都写得含蓄婉转而又清新动人。

李清照和赵明诚伉俪情深,她很多动人的篇章就是表现夫妇之爱、抒写离愁别恨的。在李清照之前,恋情词多是男性作家代女主人公立言,虽然有时也写得体贴入微,但总难免隔膜,而李清照则以女性特有的细腻与敏感,以我手写我心,将女性独特的感情和心理用明白清新的语言恰切地表现出来,真挚细腻、委婉动人。如《凤凰台上忆吹箫》:

香冷金猊,被翻红浪,起来慵自梳头。任宝奁尘满,日上帘钩。生

---

[1] 孙望、常国武:《宋代文学史》,北京:人民文学出版社1996年版,第456页。
[2] 美国学者艾朗诺对李清照《词论》有让人耳目一新的见解,可参见《才女的重担:李清照〈词论〉中的思想与早期对她的评论》,《长江学术》2009年第2、4期。

怕离怀别苦,多少事、欲说还休。新来瘦,非干病酒,不是悲秋。　休休。这回去也,千万遍阳关,也则难留。念武陵人远,烟锁秦楼。惟有楼前流水,应念我、终日凝眸。凝眸处,从今又添,一段新愁。

词写即将与丈夫离别的感受。全篇从别前设想到别后,层层推进,逐层转深,写离怀别苦而出之以曲折的口吻,表达了女性特有的深婉细腻的感情。又如《念奴娇》:

萧条庭院,又斜风细雨,重门须闭。宠柳娇花寒食近,种种恼人天气。险韵诗成,扶头酒醒,别是闲滋味。征鸿过尽,万千心事难寄。
楼上几日春寒,帘垂四面,玉阑干慵倚。被冷香消新梦觉,不许愁人不起。清露晨流,新桐初引,多少游春意。日高烟敛,更看今日晴未。

此词为清照春闺独处怀人之作,抒写了她寂寞、抑郁、愁苦的心情。词人着重描写春天景物以及在这种景物中的心情,将伤别、伤春之感从侧面流露出来,处处景语皆情语,其落寞心绪尽显无遗。此外如《一剪梅》中的"此情无计可消除,才下眉头,却上心头",《醉花阴》中的"莫道不消魂,帘卷西风,人比黄花瘦",都将女性缠绵悱恻的情感表达得淋漓尽致。

靖康之乱后,李清照饱尝国破家亡之恨与辗转流离之苦,晚年块然独处,更是孤独凄凉。因生活环境的改变和人生命运的剧变,李清照的心境由开朗变得忧郁,词风也由欢快俊逸变为悲哀沉痛,词的内容则多个人身世之感,对国家前途和民族命运的关怀也时有流露。如《声声慢》:

寻寻觅觅,冷冷清清,凄凄惨惨戚戚。乍暖还寒时候,最难将息。三杯两盏淡酒,怎敌他、晚来风急。雁过也,正伤心,却是旧时相识。
满地黄花堆积。憔悴损,如今有谁堪摘。守著窗儿,独自怎生得黑。梧桐更兼细雨,到黄昏、点点滴滴。这次第,怎一个愁字了得。

南渡后,作者经历了逃难、丧夫、再嫁、离异等劫难和折磨,晚景凄凉,哀苦无告,本词即写其晚年满腔愁绪。和她早年"只是生离之愁、暂时之愁、个人之愁"不同,这里所写的是"死别之愁、永恒之愁、个人遭遇与家国兴亡交织在一处之愁"①,使人读后感受更为深切。又如曾令南宋末词人刘辰翁"为之涕下"的《永遇乐》:

落日熔金,暮云合璧,人在何处?染柳烟浓,吹梅笛怨,春意知几

---

① 沈祖棻:《宋词赏析》,上海:上海古籍出版社1980年版,第140页。

许。元宵佳节,融和天气,次第岂无风雨?来相召,香车宝马,谢他酒朋诗侣。　　中州盛日,闺门多暇,记得偏重三五。铺翠冠儿,捻金雪柳,簇带争济楚。如今憔悴,风鬟霜鬓,怕见夜间出去。不如向,帘儿底下,听人笑语。

这首词是作者晚年流寓临安(今杭州)时某一年元宵节所写。整首词将个人的命运与国家民族的命运融合在一起,包含了无限深切的故国兴亡之感和个人流寓之悲。此外如《菩萨蛮》"故乡何处是,忘了除非醉"表现她对沦陷故乡的怀念之情,《蝶恋花》"空梦长安,认取长安道"表现国都汴京沦于金人之手的悲愤之情,《武陵春》中"物是人非事事休,欲语泪先流"的飘零之感,都是时代及个人命运的变化带给清照词内容情感上的变化。

李清照的创作实践了她的词学理论主张,具有鲜明的个人特色和很高的艺术价值。作为一位女性词人,她将女性细腻深婉的心理表现得恰如其分;善于从日常口语中提炼出平易清新的语言,用白描的手法来表现自己真挚的感情,彭孙遹《金粟词话》就评价说:"皆用浅俗之语,发清新之思,词意并工,闺情绝调。"李清照词的艺术风格独树一帜,婉媚中不失清俊疏朗,其《渔家傲》(天接云涛连晓雾)更是颇富豪放精神。艺术上的独特成就使清照词在当时就产生了较大的影响,到了清代,王士禛《花草蒙拾》更视她为婉约词派的代表人物,这位杰出女作家的词史地位得以确定。① 时至今日,李清照的词仍然脍炙人口,感人肺腑,是最受欢迎的珍贵文化遗产之一。

二、张元干及其他南渡爱国词人

南宋初年,面对金人铁蹄和中原沦陷的危急形势,举国上下同仇敌忾,涌现出高涨的爱国浪潮。一向离政治较远的词,在以张元干为首的一批爱国词人手中,也开始跳动着时代的脉搏。

张元干(1091—1161),字仲宗,号芦川居士,又号真隐山人,永福(今福建永泰)人。靖康元年(1126),金兵围汴京,张元干入李纲帅幕,曾亲临城上协助李纲指挥杀敌。后因作词送胡铨,遭到秦桧迫害,于绍兴二十一年(1151)被削籍下狱。著有《芦川归来集》、《芦川词》,今存词180余首。

张元干"在政和、宣和间,已有能乐府声"(周必大《益公题跋》卷二),内容不出酒畔花前,词风清丽婉转,"与秦观、周邦彦可以肩随",题材和风

---

① 谭新红:《李清照词的经典化历程》,《长江学术》2006年第1期。

格都还属于婉约传统。南渡以后的词则关心时事,抒发感慨,词风一变而为慷慨悲凉,"数百年后尚想其抑塞磊落之气"①,成为南宋爱国词的先导。其中最著名的是《贺新郎·送胡邦衡待制》:

> 梦绕神州路。怅秋风、连营画角,故宫离黍。底事昆仑倾砥柱。九地黄流乱注。聚万落、千村狐兔。天意从来高难问,况人情、老易悲难诉。更南浦,送君去。 凉生岸柳催残暑。耿斜河、疏星淡月,断云微度。万里江山知何处。回首对床夜语。雁不到、书成谁与。目尽青天怀今古,肯儿曹、恩怨相尔汝。举大白,听金缕。

绍兴十二年(1142)七月,前此因上书反对和议、请斩秦桧而得罪贬谪至福州的胡铨,又遭陷害而贬谪新州。胡铨离福州之际,张元干作此词以激励其斗志,抚慰其离怀,表现出令人钦佩的政治勇气。词从神州沉陆写起,暗示山河沦陷之祸根是朝廷议和割地,表明胡铨昔日上书反对议和本是爱国正义之举。故土未复,已令人悲愤;而朝廷一再贬黜爱国志士,更使人痛恨。全词悲壮豪迈,无丝毫感伤萎靡之意。他在另一首赠李纲的《贺新郎》(曳杖危楼去)词中,抒发了自己谈笑击贼、"气吞骄虏"的气概,但朝廷主和,致使英雄请缨无路,宝剑生尘。面对这一现实,作者不是沉沦颓废,而是慷慨激昂,力劝李纲乘风"飞举",以救苍生。其悲壮豪迈之气和不甘屈服的抗争精神,一扫北宋末词坛的萎靡气息,为后来辛弃疾、陆游等爱国词人开辟了一条广阔的创作道路。

在张元干的爱国词中,有些并非"金刚怒目"式的,而是委婉地表达自己的深沉情思,如《兰陵王》(卷珠箔)表面上写相思离别,但孤独的漂泊之感和深沉的故国之思溢于言表,于爱国词中别开生面。

除张元干外,李纲、赵鼎、李光、胡铨等"南宋四名臣"和民族英雄岳飞虽然并不以填词著名,但在民族生死存亡关头,他们不仅奋不顾身地致力于保家卫国,而且从不同的侧面表现自己坚强刚毅的生命意志和不屈不挠的斗争精神,为抗金救国而呼号,发出了时代的强音。李纲的《六么令》(长江千里)和《苏武令》(塞上风高)、赵鼎的《满江红》(惨结秋阴)和《花心动》(江月初升)、李光的《水调歌头》(兵气暗吴楚)、胡铨的《好事近》(富贵本无心)、岳飞的《满江红》(怒发冲冠)等词,"皆慷慨激烈,发欲上指。词境虽不高,然足以使懦夫有立志"(陈廷焯《白雨斋词话》卷八)。岳飞的《满

---

① 《四库全书总目》卷一九八《芦川词提要》。

江红》则发出了时代的最强音:

> 怒发冲冠,凭栏处、潇潇雨歇。抬望眼、仰天长啸,壮怀激烈。三十功名尘与土,八千里路云和月。莫等闲、白了少年头,空悲切。　靖康耻,犹未雪。臣子恨,何时灭。驾长车踏破,贺兰山缺。壮志饥餐胡虏肉,笑谈渴饮匈奴血。待从头、收拾旧山河,朝天阙。

这首杰出的爱国主义名篇,表现了作者对恢复中原、统一祖国的必胜信念和对寇掠中原的侵略者的无比仇恨,充满积极进取、昂扬乐观的战斗精神。全词慷慨激昂,音词激越,一气呵成,"千载下读之,凛凛有生气焉"(陈廷焯《云韶集》)。

三、朱敦儒及其他词人

朱敦儒(1081—1159),字希真,号岩壑老人,又称伊水老人、洛川先生,河南洛阳人。能书善画,通器乐,为"洛中八俊"之一。诗词文均擅,尤以词闻名,是与李清照同时的著名词人。词集名《樵歌》,今存词240多首。

靖康之乱前,朱敦儒隐居于洛川,过着逍遥林下的隐士生活,"志行高洁,虽为布衣而有朝野之望"(《宋史》本传)。南渡后避难江西、岭南一带,高宗屡召不起。绍兴五年(1135)赴临安,赐进士出身,任秘书省正字等职,后因"专立异论,与李光交通"(《宋史》本传)而被弹劾罢官,晚年又因秦桧之召而任鸿胪少卿,受到时人非议。秦桧死后,他的政治生涯也告终结,遂在山水之乐中寻求自我解脱。朱敦儒的词典型地反映了他的人生经历,南渡前的狂放、逃难时的仓惶、南渡后的悲愤、晚年的闲适在他的词中都有鲜明的体现,词的风格也相应地由前期的清旷豪逸变为南渡前后的凄苦悲怆,晚年则以清疏晓畅见长,语言通俗,明白如话。

南宋词人汪莘在《方壶诗余自序》中曾说:"余于词所爱者三人焉,盖至东坡而一变,其豪妙之气,隐隐然流出言外,天然绝世,不假振作;二变而为朱希真,多尘外之想,虽杂以微尘,而其清气自不可没;三变而为辛稼轩,乃写其胸中事,尤好称渊明。此词之三变也。"从词风的发展看,朱敦儒是由苏向辛演变的一个重要的中介人物。

朱敦儒的词或多或少都有苏轼的影子在。在周邦彦词风盛行的北宋末词坛,苏轼的豪放词风少有人问津,朱敦儒却能积极学习并创作豪放词,如名作《鹧鸪天·西都作》:

> 我是清都山水郎。天教分付与疏狂。曾批给雨支风券,累上留云借月章。　诗万首,酒千觞。几曾著眼看侯王。玉楼金阙慵归去,且

插梅花醉洛阳。

词风豪放飘逸,是他傲视权贵、狂放不羁性格的形象写照。靖康之乱后,朱敦儒经历了国破家亡之痛和颠沛流离之苦,豪放之风更一变而为慷慨激昂,如他在《水龙吟》(放船千里凌波去)中,感叹国家兴亡,呼唤扫妖英雄,并表露自己北客南来而又怀才不遇、报国无门的感慨。又如《相见欢》:

> 金陵城上西楼,倚清秋。万里夕阳垂地,大江流。　中原乱,簪缨散,几时收。试倩悲风吹泪,过扬州。

笔力雄大,气韵苍凉,于短调中蕴万千气象。此外如《采桑子》"万里烟尘,回首中原泪满巾",《朝中措》"登临何处自销忧,直北看扬州",《减字木兰花》"万里东风,国破山河落照红",《沙塞子》"万里飘零南越,山引泪,酒添愁"等,忧时念乱,忠愤之致,触感而生,于悲凉壮慨之中,仍饶清丽之致,不但是对苏轼词风的进一步发扬,而且对辛弃疾有直接的启示意义。

黄昇《中兴以来绝妙词选》卷一说朱敦儒"天资旷远,有神仙风致"。这种个性风神使他的部分词作具有苏轼词清旷豪逸的境界,如《念奴娇》:

> 插天翠柳,被何人、推上一轮明月。照我藤床凉似水,飞入瑶台琼阙。雾冷笙箫,风轻环佩,玉锁无人掣。闲云收尽,海光天影相接。
>
> 谁信有药长生,素娥新炼就、飞霜凝雪。打碎珊瑚,争似看、仙桂扶疏横绝。洗尽凡心,满身轻露,冷侵萧萧发。明朝尘世,记取休向人说。

很明显,这首词直承苏轼《水调歌头》(明月几时有)而来。苏轼中秋词说:"我欲乘风归去,又恐琼楼玉宇,高处不胜寒。"还只是站在尘世遥望星空,抒发人世间的夐独情怀。朱敦儒则"飞入瑶台琼阙",直接在天宫中作神仙游,其写月中佳境,读之令人神怡目爽。这首词虽然沉厚不及苏词,但想象奇特,自有一股飘逸之气。这种与天地精神独相往来的心境在其《好事近·渔父词》中也有深刻体现:

> 摇首出红尘,醒醉更无时节。活计绿蓑青笠,惯披霜冲雪。　晚来风定钓丝闲,上下是新月。千里水天一色,看孤鸿明灭。

这首词"飘飘有出尘想,读之令人意境翛远"(梁启超《饮冰室评词》),体现了他回归自然、超然物外的精神。

除了风格上学习苏轼,朱敦儒在词的创作方法上也步武苏轼。苏轼以诗为词,朱敦儒则进一步以文为词、以议论为词,如"行到路穷时,果别有真山真水"(《蓦山溪》),"都齐醉也,说甚是和非"(《蓦山溪》),"你但莫多愁早老,你但且不分不晓"(《忆帝京》),"此生老矣,除非春梦,重到东周"(《雨中花》)等,议论化、散文化的倾向都非常明显,到了辛弃疾手里,这一倾向被发扬光大。

朱敦儒词宛丽清畅,独步一时。然而晚年由于"老爱其子,而畏避窜逐,不敢不起"(周必大《二老堂诗话》),受秦桧之召而任鸿胪少卿,受到人们讥议,也影响了其词的传播。直到清末民国年间,朱敦儒的作品才被重视,然而也是有限的重视。①

同时的叶梦得、向子諲、陈与义、陈克、王以宁、邓肃等也都是当时比较著名的词人,他们的词同样蕴含着时代乱离之感和深沉的人生感慨。

第二节　辛弃疾与辛派词人

12世纪下半叶的南宋前中期词坛,是两宋词史上最为辉煌的一段时期,流派纷呈,大家辈出。其中以辛弃疾为代表的爱国词派,阵容甚壮,贯穿于整个南宋时期。它上承苏轼,南宋初一些"中兴名臣"为之前驱,陆游、陈亮等爱国志士为之羽翼,之后犹不乏有力的后继者;它的余波,直到宋末未歇。有了辛弃疾词派,南宋词坛才从宣和以来的袅袅余音中转向了"虎虎有生气"的局面。②

一、辛弃疾

辛弃疾(1140—1207),字幼安,号稼轩,历城(今山东济南)人。平生志在抗金复国,但入南宋后不获重用,无缘在战场上施展身手,故郁郁不得志。虽然累任安抚使,但每任不久即被调离,或罢职闲居。辛弃疾是南宋最杰出的爱国词人,他继承了苏轼以来的豪放词风和南渡词人的爱国主义思想,进一步扩大了词的表现领域,提高了词的社会功能,使词境变得更为雄奇阔大,把词推向更高的阶段。他一生精力都贯注在词上,是两宋存词最多的词人,今存世仍有626首。

谢枋得《祭辛稼轩先生墓记》说辛弃疾有"英雄之才,忠义之心,刚大之气",他的词典型地反映了这种胸怀。辛弃疾词题材多样,具有广阔的社会内容,但作为一生都矢志不移的抗金志士,英雄情怀和坚定的爱国主义思想贯穿他所有的作品。

---

① 参见邓子勉校注《樵歌》前言,上海:上海古籍出版社1998年版。
② 吴熊和:《唐宋词通论》,杭州:浙江教育出版社1989年版,第231页。

辛弃疾文武双全,智勇兼备,在当时即有"青兕"、"真虎"、"前身诸葛"之誉。他的门生范开在《稼轩词序》中说:"公一世之豪,以气节自负,以功业自许,方将敛藏其用以事清旷,果何意于歌词哉?直陶写之具耳。"词人在词中描写的,突破了传统的歌儿舞女形象,而是大量英雄形象,抒发的也是英雄情怀,如《水调歌头·舟次扬州和人韵》:

> 落日塞尘起,胡骑猎清秋。汉家组练十万,列舰耸高楼。 谁道投鞭飞渡,忆昔鸣髇血污,风雨佛狸愁。季子正年少,匹马黑貂裘。

这是词的上片。词人以热烈奔放的笔调,歌颂了宋军大败金兵的英雄业绩,描绘了"匹马黑貂裘"的少年英雄形象。他在《鹧鸪天》的上片中也追忆了自己年轻时的英雄行径:"壮岁旌旗拥万夫,锦襜突骑渡江初。燕兵夜娖银胡觮,汉箭朝飞金仆姑。"回忆自己一生中令人难忘的那一段聚众抗金、跃马杀敌的辉煌经历,青年英雄叱咤风云的英姿跃然纸上。1185 年,词人 45 岁生日,韩元吉作《水龙吟》为寿,他即填词相和:

> 渡江天马南来,几人真是经纶手?长安父老,新亭风景,可怜依旧。夷甫诸人,神州沉陆,几曾回首。算平戎万里,功名本是,真儒事,公知否? 况有文章山斗,对桐阴、满庭清昼。当年堕地,而今试看,风云奔走。绿野风烟,平泉草木,东山歌酒。待他年整顿乾坤事了,为先生寿。

词人写这首词时正被劾落职,退居上饶带湖,但作品却没有丝毫的颓废之感,而是以收复神州的国家大事相期,以整顿乾坤的宏伟抱负共勉,以英雄许人,亦以英雄自许,痛快淋漓地表达自己的英雄主义情怀。他晚年退居瓢泉,其《卜算子》一词还塑造了一位"叹息曹瞒老骥诗,伏枥如公者"的老英雄形象。他所开创的"英雄"词风,千百年来激励了无数中华儿女!

辛弃疾具有坚定不移的、强烈的爱国主义思想。回归南宋后,他念念不忘北方故土,渴望能够收复中原失地。他在《菩萨蛮·书江西造口壁》中说:

> 郁孤台下清江水,中间多少行人泪。西北望长安,可怜无数山。
> 青山遮不住,毕竟东流去。江晚正愁予,山深闻鹧鸪。

词作于淳熙三年(1176)春,时作者任江西提点刑狱。上片从怀古发端,回忆 40 多年前金兵侵扰赣西、人民遭受苦难的情景;接着笔锋转到当前中原尚未恢复的现实,令人感慨万端。作者一方面满怀热望,另一方面又为自己只能羁留后方而壮志难酬深感痛苦。

这种英雄主义情怀和爱国主义思想结合起来,就会产生震撼人心的力量。如《水龙吟·登建康赏心亭》:

> 楚天千里清秋,水随天去秋无际。遥岑远目,献愁供恨,玉簪螺髻。落日楼头,断鸿声里,江南游子。把吴钩看了,栏干拍遍,无人会、登临意。　　休说鲈鱼堪脍。尽西风、季鹰归未。求田问舍,怕应羞见,刘郎才气。可惜流年,忧愁风雨,树犹如此。倩何人,唤取红巾翠袖,揾英雄泪。

此词作于淳熙间建康通判任上。时作者南归已久,但得不到重用,满腔爱国热忱无人理解,请缨无路,欲退隐而心又不甘,眼看流年虚度,内心陷于矛盾痛苦之中。不被知遇、叹息流年的英雄泪与忧时救国、共图恢复的爱国主义情怀交相辉映。又如《永遇乐·京口北固亭怀古》:

> 千古江山,英雄无觅,孙仲谋处。舞榭歌台,风流总被,雨打风吹去。斜阳草树,寻常巷陌,人道寄奴曾住。想当年,金戈铁马,气吞万里如虎。　　元嘉草草,封狼居胥,赢得仓皇北顾。四十三年,望中犹记,烽火扬州路。可堪回首,佛狸祠下,一片神鸦社鼓。凭谁问,廉颇老矣,尚能饭否。

开禧元年(1205),辛弃疾知镇江府,时韩侂胄准备北伐。作者深忧于朝廷轻敌冒进,写下了这首怀古词。词中写五个"古人"、五件"古"事,但用意各有不同。写孙权的"英雄"、刘裕的"气吞万里如虎",是表示自己心怀追慕和对本朝无此"英雄"之主的含蓄讽刺。写"草草"北伐而招致大败的刘义隆,是有感于韩侂胄的"草草"出兵,流露出对现实、对北伐的忧虑。结句回到自身,以廉颇自况,表明词人迟暮之年犹有雄才大略,然终不得重用的悲愤。辛弃疾的英雄主义情怀和爱国主义思想振奋了当时萎靡不振的士气和民风,"公没,西北忠义始绝望"(谢枋得《祭辛稼轩先生墓记》)。

"袖里珍奇光五色,他年要补天西北"(《满江红》),"要挽银河仙浪,西北洗胡沙"(《水调歌头》),词人的志向本来是要抗击金人,收复失地,然而有志不获骋,英雄壮志难酬的满腔悲愤之情可以想见。他因而对投降派进行了愤怒的谴责:

> 更能消、几番风雨,匆匆春又归去。惜春长恨花开早,何况落红无数。春且住。见说道、天涯芳草迷归路。怨春不语。算只有殷勤,画檐

蛛网,尽日惹飞絮。　　长门事,准拟佳期又误。蛾眉曾有人妒。千金纵买相如赋,脉脉此情谁诉。君莫舞。君不见、玉环飞燕皆尘土。闲愁最苦。休去倚危楼,斜阳正在,烟柳断肠处。(《摸鱼儿·淳熙己亥,自湖北漕移湖南,同官王正之置酒小山亭,为赋》)

作者用象征手法,指斥群小,讽喻现实,满腔郁勃不平之气喷薄而出。类似的例子还有很多,如:"夷甫诸人,神州沉陆,几曾回首"(《水龙吟》);"长剑倚天谁问,夷甫诸人堪笑,西北有神州"(《水调歌头》)。西晋末宰相王衍字夷甫,喜空谈,不顾国事,弄得国家破亡。词人借用他的误国罪行尖锐抨击了只知空谈、不图恢复的南宋当权者。

辛弃疾南归40余年中,有20年投闲置散,在江西上饶带湖、铅山瓢泉过着隐居生活。乡村田园给他带来独特的审美感受,成为他摆脱失意苦闷的精神家园。20年的乡居生活,使他对自然清新的农村风景、纯朴恬淡的乡间风情有着深刻的体会,从而写出了许多清新疏朗的农村词。如《鹧鸪天·代人赋》:

陌上柔桑破嫩芽。东邻蚕种已生些。平冈细草鸣黄犊,斜日寒林点暮鸦。　　山远近,路横斜。青旗沽酒有人家。城中桃李愁风雨,春在溪头荠菜花。

此词写于罢归闲居期间,歌咏农村景色,表现乐守田园、不求出仕之意。《西江月·夜行黄沙道中》也是一首描写乡村景致的佳作:

明月别枝惊鹊,清风半夜鸣蝉。稻花香里说丰年。听取蛙声一片。　　七八个星天外,两三点雨山前。旧时茅店社林边。路转溪桥忽见。

词人采取移步换景的方法,调动夜行中视觉、听觉、触觉、嗅觉等多种感受,选取月、树、鹊、风、蝉、稻、蛙等构成一幅动静相间、情趣盎然的田园夜景图。

除了善于描绘乡村景致,辛弃疾也善于表现农村生活的乐趣,如《清平乐》:

茅檐低小,溪上青青草。醉里蛮音相媚好,白发谁家翁媪。　　大儿锄豆溪东,中儿正织鸡笼。最喜小儿亡赖,溪头卧剥莲蓬。

通篇只有46个字,却用白描的手法为我们描绘了5个各具面目、形态逼真的个性化人物:喝酒谈笑的白发老两口、田间劳作的长子、编织鸡笼的次子、卧剥莲蓬的小儿子,写得非常传神。看似寻常却奇崛,作者观察生活之细致、艺术概括力之高,令人叹为观止。

辛弃疾不但在词的内容题材上有极大的开拓,而且确立了词的豪放风格,创造了雄奇阔大的意境,丰富了词的表现手法和语言技巧。

《四库全书总目》卷一九八《稼轩词提要》云:"其词慷慨纵横,有不可一世之概,于倚声家为变调;而异军特起,能于剪红刻翠之外,屹然别立一宗,迄今不废。"辛弃疾被公认为豪放词派的代表作家,与苏轼并称为"苏辛"。他的词"大声镗鞳,小声铿鍧,横绝六合,扫空万古,自有苍生以来所无"(刘克庄《辛稼轩集序》)。辛弃疾将其英雄情怀、报国志向以及满腔的忠愤不平之气注入词中,使作品显得激昂雄健、豪迈奔放。

豪放是辛词的主体风格,但稼轩词中还有很多写得情致缠绵、词意婉约,"其秾纤绵密者,亦不在小晏、秦郎之下"(刘克庄《辛稼轩集序》)。如《祝英台近·晚春》:

> 宝钗分,桃叶渡。烟柳暗南浦。怕上层楼,十日九风雨。断肠片片飞红,都无人管,倩谁唤、流莺声住。　　鬓边觑。试把花卜心期,才簪又重数。罗帐灯昏,呜咽梦中语。是他春带愁来,春归何处。却不解、带将愁去。

此词缠绵悱恻、细腻深微,在豪放之外别具一格。辛弃疾还注意向婉约词人学习,如《丑奴儿》是"博山道中效李易安体",《唐河传》、《河渎神》是"效花间体",《玉楼春》是"效白乐天体"等等,表明他广泛地向前人学习,从而使自己的作品呈现出多姿多彩、不拘一格的风貌。

作为一位英雄词人、爱国词人,辛弃疾创造了雄奇阔大的意境。为了与自己的英雄情怀相适应,辛弃疾往往选择阔大的场面、雄伟的景物进行描写,如《沁园春·灵山齐庵赋》中的"叠嶂西驰,万马回旋,众山欲东",写群山犹如万马奔腾,化静为动,使静态的形象飞动起来,境界雄奇;又如《摸鱼儿·观潮上叶丞相》写钱塘潮"望飞来、半空鸥鹭,须臾动地鼙鼓。截江组练驱山去,鏖战未收貔虎",将潮水的轰鸣声比作动地的战鼓,将汹涌的江潮比作鏖战的千军万马,气势骇人;此外如《水调歌头·和王正之右司吴江观雪见寄》形容雪景是"千里玉鸾飞",《沁园春·再到期思卜筑》描绘长桥是"千丈晴虹",气象都格外阔大。这与辛词豪放的风格、英雄的情怀和爱国的思想恰相一致。

"年来不为众人所容,恐言未脱口而祸不旋踵。"(辛弃疾《论盗贼札子》)为了避免祸患,在表现手法上,辛词很多时候继承了《诗经》和屈原《离骚》"香草美人"的比兴寄托传统,并将其与婉约词委婉曲折的特点结合起来。这方面公认的代表作是《摸鱼儿》(更能消几番风雨),在伤春和宫怨的外衣下,表现的却是年华虚度、功名未就的难堪处境,抒写的是屡遭毁谤、报国无门的不平之情。又如《青玉案·元夕》:

> 东风夜放花千树。更吹落、星如雨。宝马雕车香满路。凤箫声动,玉壶光转,一夜鱼龙舞。　　蛾儿雪柳黄金缕。笑语盈盈暗香去。众里寻他千百度。蓦然回首,那人却在,灯火阑珊处。

词用夸张的笔法,大力渲染临安上元节满城灯火、满街游人、通宵欢乐的热闹景象。过片写到了观灯的诸多女郎,而自己追慕的是一个不同凡俗、自甘寂寞而又有些迟暮之感的美人。从作者始终不渝地坚持抗战理想看,这正是他的自况,反映了他在政治失意以后,宁愿闲居也不肯同流合污的高贵品质。词人的很多咏史怀古词,也都是借历史事件和历史人物来浇胸中块垒。

辛弃疾打破了词与他类文体的界限,熔经铸史,驱遣诗文入词。吴衡照《莲子居词话》卷一即云:"辛稼轩别开天地,横绝古今,论、孟、诗小序、左氏春秋、南华、离骚、史、汉、世说、选学、李杜诗,拉杂运用,弥见笔力之峭。"难得的是,辛弃疾往往能够用得不露痕迹,如同己出。如《沁园春·带湖新居将成》,就融合了汉代蒋诩隐居时于门前开三径和晋朝张翰莼鲈堪脍的典故,又化用孔稚珪《北山移文》中"蕙帐空兮夜鹤怨,山人去兮晓猿惊"、白居易《游悟真寺》中"抖擞尘埃衣,礼拜冰雪颜"及《离骚》中"夕餐秋菊之落英"、"纫秋兰以为佩"等成语,与从口语中提炼出来的明白晓畅而又富于感染力的语言,构成了一个浑然一体的艺术世界。他还注意语言的散文化、口语化,如《贺新郎》中"甚矣吾衰矣。怅平生、交游零落,只今余几"、《西江月》中"昨夜松边醉倒,问松我醉何如?只疑松动要来扶,以手推松曰去",都是在词中融进散文句式,使感情的宣泄更加淋漓尽致,作品的气势更为流注奔放。

作为中国文学史上罕见的英雄豪杰,辛弃疾一生坚持抗金,然有心杀敌却无路请缨,满腔忠愤发之于词。他充满了战斗激情和浪漫主义色彩,影响了其后无数的仁人志士,"南宋诸公,无不传其衣钵"(周济《宋四家词选目录序论》)。其实他的词不只是影响了南宋爱国词坛,蕴涵在辛词中振聋发聩的战斗力量,也激励了历朝历代处于深重危机中的中华民族。

二、张孝祥

张孝祥(1132—1169),字安国,号于湖,历阳(今安徽和县)人。读书过目不忘，下笔顷刻数千言，与苏轼一样，都是天才型人物。高宗绍兴二十四年（1154）状元及第，历官起居舍人、权中书舍人。孝宗即位，历知平江府，直学士院，兼领建康留守、知静江府兼广南西路、荆南荆湖北路安抚使。可惜英年早逝，享年仅38岁。有《于湖词》，一作《于湖居士长短句》，存词220多首。

张孝祥既是南渡词人与辛派词人之间的过渡人物，也是联系苏轼和辛弃疾的纽带。他积极主动地向苏轼学习，"每作为诗文，必问门人曰：'比东坡何如？'"（叶绍翁《四朝闻见录》乙集）加之胸襟和笔力都相仿佛，因此风格意境颇有近似苏轼的地方，如《念奴娇·过洞庭》：

> 洞庭青草，近中秋、更无一点风色。玉鉴琼田三万顷，著我扁舟一叶。素月分辉，明河共影，表里俱澄澈。悠然心会，妙处难与君说。
> 应念岭海经年，孤光自照，肝肺皆冰雪。短发萧骚襟袖冷，稳泛沧浪空阔。尽吸西江，细斟北斗，万象为宾客。扣舷独啸，不知今夕何夕。

这首词境界空灵奇幻，情怀豪旷飘逸，似竟有超越苏轼中秋词之处。王闿运《湘绮楼词选》即云："飘飘有凌云之气，觉东坡《水调》犹有尘心。"

张孝祥也是一位坚定的主战派人士，在建康（今南京）留守任内，极力襄赞张浚的北伐计划，受到主和派的打击。他的词具有深厚的爱国主义思想内容，如被陈廷焯《白雨斋词话》卷六赞为"淋漓痛快，笔饱墨酣，读之令人起舞"的《六州歌头》：

> 长淮望断，关塞莽然平。征尘暗，霜风劲，悄边声。黯销凝。追想当年事，殆天数，非人力，洙泗上，弦歌地，亦膻腥。隔水毡乡，落日牛羊下，区脱纵横。看名王宵猎，骑火一川明。笳鼓悲鸣。遣人惊。　念腰间箭，匣中剑，空埃蠹，竟何成。时易失，心徒壮，岁将零。渺神京。干羽方怀远，静烽燧，且休兵。冠盖使，纷驰骛，若为情。闻道中原遗老，常南望、羽葆霓旌。使行人到此，忠愤气填膺。有泪如倾。

这是南宋爱国词中的名篇。词中有山河沦陷、唯存半壁江山的悲恨，有对敌人猖狂的愤怒，有报国无门的痛苦，有对朝廷和议和投降的不满，有对盼望恢复的"中原遗老"的关切，有对"当年事"与现实形势的理性思考与分析。一首词中包含如此深广的现实与历史内容，在宋词中实为罕见。此外如《水调歌头·猩鬼啸篁竹》寄望湖南安抚使刘珙能完成"一举朔庭空"的抗金大业，《水调歌头·雪洗虏尘静》高度赞扬虞允文指挥的"采石城之战"，《满江红·千古凄凉》借怀古以讽今，都是以"诗人之句法"抒发豪情壮志，风格骏发踔厉,成为辛派词人的先驱。

三、陆游

陆游虽以诗名家,但其词在文学史上也有重要地位。从南宋开始,人们论词就多辛、陆并提,如刘克庄《翁应星乐府序》说:"至于酒酣耳热,忧时愤世之作,又入阮籍、唐衢之哭也。近世唯辛、陆二公有此气魄。"王士禛《倚声初集序》称苏轼、辛弃疾、陆游、刘过的词是"英雄之词",并说:"语其变,则眉山导其源,至稼轩、放翁而尽变,陈、刘其余波也。"都把陆游当做苏辛词派的重要一员。的确,陆游的词和他的诗一样,充满了爱国主义精神,风格也偏于豪放一路,如《诉衷情》:

当年万里觅封侯,匹马戍梁州。关河梦断何处,尘暗旧貂裘。
胡未灭,鬓先秋,泪空流。此生谁料,心在天山,身老沧洲。

又如《谢池春》:

壮岁从戎,曾是气吞残虏。阵云高,狼烟夜举。朱颜青鬓,拥雕戈西戍。笑儒冠自来多误。　功名梦断,却泛扁舟吴楚。漫悲歌,伤怀吊古。烟波无际,望秦关何处。叹流年又成虚度。

两首词的上片都描写了年轻时的豪情壮举,充满了英雄之气和爱国豪情;下片则抒发壮志成空后悲愤不平和忧时愤世的思想感情。辛弃疾、陆游这类以写悲情见长的词,"稼翁词悲而壮,如惊雷怒涛,雄视千古;放翁词悲而郁,如秋风夜雨,万籁呼号"(陈廷焯《云韶集》卷六)。二人的风格同中有异。

刘克庄《后村大全集》卷一八〇《诗话续集》说:"放翁长短句,其激昂感慨者,稼轩不能过;飘逸高妙者,与陈简斋、朱希真相颉颃;流丽绵密者,欲出晏叔原、贺方回之上。"肯定了陆游词风格的多样性。陆游曾得朱敦儒赏识,创作上也受其影响,故其词不乏飘逸高妙之作,如《好事近》:

溢口放船归,薄暮散花洲宿。两岸白蘋红蓼,映一蓑新绿。　有沽酒处便为家,菱芡四时足。明日又乘风去,任江南江北。

词中以酒店为家、以菱芡为食、乘风于江南江北的渔父形象,逍遥自适、悠然世外,的确有近似朱敦儒恬淡飘逸的一面。而其名篇《卜算子》(驿外断桥边)传达梅花孤高自赏、百折不挠的精神品格,也是受了朱敦儒《卜算子》(古涧一枝梅)的影响。

与辛弃疾一样,陆游填词也喜用典故,"时时掉书袋,要是一癖"(刘克庄《后村诗话》)。但辛弃疾用典用得活络熟练,丝毫无损词的真气,陆游就要稍逊一筹了。此外,陆游的《水龙吟》(摩诃池上追游路)、《临江仙》(鸠雨催成新绿)、《夜游宫》(宴罢珠帘半卷)等词绵密流丽,风格接近晏几道。《月照梨花》一词更是直逼《花间》俗靡一路,难怪他会"晚而悔之"了(陆游《长短句序》)。加之陆游是"有意要做诗人"(刘熙载《艺概·诗概》),填词只是以余力为之,他对词虽喜好而又心存鄙视的矛盾态度,都影响了他在词坛的成就。

四、陈亮

陈亮(1143—1194),字同甫(同父),学者称龙川先生,婺州永康(今属浙江)人。为人才气超迈,喜谈兵,议论风生,下笔数千言立就。一生三下大狱。51岁状元及第,然次年未赴官即病逝。有《龙川文集》、《龙川词》。

刘熙载《艺概》说:"陈同甫与稼轩为友,其人才相若,词亦相似。"陈亮是与辛弃疾志同道合的思想家、文学家。同为坚定的主战派人士,陈亮豪放词风与辛弃疾颇为近似,如《水调歌头·送章德茂大卿使虏》:

> 不见南师久,谩说北群空。当场只手,毕竟还我万夫雄。自笑堂堂汉使,得似洋洋河水,依旧只流东。且复穹庐拜,会向藁街逢。 尧之都,舜之壤,禹之封,于中应有,一个半个耻臣戎。万里腥膻如许,千古英灵安在,磅礴几时通。胡运何须问,赫日自当中。

陈亮善于议论,他在《与郑景元提幹》中曾说自己填词是"本之以方言俚语,杂之以街谈巷歌,抟搦义理,劫剥经传,而卒归之于曲学之律,可以奉百世豪英一笑"。这首词纵论时事,吞吐开阖,对苟安妥协的局面深表愤慨,对未来则充满了必胜的信念,典型地体现了这一方面的特点。全词大气磅礴,豪情激荡,读后令人热血沸腾,精神振奋,确如陈廷焯《白雨斋词话》卷一所说"精警奇肆,几于握拳透爪。可作中兴露布读"。

《龙川词》中既有豪放之作,也有风格幽秀的作品,如《水龙吟·春恨》借春恨隐寓时代愁、家国恨,婉约隽永,韵致独标,在陈亮词中别具一格。

五、刘过

刘过(1154—1206),字改之,号龙洲道人,吉州太和(今江西泰和)人。为人慷慨任气,以诗侠名江湖间,终身未仕。黄昇《花庵词选》说:"改之,稼轩之客。词多壮语,盖学稼轩者也。"有《龙洲词》。

刘过以一介布衣之身心系国家命运,他抱着"不斩楼兰心不平"(《沁园春·张路分秋阅》)、"算整顿乾坤终有时"(《沁园春·寄辛稼轩》)的壮志和信心,渴望收复中原失地,不少词富于现实感和批判精神。如《六州歌头》(吊武穆鄂王忠烈庙)歌颂岳飞虽死犹生,而对统治者"狡兔依然在,良犬先烹"的无耻则给予了辛辣的讽刺。又如在扬州写的感怀之作《六州歌头》(镇长淮),上片通过昔日繁华与如今萧条景象的强烈对比,抒发了"笙歌散,衣冠渡"的愁情,并一针见血地指出:血战只是成就了将军们的封侯;下片则扩大视野,吊古伤今,交织着国事沧桑和个人身世飘零之感。

刘过曾是辛弃疾的座上客,对辛十分崇拜,填词也是以辛弃疾为学习楷模。他的名作《沁园春》(斗酒彘肩)突破时空界限,把不同时代的名士请来与自己同游,构思奇特,妙趣横生,体现出作者豪放不羁的个性,受辛弃疾《沁园春》(我志在寥阔)的影响而又独具面目。其《唐多令·安远楼小集》豪放清越而又婉转含蓄,为学稼轩而得其神者:

  芦叶满汀洲。寒沙带浅流。二十年、重过南楼。柳下系舟犹未稳,能几日、又中秋。黄鹤断矶头。故人今在不。旧江山浑是新愁。欲买桂花同载酒,终不是、少年游。

刘熙载《艺概·词曲概》说:"刘改之词,狂逸之中,自饶俊致,虽沉着不及稼轩,足以自成一家。"刘过与辛弃疾酬唱赠和时多学辛体,其他的词即使写得跌宕淋漓,也未尝全作辛体,而是有自己的独特风格。他的《沁园春》"咏美人指甲"、"咏美人足"词风侧艳,刻画猥亵,颇乖大雅,以及另外一些粗豪太过的词,都对辛派后劲产生过不良影响。

第三节 姜夔与史达祖

姜夔(1155?—1209),字尧章,号白石道人,鄱阳(今江西波阳)人。年少时侍父居湖北汉阳,20岁后,北游淮楚,南历潇湘。后客居合肥、湖州、杭州等地,是个漂泊江湖、依人门下的清客。姜夔是文艺上的天才型人物,却是政治上的失意者、生活中的落魄者。家富藏书,精于鉴赏,对诗歌理论、书法和音乐都有研究。工诗词,精书法,通乐律,能自度曲,是与辛弃疾双峰并峙的同时代词人。词今传《白石道人歌曲》84首,其中17首旁边标明谱字,是研究宋词乐谱稀有的宝贵资料。

姜夔词在内容上虽然没有什么拓展,仍是感慨时事、抒写身世之感、恋情和咏物等传统题材,但由于独特的生活经历和杰出的表达能力,这些传统题材在他的笔下又焕发出异样的光彩来。

姜夔词中有十四五首是抒写家国兴亡之悲和个人身世之感的,如自度曲《扬州慢》：

> 淮左名都,竹西佳处,解鞍少驻初程。过春风十里,尽荠麦青青。自胡马窥江去后,废池乔木,犹厌言兵。渐黄昏,清角吹寒,都在空城。　　杜郎俊赏,算而今、重到须惊。纵豆蔻词工,青楼梦好,难赋深情。二十四桥仍在,波心荡、冷月无声。念桥边红药,年年知为谁生。

姜夔生活的年代正是宋金讲和时期,偏安一隅的小朝廷在这几十年的"承平"岁月里,朝野荒嬉,置国耻国仇于度外,而江、淮一带生产凋敝,风物荒凉,昔日繁华都市扬州如今也是残破不堪。白石二三十岁时数度客游扬州、合肥等处,淳熙三年(1176),作者路过历经战争创伤的扬州,抚今追昔,寄托黍离哀思。除《扬州慢》外,姜夔词中还有不少是抒写哀时伤世的作品,如《八归》中"最可惜,一片江山,总付与啼鴂",《惜红衣》中"维舟试望故国,眇天北",《齐天乐》中"候馆吟秋,离宫吊月,别有伤心无数",都含有家国之恨。

"少小知名翰墨场,十年心事只凄凉。"(《除夜自石湖归苕溪》)词人虽才华极高,却一生潦倒困顿,内心里始终充溢着一种飘零无着的身世之痛,如《玲珑四犯·越中岁暮闻箫鼓感怀》：

> 叠鼓夜寒,垂灯春浅,匆匆时事如许。倦游欢意少,俯仰悲今古。江淹又吟恨赋。记当时、送君南浦。万里乾坤,百年身世,唯有此情苦。　　扬州柳,垂官路。有轻盈换马,端正窥户。酒醒明月下,梦逐潮声去。文章信美知何用,漫赢得、天涯羁旅。教说与,春来要寻、花伴侣。

宋光宗绍熙四年(1193),作者在越中度岁,写下了这首岁暮感怀之作。在词中,他抒发了自己身世飘零、怀才不遇的苦闷心情。

咏物是我国古代各体文学中常见的题材类型之一。随着词体的兴盛,咏物词也大量涌现,名家辈出,名作如林,成为宋词中最具审美价值的类型之一。姜夔的咏物词有二三十首,虽然在两宋没有辛弃疾、吴文英等词人多,但在他自己的词中却是分量最多的一类。他的咏物词寄托遥深。张炎《词源》曾说:"词之赋梅,惟姜白石《暗香》、《疏影》二曲,前无古人,后无来者,自立新意,真为绝唱。"并称赞姜夔咏物词"皆全章精粹,所咏了然在目,且不留滞于物"。如自度曲《暗香》：

> 旧时月色。算几番照我,梅边吹笛。唤起玉人,不管清寒与攀摘。何逊而今渐老,都忘却、春风词笔。但怪得、竹外疏花,香冷入瑶席。
> 江国。正寂寂。叹寄与路遥,夜雪初积。翠尊易泣。红萼无言耿相忆。长记曾携手处,千树压、西湖寒碧。又片片、吹尽也,几时见得。

此词系咏梅名作。他将作为审美对象的梅花、所怀念的"人"和"我"三者融为一体。就咏梅言,句句不离梅花,梅之"冷香"、"红萼"、花飞及其月照、雪压等时空环境一一写出;从怀人角度言,处处又是写"我"对"玉人"之追思、忆念,过去"吹笛"、"攀摘"、"携手"同游等生活情境也一一呈现,还写出"我"的种种情怀,梅、我、人三者结合,天衣无缝、水乳交融,实是巧夺天工!又如《疏影》:

> 苔枝缀玉。有翠禽小小,枝上同宿。客里相逢,篱角黄昏,无言自倚修竹。昭君不惯胡沙远,但暗忆、江南江北。想佩环、月夜归来,化作此花幽独。　犹记深宫旧事,那人正睡里,飞近蛾绿。莫似春风,不管盈盈,早与安排金屋。还教一片随波去,又却怨、玉龙哀曲。等恁时、重觅幽香,已入小窗横幅。

这首词是《暗香》的姊妹篇,但构思、取材角度迥异。《暗香》将梅、我、人三合为一,而此篇则将梅花当做一位佳人来写,梅花与佳人二合为一。全词化用历史、传说中的五位女性,从不同角度表现梅之处境、品格、心态,以梅花神写其风姿神态,以倚竹佳人写其孤洁品格,以昭君写其"幽独"情怀,以寿阳公主写其容颜,以阿娇写主体对梅花之爱惜。每位用以比拟的佳人均置于特定的时空环境中,犹如五个摇动的镜头,构成一幅完整的画面。读者由此不仅可领略到梅花的风神,更可将想象延伸向广阔的历史空间,由佳人们的种种命运和境遇去深思家国的旧愁新恨。

姜夔 20 多岁在合肥爱上一名琵琶歌妓,别后多年仍是念念不忘,他很多爱情词就是写给这位歌妓的。[①] 如《踏莎行·自沔东来,丁未元日至江陵,江上感梦而作》:

> 燕燕轻盈,莺莺娇软,分明又向华胥见。夜长争得薄情知,春初早被相思染。　别后书辞,别时针线。离魂暗逐郎行远。淮南皓月冷千山,冥冥归去无人管。

---

① 夏承焘:《行实考·合肥词事》,《姜白石词编年笺校》附录,上海:上海古籍出版社 1981 年版。

据词序可知，这首词是姜夔于淳熙丁未年(1187)随萧德藻离湘鄂往湖州，途经金陵时"江上感梦"而作。从"淮南皓月冷千山，冥冥归去无人管"可以推想，词人翘望合肥怀念的正是这位琵琶妓。词情缠绵宛转，意境恍惚凄迷，语言高远挺拔，在婉约词中别开一境。又如被陈廷焯《词则·大雅集》卷三评为抒写"海枯石烂之情"的《长亭怨慢》：

  渐吹尽、枝头香絮。是处人家，绿深门户。远浦萦回，暮帆零乱向何许。阅人多矣，谁得似、长亭树。树若有情时，不会得、青青如此。　　日暮。望高城不见，只见乱山无数。韦郎去也，怎忘得、玉环分付。第一是、早早归来，怕红萼、无人为主。算空有并刀，难剪离愁千缕。

词抒离情，托物寄兴，着笔淡雅，迥别于花间情词。

  姜夔的绝大部分词是用"洗炼的语言，低沉的声调来写他冷僻幽独的个人心情"①。相对于内容，姜夔词在艺术创造上的贡献更大。张炎《词源》卷下曾概括姜词兼具清空、骚雅之长。所谓清空是指意境空灵含蓄，"如野云孤飞，去留无迹"(张炎《词源》卷下)，抒情记事时避免直露，写景咏物时遗貌取神，长于侧面烘托。如《点绛唇·丁未冬过吴松作》：

  燕雁无心，太湖西畔随云去。数峰清苦。商略黄昏雨。　　第四桥边，拟共天随住。今何许？凭阑怀古，残柳参差舞。

宋孝宗淳熙十四年(1187)冬，词人自吴兴往苏州见范成大，途经吴淞，写下了这首怀古词。词的结句通过随风飘舞的残柳表现迷茫怅惘的心情，以景结情，余味无穷，无限哀感都在虚处，典型地体现了姜词清空的特色。

  姜夔词的清空不是空无所有，而是蕴骚雅之趣，他继承了《诗经》和《楚辞》的比兴寄托传统，能于词中寓意见志。他这类作品旨遥意深，蕴含着对那个时代的深悲巨痛和一己的孤寂清冷情怀。

  "清空"便有意趣，"骚雅"便有格调，作品的意境也就显得高远。陈郁《藏一话腴》称其："襟怀洒落，如晋、宋间人。意到语工，不期高远而自高远。"姜夔以江西诗派清劲瘦硬的健笔来改造晚唐以来温、韦、柳、周靡曼软媚之词，加之他又学习辛弃疾词风，"变雄健为清刚，变驰骤为疏宕"(周济《宋四家词选序论》)，从而开创出一种高远峭拔的全新境界，戈载《宋七

---

① 夏承焘：《论姜白石的词风》，《姜白石词编年笺校》，上海：上海古籍出版社1981年版，第9页。

家词选》因此而称他为词中之圣。

姜夔在词史上最大的贡献就是创立了一种清空骚雅而又高远的新的美学风貌,使婉约词、雅词达到了艺术的顶峰。此外,由于精通音乐,姜夔的词音节谐婉,其自创调声情吻合,精深华妙,音节文采冠绝一时。姜词小序情韵兼胜,自有词序以来,不得不推姜夔词序为第一,有很高的文学价值。

姜夔于辛派之外另立一宗,随风影从者甚众,对南宋后期词坛产生过很大的影响,朱彝尊《黑蝶斋诗余序》说:"词莫善于姜夔,宗之者张辑、卢祖皋、史达祖、吴文英、蒋捷、王沂孙、张炎、周密、陈允平、张翥、杨基,皆具夔之一体。"汪森《词综序》也说:"鄱阳姜夔出,句琢字炼,归于醇雅。于是史达祖、高观国羽翼之,张辑、吴文英师之于前,赵以夫、蒋捷、周密、陈允平、王沂孙、张炎、张翥效之于后。譬之乐,舞箾至于九变,而词之能事毕矣。"到了清代,浙西词派奉姜夔为圭臬,曾形成"家白石而户玉田"(朱彝尊《静惕堂词序》)的盛况,影响深远。

史达祖,字邦卿,号梅溪,汴(今河南开封)人。宁宗开禧年间,为宰相韩侂胄堂吏。韩侂胄事败被杀,史也随之贬死,颇为士林所不喜。史达祖妙解音律,也能自度曲,《双双燕》、《东风第一枝》等词调就由他独创。著有《梅溪词》,存词122首。

词史上,史达祖与高观国齐名,但成就在高之上。姜夔给他的词集写序,称其词"融情景于一家,会句意于两得",具有"奇秀清逸"的风格。[①] 张镃《梅溪词序》也说他的词"辞情俱到,织绡泉底,去尘眼中,妥帖轻圆,特其余事。至于夺苕艳于春景,起悲音于商素,有瑰奇警迈、清新闲婉之长,而无泡荡污淫之失,端可以分镳清真、平睨方回,而纷纷三变行辈,几不足比数"。清人彭孙遹《金粟词话》更是夸他为南宋第一词人。这些评价不无溢美,但梅溪词确有值得称道的地方,主要体现在以下两点。

一是他善于塑造形象、摹写物态,其咏物词更是写得清新流丽,具有很高的艺术价值。如《绮罗香》:

> 做冷欺花,将烟困柳,千里偷催春暮。尽日冥迷,愁里欲飞还住。惊粉重、蝶宿西园,喜泥润、燕归南浦。最妨它、佳约风流,钿车不到杜陵路。　　沉沉江上望极,还被春潮晚急,难寻官渡。隐约遥峰,和泪谢娘眉妩。临断岸、新绿生时,是落红、带愁流处。记当日、门掩梨花,

---

[①] 姜序全文已佚,仅存数句于黄昇《中兴以来绝妙词选》卷七。

剪灯深夜语。

词咏春雨,未着一"雨"字,却处处写出雨容雨态。词人抓住雨为动态之视觉形象这一特征,从花、柳、蝶、燕、人等多种角度刻画春雨的种种情状,而春雨之迷朦广远、轻细凄清一一绘出。同时,客观之物象又与主体之情思丝丝入扣。体物而传神飞动,言情而物我交融,确为咏物词中上品。此外如《双双燕》咏燕、《东风第一枝》咏春雪,也都堪称咏物绝唱,张炎《词源》卷下称这些词为"全章精粹,所咏了然在目,且不留滞于物"的绝妙篇章。

二是史达祖工于遣辞造句。张炎《词源》卷下称赏他"挺异"的句法,元人陆行直在《词旨》中也肯定了"姜白石之骚雅,史梅溪之句法",清人李调元因爱其"炼句清新,得未曾有",在《雨村词话》卷三中作《史梅溪摘句图》,摘录史达祖词佳句50条,作为学习的范本。

第四节　吴文英

吴文英,生卒年不详,字君特,号梦窗,晚号觉翁,四明鄞县(今浙江宁波)人。本姓翁,与翁元龙、逢龙为亲伯仲,后过继给吴氏。他是一位以布衣终生的江湖游士,先后充当尹焕、吴潜、史宅之、贾似道等权贵的幕僚,也做过宋理宗弟弟嗣荣王赵与芮的门客。吴文英是13世纪前中期的重要词人,创作源流承自周邦彦,而与姜夔各辟路径,二人一实一虚,一密一疏,如双峰并峙,各极其妙。著有《梦窗甲乙丙丁稿》四卷,存词350首。

作为南宋末最重要的婉约词人,吴文英总结了婉约词派的创作原则,他的朋友沈义父在《乐府指迷》中记载了这些原则:

> 盖音律欲其协,不协则成长短之诗;下字欲其雅,不雅则近乎缠令之体;用字不可太露,露则直实而无深长之味;发意不可太高,高则狂怪而失柔婉之意。

第一条是协律,继承的是李清照《词论》中的观点,这是词保持自身文体特征的重要条件之一;第二条求雅,第三条讲究炼字琢句、含蓄不露,总结的都是周、姜词风;第四条特意提出词的立意,认为立意太高词就会散失柔婉的体裁特征。很显然,吴文英是针对苏辛一派以诗为词的创作路数而发的,维护的是词"别是一家"的观念,总结的是从李清照、周邦彦到姜夔的创作原则。戈载《宋七家词选》就说吴文英"与清真、梅溪、白石并为词学正宗,一脉真传,特稍变其面目耳"。

在创作中,吴文英谨守这些原则。除自度曲外,他多用周邦彦、姜夔所创词调,讲究协律。如果说周邦彦的词还有失雅正之音的地方,吴文英则务去市井俗语,遣辞典博雅正。与周邦彦的明秀、姜夔的清空又有不同,吴文英的词思深而曲折,辞隐而幽微,多用代字及生僻之典,追求一种深隐的艺术境界。

吴文英感情丰富,感受敏锐,富于幻想,他常将神话传说、历史遗迹与现实糅合在一起,以创造出如梦如幻的艺术境界。如《八声甘州·陪庾幕诸公游灵岩》:

> 渺空烟四远,是何年、青天坠长星。幻苍厓云树,名娃金屋,残霸宫城。箭径酸风射眼,腻水染花腥。时靸双鸳响,廊叶秋声。　　宫里吴王沉醉,倩五湖倦客,独钓醒醒。问苍波无语,华发奈山青。水涵空、阑干高处,送乱鸦、斜日落渔汀。连呼酒,上琴台去,秋与云平。

这首词是词人游苏州灵岩所作。上片侧重写游览所见,词人化实为虚,调动视觉、听觉、触觉,运以神思,赋予眼前景以奇幻浪漫色彩,同时将现时之景与吴王耽溺于西施美色之历史往事相融合,使得秋风、溪水、树叶等平常景物具有丰富深沉的历史内涵。下片将吊古伤今之情加以糅合,借讽刺吴王荒淫误国以影射现实。这种超越时空、化虚为实的表现方法,在梦窗词中随处可见,如怀念亡姬的名作《风入松》:

> 听风听雨过清明。愁草瘗花铭。楼前绿暗分携路,一丝柳、一寸柔情。料峭春寒中酒,交加晓梦啼莺。　　西园日日扫林亭。依旧赏新晴。黄蜂频扑秋千索,有当时、纤手香凝。惆怅双鸳不到,幽阶一夜苔生。

词从听觉感受写起,又由风雨引出凋花落叶。以下由伤春转写伤别。"一丝柳,一寸柔情",糅合叠映往昔分离之悲伤,旧情今景一并带出。下片空间场景由室内转向园中,气候亦由雨转晴。词人游园赏景,见黄蜂频扑秋千,仿佛当时情人纤手香气犹存,不觉又触景生情,以味觉写情感,别出心裁。最后以景作结,余味不尽。此外如《思佳客·赋半面女髑髅》更将半面枯骨幻化成风姿绰约的少女。这种奇谲、夸诞、冷隽的风格特点,受到李贺乐府的影响,在词中为吴文英所独擅。

在艺术手法方面,梦窗词的另一特色是章法结构上"奇思壮采,腾天潜渊"(周济《宋四家词选目录序论》)。与传统结构方式重视理性层次不同,吴文英从自己极为神奇的想象与极为丰富的联想出发,往往将时间与空间、现实与想象错综杂糅起来展开叙述,使词的时空结构跳跃性非常大,如《莺啼序》(残寒正欺病酒)写伤春恨别,结构回环往复,系作者精心结撰的长篇杰作。全词分为四叠。第一叠写清明时节游西湖所见之景,结歇处"念"字逗出下文。第二叠追忆十年前在西湖与情人欢会的赏心乐事。第三叠写分别后的惆怅与伊人永逝后的悲伤。第四叠写伤心凭吊。词的结构并非直线式单一发展,在后三叠中,每叠始终是将旧情今感、旧事今景绾合在一起加以描述,使今悲昔乐形成对照,互相映射。章法严密,字字有脉络,虽经常跳跃回环,但处处有照应。这种结构方式不受时空的限制,虽跳跃性大而意脉不断,"非具大神力不能"(周济《介存斋论词杂著》)。

戈载《宋七家词选》说吴文英"炼字炼句,迥不犹人"。梦窗词的语言打破常规,变理性为感性的修辞模式,如《高阳台·丰乐楼分韵得如字》写伤春之情,其中"飞红若到西湖底,搅翠澜、总是愁鱼",用"愁"形容鱼,非常新颖;《夜游宫》中"窗外捎溪雨响。映窗里、嚼花灯冷",用"嚼"形容灯盏中灯芯的燃烧,也十分奇特。梦窗词字面浓艳、芬芳而又不失生气,形成了密丽幽深的语言风格。

《梦窗词》中有关国事的作品不多,基本上还是以登临游赏、恋情、咏物、酬赠为主,其中的爱情词尤为真挚动人。但吴文英去世时距南宋亡国不过十年左右的时间,亡国的声音已经越来越近,出于对南宋危亡的忧虑,他在词中也表达了对国事的悲慨。如《齐天乐·与冯深居登禹陵》:

> 三千年事残鸦外,无言倦凭秋树。逝水移川,高陵变谷,那识当时神禹。幽云怪雨。翠萍湿空梁,夜深飞去。雁起青天,数行书似旧藏处。　　寂寥西窗久坐,故人悭会遇,同翦灯语。积藓残碑,零圭断璧,重拂人间尘土。霜红罢舞。漫山色青青,雾朝烟暮。岸锁春船,画旗喧赛鼓。

词的上片写登禹陵的所见所感,下片写他与友人冯去非归来剪灯夜话的情景,在节序的推移中暗含着无限的盛衰更迭之感。此外如《沁园春》(送翁宾旸游鄂渚)中"东风紧送斜阳下"、《高阳台》(修竹凝妆)中"莫重来,吹尽香绵,泪满平芜",也是对日益危殆国势的形象写照和沉痛感喟。所以周济《宋四家词选目录序论》说他的词"立意高,取径远,皆非余子所及",戈载《宋七家词选》也说吴文英词"运意深远"。

吴文英的词历来毁誉参半。誉之者如尹焕说:"求词于吾宋,前有清真,后有梦窗,此非焕之言,四海之公言也。"(毛晋《梦窗词跋》一)把吴文英当做南宋第一大词家。到了清代,《四库全书总目提要·梦窗词提要》说"词家之有文英,如诗家之有李商隐",对吴文英的词坛地位给予了形象而准确的定位。常州词派的周济则把他当做宋代四大词人之一,其后戈载、陈廷焯等人对吴词都大力宣扬。晚清朱祖谋、王鹏运、郑文焯、况周颐、陈洵等更是交相推誉,吴文英的声誉也达到顶点。而与此相反,沈义父《乐府指迷》指出了梦窗词"用事下语太晦"的缺点,张炎《词源》则说"梦窗词如七宝楼台,眩人眼目,拆碎下来,不成片段"。对吴文英的不同评价,反映了词学思想和词学观念的变迁。

第五节　南宋后期辛派词人

南宋晚期,统治者困守半壁江山,苟且偷安,大多数文人士大夫感到悲观绝望,丧失了进取心和社会责任感,但也有少数词人继承发扬了辛弃疾词的时代精神,谱写了许多忧国愤世的优秀篇章,刘克庄、陈人杰、刘辰翁是其中的代表。

一、刘克庄

刘克庄是辛派后劲中成就最大的词人,冯煦《宋六十一家词选例言》曾将他与辛弃疾、陆游比为鼎足而三的著名词人:"后村词与放翁、稼轩,犹鼎三足。其生丁南渡,拳拳君国,似放翁。志在有为,不欲以词人自域,似稼轩。"在词的创作成就和影响方面,刘克庄也许不及辛、陆二人,但其爱国之心和豪放词风却毫不逊色。如《贺新郎·送陈真州子华》:

> 北望神州路,试平章、这场公事,怎生分付。记得太行山百万,曾入宗爷驾驭。今把作、握蛇骑虎。君去京东豪杰喜,想投戈、下拜真吾父。谈笑里,定齐鲁。　　两河萧瑟惟狐兔,问当年,祖生去后,有人来否。多少新亭挥泪客,谁梦中原块土。算事业、须由人做。应笑书生心胆怯,向车中、闭置如新妇。空目送,塞鸿去。

通篇都是围绕收复中原失地展开议论。上片写他希望陈子华此去真州能像宗泽那样坚持抗战,下片则谴责偏安江左的投降政策,讽刺当权者苟且偷安与懦弱无能,表现作者渴望恢复中原的雄心壮志。这首意气风发的爱国词,杨慎《词品》称为"壮语可以立懦"。此外"男儿西北有神州,莫滴水西桥畔泪"(《玉楼春》),"国脉微如缕。问长缨、何时入手,缚将戎主"(《贺新郎》),"唤起玉关征戍梦,几叠寒笳"(《浪淘沙》)等,情调高亢激昂,风格豪迈健举,充满了爱国主义精神。

刘克庄有些词还抒写了对百姓的同情之心,如《满江红》(送宋惠父入江西幕)云:"帐下健儿休尽锐,草间赤子俱求活。"《贺新郎》(戊戌寿张守)说:"不要汉廷夸击断,要史家编入循良传。"都是希望在位者能体察民情、爱护民众,不要只是用镇压的手段对付穷困的百姓。类似题材在他之前的词中尚不多见,不但拓展了词的表现领域,也提升了词的思想境界。

刘克庄继承了辛弃疾"以文为词"的特点而加以发展,常用散文化的句子,以经史入词,夹叙夹议,使词的散文化、议论化呈现出新的特质,如"须信谄语尤甘,忠言最苦,橄榄何如蜜"(《念奴娇》),"叹臣之壮也不如人,今何及"(《满江红》),"使李将军遇高皇帝,万户侯何足道哉"(《沁园春》),由于不受格律的束缚,说理叙事,运用自如,能够充分地表情达意。而有时议论过多,也削弱了词的形象性。

二、陈人杰

陈人杰(1218—1243),一作陈经国,字刚父,号龟峰,长乐(今福建福州)人。曾游江淮两湖间,后寓临安。数次应举不第,一生潦倒,是一位具有经世抱负而又报国无门的爱国词人。有《龟峰词》。《全宋词》录其词31首,全用《沁园春》调写成。

陈人杰的词笔力雄健,挥洒自如,于慷慨激昂之中流露悲凉的情调,风格与辛弃疾相近。如《沁园春·丁酉岁感事》:

> 谁使神州,百年陆沉,青毡未还。怅晨星残月,北州豪杰,西风斜日,东帝江山。刘表坐谈,深源轻进,机会失之弹指间。伤心事,是年年冰合,在在风寒。　　说和说战都难。算未必江沱堪宴安。叹封侯心在,鱣鲸失水,平戎策就,虎豹当关。渠自无谋,事犹可做,更剔残灯抽剑看。麒麟阁,岂中兴人物,不画儒冠。

许昂霄《词综偶评》说:"丁酉为理宗嘉熙元年,是时金虽已亡,而蒙古兵方压境,诸镇皆弃官遁。词中所感,殆谓是欤?"分析了这首词的写作时间和背景。词人感慨南宋朝廷在对敌策略上一再失策,致使有志之士无法为国效力,国势也愈趋不振。即便形势如此不利,词人认为时势尚有可为,坚持主张抗战到底。在"诸君傅粉涂脂,问南北战争都不知"(《沁园春》)的柔弱国势面前,陈人杰以封侯心在、剔灯看剑的雄心壮志,起顽立懦,为南宋小朝廷脆弱的民族心理注入了一剂强心针。

三、刘辰翁

刘辰翁(1232—1297),字会孟,号须溪,庐陵(今江西吉安市)人。宋理宗时进士,曾为赣州濂溪书院山长。恭帝德祐元年(1275),文天祥起兵勤王,刘辰翁曾短期参与其江西幕府。宋亡后不仕。著有《须溪词》等,《全宋词》存其词354首。

刘辰翁继承了南渡词人和辛弃疾的爱国豪放词风。他在《金缕曲》中说:"暮年诗,句句皆成史。"其词表现了亡国的血泪史和独特的情感体验,也是以词存史。恭帝德祐元年(1275)元军沿江东下,奸相贾似道被迫出兵,在鲁港(今安徽芜湖西南)大败,刘辰翁即作《六州歌头》(向来人道),揭露并讥刺了贾似道兵败的罪行和专权误国的种种罪恶。次年二月,临安城陷,恭帝与太后被元兵俘虏北去,刘辰翁又写了《兰陵王·丙子送春》:

> 送春去。春去人间无路。秋千外,芳草连天,谁遣风沙暗南浦。依依甚意绪。漫忆海门飞絮。乱鸦过,斗转城荒,不见来时试灯处。
> 春去。最谁苦。但箭雁沉边,梁燕无主。杜鹃声里长门暮。想玉树雕土,泪盘如露。咸阳送客屡回顾。斜日未能度。　春去。尚来否。正江令恨别,庾信愁赋。苏堤尽日风和雨。叹神游故国,花记前度。人生流落,顾孺子,共夜语。

词虽题"送春",但并非抒发生命易逝、青春难再的个体感伤,而是用象征手法,表现国亡主失的悲痛。类似的作品还有很多。身处亡国乱世,刘辰翁将一切政治事件、社会生活及诸多人生感受,凡是诗文所表现的,都拿来入词,使词体现出更为深刻丰厚的内涵。

况周颐《蕙风词话》卷二云:"须溪词,风格遒上似稼轩,情辞跌宕似遗山,有时意笔俱化,纯任天倪,竟能略似坡公。往往独到之处,能以中锋达意,以中声赴节。世或目为别调,非知人之言也。"指出了刘辰翁词与苏辛词风的近似之处。同时,他的词也间有轻灵婉丽之作,对元明以后的词派有导夫先路的作用。

第六节　南宋后期姜派词人

当辛派词人以忠愤沉郁的词笔、慷慨悲凉的风格抒写国破家亡的苍凉情怀时,以周密、张炎和王沂孙为代表的婉约词人,继承周邦彦、姜夔的词风,以低回掩抑的哀吟诉说身世之悲、家国之恨,风格典雅,词旨隐晦,情绪感伤,以不同于辛派后劲的风格,反映了宋亡前后的历史巨变与社会乱离。

一、周密

周密(1232—1298),字公谨,号草窗,祖籍济南,故其著作中自署"齐人"、"华不注山人"等,以示不忘本。南渡后世居吴兴,遂为湖州人,故又号"四水潜夫"、"弁阳老人"。景炎元年(1276)为义乌令。其年杭州为元兵所陷,周密在湖州之家亦破,自此终身寓杭,入元不仕。以故国文献自任,著述甚富,有《武林旧事》等30余种。词集有《蘋洲渔笛谱》,另有《草窗词》二卷。

周密在《弁阳老人自铭》中曾说:"间作长短句,或谓似陈去非、姜尧章。"他填词主要就是学习姜夔词风,格律谨严,典雅清丽,字句精美。早期作品如组词《木兰花慢》、《曲游春》(禁苑东风外)等一片承平风光,偏重于形式美,"立意不高"(周济《宋四家词选目录序论》)。入元后的词则多家国之痛、遗民之悲,流连风月的闲雅情趣被凄苦幽咽的情思所取代,如《草窗词》中的压卷之作《一萼红·登蓬莱阁有感》:

> 步深幽。正云黄天淡,雪意未全休。鉴曲寒沙,茂林烟草,俯仰千古悠悠。岁华晚、飘零渐远,谁念我、同载五湖舟。磴古松斜,崖阴苔老,一片清愁。　　回首天涯归梦,几魂飞西浦,泪洒东州。故国山川,故园心眼,还似王粲登楼。最怜他、秦鬟妆镜,好江山、何事此时游。为唤狂吟老监,共赋销忧。

景炎元年(1276)冬,作者登会稽蓬莱阁有感而作此词。其时南宋都城临安早已陷落,幼帝与太后被元兵俘虏北去。词将亡国恨与自身漂泊之感打成一片,格外真挚沉痛。此外如《献仙音·吊雪香亭梅》抚今追昔,借吊梅花吊亡宋,也纯是凄婉之音。

二、王沂孙

王沂孙(1240?—1310?),字圣与、咏道,号碧山,又号中仙、玉笥山人,会稽(今浙江绍兴)人。为人雅逸多情,风流倜傥,家境富有,与周密、张炎交往密切。宋亡,曾为庆元路(今浙江宁波市一带)学正,不久辞职归隐。词集名《碧山乐府》,又名《玉笥山人词集》或《花外集》。今存词64首,大多为咏物及唱和之作。

张炎在《琐窗寒》词序中说王沂孙"琢语峭拔,有白石意度"。他不仅取法姜夔,也博采周邦彦、吴文英诸家的长处,还学习李贺、温庭筠、李商隐等诗人的辞采,从而形成了自己独特的风格。王沂孙以咏物著称。他的咏物词善于使事用典以寄托家国兴亡之感,又工于体物,因此主观情志与所咏之物能够融合无间,周济《宋四家词选目录序论》就说:"咏物最争托意,隶事处以意贯串,浑化无痕,碧山胜场也。"如《眉妩·新月》:

渐新痕悬柳,澹彩穿花,依约破初暝。便有团圆意,深深拜,相逢谁在香径。画眉未稳,料素娥、犹带离恨。最堪爱、一曲银钩小,宝帘挂秋冷。　　千古盈亏休问。叹慢磨玉斧,难补金镜。太液池犹在,凄凉处、何人重赋清景。故山夜永。试待他、窥户端正。看云外山河,还老尽、桂花影。

此词借咏新月寄托亡国之恨。上片抓住新月特征,用"新痕"、"银钩小"、"破初暝"正面状新月之形,又以云、柳、离人、嫦娥烘托其氛围,赋月以离恨,将咏物与抒情结合。下片写由对月之审美观照引发的故国之思,但构思仍不离新月;叹玉斧难补金镜,既是用典写月,又是抒发国家破亡难以恢复的失望心情。结句写待月团圆,表达出作者萌生希望而终于无望的心态。词由咏物而兼写亡国恨、故国思,感慨遥深,意境沉郁。此外如《齐天乐·萤》"汉苑飘苔,秦陵坠叶,千古凄凉不尽",《齐天乐·蝉》"病叶难留,纤柯易老,空忆斜阳身世",都通过咏物寄托了作者身世的凄凉。

王沂孙词在清代影响很大。康熙初朱彝尊携由王沂孙等人借咏物来怀念故国的词集《乐府补题》入京,倾动朝野,掀起了一股填写咏物词的热潮,这是王沂孙词传播接受中的第一次高潮。嘉道年间常州词派崛起,张惠言《词选》卷二说他的咏物词"并有君国之忧"。周济更推之为四大家之一,标榜学词门径应"问途碧山"。而陈廷焯《白雨斋词话》卷二则说:"王碧山词,品最高,味最厚,意境最深,力量最重,感时伤世之言,而出以缠绵忠爱。"把他比作词中老杜。碧山词托物寓志,寄托遥深,确实有很高的审美价值和思想价值,但过度拔高,也有失偏颇。

三、张炎

张炎(1248—1320?),字叔夏,号玉田,又号乐笑翁,临安(今浙江杭州)人,祖籍陕西凤翔。出生于豪门贵族,六世祖张俊是"中兴四将"之一,曾祖张镃、父亲张枢都是有名的词人,家境优裕。宋亡后,家产被籍没,流落江湖,有时以卖卜为生。以词名世,其中以咏春水词和咏孤雁词最著名,时人号为"张春水"、"张孤雁"。著有《山中白云词》和《词源》。

在宋末词人中,张炎也以咏物词见称。他的咏物词借咏物以抒写亡国之痛,哀怨凄楚,悲愤感人,而表达得又清丽流畅,意度超拔,如《解连环·

孤雁》：

> 楚江空晚。怅离群万里,恍然惊散。自顾影、欲下寒塘,正沙净草枯,水平天远。写不成书,只寄得、相思一点。料因循误了,残毡拥雪,故人心眼。　　谁怜旅愁荏苒。谩长门夜悄,锦筝弹怨。想伴侣、犹宿芦花,也曾念春前,去程应转。暮雨相呼,怕蓦地、玉关重见。未羞他、双燕归来,画帘半卷。

词咏孤雁,而寄托国破家亡后的孤独之苦。明写孤雁,暗写孤人,若雁若人,物我一体。托物抒情只是手段之一。与周密、王沂孙等宋末词人集心力于咏物之词不同,张炎很多时候是直接抒写亡国之痛,并不借外物曲折隐晦地表情达意,如《甘州·辛卯岁,沈尧道同余北归,各处杭越。逾岁,尧道来问寂寞,语笑数日,又复别去。赋此曲,并寄赵学舟》：

> 记玉关、踏雪事清游。寒气脆貂裘。傍枯林古道,长河饮马,此意悠悠。短梦依然江表,老泪洒西州。一字无题处,落叶都愁。　　载取白云归去,问谁留楚佩,弄影中洲。折芦花赠远,零落一身秋。向寻常野桥流水,待招来、不是旧沙鸥。空怀感,有斜阳处,却怕登楼。

元至元二十七年(1290),张炎曾与友人自杭赴燕都写经。南归后,友人从杭州至绍兴探望,相聚数日,临别,张炎赋此词。上片先追忆北游时情景,玉关踏雪、寒气貂裘、枯林古道、长河饮马,一派典型的北方景象,传达出北游时的失意心绪。次写南归后与友人各处一方,无以慰藉,伤时多故,更是悲愁。下片写重逢又别之情景与感慨。立意上则从个体离别之感延伸到对故国的怀念。风格刚健苍老,在宋末词坛属别具一格之作。

张炎也是宋代著名的词论家,他在《词源》中标榜清空,推尊姜夔,同时又博采众长。他的弟子陆行直在《词旨》中曾记载了其作词要诀：“周清真之典丽,姜白石之骚雅,史梅溪之句法,吴梦窗之字面。取四家之所长,去四家之所短。”张炎的创作实践了自己的理论主张,他的词笔墨疏宕,意趣高远,旋律美妙,用字和谐,《四库全书总目》卷一九九《山中白云词提要》即云：“所作往往苍凉激楚,即景抒情,备写其身世盛衰之感,非徒以剪红刻翠为工。至其研究声律,尤得神解,以之接武姜夔,居然后劲。宋元之间,亦可谓江东独秀矣。”对其词艺术特征和成就的评价颇为公允。

四、蒋捷

蒋捷字胜欲,号竹山,阳羡(今江苏宜兴)人。先世为宜兴巨族。咸淳十年(1274)登进士第。宋亡后隐居竹山不仕,学者称竹山先生。有《竹山词》。

蒋捷抱节终身,赋性孤洁,其词于宋末词坛也是自辟蹊径,别开生面,兼融婉约词与豪放词的长处,含蓄而又明快,典雅而不晦涩。胡云翼《宋名家词选》评蒋捷云:"能婉约,亦能豪放。虽被称为姜派的词人,而自由肆放,能不为文字与音律所拘,颇有辛弃疾的精神。"他亲身经历的时代动乱和亡国痛苦,在其作品中鲜明地反映了出来,如《贺新郎》:

> 梦冷黄金屋。叹秦筝、斜鸿阵里,素弦尘扑。化作娇莺飞归去,犹认纱窗旧绿。正过雨、荆桃如菽。此恨难平君知否,似琼台、涌起弹棋局。消瘦影,嫌明烛。　　鸳楼碎泻东西玉。问芳悰、何时再展,翠钗难卜。待把宫眉横云样,描上生绡画幅,怕不是、新来妆束。彩扇红牙今都在,恨无人、解听开元曲。空掩袖,倚寒竹。

全词表现了作者绵绵不尽的亡国之恨及坚贞不渝的高风亮节。此外如《贺新郎》(兵后寓吴)抒写了国破家亡中一个流浪者的艰苦处境和无限哀愁,感人至深;《贺新郎》(乡士以狂得罪赋此饯行)描写了一位有才气却与时俗乖违而受到罪罚的"乡士",充满奇气,开了词中未有之境。

南宋词人多擅写长调,蒋捷的小令在宋末词人中成就甚高,既有传统小令含蓄蕴藉的特点,又吸收了豪放词清疏俊快的长处,如《虞美人·听雨》:

> 少年听雨歌楼上,红烛昏罗帐。壮年听雨客舟中,江阔云低,断雁叫西风。　　而今听雨僧庐下,鬓已星星也。悲欢离合总无情,一任阶前点滴到天明。

此词通过听雨一事,概括了少年、壮年和晚年三个时期的不同感受。作者少年、壮年、老年三阶段的生活道路、角色身份、情感心态仅用三幅画面即表现无遗,用笔之简练令人叹为观止。同时,此词又能折射出社会历史的变迁并且具有哲理的意味,构思新巧,因小见大,以少总多。

蒋捷词风格多样,想象丰富,语言洗炼,格律自由,对清初阳羡词人产生了较大影响。

第六章　宋代散文、辞赋和四六文

宋代散文是我国古代散文的一个重要发展阶段。《全宋文》共 360 册 8345 卷,含作者 9178 人,收文 178292 篇。从数量上来说是《全唐文》的 11 倍,是先秦至宋以前文章总和的 7 倍。① 宋文不仅数量浩繁,而且质量上乘,"唐宋八大家"宋居其六,即是明证。"从体裁的完备、流派众多、艺术技巧的成熟等方面来衡量,宋代散文确处于我国古代散文发展的一个巅峰阶段,是不应该被轻忽的。"②

第一节　宋代散文的发展历程

宋代散文的发展大约经历了五个阶段。

一、新古文运动的先驱

中唐古文运动取得了很大的成就,至晚唐、五代,散文创作又衰落下去,走上生僻艰涩的道路,文风浮艳藻丽。宋初文坛仍然继承了这种轻靡文风,但变革也在潜滋暗长。

宋代第一个提倡写作韩、柳式散文的是柳开。他首先提出重道、致用、崇散、尊韩、反浮靡等观点,批判当时的不良文风。与柳开同时倡导古文而创作颇有成就的是王禹偁。他以宗经复古为旗帜,取法韩、柳,主张写"传道明心"的古文,强调"不得已而言",因此要"句易道,义易晓",继承了韩愈散文"文从字顺"的一面。

柳开、王禹偁相继去世后,以杨亿、刘筠为首的"昆体"绮靡文风广泛流播,曾在文坛上盛行 30 余年。盛极而衰,改革文风成为自上而下的共同呼声。在上有皇帝下诏申戒浮华、提倡散文,在下有文人积极响应,如穆修、范仲淹、孙复、宋祁、尹洙、石介、苏舜钦等,沿着柳、王的主张前进,在理论和实

---

① 曾枣庄:《宋文通论》,上海:上海人民出版社 2008 年版,第 2 页。
② 王水照:《宋代文学通论·文体篇》,郑州:河南大学出版社 1997 年版。

践上都作出了自己的贡献。如穆修校印韩、柳集出售,强调"文统",范仲淹大声疾呼"救斯文之敝",孙复强调"致用",石介则对"昆体"予以严厉的批判。

二、新古文运动的胜利

领导新古文运动取得胜利,为宋代散文奠定基础而能上继韩、柳的是欧阳修。他借助行政力量,利用知贡举的机会提倡古文,打压时文。在仁宗嘉祐二年(1057)担任主考官时,欧阳修通过科举考试提倡平实朴素的文风,在反对华美密丽的"西昆体"的同时,也打击"险怪奇涩"的"太学体","场屋之习,从是遂变"(《宋史》本传),领导并完成了宋初的诗文革新运动,确立了散文的正宗地位,骈体文在六朝以来六百年间所占的优势自此告终。他自己也写了不少典范作品供人效法。欧阳修为学勤奋,态度严肃,创作了大量平易自然、流畅婉转的散文佳作,苏洵《上欧阳内翰书》即云:"执事之文,纡徐委备,往复百折,而条达疏畅,无所间断;气尽语极,急言竭论,而容与闲易,无艰难劳苦之态。"欧阳修还注意奖掖后进,培养人才,《宋史》本传说他:

> 奖引后进,如恐不及,赏识之下,率为闻人。曾巩、王安石、苏洵、洵子轼、辙,布衣屏处,未为人知,修即游扬其声誉,谓必显于世。

欧阳修在理论和创作上取得了巨大的成就,加上他虚怀若谷,平易近人,奖掖后进如恐不及,因此在他周围团结了一大批有才华的文人,同时的有二宋、二尹、二苏,稍晚的有曾巩、王安石、三苏。他们形成一支有力的散文创作队伍,宋代散文出现了空前的繁荣局面。

三、新古文运动的高峰

欧阳修的门生辈曾巩、王安石、三苏共同将宋代散文推向高峰,标志着新古文运动取得了辉煌胜利。

曾巩的理论和创作最接近欧阳修。他将道与识(明、智)、才(文)相提并论,认为只有"蓄道德而能文章者"(《寄欧阳舍人书》)才能写出明道之文,文、道并重,给"文"以较高的地位。其创作以"古雅"、"平正"见称,无论叙事、议论,都冲和平淡,而又委曲周详,布局完整谨严,节奏舒缓不迫,语言洁净,思致明快,便于取法。

王安石主张文贵致用,他在《上人书》中说:

> 尝谓文者,礼教治政云尔……且所谓文者,务为有补于世而已矣;

> 所谓辞者,犹器之有刻镂绘画也。诚使巧且华,不必适用;诚使适用,亦不必巧且华。要之以适用为本,以刻镂绘画为之容而已。

其所谓"道",指实用的经世之学。所谓"适用",指文要成为治教政令,为政治服务。这一观点的弊端在于使文的表现范围受到局限,对文的艺术性也是一种损伤。苏轼在《答张文潜书》中就说:"文字之衰未有如今日者也,其源实出于王氏。王氏之文未必不善也,而患在于好使人同己。"王安石的文章大都表现他的思想见解,为变法服务,思想、识见非常人可以比拟,故其散文不失为第一流的作品。其特点是析理透辟而概括性强,气雄词峻。

继欧阳修之后领导宋代古文运动的是苏轼。他的理论主张为散文发展开辟了广阔的天地,其创作体现了宋代散文的最高成就。苏轼论文重视"辞达",他在《答谢民师书》中说:

> 孔子曰:"言之不文,行而不远。"又曰:"辞达而已矣。"夫言止于达意,即疑若不文,是大不然。求物之妙,如系风捕影,能使是物了然于心者,盖千万人而不一遇也。而况能使了然于口与手者乎?是之谓辞达。辞至于能达,则文不可胜用矣。

在《答俞括书》中也说:

> 孔子曰:"辞达而已矣。"物固有是理,患不知之。知之患不能达之于口与手。辞者,达是而已矣。

他结合创作过程的三个阶段来讲"文":一是求物之妙即认识物,二是对物象物理"了然于心"即酝酿构思阶段,三是"了然与口与手"、"达之于口与手"即表达阶段。三个阶段完成才是"辞至于达足矣,不可以有加矣"(《答王庠书》)的文。

苏轼的政论和史论大都雄辩滔滔,气势纵横,语言明快畅达,而尤长于形象地说理;其书信、序跋、随笔等则叙述、描写、抒情错杂并用,随意挥洒,笔酣墨畅,而又明白简练。苏轼将散文的文学性、实用性、通俗性向前推进了一大步,对我国古代散文的发展贡献巨大。

"三苏"均以散文著称,苏洵的散文雄奇健劲,颇有战国纵横家的色彩;苏辙的散文汪洋澹泊,秀丽杰特,有一唱三叹之致。

四、南宋前中期散文的发展

与北宋相比,南宋散文的成就稍显逊色,没有出现像欧阳修、王安石、苏轼那样的散文大家,但是也出现了不少散文名家,代表作家有胡铨、陆游、辛弃疾、陈亮、叶适等。

胡铨论文强调"凡文皆生于不得已"(《澹陵文集序》),将韩愈的"气盛言宜"和苏洵的"风水说"结合起来,而强调平时的积蓄。他写了著名的《戊午上高宗封事》。陆游的史书、笔记,记事论文,写景抒情,自然生动。其他政论、史论、书、记、序跋,贯穿着爱国感情,结构严谨而语言蕴藉。陈亮是南宋有名的政论文作者,其文气势雄杰。叶适的散文在南宋卓然为一大宗,或议论抗金,或批判弊政,或驳斥道学,或评析文章,表现出严谨踏实的作风。

五、南宋后期的散文

南宋后期的散文主要是沿着前期的道学派和浙东学派开辟的道路向前推进。道学派以朱熹为典范,强调载道,以说理见长,代表作家是真德秀、魏了翁和林希逸等。而继承浙东功利学派的是陈耆卿、车若水、吴子良、舒岳祥和戴表元等人,他们发扬了陈亮、叶适的传统,论辩记叙之文都富于务实精神。南宋灭亡之际出现了文天祥等爱国文人,诞生了《指南录后序》、《西台恸哭记》等光照千古的名篇。①

第二节　欧阳修散文

在文和道的关系上,与西昆派的重文轻道及宋初复古主义的重道轻文不同,欧阳修持文道并重的观点。在这种文学思想的指导下,欧阳修的散文创作取得了辉煌的成就。他的散文如论辩、记叙、序跋、书信、祭文、墓志等,包罗甚广而又各有名篇。无论是叙事写景,还是抒情议论,都能做到明白流畅、平易近人而又曲折变化。

欧阳修关心政治,关怀民瘼,这在他的政论文中有深切的体现。如《与高司谏书》谴责高若讷身居谏官之位却在政治上见风使舵的小人行径,讽刺他"不复知人间有羞耻事",义正辞严,理直气壮,表现了不可动摇的正义感。《朋党论》是作者为回击吕夷简等守旧官僚诬蔑范仲淹等人为朋党的言论而作,他旗帜鲜明地提出"小人无朋,唯君子则有之"的论点,并反复论证,指出能否任用君子之朋关系到国家的兴亡治乱。他的史论文也是通过评论历史表达对现实的关注,如《伶官传序》,一开篇就提出国家"盛衰之

---

① 关于宋代散文的发展历程,可参见:四川大学中文系古典文学教研室选注《宋文选·前言》,北京:人民文学出版社 1980 年版;王水照主编《宋代文学通论·宋文流派绎述》,郑州:河南大学出版社 1997 年版。

理"非关天命、实由人事的观点,接着分析后唐庄宗兴亡成败的一生,总结出"忧劳可以兴国,逸豫可以亡身"、"祸患常积于忽微,而智勇多困于所溺"的历史教训。全文熔叙事与议论于一炉,语言婉曲晓畅,结构紧凑,转折自然,沈德潜《唐宋八大家文读本》卷十四评道:"抑扬顿挫,得《史记》神髓,《五代史》中第一篇文字。"

欧阳修的记叙文融写景、叙事、抒情、议论为一体,往往借一景一物、一人一事抒发感慨,寄托理想,《丰乐亭记》、《醉翁亭记》、《有美堂记》是其中的代表作。《丰乐亭记》以山水景物为依托,回顾了这个地区由乱到治的过程,抒发历史兴亡的感慨,赞美如今丰衣足食、民享安乐的太平景象,寄寓居安思危的情怀。文章运用今昔对比的手法突出主题,感情色彩浓烈。又如《醉翁亭记》,全篇连用21个"也"字,描写滁州山间的朝暮变化和四时景色,以及他和滁人在亭间的宴游之乐,寓愤于放旷、寄情于山水,是写景和抒情巧妙融合的杰出篇章。

序跋也是欧阳修散文中富有特色的部分。他以平实的叙述、深挚的感情、惊警的议论表现了自己对时代的认识和对文艺的见解,富有抑扬唱叹之致。如《释秘演诗集序》,描写了"廓然有大志"而时不能用的酒徒石曼卿和胸中浩然、诗风雅健却"无所合"、"无所向"的和尚秘演,以饱含感情的笔墨和无比痛惜的心情为我们刻画了两个"奇男子"的形象。又如《苏氏文集序》对苏舜卿古文创作的贡献予以很高的评价,对他的流离穷厄深致惋惜,还叙述了当时古文运动的情况。他的《梅圣俞诗集序》不仅高度评价了梅尧臣的诗歌成就,还提出了"诗穷而后工"的观点。

欧阳修的祭文碑志情感真挚,富有感染力,如《祭尹师鲁文》、《祭苏子美文》、《祭石曼卿文》、《祭梅圣俞文》、《文正范公神道碑铭》、《张子野墓志铭》等,述存亡离合之感,往往情文兼至,《泷冈阡表》尤为其中翘楚。此文是欧阳修为其父母的墓道撰写的一篇碑文,从动笔到定稿约经过20年,时作者已60岁。文章记述了父亲少孤力学、为官清廉、事亲至孝及为人仁厚等操行,深情地表现了母亲对自己辛勤抚养、谆谆教诲和支持他坚持正义的品德,语言朴实平易,感情醇厚真挚。

欧阳修散文深得时贤后辈称赏,苏轼在《六一居士集叙》中高度评价道:"其言简而明,信而通,引物连类,折之于至理,以服人心,故天下翕然师尊之。……士无贤不肖,不谋而同曰:'欧阳子,今之韩愈也。'宋兴七十余年,民不知兵,富而教之,至天圣、景祐极矣,而斯文终有愧于古。士亦因陋守旧,论卑气弱。自欧阳子出,天下争自濯磨,以通经学古为高,以救时行道

为贤,以犯颜纳谏为忠。长育成就,至嘉祐末,号称多士,欧阳子之功为多。"吴充在《欧阳文忠公行状》中总结其成就说:

> 盖公之文备众体,变化开阖,因物命意,各极其工。

欧阳修的散文近学韩愈,远取司马迁,形成一唱三叹的"六一风神"。其记述之文长于层累铺叙,得之自然;议论之文豪迈雄健,风神独妙。这种文风不仅对当时文坛影响甚大,对明清的唐宋文派也产生了深远的影响。

第三节 王安石和曾巩的散文

在新古文运动中,王安石是直接继承欧阳修的大家,曾得到欧阳修的赞赏和指点。曾巩《与王介甫第一书》记载道:"欧公悉见足下之文,爱叹诵写,不胜其勤";"欧公更欲足下少开廓其文,勿用造语及模拟前人,请相度示及。欧云:'孟、韩文虽高,不必似之也,取其自然耳'"。王安石得到这番指点,从此大进,在当时即广有影响。魏了翁《大德本序言》云:"元祐诸贤,号与公异论者,至其为文,则未尝不推许之。"他的散文数量丰富,政论文、记叙文、书札和一些短论都很有特色,著有《临川先生文集》。

作为一位著名的政治家,王安石主张为文应当"有补于世",重在"适用"(《上人书》),强调文章的现实功能和社会效果,因此他的散文主要是一些有关政治和学术的论文,与他在政治上的革新主张有着密切关系。王安石的政论文以拗折峭劲著称,篇幅恢宏而脉络清晰,笔力雄健而说理通透,语言朴素简洁,概括力很强。刘熙载《艺概》曾称赞说:"半山文善用揭过法,只下一二语,便可扫却他人数大段,是何简贵。"《上仁宗皇帝言事书》、《本朝百年无事札子》、《兴贤》等都是其中的代表。如《兴贤》首段云:

> 国以任贤使能而兴,弃贤专己而衰。此二者必然之势,古今之通义,流俗所共知耳。何治安之世有之而能兴,昏乱之世虽有之亦不兴,盖用与不用之谓矣。

作者首先说明为什么要兴贤——任贤则国兴,弃贤则国衰。接着列举商、周以来的历史事实,指出乱世和治世都有贤能之士,关键在于用与不用——"有贤能而用之者,国之福也,有之而不用,犹无有也"。第二段顺势而下,用一连串的排比句论证怎样兴贤,才能使国家达至三皇五帝时国富民强的境地。全文以古证今,前呼后应,思辨清晰,语言明快,富有说服力。

王安石的记叙文也在某种程度上承载了说理功能。如他23岁写的

《伤仲永》，通过天才少年方仲永最后"泯然众人"的事例，说明后天教育对成才的重要性。方仲永虽然天资聪明，但因其父"不使学"，没有受到正确的培养教育，结果变得平庸无奇。作者伤悼、惋惜仲永，意在警醒人们不断学习，否则必将退步。又如游记《游褒禅山记》，记游褒禅山，而重在阐述治学之道在于不避险远，寓议论于叙述之中。借记游说理，是文章中的创格。

王安石的短论笔锋犀利，极有个性，如《读孟尝君传》：

> 世皆称孟尝君能得士，士以故归之，而卒赖其力以脱于虎豹之秦。嗟乎！孟尝君特鸡鸣狗盗之雄耳，岂足以言得士？不然，擅齐之强，得一士焉，宜可以南面而制秦，尚何取鸡鸣狗盗之力哉？夫鸡鸣狗盗之出其门，此士之所以不至也。

此文的独特之处在于一反"孟尝君能得士"的传统说法，认为孟尝君只能算鸡鸣狗盗之雄。作者认为"士"必须具有经邦济世的雄才大略，而孟尝君只不过依靠手下所谓"士"的小伎俩，使自己得以逃脱危险，并没有抵制强秦，怎么称得上得士呢？一篇百字小文，却蕴含着深刻的道理。行文一波三折，层层转深，被沈德潜《唐宋八大家文读本》称为"语语转，笔笔紧"的"千秋绝调"。

作为杰出的政治家，王安石识度非凡，气魄宏大，对社会现象往往具有深刻的观察和高超的见解。他将这种见解表现在文章中，就形成了独特的风格。

曾巩（1019—1083），字子固，建昌南丰（今江西南丰县）人，人称南丰先生。嘉祐二年（1057）进士，官至中书舍人。曾巩文平正古雅，雍容含蓄，甚为欧阳修称赏。当时的人"得其文，手抄口诵惟恐不及"（《墓志》），连王安石都盛赞道："曾子文章众无有，水之江汉星之斗。"（《赠曾子固》）《宋史》本传说曾巩的文章"上下驰骋，愈出而愈工，本原六经，斟酌于司马迁、韩愈，一时工作文词者，鲜能过也"。在散文史上与欧阳修、苏轼齐名，朱熹《楚辞后语》卷六《服胡麻赋》注即云："自欧阳文忠公、南丰曾公巩与公（苏轼）三人，相继迭起，各以其文擅名当世，然皆杰然自为一代之文。"著有《南丰先生元丰类稿》五十卷，有诗405首，文1111篇。

在北宋新古文运动中，他是欧阳修的积极追随者，文风也与欧阳修最为接近。晁公武《郡斋读书志》卷四下云："欧公门下士多为世显人，议者独以子固为得其传，犹学浮屠者所谓嫡嗣。"认为曾巩文最得欧阳修真传。

曾巩提倡"蓄道德而能文章"（《寄欧阳舍人书》），重道而不轻文。《战国策目录序》、《墨池记》、《宜黄县县学记》、《越州赵公救灾记》等均为其名作。如《墨池记》，作者根据一件趣闻佚事，一面记墨池的处所、形状和来历，一面指出王羲之在书法上的卓越成就并非"天成"，而是勤学苦练的结果。并进而推论：后之学者"欲深造道德"，更须努力于学。文章即事生情，反复唱叹，最后以"仁人庄士"的流风遗韵长期影响"来世"作结，宛转矫劲，饶有余味。① 此文从题看为记叙文，作者却既少记叙，也不描写景物，而主要是发议论。作记叙之文，不叙事而说理，是别格，也是创新。

作为唐宋八大家之一，曾巩散文在文学史上占有重要的地位。《宋史》本传说他"立言于欧阳修、王安石间，纡徐而不烦，简奥而不晦，卓然自成一家"。明代唐宋文派作家王慎中、茅坤、归有光，清代桐城派作家方苞、刘大櫆、姚鼐等，也都对他推崇备至。

第四节 "三苏"散文

"三苏"是苏洵、苏轼、苏辙的并称。"三苏"均属"唐宋八大家"之列，在北宋古文运动中有突出的成就和地位。由于僻处西蜀，又是父子相传，"三苏"文学观点大体相同。苏辙《东坡先生墓志铭》说苏轼"少与辙皆师先君"，在《历代论》中又说："予少而力学，先君，予师也；亡兄子瞻，予师友也。父兄之学，皆以古今成败得失为议论之要。"

苏洵(1009—1066)，字明允，眉州眉山(今四川眉山县)人。人称老苏、老泉。他"年二十七，始大发愤"(欧阳修《苏明允墓志铭》)。举进士、考茂才异等科皆不中，乃尽毁平生所作文章，闭门苦学。宋仁宗嘉祐时与二子同到京师，为欧阳修、韩琦等所推重，荐之于朝廷，除校书郎。著有《嘉祐集》十五卷。

苏洵论文力求"凿凿乎如五谷必可以救饥，断断乎如药石必可以伐病"(苏轼《凫绎先生诗集序》)，强调"有为而作"，言必中当世之过，充分发挥为社会疗饥伐病的作用。他在《上韩枢密书》中说："洵著书无他长，及言兵事，论古今形势，至自比贾谊。"王安石说"苏明允有战国纵横之学"(《邵氏闻见后录》卷十四)。朱熹《朱子语类》卷一三九称其文"自史中《战国策》得之，故皆自小处起议论"。茅坤《唐宋八大家文抄》也说"其学本申韩，而

---

① 参见四川大学中文系古典文学教研室编《宋文选》，北京：人民文学出版社 1997 年版，第 131 页。

其行文杂出于荀卿、孟轲及《战国策》诸家"。可见他曾于《孟子》、《荀子》、《战国策》、贾谊文中吸取营养,融会贯通,形成了自己的特色。

苏洵散文以政论文为主,《权书》十篇、《衡论》十篇、《几策》二篇都是其中重要的篇章。这些论文纵横捭阖,铺张扬厉,有战国策士之风,具有较强的现实意义。如《权书·六国》论证战国时六国亡于秦是因为"赂秦",意在针砭当时朝廷向契丹输币纳绢、乞取苟安的现实。管仲为春秋时著名的政治家,辅佐齐桓公"九合诸侯"、"一匡天下",在历史上广受称道。苏洵在《管仲论》中却反弹琵琶,批评管仲临死前因未能识拔和推荐贤能的人才,致使奸臣窃柄,种下了齐国陷入内乱的祸根,使齐国的霸业走向衰亡。这篇文章也具有很强的现实性。

苏洵的散文于散句中时时夹以整齐的骈句,文势奔放。如《权书·心术》就有"泰山崩于前而色不变,麋鹿兴于左而目不瞬"、"尺棰当猛虎,奋呼而操击;徒手遇蜥蜴,变色而却步"等十几处骈偶句。他还善用博喻,如《仲兄字文甫说》比喻风水相激时写道:"回者如轮,萦者如带,直者如燧,奔者如焰,跳者如鹭,投者如鲤,殊状异态,而风水之极观备矣。"用一连串的比喻形容风水相激时的千变万态,于文字铺排中尽显汪洋恣肆之美。刘大櫆《古文辞类纂》卷三十二曾高度赞扬说:"极形容风水相遭之态,可与庄子言风比美,而其运词却从《上林》、《子虚》得来。"

苏轼是"唐宋八大家"中重要的一家,是继欧阳修之后宋代古文运动的领袖。他继承唐代韩愈、柳宗元倡导的古文运动,提高了散文的艺术表现力,领导并完成了第二次古文运动,对北宋散文的发展作出了杰出的贡献。他的散文雄健奔放,挥洒自如,"横说竖说,惟意所到,俊辩痛快,无复滞碍"(罗大经《鹤林玉露》丙编卷三)。他自己也评价道:"吾文如万斛泉源,不择地皆可出,在平地滔滔汩汩,虽一日千里无难。及其与山石曲折,随物赋形,而不可知也。所可知者,常行于所当行,常止于不可不止。"(《自评文》)今存各体散文四千余篇。

苏轼写了大量的政论和史论,《思治论》、《进策》等政论和《贾谊论》、《范增论》、《留侯论》等史论是其中的名篇。这些文章语言明快,气势雄浑,援古证今,说理透辟。如《思治论》论述丰财、强兵、择吏问题,先分析财乏、兵弱、官滥三患的缘由在于朝廷未立"规模",接着提出要以"犯其至难而图其远"的勇气革除三患,从而达到强国的目的。他的史论能从寻常的史料中,虚实结合,推论出不同寻常的结论,如《范增论》说范增遭陈平离间计而离楚为时太晚,他应早在项羽杀宋义时就当机立断,"力能诛羽则诛之,不能则去之"。又如《贾谊论》批评贾谊不知结交大臣以图见信于朝廷,《留侯论》说圯上老人是秦时的隐君子,折辱张良是为了培育其坚忍之性,都见解独到,不落窠臼。

苏轼走遍了大半个中国。在游历与贬谪途中,他写了许多山水游记。这些游记除了描写景物和叙事抒情外,还杂以议论,阐发哲理,《喜雨亭记》、《放鹤亭记》、《石钟山记》、《超然台记》等都是脍炙人口的名篇。如《石钟山记》通过对石钟山命名的研究、考察,既驳郦道元之"简",只说"水石相搏",语焉不详,又驳李渤之"陋",竟用潭上双石之声寻求命名来由。苏轼的结论是:反对"事不目见耳闻而臆断"的作风。又如《超然台记》,开篇即议论快乐的来由:

> 凡物皆有可观。苟有可观,皆有可乐,非必怪奇伟丽者也。铺糟啜醨皆可以醉,果蔬草木皆可以饱。推此类也,吾安往而不乐。

由于人的欲望无穷,而物又不能完全满足人的欲望,于是产生痛苦。要想摆脱苦恼,就要超然物外。在这番议论的基础上,作者描述了他到密州后的生活情况,再写因随遇而乐而引起建台的兴致,进而写登台览胜的愉悦,反映了澹泊自适、无往而不乐的生活态度和"游物之外"而"燕处超然"的老庄思想。

序跋和书札在苏轼散文中也占有重要的地位,它们或记友情,或写襟怀,夹叙夹议,挥洒自如,充分表现了作者的个性和风趣。如他为欧阳修和范仲淹文集写的《六一居士集叙》和《范文正公文集叙》。前篇突出欧阳修足以追配韩愈的学术和文学地位,从"自欧阳子之存"、"自欧阳子出"、"欧阳子没"三个层面充分肯定欧阳修在反对伪学和不良文风中所发挥的作用。后叙则着重写范仲淹在政治上的成就,先写自己从 8 岁起就仰慕范公,结写平生无缘识其风仪为恨,中间用伊尹、太公、管仲、乐毅、韩信、诸葛亮等历史上著名的政治人物来和范仲淹比较,突出他的政治识见和品格。两文同是序文,但侧重点不同,风格也各异。

苏轼的书札长篇不觉其长,短幅不觉其短,达到了行于所当行、止于所当止的境界。他被贬黄州时给秦观写的《答秦太虚》其四说:

> 初到黄,廪入既绝,人口不少,私甚忧之。但痛自节俭,日用不得过百五十,每月朔便取四千五百钱,断为三十块,挂屋梁上,平旦用画叉挑取一块,即藏去叉;仍以大竹筒别贮用不尽者,以待宾客,此贾耘老法也。度囊中尚可支一岁有余,至时别作经画,水到渠成,不须豫虑。以

此胸中都无一事。

清吕葆中《晚村精选八大家古文》评价这封信说:"无一毫装点,纯是真率。他文如说官话,此等文如打乡谈。官话可学,乡谈不可强也。"情味隽永,意味深长,确实是从肺腑中自然流出的至文。又如他被贬惠州时写的短札《与参寥子》:

> 专人远来,辱手书,并示近诗,如获一笑之乐,数日慰喜忘味也。某到贬所半年,凡百粗遣,更不能细说,大略只似灵隐天竺和尚退院后,却住一个小村院子,折足铛中,罨糙米饭便吃,便过一生也得。其余,瘴疠病人,北方何尝不病。是病皆死得人,何必瘴气。但苦无医药。京师国医手里死汉尤多。参寥闻此一笑,当不复忧我也。

被贬蛮荒之地,被安慰者反倒成了宽慰者,从中可见苏轼重友情而豁达开朗的可贵品质。

苏辙(1039—1112),字子由。19岁登进士科,累迁御史中丞,拜尚书右丞,进门下侍郎,后一再被贬。晚年退居于许州颍川之滨,遂自号颍滨遗老。著有《栾城集》、后集、三集等。

苏辙虽受父兄影响较深,但父子三人的散文风格却颇有不同。元刘壎《隐居通议》卷十五说:"老泉之文豪健,东坡文字奇纵,而颍滨之文深沉。"清人沈德潜《唐宋八家古文读本序》说:"老泉之才,横矫如龙蛇;东坡之才大,一泻千里,纯以气胜;颍滨淳蓄渊涵。"刘熙载《艺概》卷一也说:"大苏文一泻千里,小苏文一波三折。"对"三苏"散文不同的特点,都作了恰当的评价。

第五节　宋代的辞赋

由先秦、汉魏六朝而唐,经过骚体赋、大赋、骈赋、律赋几个不同历史阶段的发展,到了宋代,由于新古文运动的影响,欧阳修等古文家用单笔散体来写赋,骈散结合,句式参差,用典较少,押韵不严,风格更接近于散体之文,被称为文赋。文赋的代表作家是欧阳修和苏轼。欧阳修的代表作《秋声赋》通过多样化的比喻,把似乎难以捉摸的秋声描绘得十分形象,从中触发了作者对自然和人生的感叹。中间穿插童子对话,摇曳生姿,给人以意远思深之感。

苏轼以赋为题的文章有二十余篇,包括骚赋、辞赋、骈赋、律赋、文赋等样式,其中尤以文赋的成就为大。前后《赤壁赋》等是宋代文赋中最出色的作品。

在《前赤壁赋》中,作者先写"苏子"陶醉于清风明月、江山美景之中,次写"客"对曹操等历史人物兴亡的凭吊,最后写"苏子"从眼前水、月立论,阐发"变"与"不变"的哲理:

> 客亦知夫水与月乎？逝者如斯,而未尝往也;盈虚者如彼而卒莫消长也。盖将自其变者而观之,则天地曾不能以一瞬;自其不变者而观之,则物与我皆无尽也,而又何羡乎？且夫天地之间,物各有主,苟非吾之所有,虽一毫而莫取。惟江上之清风,与山间之明月,耳得之而为声,目遇之而成色,取之无禁,用之不竭。是造物者之无尽藏也,而吾与子之所共适。

"客"所追求的,是永远和宇宙同在的永恒。而苏轼则认为,若就变的角度来看,看似永恒的天地宇宙也是短促的;反之,若从不变的角度看,则短促的人生与万物又都是永恒的。这种齐生死、等荣辱、同忧乐、无是非的思想和随缘自适的人生态度,成为他在险恶的境遇中自我排遣的精神支柱。苏轼在这篇赋里,沿用传统的主客对话、"抑客伸主"的方式,巧妙地表达了自己感情的波折和矛盾解决的过程,语言流畅,音节自然,情景交融,艺术成就很高。[①]"空灵奇幻,笔笔欲仙"(《苏长公合作》卷一李贽评语)的《后赤壁赋》,与《前赤壁赋》写法不同,都无愧"文章绝唱"(《鹤林玉露》甲编卷六)的盛赞。

第六节　宋代的四六文

四六文是骈文的一种。骈文在发展过程中,逐渐形成句式整齐的四字六字句,被称为四六文。金秬香《骈文概论》在概括骈、散文演变过程时说:

> 吾国自上古以迄三代,为骈散无分之时代也;自周末以迄西汉,为骈散角出之时代也;自东汉以迄曹魏,为偏重骈文之时代也;起两晋,历六朝,迄中唐,则为骈文极盛之时代;自唐末至赵宋,散文兴而四六起,骈文之余波犹流衍而未有已也;元、明骈散并衰,而骈势尚未蹶;清代骈散并行,而骈势为特强。此论文体者多以骈为正宗也。

[①] 参见:程千帆、吴新雷《两宋文学史》,上海:上海古籍出版社1991年版,第148页;四川大学中文系古典文学教研室《宋文选》,北京:人民文学出版社1997年版,第219页。

可见四六文兴起于晚唐,李商隐《樊南四六》为始作俑者。到了宋代,正如洪迈《容斋四六丛话》所云:"四六骈俪,于文章家为至浅,然上自朝廷命令诏册,下而缙绅之间笺书祝疏,无所不用。"由于用途广泛,诏诰奏章、公移私启、羽檄露布、青词朱表甚至科举考试都多用四六文体,四六文因此得到了极大的发展,出现了欧阳修、王安石、苏轼等四六名家。吴子良《林下偶谈》卷二说:

> 本朝四六,以欧公为第一,苏、王次之。然欧公本工时文,早年所为四六,见别集,皆排比而绮靡,自为古文后,方一洗去,遂与初作迥然不同。他日见二苏四六,亦谓其不减古文。盖四六与古文,同一关键也。然二苏四六尚议论,有气焰,而荆公则以辞趣典雅为主。能兼之者,欧公耳。

他们以古文家写古文的手法来写骈文,将古文的气势注入骈文,也常用中唐陆贽所擅长的白描直叙来代替征故数典,从而形成了独特的面目。而在南北宋之际,四六文风行一时,出现了不少四六名家。

宋初的四六仍然沿袭唐人旧制。杨亿、刘筠等西昆诸子以李商隐为宗,谨守四字六字律令,尚有五代衰陋之气。夏竦、王珪、元绛、宋庠、宋祁等人追随燕、许大手笔,成为宋初创作成就较高的四六作家。欧阳修是宋四六第一位大家,他在用四六文撰写奏章文书时,常常参用散体单行的古文笔法,少用故事、陈言,纯以平淡文字倾吐衷曲,叙事明白,给这种骈四俪六的文体注入了新的活力。① 陈善《扪虱新语》卷一即云:"以文体为诗,自退之始;以文体为四六,自欧公始。"他的《上随州钱相公启》、《蔡州乞致仕第二表》等都是宋代四六中的佳作,如《蔡州再乞致仕第二表》:

> 伏念臣世惟寒陋,少苦奇屯,识不达于古今,学仅知于章句。名浮于实,用之始见于无能;器小易盈,过则不胜于几覆。徒以早遘千龄之亨会,误蒙三圣之奖知。宠荣既溢其涯,忧患亦随而至。禀生素弱,顾身未老而先衰;大道其夷,嗟力不前而难强。每念恩私之莫报,兼之疾病以交攻。爰于守亳之初,遂决窜漳之计。逮此三迁于岁律,又更两易于州符。而犬马已疲,理无复壮;田庐甚迩,今也其时。是敢更殚蝼蚁之诚,仰冀乾坤之造。况今时不乏士,物咸遂生,凫雁去来,固不为于多少。鸢鱼上下,皆自适于飞潜。苟遂乞于残骸,庶少偿其夙志。

---

① 姜书阁:《骈文史论》第十四章第三节,北京:人民文学出版社1986年版。

在四、六句式的基础上,参用了七、八字句甚至是九字句,是以散句入骈的典型例子。正如陈振孙《直斋书录解题》卷十八汪藻《浮溪集》解题所云,欧公以博学鸿文作大篇长句,在四六文中"叙事达意,无艰难牵强之态",精美整饬而又自由多变,四六文格为之一变。

欧阳修创为四六新体后,追随者甚众,其中尤为杰出者当推苏轼。刘将孙《题曾同父文后》曾说:"苏之进论进策,终身笔力,莫汪洋奇变于此。"他的策论制诰写得典赡高华、浑厚雄放,如《王安石赠太傅制》说王安石"名高一时,学贯千载,智足以达其道,辩足以行其言。瑰玮之文,足以藻饰万物;卓绝之行,足以风动四方。用能于期岁之间,靡然变天下之俗",用简洁工整的语言评价了王安石的功绩。苏轼用四六写的表启、青词、祝文、乐语等也颇多佳作,如《谢量移汝州表》:

> 只影自怜,命寄江湖之上;惊魂未定,梦游缧绁之中。憔悴非人,章狂失态。妻孥之所窃笑,亲友至于绝交。疾病连年,人皆相传为已死;饥寒并日,臣亦自厌其余生。

将自己受到贬谪打击后的凄苦情状表现得淋漓尽致,文极沉痛。苏轼在排偶中喜用长句,如《乞常州居住表》云:"臣闻圣人之行法也,如雷霆之震草木,威怒虽盛,而归于欲其生;人主之罪人也,如父母之谴子孙,鞭挞虽严,而不忍致之死。"长句的运用能够更加充分地表情达意,收到跌宕多姿的艺术效果。到了宣和年间,四六作家多用长句为对,几成风气。

孙梅《四六丛话》卷三十三评价苏轼四六文时说:"东坡四六,工丽绝伦中笔力矫变,有意摆落隋、唐、五季蹊径。以四六观之,则独辟异境;以古文观之,则故是本色,所以奇也。"在欧阳修的基础上,苏轼以矫健的笔力、如行云流水般的文风完善了宋四六,使四六文既具有精致的艺术形式,又富有思想意蕴。南宋后期四六名家陈耆卿和叶适论四六文时也说:"欧做得五六分,苏四五分,王(安石)三分。"以创体之功而言,欧阳修居功至伟,而以艺术成就而论,宋四六还得首推苏轼。王安石则在师承欧阳修四六文的基础上,用笔典重凝炼,风格严谨峭拔,形成与苏轼豪宕放逸迥异的风格特征。

欧阳修、苏轼、王安石是公认的四六大家。受他们的影响,"苏门六君子"、李之仪、李清臣、李邴等人的四六文成果斐然。到了南宋,四六文继续发展,出现了汪藻、周必大、孙觌、杨万里等四六高手,其中汪藻更是承前启后的四六名家。宋末元初,文天祥、陆秀夫等用四六文抒发他们的爱国主义精神,为宋四六写上光辉灿烂的一笔。

【导学训练】

一、学习建议

学习本编文学史应注意结合宋代文化高度繁荣的文化背景、重文抑武的政治背景和积贫积弱的历史背景,来理解各时期各种文体的发展状况、代表作家、代表作品及影响。其中重点学习宋代的词、诗和文。对这一时期文学史中的一系列关键词应能理解并记忆。

二、关键词释义

理学: 宋代理学是继先秦诸子学、汉唐经学之后兴起的新儒家哲学。"理学"是宋学的一个流派,在中国古代又称义理之学。周敦颐、邵雍是理学的开端性人物,张载与二程则为理学奠定了基础,而朱熹是集大成者,因此又被称为"程朱理学"或"朱子学"。这一思想体系以"理"为宇宙最高本体,认为万物"之所以然",必有一个"理",而通过推究事物的道理(格物),就可以达到认识真理的目的(致知)。理学是一种伦理学主体性的本体论,讲求"立志"、"修身"、"涵养德性,变化气质"以完成"内圣"人格,建立了以人的伦常秩序为本体轴心的儒学体系,孔、孟的一系列思想在这一体系中被加以新的形而上的解释,释、道两教关于个体修炼与宇宙论、认识论的思想精粹亦被摄入其中。理学到南宋中后期成为显学,长期占据经学的主导地位。理学的形成和发展是宋代文化发达的重要标志之一,它成了中国古代社会后期占统治地位的思想,对中国社会产生了深远的影响。

唐宋八大家: 明代嘉靖年间,唐宋派为了反对前后七子"文必秦汉,诗必盛唐"的文学观点,主张学习唐宋散文。古文家茅坤编选成《唐宋八大家文钞》一书,计选唐代韩愈、柳宗元,宋代欧阳修、曾巩、王安石及三苏文共一百六十四卷,为时人指示途径,"唐宋八大家"由此得名。这八位作家的作品虽然风格各异,但在反映和批判现实、善于叙事、议论、抒情和驾驭各类文体和语言艺术等方面均有相似之处,代表了我国自秦汉以后散文创作的最高成就,在文学史上产生了重要影响。

慢词: 按照乐曲的节奏可以将音乐分为急曲和慢曲,其中慢曲的字句长、韵少,节奏比较缓慢。依慢曲所填写的词叫慢词,"慢"演变为词体名称。唐五代时已有慢词,敦煌琵琶谱中也有"慢曲子"。宋代第一个大量填制慢调慢词的词人是柳永,以后遂蔚成风气,盛极一时,形成与小令双峰并峙的局面。有的慢词是小令的扩展,如《雨中花》有五十字体,《雨中花慢》则增至一百字,更多的则是在市井新声的基础上创制而成。慢词字数虽多,但并不等于长调。明人将91字以上的词作为长调,而慢词最短的如《卜算子慢》仅89字。宋代慢词中的"慢",有的词人往往省去,如姜夔《长亭怨慢》,张炎则作《长亭怨》。

以诗为词: "以诗为词"是陈师道在《后山诗话》中对苏轼词的批评。词和诗本来是有很大区别的两种文体,苏轼却有意识地打破其中的界限,用写诗的手法填词,从而使词具有与诗歌一样的表达功效。主要表现在以下几点:在题材上扩大词的表现功能,将原本只是抒写男欢女爱、羁旅愁绪的词用来言志向、咏性情、论时事,词成为无事不可写、无意不可入而与诗歌具有同等抒情言志功能的新型诗体;开拓词的意境,使原本婉曲柔美的词也如诗歌般雄浑壮阔、气象恢弘;为了抒情达意的自由,在音律上突破音乐对词体的制约和束缚,偶尔不协音律也在所不顾;在表现手法上,诗歌所习用的种种修辞也都用之于词,如大量采用词序交代词的创作动机和缘起,大量使事用典。"以诗为词"虽然提高了词的艺术品味和文学地位,但词和诗也因此而逐渐走向一体化,词独特的审美价值被消弭,这又未尝不是苏轼革新词体所带来的负面效应。

以文为词:辛弃疾发扬苏轼"以诗为词"的革新精神,进一步"以文为词"。以文为词与创作方法、语言风格及内容均密切相关。从创作方法上考察,以文为词指用散文的作法写词,将古文辞赋中常用的章法和议论、对话等手法移植于词;从语言上看,除了从日常生活中提炼语言外,还广泛地化用经、史、子各种典籍和前人诗词中的语汇、成句和历史典故,扩充了词的容量;在内容上则体现为无事不可入、无意不可言,极大地丰富了词的题材内容。以文为词,吸取诗文辞赋的菁华,扩大了词的表现范围,增强了词的艺术表现力。但不可否认,以文为词也泯灭了文体之间的界限,导致了词体的蜕变,对宋词发展产生了消极作用。

三、思考题

1. 试述理学对宋代文学的影响。
2. 试述宋代重文抑武政策对宋代文学的影响。
3. 比较分析苏轼、辛弃疾词的异同。
4. 试述南北宋诗歌在内容和风格上的不同点。
5. 试述宋文对宋代其他文体的影响。

四、可供进一步研讨的学术选题

1. 宋代多民族政权并存对文学进程的影响。

提示:宋代是一个多民族政权同时并存的时代,各政权之间既有冲突,也有融合,这对中国文学发展进程影响很大。

2. 对比分析秦观、贺铸各自诗词风格的异同,并以二人为例体会宋代作家兼擅多种文学样式的特点。

提示:宋代作家兼擅各体,具有多方面的艺术才能。要全面地理解每一位作家,就必须观照他们所有的作品,并对他们的各类文体进行对比分析。

3. 清人蒋士铨在《辨诗》中曾说:"唐宋皆伟人,各成一代诗……宋人生唐后,开辟真难为。"试述宋人对诗境的开拓。

提示:可以结合严羽《沧浪诗话》评价宋人"以文字为诗,以议论为诗,以才学为诗"展开分析。

4. 从名诗人到大词人——晏殊词经典化历程研究。

提示:晏殊曾创作了上万首诗,当时诗名甚著,流传至今的却只有200余首。我们也多称誉他的词,对他的诗歌很少关注。可以从接受史的角度来观照这个问题。

5. 试述欧阳修在中国散文史上的作用和地位。

提示:欧阳修在北宋诗文革新运动中作出了卓越贡献,对宋代以及明代唐宋派、清代桐城派的创作都产生了深远的影响。

【研讨平台】

一、唐诗与宋诗

提示:诗分唐宋,既是时间上的区分,也是针对诗的风格差异而言。唐诗从杜甫开始即已下启宋调,而宋代诗人中也有多为唐音者。唐宋诗风格多有不同:唐诗情韵悠长,宋诗富有理趣;唐诗情景交融,情寓景中,宋诗议论深刻,说理透辟;唐诗气势恢弘,宋诗精致典雅;唐诗音节和谐婉转,宋诗音调挺拔瘦劲;唐诗多抒写人生,宋诗多忧国忧民。宋代诗人在唐诗兴盛的情况下,在创作技巧、题材取向等方面求新求变,另创一格而与唐诗分庭抗礼。自宋以后直到近代,要么宗唐,要么崇宋,很难摆脱唐音、宋调的影响。唐宋诗优劣之争,也持续了一千年。

《沧浪诗话》·严羽

本朝人尚理,唐人尚意兴。

《答师友传诗录》·王士禛

唐人诗主情,故多蕴藉;宋诗主气,故多径露。

《围炉诗话》·吴乔

唐人以诗为诗,宋人以文为诗;唐人主于达情,宋诗主议论。

《随园诗话》·袁枚

诗分唐宋,至今人犹恪守。不知诗者人之性情,唐宋者帝王之国号。人之性情,岂因国号而转移哉?

《读〈宋诗精华录〉》·程千帆

唐人之诗,主情者也,情亦莫深于唐。及五季之卑弱,而宋诗以出。宋人之诗,主意者也,意亦莫高于宋。后有作者,文质迭用,固闿能自外焉……唐人以情替汉魏之骨,宋人以意夺人之情,势也。漫假而以议论入诗。夫议论则不免于委曲,委曲则不免于冗长,长则非律绝所闲,此所以逮宋而古诗愈夥也。其极至句读不茸,而文采之妙无征;节奏不均,而声调之美遂阕。此宋人之短,非宋人之长。

《谈艺录》(节选)·钱锺书

唐诗、宋诗,亦非仅朝代之别,乃体格性分之殊。天下有两种人,斯分两种诗。唐诗多以丰神情韵擅长,宋诗多以筋骨思理见胜。严仪卿首倡断代言诗,《沧浪诗话》即谓'本朝人尚理,唐人尚意兴'云云。曰唐曰宋,特举大概而言,为称谓之便,非曰唐诗必出唐人,宋诗必出宋人也。故唐之少陵、昌黎、香山、东野,实唐人之开宋调者;宋之柯山、白石、九僧、四灵,则宋人之有唐音者……夫人禀性,各有偏至。发为声诗,高明者近唐,沈潜者近宋,有不期而然者。故自宋以来,历元、明、清,才人辈出,而所作不能出唐宋之范围,皆可分唐宋之畛域……且又一集之内,一生之中,少年才气发扬,遂为唐体,晚节思虑深沉,乃染宋调。

(钱锺书:《谈艺录》,北京:中华书局1984年版,第2—4页。)

二、宋词流派

提示:宋词高度繁荣发展的一个重要标志,就是多种风格流派竞相出现,争奇斗艳。早在南宋,就有人尝试对宋词进行分派。到了明代,张綖提出了影响深远的婉约、豪放二分法。自有清以降,给宋词分派,更是众说纷纭,莫衷一是。建构新的宋词流派理论和框架,既要全面系统地梳理传统词论中各家有关流派问题的论说,更要结合词体文学发展的实际。

《诗馀图谱·凡例附识》·张綖

词体大略有二,一体婉约,一体豪放。婉约者欲其词情蕴藉,豪放者欲其气度恢宏。然亦存乎其人。如秦少游之作,多是婉约,苏子瞻之作,多是豪放。大约词体以婉约为正。

《花草蒙拾》·王士禛

张南湖论词派有二,一曰婉约,一曰豪放。仆谓婉约以易安为宗,豪放惟稼轩称首。皆吾济南人。

《灵芬馆词话》卷一·郭麐

词之为体,大略有四:风流华美,浑然天成,如美人临妆,却扇一顾,花间诸人是也。晏元献、欧阳永叔诸人继之。施朱傅粉,学步习容,如宫女题红,含情幽艳,秦、周、贺、晁诸人是也。柳七则靡曼近俗矣。姜、张诸子,一洗华靡,独标清绮,如瘦石孤花,清笙幽磐,入其境者,疑有仙灵,闻其声者,人人自远。梦窗、竹窗,或扬或沿,皆有新隽,词之能事备矣。至东坡以横绝一代之才,凌厉一世之气,间作倚声,意若不屑,雄词高唱,别为一宗。辛、刘则粗豪太甚矣。其余幺弦孤韵,时亦可喜。溯其派别,不出四者。

《白雨斋词话》卷八·陈廷焯

唐宋名家,流派不同,本源则一。论其派别,大约温飞卿为一体,皇甫子奇、南唐二主附之;韦端已为一体,牛松卿附之;冯正中为一体,唐五代诸词人以暨北宋晏、欧、小山等附之;张子野为一体;秦淮海为一体,柳词高者附之;苏东坡为一体;贺方回为一体,毛泽民、晁具茨高者附之;周美成为一体,竹屋、草窗附之;辛稼轩为一体,张、陆、刘、蒋、陈、杜合者附之;姜白石为一体;史梅溪为一体;吴梦窗为一体;王碧山为一体,黄公度、陈西麓附之;张玉田为一体。其间惟飞卿、端己、正中、淮海、美成、梅溪、碧山七家,殊途同归。余则各树一帜,而皆不失其正。东坡、白石,尤为矫矫。

《宋词风格流派略谈》(节选)·詹安泰

一般谈宋词的都概括为豪放和婉约两派。这是沿用明张綖(世文)评价东坡、少游的说法(见张刻《淮海集》),是论诗文的阳刚阴柔一套的翻板,任何文体都可以通用,当然没有什么不对。不过,真正要说明宋词的艺术风格,这种两派说就未免简单化。清初顾咸三(仲清)说:"宋名家词最盛,体非一格,辛、苏之雄放豪宕,秦、柳之妩媚风流,判然分途,各极其妙;而姜白石、张叔夏辈以冲淡秀洁,得词之中正。"(见高佑釲《迦陵词全集序》引)对姜、张的评价对不对是另一问题,但把他们划出豪放、婉约两派之外,则较为切合实际。此外如周济的四家说,戈载的七家说,郭麐的四体说,陈廷焯的十四体说(包括唐、五代)等等,各有所见,莫衷一是。

其实,如果细加区别,即使一个作家一生的创作,风格也不是一律的。大家知道,写"大江东去"(《念奴娇》)的苏轼,也写过"彩索身轻长趁燕,红窗睡重不闻莺"(《浣溪沙》)这么娇媚的作品;以精艳著称的贺铸,也不无慷慨激越的名篇(《六州歌头》《水调歌头》)。就以被看成"词语尘下"(李清照评柳词)的柳永词来说,除通俗浅显、细密妥溜的表现之外,有如《八声甘州》一类的壮阔浑融,有如《双声子》一类的沈顿苍凉,有如《满江红·桐川》一类的高雅精健,都不能说不是他的艺术风格的表现。我们说某一作家属于某一流派,也只是就其总的表现说,不能看成他的绝对唯一的表现。老练的作家,是能够随物赋形,因宜应变的。

照我的浅见,宋词的艺术风格,可归纳为:真率明朗、高旷清雄、婉约清新、奇艳俊秀、典丽精工、豪迈奔放、骚雅清劲、密丽险涩等派,每派各有代表作家和附属作家。此外,北宋前期还有一些继往开来的风格流派。

(吴承学、彭玉平编:《詹安泰文集》,广州:中山大学出版社2004年版,第20页。)

三、南北宋词之争

提示:从南宋开始,人们对南、北宋词就心存轩轾之意。到了清代,人们或标榜北宋词,或倡导南宋词,或认为南、北宋词各有所长,南、北宋词孰优孰劣之争更成为词坛上的热烈话题。诚然,南、北宋词因时代不同而呈现出不同的风貌:北宋词浑成,南宋词精致;北宋词小令多精品,南宋词慢词更多佳作;北宋词自然天成,南宋词人工天巧……南、北宋词之争不仅有个人喜好不同的原因,也是词学观念嬗变的反映。

《幽兰草词序》·陈子龙

自金陵二主以至靖康,或秾纤婉丽,极哀艳之情;或流畅澹逸,穷盼倩之趣。然皆境由情生,辞随意启,天机偶发,元音自成。繁促之中,尚存高浑,斯为最盛也。南渡以还,此声遂渺,寄慨者亢率而近于伧武,谐俗者鄙浅而入于优伶。

《词综发凡》·朱彝尊

世人言词,必称北宋,然词至南宋始极其工,至宋季而始极其变。姜尧章氏最为杰出。

《介存斋论词杂著》·周济

北宋词,下者在南宋下,以其不能空,且不知寄托也;高者在南宋上,以其能实,且能无寄托也。南宋则下不犯北宋拙率之病,高不到北宋浑涵之诣。

《莲子居词话序》引王昶语·许宗彦

北宋多北风雨雪之感,南宋多黍离麦秀之悲,所以为高。

《白雨斋词话》卷十·陈廷焯

词家好分南宋、北宋,国初诸老,几至各立门户。窃谓论词只宜辨别是非,南宋、北宋不必分也。若以小令之风华点染,指为北宋;而以长调之平正迂缓,雅而不艳,艳而不幽者,目为南宋,匪独诬北宋,抑且诬南宋也。

《宋词通论》(节选)·薛砺若

北宋因有长期的承平,故其词风所表现自有一种宽舒中和的音调与色彩。这种歌声正足以代表一个升平享乐的时代。自汴京失陷,迁都临安以后,外受强邻侵逼,内则权奸当路,凡是热心祖国过于激烈的人,都遭杀身窜谪之祸。所以他们的词中,多半是抒写他们的内在的痛愤。到了末期,更是国破家亡,敛迹销声,故其词中,亦隐露凄恻之意和沦落之感。若与北宋承平盛世相较,显然有一种不同的色彩与声调了。譬如同属一物,同系一境,自北宋人看来,都欣欣有自得之趣,感着共生之乐;而自南宋人看来,则反触目伤怀,对景增痛了。

……

北宋词无论是抒情或写景写物,总是很自然的,质朴的,真实的。比方同是写美人的,北宋人则谨写她全部的姿态和风神,南宋人则偏从她的眉眼上,指甲上,甚至于纤足上作一种局部的机械的描写,因为写得太机械了,太琐碎了,实在是难于着笔,于是不得不专藉古典的烘衬和辞彩的藻绘,大作其无病呻吟的文章了。结果是愈写愈机械,愈写愈古典,简直将一位活活的美人,写得像一座石像或木偶了。

北宋词所描写的范围很狭,他们所写的不过是春愁、闺情、别绪、羁怀和简单的写景作品而已。

我们若取南宋词来一读,我们觉得词学的领域,并不以描写春愁闺情别绪为中心,尽可向外开展……凡古今盛衰之迹、兴亡之感,也都可写入词中了。

其他如记游、记事、赠别、庆吊以及花鸟虫鱼宫室玩好服饰等,凡可用诗与散文写出者,均可一一倚声制为新词了。其范围之广阔,远非北宋人所能臆想得到的事。

(薛砺若:《宋词通论》,上海:上海书店出版社 1985 年版,第 43—50 页)

【拓展指南】

一、宋代文学重要研究成果简介

1. 钱锺书:《宋诗选注》,北京:人民文学出版社 1989 年版。

简介:本书是新中国成立以来学术质量最高、流播最广、影响最大的宋诗选注本,是一本从不同于前人的角度出发来对宋诗进行全面观照的书,其注释和简评都特别出色,"打破了传统选本着重于词语训释、名物阐解、章句串讲的框架,而是把注释和鉴赏、评判结合起来"(王水照《关于宋诗选注的对话》)。作者不仅注出用典、字词,更着重在诗作的品藻、鉴赏、穷源、溯流等,选中见史,从整体把握入手。其中涉及宋诗很多重要问题,如继承与创新、书本与创作、以画喻景、比喻、宋代边塞诗、田园诗等。突出的特点是注释语言丰富、幽默而生动。

2. 钱锺书:《谈艺录》,北京:中华书局 1984 年版。

简介:全书有相当篇幅论述宋诗,如关于唐诗与宋诗不同的论述及其划分,可以说为历史上唐宋诗之争作了一个颇有说服力的总结。书中对黄庭坚、陆游等人的诗也作了独到的评价。

3. 龙榆生:《龙榆生词学论文集》,上海:上海古籍出版社1997年版。

简介:在上世纪的三位词学大师中,龙榆生精于理论的建构。本书收录他40余篇有代表性的词学论文,内容比较广泛,对词体之演进、词的艺术特征等宏观方面的问题进行了探讨、研究和论述,对有代表性的两宋词人如苏轼、贺铸、李清照、周邦彦等也作了剖析和评价,是一部开山性的著作。

4. 吴熊和:《唐宋词通论》,杭州:浙江古籍出版社1989年版。

简介:本书是研究唐宋词的代表性著作之一。全书分词源、词体、词调、词派、词论、词籍、词学七章立论,把词学各个领域的横向研究与对整个唐宋词的嬗变演进过程的纵向研究结合起来,不仅确立了整个词学的研究框架,而且勾勒了唐宋词的发展脉络,对传统词学研究格局进行了总结。分类细致入微,阐述鞭辟入里,是了解唐宋词发展状况的集大成之作。

5. 杨海明:《唐宋词史》,天津:天津古籍出版社1998年版。

简介:本书的撰写依据三个原则:一是去芜存菁、举其大端,抓重点作家和流派,并加鸟瞰式的宏观性叙述;二是克服某些文学史著作单纯罗列作家作品、失之肤浅的缺点,把经济和政治环境的影响放在相当重要的地位,同时特别注重词作为一种特殊文体,反映生活与表现思想感情时的特异性;三是呈现"史"的继承性、发展性及轨迹性,避免平铺直叙、罗列现象的静态写法。特点是描述历史全面,文献资料翔实,理论分析透彻,是了解唐宋词发展状况的重要资料。

6. 王兆鹏:《唐宋词史论》,北京:人民文学出版社2000年版。

简介:本书尝试用不同的方法,从不同的角度示例性地考察唐宋词史的发展状况及其演变历程。其中唐宋词中抒情范式的研究、定量分析的方法以及关于词人词籍的考辨,是颇具开拓性的成果。

7. 王水照:《宋代文学通论》,郑州:河南大学出版社1997年版。

简介:本书分绪论、文体篇、体派篇、思想篇、题材体裁篇、学术史篇共六部分,用专题的方式组织整体框架,较为全面系统地论述了两宋文学的概貌、特点、发展进程、历史地位和影响。

8. 曾枣庄:《宋文通论》,北京:上海人民出版社2008年版。

简介:本书分六编:宋文总论、宋代辞赋通论、宋代四六文通论、宋代韵文通论、宋代散文通论、宋文的总体特征及其影响,共三十一章,是迄今研究宋文最为全面的专著。

二、宋代文学重要研究资料索引

(一) 著作:

1. 胡云翼:《宋诗研究》,上海:商务印书馆1930年版。

2. 四川大学中文系古典文学教研室选注:《宋文选》,北京:人民文学出版社1980年版。

3. 姜书阁:《骈文史论》,北京:人民文学出版社1986年版。
4. 莫砺锋:《江西诗派研究》,济南:齐鲁书社1986年版。
5. 村上哲见:《唐五代北宋词研究》,西安:陕西人民出版社1987年版。
6. 赵齐平:《宋诗臆说》,北京:北京大学出版社1993年版。
7. 张宏生:《江湖诗派研究》,北京:中华书局1995年版。
8. 张毅:《宋代文学思想史》,北京:中华书局1995年版。
9. 黄文吉:《北宋十大词家研究》,台北:文史哲出版社1996年版。
10. 吴熊和:《吴熊和词学论集》,杭州:杭州大学出版社1999年版。
11. 刘扬忠:《唐宋词流派史》,福州:福建人民出版社1999年版。
12. 王水照:《王水照自选集》,上海:上海教育出版社2000年版。
13. 杨庆存:《宋代散文研究》,北京:人民文学出版社2002年版。
14. 周裕锴:《宋代诗学通论》,北京:上海古籍出版社2007年版。
15. 王兆鹏:《宋南渡词人群体研究》,南京:凤凰出版社2009年版。

(二)论文:
1. 齐治平:《中国文学批评史上唐宋诗之争》(1—5),《首都师范大学学报》(社会科学版)1982年第1—5期。
2. 胡念贻:《南宋〈江湖前、后、续集〉的编纂和流传》,《文史》第十六辑。
3. 陈植锷:《试论王禹偁与宋初诗风》,《中国社会科学》1982年第2期。
4. 刘乃昌:《关于宋诗评价问题的讨论综述》,《文史知识》1983年第9期。
5. 胡念贻:《关于宋诗的成就和特色》,《学习与思考》1984年第2期。
6. 白敦仁:《宋初诗坛及"三体"》,《文学遗产》1986年第3期。
7. 程千帆、莫砺锋:《论苏轼的风格论》,《中国古典文学论丛》第五辑,北京:人民文学出版社1987年版。
8. 王琦珍:《南宋散文评论中的几个问题》,《文学遗产》1988年第4期。
9. 霍松林、邓小军:《论宋诗》,《文史哲》1989年第2期。
10. 葛晓音:《北宋诗文革新的曲折过程》,《中国社会科学》1989年第2期。
11. 王兆鹏:《论东坡范式》,《文学遗产》1989年第5期。
12. 莫砺锋:《论王荆公体》,《南京大学学报》1990年第1期。
13. 陶尔夫、刘敬圻:《晏几道梦词的理性思考》,《文学评论》1990第2期。
14. 曾枣庄:《宋代诸帝之嗜好与宋代文化之繁荣》,《宋代文学与宋代文化》,上海人民出版社2006年版。
15. 缪钺:《论宋诗》,《诗词散论》,西安:陕西师范大学出版社2008年版。

第六编 辽金元文学

第一章　绪　论

辽、金、元三朝，均是我国历史上由少数民族建立起来的王朝。辽金元文学，上承唐宋文学，而下启明清文学。由于历史文化背景、价值观念、生活方式以及民族融合冲突等等的差异，辽金元文学呈现出独特的面貌，成为中国文学发展史上较为特殊的一个环节。

第一节　辽代文学概述

辽（916—1125）是以契丹族为主体建立起来的王朝。辽原名契丹，因居辽河上游，故称"辽"（契丹语"镔铁"的意思）。公元907年，辽太祖耶律阿保机统一契丹各部，916年正式建年号，定都上京（今内蒙古巴林左旗林东县），至1125年（辽天祚帝保大五年）为金朝所灭，立国时间长达200余年。辽朝极盛时期的疆域，东临黄海，西近阿尔泰山，北至今克鲁伦河、色楞格河流域，南抵天津、河北中部和山西北部，国土广大，幅员辽阔。

契丹族本是我国北方古老的民族之一，在与中原和西域各国的交往过程中，融合众长，逐步推进了政治、经济和文化等各个领域的发展，而受中原地区文化的影响尤深。辽建国后不久，即创大、小契丹文字，定律法。《辽史·文学传序》称："辽起松漠，太祖以兵经略四方，礼文之事，固所未遑。及太宗之汴，取（后）晋图书礼器而北，然后制度渐以修举。至景（宗）、圣（宗）间（969—1031），则科目聿兴，士有由下僚擢升侍从，骎骎崇儒之美。"明确指出了吸收融合中原文化对辽代文化产生的深远影响。辽代文学，是由包括契丹族和汉族在内的多个民族人民共同创造的文学。由于传世的辽代文学作品基本用汉文写成（近年来，也出土或发现了少量契丹文文献），本部分所说的辽代文学，即指辽代以汉文书写的文学。

辽代留存至今的文学作品数量很少，文体大概包括小说、戏曲、诗词、散文以及神话等。其中，诗歌的成就相对较高，而诗歌创作成绩突出的又多是契丹族作家。这在中国古代文学史上并不多见，足见契丹民族文化和汉族文化相互影响的程度之深。

辽代文学尤其是辽代诗歌,主要接受了唐宋文学的影响,总体上崇尚直率自然、豪迈清刚的美学风格,唐宋时期的文学家白居易和苏轼,在辽代作家中具有重要的地位和影响力。辽代文学的创作者,主要是契丹贵族成员,如帝王后妃、朝廷重臣等。在这个创作群体中,女性作家占据了较为重要的地位,这也是辽代文学中一个引人瞩目的现象。如道宗懿德皇后萧观音、天祚帝妃萧瑟瑟,她们的创作获得了后世的普遍赞誉,甚至被视为辽代文学的代表。

由于绝大多数辽代文学作品已经散佚不存,加上起步较晚、朝廷厉行书禁等原因,辽代文学总体成就远不如唐宋文学,甚至与金代文学也有较大的差距。不过,作为中国古代文学发展过程中不可或缺的一环,辽代文学仍然有其独特的地位,并对金、元文学产生了较为重要的影响。

第二节 金代文学概述

金(1115—1234)是我国历史上由女真族建立的政权。它在建元之初,先后灭辽和北宋,占据了淮水以北的广大地区,与南宋对峙。女真族原是我国东北地区一个相对落后的游牧民族,及灭辽侵宋,入据中原,大力罗致辽、宋文士典籍,广泛吸收汉文化元素,很快超越了原本落后的社会形态。受高度发达的汉文化的熏染沾溉,加上北方民族固有的文化特质的影响,金代文学以自己独具一格的风貌出现在文学史上,成就超过了辽代,所以《金史·文艺传序》说:"金用武得国,无以异于辽,而一代制作能自树立唐、宋之间,有非辽世所及,以文不以武也。"

金代文学独特成就的取得,与多方面的原因有关。其中,有两点需作一些说明。

首先,金代文学能在璀璨夺目的唐宋文学之后卓有建树,超迈辽代文学,与女真贵族对先进的汉文化的接受、吸收与融合是分不开的。金朝以武力得天下,建元之前尚无文字,直到12世纪中叶,太祖时期的完颜希尹才参照汉、契丹文创造了女真文,与汉文一起成为金朝的通用文字。由于女真文字创立较晚,流传不广,终金元一朝,女真文文学始终没有得到长足的发展。因此,能够反映金朝文学成就的,还是首推汉文文学。灭辽伐宋以后,金朝的统治者逐步认识到文化的重要性,一方面吸纳了一批辽宋文士,同时,中原文物如典籍、仪仗、礼器、鼓乐等等大规模北迁,客观上为金代文学的发展奠定了坚实的基础。统治者对中原文化的浓厚兴趣与热切渴慕,形成了强大的感召力,营造了浓郁的尚文氛围。相当一批女真军功贵族也竞相吟诗作赋,与文士往来密切,以文雅相尚,渐失女真勇武故态。随着金元典章文物之盛以及汉化的不断加深,金代文学也逐渐走向成熟,日益显示出独特的风貌。

其次,金代文学植根于北方文化土壤,有着较浓郁的北方文化特质,其独特风貌的形成,还与北方民族固有的文化传统密切相关。地域差异对文化具有恒久的影响力,此疆彼界之殊,常常成为己长彼短之本。女真民族以马上得天下,素来具有骁勇剽悍的民族性格。其质朴刚健的民族气质,加上北方文学长期以来贞刚质朴的传统,为金元文学注入了生机活力,有助于形成独特的创作风貌。

金代文学在多元文化融合的背景下产生,沿着自身独特的发展轨迹,取得了不容忽视的成就,引人注目地出现在北半部中国。传统的诗词创作领域涌现了一批知名作家,创作了不少独具特色的篇什。金院本与诸宫调的创作,为北曲的发展与元代杂剧的兴盛创造了条件。

诗歌发展到唐宋,已高度成熟,各种风格大备。后世诗歌虽然有所损益变化,但大体不出唐宋诗范围。金代诗歌一方面受到宋诗较为明显的影响,另一面也呈现了独特的风貌。清人翁方纲在《石洲诗话》等著述中反复提及"苏学盛于北",认为金代文士无不受到北宋苏轼之学的沾溉。但金诗对苏、黄的承袭,主要表现为推崇清旷豪放之风,而不重苏轼的逞才使气,也没有江西诗派大讲出处来历、以用事为工、尚押韵之险的习气。不仅如此,金代诗人还对苏、黄追奇逐险、模仿太甚的倾向多有指责。因此,金诗不能简单地看成宋诗或者说是苏、黄的余风,相反,它能在继承之外出新出彩。

金代诗人辈出,作品繁富。金诗的发展过程,学术界一般分为三个时期:

初期是从金朝立国到海陵朝(1115—1160),即所谓"借才异代"时期。此期的主要作家都是由辽、宋入金的文士。由于他们仕金一般都有难言的苦衷,其身世之感、故国之思,反映在作品中,多表现出曲折复杂的感情,往往具有撼人心魄的艺术感染力。中期主要是金世宗、金章宗统治时期(1161—1213),是"国朝文派"活跃于文坛的时期。这一时期的作家大多是在金朝的统治下成长起来的,安定承平的社会环境和崇尚儒雅的文化氛围为他们的创作提供了有利条件。他们的诗作一方面淋漓尽致地体现了粗犷雄健、苍劲浑厚的北方文化特质,但另一方面,部分作家的创作也不免流于熟滑。后期是从金室南渡到金亡(1213—1234)。宣宗贞祐二年(1214),金室在蒙古的强大军力威胁之下被迫南渡黄河,史称"贞祐南渡",金朝自此走向衰亡。这一时期国势虽然渐趋衰弱,文学创作却日趋繁荣。动荡的社会现实,使诗人们类多慷慨悲壮之音,忧时伤乱的题材增多。崛起于金末的元好问,则是金代文学集大成的重要作家,代表了金代文学的最高成就。

金词从总体上看,虽无法与宋词相颉颃,但仍不乏佳作,而且形成了不同于宋词的特色。与深婉的宋词相比,金词清新劲健,清丽中充溢着清刚之气,承继宋代豪放派和婉约派的词风,且有并流合一的趋势。

除了传统的诗词文创作,金代文学的繁盛还表现在院本杂剧、诸宫调和白话小说上。金朝灭北宋的时候,金人就将北宋都城汴京(今河南开封)的伶官、乐器等大批北迁,戏曲、说唱等文学样式得到了充分的发展。金朝中期,与音乐、舞蹈有密切关系的院本杂剧已经勃兴。据元代陶宗仪《南村辍耕录》卷二十五记载,院本名目达 690 余种,遗憾的是,由于种种原因,没有一部传流下来。但从这些院本的名目分析,不仅可见当时院本的创作之盛,而且还可约略窥见院本所涉及的题材内容之广。另外,创始于北宋末期的诸宫调,在金代得到了长足的发展。宋代诸宫调作品散佚不存,金代的诸宫调则已成为成熟的说唱艺术,留下了《西厢记诸宫调》等颇有影响的作品。

第三节　元代文学概述

公元 1206 年,铁木真(即成吉思汗)基本统一蒙古各部,随后蒙古军队多次西征,建立了窝阔台、察合台、钦察、伊儿四大汗国。公元 1234 年,成吉思汗之子窝阔台灭金,统一北方中国。公元 1271 年,成吉思汗的孙子忽必烈"取《易经》乾元之义"(《元史》卷七《世祖本纪》),正式定国号为"大元"。公元 1279 年,元朝攻灭南宋,统一全中国。公元 1368 年,朱元璋起事推翻元朝、元顺帝逃离大都,元朝宣告灭亡。元朝的疆域辽阔,"北逾阴山,西极流沙,东尽辽左,南越海表"(《元史》卷五十八《地理志》序),是我国历史上第一个由少数民族建立起来的、大一统的多民族联合政权。

蒙古族原本居无定所,在北方过着游牧的生活,在艰苦的环境下养成了强悍勇猛的特点。他们凭借骁勇善战的铁骑,逐渐在征战中走向统一并吞并了其他部落,建立了蒙古国。他们的铁蹄一度深入到欧洲多瑙河流域,使元朝成为我国历史上空前辽阔的王朝。这种局面的形成,一方面加强了国内各民族之间的友好往来和文化交流,另一方面也促进了东西方的碰撞融合,使元朝的文化呈现出多元化和丰富性,大大促进了民族融合。像贯云石、萨都剌等一批兄弟民族文人,在诗、词、曲等领域都有很高的造诣,创作了一些较为优秀的作品。元代文坛也因此呈现出别具一格的气象。

元朝统治的确立,结束了此前多民族政权相互对峙的局面。忽必烈采纳汉族知识分子"必行汉法乃可长久"(《元史》卷一五八《许衡传》)的建议,一方面在政治、文化各方面基本沿袭宋金旧制,同时也注意保留了蒙古的某些习俗。但在"汉化"的过程中,统治者始终奉行一种民族压迫和民族歧视政策,各族人民被分而视之,在政治、经济、法律上分别规定了不同的待遇。灭南宋之后,根据民族的不同和被征服的先后,国人被分为四个等级:蒙古人,色目人,汉人,南人。蒙古人可以拥有众多的权利,但汉人和南人地位低下,在政治上基本没有发言权。同时,这一民族歧视政策也体现在元代的科举制度上。元代科举政策明显倾斜于蒙古人,而汉人、南人很少有仕进的机会。一批才华横溢的文人,面对科举政策的倾斜,丧失了跻身仕途的信心,丧失了参与元朝政权建设的热忱。许多文人或流连于市井街头,或沉湎于自然山水,他们中的很多人不再渴望入仕,逐步从对政权的依附中摆脱出来,获得了更多的精神自由。为了谋生,这些文人或被动或主动地转向创作适合大众口味的通俗文学作品。这是元代杂剧出现与兴盛的重要因素。总之,元朝这种独特的民族压迫、民族歧视政策,极大地影响了文人的心态,反映在文学上,在诗词曲赋等多种文体中都有体现。

元朝统治者采取了一系列休养生息的政策,大力恢复发展生产,人民相对安居乐业。由于交通的发展,各民族之间的交流日益加强,加上统治者崇尚实利的思想引导,都为商业的繁荣活跃准备了良好的条件,也为后来大量杂剧作品的出现提供了经济支撑与市场消费的可能。

为巩固自身的统治,元朝统治者重视程朱理学。程朱理学在元代被正式确定为官方的意识形态,"而曲学异说,悉罢黜之"(苏天爵《滋溪文稿》卷五《伊洛渊源录序》)。但实际上,统治者在对待宗教信仰等方面也持比较宽容的态度。思想领域控制的松弛,导致不少与程朱理学截然相悖的思想的出现,影响到文学领域,反而使元代作家能博采众长,创作呈现出多样化的倾向。元代的诗词、杂剧等文学样式,多是作者真性情的表露,部分作品甚至具有追求自主独立的意识。

元朝各种文学体裁兼备。这一时期的文艺形式,除了传统的诗词文,以及宋金时期发展而来的戏曲之外,可供大众娱乐消费的话本也在前代的基础上得到了进一步的发展。这些说唱文学往往经文人加工，变得通俗化、大众化，从而迎合了大众的审美心理需求。大批作品在勾栏瓦肆中演出，促进了文本的演变和丰富。在诗歌领域，散曲这种新的样式也吸引了众多文人的目光，并积极参与创作。

总之，元代是我国历史上第一个少数民族建立起来的大一统的多民族联合政权，立国时间虽短，但文学的发展仍呈现出自己独有的风貌。元代，叙事性文学第一次取代了抒情性文学，在文坛占据了主导地位。这个时期，作家与下层民众的联系更加密切，文学创作赢得了更多的观众、读者，产生了更为广泛的社会影响，也为中国文学的发展输入了新鲜的血液和养分。

第二章　辽金诗歌

辽代文学的成就主要反映在诗歌上。辽代诗歌的创作者多系契丹贵族。帝王如圣宗耶律隆绪、兴宗耶律宗真、道宗耶律洪基、天祚帝耶律延禧，皇室成员如东丹王耶律倍，后妃如懿德皇后萧观音、文妃萧瑟瑟等，都对诗歌创作倾注了很大的热情。他们的诗歌，虽然题材相对较为狭窄，风格技巧相对朴质，但自有一家面目，不容忽视。

金代诗歌的发展则可以分为初、中、后三个时期。从总体上看，金代诗歌与北宋诗歌有着明显的渊源关系。虽然不如宋代诗坛那样名家辈出、佳作林立，但北地悠久的文化传统，以及不同民族文化的融合交流，赋予了金代诗歌独特的风貌，在中国文学发展史上仍然引人注目。

第一节　辽代诗歌

辽代诗歌保存下来时代最早的，当属东丹王耶律倍的《海上诗》。

耶律倍（899—936），小字突欲，辽太祖耶律阿保机的长子，本被册封为太子，后让位于其弟耶律德光（即辽太宗），改封为东丹王。不料耶律德光即位后，反而对他百般猜忌和打压，迫于无奈，耶律倍只得从海道投奔后唐。临走时，立木海岸，刻诗其上：

> 小山压大山,大山全无力。羞见故乡人,从此投外国。

该诗本无题目,后人习称为《海上诗》。全诗技巧平平,甚至颇显笨拙,但诗人内心的压抑之气和不平之态,则在短短的五言四句中跃然纸上。

辽代皇室成员中,帝王能诗者多,但作品存世量少,反而是萧观音、萧瑟瑟两位女诗人,成为其中翘楚。

萧观音(1040—1075),辽道宗立为懿德皇后,工诗善谈论,精通音律,贤淑而有令闻。据王鼎《焚椒录》和《辽史·奸臣传》的记载,萧观音之子耶律濬被立为皇太子,权臣耶律乙辛感受到严重的威胁,遂与人合谋,诬告萧观音与伶人赵惟一私通,企图通过诬陷皇后来达到打击皇太子的目的。结果,萧观音被道宗赐死,赵惟一灭族。萧观音临死前,求见道宗皇帝一面而不允,满怀悲愤绝望,写下了《绝命词》,成为她生命中的绝唱:

> 嗟薄祜兮多幸,羌作俪兮皇家。承昊穹兮下覆,近日月兮分华。托后钧兮凝佇,忽前星兮启耀。虽衅累兮黄床,庶无罪兮宗庙。欲贯鱼兮上进,乘阳德兮飞天。岂祸生兮无朕,蒙秽恶兮宫闱。将剖心以自陈,冀回照兮白日。宁庶女兮多惭,遏飞霜兮下击。顾子女兮哀顿,对左右兮摧伤。共西曜兮将坠,忽吾去兮椒房。呼天地兮惨悴,恨古今兮安极?知吾生兮必死,又焉爱兮旦夕!

这首骚体诗显然接续的是蔡文姬《悲愤诗》、《胡笳十八拍》的传统,而苍凉激越之情,时或过之。诗中有蒙冤屈死的悲哀,有贤而被谤的愤激,有剖心自陈的坦荡,也有对子女的深深眷恋,可谓血泪交织,读来有令人情不能堪者。

此前,萧观音因为剀切进谏而受到道宗的冷遇,尝作《回心院词》十首,期盼夫妻二人能重拾旧日的恩爱:

> 扫深殿,闭久金铺暗。游丝络网尘作堆,积岁青苔厚阶面。扫深殿,待君宴。(其一)
>
> 换香枕,一半无云锦。为是秋来转展多,更有双双泪痕渗。换香枕,待君寝。(其三)
>
> 剔银灯,须知一样明。偏是君来生彩晕,对妾故作青荧荧。剔银灯,待君行。(其八)

回环往复,通过反复的咏叹,将自己深深的幽怨和殷殷的期盼淋漓尽致地表达了出来,颇有一唱三叹的余韵。

萧瑟瑟(?—1121),渤海人,幼时即选入宫中,聪慧贤淑,持重寡言。天祚帝即位,册为文妃。后被权相萧奉先构陷而死。萧瑟瑟生活的时代,已是辽代灭亡的前夕。眼见朝廷危如累卵,而天祚帝无心政局,游猎不辍,不禁忧心如焚,作《讽谏歌》以讽以谏:

> 勿嗟塞上兮暗红尘,勿伤多难兮畏夷人。不如塞奸邪之路兮选取贤臣,直须卧薪尝胆兮激壮士之捐身,便可以朝清漠北兮夕枕燕云。

虽为骚体诗,文意却宛然如白话,既是激励天祚帝,也是激励天下壮士,希望他们能卧薪尝胆,选贤任能,挽狂澜于既倒。洋溢在全诗中的是巾帼不让须眉之气。

除了贵族皇室成员的诗作,辽代还有寺公大师的《醉义歌》,也是一首不可多得的佳作。全诗120句,长达800余字,是辽代现存最长的诗篇。寺公大师的生平事迹不详,从"大师"的称呼推测,他应该是一位僧人。《醉义歌》原系用契丹文创作(原作已佚),后经契丹族诗人耶律楚材译为汉文,收录在他的《湛然居士文集》之中。全诗从重阳佳节诗人斥逐天涯写起,借助儒释道三家相通合一的思想,层层转进,宣扬人生本为虚幻,唯有一醉方能解百忧的观点:

> 问君何事从劬劳,此何为卑彼岂高?蜃楼日出寻变灭,云峰风起难坚牢。芥纳须弥亦闲事,谁知大海吞鸿毛?梦里蝴蝶勿云假,庄周觉亦非真者。以指喻指指成虚,马喻马兮马非马。天地犹一马,万物一指同。胡为一指分彼此,胡为一马奔西东?人之富贵我富贵,我之贫困非予穷。三界唯心更无物,世中物我咸融通。君不见,千年之松化仙客,节妇登山身变石?木魂石质既我同,有情于我何瑕隙?自料吾身非我身,电光兴废重相隔。农丈人,千头万绪几时休?举觞酩酊忘形迹!

诗中的思想驳杂而略显混乱,不过这恰好符合诗人希望摆脱烦恼寻求解脱的急切心态,并且,不断翻腾跳跃的思想变化也足以令人忘却其艺术上的粗糙,很容易就被诗人酣畅澎湃的激情所感染。

第二节　金代初期诗歌

金初,统治者忙于灭辽克宋,无暇偃武修文,活跃于文坛的主要是由辽、宋入金的一批文人,习惯上称这一时期为"借才异代"时期。清人庄仲方《金文雅序》指出:"金初无文字也,自太祖得辽人韩昉而言始文。太宗入汴州,取经籍图书,宋宇文虚中、张斛、蔡松年、高士谈辈后先归之,而文字煨兴,然犹借才异代也。"由辽入金的文人如韩昉、虞仲文等诗歌作品较少,因此驰骋金初诗坛的"异代"之才主要是以宇文虚中为代表的由宋入金的文人士大夫。由宋入金的文人主要有宇文虚中、高士谈、蔡松年等。他们仕金多有不得已的苦衷,内心世界是复杂、痛苦的。凄凉的身世之感、浓郁的乡国之思,发而为诗,情感真挚感人。再加上他们受宋代纯熟诗艺的熏染,写出的作品较为圆熟,使金初诗坛一开始便有很高的起点,金代文苑呈现出勃勃的生机。

金初诗坛颇有声名的宇文虚中(1079—1146),字叔通,别号龙溪居士,成都广都(今四川成都)人。建炎二年(金天会六年,1128)以资政殿学士充大金通问使入金,滞留金朝,后仕为翰林学士承旨。皇统六年(1146)因密谋南归被拘,后遭杀害。

宇文虚中的诗歌,绝大部分作于入金之后。其中忆国怀乡之作较多,如《和高子文秋兴二首》:

　　沙碧平犹涨,霜红粉已多。驹年惊过隙,凫影倦随波。散步双扶老,栖身一养和。羞看使者节,甘荷牧人蓑。
　　摇落山城暮,栖迟客馆幽。葵衰前日雨,菊老异乡秋。自信浮沉数,仍怀顾望愁。蜀江归棹在,浩荡逐春鸥。

高子文即金初诗人高士谈。第一首诗感慨老境已至,自己却未能及时建功立业,欲有所为而无由实现,怅惘、羞愤、悲凉的心情交织于心;第二首表现了诗人对故乡无限的牵系思念之情。

高士谈(?—1146),字子文,一字季默,先世燕人,北宋宣和末年任忻州(今山西忻县)户曹,入金仕至翰林直学士。皇统六年(1146),宇文虚中以谋反罪被拘,有司鞫治无状,"诸贵先被叔通嘲笑,积不平,必欲杀之,乃锻炼所藏图书为反具。叔通叹曰:'死自吾分,至于图籍,南来士大夫家例有之。如高待制士谈,图书尤多于我家,岂亦反邪?'有司承风旨,并置士谈极刑"(《金史》卷七十九《宇文虚中传》)。这样,高士谈被牵连进宇文虚中案而遭冤杀。

高士谈的诗亦多抒写故国之思、怀乡之愁。如《秋晚抒怀》:

　　肃肃霜秋晚,荒荒塞日斜。老松经岁叶,寒菊过时花。天阔愁孤鸟,江流悯断槎。有巢相唤急,独立羡归鸦。

写塞北深秋的暮色,清寒悲凉。苍茫的北国秋色,触动了诗人羁旅的愁绪。

鸟儿相伴归巢,诗人却只能形单影只,身在北国而心系故园。"孤鸟"、"断槎"等悲凉的意象,寄寓了诗人的孤独怅惘之怀。

蔡松年(1107—1159),字伯坚,号萧闲老人,真定(今河北正定)人。宣和末,从父守燕山府,兵败降金。金太宗天会年间除真定府判官,官至右丞相,封卫国公。蔡松年入金后仕途亨通,官位显达,在金代文学家中,可以称得上是"爵位之最重者"(《金史》卷一二六《文艺传》赞论),但其作品却明显表现出了对政权的疏离、对林泉野壑的渴慕。其诗作多咏隐逸之趣,但他吟咏的隐逸不是那种无病呻吟的惺惺作态,而含有复杂深曲的情感内蕴。①如《癸丑岁秋郊》:

漫漫黄云水清浅,碧花无处乱鸣蛰。此生愈觉田园乐,梦里晓山三四峰。

通过对自然景物的刻画,抒发自己的归隐理想。诗人笔下的景致清新秀美,然一切景语皆情语,这正寄寓了诗人的人生态度与审美理想。景物与情思相融,形成了清新淡远而意兴无穷的诗境。

第三节　金代中期诗歌

世宗、章宗(1161—1208)时期,金朝达到了政治、经济、文化上的极盛。此一时期,宋金议和,南北休战,社会生产得到恢复和发展。世宗完颜雍、章宗完颜璟均注意偃武修文,提倡文治,更为广泛地吸收各族人士参与金政权的建设,以巩固其统治。金人刘祁总结评价两朝政治,很能代表当时人的看法,他说:"世宗天资仁厚,善于守成,又躬自俭约以养士庶,故大定三十年几致太平。""不烦扰,不更张,偃息干戈,修崇学校,议者以为有汉文、景之风。"章宗在位期间,则"属文为学,崇尚儒雅,故一时名士辈出。大臣执政,多有文采学问可取。能吏直臣皆得显用,政令修举,文治烂然,金朝之盛极矣"。(刘祁《归潜志》卷十二《辨亡》)较为安定的社会环境、崇儒尚雅的文化氛围,为金朝自己培养的人才先后登上文坛创造了比较便利的条件。近50年的时间里,文人辈出,作品繁富,学术界一般将之称为"国朝文派"的正式形成期。

---

① 张晶:《辽金诗史》第七章《腾跃的始基:"借才异代"的诗群》,长春:东北师范大学出版社1994年版,第138—148页。

这一时期比较重要的作家有蔡珪、刘迎、周昂、党怀英、王庭筠等等,其中蔡珪、刘迎、周昂等人的创作以刚健豪迈的格调见长;党怀英、王庭筠等人则以闲适自然的情趣取胜。①

一般认为,"国朝文派"的开山人物是蔡珪。蔡珪(?—1174),字正甫,蔡松年长子。蔡珪在当时文名甚著,他的诗有比较鲜明的风格特征,即奇矫雄健,迥异于"借才异代"时期的宋儒诗风。如其代表作七言歌行《医巫闾》:

> 幽州北镇高且雄,倚天万仞蟠天东。祖龙力驱不肯去,至今鞭血馀殿红。崩崖暗谷森云树,萧寺门横入山路。谁道营丘笔有神,只得峰峦两三处。我方万里来天涯,坡陀缭绕昏风沙。直都眼界增明秀,好在岚光日夕佳。封龙山边生处乐,此山之间亦不恶。他年南北两生涯,不妨世有扬州鹤。

医巫闾山为阴山山脉分支松岭山脉的高峰。诗中描绘了这座北方名山高耸云天的壮美景色,意象奇特生新,想象丰富,气势磅礴,携北方大地所赋予的质朴雄豪之气,开北国雄健一派。

与蔡珪诗风相近的,还有刘迎、朱自牧、任询、刘仲尹、萧贡等。他们的创作使"国朝文派"崛起于此期文坛。刘迎(?—1180),字无党,号无诤居士,东莱(今山东掖县)人。刘迎诗内容充实,有不少关心民间疾苦、揭露社会矛盾之作。《修城行》、《河防行》、《催车行》等歌行体,继承元白乐府的创作旨归,以诗歌干预现实,针砭时弊,语言浅近朴实。如揭露城防建设弊端的《修城行》:

> 淮安城郭真虚设,父老年前向予说:筑时但用鸡粪土,风雨既摧干更裂。祇今高低如堵墙,举头四野青茫茫。不知地势实冲要,冻连鄂渚西襄阳。谁能一劳谋永逸,四壁依前护砖石。免令三岁二岁间,费尽千人万人力。

再如《河防行》描写洪涝,作者忧心如焚,建议当政者抓紧修筑大堤,"郑为头,汴为尾,准备他时涨河水"。类似这样的诗作都是诗人系念苍生的博大胸襟的体现,读来真挚感人。

周昂(?—1211),字德卿,真定(今河北正定)人。登进士第后仕路蹭

---

① 张晶:《论金诗的"国朝文派"》,《文学遗产》1994 年第 5 期,第 80—86 页。

蹬,自请从金宗室参知政事完颜承裕军。后承裕军被蒙古军击溃,周昂死难。他存世的作品较多,而诗学主张尤为后人称道。他认为:"文章工于外而拙于内者,可以惊四筵而不可以适独坐,可以取口称而不可以得首肯。""文章以意为主,以言语为役,主强而役弱,则无令不从。"(《金史》卷一二六《周昂传》)强调以意为本,意到而笔随,反对偏于形式、过分雕琢而内容空泛之作。他自己的诗师法杜甫,沉郁苍凉,语言凝练。如《翠屏口》:"旌节瞻前帐,风尘识旧坡。眼平青草短,情乱碧山多。晚起方投笔,前驱效执戈。马蹄须爱惜,留渡北流河。"真切记录了诗人跟随承裕戍守翠屏山时,对于金朝疆土日蹙、国势衰微的深重忧患。

除了雄健一派,大定、明昌时期,还涌现了一批追步陶谢王孟冲和淡远诗风、追求清雅诗境的诗人,以党怀英、王庭筠等人为代表。

党怀英(1134—1211),字世杰,号竹溪,泰安人。少年时与杰出的大词人辛弃疾同学于刘汲门下。诗、文、书法兼善,诗风清雅冲淡,与陶、谢诗风一脉相承,时人称其"诗似陶谢,奄有魏晋"(《滏水集》卷十一《翰林学士承旨文献党公碑》),甚至以为"金百年以来,得文派之正而主盟一时者,大定、明昌则承旨党公"(徐世隆《元遗山诗集序》)。可见他在金代文人士大夫眼中的分量。

党怀英的部分写景佳作,善于用细致曲折的诗笔抒写诗人的超尘高逸情怀。《西湖晚菊》、《西湖芙蓉》二首,可以视为其代表作:

> 重湖汇城曲,佳菊被水涯。高寒逼素秋,无人自芳菲。鲜飚散幽馥,晴露堕徐滋。蹊荒绿苔合,采采叹后时。古瓶贮清泚,芳樽湔尘霏。远怀渊明贤,独往谁与期。徘徊东篱月,岁晏有馀悲。

> 林飚振危柯,野露委荒蔓。孤芳为谁妍,一笑聊自献。明妆炫朝丽,醉态羞晚困。脉脉怀春情,悄悄惊秋怨。岂无桃李媒,不嫁惜婵媛。悠哉清霜暮,共抱兰菊恨。

菊、芙蓉作为高洁的象征,被历代诗人们反复歌咏。诗人借晚菊与芙蓉意象来寄托自己的人生志趣,从这两首诗可以看出诗人所仰慕的人格理想。其中的"无人自芳菲"、"孤芳为谁妍",又含有一种不被流俗理解的幽愁暗绪,流露出孤芳自赏的感伤情调。

王庭筠(1151—1202),字子端,号黄华山主,熊岳(今属辽宁盖县)人。累官至翰林修撰。诗、文、书、画均负盛名,尤以诗名,元好问曾推许为"诗文有师法,高出时辈之右"(《中州集》卷三王庭筠小传)。从题材内容上看,

王庭筠诗多为即景抒情之作,且多以洗炼的笔法写景,情景俱到,清新自然。如《夏日》:

    西窗近事香如梦,北客穷愁日抵年。花影未斜猫睡外,槐枝犹颤鹊飞边。

又如《超化寺》:

    隔竹微闻钟磬音,墙头修绿冷阴阴。山迎初日花枝靓,寺里清潭塔影深。吾道萧条三已仕,此行衰病独登临。简书催得匆匆去,暗记风烟拟梦寻。

此类情感基调,在王庭筠的诗集中似乎是一种普遍性的倾向,诗的意境幽微冷寂,与诗人孤寂的心境暗相融合。不难看出,王庭筠确实意欲别开生面,尽力营造一种清新明净的诗词境界,以求卓然自成一家,故而诗词中所用意象颇为新颖别致。[①]

第四节 金代后期诗歌

  宣宗贞祐二年(1213),金朝南渡黄河,迁都汴京。金朝陷入内忧外患空前加剧的困境,整个政权呈现出一蹶不振之势。其实,早在章宗时期金朝政治就已出现衰微征兆,章宗后期颇好浮侈,崇建宫阙,朝廷上下侈靡成风,已呈盛极而衰亦随之的局面。在与蒙古军队的战争中,金军愈加势不相敌。至卫绍王(1209—1213年在位)时期,更是纲纪大坏,一反长期实行的重儒养士政策,转而奖用胥吏,排斥打击科举出身的士大夫。宣宗朝更是专尚吏道,苛刻成风。执政者对内既不能拨乱反之正,整治内政纲纪,对外也不能御辱于国门之外,最终逃脱不掉王朝倾覆的命运。

  从文人士大夫的境况看,由于现实处境的变化,难免心态变迁,进而导致创作风貌的变化。南渡以后,文风丕变,改变了明昌、承安年间出现的尖新浮艳之风,类多慷慨悲壮之音。亲身经历过"贞祐南渡"的刘祁,较为准确地勾勒出南渡后诗坛的流变趋向:"南渡后,文风一变,文多学奇古,诗多学风雅,由赵闲闲(秉文)、李屏山(纯甫)倡之。屏山幼无师传,为文下笔便喜左氏、庄周,故能一扫辽宋余习。而雷希颜(渊)、宋飞卿(九嘉)诸人,皆

---

  ① 张晶:《辽金诗史》第九章《金诗盛季的到来》,长春:东北师范大学出版社1994年版,第214—222页。

作古文,故复往往相法效,不作浅弱语。赵闲闲晚年,诗多法唐人李、杜诸公,然未尝语于人。已而,麻知几(革)、李长源(汾)、元裕之(好问)辈鼎出,故后进作诗者争以唐人为法也。"(《归潜志》卷八)

南渡后诗坛,由于诗学主张不同,作家的创作大致表现出两大倾向。一是以赵秉文、王若虚等人为代表,追求平淡纪实,贵含蓄之美;一是以李纯甫等人为代表,强调自成一家,尚雄奇险怪之风。

赵秉文(1159—1232),字周臣,号闲闲老人,磁州滏阳(今河北磁县)人。历仕五朝,官至礼部尚书兼翰林侍读学士。他以文坛盟主的身份力矫浮艳之风,自觉继承周昂文质兼备而以意为主的主张,论文也以达意为目的,形式上不拘一格,认为"文以意为主,辞以达意而已"(《滏水集》卷一五《竹溪先生文集引》)。以此为基础,他抨击尖新雕琢之风:"今之士人以缀缉声律为学,趋时乾没为贤,能留心韩、欧者几人?"(《滏水集》卷十九《答麻知几书》)推动了金代南渡后诗坛审美风尚的转变。

不过,赵秉文论诗有浓郁的以复古为创新的气息,强调积学师古以"得古人之正脉"(《滏水集》卷十一《翰林学士承旨文献党公碑》),他也确有不少模拟前人之作,总体上写得并不成功。倒是那些不尽为古法所拘的作品,时有生动气韵流出。如七古《游华山寄元裕之》:

> 我从秦川来,历遍终南游。暮行华阴道,清快明双眸。东风一夜翻作恶,尘埃咫尺迷岩幽。山神戏人亦薄相,一杯未尽阴霾收。但见两岸巨壁列剑戟,流泉夹道鸣琳璆。希夷石室绿萝合,金仙鹤驾空悠悠。石门划断一峰出,婆娑石上为迟留。上方可望不可到,崖倾路绝令人愁。十盘九折羊角上,青柯平上得少休。三峰壁立五千仞,其下无址旁无俦。巨灵仙掌在霄汉,银河飞下青云头。或云奇胜最高顶,脚力未易供冥搜。苍龙岭瘦苔藓滑,嵌空石磴谁雕镂。每怜风自四山而下不见底,惟闻松声万壑寒飕飕。扪参历井上绝顶,下视尘世区中囚。酒酣苍茫瞰无际,块视五岳芥九州。南望汉中山,簪如碧玉抽。况复秦官与汉阙,飘然聚散风中沤。上有明星玉女之洞天,二十八宿环且周。又有千岁之玉莲,花开十丈藕如舟。五鬣不朽之长松,流膏入地盘蛟虬。采根食实可羽化,方瞳绿发三千秋。时闻笙箫明月夜,芝鞦羽盖来瀛洲。乾坤不老青山色,日月万古无停辀。君且为我挽回六龙辔,我亦为君倒却黄河流。终期汗漫游八表,乘风更觅元丹丘。

其中"石门划断一峰出"、"扪参历井到绝顶"、"上有明星玉女之洞天,二十八宿环且周"、"君且为我挽回六龙辔,我亦为君倒却黄河流"诸语,尚可在李白《蜀道难》、《梦游天姥吟留别》等诗作中找到先例,但显然已不再是简单的摹仿。又如结句"乘风更觅元丹丘",同系袭用李诗,但既属点题,又符合元好问(字裕之)为其门生的身份。全诗一气相生,意象浑成,颇得李白诗遗韵。

王若虚(1174—1243),字从之,号慵夫,又号滹南遗老,河北藁城人。承安二年(1197)进士,历任鄜州录事、延州刺史等职。有《滹南遗老集》传世。他的诗作,重在表达自己的真情实感,往往直抒胸臆,语言浅近平易而不作雕饰。写于金亡之后的《还家》组诗,真切道出诗人沉痛之情,读之催人泪下:

日日他乡恨不归,归来老泪更沾衣。伤心何啻辽东鹤,不但人非物亦非。

荒陂依约认田园,松菊存亡不足论。我自无心更怀土,不妨犹有未招魂。

山杏溪桃化棘榛,舞台歌榭堕灰尘。春来底事堪行处,门外流莺枉唤人。

回思梦里繁华事,幸及当年乐此身。闲立斜阳看儿戏,怜渠虚作太平人。

艰危尝尽鬓成丝,转觉欢华不可期。几度哀歌仰天问,何如还我未生时。

诗人回到魂牵梦萦的故里,所见却是人非物亦非,家园经战火之祸已是满目疮痍。昔日的繁华与今日的衰颓形成了鲜明的反差,诗人不禁为之老泪纵横,感慨万千。"怜渠虚作太平人"、"何如还我未生时"等句,以否定的语气道出,黍离之悲、亡国之痛透纸背而出。

与创作相比,王若虚的论诗主张影响更大。他的文学思想主要是继承周昂而来,强调立意、反对雕琢模拟、追求自然浑成之境。他从"文章以意为主,以语言为役"的观点出发,主张文学创作要表现性情和事物之真,"哀乐之真,发乎情性,此诗正理也"。[①] 他的主张或不免偏激,但对于纠正追奇逐险的风气,推动金代文学的健康发展,仍然起到了一定的积极作用。

---

① 王若虚:《滹南诗话》卷上,《知不足斋丛书》本。参见张伯伟《金代诗风与王若虚诗论》,《中国诗学研究》,沈阳:辽海出版社2000年版,第274—289页。

南渡诗坛的另一位领袖人物是李纯甫(1177—1223)。李纯甫字之纯,号屏山居士,弘州襄阴(今河北阳原)人。仕至尚书右司都事,中年以后落魄不得志,遂无意仕进,日以文酒为事。

李纯甫的诗学主张除了《归潜志》中记载的只言片语,主要见于他为刘汲《西岩集》所作的序文。他认为言发而为心声,文本无固定体式,"大小长短,险易轻重,惟意所适。虽役夫室妾悲愤感激之语,与圣贤相杂而无愧,亦各言其志也已矣"。意思是说:各种体裁,多种风格,均无施而不可。这点与赵秉文、王若虚等人的主张并无太大差别。他们的分歧,主要体现在审美趣尚上,李纯甫强调文学创作要自成一家,"当别转一路,勿随人脚跟"(刘祁《归潜志》卷八),这分明是贵个性色彩,轻积学师法,表现在创作上,具有尚气尚奇的趋向。如《送李经》:

> 髯张元是人中雄,喜如俊鹘盘秋空。怒如怪兽拔枯松,老我不敢婴其锋。更着短周时缓颊,智囊无底眼如月。斫头不屈面如铁,一说未穷复一说。勍敌相扼已铮铮,二豪同军又连衡。屏山直欲把降旌,不意人间有阿经。阿经瑰奇天下士,笔头风雨三千字。醉倒谪仙元不死,时藉奇兵攻二子。纵饮高歌燕市中,相视一笑生春风。人憎鬼妒愁天公,径夺吾弟还辽东。短周醉别默无语,髯张亦作冲冠怒。阿经老泪如秋雨,只有屏山拔剑舞。拔剑舞,击剑歌,人非麋鹿将如何!秋天万里一明月,西风吹梦飞关河。此心耿耿轩辕镜,底用儿女肩相摩。有智无智三千里,眉睫之间见吾弟。

"髯张"(张珏)、"短周"(周嗣明)都是李纯甫所称赏的后辈,创作风格也与他约略相似。全诗笔势纵放,挥洒自如,有往而能回、山曲水折之妙,较为典型地反映了李纯甫一派所标举的风格。

金元之际在黄河、汾河一带有一个较为重要的诗人群体,元人房祺辑录他们的诗作为《河汾诸老集》,共八位诗人,后世称之为"河汾诸老",分别是麻革、张宇、段克己、段成己、陈赓、陈庾、房皞、曹之谦。他们与元好问有较为密切的关系,或同事,或从游,或诗文唱酬,在学风、文风上也有诸多相近之处。①

河汾诸老亲历王朝鼎革的巨变,国破家亡、生灵涂炭,这些都在他们的内心留下了难以磨灭的印记。黍离之悲、故国之恋是他们共同的情感特征,

---

① 刘达科:《河汾诸老诗歌初探》,《山西大学学报》1991年第3期,第20—25页。

后人评价说:"当金元混扰困郁之中,其词藻风标如层峰荡波,金坚玉莹,绝无突梯脂韦之习、纤靡弛弱之句。"(房祺辑录《河汾诸老集》卷首附车玺《河汾诸老诗集序》)他们的诗,切近现实。如麻革《庐山兵后得房希白书知弟谦消息》"闻道王师阻渭津,庐山以后陷风尘。军行万里速如鬼,风惨一川愁杀人",段克己《癸卯中秋之夕与诸君会饮山中感时怀旧情见乎辞》"生民冤血流未尽,白骨堆积如山丘。比来几见中秋月,悲风鬼哭声啾啾",揭露了惨不忍睹的动荡现实,沉痛哀伤,有浓重的时代投影。

第三章 集大成的文学家元好问

元好问是金代文学集大成的作家。他在诗、文、词、曲、文学批评、史学等多个领域均卓有建树,而以诗歌创作成就最为突出。他生活的年代,适逢金朝在衰微中走向覆亡,故而其文学活动也常常与现实政治密切关联。透过他的创作和批评,可以清晰窥见金代文学所达到的高度。

第一节 元好问的生平与创作道路

元好问(1190—1257),字裕之,号遗山,太原秀容(今山西忻州)人。北魏鲜卑拓跋氏的后裔。其父元德明,有诗名行于当世,一生累举不第,饮酒赋诗,放浪山水间。元好问生7月,出继叔父元格。7岁能诗,太原名士王汤臣赞为神童。年11,跟随叔父到冀州(今属河北),学士路铎欣赏他的才俊,教他作文。年14,叔父任陵川令(今属山西),元好问受教于品学兼善的名儒郝天挺门下,遂贯通经史百家,诗文创作尤为精擅。从青年时代开始,元好问就经历了战乱的灾难。贞祐二年(1214)三月,蒙古军队攻破诗人的家乡忻州,元好问历经艰险始得生还。贞祐四年(1216),为躲避战祸,元好问举家迁往河南福昌三乡镇(今河南宜阳三乡)。诗人亲历家国残破、百姓流徙的苦难现实,心情十分沉痛,写下不少伤乱诗,如《过晋阳故城书事》、《八月并州雁》等。这个时期,他的诗作在文坛开始有一定影响,早年的名作《箕山》、《元鲁县琴台》等诗,礼部尚书赵秉文见后击节称赏,"以为少陵以来无此作也,以书招之,于是名震京师,目为'元才子'"(郝经《陵川集》卷三十五《遗山先生墓铭》)。宣宗兴定元年(1217),元好问28岁,这年他撰写了著名的《论诗三十首》。①

兴定二年(1218),元好问移家登封,后来又在昆阳(今河南叶县)置田卜居。其间兴定五年(1221)登进士第,但未就选,而是"往来于箕颍间,数年而大放厥辞,于是家按其什,人嚼其句,洋溢乎里巷,吟讽乎道路,巍然(东)坡、(山)谷复出也"(郝经《陵川集》卷三十五《遗山先生墓铭》)。哀宗正大元年(1224),元好问35岁时,赵秉文等人举荐他应宏词科入选,被任为国史院编修官。但第二年夏天,元好问便告归嵩山,著《杜诗学》一书(已佚)。正大三年(1226)到八年(1231),元好问先后出任镇平(今属河南)、内乡(今河南西陕)、南阳(今属河南)三县令。这一时期,他的创作题材相当广泛,尤其是为官期间,受命向百姓征粮、催租,目睹百姓深受赋税之苦的处境,内心矛盾交加,写下了许多同情人民疾苦的诗,如《内乡县斋书事》、《宿菊潭》、《秋蚕》等诗,均充满了人道主义关怀。避乱登封几载,乡居生活较为安定,元好问创作了不少山水田园诗。

正大八年(1231),陕西军事重镇凤翔沦陷,诗人写下了著名的《岐阳》三首。同年八月,元好问奉召入京任尚书都省掾,举家迁往汴京。天兴元年(1232),蒙古大军围攻汴京,城中军民苦守数月,伤亡惨重。"百姓食尽,无以自生,米升直银二两。贫民往往食人殍,死者相望,官日载数车出城"(《归潜志》卷十一《录大梁事》),诗人处在被困的汴京城内,亲历了这一切惨状。次年春,崔立发动兵变,叛降蒙古,元好问与守汴官员被蒙古军队押解到聊城。天兴三年(1234)正月,蒙古军与南宋军合攻蔡州,金哀宗自缢身亡,金王朝至此灭亡。金亡前后这段时期,元好问写下了许多饱含血泪的名作,如《壬辰十二月车驾东狩后即事》五首、《俳体雪香亭杂咏》十五首、《癸巳四月二十九日出京》、《癸巳五月三日北渡》三首、《续小娘歌》十首、《南冠行》等。在被羁押聊城,身心困苦的处境下,元好问发愤著书,开始编纂金代诗歌总集《中州集》和史学著作《壬辰杂编》。《中州集》成为后世研究金代文学的重要文献;《壬辰杂编》则为元人编纂《金史》提供了宝贵的材料。

---

① 《论诗三十首》题下自注:"丁丑岁,三乡作。"丁丑即兴定元年。但末一首写道:"撼树蚍蜉自觉狂,书生枝痒爱论量。老来留得诗千首,却被何人较短长。"已宛然是老者口吻,可见元好问晚年对《论诗三十首》又有所更定。

蒙古太宗十一年，诗人辗转回到阔别已久的故乡忻州读书山下，有感于王朝鼎革的沧桑巨变，以保存一代国史自任。为了搜集金元一代史料，诗人以年迈之躯，辗转于山西、河北、河南、山东等地，亲自采录前朝君臣的遗闻轶事。有所获即以笔记录，积累百余万言，为后人了解金史提供了大量可靠的材料。蒙古宪宗七年（1257），病逝于真定获鹿县。①

第二节　元好问的诗词

金元文坛，元好问兼具众美，集其大成，不仅是金元一代最有成就的诗人、金元词坛第一巨擘，而且是杰出的诗论家。

元好问的诗论，以《论诗三十首》绝句最为脍炙人口，集中体现了他的审美追求和诗学理念。文集中某些序引、题跋、碑铭、《自题〈中州集〉后》绝句五首等论诗诗和《中州集》后的作家小传等，也可见他的一些文学主张。

元好问主张风雅传统，排斥伪体。《论诗三十首》绝句第一首："汉谣魏什久纷纭，正体无人与细论。谁是诗中疏凿手，暂教泾渭各清浑。"以"诗中疏凿手"自任，要辨析正体，别裁伪体，使之泾渭分明。所谓"正体"，当指《诗经》以来的风雅传统。元好问认为，诗歌的本质是"以诚为本"。他在《杨叔能小亨集引》一文中指出："何谓本？诚是也。……故由心而诚，由诚而言，由言而诗也。三者相为一。情动于中而形于言，言发乎迩而见乎远。同声相应，同气相求。虽小夫贱妇、孤臣孽子之感讽，皆可以厚人伦、美教化，无他道也。故曰不诚无物。"（元好问《遗山先生文集》卷三十六）与此相应，他崇尚本真天然之美，而反对人工的巧饰雕琢。《论诗三十首》其四云："一语天然万古新，豪华落尽见真淳。南窗白日羲皇上，未害渊明是晋人。"高度评价了陶渊明诗的天然真淳。与其北人气质相关，元好问也崇尚雄放壮伟的诗风。《论诗三十首》其二："曹刘坐啸虎生风，四海无人角两雄。可惜并州刘越石，不教横槊建安中。"其三："邺下风流在晋多，壮怀犹见缺壶歌。风云若恨张华少，温李新声奈尔何？"高度赞赏慷慨悲壮的建安风骨，肯定了曹植、刘桢、刘琨等人慷慨刚健、风清骨峻的诗风，而鄙薄张华和晚唐

---

① 孙望、常国武：《宋代文学史》第二十九章《元好问》，北京：人民文学出版社1996年版，488—490页；吴庚舜：《元好问》，山东大学文史哲研究所主编《中国历代著名文学家评传》第三卷，济南：山东教育出版社1997年版，第585—610页。

以温庭筠、李商隐为代表的纤弱柔婉的诗。①

　　元好问生逢金末,亲历了国破家亡、鼎革易代的巨变,诗人自身的身世际遇与民族、国家的命运息息相关,他的诗歌真实生动地展示了金、元易代之际风起云涌的历史画面。元好问揣摩研习前代诗歌并获得了独到的体悟,故能娴熟自如地驾驭各种诗体。再加上诗人系北魏鲜卑族拓跋氏后裔,生长于云、朔地区,禀有雄深浑厚之气。易代之际特定的时代背景,与其自身的气质才学、驾驭诗艺的杰出才能等时代的和个人的条件,使他成为金代诗坛成就最高的诗人。元好问存诗1400余首,擅长各种诗体,而以七律、七古的成就为最高。

　　元好问诗具有很强的现实意义。有不少反映民生疾苦的诗作,寄予了诗人无限的关怀与同情。如《宛丘叹》:

　　　　秦阳陂头人迹绝,荻花茫茫白于雪。当年万家河朔来,尽出牛头入租帖。苍髯长官错料事,下考大笑阳城拙。至今三老背肿青,死为遗悬出膏血。君不见刘君宰叶海内称,饥摩寒拊哀孤惸。碑前千人万人泣,父老梦见如平生。冰霜纨绮渠有策,如我碌碌当何成?荒田满眼人得耕,诏书已复三年征。早晚林间见鸡犬,一犁春雨麦青青。

此诗作于正大八年(1231)七月,自注称:"髯李令南阳,配流民以牛头租,迫而逃者馀万家;刘云卿御史宰叶,除逃户税三万斛,百姓为之立碑颂德。贤不肖用心相远如此。"诗中将清官与昏官进行对比,反映了百姓对于仁政以及"早晚林间见鸡犬,一犁春雨麦青青"的生活的向往。在《驱猪行》、《宿菊潭》、《内乡县斋书事》、《雁门道中书所见》等诗中,具体揭露了旱涝虫兽、赋税徭役给人民带来的苦难,流露出诗人对劳动人民深切的同情之心。

　　在金朝灭亡前后写出的"丧乱诗",为元好问在文学史上赢得了重要地位。清代诗人赵翼在《题遗山诗》中说:"国家不幸诗家幸,赋到沧桑句便工。"(赵翼《瓯北集》卷三十三)的确,元好问的"丧乱诗"广泛而深刻地反映了那个不幸与痛苦的时代,具有独特的"诗史"意义。这些诗在艺术上也颇为突出,直接继承并丰富了杜甫诗的沉郁顿挫风格。

　　元好问的"丧乱诗",蕴含深沉悲怆的情感,具有感荡人心的力量。山河破碎、生灵涂炭的惨酷现实,无时不撞击着诗人心扉:

---

① 参见:李正民《元遗山〈论诗三十首〉的历史地位》,《山西大学学报》1992年第2期,第71—75页;张晶《论元好问的诗学思想》,《山西师大学报》1993年第2期,第53—56页;胡传志《〈论诗三十首〉辨释》,《金代文学研究》,合肥:安徽大学出版社2000年版,第74—95页。

郁郁羁怀不易开，更堪寥落动凄哀。华胥梦破青山在，梁甫吟成白发催。秋意渐随林影薄，晓寒都逐雁声来。并州近日风尘恶，怅望乡书早晚回。(《郁郁》)

九死余生气息存，萧条门巷似荒村。春雷漫说惊坯户，皎日何曾入覆盆。济水有情添别泪，吴云无梦寄归魂。百年世事兼身事，尊酒何人与细论？(《秋夜》)

诗人把一已悲怆的情怀与故国沦丧的命运紧紧结合在一起，因而显得格外深广、厚重。

元好问的"丧乱诗"，声情激越，笔力苍劲，悲怆深沉的情感与雄浑苍茫的诗境相互交融。如《岐阳三首》其二：

百二关河草不横，十年戎马暗秦京。岐阳西望无来信，陇水东流闻哭声。野蔓有情萦战骨，残阳何意照空城。从谁细向苍苍问，争遣蚩尤作五兵。

"岐阳"指凤翔府。诗人在南阳听到陕西军事重镇凤翔失陷的消息，极为震惊，带着哀伤绝望心情写下了这首悲歌。野蔓、残阳、战骨、空城等悲剧色彩浓厚的意象组合在一起，营造了凄恻悲凉的气氛，控诉了战争带来的惨绝人寰的灾难现实，诗风沉挚悲凉。再如《壬辰十二月车驾东狩后即事》五首、《俳体雪香亭杂咏》十五首、《癸巳五月三日北渡》三首、《续小娘歌》十首等等，更是"感时触事，声泪俱下，千载后犹使读者低徊不能置"（赵翼《瓯北诗话》卷八）。如《癸巳五月三日北渡》三首：

道旁僵卧满累囚，过去輴车似水流。红粉哭随回鹘马，为谁一步一回头！

随营木佛贱于柴，大乐编钟满市排。虏掠几何君莫问，大船浑载汴京来！

白骨纵横似乱麻，几年桑梓变龙沙。只知河朔生灵尽，破屋疏烟却数家。

诗作于诗人被蒙古军队拘羁到聊城的途中。诗人用白描的手法，刻画了蒙古兵掳掠妇女、洗劫财物的景象，字字句句渗透着血泪。

元好问的词在当时文坛也是成就最高的。今存词380余首，涉及登临遣兴、咏物抒怀、吊古伤今、男女情爱等多方面题材，风格上则豪放、婉约兼擅。

雄放豪迈风格的代表性词作如《水调歌头·赋三门津》：

> 黄河九天上，人鬼瞰重关。长风怒卷高浪，飞洒日光寒。峻似吕梁千仞，壮似钱塘八月，直下洗尘寰。万象入横溃，依旧一峰闲。仰危巢，双鹄过，杳难攀。人间此险何用，万古秘神奸。不用燃犀下照，未必佽飞强射，有力障狂澜。唤取骑鲸客，挝鼓过银山。

描绘黄河三门津的雄伟景象，气势磅礴，展现了词人不凡的胸襟抱负。上阕从惊涛骇浪、排山倒海的气势起笔，下阕描绘击鼓冲破怒涛的骑鲸客，可谓动静相宜，显现出词人的豪情与昂扬进取的意志。

遗山词也有写得低徊婉转的，其柔婉处略无逊色于秦观、贺铸等词人。最为后世传诵的是《摸鱼儿·雁丘词》：

> 问世间，情是何物？直教生死相许。天南地北双飞客，老翅几回寒暑。欢乐趣，离别苦，就中更有痴儿女。君应有语，渺万里层云，千山暮景，只影向谁去！　横汾路，寂寞当年箫鼓，荒烟依旧平楚。招魂楚些何嗟及，山鬼自啼风雨。天也妒，未信与，莺儿燕子俱黄土。千秋万古，为留待骚人，狂歌痛饮，来访雁丘处。

写雁侣生死与共的情意，一往情深，深婉之至而又荡气回肠，极为凄恻感人。

第三节　元好问的文学成就

金代集大成的文学家元好问在我国文学发展史上占有重要的地位，其成就是多方面的。

元好问的诗论提出了许多宝贵的诗学见解，涉及诗歌的本质、内容与形式、继承与革新、审美特征等多个方面，精深独到。他的《论诗三十首》绝句是继杜甫《戏为六绝句》创立以诗论诗的文学批评形式以来，广为流传且对后世产生较大影响的优秀诗论。这组诗对汉魏古诗到宋代的诗人诗作都进行了评述。他的诗论不仅对于矫正金代后期诗坛流弊、推动诗歌的健康发展起了积极作用，他提出的诸多诗论命题，也为后世文论家们的探讨提供了有益的借鉴。

元好问的诗歌成就更为卓著，历来受到人们的高度称赏。如郝经在《遗山先生墓铭》中评价元好问："上薄风雅，中规李杜，粹然一出于正，直配苏黄氏。天才清赡，遂婉高古，沈郁大和，力出意外。巧缛而不见斧凿，新丽而绝去浮靡，造微而神采粲发。杂弄金碧，糅饰丹素，奇芬异秀，洞荡心魄。

看花把酒,歌谣跌宕,挟幽、并之气,高视一世。以五言为雅正,出奇于长句杂言,至千五百余篇。为古乐府不用古题,特出新意以写怨思者,又百篇余。用今题为乐府,揄扬新声者,又数十百篇,皆近古所未有也。汴梁亡,故老皆尽,先生遂为一代宗匠,以文章独步几三十年。"(郝经《陵川集》卷三十五《遗山先生墓铭》)这段话高度评价了元好问的文学成就,也可以代表后世的主流看法。元好问诗歌的突出成就,集中体现在他的丧乱诗中。这些丧乱诗以其巨大的容量、沉郁的风格、精湛的技巧,具有"诗史"的价值。

元好问在词曲、辞赋、散文、小说等方面也有一定成就。他的词豪婉相融,艺术造诣较高,可跻身词坛大家之林。他的散文平易流畅,灵动自如,继承了韩愈、欧阳修的传统,颇有大家风范。元好问还尝试了新兴的散曲创作。其《续夷坚志》接续宋代洪迈《夷坚志》,是一部较好的志怪小说。

元好问兼具众长,无愧为金代文坛最杰出的文学家。

第四章 宋金元时期的戏曲、小说和说唱文学

宋金元时期,是俗文学得到全面发展的一个时期。小说、戏曲、曲艺等等,日渐被民众接受,也逐渐得到了更多知识分子的注意。说唱文学、戏曲的形式和种类,本来极为丰富,但由于文献资料的缺失,其中许多已经难以具体考见了。幸运的是,董解元《西厢记诸宫调》等存世作品很好地反映出这一时期戏曲和说唱文学所取得的成就。宋金元时期的白话小说标志着中国小说史的一大变迁。

第一节 宋代戏曲与金杂剧

戏曲是我国传统文艺形式之一,它是包含文学、音乐、舞蹈、杂技、美术、表演等各种因素在内的综合艺术。从戏曲内部形态来看,中国戏曲的形成与发展有着漫长的历程,宋代戏曲与金杂剧是从先秦歌舞、汉魏百戏、唐代参军戏等前代诸多技艺中发展而来。从外部环境来看,宋金时期,随着手工业和商业的发展,特别是城市经济的繁荣,瓦子勾栏等娱乐场所兴起,专业

演员和专业演出团队出现,适应市民娱乐需要的戏曲也相应地得到了重要的发展。

宋代社会涌现了各种形式的文艺表演,如歌舞剧、滑稽戏、讲唱文学等,萌生了与戏曲极为接近的因子,为后世戏曲的成熟奠定了坚实的基础。下面分别作简单介绍。

宋代的滑稽戏是从唐代的参军戏发展而来的,它继承了古代俳优装扮人物以资谐谑讽谏的优良传统。它在宋代作为杂剧的形式之一,流行甚广。

讲唱文学包括鼓子词、赚词和诸宫调等。北宋初期已有鼓子词,以歌唱和故事为主,有乐器伴奏。鼓子词用同一个词调反复歌唱,以咏叙一件或一类事物。赚词则是取同一宫调的若干支曲牌合为一个整体,比用一个词牌单调叠唱的鼓子词在曲艺形式上要完善一些,与诸宫调更加接近。据耐得翁《都城纪胜》称:"唱赚在京师日,只有缠令、缠达。有引子、尾声为缠令,引子后只以两腔互迎,循环间用者为缠达。……凡赚最难,以其兼慢曲、曲破、大曲、嘌唱、耍令、番曲、叫声家腔谱也。"由于现存的赚词只有南宋人咏蹴鞠的一套《圆社市语》,赚词的体制和演奏方法难以详考。但它在乐曲发展史上的地位不容忽视,很可能是第一次把同宫调中的若干支曲牌组成联套,直接推动了诸宫调的产生。

诸宫调采用同一宫调的若干曲牌联成短套,再用不同宫调的若干短套联成整体,以说唱长篇故事。诸宫调韵散结合,采取歌唱与说白相间的方式,基本上属于叙事体。诸宫调中不同宫调、声情的曲子交替使用,不仅表现了纷繁变化的音乐美,也为敷演曲折复杂的故事和表达人物丰富的情感创造了有利的条件。王灼《碧鸡漫志》称:"熙丰、元祐间……泽州孔三传者首创诸宫调古传,士大夫皆能诵之。"又《梦粱录》记载:"说唱诸宫调,昨汴京有孔三传,编成传奇灵怪,入曲说唱。今杭城有女流熊保保及后辈女童皆效此。"(《梦粱录》卷二十)《东京梦华录》及《都城纪胜》也都有类似的记载。可知诸宫调创始于北宋末期,汴京瓦肆中的民间艺人孔三传等人对于诸宫调的定型起到了较为重要的作用。诸宫调的流行则在南宋与金代。可惜宋代诸宫调的文本今都散佚不存。宋室南渡,诸宫调继续在金人统治的广大地区演唱,并留下了《刘知远诸宫调》(残卷)和《西厢记诸宫调》两部作品。①

---

① 郑振铎:《宋金元诸宫调考》,《中国文学研究》,北京:人民文学出版社 2000 年版,第 18—128 页。

宋代杂剧有其独立的体制,包含歌唱、说白、舞蹈等表演方式,主要用来演说故事,其中滑稽调笑占有重要位置。周密《武林旧事》载有"官本杂剧段数"名目280本。《梦粱录》卷十二"妓乐"条说:"且谓杂剧中末泥为长,每一场四人或五人。先做寻常熟事一段,名曰艳段;次做正杂剧,通名两段。末泥色主张,引戏色分付,副净色发乔,副末色打诨。或添一人,名曰装孤。先吹曲破断送,谓之把色。大抵全以故事,务在滑稽。唱念应对通遍。……又有杂扮,或曰杂班,又名经元子,又谓之拔和,即杂剧之后散段也。"由此可见,宋杂剧的演出一般有四五个角色,已是较为成熟的戏曲表演体制。①

金杂剧又被称为金院本,陶宗仪《南村辍耕录》记载:"金有院本、杂剧、诸宫调。院本、杂剧,其实一也。国朝院本、杂剧,始厘而二之。"(卷二十五"院本名目"条)又夏庭芝《青楼集志》也称:"金则院本、杂剧合而为一。至我朝乃分院本、杂剧而为二。"如果这些记载去事实不远,那么,金朝的杂剧和院本应该是一而二、二而一的概念,难以人为地区分开来。称为院本,大概是指戏班(行院)艺人创作的底本。金院本剧目,陶宗仪《南村辍耕录》载有"院本名目"690种,由于剧本无存,具体的情况就不得而知了。

第二节　董解元《西厢记诸宫调》

《西厢记诸宫调》是现今保存最完整的诸宫调作品。作者董解元,生平事迹不详,大约活动于金章宗(1190—1208年在位)时期。"解元"是金元时期对读书人的敬称。

《西厢记诸宫调》的故事脱胎于唐传奇《莺莺传》。原作讲述的是张生与莺莺一度相爱,而最终张生将莺莺弃置并斥其为"尤物"这样一个始乱终弃的悲剧故事。自《莺莺传》问世,莺莺与张生的故事就广为流传。北宋秦观、毛滂《调笑转踏》、赵令畤《商调蝶恋花》鼓子词等,都歌咏过莺莺和张生的故事,内容上虽没有发生大的变化,但都表现了对莺莺命运的同情。与之相较,《西厢记诸宫调》则对故事情节内容作了创造性的改写。《西厢记诸宫调》热情歌颂了青年男女为争取爱情自由而抗争的精神,批判了僵化的礼教势力对青年男女爱情追求的束缚和压制。在此主题思想下,作者从根本上改变了原作张生对莺莺始乱终弃的悲剧结局,而改为莺莺与张生为争

---

① 胡忌:《宋金杂剧考》,北京:古典文学出版社1957年版;景李虎:《宋金杂剧概论》,广州:广东高等教育出版社1996年版。

取婚姻自主而勇于抗争,有情人终成眷属的美满结局,赋予了故事新的生机。在新的主题思想统摄下,人物形象、情节、矛盾冲突等都展现出新的面貌。这就为后来王实甫《西厢记》的巨大成功奠定了基础。

首先,从故事情节来看,《莺莺传》原作只有三千余字,《西厢记诸宫调》发展为约五万言的长篇巨制,大大地丰富了原作的情节。有的情节根据原作的只言片语,作了艺术加工。如《莺莺传》用"行忘止,食忘饱,恐不能逾旦暮"等极简单的字句来形容张生对莺莺的刻骨思念,董解元则将其敷衍成极为感人的张生害相思病一出戏。再如原作只用一句话写普救寺解围,在《西厢记诸宫调》中则被加工为白马将军解救普救寺的一出长戏。还有不少情节,如张生闹道场,崔、张月下联吟,莺莺探病,长亭送别,梦中相会等场面都是新加的。董解元成功地展现了人物细腻复杂的情感,人物性格也变得更加丰满。

其次,从人物形象来看,《西厢记诸宫调》不仅赋予《莺莺传》中原有的人物以新的面貌,而且还塑造了一些新的人物形象。《莺莺传》中的主要人物是莺莺和张生。在元稹笔下,张生是一个用情不专的风流才子,他对莺莺始乱终弃的行为导致了莺莺的悲剧;而在《西厢记诸宫调》中,张生是一个用情专一、与莺莺一同追求爱情自由的书生。莺莺也由原作中的被动柔弱女子,变成一位挣脱礼教束缚而获得幸福爱情的佳人。

其他的人物,随着主要人物的命运和故事情节的展开,个性形象也逐渐显现出来。老夫人原是一个对崔张婚恋知其不可奈何而欲成就之的平常人物,在《西厢记诸宫调》中她变成了礼教的维护者和"作事威严、治家严谨"的家长,构成了阻挠崔张相爱的强大力量。红娘在原作中只是个普通丫环,无甚个性,在《西厢记诸宫调》里却非常活跃。她活泼机灵,爱憎分明,敢于对老夫人的"忘恩负义"表示不满,热烈支持张、崔的爱情,为他们传书递简、出谋献计。他们与主要人物的相互关系构成了一个有机的艺术整体,使得情节的穿插与矛盾的展开巧妙妥帖。故事情节的丰富、人物形象的丰满、矛盾冲突的加剧等,大大丰富了故事内涵。作者热情赞颂青年男女为婚恋自由而抗争的精神,在文学史上具有重要意义。

《西厢记诸宫调》在艺术表现上也取得了一定的成就。作品结构宏伟,情节曲折。作者多方面摄取素材,加以改造、提炼,以五万余言的鸿篇巨制构建了一个完整而复杂的故事。从普救寺崔、张相逢,到最后两人终成眷属的结局为止,其中安排了相逢、联吟、闹场、兵围、请宴、琴挑、掷简、相思、问病、拷红、许亲、送别、惊梦、婚变、出走、团圆等场次。这些戏剧性情节环环相扣、波澜起伏,引人入胜。

《西厢记诸宫调》充分发挥了说唱文学的特色,抒情与叙事有机结合,既叙述了一个曲折动人的恋情故事,洋溢着浓郁的抒情气息,又有出色的景物描写,情、景、事交融,具有很强的艺术感染力。如长亭送别场面的描写:

[大石调·玉翼蝉]蟾宫客,赴帝阙,相送临郊野。恰俺与莺莺,鸳帏暂相守,被功名使人离缺。好缘业! 空悒怏,频嗟叹,不忍轻离别。早是怎凄凄凉凉,受烦恼,那堪值暮秋时节。○雨儿乍歇,向晚风如凛冽,那闻得衰柳蝉鸣凄切。未知今日别后,何时重见也。衫袖上盈盈揾泪不绝。幽恨眉峰暗结,好难割舍,纵有千种风情,何处说?

[尾]莫道男儿心如铁,君不见满川红叶,尽是离人眼中血!

暮秋时节,雨才消停,晚风凛冽,更兼着衰柳蝉鸣,景象凄冷。作者将莺莺与张生分别的场景渲染得格外凄凉感人,同时也对崔、张依依不舍的内心情感进行了细致入微的刻画。

《西厢记诸宫调》的语言也有特色。作者一方面发挥了古典诗词写景抒情的长处,婉曲优美,一方面有意识地提炼鲜活的民间口语,并巧妙地将二者熔于一炉,形成了晓畅而优美的文学语言。如"帘外萧萧下黄叶,正愁人时节,一声羌管怨离别。看时节,窗儿外雨些些。○晚风儿淅溜淅冽,暮云外征鸿高贴,风紧断行斜,衡阳迢递,千里去程赊"([正宫·梁州令断送])。又如长亭送别,"马儿登程,车儿归舍,马儿往西行,坐车儿往东拽,两口儿一步离得远一步也"([黄钟宫·尾])。通俗晓畅,又富有兴味。

明人胡应麟评《西厢记诸宫调》:"精工巧丽,备极才情,而字字本色,言言古意,当是古今传奇鼻祖。金人一代文献尽于此。"(《少室山房笔丛》卷四十一)这是一个较为允当的评价。《西厢记诸宫调》无愧为金代文苑中的一朵奇葩。

第三节 白话小说

白话小说在宋元时期得到极大的发展,这与"说话"伎艺的繁荣和进步有着密切联系。

作为一种专门伎艺的名称,"说话"指的是讲故事,类似于今天的"说书";"话"即是故事。由"说话"艺人所讲故事转化而成的书面文学,习惯上称为"话本"或"话本小说"。①

说话伎艺至少在唐代已经出现,但真正发展起来还是进入宋代以后。宋代城市数量和城市人口的增加,城市工商业活动的活跃,促使市井生活内容更加丰富,市民娱乐需要更加旺盛,从而大大推动了说话伎艺的繁荣。通都大邑的"勾栏"、"瓦肆"里往往聚集着大量说话艺人,小镇村落也不乏艺人"作场"表演,甚至产生了"雄辩社"一类的艺人行会组织(周密《武林旧事》卷三"社会"条)。在说话伎艺趋于繁荣的同时,其他讲说或搬演故事的诸种伎艺,如"傀儡"、"影戏"、"杂剧"、"诸宫调"等,也十分活跃。说话伎艺既要与它们竞争,也可从它们获得借鉴,这种文艺生态有力地促进了说话艺人叙事技巧的提高。

在说话艺人内部,现场表演者与故事创作者之间的分工还不明显。一些被称为"书会才人"、"才人"、"名公"等的说话艺人,从前代小说戏曲文献看,应是创作故事能力较强的艺人,中间也可能有专门从事故事创作的人员。不过,从中国叙事文学的发展脉络来说,宋元时期小说的创作还带有很强的传承性。说话艺人固然依据现实生活新创了一批作品,但大量的小说是从前人叙事作品中改编而来。而且,无论新创的还是改编的小说作品,到了不同的艺人那里,在表演时仍会产生变异,艺人之间也会辗转借鉴,互相师法。此期小说由此普遍呈现集体创作的性质,很少有一次性完成的创作,也几乎没有能够指名为某人所作的作品。

宋元小说文本有一套相对固定的结构。小说一般分为三个部分,开头为"入话",使用诗词并略作解释,导入故事正文;中间为"正话",是故事的正文、全篇的主体;结尾,在故事讲述完毕之后,另以诗词总括全篇,点明题旨。这种全篇诗起诗结的模式,成为后世白话小说的惯例。部分小说在"入话"之后加有"头回",所谓"头回",也称"得胜头回",是在讲述正话之前,先讲述一个与正话相类或相反的短故事。艺人采用"头回",本意是借讲说短故事的时间等候听众入场,但有时也给整个作品增添了特殊的情味,后世小说的"楔子"即渊源于"头回"。

说话伎艺的繁荣,造成艺人在讲说题材等方面的分工,形成了不同的"家数"。传统的说法是将说话分为"四家",但具体到是哪四家,学者又众说纷纭。如果适度参照现代的小说观念来考察遗留的小说文献,可以把宋

---

① "话本"一词尚有其他几种含义,例如指说话人讲故事的"底本";"话本小说"有时也特指短篇的白话小说。

元说话分为"讲史"、"小说"、"说经"三家。

"讲史"即讲述历史故事:"讲说前代书史文传,兴废争战之事"(《都城纪胜》"瓦舍众伎"条);"讲历代记载废兴,记岁月英雄文武"(罗烨《醉翁谈录》卷一"小说开辟"条)。"讲史"话本内容多,篇幅长,成为后来长篇小说的源头;"讲史"不能一回(一次)讲完,需要通过多回(多次)讲述才能完毕,后世长篇小说以章回小说作为主要样式,用"回"来划分章节,主要起源于"讲史"的这种特点。

"讲史"早在北宋中前期已经发展起来,历史上曾产生过大量的"讲史"作品。现存宋元"讲史"文本有如下数种:《武王伐纣书》、《乐毅图齐七国春秋后集》、《秦并六国平话》、《前汉书续集》、《三国志平话》、《薛仁贵征辽事略》、《五代史平话》、《大宋宣和遗事》。从这些文本看,宋元"讲史"在发展过程中,也分化出不同的派别,使得一些作品接近后来的历史演义,另一些作品更接近英雄传奇或神魔小说。

之所以如此,是因为宋元"讲史"需要适应听众的娱乐要求,满足听众的道德情感;展现历史过程,总结历史经验,揭示历史发展的必然性或因果联系,这一主题在宋元"讲史"中还未得到充分的发展,后世历史演义的叙事规范在此期还未定型。

现存文本反映出宋元"讲史"明显偏爱热闹题材,特别是战争故事——宋元说话中有"说铁骑儿"一门,专说两军争锋的"士马金鼓之事",这种"说铁骑儿"在宋元"讲史"中找到了广阔的用武之地。"讲史"热衷于热闹故事,或者过于强调"文武英雄"形象的塑造,都容易引起虚构成分的增加,造成对叙述历史格局演变过程的忽略。在《三国志平话》、《五代史平话》中,上述情况已经有所表现;在《秦并六国平话》、《前汉书续集》中,作品向英雄传奇倾斜的幅度更大。到了《薛仁贵征辽事略》,作品截取的历史格局进一步缩小,关注的对象进一步集中于英雄人物,相关的历史文献进一步减少,作品的虚构成分进一步增加,基本上已成为英雄传奇。

《武王伐纣书》、《乐毅图齐七国春秋后集》二书实际上已经逸出"讲史"的范围。前书别题《吕望兴周》,本应叙述周武王伐纣的历史,但前代记载武王伐纣的历史材料实在寥寥,话本只是将这些记载保留下来作为小说的历史轮廓,虚构了大量的神仙异人斗法斗阵的故事,使作品成为神魔小说——明代神魔小说代表作品之一《封神演义》正是在《武王伐纣书》基础上形成的。《乐毅图齐七国春秋后集》意在塑造孙膑智谋超群的形象,但这个形象严重脱离历史:作品前半叙孙膑与乐毅斗智斗勇,内容多与历史记载不合;后半叙双方各请自己的师傅鬼谷子、黄伯杨出山斗法,围绕"迷魂阵"的攻守,又请各路神仙助阵,神仙之间的战争取代了世人的战争,从而将作品引向神魔小说。

"小说"一家,宋时又称"银字儿",特指篇幅较短的故事,类似今天所说的短篇小说。可观道人《新列国志序》称"小说多琐事,故其节短",准确揭示了"小说"题材上的特征:"小说"不同于"讲史",所写不是军国大事,而是日常生活中的"琐事",具有贴近现实、富于生活气息的特点。宋元"小说"作品繁多,但多数已经亡佚,现存作品主要散见于《清平山堂话本》、《京本通俗小说》及"三言二拍"中,今人所辑《宋元小说话本集》、《宋元小说家话本集》两书汇录较全。这虽然只是宋元"小说"的一小部分,其中仍有不少艺术上臻于圆熟之作。

宋元"小说"的下属门类,前人有不同的说法,以《醉翁谈录》"小说开辟"条最为详明:"有灵怪、烟粉、传奇、公案,兼朴刀、捍(杆)棒、妖术、神仙。"这是一种以人物类型为主,兼顾作品主题、情节类型的分类方法,但失于琐碎。我们依据前代的目录和现存作品的情况,将其归并为四类:爱情婚姻小说、神怪小说、公案小说、豪侠小说。

爱情婚姻小说主要包括《醉翁谈录》列举的"传奇"、"烟粉"两类,这两类大致对应于"杂剧十二科"(臧懋循编订《元曲选》书首引涵虚子《论曲》)中的"悲欢离合"、"烟花粉黛"两类。前者多是悲欢离合的传奇性爱情故事,主要发生在人与人之间;后者本指烟花女子的爱情故事,但《醉翁谈录》将人与鬼之间的故事也列入其中。在宋元时代,这两类作品所占比例最高,在现存的宋元作品中也是如此。今存作品中,《闹樊楼多情周胜仙》、《崔待诏生死冤家》(一名《碾玉观音》)是描写青年男女爱情的优秀作品。前者写商人之女周胜仙与小酒店主弟弟范二郎的爱情故事,后者写咸安郡王府中养娘璩秀秀和碾玉匠人崔宁的爱情故事。两部作品写的都是市井男女的爱情故事,两个女主人公都具有大胆泼辣的性格,敢于主动追求爱情,敢于热情地表白自己的爱情。这种带有浓烈市井气息的女性,为文学史增添了新的女性典型形象;小说在展开爱情故事时所作的生活化、世俗化的描写,也给爱情主题的文学注入新的生机。

神怪小说主要包括《醉翁谈录》列举的"灵怪"、"神仙"、"妖术"三类。《白娘子永镇雷峰塔》、《西山一窟鬼》是现存作品中比较重要的作品。《白娘子永镇雷峰塔》写杭州人许宣与蛇精白娘子的故事,作品一方面受到"志怪"传统的影响,认为人是不能与"物怪"共处的,所以安排了白娘子被永远镇压在雷峰塔下的结局;但另一方面,又通过曲折的情节和细腻的描写,使白娘子与许宣的关系不再是"物怪"对男子的纠缠,而是一个女子对心上人的痴恋,因而赋予这部作品一种凄美感人的力量。《西山一窟鬼》,《警世通言》收入此篇时题为《一窟鬼癞道人除怪》,叙写秀才吴洪发现自己的妻子、使女等人原来都是鬼的过程。作者的目的,是作成一篇"跷蹊作怪的小说",通过讲述令人惊悚的鬼故事提供娱乐,作品因而缺乏深刻的内涵。值得注意的是作品的叙事技巧:作品将叙事的焦点置于吴洪身上,他完全不知道身边的人都是什么身份,因此,当真相揭示出来时,惊奇的感觉格外强烈。

公案小说是以侦破案件、审判案件为叙述重点的小说。现存宋元公案小说近10篇,所叙案件多由财、色引起,其中奸情引起的案件比例尤高,这一点和元杂剧中的情况很接近,反映出市民文学的趣味。现存作品中比较重要的有《错斩崔宁》、《勘皮靴单证二郎神》等。

《错斩崔宁》,《醒世恒言》收入时改题为《十五贯戏言成巧祸》。小说叙戏言所引起的冤狱:陈二姐听信丈夫酒后戏言,以为自己被典当出去换了十五贯钱,决定先逃回娘家,途中和青年商人崔宁结伴同行;在陈二姐离家期间,丈夫被贼人所杀,十五贯钱被抢走;案发后,人们找到陈二姐时,发现与她同行的崔宁身上恰好带着十五贯钱。由于存在多种巧合,府尹认定二人是奸夫淫妇谋财害命、杀死亲夫,使二人含冤而死。这篇作品表达的是公案小说最普遍的主题——呼唤清官。围绕这种主题,作品在情节安排上是直接把案件的全部或大部分真相叙述出来。这样,读者关注的焦点不再是探寻案件的真相如何,而是审案的官员能否寻找到读者业已了解的真相。《错斩崔宁》代表的这一类型公案小说,在全部公案小说中占主导地位。《勘皮靴单证二郎神》则代表着公案小说中接近侦探小说的一种路数。作品叙述发现奸人孙神通假扮二郎神"淫污天眷"的过程:宫中妃子韩玉翘到二郎神庙许愿,看到二郎神塑像丰神俊朗,低声说出希望嫁得这样一位丈夫,而二郎神果然如愿而来,夜夜与她欢会。事件的真相到底如何? 这篇小说采用限知叙事的方法,把焦点放在查案者一方,决不预先透露孙神通的情况,直到公人通过"二郎神"遗落的一只靴子找到靴子的主人孙神通,隐藏在背后的真相才浮现出来。作品围绕着"真相到底如何"这一核心,全篇的情节既十分曲折又一气呵成。

豪侠小说主要包含在"朴刀"、"杆棒"两类作品中。"朴刀"、"杆棒"是依据小说主人公使用的武器命名的,宋元人把"朴刀"、"杆棒"作为独立的类别,主要是为了和其他描写勇武型人物的小说——比如"讲史"——相区别。朴刀和杆棒都不是两军交锋所使用的武器,而是市井豪侠、江湖好汉、绿林强盗所用,从前代小说目录和现存小说作品看,"朴刀"、"杆棒"类小说的主人公是符合上述身份的。至于"朴刀"、"杆棒"两类之间的差别,大致说,前者的主人公中绿林强盗较多,后者的主人公中市井豪侠较多。"朴刀杆棒"类小说之所以能够形成气候,主要原因是它们投合听众的娱乐需求,展示江湖好汉、绿林强盗这些法外之徒的生活,描写勇武之人的争斗,可以满足听众的好奇心,给予他们一种"无害的紧张"。在这类作品中,也包含少量侠义主题比较突出的小说。证据之一是《醉翁谈录》中的记载,该书在"朴刀"类列举了《青面兽》,"杆棒"类列举了《花和尚》、《武行者》。这几部作品的主人公应是后来《水浒传》中的青面兽杨志、花和尚鲁智深、行者武松,从《水浒传》的描写可以推知宋时这几部作品中应包含着侠义的主题。现存的"朴刀"类作品《万秀娘仇报山亭儿》中写到的"孝义"之士尹宗,为解救被强人劫持的万秀娘,牺牲性命也在所不惜,表现了强烈的侠义精神。现存"杆棒"类作品《史弘肇龙虎君臣会》中,主人公郭威拳打仗势欺人的李霸遇,杀死强抢民女的尚衙内,颇有侠义精神。"欲除天下不平事,方显人间大丈夫",小说中的赞语也表明作品有意彰显侠义情怀。需要注意的是,两部小说中,尹宗是一个小偷,郭威则像一个混迹市井的泼皮无赖。前代的侠义小说,往往重在侠义之"事",对侠义之"人"的身份来历、生计问题交代模糊。侠客往往高来高去,出现在作品中,似乎只是为了解决某一个冲突,本身的形象往往不够鲜明生动。宋元话本中的豪侠小说,其长处正在于赋予豪侠以浓厚的生活气息,以市井豪侠、江湖好汉等带有充分现实性的形象,取代浪漫想象所营造的侠客形象。它的短处,在于不能把豪侠形象从一般的市井豪强、江湖好汉、绿林强人中明确分离出来。

宋元说话中的"说经"一家,主要是"演说佛书",也包括佛教人物的故事等内容。"说经"的本意,是借叙述故事传播佛教教义,但是,无论说话伎艺所包含的娱乐因素还是文学成分,都会弱化"说经"的宗教色彩。《梦粱录》卷二十"小说讲经史"条记载,当时"又有说诨经者",这类"说经"的宗教意味应当更加淡薄。"说经"一家在发展过程中,虽然一直使用佛教的题材,但宗教的意义却被弱化,另一方面,其他说话门类可以采用佛教题材。这样一来,现存的宋元话本中,可确指为"说经"的文本不多,其中《大唐三藏取经诗话》是比较重要的一种。

《取经诗话》初刊的时间大约在元初,小说叙陈玄奘(唐僧)及其取经故事,分为三卷,共有十七段,每段均有一个标题,如"行程遇猴行者处第二"、

"经过女人国处第十"等。从这部"说经"文本看,唐僧取经的历史故事已经充分神话化,真实的取经历史被虚构的神魔故事所取代。唐僧取经的真实历史,见于他本人所著的《大唐西域记》以及慧立等人所著的《大唐大慈恩寺三藏法师传》,《取经诗话》也摘取了一些上述传记资料,但添加的神怪故事却成了书中的主体。伴随着这一过程,历史上真正的取经人唐僧在《取经诗话》里也成为次要人物,虚构的"猴行者"成了作品的主要人物。总体上看,《取经诗话》在艺术上还相当稚拙,它的重要意义在于开启了整理、加工"取经故事"或"西游故事"的先河,为《西游记》的产生打下了基础。

第五章　元前期杂剧

在中国文学史上,元曲一直与唐诗、宋词并称,它代表了元代文学的最高成就。元曲包括杂剧和散曲两类。王国维先生评论说:"凡一代有一代之文学:楚之骚,汉之赋,六代之骈语,唐之诗,宋之词,元之曲,皆所谓一代之文学,而后世莫能继焉者也。"[1]杂剧作为一种戏剧样式,约出现于宋(金)元之际:"金季国初,乐府犹宋词之流;传奇犹宋戏曲之变,世传谓之杂剧。""金有院本、杂剧、诸宫调,院本、杂剧其实一也。"(陶宗仪《南村辍耕录》卷二十五"院本名目"条)但具体的形成时间难以确考。到了元代,杂剧体制逐渐发展完备,日益成熟,并取得了巨大的成就。

杂剧在元代经历了兴起、极盛再到衰微的不同阶段,学术界一般将元代杂剧分为前后两个时期。[2] 其中前期是从太宗灭金占有中原,到武宗至大年间(1234—1311年),是元杂剧的兴盛时期,这一时期的剧作家主要活跃于北方东平、大都等地,代表作家有关汉卿、王实甫、马致远、白朴等。

---

[1]　王国维:《宋元戏曲史》自序,上海:华东师范大学出版社1995年版,第1页。
[2]　除了分为前、后两期的两分法外,学术界还有三分法,即将元代杂剧分为初期、中期、晚期,如李修生《元杂剧史》(南京:江苏古籍出版社1996年版)即持这种看法。

第一节　元杂剧概况

元杂剧作为一种综合性的艺术形式,有着完整、严密的结构体制,它融合了各种表演艺术,以其独特的魅力,渐渐走向兴盛。

一、元杂剧的体制

其一,结构上,一本杂剧通常由四折一楔子组成。① 每一折代表剧情发展的某一阶段,符合戏曲故事起、承、转、合的特点,通常一折可以写一个或多个场景的戏。如关汉卿的《窦娥冤》第一折便展现了三个不同的场景。楔子通常放在剧本的最前面,篇幅较为短小,以交代剧情的开始,相当于"序幕"。②

其二,曲词是杂剧的核心部分,在安排上有严格的限制。每一折代表一段剧情,故在音乐上要求仅用一种宫调,每折所用的宫调不能重复。不同的宫调表达不同的音乐情感,因此,剧作者往往很注重不同宫调的选择和运用。

杂剧中每一个曲子都有对应的"曲牌"。元代曲牌种类多达400余种,但常用的只有20种左右。每一套曲子应一韵到底,中间不得换韵,格律限制相对较严。

演员角色常有旦、末、净等,旦又分为正旦、贴旦、外旦、搽旦、小旦等,末分为正末、冲末、小末等。在演唱方面,元杂剧通常只由一人演唱,这个人主要是正旦或正末。正旦演唱的本子称"旦本",正末演唱的本子称"末本"。

其三,杂剧中有人物宾白。宾白即说白,在杂剧中起着辅助的作用。杂剧中的宾白分为散语与韵语两种。散语主要指剧中的口语,而韵语主要包括上场诗、下场诗,以及一些顺口溜等。宾白又可从另外的角度分为独白、对白、带白、背白等。宾白起着交待故事背景或衔接故事情节的作用。

其四,杂剧中穿插有许多表演动作,即科介。"相见、作揖、进拜、舞蹈、坐跪之类,身之所行,皆谓之科。"(徐渭《南词叙录》)科介常用来表示剧中人物的表情、动作以及舞台灯光效果等。

总之,杂剧是一种综合性的艺术形式,需要综合人物、唱词、宾白、科介、

---

① 偶尔也有例外,有一本多折、多本一剧的情况,如王实甫的《西厢记》有五本二十一则。另外,还有的剧本有两个楔子。

② 当然也有例外,有的楔子放在折与折之间,也有放在剧末的,不过这些现象都不普遍。

音乐等元素,正是这些要素构成了元杂剧的丰富性和生动性。

二、元杂剧兴盛的原因

作为元代文学的代表,杂剧的创作和演出在元代十分繁荣。其繁荣是多种因素共同作用的结果:

其一,元代社会经济的发展为元杂剧的产生、发展提供了基础条件。蒙古族进入中原以后,中西交流日益频繁,商业、手工业得到较大的发展,促进了市场的繁荣。同时,元朝统治者采取的一些休养生息政策促进了社会稳定和经济的发展。当百姓的物质生活得到一定程度的满足后,便欲寻求精神上的娱乐,在这种情况下,戏曲满足了他们的文化娱乐需求。因此,各地涌现了大量的"勾栏"等演出场所,"内而京师,外而郡邑,皆有所谓勾阑者,辟优萃而隶乐。观者挥金与之"(夏庭芝《青楼集》序)。剧场的建造、伶人和演员的参与、各种演出设备的日益完善,都有力地促进了杂剧的进一步发展。

其二,元朝统治者比较重视戏曲。元朝的贵族阶层喜好歌舞、戏曲,这在《元史》、《元典章》、《蒙鞑备录》等多种文献中都有记载。元代,一些伶人乐工甚至能在得到贵族王公的青睐后获得较高的官位,"教坊、梨园,亦加官至平章事"(沈德符《万历野获编》卷七"宰相别领"条)。戏曲不仅能供贵族阶层娱乐,还能发挥一定的社会功用,利用戏曲为他们歌功颂德,为统治者的政治服务。反过来,上层贵族对戏曲的喜爱又会对整个社会产生影响,从而使这种娱乐方式更趋流行。

其三,元代,大批文人参与戏曲的创作,为杂剧的繁荣发展提供了高水平的作家群。元代统治者推行了民族歧视政策以及不平等的科举制度,使大批文人失去仕进的机会,正如王国维先生所说:"余则谓元初之废科目,却为杂剧发达之因。盖自唐宋以来,士之竞于科目者,已非一朝一夕之事,一旦废之,彼其才力无所用,而一于词曲发之。且金时科目之学,最为浅陋。此种人士,一旦失所业,固不能为学术上之事。而高文典册,又非其所素习也。适杂剧之新体出,遂多从事于此;而又有一、二天才出于其间,充其力才,而元剧之作,遂为千古独绝之文字。"[①]这些文人投身于戏曲的创作,借戏曲这种艺术形式寄托理想抱负及情感意绪。还有一批文人不仅参与剧本的写作,还亲自参与表演,如关汉卿等名家即是如此。大批文人参与戏曲的

---

① 王国维:《宋元戏曲史》九《元剧之时地》,上海:华东师范大学出版社1995年版,第95—96页。

创作，不仅大大增加了杂剧的数量，更提高了作品的质量。

其四，元统治者在思想文化方面的控制较为松弛。元代虽然以程朱理学为主导，但并不排斥其他学术思想的存在，因此思想文化环境较为宽松，传统的诗文等文学样式受到挑战，新的文学形式——戏曲便能迅速赢得较为广泛的群众基础。文学本身的发展也是元杂剧繁荣的内在动力，元曲恰恰迎合了元代社会的需要，更能反映广阔复杂的现实生活，更能满足民众的精神娱乐。

第二节　关汉卿及其杂剧

关汉卿是元代重要的剧作家，在我国戏曲史上有着重要地位。他的众多作品，既有深刻的思想内涵，又有高度的美学价值，是我国古代戏曲创作成熟的标志。

一、关汉卿的生平及创作

关于关汉卿（1225？—1300？）的生平及主要事迹，由于文献资料的阙失，已难以确考。据钟嗣成的《录鬼簿》等文献记载，可推知他为"大都人，太医院尹，号已斋叟"（钟嗣成《录鬼簿》），"初为杂剧之始"（朱权《太和正音谱》）。下面再根据零散的文献，简单勾勒他的生平。

关汉卿"生而倜傥，博学能文，滑稽多智，蕴藉风流，为一时之冠"（熊自得《析津志辑佚·名宦》）。散曲套数[南吕·一枝花]《不伏老》，可以视为他的夫子自道：

> 我是个普天下郎君领袖，盖世界浪子班头。……我是个蒸不烂、煮不熟、捶不扁、炒不爆、响珰珰一粒铜豌豆，恁子弟每谁教你钻入他锄不断、斫不下、解不开、顿不脱、慢腾腾千层锦套头。我玩的是梁园月，饮的是东京酒，赏的是洛阳花，攀的是章台柳。我也会围棋、会蹴鞠、会打围、会插科、会歌舞、会吹弹、会咽作、会吟诗、会双陆。你便是落了我牙、歪了我嘴、瘸了我腿、折了我手，天赐与我这几般儿歹症候，尚兀自不肯休。则除是阎王亲自唤，神鬼自来勾，三魂归地府，七魄丧冥幽。天哪！那其间才不向烟花路儿上走！

这大约是他在中年时期对自己人生的总结和宣言：才华出众，多才多艺，精通音律和歌舞，还擅长表演。追求逍遥放纵，以"铜豌豆"自比，表达了他宁愿受尽苦难，也不愿意放弃对心灵和精神自由追求的意愿。这种"铜豌豆"

精神，也一直贯穿于他的杂剧作品中。

关汉卿主要活动在大都一带。根据作品推测，他喜欢游历，中年到过开封、洛阳等地。南宋灭亡以后，到过扬州、杭州等地。在他的［南吕·一枝花］《赠朱帘秀》中写到扬州："富贵似侯家紫帐，风流如谢府红莲，锁春愁不放双飞燕……千里扬州风物妍，出落着神仙。"可见关汉卿去过扬州，且和知名歌妓朱帘秀有交往。他还曾写过［南吕·一枝花］《杭州景》，由此推断他去过杭州。而大都、扬州、杭州这些都市，都是当时杂剧创作和演出的集中地。长年浸润于这样的氛围，势必会对关汉卿的戏剧创作起到良好的推动作用。关汉卿在创作戏剧的同时，还常常"躬践排场，面傅粉墨"（臧懋循《元曲选》序），亲自参与戏曲演出，这种行家生活，有利于增强他的作品的舞台演出效果。

关汉卿作为元代剧坛的领袖，一生创作了 66 种杂剧，其中很多都堪称佳作。不过，他的大部分作品都已散佚，今存 18 种剧本：《窦娥冤》、《单刀会》、《救风尘》、《切鲙旦》、《望江亭》、《蝴蝶梦》、《调风月》、《哭存孝》、《拜月亭》、《金线池》、《西蜀梦》、《玉镜台》、《谢天香》、《裴度还带》、《单鞭夺槊》、《陈母救子》、《五侯宴》、《鲁斋郎》。① 关汉卿还是重要的散曲作家，现存 57 支小令和 13 篇套数。

关汉卿的杂剧题材广泛，内容丰富，或反映劳动人民的现实生活，或借历史故事来揭露元代社会的黑暗现实。按照题材内容进行分类，他的杂剧大致可分为以下三种类别：

1. 社会剧。这类作品主要揭露了恶势力欺压人民的恶行，痛斥那些横行霸道的贪官污吏，褒扬那些为民除害、伸张正义的官员，反映出人民生活的艰难和社会的黑暗。如《窦娥冤》、《蝴蝶梦》、《鲁斋郎》等，可视为其中代表。

2. 爱情婚姻剧。与社会剧重在对恶势力的批判不同，爱情婚姻剧则重在对普通劳动人民的赞美。这类作品主要以女性人物形象为核心，通过她们与婚姻制度、社会习俗之间的矛盾与斗争，表现出人性的光辉。它们在关汉卿的杂剧中占有相当比重，代表作品有《救风尘》、《望江亭》、《拜月亭》等。

---

① 关于关汉卿创作剧目数量及存世剧目数量，学术界一直有不同的看法，对《裴度还带》、《单鞭夺槊》等作品的归属，争议尤大。此处暂依邓绍基主编《元代文学史》（北京：人民文学出版社 1998 年版）观点。

3. 历史剧。这类作品通过刻画重要历史人物及事件,突出表现了历史上英雄人物的作用,颂扬他们的勇敢正义,批判小人的奸邪。代表作品有《单刀会》等。

虽然题材内容较广,总体上看,关汉卿杂剧作品的重点还是展现生活中的一些小人物,特别是一些处于社会底层的普通民众的生活。对于他们遭遇的不幸,作者赋予了无限的同情;对于他们的抗争,作者则给予了充分的肯定。其中很大一部分是生活于社会底层受尽压迫的女性形象,作者往往将她们视为正义与美的化身。这使得关汉卿的杂剧作品所反映的现实更为真实,更具有代表性,也更具有感染力。

二、《窦娥冤》

《窦娥冤》是《感天动地窦娥冤》的简称,是关汉卿的代表作之一,也是中国古典戏曲史上的经典作品。作品通过刻画窦娥这一女性形象,揭露了恶势力的横行霸道、无法无天,也反映了普通民众追求平等正义的愿望和不屈不挠的反抗精神。

《窦娥冤》展示了窦娥一生的悲剧命运。父亲窦天章无钱进京赶考,无奈把7岁的窦娥卖给了蔡婆婆的儿子做童养媳。窦娥17岁时嫁给了蔡婆婆的儿子,不幸的是,婚后不久即遭遇夫丧,只能与婆婆相依为命。蔡婆婆向赛卢医讨债,差点遇害,被张驴儿父子救下。张驴儿企图逼迫窦娥与他成婚,遭到窦娥拒绝。为达目的,张驴儿欲毒死蔡婆婆以要挟窦娥,谁知误毒死自己的父亲,遂诬陷窦娥是杀父凶手,胁迫窦娥嫁他。窦娥不从,张驴儿告官。楚州太守桃杌昏聩刚愎,不听窦娥辩解,窦娥怕累及婆婆,违心承认自己是凶手,被判死刑。临刑前,窦娥满腔怨忿,当场立下三桩誓愿:血溅白练、六月飞雪、亢旱三年。后来这三桩誓愿一一应验。最后,窦娥的父亲窦天章任提刑肃政廉访使来楚州一带视察,听到窦娥冤魂的诉说,最终洗刷了她的冤屈。

窦娥在剧中是一个值得同情的形象。她的一生充满悲剧色彩:3岁便失去了母亲,不能拥有最基本的母爱。所幸还能与父亲相依为命,谁知父亲在她7岁时就进京应考,多年未归,又得不到应有的父爱。从此她与婆婆相互扶持,17岁的时候又死了丈夫。随后又被张驴儿诬陷,被处以死刑,成为一个冤魂。窦娥这样一个平凡的女子,身份处在不断的变化之中,却始终要面对和承受如此之深悲剧痛,实在令人同情。

窦娥又是一位值得赞赏和钦佩的女性。她从3岁开始便悲剧不断,即便在这种境遇下,她仍安于本分,对自己不幸的遭遇,她没有任何埋怨,只叹自己命该如此。她尽心尽力侍奉婆婆，并坚决捍卫自己的贞洁。她虽是被父亲无奈卖入蔡婆婆家做童养媳，但却恪守孝道，一切以婆婆为重，很少为自己考虑。然而她并不软弱，在恶势力的逼迫下，显示出了坚决与勇敢的一面。面对张驴儿的威胁，她并不畏惧，而是极力反抗。最后，为不累及婆婆，她甘愿招供，被判死刑。即便是在刑场上，她也绝不屈服，极力控诉恶势力的罪行，并发出三桩誓愿。这些都是窦娥反抗精神的强烈表现，她堪称一位刚烈女子。

窦娥临刑前，对"王法刑宪"和"皇天后土"加以抨击，正表现出她彻底的反抗精神：

[正官·端正好]没来由犯王法，不提防遭刑宪，叫声屈动地惊天！顷刻间游魂先赴森罗殿，怎不将天地也生埋怨。

[滚绣球]有日月朝暮悬，有鬼神掌著生死权。天地也，只合把清浊分辨，可怎生糊突了盗跖颜渊。为善的受贫穷更命短，造恶的享富贵又寿延。天地也，做得个怕硬欺软，却元来也这般顺水推船。地也，你不分好歹何为地？天也，你错勘贤愚枉做天！哎，只落得两泪涟涟。

这最后的呼喊，是对黑暗统治的愤怒控诉，而控诉上达天地神灵，更是对整个统治秩序的根本怀疑。在生命即将结束的时候，窦娥发出了三桩誓愿，既是向人们展示自己的冤屈，又是对官府的抗争以及对黑恶势力的报复。第一桩誓愿"血溅白练"昭示了她的冤屈，第二桩誓愿"六月飞雪"表现了她的抗争，第三桩誓愿"亢旱三年"表示出她对恶势力的毫不妥协。作家运用浪漫主义的笔调，让三桩誓愿一一应验。这种结果，反映了被压迫者的良好愿望，也彰显了窦娥强大的人格力量。

剧中其他人物形象的塑造也较为成功。如蔡婆婆慈祥而软弱怕事，赛卢医阴险无赖，张驴儿凶狠霸道，桃杌昏聩无能、贪赃枉法。窦娥冤案的直接制造者便是张驴儿和桃杌太守。张驴儿蛮横无理，他的逼婚导致一系列后果，窦娥也因此而被诬陷为杀人犯。如果桃杌太守能秉公处理案件，也不会有窦娥枉死的悲剧。张驴儿是社会上的邪恶势力，而太守桃杌则是官场上的腐败分子，这两种势力相互勾结，是导致窦娥悲剧的主要原因。

《窦娥冤》以其深刻的社会批判精神、生动的人物刻画、鲜明的爱憎，以及巧妙的戏剧情节设计，赢得了后世的广泛赞誉，堪称中国古典悲剧的杰出代表,即便"列之于世界大悲剧中,亦无愧色"①。

三、《救风尘》和《望江亭》等爱情婚姻类作品

关汉卿有相当一部分爱情婚姻题材的作品,如《救风尘》、《望江亭》等,刻画了诸多让人称赞的女性形象,她们勇于并积极追求个人的幸福,将命运掌握在自己的手中,受到凌辱时,敢于反抗,并最终获得自由与胜利。

《救风尘》中的女主角宋引章是个单纯善良、阅世不深的风尘女子,在纨绔子弟周舍的巧言欺骗下,不顾好姐妹赵盼儿的劝告,执意嫁给周舍。然而婚后不久,周舍便露出本相,百般凌辱宋引章,动辄拳脚相向。宋引章只得向她的好姐妹赵盼儿求救。当赵盼儿得知宋正处于危难之时,毫不犹豫地筹划营救宋的策略。她巧妙地利用周舍好色、顽劣的弱点来对付他:

> 我到那里,三言两句,肯写休书,万事俱休;若是不肯写休书,我将他掐一掐,拈一拈,搂一搂,抱一抱,着那厮通身酥、遍体麻。将他鼻凹儿抹上一块砂糖,着那厮舔又舔不着,吃又吃不着。

周舍十分狡猾,他开始对赵盼儿的行为态度表示怀疑,并存有戒心。后来在赵盼儿的百般引诱迷惑下,终于放下疑虑,答应赵盼儿休妻,最终宋引章得到了解救。赵盼儿虽然只是一名社会地位低下的风尘女子,却机智勇敢、仗义无私、坚决果断,为朋友不惜身入险境,堪称女中豪杰。

《望江亭》中的谭记儿和赵盼儿一样,面对危难毫不畏惧,积极抗争,展现了智慧和胆略。年轻丧夫的谭记儿与清安观道姑的侄儿白士中喜结良缘。有钱有势的杨衙内贪恋谭记儿的美貌,想纳她为二房。当他得知谭记儿已经嫁给白士中为妻时,愤怒至极,转而向皇上诬陷白士中"不理公事",并从皇上那里取得了"金牌"和"势剑",准备去潭州处死白士中。得知这一消息,白士中不知所措,谭记儿却没有被杨衙内的权势吓倒:

> 你道他是花花太岁,要强逼的我步步相随。我呵,怕什么天翻地覆,就顺着他雨约云期。这桩事,你只睁眼儿觑者,看怎生的发付他赖骨顽皮?

她为解救丈夫挺身而出,扮成渔妇,在中秋之夜以献鱼脍为由引诱杨衙内。果然,杨衙内禁不住谭记儿的巧言巧行,喝得烂醉如泥。谭记儿趁此机会赚

---

① 王国维:《宋元戏曲史》十二《元剧之文章》,上海:华东师范大学出版社1995年版,第121页。

得御赐"金牌"、"势剑"。最终,杨衙内受到了应有的惩罚,而谭记儿也得以和丈夫团圆。

《诈妮子》则塑造了一个倔强高傲的婢女形象——燕燕,她委身于小千户。小千户用情不专,又向另一个小姐莺莺求婚,并要燕燕搭线,燕燕愤恨至极,大闹婚礼。《拜月亭》中的王瑞兰,在战乱中邂逅书生蒋世隆,二人同患难并结为夫妇,被父亲强行拆散。后来蒋世隆得中状元,被王尚书招为女婿,二人团圆。《谢天香》、《金线池》等剧,也都属于爱情婚姻题材剧。

关汉卿描写爱情婚姻问题的杂剧,揭示了造成女子坎坷命运的社会原因。从这些作品所组成的总的画面看,她们的不幸不是偶然的,而是旧观念、等级制度、特权力量等社会因素共同作用的结果。这些女性只是社会中的普通人,本没有太多的奢望,只求安稳地过日子,然而这样朴素的愿望却往往难以实现。她们时时处于被压迫的地位,黑暗的社会现实激起了她们的愤怒,转而起来与之做不屈不挠的斗争,追求属于自己的正常生活。关汉卿选择这些小人物来写,有利于更强有力地揭露批判现实,具有很好的艺术感染力和说服力。

四、关汉卿杂剧的艺术特色

关汉卿的杂剧成就巨大,与其艺术上的鲜明特色密切相关。

其一,关汉卿杂剧塑造的人物形象具有丰富性、典型性和生动性。

关汉卿关注底层人民的生活,并塑造了很多可亲可敬的普通人形象。他们中有年轻的寡妇,如窦娥、谭记儿;有风尘女子,如宋引章、赵盼儿、杜蕊娘、谢天香;有婢女,如燕燕;有历史英雄人物,如关羽等。他们中的大部分人都是处于被压迫地位的弱者,其中以女性居多。他们在现实中遭受到种种不幸,但却绝不屈服,积极同恶势力抗争,最终凭借自己的机智勇敢,获得斗争的胜利。

关汉卿也善于塑造反面人物。这些反面人物主要是男性,他们或是富家纨绔子弟,如周舍;或是地痞无赖,如张驴儿;或是贪官权要,如桃杌。剧中人物悲剧的直接制造者便是这些权势者及黑暗势力。这些反面人物的塑造与正面人物形象形成了一种强有力的对比,加强了剧本的张力,剧情便在双方的矛盾冲突中不断向前推进。

关汉卿杂剧中的人物,多是典型环境中的典型人物。生活在社会底层的人们,只愿过着平静而普通的生活。种种不幸激发了他们的抗争决心,为他们提供了典型环境。如《窦娥冤》中的窦娥虽然从小命运坎坷,但如果没有张驴儿父子的出现,她可能会平凡地和婆婆相依为命,而不至于遭到诬陷；如果桃杌太守是个清正廉明的官员,那窦娥便不会含冤而死。而恰好是张驴儿、桃杌这些人的存在,构成了窦娥惨遭枉死的典型环境。正是在这样的环境中,窦娥性格中的坚强、勇敢才得以充分展现。

不仅如此,关汉卿剧中人物的性格还往往具有多样性。某些人物看似相似,其实同中有异。如同为青楼女子,宋引章单纯幼稚,而赵盼儿老练稳重；同为年轻寡妇,窦娥坚守贞洁观,而谭记儿经慎重选择后再嫁。同时,就算是同一人物身上所表现的性格特点也不是单一不变的。如窦娥有着反抗恶势力的一面,也有着恪守传统闺训的一面。

其二,杂剧结构完整紧凑,四折之间联系紧密。如《单刀会》,第一折、第二折分别由乔公和司马徽向鲁肃介绍关羽的勇武和赤壁鏖兵的过程,关羽直到第三折才出场。从故事发展上看,前两折似乎多余,但事实上又都是必要的、巧妙的。它们向观众介绍关羽的辉煌过往,其实就是在观众的心目中树立关羽的英雄形象,为第三折、第四折的高潮作了铺垫。

其三,关汉卿的杂剧情节曲折,引人入胜,具有很好的舞台演出效果。如《窦娥冤》,全剧以矛盾的转换来推动情节的发展。穷书生窦天章无力偿还高利贷,将女儿抵给了蔡婆婆,是窦娥悲剧命运的开端。之后,蔡婆被张驴儿父子救下,张驴儿父子借机住进蔡家,蔡婆婆在威逼下妥协,窦娥却极力反抗,此时剧中矛盾转移到张驴儿与窦娥之间。至张父被毒死,这一矛盾趋于激化,而后矛盾又迅速转换为窦娥和官府之间的冲突。情节随着各种矛盾的展开而层层推进,却又合情合理,体现了关汉卿的驾驭能力。

其四,关汉卿杂剧的语言鲜明生动,明白晓畅,且富于个性化,表现力极强。正如王国维在《宋元戏曲史》中评价的那样:"关汉卿一空依傍,自铸伟词,而其言曲尽人情,字字本色,故当为元人第一。"①其剧作中的多数语言平实通俗,但也有一些文采斐然的段落,读来十分优美。如宋引章的语言天真、单纯；赵盼儿的语言则显得机智、老辣,如她对周舍指责她违背誓约时的回答:"遍花街请到娼家,那一个不对着明香宝烛,那一个不指着皇天后土,那一个不赌着鬼戮神诛,若信这咒盟言,早死的绝门户。"一个谙熟人情世故、伶牙俐齿的女性形象呼之欲出。作品中还有很多口语化的语言,十分生动活泼。

关汉卿的杂剧创作并非毫无瑕疵,部分作品思想陈腐,说教气息较重。

---

① 王国维:《宋元戏曲史》十二《元剧之文章》,上海:华东师范大学出版社1995年版,第128页。

但整体来看,他的杂剧成就巨大,对后世的戏曲创作影响深远。称关汉卿的杂剧是中国古代戏曲史上一颗璀璨耀眼的明珠,并不为过。

第三节 王实甫和《西厢记》

王实甫也是元杂剧前期的杰出代表,他的《西厢记》堪称我国古代戏曲史上的一座丰碑。

一、王实甫的生平与作品

王实甫,名德信,字实甫,大都人。关于他的生卒年月和详尽事迹,由于文献资料极少,大多未能考定。据推测,他一度在朝为官,因仕路蹭蹬而退隐闲居。钟嗣成的《录鬼簿》将他列为"前辈已死名公才人",又据周德清《中原音韵》的自序,可推知王实甫在泰定元年(1324)时已经去世,故将他列为前期杂剧作家,其戏曲创作大致与关汉卿同时或稍晚。①

除《西厢记》外,王实甫还有《丽春堂》、《破窑记》二种,《贩茶船》和《芙蓉亭》二剧则仅存佚文。他的散曲作品,据隋树森先生编《全元散曲》所收,有小令一首、套数两篇。[中吕·十二月过尧民歌]《别情》是王实甫仅存的一首小令,也是一篇佳作:

> 自别后遥山隐隐,更那堪远水粼粼。见杨柳飞绵滚滚,对桃花醉脸醺醺。透内阁香风阵阵,掩重门暮雨纷纷。怕黄昏忽地又黄昏,不销魂怎地不销魂?新啼痕压旧啼痕,断肠人忆断肠人!今春,香肌瘦几分,搂带宽三寸。

此曲以女子的口吻表达她对心上人的思念,整首曲子情意绵绵。语言清新真挚,运用了大量叠词,为全曲营造了一种幽怨的艺术氛围。此曲"对偶、音律、平仄、语句皆妙"(周德清《中原音韵》),可见,王实甫不仅是一位戏曲名家,也是散曲创作高手。

二、《西厢记》故事的演变

《西厢记》是我国文学史上一部规模宏大的杰出戏曲作品,它的定型并

---

① 参见王季思《西厢记叙说》,《王季思学术论著自选集》,北京:北京师范学院出版社 1991 年版,第 421—442 页。徐朔方先生则认为王实甫的生活时代要远远早于关汉卿,《西厢记》的创作可前推至金代末期。见徐朔方《论王实甫〈西厢记〉杂剧的创作年代》,《徐朔方说戏曲》,上海:上海古籍出版社 2000 年版,第 52—73 页。

非王实甫凭一人之力完成,而是经历了一个漫长的发展演变过程。

《西厢记》故事最初源于唐代元稹的传奇《莺莺传》(又名《会真记》)。内容大致是:贞元年间,张生在蒲郡游玩,寄居在普救寺中。崔夫人和小姐莺莺亦暂寓于此。面临乱军骚扰,张生向朋友借兵求救,最终为崔氏母女解了围。崔母对张生甚为感激,并设宴答谢。张生见到了崔夫人之女莺莺,双方顿生爱慕之心。二人暗托红娘传情达意,"同安于曩所谓西厢者几一月矣"。之后,张生去长安应考,断绝与莺莺的来往,并以"大凡天之所命尤物也,不妖其身,必妖其人"等借口抛弃了莺莺。时人对张生的这种行为不仅不予谴责,反而认为是"善补过者"。鲁迅先生称:"元稹以张生自喻,述其亲历之境,虽文章尚非上乘,而时有情致,固亦可观,惟篇末文过饰非,遂堕恶趣。"(《中国小说史略》第九篇《唐之传奇文》)这是一个精当的评价。

宋代,莺莺和张生的故事常被文人写进诗词中,还被当做说唱文学的题材。苏轼的《雨中花慢·待月西厢》、晏殊的《浣溪沙·怜取眼前人》等,都曾引用过《莺莺传》的原句。至于秦观的[调笑转踏],更称赞莺莺为"玉人情重"。总体上看,莺莺与张生的故事在宋代的评价与唐代有所不同,一部分宋代人对莺莺给予了肯定,对张生则进行了谴责,并抛弃了"始乱终弃"的故事模式;也有对莺莺、张生均表同情的。

故事到金末董解元那里,思想内容等各个方面都发生了根本的转变,产生了《西厢记诸宫调》,这就为王实甫创作《西厢记》奠定了良好的基础。故明人徐复祚称:"实甫之传,本于董解元,解元为说唱本,与实甫本可称双璧。"(徐复祚《曲论》)

三、《西厢记》的思想内容及人物形象

王实甫的杂剧《西厢记》在《董西厢》的基础上,重新进行加工改造,从而成就了文本独特的魅力。

《西厢记》共五本二十一折。故事梗概是:欲上朝应考的书生张君瑞在普救寺游览时,遇到了崔家小姐莺莺,一见钟情。时值崔相国夫人与莺莺小姐扶相国灵柩回故里安葬,暂居普救寺。张生毅然决定放弃应考,借故寓居普救寺。后经红娘牵线,张生得以和莺莺隔墙联吟、借简传情。此时镇守河桥的将领孙飞虎派兵包围普救寺,欲强娶莺莺为妻。情急之下,崔夫人许诺:但有退得贼兵的,将小姐与他为妻。张生挺身而出,解除了普救寺之围。事后,崔夫人设宴答谢张生,但因张生只是一介白衣,门第不称,便违背诺言,这一举动伤害了莺莺和张生。此后经红娘暗中奔走,有情人终成眷属。

《西厢记》第一次明确提出了"愿普天下有情的都成了眷属"的命题。

这是对青年男女之间纯真之"情"的呼唤,是对世俗之"礼"的反叛。剧作旗帜鲜明地主张婚姻自主,反对"父母之命,媒妁之言"的传统婚姻模式,显然与传统的道德教条相对立。在《西厢记》这里,爱情主题得以凸显,有"情"与否成为青年男女婚姻是否合理的前提。

《西厢记》塑造了一批生动形象的人物,他们之间的矛盾冲突推动着故事的发展。剧中的女主角崔莺莺是作者精心刻画的艺术形象。她一开始是个满腹闲愁的怀春少女,一曲[仙吕·赏花时]正体现她的这种郁闷惆怅心理:

　　可正是人值残春蒲郡东,门掩重关萧寺中,花落水流红,闲愁万种,无语怨东风。

莺莺是一个会吟诗作词、会针黹女工并受到严格管束的大家闺秀。在普救寺得遇张生,对其心生爱意,此时她的父丧孝期未满,这是有违当时礼制的。月下联吟,她对张生倾吐了衷肠,二人的感情更加深一步。面对母亲的严格管教,她没有大胆的举动,唯有独自相思。她渴望追求爱情,然而却一直被"礼"束缚着。孙飞虎包围普救寺,她不顾个人安危,欲答应孙飞虎的条件以解除危机,表现了坚强刚烈的一面。后来老夫人许下诺言:"但有退得贼兵的,将小姐与他为妻。"张生解除普救寺之围后,崔夫人赖婚,莺莺的情感受到重创,陷入痛苦之中。她对母亲的行为愈发觉得不满,内心的反抗意识也愈加强烈。后来,张生以琴传情,莺莺便令红娘传递简帖。但当张生真的应约而来时,她又赖简并板着脸斥责张生,这正深切体现了她性格中的矛盾。她受到礼教的束缚,想摆脱它,但又无法真正摆脱。她的觉醒、犹豫,直到反抗,符合其性格特征和生活逻辑。后来张生因相思病重,她又满怀怜爱,最终彻底冲破礼教的牢笼,大胆地追求属于自己的幸福。当事件被揭穿时,她也毫无畏惧,最终获得母亲对婚事的应允。在莺莺眼里,功名利禄只是蝇头微利。在十里长亭送别张生时,她依依不舍,嘱咐张生无论"得官不得官,疾早便回来"。她渴望专一的爱情,告诫张生"若见了那异乡花草,再休似此处栖迟"。在莺莺心里,爱情高于一切。

剧中男主角张生是一介白衣书生,在普救寺遇到美丽的莺莺,于是爱意顿生,如痴如醉。为追求莺莺,他放弃了上朝应试,设法在普救寺住下,足见他对爱情的执著。当普救寺遭孙飞虎围困时,他挺身而出,帮助崔氏母女解除威胁。为了爱情,他可以不顾体面,可以放下功名,是一位至情至真的痴情种。面对崔夫人的赖婚,张生陷入痛苦之中,并对老夫人的失信表示不满,然而他的反抗显得比较软弱。遭遇挫折后,便害起了相思病,一个执著、憨实的书生形象得到了淋漓尽致的表现。正因如此,莺莺才被他的至诚心打动。为了将来能和莺莺长久地在一起,他答应崔母赴京应考。他愿意为莺莺做任何事,是一个敢于担当的有情有义的痴情男儿。当然,他的身上也不免有些读书人常有的呆气、傻气,然而这正是人物性格丰满生动之所在。

红娘也是剧中不可忽视的重要人物。她是张生与莺莺有情人终成眷属的直接推动者。她虽是个丫鬟,但聪慧过人、口齿伶俐、乐于助人。原先,红娘是老夫人派去服侍并监管莺莺的,最终却成为莺莺的贴心人。她很细心,能敏锐察觉莺莺的细小心思,并暗中引导莺莺走上叛逆之路。面对张生的痴诚,她非常同情,并积极搭线撮合。红娘未曾读书识字,但有时却满口之乎者也,看似严守礼教,实则是其机智的体现。剧中最能表现红娘性格的是崔老夫人"拷红"一段。当崔老夫人质问红娘关于莺莺与张生的实情时,红娘巧妙地说:

> 目下老夫人若不息其事,一来辱没相国家谱;二来张生日后名重天下,施恩于人,忍令反受其辱哉?使至官司,夫人亦得治家不严之罪。官司若推其详,亦知老夫人背义而忘恩,岂得为贤哉?红娘不敢自专,乞望夫人台鉴,莫若恕其小过,成就大事,搁之以去污,岂不为长便乎?

这一段情理兼备的说辞,令人叹服。老夫人听后,也不得不表示认同,从而客观上促成了张生和莺莺的好姻缘。

剧中还有一些形象,如崔老夫人是礼教的维护者,一方面处处用旧礼教来管束莺莺,另一方面又真切地疼爱着自己的女儿,这恰好显示了人性本身的复杂。剧中其他人物,如郑恒、孙飞虎等,虽然着墨不多,但对于推进情节、制造戏剧矛盾、烘托主要人物等等,都有着不可忽视的作用。

四、《西厢记》的艺术成就

《西厢记》在思想内容方面开辟了一个新的境界,赋予了爱情题材新的丰富内涵,这与它高超的艺术水平密不可分。后人评价说:"北曲故当以《西厢》压卷。"(王世贞《曲藻》)归纳起来,《西厢记》的艺术成就主要表现在以下几个方面:

其一,规模宏大,结构完整紧凑,情节跌宕起伏。《西厢记》共五本二十一折,为适应其宏大的规模,剧中安排了多个角色演唱。而整体结构布局合理,不拖沓,不草率,线索清晰。第一本主要写"惊艳",交待了故事发生的背景;第二本是故事的发展,矛盾冲突加剧;第三本继续深化矛盾;第四本矛盾进入高潮；第五本大团圆，矛盾得到最终解决。五本的安排，符合故事发展的逻辑，情节紧凑完整。在每本剧中，情节也不是波澜不惊，而是始终处于跌宕起伏之中。特别是普救寺遭围时，张生解除威胁，老妇人设宴答谢，并赖婚。之后，张生和莺莺互通信简，又有闹简、赖简、酬简的事情发生。这样的情节设置，大大增强了该剧的戏剧效果。

其二，人物性格鲜明生动。莺莺纯真善良、知书达理，执著地追求自己的爱情。她美丽、温柔，一方面对爱情忠贞不渝，另一方面又严守礼教约束，常常游移在情和理的矛盾之间。张生痴情，热烈地追求莺莺，是一个敢于承担责任的情种，但身上又不时表现出读书人的迂腐气。红娘大胆真诚、机智热忱，泼辣且富有正义感。崔夫人严肃庄重，谨遵礼教，但为了女儿的幸福愿意做出一定妥协。这些人物各有特色，性格层次也较为丰富。

在刻画人物时，《西厢记》还注意细节描写和心理描写，注重侧面烘托。张生初见莺莺，魂灵儿早已飞上天去，呆在那里，表现出一种痴态，同时烘托出莺莺的无比美貌。当莺莺离去时，"回顾觑末"，这一不经意的动作将莺莺的内心表露无遗。这被红娘看在眼里，为她以后替崔张二人暗暗传情作下铺垫。特别是莺莺赖简一事，将莺莺内心的矛盾心情展露无余，将张生的失望慌乱、落魄执著的情绪表现得淋漓尽致。

其三，语言优美，富有感染力。"王实甫之词，如花间美人。铺叙委婉，深得骚人之趣，极有佳句，若玉环之出浴华清，绿珠之采莲洛浦。"（朱权《太和正音谱》）"花间美人"的比喻，说明了《西厢记》文采斐然、语言典雅精致的特点。如著名的长亭送别一段：

[正宫·端正好]碧云天，黄花地，西风紧，北雁南飞，晓来谁染霜林醉？总是离人泪！

……

[耍孩儿]淋漓襟袖啼红泪，比司马青衫更湿。伯劳东去燕西飞，未登程先问归期。虽然眼底人千里，且尽生前酒一杯。未饮心先醉，眼中流血，心内成灰。

另外，剧中语言富有个性色彩，表现出不同人物的不同性格特征，也值得称道。莺莺的言语优雅谨慎，张生的言语真诚率性，红娘的言语爽朗泼辣，老夫人的言语严肃庄重，均与人物的性格相符。

《西厢记》堪称我国戏曲史上的巅峰之作，历来深受民众的喜爱，流传久远。它以生动的艺术形象激励着无数青年男女为争取婚姻自由而抗争。

第四节 白朴及其杂剧创作

除关汉卿和王实甫外，白朴也是元代剧坛十分优秀的杂剧作家，代表作为《梧桐雨》和《墙头马上》。

白朴（1226—1306？），字仁甫，一字太素，号兰谷。祖籍隩州（今山西河曲县），后移居真定，终生未仕。父亲白华，曾任金朝枢密院判官。公元1234年，蒙古大军进犯，南京陷落，白朴随父亲好友元好问辗转来到山东。少年时代受到元好问的培养，这对他以后的戏曲创作产生了较大的影响。50岁时，曾在九江一带漂泊，后定居于南京。在这期间，与剧作家和秦楼歌妓们有着密切来往，这对他的戏剧创作产生了一定程度的影响。

白朴精通音律，擅作词曲，有《天籁集》，今存词105首。散曲现存40多首，代表作有《天净沙》、《寄生草》、《醉中天》、《阳春曲》等。据《录鬼簿》载，他共创杂剧15种，今仅存《梧桐雨》和《墙头马上》两种。

《梧桐雨》是白朴杂剧的代表作，根据白居易的《长恨歌》改编加工而成，写的是杨贵妃和唐明皇之间的爱情故事，艺术成就突出。语言清丽流畅，善于刻画描摹人物的内心及情感，并擅长描写凄冷的环境，将玄宗国破家亡，特别是失去贵妃之后那种孤独悲凉的心境表露无余。马嵬坡贵妃自缢身亡后，玄宗伤心不已所唱的一段词，很是凄婉：

  〔鸳鸯煞〕黄埃散慢悲风飒，碧云黯淡斜阳下；一程程水绿山青，一步步剑岭巴峡。畅道感叹情多，恓惶泪洒。早得升遐，休休却是今生罢。这个不得已的官家，哭上逍遥玉骢马。

《墙头马上》是白朴的另一部颇具代表性的杂剧作品，源于白居易《井底引银瓶》一诗，写的是裴少俊与李千金间的爱情婚姻喜剧故事。尚书裴行俭的儿子裴少俊路过洛阳总管李世杰的花园，在马上见到了正从墙头向外窥望的总管女儿李千金，一见钟情，便投诗结情。千金答诗，两情相悦。李千金被裴少俊藏于自家的后花园，长达7年，并生下一对儿女。后裴母偶然得知真相，命少俊休妻，只留下儿女。李千金请求留下，可裴父却坚持拆散了少俊与她的姻缘，她只好离夫别子回到洛阳老家。少俊后中进士，担任洛阳令，安排父母来洛阳。此时裴父知晓李千金是洛阳总管之女，立即改变了态度，欲迎娶她为儿媳。然李千金个性鲜明，大胆泼辣，坚决不答应。最终在一对儿女的苦苦哀求下，她才答应与少俊再结为夫妻,全家团圆。

剧中的李千金也是一个敢于反抗、积极追求婚姻幸福的刚烈女子,极富个性色彩。《墙头马上》情节简练,矛盾冲突集中,具有浓厚的戏剧性。

第五节 马致远和《汉宫秋》

马致远(1250—1321?),号东篱,大都人。曾任江浙行省务官,50 岁左右怡然归隐。马致远是元初杂剧四大家之一,贾仲明《录鬼簿》对他的戏曲创作给予了极高评价,称他为"曲状元",认为"宜列群英之上"(朱权《太和正音谱》)。

马致远共有杂剧 15 种,今存《汉宫秋》、《青衫泪》、《陈抟高卧》、《岳阳楼》、《任风子》、《荐福碑》以及与李时中、红字李二、花李郎合著的《黄粱梦》,共 7 种。马致远还是重要的散曲作家,其《东篱乐府》中收录小令 104 首、套数 17 篇,其中颇多佳作。

《汉宫秋》是马致远杂剧的代表作,取材于历史上的昭君出塞故事及民间传说。关于昭君出塞,史料上多有记载,如《汉书·匈奴传》、《西京杂记》等。文人的诗词也多有歌咏其事者,著名的如杜甫《咏怀古迹》(其三)、王安石《明妃曲》等。马致远对历史上的昭君出塞故事作了艺术化的加工,使《汉宫秋》具备了极强的艺术感染力。①

《汉宫秋》的语言自然流畅、清丽典雅。剧本的情节相对比较简单,抒情味浓,能充分表现人物的内心活动。特别是最后一折,主要刻画元帝对昭君的深切思念:

> [尧民歌]呀呀的飞过蓼花汀,孤雁儿不离了凤凰城。画檐间铁马响丁丁,宝殿中御榻冷清清。寒也波更,萧萧落叶声,烛暗长门静。

元帝对昭君思念之切,与白朴《梧桐雨》中玄宗对杨贵妃的思念之深类似。这时的元帝和玄宗一样,不单单是个帝王,更是个追求真挚爱情的痴情男子。

《汉宫秋》中的故事和历史上的昭君出塞一事有很大出入。历史上的和亲是单于主动提出请求的,《汉宫秋》则变成元帝因国力衰微而被迫答应

---

① 王季思、萧德明:《从〈昭君怨〉到〈汉宫秋〉——王昭君的悲剧形象》,《社会科学战线》1979 年第 1 期,第 267—273 页。

和亲,这样处理,就将昭君置于民族矛盾激烈的背景下,凸显了出塞和亲的意义,也突出了她的忠义爱国情怀。另外,《汉宫秋》改变了昭君的最终结局。本来昭君出塞后嫁给单于,并生育了儿女,而《汉宫秋》中的昭君则在行至黑水时投水殉国。这种种艺术上的修改,使昭君的形象更加耀眼,也使原本流传的历史故事更具文学价值和审美效果。

第六章 元后期杂剧

元仁宗皇庆、延祐(1312—1320)以后,随着杂剧中心由大都转向杭州,大批文人南下。尽管像关汉卿这样的杂剧大家到南方以后仍然坚持创作,但他们不久便先后谢世,元代杂剧在老成凋零中渐渐走向衰微。这一时期的代表作家有郑光祖、乔吉等。

第一节 杂剧的衰微

元杂剧的衰微是多种因素共同作用的结果,大约有如下几点:

其一,文人南下使杂剧创作远离了本土环境。公元1276年,元军占领南宋都城临安(杭州),并在此设立两浙都督府。1284年,立江浙行省,以杭州为省治。这里都市经济的繁华、人文传统的深厚、生活环境的舒适,吸引着文人南下。杂剧本产于北方,以大都等地为活动创作的中心,多民族文化为杂剧的创作不断注入新鲜的血液,使杂剧具有粗犷豪放、质朴率真的风格,也使杂剧中渗透了中原文化的民俗、语言及音乐等诸多元素。一旦杂剧中心南移,便远离了北方这片孕育它的土壤,自然难以和南方本土的地方戏长期抗衡。

其二,后期杂剧往往从历史故事、神仙道化等方面取材,渐渐脱离了人民群众的现实生活。延祐二年(1315)之后,朝廷下诏开科取士,部分作家将精力转向仕途,即便有作品问世,也往往是一些思想内容平乏之作,忽视了与现实社会生活的联系。同时,从北方南下的作家因生活的不稳定直接影响了创作。而南方的杂剧作家则趋向于追求形式的精巧,这些偏重于形式美的杂剧作品难以表现深刻的社会现实。历史故事、神仙道化之类文人相对熟悉的题材,自然成为许多剧作家的首选,导致了题材来源的狭窄。

其三,杂剧艺术形式本身存在的局限,使杂剧越来越难以表现广阔丰富的社会生活,这是杂剧渐渐衰微的内部原因。杂剧一般采用一本四折的固定结构,剧本基本上只能由正旦或正末一人主唱。虽然有部分作家尝试变通,但从总体上看,这种形式限制还是或多或少制约了杂剧的表现力。

第二节　郑光祖与元后期其他作家

尽管元杂剧在后期面临着衰微的命运,但这一时期仍不乏优秀的剧作家,郑光祖便是元后期杂剧创作的佼佼者。

郑光祖,字德辉,山西平阳人,约生于元世祖至元初年。曾"以儒补杭州路吏。为人方直,不妄与人交。名香天下,声振闺阁,伶伦辈称郑老先生,皆知其为德辉也"(钟嗣成《录鬼簿》)。郑光祖共有杂剧17种,今存7种:《倩女离魂》、《㑳梅香》、《醉思乡王粲登楼》、《辅成王周公摄政》、《虎牢关三战吕布》、《立成汤伊尹耕莘》、《钟离春智勇定齐》。周德清《中原音韵》将他与关汉卿、白朴、马致远并列,由于四人在杂剧创作中的杰出成就,后世称他们为"元曲四大家"。

《倩女离魂》是郑光祖的代表作,后人将它与关汉卿的《拜月亭》、王实甫的《西厢记》以及白朴的《墙头马上》并称为"元代四大爱情剧"。故事取材于唐代陈玄祐的传奇小说《离魂记》。剧中张倩女与王文举指腹为婚,王文举赴长安赶考,途经张家,欲申旧约,而倩女的母亲则要求他只有考中得官才能和倩女成婚。文举独自进京后,倩女因离别伤感,又担心文举得官后会另寻新欢,便忧思成疾,一病不起。她的离魂来到文举的身边,陪同进京赶考,两人度过了三年的幸福时光。后来,文举科举及第,带着她一起衣锦还乡,倩女的离魂与卧病在家的躯体合为一体,二人完婚。剧本打破了常规的生活逻辑,将剧中倩女的肉体与灵魂分离开来,让离魂独自去追随心上人,从而塑造了一个丰满的"魂魄"形象,充满浪漫主义的情调。这种虚幻与写实相结合的手法,后来在汤显祖《牡丹亭》里也有继承和发展。

《倩女离魂》艺术成就较高,特别是剧中倩女离魂追赶文举的情景,写得栩栩如生：

[紫花儿序]想倩女心间离恨,赶王生柳外兰舟,似盼张骞天上浮槎。汗溶溶琼珠莹脸,乱松松云髻堆鸦,走的我筋力疲乏。你莫不夜泊秦淮卖酒家。向断桥西下,疏剌剌秋水菰蒲,冷清清明月芦花。

[小桃红]我蓦听得马嘶人语闹喧哗,掩映在垂杨下,吓的我心头丕丕那惊怕,原来是响珰珰鸣榔板捕鱼虾。我这里顺西风悄悄听沉罢,趁着这厌厌露华,对着这澄澄月下,惊的那呀呀呀寒雁起平沙。

[调笑令]向沙堤款踏,莎草带霜滑;掠湿湘裙翡翠纱,抵多少苍苔露冷凌波袜。看江上晚来堪画,玩冰壶潋滟天上下,似一片碧玉无瑕。

[秃厮儿]你觑远浦孤鹜落霞,枯藤老树昏鸦,听长笛一声何处发,歌欸乃,橹咿哑。

[圣药王]近蓼洼,缆钓槎,有折蒲衰柳老兼葭;傍水凹,折藕芽,见烟笼寒水月笼沙,茅舍两三家。

曲中语句多是化用前人的诗词而成,贴切自然,文辞优美,描绘细腻,正如朱权在《太和正音谱》中所作的评价："郑德辉之词,如九天珠玉,其词出语不凡,若咳唾落乎九天,临风而生珠玉。"

元后期的杂剧作家,除郑光祖外,较为优秀的还有乔吉、秦简夫等人。

乔吉(1280?—1345),字梦符,号笙鹤翁,又号惺惺道人,山西太原人。一生未做官,初浪迹江湖,自称"江湖状元"。他"美姿容,善词章,以威严自饬,人敬畏之"(钟嗣成《录鬼簿》)。所作杂剧11种,现仅存《两世姻缘》、《扬州梦》、《金钱记》3种,都是关于才子佳人爱情题材的作品。《两世姻缘》是其杂剧代表作,刻画了大胆追求爱情的痴情男子韦皋,剧情曲折生动,语言清丽优美。此外,他也是元代著名的散曲作家。

秦简夫,大都人。当时颇负盛名,"见在都下擅名,近岁在杭"(钟嗣成《录鬼簿》)。有杂剧5种,今存《东堂老》、《赵礼让肥》、《剪发待宾》3种。《东堂老》在元代杂剧中颇具特色。剧中的扬州奴不务正业,沉迷酒色,结交无赖子弟。父亲临终前,将他和家产黄金交付给东堂老李实照管。之后,扬州奴很快挥霍完家产,只得四处乞讨为生。东堂老在适当的时机规劝扬州奴,并用赵国器寄存的黄金帮助扬州奴重振家业。剧本第一次塑造了一个诚信而勤劳的商人形象——东堂老李实,并对他流露出明显的褒扬之情,这在当时是有进步意义的。

第七章 元代南戏

南戏作为主要流行于南方地区的另一种戏曲形式,在元代杂剧发展的同时,也不断吸收新的养分,艺术上不断完善,并随着杂剧的衰微而渐渐兴盛起来。这一时期南戏的代表作是高明的《琵琶记》。

第一节 南戏的形成与发展

南戏,又称戏文、南曲、南曲戏文。由于文献记载它最初起源于浙江温州,故又称"温州杂剧"或"永嘉杂剧"。它是在南方民间村坊小曲、民间歌舞小戏的基础上逐渐成熟起来的南方民间戏曲。

关于南戏产生的时间,存在两种说法:一、"南戏出于宣和(1119—1125)之后、南渡(1127)之际,谓之温州杂剧。"(祝允明《猥谈》)二、"南戏始于宋光宗朝(1190—1194),永嘉人所作《赵贞女》、《王魁》二种实首之……或云:宣和间已滥觞,其盛行则自南渡,号曰永嘉杂剧。"(徐渭《南词叙录》)不管这两种说法哪种更可信,可以确定的是,南戏作为一种戏曲形式,在南宋前期已经发展得较为成熟了。

北宋末年以来,中原战事不断,阶级矛盾和民族矛盾突出,温州一带远离战争的中心,有相对稳定的环境。这里民物富庶,民众精神娱乐层面的需求不断增加,为南戏的发展奠定了坚实的经济基础及观众基础。其实,不仅是温州,南戏的发展与临安也有着密不可分的关系。宋氏南渡,建都临安。这里的勾栏瓦舍等演出场所迅速增多,市民文艺较为发达,下层文人和略懂文墨的民间艺人组成书会等创作团体,从事南戏的编写工作,这对南戏的流传及剧目的丰富起到重要的作用。包括温州、杭州在内的东南沿海一带,实为南戏的产生和发展提供了肥沃的滋养土壤。①

---

① 徐朔方:《南戏的艺术特征和它的流行地区》,《徐朔方集》第 1 卷,杭州:浙江古籍出版社 1993 年版,第 250—267 页。

尽管元代北方杂剧南下，南戏的生存空间曾一度受到挤压，但仍继续在民间流行。它不断吸收北方杂剧的优点，艺术上得到一定的发展。随着杂剧的渐渐衰微，南戏重又兴盛起来。此时的南戏无论在内容还是形式上都由粗糙走向完美，最终压倒了杂剧，并在明清时期转变为笼罩剧坛的传奇。

据统计，宋元南戏剧目今有 200 余种，然而流传下来的还不到十分之一。其中全本均存的有近 20 种，仅存佚曲的有 100 多种，全佚的有 80 余种。在传存剧本中，只有《张协状元》、《小孙屠》、《宦门子弟错立身》等《永乐大典》所收录戏文及《白兔记》、《琵琶记》等基本保持原来面目，其余存本均经明人修改过。人们习惯上将经明人修改过的《荆钗记》、《刘知远白兔记》、《拜月亭记》和《杀狗记》合称为"四大南戏"，简称"《荆》、《刘》、《拜》、《杀》"。"四大南戏"作品结构松散，艺术上显得较为粗糙，但生活气息浓郁。元末成书的《琵琶记》则是元代南戏的巅峰之作。

南戏的体制比较灵活自由，它和北曲杂剧相比，体制上的差别主要有：

其一，在剧本程式上，杂剧的题目正名放在剧本的末尾。南戏开头是"开场"，用诗或曲概括剧情；第二出起才是正戏，各重要角色相继出场，进而逐步展开情节。

其二，在剧本结构上，杂剧一般是每本四折一楔子，篇幅比较紧凑，情节比较集中。南戏没有楔子，以"出"为单位，没有固定的出数，长短也没有限制。

其三，在角色演唱上，杂剧一般由正旦或正末一人主唱。而南戏角色有生、旦、外、贴、丑、净、末，场上所有角色皆可唱，且演唱形式灵活多变，可以独唱、对唱、接唱、同唱，还可帮腔合唱。

其四，在音乐风格上，杂剧悲壮沉雄，激越高亢，主要用琵琶等弦乐器伴奏。南曲清柔婉转，舒缓流丽，主要用笙、箫、笛等管乐器伴奏。"凡曲，北字多而调促，促处见筋；南字少而调缓，缓处见眼。北则辞情多而声情少，南则辞情少而声情多。北力在弦，南力在板；北宜和歌，南宜独奏；北气宜粗，南气宜弱。"（王世贞《曲藻》）

由于南戏的篇幅往往比较长，故较之杂剧，在表现故事内容、抒发思想感情方面具有一定的优势，也更能满足日趋复杂的社会现实的需要。

第二节 高明和《琵琶记》

在众多的南戏作品中，《琵琶记》是一部成就较高、影响较大的作品，它代表着元代南戏创作的高峰。

《琵琶记》的作者高明,字则诚,号菜根道人,瑞安(今属浙江)人。生卒年不详。出身于书香门第,祖父、伯父和弟弟都是诗人。幼时聪慧过人,青年时期以学识渊博著称,工于诗文,尤擅长词曲。至正五年(1345)中进士,先后任处州录事、江浙行省掾吏、浙东阃幕都事、福建行省都事等职,为官清廉,关心百姓疾苦,深受百姓爱戴。因不屈于权贵,始终抑郁不得志。晚年隐居于宁波城东的栎社,以词曲自娱,《琵琶记》大约完成于此时。① 还作有《闵子骞单衣记》戏文一部,已经散佚;另有诗文集《柔克斋集》20卷,今存50余篇。

《琵琶记》写的是赵五娘和蔡伯喈的故事,主要是对早期南戏《赵贞女蔡二郎》的改编。金院本有《蔡伯喈》,陆游《小舟游近村舍舟步归》诗中提及鼓词《蔡中郎》,可见蔡伯喈的故事在宋金时期已成为民间讲唱文学的流行题材。《赵贞女蔡二郎》中的蔡伯喈被描绘成负心弃义的反面人物,而赵五娘则是值得同情赞美的形象。《琵琶记》对此作了重大改动,把原来作为反面人物的蔡伯喈改造成一个忠孝双全的正面人物,将他抛妻另娶说成情非得已。

《琵琶记》通过蔡伯喈的遭遇,揭示了"忠"与"孝"两大基本伦理观念之间的冲突。蔡伯喈的家庭原本和谐完满,有爱他的双亲,有贤良的妻子。后来皇帝"出榜招贤",为了不违父亲的意愿,他被迫进京赶考。考中状元后,他不敢抗旨被迫入赘牛丞相府。拥有荣华富贵的蔡伯喈担心、思念远在家乡的双亲和糟糠之妻,对他们心存愧疚。他向皇帝辞官,但被皇帝以"孝道虽大,终于事君"的理由驳回。他辞考不从、辞婚不从、辞官不从,"只为三不从,做成灾祸天来大",导致他的父母在饥荒中死去,糟糠之妻也踏上了艰难的寻夫之旅。

蔡伯喈的形象深刻体现了政治权力对家庭伦理的破坏,忠、孝始终处于无法两全的困境之中。剧中的蔡公、皇帝、牛丞相是伦理纲常和政治权力的代表,君亲之命使蔡伯喈无法对双亲尽孝,无法呵护糟糠之妻。这种看似简单的愿望却得不到实现,使他满心忧郁,厌倦了浮华的官场生活,一个软弱知识分子的真实人生困境被表现得淋漓尽致。

赵五娘是《琵琶记》中着力刻画的人物。她贤良孝顺,坚韧不拔。丈夫上京应考,她在家尽心侍奉公婆。饥荒之年,没有食粮,她把救济粮全留给

---

① 徐永明:《高则诚生平行实新证》,《文学遗产》2006年第2期,第93—98页。

公婆,而自己背着他们食糠。公婆死后,她无力安葬公婆,只得痛卖青丝,罗裙包土自筑坟台。为进京寻夫,她抱着琵琶沿街乞讨。一路历尽千辛万苦,最终得以和丈夫团圆。剧中最能表现赵五娘品行的是《糟糠自厌》一段唱词:

　　[孝顺歌]呕得我肝肠痛,珠泪垂,喉咙尚兀自牢嘎住。糠,遭砻被舂杵,筛你簸扬你,吃尽控持。好似奴家身狼狈,千辛万苦皆经历。苦人吃着苦味,两苦相逢,可知道欲吞不去。(吃吐介)

　　[前腔]糠和米,本是两依倚,谁人簸扬你作两处飞?一贵与一贱,好似奴家共夫婿,终无见期。(白)丈夫,你便是米么?(唱)米在他方没寻处。(白)奴便是糠么?(唱)怎的把糠救得人饥馁?好似儿夫出去,怎的教奴,供给得公婆甘旨?(不吃放碗介)(唱)

　　[前腔]思量我生无益,死又值甚的!不如忍饥为怨鬼。公婆年纪老,靠着奴家相依倚,只得苟活片时。片时苟活虽容易,到底日久也难相聚。谩把糠来相比,(白)这糠尚兀自有人吃,(唱)奴家骨头,知他埋在何处?

她恪守本分,是当时妇女的典范。在《琵琶记》的开场词中,作者批评一般的戏剧"少甚佳人才子,也有神仙幽怪,琐碎不堪观",宣称文学作品如果"不关风化体,纵好也枉然"。赵五娘的性格中有明显的道德说教成分,显然,作者在此有意识地利用戏剧作为道德教化的工具。

《琵琶记》作为一部有意识地宣扬道德教化的剧作,在后世受到统治者的欢迎。但实际上剧作中所涉及的一系列问题,如"忠"、"孝"矛盾,个人意愿与政治权力之间的冲突等等,都表现了作者对生活现实的关注和思考,在一定程度上突破了宣扬道德纲常的主观意图,客观上揭示了道德教化本身的内在矛盾,这也是它在思想内涵上的成功之处。

《琵琶记》是南戏创作的巅峰,具有很高的艺术成就。

　　首先,从结构上说,它打破了传统的单线模式,而采用双线结构来推动情节的发展。剧本一条线写蔡伯喈进京赶考后步步陷入功名的罗网,内心苦闷的境遇;一条线写赵五娘在家含辛茹苦地侍奉公婆,并遭遇饥荒陷入绝境的悲惨处境。两条线索不是单一进行的,而是彼此交错、相互对映。在富贵生活与贫苦生活的对比中,更能有力地突出人物形象,显示戏曲作品的美学张力。如写了蔡伯喈的官场得意,接着便写赵五娘变卖首饰供养公婆的困窘;写了蔡伯喈与丞相千金洞房花烛,接着便写赵五娘背着公婆自食糟糠;写了蔡伯喈中秋赏月,接着再写赵五娘剪发买葬,等等。这种对比增加了人们对赵五娘遭遇的深切同情,更让读者深切体会到了社会现实的不合理。

其次,人物的心理刻画非常成功。蔡伯喈在入赘丞相府做女婿的时候,悲喜交织,喜的是现有如玉美妻,悲的是自己不能尽孝道,也愧对自己的糟糠之妻,这是对传统文人性格心理的准确把握。剧中有关赵五娘的心理刻画也十分成功,特别是自食糟糠部分,她触物生情,从糠的难咽想到自己受尽簸弄的命运,想到自己和丈夫的分离,引起对丈夫的思念和埋怨。以口头语写心头事,真做到了"体贴人情,委曲必尽"(王世贞《艺苑卮言》)。

再次,剧中的语言比同时代的其他南戏要成熟。尤其是在语言个性化方面,时而质朴,时而华美,运用得相当成功。如赵五娘只是一个普通的家庭妇女,她的语言风格显得质朴无华,这符合她的性格和身份。蔡伯喈是青年才子,语言富有文采,且时时流露出华贵气息,也是切合他的身份的。

第八章　元代散曲

散曲,作为一种新兴的诗歌样式,在元代取得了与诗词相抗衡的地位,成为当时抒情文学的主流形式。它可以视为广义上的诗,但却与传统诗歌表现出不一样的美学风貌,是俗文学与雅文学交融的产物。根据它在元代的创作发展,可以分为前、后两期。关汉卿、马致远、张可久、乔吉等是元代散曲的代表性作家。

第一节　散曲的兴起和特点

散曲之名最早见于明代朱有燉的《诚斋乐府》,而其中的散曲专指小令,不包括套数。到 20 世纪初,散曲作为文体概念,最终被确立下来。

关于散曲的兴起,前人说法不一。一般认为,散曲由词演变而来。词源于民间,而后成为一种文学样式,与音乐分离。北宋后期以来,词的格律要求越来越严格,越来越专门化,普通的文人及老百姓根本无法染指创作,词渐渐成了少数文人的专利,面临衰落的境遇。于是,一种新的可以应歌的文学样式——散曲便应运而生了。它和词的关系最密切,继承了词的曲乐、格律和曲词,二者体制也最接近,都属于有固定格律的长短句形式,所以散曲也被称为"词余"。①

北方少数民族乐曲的传入、民间俗谣俚曲的广泛传播为散曲的出现提供了有利的外部条件。"自金元入主中国,所用胡乐,嘈杂凄紧,缓急之间,词不能按,乃更为新声以媚之。"(王世贞《艺苑卮言》)"今之北曲,盖辽金北鄙杀伐之音,壮伟狠戾,武夫马上之歌,流入中原,遂为民间之日用。宋词既不可被管弦,世人亦遂尚此,上下风靡。"(徐渭《南词叙录》)散曲便是这样一种"新声时调"。

小令和套数是散曲的两种主要形式。小令又名"叶儿",是散曲的基本单位。一般用单支曲子写成,形式短小,语言精炼,活泼生动。每一首小令都有一个曲牌名,曲牌不同的,字数、句数、平仄、押韵也不同。套数又称散套、套曲、大令,是从唐宋以来的大曲、鼓子词、转踏、诸宫调和唱赚等发展而来。它由同一宫调的若干种曲调前后联缀而成。各曲押同一韵脚,且一韵到底;并往往用"收尾"、"煞"、"赚尾"、"尾声"等结束。

散曲虽是对词的继承和发展,但它与词也存在显著差别:

首先,在形式格律上,散曲同词相比,韵脚较密,很多曲牌甚至句句押韵,其间不能转韵;在韵部上,它是按当时北方的实际口语来划分的,而词的韵部和已发生变化的口语的实际情况有所脱离;散曲的韵脚可以平仄通协;对仗的变化较多,除了两句相对,还有三句对,以及四句之间两两相对等;句式变化较大,比词更显得参差不齐;除了早期民间词作外,词一般没有衬字,散曲则可以添加衬字,字数从一个字到十余字不等。

其次,在语言风格上,散曲偏重通俗,而词尤其是南宋后词总体追求雅致。散曲中运用大量的方言常语,句法大都比较完整,句与句的衔接也比较连贯,一般在精炼含蓄方面不太讲究。另外,散曲常常带有一种叙事性的戏剧效果,比词更加生动。

---

① 也有学者认为散曲非承词之绪余,而是直接来源于唐曲。可参看李昌集《中国散曲史》第一章第一节《北曲调名渊源辨析》,上海:华东师范大学出版社 1996 年版,第 21—34 页。

第二节　元前期散曲创作

　　同杂剧的发展同步，大致以元仁宗皇庆、延祐年间为界，元代散曲的创作可分为前后两期。前期作家主要的活动中心在大都，代表作家有关汉卿、卢挚、王和卿、白朴、马致远等，他们的作品表现出比较浓厚的生活气息。

　　关汉卿的散曲大多具有较高的艺术水平和审美价值。朱权在《太和正音谱》中评其曲"如琼筵醉客"。他有不少直抒胸臆、表达潇洒性情的散曲作品，最具代表性的便是[南吕·一枝花]《不伏老》。另外，他还擅长描写男女恋情，抒发离愁别恨，代表作有[双调·沉醉东风]《别情》、[南吕·四块玉]《别情》、[仙吕·一半儿]《题情》、[商调·梧叶儿]《别情》、[双调·沉醉东风]等。

　　马致远是元代前期保留散曲作品最多的作家。他的散曲题材广泛，风格多样，或潇洒豪放，或孤寂凄楚，或深沉宏丽。有一部分咏景之作，颇为人称道，如[南吕·四块玉]《恬退》、[寿阳曲]《山市晴岚》、[寿阳曲]《远浦帆归》、[寿阳曲]《潇湘夜雨》等，最有名的作品是小令[越调·天净沙]《秋思》：

　　　　枯藤老树昏鸦，小桥流水人家，古道西风瘦马。夕阳西下，断肠人在天涯。

前三句完全用名词意象组合成句，描绘出一幅苍凉萧瑟的秋天夕阳西下图，表达了游子漂泊天涯的愁绪和对家乡的思念，意境幽远。此曲被周德清《中原音韵》和李调元《雨村曲话》评为"秋思之祖"。

　　马致远也有一些讽喻现实、抒发生世之叹的作品，如[南吕·四块玉]《叹世》、[双调·蟾宫曲]《叹世》等。最著名的是套曲[双调·夜行船]《秋思》：

　　　　百岁光阴一梦蝶，重回首往事堪嗟。今日春来，明朝花谢。急罚盏夜阑灯灭。

　　　　[乔木查]想秦宫汉阙，都做了衰草牛羊野。不恁么渔樵没话说。纵荒坟横断碑，不辨龙蛇。

　　　　[庆宣和]投至狐踪与兔穴，多少豪杰。鼎足虽坚半腰里折。魏耶？晋耶？

　　　　[落梅风]天教你富，莫太奢。没多时好天良夜。富家儿更做道你

心似铁,争辜负了锦堂风月。

　　[风入松]眼前红日又西斜,疾似下坡车。不争镜里添白雪,上床与鞋履相别。休笑巢鸠计拙,葫芦提一向装呆。

　　[拨不断]利名竭,是非绝。红尘不向门前惹,绿树偏宜屋角遮,青山正补墙头缺;更那堪竹篱茅舍。

　　[离亭宴煞]蛩吟罢一觉才宁贴,鸡鸣时万事无休歇。何年是彻?密匝匝蚁排兵,乱纷纷蜂酿蜜,急攘攘蝇争血。裴公绿野堂,陶令白莲社,爱秋来时那些:和露摘黄花,带霜烹紫蟹,煮酒烧红叶。想人生有限杯,浑几个重阳节?人问我顽童记者:便北海探吾来,道东篱醉了也。

秋思是我国古典诗词的传统题材之一,马致远的这篇套曲则独具一格,历来受到评论家的赞许,被誉为"套数中第一"(王世贞《艺苑卮言》)。

　　卢挚(1242?—1315),字处道,号疏斋,河北涿郡人。官至翰林学士承旨。文学创作涉及诗、文、曲各个领域,但成就最高的,还是散曲。今存小令120余首。

　　卢挚一生向往淡泊宁静、无为自适的生活,他的散曲中有很多描写田园风光的作品,如[双调·沉醉东风]《秋景》:

　　　　挂绝壁枯松倒倚,落残霞孤鹜齐飞。四围不尽山,一望无穷水。散西风满天秋意,夜静云帆月影低,载我在潇湘画里。

此曲描绘的秋景虽有些萧瑟,但美丽而空灵。曲中化用前人诗句,贴切自然,蕴含着清雅的风味。

　　卢挚还有一些表现爱情的作品,如[双调·蟾宫曲]《咏别》等。他的怀古佳作也很多,如[双调·蟾宫曲]《金陵怀古》、《长沙怀古瀛洲》、《洛阳怀古》等,往往在登临凭吊中寄寓了对时势兴衰、人生变迁的感慨。

第三节　元后期散曲创作

　　元代后期散曲作家活动的中心逐渐南移至杭州,代表作家有张可久、乔吉、贯云石等人。这一时期的散曲风格逐渐趋于典雅,讲究声律,追求文采。

　　张可久(1270?—1348),字小山,浙江庆元人。他早年与马致远、卢挚、贯云石有交往,曾作曲唱和。游历过湖南、福建、江苏、浙江等地,故写景之作很多。擅长小令,其《小山乐府》存小令850余首,套数9篇,为元人留存散曲最多者。

张可久有一些抒发人生失意的作品，如［黄钟·人月圆］《客垂虹》、［中吕·普天乐］《秋怀》等，但数量不多，在全部作品中成就也不算突出。他还有一部分描绘自然风光的作品，写得摇曳生姿。如［中吕·喜春来］《永康驿中》：

  荷盘敲雨珠千颗，山背披云玉一蓑。半篇诗景费吟哦，芳草坡，松外采茶歌。

这是一幅雨中小景图，自然清新，让人忘忧。虽然曲中对于作者的心情只字未提，然而无声胜有声，那种忘情山水、轻松自得的心境依然表露无遗。他的这类作品，"其词清而且丽，华而不艳，有不食烟火食气"（朱权《太和正音谱》）。《小山乐府》中也有很多咏吟男女相思相恋的作品，如［黄钟·人月圆］《春晚次韵》、［中吕·迎仙客］《秋夜》、［双调·落梅风］《春情》、［双调·水仙子］《秋思》、［双调·殿前欢］《离思》等，有的悲戚缠绵，有的俏皮风趣，各具特色。

乔吉，既是杂剧作家，亦是散曲名家。他的散曲与张可久齐名，艺术风格也较为接近，被后人比作唐代的李贺、李商隐："乔、张盖长吉、义山之流，然乔多凡语，似又不如小山更胜也。"（王骥德《曲律·杂论》）今存小令200余首，套数11篇。

乔吉的散曲内容广泛，有叹世、怀古、写景、言情之作，其中抒怀遣兴、咏物写景一类作品清丽婉约，最为出色。［双调·水仙子］《寻梅》在写景的同时抒发自己不得志的惆怅：

  冬前冬后几村庄，溪北溪南两履霜，树头树底孤山上。冷风来何处香？忽相逢缟袂绡裳。酒醒寒惊梦，笛凄春断肠，淡月昏黄。

借冬日寻梅表达作者的孤寂复杂心绪，情感起伏回环、一波三折。

他的一些作品触及社会现实，有对社会世态炎凉的抨击以及对下层人民的关切与同情。如［双调·卖花声］《悟世》：

  肝肠百炼炉间铁，富贵三更枕上蝶，功名两字酒中蛇。尖风薄雪，残杯冷炙，掩清灯竹篱茅舍。

贯云石（1286—1324），本名小云石海涯，号酸斋，又号芦花道人，维吾尔族人。祖父阿里海涯是元初名臣。袭父职任两淮万户府达鲁花赤，再任翰林学士，后辞官不仕，隐居江南。精通汉语，常与汉族士大夫交游，受汉族文化影响甚深，在诗、词、文、书法等多个领域都能自成一家，并创作了大量散曲,名盛于时。今存小令 70 余首,套数 8 篇。

贯云石的作品,不以刻画精工见长,而以疏宕豪纵著称。如[蟾宫曲]:

> 凌波晚步晴烟,太华云高,天外无天。翠羽摇风,寒珠泣露,总解留连。明月冷亭亭玉莲,荡轻香散满湖船。人已如仙,花正堪怜,酒满金樽,诗满鸾笺。

此曲咏杭州西湖,明显地融合了北方豪放之风与南方飘逸之气,这种风格在元代后期散曲作家中并不多见。

第九章　元代诗文

　　元代戏曲文学光芒四射,成为一个时代的代表文体。这一时期,传统的诗文创作领域虽然也涌现出了大量的作家及作品,总体上没有太大的革新和突破。不过,由于元代社会的特殊性,元代的诗文创作仍然呈现出独特的一面,取得了不容忽视的成就。

　　按照文学思想的变化,学术界一般将元代诗文发展分为三个阶段:一、元大德以前为元代诗文的初期。此时的诗文作家多是由宋入元或由金入元的文人,南北方作家分别受江湖诗派和元好问的影响较深。二、大德至至顺年间(1297—1333)为中期,是元代诗文的繁盛阶段。诗坛以宗唐为主,对宋诗多采取摒弃的态度;同时由于理学思想对文学的不断渗透,诗文风尚趋于雅正。三、元统后到元灭亡(1333—1368)为元代诗文的后期。这一时期社会矛盾加剧,出现了很多反映现实生活的作品,此时的诗文作家则大多学中晚唐秾丽奇诡之体。

　　元诗宗唐尚古,虽然具有独创性的作品不多,但能在整体上纠正宋诗弊端,并尝试进行了程度不一的变革和创新,也取得了一些成就。和诗歌相比,元代散文的总体成就要低一些。另外,少数民族作家作品占有相当的分量,如萨都剌甚至被后世视为"元诗冠冕",他们的加入,丰富了元代文学的风格特质。①

第一节　元代前期诗文

元代前期的诗文作家多是由宋入元或由金入元的文人，他们将宋金时代的创作风格和习气带入元代，使元代初期的诗文创作变得庞杂多元。这一时期的代表作家有耶律楚材、刘因、赵孟頫等人。

耶律楚材(1190—1244)，契丹族人，字晋卿，号湛然居士，辽东丹王突欲八世孙。后被成吉思汗召用，太宗时官至中书令。有《湛然居士文集》，今存诗600多首。

耶律楚材的诗以豪放见称，境界开阔，格调苍凉。他有很多反映战争生活的诗，如《再用前韵》等；还有一些展现从军历程、思乡念友之作，如《西域尝新瓜》《思友人》《西域感怀》《西域元日》等。他描写边塞风光和西域景物的诗生动而真实，这是由于他曾随成吉思汗西征，对塞外的风土人情、山川景物比较熟悉，如《阴山》《壬午西域河中游春》《庚辰西域清明》《过阴山和人韵》《过夏国新安县》《和移剌继先韵》等，成就都比较高。其中《西域河中十咏》最为人称道，仿佛展现了一幅幅当地的风情图：

　　寂寞河中府，遐荒僻一隅。葡萄垂马乳，杷榄烂牛酥。酿酒无输课，耕田不纳租。西行万馀里，谁谓乃良图。(《西域河中十咏》其二)

刘因(1249—1293)，字梦吉，号静修，雄州容城人。初名骃，字梦骥。幼时即通诗文，才华出众。元世祖至元十九年(1282)被征召入朝，授承德郎、右赞善大夫。不久借口老母多病辞官。至元二十八年(1291)又被征召为集贤学士，坚辞不就，因而被元世祖称为"不召之臣"。至元三十年卒于家，年45。有《静修先生文集》存世。

刘因是元代前期一位重要的作家，同时也是一名理学家，与许衡并称为北方两大儒。他的诗从内容到形式都有浓郁的理学气息。所作七律气势磅礴，雄奇峭丽，颇有韩愈诗风的余韵。如《白沟》：

　　宝符藏山自可攻，儿孙谁是出群雄。幽燕不照中天月，丰沛空歌海内风。赵普元无四方志，澶渊堪笑百年功。白沟移向江淮去，止罪宣和恐未公。

---

① 杨镰：《元诗史》第二卷《蒙古色目诗人》，北京：人民文学出版社2003年版，第67—213页。

借吟白沟,对宋代统治者所采取的妥协投降政策予以批评,指出了宋朝灭亡的根源。全诗善于运用历史典故进行议论,有较强的说服力,也表达了诗人对当时历史的深沉感慨。后人称赏他的诗"高牙大纛,堂堂正正,攻坚而折锐"(李东阳《麓堂诗话》),其特点在此类作品中有很好的体现。

刘因还著有《樵庵词》,今存词35首。风格豪放飘逸,率性清狂,接近苏、辛。其词"寓骚雅于冲夷,足秾郁于平淡,读之如饮醇醪,如鉴古锦。涵咏而玩索之,于性灵怀抱,胥有裨益。备录之,不觉其赘也"(况周颐《蕙风词话》卷三)。如《清平乐·饮山亭留宿》:

> 山翁醉也,欲返黄茅舍。醉里忽闻留我者,说道群花未谢。脱巾就挂松尖,觉来酒兴方酣。欲借白云为笔,淋漓洒遍晴岚。

刘因的散文也不乏佳作,如《孝子田君墓表》、《辋川图记》、《退斋记》、《上宰相书》等等,大多情真意切,且长于说理。

赵孟頫(1254—1322年),字子昂,号松雪道人,浙江湖州人,有《松雪斋集》。本是宋皇室后裔,14岁以父荫补官,33岁时应征出仕于元,官至翰林学士承旨,受到忽必烈的礼遇。在书法、绘画方面皆有很高的造诣。

赵孟頫的七律代表作是《岳鄂王墓》:

> 鄂王墓上草离离,秋日荒凉石兽危。南渡君臣轻社稷,中原父老望旌旗。英雄已死嗟何及,天下中分遂不支。莫向西湖歌此曲,水光山色不胜悲。

通过描写岳飞墓的荒凉萧瑟景象,表达了对岳飞不幸遭遇的深切同情。诗人由此联想到南宋君臣偏安东南一隅,最终酿成亡国惨剧的历史教训。作为宋宗室后裔,他不只是在此进行客观的理性分析,更是在表达一种无尽的家国之思、亡国之恨。

除耶律楚材、赵孟頫等人之外,元代前期还有郝经、戴表元、仇远、姚燧、王恽等人,均在诗文方面有一定成就。

第二节　元代中期诗文

元代中期,社会趋于稳定,元代诗文创作迎来了它的繁荣时期。加上理学对文学的渗透,理学家的文艺观对作家的影响越来越明显,整个文坛风尚趋于雅正。① 这一时期的代表作家是"元诗四大家"。

"元诗四大家"即虞集、杨载、范梈、揭傒斯四人。四人都是馆阁之士，诗风"皆雄浑流丽，步骤中程。然格调音响，人人如一，大概多模往局，少创新规。视宋人藻绘有余，古淡不足"（胡应麟《诗薮》外编卷六）。他们的诗都有一定的成就，但反映现实不够深刻广泛。在艺术上，追求典雅精切，以唐诗为楷模，但也不乏各自的特色。四人中，以虞集的成就最高。

虞集（1272—1348），字伯生，号道园，四川蜀郡人。清代四库馆臣认为："有元一代，作者云兴，大德、延祐以还，尤为极盛，而词坛宿老，要必以（虞）集为大宗。"（《四库全书总目》卷一百六十七《道园学古录提要》）虞集尤其擅长律诗。他的律诗深受杜甫的影响，格律严谨，用典贴切，意境浑融。"乍观无可喜"，"细读之，气苍格迥，真不可及。其妙总由一'质'字生出。'质'字之妙，胚胎于汉人，涵咏于老杜，师法最的"（潘德舆《养一斋诗论》）。这种评价虽不免溢美，但大体上还是恰当的。如其七律名作《挽文山丞相》：

> 徒把金戈挽落晖，南冠无奈北风吹。子房本为韩仇出，诸葛宁知汉祚移。云暗鼎湖龙去远，月明华表鹤归迟。不须更上新亭望，大不如前洒泪时。

通过对前朝忠烈文天祥的缅怀，将深沉的历史感慨融入严整的艺术形式中，沉郁苍劲，感人至深，确有杜诗神韵。

虞集创作的散文数量众多，其中有很多是宗庙朝廷的典册、碑铭、书信传记、题跋序录这类应用文。虽多为官场应酬文字，但整饬谨严，颇有法度。

杨载（1271—1323），字仲弘，福建浦城人，后迁居杭州。延祐初年登进士第，曾任宁国路总管府推官。有《杨仲弘集》。他的诗内容狭窄，多留别、题咏之作，宗法唐诗，讲求法度，诗风劲健雄放。如《宗阳宫望月》：

> 老君堂上凉如水，坐看冰轮转二更。大地山河微有影，九天风露寂无声。蛟龙并起承金榜，鸾凤双飞载玉笙。不信弱流三万里，此身今夕到蓬瀛。

落笔潇洒，气象超凡，营造了一种迷人的月夜之境，其中的山河大地与想象

---

① 查洪德：《元代理学"流而为文"与理学文学的两相浸润》，《文学评论》2002 年第 5 期，第 35—39 页。

中的神界仙山融为一体,让人仿佛置身仙境,颇有李白之风,是元代山水诗中不可多得的佳作。

范梈(1272—1330),字亨父,一字德机,湖北清江人。出身贫寒,曾任翰林院编修,后任闽海道知事等职。有《范德机诗集》。范梈擅长歌行体,在声调、结构上颇具匠心。

揭傒斯(1274—1344),字曼硕,江西龙兴富州人。延祐初,任翰林国史院编修官,后迁为翰林侍讲学士。顺帝至正初年,奉诏修宋、辽、金三史,为总裁官。有《揭傒斯全集》。他的诗总体上婉转清丽,语言简明,时见寄托。他有较多反映民生疾苦之作,如《雨述三篇》、《祖生诗》、《渔父》、《高邮城》、《杨柳青谣》等,在一定程度上揭露了现实社会生活中不合理的现象。

第三节 元代后期诗文

元代后期政治日益腐败,各种矛盾日趋激化。在这种背景下,诗文创作的一个突出特点是写实性增强。其中,最杰出的作家是被称为"元诗冠冕"的色目诗人萨都剌。

萨都剌(约1272—约1355),字天锡,号直斋,回族人。出生在代州,遂以雁门为籍,诗集因而命名为《雁门集》。泰定四年(1327)中进士,后入翰林国史院。晚年致仕,寓居杭州。虽是回族人,却有很深厚的汉语修养,对写诗非常用心。他的诗数量众多,题材广泛,古体、律诗、绝句各种形式都能驾驭,而尤擅于宫词,总体风格"清新绮丽,自成一家"(瞿佑《归田诗话》卷中)。

萨都剌有很多游历之作,诗风清丽,如《过高邮射阳湖杂咏》、《过嘉兴》、《夜发龙潭》、《过赞善庵》等,《上京即事》组诗尤其知名,其三云:

牛羊散漫落日下,野草生香乳酪甜。卷地朔风沙似雪,家家行帐下毡帘。

短短四句,以清新的笔调描绘出一幅塞外风景图。前两句写草原生活的安定祥和,后两句转写瞬息多变的气候,正是边地环境的真实写照。

萨都剌的乐府诗中有许多名作,如《芙蓉曲》:

秋江渺渺芙蓉芳,秋江女儿将断肠。绛袍春浅护云暖,翠袖日暮迎风凉。鲤鱼吹浪江波白,霜落洞庭飞木叶。荡舟何处采莲人,爱惜芙蓉好颜色。

情致清婉,俨然有李贺之风。诗中所表达的情感似有似无,含蓄蕴藉。第三联化用李贺的"鲤鱼风起芙蓉老"(《江楼曲》),自然贴切,别是一番有余不尽的滋味,增强了该诗的抒情色彩。

萨都剌也擅长作词。他的词虽仅存10余首,却足以为他赢得一席之地。如《满江红·金陵怀古》:

> 六代豪华,春去也,更无消息。空怅望,山川形胜,已非畴昔。王谢堂前双燕子,乌衣巷口曾相识。听夜深,寂寞打孤城,春潮急。思往事,愁如织。怀故国,空陈迹。但荒烟衰草,乱鸦斜日。玉树歌残秋露冷,胭脂井坏寒螀泣。到如今,只有蒋山青,秦淮碧。

上片描绘了暮春的景色,下片写伤时怀古的情怀。词人没有借古讽今,更没有对历史进行褒贬,只是表达了自己对人事代谢,一切有如过眼云烟的感慨。格调苍凉豪迈,很能代表萨都剌词的风格。

元末明初文坛另一位重要诗人杨维桢(1296—1370),字廉夫,号铁崖,别号铁笛道人。会稽山阴(今浙江绍兴)人。泰定四年(1327)进士,官至天台县尹、江西儒学提举。所著诗文甚多,今传有《东维子文集》、《铁崖古乐府》、《复古诗集》、《铁崖文集》等。

杨维桢在元末文名甚著,追随者甚众,隐然居于诗坛领袖的位置。其诗风纵横奇崛,后世称为"铁崖体"。他是元末宫词、竹枝词、香奁体的倡导者,也是重要的创作者。其中,模仿南朝乐府民歌和刘禹锡竹枝词所创作的诗篇,如《西湖竹枝歌》、《海乡竹枝歌》、《吴下竹枝歌》等,清新自然,颇具民歌风味。

最能体现"铁崖体"风格的还是他的乐府歌辞,如《鸿门会》:

> 天迷关,地迷户,东龙白日西龙雨。撞钟饮酒愁海翻,碧火吹巢双狭貐。照天万古无二乌,残星破月开天余。座中有客天子气,左股七十二子连明珠。军声十万振屋瓦,拔剑当人面如赭。将军下马力拔山,气卷黄河酒中泻。剑光上天寒彗残,明朝画地分河山。将军呼龙将客走,石破青天撞玉斗。

再现了楚汉相争时鸿门宴的历史场景,意象奇崛,气势雄壮,俨然有李贺之风。他的这首乐府诗多处借鉴了李贺的《公莫舞歌》,门人吴复评"此诗本用贺体,而气则过之",确非过誉。

元代后期的诗文作家还有马祖常、王冕、黄溍、柳贯、倪瓒等等,各有成就。总体上看,元代文学在传统的诗(词)文领域成就并不突出,但我们不能忽视它在文学史上承前启后的作用。

【导学训练】

一、学习建议

学习本编文学史要结合辽金元政权长期与南北宋对峙的历史文化背景,应注意三朝均为少数民族建立起来的多民族联合政权,在多民族文化冲突融合的基础上来理解辽金元文学发展的独特轨迹及其自身的特色。要对辽金元诗歌、元代杂剧的发展阶段与特色,南戏、散曲、诸宫调概貌有一定了解,重点把握重要作家的代表作品。另外,要善于辩证地看待传统雅文学(诗文)和新兴俗文学(杂剧、诸宫调、南戏、话本等)之间此消彼长的关系。

二、关键词释义

论诗三十首:元好问《论诗三十首》组诗对汉魏古诗到宋代的诗人都进行了若干评述,继承了杜甫《戏为六绝句》以诗论诗的文学批评形式,在中国文学批评史上产生了一定的影响。组诗主张恢复《诗经》以来的风雅传统,排斥伪体;崇尚本真天然之美,崇尚雄放壮伟的诗歌风格;高度赞赏建安风骨,肯定了曹植、刘桢、刘琨等人慷慨刚健、风清骨峻的诗风,鄙薄张华和晚唐以温庭筠、李商隐等为代表的纤弱柔婉诗风。组诗不仅对于矫正金代诗坛流弊、推动诗歌的健康发展起了积极作用,而且为后世文论家们的探讨提供了有益的借鉴。

诸宫调:说唱文学的一种。采用同一宫调的若干曲牌联成短套,再用不同宫调的许多短套联成整体,以说唱长篇故事。韵散结合,演唱时采取歌唱与说白相间的方式,基本上属于叙事体。其中曲词部分传情达意,具有模拟故事中人物口吻的代言体特征。诸宫调创始于北宋末期,汴京瓦肆中的民间艺人孔三传等人对诸宫调的定型起到了较为重要的作用;大约流行于宋金时期,代表作是董解元的《西厢记诸宫调》。

南戏:学术界一般认为南戏是我国最早成熟的戏曲形式。它是从北宋末叶起,在长江中下游和东南沿海各地流行,以南曲演唱的戏曲艺术的总称,又称戏文、南曲戏文、南曲、南戏、温州杂剧、永嘉杂剧等。高明的《琵琶记》标志着南戏创作在艺术上的成熟。

元曲四大家:元曲四大家是指关汉卿、马致远、白朴和郑光祖,见元周德清的《中原音韵》。关汉卿是元代杰出的杂剧作家,有代表作《窦娥冤》、《救风尘》、《望江亭》、《拜月亭》等剧作存世。郑光祖是元代著名的杂剧家和散曲家,其代表作为《倩女离魂》。马致远的代表作为《汉宫秋》。白朴的代表作为《墙头马上》。在很大程度上,四大家可以视为元曲家的代表。

《琵琶记》:元末南戏,高明撰。叙汉代书生蔡伯喈与赵五娘悲欢离合的故事,共四十二出。被誉为传奇之祖,它的问世标志着南戏创作在艺术上的成熟。

四大南戏:元末以前出现的南戏《荆钗记》、《刘知远白兔记》、《拜月亭记》和《杀狗记》被称为"四大南戏",简称"《荆》、《刘》、《拜》、《杀》",在明代徐渭的《南词叙录》中有著录。它们最初大都出于民间艺人笔下,艺术成就不高。但在长期的演出过程中,经过文人和艺人的不断修改,带有明显的世代累积型特征,是考察南戏发展的活化石。

元诗四大家:指虞集、杨载、范梈、揭傒斯四人。他们都是当时的馆阁文臣,因长于写朝廷典册和达官贵人的碑版而享有盛名。他们的诗典型地体现出当时流行的文学观念和风尚,所以备受时人称誉。他们的诗文都有一定的成就,但反映现实还不够深切广泛。在艺术上,均追求典雅精切,以唐诗为楷模。其中以虞集成就为最高。

铁崖体:指元末诗人杨维桢的诗歌风格,主要表现为好驰骋异想、运用奇词拗句,追求纵横奇崛、秾丽恣肆的风格。由于他的诗擅名一时,故而追随者甚众,形成鲜明的体派特征。杨维桢的本意是以创作此类风格作品来矫正元后期萎靡纤弱的诗风,但矫枉过正,不免失之怪诞。因杨维桢自号铁崖,故称。

三、思考题

1. 试述南北政权对峙对辽金元文学文化发展的影响。
2. 试述元好问在中国文学史上的成就和地位。
3. 试析关汉卿杂剧中的女性形象。
4. 试论杂剧、散曲、南戏在元代繁荣的原因。
5. 试论《王西厢》对《董西厢》的继承与发展。
6. 试论高明《琵琶记》的得失。

四、可供进一步研讨的学术选题

1. 契丹、女真作家的文学创作。

提示:辽金文坛除了汉族作家之外,还活跃着一批契丹、女真族作家。虽然总体人数不多,且有代表性的作家均为帝王或宗室成员,但在多民族文化交流融合的背景下,这些作家的创作却独具文学史意义。

2. 金代士人心态与文学风格的演变。

提示:金代文坛风尚始终处于变化之中,这与很多原因有关。其中,士人的心态变迁是文学风格演变的核心因素之一。政治、经济、审美趣味、价值观念、生活方式等等如何影响到士人心态,并且通过士人心态影响文学创作,是一个值得关注的问题。

3. 金代学术思想与文学。

提示:金代学术思想的发展,总体上呈现出较为驳杂的特点。士人的思想并没有高度趋同,而往往各遵其所是,这就给不同风格、不同类型的文学创作,留下了较大的自由空间。可对不同学术背景的作家作具体的个案考察,研究他们与整个文坛的关系。

4. 元代多民族联合政权对文学进程的影响。

提示：元代是我国历史上第一个由少数民族建立的、大一统的多民族联合政权。各个民族之间的文化既有冲突碰撞，也有交流融合，这对中国文学的发展有很大的影响。

5. 从《董西厢》到《王西厢》红娘形象的演变。

提示：我们在西厢故事中，更多关注崔莺莺和张生形象的转变，实则红娘的形象也经历了一个性格不断丰满的过程。

6. 联系音乐背景谈谈北曲的兴衰。

提示：音乐性是诗的核心属性之一。中国文学史上，抒情诗体的兴衰往往与音乐的变迁密切相关。北曲的兴盛和衰落，同样也是如此。

【研讨平台】

一、苏学盛于北

提示：在金代，苏轼成为最被推崇的文学家。金代文人往往以学苏轼为尚，苏轼的才情、文学风格、旷达的人生态度等诸多方面，都为金代文学的发展提供了丰富的养料。部分作家过分拘泥于追步苏轼之风，也给金代文坛带来了一些负面的影响。

《道园学古录》卷三十三《庐陵刘桂隐存稿序》·虞集

（宋金时期）中州隔绝，困于戎马，风声习气，多有得于苏氏之遗，其为文亦曼衍而浩博矣。

《滏水集》卷二十《跋东坡四达斋铭》·赵秉文

东坡先生，人中麟凤也。其文似《战国策》，间之以谈道如庄周；其诗似李太白，而辅之以名理似乐天；其书似颜鲁公，而飞扬韵胜，出新意于法度之中，寄妙理于豪放之外，窃尝以为书仙。

《石洲诗话》卷五·翁方纲

当日程学盛于南，苏学盛于北，如蔡松年、赵秉文之属，盖皆苏氏之支流馀裔。遗山崛起党、赵之后，器识超拔，始不尽为苏氏馀波沾沾一得，是以开启百年后文士之脉。

尔时苏学盛于北，金人之尊苏，不独文也，所以士大夫无不沾丐一得。然大约于气概用事，未能深入底蕴。

二、元代文学与理学

提示：由于理学在元朝正式被确定为官学，故得以与文学全面融会，元代文学思想因此产生了一系列新变：理学的"流而为文"带来了"道统"与"文统"的趋于融合；作家对文风的追求与理学家的人格追求相似，文学创作注重追求消解自我以融入社会和自然之中；理学的渗透使文学批评哲学化、理性化。具体到文体上，理学思想对诗文的影响最为显著。它对杂剧也有一定的影响，一方面杂剧中表现的叛逆、真情、自由、欲望种种，都与理学的主体取向相悖；而另一方面，元代的一部分理学家在文学观念上重"情"，导致了他们对杂剧的认同。

《宋元学案》卷八十二《北山四先生学案》·黄宗羲

金华之学,自白云(许谦)一辈而下,多流而为文人。夫文与道不相离,文显而道薄耳。虽然,道之不亡也,犹幸有斯! ……北山一派,鲁斋(许衡)、仁山(金履祥)、白云(许谦)既纯然得朱子之学髓,而柳道传(柳贯)、吴正传(师道)以逮戴叔能(戴良)、宋潜溪(宋濂)一辈,又得朱子之文澜,蔚乎盛哉!

《九灵山房集》卷二十九《皇元风雅序》·戴良

我朝舆地之广,旷古未有。学士大夫乘其雄浑之气以为诗者,固未易一二数……故一时作者,悉皆餐淳茹和,以鸣太平之盛治。其格调固拟诸汉唐,理趣固资诸宋氏。至于陈政之大,施教之远,则能优入乎周德之未衰。

三、南戏与伦理

提示:南戏自诞生之日起,就表现出鲜明的伦理色彩。早期的民间南戏,男主角多选择负心汉或背信弃义、忘恩负义之人。而在剧本的结尾,这些人或被雷劈,或遭马踩,往往因为道德败坏遭到谴责和惩罚。但也有部分作品,违背伦理者没有得到应有的惩罚。这就说明早期南戏的伦理取向并不严格,也说明剧本较好地保留了来自民间的质朴状态。随着文人尤其是高级文人(如进士)的参与,南戏的伦理倾向逐渐规范化,更明确地向主流伦理价值靠拢。发展到元末明初,更有部分南戏作品直接演变为道德伦理的说教工具。从伦理角度切入考察南戏的发展,可以看出一种新兴的文学样式是如何从民间草创逐步走向典雅化、规范化的。

《南词叙录》·徐渭

《赵贞女蔡二郎》即旧伯喈弃亲背妇为暴雷震死,里俗妄作也。

(徐渭:《南词叙录》,《中国古典戏曲论著集成》本,中国戏剧出版社1982年版。)

《闲情偶寄·词曲部》结构第一·李渔

元曲之最疏者,莫过于《琵琶》,无论大关节目背谬甚多:如子中状元三载,而家人不知;身赘相府,享尽荣华,不能自遣一仆,而附家报于路人;赵五娘千里寻夫,只身无伴,未审果能全节与否,其谁证之? 诸如此类,皆背理妨伦之甚者。

《论〈琵琶记〉》·徐朔方

引人注目的是,尽管伦理道德在中国文学中受到如此重视,它几乎笼盖一切作品,谁也不能同它绝缘,但却不在一个优秀作品中成为主导。以它为主导的作品差不多只能以它们的失败作为鉴戒才偶尔被人提及。无论统治者怎样提倡,充其量奏效于一时,而无能为力于不久之后的公论。《琵琶记》是以伦理道德为主导而获得成功,受到重视而又由于它的深刻矛盾而引起争论的独一无二的作品。

(徐朔方:《论〈琵琶记〉》,《徐朔方集》第一卷,杭州:浙江古籍出版社1993年版,第283—284页。)

【拓展指南】

一、辽金元文学重要研究成果简介

1. 刘祁:《归潜志》,崔文印点校,北京:中华书局1997年版。

简介:金末刘祁撰。本书是一部详述金元易代史实的著作,保存了大量的文学史、文学批评史资料。全书共14卷,可分为三部分。卷一至卷六主要为金代人物传记,记载了众多文坛人物,如赵秉文、李纯甫、雷渊、麻知几、辛愿、李汾、杨云翼等。卷七至卷十杂记遗事,其中有金代文人对诗、文的评论,其评论范围包括苏轼、黄庭坚等,可以从中看出当时北方士子对文学风尚的看法。此外,作者还对金代明昌、承安以来至金末诗文风气的演变作了自己的评价。卷十以下为杂说。作者所记载的大都是他熟悉或亲历的人和事,可信度较高。在金代典籍大量散失的情况下,此书是研究金代文学的重要参考资料。

2. 元好问编:《中州集》,北京:中华书局1959年版。

简介:元好问编撰的金代诗歌总集。收录诗人251位、诗作2062首,除卷首显宗、章宗诗各1首外,以天干分为十卷。《中州集》不仅保存了金元一代大量的诗歌作品,而且开创性地为入选的诗人撰写小传,全面介绍他们的生平、著述等各方面的情况,具有以诗存史的价值,成为后来金代文学研究不可或缺的文献。

3. 薛瑞兆、郭明志编:《全金诗》,天津:南开大学出版社1995年版。

简介:本书在金人元好问《中州集》、清人郭元釪《全金诗》的基础上,对金代诗歌作了更为全面的辑录整理,共收录作家534人、诗作12066首,分为4册160卷。同时,致力于考订诗人生平,并撰写小传。金代诗歌文献大体囊括其中。此书为金代文学尤其是金代诗歌研究奠定了较为坚实的文献基础。

4. 唐圭璋编:《全金元词》,北京:中华书局1979年版。

简介:本书共收录金元两代282位词人、7293首词作。其中,金代70人、词作3572首。唐先生以一己之力,收录词人、词作的数量均大大超过了前人所辑的金元词,已基本具备"全"的规模,为金元文学史的研究提供了权威性的文献资料。

5. 邓绍基主编:《元代文学史》,北京:人民文学出版社1991年版。

简介:本书是系统研究元代文学发展嬗变的代表著作之一。全书阐述了元代文学的基本面貌,以翔实丰富的材料和准确充分的叙述全面评论了较为重要的作家、作品以及文学现象;还对长期被忽视的元代诗文做了新的研究,弥补了文学史写作的不足。此书是系统了解元代文学整体风貌的重要著述。

6. 幺书仪:《元人杂剧与元代社会》,北京:北京大学出版社1997年版。

简介:本书从文学与社会关系的角度研究元代杂剧,一方面讨论元代杂剧作品中所反映的社会现象,如宗教、妇女与儒生地位、社会伦理观念等,另一方面讨论社会环境对杂剧创作产生的影响。

7. 查洪德、李军:《元代文学文献学》,北京:中国社会科学出版社2002年版。

简介：本书将元朝至当代的元代文学文献整理和研究的情况作了细致的梳理，脉络清晰可见。除了详述诗文、戏曲之外，词曲、小说、文论文献在书中也占有相当的比重，对各体文学没有厚此薄彼之分。在介绍文献时，作者还重点指出这些文献的文学价值，故此书同时也可以作为元代文学研究史来读。

8. 孙崇涛：《南戏论丛》，北京：中华书局2001年版。

简介：本书是有关南戏的论文集，共收集论文、书信、书评、剧评30篇，主要内容有中国南戏研究之检讨、中国南戏研究再检讨、宋元南戏简述、明人改本戏文通论、关于"南戏"与"传奇"的界说等，集中反映了作者数十年来研究南戏的成果，颇具学术价值。

二、辽金元文学重要研究资料索引

（一）著作：

1. 周惠泉：《金代文学学发凡》，长春：东北师范大学出版社1994年版。
2. 张晶：《辽金诗史》，长春：东北师范大学出版社1994年版。
3. 胡传志：《金代文学研究》，合肥：安徽大学出版社2000年版。
4. 詹杭伦：《金代文学思想史》，成都：成都科技大学出版社1990年版。
5. 孙望、常国武主编：《宋代文学史》（金代文学部分），北京：人民文学出版社1996年版。
6. 顾易生、蒋凡主编，刘明今著：《宋金元文学批评史》，上海：上海古籍出版社1996年版。
7. 吴梅：《辽金元文学史》，上海：商务印书馆1934年版。
8. 孙逊：《董西厢与王西厢》，上海：上海古籍出版社1983年版。
9. 景李虎：《宋金杂剧概论》，广州：广东高等教育出版社1996年版。
10. 隋树森：《全元散曲》，北京：中华书局1964年版。
11. 臧懋循：《元曲选》，北京：中华书局1979年版。
12. 李修生：《元杂剧史》，南京：江苏古籍出版社1996年版。
13. 郭英德：《元杂剧与元代社会》，北京：北京师范大学出版社1996年版。
14. 孙楷第：《元曲家考略》，上海：上海古籍出版社1981年版。
15. 程毅中：《宋元话本》，北京：中华书局1964年版。
16. 顾学颉、王学奇：《元曲释词》，北京：中国社会科学出版社1986年版。
17. 王国维：《宋元戏曲史》，北京：上海古籍出版社1998年版。
18. 杨镰：《元诗史》，北京：人民文学出版社2003年版。
19. 王季思：《集评校注西厢记》，上海：上海古籍出版社1978年版。
20. 钱南扬：《元本琵琶记校注》，上海：上海古籍出版社1980年版。
21. 陈垣：《元西域人华化考》，励耘书屋丛刻1934年版。
22. 陈文新：《文言小说审美发展史》，武汉：武汉大学出版社2007年版。

（二）论文：

1. 程千帆：《对金代作家元好问的一二理解》，《文史哲》1957年第6期。

2. 翁繁华:《试论诸宫调的音乐体制》,《文学遗产》1982年第4期。
3. 陈中凡:《元好问及其丧乱诗》,《文学研究》1958年第1期。
4. 范宁:《金代的诗歌创作》,《文学遗产》1982年第4期。
5. 赵廷鹏等:《赋到沧桑句便工——元好问的纪乱诗》,《文学遗产》1986年第6期。
6. 董国炎:《金代文坛与元好问》,《文学评论》1990年第6期。
7. 周惠泉:《清人论金代文学》,《文学遗产》1993年第1期。
8. 胡传志:《〈中州集〉的流传与影响》,《文学遗产》1994年第3期。
9. 刘达科:《金代科举对文学的影响》,《江苏大学学报》(社会科学版)2007年第2期。
10. 陈洪:《元杂剧与佛教》,《文学评论》2005年第6期。
11. 左东岭:《元明之际的种族观念与文人心态及相关的文学问题》,《文学评论》2008年第5期。
12. 林邦钧:《元诗特点概述》,《北京师范大学学报》1990年第3期。
13. 查洪德:《元代理学"流而为文"与理学文学的两相浸润》,《文学评论》2002年第5期。
14. 张晶:《元代正统文学思想与理学的因缘》,《文学遗产》1999年第6期。
15. 杨镰:《元代文学的终结:最后的大都文坛》,《文学遗产》2004年第6期。
16. 黄仕忠:《〈琵琶记〉与中国伦理社会》,《文学遗产》1996年第3期。
17. 李修生:《元代文学的再认识》,《文史知识》1998年第9期。
18. 黄仁生:《试论元末"古乐府运动"》,《文学评论》2002年第6期。
19. 陈建华:《元末东南沿海城市文化特征初探》,《复旦学报》1988年第1期。
20. 徐朔方:《论书会才人——关于世代累积型集体创作的编著写定者的身份》,《浙江学刊》1999年第4期。

第七编　明代文学

第一章 绪 论

明代自太祖朱元璋洪武元年(1368)灭元建国,至思宗朱由检崇祯十七年(1644)自缢,前后共历 16 帝、277 年。明代文学承宋元而来又自具特点:一方面,随着市民文化的兴盛,小说、戏曲等俗文学获得了更广阔的发展空间;另一方面,传统诗文领域复古思潮此起彼伏,流派之间和流派内部往复论争,极大地促进了文学理论的繁荣,并对创作产生了显著影响。两方面特点的形成,既是文学自身发展的内在趋势,又缘于明代特殊的政治文化生态。

第一节 明代的政治文化生态

概括来说,明代的政治文化生态主要表现在三个方面:其一,情与理的碰撞;其二,阳明心学的勃兴;其三,城市经济的繁荣。

明代思想文化的整个发展进程充满了情与理的碰撞。明代前期思想文化的主体特征是以理抑情,明代后期思想文化的主体特征则表现为情盛理微。其间情形,就好比一根弹簧,被压得越紧,反弹的力量就越大。明代前期对情欲的过分压抑,在明代中期以后逐渐舒张,以至发展到明代后期的极度张扬。

明代前期理学的盛行,在一定程度上限制了这一时期文学的发展。早在元末,宋濂等人就对其时的浮泛文风提出批评,强化理学对文学创作的统摄作用。明朝开国以后,朱元璋的文化建设理念也以纠偏返正为根本立足点:"国初文体承元末之陋,皆务奇博,其弊遂浸丛秽。圣祖思有以变之,凡擢用词臣,务令以浑厚醇正为宗。"(《翰林记》卷十一《正文体》)具体来说,就是以理学为先,而将文学置于次要地位:"洪武中,上尝召词臣赋诗歌以为乐,且与评论诗法。太子正字桂彦良每应制,先众而就。尝进曰:'治道具在六经,典谟训诰,愿留圣意,诗非所急也。'上深然之。"(《翰林记》卷十一《评论诗文》)以这一观念指导文学创作,重理轻文乃势所必然:"自今翰林为文,但取通道理、明世务者,毋事浮藻。"(《翰林记》卷十一《正文体》)加上科举制度的广泛推行,经学、理学被推到至高的地位。一禁一扬之间,士风、文风也随之发生了转变。永乐以后的数十年间,承袭的仍是这一文化政策,明代前期诗文的寥落也就是情理之中的事了。

　　明代中期以后,随着思想控制的逐渐松动,加上心学思潮的盛行、商品经济的发展,个人情趣逐渐获得认可。明代后期,关于情的论述异常丰富,有生活日用的人间世情,李贽说:"如好货,如好色,如勤学,如进取,如多积金宝,如多买田宅为子孙谋,博求风水为儿孙福荫,凡世间一切治生产业等事,皆其所共好而共习,共知而共言者。"(《焚书》卷一)有如梦如幻、两性相悦的至情,汤显祖说:"情不知所起,一往而深,生者可以死,死可以生;生而不可死,死而不可复生者,皆非情之至也。"(《牡丹亭题记》)反映在文学创作当中,前者以《金瓶梅》、"三言"、"二拍"为代表,后者以《牡丹亭》为代表。

　　对于情的重视,反映在思想文化领域,影响最为深广的当属李贽的"童心"说。所谓"童心",即"绝假纯真,最初一念之本心"。由此出发,他将一切"出于童心"的文章都视作"天下之至文"(《焚书》卷三)。李贽的这一思想,对于公安派"性灵说"的提出有重要的启示作用。袁宏道论诗主张"独抒性灵,不拘格套",正是由"童心"说生发而来的对于个体创造性的发扬。晚明诗文的发展,与情感论的展开有密切关系。情感的极度张扬,对于文学发展更大的影响,还是体现在小说、戏曲方面。

　　明代中期以后思想界的一个重大变化,是阳明心学的兴起,以及由此衍生的各种心学流派,给程朱理学带来了前所未有的冲击,体现出反权威主义的批判精神。阳明心学在明代演化成诸多不同的学派,成为明代后期思想的主流。从内在精神上说,阳明心学是在继承胡居仁、陈献章等人思想基础上,对宋代陆九渊心学思想的进一步发挥。其核心是"致良知"之说,认为"良知"是人内心自足的存在,"是非之心,人皆有之,不待学而有,不待虑而得者也"(《王文成全书》卷八《书朱守乾卷》)。由此出发,他对程朱理学通过"格物"以致知穷理的"道问学"传统予以否定,确立了"尊德性"的思想理路。明代中期以后士人的批评精神,可以从阳明心学中找到思想渊源。

　　明代政治文化生态的第三个重要特征,是商品经济的发达所带动的文化生产消费模式的改变。明初开国,朱元璋重农抑商,限制商业经济的发展。正统、天顺年间,随着城市市民阶层的扩大,手工业和城市商业得到了较快发展,在成化、弘治以后逐步走向繁荣。城市经济的发展,推动了市民阶层的壮大,为小说戏曲的繁荣提供了很好的读者基础。成化前后社会上阅读小说的风尚已经很盛。明代中期以后,说唱文学进一步繁盛,文献中出现了大量说唱艺人的记载;印刷业在元代的基础上得到了更大的发展,并开始翻印通俗读物。这些因素都为小说、戏曲的刊刻出版创造了条件。

第二节 明代文学的历史进程

考察明代文学的演进历程,大体可以分为三个阶段:洪武至天顺为前期,成化至嘉靖为中期,隆庆至崇祯为后期。各阶段之内,各种文体的发展并非联缀并行,而是呈现出纷繁多致的景象,尤其是作为正统的诗文和面向世俗的小说戏曲,更是有着各自不同的发展轨迹。

关于明代前期的文学,一般认为大致经历了洪武间的兴盛和永乐至天顺间的衰颓两个阶段。然而,如果将明初作家的作品按时代作严格的区分,不难发现,明初诗文的实际创作情形与后人对明初文学兴盛的评价并不相符。就诗来说,诸如高启、刘基等杰出的明代诗人,他们的创作高峰都在元代后期而不是明初;又如"北郭十子"、"吴中四杰"、"南园五先生"等具有较大影响的诗社活动和诗人群体,也大多活跃在元末文坛,至明初趋于沉寂。明初的重要诗人,除"吴中四杰"、刘基、袁凯之外,还有孙蕡、胡翰、刘崧、林鸿等人。永乐以至天顺的诗人诗作,历来不为评论家所重。数十年间,较著名的有"景泰十才子",但绝对不是一流诗人。活跃在这一时期的台阁文人,如杨士奇、杨荣、杨溥、徐有贞、王直等,大多以文章著名,诗非所长,所作多为应酬之作。

明代前期散文领域占主导地位的是金华学派的文、理合一观念。宋濂、王祎等人鸣于前,方孝孺继于后,明初文坛理学风气盛行。其时比较著名的文人还有苏伯衡、胡翰、朱右、贝琼等人,在时代风气的影响下,也大多强调文理兼综。永乐以后,政局日趋稳定,世态日渐平和,台阁文风应运而生。直到前七子复古运动兴起,才终结了台阁文风主导文坛的局面。

明前期小说领域,说唱文学高度繁荣,文人对之加工整理,形成了《三国志演义》、《水浒传》这样的章回小说经典之作。这两部长篇小说,一般认为产生于元末明初。然而由于缺乏确切的文献记载,对于其成书过程和时间仍存在较大争议。从其成书及作者情况来看,二书的故事框架大概在元末明初已基本成型,此后不断有所增饰,直到嘉靖初才形成今天所见的规模,并以整体的形式出现在读者面前。受制于明代前期的印刷技术和文政策,此一时期《三国志演义》和《水浒传》并未刊行。倒是在文言小说领域,瞿佑的《剪灯新话》和李昌祺的《剪灯余话》两部小说集广为流传,颇有影响。但《剪灯新话》曾一度遭到禁毁,李昌祺也受到人身攻击。

明前期戏曲方面的成就总体来说不高。杂剧创作主要集中于宫廷和王府,代表作家有汤舜民、杨景贤、贾仲明、朱权、朱有燉等人。由于禁令所限,杂剧作品的类型也以神仙道化、庆寿宴赏为主,缺乏感人肺腑的情感效应。尽管朱元璋对《琵琶记》推崇有加,但士大夫对传奇极为鄙视,此期的传奇作家主要是民间艺人和下层文人,剧作乏善可陈。

明代文学自成化以后迎来了复兴,诗、文、词、小说、戏曲等各体文学都有了很大的发展。

随着嘉靖年间《三国志演义》、《水浒传》等长篇章回小说相继刊刻行世,书坊主为谋求利润,或亲自捉刀,或雇佣下层文人,开始主导小说的创作和刊刻。比如,书坊主熊大木先后编纂了《大宋演义中兴英烈传》、《唐书志传》、《全汉志传》、《南北宋志传》等书,书坊主余邵鱼编纂了《列国志传》。这些小说虽然艺术水平不高,对于扩大长篇小说的影响却有着极为重要的作用。《西游记》在明代中、后期之际成书,标志着神魔小说这一小说类型的成熟,在小说发展史上树立了一座新的里程碑。

长篇小说之外,中篇传奇小说也得到了很大的发展。从题材类型和叙事风格来看,中篇传奇小说渊源于唐人传奇,同时又沿袭了《西厢记》等戏曲作品的结构方式,以才子佳人的遇合为中心内容,其中夹杂大量的诗词,并时有情色描写。开其先河的作品,是元人宋梅洞的《娇红记》。明代前期,仅有李昌祺的《贾云华还魂记》等。明代中期以后,中篇传奇小说开始兴盛,比较著名的有《钟情丽集》、《怀春雅集》等。

明代中期戏曲领域也呈现出欣欣向荣的气象。杂剧方面,康海、王九思、李开先、冯惟敏等人均有时名,其中较为著名的作品有王九思的《杜甫游春》、康海的《中山狼》、冯惟敏的《僧尼共犯》和《梁状元不服老》等。此期的杂剧已经出现文人化和南曲化的趋势:文人化的剧作由于主要表现文人情趣,反映文人心绪,尤其是人生失意的心绪,被称为文人剧;南曲渗入杂剧后,以南杂剧的面貌于明中叶开始兴盛起来。传奇方面,各大声腔相互争胜,并开始和北曲争夺生存空间;文人对传奇的态度逐步改变,并于嘉靖年间发生根本变化。成化间,丘濬以理学名臣的身份创作《五伦全备记》,其目的在于宣传理学,并因而受到时人批评,但正是他开启了明代文人创作传奇的历程。江苏宜兴生员邵璨的《香囊记》"以时文为南曲",标志着文词派的肇兴。李开先的《宝剑记》、梁辰鱼的《浣纱记》和署名王世贞等人的《鸣凤记》,并称明中期三大传奇,其中《浣纱记》第一次用改革后的昆腔谱曲并演出,在戏曲史上占有重要位置。

成化以后,诗文创作呈现出复兴的态势。先是以李东阳为代表的茶陵派针对台阁流弊,以声调、格律论诗,提倡以汉唐为法,从文学本体出发讨论其审美特征。茶陵派虽然未能完全摆脱台阁习气,却启发了"前七子"复古运动的兴起。

"前七子"以复古为旗帜,提倡"诗必盛唐,文必秦汉",在李梦阳、何景明等人周围形成了庞大的复古文人群体。自弘治后期以至正德前期,复古思潮风靡文坛。八股文风也受复古思潮影响,以秦汉文风相尚。正德末、嘉靖初,随着前七子淡出文坛,一批与前七子复古理论主张不一致的文人开始居于主导地位,复古思潮逐渐消歇。诗歌方面,先后出现了以杨慎、皇甫汸、皇甫涍等为代表的六朝初唐派、中唐派、性气诗派等诗人群体。散文方面,以唐顺之、王慎中、茅坤等为代表的唐宋派文人提出以唐宋古文为宗,推尊欧阳修、曾巩。嘉靖后期,在文坛复古风气日渐消歇的背景下,李攀龙、王世贞等"后七子"重新提出以秦汉古文和盛唐诗歌为取则对象,推动复古运动的再次兴盛,其声势和影响都在前七子复古运动之上。与"后七子"差不多同时,归有光论文也以唐宋为宗,对文坛影响甚大。

伴随着诗文创作的兴盛,明代中期出现了流派纷争的格局。流派意识强烈,不免发为党同伐异之论,评价也就很难做到客观公正。明代中后期文学流派众多,一种思潮兴起,倡论者名满天下,追随者蜂拥而起,其间倚门傍户、剽窃模拟者自是不乏其人;各种理论主张层出不穷,一种理论产生,追随者大张旗鼓,反对者鄙夷嘲讽,亦难免一偏之见、相反之论。

明代后期诗歌领域,徐渭、汤显祖等人的创作与他们关于"情"的论述一致,反对一味模拟,强调情感的自由抒发。万历中期以后,"后七子"引领的复古思潮逐渐退去,代之而起的是以三袁为代表的公安派和以钟惺、谭元春为代表的竟陵派。他们论诗都主张以性灵为本,强调诗人个体情绪的抒发。此外,以曹学佺、谢肇淛、徐𤊹、邓原岳等人为代表的闽派,以"嘉定四先生"(唐时升、娄坚、程嘉燧、李流芳)为代表的浙东诗人群体,以陈继儒为代表的晚明山人诗人群体,以复社、几社为代表的晚明政治诗人群体,以及为数众多的江南女性诗人,组成了晚明诗坛色彩斑斓的图景。

明代后期散文领域的重要特点是小品文的兴盛。在明代中期复古风气浓厚的背景下,小品文因追求个人情感的自由释放、悠闲恬淡、从容不迫而受到文人的喜爱,形成了庞大的创作群体,并逐渐形成了以游记、序、跋、书信等为主要体裁的文体特征。选评小品文也成为晚明的一种风气。二者相互推助,促成了晚明小品文的繁荣。

明代小说创作的全面繁荣,大致是从万历开始的。随着城市经济的发展和市民群体的壮大,刊刻业日趋兴盛,大众的文化消费娱乐意识增强,大量小说作品开始进入日常生活领域。章回小说领域形成了历史演义、英侠传奇、神魔小说、人情小说等小说流派。明代后期小说创作的主要形态为编纂,是在书坊主主导下的一种商业操作,而天启、崇祯间兴起的时事小说和白话短篇小说,其独创性质日趋明显。以《金瓶梅》为代表的人情小说,因为切近生活现实,逐渐成为小说创作的主流。商业化进程和文人化进程可以说是明代白话小说的双重变奏,没有前者就没有白话小说的繁荣,没有后者就没有白话小说经典的产生。

明代后期戏曲领域,杂剧和传奇呈现出不同的面貌。北曲杂剧在南曲的挤压下于万历年间成为绝响,传奇却迎来了其繁盛期,昆曲在与各大声腔的竞争中成为剧坛主流。此期的杂剧创作以徐渭的讽世剧成就最高,《四声猿》被称为"天地间一种奇绝文字"(王骥德《曲律》)。传奇的发展在晚明开始步入全面繁荣,产生了汤显祖、沈璟、孟称舜、吕天成等一批有重要影响的曲家,以及"临川四梦"、《娇红记》等一批优秀作品。汤显祖对才情的张扬和沈璟对曲律的恪守,代表了传奇创作的两种不同追求。

第二章　明代诗歌

明代诗歌的发展,大体可以划分为四个阶段:第一阶段,从洪武至天顺,是明代诗歌发展的低落时期;第二阶段,从成化至正德,为第一次复古运动时期;第三阶段,从嘉靖至万历前期,为第二次复古运动时期;第四阶段,从万历后期至明末,为性灵派占主导地位的时期,虽有陈子龙等人起而重新倡导复古,但不足以改变其基本格局。

第一节 明前期诗歌

　　明初诗歌,历来论者评价很高。徐渭"我朝诗莫盛国初"(《诗说》)、李重华"明代作者当以国初为胜"(《贞一斋诗话·诗谈杂录》)的看法,代表了明清人的普遍认识。《明史·文苑传》列举明初文人,将高启、杨基、张羽、徐贲、刘基、袁凯视为"以诗著"的代表人物。其中,前四人被称为"吴中四杰"。

　　"吴中四杰"之中,高启(1336—1374)声名最著,甚至被认为是"明诗冠冕"(《筱园诗话》)。其实,高启的文学活动主要是在元末。他较长时间生活在张士诚占领的吴中地区,出入淮南行省参政饶介府第,后隐居吴淞江青丘。他与杨基、徐贲等人往还唱和,时在至正二十年(1360)前后。又有王行、唐肃等与之唱和,号"北郭十友"。高启作于元末的诗,具有很强的现实性。如《塞下曲》:

　　　　日落五原塞,萧条亭堠空。汉家讨狂虏,籍役满山东。去年出飞狐,今年出云中。得地不足耕,杀人以为功。登高望衰草,感叹意何穷!

元末兵乱四起,杀伐不断,"得地不足耕,杀人以为功",生命得不到任何的保障。登高望远,目光所及,只有衰败的野草,此情此境,又岂是"感叹"二字所能了得。

　　置身乱世,诗人一方面希望施展抱负,"安得击水游,图南附鹏翼"(《登海昌城楼望海》);另一方面又作有"自画像"式的《青丘子歌》,自比降谪之"仙卿",以期隐居自适。至正十八年(1358)后,高启移居吴淞江青丘,以青丘子自号。《青丘子歌》表达了高启不愿为尘俗拘束的人生志趣,"不肯为五斗米折腰","但好觅诗句",在诗的世界中寻找自己的精神家园。而诗所展现出的那种"冥游八极"、"思达万里"的精神状态,令人想起同样以谪仙人自居的诗仙李白。全诗意态纵横,气象奔放,酣畅淋漓,颇有盛唐李白之风。

　　朱元璋征召天下文士纂修《元史》,高启也在其列。作于这一时期的《登金陵雨花台望大江》,延续了他元末作品的风格。全诗由眼前之景入笔,历史的沧桑感寓于其中,以对未来的憧憬作结,句式起伏跌宕,错落有致,气象恢宏,意味悠长,具有盛唐气象。其为官以后所作诗歌,表现宏阔情感的作品急遽减少,关注个人情感的作品开始增多。一首《我昔》,鲜明体

现了为官前后心态的变化:

> 我昔在家日,有乐不自知。及兹出门游,始复思往时。贫贱为客难,寝食不获宜。异乡寡俦侣,童仆相拥持。天性本至慵,强使赋载驰。发言恐有忤,蹈足虑近危。人生贵安逸,壮游亦奚为? 何当谢斯役,归守东冈陂。

赋闲家居,可以随意行止,不受任何拘束;出入官场,则危险无处不在,"发言恐有忤,蹈足虑近危"。明初律网甚严,动辄以言行得罪,即便谨小慎微,也难免会大祸临头。洪武七年(1374),高启因受魏观案牵连被处斩。而其动因,据说是他曾作《宫女图》一诗以讽刺明初混乱的宫闱生活。

刘基诗歌,为论者所重的是那类豪迈雄壮的作品。然而刘基诗歌的这种风格,主要体现在作于元末的那些诗作当中。如《走马引》:

> 天冥冥,云蒙蒙,当天白日中贯虹。壮士拔剑出门去,手提仇头掷草中。掷草中,血漉漉,追兵夜至深谷伏。精诚感天天心哀,太一乃遣天马从天来,挥霍雷电扬风埃。壮士呼,天马驰,横行白昼,吏不敢窥。戴天之耻自古有必报,天地亦与相扶持。夫差徒能不忘而报越,栖于会稽又纵之。始知壮士独无愧,鲁庄嵇绍何以为人为?

此诗见于刘基所作《覆瓿集》,为元末作品。钱谦益曾考其本事,认为是讥刺元顺帝而作。诗人由写壮士的快意恩仇入笔,处处显露出壮士的豪侠气概。全诗音节铿锵,格调高扬,有汉魏乐府遗风。

刘基入明以后作品,比较有代表性的是《旅兴》五十首。其四十一云:

> 寒灯耿幽幕,虫鸣清夜阑。起行望清天,明月在云端。美人隔千里,山河杳漫漫。玄云翳崇冈,白露涓芳兰。愿以绿绮琴,写作行路难。忧来无和声,弦绝空长叹。

灯是"寒灯",夜是"清夜",天是"清天",云是"玄云",诗的意象给人以幽渺、静寂之感。如此情境,加上静夜中传来的嘈嘈虫鸣、低低长叹,诗人寂寥悲苦的心境显露无余。恰如诗题"旅兴"所显示的,作者表达的是虽然身居高位,却无法摆脱悲苦与凄婉的旅愁。这种情绪,在同题的其他作品中随处可见,如"人生如浮云,聚散无定期","物情岂异昔,人事殊非故;芳岁不可淹,衰年况多虑","秋风肃万物,百虫竞号鸣","太息以终宵,展转难为情","徼福非所希,避祸敢不慎",等等。

元末、明初两个不同时期的诗在风格上存在明显的差异：作于元末的诗"魁垒顿挫，使读者偾张兴起，如欲奋臂出其间"，入明以后的诗"悲穷叹老，咨嗟幽忧，昔年飞扬硉矹之气，澌然无有存者"（《列朝诗集小传》甲前集）。入明以后，出于各种原因，刘基的诗歌失去了以往的锐气和深度，当年的"激昂振迈"已不复存在，个人感怀的作品成为主体，其成就远逊于元末的作品。

第二节　第一次复古运动时期的诗歌

第一次复古运动的中坚是"前七子"，他们主要活动于弘治、正德年间，故又称"弘正七子"，其核心成员包括李梦阳、何景明、王九思、边贡、康海、徐祯卿、王廷相。而第一次复古运动序幕的拉开，则始于以李东阳为代表的茶陵诗派。茶陵派除李东阳外，主要成员还有谢铎、张泰、鲁铎等，于李东阳或为同年，或为门生。相互间通过交游、唱和，为成化、弘治诗坛树立典范，由此揭开了明诗发展的新篇章。

李东阳论诗重音韵、格调，"贵情思而轻事实"，主张向汉唐诗歌学习，以突破台阁体在诗歌内容和体制方面的限制。作为台阁要员，李东阳也写了《庆成宴有述》一类作品，风格上雍容典丽，但这并非其诗歌创作的主体。除了应制诗之外，他有大量友朋间的唱酬、赠答之作，也有不少表现个人生活和情感的作品。如《幽怀四首》其一：

> 雨深门巷半苍苔，十日幽怀郁未开。刚道官闲忙又错，偶教身健病还来。酒杯尚藉驱除力，诗债惭非应答才。犹有旧堂堪系马，水边鸥鹭莫惊猜。

是什么事让诗人郁结了"十日幽怀"仍未能释然？是连绵不断的春雨，还是宦途所遭遇的诸多不快？诗题"幽怀"，其诗笔亦幽眇深微。在一些描写登高、野游的作品中，类似意绪也时有表露。

成化、弘治年间，陈献章、庄昶二人论诗主理，在诗坛形成与茶陵派并行的性气诗派。他们推崇的诗人不是李、杜，而是宋代理学家邵雍。在陈献章看来，邵雍的诗之所以超过杜甫，在于他能够将道德理性以诗的形式表达出来，达到了"温厚和乐"的境界。而从实际创作来看，庄昶、陈献章等人写诗大致与邵雍相似，都是问学之余性理之思的一种发抒。虽然整篇富有"诗意"的作品数量不多，但部分诗句却表现出清雅别致的意趣。

李梦阳、何景明等人倡导复古运动,提倡"文必秦汉、诗必盛唐",在诗歌方面针对的是茶陵派和性气诗派,目的是借助复古的手段,以达到诗歌反映现实以及强调诗歌审美特征的目的。见于创作,反映现实题材的诗在"前七子"的作品中占很大比重。

"前七子"强调古诗学汉魏,律诗学盛唐,其作品风范也略具汉唐诗的气韵。然而由于各人的才力、性情不同,风格特点也各有不同,"北地诗以雄浑胜,信阳诗以秀朗胜"(《明诗别裁集》卷四)。李梦阳所作七古,被沈德潜评为"雄浑悲壮,纵横变化"。如以"土木堡之变"为背景的《石将军战场歌》。正统十四年(1449),明英宗偏信王振之言,御驾亲征,为瓦剌军败于土木堡,英宗被俘。李梦阳诗叙当时战事:"朝廷既失紫荆关,吾民岂保清风店","牵爷负子无处逃,哭声震天风怒号"。60年后,重过此地,当年的战火硝烟早已散尽,然而诗人面对遍野白骨,仍不禁泪流满襟。面对滋扰不断的北方边陲,诗人冀望能再有石亨这样的将军出现。全诗结构紧凑,音调雄壮,气象阔大,不失为吊古的佳作。

李梦阳的七律亦不乏佳作,沈德潜誉之为"开合动荡,不拘故方,准之杜陵,几于具体"。如《秋望》:

> 黄河水绕汉宫墙,河上秋风雁几行。客子过壕追野马,将军韬箭射天狼。黄尘古渡迷飞挽,白月横空冷战场。闻道朔方多勇略,只今谁是郭汾阳?

此诗作于李梦阳弘治十六年(1503)饷兵西夏期间。秋风萧瑟,昔日的古战场已硝烟散尽,而域外民族的骚扰却连年不绝。在边疆将士中,是否有如郭子仪一样的人物呢?全诗意境苍凉,"雄浑流丽"(王世贞语)。

何景明所长为七律,许学夷甚至推为"国朝七言律第一"(《诗源辩体》后集纂要卷二)。同是学杜,但与李梦阳诗追求雄浑格调不同,何诗风格俊逸,兴象闲雅。如《秋兴八首》其五:

> 汉水东驰入楚来,长沙秋望洞庭开。江清楼阁中流见,日落帆樯万里回。去国尚思王粲赋,逢时空惜贾生才。湘南两度曾游地,惆怅烟花暮转哀。

《秋兴八首》为杜诗旧题,诗人登楼望远,触景生情,思接千载,感同古人。其间情致,正如第一首起句所说,"高楼一上思堪哀"。

这一时期诗坛,除了复古诗人之外,另一个重要的诗人群体是吴中诗派,代表人物有唐寅、文徵明等。其创作在追慕六朝诗风的共同背景下,又各有不同的选择:唐寅诗间或有元、白诗的浅俗率易,文徵明诗则受宋诗影响很大。

唐寅前期诗如《金粉福地赋》,是"颇崇六朝"的代表之作,词藻缛丽,格调绮靡。后期诗则率意而作,自然清新。如《桃花庵歌》:

> 桃花坞里桃花庵,桃花庵里桃花仙。桃花仙人种桃树,又摘桃花卖酒钱。酒醒只在花前坐,酒醉换来花下眠。半醒半醉日复日,花落花开年复年。但愿老死花酒间,不愿鞠躬车马前。车尘马足贵者趣,酒盏花枝贫者缘。若将富贵比贫贱,一在平地一在天。若将贫贱比车马,他得驱驰我得闲。别人笑我忒疯癫,我笑他人看不穿。不见五陵豪杰墓,无花无酒锄做田。

全诗不假雕饰,畅快流转如市井民歌,因此被王世贞讥为"如乞儿唱《莲花落》"(《艺苑卮言》卷五)。

在明代诗人中,文徵明(1470—1559)年寿甚高,以画著称。其诗颇有闲庭信步的风致,代表作品如《感怀》:

> 三十年来麋鹿踪,若为老去入樊笼。五湖春梦扁舟雨,万里秋风两鬓蓬。远志出山成小草,神鱼失水困沙虫。白头博得公车召,不满东方一笑中。

从此诗来看,文徵明虽然为官翰林却并不舒心,其中既有官场各种条规的拘牵,也有才智难以施展的困顿。

第三节 第二次复古运动时期的诗歌

前后七子在诗学理论上虽然存在诸多类似之处,但在活动时间上却非前后接续。"前七子"复古运动渐衰之后,在嘉靖前期诗坛兴起的是六朝初唐、中唐和性气诗派[①]。

正德末嘉靖初,六朝初唐诗风的兴起,是在反对"前七子"复古运动的背景下展开的。其时诗坛倡导六朝初唐诗风的主要有杨慎、薛蕙、黄省曾、高叔嗣、陈束等人,他们或主六朝,或主初唐,或是二者兼宗,在当时掀起了一股学习六朝初唐诗歌的热潮。而这股思潮的引领者,则是出自李东阳门

[①] 关于三派的论述,参见余来明《嘉靖前期诗坛研究(1522—1550)》,武汉:武汉大学出版社2009年版。

下的杨慎。

杨慎提倡六朝初唐诗风,主要基于以下两点理由:第一,六朝诗歌所承载的传统并非仅仅如李白、韩愈所说的"自从建安来,绮丽不足珍"(《古风五十九首》其一)、"齐梁及陈隋,众作等蝉噪"(《荐士》);第二,当时诗坛受"前七子"复古运动影响,以杜甫为宗,然而由于缺乏足够才力,所谓学习杜诗,更多表现为摹拟抄袭、蹈袭剽窃之风盛行。有鉴于此,杨慎试图改变诗坛取法的宗尚,以廓清诗坛的种种陋习,为明诗的发展注入新的活力。

杨慎的诗在风格上与六朝诗风颇为接近。如他那首为诸家明诗选本收录的七言律诗——《咏柳》,诗云:

> 垂杨垂柳绾芳年,飞絮飞花媚远天。金距斗鸡寒食后,玉蛾翻雪暖风前。别离江上还河上,抛掷桥边与路边。游子魂销青塞月,美人肠断翠楼烟。

全诗一、二、四联,意象、情境都与六朝诗颇多相似之处,尤其是"游子魂销青塞月,美人肠断翠楼烟"一联,深得齐、梁同类诗之韵味。第三联"别离江上还河上,抛掷桥边与路边",如绮靡浓艳笙歌中的一缕清音,以极口语化的词句表达幽淡的离别之情。从诗的结构来看,前两联着力于客观物象的描绘,后两联则主要是主观情态的展现。第三、四联同是表达离别之情,一清新,一绮缛,一淡雅,一纤靡。总的来说,杨慎所作近体诗,既有六朝诗歌的绮靡,又能兼备乐府诗的古澹,与李梦阳等人极力追求雄健刚劲有明显不同。

嘉靖前期诗坛另一股影响较大的诗学风气是学习中唐诗歌。皇甫汸、皇甫涍、华察、王立道、施峻、蔡汝楠等人有感于学六朝初唐诗风所导致的"弱靡不振",乃效法中唐钱起、刘长卿等人以救其弊。五律是他们所擅长的诗体,境界上清新幽远,兴象玲珑。如皇甫汸所作《舟中对月书情》诗云:

> 不识别家久,但看明月晖。关山一以鉴,驿路远相违。影落吴云尽,凉生楚树微。天边有乌鹊,思与共南飞。

诗作于皇甫汸谪居黄州任推官期间。居处楚地,对月思乡,诗人的情感与诗中的意象都具有一种清幽的韵致。

嘉靖前期性气诗派的复兴,同样是在反对"前七子"的背景下展开的。"前七子"提倡复古,而其末流一味模拟,丧失了"本义理而畅性情"的创作精神;他们关注诗的气象境界,而对于是否载道则并不关心。正德、嘉靖时期的一批理学家如崔铣、黄佐、吕柟、何瑭、薛应旂、罗洪先等,对此深表不满。他们主张承袭邵雍以来理学诗人"诗以明道"、"吟咏性情"的传统,作诗强调"理趣"。但由于过分强调说理,诗歌的艺术魅力不免受到了伤害。

李攀龙、王世贞等人声气相投,一起提倡复古,始于嘉靖二十七年(1548)。这一年,王世贞授刑部广东司主事,加入吴维岳等人的诗社,并与李攀龙以复古相呼应。至嘉靖二十九年(1550),徐中行、宗臣、梁有誉、吴国伦等人考中进士,众人互相扬扢,"后七子"复古运动遂占据诗坛主流,形成了"天下之不为济南语者盖寡"的时代风尚。

李攀龙、王世贞等人提倡复古,在诗学统系的选择上受到"前七子"影响。与"前七子"类似,"后七子"也主要以盛唐诗尤其是杜诗作为典范,因而在七律一体上用力甚多。李攀龙所作七律,被胡应麟誉为"能奔走一代"、"高华杰起,一代宗风"(《诗薮》续编卷二),而沈德潜则推为"高华矜贵,脱弃凡庸"(《明诗别裁集》卷八)。然而由于拘于模拟,且"先意定格,一以冠冕雄壮为主"(《诗源辩体》后集纂要卷二),不免存在"三首而外不耐雷同"(王世贞语)的弊病。仅就七律一体来看,用词重复的情况颇为普遍,其中又以万里、白云二词出现频率最高。

王世贞早年与李攀龙"狎主文盟",及至李攀龙去世,王世贞遂独主文坛,一生著述颇丰,仅《弇州山人四部稿》、《续稿》就逾400卷。因为作品数量极多,意象格调不免重复,甚至被批评为"有兼功而无专力"、"得于仓卒,寡训练之功"(《诗源辩体》后集纂要卷二);但也有许多作品能随题命意,自出结构,融铸锻炼,穷极变化。王世贞的七律总共1500余首,在诸体之中数量最多。总体来说,虽然失之粗率,但也不乏精品。如《登岱六首》其四:

> 尚忆秦松帝晔留,至今风雨未全收。天门倒泻银河水,日观翻悬碧海流。欲转千盘迷积气,谁从九点辨齐州。人间处处裹城辙,矫首苍茫迥自愁。

作者由自然界的风雨,联想到历史的风雨变迁,又想到自身遭遇,先后经历丧子、丧女之痛,以及朝野内外"山雨欲来风满楼"(严嵩父子弄权)的情势,矫首远望,一片苍茫,不禁油然生出愁绪。全诗在时空安排、结构布局和情感抒发等方面,都能做到精心结撰而又自然畅达。

第四节 晚明诗歌

万历十八年(1590)王世贞去世,吴国伦嗣其主盟文坛,复古的余波虽在，但声势已大不如前。此时，另一股文学思潮开始勃兴，并逐渐成为诗坛主流，这就是性灵文学思潮，其核心是强调创作主体性灵的张扬。

前后七子虽然不否认创作主体的情感，但法度与格调始终是指导创作的第一要素。其结果，因为过于强调对取法对象的步趋而忽视了个体的才力与性情，不可避免地存在模拟剽窃的弊病。屠隆、李维桢、邹迪光等人较早从"诗以道性情"的角度出发，对"后七子"的复古理论提出批评。而从根本上改变文坛复古风气的，则是以袁宗道、袁宏道和袁中道兄弟为代表的公安派。他们对复古理论并不一概排斥，所反对的主要是"以剿袭为复古，句比字拟，务为牵合，弃目前之景，撼腐滥之辞"（袁宏道《雪涛阁集序》）的流弊。

公安派诗学理论的核心是"独抒性灵，不拘格套"："大都独抒性灵，不拘格套，非从自己胸臆流出，不肯下笔。有时情与境会，顷刻千言，如水东注，令人夺魄。其间有佳处，亦有疵处，佳处自不必言，即疵处亦多本色独造语。然予则极喜其疵处，而所谓佳者，尚不能不以粉饰蹈袭为恨，以为未能尽脱近代文人气习故也。"（《袁宏道集笺校》卷四《叙小修诗》）其思想渊源是李贽的"童心说"。袁宏道曾自论其诗"颇厌世人套语，极力变化，然其病多伤率易，全无含蓄"（《寄曹大参尊生》），所作诗在风格上近于白居易、苏轼。如《登焦山逢道人》：

> 问君何计得心休，口不能言但点头。潮去潮来分子午，花开花落验春秋。窗间低穴常穿隼，灶下残炊每下猴。敝衲如烟身似鸟，过年将作武夷游。

袁宏道为万历二十年（1592）进士，至万历二十三年（1595）方始谒选得吴县令。此诗为赴任途中，经过镇江，游览焦山，偶遇道人，有感而作。起句即以"何计得心休"发问，而感叹生命易逝，"潮去潮来分子午，花开花落验春秋"，作者的志趣并不在仕途的进取，而在于适意的生活状态。这种人生态度，在他为官以后大量的诗文中都有表达。

公安派以性灵取代法度、格调，在打破诗坛模拟风气的同时，也破坏了诗的文体规范。有鉴于此，竟陵派的钟惺、谭元春一方面将"真诗"、"性灵之言"作为诗的重心，努力弥合"朴厚"与"性灵"，以革除七子派的因袭之弊；另一方面提倡"引古人之精神，以接后人之心目"（钟惺《隐秀轩集》卷16《诗归序》），以"凄清幽独"、"深幽孤峭"（钱谦益语）救正公安派"牛鬼蛇神，打油钉铰，遍满世界"的矫枉之弊。在此基础上展开的"诗为清物"、"诗为活物"等论说,构成了竟陵派"性灵说"的主要内容。①

钟惺认为,作诗首先考虑的不是学不学古的问题,而是"第求古人真诗所在"。要获得真诗,唯一的途径是"察其幽情单绪、孤行静寄于喧杂之中,而乃以其虚怀定力,独往冥游于寥廓之外"(《诗归序》)。以此指导诗的创作,其结果是走上了幽深奇僻、凄清孤诣一路。钟惺、谭元春作诗,喜用"幽独"、"清"、"幽"、"深"、"寒"、"孤"、"残"等字眼,喜写月夜、寒冬、野岩等时地、景象。钟惺诗如"此外还堪看,清寒月一方"(《舟晚九月二十七夜》),"霜天非不晴,晴亦自凄清"(《月暖》),"绿满清虚内,光生幽独边"(《月下新桐喜徐元叹至》);谭元春诗如"山上自明月,斋中但薄寒"(《夜坐》),"雁入凄清远,砧知惨澹先"(《寒月》),"影断寒塘水,虚通隔岭歌"(《除竹》)。境界狭小、凄苦,遂不免给人"以凄声寒魄为致"、"以噍音促节为能"之感,以致被批评为"如木客之清吟,如幽独君之冥语,如梦而入鼠穴,如幻而之鬼国"(《列朝诗集小传》丁集中《钟提学惺》)。所评虽不免过苛,却也并非无理。

竟陵派在公安派之后"另立深幽孤峭之宗",在改变诗坛风貌的同时,也将诗歌的意趣与格调带入了自我情感的狭隘世界。在这种背景下,陈子龙综合考察了前后七子和公安派、竟陵派,重新提倡复古。他一方面标举格调,另一方面强调反映现实,指出:"夫作诗而不足以导扬盛美,刺讥当涂,托物连类,而见其志,则是风不必列十五国,而雅不必分大小也。"(《六子诗稿序》)在陈子龙眼里,诗歌已不仅仅是技巧的纯熟、词藻的华美,而是有重要社会功能的。

陈子龙诗带有鲜明的时代特征。身处明末动荡的乱世,建功立业的志向与壮志未酬的失意始终交织在诗人心头。如《仲夏直左掖门送夏彝仲南归》:

> 金塘回素波,中有双鸳鸯。托身在清禁,和鸣君子旁。顾此同林鸟,孤翼忽南翔。生平志慷慨,何事独难忘。本为四海人,岂得常相将?丈夫重知己,万里同一乡。黾勉效贞亮,德辉在岩廊。莫忧青蝇多,和璧贵善藏。执手不能语,怅矣结中肠。

此诗应作于南明弘光时期。夏彝仲,即与陈子龙同为几社成员的夏允彝,弘

---

① 陈文新:《明代诗学》第四章《"清物"论的生成及其在明代的展开》,长沙:湖南人民出版社2000年版,第223—239页。

光建朝,召授吏部考功司主事,不久便以终母丧之制为藉口,疏乞罢归。面对朝中奸党误国的局面,陈子龙虽以"黾勉效贞亮,德辉在岩廊"、"莫忧青蝇多,和璧贵善藏"加以宽解,但诗人自己也明白,经此一别,彼此恐怕再也无由相见了。临别之际,想到壮志未酬,时局艰危,不免满怀惆怅,相对无言。

与大多数身经乱离的诗人一样,陈子龙写于明末的诗多为感时伤事之作,或对奸臣弄权误国、朝廷黑暗腐败予以抨击,或对流离失所的百姓表示同情,如《小车行》、《今年行》、《辽事杂诗八首》等。而明亡以后所作诗,则大多沉痛哀婉,充满了悲怆色彩,如《庐居》、《重游弇园》、《秋日杂感十首》等。陈田评其诗,有"殿残明一代诗,当首屈一指"(《明诗纪事》辛签卷一)之语。

夏允彝之子夏完淳,曾从陈子龙受学,作有大量反映时代乱离和抒发亡国之痛的作品。如《秋夜感怀》:

> 登楼迷北望,沙草没寒汀。月涌长江白,云连大海青。征鸿非故国,横笛起新亭。无限悲歌意,茫茫帝子灵。

夏完淳的这类诗歌以慷慨激昂之情,为明末诗坛奏出了最后一缕强音。

第三章　明代词曲与民歌

从文学史的发展来看,词的高峰在宋代,曲的高峰在元代,明代的词和散曲相比前代已发生蜕变,逐渐衰落。与此同时,民歌作为一种流行于市井的作品,在明代中后期获得了很大的发展,至今仍有极强的可读性。

第一节　明　词

总体来说,明代既少有影响的词人,又乏流传后世的经典词作,故文学史著述对明词多阙而不论。然而就一代词史而言,却也有值得探索的地方。

刘基、高启为明初词人代表。刘基词集名《写情集》,共 4 卷,收词 242

首。刘基的小令写得清新雅丽,但更能体现其才情和气格的则是长调。如《水龙吟》:

> 鸡鸣风雨潇潇,侧身天地无刘表。啼鹃迸泪,落花飘恨,断魂飞绕。月暗云霄,星沉烟水,角声清袅。问登楼王粲,镜中白发,今宵又,添多少?
>
> 极目乡关何处?渺青山、髻螺低小。几回好梦,随风归去,被渠遮了。宝瑟弦僵,玉笙簧冷,冥鸿天杪。但侵阶莎草,满庭绿树,不知昏晓。

起句"鸡鸣风雨潇潇",典出《诗经·郑风·风雨》,为乱世思君子之意。词作于元末,其时群雄并起,刘基尚未应朱元璋之聘,故而有"侧身天地无刘表"之语,抒发的是怀才不遇的苦闷,情调哀婉,辞气慷慨。

高启存词30余首,名为《扣舷集》的词集中时有"缠绵之致"(《古今词话》),但多属慷慨激昂之声。如他25岁时所作《念奴娇·自述》一词充溢着壮志未酬的感慨。前人评论其词,或认为"信笔写去,不留滞于古,别有高境"(陈廷焯《云韶集》卷十二),或认为"大致以疏旷见长"(沈雄《古今词话·词评》卷下引《柳塘词话》)。如《沁园春·雁》:

> 木落时来,花发时归,年又一年。记南楼望信,夕阳帘外;西窗惊梦,夜雨灯前。写月书斜,战霜阵整,横破潇湘万里天。风吹断,见两三低去,似落筝弦。
>
> 相呼共宿寒烟,想只在、芦花浅水边。恨呜呜戍角,忽催飞起;悠悠渔火,长照愁眠。陇塞间关,江湖冷落,莫恋遗粮犹在田。须高举,教弋人空慕,云海茫然。

上阕写雁飞,而着意在一"落"字;下阕写雁落,而着意在一"飞"字。上阕写鸿雁秋去春来,年复一年,却始终带不来游子的音讯,虽无一语及思妇念夫的伤感,而思念的愁绪洋溢笔间。下阕写鸿雁相呼共宿,栖息水边,却被呜呜戍角惊起,因悠悠渔火明照而彻夜无眠。结句慨叹"须高举,教弋人空慕,云海茫然",似乎是对现实的反照:在明初律网严酷的背景下,鸿雁的漂泊无定反而成了词人渴望的状态。

正德、嘉靖年间,较为著名的词人有杨慎、夏言、吴子孝、陈霆、张绖、陈铎等。王世贞称"我明以词名家者"有三人,除刘基之外,另外二人为杨慎和夏言。陈铎则被清季词学大家况周颐推为"全明不能有二"(《蕙风词话》卷五)。

杨慎在明代以博学著称，著述极富，仅词选、词论著作就有《批点草堂诗余》、《词林万选》、《百琲明珠》、《古今词英》、《填词选格》、《词苑增奇》、《填词玉屑》、《诗余辑要》、《词品》等。

杨慎存词较多，仅钱允治《类编笺释国朝诗余》所选就达110余首。所作词在声韵、律度等方面虽不尽合，但格调意味能得五代之遗。他那些吟咏自身遭际的词作，总是饱含着切身感受。如《临江仙·戍云南江陵别内》：

> 楚塞巴山横渡口，行人莫上江楼。征骖去棹两悠悠。相看临远水，独自上孤舟。却羡多情沙上鸟，双飞双宿河洲。今宵明月为谁留？团团清影好，偏照别离愁。

杨慎嘉靖三年（1524）因议大礼触怒嘉靖帝，谪戍云南永昌卫，终身不获赦免。谪居滇南期间，"托兴于酒边，陶情于词曲"（杨南金《升庵长短句序》）。这首词是杨慎与其续弦黄峨别离之作，情辞幽怨哀婉，格调清新雅丽，尤其是"相看临远水，独自上孤舟"两句，言有尽而意无穷，感人至深。

杨慎最著名的词作，自然是那首出现在毛评本《三国演义》开篇的《临江仙》：

> 滚滚长江东逝水，浪花淘尽英雄。是非成败转头空。青山依旧在，几度夕阳红。白发渔樵江渚上，惯看秋月春风。一壶浊酒喜相逢。古今多少事，都付笑谈中。

词见于杨慎所作《廿一史弹词》第三段说秦汉部分。《廿一史弹词》以讲唱形式叙述上古至元代间的历史大事，总分十段，每段以词开篇，接着是诗数首，再以浅近文言讲述历朝更替始末，尔后是唱文，均为十字句，而以诗或曲作结。就《廿一史弹词》各段的开篇词来看，均属吊古伤今、感时伤事之作。

陈霆（1479—1560年前后）是一位理论与创作兼擅的词人。其词论著作有《渚山堂词话》3卷，论词以"圆妙"为宗。存词200余首，以长调居多，《四库全书总目》称其词"豪迈激越，犹有苏、辛遗范"。如《踏莎行·晚景》：

> 流水孤村，荒城古道，槎牙老木乌鸢噪。夕阳倒影射疏林，江边一带芙蓉老。风暝寒烟，天低衰草，登楼望尽群峰小。欲将归信问行人，青山尽处行人少。

这首词写于六安（安徽西部）贬所。作者借秋日晚景之衰败凄清，抒发其沦落天涯的悲郁之情。结句化用欧阳修《踏莎行》"平芜尽处是春山，行人更在春山外",而能自出新意。词人将思妇切换为游子,而那种沦落天涯、归期无定的愁闷,也由此更显深沉、痛彻。

隆庆、万历以后,明代词人继有作者,既有兴之所至、以余力作词的王世贞,又有风流自赏、肆力作词的施绍莘。若论明代后期词人之盛,则当属崇祯之际的云间词派,其中又以陈子龙为翘楚。

陈子龙论词,扬五代、北宋而抑南宋,推重"俊逸之韵"、"深刻之思"、"流畅之调"、"秾丽之态"。其论词亟称李煜,其词亦多以"绵邈凄恻"见长。如《江城子·病起春尽》:

> 一帘病枕五更钟,晓云空,卷残红。无情春色,去矣几时逢?添我千行清泪也,留不住,苦匆匆。
> 楚宫吴苑草茸茸,恋芳丛,绕游峰。料得来年,相见画屏中。人自伤心花自笑,凭燕子,骂东风。

身当明亡之际,故国之思、兴亡之慨,时时缠扰在词人心头。由词题来看,身当病起,又逢春尽,那种"留不住,苦匆匆"的无奈、"人自伤心花自笑"的痛彻,看似言春,实是感时伤事。陈廷焯评论此篇,以为"绵邈凄恻"(《大雅集》卷四),可谓恰切。

第二节 明代散曲

明代散曲虽然在作品数量方面超过元代,但其成就却不及元人。

明代散曲按风格的不同分为三派:冯惟敏、王九思、康海等继承马致远的为一派;王磐、金銮、施绍莘等继承张可久的为一派;梁辰鱼、沈璟、王骥德等崇尚文采格律的为一派。或按照其曲乐的不同分为南北两派:北派以冯惟敏为首,南派以施绍莘为首。明代散曲南北的分界比较明显,北曲的格调大体承自元代,以慷慨豪壮为主;南曲的格调则大体表现为清柔婉媚,是在明代戏曲腔调的基础上发展起来并走向成熟的。

从明代散曲的发展历程来看,明初的散曲作家如汤式、贾仲明、刘兑、唐复等人多由元入明,其入明以后的生活年代也基本上都在洪武时期。成书于洪武末年的朱权的《太和正音谱》,曾列举"国朝一十六人",大体包括了这一群体的主要散曲作家。在永乐以至成化间成就暗淡的散曲创作中,朱权、朱有燉、李昌祺等人算是较有影响的几位,其中又以朱有燉最为突出。

由成化中后期以至嘉靖的80余年,是明代散曲的中兴期。从地域来说,南方曲家与北方曲家大体呈现势均力敌的态势;但从创作成就来看,北曲作家仍在南曲作家之上。康海、王九思等北方曲家擅长北曲自不必说;即便是南方曲家,在作品数量和创作水平上,也多是北曲胜过南曲。例如王磐,扬州高邮(今江苏高邮)人,却以作北曲知名,王骥德将他与徐渭、汤显祖并举,称为"今日词人之冠";又如被称为"南词宗匠"的陈铎,存小令470余首,其中南曲仅70余首,存套数近百套,南曲仅占三分之一左右,北曲的水平也在南曲之上。

明代中期曲坛,陈铎的曲名甚著。其散曲作品以女子口吻言情、抒怀的作品俯拾皆是,大都以《春情》、《闺情》、《风情》、《别情》、《怨情》、《美人》、《青楼》、《香闺》、《怨别》等为题。除了这类作品之外,陈铎还有散曲集《滑稽余韵》,共有小令141首,专咏市井生活的各种人物、场景和生活动态,以散曲的形式绘制出一幅世俗生活的长卷。其中不少作品写得形象生动、饶有趣味,如[双调·雁儿落带过得胜令]《机匠》等。

这一时期的北方曲家,名声最著的当属冯惟敏。冯惟敏一生或隐居田园,或身处下僚,见于创作,虽不乏赠答、咏物、宴赏、应酬之作,但反映现实、叙写世态的作品明显增多。冯惟敏的散曲作品,风格上继承了北方散曲豪放雄壮的传统,总体来说辞气奔放、格调疏旷,因而有"曲中辛弃疾"之称。如[南吕·一枝花]《对驴弹琴》。俗语谓"对牛弹琴",此曲题为"对驴弹琴",不失幽默之趣,寄寓的是作者知音难求、怀才不遇的感慨。

隆庆、万历以至明末是明代散曲的新变期,最显著的变化是曲坛风气由此前的北曲盛行转而以南曲为主调。由曲乐演变而随之发生散曲风格变迁,这是嘉靖以后曲坛的一个重要趋势。

梁辰鱼(1519—1591)被认为是促成明代后期曲风转变的关键人物。其散曲集名《江东白苎》,正、续两集,各2卷,存小令54首,套数41套。梁辰鱼的散曲,在曲调上主要是借鉴了魏良辅改革后的昆腔。梁辰鱼曲风婉丽,长于套数,王骥德将他与陈铎并称,认为二人"最称烂漫"(《曲律》卷四)。所作散曲"雅裁丽制,含思宛转"(董康《江东白苎跋》),颇见才情。但与前辈作家相比,梁辰鱼的散曲在遣词造语上少了几分萧疏之气,而显得绮丽浓艳。

明代后期散曲名家多以南曲见长,如沈璟、王骥德、张凤翼、冯梦龙、施绍莘等,甚至出现了沈璟家族这样的四世业曲的曲学世家;而以写作北派散曲知名的曲家,仅有薛论道、赵南星等少数几人。影响所及,编选南曲集子的风气也盛行一时,如张楚叔和张旭初的《吴骚合编》、周之标的《吴歈萃雅》、冯梦龙的《太霞新奏》、凌濛初的《南音三籁》等,所选均以南曲为主。

第三节 明代民歌

明代流行的民间歌曲,有"时尚小令"、"时曲"、"小调"、"时调"、"小唱"、"小曲"、"小词"、"俚曲"、"吴歌"、"山歌"等多种不同的称呼。大体上说,民歌一般具有这样几个特点:其一,体制自由,韵律疏散,在体式上并无严格的要求;其二,尚俗尚浅,以俚为贵;其三,自然真挚,贴近生活。

明代民歌的发展大致经历了一个由北到南的过程,风格也随之由雄劲旷放变为柔媚婉丽,其演变过程与明代散曲的变迁大体一致。

明代民歌的兴起,大约在宣德、正统至成化、弘治年间。这一时期民歌的发展,大体是南北并行而以北曲为盛的格局。南方民歌主要以吴地的山歌为主,如叶盛(1420—1474)记曰:"吴人耕作,或舟行之劳,多作讴歌以自遣,名唱山歌。"(《水东日记》卷五《山歌》)陆容(1436—1494)也说:"吴中乡村唱山歌,大率多道男女情致而已。"(《菽园杂记》卷一)北方盛行的民歌则为[锁南枝]、[傍妆台]和[山坡羊]三曲,《泥捏人》、《鞋打卦》、《熬髻髻》为三曲题目。如[锁南枝]《泥捏人》:

  傻俊角,我的哥,和块黄泥儿捏咱两个。捏一个儿你,捏一个儿我。捏的来一似活脱,捏的来同床上歇卧。将泥人儿摔碎,着水儿重和过,再捏一个你,再捏一个我。哥哥身上也有妹妹,妹妹身上也有哥哥。

据李开先《词谑》记载,有人向李梦阳请教作诗之道,李梦阳教以"若似得传唱[锁南枝],则诗文无以加矣"。何景明也称赞此曲是"时调中状元也",并将其与《国风》相提并论,"情词婉曲,有非后世诗人墨客操觚染翰,刻骨流血所能及者,以其真也"。

现存较早刊刻行世的民歌,是成化七年(1471)金台鲁氏所刻《新编四季五更驻云飞》、《新编题西厢记咏十二月赛驻云飞》、《新编太平时赛赛驻云飞》和《新编寡妇烈女诗曲》4种,内容大多与男女情爱有关。

明代中后期广泛流行的时尚小曲受到选家的关注。正德、嘉靖时期刊刻的《盛世新声》、《词林摘艳》、《雍熙乐府》都收录有民歌作品。万历时期的一些散曲选本,如黄文华的《词林一枝》、熊稔寰的《徽池雅调》、龚天我的《摘锦奇音》、陈所闻的《南北宫词纪》等,都收有一定数量的民歌时调。其中最为引人注目的民歌辑本,无疑要属冯梦龙编辑的《挂枝儿》和《山歌》两种。二书的共同特点,用冯梦龙自己的话说,就是"借男女之真情,发名教之伪药"(《叙山歌》)。

《挂枝儿》10卷,除少数为文人拟作外,主要是民间作品。《挂枝儿》大多属于南人依拟北方俗曲的时调小曲,其腔调源出于《打枣竿》,内容则多用于表现江南情调。《山歌》10卷,收录范围基本属于吴地民歌,大多是"野竖矢口寄兴之所为,荐绅学士家不道"的"私情谱"。除了吟咏男女性情的作品,《挂枝儿》、《山歌》二集中还有不少反映明代社会世相的篇章,如《挂枝儿·谑部·假纱帽》对买官卖官现象的抨击。又如《山歌》卷九《山人》一篇,对晚明山人的生活情态作了吊诡式的描述:

> 说山人,话山人,说着山人笑杀人。(白)身穿着僧弗僧俗弗俗个沿落敞袖,头带子方弗方圆弗圆个进士唐巾。弗肯闭门家里坐,肆多多在土地堂里去安身。……[驻云飞]笑杀山人,终日忙忙着处跟,头戴无些正,全靠虚帮衬。嗏,口里滴溜清,心肠墨锭。八句歪诗,尝搭公文进。今日胥门接某大人,明日阊门送某大人。

晚明多山人,其中如陈继儒,更以山人身份而名重天下。对此,《四库全书总目》概括说:"山人墨客,莫盛于明之末年,剌取清言,以夸高致,亦一时风尚如是也。"(卷一三二《增定玉壶冰》提要)《山歌》中的《山人》一篇,反映的正是晚明山人的众生相。

明代中后期民歌的兴起,对文学理论和创作都产生了不小的影响。理论层面,李梦阳、李开先都认为真诗只在民间,袁宏道更是认为"当代无文字,闾巷有真诗"(《袁宏道集笺校》卷二《答李子髯》),袁宏道《叙小修诗》则揭示了民歌的精神内核:"真人所作,故多真声","任性而发"。创作方面,冯惟敏、刘效祖、赵南星、冯梦龙等人都有颇为出色的拟民歌作品。

第四章　明代散文

关于明代散文的总体成就,黄宗羲的基本判断是有名篇而无名家。其评价虽然主要针对与骈文相对的古文,并未包括我们所说的小品文;但从总体上看,仍基本符合明代散文发展的实际。

第一节 明前期散文

明初散文,宋濂、刘基二人"并为一代之宗"(《明史·刘基传》),或以为宋濂、王祎、方孝孺三人"以文雄"(《明史·文苑传》),其中尤以宋濂对明代文坛的影响最为深远。

宋濂被推为明朝开国文臣之首,刘基也称许他为"当今文章第一"。宋濂论文重视明道,因而在主持编撰《元史》时,将儒林与文苑合而为一,称为"儒学"。宋濂为后世称赏的散文,主要是质朴淡雅的传记文和平易萧散的赠序。赠序如《送东阳马生序》,是广为传颂的名篇。开篇记宋濂自己早年读书之勤苦,情感真挚,笔调平易。传记文如《王冕传》,叙王冕幼年读书及中年隐居二段,情趣盎然:

> 王冕者,诸暨人。七八岁时,父命牧牛陇上,窃入学舍,听诸生诵书。听已,辄默记。暮归,忘其牛。或牵牛来责蹊田,父怒,挞之,已而复如初。母曰:"儿痴如此,曷不听其所为。"冕因去依僧寺以居。夜潜出坐佛膝上,执策映长明灯读之,琅琅达旦。佛像多土偶,狞恶可怖,冕小儿,恬若不见。

> 冕既归越,复大言天下将乱。时海内无事,或斥冕为妄。冕曰:"妄人非我,谁当为妄哉!"乃携妻孥隐于九里山。种豆三亩,粟倍之,树梅花千,桃杏居其半,芋一区,薤韭各百本。引水为池,种鱼千余头。结茅庐三间,自题为梅花屋。尝仿《周礼》著书一卷,坐卧自随,秘不使人观。更深人寂,辄挑灯朗讽。既而抚卷曰:"吾未即死,持此以遇明主,伊吕事业不难致也。"当风日佳时,操觚赋诗,千百不休,皆鹏骞海怒,读者毛发为耸。人至,不为宾主礼,清谈竟日不倦,食至辄食,都不必辞谢。善画梅,不减杨补之,求者肩背相望,以缯幅短长为得失之差。人识之,冕曰:"吾藉是以养口体,岂好为人家作画师哉!"

宋濂散文的风格,《四库全书总目》评为"雍容浑穆,如天闲良骥,鱼鱼雅雅,自中节度"。事实上,宋濂写于元末和明初的文章,风格方面存在较大差异:作于元末的文章宏丽沉深,而明初的文章则气格稍弱。

刘基散文,为论者所称的是寓言集《郁离子》和《卖柑者言》等名篇。《郁离子》作于刘基元末弃官隐居期间,凡十八章。何乔远从中读出了元末社会的黑暗,王祎从中读出了"圣人之道",徐一夔则从中看出谋略。从刘基的经历与思想来看,他们指出的都是《郁离子》所蕴含思想内涵的某一个侧面。《郁离子》设喻巧妙,如"蜀贾三人皆卖药于市"一则:

> 蜀贾三人皆卖药于市。其一人专取良,计入以为出,不虚价,亦不过取赢。一人良不良皆取焉,其价之贱贵,惟买者之欲,而随以其良不良应之。一人不取良,惟其多卖则贱其价,请益则益之不较,于是争趋之,其门之限月一易,岁余而大富。其兼取者趋稍缓,再期亦富。其专取良者,肆日中如宵旦,食而昏不足。郁离子见而叹曰:今之为士者,亦若是夫!昔楚鄙三县之尹三:其一廉,而不获于上官,其去也,无以僦舟,人皆以为痴。其一择可而取之,人不尤其取而称其能贤。其一无所不取,以交于上官,子吏卒而宾富民,则不待三年,举而任诸纲纪之司,虽百姓亦称其善。不亦怪哉!

故事中的三个商人、三个县官,代表了三种不同的类型。他们品德各异,结局有别,概括说来,是好人遭殃、恶人得势。刘基借以讽刺了元末贤士无路、不肖当道的现实。

永乐以后,尤其是仁宗、宣宗时期,政泰人和,社会繁荣稳定,台阁体应运而生。关于台阁文人群体,钱谦益列举说:"馆阁自三杨而外,则有胡庐陵、金新淦、黄永嘉,尚书则东王、西王,祭酒则南陈、北李,勋旧则东莱、湘阴,词林卿贰则有若周石溪、吴古崖、陈延器、钱遗庵之属。"(《列朝诗集小传》乙集《杨少师荣》)其中以"三杨"之一的杨士奇(1365—1444)声名最著。杨士奇论文以欧阳修、曾巩为范:"杨尚法,源出欧阳氏,以简澹和易为主。"(王世贞《艺苑卮言》卷五)"自杨文贞而下,皆以欧、曾为范,所谓治世之文、正始之音也。"(董其昌《重刻王文庄公集序》)受其影响,后来的台阁文人大多以欧阳修文为宗。黄佐指出:"馆阁文字,自士奇以来,皆宗欧阳体也。"(《翰林记》卷十一《评论诗文》)台阁文人推崇欧阳修、曾巩,立足点是"羽翼六经"、"发明圣人之道",看重的是欧阳修文章"春容详赡,和平典雅"(倪谦《松冈先生文集序》)的一面。从精神与格调来说,台阁体文章多散发着一股"台阁气",从容典重、雍容醇雅、平易纡徐是台阁文风的共同特点,《四库全书总目》称之为"富贵福泽之气"(卷一七〇《杨文敏集》提要)。

第二节　第一次复古运动时期的散文

明初以至弘治、正德间文章流变,黄佐认为有"三变":国初之文,以刘基、宋濂、方孝孺为代表；台阁之文，以杨士奇、李东阳、程敏政、王鏊为代表；复古之文，以康海为代表。（《翰林记》卷十九《文体三变》）在明代散文发展过程中，李东阳被划入台阁体作家。这一点，既缘于他长期身处馆阁的人生境遇，又与他论文与杨士奇等人立场相近有关。

李东阳虽然在诗歌方面有意突破台阁体的限制，但在文章方面则基本沿袭了台阁体的主流观念。他强调"义理"对文章的统领作用，与杨士奇等人的看法一致。

台阁体以欧阳修、曾巩、苏轼等人为取法对象，容易忽略六经的传统而流于对文辞法式的模拟。对此，李东阳有所批评："夫欧之学，苏文忠公谓其学者，皆知以通经学古为高，救时行道为贤，犯颜敢谏为忠。盖其在天下，不徒以文重也。后之为欧文者，未得其纡余，而先陷于缓弱，未得其委备，而已失之觊缕，以为恒患。文之难亦如此。"（《叶文庄公集序》）李东阳对台阁体流弊的反思，主要集中在如何学欧阳修文章方面；他依然赞同学欧阳修之文。

李东阳散文，既有用之于庙堂的高文大册，也有来自于生活的闲散文章。如《移树说》，虽然也意在说理，然而并不做空泛的议论，而是以源于生活中的实际经验娓娓道来，所说也只是人生的一般哲理。全篇文辞平实，风格淡雅，一洗台阁体雍容典丽之痼习，略具周敦颐《爱莲说》之韵致。

真正从理论到创作洗尽台阁习气的，是继李东阳而起的李梦阳、康海等"前七子"。他们提倡"文必秦汉"，锋芒所向，是针对台阁体平缓熟烂、肤廓冗长的流弊，目的是从审美层面对古文的本体特征予以强调，倡导文辞的经营，从"第一义"上确立散文创作的标尺与典范。具体做法，是以基于文本所形成的经验规则取代通过抽象辨析而形成的理论规则："仆少壮时，振翮云路，尝周旋鹓鸾之末，谓学不的古，苦心无益。又谓文必有法式，然后中谐音度，如方圆之于规矩，古人用之，非自作之，实天生之也。今人法式古人，非法式古人也，实物之自则也。"（李梦阳《答周子书》）然而，"前七子"在提倡秦汉散文的过程中，忽略了明代与秦汉在时代精神、社会面貌以及语言习惯等多方面的历史差异，因而其所谓学习就容易流于模拟。

在前七子复古运动中，一直都存在"李倡其诗，康振其文"（张治道《康对山先生集序》）的说法。从康海的殿试策被孝宗皇帝许以"我明百五十年无此文体，是可以变今追古"，进而出现"天下传诵则效，文体为之一变"的情况来看，康海在散文领域的引领作用或许是当时文坛的实情。康海散文，《四库全书总目》认为"逸气往来，翛然自异，固在李梦阳等割剥秦汉者上也"。他的《有明诗人邵晋夫墓志铭》一篇，情感真切，辞气流荡，不失为铭文中的佳作;《拜将坛记》、《心远亭记》等文,由景生情,在明代游记散文中别具风格。

李梦阳散文,袁宗道认为"尚多己意,纪事述情,往往逼真"(《论文上》)。从他的实际创作来看,的确有不少作品是"为情造文",如《上孝宗皇帝书稿》、《代劾宦官状疏》、《奉邃庵先生书》、《答左史王公书》、《封宜人亡妻左氏墓志铭》等,虽然在行文上仍有模仿《史记》、《左传》的痕迹,但从内容上看均是个人情感的真实表达。

第三节　第二次复古运动时期的散文

"前七子"将秦汉散文作为典范加以推崇,在改变弘治、正德间文坛风气的同时,也不可避免地造成模拟剽窃风气的盛行,所谓"独观其一,则古色苍然;总而读之,则千篇一律"(屠隆《文论》),是其中的普遍情形。由此滋生的各种流弊,在正德后期、嘉靖前期受到了黄省曾、杨慎等人的反拨。而最终改变文坛复古风气的则是唐宋派。

从统系选择来看,唐宋派之所以舍秦汉古文而以唐宋古文为取法对象,并非是对秦汉古文的创作成就表示不满,而是在重塑科举文风背景下的策略性选择:"学马迁莫如欧,学班固莫如曾。今我此文正是学马、班,岂谓学欧、曾哉?但其所学非今人所谓学。今人何尝学马、班?只是每篇抄得三五句《史》、《汉》全文,其余文句,皆举子对策与写柬寒温之套,如是而谓之学马、班,亦可笑也。"(王慎中《寄道原弟书十六》)因此,唐宋派确立古文谱系,并不着眼于秦汉、唐宋古文成就的高下,而是从指导文章写作的角度立论,注重对更具操作性的"法"的探讨(唐顺之《董中峰侍郎文集序》),在"八大家"中又尤其推崇欧阳修和曾巩。

唐宋派提倡师法"唐宋八大家"古文,在影响科举文风的同时,也改变了古文的面貌。除了写大量"以道为文"、发明"圣贤之旨"的文章外,唐宋派为人所称的是一些无关理道的感怀纪事之作,如唐顺之的《任光禄竹溪记》,归有光的《寒花葬志》、《先妣事略》、《吴山图记》等。其中最为著名的当属归有光的《项脊轩志》,全文从容平淡,情真意挚,行文通达流畅,格调娴雅,正所谓"无意于感人,而欢愉惨恻之思,溢于言语之外"(王锡爵《归公墓志铭》)。

唐宋派立足"法"、"理"两个层面推崇唐宋八大家古文,其结果,或因为过于强调"理"的色彩而由文入道,或因为缺乏对"法"的把握而落入模拟剽窃的恶习。前者在王慎中、唐顺之身上有明显体现,后者主要出现在唐宋派的后继者当中。摹拟秦汉古文是摹拟,摹拟唐宋古文同样是摹拟,谱系的差异与文学创作水平间并无必然联系。

唐宋派过于强调文章的载道功能,出现"惮于修辞,理胜相掩"(李攀龙《送王元美序》)的情形实属必然。在此背景下,遂有李攀龙、王世贞等"后七子"起而重新倡导复古,由此兴起第二次复古运动。

李攀龙论文,严守复古藩篱,王世贞概述其文学观念说:"以为记述之文厄于东京,班氏姑其狡狡者耳。不以规矩,不能方圆,拟议成变,日新富有。今夫《尚书》《庄》《左氏》《檀弓》《考工》、司马,其成言班如也,法则森如也,吾摭其华而裁其衷,琢字成辞,属辞成篇,以求富于古之作者而已。"(《李于鳞先生传》)又说他为文"无一语作汉以后语,亦无一字不出汉以前"(《艺苑卮言》卷七),虽然实际创作是否如此尚可讨论,但由此可以看出李攀龙在古文写作方面的追求。

相比之下,王世贞的理论主张较李攀龙圆通。虽然也曾有过"文自西京、诗自天宝而下俱无足观"的议论,但同时又能从中发现不足,加以提升:"自西京以还至于今千余载,体日益广而格日益卑,前者毋以尽其变,而后者毋以返其始。呜呼,古之不得尽变,宁古罪哉?今之不能返其始,其又何辞也矣。明兴,操觚而树门户者非一家,而能称返古者,北地之后,毋如历下生。历下之于变,小有所未尽;而北地之所谓尽,则大有所未满者也。"(《刘侍御集序》)在此基础上,王世贞提出"师匠宜高,捃拾宜博"这样更具包容性的主张,并致力于调和格调与才情、意与法等对立的概念:"辞不必尽废旧而能致新,格不必步趋古而能无下,因遇见象,因意见法,巧不累体,豪不病韵,乃可言剂也。"(《黄淳父集序》)总体而言,他在谱系选择上仍以秦汉古文、盛唐诗作为诗文的最高典范,但在取径方式、师法策略上已有所调整。

李攀龙等人以秦汉古文为学习典范,在行文上也追求类似的风格:"李于鳞如商彝周鼎、海外瑰宝,身非三代人与波斯胡,可重不可议。"(《艺苑卮言》卷五)具体到各体文章,"志传之文出入左氏、司马,法甚高,少不满者,损益今事以附古语耳。序论杂用《战国策》、韩非诸子,意深而词博,微苦缠扰。铭辞奇雅而寡变,记辞古峻而太琢,书牍无一笔凡语"(《艺苑卮言》卷七)。追求文辞的古雅,是李攀龙文章的特色,虽时见模拟痕迹,却也不乏佳作。如《与宗子相书》其二:

> 元美来,亟谓子相出过都门之外,信宿而去,萧然各有江湖之气也。壮哉!邢州太守奉职无似,囹圄空虚,一日治牍,十日为布衣之饮。斋

> 阁海内,旁若无人。郡城之楼,不下百尺,西望太行,东望漳水,北眺神京,一瞬千里。归复雷雨,乃歌《黄榆》诸篇,以敌其势,则响振大陆,秋色漂飒,颓乎就醉,遂极千载。品物五子于中原,右宗左徐,哀吴郎之去国,悼梁生之不禄。是时也,曾皙牧皮为未狂,他岂暇论哉!月晦兴尽,骊驹在道,握手洺水之上,黯淡不语。某虽僻情,旋亦自失也。

全篇一气通贯,全无顿挫诘屈之语,而有"文以酣歌"(陈仁锡《明文奇赏》)之致。

就古文创作而言,王世贞虽然在谱系选择上与"后七子"诸人无异,但因其"博综典籍,谙习掌故",故又能自具特色。如《蔺相如》:

> 蔺相如之完璧,人人皆称之,余未敢以为信也。夫秦以十五城之空名而诈赵,而胁其璧。是时言取璧者,情也,非欲以窥赵也。赵得其情则弗予,不得其情则予;得其情而畏之则予,得其情而弗畏之则弗予。此两言决耳,奈之何既畏而复挑其怒也?且夫秦欲璧,赵弗予璧,两无所曲直也。入璧而秦弗予城,曲在秦;秦城出而璧归,曲在赵。欲使曲在秦,则莫如弃璧;畏弃璧,则莫如弗予。夫秦王既按图以予城,又设九宾,斋而受璧,其势不得不予城。璧入而城弗予,相如则前请曰:"臣固知大王之弗予城也。夫璧非赵宝也,而十五城秦宝也。今使大王以璧故而亡其十五城,十五城之子弟皆厚怨大王以弃我如草芥也。大王弗予城而绐赵璧,以一璧故而失信于天下,臣请辞就死于国,以明大王之失信。"秦王未必不予璧也,今奈何使舍人怀而逃之,而归直于秦。是时秦意未欲与赵绝耳。令秦王怒而僇相如于市,武安君十万众压邯郸,而责璧与信,一胜而相如族,再胜而璧终入秦矣。吾故曰:蔺相如之获全于璧也,天也。若其劲渑池,柔信平,则愈出而愈妙于用,所以能存赵者,天固曲成之哉!

在王世贞看来,完璧归赵之功,表面看来体现了蔺相如的大智大勇,其实不然。作者反弹琵琶,对事情作了鞭辟入里的分析,于博辩中显示其才学和识见。

第四节 晚明小品文及其他

与诗歌领域性灵派的崛起相呼应,一种以展现个人生活情趣、描写山水风景、抒发日常闲情逸致为主的散文在晚明文坛悄然兴盛。这就是小品文。

小品文在晚明的兴盛,与当时的社会风尚和时代精神有密切关系:

> 人情必有所寄,然后能乐。故有以弈为寄,有以色为寄,有以技为寄,有以文为寄。古之达人,高人一层,只是他情有所寄,不肯浮泛虚度光景。每见无寄之人,终日忙忙,如有所失,无事而忧,对景不乐,即自家亦不知是何缘故,这便是一座活地狱,更说甚么铁床铜柱刀山剑树也。(《袁宏道集笺校》卷五《李子髯》)

所谓"情有所寄",即在生活中发现乐趣。如屠隆、张献翼、陶望龄、陈继儒、王思任、施绍莘、张岱等人,对现实社会常抱一种游戏的态度。在这种氛围下,不少文人倾心于一种无关宏旨、与"高文大册"迥然不侔的"小文",如:

> 生少也贱,幸免为世法应酬之文,惟模写山情水态,以自赏适,终难列于作者之林。……近阅陶周望祭酒集,选者以文家三尺绳之,皆其庄严整栗之撰,而尽去其有风韵者。不知率尔无意之作,更是神情所寄,往往可传者。托不必传者以传,以不必传者易于取姿,炙人口而快人目。班、马作史,妙得此法。今东坡之可爱者,多在小文小说;其高文大册,人固不深爱也。使尽去之而独存其高文大册,岂复有坡公哉!(袁中道《答蔡观察元履》)

模写山情水态以自适,不刻意为之而率意成文,这正是小品文的特色所在。

晚明小品文拥有颇为壮观的作家群体。陆云龙曾评选《皇明十六家小品》,选屠隆、徐渭、李维桢、董其昌、汤显祖、虞淳熙、黄汝亨、王思任、袁宏道、文翔凤、曹学佺、陈继儒、袁中道、陈仁锡、钟惺、张鼐十六家小品文,再加上李贽、李流芳、张大复、张岱,这份名单就基本完整了。其中李贽、徐渭生活年代稍早,前者从思想和精神层面启发了公安派等性灵文学的兴起,后者则是袁宏道、陶望龄等人所大力推崇的文人,可算是晚明文学的先驱[①]。

袁宏道的小品文,尤其是他的游记小品,取得了引人注目的成就。如《满井游记》:

> 燕地寒,花朝节后,余寒犹厉。冻风时作,作则飞沙走砾,局促一室之内,欲出不得。每冒风驰行,未百步,辄返。廿二日,天稍和,偕数友出东直,至满井。高柳夹堤,土膏微润,一望空阔,若脱笼之鹄。于时冰皮始解,波色乍明,鳞浪层层,清彻见底,晶晶然如镜之新开,而冷光之

---

① 吴承学:《晚明小品研究》,南京:江苏古籍出版社1999年版,第40—71页。

> 乍出于匣也。山峦为晴雪所洗,娟然如拭,鲜妍明媚,如倩女之靧面,而髻鬟之始掠也。柳条将舒未舒,柔梢披风,麦田浅鬣寸许。游人虽未盛,泉而茗者,罍而歌者,红装而蹇者,亦时时有。风力虽尚劲,然徒步则汗出浃背。凡曝沙之鸟,呷浪之鳞,悠然自得,毛羽鳞鬣之间,皆有喜气。始知郊田之外,未始无春,而城居者未之知也。夫能不以游堕事,而潇然于山石草木之间者,惟此官也。而此地适与余近,余之游将自此始,恶能无纪?己亥之二月也。

在作者笔下,为官之苦与城居之无聊乏味,仅以"一望空阔,若脱笼之鹄"一句由侧面点出,而极写景致之美、游赏之乐、心境之舒旷。正因有城居"牢笼"之困厄,才有郊游"脱笼"之快慰。通观全篇,情与景谐,意与趣合,足与柳宗元《永州八记》媲美。

张岱的小品文,被周作人称为"别有新气象,更是可喜"(《再谈俳文》),主要见于《陶庵梦忆》、《西湖梦寻》、《琅嬛文集》等书。其小品以游记最佳。其中写西湖的几篇,如《西湖七月半》、《湖心亭看雪》、《柳敬亭说书》等,历来为人所称道。如《湖心亭看雪》:

> 崇祯五年十二月,余住西湖,大雪三日,湖中人鸟声俱绝。是日更定矣,余拏一小舟,拥毳衣炉火,独往湖心亭看雪。雾凇沆砀,天与云与山与水,上下一白。湖上影子,惟长堤一痕,湖心亭一点,与余舟一芥,舟中人两三粒而已。到亭上,有两人铺毡对坐,一童子烧酒,炉正沸。见余大喜,曰:"湖中焉得更有此人!"拉与同饮,余强饮三大白而别。问其姓氏,是金陵人,客此。及下船,舟子喃喃曰:"莫说相公痴,更有痴似相公者!"

景物清绝,胸境超脱,张岱与那位金陵人就这样成了永恒的风景。

除了表现个人情趣的小品文之外,晚明也有不少文人将笔触伸向现实社会,其中以张溥、陈子龙等复社、几社文人最为突出。

张溥的文章有很强的现实性和时代感,代表作品为《五人墓碑记》。文章反映的是明末苏州市民反对阉党之乱的斗争,记五人死难之事,言辞间充满激愤,而末尾发为议论的一段尤其精彩:

> 由是观之,则今之高爵显位,一旦抵罪,或脱身以逃,不能容于远近,而又有剪发杜门,佯狂不知所之者,其辱人贱行,视五人之死,轻重固何如哉!是以蓼洲周公忠义暴于朝廷,赠谥美显,荣于身后,而五人亦得以加其土封,列其姓名于大堤之上。凡四方之士,无有不过而拜且

泣者,斯固百世之遇也。不然,令五人者保其首领以老于户牖之下,则尽其天年,人皆得以隶使之,安能屈豪杰之流,扼腕墓道,发其志士之悲哉!故予与同社诸君子,哀斯墓之徒有其石也,而为之记,亦以明死生之大,匹夫之有重于社稷也。

字字感喟,声情激荡,将"生于编伍之间,素不闻诗书之训"的五人,与"富贵之子、慷慨得志之徒"和"高爵显位"之人进行对比,突出了五人"死生之大,匹夫之有重于社稷"的伟大情操。

第五章　明代八股文

八股文又称制艺、制义、八比、时文、时艺、四书文等,是经义之文的俗称,为明清时期科举考试的主要文体。作为一种独立的文体类别,八股文兼具策、论等子部作品和诗、赋等集部作品的某些属性。其体制概括来说主要有两方面的要求:第一,代圣贤立言;第二,体用排偶。其篇章结构包括题头部分(破题、承题、起讲)和股对部分。股对部分为文章主体,正格由提比、中比、后比、束比等部分构成,每比分二股,共八股。此外,提比后又有出题,中比、后比间有过接,束比后有大结。在实际写作中,严格写满八股的情况反而较少,倒是二股、四股、六股等更为普遍,也有不设股而以单行格式成篇的。

八股文在明代成熟并达到鼎盛,其发展历程可分为三个时期:洪武至天顺是八股文体制逐步确立的阶段,是为第一时期;成化至嘉靖为第二时期,明代八股文发展成熟并达到极盛;隆庆至崇祯为第三时期,各种风格争奇斗艳,促成了八股文的新变。

第一节　明前期八股文

明太祖洪武三年(1370)设科取士,后因太祖嫌其无关实用而于洪武六年罢停,又于洪武十七年(1384)再次施行。其考试规程中值得注意的一点是:第一场《四书》义和经义,已经由元代的各一道,增加到了总共七道,而废弃了元代科举中所设的"经疑"一项。去"经疑"而独重"经义",从"任陈时事"变为"代圣人立言",其主要体式和基本精神是有显著区别的。八股文体式的形成,即缘于明代科举对头场经义文的重视。永乐十五年,明成祖颁行《五经大全》、《四书大全》等书于两京、六都国子监及天下州府县学,在内容方面进一步确立了程朱理学作为答题依据的主导地位。

明代前期,经义之文尚未形成稳定的体式:"天顺以前经义之文,不过敷演传注,或对或散,初无定式。"(顾炎武《日知录》卷十六《试文格式》)这一时期的经义之文,在风格上大体以"简朴"为尚。如洪武十八年(1385)探花黄子澄所作《天下有道则礼乐征伐自天子出》:

> 治道隆于一世,政柄统于一人。夫政之所在,治之所在也,礼乐征伐皆统于天子,非天下有道之世而何哉?昔圣人通论天下之势,首举其盛为言。若曰天下大政,固非一端;天子至尊,实无二上。是故民安物阜,群黎乐四海之无虞;天开日明,万国仰一人之有庆。主圣而明,臣贤而良,朝臣有穆皇之美也;治隆于上,俗美于下,海宇皆熙暤之休也。非天下有道之时乎?当斯时也,语离明则一人所独居也;语乾纲则一人所独断也。若礼若乐,国之大柄,则以天子操之,而掌于宗伯;若征若伐,国之大权,则以天子主之,而掌于司马。一制度,一声容,议之者天子,不闻以诸侯而变之也。一生杀,一予夺,制之者天子,不闻以大夫而擅之也。皇灵丕振,而尧封之内,咸钦圣主之威严;王纲独握,而万甸之中,皆仰一王之制度。信乎!非天下有道之盛世,孰能若此哉!

黄子澄为洪武十八年会元(会试第一)。他的这篇四书文,题目出自《论语·季氏》,首两句为:"天下有道,则礼乐征伐自天子出;天下无道,则礼乐征伐自诸侯出。"破题二句,明破"有道";承题一般为四句,三句、五句亦可,承作者之意,不入圣贤口气;以"若曰"、"且夫"、"意谓"、"尝思"起讲,为八股文常用格式,起讲以后,体用排偶,入圣贤口气,围绕"有道之世"与"有道之时"正面发论。格调庄重典雅,语带台阁之气,虽是八股文初创时期之作,但规模已具。李调元《制义科琐记》卷一《开国元墨》誉为"开国第一篇文字,足为万世楷式"。

综合来看,"以辞达为本"(《皇明贡举考》卷一引俞宪语)是明前期八股文的主导风格,其形成原因主要有三个方面:

第一,与明初当权者的提倡和引导密切相关。如朱元璋曾对翰林文章作过指导性的论述:"古人为文章,或以明道德,或以通当世之务,如《典》、

《谟》之言,皆明白易直,无深怪险僻之语。至如诸葛孔明《出师表》,亦何尝雕刻为文,而诚意溢出,至今使人诵之,自然忠义感激。近世文士,不究道德之本,不达当世之务,其辞虽艰深,而意实浅近,即使过于相如、扬雄,何裨实用。自今翰林为文,但取通道理、明世务者,毋事浮藻。"(黄佐《翰林记》卷十一)由此出发,他对于经义之文的要求也是"不拘旧格,惟务经旨通畅"(王世贞《弇山堂别集》卷八十一《科试考一·初设科举条格诏》)。

第二,与这一时期的整体学术风尚有关。黄宗羲曾揶揄说这一时期的儒学是"此亦一述朱,彼亦一述朱耳"(《明儒学案》卷十《姚江学案叙录》),虽是从反面立论,也可以看出其时"恪遵传注"的学术风尚。

第三,与这一时期科举考试的命题用意相关。丘濬曾概括其时考试命题的用意说:"其所试题目皆摘取经书中大道理、大制度、关系人伦治道者,然后出以为题。当时题目无甚多,故士子专用心于其大且要者。其用功有伦序,又得以余力旁及于他经及诸子史,主司亦易于考校,非三场匀称者不取。"(《大学衍义补》卷九)目的如此,不尚浮词,追求淳实典雅的文风,也就在情理之中了。

第二节 明中期八股文

成化至嘉靖百余年间,是明代八股文的黄金时段。总体来说,这一时期不仅名家辈出,其中具有代表性的文章,更被后世视为八股文的典范。就风格演变来看,这一时期的八股文又可分为成化、弘治与正德、嘉靖两个阶段。

成化、弘治时期是明代八股文演变的重要转折期。一方面,八股文的体制与格式在这一时期趋于成熟:"经义之文,流俗谓之八股,盖始于成化以后。"(《日知录》卷十六《试文格式》)另一方面,这一时期八股文的总体风格醇深典雅,被视为八股文的"正体"。

成化、弘治间的八股文作家以钱福、王鏊为代表,其中王鏊被誉为"一代之俊英,斯文之宗主"(俞长城《百二十名家制义序》)。其所作举业文字,开创了一代风气。如其名篇《百姓足君孰与不足》:

民既富于下,君自富于上。盖君之富,藏于民者也;民既富矣,君岂有独贫之理哉?有若深言君民一体之意以告哀公。盖谓公之加赋,以用之不足也;欲足其用,盍先足其民乎?诚能百亩而彻,恒存节用爱人之心,什一而征,不为厉民自养之计,则民力所出,不困于征求,民财所有,不尽于聚敛。间阎之内,乃积乃仓,而所谓仰事俯育者,无忧矣;田野之间,如茨如梁,而所谓养生送死者,无憾矣。百姓既足,君何为而独贫乎?吾知藏诸闾阎者,君皆得而有之,不必归之府库,而后为吾财也;蓄诸田野者,君皆得而用之,不必积之仓廪,而后为吾有也。取之无穷,何忧乎有求而不得?用之不竭,何患乎有事而无备?牺牲粢盛,足以为祭祀之供;玉帛筐篚,足以资朝聘之费。借曰不足,百姓自有以给之也,其孰与不足乎?饔飧牢醴,足以供宾客之需;车马器械,足以备征伐之用。借曰不足,百姓自有以应之也,又孰与不足乎?吁!彻法之立,本以为民,而国用之足,乃由于此。何必加赋以求富哉!

此篇文题出自《论语·颜渊》。破、承都用作者之意,不入圣贤口气。"盖谓"以下入圣贤口气,围绕朱熹《集注》所谓"有若深言君民一体之意"展开论述,分为起讲、出题、虚股、中股、后股、束股、大结等段落,体式完备。王鏊此文,可说是八股文正体的典范之作。

正德、嘉靖时期明代八股文由成熟走向鼎盛。"有明八大家者,合吴县王鏊、武进唐顺之、常熟瞿景淳、武进薛应旂、昆山归有光、德清胡友信、归善杨起元、临川汤显祖而称也。"(《制艺丛话》卷十二引卫廷琪语)"八大家"中,嘉靖时期占了四家,即唐顺之、薛应旂、归有光、瞿景淳。其时八股文之盛,可见一斑。与成化、弘治时期注重八股文的文体规范相比,这一阶段更偏重八股文的气格和篇章技法。究其特点,即方苞所谓"能以古文为时文,融液经史,使题之义蕴,隐显曲畅"。这一特点的形成,缘于唐宋派对八股文的改革。唐宋派改革八股文风主要包括两个层面:第一个层面在技法方面,即将古文章法尤其是唐宋八大家的文法运用于八股文写作,包括遣词、谋篇等方面的内容,所谓"起伏呼应,虚实开阖"(茅坤《文诀五条训缙儿辈》),"正反开阖,抑扬唱诺,顺逆周折,骋控张歙,其变不穷"(王慎中《义则序》),"开合首尾,经纬错综"(唐顺之《董中峰侍郎文集序》),均是就技法而言;第二个层面在气格、精神方面,具体来说,即"于六经及先秦两汉书疏,于韩、苏诸大家之文,涵濡磅礴于胸中,将吾所为文打得一片凑泊处,则格自高古典雅"(茅坤《文诀五条训缙儿辈》)。用方苞的话说,就是"以韩欧之气,达程朱之理,而吻合于当年之语意"(《钦定正嘉四书文》卷二归有光《"吾十有五而志于学"一章》评语)。

嘉靖时期"以古文为时文,自唐荆川始,而归震川又恢之以闳肆"(《钦定正嘉四书文》卷二归有光《"吾十有五而志于学"一章》评语)。归有光作文近宗欧阳修,远宗《史记》。所作八股文如《大学之道在明明德在亲民在止于至善》,可见其风格之一斑。篇中诸多用语,如"昊天曰明,及尔出王;

昊天曰旦,及尔游衍","人心惟危,道心惟微","立爱惟亲,立敬惟长","始于家邦,终于四海","道有升降,政由俗革","惟皇建极,惟民归极","会其有极,归其有极","知至至之,知终终之"等,均采自前人,而能自然贴切,融液其中,略无扞格之弊。这正是归有光之所长。

第三节 明后期八股文

隆庆以至崇祯70余年,是明代八股文的多变期:"大抵化、治、正、嘉为正,而隆、万、启、祯为变。"(焦循《时文说》)就总体趋势来说,"多变"是这一时期八股文发展的显著特征。冯梦祯说自己考中进士后不到30年间,"文凡几变":"一变而为嘉靖晚年之华靡,再变而为隆、万间之刻画,三变而为今日之吊诡缪悠。"(《快雪堂集》卷三《皇明四书文纪序》)由此出现了"岁化月迁,一唱百和,东下之流,既倒之澜,虽诏旨日下,而不能禁"的情形。顾炎武甚至感叹说:"时文之出,每科一变。"(《日知录》卷十七《生员额数》)这一时期八股文的新变,大体包括以下几个方面:

第一,体式结构和文章技法更趋成熟和完备。在体式完备的背景下,求新求变乃势所必然,不然就无从在科举考试中得到考官的青目。

第二,八股文的思想基础在这一时期发生了动摇:程朱理学失去了一统地位,取而代之的是阳明心学,老庄、禅宗等思想也错见其间。在八股文写作中掺杂心学、老庄、禅宗等思想的情形,虽然在正德、嘉靖时期已经出现,但从总体来说,"嘉、隆以前,姚江之书虽盛行于世,而士子举业尚谨守程朱,无敢以禅窜圣者,故于理多合"(艾南英《历科四书程墨选序》)。隆庆二年以后的情形就大为不同了。隆庆二年,李春芳担任会试主考,"厌《五经》而喜老庄,黜旧闻而崇新学",首场《论语》"子曰由诲汝知之乎"一节,破题用"圣人教贤者以真知,在不昧其心而已"(顾炎武《日知录》卷十八《破题用庄子》),带有明显的王学色彩。自此以后,八股文写作中出现了"异学"横行的局面。

第三,八股文题目逐渐流于琐细,截搭题盛行。其结果是,生造之语渐多,文风日趋奇诡、峭拔。所谓截搭题,是于经文中不当连而连、不当断而断,割截而成的八股文题。这是比较典型的偏题、怪题。任何一种考试,一旦形成固定的体制,各种揣摩试题的学习方法必然应运而生。这种情形,在嘉靖后期尤其突出。在这种情况下,为了防止考生抄袭范文,出偏题、怪题就成为一种被认可的选择。

隆庆、万历时期的八股文名家有胡友信、汤显祖、赵南星、陶望龄、许獬等。汤显祖为万历十一年（1583）进士，被清人列为明代"举业八大家"之一。他还曾点阅《汤（宾尹）许（獬）二会元制义》一书。其八股文追慕"钱王之法"，讲究机法，崇尚清通雅正。如所作墨卷《"我未见好仁者"一章》：

> 圣人慨成德者之难，因言弃德者之众焉。夫好仁恶不仁非绝德也，特自弃者不用其力耳，圣人所以重有慨与！想其意曰：君子之学也，以为仁也；君子之成仁，以其能自力也。有仁焉而无力以成之，吾能无慨然于今乎？于今观之，仁可好也，而好仁者我未见也；不仁可恶也，而恶不仁者我未见也。夫好仁之名，夫人乐得之，而吾以为未见者，以好非感发之好，乃无以尚之之好也；恶不仁之名，夫人亦乐得之，而吾以为未见者，以恶非愤激之恶，乃不使加身之恶也。惟其如是，是以难也。虽然，未尝难也。有人焉奋然而起，深明乎仁不仁之分；惕然而思，实用乎好恶之力。吾知有弗好，好则仁必从之。盖无以尚之之域，亦起于一念之好也。我未见好仁者，亦何尝见好焉而力不足者乎？有弗恶，恶则不仁必去之。盖不使加身之域，亦起于一念之恶也。我未见恶不仁者，亦何尝见恶焉而力不足者乎？盖天之生人不齐，人之受质非一，则力不足于用者，或有其人，而有志于仁者恒少，无志于仁者恒多，则吾之于斯人也，实未之见。夫力之足不足也，以用而见也，未有以用之，胡为而遽罪乎力？仁之成不成也，以力而决也，未有以力之，胡为而绝望于仁？然则吾之所见者，非天有所限，彼自限之而已矣；非仁远于人，人自远之而已矣。安得实用其力者，一起焉而副吾之望哉！

题目出自《论语·里仁》。汤文以"慨成德者之难，因言弃德者之众"破题，义旨与朱熹《四书集注》所说"此皆成德之事，故难得而见之"相合。行文开阖有度，富于文采。《钦定隆万四书文》卷二评之曰："无事钩章棘句，而题之层折神气毕出，其文情闲逸，顾盼作态，固作者所擅场。"

崇祯间，先后有江西派和云间派兴起，宗经复古、崇尚醇雅，试图改革八股文风，并藉以改变士风。其中江西派以艾南英、陈际泰、罗万藻为代表，云间派以陈子龙、夏允彝等为代表。而天启、崇祯间的八股文名家，以陈际泰、金声最为著名。金声的八股文幽深矫拔，于"日趋于臭败"（艾南英《金正希稿序》）的明末风习中独树一帜，被誉为"启、祯之冠"。陈际泰崇祯四年（1631）成进士时已年届七旬。一生肆力于八股文写作，"一日可二三十首"，"先后所作至万首"，当时见于流传的也有千余篇，甚至存在一题五篇

(《充类至义之尽也》)的情形。他对明末八股文风的改造,主要体现在"泛出于《穀梁》、《荀卿》、《国策》、《韩非子》者为尤多"。

第六章 明代文言小说

传奇小说在明代的重振是一件令人欣慰的事。古文的传奇化,传奇小说集的陆续问世,中篇传奇小说的大量产生,构成这一时期传奇小说创作较为壮丽的景观。

第一节 古文的传奇化

中国古代的叙事性古文是从正史的人物列传发展来的。早期多以汇编成书的方式存在,如刘向的《列女传》、《列士传》、《孝子传》,嵇康的《高士传》,均为广泛流传之作。唐代的韩愈、柳宗元发起古文运动,单篇叙事古文日渐增多,如柳宗元《李赤传》、《种树郭橐驼传》、《梓人传》、《河间妇传》、《宋清传》,欧阳修《六一居士传》,苏轼《方山子传》,陆游《姚平仲小传》等。但知识阶层大量创作单篇叙事古文,却是在明、清两代。

所谓古文的传奇化,主要是就其题材选择和艺术表达而言。从题材选择来看,中国的正史负有"资治"的使命,只能记叙那些与天下兴亡有关的事件,即使是一个重要的历史人物,也并非他生活中的所有言行都可纳入正史。如果一个史家耽于趣味,热衷于记叙人物的"闲事琐语",其作品也许因此备受偏爱,却不免被批评为"有乖史法",即将正史写成了"小说"。此外,孔子所不语的"怪、力、乱、神",也同样为史家所不取。就艺术表达而言,正史记叙历史事实旨在揭示治理天下国家的原理,即"文以载道"之"道"。在实现载道的目的之外,一切多余的话都不必说。因此,正史的记叙不能太细腻,作者的兴趣不能专注于辞藻。为了强调措辞简洁而叙事明晰的史家品格,刘知幾致力于区别"文"、"史":辞赋可以"加练饰"、"事雕彩",而史家如果也这样做,就不免"词类俳优",丧失了应有的风度。

从题材选择和艺术表达着眼,我们注意到,元明之际的宋濂、高启,由于置身于一个钟爱卓荦不群的英雄和豪侠勇武之士的时代,他们的叙事性古文一致表现出传奇化的趋向,宋濂的《秦士录》、《王冕传》、《记李歌》、《李疑传》、《杜环小传》,高启的《南宫生传》、《书博鸡者事》、《胡应炎传》,都选择了磊落、豪放、孤傲、侠义的人物作为描写对象,衡量人物价值的尺度也偏离了儒家规范;在艺术表达上风格恣肆,注重与历史进程无关的细节,轶出了"雅洁"所限定的范围。这是传奇化的古文。永乐至成化(1402—1486)年间,整个时代的文化特征可用"乡愿"来形容。由朱元璋尤其是朱棣钦定的御用理学,一方面阉割了知识分子的批判精神,另一方面缺少高水准的理论建树;它与这一时期大体良好的社会经济状况和士大夫阶层较为平稳的仕途相互呼应,培植了延续数十年的追求四平八稳的时代精神。在这样的背景下,传奇化古文几近销声匿迹。弘治、正德以降,随着士大夫阶层批判精神与理想主义情怀的弘扬,思想界与文学界沉寂的局面被打破,阳明心学风靡天下,前后七子意气风发。在叙事性古文中,陆续出现了一些颇有传奇风味的佳制,如马中锡《中山狼传》、董玘《东游记异》等,但尚未形成壮观的场景。16世纪中叶,中国文化思想开始发生重大异动,其标志是阳明心学的分化。泰州学派所倡导的具有近代色彩的自然人性论,导致了对个人判断的重视,儒家道德和正统观念的约束力大为松弛。这样一种精神生活氛围,有力地推进了古文传奇化的进程。宋懋澄《九籥别集》中传奇化古文比比皆是,其他如蔡羽《辽阳海神传》,胡汝嘉《韦十一娘传》,袁宏道《徐文长传》、《醉叟传》、《拙效传》,袁中道《一瓢道人传》、《回君传》,无名氏《小青传》等,亦属佳作。

第二节 "三灯丛话"及其他

传奇小说集在明代的陆续问世较之古文的传奇化更引人注目,"三灯丛话"(瞿佑《剪灯新话》、李昌祺《剪灯余话》、邵景詹《觅灯因话》)是其中的代表作。瞿佑、李昌祺等一方面继承了唐人辞章化传奇的传统,另一方面也接受了宋代话本体传奇如《青琐高议》的滋养,就其基本品格而言,话本体传奇的色彩更鲜明一些。

传奇小说集的写作在明代曾一度受挫。《剪灯新话》约成书于洪武十一年(1378),刊行于宣德初年(1426—1435);《剪灯余话》约成书于永乐十八年(1420),刊行于宣德八年(1433)。可以说,从明朝开国到宣德年间,这是传奇小说集创作的旺期。但好景不长,由于朝廷和社会舆论的干预,传奇小说集的创作迅速进入低谷。正统七年(1442)二月,朝廷颁布了焚毁《剪灯新话》等小说的禁令。从社会舆论来看,传奇小说受到的批评亦甚严厉。与此同时,这一时代的思想家也大声疾呼要对俗文学加以防范。在这种社会氛围中,文坛名流或社会地位较高的读书人不写传奇小说是合情合理的。(不妨一提的是,赵弼的《效颦集》成书于宣德年间,但直到嘉靖年间才刊刻问世。)至于与书坊往来甚至靠写通俗读物赚钱的下层文人,其写作一般不会受到朝廷注意,主流社会的舆论压力对他们不那么直接,从而可以继续其写作生涯。但毫无疑问,由于他们功力较差,又受营利动机的驱使,所写作品实与《剪灯新话》等不属于一类,如雷燮《奇见异闻笔坡丛脞》二卷(有弘治十七年即1504年坊刻本),用语通俗,屡见病句。又如这一时期的中篇传奇小说,可能是作为面向市井的畅销读物来写的,只宜另作一类加以讨论。

时至嘉靖年间,随着社会精神生活氛围的逐渐宽松,唐人传奇又开始在社会上流布,各种选本陆续问世。如陆楫辑《古今说海》142卷、王世贞编《剑侠传》4卷、王世贞编《艳异编》正编40卷续编19卷等。这些选集大都体例不严,真伪错杂,但迅速扩大了唐人传奇的影响,促成了"剪灯"类传奇小说创作的再度复苏。

在传奇风韵弥漫天下的晚明,传奇小说集的创作再度兴盛。嘉兴隐者钓鸳湖客撰《志余谈异》成书于万历初年(1573—1620);邵景詹撰《觅灯因话》约成书于万历二十年(1592)。它们当然不是一流作品,但明清传奇小说至《聊斋志异》而臻于极境,这些小说集所起的承先启后的作用是不应忽略的。

瞿佑(1347—1433)[①],"佑"一作"祐",字宗吉,号存斋,钱塘(今浙江杭州)人。年14,和杨维桢《香奁八题》诗,为杨所叹赏。明洪武中,以荐历仁和、临安、宜阳训导,升周王府长史。永乐间,以诗蒙祸,被谪戍保安10年,遇赦放归。著作颇丰,有《香台集》、《咏物诗》、《存斋遗稿》、《乐府遗音》、《归田诗话》等20余种,大都散佚。《剪灯新话》是他流传最广的作品,正集四卷,附录一卷,共22篇。

《剪灯新话》在文言小说发展史上占有重要地位。其一,瞿佑恢复了唐人传奇取材于当下人生的传统。这个传统,在宋元一度中断;《剪灯新话》

---

① 瞿佑生卒年据程毅中先生的考订。见程毅中《明代小说丛稿》,北京:人民文学出版社2006年版,第1页。

则向现实敞开了怀抱，其情感内容是瞿佑人生感受的或直接或间接的抒发。小说对时代背景的交代、地点、年月、事件，往往非常准确。其二，《剪灯新话》恢复了唐人传奇面向"无关大体"的浪漫人生的传统。瞿佑写爱情最多，其次是隐士，与唐人传奇相比，显然欠缺的是对侠的描绘。其三，《剪灯新话》模拟唐人传奇，不无形迹太似之处。如《华亭逢故人记》之仿效李玫《纂异记·李生》，《龙堂灵会录》之仿效《纂异记·蒋琛》，均为著例。但瞿佑在艺术表现上也时见颖异。如《金凤钗记》（卷一）虽受《离魂记》、《齐推女》启发，但境界焕然一新。

李昌祺(1376—1452)，名祯，以字行，庐陵（今江西吉安）人。少负才名。明永乐癸未进士，授翰林庶吉士，参与编修《永乐大典》，以赅博著称。后以礼部主客郎中权知部事，外调任广西、河南左布政使。居官刚严方直。能诗文，有《侨庵诗余》、《容膝轩草》、《运甓漫稿》等。仿瞿佑《剪灯新话》作《剪灯余话》，凡四卷20篇。

发挥道德训诫是《剪灯余话》中起主导作用的内容之一。罗汝敬《剪灯余话·序》说："兹所记，若饼师妇之贞，谭氏妇之节，何思明之廉介，吉复卿之交谊，贾、祖两女之雅操，真、文二生之俊杰识时，举有关于风化，而足为世劝者。"李昌祺重视风教，同时也对才子风情津津乐道。李昌祺所欣赏的才子风情是才情、艳情与温文尔雅风度的融会。有一个现象值得关注：尽管李昌祺笔下的男女爱情主角（女鬼或女神排除在外）风流缱绻，似乎无拘无束，但他们（尤其是她们）却又同时是恪守道德操守的典范。这是经由一系列特殊的情节设计体现出来的：其一，男女主角"风流"的前提是有过"父母之命"，虽然在许多情况下"父母之命"只是意向而没有形诸正式的聘礼。其二，婚事不谐是由其他原因造成，并非当事人负心所致。其三，女主角即使曾嫁过人，或者落人歹人之手，也决不至于失节。其四，女主角既是才妇，又是贤妻。其五，当他们必须在生命与"节"、"义"之间作出选择时，能毫不犹豫地以生命的毁灭来达到崇高的伦理境界。

邵景詹，生平不详。据《觅灯因话》小引自述，他号自好子，书斋名遥青阁。《觅灯因话》作于万历二十年（1592），共两卷8篇，系仿瞿佑《剪灯新话》而作。

从《觅灯因话》中的8篇小说来看，作者对于儒家的人格境界是钦佩之至的：施济的救拔穷愁（卷一《桂迁感梦录》），孙恭人的贞贤（卷一《孙恭人传》），郭雉真的坚贞不屈（卷一《贞烈墓记》），妓女翠娥的"甘心对冰雪，不爱艳阳春"（卷一《翠娥语录》），唐珏的忠义（卷二《唐义士传》）等，他都予以精心刻画；与之形成对照，他也鞭笞了刘生的奸诈（《桂迁感梦录》）、姚公子的豪奢挥霍（卷一《姚公子传》）、官吏的险恶残暴（《贞烈墓记》）、杨琏真伽的贪求无已（《唐义士传》）、铁胡二生的淫亵（卷二《卧法师入定录》）。高尚人格与私欲的矛盾构成《觅灯因话》的内容主体。

邵景詹对辞采不感兴趣，他在自序中公开反对"逞文字之藻"，而把精力花在曲折故事的设计和描述上；其风格以质朴见长。

第三节　中篇传奇小说

中篇传奇小说是继承元宋梅洞《娇红记》的传统而形成的一个系列。据现存材料，明代第一个创作中篇传奇小说的，是《剪灯余话》的作者李昌祺。永乐十八年（1420），他自序其《剪灯余话》，透露出一个信息：自己的第一篇传奇小说《贾云华还魂记》是个中篇，时在永乐十年（1412）。此后数十年间（1412—1480），中篇传奇小说大体上是一片空白。明代中篇传奇小说的兴盛是在弘治（1488—1505）以后。玉峰主人的《钟情丽集》可能产生于成化末弘治初①，《龙会兰池录》、《双卿笔记》、《丽史》、《荔镜传》、《怀春雅集》问世于弘治、正德间，至迟不晚于嘉靖初；嘉靖至万历年间（1522—1620）先后产生了《花神三妙传》、《寻芳雅集》、《天缘奇遇》、《双双传》、《五金鱼传》。②

明代中篇传奇小说，依据其问世时间和风格流变，可大体分为三个阶段。《贾云华还魂记》代表第一个阶段，其特点是：虽以《娇红记》为典范，却努力给男女主角安排一个团圆结局，还魂情节就是为达到团圆结局而设计的。《钟情丽集》及弘治、正德间问世的《龙会兰池录》等代表第二个阶段，大体依循《娇红记》轨辙，模拟痕迹至为明显。嘉靖、万历间的《花神三妙传》等代表第三个阶段，大量色情描写构成其显著特征，对《金瓶梅》这一类白话小说当有直接影响。

中篇传奇小说以元宋梅洞《娇红记》为起点，其题材处理、人物刻画的路数确与《西厢记诸宫调》相近；穿插大量诗词，也可视为对诸宫调唱叹部分的移植。它所关注的题材相当狭窄，仅限于艳情；对白描不甚重视，因为

---

① 陈益源认为《钟情丽集》撰于成化二十二年（1486），见陈益源《元明中篇传奇小说研究》，香港：学峰文化事业公司1997年版，第66页。

② 关于各中篇传奇小说问世时间的考证，可参见陈益源《元明中篇传奇小说研究》。

艳情不太适合于真切地摹绘,诸宫调也未提供这样的艺术传统;人物带有病态意味,实质上的妓女与名义上的名门闺秀身份不能吻合。明代第一部中篇传奇小说是李昌祺的《贾云华还魂记》,尽管作者有着相当好的文化素养,但当他依循《娇红记》的轨范来创作时,仍不免出现类似的情形,文学传统的惯性力量是不以人的意志为转移的。

就文化品格而言,弘治、正德以降的中篇传奇小说实为通俗读物。其传播途径,一是单行出版,一是选入各种通俗类书,如《国色天香》、《燕居笔记》等。从《燕居笔记》所选小说的题材来看,艳情居于核心位置。何以如此?"食色性也",以艳情为中心,畅销的可能性较大。

面向市场的中篇传奇小说,其作者的文化层次总体上是不高的。玉峰主人、梅禹金等署名作者,情况稍好一些;大多数作者宁可"佚名",很可能是书坊老板或其聘用的"俚儒"。他们无心于"十年磨一剑",粗制滥造,情节和语言(包括诗词)雷同之处比比皆是,人物性格亦大体相仿。为了刺激读者的阅读兴趣,一些作者求助于色情描写,"不计其数"地批发"佳人",笔墨污秽不堪,以致在中篇传奇小说作者内部也招致了反弹。《刘生觅莲记》、《双双传》等致力于改变这种恶习,尤其是《双双传》,它所预示的艺术前景是令人振奋的。套用闻一多评《春江花月夜》的表述,可以说,这是中篇传奇小说的"自赎"。

就中篇传奇小说在小说史上的影响来看,可以划分为两个层面:第一个层面是对才子佳人小说的影响;第二个层面是对色情小说的影响。明中叶后的色情小说,按语言形式来划分,或用文言,如《如意君传》、《痴婆子传》,或用白话,如《绣榻野史》、《春灯闹》,甚至包括长篇的《金瓶梅》,它们主要受《花神三妙传》、《天缘奇遇》这类中篇传奇小说的影响,数量众多,一度泛滥成灾。

第七章　明代章回小说(上)

城市经济的发达和口头叙事的繁盛催生了明代的白话小说,说书艺人、书坊主和下层文人均为白话小说的创作贡献了自己的力量。白话小说创作的文人化进程使得小说得以逐渐改变书坊主主导小说创作和刊刻的局面，创作形态出现了由编纂向独立创作过渡的迹象。

第一节　明代章回小说的历史进程

明代章回小说的历史进程，可以嘉靖元年《三国志通俗演义》刻本的出现为界，分为两个大的阶段。一般认为，《三国志演义》和《水浒传》产生于明初，但直至嘉靖年间才见到刻本。从明初到嘉靖元年这段时间内诞生的白话小说，目前所能见到的是以词话形式出现的作品，即成化年间所刊《新刊全相唐薛仁贵跨海征辽故事》等词话13种。在文献记载中，我们还可以发现一些白话小说创作的痕迹。朝鲜的《朴通事谚解》提到明初买卖《西游记》、《飞龙传》的情况。天顺成化间的叶盛在《水东日记》中指出："今书坊相传射利之徒伪为小说杂书。南人喜谈如汉小王（原注：光武）、蔡伯喈（原注：邕）、杨六使（原注：文广），北人喜谈如继母大贤等事甚多……农工商贩，钞写绘画，家蓄而人有之。"明代章回小说创作主要集中于嘉靖元年（1522）至崇祯十七年（1644）的122年间。嘉靖、隆庆50年间，新创章回小说7部，其中书坊主熊大木、余邵鱼创作的便占了5部。7部中，6部为历史演义和英侠传奇。① 万历至崇祯年间，章回小说的创作迎来了活跃期，各类小说纷纷面世。

明代章回小说创作领域的经典示范效应非常明显，《三国志演义》、《水浒传》、《西游记》和《金瓶梅词话》分别开创了历史演义、英侠传奇、神魔小说、人情小说四大小说流派。受《三国志演义》的影响，嘉靖、万历间迎来了历史演义创作的高潮。此期的作品有：《隋唐两朝志传》、《残唐五代史演义传》、《唐书志传通俗演义》、《全汉志传》、《南北宋志传》、《春秋五霸七雄列国志传》、《列国前编十二朝传》、《东西两晋演义志传》。晚明时期，依然有如下一些作品：《隋史遗文》、《新列国志》、《隋炀帝艳史》。《水浒传》在嘉靖间出版后，《大宋演义中兴英烈传》、《杨家府演义》、《英烈传》等均受其影响。《新刻出像官版大字西游记》于万历二十年（1592）由金陵世德堂刊印后，章回小说创作领域涌现了一批神魔小说。比较著名的有：《三宝太监西洋记》、《华光天王南游志传》、《北方真武祖师玄天上帝出身志传》、《八仙出处东游记》、《铁树记》、《咒枣记》、《飞剑记》、《韩湘子全传》、《封神演

---

① 陈大康：《明代小说史》第三编，上海：上海文艺出版社2000年版。

义》、《东渡记》、《西游补》、《关帝历代贤圣志传》等。万历二十年前后,《金瓶梅词话》开始流传于文坛,并于万历四十五年刊行,章回小说创作界又涌现了一些描写世情乃至艳情的作品。比较重要的有《绣榻野史》、《浪史》、《痴婆子传》、《杜骗新书》、《绣像玉闺红全传》、《醋葫芦》等。

  公案小说、时事小说也形成了一定规模。安遇时编《包龙图判百家公案全传》于万历二十二年出版后,掀起了公案小说的出版高潮。比较著名的有《廉明奇判公案传》、《皇明诸司公案传》、《新民公案》、《海刚峰先生居官公案传》、《明镜公案》。晚明时期兴起的时事小说主要描写辽东战事、明季党争和明末叛乱。主要作品有:《魏忠贤小说斥奸书》、《新镌警世阴阳梦》、《玉镜新编》、《皇明中兴圣烈传》,写魏忠贤事;《辽海丹忠录》、《镇海春秋》,写辽东战事,为杭州籍的毛文龙鸣冤;《剿闯通俗小说》,写李自成叛乱事。

  明代章回小说的刊印主要是一种商业行为,其发展轨迹明显受到市场规律的影响。明中叶城市经济的繁荣为小说培养了商人和市民这一城市读者群。洪楩辑刊的《六十家小说》分为六集,名曰《雨窗集》、《长灯集》、《随航集》、《欹枕集》、《解闲集》、《醒梦集》,这种命名显然是以商人为潜在的读者。万历舒载阳版《封神演义》封面木戳上标有"每部定价纹银贰两"的价格,这表明拥有这种购买力的读者无疑为商人和市民。明代前期印刷工人极度匮乏,印刷业在成化、弘治间开始兴起,并于嘉靖、万历年间达到鼎盛,这为小说的出版创造了条件。最先刊刻《三国志通俗演义》和《水浒传》的是印刷技术最好的司礼监和都察院,建阳、南京、苏州、杭州等地的书坊主紧跟其后,纷纷刊刻小说,谋求经济效益。明代书坊主主导了整个章回小说的创作和出版。这主要表现为三个方面,一是书坊主直接参与小说创作,熊大木、余邵鱼、余象斗、陆云龙等书坊主创作了大量的小说,有力地推动了小说的发展。二是书坊稿源主要出于书坊主的购买、约稿乃至策划,很多文人甚至成了书坊主的雇佣文人。三是为了促销,书坊主创造了评点、插图、广告、附录等小说版式。

  明代章回小说的创作很大程度上表现为口头叙事的案头化和古代典籍的通俗化。明代章回小说的繁荣首先应该归功于明代口头叙事的繁荣,口头叙事史是章回小说史的另一半。口头叙事的一大类别为民间神话、民间传说和民间故事。这类故事有着悠久的传承谱系,并在明代形成庞大的故事群落。口头叙事的另一大类别为各类民间说唱。这些世代累积的口头叙事最终在明代出版业的刺激下由书坊主和文人加工整理面世。因此,口头叙事不仅制约了明代章回小说的题材,而且制约了明代章回小说的叙事体制和艺术特征。在口头叙事资源枯竭的情况下,书坊主和文人便将古代典籍中的故事进行通俗化处理后推向市场。当然,很多章回小说编撰者往往会同时使用口头叙事和古代典籍中的资源。只有到了天启、崇祯年间的时事小说和白话短篇小说中,文人独立创作的成分才多起来。

明代章回小说的发展轨迹还受制于文化政策和小说观念的改变。明朝开国,在思想领域采取了高压政策。随着时间的流逝,相关文化政策逐渐松动,士大夫也开始醉心小说。天顺、成化间的叶盛指出:"今书坊相传射利之徒伪为小说杂书……有官者不以为禁,士大夫不以为非;或者以为警世之为,而忍为推波助澜者,亦有之矣。"(叶盛《水东日记》)到了万历中后期,李贽一类文人甚至投身小说评点,阐述小说的功能,提升小说的地位,文人对小说的认识发生了巨变;到了天启、崇祯年间,文人的小说编纂质量开始提升。

与明代章回小说的商业化进程相伴随的,是明代章回小说的文人化进程,这一进程和口头叙事一起造就了章回小说的四大经典——"明代四大奇书"。一方面,口头叙事为章回小说提供了丰富的故事和人物形象;另一方面,文人的参与丰富了小说的精神内涵,提高了小说的艺术技巧,提升了小说的品位。"明代四大奇书"就是在文人的一次次修改、评点中走向成熟的。就目前所知的情况来看,"四大奇书"均拥有大量评点本,每一次评点都伴随着修改,从而创造了一个新的文本,金圣叹、毛宗岗、张竹坡等人评点的作品甚至成为清代唯一流行的版本。明代章回小说的文人化进程意味着文人发现了一种可以宣泄内心情感、描写世态变迁的崭新文体,昭示着文人化小说乃至抒情体小说即将来临。

第二节 《三国志演义》

《三国志演义》是中国第一部章回小说,也是中国古代成就最高的历史演义。在漫长的传播和接受过程中,该书的主题思想一直众说纷纭,20世纪的研究者归纳出了十余种观点;人物评价尤其是曹刘阵营主要人物的评价更是充满争议,历史评价与道德评价经常错位;海外有的学者甚至认为《三国志演义》的人物描写从头到尾都采用了反讽的叙事技巧。阅读感受的差异之所以如此之大,原因在于忽视了下述事实:《三国志演义》是一部世代累积型的创作,历史学家、民间艺人、小说家等先后参与了其创作过程,因而，不仅其文体不是严格统一的，并且小说中的价值体系随着文体的更替递嬗也在变化之中。对此我们一定要保持足够清醒的认识。

一、成书过程与文体建构

《三国志演义》的成书过程决定了它的多元文体构成，而每一种文体都具有特定的功能、特定的题材范围、特定的价值取向和特定的美学风格。

在漫长的成书过程中，《三国志演义》主要融注了史传文学和民间文学的成果。其史传来源主要是晋陈寿的《三国志》和刘宋裴松之为《三国志》作的注。其民间文学来源主要是指民间的"说话"（讲故事）和民间的演戏。元末明初的罗贯中"据正史，采小说，征文辞，通好尚"，"去瞽传诙谐之气，陈叙百年，赅括万事"（高儒《百川书志》），对史传文学和民间文学进行整合，终于创作出了《三国志演义》这部伟大的作品。

我们对罗贯中所知甚少，连他的籍贯目前都存在着山西太原和山东东平两种说法。明代天一阁蓝格抄本《录鬼簿续编》对罗贯中生平的记载是目前所知最为详细的记载："罗贯中，太原人，号湖海散人。与人寡合，乐府隐语，极为清新。与余为忘年交，遭时多故，天各一方。至正甲辰复会，别来又六十余年，竟不知其所终。"此外，《录鬼簿续编》还著录了他的3部杂剧作品，其中流传至今的只有《赵太祖龙虎风云会》一种。

罗贯中创作的那部《三国志演义》原貌到底如何，已无从知晓，现存的两个版本系统绝对不是罗贯中的原作。目前认为较为接近罗贯中原作的版本系统是志传系统。这一版本系统主要出现在嘉靖——天启年间，系印刻比较粗糙的闽本，其最大的情节特点就是穿插有花关索故事。主要版本有《新刻全像大字通俗演义三国志传》、《新刻按鉴全相批评三国志传》、《三国志传评林》等。印制比较精致的是演义系统的本子。学界一般认为现存最早的版本——嘉靖本尽管刊印的时代较早，但它仍然是一个明人修订本，不能代表罗贯中原作的面貌。这个系统的本子还有《李卓吾先生批评三国志》和李渔的评点本。清代康熙年间，毛纶、毛宗岗父子以《李卓吾先生批评三国志》为基础，整饬回目，删改情节，并进行精心评点，超越了此前的所有版本，从此垄断了清代的出版市场，目前通行的也是这个本子。

《三国志演义》不仅继承了史传文学和民间文学提供的素材，而且继承了史传文学和民间文学的文体规范。在整合改写的过程中，《三国志演义》

主要采用了准纪事本末体和准话本体这两种文体①。就一般情形而言,记叙曹操与董卓、袁绍、袁术等的纠葛以及孙权集团的活动,偏重准纪事本末体,如官渡之战、火烧连营;而当涉及刘备集团时,则较多采用准话本体,如赤壁之战、七擒孟获、六出祁山。这两类描写分别具有如下一些特点:就文体功能来说,准纪事本末体的功能是资治通鉴;准话本体的功能是拍案惊奇。就价值取向来看,准纪事本末体的核心是总结历史经验;准话本体则追求道德化的情感满足。就题材处理和美学风格来说,准纪事本末体强调实录影响历史进程的重大事件和重要人物,采用第三人称全知叙事,回避直接心理描写,人物语言以理性化见长,排斥诙谐;准话本体则喜欢虚构、渲染若干有助于塑造人物或表达感情倾向却并未影响历史进程的情节,较多运用直接心理描写与第三人称限知叙事的技巧,经常使用悬念制造神秘感和传奇色彩,刻意营造喜剧情节,追求诙谐效果。

二、文体规范与战争描写

《三国志演义》描写了东汉灵帝建宁二年(169)至晋武帝太康元年(280)间的历史,其叙述焦点在于魏蜀吴三方的政治、军事斗争。战争描写是这一宏大叙事中最为精彩的篇章,其成功得益于准纪事本末体和准话本体叙事中积累起来的精湛技巧。这两种文体造就了两种截然不同的战争描写,产生了两种截然不同的阅读效果。

《三国志演义》描写的战争无数,其中用准纪事本末体谱写的重要战役有官渡之战、火烧连营等。这些战争描写均采用了第三人称全知叙事,重在揭示决定战争胜负的各种因素,给人以智慧上的启迪,却不一定产生令人拍案惊奇的效果。

官渡之战是一个以少胜多的著名战役,此战奠定了曹操统一北方的基础。作者采用实录笔法、全知视角、理性化的语言记叙了整个战争进程,叙事的焦点为双方的战争策略。作者先后展示了双方谋士的策略以及主帅对这些策略的采纳情况,从而说明战争胜负的必然性。首先是战与不战的问题。当曹操攻吕布、攻刘备时,田丰建议全师袭许都,可惜袁绍一次又一次错失良机;当曹操灭吕布败刘备羽毛渐丰时,袁绍却要征讨曹操,田丰坚决反对,结果被袁绍关进了监狱,兵败后袁绍甚至听信谗言杀了田丰。其次是速战与缓战的问题。沮授认为袁绍兵众曹操将猛,袁绍粮多曹操粮寡,利在

---

① 陈文新:《三国演义的文体构成》,见陈文新《传统小说与小说传统》,武汉:武汉大学出版社 2005 年版。

缓战,袁绍不但不听反而把沮授锁禁军中,最后害得沮授被曹操俘虏慷慨受戮;袁绍进兵官渡,田丰狱中上书,劝袁绍静守以待天时,袁绍不但不听反而欲斩田丰。最后是粮草问题。沮授被锁禁军中,还时刻担心袁绍的安危,观星象而知曹军劫粮草,建议提防,袁绍不但不听反而怒斩监者。审配为袁绍急战献计献策,当土山放箭、掘地道都失败后,也想起了要保护乌巢的粮草。这一次,袁绍倒是听进去了,派审配督粮,派淳于琼守乌巢;作品特意交代淳于琼性刚好酒,曹军攻打乌巢时淳于琼果然醉酒误事。许攸截获曹军缺粮情报,建议分兵攻曹,袁绍偏偏认为这是曹操的诱敌之计;恰好审配控告许攸滥收民物、许攸子侄课税入己,袁绍大怒之下,怀疑许攸里通曹操。乌巢火起,郭图、张郃提出了相左的解救之计,双方相持不下,袁绍采取骑墙办法,派蒋奇去救粮草,张郃等去劫曹营。郭图发现自己的策略有误,于是向袁绍进谗言,袁绍不能明辨是非,逼得张郃等将领倒戈投曹。我们再来看曹操一方的应对策略。曹操采纳刘晔之策略,用霹雳车、掘堑法粉碎了审配的土山放箭、掘地攻城,证明了缓战有利于袁绍。曹操缺粮,打算退却,再次证明了缓战有利于袁绍;可是曹操却能听信荀彧之策略,放弃撤退打算,坚守待变。徐晃部将史涣烧毁韩猛粮车,让曹操注意到袁绍的粮草问题。许攸进曹营,曹操跣足出迎,采纳许攸之策,让曹军扮成蒋奇的士兵去烧乌巢粮草,并采用速战速决的办法向袁绍发动进攻。曹操最后还采纳荀攸之策,一面扬言两路进军,一路攻酸枣袭取袁绍老巢邺郡,一路攻黎阳切断袁绍归路,一面大举进攻袁绍。结果袁绍军心动摇,兵败如山倒。双方谋士之高下、双方统帅决策之得失一清二楚,胜败结局由此决定。

《三国志演义》还有一批用准话本体谱写的重要战役如赤壁之战、七擒孟获、六出祁山等。这些战役的描写采用了虚构手法、限知视角,刻意制造悬念和喜剧效果;因此,重在渲染战争的惊心动魄,给人以审美的愉悦。

赤壁之战是历史上以少胜多的又一著名战役,此战确定了曹刘孙三分天下的格局。就题材处理来说,作者虚构、移植了大量的情节:舌战群儒、智激周瑜、蒋干中计、草船借箭、祭东风、义释曹操。就美学风格来说,作者设计憨厚、大智若愚的鲁肃周旋于诸葛亮与孙权、周瑜之间,刻意制造悬念和戏剧化的审美效果。"孔明劝玄德结孙权为援,鲁肃亦劝孙权结玄德为援,所见略同。而孔明巧处,不用我去求人,偏使人来求我。……求人之意甚急,故作不屑求人之态,胸中十分要紧,口内十分迟疑。写来真是好看煞人。"(第四十二回回前总评)鲁肃知道孙权寡不敌众难以下决心联刘抗曹,所以先后三次嘱咐诸葛亮:"今见我主,切不可言兵多。"诸葛亮每次都满口答应,最后却故意说曹操兵马百万战将千员,弄得鲁肃惊慌失措,及至明白这是在智激孙权后才恍然大悟。诸葛亮一次又一次识破周瑜的计谋,周瑜担心诸葛亮将来祸害东吴,一次又一次设计谋害诸葛亮,鲁肃出于战略联盟的考虑,为诸葛亮担惊受怕,乃至想方设法为诸葛亮解围,最后干脆向周瑜隐瞒诸葛亮识破周瑜机关的真情,无一不在给读者制造心理紧张。草船借箭、诸葛亮智设三路伏兵和曹操的三次笑声,均具有悬念和戏剧化的效果。

总之,准纪事本末体的战争描写有理,准话本体的战争描写有趣,它们共同营造了一个多姿多彩的世界,令无数读者为之倾倒。

三、文体规范与形象塑造

《三国志演义》塑造了一大批栩栩如生的人物形象,其艺术魅力为一代代读者所叹服。20世纪以来的学者用典型理论评价曹操、刘备等人物形象时,发现这些人物身上存在大量无法调和甚至互相对立的性格特质,从而陷入了旷日持久的争论中。如果我们正视《三国志演义》乃世代累积而成这一事实,从文体视野来观照这些人物,刘备等人物形象身上的矛盾性自然能够得到合理的解释。

《三国志演义》塑造人物形象时同样遵循着准纪事本末体和准话本体的文体规范。前者崇尚理性,注重历史评判,即重在总结历史经验,揭示历史发展规律。第十八回郭嘉分析曹操、袁绍成败时指出:"今绍有十败,公有十胜,绍兵虽盛,不足惧也:绍繁礼多仪,公体认自然,此道胜也;绍以逆动,公以顺率,此义胜也;桓灵以来,政失于宽,绍以宽济,公以猛纠,此治胜也;绍外宽内忌,所任多亲戚,公外简内明,用人惟才,此度胜也;绍多谋少决,公得策辄行,此谋胜也;绍专收名誉,公以至诚待人,此德胜也;绍恤近忽远,公虑无不周,此仁胜也;绍听谗惑乱,公浸润不行,此明胜也;绍是非混淆,公法度严明,此文胜也;绍好为虚势,不知兵要,公以少克众,用兵如神,此武胜也。公有此十胜,于以败绍无难矣。"这是一种历史评判,曹操的形象是准纪事本末体视野中的形象。后者崇拜偶像,注重道德评判,即注重在人物身上倾注道德理想。第六十回刘备入川时曾向庞统表明心迹:"今与我水火相敌者,曹操也。操以急,吾以宽;操以暴,吾以仁;操以谲,吾以忠;每与操反,事乃可成耳。"这是一种道德判断,无论是曹操还是刘备,这些形象特质均是准话本体视野中的形象特质。《三国志演义》同时用准纪事本末体和准话本体的叙事规范塑造人物甚至塑造同一人物,就不可避免地使其人物形象尤其是曹操和刘备这样一些人物拥有了复杂而多元的性格特质。

在准纪事本末体的视野下,曹操是一个叱咤风云的英雄,是一个出色的政治家、军事家和战略家。作为政治家,曹操身上有一种英姿勃发的进取精神。当董卓弄权满朝文武无计可施之时,曹操毅然冒着生命危险谋刺董卓;谋刺不成则毅然矫诏讨伐董卓,并公推袁绍做盟主,自己则忙前忙后甘跑龙套;董卓焚毁宫室,劫天子西奔,海内震动,曹操认为这是天亡董卓,可以一战而定,可是各路诸侯逡巡不前,曹操甩下一句"竖子不足与谋",引军星夜追赶董卓,虽败犹荣。作为政治家,曹操之智足以揽天下之才。他颁布求贤令,唯才是举,想尽一切办法延揽人才。其不杀刘备、不追关羽一直为历代读者击节赞叹。他能够激励人才为己所用。无论是武将,还是谋士,只要为曹操效力,总能得到物质、荣誉、地位等方面的奖励。淯水一战,曹操败于张绣。典韦为了掩护曹操逃命,死拒寨门,最后中箭中枪而死。曹操亲自为他祭奠,痛哭着对诸将说:"吾折长子、爱侄,俱无深痛;独号泣典韦也!"回到许都,又立祀祭奠典韦,封其子典满为中郎,收养在府。事隔一年,行军途中路过淯水,曹操忽在马上放声大哭。众人问其故,曹操说:"吾思去年于此地折了吾大将典韦,不由不哭耳!"随即下令屯住军马,大设祭筵,吊奠典韦亡魂。曹操亲自拈香哭拜,三军无不感叹。曹操哭典韦,也许确有深情在——典韦几次救了曹操的命;但也如毛宗岗所说,"哭一既死之典韦,而凡未死之典韦,无不感激",目的还是为了笼络人才。他甚至还能够做到不念旧恶,接纳张绣的投降,破袁绍后尽焚己方通敌信函,让这些人死心塌地地为自己效劳。

作为军事家,曹操不仅勇武无比,而且谋略盖世。他作为统帅拥有很强的武艺,经常披坚执锐,冲锋在前;虽经常被敌军追赶乃至陷入绝境,但这一切都无法消弭他的战斗豪情。曹操本人具有运筹帷幄的能力,但他格外注意尊重谋士的意见,肯定他们的智慧,用他们的智慧来论证修补自己的策略。在战争中,曹操注意发扬军事民主,在采取重大的行动之前,往往要召集众将商议,听取各种意见,择善而从。成功了,曹操能奖励曾持反对意见的人;失败了,他也能奖励曾有先见之明的人。诸葛亮火烧新野,夏侯惇败回许昌。夏侯惇说,李典、于禁曾提醒我要防止诸葛亮用火攻,真后悔没听他们的! 曹操于是赏赐李、于二人。

作为战略家,曹操迎汉献帝到许昌,挟天子以令诸侯。他用这张王牌吸引了一大批追随者。著名谋士荀彧、荀攸就是其中的佼佼者,他们投奔曹操辅佐曹操,是把曹操当做拱卫汉室的肱股大臣。他不仅利用这张王牌打击各种政治势力,而且利用这张王牌离间各种政治势力。曹操南征,给孙权的檄文略曰:"孤近承帝命,奉诏伐罪。旌麾南指,刘琮束手;荆襄之民,望风归降。今统雄兵百万,上将千员,欲与将军会猎于江夏,共伐刘备,同分土地,永结盟好。幸勿观望,速赐回音。"可谓正气浩然。赤壁失利,曹操看到刘备占领荆州坐收渔翁之利,于是用天子的名义,将荆州封给了东吴都督周瑜和副都督程普,给东吴争夺荆州制造理由,自己则希图坐山观虎斗。尽管曹操最后有封魏王、加九锡的举措,但终其一生都在打他的这张战略王牌。

准话本体视野中的曹操却是一个彻头彻尾的奸雄。《三国志演义》第一回就给曹操定下了奸诈的性格基调:诈称中风,欺骗父亲,诬告叔父;许劭说他是"治世之能臣,乱世之奸雄",曹操听了,不以为耻,反以为荣。第四回曹操明知误杀吕伯奢全家八人,还杀死买酒回来的吕伯奢。陈宫谴责他的负义行径,曹操居然说:"宁教我负天下人,休教天下人负我!"这给读者留下了极为可憎的印象。最让人匪夷所思的是第十七回的描写。曹操围寿春攻打袁术,军中缺粮,曹操先让仓官王垕"以小斛散之,以救一时之急";部从抱怨,曹操竟然向王垕"借头"来稳定军心。曹操性格中的奸诈、残忍和凶暴因素,导源于他的极端利己主义。

在准话本体的视野下,曹操的民本思想总是躲不开虚伪的嫌疑。曹操打败袁绍,陈兵于河边,当地百姓带着饮食前来慰问,其中几位须发皆白的父老说袁绍"重敛于民,民皆怨之",称颂曹操"官渡一战,破袁绍百万之众","兆民可望太平矣"。曹操听了很高兴,马上号令三军:"如有下乡杀人家鸡犬者,如杀人之罪。"此外,"割发代首"也是一个著名的例证。毛宗岗说得好,曹操之假,读者定以为假;刘备之假,读者偏不以为假。这种阅读效果实际上是准话本体文体规范带来的。

历史上的刘备是个枭雄,可是准话本体视野下的刘备则变成了一个万民仰慕的仁主。刘备的仁主形象是通过如下三种方式加以塑造的。一是民本思想的渲染。在曹刘孙三方中,刘备直到晚年才有自己的地盘,是最没有条件实施爱民措施的,可是作者偏要见缝插针,表现刘备的爱民情怀。刘备荣任安喜县尉,本是负责治安的,可作者偏偏要说刘备"秋毫无犯,民皆感化"。刘备任区区一新野县令不久,作者便急急忙忙编出一民谣来歌颂刘备:"新野牧,刘皇叔,自到此,民丰足。"第四十一回的携民渡江更是刘备民本思想的大表演:"两县之民,齐声大呼曰:'我等虽死,亦愿随使君!'即日号泣而行。扶老携幼,将男带女,滚滚渡河,两岸哭声不绝。玄德于船上望见,大恸曰:'为吾一人而使百姓遭此大难,吾何生哉!'欲投江而死,左右急救止。闻者莫不痛哭。船到南岸,回顾百姓,有未渡者,望南而哭。玄德急令云长催船渡之,方才上马。"对刘备民本思想的描写仅此三处。但由于作者不断让作品中的人物替刘备吹喇叭,有时候自己也忍不住站出来抬轿子,于是刘备就被塑造成了一个理想的民本主义者。

二是政治、军事斗争的道德化。刘备总是打着那张刘皇叔的血统牌,到处声称:天下者刘氏之天下也。早期动不动就搞个衣带诏和曹操对抗,晚期则干脆称王称帝,以汉室正统自居。诸葛亮六出祁山,姜维九伐中原,继承了这个政治果实:讨伐汉贼,复兴汉室。《三国志》卷三十二记陶谦让徐州只有如下几句话:"谦病笃,谓别驾麋竺曰:'非刘备不能安此州也。'谦死,竺率人迎先主,先主未敢当。"《三国志演义》则敷衍成了洋洋洒洒的一篇道德礼赞。曹操大军压境,只有刘备率领仅有的几百号人马前来相救,陶谦铭感五内;曹操虚卖一个人情给刘备,徐州一境之人把刘备当成了救命恩人。一让徐州,时在陶谦盼救兵望眼欲穿时。陶谦见刘备乃汉室宗亲,仪表轩昂,语言豁达,希望他任徐州牧,以匡社稷;刘备急忙申明自己为大义而来,并无吞并徐州之心。二让徐州,时在曹操退军之时。陶谦以刘备德广才高、帝室之胄,请刘备领徐州;刘备以大义相辞:"孔文举令备来救徐州,为义也。今无端据而有之,天下将以备为无义之人也。"三让徐州,时在陶谦病危之际。陶谦哀告:"万望明公可怜汉家城池为重,受取徐州牌印,老夫死亦瞑目。"徐州百姓拥挤府前哭拜曰:"刘使君若不领此郡,我等皆不得安生也。"刘备梦寐以求的就是拥有像徐州这样的一块地盘,但经过一次次渲染,刘备俨然成了道德完人。

三是君臣关系、朋友关系的理想化。三顾之恩,鱼水之情,托孤之重,让诸葛亮感恩戴德,鞠躬尽瘁,死而后已。六出祁山,乃知其不可为而为之,最后积劳成疾,病死五丈原。《三国志演义》细致地描写了他临终时的情形:孔明强支病体,令左右扶上小车,出寨遍视各营。自觉秋风扑面,彻骨生凉。孔明泪流满面,长叹曰:"吾再不能临阵讨贼矣!悠悠苍天,曷此其极!"这是诸葛亮人格的完美呈现,也是刘备以师礼待臣下获得的最大回报。刘备和诸葛亮这种理想的君臣关系实际上寄托了古代知识分子的梦想,为历代文人所倾慕。刘关张桃园结义,同席而食、同榻而卧、同患难、共生死;关羽降汉不降曹、秉烛达旦、千里走单骑,义薄云天;刘备不惜江山,举全国之力为朋友报仇,兵败身亡,感天动地。这种朋友关系寄予了下层民间社会的理想,感动了一代又一代的读者。

在准话本体视野下,作者对刘备投机钻营、巧取豪夺的枭雄行为进行了模糊处理。刘备先后投靠过十六个山头,曾经韬光养晦种菜于曹营,曾经在刘表那里失言引来杀身之祸,每一次都背弃对方而去,可是作者却从未在道德层面上对刘备有过任何微词。刘备一再声称自己不忍心乘人之危取同宗刘表的荆州,可是对同宗刘璋的益州却处心积虑取而居之。作者有意淡化了战争的血腥场景,着力凸显益州将领感刘备仁德而纷纷投降的情节,给读者的印象是:刘备兵不血刃而取西川,蜀民箪食壶浆以迎王师。

《三国志演义》多元的文体构成塑造了多元的人物形象,实际上反映了该书成书过程中的多元文化建构。这一建构造就了一个开放的文本空间,满足了历代读者的多元心理需求。经典的魅力是无穷的,与其搬用西方的典型理论来切割我们的经典,不如探寻经典的叙事传统,感受经典的博大精深。

第三节 《水浒传》

《水浒传》的问世,标志着英侠传奇这一小说类型的成熟。这部小说自诞生之日起就陷入了旷日持久的争论中。关于其主题思想,明清人或以为它"诲盗",或以为它"弭盗",甚至不惜加以"腰斩"和续写。在20世纪特殊的政治语境中,上述论争还被置换成农民起义的颂歌与悲歌(或曰反面教材)之争。关于篇章结构,明清评点家异口同声赞叹不已,20世纪的许多研究者认为《水浒传》的结构是无机结构,西方的一些研究者则认为其结构是缀段式结构。如果结合《水浒传》的素材来源、成书过程来探讨这些问题,我们会发现《水浒传》的文本内涵比我们想象的还要复杂,《水浒传》的篇章结构有着深厚民族传统的支撑。

一、素材来源与题材特征

《水浒传》是民间艺人对历史上的宋江故事加以捏合、想象最后经文人加工整理而成的,多元的素材来源和多元的艺术门类造就了《水浒传》多元的题材特征。

宋江事件在历史上实有其事。现存南宋人撰写的史籍《东都事略》、《三朝北盟会编》、《皇宋十朝纲要》对宋江事件有简略记载,元代脱脱等著《宋史·徽宗本纪》、《宋史·侯蒙传》、《宋史·张叔夜传》提纲式地交代了宋江事件的始末。

宋元以来的民间艺人以宋江事件为影子,捏合各种素材,发挥想象力,创造了一个多姿多彩的江湖世界。宋代的水浒故事是以单独的别传出现在说话艺术的"小说"门类中的。南宋罗烨《醉翁谈录》著录的"小说"话本名目中,朴刀类有《青面兽》,公案类有《石头孙立》,杆棒类有《花和尚》、《武行者》。这些话本分属于"小说"中的几个支目,可见水浒英雄的故事是分别由不同的说话人创造出来的,它们独立发展,彼此之间没有什么联系。南宋末年出现的《宣和遗事》属于说话中的"讲史"门类,其中的"梁山泺纪事本末"标志着水浒故事拥有了一个初具长篇规模的叙事架构。该故事以聚义为中心,将梁山好汉组织到一个完整的叙事架构中:36人是分五批先后上山落草的,其核心事件有三,一为杨志卖刀,二为晁盖等人劫取生辰纲,三为宋江杀阎婆惜。宋江等人后来被张叔夜招安,宋江平方腊有功,官封节度使。龚圣与《宋江三十六人赞》对宋江36人的事迹和性格作了逐一介绍,虽然每人只有4句16字,但足以表明宋江等人的故事在宋代已经形成广泛影响。

元代艺人发挥他们的天才想象力,将梁山好汉的个人传奇和集体事业推向新的境界。这一时期产生了一大批描写梁山好汉的杂剧作品。《录鬼簿》、《录鬼簿续编》载录了33种水浒戏(含元明间作),其中有6种剧本完整保存至今。从这些剧本可知,水浒英雄的集体事业在壮大。《黑旋风双献功》等剧作都有一段相似的宋江上场独白,透露了两个重要信息:一是水浒英雄增加了七十二地煞,由三十六人发展到一百单八人。二是宋江杀阎婆惜后自首,迭配江州途中被晁盖救上梁山,坐了第二把交椅,晁盖三打祝家庄身亡后,宋江坐上了第一把交椅。三打祝家庄显示,元代水浒故事已经在描写大规模的军事行动。从这些剧本可知,水浒英雄的个人传奇也在发展壮大。其中最引人注目的是李逵的个人传奇,光剧本就有十来种。《水浒传》中的鲁智深等最精彩的角色,均以单独活动为主。

关于《水浒传》的写定者和写定时间,早在明代就已经莫衷一是。早期著录提到该书写定者为施耐庵或罗贯中与施耐庵,写定时间或元或明。近年来,有的学者提出《水浒传》写定于明代嘉靖年间。此外,有学者曾断言施耐庵是江苏兴化或大丰人施彦端,但多数学者认为材料不可靠。

有关文献显示,《水浒传》在明代嘉靖年间出现过刻本,但已亡佚。此后出现了繁本和简本两个版本系统。简本包括上梁山、招安、征辽、征田虎、征王庆、征方腊以及宋江被毒死等所有情节。繁本百回本包括上梁山、招安、征辽、征方腊、宋江被毒死,百二十回本在百回本的基础上增加了征田虎、征王庆,七十回本系删改本,"梁山泊英雄大聚义"后以"卢俊义惊噩梦"作结。金圣叹对《水浒传》进行了精心评点,所以他删改的七十回本出来后,垄断了整个清代的出版市场。

《水浒传》的成书过程、素材来源决定了《水浒传》文本的题材特征。《水浒传》是一部以"讲史"为框架、汇集"小说"话本而创作出来的作品,其题材是多元的。《石头孙立》属于公案故事,《花和尚》、《武行者》属于豪侠故事,《青面兽》属于绿林好汉故事,征方腊则属于"说铁骑儿",以战阵描写为主。水浒故事在发展演变过程中,又不断渗透进古人尤其是文人的政治寄托。这样,水浒故事就形成了题材上的三个显著特征。第一个特征就是绿林化。这是水浒故事的胎记。第二个特征就是豪侠化。这是《水浒传》占主导地位的题材特性,也是读者最衷情的题材特性。鲁智深、武松等豪侠们对常人的生活世界较为漠视,不太关心常人关注的事业和家庭,他们的故事体现了一种对生命力的崇拜和一种行侠仗义的豪情。第三个特征就是政治化。《水浒传》开篇即写高俅对王进和林冲的迫害,强调"乱自上作"、"官逼民反",给暴力宣泄提供了足够的理由;《水浒传》全篇还充斥着怀才不遇的情结,给批判社会体制以强有力的心理支持。这些描写无疑是借梁山好汉来批判现实政治。《水浒传》的这三种题材特征之间自然有衔接和统一之处,但也有无法相容无法互补之处。

　　《水浒传》的上述成书过程、素材来源也决定了《水浒传》作者对题材的处理。由于可以依傍的历史材料太少,《水浒传》作者只能采用民间说唱和戏曲提供的情节,遵循民间说唱文体规范的同时,尽量体贴生活的真实,因而形成了生活化的细节描写、生活化的悬念设计、生活化和个性化的人物语言。

二、叙事架构与创作意图

　　《水浒传》素材来源的多元性和题材特征的多元性给故事的整合者带来了巨大的挑战。很显然,《宣和遗事》"梁山泺纪事本末"这样的结构无法驾驭这些带有列传性质的英侠传奇,也无法整合日益彰显出来的豪侠化、绿林化、政治化内涵。作者必须另辟蹊径。《水浒传》采用了道教谪谴神话即星君降凡神话来传达创作意图,来营造彼岸世界与此岸世界的循环架构,并以宋江为星主为统帅,纠结星散全国各地的梁山好汉,完成天罡地煞历劫尘世最终回归天界的叙事任务。

　　《水浒传》通过举行三次重大的宗教仪式来搭建故事的架构,一种大开大合的架构,以便将天罡地煞所经历的种种尘缘、所获得的种种感悟全部容纳于神界——尘世——神界的循环运转中。第一回的罗天大醮导致洪太尉误走妖魔。对于"遇洪而开"的谶言,作者特意指出:"却不是一来天罡地煞星合当出世,二来宋朝必显忠良,三来凑巧遇着洪信,岂不是天数?"那向四面八方散去的天罡地煞的最终聚会,是通过梁山好汉排座次时举行的罗天大醮来加以说明的。当时天上掉下一块石碣,"前面有天书三十六行,皆是天罡星,背后也有天书七十二行,皆是地煞星。下面注着众义士的姓名"。这不仅意味着天罡地煞已经聚会一处,而且意味着梁山好汉的座次早已为天界确定。梁山好汉排座次后,宋江统领着好汉们走上艰难的招安历程,并在征方腊后重新回归神界。天罡地煞回归历程的描写始于九十九回宋江超度阵亡兄弟的罗天大醮。在第一百回中,徽宗梦游梁山泊,宋江告诉徽宗:"天帝哀怜臣等忠义,蒙玉帝符牒,敕命封为梁山泊都土地,因到乡中为神,众将已会于此,有屈难伸,特令戴宗屈万乘之主亲临水泊恳告平日之衷曲。"徽宗梦醒,派人追查真相,敕赐钱财于梁山泊内盖起庙宇,装塑梁山好汉神像,御笔赐牌额曰"靖忠之庙"。"天罡尽已归天界,地煞还应入地中。千古为神皆庙食,万年青史播英雄。"这四句回中诗是对天罡地煞的结局和回归历程的概括。

《水浒传》还通过三位宗教人物来完成彼岸世界与此岸世界的内在勾连,揭示天罡地煞的命运走向。第一次将此岸世界与彼岸世界勾连起来的是鲁智深的师父智真长老。他指出鲁智深和宋江是星君下凡,并以偈语的形式对他们的命运走向进行了揭示。第二次将此岸世界与彼岸世界勾连起来的是九天玄女。九天玄女在宋江的人生历程中出现,两次都称宋江为星主,两次都明确告诉宋江是星辰下凡,不久将回归天界。作为神界智者,九天玄女送给宋江三卷天书,并揭示了天罡地煞的政治纲领和政治业绩。那政治纲领就是:"替天行道,为主全忠仗义,为臣辅国安民。"那政治业绩就是:"遇宿重重喜,逢高不是凶。北幽南至睦,两处见奇功";"去邪归正,他日功成果满作上卿"。第三位将此岸世界与彼岸世界相勾连的人物是公孙胜的师父罗真人。他指出,李逵是上界天杀星降凡,公孙胜是上界天闲星降凡。他还命公孙胜去助宋江,保国安民,替天行道。他给公孙胜和宋江的法语指出:"逢幽而止,遇汴而还",说的是公孙胜的命运;"忠心者少,义气者稀,幽燕功毕,明月虚辉。始逢冬暮,鸿雁分飞,吴头楚尾,官禄同归",说的是宋江征方腊的命运。实际上,这也是对天罡地煞的尘世命运的预测。

《水浒传》通过九天玄女授天书这种神道设教的方式,来确定天书的拥有者宋江是星主——天罡地煞星之主,其职责是"替天行道,为主全忠仗义,为臣辅国安民,去邪归正"。这一神旨体现在《水浒传》的故事架构上,就是以宋江为中心来结构故事情节,将一个个好汉的列传放到一个有序的叙述框架中。洪太尉误走妖魔,三十六天罡星七十二地煞星星散各地,啸聚十三座山头,他们都先后和宋江建立了直接和间接的关系,最后都上了梁山。宋江一上场便私放晁盖等七人上梁山,为梁山泊事业奠定了基础,此后由于受私放晁盖一事的牵连杀了阎婆惜,宋江对朱仝说自己有三个去处:一是沧州横海郡小旋风柴进庄上,二是青州清风寨小李广花荣处,三是白虎山孔太公庄上。这实际上是以宋江为中心的三大情节关目。宋江投奔柴进,除了引出武松传奇外,是为后来宋江率人攻打高唐州埋伏笔;宋江投孔太公庄上,是为了将此前已经落草(前13回)的三山强人和少华山强人纠合上山;宋江投清风寨,纠合了花荣和清风山、对影山强人上山;江州劫法场攻无为军杀黄文炳后,宋江跪下来答谢众兄弟,表示自己愿随晁盖上山,同时动员李俊等人一同上山。在回梁山泊的途中,宋江又劝说黄门山的欧鹏、蒋敬、马麟、陶宗旺四位好汉上山入伙。宋江上山后任二头领,可是作者却每次都让宋江下山展开军事活动,把一批又一批将领迎上山;晁盖中箭身亡后,宋江作为寨主迎来最后一批将领,接着便开始实施他的招安计划。

《水浒传》的谪降神话存在着两个组合,第一个组合论证了宋代政权的合法性,说明了天罡地煞降凡的历史境遇。《水浒传》引首告诉我们,五代十国的政局更替是阴阳失序造成的,太祖武德皇帝是上界霹雳大仙下降,乃应运而生。为了说明宋太祖政权的合法性,作者还引用两个传奇人物来加以论证。一个是神宗朝的大儒和易学家邵康节,他作了一首诗来歌颂新朝。另一个是能辨风云气色的陈抟,他听得东京柴世宗让位与赵检点登基,高兴得颠下驴来。人问其故,那先生道:"天下从此定矣。正应上合天心下合地理中合人和。"作者还指出,仁宗皇帝乃是上界赤脚大仙,降生之时昼夜啼哭不止,天庭遣太白金星下凡,化作老叟来到太子面前说了句:"文有文曲,武有武曲。""玉帝差遣紫薇宫中两座星辰来辅佐这朝天子,文曲星乃是南衙开封府主龙图阁大学士包拯,武曲星乃是征西夏国大元帅狄青。"在圣主、能臣、良将的领导下,仁宗迎来了为人所称道的三登之世。从这四位星君降凡神话的描写来看,作者是将宋王朝作为阴阳失序后的一个太平盛世来歌颂的,这样的太平盛世自然不可能也不可以用造反的方式来加以颠覆。但是乐极生悲,瘟疫盛行,朝廷派洪太尉上龙虎山请张天师祈禳瘟疫,结果放走了天罡地煞,这天罡地煞们就是梁山好汉。

第二个组合规定了天罡地煞由魔君转化为星君的谪谴历程。洪太尉误走妖魔,天罡地煞由黑气化作金光散向全国各地,这实际上是一个象征。黑气就是所谓的魔君,金光就是所谓的星君,由魔君变成星君,实际上就是由杀人放火的绿林好汉变成"辅国安民"的国家栋梁。龙虎山真人向洪太尉说起,当初祖老天师洞玄真人镇锁一百单八个魔君时,一再嘱咐弟子不可放他们出世,"若还放他出世,必恼下方生灵","恐惹利害,有伤于人","他日必为后患"。从《水浒传》对梁山好汉的出场介绍以及他们出场后的所作所为来看,魔君们的尘世之旅就是沉郁下僚流落江湖遭受人生苦难的历劫之旅,魔君们的梁山事业就是一个暴力的世界,一个血腥的世界,一个破坏一切的世界。明清时代的所有评点家几乎都异口同声地把梁山好汉称为强盗,把宋江等人称为强盗魁首。道教谪谴神话的赎罪意识决定了招安是天罡地煞们的必由之路。其实,早在九天玄女授天书之前,宋江的头脑中就曾闪动过招安的念头,他用这种念头劝诱了一批江湖亡命之徒。九天玄女授天书,就是希望宋江能够将天罡地煞约束在一起,一同"改邪归正",走上赎罪的道路。宋江上山后,对于俘获或投诚的朝廷将官,就是用招安来安抚他们。正式获得领导权后,宋江便着手进行系统的招安安排。为了体现魔君向星君的转变,《水浒传》描写了梁山好汉逐渐改变其血腥暴力秉性的过程。梁山好汉的招安之旅,是一次赎罪之旅,是由魔君向星君回归之旅。

三、江湖与庙堂

江湖和庙堂是《水浒传》的两个世界,江湖世界的核心伦理是"义",庙堂世界的核心伦理是"忠",将这两个世界的故事命名为《忠义水浒传》可谓名副其实。可是,由于《水浒传》素材来源的多元性和题材特征的多元性,《忠义水浒传》又往往名不副实。忠和义在文本意蕴和人物性格上呈现出复杂的指向。

《水浒传》的江湖世界是个复杂的世界,《水浒传》中的"义"是一个复杂的概念。从《水浒传》的题材特征来看,《水浒传》的"义"可以分为豪侠之义和绿林之义。豪侠之义的精髓在于行侠仗义,打抱不平,在于扶危济困,安良除暴。在鲁智深身上,豪侠的人格魅力表现得格外淋漓尽致。拳打镇关西体现了豪侠扶弱抑强、安良除暴的本色。为了替弱者伸张正义,他可以不做提辖,可以不顾自己的性命,"禅杖打开危险路,戒刀杀尽不平人",这是真正的大侠气象。大闹野猪林则体现了豪侠"杀人须见血,救人须救彻"的精神。

绿林之义的精髓在于惺惺惜惺惺,好汉惜好汉。绿林中有个规矩:三等人不可坏他。第一是云游僧道,第二是江湖上行院妓女之人,第三是各处犯罪流配的人。第三等人中往往藏龙卧虎,多的是绿林英雄,相当一部分梁山好汉就出身其中。柴进门招天下客,收留的就是这种人。绿林中有个准则:杀人须见血,报仇须报彻。报仇雪恨上梁山是《水浒传》中最响亮的口号,也是《水浒传》中最令人解气的口号。明白了这一点,我们才能理解,血溅鸳鸯楼、烧烤黄文炳对于梁山好汉来说,是多么快意的一件事情。绿林中有个行业道德:受人滴水之恩,当以涌泉相报。宋江让穷困潦倒的小牢子李逵饱餐了一顿大鱼大肉,李逵就感恩戴德不已;宋江送给李逵几两银子,李逵就觉得不枉结识了这样一个大哥,照顾宋江时尽心尽力,劫法场时不顾性命出力最多,从此唯宋江马首是瞻。绿林有个生活理想:大碗喝酒,大块吃肉。阮氏三兄弟最羡慕的就是这种生活。为了图一时快活,晁盖们智取生辰纲,绿林把这种举动称之为聚义;好汉们救宋江劫法场,齐聚白龙庙,约定一块上梁山,小说家目之为"白龙庙英雄小聚义"。

豪侠之义、绿林之义呼唤野性,呼唤生命力。鲁智深倒拔垂杨柳、武松景阳冈打虎、武松醉打蒋门神,其力拔山兮气盖世的力量、其勇猛豪宕的气象,令人叹为观止。在《水浒传》江湖世界的想象中,酒是自由的象征,是力量的象征。鲁智深和武松那勃发的生命力就是在酒精的作用下激发出来的。武松说得好:"我却是没酒没本事。带一分酒便有一分本事,五分酒便有五分本事,我若吃了十分酒,这气力不知从何而来。"此话不假,鲁智深和武松一生中的几大豪举都和酒密切相关。这种对生命力的呼唤也造就了梁山女英雄的特质。好汉的世界拒绝温柔,拒绝妩媚,拒绝美丽,甚至拒绝女人。母夜叉、母大虫、一丈青都是令人恐怖的绰号,她们的长相、她们的性格完全男性化了,甚至比男人还男人。在《水浒传》的江湖想象中,最可爱的好汉还应该真率不羁,拥有赤子之心。鲁智深大闹五台山,是生命力的发泄,更是对清规戒律的反叛。

豪侠以武犯禁,绿林犯上作乱,都是以超越、破坏社会常规为前提的;而社会需要常规来维护秩序和公平,所以作者在《水浒传》开头便设置了一个"官逼民反"的叙事架构,说明当时的权力机构无法维持社会的公平和秩序,说明梁山之义、梁山暴力不仅合理,而且值得推崇。一个胡作非为一无是处被社会唾弃的社会渣滓,居然发迹成为太尉,发迹后的高俅无视法度和公义,谋害王进,陷害林冲,这说明这个权力机构荒唐至极,这个社会腐败至极。在《水浒传》的前十余回中,王进、鲁智深、林冲、杨志等好汉的传记足以说明官逼民反的主题。

但是,"官逼民反"这一叙事架构其实概括不了所有梁山好汉的命运。林冲等少量好汉可以算是被官府逼上梁山,但卢俊义等人却是被梁山逼反的。《水浒传》第五十回王望如评曰:"人言逼上梁山,言乎有激而成也。其最狠毒者,如假攻青州城而迫秦明,如烧李家庄而逼李应,如杀了衙内而迫朱仝,如用钩镰枪而逼徐宁,如写假书、刻假印而逼萧让、金大坚,如写反诗给李固而迫卢俊义。""官逼民反"这一叙事架构也掩盖不了大部分梁山好汉的绿林秉性:贪财好色最强梁,放火杀人王矮虎(王英);放火杀人提阔剑,名唤丧门神,人称立地太岁,果然混世魔王(阮小二);揭岭杀人魔崇,鄂都催命判官(李立)。小说中的这些评价说明,这些人犯上作乱,有的甚至无恶不作。这些人不需要官府逼迫,他们是主动走进江湖走上梁山的。

《水浒传》将梁山好汉故事设置在传统的忠奸结构中来加以驾驭。一方面演绎朝廷的忠奸斗争,指出道君皇帝被四大奸臣蒙蔽,看不到宋江等人的忠肝义胆,但是正直忠诚的宿太尉最终拯救了宋江们,让宋江们感到"云开见日"。另一方面演绎好汉们报国无门、忠君无望、功名不遂的人生悲剧。小说通过九天玄女为梁山好汉制定了忠君报国辅国安民的政治纲领,小说中的人物也常常期望到边疆上去报效国家,意图荫妻封子青史留名,就连对抗官军时也大唱忠君之歌:酷吏赃官都杀尽,忠心报答赵官家。但是,要实现忠心,似乎困难重重。"男儿未遂平生志,且乐高歌入醉乡。"(第三回)"纵横到处无人敌,谁向斯时竭寸衷。"(第七十二回)这种悲鸣充斥于好汉们的个人传奇中。在宋江的带领下,在宿太尉的帮助下,梁山好汉突破重重障碍,终于实现了招安报国的愿望。招安,是忠君的体现,是庙堂的召唤;招安,是社会规范的要求,是作者社会责任感的体现。

但是,作者的叙事策略并不能够将所有素材的客观意蕴涵盖起来,意图与素材之间存在着明显的张力。这种张力突出表现为梁山好汉的言行不一,许多英雄都口口声声忠于国家,却莫名其妙地做了强盗。秦明慷慨陈辞:"秦明生是大宋人,死为大宋鬼。朝廷教我做到兵马总管,兼受统制使官职,又不曾亏了秦明,我如何肯做强人,背了朝廷?你们众位要杀时,便杀了我,休想我随顺你们!"可是,当他被赚上清风山时,却反过来劝说黄信:"山东及时雨宋公明,疏财仗义,结识天下好汉,谁不钦敬。他如今在清风山上,我今次也在山寨入了伙,你又无老小,何不听我言语,也去山寨入伙,免受那文官的气。"

《水浒传》江湖和庙堂的复杂关系在宋江身上得到充分的体现。作者的创作意图是要把宋江塑造成忠义的化身,在小说中他也常把忠义挂在嘴上,明代人和现代人称宋江是"忠义之烈"有其合理性。但是,由于创作意图和素材特性之间存在张力,宋江又显得不那么忠不那么义,明代人称宋江是"假道学真强盗"也有其合理性。

说宋江是"义之烈",那是有根据的。第十八回,宋江出场,《水浒传》就给他定位了:"爱习枪棒,学得武艺多般。平生只好结识江湖上好汉,但有人来投奔他的,若高若低,无有不纳,便留在庄上馆谷,终日追陪,并无厌倦;若要起身,尽力资助,端的是挥霍,视金似土。人问他求钱物,亦不推托;且好做方便,每每排难解纷,只是周全人性命。时常散施棺材药饵,济人贫苦,赒人之急,扶人之困。以此山东、河北闻名,都称他做及时雨;却把他比作天上下的及时雨一般,能救万物。"冒着血海般的干系私放晁盖,更让宋江名声大振。从此,及时雨、呼保义成了江湖的偶像。宋江南下江州,一路化险为夷,靠的就是他的江湖名声。浔阳岭上、浔阳镇上、浔阳江上、江州法场上,莫不如此。除了梁山好汉外,其余搭救宋江的好汉和宋江都可说是素昧平生。宋江所到之处,江湖拱手,我们能不说宋江是"义之烈"吗?

说宋江是"忠之烈",那也是有根据的。作为刀笔吏的宋江向往上层社会,希望建功立业,荫妻封子,青史留名,奉行主流社会的价值观念:"忠"、"孝"。他在这方面做得也很不错,所以才有一个"孝义黑三郎"的绰号。中国古代家国同构,强调修齐治平,所以儒家经常宣扬"忠臣必出孝子之门"的话头。显然,"孝义黑三郎"是必定要做忠臣的。在宋江看来,上梁山是不忠不孝之举,所以他见到送金条前来报恩的刘唐特别害怕,出于同样的原因,他不得不把阎婆惜杀了,杀了阎婆惜后,也从没有想到要上梁山。晁盖死后,宋江立即将"聚义厅"改为"忠义堂";排座次时,宋江与众弟兄盟誓:"但愿共存忠义于心,同著功勋于国,替天行道,保境安民,神天察鉴,报应昭彰。"从此,梁山上升起了"替天行道"的旗帜,断金亭堂前挂上了二面朱红牌:一曰"常怀贞烈常忠义",二曰"不爱资材不扰民"。为了寻求招安,宋江通过多种途径向朝廷传递讯息;为了寻求招安,宋江忍辱负重,低声下气,百折不饶地向朝廷效忠。招安后,忍受着奸臣们的嫉恨和迫害,寻求报国机会;被奸臣下毒后,担心部下叛乱,还把李逵给毒死了。其忠可旌,其情可悯。不仅称得上"忠之烈",有的学者甚至据此把《水浒传》称为"乱世忠义的悲歌"①。

义是宋江连结李逵一流人物思想的纽带,忠是宋江沟通关胜一流人物思想的桥梁。但是,忠和义是矛盾的,往往不能两全。为了尽义,宋江放跑晁盖;为了救朋友,宋江率部冲州撞府;为了尽忠,宋江在陈桥驿挥泪斩部卒;为了尽忠,宋江带领弟兄们招安征方腊,梁山之花凋谢殆尽;为保住忠的名声,宋江最后还把李逵给毒死了。正如有的学者指出的那样,宋江的忠和

---

① 张锦池:《论水浒传的主题思想》,《中国四大古典小说论稿》,北京:华艺出版社1993年版。

功利是联系在一起的,宋江的义也是和功利联系在一起的。① 宋江和以往文学舞台上的忠臣义士确实不一样。宋江浔阳楼题反诗,抱怨报国无门功名未遂,甚至叫嚣:"他年若得报冤仇,血染浔阳江口","他时若遂凌云志,敢笑黄巢不丈夫"。招安了,报国了,宋江最无法忍受的是每次东征西讨都没有得到应该得到的功名。为了聚义,宋江把秦明一家老小全部害死,而没有一点内疚,反而这么告诉秦明:"总管息怒,既然没了夫人,不妨,小人自当与总管做媒。"

作者把宋江作为结构故事情节的核心人物,赋予宋江组织梁山队伍的重任,结果导致宋江口口声声忠于道君皇帝,却一直干着背叛道君皇帝的勾当。宋江一方面视上山落草为不忠不孝的行径,另一方面却夸耀梁山泊的厉害,卖弄自己有恩于梁山,建议清风山人马随他上梁山落草。宋江遵循父亲教导,恳求刘唐不要陷自己于不忠不孝之地,并向晁盖表示:"小可不争随顺了哥哥,便是上逆天理下违父教,做了不忠不孝的人,在世虽生何益。如哥哥不肯放宋江下山,情愿只就兄长手里乞死。"可是没过多久,宋江就在江州题反诗,最后向晁盖表示:"小弟来江湖上走了这几遭,虽是受了些惊恐,却也结识得这许多好汉。今日同哥哥上山去,这回只得死心塌地,与哥哥同死同生。"他纠结江州好汉上山,回梁山泊的途中,又邀请黄山门好汉上山,回到梁山后又不无得意地说起"耗国因家木、刀兵点水工"的童谣。从此,宋江比晁盖更加"大弄"起来,直到把一百零八位好汉都"弄"上了梁山。这些矛盾是无法从人物自身的性格逻辑中得出合理解释的,只能解释为作者主观意图与客观素材之间存在的张力所致。

第八章　明代章回小说(下)

明代中后期的章回小说,以《西游记》和《金瓶梅》最为重要。它们分别代表了明代神魔小说和人情小说的最高成就。

---

① 刘敬圻:《宋江性格补论》,《明清小说补论》,北京:三联书店2004年版。

第一节 《西游记》

《西游记》是中国古代神魔小说的代表作,它的问世标志着神魔小说作为一种小说类型已经成熟。这部取材于佛教故事的小说,在清代却被很多评点者当做宣扬道教甚至儒教理论的巨著;自从胡适认为《西游记》是部游戏之作后,20世纪以来的学者纷纷否定该书的宗教内涵而注重挖掘其现实意蕴,否定该书的宗教寓意而钟情于该书的戏谑风格。如果对这部小说形成和传播的文化语境多加关注,就会对这部小说的宗教性和世俗性获得同情之理解,欣赏这部小说所反映的生活情趣和人生哲理。

一、成书过程与文化语境

《西游记》是在玄奘取经故事的基础上,经过民间的长期演绎,最后由文人加工整理而成的。由于古代小说在传播过程中往往伴随着修改和评点,在一定意义上可以认为每一个版本就是一个文本系统,因此我们也可以把清代《西游记》的出版过程看成成书过程的一个部分。这个成书过程的文化语境特别复杂,涉及佛教文化、道教文化、儒家文化和市井文化。

玄奘西游故事是在佛教史实的基础上发展起来的。陈玄奘奉诏口述西行见闻,其弟子辩机笔录成《大唐西域记》。另外两个弟子慧立、彦悰著《大唐大慈恩寺三藏法师传》,颂赞师父,弘扬佛法,部分故事已近于神话。《独异志》、《大唐新语》所记玄奘取经故事已经被神化。玄奘故事在唐宋崇佛氛围中,成为佛教壁画题材和说经题材。比如,榆林窟有两处壁画是《唐僧取经图》,即第二窟西壁北端水月观音像北下角、第三窟西壁南端普贤像南,画面中已经出现猴行者和白马形象。东千佛洞也有一幅唐僧取经壁画,画面内容与榆林第三窟《唐僧取经图》相同。壁画供养人供唐僧取经图是出于宗教信仰,入窟参禅者则把唐僧当做修持的榜样。说经话本成书于北宋年间,刊刻于南宋末年。今存两个刻本,一题《大唐三藏取经诗话》,一题《新雕大唐三藏法师取经记》。猴行者已经加入取经队伍,整个取经故事充满着宗教虔诚。

唐僧西游故事后来又进入民间演艺市场,染上了浓厚的市井文化气息。元代院本有《唐三藏》,陶宗仪《辍耕录》卷二十五"院本名目"和尚家门类曾加以著录;元代戏文有《陈光蕊江流和尚》,有三支曲子残存至今;元代杂剧则有吴昌龄的《唐三藏西天取经》和杨讷的《西游记杂剧》,前者残存部分曲子,后者保存完整。元代《西游记平话》已佚,朝鲜汉语教科书《朴通事谚解》载有一段"车迟国斗胜",《永乐大典》"梦"字条收录有"梦斩泾河龙"。元代宝卷如《销释真空宝卷》也有西游记故事。取经故事在元代美术作品中仍有反映。日本藏有一部《唐僧取经图册》,共32幅图片,唐僧的侍从除了有僧人外,还有猴行者和龙马;元代磁枕上也绘有唐僧取经图。从这些材料可知,沙和尚、猪八戒已经加入取经队伍,取经故事已经形成相当规模;西游记故事已经世俗化,杨讷《西游记杂剧》中的孙悟空粗俗至极,而八戒、沙和尚则在女儿国破了戒;西游记故事已经喜剧化,孙悟空在《西游记》杂剧中充当了插科打诨的角色。

《西游记》的写定者是谁,迄今还是一个谜。现存明刊本未署作者,清刊本则多署全真派道士邱处机,此说基本不为学界认可。清代乾隆年间的吴玉搢首次提出《西游记》的作者是吴承恩,此说经胡适、鲁迅等人倡导后,《西游记》的版权页上就出现了吴承恩的名字。吴承恩作《西游记》的依据有二:《淮安府志》"地理"类著录有吴承恩的《西游记》;吴承恩喜欢写滑稽故事。但这无法证明吴承恩创作了小说《西游记》。吴承恩的《射阳先生存稿》也表明,他不一定具备写《西游记》的知识结构和文学才能。在目前情况下,我们只能将《西游记》的作者暂定为吴承恩。

《西游记》刻本出现的时代是中国历史上儒道释三教融合气息最为浓厚的时代。嘉靖、万历间人周弘祖的《古今书刻》著录有鲁府和登州府刊刻的《西游记》,已佚。现存最早刊本是明万历二十年(1592)金陵唐氏世德堂《新刻出像官板大字西游记》,20卷,100回。这个刊本和万历崇祯间的三个百回本均无唐僧出世故事。另外,还有两个篇幅较短的版本。一为杨致和编《西游记传》,刊刻于万历二十年后,4卷,41则;二为朱鼎臣编《唐三藏西游释厄传》,万历中叶以后的刊本,10卷,69则。朱本和杨本篇幅相近,朱本有唐僧出世故事,杨本无唐僧出世故事。"心性"一词是《西游记》中的核心词汇,也是嘉靖、万历以来明代思想文化界的关键词。佛教讲究"明心见性",道教强调"修心炼性",儒家尤其是当时的心学推崇"存心养性",当时的文人出入儒道释三教,"儒帽僧衣道人鞋"成了风尚。因此,融佛道儒文化于一体的《西游记》刻本出现于这一时期绝非偶然,这一时期的宗教徒尤其是文人染指《西游记》的写定过程也绝非不可能。要注意的是,这一写定过程中,道教的因素有所强化。其实,早在元代,唐僧的侍从就已经妖化,而妖属于道教文化范畴。唐僧弟子的道教出身以及大量的妖魔故事,其实都渊源于源远流长的志怪传统。到了百回本中,我们发现,不仅道教的命功修炼充斥文本,而且佛教、道教的心性修炼也已经融合为一了。

所有《西游记》的清代评点本都试图挖掘《西游记》的文化寓意尤其是道教寓意。清初汪象旭(晚年皈依道教)的《西游证道书》自称依据大略堂《释厄传》将唐僧出世插入百回本《西游记》,首次将著作权归属邱处机,并以《悟真篇》阐释《西游记》。陈士斌《西游真诠》、刘一明《西游原旨》均踵武汪象旭,谓《西游记》"阐三教一家之理,传性命双修之道"(刘一明《西游原旨序》)。张书绅《新说西游记》以儒学评点《西游记》,张含章《通易西游正旨》则以《周易》评点《西游记》。

二、情节设计与人物设计

《西游记》写的是孙悟空、猪八戒、沙和尚、白龙马保护唐僧前往西天取经的故事。全书分为三个部分,第一部分为孙悟空的成长史,展示了道教的宇宙生成模式、石猴的出生和访道历程、石猴的命功修炼过程以及称王花果山、闹龙宫、闹地府、闹天宫而后被压在五行山的过程;第二部分交待取经缘起,主要写了如来说法、观音访僧、魏征斩龙、太宗入冥、刘全进瓜和玄奘奉诏取经;第三部分为唐僧的取经史,包括相对独立而又互相关联的 41 个故事。由于西游故事诞生于浓厚的宗教语境中,宗教文化对《西游记》的情节设计和人物设计颇有影响。

在民间传说、说唱文学和戏曲文学传统中,取经五众都有各自的成长史。孙悟空、猪八戒、沙和尚和白龙马的成长故事均来源于道教故事传统,他们走进取经队伍,都是由道入释,猪八戒的成长故事在《西游记》杂剧中还专门用了四出的篇幅来演绎;唐僧的出世故事嫁接自传统民间故事母题,元代有单独搬演其出世的戏剧;就连唐太宗入冥、刘全进瓜都是源远流长的民间故事。在民间传说和戏曲表演中,这些故事可以单独演绎,民间艺人说唱西游故事时,有权力搁置情节进程而将取经五众的成长史一一搬演出来。但是,小说则不然,它必须安排一个具有前后因果关系的情节链条。《西游记》作者采用了道教的性命双修来统摄因果链条。所谓命功修炼就是通过摄取丹药或运用体内精气神进行内丹修炼以达到肉体永恒,所谓性功修炼就是进行心性修炼以达到精神永恒。道教性命双修,佛教修性不修命,佛教和道教的性功修炼在本质上是同一的。因此,作者能够运用性命双修的原理设计"由道入释"的情节框架,选择孙悟空的成长史和唐僧的取经史来实现这一设计理念。孙悟空命功修炼成功后称王花果山、闹龙宫、闹地府、闹天宫的行径表明孙悟空心性修炼彻底失败,必须跟随唐僧西天取经,完成心性的修炼。在观世音的组织下,情节自然转入唐僧的取经史。唐僧、猪八戒、沙和尚、白龙马的成长史只好全部舍弃,只在必要的时候通过他们的表白和回忆加以补叙,因此明代百回本无唐僧出世故事并不妨碍情节的展开,清初汪象旭插入这一情节也改变不了情节的逻辑关系。

《西游记》的核心情节是八十一难,这一情节的核心理念是考验和心性修持,终极目的是取真经和证道成佛。为了完成心性修持,作者设计了一系列考验情节,并采用转世、谪降、赎罪、思凡等宗教母题完成整个架构。除了金蝉遭贬第一难、出胎几杀第二难、满月抛江第三难、寻亲报冤第四难这四难属于生活的磨难外,从出城逢虎第五难开始,直至经书堕水第八十一难,都是为了考验取经队伍尤其是唐僧的心性而设置的磨难。正是出于心性考验的叙事需要,几乎是模式化的八十一难才有了存在的必要。唐僧师徒的取经之旅起因于佛祖如来的救世婆心;唐太宗选派唐僧前往西天取经,是为了给自己赎罪,从而使江山永固;唐僧一行五众的西天取经,除了通过心性的修炼取得真经证道成佛外,还有着为自身赎罪的意味:唐僧因罪过而遭贬谪,转世投胎为人后遭受人世波折,最后前往西天取经,一则出于他的前世身份,一则出于赎罪而证果;唐僧弟子则因罪过而直接降凡为人世之妖怪,为赎罪而走上了保护唐僧西天取经的征程。唐僧转世投胎人间,唐僧弟子谪降人间,观音寻找取经人,用赎罪、弘法、证果劝导唐僧和孙悟空等妖怪,从而完成了取经队伍的组建。妖魔世界的建构则采用了思凡母题:除了四圣试禅心是观音等菩萨设置幻相,亲自考验取经队伍外,除了少数几个土生土长的妖怪外,其余折磨唐僧的妖魔要么从天而降,要么从西土而来。它们因思凡而下人间,很多妖魔甚至是如来和观音亲自派来考验取经队伍的。如果说考验是《西游记》叙事框架的核心动力,那么转世和谪降、赎罪和思凡则是《西游记》叙事框架的辅助动力,它们一起营造了《西游记》大开大合纵横交错的叙事空间和叙事时间。

《西游记》之所以被一部分读者解读成宣扬"金丹大道"的巨著,是因为《西游记》的关目设计与道教命功修炼有关。考验取经队伍的妖魔大部分属于道教系统,这些妖魔大都从事命功修炼。道教命功修炼有一整套理论和技术,其中的洞天福地理论、服食理论、法术、修炼原理对《西游记》的场景设计和情节设计产生了影响。《西游记》的法宝令读者流连忘返;法宝的使用焕发出人生情趣,很多情节甚至是作者有意调侃世情,令人大快朵颐。如孙悟空倒换了赛太岁的铃儿,妖王慌了手脚,却忙着调侃世人怕老婆,忙着幽默读者:"怪哉!怪哉!世情变了!这铃儿想是惧内,雄见了雌,所以不出来了。"(第七十回)受道教阴阳理论的支配,所有的妖魔都要吃唐僧肉,女妖魔则要与唐僧婚配,从而使唐僧面临着被吃和破戒的双重威胁,即肉体生命的威胁和精神生命的威胁。围绕着这一理论,《西游记》作者发挥天才想象力,写了一个又一个妙趣横生的考验故事。

　　佛教和道教的修炼理论也影响了《西游记》的人物设计。围绕着心性修炼的主题,作者设计了重重考验来磨砺唐僧,并让孙悟空等弟子保护唐僧,协取真经。为了实现这一目的,作者给他们进行了分工。唐僧是取经的核心人物,没有唐僧就没有取经队伍,所以猪八戒一旦以为唐僧被妖精吃掉,或唐僧被女妖破戒,就嚷着快散伙。当猪八戒向孙悟空抱怨"偏你跟师父做徒弟,拿我做长工"时,孙悟空明确表示:"老孙只管师父好歹,你与沙僧,专管行李马匹",那龙马则"驮师父往西天取经","这个都是各人的功果,你莫要攀他"(第二十三回)。为了完成这一任务,作者还特意赋予孙悟空三种身份。孙悟空之所以愿意跟随唐僧前往西天取经,不仅是为了让唐僧帮他从五行山下解脱出来,而且还指望给自己赎罪;孙悟空之所以愿意保护唐僧往西天取经,还在于作者希望通过降魔除妖,完成孙悟空的心性修炼;孙悟空之所以需要跟随唐僧往西天取经,还在于作者希望孙悟空用《心经》点化唐僧,指导唐僧修行。可见,孙悟空所具有的赎罪者、修行者和修行导师这三重身份,都与唐僧的心性修炼有关,唐僧是取经队伍的核心人物。

　　为了展示心性修炼的多个侧面,作者还对取经五众的性格作了适当调整。作者一改历史上唐僧的神僧、圣僧形象,将唐僧塑造成肉眼凡胎的高僧,让他拥有普通人的血肉、情感和欲望,让他承受自然界、人界和妖魔界的种种诱惑、磨难乃至灾难,用以说明,除了唐僧,第二个凡夫也取不得真经;并且将唐僧的弟子放在不同层面加以考验。作者赋予猪八戒太多的尘世欲望尤其是色欲,目的是为了说明猪八戒"恨苦修行"。猪八戒在色欲问题上闹了很多笑话,但从未破过戒;猪八戒受过很多苦,捆过、打过、吊过、浸过、蒸过,但在妖怪面前从未哭过,从未屈服过,俨然一条好汉子。猪八戒能成正果,着实不容易。作者一改历史上孙悟空好吃人好女色的恶习,重点描述孙悟空消除"妄心"证道成佛的历程。因此,他让孙悟空戴上紧箍咒,让孙悟空在种种恶魔面前受尽折磨。

三、宗教性与世俗性

　　谈到《西游记》中的宗教性,我们必须正视《西游记》中的佛教内涵尤其是心性修炼。唐僧取经在作品中落实为"心生种种魔生、心灭种种魔灭"的心性修炼,贯穿作品始终的是作为西天取经指导思想的《心经》。第十三回,众僧人提到西天取经的艰难,"三藏钳口不言,但以手指心,点头几度。"

"众僧莫知其意,三藏只好开口:'心生,种种魔生;心灭,种种魔灭。我弟子曾在化生寺对佛设下洪誓大愿,不由我不尽此心。这一去,定要到西天,见佛求经,使我们法轮回转,愿圣主皇图永固。'"这句话为西天取经定下了心性修炼的基调。第十九回,玄奘向乌巢禅师询问西天大雷音寺,乌巢禅师告诉玄奘:"路途虽远,终须有到之日,却只是魔障难消。我有《多心经》一卷,凡五十四句,共计二百七十字。若遇魔障之处,但念此经,自无伤害。"并对唐僧宣念了一通《心经》。唐僧耳闻一遍《多心经》即能记忆,并且有感而作了一篇偈语。作者通过全知叙事指出《心经》"乃修真之总经,作佛之法门也";而唐僧所作偈语"乃是玄奘法师悟彻了《多心经》,打开了门户。那长老常念常存,一点灵光自透"。此后,所有的故事均围绕着这一心性理念展开。所谓取经途中的妖魔,其实是"心"的欲望的种种象征。《西游记》的命意与佛教的心性修养理论是相通的。

谈到《西游记》的宗教性,还必须注意与佛教尤其是与道教密切相关的志怪传统。《西游记》中的妖魔故事来源于中国源远流长的志怪叙事传统,且大部分已经道教化。这个想象的世界里存在着由神、人(尤其道士等)、妖魔构成的三维体系,妖魔是神、人联手打击的对象。在人看来,人有着超然于妖魔的智慧,妖魔的生命是不必怜惜的,是可以彻底剿除的。在对待妖魔的过程中,作者不惜采用重复手段渲染妖怪智商的低下,不断地满足孙悟空的虚荣心。这些妖怪们总是泄露自身的机密,将自身致命的弱点暴露在对手面前。在与孙悟空的赌斗过程中,妖精们总是在孙悟空面前进行着拙劣的表演,透露出人类对于妖怪的优越感。在对待妖魔的问题上,作者赞赏对妖怪的"除恶务尽"。学术界一直认为唐僧人妖不分、头脑冬烘、糊涂透顶,其实,这个肉眼凡胎的唐僧是以佛教的慈悲来对待人的,几曾见唐僧发表过"仁爱"妖怪的高论;学术界一直认为猪八戒好色,在对待妖怪的问题上与孙悟空闹对立,其实,猪八戒的好色不过是一种欲色幻想而已,一旦认清眼前的美女是妖精时,猪八戒何曾怜香惜玉过。孙悟空打败的妖怪,大都被神佛收回或收留,而作为孙悟空的助手,猪八戒打杀的妖怪倒是很多,而且痛快淋漓:"八戒上前一钯,把老怪筑死,现出本相,原来是个艾叶花皮豹子精。""那怪动也不动,被呆子一顿钉钯,捣作一团烂酱。"这一切都只能从古代志怪传统对妖精的态度中获得合理的解释。

谈到《西游记》的世俗性,我们必须看到《西游记》所承接的民间演艺传统。民间演艺的一个特征就是对世情的体贴入微。受这种传统的影响,《西游记》把唐僧写成了一个肉眼凡胎的血肉之躯。他有着世俗的欲望,面对着世俗人梦寐以求而不得的世俗诱惑,却以血肉之躯顽强地挡住了这些诱惑,证道成佛。比如,在女色的诱惑面前,唐僧确实心动过,确实害怕过,确实恐惧过,但自始至终都意识到自己是个高僧,"咬钉嚼铁,以死命留得一个不坏之身"。

民间演艺的另一个特征是对世情的调侃。《西游记》经常借题发挥地讽刺世情。比如第三十六回,唐僧向宝林寺僧官借宿,僧官不允,还训斥了唐僧一顿;悟空去借,僧官满口答应,唯唯诺诺:"行者闻言暗笑,押着众僧,出山门下跪下。那僧官磕头高叫道:'唐老爷,请方丈里坐。'八戒看见道:'师父老大不济事,你进去时,泪汪汪,嘴上挂得油瓶。师兄怎么就有此獐智,教他们磕头来接?'三藏道:'你这个呆子,好不晓礼!常言道,鬼也怕恶人哩。'"作者对世情的调侃,充满着机智和风趣。

民间演绎对世情的调侃营造了《西游记》的喜剧风格。这在塑造八戒时表现得格外明显。八戒的丑陋、贪吃和好色是《西游记》多次使用的笑料。猪八戒本人也很幽默。面对自己的尊容常常自嘲:我很丑,可我会干活;我很丑,可我很管用;丑自丑,看久了还别有一番风味呢。尤其值得注意的是,《西游记》常常用戏谑描写淡化恐怖情节,将蒸四圣一类事件写得妙趣横生:面对死亡,猪八戒居然琢磨着怎么死才痛快才划算,甚至责怪负责烧火的小妖玩忽职守,孙悟空居然还像儿童玩家家一样和猪八戒开着玩笑。

第二节 《金瓶梅》

《金瓶梅》是明清长篇人情小说的第一部代表作,它的问世标志着人情小说作为一种小说类型已经成熟。自从这部小说为人知晓以来,其著作权、成书性质、文本内涵就一直存在争议。尤其是文本内涵,一直有着淫书和世情书之争,并一直遭到禁毁。和"明代四大奇书"中的另外三部长篇小说相比,《金瓶梅》在谱系渊源、艺术构思和关注焦点上有着显著的特色。

一、成书过程与谱系渊源

与《三国志演义》、《西游记》、《水浒传》有着漫长的演变轨迹不同的是,《金瓶梅》突然之间出现于明代文坛,给人以横空出世之感。如此突兀的亮相并不意味着《金瓶梅》是无源之水、无本之木,其部分素材来源和《三国志演义》、《水浒传》、《西游记》存在着相似之处,其审美规范则有着迥异于《三国志演义》、《水浒传》、《西游记》的谱系渊源。

《金瓶梅》最初是以抄本的形式出现在明代文人、名士和政客面前的。

记载《金瓶梅》的最早史料是万历二十三年（1595）袁宏道致董其昌的书信（袁宏道《与董思白》）。根据有关资料可知，《金瓶梅》曾在北京、麻城、公安、诸城、金坛、苏州、嘉兴等地流传，一批文人官僚先后收藏、传抄、阅读过这部小说。其中最早拥有抄本的徐阶卒于万历十一年（1583）、王世贞卒于万历十八年（1590），《金瓶梅》抄本流传下限可以据此而定。小说大量引用李开先嘉靖二十六年（1547）序刻本《宝剑记》情节，据此可以确定小说成书的上限。

万历四十五年（1617），该书以《新刻金瓶梅词话》为名在苏州面世。这就是学界所说的词话本、万历本。崇祯年间（1628—1644）又有《新刻绣像批评原本金瓶梅》面世，这就是学界所谓的说散本、崇祯本。康熙年间（1662—1718），张竹坡以崇祯本为底本进行评点，以《张竹坡批评金瓶梅第一奇书》为名出版，这就是学界所说的张评本。清末，文龙对《金瓶梅》加以评点，其评语直接写在张竹坡评语后面，这就是所谓的文龙手批本。在市面上广泛流传的是崇祯本系统。

《金瓶梅》的作者"兰陵笑笑生"究竟是谁，迄今依然是一个谜。现代学者推出了李开先、贾三近、屠隆、王穉登等一系列《金瓶梅》作者候选人，但都是出于猜测，没有确凿证据。目前，学术界普遍认为《金瓶梅》是由文人独立创作的第一部长篇小说。

《金瓶梅》部分情节的素材来自于民间演艺传统。词话是一种说唱类别，《金瓶梅词话》存在着大量反映说唱体制的韵文。小说前十回的内容移植自《水浒传》：武松寻西门庆报仇，结果误杀李外传，被流配，流配归来，借口迎娶潘金莲，把潘金莲杀了，西门庆的故事就在武松被流配的时间段内展开。小说抄录了大量的说唱话本和宝卷，话本如《刎颈鸳鸯会》、《志诚张主管》、《新桥市韩五卖春情》、《五戒禅师私红莲记》，宝卷如《五供养》、《黄氏卷》等。书中还大量采录杂曲和戏剧内容，杂曲如《挂枝儿》等，戏曲则包括李开先《宝剑记》等名作。这些素材，加上情节上的错乱、重复，文字上的假代、俚语等特点，使得部分学者坚持认为《金瓶梅》仍然是世代累积型的集体创作。

《金瓶梅》中出现了一群崭新的人物。具体说来，《金瓶梅》世界的主角，不再是曹操、刘备一类历史英雄，不再是鲁智深、武松一类江湖好汉，也不再是唐三藏一类高僧。在《金瓶梅》的市井社会中，叱咤风云的是欲望横流浑身痞子气的西门庆，是周旋于众多女人之间四处猎艳的西门庆。

西门庆的谱系渊源为明代中篇传奇小说的男主角。《金瓶梅》欣欣子序提到了《莺莺传》、《剪灯新话》、《钟情丽集》、《怀春雅集》等文言小说。沿着这一线索,我们还可以列出《寻芳雅集》、《李生六一天缘》、《天缘奇遇》等明代中篇传奇小说。这些小说讲述的是才子和一个甚至好几个女人的情感纠葛,并有不少色情描写。《金瓶梅》的作者用一个市井暴发户来取代传奇小说中的才子,将才子的喜剧结局改成浪子的悲剧结局,用以思考人性、批判社会。

《金瓶梅》将"才子"改为"浪子",这一改动决定了《金瓶梅》的关注焦点必须是市井生活,也决定了《金瓶梅》必须摒弃传奇手法而改用写实手法尤其是细节描写来描摹现实生活中的种种欲望,尤其是食色之欲,通过不断描写节庆、生日、庆典乃至宴饮、休闲、房事生活来推进情节进程。琐屑却真实的世界考验着读者的耐心,也召唤着具有慧心的读者。

二、宗教叙事与艺术构思

《金瓶梅》的作者采用宗教叙事手段完成了作品的艺术构思,使得整部作品更像一部文人独创的长篇小说。其"神道设教"的方式涉及创作意图、情节框架、人物命运等方面。

《金瓶梅》中那些高道高僧走进西门庆的深宅大院,劝导、点化沉浸于欲海波涛尤其是性欲深渊中的世俗男女。这是借神道之口来传达创作意图。其中第二十九回《吴神仙贵贱相人,潘金莲兰汤午战》和第七十九回《西门庆贪欲得病,吴月娘墓生产子》,吴神仙为西门庆以及西门庆家族所作的宗教判语,实际上是对这个家族人物的总体设计,是对西门庆家族的兴起、发展和衰败过程进行总结和预测,从而将《金瓶梅词话》分成三个相对独立的情节架构。前二十九回主要通过潘金莲(第一—十二回)、李瓶儿(第十三—二十一回)、宋惠莲(第二十二—二十九回)的个人传奇向读者介绍了西门庆家族的境况、西门庆诸妻妾之间的复杂关系以及西门庆等人的情色欲望。第三十至七十九回旨在展示西门庆的家庭生活和与之相关的社会生活,主要描写了四个方面的内容,一为以潘金莲、李瓶儿的矛盾为核心的妻妾争锋,二为以西门庆、李瓶儿、潘金莲为中心的纵欲生活,三为以西门庆为中心的政治生活、经济生活和社交生活,四为以吴月娘为中心的宗教生活。第八十至八十九回,除了第八十回交待丧事、第八十一回交待西门庆财产去向外,主要写潘金莲与陈经济宣淫纵欲,最后魂归永福寺;第八十九回后主要描写陈经济折磨西门大姐,将家业败光后,与庞春梅纵欲宣淫,并因此而丧身。小说在叙述潘金莲、陈经济、庞春梅的纵欲生活史的同时,穿插交代了西门庆产业的败落和家属的风流云散。

除了第二十九回、第七十九回这两次最为重要的命相描写外,《金瓶梅》还在多处对相关人物的命相作了描写。这些描写和作品中的宗教祭文一样,除了使得情节更加摇曳多姿外,主要是用来表达作者对有关人物的设计。这一叙事意图主要体现为两个方面。一方面,将人物分成两个层面,用以体现男性世界的长幼之别和女性世界的正副之别;另一方面,则是通过宗教判语揭示人物的形貌、性情和命运。

　　值得注意的是,命相判词对人物性格、命运的描写总是和情节的进展保持着同步关系。例如,吴月娘先后算了三次命,每次都是在情节转折的重要关口。第一次看相是在第二十九回,作者完成了对西门庆家族的介绍,特意安排吴神仙为吴月娘等人看相。这次看相侧重的是吴月娘的长相和命运。第二次看相安排在第四十六回,吴月娘的性情得到详细的展示,其信佛行善的宗教行为也得到了详尽的渲染,并被作为一种创作意图体现于相关的情节中。第七十九回,吴神仙替吴月娘圆梦,实际上是通过宗教判词传达西门庆家族的命运。

三、社会生活与家庭生活

　　《三国志演义》关注政治、军事生活,《水浒传》关注豪侠生活和绿林生活,《西游记》关注高僧的修持生活,人物描写均带有传奇色彩,离普通人的生活比较遥远。《金瓶梅》则用写实的笔法描摹市井人物,展示了明代中后期社会(小说中假托为北宋末年)的生动图景。

　　西门庆本质上是个商人。作者描写了西门庆作为商人的两个特征。一是言利不言义。媒婆薛嫂告诉西门庆,孟玉楼"南京拔步床也有两张。四季衣服,妆花袍儿,插不下手去,也有四五只箱子。珠子箍儿,胡珠环子,金宝石头面,金镯银钏不消说。手里现银子他也有上千两。好三梭布也有三二百筒"。西门庆听了喜欢得眼睛眯成了一条缝,也不管孟玉楼是再醮妇人,比他还大两岁,当即下礼定亲,趁着孟玉楼丈夫的亲戚为财产分割吵得不可开交之时,让薛嫂带人把孟玉楼的财产一阵风样抬走了。二是注重现金周转。他曾说过:"兀那东西(指银子),是好动不喜静的,曾肯埋没在一处?也是天生应人用的,一个人堆积,就有一个人缺少了。因此积下财宝,极有罪的。"他总是将钱用于盈利;一改以往富人的吝啬形象,出手大方,甚至给人以慷慨的印象。他"专在县里管些公事,与人把揽说事过钱"。又得了几笔横财:迎娶孟玉楼得了一笔,迎娶李瓶儿得了一大笔,女婿陈经济投靠时又带来了一大笔。他利用这几桶金扩大经营规模,由开生药铺扩大到经营绒线铺、绸缎铺、当铺,垄断了当地的商业市场。同时,他又派伙计在江湖上走标船，在南方设立办事处，经营茶叶、食盐乃至古董，做起了长途贩运。行商坐贾，他一个人占全了。从此"家道兴盛，外庄内宅，焕然一新，米麦陈仓，骡马成群，奴仆成行"。

西门庆经营商业的同时，还想方设法挤入官场。他通过联姻，和权贵杨戬的死党陈洪结成了儿女亲家。杨戬倒台时，西门庆也在查办之列，他送给太师蔡京儿子蔡攸"白米"五百石，送给右相李邦彦金银五百两，将事情摆平。他送厚礼给蔡京祝寿，被蔡京任命为山东清河县提刑副千户，"居五品大夫之职"。后来又送美女给蔡京管家翟谦，并通过翟谦多次送重礼给蔡京，被蔡京收做干儿子，最后升做正千户。

西门庆谋求官职的目的是为了给生意护航。他买通钞关官员偷税漏税，"十车货便少了许多税钱"，"三停只报了两停"，"通共十大车货，只纳了三十两五钱钞银子"(第五十九回)。他买通山东巡按，包揽了朝廷的一笔古董生意；他用金钱、美女贿赂新科状元蔡蕴，蔡蕴任两淮巡盐御史时便让他比一般商人提前一个月掣取三万盐引，牟取了巨额暴利。

西门庆的社交生活有两个层面。一个是和上至朝廷下至地方的官员们周旋，满足官吏们的欲求。结交蔡状元，迎请宋巡按，东京庆寿诞，豪请六黄太尉，西门庆花钱如流水，堪称大手笔。交接权贵既提升了西门庆的社会地位，也给西门庆的商业带来了诸多暴利。另一个是和应伯爵等十兄弟在妓院等场所鬼混胡闹，沉浸于一种低俗的人生状态中。这个层面上，西门庆有着"仗义疏财，救人贫难"的豪举。他"周济常时节"是出于朋友交情，并没考虑要日后图报，他后来又为常时节代付了三十五两房钱，余下十五两让他拿去开小铺，以谋生计。西门庆的生活是离不开这班朋友的。应伯爵简直是个帮闲的天才。他略通文墨，各种游戏样样在行，具有喜剧演员的素质；他见多识广，精通各种商业行情；他人情练达，能屈能伸，善于周旋；他善于享受，还是个美食家。他不仅能给西门庆带来各种快乐，而且能给西门庆做中间人，是西门庆生意上的好帮手。"应伯爵"确实"应白嚼"。

《金瓶梅》第一次聚焦市井暴发户的家庭生活，热衷于描写庭院内的日常宴饮、节庆、生日、庆典、游戏、串门、走亲戚等琐碎事件，揭示人物之间的复杂关系，昭示普通人的多元欲求。西门庆有一堆妻妾：吴月娘、李娇儿、孟玉楼、李瓶儿、潘金莲、孙雪娥。除了吴月娘外，她们基本上没有什么正经事情可做，可做的事情就是消闲度日。由于她们各有各的性格，各有各的欲求，各有各的社会关系，于是在西门庆的宅院内上演了一幕幕闹剧。

西门庆在性生活上扮演了一个复杂的角色。他忙碌于各种各样的女人中间。家中有一群妻妾不算,把妻妾的使女也收用了,还要到妓院中去鬼混。这并不违反那个时代的伦理准则。他猎取仆人、伙计的老婆不算,还要到社会上去猎取朋友妻子甚至权门女性。西门庆不但和异性狂淫滥交,与男宠之间也不乏性的狂欢。这不仅违反伦理准则,而且变态。在这方面,对于正妻吴月娘他似乎很尊重,对于小妾李瓶儿他表现出异乎寻常的真情,对于潘金莲他则采用暴力寻求性快感。尤其奇怪的是,西门庆还喜欢猎取一些没有品位的女人来满足他的变态心理。他和仆人妻子好时,常常让仆人妻子反复说她虽是别人的老婆,现在却属于他西门庆了。三十来岁的他和五十多岁的林太太好,是因为他觉得自己居然可以睡有身份的女人了,完全是一种暴发户心态。在形形色色的生理欲求和心理欲求的刺激下,西门庆最终纵欲亡身。

第九章　明代白话短篇小说

"三言"指冯梦龙编撰刊印的《喻世明言》、《警世通言》和《醒世恒言》三部白话短篇小说集,"二拍"指凌濛初创作的《初刻拍案惊奇》和《二刻拍案惊奇》两部白话短篇小说集。它们代表了中国古代白话短篇小说的最高成就。

第一节　话本小说的基本知识

古代白话短篇小说,在文学史上通常称作"话本"和"拟话本"。本书说的话本小说,是话本和拟话本的合称。"话"指故事,"说话"就是讲故事,"说话"的民间艺人称为说话人,"话本"就是说话人敷演故事的底本,模仿话本而创作的故事称拟话本。话本和拟话本合称为话本小说。话本是供讲唱的口头文学,而拟话本则是纯粹的小说创作,是供阅读的案头文学。近年来,话本、拟话本的用法遭到质疑,一些学者于是干脆使用"白话短篇小说"这一概念。

话本小说的历史发展经历了萌生、兴盛、繁荣和衰落四个时期。"说话"艺术在唐代兴起,我国现存最早的话本——敦煌话本即产生于唐代。话本小说兴盛于宋元时期,明初至明中叶可视为这一兴盛期的延续。宋元时代有"说话四家"的说法,其中小说、讲史和说经三家影响较大,深受下层市民的欢迎。明代天启到清代康熙年间是拟话本的繁荣期,也是话本小说史上第二个创作高峰期。"三言""二拍"代表了这一时期话本小说的最高水平;除此之外,可以一提的拟话本还有"天然痴叟"著《石点头》、周清源纂《西湖二集》、陆人龙撰《型世言》、"古吴金木散人"编《鼓掌绝尘》、"西湖渔隐主人"撰《欢喜冤家》、"西湖逸史"撰《天凑巧》、"华阳散人"编辑《鸳鸯针》、"东鲁古狂生"编辑《醉醒石》、李渔著《无声戏》和《十二楼》等。清代雍正、乾隆以后,拟话本创作走向衰落。这一时期的文人拟作渐渐失去话本朴素生动、明快泼辣的本色,书卷气浓厚,说教成分加重,作品数量也较少。光绪年间刊印的《跻春台》是最后一本拟话本集。

话本小说具有独特的体制。归纳起来,一般包括五个部分:题目、入话、头回、正话、篇尾。题目是表明故事内容的主要标志,最初多用人名、物名或概括主要事件、行为的词语组成短小标题,后重视文字的文采,逐步衍化成七言、八言的对句。入话即开篇,通常以一首或数首诗词开头。其作用主要是点明小说主旨,概括全篇内容,渲染烘托特定气氛,从正面或反面陪衬故事内容,抒发情感,点明与正文有关的时间和地点等。所用诗词既有前人现成作品,也有自己的创作。头回又叫"笑耍头回"、"得胜头回"、"得胜利市头回",是入话和正话之间插入的一段与正话相关的短故事,有承上启下、衬托对比正话的作用,并和入话一起达到肃静场面、稳定到场听众和聚集听众的目的。正话指讲述的主要故事,是话本小说的主体部分,也称"正传",一般包括散文和韵文两部分。散文叙述故事,刻画人物,带有浓重的说话人口气,是主要部分;韵文包括诗词、骈文、偶句等,多用于描写人物外貌,渲染环境气氛,以补充散文叙述的不足,增强艺术感染力。篇尾又称"煞尾",与不可或缺的表示正话故事结果的结尾不同,它是另外附加的部分,往往缀以诗词或题目,具有相对独立性。它接在正话故事结局之后,直接由说话人(或作者)出面总结全篇主旨,或对人物事件作出评论。

第二节 "三言二拍"

"三言"是冯梦龙汇集、编纂的宋元明白话短篇小说总集。冯梦龙原拟将这三部白话短篇小说集统称为《古今小说》,所以《喻世明言》出版时就题为《全像古今小说》,但因《警世通言》、《醒世恒言》未用《古今小说》二刻、《古今小说》三刻之名,《古今小说》也就成了《喻世明言》的别名了。"二拍"即《初刻拍案惊奇》和《二刻拍案惊奇》,是凌濛初根据历史文献并模仿话本体制创作的小说。

一、导情与劝惩

冯梦龙和凌濛初编纂、创作短篇白话小说,是为了导情,也是为了劝惩。这些作品聚焦于宋元明时代的普通人群,揭示了人性欲求与文化规则的互动。

冯梦龙和凌濛初在相关论述中一再强调通俗文学的导情功能和劝惩功能。冯梦龙认为:"天地若无情,不生一切物。一切物无情,不能环相生。生生而不灭,由情不灭故。四大皆幻设,惟情不虚假。"声称"我欲立情教,教诲诸众生",发出了"但得有情人,一起来演法"的呼吁。(《情史序》)不过,冯梦龙始终没有忘记文化规则的重要性。在他看来,"自来忠孝节烈之事,从道理上作者必勉强,从至情上出者必真切。夫妇其最近者也,无情之夫,必不能为义夫;无情之妇,必不能为节妇。世儒但知理为情之范,孰知情为理之维乎"(《情贞类》尾评)。凌濛初也认为:"从来说书的,不过谈些风月,述些异闻,图个好听。最有益的,论些世情,说些因果,等听了的触着心里,把平日邪路念头化将转来。这个就是说书的一片道学心肠,却从来不曾讲着道学。"(《二刻拍案惊奇》卷十二)他自己的创作则"意存劝戒,不为风雅罪人"(《二刻拍案惊奇小引》)。

"三言二拍"从不同侧面反映了普通民众的人性欲求和人生理想。他们渴望发迹变泰,成就功名富贵。《喻世明言》卷五、卷十一、卷十五、卷二十一等作品反映了落魄文人、市井无赖的人生梦想,对慧眼识珠的巾帼们赞叹不已。他们渴望财富的增长。《醒世恒言》卷十八描写了手工业者的发家致富和明代江南地区丝织业的繁荣景象。《初刻拍案惊奇》卷一、《二刻拍案惊奇》卷三十七表现了商人囤积居奇、寻获珍宝、牟利暴富的心理和幻想。他们主动追求性爱的满足和婚姻的幸福。《醒世恒言》卷十四《闹樊楼多情周胜仙》、《初刻拍案惊奇》中的《通闺闼坚心灯火 闹图圄捷报旗铃》、《二刻拍案惊奇》中的《小道人一着饶天下 女棋童两局注终生》,其主人公对性爱、情爱的追求都非常主动非常大胆。《警世通言》卷三十二叙杜十娘为跳出火坑与贪酷的鸨儿展开了机智的斗争,但妓女的身份和贵家子弟李甲的软弱负心让她绝望,为了维护做人的尊严,杜十娘最后怒沉宝箱,用生命来证明心灵的高贵。《警世通言》卷三十一则写妓女赵春儿从良后走向平凡走向平淡,甘受寒苦,把浪荡子改造成人,重新使曹家庄兴旺起来。他们呼唤传统的仁义礼智信,赞扬忠孝节义。《醒世恒言》卷一对仁义的崇尚,卷二对孝悌的推许,卷三十五对义仆的颂扬,《喻世明言》卷七、卷八对患难与共的友谊的赞美,《警世通言》卷十八对知恩必报的称许,等等,无一不是对传统美德的弘扬。他们认同天意认同命运,有些人生无常的体认还颇具哲理意味。《警世通言》卷二、《初刻拍案惊奇》卷二十二、《二刻拍案惊奇》卷十九等作品堪为代表。阅读这些作品时,我们一定要注意,这是一个积淀了几百年甚至上千年的故事传统,其间所反映的价值观和文化内涵是多元而复杂的。

在表现人性欲求与文化规则的律动方面,"三言二拍"有两类题材值得关注。一类是商业题材。商业带来的巨大财富改变了传统的四民观念,财富成为人生成功的标志。《初刻》卷一指出:商人"以利为重,只看货单上有奇珍异宝值得上万者,就送在先席,余者看货轻重,不论年纪,不论尊卑,一向做下的规矩"。文若虚因衣履寒碜遭怠慢,后来发现他有价值连城的鼍龙壳后,主人连忙赔罪,重新治席,奉为上客。《二刻》卷二十七指出:"徽州风俗,以商贾为第一等生业,科举反在次着。"无商不奸的传统观念也发生了动摇。《醒世恒言》卷十八、《醒世恒言》卷十、《警世通言》卷五中的商人都有美好的品质,都是勤劳致富的典范。买卖公平、诚实守信、取之有道,成了商人世界的行为准则。商人在情感世界中也取代士子、权贵成为佳人钟爱的对象。《醒世恒言》卷三形象地揭示了商人在情感世界中角逐的心态变迁。金钱观念的膨胀也扭曲了人性。这在《喻世明言》卷二十六、《醒世恒言》卷二十、《二刻拍案惊奇》卷二十六等作品中都有所表现。

另一类是婚恋题材。这类作品肯定人性欲求,有时甚至会否定一些伦理规则;但在大是大非面前,还是认同文化规则。其中的一些篇目,在文化规则和人性欲求的张力中表达出来的人生感悟颇为深刻。《警世通言》卷三十五描写邵氏守寡十年为仆人所诱,小说指出,"孤孀不是好守的","倒不如明明改嫁了丈夫"。《二刻拍案惊奇》卷十一甚至发出了男女平等的呼声。一些作品对红杏出墙的描写,也体现了前所未有的深度。《喻世明言》卷一写蒋兴哥和新婚妻子王三巧两情相得,因生计不得不出外经商,滞留不归,结果妻子红杏出墙。蒋兴哥深爱自己的妻子,休妻时,不仅没有当面责备妻子,而且把大量钱财送给了妻子。王三巧深爱蒋兴哥,当着现任丈夫吴知县的面,抱着蒋兴哥嚎啕大哭,感动得吴知县当即让他们重归于好。为了维护文化规则,作者让陈商客死,让陈商之妻改嫁蒋兴哥,王三巧因有污点只得做蒋兴哥的小妾。《二刻拍案惊奇》卷三十八则关注夫妻房中生活的情趣。房中风月被视为婚姻生活的一个组成部分,它有时甚至决定了婚姻生活的成败。

二、审美效果和艺术特色

从审美特征看,"三言""二拍"都注重情节的曲折复杂,以获得一种"拍案惊奇"的效果。凌濛初指出:"今之人但知耳目之外牛鬼蛇神之为奇,却不知耳目之内,日用起居,其为谲诡幻怪,非可以常理测者固多也。"(《初刻拍案惊奇序》)这段话道出了"三言""二拍"的情节特点,即所描写的都是普通民众的日常生活,但作者总是把这种生活安排得跌宕起伏。因为只有这样,才能让听众产生审美愉悦。比如,《喻世明言》卷十八、《喻世明言》卷二十六就以曲折情节给人以拍案惊奇的效果。后者叙杭州沈小官因为养鸟害了包括自己在内的七条人命:沈小官带画眉外出比赛,结果旧病发作,倒在路旁,箍桶匠王公杀了沈小官,把头扔了,将画眉卖给了汴梁客商李吉,李吉转卖给了东京的御用禽鸟房;贫民黄老狗竟让自己的两个儿子大保小保将自己的头割下来,送往沈小官家,冒领一千贯赏钱;沈小官父亲沈昱到东京发现自己家的画眉,官府将李吉当做凶手处死;李吉的同伴到杭州经商,将箍桶匠王公告到官府,案情大白,王公、大保、小保均凌迟处死,王婆受了惊吓,活活跌死。其案情之曲折迷离,确乎"非可以常理测"。

"三言""二拍"的叙事还具有某种程度的表演意味。这主要表现为三个方面。其一是叙事的程式化。说唱艺术有着相对稳定的程式,并固化为特定的语言、特定的人物、特定的情节,讲唱艺人掌握了这些程式,就可以临场发挥,随意编造故事。"三言二拍"中出现的套语、道具性人物和雷同性情节都是讲唱程式的产物。其二是叙事语言的现场化呈现。讲唱艺人叙事时经常和观众对话,制造现场气氛。"三言"故事案头化时保留了这一特征,凌濛初创作"二拍"时,继承了这一特征,也在作品中虚拟作者与读者对话。其三是人物心理活动的细致描摹。说话艺人在长期的讲唱生涯中感悟悲欢离合,体贴世态炎凉,不断揣摩人物心理,将故事引向深入,改写了中国叙事文学不擅心理描写的历史。"三言"中的《蒋兴歌重会珍珠衫》《卖油郎独占花魁》等作品堪称是心理描写的典范。

"三言""二拍"的叙事也注意酿造喜剧情调。为了满足听众的需求,说话艺人热衷于创造喜剧性情节,用误会、巧合、谐音等手段营造喜剧性氛围,冯梦龙和凌濛初继承和发扬了这一传统。《醒世恒言》卷七就是一篇极具喜剧性的作品:苏州吴江县有一对表兄弟,其名字本身就充满喜剧色彩:一饱读诗书、英俊潇洒,家道败落,是名钱青;一胸无点墨,家境富裕,奇丑无比,却名颜俊。颜俊癞蛤蟆想吃天鹅肉,逼着媒人向高家美女求亲,夸说自己的财富、才华和美貌,又逼表弟钱青到高家面试,骗取婚约。迎亲之日,又逼钱青前去,凑巧归途为风雪所阻,钱青急得团团转,这时偏偏有个叫"周全"的提出新郎新娘在娘家圆房,弄得啼笑皆非。颜俊苦等新娘,如热锅上的蚂蚁,好不容易盼到新娘到家;听说钱青和新娘在娘家圆房,不顾钱青的解释,大打出手,结果折了钱财,吃了官司,新娘也被县令断归了钱青。

第十章 明代戏曲

明代杂剧创作颇为繁盛,其作品逐渐呈现文人化、南曲化的趋势;在和传奇的较量中,北杂剧在明代万历年间成为绝响。明代前期,传奇创作的主体是民间艺人和下层文人。明代中后期,士大夫成为传奇创作的主体,传奇体制逐渐完善,昆曲受到士大夫的钟爱,在与各大声腔的竞争中成为剧坛主流;剧作由重理到重情,大胆探讨人性,肯定人欲,传奇创作进入其高潮期。

第一节 明代杂剧的历史进程

有明一代杂剧作家 100 余人,杂剧作品 700 余种,现存 300 余种。其发展轨迹和明代的文化政策、社会风尚密切相关。

明代建国后,曾经制订一系列文化政策推行风化、强化意识形态。朱元璋对戏曲搬演作出了严厉的规定:"凡优人搬做杂剧、戏文,不准装扮历代帝王后妃、忠臣烈士、先圣先贤神像,违者杖一百。官民之家容令装扮者与同罪。其神仙道扮及义夫节妇、孝子顺孙、劝人为善者,不在禁限。"(洪武三十年刊本《御制大明律》)明代前期,政府严禁在职官员在家观曲,违者必究。这些措施在明代前中期的杂剧创作和搬演中产生了重要影响。前期作品中充斥着歌功颂德、道德教化、宗教超越以及妓女从良等主题,缺乏元代杂剧那种勃发的生命气息。

在南曲和北曲较量的过程中,北杂剧逐渐失去市场,于万历年间退出历史舞台。明代前中期,北杂剧演出还是保持了较为旺盛的势头。朱元璋钟情北曲,认为《琵琶记》"不可入弦索",下令教坊将《琵琶记》改为北曲,并鼓励藩王看戏,亲王之国"必以词曲一千七百本赐之"(李开先《张小山小令后序》)。燕王朱棣身边也聚集了汤舜民、杨景贤、贾仲民等杂剧作家,这些人在靖难后成为御用文人。内廷教坊司、钟鼓司的无名文人和艺人编辑了大量的神仙道化剧和历史剧,用于宫廷祝寿贺节以及日常娱乐。万历帝"始设诸剧于玉熙宫,以习外戏,如弋阳、海盐、昆山诸家皆有之。其人员以三百为率,不复隶钟鼓司"(沈德符《万历野获编补遗》卷一"禁中演戏"条)。从此,北杂剧演出备受冷落,上述内府演出的北杂剧剧本也于万历年间流向民间,赵琦美钞校后,收入《脉望馆钞校古今杂剧》。民间的北杂剧演出,一如宫廷北杂剧演出,在万历间成为绝响。

南曲渗入杂剧后,以南杂剧的面貌于明中叶开始兴盛起来。南杂剧概念的提出者为万历时期的胡文焕和吕天成。南杂剧在体制上具有如下一些特征:一、剧本结构自由,长短随意,一本可演多事;二、用曲可南可北,也可南北合套,南北曲混用成为普遍现象;三、不限一人主唱。南杂剧在内容上突出体现为文人心声的宣泄,许多作品甚至采用了诗化乃至寓言化的笔法。

明代前期杂剧创作主要集中于宫廷和王府,代表作家有汤舜民、杨景贤、贾仲明、朱权、朱有燉等人。剧作或为宫廷演出服务,或为韬晦而作。明代中期杂剧作家的主体意识逐渐强化,大量作品抒写文人自身的情感尤其是人生失意的情绪,因此也被称为文人剧。代表性作家有李开先、冯惟敏、康海、王九思等。明代后期杂剧代表作家有陈与郊、王衡、叶宪祖、王骥德、吕天成、凌濛初、沈自征、徐复祚、卓人月、孟称舜等,徐渭是其中最杰出的杂剧作家。明代后期对明代杂剧作品的整理和研究也提上日程,沈泰所编《盛明杂剧》初集和二集收明代杂剧 60 种,祁彪佳的《远山堂曲品》是最早著录和品评明杂剧的专著。

第二节　明代传奇的历史进程

传奇作为文体,先后被用来指称唐人小说、宋代说话技艺、宋代诸宫调、宋元南戏、元杂剧。万历以后,明人用传奇专称南戏剧本。在戏曲领域,今人一般用这一概念来指称明清长篇戏曲,即在南戏基础上发展起来的活跃于戏曲舞台上的海盐、弋阳、昆山、余姚等各大声腔及其变体的长篇戏曲剧本。

诞生于温州的南戏在成化年间逐渐发展壮大,在东南地区形成多种声腔,其中最重要的是余姚腔、弋阳腔、昆山腔和海盐腔。这些腔调随着艺人的演出流布全国,嘉靖年间更是盛况空前。嘉靖末年,魏良辅对昆山腔进行了改革。魏良辅改革后的昆山腔最初只用于清唱,梁辰鱼在嘉靖三十九年至四十四年间创作《浣纱记》,开创了文人用昆山新腔创作剧本的先河,此后迅速风行全国。到了明代晚期,昆山新腔在和众多南戏声腔的竞争中成为剧坛主流。万历年间,传奇最终取代北曲:"自吴人重南曲,皆祖昆山魏良辅,而北词几废……北曲真同《广陵散》矣。"(沈德符《顾曲杂言》)

也就是在嘉靖年间,士大夫对传奇的态度发生了巨变。嘉靖以前,传奇一直受到鄙视。祝允明道及弘治、正德间传奇演出风气时充满着不屑和鄙夷:"自国初来,公私尚用优伶供事,数十年来,所谓南戏盛行,更为无端,于是声乐大乱……盖已略无音律腔调。愚人蠢公徇意更变,妄名余姚腔、海盐腔、弋阳腔、昆山腔之类,变异喉舌,趁逐抑扬,杜撰百端,真胡说也。若以被之管弦,必至失笑。"(祝允明《猥谈》)"不幸又有南宋温浙戏文之调,殆禽噪耳,其调果在何处!"(祝允明《重刻中原音韵序》)杨慎则指出:"今日多尚海盐南曲,士夫秉心房之精,从婉娈之习者,风靡如一,甚者北土亦移而耽之,更数十年,北曲亦失传矣。"(杨慎《丹铅总录》卷十四)此时的江南已经富庶无比,社会竞尚奢华,演剧成为一种时尚,涌现了许多著名的戏班。吴徽州班、兴化班、张衙老班、沈周班、吕三班、沈香班都是当时著名的职业昆曲戏班;文人用于自娱和交际的家班出现于嘉靖年间,并盛行于万历以来的剧坛,李开先、何良俊、屠隆、沈璟、许自昌、顾大典、吴炳、阮大铖、申时行、邹迪光、范允临、王锡爵、徐仲元、吴越石、潘允端等文人士大夫均养有家班。更为重要的是,传奇成为明代中后期士大夫表达"心曲"的重要载体。他们醉心于传奇创作,"懒作一代之诗豪,竟成千秋之词匠"(吕天成《曲品》卷上评汤显祖和沈璟)。其中相当一部分戏曲作品实际上是一首首长诗,明代中后期涌现的曲学著作亦多具有浓厚的诗学色彩。

经过长期的探索,明代传奇终于摆脱了早期南戏的朴素面貌,确立了自身的体制特征。演出体制方面:传奇角色已经由南戏的生旦净末丑外贴七色扩大到十一二色:"今之南戏,则有正生、贴生(或小生)、正旦、贴旦、老旦、小旦、外、末、净、丑(即中净)、小丑(即小净),共十二人,或十一人,与古小异。"(王骥德《曲律·论部色第三十七》)角色登场也有自己的规定,即副末开场介绍剧情,旦、末等角色先后登场介绍自身情况,而后展开冲突。音乐体制方面:早期不问宫调,嘉靖年间有了变化,沈璟《南九宫十三调曲谱》

成为传奇宫调准则;南曲曲牌分引子、过曲和尾声,引子用于角色上场,尾声用于每出结尾,过曲包括大曲和小曲,正角唱大曲,次角唱小曲,过曲采用曲牌联套体;出现了一种曲牌运用的新方式——集曲,又称犯调,即把旋律相近的不同曲牌中的片段集合成新的曲牌;另一种曲牌运用的新方式为滚调,即在曲牌乐调基础上,于中间或后面添加和五言、七言对句诗相配合的变奏音乐旋律,使之与曲牌音乐结构融为一体,以便于酣畅淋漓地表现人物情绪,其板式为"流水板"。剧本体制方面:采用长篇体制,一般都在三十出以上;采用了分卷、分出、标目的做法;每出有下场诗,总结剧情或设置悬念;曲辞要求押韵,韵脚一般依据周德清《中原音韵》、《洪武正韵》。由于传奇篇幅甚长,实际演出时一般都会加以简省,其中的一些精彩出目在堂会戏中往往单独演出,这就是所谓的折子戏。一般认为,折子戏演出在万历时期成为时尚,促进了传奇角色行当的发展,极大地提升了舞台表演艺术。

明代前期传奇创作队伍主要是民间艺人和下层文人,丘濬(1421—1495)于成化年间创作《五伦全备记》①,开启了明代文人创作传奇的历程。丘濬以理学名臣的身份创作传奇,其目的在于宣传理学。《五伦全备记》一剧就是按照儒家五伦关系来设置人物,并将人物塑造成五伦关系中的典范,其主人公甚至就名为伍伦全,弟弟则叫伍伦备,简直是一部理学大全。江苏宜兴生员邵璨受《五伦全备记》启发而作《香囊记》,成为文词派先声。此后郑若庸、李开先、梁辰鱼、张凤翼、屠隆、梅鼎祚皆在这一层面踵事增华,形成了典雅绮丽的戏曲语言。

嘉靖年间,李开先、梁辰鱼等士大夫文人撰写了一批反映政治斗争的传奇作品。《宝剑记》、《鸣凤记》、《浣纱记》、《飞丸记》、《不丈夫》、《冰山记》、《回天记》等多在忠奸斗争格局中展开剧情。同时还有一批在舞台上常演不衰的情感剧,如郑若庸《玉玦记》,陆采《明珠记》,李日华、崔时佩《南西厢记》,徐霖《绣襦记》等。其中李开先《宝剑记》、王世贞《鸣凤记》(一曰其门人作)、梁辰鱼《浣纱记》被称为明中叶传奇代表作。

嘉靖以后尤其是万历期间,"士大夫享太平之乐,以其聪明寄之剩技。吴中缙绅留意音律,如太仓张工部新、吴江沈吏部璟、无锡吴进士澄,俱工度曲,每广座命伎,即老优名倡俱皇遽失措,真不减江东公瑾"(沈德符《万历野获编》卷二十四)。剧作家由重理到重情,在剧作中大胆探讨人性,肯定人欲,汤显祖的剧作成为时代的最强音;与此同时,传奇音乐体制走向成熟,

---

① 郭英德:《明清传奇史》,南京:江苏古籍出版社 1999 年版,第 39 页。

其突出标志是沈璟的《南九宫十三调曲谱》就宫调、曲牌、句式、音韵、声律、板眼等问题作出规定，成为戏曲创作中的"指南车"（徐复祚《曲论》）。此期的代表作家有高濂、郑之珍、张凤翼、王骥德、沈璟等。

沈璟重视音律，著有《南九宫十三调曲谱》，强调"名为乐府，须教合律依腔"；语言上追求本色。在他的影响下，形成了一个创作流派。前期作家有活动于万历年间的卜世臣、吕天成、王骥德、汪廷讷、叶宪祖、史槃、顾大典、徐复祚、许自昌等人，后期作家包括活动于明末清初的冯梦龙、范文若、袁于令、沈自晋等人。其中，卜世臣、吕天成、王骥德、汪廷讷、叶宪祖与沈璟有师承关系。这些作家均遵循沈璟的理论主张，严守格律，曲辞本色，注重作品的社会意义。

汤显祖的剧作在当时曲坛产生了震撼性的影响，但因不便于昆曲演唱，引起吴中曲家沈璟等人的批评，并纷纷加以改编。这让汤显祖大为恼火。沈璟和汤显祖之间于是爆发了一场论争。沈璟改编汤作，一是认为汤显祖过于逞才，文辞过于藻饰，语言不本色；二是认为汤显祖剧作的文辞不合音律，不便演员演唱。汤显祖则强调传奇的曲意，推崇"意趣神色"，甚至认为"余意所至，不妨拗折天下人嗓子"。当时的很多曲家都卷入了这场论争，极大地推进了传奇创作的繁荣。实际上，沈璟很欣赏汤显祖的才情，甚至仿作汤剧；汤显祖也曾认可沈璟的曲论。只是在论争中，双方就文辞与曲律孰更重要展开了极端论述而已。此后的传奇作家都很注意曲意和曲律的辩证统一。"予谓二公譬如狂狷，天壤间应有此两项人物。不有光禄，词硎弗新；不有奉常，词髓孰抉？倘能守词隐先生之矩矱，而运清远道人之才情，岂非合之双美者乎？"（吕天成《曲品》卷上）

万历以后，传奇的编剧技巧进一步提升，但失去了万历时期的情感锋芒。吴炳《疗妒羹》、《画中人》，孟称舜《娇红记》，袁于令《西楼记》，沈自晋《翠屏衫》，冯梦龙《双熊记》，阮大铖《石巢四种》等是其中的代表作。昆山腔成为"官腔"，其他南戏声腔则被视为"杂调"。文人一般为昆山腔演唱而写；其他声腔则为乡村塾师、戏班艺人所用。传奇的其他声腔作品，今尚存有《何文秀玉钗记》、《韩湘子九度文公升仙记》、《观音鱼蓝记》等。戏曲选本《八能奏锦》、《词林一枝》、《群英类选》、《乐府菁华》、《玉谷调簧》、《摘锦奇音》、《万曲明春》、《尧天乐》、《徽池雅调》、《时调青昆》、《昆弋雅调》也保存了不少选段。

第三节　汤显祖与《临川四梦》

汤显祖(1550—1616),字义仍,号海若,别号海若士,晚年号茧翁,别署清远道人,江西临川人。明代八股文大家,工诗文辞赋,著有《红泉逸草》、《雍藻》、《问棘邮草》、《玉茗堂文集》。其《临川四梦》,《紫钗记》、《牡丹亭记》"为情作使",一借之以侠,一借之以鬼,皆超出常规;《南柯梦记》、《邯郸梦记》看破世情,一寄意于佛,一寄意于仙,皆超尘脱俗。汤显祖以其超常的生命意识和大彻大悟的出世情怀创造了明代传奇的代表作。

一、生平与创作

汤显祖认为,自己平生只为认真,所以做官持家都不成功。不过,人生不幸艺术幸,汤显祖的认真造就了其辉煌的文学成就。

汤显祖有着强烈的济世情怀,却因性格刚直不阿、豪迈不羁而与官场格格不入。汤显祖家境富裕,为他创造了良好的教育环境和仕进环境。他5岁能属对,10岁习古文词,熟读《四书》《五经》,14岁补为诸生,21岁中举,被认为是当时最有才气的青年才俊和八股文写作高手。汤显祖本人对仕途也是踌躇满志:"历落在世事,慷慨趋王术。神州虽大局,数着亦可毕。"幸运之神频频向他招手,但他却频频拒绝幸运之神的拥抱。首相张居正网罗海内名士为其子嗣科举及第张目,曾先后两次延请汤显祖,许以高第,汤显祖均婉言谢绝,直到张居正死后才于34岁那年中进士;次年,辅臣申时行、张四维令其子嗣以"同年"身份拉拢汤显祖,汤显祖予以拒绝,出为南京太常寺博士;一年后,南京吏部验封郎中致信汤显祖,劝其与执政交好,可以升任吏部主事,汤显祖作书予以拒绝。他的房考官对他这种若进若退的举止很不满意,认为他"骨相凉薄",没有推荐这位最有文才的门生去考选庶吉士。南京作为明代的陪都,历来都是安置闲官的所在,汤显祖在这里先后担任过太常博士、詹事府主事和礼部祠祭司主事等闲职。他身闲心不闲,不顾同乡前辈刑部尚书舒化劝他多和老成人接近的告诫,和一群不满朝政的中下层官员,尤其是少壮派官员打得火热,意气风发地抨击时政,竟至被人称为"狂奴"。在南京期间,又因文学主张不同,和"后七子"王世贞等人不和。42岁那年,天空出现彗星,这在传统政治社会中被认为是上天对现实政治的警告,汤显祖上《论辅臣科臣疏》,指出:"朝廷以爵禄植善类,今直为私门蔓桃李。是爵禄可惜也。群臣风靡,罔识廉耻,是人才可惜也。辅臣不越例予人富贵不见为恩,是成宪可惜也。陛下御天下二十年,前十年之政,张居正刚而多欲,以群私人嚣然坏之;后十年之政,时行柔而多欲,以群私人靡然坏之。此圣政可惜也。"(《明史》卷二三○)皇帝震怒,朝野轰动,结果汤显祖被贬为徐闻典史。汤显祖的上疏也导致了一大批官员的倒台,这给汤显祖的东山再起造成了巨大的麻烦:44岁量移遂昌知县,此后一直无缘升任朝官,遂于49岁弃官归临川;52岁,吏部不顾有关官员的反对,对弃官归家的汤显祖进行考核,以"浮躁"罢免汤显祖,终结了汤显祖的政治生涯。

汤显祖出入于儒道释之间。儒家的用世精神促使其积极进取、犯颜进言,他在遂昌任上的一些善举,如除夕中秋放囚回家团圆等,均体现了儒家的仁德。汤显祖的老师罗汝芳为王学左派巨子,标举"赤子良心,不学不虑"(《明儒学案》卷三十四)。受老师和另一思想家李贽的影响,汤显祖肯定情欲,认为"性无善无恶,情有之"(《复甘义麓》),"世总为情"(《耳伯麻姑游诗序》)。他本人从幼年直到晚年均耽于"情"中,为老师罗汝芳、举主张新建相国、友人达观等人劝导、斥责而不改其初衷。"岁之与我甲寅者矣,吾犹在此为情作使,劬于伎剧。为情转易,信于疾疢。时自悲悯,而力不能去。"(《续栖贤莲社求友文》)这是汤显祖65岁时对自己一生的总结。祖父祖母崇信道教,祖父甚至劝孙儿放弃举业学神仙,《红泉逸草》中的仙道思想就是早年受祖父母影响所致。老师徐良傅企慕蓬莱仙境,罗汝芳深谙道教吐纳之术,这对汤显祖的影响也很大。他屡试不第,心向神仙,不仅炼丹,而且思考道教哲学问题;宦海沉浮,也心向神仙,撰有《阴符经解》,自称吏隐南京、徐闻仙尉、遂昌仙令;晚年向老庄寻求解脱:生死虚空一暮朝,由来得道始逍遥。汤显祖和佛教也有不解之缘。21岁那年,他乡试结束后游西山云峰寺,遗簪池中,作《莲池坠簪题壁》:"搔首向东林,遗簪跃复沉。虽为头上物,终为水云心。""桥影下夕阳,遗簪秋水中。或是投簪处,因缘莲叶东。"达观见到此诗,认为作者有慧根:"受性高明,嗜欲浅而天机深,真求道利器。"(《与汤义仍》)27岁时在南京报恩寺读佛经,三年后又在清凉寺登坛讲法。41岁时,在南京邹元标家见到了达观,达观为汤显祖授记,从此一直关注点化汤显祖,并赐汤显祖以"寸虚"之号。汤显祖年老罢官,常悔恨自己未能在礼部考试中名列前茅而进入翰林院,把希望寄托在长子士蘧身上。士蘧20岁时秋试失利,汤显祖居然对爱子实施体罚,这给体弱多病的士蘧以巨大的精神压力,最后于1600年病亡。这对汤显祖的打击很大。政治上的失意,加上爱女、大弟、幼子、长子早亡等人生的厄运,使得晚年汤显祖几乎是不由自主地沉浸于宗教氛围中。

汤显祖以八股文大家名世,直到晚年,向他学习八股文的年轻士子络绎不绝;他在诗词和辞赋上也称雄一时,并以戏剧彪炳千秋。汤显祖的第一位老师为嘉靖间进士徐良傅,得罪首辅而被革职。汤显祖从其学《左传》、《史记》、《文选》和唐宋八大家古文。20 岁左右,汤显祖已经熟读《文选》,能够从头背到尾。这为他的文学创造打下了坚实的基础。28 岁至 30 岁之间,汤显祖创作《紫箫记》,表达了青年人对友谊、爱情和事业的憧憬,可惜没有完稿。38 岁那年前后,汤显祖重起炉灶,完成了《紫钗记》。49 岁弃官归家,完成《牡丹亭还魂记》;51 岁时,长子病亡,作《南柯记》;53 岁,吏部罢免汤显祖,乃作《邯郸记》。《紫钗记》以下四种,即"临川四梦"或"玉茗堂四梦",剧评家赞不绝口。当然,汤显祖也受到一些批评,主要在三个方面,一是结构散漫拖沓,二是用词晦涩,三是许多地方不合音律。

二、侠与情

汤显祖一生耽于情;还"喜任侠,好急人"(查继佐《汤显祖传》)。这两种特性决定了《紫钗记》和《牡丹亭》的艺术构思。

《紫钗记》和《牡丹亭》分别取材于唐传奇《霍小玉传》和话本《杜丽娘慕色还魂》,前者有着汤显祖冶游生活的体验,抒发了对爱情的憧憬;后者则表达了汤显祖对男女至情的礼赞。

霍小玉和李益的爱情存在着很多阻力,但二人一见钟情,为爱而苦苦支撑。作者以霍小玉坠钗、李益拾钗这一重要关目渲染霍李之间的浪漫爱情,接下来描写现实环境对这段爱情的冲击。霍小玉为霍王宠姬所生,在霍王死后被霍府赶出家门;尽管家资饶益,但毕竟已经沦落风尘。正因如此,霍小玉一直为追求幸福而备受煎熬:新婚不久便担心李益移情别恋,特意让李益写下了"生则同衾,死则共穴"的誓言;李益前往边关任职,霍小玉自知前途渺茫,只求李益能够给她八年的幸福生活;为探求夫君消息,霍小玉变卖家资甚至变卖紫钗遍托友朋;探知李益招赘太尉府,紫钗成了太尉小姐新婚首饰后,霍小玉陷入绝望,病入膏肓。面对卢太尉的逼婚,李益既痴情又软弱。卢太尉欲选东床,令天下中式士子都到太尉府参谒,李益不愿攀附权门,结果被送到边关任职,反倒成就了功业;卢太尉爱才,为使李益坦腹东床,调李益任孟门参军,拘禁招贤馆,诱之以仕途,逼之以威势,散谣言离间霍李感情,花百万家财买得霍小玉紫钗做定礼。李益一再表白自己对小玉的真情,却束手无策,最后被迫接受卢太尉定礼——紫钗;卢太尉骗说霍小玉卖紫钗后改适他人,李益依然痴情于霍小玉:"她纵然忘俺,俺依旧怜她。"霍小玉痴情令人扼腕叹息,李益绝情则激起了公愤,黄衫客行侠仗义,击退太尉兵丁,将李益挟持至霍小玉府第,消除误会,有情人终得团圆;黄衫客又暗通宫掖,派人弹劾卢太尉专权、强婚有妇之夫,解除了霍李的后顾之忧,霍李爱情得以起死回生。

杜丽娘那不知所起的情感实际上源于她的生命欲求。杜丽娘的父亲南安太守杜宝不仅是个勤于政事的好官员,而且还是个爱女情深的好父亲。夫妻俩教导女儿勤学女工,熟读男女《四书》,还请先生教《诗经》,希望女儿知书识理,能够和未来夫君谈吐相称。老师陈最良是个腐儒,只晓得照本宣科,自称一生收束心性,从来不晓得伤个春悲个秋。他们都忽视了杜丽娘体内萌动的性爱欲求,认为女孩子哪晓得男女之事,甚至连杜丽娘在衣服上绣鸳鸯都加以禁止。陈最良以"无邪"解《关雎》,杜丽娘却从《关雎》中读出了两情相悦的意味,并因而发出"人而不如鸟乎"的慨叹;她"一生爱好是天然",游园发现了自然之美,也发现了自身之美,期待这种美丽有人知赏。

《牡丹亭》最为成功的地方乃在于作家借助人间——阴间——人间(现实——理想——现实)这一结构,将"生生死死随人愿"的情感表现得淋漓尽致。《牡丹亭》"非缘情结梦,翻缘梦生情。率至生而死,死而生,以极其梦之变。呜呼!梦固如是哉?非也。既已梦矣,何适而不可。鹿可矣,蝶可矣,即优游蚁穴,亦无不可矣,而况同类中人。虽然,此犹执着之论也。我辈情深,何必有,何必无哉。聊借笔花以写若士胸中情语耳"(石林居士《书牡丹亭还魂记》)。杜丽娘可以在梦中满足情欲,醒来后情思绵绵,独自跑到园中去寻梦;寻梦归来,惆怅无限,从此相思成病;写真画像,为的是希望有人能欣赏自己的美丽;临死前请求父母将自己葬于梅树之下,将行乐图藏于太湖石底,渴望梦中情人能够一睹芳容;地府判官感杜丽娘之情,不坏其真身,特发路引,许其畅游。柳梦梅能异地感应杜丽娘之梦,三年后拾画把玩,感得杜丽娘鬼魂前来幽会;柳梦梅甚至不惧鬼魂,掘开坟墓,令杜丽娘起死回生,共遂男女之欢。

一旦从梦中醒来,一旦从阴间回到人间,汤显祖不得不让笔下人物遵守现实的法则。剧中有两个关目特别值得注意。一是杜丽娘还魂后,柳梦梅一直催着要成亲,可是杜丽娘却一再强调自己还是个处女身,需要遵从父母之命、媒妁之言;柳梦梅怪杜丽娘假道学,杜丽娘却正告柳梦梅:"鬼可以虚情,人需实礼。"二是杜太守认定柳梦梅是个盗墓贼,杜丽娘还魂是妖异作祟,柳梦梅顽强抗争,为他和杜丽娘的情感作了最大限度的辩护。"若士以为情不可以论理,死不足以尽情。百千情事,一死而止,则情莫有深于阿丽者矣。况其感应相与,得《易》之咸;从一而终,得《易》之恒。则不第情之深,而又为情之至正者。"(王思任《批点玉茗堂牡丹亭叙》)正因如此,《牡丹亭》才在人性层面和伦理层面均获得了展开的空间。

才气横溢的汤显祖是个填词高手,其曲辞不仅具有浓厚的抒情性,而且神韵具足。尽管《紫钗记》曲辞偏于骈俪,但《折柳阳关》、《冻卖珠钗》、《怨撒金钱》几出中的曲辞形神并茂,抒情性特强。《牡丹亭》虽然大量使用生僻典故,晦涩难懂,但是,作为汤显祖最满意的剧作,优美的曲辞是该剧打动一代代读者的关键所在。如《惊梦》、《寻梦》两出曲辞:

〔醉扶归〕你道翠生生出落的裙衫儿茜,艳晶晶花簪八宝填,可知我常一生儿爱好是天然,恰三春好处无人见。不提防沉鱼落雁鸟惊喧,则怕的羞花闭月花愁颤。

〔皂罗袍〕原来姹紫嫣红开遍,似这般都付与断井颓垣。良辰美景奈何天,赏心乐事谁家院。恁般景致,我老爷和奶奶再不提起。〔合〕朝飞暮卷,云霞翠轩,雨丝风片,烟波画船,锦屏人忒看的这韶光贱。

〔隔尾〕观之不足由他缱,便赏遍了十二亭台是枉然,倒不如兴尽回家闲过遣。

〔山坡羊〕没乱里春情难遣,蓦地里怀人幽怨,则为我生小婵娟,拣名门一例一例里神仙眷。甚良缘,把青春抛的远,俺的睡情谁见。则索因循腼腆,想幽梦谁边,和春光暗流转,迁延。这衷怀那处言,淹煎,泼残生除问天。(《惊梦》)

〔江儿水〕偶然间心似缱,梅树边。这般花花草草由人恋,生生死死随人愿,便酸酸楚楚无人怨。待打并香魂一片,阴雨梅天,守的个梅根相见。(《寻梦》)

〔醉扶归〕、〔皂罗袍〕、〔隔尾〕、〔山坡羊〕这几支曲子非常传神地写出了杜丽娘的情感波澜,兴奋、沉醉、后悔、伤春、闺怨,种种情态毕现无遗;〔江儿水〕抒发杜丽娘内心的渴望和执著,缠绵悱恻,极为动人。

戏曲演出讲究曲白相生,即曲辞和宾白之间相互补充相互映衬。汤显祖的《牡丹亭》在这方面有非常成功的表现。杨恩寿曾指出:"即如《牡丹亭》写杜丽娘游园之时,便道:'不到园林,怎知春色如许也!'紧接'原来姹紫嫣红开遍,似这般都付与断井颓垣。'若不用宾白呼起,则'原来'二字不见精神。此下叙亭馆之胜,于陆则'朝飞暮卷,云霞翠轩',于水则'雨丝风片,烟波画船'。而此调尚有三字两句,若再写园林,便嫌蛇足,故插宾白云:'好景致,老奶奶怎不提起也?'结便以'锦屏人忒看韶光贱'反诘之笔足之。即景抒情,不见呆相。究竟此支词曲之妙,皆由宾白之妙也。"(清杨恩寿《词余丛话》卷二"原文")

《紫钗记》和《牡丹亭》均在五十出以上。《紫钗记》结构散漫,甚至有点像流水账,连汤显祖自己都承认《紫钗记》乃案头之书而非台上之曲;不过,作为核心关目,紫钗的坠与拾、紫钗的卖与买还是显示了很强的结构能力。《牡丹亭》的结构仍不免散漫拖沓的毛病,不过重要关目处理得干净利落。在描写生生死死的恋情时,汤显祖分别设计了十出戏来加以展示:《惊梦》、《寻梦》、《诊祟》、《写真》、《悼殇》五出戏,写生者可以死;《魂游》、《幽媾》、《欢挠》、《冥誓》、《回生》五出戏,写死者可以生。还设计了《婚走》、《急难》、《闹宴》、《硬拷》、《圆驾》五出戏,表现"鬼可虚情,人需实礼",并确证"理之所必无,情之所必有"的生死恋情。这些都很见匠心。

三、佛与仙

就剧本所传达的人生感悟来看,《南柯梦记》和《邯郸梦记》另是一种风味。

淳于生梦入大槐安国,乃是功名念和风月情在作祟,所以"一往之情,则为所摄"(《南柯记题词》)。淳于生精通武艺,不拘小节,因纵酒丢了淮南军裨将前程,纵酒消愁,慨叹名不成,婚不就,家徒四壁。孝感寺听经,痴情妄起,竟入大槐安国尚了金枝公主,成就了人生功业:倾宫罗绮,尽世膏粱,贵主娇姿,尽淳于生受用;公主痴情,为淳于生谋得南柯郡守要职,20年后又请求国主将淳于生调回朝廷;淳于生政绩斐然,南柯郡百姓口里唱的都是淳于生的德政歌谣,碑上刻的都是淳于生20年的德政,生祠里供养的是淳于生的牌位;朝廷欣闻德政,奖励有加:"进封食邑三千户,爵上柱国,集议院大学士,开府仪同三司,仍行南柯郡事。二男一女,俱以门荫授官,许聘王族,与国咸休。"淳于生回朝,官拜左丞相,满朝皇亲贵勋感于淳于生20年进贡,纷纷结纳,一时权倾朝野。

写淳于生的功名与风月,宗旨在于"梦了为觉,情了为佛"(《南柯梦记题词》)。公主病逝,太史令奏说客星犯于牛女虚危之次,国有大恐,都邑迁徙,宗庙崩坏;右相段功趁机进言,说淳于生专权结党,纵欲乱伦,参倒淳于生,害得淳于生被遣送出国。作者设计了《禅请》、《情着》、《寻寤》、《转情》、《情尽》来度脱淳于生,实现从梦境证佛的创作意图。大槐安蚁群是五百年前扬州毗婆宝塔下的一群听经蚂蚁,为契玄禅师前身所坏;500年后,契玄禅师来到扬州了断公案,打算度这批蚂蚁升天。蚁后派儿媳侄女前来人间替金枝公主寻亲,将公主的金凤钗、文犀盒供养于契玄禅师座下;淳于生痴情妄起,不顾禅师一再点化,沉醉爱河。淳于生从梦中醒来,俯视蚁国,犹自痴情不舍,发愿超度瑶芳妻子和槐安一国蚂蚁全部生天;见到生天的妻子,淳于生还渴望与其重做夫妻。契玄禅师点破因缘,淳于生大彻大悟:"人间君臣眷属,蝼蚁何殊;一切苦乐兴衰,南柯无二;等为梦境,何处生天?小生一向痴迷也。"

汤显祖读《枕中记》而有感于"举世方熟邯郸一梦","故演付伶人以歌舞之";卢生慨叹自己不能"建功树名,出将入相,列鼎而食,选声而听,使宗族茂盛而家用肥饶",吕洞宾于是授卢生一个磁枕,引卢生进入梦乡,在梦中经历了一番荣辱升沉:妻子崔氏利用权势和金钱,替卢生钻取到了状元,却没有钻刺主考官宇文融;宇文融怀恨在心,一再寻找机会打击报复,可是事与愿违,寻了一个开河的题目处置卢生,却让卢生开河三百里,寻个西番征战的题目处置卢生,却让卢生开边一千里。卢生官封定西侯,加太子太保,兼兵部尚书,同平章军国事,权势熏天,又被宇文融诬告通番卖国,被绑赴云阳法场,遇赦后贬窜崖州鬼门关,九死一生,受尽凌辱;冤白还朝,卢生"进封赵国公,食邑五千户,四子尽升华要";卢生病危,朝野趋奉,极尽人臣之哀荣。云阳法场上,卢生感慨万千:"吾家本山东,有良田数顷,足以御寒馁,何苦求禄?而今及此,思复衣短褐,乘青驹,行邯郸道中,不可得矣。"一梦醒来,黄粱犹未熟,于是大彻大悟:"人生眷属,亦犹是耳,岂有真实相乎!其间宠辱之数,得丧之理,生死之情,尽知之矣。"

汤显祖在描写卢生梦中功名的过程中,感慨人情冷暖和世态炎凉,用峻切之语对朝政进行了严厉的批判。王骥德说临川传奇"语动刺骨",臧晋叔说"临川传奇,好为伤世之语,亦如今士子作举业,往往入时事",指的就是《邯郸梦记》对时政的指责和抨击。明代科场腐败、吏治腐败、君臣荒淫、宦官敛财、权臣威福、朋党倾轧诸世相,均在作者的抨击之列。"开元天子重贤才,开元通宝是钱财。若道文章空使得,状元曾值几文来。""如此朝纲把握难,不容怒发不冲冠。则这黄金买身贵,不用文章中试官。""书生白面好轻人,只道文章稳立身。直待朝中难站立,始知世上有权臣。"《赠试》、《夺元》、《骄宴》中的这三首下场诗对科举舞弊和权臣结党的讽刺极为辛辣,激愤之情溢于言表。

和创作《紫钗记》、《牡丹亭》相比,汤显祖创作《南柯梦记》、《邯郸梦记》时舞台意识大为增强。比如,语言较为通俗,曲辞不再像以往那么骈俪晦涩了。《邯郸梦记》中的《合仙》一出,写八仙为卢生证盟,曲辞明白如话,却蕴涵哲理,韵味无穷。结构也极为紧凑,《南柯梦记》四十四出,《邯郸梦记》三十出,不再有枝蔓情节了。尤其是《邯郸梦记》,"邯郸生忽而香水堂、曲江池、忽而陕州城、祁连山、忽而云阳市、鬼门道、翠花楼，极悲、极欢、极离、极合"（沈际飞《题邯郸梦》），剧情紧张，冲突激烈，关目合理，增一出不可，减一出亦不可，结构设计已到炉火纯青的境界。

【导学训练】

一、学习建议

学习明代文学，可以分为知识型学习和研究型学习，总体来说，应从几个方面着力：（一）对经典作家作品，应在认真阅读文本的基础上，了解学术界的相关研究成果。（二）对于明代文学总体进程的把握，应将文学史知识与具体文学作品结合起来，既要做到线索清晰，又要不失具体生动。（三）对于明代文学的重要流派、重要文学现象，应在整体把握的基础上作进一步的考析。

二、关键词释义

"前七子"：弘治、正德时期的复古文学流派。所谓七子，当时虽然存在歧说，但后世一般认为是指李梦阳、何景明、康海、王廷相、徐祯卿、王九思、边贡七人，为区别于李攀龙、王世贞等"后七子"，故称"前七子"。针对台阁体以来文坛的萎靡不振，李梦阳等人遂以"文必秦汉，诗必盛唐"相号召，古诗宗汉魏，律诗推尊盛唐尤其是杜诗，确立了以体裁规范为支柱的理论体系，然而由于各人才性不同，具体主张和风格又有所差异。由于过于强调模拟，不可避免地存在流弊，因而在嘉靖前期为唐宋派等文学流派所取代。

"后七子"：嘉靖至万历时期的复古文学流派，七人分别为李攀龙、王世贞、谢榛、吴国伦、梁有誉、宗臣、徐中行。"后七子"在理论上继承了"前七子""文必秦汉，诗必盛唐"的诗文主张，主格调，讲法度，互相引誉，将复古运动推向了高潮。"后七子"初由李攀龙主盟文坛，李攀龙死后，王世贞继之，在诗文理论上有所调整，在法度、格调之外，讲求性灵、才性，发展出"广五子"、"广四十子"等诗人群体，因而在文坛的影响较"前七子"更为广泛。

公安派：万历中后期兴起的一个文学流派，因其主要成员袁宏道、袁宗道、袁中道兄弟三人为湖北公安人而得名。主要成员除了"三袁"之外，还有江盈科、雷思霈等人。受李贽"童心说"影响，主张"独抒性灵，不拘格套"，反对前后七子"文必秦汉，诗必盛唐"、"大历以后书勿读"的复古论调，提倡"各极其变，各穷其趣"，"信腔信口，皆成律度"，"性情之发，无所不吐"。其风格在保持清新、率真的同时，也存在"冲口而出，不复检点"的弊病，效仿者更是"为俚语，为纤巧，为莽荡"，甚或"狂瞽交扇，鄙俚大行"，在明清之际受到尖锐批评。"五四"时期，周作人等人从文学革新的角度出发，对公安派予以大力褒扬。

小说评点：又曰小说批点、小说批评，古代小说的批评方式。评点内容包括文本改订、批评鉴赏和理论阐释，评点形态包括序跋、读法、眉批、旁批、夹批、总批和圈点。早期的小说评点是书商的一种促销手段,以注释为主,目的是给读者阅读小说扫除障碍;李卓吾奠定了评点形态,小说评点由注释向批评转型;金圣叹确立评点的综合形态,包括序、读法、眉批、夹批和总批五部分。

昆腔:传统戏曲声腔剧种。产生于元末明初的昆山一带。初期只用于清唱,因其清柔婉转,所以称为水磨调,又叫冷板凳。嘉靖末年,魏良辅对昆山腔进行了改革。唱曲方面,他在宫调、板眼、平仄等层面进行改革,使昆山腔具有了"转喉押调"和"字正腔圆"的特点;伴奏方面,则一改此前传奇声腔无管弦伴奏或只用锣、鼓、板伴奏的情形,"以笛、管、笙、琵按节而唱",使传奇音乐具有悠长婉转、抑扬顿挫、曲尽入微的特性。唱曲和伴奏相结合,形成了昆山腔"清柔而婉折"、"流丽悠远"的特性,适宜于文人抒发细腻情感。梁辰鱼将昆山新腔用于戏曲舞台后,迅速风行全国。清代中叶后因受地方戏的挤压而衰落。

三、思考题

1. 明代前期台阁文风的形成是由哪几方面的因素促成的?
2. 前后七子同倡复古,二者在理论主张上有什么区别?
3. 公安派、竟陵派在当今的文学史中被视为"优秀"、"进步"的文学流派,但在明末清初却被说成是亡国之音,原因何在?
4. 李梦阳、何景明之间的论争,对于"前七子"复古运动的走向产生了怎样的影响?为"后七子"复古运动的兴起提供了怎样的启示?
5. 公安派的"性灵说"与竟陵派的"性灵说"之间存在哪些异同?
6. 《三国演义》的文体对人物塑造有什么影响?
7. 《水浒传》的叙述逻辑和素材属性之间存在哪些矛盾之处?
8. 如何理解"西游记"的宗教性与世俗性?
9. 《金瓶梅》和明代四大奇书中的其他三部作品在题材选择、表现手法、美学风格上存在什么样的差异?
10. 如何理解"三言二拍"文本内涵的复杂性?
11. 明代小说创作有哪些时代特点?
12. 汤沈之争对晚明戏曲发展有怎样的影响?
13. "临川四梦"写了仙、佛、侠、情四个方面的内容,请由此切入谈谈你对汤显祖人生观的看法。
14. 如何理解杂剧创作的文人化、南曲化倾向?

四、可供进一步研讨的学术选题

1. 明代科举与文学关系研究。

    提示:明代选举专重进士科,科举制度形成了完备的体系,对思想、文化和文学都有重要的影响。从科举的角度切入,可以对明代文学有更全面、深入的理解。

2. 明代八股文体式、风格的演变。

提示：八股文是明代科举制度下形成的一种特殊文体。其体式、风格的演变，与国家文化政策、时代精神、思想变迁等有密切关系。

3. 公安派、竟陵派历史评价的变迁。

提示：在"五四"以后的文学史中，公安派、竟陵派都是被作为进步的文学思潮受到肯定。然而在明清之际，公安派、竟陵派却被作为"亡国之音"受到猛烈抨击。两种评价之间差异的形成，与时代变迁、文学观念的变化密不可分。

4. 明代小说商业化进程及其对小说创作的影响。

提示：明代小说创作的繁荣，与小说的商业化进程有直接的关系。作为一种大众化的文化消费方式，明代小说从创作到出版发行都掺杂了浓厚的商业因素，更何况还有书坊主直接进行小说创作。

5. 明代曲学研究。

提示：明代是中国戏曲发展的高峰期，也是中国古典戏曲理论的成熟期。明代中期以后，随着戏曲创作走向繁盛，曲学理论和专门的曲学著作也逐渐蔚为大观，出现了多种戏曲理论观念和体系，并且就相关理论问题产生了持续的争论。

【研讨平台】

一、明代文学与心学

提示：明代弘治、正德年间，王阳明以"致良知"之说倡行心学，在思想文化界影响甚巨。明代后期"童心说"、"性灵说"的兴盛，都与心学思潮密切相关。

心学与明代文学（节选）·左东岭

20世纪以来心学与明代文学关系研究的成就一如上述，当然也存在种种不足。若欲使此方面的研究进一步深入，则必须克服此种种不足，下面择其要者提出以供参考：

首先是对心学本身的研究需要更加细致深入。以前学术界过于强调晚明进步思潮的叛逆性质，往往在一定程度上将其与明代中期的思想界对立起来。其实心学本身便有一个发展演变的过程……这些问题如果不进行深入研究，势必会影响对心学性质的认识。

其次是心学与文学内在关联问题。……

其三是要更注意学科交叉性的立体研究。这又包括两个方面：一是文史哲相关领域的交叉。以前的文学研究在涉及相关领域的知识时，往往是借用那些领域学者们所取得的成果，而较少自己去亲身进行这些研究。当然，了解并吸收相关领域的研究成果是任何学者都不能忽视的，尤其是在学科划分日益细密的现代学术界，更少不了借用其他领域的成果。但由于心学与文学关系的特殊性质，决定了从事研究的人员必须拥有广博的知识背景与文史哲综合研究的能力。因为相关领域的研究很少去留意其研究对象与文学审美的内在关联问题，而这种关联又决非不同领域成果的简单对比，研究者必须对所牵涉的领域均进行过深入地研究思考，拥有自己的学术发现与独立见解，才能得出真正有价值的学术结论。任何借用都不能代替自己的研究,因为这样可以减少盲从而拥有自身的真实学术判断。

(左东岭:《明代心学与诗学》,北京:学苑出版社 2001 年版,第 371—401 页。)

二、明代文学论争

提示:文学论争古已有之,但都远不如明代激烈和广泛。明代的文学论争,诗文领域如前七子与茶陵派之争、李梦阳、何景明之争,唐宋派与前后七子之争,公安派与后七子之争,等等,几乎贯穿了整个明代诗文发展始终;戏曲领域如著名的汤(汤显祖)、沈(沈璟)之争,在戏曲史上具有广泛的影响。

涉江诗序·梅守箕

明之称诗者众矣。由成、弘前而论,不胜靡焉,惟虑其不似古也;论正、嘉而后,人人务振跃,惟虑其似古也;隆、万以来,纷然自为跳(逃)逸,乃似古而益不似古也。此何以故?以其非诗人而为诗人也。……盖昔之靡者,沿于习也;其振跃之者,工于拟也;其自为跳(逃)逸者,益之以多闻旁搜而已也。自其为汉魏人而似之,则轻议六朝,自其为初、盛唐而似之,则轻议中、晚,是何诗道之捷乎?于是无不朔操觚而望即以名家者,此无它,非诗人而为诗人故也。

(潘之恒《涉江诗》卷首)

三、明代八股文与科举文化

提示:科举制度经过隋唐的创立,宋元的发展,到明代开始走向成熟。科举制度对明代政治、经济、思想、文化及士人生活产生了广泛影响,渗入到了明代社会生活的每一个角落,由此形成了内涵丰富的科举文化。伴随科举考试出现的新的文章体式——八股文,是明代文学的重要内容。对明代文学发展历史轨迹的把握,须与科举制度的演变相结合。

明代八股文概述(节选)·吴承学、李光摩

明清时代对于八股文存在两种截然不同的评价。

有些学者对八股文评价甚高。有意思的是,比较正宗的文学家通常是鄙视八股文的,而富有创新精神如性灵派等人却是高度评价八股文的,他们通常把八股文作为一种时代新事物来看待。……

但是,八股文受到更多的是批评和鄙视。……

对于八股文评价的两种截然不同的观点,不仅是因为批评者考察问题角度、立场的差异,实在也是因为八股文本身固有的复杂性所致。

自隋唐以来,中国的科举制度屡经变化,至明代开始选用八股文作为科举考试的主要文体,这是带有必然性的选择。八股文是中国古代便于检测的标准化的文章写作形式,同时其写作也是封建官吏必需的职业训练手段。凡是考试总要有个范围,儒家经典《四书》便是所规定的范围;考试总要有个评价标准,八股文在内容方面的评价标准是朱熹的《四书集注》,在形式上的评价标准便是合乎功利的格式。八股文正是一种标准

化的论说文体,这种标准化正是为了选拔人才的某种"客观性"。而这种"标准化"与"客观性"往往正是戕害作者的创造性与个性化的杀手。

(郭英德:《中国古代文学通论·明代卷》,沈阳:辽宁人民出版社 2005 年版,第 100—102 页。)

【拓展指南】

一、明代文学重要研究成果简介

1. 钱谦益编:《列朝诗集》,北京:中华书局 2007 年版。

简介:81 卷。作者本着以诗存史的目的,汇辑元末明初以迄明末 1600 余家诗人之作,总为甲、乙、丙、丁四集。四集之外,又另设"乾集"收帝王诗,"闰集"收僧道、妇女、宗室、域外诗,"甲集前编"收元末明初诗。清顺治九年(1652)毛氏汲古阁刊行。康熙以后受到禁毁,《四库全书》列入禁毁书目。

2. 朱彝尊编:《明诗综》,北京:中华书局 2007 年版。

简介:100 卷。全书搜罗力求全备,共收明洪武至崇祯朝 3400 余人之作,兼及明末遗民,多则百余首,少则一二首。全书于诗人名下各附以小传,而评论则另系以为"诗话",自评之外,又间或附录友人张大受、朱端及明人评论。今存清康熙四十四年(1705)六峰阁刊本。

3. 陈田编:《明诗纪事》,蔡传廉等校点,上海:上海古籍出版社 1991 年版。

简介:187 卷。本书之编,始于光绪九年(1883),讫于光绪二十五年(1899)。录诗人 4000 余家,以天干为序,共计十签。前八签于光绪二十五年(1899)至宣统元年(1909)由陈氏听诗斋陆续刊行,后二签未刊。有商务印书馆《万有文库》第二集排印本。

4. 陈子龙、徐孚远、宋徵璧等选辑:《皇明经世文编》,北京:中华书局 1962 年版。

简介:504 卷,补遗 4 卷。本书编于崇祯十年(1637)、十一年(1638)间,以人为纲,以时代先后为序,共收 420 余人。取名"经世文编",宗旨是"取其关于军国、济于实用者",所收文章,"首先代言,其次奏疏,又其次尺牍,又其次杂文"。有崇祯间云间平露堂刊本,清代多次受到禁毁,《续修四库全书》、《四库禁毁书丛刊》均收录。

5. 饶宗颐初纂,张璋总纂:《全明词》,北京:中华书局 2004 年版。

简介:全书共六册,辑录词人 1390 余人,词作约两万首。出版后,陆续有学者做补辑工作,如周明初、叶晔续编成《全明词补编》两册,2007 年由浙江大学出版社出版。

6. 徐朔方、章培恒、安平秋、柳存仁等编:《古本小说集成》,上海:上海古籍出版社 1991 年后陆续影印刊行。

简介:迄今为止,共出版五辑 400 余种。主要收辑宋代以降的通俗小说,兼及重要的文言小说,尤重善本、孤本、抄本、稀见本。每部小说之前均撰有《弁言》,或考订作者生平,或记述版本源流,或从思想、艺术上予以阐发。

7. 《古本小说丛刊》

简介:除第 1 辑由《古本小说丛刊》编委会编辑、中华书局 1987 年出版外,第 2—41 辑由刘世德、陈庆浩、石昌渝主编,中华书局 1991 年后陆续刊行。迄今已出版 41 辑 170 余种。以收录通俗小说为主,兼采少量文言小说和讲唱文学作品。

8. 沈泰编:《盛明杂剧》,北京:中国戏剧出版社 1958 年版。

简介:共两集,每集 30 卷,各收明人杂剧 30 种,合计 60 种。初集刊于崇祯二年(1629),二集刊于崇祯十四年(1641)。所选 60 种杂剧中,有 32 种已成海内孤本。民国七年、十四年,董康诵芬室分别将两集予以重刊。《续修四库全书·集部》据原刊本影印本。

9. 赵琦美:《脉望馆钞校本古今杂剧》,北京:中国戏剧出版社 1958 年版。

简介:因其书斋名脉望馆而得名。后为钱谦益族曾孙钱曾所得,将剧目收入《也是园书目》,故又称《也是园古今杂剧》。原收杂剧 303 种,今存 242 种;又原有明人杂剧 147 种,教坊杂编 20 种,今存 76 种。经张元济、郑振铎、王季烈等人从中选择 144 种,由王季烈校订,编为《孤本元明杂剧》,1939 年由商务印书馆排印,又收入《古本戏曲丛刊四集》。

10. 毛晋编:《六十种曲》,北京:中华书局 1982 年两次影印出版。

简介:又名《绣刻演剧》。总共 6 套,每套 10 种,计 120 卷。所收剧作除《西厢记》外,其余均为南戏、传奇;诸如《琵琶记》等元代作品,收入集中的也是明人的改编本。20 世纪以来曾多次整理出版,吉林文史出版社 2001 年出版有黄竹三、冯俊杰主编的《六十种曲评注》。

11. 谢伯阳编:《全明散曲》,济南:齐鲁书社 1993 年版。

简介:全书共 5 册,收录明代散曲作家 406 家,小令 10606 首,套数 2064 套。曲家各系以小传,间或辑录序跋、曲评。书末附录作者姓名索引、曲牌索引。

12. 《古本戏曲丛刊》

简介:《古本戏曲丛刊》编辑委员会编辑。初集、二集分别于 1954 年、1955 年由上海商务印书馆出版,其中初集 103 种,明杂剧 3 种 7 部,明前期南戏、传奇 84 种,二集 100 种,收明后期作品;三集 100 种,于 1957 年由文学古籍刊行社出版;四集收《元刊杂剧三十种》、《脉望馆钞校本古今杂剧》等,于 1958 年由上海商务印书馆出版;九集收清代内廷历史大戏,于 1964 年由上海商务印书馆出版(六至八集未出,第九集在第五集之前出版);五集除收明清剧作外,还收入了少量由海外搜得的善本,于 1986 年由上海古籍出版社出版。

13. 朱一玄编:《中国古典小说名著资料丛刊》,天津:南开大学出版社 2002 年版。

简介:包括《三国演义资料汇编》、《水浒传资料汇编》、《西游记资料汇编》、《金瓶梅资料汇编》、《聊斋志异资料汇编》、《儒林外史资料汇编》、《红楼梦资料汇编》,共 7 册。分本事、作者、版本、评论、影响辑录七大古典小说的相关资料。

14. 陈文新主编:《中国文学编年史》,长沙:湖南人民出版社 2006 年版。

简介:共 18 卷,1400 万字。其中,《元代卷》由余来明主编,《明前期卷》由何坤翁主编,《明中期卷》由陈文新主编,《明末清初卷》由赵伯陶主编,《清前中期卷》由鲁小俊主编,《晚清卷》由王同舟主编。

15. 吴志达:《中华大典·文学典·明清文学分典》,南京:凤凰出版社 2005 年版。

简介:其中《明文学部一》由吴志达主编,《明文学部二》由陈文新主编,《清文学部一》由蔡守湘、蔡靖泉主编,《清文学部二》、《清文学部三》由阳海清主编。

二、明代文学重要研究资料索引

陈文新、何坤翁、赵伯陶主撰:《明代科举与文学编年》,武汉:武汉大学出版社 2009 年版。

董康等校订:《曲海总目提要》,北京:人民文学出版社 1959 年版。

傅惜华:《明代杂剧全目》,北京:作家出版社 1958 年版。

傅惜华:《明代传奇全目》,北京:人民文学出版社 1959 年版。

郭英德:《明清传奇综录》,石家庄:河北教育出版社 1997 年版。

石昌渝:《中国古代小说总目》,太原:山西教育出版社 2004 年版。

陈书录:《明代诗文的演变》,南京:江苏教育出版社 1996 年版。

熊礼汇:《明清散文流派论》,武汉:武汉大学出版社 2003 年版。

张仲谋:《明词史》,北京:人民文学出版社 2002 年版。

廖可斌:《明代文学复古运动研究》,上海:上海古籍出版社 1994 年版,北京:商务印书馆 2008 年版。

左东岭:《李贽与晚明文学思想》,天津:天津人民出版社 1997 年版。

周群:《儒释道与晚明文学思潮》,上海:上海书店出版社 2000 年版。

赵伯陶:《明清小品:个性天趣的显现》,桂林:广西师范大学出版社 1999 年版。

吴承学:《晚明小品研究》,南京:江苏古籍出版社 1998 年版。

鲁迅:《中国小说史略》,上海:上海古籍出版社 2006 年版。

胡适:《中国章回小说考证》,合肥:安徽教育出版社 2006 年版。

郑振铎:《中国文学研究》上、下册,北京:人民文学出版社 2000 年版。

孙楷第:《沧州集》,北京:中华书局 2009 年版。

叶德均:《戏曲小说丛考》,北京:中华书局 1979 年版。

石昌渝:《中国小说源流论》,北京:三联书店 1994 年版。

章培恒:《献疑集》,长沙:岳麓书社 1993 年版。

刘敬圻:《明清小说补论》,北京:三联书店 2004 年版。

〔美〕浦安迪:《中国叙事学》,北京:北京大学出版社 1996 年版。

〔美〕夏志清:《中国古典小说导论》,合肥:安徽文艺出版社 1988 年版。

陈大康:《明代小说史》,上海:上海文艺出版社 2000 年版,北京:人民文学出版社 2007 年版。

程国赋:《明代书坊与小说研究》,北京:中华书局2008年版。
陈文新、鲁小俊、王同舟:《明清章回小说流派研究》,武汉:武汉大学出版社2003年版。
〔美〕浦安迪:《明代小说四大奇书》,沈亨寿译,北京:三联书店2006年版。
程毅中:《明代小说丛稿》,北京:人民文学出版社2006年版。
王齐洲:《四大奇书与中国大众文化》,武汉:湖北教育出版社1991年版。
袁世硕:《文学史学的明清小说研究》,济南:齐鲁书社1999年版,天津:天津教育出版社2008年版。
张锦池:《〈西游记〉考论》(修订2版),哈尔滨:黑龙江教育出版社2003年版。
黄霖:《金瓶梅考论》,沈阳:辽宁人民出版社1989年版。
关四平:《三国演义源流研究》(修订3版),哈尔滨:黑龙江教育出版社2009年版。
马幼垣:《水浒论衡》,北京:三联书店2007年版。
陈洪:《金圣叹传论》,天津:天津人民出版社1996年版。
卢前:《卢前曲学四种》,北京:中华书局2006年版。
王卫民编:《吴梅戏曲论文集》,北京:中国戏曲出版社1983年版。
王季思:《玉轮轩曲论》,北京:中华书局1980年版。
叶长海:《中国戏剧学史稿》,上海:上海文艺出版社1986年版。
赵山林:《中国戏剧学通论》,合肥:安徽教育出版社1996年版。
谭帆、陆炜:《中国古典戏剧理论史》,北京:中国社会科学出版社1993年版。
苗怀明:《二十世纪戏曲文献学述略》,北京:中华书局2005年版。
周贻白:《中国戏曲史长编》,北京:人民文学出版社1960年版。
俞为民:《曲体研究》,北京:中华书局2005年版。
徐朔方:《晚明曲家年谱》,杭州:浙江古籍出版社1993年版。
程芸:《汤显祖与晚明戏曲的嬗变》,北京:中华书局2006年版。
邓长风:《明清戏曲家考略全编》,上海:上海古籍出版社2009年版。
徐子方:《明杂剧史》,北京:中华书局2003年版。
郭英德:《明清传奇史》,南京:江苏古籍出版社1999年版。
赵义山:《明清散曲史》,北京:人民出版社2007年版。
朱万曙:《明代戏曲评点研究》,合肥:安徽教育出版社2002年版。
吴书荫:《曲品校注》,北京:中华书局1990年版。

第八编　清代文学

第一章 绪 论

作为全国性政权的清王朝,自顺治元年(1644)清人入关到宣统三年(1911)辛亥革命,前后共历十帝、268年。清代文学的发展可粗分为前中后三期,分别指顺治、康熙朝文学,雍正、乾隆、嘉庆朝文学和道光、咸丰、同治、光绪、宣统朝文学。

第一节 清代的政治文化生态

明清易代,"天崩地坼",王朝、国家、华夷、生死等字眼,成为清初士人心头难解之结。遗民或贰臣,出世或入世,忠孝节义,儒道侠禅,士人无论做出怎样的人生抉择,沧桑之感是一种普遍的情怀,由此造就了清初文学悲凉激越的主旋律,因此此期作品无不吟奏出时代的强音。"故国"抑或"新朝",清初士人面对历史巨变时的心态其实相当复杂。略而言之,是为"亡国"而悲恸,还是为"亡天下"而愤激,体现出政治和文化的不同立场。前者拘于一家一姓的朝代更替或者种族的权力嬗代,而后者基于道德、伦理乃至文明的价值取向,其境界显然更高一层。正因如此,随着清王朝正统地位的确立,遗民群体的逐渐离世,以及华夷、仕隐之别的淡化,"国朝"意识也就不难跨越心理障碍,成为士人文化心态的主导倾向。

清廷一方面崇尚文治,特开博学鸿词科,编纂大型典籍,另一方面实行高压手段,文网日趋苛密。最显著的后果之一便是,清代中叶,士人多埋首考据,较少关心世务,朴学尤为兴盛。文学领域的若干史实,与这种学术风尚有或多或少的联系。汤寿潜《国朝文汇序》认为"国朝文以康雍乾嘉之际为极盛",理由就是"其时朴学竞出,文章多元本经术",因而"无前明标榜依附之习"。此期文章是否可称清代最盛,或可再议,但"多元本经术"确是事实。张之洞《輶轩语·读古人文集》论及本朝人文集,列举几类:方苞、全祖望、杭世骏、袁枚、彭绍升、李兆洛、包世臣、曾国藩集中,多碑传志状,可考当代掌故、前哲事实;朱彝尊、卢文弨、戴震、钱大昕、孙星衍、顾广圻、阮元、钱泰吉集中，多刻书序跋，可考学术流别、群籍义例；朱彝尊、钱大昕、翁方纲、孙星衍、武亿、严可均、张澍、洪颐煊集中，多金石跋文，可考古刻源流、史传差误。张氏又谓"后两体，国朝人开之，古集所无"。这一特点，当与朴学之风有关。又如翁方纲论诗力倡"肌理说"，认为学问是作诗的根本，"考订训诂之事与辞章之事未可判为二途"（《蛾术篇序》），要求以儒家的经籍入诗。他写了大量的"学问诗"，将经史考证、金石勘研都纳入诗中。即便是通俗小说也不能不受到这股风气的影响，最典型的是《野叟曝言》、《镜花缘》、《蟫史》、《燕山外史》等才学小说。就社会思潮的影响而言，胡适的概括最为明了："那个时代是一个博学的时代，故那时代的小说，也不知不觉的挂上了博学的牌子，这是时代的影响，谁也逃不过的。"（《镜花缘引论》）

　　道咸以降，时局多变，社会形势发生了前所未有的变化。求新与复古、变革与守成的错综交杂，是清代后期文学最显著的特点，这一特点又与今文经学的影响和西方文化的刺激密切关联。嘉庆、道光之际向被视为清代学术的一个分水岭，其标志是今文经学的崛起。今文经学以治公羊学为主体，致力于寻求经典的"微言大义"，重变易，尊自我，在清代后期的思想启蒙运动中具有重要的意义，同时对文学也产生了深远的影响。龚自珍和魏源治今文经学，旨在从传统文化中寻求救世资源，即龚自珍《己亥杂诗》所云"药方只贩古时丹"。直至清末康有为"托古改制"，仍是这一路数的延续和发展，亦即梁启超所谓"借经术以文饰其政论"（《清代学术概论》二）。因而"其所陈夫古者，不必尽如古人之真"（王国维《沈乙庵先生七十寿序》），实为时势使然。

　　鸦片战争、第二次鸦片战争、甲午战争等一系列事件，对清代后期思想形成了巨大冲击。体与用，中学与西学，东洋与西洋，民族与世界，维新与革命，救亡与启蒙，激进与保守，皆为士人所面对的重大问题，文学的发展也正是在这样的大背景下步履匆匆，新旧交杂。

　　在对清代文学的文化生态作历时态的描述的同时，有必要提及某些共时态的事实，例如科举文化。八股取士制度对于士风和文学的负面影响，时人谈论甚多。最有名者如《儒林外史》"文人有厄"之慨叹，以及对于士人众生相的展示，虽假托明代背景，实亦是清代士林的写照。但问题又有另一面。阮元说过："唐以诗赋取士，何尝少正人？明以四书文取士，何尝无邪党？惟是人有三等，上等之人，无论为何艺所取，皆归于正；下等之人，无论为何艺所取，亦归于邪；中等之人最多，若以四书文囿之，则其聪明不暇旁涉，才力限于功令，平日所习惟程朱之说，少时所揣摩皆道理之文，所以笃谨自守,潜移默化,有补于世道人心者甚多,胜于诗赋远矣。"(《四书文话序》)阮氏从禀赋才性之异立论,深有眼力。即从培养写作技能的角度看,八股文亦有可取之处。袁枚说:"时文之学,有害于诗。而暗中消息,又有一贯之理。"(《随园诗话》卷六)梁章钜也说:"今之作八韵试律者,必以八股之法行之;且今之工于作奏疏及长于作官牍文书者,亦未有不从八股格法来,而能文从字顺,各识职者也。"(《制义丛话》卷二)由此看来,科举、八股发展至清代,积弊甚深,但其对士风和文学的影响,又绝非简单的价值判断所能涵盖。

第二节　清代文学的历史进程

对明代文学尤其是明季文学的反拨和"国朝"文学的确立,是清代前期文学的重要内容。清人论及"胜国"文学,訾议甚多。如潘耒《曝书亭集序》云:"自明中叶伪文竞起,拟仿蹈袭、浮嚣钩棘之病,纷然杂出。二三君子以清真矫之,而莫能救也。迄于末年,纤佻怪诡,轨则荡然,道丧文弊,于斯为盛。"《四库全书总目·总集类五·宋诗抄》云:"明季诗派,最为芜杂,其初厌太仓、历下之剽袭,一变而趋清新。其继又厌公安、竟陵之纤佻,一变而趋真朴。故国初诸家,颇以出入宋诗,矫钩棘涂饰之弊。"清人有关明代文学的这类论述,既有实情,又是策略:不矫正"胜国"文学,何以建立"国朝"文学?正是在"祛病"、"革弊"的过程中,"国朝"文学渐显规模。张祥河《国朝文录序》云:"国初诸老,才大学博,然踵明世余习,有驳有醇,文不一律。洎乎康熙中叶,海内治安,士皆诵习经子,精研性理。望溪方氏出,而文章一轨于中正。"朱琦《制艺丛话序》云:"本朝初,屏除天、崇险诡之习,而出以雄浑博大,蔚然见开国规模。"诸如此类论述,反映出清人对"国朝"文学定位的密切关注。汪琬曾论及钱谦益、吴伟业、龚鼎孳诸人,称他们"或为文雄,或为诗伯,亦皆前明之遗老也"(《苑西集序》),强调两朝文学的承续性。其友邵长蘅则表示异议,他刻《二家诗钞》,推举王士禛和宋荦为正宗,隐然为"国朝"文学确立宗主。由邵、汪之分歧,可见清代前期文学意识嬗变之一斑。

具体到创作实践,清代前期文学对于前明乃至历代文学,或折衷调和,或延续发展,或回归复兴,或推陈出新,呈现出多元态势。诗歌领域,先是钱谦益主张"学问"与"性情"并重,由崇尚杜诗进而唐宋兼宗,力革明诗复古派以及公安派、竟陵派的流弊;吴伟业的七言歌行取法初唐四杰和中唐元白,独创"梅村体";后有王士禛、朱彝尊等"国朝六家",在宗唐宗宋问题上相持不下。散文领域,晚明小品文流风尚存,而主导倾向是回归唐宋古文的"载道"传统,以顺应经世致用的时代思潮。骈文和词在清代前期出现了中兴的气象,四六名家有陈维崧、毛奇龄等人,词家词作数量尤为巨大,《全清词·顺康卷》收录有两千余家、五万余首。所谓中兴,不仅仅是文体的再度繁荣,而是在表现内容和抒情功能方面皆有重大突破,从而可以别立"清代骈文"和"清词"。戏曲和小说皆承续晚明繁荣之势持续发展。戏曲方面,以吴伟业为代表的诗人曲家,寓情于曲,宛转哀感;以李玉为代表的苏州派,关注现实,重视教化;以李渔为代表的风流曲家,善写喜剧,适宜娱乐。至康熙间《长生殿》和《桃花扇》出,"勾栏争唱孔洪词"(金埴《题桃花扇传奇》),代表了清代戏曲的最高成就。作家的编剧技巧更加成熟,戏曲的抒情功能和叙事特性都得到重视。小说各体式之间发展并不平衡。白话小说领域的历史演义、神怪小说、英侠传奇、时事小说锐减,公案小说已经绝迹,反映世态人情的白话小说则急速增加,才子佳人小说、白话短篇小说、色情小说、世情小说多达100多部。文言小说迅速发展,《聊斋志异》是文言小说的集大成之作。在小说的商业化进程中,文人化色彩愈发浓厚,小说创作的主体意识得到强化。

雍乾嘉时期号称"盛世",其文学亦有某种"盛世气象"。钱泳《履园谭诗·总论》将"诗之为道"比作"草木之花",谓"迨本朝而枝条再荣,群花竞放;开到高、仁两朝,其花尤盛"。这个群花盛开的景象,确有诸多表现。譬如关于诗人集会吟唱盛况空前。明人结社,多标榜意气,臧否天下;清初诗社,亦多"抒写其旧国旧君之感"(杨凤苞《书南山草堂遗集》);及至中叶,诗人结社,以游宴为主,确乎"盛世"之音。再如沈德潜倡导格调诗,以温柔敦厚为准则。桐城文派以程朱理学为内核,确立"古文"正统。此期戏曲主流亦多鼓吹伦常教化。即便是论诗主张"空诸依傍,独抒性情"(《忠雅堂文集》张道源序)的蒋士铨,他所理解的情亦多为人伦之情:"大凡五伦百行,皆起于情。有情者,为孝子忠臣、仁人义士;无情者,为乱臣贼子、鄙夫忍人。"(《香祖楼》第十出)这些无不与"盛世"的主流意识形态有契合之处。

但这仅仅是"盛世"文学的一个方面。且不说黄景仁"忧患潜从外物知"之幽苦低吟,张问陶宝鸡题壁之伤时感事,即如通俗小说中《儒林外史》之"一代文人有厄"(第一回),《红楼梦》之"悲凉之雾,遍被华林"(鲁迅《中国小说史略》第二十四篇),无不是变徵之音。桐城派号为正宗,持法颇严,工于修饰,力主清雅简静。但其门户一开,招致劲敌亦复不少,章学诚、戴震、阮元等对其弊病皆有所批评,至道光间蒋湘南直以戴震、钱大昕、汪中、张惠言、武亿、陈寿祺、李兆洛、刘逢禄、龚自珍、魏源诸人之文为真古文(《与田叔子论古文第三书》)。以袁枚为代表的"性灵派",重视真我、真性情,谓"情所最先,莫如男女"(《答蕺园论诗书》),虽或有轻佻之弊,却有强烈的个性色彩和叛逆精神,与"盛世"的格调诗风迥不相侔。

清代中期诗歌主要有格调派、浙派、肌理派和性灵派,呈现出多元发展的态势。词坛以浙西词派和常州词派为两大阵营,先后各立坛坫。骈文尤盛,有"八家"之目,加上胡天游、汪中诸人,与桐城古文形成对抗的局面。作为文学文本的戏曲趋向衰退,地方戏则日渐显出生命力。小说方面,《阅微草堂笔记》在文言小说史上具有重要意义,与前期的《聊斋志异》形成双峰对峙的态势。历史演义和才子佳人小说进入低谷,英侠传奇兴盛,神魔小说的独创性和现实性明显增强,以《红楼梦》为代表的人情小说进入鼎盛时期,还出现了一批显扬才学的作品。小说创作的兼类现象严重,自况性、思想化、才学化成为此期小说的显著特点,并使得小说摆脱了商业化写作的命运,成为文人抒写心绪、描摹世态、思考人生的最佳文体。弹词、鼓词、子弟书等说唱文学也在这一时期兴盛起来,其中弹词《再生缘》最为著名。

清代后期,"康乾盛世"一变而为"老大帝国",世运日衰,国难当头,文学与社会、政治的关系尤为密切。各个体类的具体情况则又纷繁复杂,难以一概而论。诗歌领域流派众多,先是宋诗派,后有同光体、汉魏六朝诗派、晚唐诗派等,偏向传统,世多视为保守派。其实他们的诗歌不全是模拟古人,从思想内容到艺术形式皆有突破古人之处。像王闿运的名篇《圆明园词》,反映英法联军侵华事件,具有很强的现实性,只是面貌仍旧"古色斑斓"(柳亚子《论诗六绝句》)。而龚自珍诗歌的启蒙思想和批判精神,黄遵宪、梁启超的"新派诗"和"诗界革命",与汉魏唐宋诗歌面目迥异,具有革新意义,更为世人所瞩目。

散文方面,桐城派势头渐弱,只有方东树、管同、刘开、姚莹、梅曾亮等姚门弟子传承其道统和文统。之后有曾国藩及其弟子张裕钊、吴汝纶、黎庶昌、薛福成积极复兴桐城古文,后人称之为湘乡派。迨至清末,严复、林纾等人虽仍坚守桐城古文格调,思想则多能预流。而由龚自珍开创经世文风,经冯桂芬、王韬、郑观应倡导时务之文,到以梁启超为代表的"文界革命"和"新文体",是清代后期散文革新的主线,并且影响了"五四"文体变革。此期骈文仍有相当多的作者,易宗夔即称"道、咸以降,骈体文亦多斐然可观者,如李申耆、周荇农、傅味琴、赵桐孙、王壬甫、李莼客诸家,皆气清体洁。

而菽客尤词旨渊雅,体格纯净,直欲近掩洪、孙,远追徐、庾,不愧为一朝之后劲"(《新世说·文学》)。只是骈文以宗尚古典为高,在"务以新奇相尚"(胡先骕《评胡适五十年来中国之文学》)的时代,难以获得广泛的社会影响。

后期词坛,周济发扬光大张惠言的词学理论,进一步推尊词体,常州词派得以昌盛。至于其弊病,谭献有言:"常州派兴,虽不无皮傅,而比兴渐盛。故以浙派洗明代淫曼之陋,而流为江湖。以常派挽朱、厉、吴、郭佻染饾饤之失,而流为学究。""常州词派,不善学之,入于平钝廓落。"(《复堂词话》)因而他又以"作者之用心未必然,而读者之用心何必不然"等理论对之加以修正。在创作实践上,龚自珍、项廷纪、邓廷桢、林则徐、蒋春霖等皆能不傍门户,文廷式以及清季"四家"(王鹏运、朱孝臧、郑文焯、况周颐)虽承接常州派之余绪,但也不尽墨守,忧时伤乱之作尤为人所重。

戏曲方面,雅部衰微,花部繁荣,京剧诞生,但剧本创作较少佳作。小说创作存在继承和变革两种趋势。就继承方面来看,其创作形态一为口头叙事的案头化,代表性作品为《三侠五义》、《施公案》等侠义公案小说;一为文人化书写,代表性作品为《品花宝鉴》、《花月痕》、《青楼梦》、《海上花列传》等狭邪小说。就变革方面来说,技术革命和文化冲突改变了小说的创作和传播形态,出现了职业作家的市场化写作和社会精英的意识形态化写作,实现了现代小说的艰难转型。代表性作品有《新中国未来记》、《官场现形记》、《二十年目睹之怪现状》、《老残游记》、《孽海花》等政治小说、社会小说和历史小说。

第二章　清代诗歌

清代诗人人数之多、诗歌篇数之多,超过以往任何一个朝代。仅《晚晴簃诗汇》所收诗人就有6100余家,诗作27000余首。据《全清诗》编委会的初步推算,清代有作品传世的诗人超过10万人[①]。清诗不仅数量巨大,而

---

① 朱则杰:《论〈全清诗〉的体例与规模》,《古籍研究》1994年第1期。

且其成就"超越元明,上追唐宋"①,在中国诗歌史上具有重要地位。

第一节 清前期诗歌

明清之际诗坛,虞山派、云间派、娄东派鼎足而三。其中虞山派的钱谦益和娄东派的吴伟业影响尤大,论者谓"如张曲江、陈子昂之在唐初也"(胡薇元《梦痕馆诗话》卷四)。三派之外,又有以顾炎武、黄宗羲、王夫之、吴嘉纪、屈大均等为代表的遗民诗人。

钱谦益(1582—1664),字受之,号牧斋,江苏常熟人。明万历三十八年(1610)一甲三名进士,崇祯初官礼部右侍郎,旋革职。弘光时依附马士英、阮大铖,起为礼部尚书。清顺治二年(1645)迎降,授礼部侍郎。在任仅五个月即托病辞归,秘密从事抗清活动。谄事马、阮和降清,为其一生两大污点。

钱谦益的诗作于明代者为《初学集》,入清之后有《有学集》,另有《投笔集》系晚年所作。《有学集》多涉亡国之痛,故国之思,比之《初学集》更为人所重。佳句如"桃叶春流亡国恨,槐花秋蹈故国烟","南渡衣冠非故国,西湖烟水是清流","神愁玉玺归新室,天哭铜人别汉家","文章金马霜前泪,故国铜驼劫后人",皆沉郁悲凉,哀丽欲绝。《投笔集》始作于顺治十六年(1659)郑成功和张煌言兵入长江之际,止于康熙二年(1663),形式上步和杜甫《秋兴八首》,共十三叠104首。陈寅恪称"《投笔》一集实为明清之诗史,较杜陵尤胜一筹,乃三百年来之绝大著作也"②。

钱谦益"乙酉(1645)以后,摇笔伸纸,多抑塞愤张之语"(金鹤冲《钱牧斋先生年谱跋》),颇遭人怀疑其内心真诚与否。赵翼所谓"借陵谷沧桑之感,以掩其一身两姓之惭"(《瓯北诗话》卷九),可以代表部分人的看法。然而亦多有别议,如章炳麟云:"世多谓谦益所赋,特以文墨自刻饰,非其本怀。以人情思宗国言,降臣陈名夏至大学士,犹抈顶言不当去发,以此知谦益不尽诡伪矣。"(《訄书·别录甲》)

吴伟业(1609—1672)③,字骏公,号梅村,江苏太仓人。明崇祯四年(1631)会元、榜眼,官至左庶子。后仕清,官至国子监祭酒,旋丁忧归。有

---

① 钱仲联、钱学增选注:《清诗精华录》,济南:齐鲁书社1987年版,第1页。
② 陈寅恪:《柳如是别传》,上海:上海古籍出版社1980年版,第1169页。
③ 吴伟业卒于康熙十年十二月二十四日,公历为1672年1月23日。

《梅村家藏稿》。

吴伟业仕清是主动还是被迫,颇有争议,但其行事多能获得后人谅解,原因在于他诗词中的深切自责。"我本淮王旧鸡犬,不随仙去落人间","古人一饭犹思报,廿载思深感二毛","忍死偷生廿余载,如今罪孽怎消除","脱屣妻孥非易事,竟一钱不值何须说"等等,如郑方坤所云:"故国旧君之思,流连言外。如声有余哀,情文兼至。""悲愤自讼,不作一欺人语,读者略其迹,谅其心可也。"(《本朝名家诗抄小传》卷一)又,《梅村家藏集》以仕清分前后两集,死前遗命墓题"诗人吴梅村之墓",亦可见其忏悔之诚。

吴伟业以七言歌行最为擅长,取法四杰和元白而自成一家,世称梅村体。《四库全书总目》卷一七三评曰:"其少作大抵才华艳发,吐纳风流,有藻思绮合、清丽芊眠之致。及乎遭逢丧乱,阅历兴亡,激楚苍凉,风骨弥为遒上。暮年萧瑟,论者以庾信方之。其中歌行一体,尤所擅长。格律本乎四杰,而情韵为深;叙述类乎香山,而风华为胜。韵协宫商,感均顽艳,一时尤称绝调。"诗史、情韵和风华的融合,使梅村体兼取四杰和元白之长,不为其中任何一家所牢笼,也即徐世昌《晚晴簃诗汇》卷二十所说:"胎息初唐,不囿于长庆。"其后吴兆骞的《榆关老翁行》、《白头宫女行》,及至清末王闿运《圆明园词》、王国维《颐和园词》等皆与梅村体一脉相承。

顾炎武(1613—1682),初名绛,明亡后更名炎武,字宁人,学者称亭林先生,江苏昆山人。早年与归庄同入复社,明亡后曾在江南参与抗清活动。其后流亡北方,考察形势,图谋复国,卒于陕西华阴。有《亭林诗文集》,另有《日知录》、《天下郡国利病书》等。

顾炎武以气节和学术著称于世,其次才是诗文。他论诗有"诗主性情,不贵奇巧"(《日知录》卷二十一《古人用韵无过十字》)之说,反映在创作中,不以词藻、情韵取胜,而以人格、学养见长。

顾炎武作诗师法杜甫,近推李攀龙,《济南》有云:"绝代诗题传子美,近朝文士数于鳞。"因此朱庭珍说他"不脱七子面目气习",但也承认其诗"使事运典,确切不移,分寸悉合,可谓精当,此则过于七子"(《筱园诗话》卷二)。实际上顾炎武有别于七子单纯模拟的关键之处还不是用典,而在于"茹芝采蕨之志,黍离麦秀之悲"(汪端《明三十家诗选》初集卷七),以及身涉万里的江山之助,这使他直承杜诗的精神内涵,形成沉雄悲壮的诗风。《海上》四首其四:

> 长看白日下芜城,又见孤云海上生。感慨河山追失计,艰难戎马发深情。埋轮拗镞周千亩,蔓草枯杨汉二京。今日大梁非旧国,夷门愁杀

老侯嬴。

极写国破家亡之悲凉、无从救国之感慨,悲慨雄浑,直接老杜。

屈大均(1630—1696),初名绍隆,字翁山,广东番禺人,明诸生。曾削发为僧,法名今种,字一灵,后还俗,更今名。有《道援堂集》、《翁山诗外》、《翁山文外》等。

屈大均自称屈原后裔,"抱屈平离忧之志,而怀黍离麦秀之伤"(张远《翁山文外题辞》)。时人亦多以此称之,如朱彝尊《九歌草堂诗集序》云:"其傥荡不羁,往往为世俗所嘲笑者,予以为皆合乎三闾之志者也。"其诗则"祖灵均而宗太白,感物造端,比类托讽,大都妙于用虚"(潘耒《广东新语序》),又兼学杜甫,"自谓五律可比太白,而气体亦多似杜"(陈田《明诗纪事》辛签卷十一引《广东诗粹》),故其诗"兼李杜而有之"(周炳曾《翁山诗外序》),以豪宕遒上、奇思妙想见长,"别具仙骨"(金天翮《天放楼文言》卷十《答樊山老人论诗书》),"超然独行,当世罕偶"(毛奇龄《岭南屈翁山诗集序》)。

严格意义上的清代本朝诗人以康熙间"国朝六家"为代表。六家为南施(闰章)北宋(琬)、南朱(彝尊)北王(士禛)以及查慎行、赵执信,其中王士禛影响最大。

王士禛(1634—1711),字贻上,号阮亭,别号渔洋山人,山东新城(今桓台)人。顺治十五年(1658)进士,官至刑部尚书。有《带经堂集》。

王士禛论诗以"神韵"为宗,其诗歌创作亦以"神韵"为主。成名作是24岁时在济南所赋《秋柳四首》,也是"神韵"诗的代表作品。此诗一出,传遍大江南北,和者甚众。其中第一首云:

> 秋来何处最销魂?残照西风白下门。他日差池春燕影,只今憔悴晚烟痕。愁生陌上黄骢曲,梦远江南乌夜村。莫听临风三弄笛,玉关哀怨总难论。

诗歌意义模糊、朦胧,所谓"神韵"亦正在于此。

含蓄缥缈、意在言外的表达方式既可寄托家国沧桑之感,又不会因辞气显露而致祸。"神韵"诗论和诗作顺应了清初的社会文化心理,"天下遂翕然应之"(《四库全书总目》卷一七三)。不过亦有不少反对者,其中最有名的是其甥婿赵执信。

第二节　清中期诗歌

　　清中期诗坛流派纷呈,大略有四:格调派(沈德潜)、浙派(厉鹗)、肌理派(翁方纲)和性灵派(袁枚)。其中性灵派声势最大,袁枚之外,蒋士铨、赵翼、张问陶、郑燮、黄景仁、舒位、王昙、孙原湘等皆可归于此派。

　　沈德潜(1673—1769),字确士,号归愚,江苏长洲(今苏州)人。早年功名蹭蹬,乾隆三年(1738)始中乡试,次年成进士。官至礼部侍郎,晚年得受隆遇。有《沈归愚诗文全集》。其论诗以"格调"为宗,推举唐诗,认为"宋诗近腐,元诗近纤",唯明前后七子诗可称"大雅"(《明诗别裁集序》),强调诗歌应当"和性情,厚人伦,匡政治,感神明","一归于中正和平"(《重订唐诗别裁集序》)。他编选《古诗源》和唐诗、明诗、清诗三种《别裁集》,推行其说,在乾隆时期影响很大。至于其诗作,虽有所谓"盛世之音",但有规格法度而较少真气,成就不高。

　　厉鹗(1692—1752),字太鸿,号樊榭,浙江钱塘(今杭州)人。康熙五十九年(1720)举人,长期馆于扬州马氏小玲珑山馆。有《樊榭山房集》、《宋诗纪事》。其诗工于山水,又好用典故,尤其喜用宋人轶闻及生僻典故,因而或清俊生新,圆润秀媚,或取材新奇,蹊径幽微,但同时气格和力量稍弱,缺少雄浑阔大的局面。厉鹗为清中叶浙派诗的代表人物,在"格调"说占据主流地位之际另辟坛坫,其意义更不容小觑。

　　翁方纲(1733—1818),字正三,号覃溪,晚号苏斋,直隶大兴(今属北京)人。乾隆十七年(1752)进士,官至内阁学士、礼部侍郎。有《复初斋诗集》、《文集》、《石洲诗话》。

　　作为有名的金石家、考据家、书法家,翁方纲论诗倡导"肌理"说,谓"为学必以考证为准,为诗必以肌理为准"(《言志集序》),"士生今日,宜博精经史考订,而后其诗大醇"(《粤东三子诗序》),主张宗法宋诗,认为"诗至宋而益加细密,盖刻抉入里,实非唐人所能囿也"(《石洲诗话》卷四)。大抵其"肌理"说包括"义理"和"文理",前者指以六经为基础的思想和学问,后者指形式上符合"诗法"。他自己的创作实践,自诸经传疏以及史传考订、金石文字,皆入于诗,是典型的学人之诗。

　　袁枚(1716—1798)①,字子才,号简斋,世称随园先生,浙江钱塘(今杭

---

① 袁枚卒于嘉庆二年十一月十七日,公历为1798年1月3日。

州)人。乾隆四年(1739)进士,入翰林院,出为江苏溧阳、江宁等地知县。后辞官居江宁(今南京)随园,一时风雅,于斯为盛。有《小仓山房诗文集》、《随园诗话》等。

袁枚论诗标举"性灵"说,反对"格调"说、"肌理"说。所谓"性灵",大抵与南朝钟嵘、南宋杨万里、晚明公安派和李贽一脉相承,强调性情为诗的第一要素,"性情以外本无诗"(《寄怀钱屿沙方伯予告归里》),"情所最先,莫如男女"(《答蕺园论诗书》)。性情与个性相关,而与时代无关:"作诗,不可以无我","有人无我,是傀儡也"(《随园诗话》卷七),"诗者,人之性情;唐、宋者,帝王之国号。人之性情,岂因国号而转移哉"(《随园诗话》卷六),"诗者,各人之性情耳,与唐宋无与也"(《答兰垞论诗书》)。有性情、个性,还要有诗才:"作诗如作史也,才学识三者宜兼,而才为尤先","诗人无才,不能役典籍,运心灵"(《蒋心余蕺园诗序》)。基于这些诗学观念,袁枚对沈德潜、翁方纲深为不满。

袁枚的诗作亦以性灵为宗,有名者如《马嵬》之二:

> 莫唱当年长恨歌,人间亦自有银河。石壕村里夫妻别,泪比长生殿上多。

以"石壕村"与"长生殿"对举,可见诗心之巧。他也有些诗作流于轻俗。洪亮吉就说:"诗固忌拙,然亦不可太巧。近日袁大令枚《随园诗集》颇犯此病。"(《北江诗话》卷一)

黄景仁(1749—1783),字仲则、汉镛,自号鹿菲子,江苏武进人。一生穷愁潦倒,先后五应江南乡试,三应顺天乡试,均不售。以游幕为生,足迹遍及浙皖三湘。后入京谋职,得毕沅资助,纳捐为县丞。尚未铨选即为债家所迫,抱病出京,卒于途中,年仅35。有《两当轩集》。

寒士生活是黄景仁诗的重要内容,亦即《两当轩集》自序所谓"好作幽苦语"。如《别老母》:

> 搴帷别母河梁去,白发愁看泪眼枯。惨惨柴门风雪夜,此时有子不如无。

写离家别母之情形,末句尤为凄恻动人。又如著名的《都门秋思》四首其三:

> 五剧车声隐若雷,北邙惟见冢千堆。夕阳劝客登楼去,山色将秋绕郭来。寒甚更无修竹倚,愁多思买白杨栽。全家都在风声里,九月衣裳

未剪裁。

据说此诗深为毕沅所赏,谓值千金。

"幽苦语"之所以动人,更在于诗人表现出个人面对社会时的孤寂与落寞。《癸巳除夕偶成》二首其一:

> 千家笑语漏迟迟,忧患潜从物外知。悄立市桥人不识,一星如月看多时。

清代中叶的主流诗歌,无论是以格调胜、以天分胜,还是以学问胜,多少有些盛世之音。黄景仁的独特之处在于,他对个人在社会中的悲剧处境有着相当敏感和细腻的体察,故而其诗是盛世衰音,而非升平之章。

第三节 清后期诗歌

晚清诗坛,传统与新变并存。得时代风气之先,最富批判精神者,首推龚自珍,论者或称之为启蒙诗人。再有魏源、林则徐、姚燮、张维屏、张际亮等人的诗歌,亦与巨变的现实社会紧密相连,多能当"诗史"之称。

龚自珍(1792—1841),又名巩祚,字璱人,号定盦,浙江仁和(今杭州)人。道光九年(1829)进士,官宗人府及礼部主事。十九年(1839)告归,两年后卒于江苏丹阳。今人辑有《龚自珍全集》。

龚自珍以启蒙思想家兼文学家名世,其诗亦以思想性见长。今存600余首诗作,多为30岁以后的作品,其中相当一部分是针砭时弊之作。如《咏史》:

> 金粉东南十五州,万重恩怨属名流。牢盆狎客操全算,团扇才人踞上游。避席畏闻文字狱,著书都为稻粱谋。田横五百人安在,难道归来尽列侯?

这是政治高压下名流、士林的种种情状。再如《己亥杂诗》之八十六:

> 鬼灯队队散秋萤,落魄参军泪眼荧。何不专城花县去,春眠寒食未曾醒。

这是写鸦片之害。龚自珍的诗不仅刻画出清王朝江河日下的末世景象,更表现出诗人积极革新的愿望和主张。如《己亥杂诗》之十四:"颓波难挽挽颓心,壮岁曾为九牧箴。钟簴苍凉行色晚,狂言重起廿年瘖。"为拯救国运而发"狂言",是他一生的使命。

龚自珍的诗具有浓郁的个性色彩，虽远宗庄子、屈原、李白，近推吴伟业、屈大均、袁枚诸人，但能独出机杼，自成一家。在形式上甚至多有不合格律之作，谭献就说其诗"佚宕旷邈，而豪不就律，终非当家"（《复堂日记》卷二）。不就格律，非才力不济，实乃龚自珍之不可及亦不可学之处。

道光、咸丰间以坚持传统的面貌出现的诗歌群体是宋诗派，其中成就最为人瞩目的是郑珍。

郑珍（1806—1864），字子尹，号巢经巢主，贵州遵义人。道光十七年（1837）举人，官荔波训导。有《巢经巢诗钞》。陈衍《石遗室诗话》谓"子尹历前人所未历之境，状人所难状之状"，此语道出郑珍开拓诗歌境界之功。琐事、旅途、山水、咏物、怀古、谈艺等皆入其诗，如《完未场卷，矮屋无聊，成诗数十韵，揭晓后因续成之》中一段：

> 四更赴辕门，坐地眠瞢腾。五更随唱入，阶误东西行。揩眼视达官，蠕蠕动两帐。喜赖搜挟手，按摩腰股醒。携篮仗朋辈，许贿亲火兵。拳卧半边屋，隔舍闻丁丁。黄帘自知晚，蜗牛喜观灯。梦醒见题纸，细摩压折平。功令多于题，关防映红青。

此诗写科举时代应试的情形，如候门、唱名、搜检、携食具、钉号板、出题、盖关防等，此前的诗中很少有这类内容。郑珍的诗通俗平易，近于元白；写寒士生活，近于孟郊；写骨肉之情，如《题俞秋农书声刀尺图》等篇，情尤深挚。近人胡先骕推尊郑珍诗"为有清一代冠冕"（《读郑子尹巢经巢诗集》）。

同治、光绪间偏向传统的诗歌流派是同光体、汉魏六朝诗派、晚唐诗派，而能够反映资产阶级文化思想在诗歌领域引起的新变者，是以黄遵宪为代表的诗界革命，至宣统年间则有鼓吹资产阶级民主革命的文学团体南社。

黄遵宪（1848—1905），字公度，广东嘉应（今梅州）人。光绪二年（1876）举人，历任驻日、英、美、新加坡等国外交官，回国后署湖南按察使，协助陈宝箴厉行新政。有《人境庐诗草》。

康有为序《人境庐诗草》，称黄遵宪的诗"上感国变，中伤种族，下哀生民，博以寰球之游历"，这话大抵概括了其诗的主要内容。《冯将军歌》、《度辽将军歌》、《悲平壤》、《哀旅顺》、《哭威海》、《台湾行》、《天津纪乱》等篇，反映重大历史事件，《番客篇》、《逐客篇》、《新加坡杂诗十二首》等写华侨的苦难生活,可称"诗史"。《出军歌》《军中歌》《旋军歌》各八章,每章最末一字连起来就是:"鼓勇同前,敢战必胜。死战向前,纵横莫抗。旋师定约,张我国权。"梁启超评曰:"诗界革命之能事,至斯而极矣。吾为一言以蔽之曰:读此诗而不起舞者必非男子。"(《饮冰室诗话》)

以海外文明及新事物入诗,开拓诗歌境界,是黄遵宪诗的突出特点。日本樱花(《樱花歌》)、美国竞选(《纪事》)、巴黎铁塔(《登巴黎铁塔》)、伦敦大雾(《伦敦大雾行》)、锡兰卧佛(《锡兰岛卧佛》)等,无不令时人耳目一新。又如名作《今别离》四首,虽为传统的游子思妇题材,但以火车、轮船、电报、照相、东西半球昼夜相反为诗眼,别开生面。其四云:

> 汝魂将何之?欲与君追随。飘然渡沧海,不畏风波危。昨夕入君室,举手搴君帷。披帷不见人,想君就枕迟。君魂倘寻我,会面亦难期。恐君魂来日,是妾不寐时。妾睡君或醒,君睡妾岂知?彼此不相闻,安怪常参差。举头见明月,明月方入扉。此时想君身,侵晓刚披衣。君在海之角,妾在天之涯。相去三万里,昼夜相背驰。眠起不同时,魂梦难相依。地长不能缩,翼短不能飞。只有恋君心,海枯终不移。海水深复深,难以量相思。

以新事而合旧格,开启古人未曾有之境。

黄遵宪早年《杂感》(1868)诗云:"我手写我口,古岂能拘牵?即今流俗语,我若登简编;五千年后人,惊为古斓斑。"后来在《人境庐诗草自序》(1891)中对自己的诗歌主张作了全面说明,有"其述事也,举今日之官书会典方言俗谚,以及古人未有之物,未辟之境,耳目所历,皆笔而书之","其炼格也,自曹鲍陶谢李杜韩苏,讫于晚近小家,不名一格,不专一体,要不失乎为我之诗"云云。其诗学观念及实践多为人所称赏,如丘逢甲《人境庐诗草跋》云:"茫茫诗海,手辟新洲,此诗世界之哥伦布也。"不过综观他的诗,新变之功虽著,有欠剪裁之处亦复不少。钱锺书称"其诗有新事物,而无新理致"[1],不为无当。

---

[1] 钱锺书:《谈艺录》(补订本),北京:中华书局1987年版,第24页。

第三章 清 词

词兴于唐,盛于宋,衰于元明,至清而再度兴盛。首先表现在词人词作的数量上。《全清词·顺康卷》即收录词人 2105 人,词作 53400 余首,《顺康卷补编》收录词人 455 家,词作计 10000 余首。而《全宋词》收录词人 1430 余人,词作 28600 余首。清词数量之大,于此可见一斑。不仅如此,清词在表现内容、抒情功能、风格流派等方面,较之于宋词,皆有很大的拓展和深化。清词与宋词在词史上的地位高下,前人争议颇多,而清词为词之"中兴",则为论者所公认。

第一节 清前期词

清初扭转明季词坛颓靡香艳之风,奏响清词中兴之前调者,首推陈子龙、李雯、宋征舆等云间词人,其次为王夫之、屈大均、今释澹归等遗民词人。他们以词写黍离之悲、复明之志,极大地拓展了词的抒情功能。稍后有以丁澎为代表的西泠(杭州)词人,以曹尔堪为代表的柳洲(嘉善)词人,以王士禛为代表的广陵(扬州)词人,以邹祗谟为代表的毗陵(常州)词人,以及以龚鼎孳为代表的京师词人,其时南北词坛盛况,论者谓之"百派回流、词风胚变"①。至康熙间,以陈维崧为宗主的阳羡词派,以朱彝尊为宗主的浙西词派,以及纳兰性德、曹贞吉、顾贞观等"京华三绝",为清初词坛最为卓著的代表。

陈维崧(1626—1682)②,字其年,号迦陵,江苏宜兴人。年 17 为诸生,年 54 始举鸿博,授检讨,预修《明史》。有《湖海楼诗文词全集》。

陈维崧词作宏富,平生所作 1600 余首,为古今词人所罕见。早期词作多已在其生前删削,后期词作结集为《乌丝词》和《迦陵词》。其词风变化,

---

① 严迪昌:《清词史》第一编第二章,南京:江苏古籍出版社 1999 年版。
② 陈维崧生于明天启五年十二月初六,公历为 1626 年 1 月 3 日。

约可分为前后两期。早岁值家门鼎盛,意气横逸,多旖旎语;中年以后,颠沛四方,趋向沉郁浑厚,悲故国,哀民生,感身世,题材阔大,气魄遒劲。如《贺新郎·纤夫词》:

> 战舰排江口。正天边、真王拜印,蛟螭蟠钮。征发棹船郎十万,列郡风驰雨骤。叹闾左、骚然鸡狗。里正前团催后保,尽累累、锁系空仓后。捽头去,敢摇手? 稻花恰称霜天秀。有丁男、临歧诀绝,草间病妇。此去三江牵百丈,雪浪排樯夜吼。背耐得、土牛鞭否? 好倚后园枫树下,向丛祠、亟倩巫浇酒。神佑我,归田亩。

写赋役征丁,可比诗中老杜之《新安吏》、《石壕吏》,为词中少有。他如《金浮图·夜宿翁村,时方刈稻,苦雨不绝,词纪田家语》、《南乡子·江南杂咏》、《八声甘州·客有言西江近事者,感而赋此》等,皆当"词史"之称。陈廷焯谓"国初词家,断以迦陵为巨擘"(《白雨斋词话》卷三),就清初豪放一派而言,此论不虚。

朱彝尊(1629—1709),字锡鬯,号竹垞,晚号小长芦钓鱼师,又号金风亭长,浙江秀水(今嘉兴)人。康熙十八年(1679)举博学鸿词,以布衣授翰林院检讨,预修《明史》。词集有《静志居琴趣》、《江湖载酒集》、《蕃锦集集句》、《茶烟阁体物集》,皆收入《曝书亭集》,又辑唐、五代、宋以至元张翥诸家词为《词综》。

朱彝尊词近师曹溶,远承姜夔、张炎,一以南宋为宗,力矫明词卑弱浮薄之弊,尝谓"世人言词,必称北宋。然词至南宋始极其工,至宋季始极其变。姜尧章氏,最为杰出"(《词综·发凡》)。影响所及,"数十年来,浙西填词者,家白石而户玉田"(《静惕堂词序》),浙西词派由此大盛。

曹尔堪谓朱彝尊词"芊绵温丽,为周、柳擅场,时复杂以悲壮,殆与秦缶燕筑相摩荡。其为闺中之逸调邪? 为塞上之羽音邪? 盛年绮笔,造而益深,固宜其无所不有也"(《曝书亭集词序》)。此序系为《江湖载酒集》而作,而"闺中逸调"与"塞上羽音"亦可用来概括朱彝尊词最重要的两个方面。前者如《桂殿秋》:

> 思往事,渡江干。青蛾低映越山看。共眠一舸听秋雨,小簟轻衾各自寒。

况周颐《蕙风词话》卷五云:"或问国初词人,当以谁氏为冠? 再三审度,举金风亭长对。问佳构奚若? 举捣练子云云。"《捣练子》即《桂殿秋》。这首小词追忆与妻妹的情事,极为深婉含蕴。虽系言情,而意韵似又超出爱情之

外。况氏之论,深有眼力。后者如《长亭怨慢·雁》:

> 结多少、悲秋俦侣,特地年年,北风吹度。紫塞门孤,金河月冷,恨谁诉?回汀枉渚,也只恋、江南住。随意落平沙,巧排作、参差筝柱。别浦,惯惊移莫定,应怯败荷疏雨。一绳云杪,看字字、悬针垂露。渐敧斜、无力低飘,正目送、碧罗天暮。写不了相思,又蘸凉波飞去。

陈廷焯说这首词"感慨身世,以凄切之情,发哀婉之调,既悲凉,又忠厚,是竹垞直逼玉田之作",又说"渔洋《秋柳》诗云:'相逢南雁皆愁侣,好语西乌莫夜飞。'同此哀感"(《白雨斋词话》卷三),可谓深得其中三昧。所谓"同此哀感",实为故国沧桑之感。

纳兰性德(1655—1685)①,原名成德,以避太子讳改今名。字容若,号楞伽山人。满洲正黄旗人,大学士明珠长子。康熙十五年(1676)进士,授三等侍卫,寻晋一等。有《通志堂集》、《纳兰词》(又名《饮水词》)。

纳兰于词推尊李后主。李后主词本不易学,而纳兰以深情入词,出乎天然,故论者谓之"南唐李重光后身"(周之琦语),"得南唐二主之遗"(陈维崧语)。纳兰之深情最显著的表现,一为友情,一为悼亡。其友情发之于词者,如赠顾贞观的《金缕曲·赠梁汾》:

> 德也狂生耳。偶然间、缁尘京国,乌衣门第。有酒惟浇赵州土,谁会成生此意?不信道、遂成知己。青眼高歌俱未老,向尊前、拭尽英雄泪。君不见,月如水。共君此夜须沉醉,且由他、蛾眉谣诼,古今同忌。身世悠悠何足问,冷笑置之而已。寻思起、从头翻悔。一日心期千劫在,后身缘、恐结他生里。然诺重,君须记。

念念以来生相定交,读之令人增风谊之重。

纳兰原配卢氏,18岁于归,恩爱三载而卒,纳兰为之所作悼亡词凄入肝肠,哀感顽艳。如《金缕曲·亡妇忌日有感》:

> 此恨何时已?滴空阶、寒更雨歇,葬花天气。三载悠悠魂梦杳,是梦久应醒矣。料也觉、人间无味。不及夜台尘土隔,冷清清、一片埋愁地。钗钿约,竟抛弃。重泉若有双鱼寄,好知他、年来苦乐,与谁相倚?我自终宵成转侧,忍听湘弦重理?待结个、他生知己。还怕两人俱薄命,再缘悭、剩月零风里。清泪尽,纸灰起。

---

① 纳兰性德生于顺治十一年十二月十二日,公历为1655年1月19日。

顾贞观谓"容若词一种凄惋处,令人不能卒读"(《纳兰词·词评》),当指这一类词。他如《蝶恋花》四首(辛苦最怜天上月)、《沁园春》(瞬息浮生)、《南乡子·为亡妇题照》等篇,皆情深词苦,幽艳哀断,苏轼悼亡词之后,卓然一大家。

纳兰的边塞词亦独具特色。王国维《人间词话》云:"'明月照积雪'、'大江流日夜'、'中天悬明月'、'黄河落日圆',此种境界可谓千古壮观。求之于词,则纳兰容若塞上之作,如《长相思》之'夜深千帐灯',《如梦令》之'万帐穹庐人醉,星影摇摇欲坠'差近之。"不惟如此,鞍马扈从,俗人视为隆遇,纳兰词中却充满苍凉清怨之音:《长相思》之"夜深千帐灯"下是"风一更,雪一更,聒碎乡心梦不成。故园无此声",《如梦令》之"万帐穹庐人醉,星影摇摇欲坠"后是"归梦隔狼河,又被河声搅碎。还睡,还睡,解道醒来无味"。

第二节　清中期词

浙西词派至厉鹗而大盛,为雍正、乾隆间词坛主流。厉鹗论词以画为譬,谓"画家以南宗胜北宗。稼轩、后村诸人,词之北宗也。清真、白石诸人,词之南宗也"(《张今涪红螺词序》),自称"心折小长芦钓师"(《论词绝句》之十),为朱彝尊之后浙西词派之中坚,"雍正、乾隆间,词学奉樊榭为赤帜,家白石而户梅溪矣"(谢章铤《赌棋山庄词话》卷十一《小山词社》)。

厉鹗"继竹垞而兴,奠浙词之宇"(王煜《樊榭山房词抄》),但取径又有不同,大抵而言,厉鹗"专学姜、张,竹垞则兼收并蓄也"(郭麐《灵芬馆词话》卷十一)。厉鹗词以孤冷、幽隽著称,善写山水景致,尤长秋景秋意。如《忆旧游》:

溯溪流云去,树约风来,山翦秋眉。一片寻秋意,是凉花载雪,人在芦碕。楚天旧愁多少,飘作鬓边丝。正浦溆苍茫,闲随野色,行到禅扉。忘机。悄无语,坐雁底焚香,蛩外弦诗。又送萧萧响,尽平沙霜信,吹上僧衣。凭高一声弹指,天地入斜晖。已隔断尘喧,门前弄月渔艇归。

厉鹗词之为后人所诟病者,一在气象不大,如陈廷焯说:"樊榭词拔帜于陈、朱之外,窈曲幽深,自是高境。然其幽深处,在貌而不在骨,绝非从楚《骚》来。故色泽甚饶,而沉厚之味,终不足也。"(《白雨斋词话》卷四)二在征典过多,如徐珂云:"鹗词宗彝尊,而数用新事,世多未见,故重其富。后生效

之,每以捃摭为工,后遂浸淫,而及于大江南北。然抄撮堆砌,音节顿挫之妙,未免荡然。"(《近词丛话》)

常州词派起于嘉庆初年,其开山宗师为张惠言。张惠言(1761—1802),初名一鸣,字皋文,江苏武进人。嘉庆四年(1799)进士,改庶吉士,充实录馆纂修官、武英殿协修官。散馆,授翰林院编修。有《茗柯文》、《茗柯词》,编有《词选》、《七十家赋钞》。

张惠言为经学名家,其词学理论颇具儒家诗教的意味。《词选序》云:"传曰:意内而言外谓之词。其缘情造端,兴于微言,以相感动。极命风谣里巷男女哀乐,以道贤人君子幽约怨悱不能自言之情,低徊要眇以喻其致。盖诗之比兴,变风之义,骚人之歌,则近之矣。然以其文小,其声哀,放者为之,或跌荡靡丽,杂以昌狂俳优。然要其至者,莫不恻隐盱愉,感物而发,触类条鬯,各有所归,非苟为雕琢曼辞而已。"以比兴寄托之说言词,其目的在于"塞其下流,导其渊源,无使风雅之士惩于鄙俗之音,不敢与诗赋之流同类而风诵之也"。此举确有"尊词体"之功效,而以一种取径规范词体,泥于比兴之说,深文周纳,又难免穿凿之弊。

张惠言词作虽数量不多,仅存 40 余首,但不似其词论之严正,而颇多情韵。《水调歌头·春日赋示杨生子掞》五首最负盛名。第五首云:

  长镵白木柄,劚破一庭寒。三枝两枝生绿,位置小窗前。要使花颜四面,和着草心千朵,向我十分妍。何必兰与菊,生意总欣然。晓来风,夜来雨,晚来烟。是他酿就春色,又断送流年。便欲诛茅江上,只恐空林衰草,憔悴不堪怜。歌罢且更酌,与子绕花间。

另外如《六丑·蔷薇花谢后作》、《木兰花慢·杨花》等亦皆有名。

第三节　清后期词

常州词派真正发生重大影响,则有待于道光年间周济的发扬光大。

周济(1781—1839),字保绪,号未庵、止庵(一作止安),别号介存居士,江苏荆溪(今宜兴)人。嘉庆十年(1805)进士,官淮安府学教授。有《介存斋诗》、《杂文》、《味隽斋词》,编有《宋四家词选》(又名《宋四家词筏》)。周济私淑张惠言,而对张氏词论有所发展和修正。大要有三:一是指出"诗有史,词亦有史"(《介存斋论词杂著》),比之张氏以"诗之比兴"言词来"尊词体"更进一步。二是强调"夫词,非寄托不入,专寄托不出"(《宋四家词选目录序论》),有助于避免拘泥附会之弊。蒋兆兰谓介存此说"最善言寄托者也。质而言之,要在浑含不露,若即若离,只用一两字点明作意,使人省悟。不可发挥太过,反致浅陋"(《词说·止庵善言寄托》)。三是只取周邦彦、辛弃疾、王沂孙、吴文英四家,且谓"问涂碧山,历梦窗、稼轩,以还清真之浑化",为初学者明示学词之门径。常州词派由此大盛,笼罩晚清词坛。

嘉庆末年以至道光、咸丰年间不傍门户、自成一家的重要词人有项廷纪、蒋春霖等人。

项廷纪(1798—1835),初名鸿祚,又名继章,字莲生,浙江钱塘(今杭州)人。道光十二年(1832)举人。有《忆云词》。谭献《项君小传》云:"(项君)家世业盐荚,至君渐落。""先是家被火,室毁,奉母应文恪之招,于京邸途次遇水,母与从子皆道殁。君苍黄归,幽忧疾病不自振。既再上春官,被放。坎坷久,遂卒。""卒年三十八岁。"如此身世遭际,加之"幼有愁癖"(《忆云词》甲稿自序),故"其情艳而苦,其感于物也郁而深","不无累德之言,抑亦伤心之极致矣"(同上)。丙稿自序又云:"不为无益之事,何以遣有涯之生?时异境迁,结习不改,霜华腴之胜稿,念奴娇之过腔,茫茫谁复知者?"丁稿自序亦云:"当沈郁无憀之极,仅托之绮罗芗泽以泄其思,盖辞婉而情伤矣!"于此可知莲生词之宗旨所在。《水龙吟·秋声》:

> 西风已是难听,如何又著芭蕉雨?泠泠暗起,渐渐渐紧,萧萧忽住。候馆疏砧,高城断鼓,和成凄楚。想亭皋木落,洞庭波远,浑不见,愁来处。此际频惊倦旅,夜初长、归程梦阻。砌蛩自叹,边鸿自唳,剪灯谁语?莫更伤心,可怜秋到,无声更苦。满寒江剩有,黄芦万顷,卷离魂去。

以秋声起,落至"无声更苦",末句尤为惊心动魄,幽艳哀断。

蒋春霖(1818—1868),字鹿潭,江苏江阴人,寄籍大兴(今属北京)。文战不利,遂弃举业。咸丰间署富安场盐大使,去官后先后入乔松年、金安清幕。有《水云楼词》。王煜《清十一家词抄自序》谓其作"恢雄秀艳,有词史之称。比之昔贤,盖诗家老杜,词国清真也。"所谓"老杜"、"词史",当指《台城路·金丽生自金陵围城出,为述沙洲避雨光景,感成此解。时画角咽秋,灯焰惨绿,如有鬼声在纸上也》、《木兰花慢·甲寅四月,客有自金陵来者,感赋此阕》等哀时伤乱之作。前者云:

> 惊飞燕子魂无定,荒洲坠如残叶。树影疑人,鸦声幻鬼,欹侧春冰

途滑。颓云万叠。又雨击寒沙,乱鸣金铁。似引宵程,隔溪磷火乍明灭。江间奔浪怒涌,断筇时隐隐,相和呜咽。野渡舟危,空村草湿,一饭芦中凄绝。孤城雾结。剩胃网离鸿,怨啼昏月。险梦愁题,杜鹃枝上血。

如果不以今人之眼光苛责鹿潭之政治倾向,可以说,以"老杜"、"词史"论其词确有合理性。

清季词坛,"四家"(王鹏运、朱孝臧、郑文焯、况周颐)声名最著。"四家"之外,又有文廷式,共同构成清词之"结穴"。

王鹏运(1849—1904),字佑遐、幼霞,自号半塘老人,晚号鹜翁、半塘僧鹜,广西临桂(今桂林)人,原籍浙江山阴(今绍兴)。同治九年(1870)举人,官至礼部掌印给事中。有《半塘定稿》、《剩稿》,又汇刻《花间集》以讫宋元诸家词为《四印斋所刻词》。其词多宗尚常州词派。如《浣溪沙·题丁兵备丈画马》:

首蓿阑干满上林,西风残秣独沈吟。遗台何处是黄金?空阔已无千里志,驰驱枉抱百年心。夕阳山影自萧森。

借咏马抒写壮志未酬之慨,寓寄托之旨。他如《祝英台近·次韵道希春感》、《点绛唇·饯春》、《玉漏迟》(望中春草草)等篇,皆属此类。

王鹏运生于局势动荡之清末,居谏垣十年,抗疏论事,为时所忌,其遇厄穷,其才未施,因而其词亦有慷慨凄激之作。如《念奴娇·登旸台山绝顶望明陵》:

登临纵目,对川原绣错,如接襟袖。指点十三陵树影,天寿低迷如阜。一霎沧桑,四山风雨,王气销沉久。涛生金粟,老松疑作龙吼。惟有沙草微茫,白狼终古,滚滚边墙走。野老也知人世换,尚说山灵呵守。平楚苍凉,乱云合沓,欲酹无多酒。出山回望,夕阳犹恋高岫。

吊古伤今,沉郁悲凉。《八声甘州·送伯愚都护之任乌里雅苏台》、《满江红·送安晓峰侍御谪戍军台》等涉及时事时政之作,皆以气盛。

朱孝臧(1857—1931),初名祖谋,字藿生、古微,号沤尹、彊村,浙江归安(今湖州)人。光绪九年(1883)进士,官至礼部侍郎。辛亥革命后以遗老自居。袁世凯欲聘为高等顾问,拒之。过天津,以君臣礼参拜废帝溥仪。有《彊村语业》、《集外词》,刻有《彊村丛书》,辑有《湖州词征》、《国朝湖州词录》等。

朱孝臧早年以诗名，及交王鹏运，转而致力于词，宗尚吴文英。王国维《人间词话》云："彊村学梦窗，而情味较梦窗反胜，盖有临川、庐陵之高华，而济以白石之疏越者，学人之词，斯为极则。然古人自然神妙处，尚未见及。"学吴文英易流于晦涩，故其晚年又学苏轼。夏敬观《忍古楼词话·彊村词融合苏吴之长》云："彊村慢词，融合东坡、梦窗之长，而运以精思果力。学东坡，取其雄而去其放。学梦窗，取其密而去其晦。遂面目一变，自成一种风格，真善学古人者。集中各词，皆经千锤百炼而出，正如韩文杜律，无一字无来历。"

其词多有关系时事之作，而辞颇隐晦。如《声声慢·辛丑十一月十九日，味聃赋〈落叶词〉见示，感和》：

> 鸣螀颓城，吹蝶空枝，飘蓬人意相怜。一片离魂，斜阳摇梦成烟。香沟旧题红处，拚禁花、憔悴年年。寒信急，又神宫凄奏，分付哀蝉。终古巢鸾无分，正飞霜金井，抛断缠绵。起舞回风，才知恩怨无端。天阴洞庭波阔，夜沈沈、流恨湘弦。摇落事，向空山、休问杜鹃。

龙榆生称"此为德宗还宫后恤珍妃作。'金井'二句谓庚子西幸时，那拉后下令推堕珍妃于宫井，致有生离死别之悲也"①。但此词通篇咏落叶，不言珍妃，正可谓"深文而隐蔚，远旨而近言"（张尔田《彊村遗书序》）。

郑文焯（1856—1918），字俊臣，号小坡、叔问，晚号大鹤山人，又署冷红词客，正黄旗汉军籍，奉天铁岭（今辽宁铁岭）人。光绪元年（1875）举人，官内阁中书，后为江苏巡抚幕僚四十余年。有《瘦碧》、《冷红》、《比竹余音》、《苕雅余集》等集，后删存为《樵风乐府》，又有《词源斠律》。

郑文焯精于音律，词风近于吴文英、姜夔、周邦彦诸人。最有名者为庚子年间诸作，如《贺新郎·秋恨》二首、《谒金门》三首、《杨柳枝词》二十四首、《汉宫春·庚子闰中秋》等。《谒金门》三首云：

> 行不得！骤地衰杨愁折。霜裂马声寒特特，雁飞关月黑。目断浮云西北，不忍思君颜色。昨日主人今日客，青山非故国。
>
> 留不得！肠断故宫秋色。瑶殿琼楼波影直，夕阳人独立。见说长安如弈，不忍问君踪迹。水驿山邮都未识，梦回何处觅。
>
> 归不得！一夜林乌头白。落月关山何处笛，马嘶还向北。鱼雁沉沉江国，不忍闻君消息。恨不奋飞生六翼，乱云愁似幂。

---

① 龙榆生编选：《近三百年名家词选》，上海：上海古籍出版社1979年版，第173页。

庚子年(1900)八国联军入侵,光绪帝等逃往西安。郑文焯时在苏州,遥想京城情状,作此"沉痛"(叶恭绰《广箧中词》)之词,论者以为有黍离麦秀之悲。

况周颐(1859—1926),初名周仪,字夔笙、揆孙,号蕙风,广西临桂(今桂林)人。光绪五年(1879)举人,官内阁中书、会典馆纂修。曾入两江总督张之洞、端方幕府,又尝执教于武进龙城书院和南京师范学堂。辛亥革命后以遗老自居,寄迹上海,鬻文为生。有词九种,合刊为《第一生修梅花馆词》,晚年删定为《蕙风词》。又有《蕙风词话》、《词学讲义》等,以"重、拙、大"之说最为著名。

其词以《苏武慢·寒夜闻角》、《水龙吟》(声声只在街南)最为有名,后者序云:"己丑秋夜,赋角声《苏武慢》一阕,为半塘所击赏。乙未四月,移寓校场五条胡同,地偏,宵警呜呜达曙,凄彻心脾。漫拈此解,颇不逮前作,而词愈悲,亦天时人事为之也。"词云:

声声只在街南,夜深不管人憔悴。凄凉和并,更长漏短,穀人无寐。灯炧花残,香消篆冷,悄然惊起。出帘栊试望,半珪残月,更堪在,烟林外。愁入阵云天末,费商音、无端凄戾。鬓丝搔短,壮怀空村,龙沙万里。莫谩伤心,家山更在,杜鹃声里。有啼乌见我,空阶独立,下青衫泪。

此词作于甲午战后一年,所谓"天时人事为之",故有如此沉痛悲切之作。以"重、拙、大"衡之,当无愧也。

第四章　清代散文

关于清代散文的数量,目前尚无明确的数字,但可以肯定这是一个极为巨大的存在。其内容也相当丰富,如贺长龄、魏源等编《皇朝经世文编》、盛康编《皇朝经世文续编》和陈忠倚编《皇朝经世文三编》所收官方文书、论著、奏疏、书札等,涵盖了学术、治体、吏政、户政、礼政、兵政、刑政、工政、洋务等清代历史的主要层面。与清代小说、戏曲和诗词相比,散文更能代表清代的主流意识形态。

第一节　清前期散文

　　清初散文以侯方域、魏禧、汪琬三家号称正宗,为文人之文;黄宗羲、顾炎武、王夫之、廖燕、唐甄诸人以思想见长,为学者之文。

　　侯方域(1618—1654),字朝宗,河南商丘人。明末兵部尚书侯恂之子,少有才名,参加复社,与方以智、冒襄、陈贞慧称"四公子"。入清后里居,顺治八年(1651)应河南乡试,中副榜。有《壮悔堂文集》、《四忆堂诗集》。其散文最为人所传诵者有《马伶传》、《李姬传》、《郭老仆墓志铭》、《癸未去金陵日与阮光禄书》等篇。叙事常有小说意味,如《郭老仆墓志铭》中一段:

　　　　司徒公尝道经华山,攀崖悬洞而陟其巅,老仆则手挽铁索从焉。华山老道士,年百八十岁矣,谓司徒公曰:"公,贵人也。然生平丰于功业,啬于福用。当腰围玉而陪天子饭,此后一月作难。凡有五大难,过此可耄耋。此仆,当济公于难者也,幸善视之。"

"以小说为古文辞",颇遭时人如汪琬、陈令升的批评(见汪琬《跋王于一遗集》、黄宗羲《陈令升先生传》)。即便是对黄宗羲"以小说为古文辞"之论持保留态度的李慈铭,对侯氏也有严厉的批评。若以学养而论,侯方域确有缺陷,又因早卒,未臻至境。但才人之文,本不当以学人之文裁断,故李氏之责,未为允当。

　　魏禧(1624—1681),字冰叔,号叔子,江西宁都人。明诸生,未仕。与兄际瑞、弟礼并有文名,号"宁都三魏"。有《魏叔子集》。魏禧自谓"少好《左传》、苏老泉,中年稍涉他氏。然文无专嗜,唯择吾所雅爱赏者"(《与诸子世杰论文书》)。其文得力于《史记》、老苏者居多,凌厉雄杰,摹画淋漓。其叙事文最为人所称,《大铁椎传》、《江天一传》等为名篇。

　　汪琬(1624—1691)①,字苕文,号钝翁,晚号尧峰,江苏长洲(今苏州)人。顺治十二年(1655)进士,官部曹。康熙十七年(1678)应博学鸿词试,授编修。有《钝翁类稿》、《尧峰文抄》。汪琬论文主雅正,其作亦以雅正为宗,如《送王进士之任扬州序》:

---

①　汪琬卒于康熙二十九年十二月初十日,公历为1691年1月8日。

诸曹失之,一郡得之,此十数州县之庆也。国家得之,交游失之,此又二三士大夫之憾也。吾友王子贻上,年少而才,既举进士于甲第,当任部主事,而用新令,出为推官扬州,将与吾党别。吾见憾者方在燕市,而庆者已翘足企首,相望江淮之间矣。王子勉旃,事上宜敬,接下宜诚,莅事宜慎,用刑宜宽,反是罪也。吾告王子止此矣。朔风初劲,雨雪载涂,摇策而行,努力自爱。

惠周惕谓其文"立言、命意皆有所本,即一字一句,其根柢亦有所自来"(《书尧峰文抄后》),虽言之过甚,大抵道出汪琬为文的主要特点。就其师法而言,朱克敬《儒林琐记》所论颇为恰当:"琬文章宗欧阳修,而才力不逮。迂徐醇谨,略似归有光。"

黄宗羲(1610—1695),字太冲,号南雷,学者称梨洲先生,浙江余姚人。诸生,明末以反对阉党闻名。后积极抗清,鲁王授以左副都御史。清廷征召博学鸿词,聘修《明史》,皆辞不就。黄宗羲的散文兼具学识、史笔和情韵。如《万里寻兄记》写其六世祖黄玺万里寻兄之事,其中有一段云:

　　府君祷之衡山,梦有人诵"沈绵盗贼际,狼狈江汉行"者,觉而以为不祥。遇士人,占之,问:"君何所求?"府君曰:"吾为寻兄至此。"士人曰:"此杜少陵《春陵行》中句也。春陵,今之道州。君入道州,定知消息。"府君遂至道州。彷徨访问,音尘不接。

如此叙事,已然是"历史叙事"与"小说叙事"合二为一。又如晚年所作《思旧录》写"桑海以前"之故交,有云:"余少逢患难,故出而交游最早。其一段交情,不可磨灭者,追忆而志之。开卷如在,于其人之爵位行事,无暇详也。"略其人之"爵位行事",多写过往之生活片段,追怀朋好,杂录见闻,缠绵恻怆,极富韵致。

廖燕(1644—1705),字人也,号柴舟,广东曲江(今韶关)人。布衣。有《二十七松堂集》。廖燕为文议论大胆,识见卓绝。如《明太祖论》云:"吾以为明太祖以制义取士,与秦焚书之术无异,特明巧而秦拙耳,其欲愚天下之心则一也。""明制,士惟习四子书,兼通一经,试以八股,号为制义。中式者录之,士以为爵禄所在,日夜竭精敝神以攻其业。自四书一经外,咸束高阁,虽图史满前,皆不暇目,以为妨吾之所为。于是天下之书,不焚而自焚矣。非焚也,人不复读,与焚无异矣。"《答谢小谢书》云:"燕昔者亦尝有志于学矣,于古人书无所不读,然皆古人之糟粕,无所从入。退而返之于心而有疑焉,意者其别有学乎?然后取无字书而读之。无字书者,天地万物是也。

古人尝取之不尽,而尚留于天地间,日在目前,而人不知读。燕独知之,读之终身不厌。"廖燕又有《金圣叹先生传》,对传主推重甚至,可知其宗尚所在。

廖燕僻处南方一隅,不求科举功名,但其识见议论还是为人所知。在世之时,澹归、魏礼等皆对其推崇备至。但此后百余年间,名不甚显。至 19 世纪中叶,日本重刊《二十七松堂集》,盐谷世弘序称"明季之文,朝宗为先驱,冰叔为中坚,而柴舟为大殿"。此后廖燕才又渐为世所重。

第二节 清中期散文

清中期散文的主流是桐城派,戴名世为前驱,经方苞、刘大櫆和姚鼐而极盛。

戴名世(1653—1713),字田有、褐夫,号药身、忧庵,学者称南山先生、潜虚先生,安徽桐城人。康熙四十八年(1709)一甲二名进士,授编修。后以《南山集》案下狱死。今人辑有《戴名世集》。南山谓为文当以"精、气、神"为主,语言文字为次(《答张伍两生书》),"道、法、辞"三者缺一不可(《己卯行书小题序》),又谓"文章生死之几,在于有魂无魂之间"(《程偕柳稿序》),为文须"割爱"(《张贡五文集序》),等等。其理论已粗具方、刘、姚之规模,故梁启超称之为桐城文派的"开山之祖"(《中国近三百年学术史》十二)。

戴名世长于史学,尤留意明代史事。以制义名天下,而其古文"较之制义更工且富","昔人称文章之逸气,三代以后,司马子长得之,后惟欧阳永叔得之。余谓历南宋至元、明迄今日,惟先生得之"(尤云鹗《南山集跋》)。其文颇得司马迁、欧阳修之生气逸韵,而愤时疾俗之作尤多。

方苞(1668—1749),字灵皋、凤九,号望溪,安徽桐城人。康熙三十八年(1699)解元,四十五年(1706)会试中式,未殿试。五十年(1711)因《南山集》案下狱,后获赦,官至礼部侍郎。有《望溪文集》。方苞论文标举古文"义法",有云:"义即《易》之所谓言有物也,法即《易》之所谓言有序也。义以为经而法纬之,然后为成体之文。"(《又书货殖传后》)"义"约指文章内容,"本经术而依于事物之理"(《答申谦居书》),"法"约指文章形式,特别是文辞必须雅洁。他奉旨选编《钦定四书文》,其《凡例》更是将"清真古雅"纳入古文理论之中,实为古文制定了更为严格的审美规范。因此王若霖说"望溪以古文为时文,以时文为古文",论者以为深中其病。

方苞的散文名篇有《左忠毅公逸事》、《狱中杂记》、《与王昆绳书》等。如《与王昆绳书》中一段：

> 苞以十月下旬至家，留八日，便饥驱宣、歙间。入泾河，路见左右高峰刺天，水清泠见底，崖岩参差万叠，风云往还，古木、奇藤、修篁郁盘有生气。聚落居人，貌甚闲暇。因念古者庄周、陶潜之徒，逍遥纵脱，岩居而川观，无一事系其心。天地日月山川之精，浸灌胸臆，以郁其奇，故其文章皆肖以出。使苞于此间得一亩之宫、数顷之田，耕且养，穷经而著书；胸中豁然，不为外物侵乱，其所成就，未必遂后于古人。乃终岁仆仆，向人索衣食，或山行水宿，颠顿怵迫，或胥易技系，束缚于尘事，不能一日宽闲其身心。君子固穷，不畏其身辛苦憔悴，诚恐神智滑昏，学殖荒落，抱无穷之志而卒事不成也。苞之生二十六年矣，使蹉跎昏忽，常如既往，则由此而四十、五十，岂有难哉！无所得于身，无所得于后，是将与众人同其蔑蔑也。每念兹事，如沉疴之附其身，中夜起立，绕屋彷徨。仆夫童奴，怪诧不知所谓。苞之心事，谁可告语哉？吾兄其安以为苞策哉！

刘大櫆（1698—1779），字才甫、耕南，号海峰，安徽桐城陈洲（今属枞阳）人。雍正间两举副榜，乾隆间应丙辰词科和辛未经学，皆报罢。年逾六十乃得黟县教谕，数年后告归。有《海峰诗文集》。他早年游京师，极为方苞所赏，谓其"乃今世韩欧才也"，由是知名于时（姚鼐《刘海峰先生传》）。后来程晋芳、周永年有言："为文章者，有所法而后能，有所变而后大。维盛清治迈逾前古千百，独士能为古文者未广。昔有方侍郎，今有刘先生，天下文章，其出于桐城乎？"姚鼐则称"儒士兴，今殆其时矣"（姚鼐《刘海峰先生八十寿序》），隐然引出桐城文派及方、刘、姚承接之端绪。姚鼐又编《古文辞类纂》，"八家"之后，明取归有光，清取方、刘，由此确立了刘大櫆在桐城文派中上承方苞、下启姚鼐的地位。

刘大櫆的古文理论主要见于《论文偶记》。略云："义理、书卷、经济者，行文之实，若行文自另是一事。譬如大匠操斤，无土木材料，纵有成风尽垩手段，何处设施？然有土木材料，而不善设施者甚多，终不可为大匠。故文人者，大匠也。神气音节者，匠人之能事也。义理、书卷、经济者，匠人之材料也。"他认为"行文"与"行文之实"是两回事，而行文之能事关乎三者："神气者，文之最精处也；音节者，文之稍粗处也；字句者，文之最粗处也。然余谓论文而至于字句，则文之能事尽矣。"又提出为文有"十二贵"，即文贵奇、贵高、贵大、贵远、贵简、贵疏、贵变、贵瘦、贵华、贵参差、贵去陈言、贵品藻。大致而论，刘大櫆的古文理论是方苞义法说中"法"的具体化①。其文风亦与方苞有所不同，大抵义理稍逊方苞而藻采过之。如果说方苞所作是学人之文，刘大櫆则是才人之文。

姚鼐（1732—1815）②，字姬传，号惜抱，安徽桐城人。乾隆二十八年（1763）进士，官兵部主事、刑部郎中、四库馆纂修官。归后掌教扬州梅花、安庆敬敷、歙县紫阳、江宁钟山书院，凡40年。有《惜抱轩诗文集》。

姚鼐的古文理论在方、刘的基础上又有所发展，其说以"道与艺合，天与人一"（《敦拙堂诗集序》）为基础，大要有三：一是"义理、考证、文章"兼济。《述庵文抄序》云："余尝论学问之事有三端焉，曰：义理也，考证也，文章也。是三者，苟善用之，则皆足以相济；苟不善用之，则或至于相害。"在古文理论中加入考证，有调和汉宋之争的意图。二是文有"粗"、"精"。《古文辞类纂序目》提出"神、理、气、味、格、律、声、色"八字之说，其中"神、理、气、味"为"文之精"，"格、律、声、色"为"文之粗"，强调"学者之于古人，必始而遇其粗，中而遇其精，终则御其精者而遗其粗者"。三是文有"阳刚"、"阴柔"。姚鼐用多个比喻阐释阳刚之美与阴柔之美，强调"糅而偏胜可也，偏胜之极，一有一绝无，与夫刚不足为刚，柔不足为柔者，皆不可以言文"（《复鲁絜非书》）。姚鼐自己的散文创作词旨渊雅，风格偏于阴柔者居多。名篇有《登泰山记》、《游媚笔泉记》、《李斯论》、《复鲁絜非书》、《袁随园君墓志铭并序》等。

别于桐城门户而能别开生面者，有袁枚、郑燮、沈复等。

袁枚之文，议论多有识见，如《史学例议序》云："古有史而无经。《尚书》、《春秋》，今之经，昔之史也。《诗》、《易》者，先王所存之言，《礼》、《乐》者，先王所存之法，其策皆史官掌之。"论者谓此与章学诚之"六经皆史"旨趣相同③。至于《所好轩记》、《祭妹文》、《随园记》等以性灵情韵见长的文章，尤为人所重。如《祭妹文》回忆往事：

> 余捉蟋蟀，汝奋臂出其间。岁寒虫僵，同临其穴。今予殓汝葬汝，而当日之情形，憬然赴目。予九岁憩书斋，汝梳双髻，披单缣来，温《缁

---

① 熊礼汇：《明清散文流派论》，武汉：武汉大学出版社2003年版，第475页。
② 姚鼐生于雍正九年十二月二十日，公历为1732年1月17日。
③ 钱穆：《中国近三百年学术史》，北京：商务印书馆1997年版，第428页；张舜徽：《清人文集别录》，武汉：华中师范大学出版社2004年版，第161页。

衣》一章。适先生参户入,闻两童子音琅琅然,不觉莞尔,连呼则则。此七月望日事也。汝在九原,当分明记之。予弱冠粤行,汝掎裳悲恸。逾三年,予披宫锦还家,汝从东厢扶案出,一家瞠视而笑,不记语从何起。大概说长安登科,函使报信迟早云尔。凡此琐琐,虽为陈迹,然我一日未死,则一日不能忘。旧事填膺,思之凄梗,如影历历,逼取便逝。悔当时不将婴婉情状,罗缕纪存。然而汝已不在人间,则虽年光倒流,儿时可再,而亦无与为证印者矣。

所祭者为三妹袁机,文可与韩愈《祭十二郎文》、欧阳修《泷冈阡表》鼎足而立。

沈复(1763—1825年以后),字三白,江苏长洲(今苏州)人。长期游幕,短期经商。有《浮生六记》六卷,长期以来仅存前四卷,近来有人发现其第五卷佚文。沈复在世时没有文名,光绪三年(1877)杨引传偶得其手稿残本,为之刊行,后顾颉刚、俞平伯、林语堂、陈寅恪等皆对其赏称有加。《浮生六记》之被"发现",在于它"无酸语、赘语、道学语"(俞平伯《重刊浮生六记序》)。卷一《闺房记乐》有一段谈及"各种古文,宗何为是",有云:"《国策》、《南华》取其灵快,匡衡、刘向取其雅健,史迁、班固取其博大,昌黎取其浑,柳州取其峭,庐陵取其宕,三苏取其辩,他若贾、董策对,庾、徐骈体,陆贽奏议,取资者不能尽举,在人之慧心领会耳。"其宗尚别于当时的主流桐城派。《浮生六记》的主要内容多为日常琐事,尤以记叙与妻子陈芸的感情生活和坎坷际遇最为动人。陈寅恪有云:"吾国文学,自来以礼法顾忌之故,不敢多言男女间关系,而于正式男女关系如夫妇者,尤少涉及。盖闺房燕昵之情意,家庭米盐之琐屑,大抵不列载于篇章,惟以笼统之词,概括言之而已。此后来沈三白《浮生六记》之《闺房记乐》,所以为例外创作。"①

第三节 清后期散文

突破桐城派的牢笼,开创经世散文新风者,当以龚自珍为第一人。

关于龚自珍散文的内容和特点,魏源有云:"其道常主于逆,小者逆谣俗,逆风土,大者逆运会,所逆愈甚,则所复越大,大则复于古,古则复于本。若君之学,谓能复于本乎?所不敢知。要其复于古也决矣。""于经通《公羊

---

① 陈寅恪:《元白诗笺证稿》,北京:三联书店2001年版,第103页。

春秋》,于史长西北舆地,其文以六书小学为入门,以周秦诸子、吉金乐石为崖郭,以朝章国故、世情民隐为质干。晚尤好西方之书,自谓造深微云。"(《定盦文录序》)魏源为龚氏知己,他拈出一个"逆"字,对龚氏散文的忧患意识和经世致用思想有极为精当的把握。龚、魏皆属今文经学派,主张"托古改制",因而所谓复古复本,实为求变图新。正因为"逆",故"文笔横霸"(李慈铭《越缦堂读书记·定盦文集》),"不落寻常蹊径,盖乾嘉以来一人而已"(程秉钊《乾嘉三忆诗》之一),易宗夔亦谓"龚璱人、魏默深为文,有偏霸之才。纵横学《国策》,廉悍学韩非,颇足补桐城所未逮,而为道咸间文坛之飞将"(《新世说》卷二《文学》)。

龚自珍"往往引《公羊》义讥切时政,诋排专制","晚清思想之解放,自珍确与有功焉。光绪间所谓新学家者,大率人人皆经过崇拜龚氏之一时期。初读《定盦文集》,若受电然,稍进乃厌其浅薄"(梁启超《清代学术概论》二十二)。"受电"乃指定盦的启蒙之功,而所谓"浅薄",有以"新学"自负之味,其中亦可见出自定盦至清末,思想之相承与跳跃。

桐城派至清代后期势头渐弱,姚鼐之后有方东树、管同、刘开、姚莹、梅曾亮等弟子传承桐城道统和文统。姚门弟子之后,光大桐城派者为曾国藩及其弟子张裕钊、吴汝纶、黎庶昌、薛福成,论者名之湘乡派。

曾国藩(1811—1872),字伯涵,号涤生,湖南湘乡人。道光十八年(1838)进士,官至两江总督、武英殿大学士。谥文正。有《曾文正公全集》。他以继承桐城古文为号召,自云:"国藩之粗解文章,由姚先生启之也。"(《圣哲画像记》)同时针对桐城文派空疏褊狭的流弊,在理论上有所修正。如在姚鼐提出的"义理、考证、文章"的基础上,将"经济"从"义理"中独立出来,并比之孔门四科:"义理者,在孔门为德行之科,今世目为宋学者也。考据者,在孔门为文学之科,今世目为汉学者也。辞章者,在孔门为言语之科,从古艺文及今世制艺诗赋皆是也。经济者,在孔门为政事之科,前代典礼、政书及当世掌故皆是也。"(《劝学篇示直隶士子》)又将姚鼐"阳刚"、"阴柔"之说细分为八:"余尝慕古文境之美者,约有八言:阳刚之美曰雄、直、怪、丽,阴柔之美曰茹、远、洁、适。"(《求阙斋日记类抄》)又调和汉宋之争,主张骈散兼容,其古文眼光较之前辈宗师更为阔大。所编《经史百家杂钞》,可补姚鼐《古文辞类纂》摒弃经史而造成的空疏之弊。其散文创作与桐城派前辈相比,较多雄奇瑰玮之气,卓然为一大家。

在湘乡派复兴桐城古文的同时,冯桂芬、王韬倡导经世之文,与桐城古文相抗衡。晚清文体变革自此酝酿,至康有为、梁启超而成"新文体"。

梁启超(1873—1929),字卓如、任甫,号任公,广东新会人。光绪十五年(1889)举人。他以政治活动家、启蒙思想家、史学家、文学家等多重身份知名于世,在散文方面最重要的活动是鼓吹"文界革命",创造"新文体"(又称"新民体"、"报章体")。维新运动期间,曾主北京《万国公报》(后改名《中外纪闻》)和上海《时务报》笔政;变法失败后流亡日本,先后创办《清议报》和《新民丛报》。他在报纸上撰文宣传启蒙、维新、西学,文辞晓畅,感情直露,思想新颖,在当时有相当大的影响。后来总结说:"启超夙不喜桐城派古文,幼年为学,学晚汉、魏晋,颇尚矜炼,至是自解放,务为平易畅达,时杂以俚语韵语及外国语法,纵笔所至不检束,学者竞效之,号'新文体'。老辈则痛恨,诋为野狐,然其文条理明晰,笔锋常带情感,对于读者,别有一种魔力焉。"(《清代学术概论》二十五)如 1900 年 2 月发表于《清议报》的《呵旁观者文》中的一段:

> 大抵家国之盛衰兴亡,恒以其家中、国中旁观者之有无多少为差。国人无一旁观者,国虽小而必兴;国人尽为旁观者,国虽大而必亡。今吾观中国四万万人,皆旁观者也。谓余不信,请征其流派:一曰浑沌派。此派者,可谓之无脑筋之动物也。彼等不知有所谓世界,不知有所谓国,不知何者为可忧,不知何者为可惧。质而论之,即不知人世间有应做之事也。饥而食,饱而游,困而睡,觉而起。户以内即其小天地,争一钱可以陨身命。彼等既不知有事,何所谓办与不办? 既不知有国,何所谓亡与不亡? 譬之游鱼居将沸之鼎,犹误为水暖之春江;巢燕处半火之堂,犹疑为照屋之出日。彼等之生也,如以机器制成者,能运动而不能知觉;其死也,如以电气殛毙者,有堕落而不有苦痛,蠕蠕然度数十寒暑而已。

其后又论"为我派"、"呜呼派"、"笑骂派"、"暴弃派"、"待时派",曰"其为派不同,而其为旁观者则同"。此文剖析国民性,至今读来仍不无警示意义。

"新文体"多为应时之作,这一点梁启超非常清楚,他说:"吾辈之为文,岂其欲藏之名山,俟诸百世之后也。应于时势,发其胸中之所欲言。然时势逝而不留者也,转瞬之间,悉为刍狗。况今日天下大局,日接日急,如转巨石于危崖,变异之速,匪翼可喻。今日一年之变,率视前此一世纪犹或过之。故今之为文,只能以被之报章,供一岁数月之谈铎而已。过其时则以覆瓿焉可也。"(《饮冰室文集自序》)应时虽属实情,其文亦不无缺点,但"新文体"

另有价值,如郑振铎所说,"他能以他的'平易畅达,时杂以俚语韵语及外国语法'的作风,打倒了所谓恹恹无生气的桐城派的古文,六朝体的古文,使一般的少年们都能肆笔自如,畅所欲言,而不再受已僵死的散文套式与格调的拘束",可以说是"五四"时期"文体改革的先导"。①

第五章　清代骈文辞赋

元明以后,骈文辞赋日趋衰落,至清代而称"中兴"。不仅数量可观,如清人所编《赋海大观》收录赋作12000余篇,其中大部分都是清代作品,而且名家辈出,佳作纷呈。骈文辞赋的"中兴",与清代博雅的学术文化氛围、骈散争胜及融通的文学观念、以赋取士的选举制度等皆有或多或少的关联。

第一节　清前期骈文辞赋

清初骈文辞赋作者有毛际可、王夫之、彭兆荪、吴绮、章藻功、冯溥、吴农祥、尤侗诸人,而以陈维崧、毛奇龄最为著名。

陈维崧的名篇有《与芝麓先生书》、《苍梧诗序》、《三芝集序》、《陆悬甫文集序》、《看弈轩赋》、《白丁香花赋》等。如《白丁香花赋》,由一树半白半紫的丁香而引发咏叹,其赋半树紫花之凋零有云:

> 畴昔之年,双花可怜,参差并媚,揽抱交妍。俟紫姑之不见,俄紫玉之成烟。花谢兮紫台难到,月沉兮紫府难圆。剩一堆之粉泪,湿万缕之香绵。桐是孤生,莫绾同心之结;药名独活,空思续命之缘。惜似离于绮节,就惆怅于哀弦。春去兮堂堂,花开兮断肠。愿将花下土,烧作紫鸳鸯。

时人对陈维崧的骈文辞赋评价甚高。徐乾学谓其"哀艳流逸,每于叙

---

① 郑振铎:《梁任公先生》,夏晓虹编《追忆梁启超》,北京:中国广播电视出版社1997年版,第99页。

怀伤往，俯仰顿挫，怆有余情，庾开府来一人而已"（《陈检讨维崧墓志铭》），汪琬谓"唐以前，某所不知，盖自开宝以后七百余年，无此等作矣"（陈宗石《湖海楼俪体文集序》），陈康祺称其"隶事言情，具有六朝家法"（《陈维崧纪闻》）。清初齐名的三位四六名家——陈维崧、吴绮和章藻功，陈维崧的成就和影响最为突出。

毛奇龄（1623—1716 或 1620—1713），又名甡，字大可，号秋晴、初晴，学者称为西河先生，浙江萧山人。康熙十八年（1679）以廪监生举鸿博，授检讨，预修《明史》。著述宏富，没后其门人子侄编为《西河合集》，分经集、史集、文集、杂著四部，凡 400 余卷。他与陈维崧同举鸿博，"时同入馆者五十人，皆文学老儒，而奇龄与宜兴陈维崧尤卓杰，海内称毛、陈"（阮元《两浙辅轩录》卷六引《绍兴府志》）。毛奇龄所自负者，独在经学。其骈俪之作，亦自名一家。谢无量曰："西河之文，整散兼行，气味甚近六朝。"如《复沈九康成书》：

> 累接来章，并讽妙句。知文衣在御，犹恋乌裘；炙毂争先，不遗穷辙。所恃子云待诏，笔札是好；东方执戟，阻饥无恙。是为慰耳。
>
> 昨者子长漫游长安，寓情赋物。登楼四望，雅似仲宣。研精十年，乃思玄晏。推其意旨，非谓藉此标榜，当有所遇。只以游子流离远道，同兹颠沛；曲借邮讯，慰我沦落。乃自春徂秋，中间迁隔；偶怨裁叙，竟乖报谂；顷始因风，有所写寄。
>
> 陡接来示，乃知秣陵之书，未经栖目；山阳之笛，居然在耳。探怀袖之攸藏，痛音徽之未灭。而徐生所著，其文尚在；滕王饷序，至今未见。夫以仆遭逢，当此侘傺；虽使故交通显，荣问日接。犹且过杨侯之丘，多所记忆；把黄公之酒，不无浩叹。况以知交零落之年，加之远道栖迟之顷，自分憔悴，应先朝露；而斯人无故，陨为秋草。则梁生之殡，异地堪怜；任咸之寡，同侪所念。又况乎览长途而悲薛收之亡，睹遗文而悼孔璋之逝者哉！
>
> 曩时延陵贻剑，失之生前；今者西河赠篇，迟于身后。死而有知，古今同痛。兹丐足下焚前寄序，复诵是书。非敢云巨卿之信，能绍前期；庶几效栾公之哭，犹为反命而已。

其文立言真挚，笔意疏宕。他如《沈云英墓志铭》、《平滇颂》，皆称佳构。钱基博比较西河与陈维崧有云："毛体疏俊，陈文绮密。仗气爱奇，陈不如毛；丽典新声，毛不如陈。"（《骈文通义·流变》）

第二节 清中期骈文辞赋

雍正、乾隆之际,胡天游为清代骈文承上启下之关键人物。胡天游(1696—1758),榜姓方,一名骙,字稚威、云持,浙江山阴(今绍兴)人。负才名30余年,两举乡贡,皆抑为副。应博学鸿词报罢,后举经学,又报罢。客游山西,卒于河中书院。有《石笥山房集》。

胡天游工于造句炼字,以沉博绝丽、奥衍奇肆见长,袁枚谓其"锦摛霞驳",又谓"本朝无偶之者也。迦陵、绮园非其偶也。今人不足取,于古人偶之者,玉溪生而止耳。再偶,则唐四家与徐、庾、燕、许也"(《胡稚威骈体文序》)。朱仕琇亦云:"天游于文工四六偶俪,得唐燕、许二公之遗。"(《方天游传》)《拟一统志表》、《玉清宫碑》、《逊国名臣赞序》、《贻友人书》、《报友人书》等皆有名。如《报友人书》追忆往事云:

> 于时扬壮色,飞琚谈;振遥步,畅崇观。丝竹旁罗,倡讴并发。萦策未已,腾魷无算。然后征博进,咒明琼;召弈秋,要并公。钓探元洲之趣,射穷摩腹之妙。既而飙翼翩反,阳榆远移。招清吹于霄度,弄素照于波下。秀果夏落,颐津蓄甘。朱华夕敷,芳寄荡思。相谓是时宇合之内,膺斯欢者,凡有几人,凡得几事?俯仰之间,适数日耳。

胡天游之后,骈文作者林立。吴鼒选辑袁枚、邵齐焘、刘星炜、孔广森、吴锡麒、曾燠、孙星衍、洪亮吉之文为《国朝八家四六文抄》,以此有"骈文八家"之目。易宗夔总论"八家"有云:"袁之为文,师事胡稚威,博综渊茂,其才气足以耸动一时。邵则规模魏晋,风骨高骞,于绮藻丰缛之中,存简质清刚之制。刘之清转华妙,吴之委婉澄洁,洪之寓奇气于淳朴,荢新意于古音。孙之风骨遒上,思至而理合;孔之力追初唐,藻采映丽;曾之味隽声永,别具会心,是皆遵循轨范,敷畅厥旨,堪为一代骈文之正宗。"(《新世说》卷二《文学》)

袁枚亦工骈文,"近世秘为鸿宝"(但湘良《随园骈体文补注序》)。李英谓其"于此体不多作,亦不轻作。存者若干,古藻缤纷,大气旋转,足冠一朝"(《小仓山房外集序》)。名篇有《上尹制府乞病启》、《重修于忠肃庙碑》、《秋兰赋》、《坐观垂钓赋》、《与蒋苕生书》等。如《上尹制府乞病启》:

> 夫人情于日暮颓唐之际,顾子孙侍侧,而能益精神;儒生于方寸瞀

乱之余,虽星夜办公,而必多丛脞。在朝廷无枚数百辈,未必遽少人才。在老母抚枚三十年,原为承欢今日。情虽殷于报国,志已决于辞官。第养之一言,固须臾所难缓;而终之一字,非人子所忍言。且高堂之年齿未符,或恐事违成例;大府之遭逢难再,未免官爱江南。兹当五内焚如,忽尔三秋疝作。思归无路,得疾为名。伏愿明公,念枚乌鸟情深,允其养亲之素志;怜枚犬马力薄,准以乞病之文书。实缘依恋晨昏,退而求息;非敢膏肓泉石,借此鸣高。得蒙篆摄有人,当即星驰就道。或老人见子,顿减沉疴;则故吏怀恩,还思努力。此日得归膝下,皆仁人之曲体鲰生;他年重谒军门,如婴儿之再投慈母。

此文作于乾隆十二年(1747),袁枚时任江宁知县,以母病,上书两江总督尹继善,请求辞职归养。文辞婉转,情深意切,亦为性灵之作。

洪亮吉(1746—1809),初名莲,字华峰,后更此名,字君直、稚存,号北江,江苏阳湖人(今属常州)。乾隆五十五年(1790)进士,历官编修、贵州学政、咸安宫总裁。嘉庆四年遣戍伊犁,五年获赦归里,自号更生居士。有《洪亮吉集》。他"经术湛深,工于考据"(朱庭珍《筱园诗话》卷四),"汉魏六朝之文,每一篇出,世争传之"(袁枚《卷施阁文乙集序》)。他的文章特点"不在其用典渊博,而在其格调纤新"(瞿兑之《骈文概论》十五)。《蒋清容先生冬青树乐府序》、《出关与毕侍郎笺》、《游城北清凉山记》、《游天台山记》等篇皆有名。好友黄景仁卒于山西运城,北江时在西安毕沅幕府,假驿骑四昼夜驰七百里抵运城,为措资送柩归里。《出关与毕侍郎笺》即为途中所作:

自渡风陵,易车而骑,朝发蒲坂,夕宿盐池。阴云蔽亏,时雨凌厉。自河以东,与关内稍异,土逼若衢,涂危入栈。原林黯惨,疑披谷口之雾;衢歌哀怨,恍聆山阳之笛。

日在西隅,始展黄君仲则殡于运城西寺。见其遗棺七尺,枕书满箧。抚其吟案,则阿婆之遗笺尚存;披其缞帷,则城东之小史既去。盖相如病肺,经月而难痊;昌谷呕心,临终而始悔者也。犹复丹铅狼藉,几案纷披,手不能书,画之以指。此则杜鹃欲化,犹振哀音;鹜鸟将亡,冀留劲羽;遗弃一世之务,留连身后之名者焉。

伏念明公,生则为营薄宦,死则为恤衰亲。复发德音,欲梓遗集。一士之身,玉成终始,闻之者动容,受之者沦髓。冀其游岱之魂,感恩而西顾;返洛之旐,衔酸而东指。又况龚生竟夭,尚有故人;元伯虽亡,不无死友。他日传公风义,勉其遗孤,风兹来祀,亦盛事也。

凄恻悲婉,具见真情。徐珂《清稗类抄》将此事此文收入《义侠类》,谓"读之想见洪之风义也"。

邵齐焘(1719—1769)①,字荀慈,号叔宀,江苏昭文(今常熟)人。乾隆七年(1742)进士,以编修居词馆十年,年36即归主常州龙城书院。有《玉芝堂集》。他崇尚"于绮藻丰缛之中,能存简质清刚之制"(《答王芥子同年书》)的文章,《四库全书总目》卷一八五评曰:"为四六之文者,陈维崧一派,以博丽为宗,其弊也肤廓;吴绮一派,以秀润为宗,其弊也甜熟;章藻功一派,以工切细巧为宗,其弊也刻镂纤小。齐焘欲矫三家之失,故所作以气格排奡,色泽斑驳为宗,以自拔于蹊径,而斧痕则尚未浑化也。"名篇有《答王芥子同年书》、《送顾古湫同年之荆南序》、《送黄生汉镛往徽州诗序》等。

吴锡麒(1746—1818),字圣征,号谷人,别署东皋生,浙江钱塘(今杭州)人。乾隆四十年(1775)进士,官至祭酒,乞归后主讲扬州东仪、梅花、安定、仪征书院。有《有正味斋集》。其文以清醇温厚为主,吴鼒《国朝八家四六文抄》云:"先生各体文皆工,而于骈体致力尤深。近代能者,或夸才力之大,或极摭拾之富,险语僻典,欲以踔跞百代,睥睨一世,不知其虚骄易尽之气,为有学之士所大噱也。先生不矜奇,不恃博,词必泽于经史,体必准乎古初,合汉魏六朝唐人为一炉冶之。胎息既深,神采自王,众妙毕具,层见叠出,所谓为之不已,直到古人,愈尝愈高,去天三尺者也。"代表作有《与黄相圃书》、《寄王冶山同年书》、《洪稚存同年机声灯影图序》等。

"八家"之选,后人不无訾议。胡天游、汪中皆未入选,论者谓其"去取较隘"(《清稗类抄·文学类·吴山尊选八家四六文抄》)。清代中叶之骈文家,世所公认成就卓异者,首推汪中。

汪中(1745—1794)②,字容甫,江苏江都人。乾隆四十二年(1777)拔贡生。以母老不赴朝考,绝意仕进。五十九年,因校勘《四库全书》,往浙江借书雠对,卒于西湖旅次。有《述学》、《容甫遗诗》。

汪中一生,"少苦孤露,长苦奔走,晚苦疾疢","未尝有生人之乐"(汪喜孙《汪容甫先生年谱》)。"经学词术,足称乾隆中巨手"(平步青《霞外捃屑》卷八下《汪容甫》)。负狂名,于当代名流,多否少可,人目之曰"狂生"、"狂生中"。但为文作诗,格度皆谨饬过甚,曾曰:"一世皆欲杀中,倘笔墨更不谨,则

---

① 邵齐焘生于康熙五十七年十二月十六日,公历为1919年2月4日。
② 汪中生于乾隆九年十二月二十日,公历为1745年1月22日。

堕诸人术内矣。"(洪亮吉《又书三友人遗事》)。所为骈体文,哀感顽艳,志隐味深。《哀盐船文》、《广陵对》、《黄鹤楼铭》、《自序》、《经旧苑吊马守贞文》、《吊黄祖父文》、《狐父之盗颂》、《汉上琴台之铭》等篇皆负盛名。

汪中27岁时以《哀盐船文》名满天下。文记两年前仪征盐船连片失火、死伤千人之事,其叙现场惨状有云:

> 亦有没者善游,操舟若神。死丧之威,从井有仁。旋入雷渊,并为波臣。又或择音无门,投身急濑。知蹈水之必濡,犹入险而思济。挟惊浪以雷奔,势若跻而终坠。逃灼烂之须臾,乃同归乎死地。积哀怨于灵台,乘精爽而为厉。出寒流以决眵,目眀眀而犹视。知天属之来抚,愁流血以盈眦。诉强死之悲心,口不言而以意。若其焚剥支离,漫漶莫别。圆者如圈,破者如玦。积埃填窍,捫指失节。嗟狸首之残形,聚谁何而同穴。收然灰之一抔,辨焚余之白骨。呜呼,哀哉!

杭世骏序此文云:"中早学六义,又好深湛之思,故指事类情,申其雅志,采遗制于大招,激哀音于变徵,可谓惊心动魄,一字千金者矣。"

汪中42岁作《自序》。南朝刘孝标曾以自己与汉代冯敬通对比,作《自序》慨叹人生。汪中则以自己与刘峻对比,写他与刘氏有"四同"、"五异"。试各择其第一、二条如下:

> 孝标婴年失怙,藐是流离,托足桑门,栖寻刘宝。余幼罹穷罚,多能鄙事,赁春牧豕,一饱无时。此一同也。孝标悍妻在室,家道坎坷。余受诈兴公,勃溪累岁。里烦言于乞火,家构衅于蒸梨。踥蹀东西,终成沟水。此二同也。

> 孝标生自将家,期功以上,参朝列者,十有余人。兄典方州,余光在壁。余哀宗零替,顾景无俦,白屋藜羹,馈而不祭。此一异也。孝标倦游梁楚,两事英王,作赋章华之宫,置酒睢阳之苑,白璧黄金,尊为上客。虽车耳未生,而长裾屡曳。余籝笔佣书,倡优同畜。百里之长,再命之士,苞苴礼绝,问讯不通。此二异也。

文末云:"嗟呼,敬通穷矣,孝标比之,则加酷焉;余于孝标,抑又不逮。是知九渊之下,尚有天衢;秋荼之甘,或云如荠。我辰安在,实命不同。劳者自歌,非求倾听。目瞑意倦,聊复书之!"其辞激昂悲愤,慨当以慷,数百年之后,犹令人感怀嘘唏。

第三节　清后期骈文辞赋

光绪间王先谦辑有《国朝十家四六文抄》，选刘开、董基诚、董祐诚、方履籛、梅曾亮、傅桐、周寿昌、王闿运、赵铭、李慈铭之文，以继吴鼒"八家"之选，世称"晚清骈文十家"①。"十家"之中，李慈铭和王闿运声名最著。

李慈铭(1830—1894)，初名模，字式侯，后改今名，字㤅伯，号莼客，晚室名越缦堂，浙江会稽(今绍兴)人。凡十一次应南北乡试，同治九年(1870)中式。五应礼部试，光绪六年(1880)成进士，官至山西道监察御史。光绪二十年(1894)中日甲午战争爆发，败讯传来，感愤扼腕，咯血益剧，郁郁而卒。有《越缦堂诗集》、《文集》、《诗话》、《读史札记》等多种，以《越缦堂日记》最负盛名。

李慈铭涉猎广博，尤致力于史，自己所作，最得意者为诗。骈体虽不甚为本人所重，但在晚清卓然可成一家。《九哀赋序》、《四十自序》、《薛慰农太守烟云过眼图序》、《极乐寺看海棠记》、《庚午九日曹山宴集夜饮秦氏娱园诗序》等篇皆有名。《九哀赋序》为追悼九位友人而作，其叙悲悼之慨云：

> 悲哉！白首穷途，出门无侣；黄尘冗吏，暮夜独行。国门祖筵，惟送辀车之返；箧中著作，偏多志墓之文。风雨莫慰于鸣鸡，梦寐常见夫新鬼。修龄已促，恒干早衰。归无兄弟之豆觞，出鲜友朋之车笠。人生积惨，造物难知。忧患之余，久伤于涕泪；哀挽之作，难概夫平生。故于诸君之亡，独不见于诗集。九原不作，千载谁征。纵见谅于幽冥，弥怀惭于后死。素秋九月，卧病三旬。严霜陨庭，朔吹在树。寒鸦天末，犹见断字之来；落叶尺深，慨想逝者之积。追理囊契，综而诠之，为《九哀赋》云。

其骈体不以用典见长，而以情韵取胜，于此可见。

王闿运(1833—1916)，字壬秋、壬父，号湘绮，湖南湘潭人。咸丰七年(1857)举人，历主成都尊经书院、长沙思贤讲舍、衡州船山书院讲席。有《湘绮楼诗文集》、《湘绮楼日记》等。

王闿运的学术文章，沃丘仲子(费行简)《近代名人小传·儒林·王闿运》称："其俪体则揖颜、庾，诗歌则抗阮、左。记事之体，一取裁于龙门。"徐世昌《晚晴簃诗汇》卷一五五亦云："自曾文正公提倡文学，海内靡然从风。

---

① 以"十家"的活动时间而言，此"晚清"与文学史上的"晚清"，其时间概念并不一致。

经学尊乾嘉,诗派法西江,文章宗桐城。壬秋后起,别树一帜。解经则主简括大义,不务繁征博引;文尚建安、典午,意在骈散未分;诗拟六代,兼涉初唐。湘、蜀之士多宗之,壁垒几为一变。"其骈体之作如《哀江南赋》、《秋醒词序》、《吊朱生文》、《嘲哈密瓜赋》等篇皆为人所称。

稍后王先谦、皮锡瑞、孙同康、刘可毅诸人亦擅长骈体之作,可谓清代骈文之后劲。

第六章 清代白话小说

小说在清代仍主要是作为商品出现在出版市场上的,但是清代小说在一批文人那里成了宣泄心绪描摹世态甚至展示才学的载体,从而将古典小说推向高峰。与此同时,清代还是一个小说实验的时代,前中期小说流派的兼类现象特别严重,后期小说在技术革命和文化碰撞中实现了艰难的现代转型。

第一节 清代白话小说的历史进程

清代白话小说的历史进程可以分为三个时期,顺治、康熙、雍正朝为前期,乾隆、嘉庆朝为中期,道光、咸丰、同治、光绪、宣统五朝为后期。清代前中期,白话小说的历史进程是商业化进程和文人化进程的双重变奏,并在曹雪芹等人那里摆脱了商业化写作;晚期小说则在新的历史语境下发生变迁,小说成为最大的文类,职业作家的市场化写作、社会精英的意识形态写作成为此期小说创作的亮点。

清代前期白话小说领域的历史演义、神怪小说、英侠传奇、时事小说锐减,公案小说已经绝迹。其中,值得一提的神魔小说有《吕祖全传》、《后西游记》、《历代神仙通鉴》、《斩鬼传》等;比较著名的历史演义和英侠传奇有《隋唐演义》、《说岳全传》、《女仙外史》、《水浒后传》、《后水浒传》等,《隋唐演义》和《说岳全传》系作者在杂采此前同类著作的基础上修订而成,分别成为此期历史演义和英侠传奇的代表作。

反映世态人情的白话小说则急速增加。清代前期小说约150余部,才子佳人小说、白话短篇小说、色情小说、世情小说达100多部。其中色情小说、世情小说约20余部,比较著名的世情小说有《醒世姻缘传》、《林兰香》、《炎凉岸》、《续金瓶梅》等,比较突出的色情小说则有《肉蒲团》、《灯草和尚传》、《桃花影》、《杏花天》、《空空幻》等。此期的才子佳人小说走向繁荣和兴盛,共有40余部作品面世,著名者有《玉娇梨》、《平山冷燕》、《赛红丝》、《好逑传》、《吴江雪》、《飞花艳想》、《风流配》等。白话短篇小说也迎来了繁盛期,共有40余部作品出版,比较著名的有《无声戏》、《十二楼》、《载花船》、《豆棚闲话》、《醉醒石》、《五色石》、《雨花香》等。

清代前期的白话小说创作和出版有三大值得注意的现象。一是出版中心由福建建阳转移到经济、文化发达的江浙地区。① 苏州地区是才子佳人小说的主要出版地,其中天花藏主人撰写、刊刻的作品就有《玉娇梨》、《平山冷燕》等13部。约一半的白话短篇小说由杭州地区的文人创作,不少作品直接反映了杭州地区的市井风情。二是小说创作的文人化倾向明显,书坊主主导白话小说创作的局面已经改变。一个突出的现象就是,除了书坊主为谋求利润刊刻小说外,一大批文人出于同样的目的自编自刻小说。如李渔先后在杭州和金陵开书坊,刻印自己撰写的《无声戏》和《十二楼》。另一个突出的现象就是出现了一批文人独立创作的长篇小说,如《林兰香》、《醒世姻缘传》、《女仙外史》、《续金瓶梅》等。三是小说创作的主体意识强化,小说家开始在作品中表达自身的情感和对生活的体认,就连小说评点也带有浓厚的主体意识。

清代中期白话小说的各大流派发展很不平衡。历史演义和才子佳人小说进入低谷,乏善可陈;英侠传奇兴盛,代表性作品有《粉妆楼全传》、《飞龙全传》、《说呼全传》等;神魔小说的独创性和现实性明显增强,代表性作品有《绿野仙踪》、《何典》等。世情小说进入鼎盛时期,著名作品有曹雪芹的《红楼梦》、吴敬梓的《儒林外史》、李绿园的《歧路灯》、曹去晶的《姑妄言》、浦琳的《清风闸》、禹山老人的《蜃楼志》。《红楼梦》出版后还引发了续作风潮,从嘉庆到光绪年间,先后出现了30余部作品。这一时期还出现了一批显扬才学的作品,夏敬渠的《野叟曝言》、李汝珍的《镜花缘》、屠绅的《蟫史》和陈球《燕山外史》就属于这类作品,前二者用白话写成,后二者则分别用文言和骈文写成。

---

① 文革红:《清代前期通俗小说刊刻考论》,南昌:江西人民出版社2008年版。

清代中期小说创作有两个突出的现象。其一是小说流派兼类现象特别严重，不少小说甚至很难归入到以往的小说流派中去。《野叟曝言》《镜花缘》令小说史家感到为难，或称之为才学小说，或称之为杂家小说，或把《镜花缘》叫做博物体小说，却无法从题材的角度对它们进行分类，原因就在于这些小说的作者已经突破了以往的流派意识。为了建构文武双全的英雄梦，《野叟曝言》兼容了英侠传奇、历史演义、神魔小说、世情小说乃至色情小说等小说流派的叙事元素。

其二是小说创作的自况性、思想化、才学化、抒情化倾向。曹雪芹、吴敬梓、李百川、李绿园、夏敬渠、李汝珍等小说家均一生坎坷，郁郁不得志，他们花费十年甚至几十年的时间进行一部小说的创作，彻底改变了小说创作的商业化特征。他们都是因为特殊的刻骨铭心的人生境遇的触发，利用小说来描写世态炎凉、宣泄情感、寄托人生梦想的，小说创作带上了浓厚的自况特性。在咀嚼人生况味的过程中，一部分小说家将毕生所学所著写进了小说，小说便成了小说家才华、学问的载体；一部分小说家则在小说中体验生命，思考人生，思考社会，反思文化，使得小说拥有了哲理和诗意，小说创作于是成了思想的表达和诗意的叙事。

清代晚期的白话小说创作，其倾向之一是朝着旧有的轨道继续前行。在这个层面上，历史演义、英侠传奇和神魔小说均无佳作，稍微值得一提的有《荡寇志》、《后水浒传》和《七真祖师列仙传》等；狭邪小说和侠义公案小说却获得了丰收。这两类小说分别继承了此前小说创作的两种形态。狭邪小说属于文人化写作，其作者都是科场中的举人和秀才，功名失意后撰写小说，将感情寄托在青楼酒馆。代表性作品有佚名的《风月梦》、陈森的《品花宝鉴》、魏秀仁的《花月痕》、俞达的《青楼梦》、韩邦庆的《海上花列传》、张春帆的《九尾龟》。后两部作品较为客观地描写了青楼的生活，前四部小说的情节、人物和情境设计都极力模仿《红楼梦》，充满着感伤基调。这些小说带有很强的自况色彩。如《花月痕》叙才子韦痴珠、韩荷生的功名浮沉及其与名妓刘秋痕、杜采秋的悲欢离合，两位才子分别是作者的化身，两位名妓则是作者的相好刘悟仙（字秋痕）和水芙蓉（字采秋）的化身，作者平生所作诗词也都融入小说中。

侠义公案小说则属于口头叙事的案头化，是清中叶再次兴盛起来的说唱文学催生的。紧承明代词话、道情、宝卷的余绪，鼓词、弹词和子弟书等说唱文学又在清代中期兴盛起来。弹词主要流行于南方，代表性作品有《再生缘》、《笔生花》、《安邦志》、《珍珠塔》，内容多为才子佳人的悲欢离合等。

弹词为家庭妇女消闲的一种重要娱乐方式,不少弹词作家为女性。《再生缘》全书20卷,前17卷为陈端生(1751—1796?)所作,后3卷为梁德绳续补,道光间侯芝修改为80回本。她们三位均为才女。鼓词主要流行于北方,代表性作品有《包公案》、《呼家将》、《蝴蝶杯》、《西厢记》和《红楼梦》等,题材较弹词更为广泛。子弟书主要流行于北方,属于鼓词的一个分支,是八旗子弟创造的一种曲艺形式。清代晚期的侠义公案小说就是在说唱艺人的说唱基础上改编而成的。《三侠五义》据石玉昆的口述整理而成,续作《小五义》、《续小五义》也先后出版,回目已达360回。俞樾将《三侠五义》加以改订后,名曰《七侠五义》。《施公案》、《彭公案》、《狄公案》也是比较著名的侠义公案小说。这些小说均写侠客与清官联手办案,伸张正义。

清代晚期的白话小说创作,其倾向之二则是朝着变革的方向发展。如下一些因素促进了晚清小说创作的转型。第一个因素是印刷技术造纸技术的引进大大缩短了小说的刊印时间,大大降低了小说的成本,进一步扩大了小说的读者群。第二个因素是小说载体发生了变化。第一部汉译小说《昕夕闲谈》由申报馆主编蒋芷湘翻译,于1873—1875年连载于第一份文学期刊《瀛寰琐记》上,开创了连载小说的新纪元。从此,期刊杂志和报纸成为小说的重要载体,很多长篇小说都是先在杂志报纸上刊载,后出单行本。小说载体的变化产生了三个意想不到的效果。一为小说借助杂志小报进入寻常百姓家,改变了小说的传播接受形态。二为小说的创作数量呈几何级增长。晚清四大著名小说期刊《新小说》(1902—1906)、《绣像小说》(1903—1906)、《月月小说》(1906—1908)、《小说林》(1907—1908)在推动小说发展方面功不可没。有学者统计1840年到1910年间的小说目录,发现期刊小说有1141篇,日报小说有1239篇,单行本小说则达到2593部。这是媒体革命和印刷技术革命未发生前根本无法想象的。① 三为短篇小说迅速攀升,长篇小说为适应连载也在写作技法上发生了转变。第三个因素是西方小说的介入。米怜、马礼逊、郭实猎、詹姆斯、理雅各、杨格非、李提摩太等一批传教士及其助手翻译、创作了20余部中文小说,用于传教。1896年,中国作家翻译的福尔摩斯小说在《时务报》(1896创办)刊行,1899年,林纾翻译的《巴黎茶花女遗事》出版,从此迎来了翻译小说的繁荣。西方小说在艺术手法和文化观念上都对中国小说的创作产生了很大的影响。第四个因素是科举制度的废除与文人职业的转型。晚清出现了依靠写作谋生的职业报

---

① 刘永文:《晚清小说目录》,上海:上海古籍出版社2008年版,第2页。

人和职业作家。由于创作不只是寄情言志,更是谋生之道,小说作家成了纯粹意义上的写手,小说创作进入了一个复制和戏仿的时代,一个粗制滥造的时代。

1902年,梁启超在日本横滨创办《新小说》杂志,吹响了"小说界革命"的号角。《新小说》杂志的诞生和小说界革命的提出是一次天翻地覆的革命,其意义可以概括为如下三个方面。第一,《新小说》征文确立了文学创作的稿酬制度,为职业小说家的成长创造了条件。第二,确立了小说的政治功用。梁启超指出小说乃"文学之最上乘",具有改造社会的功能。他利用小说新民,进行政治宣传,这直接影响了此后小说创作的命运,现当代小说创作领域的"启蒙"、"救亡"、"革命"、"翻身"、"解放"、"文艺为政治服务"乃至今天的"主旋律"等命题均导源于此。第三,确立了现代小说的分类体系。《新小说》确定了十五个栏目,分栏刊载小说。第一期就有历史小说、政治小说、科学小说、哲理小说、侦探小说、冒险小说等栏目。《新小说》杂志社还在《新民丛报》刊载《中国唯一之文学报〈新小说〉》,对各类小说加以界定。此后报刊刊载小说,大都依据《新小说》的分类标准指称小说。被鲁迅称为谴责小说的晚清四大名著,《官场现形记》、《二十年目睹之怪现状》、《老残游记》和《孽海花》就属于社会小说和历史小说,梁启超创作的《新中国未来记》则开启了政治小说的先河。

第二节 《儒林外史》

《儒林外史》是明清小说文人化的重要标志。在长期的探索过程中,明清文人逐渐发现长篇小说是一种宣泄苦闷、抒发性情、反映世情的最佳文体,于是纷纷投入到小说的创作中。《儒林外史》的作者吴敬梓是其中留下了详细个人传记材料的作家,这些材料和小说《儒林外史》一起真实地反映了一个时代的文人的心灵史。作为中国古代讽刺小说的代表作,《儒林外史》"秉持公心,指摘时弊,机锋所向,尤在士林;其文又戚而能谐,婉而多讽"(《中国小说史略》第二十三篇《清之讽刺小说》),体现了高超的艺术技巧。

一、生平与创作

吴敬梓(1701—1754),字敏轩,号粒民,晚年号文木老人、秦淮寓客,安徽全椒人。光荣的家族传统和失败的人生经历造就了他的思想家气质,造就了他的《儒林外史》。

吴敬梓家族的光荣传统之一是"科第家声从来美"。王士禛说:"全椒吴氏兄弟,同胞五人,其四皆进士。长国鼎,前癸未进士,官中书舍人。三国缙,顺治己丑进士。四国对,顺治戊戌进士,榜眼及第(误,应为探花),官翰林侍读。五国龙,亦前癸未进士,官礼部都给事中。国对、国龙,孪生也。国龙子晟,康熙丙辰进士。昺,辛未进士,榜眼及第。"(《池北偶谈》卷一)其中,吴国对就是吴敬梓的曾祖。吴敬梓在《移家赋》中不无自豪地说:"五十年中,家门鼎盛。"不过,到吴敬梓的祖父一辈,功名就大不如前了:祖辈吴勖是贡生,吴旦是监生,吴昇是举人,父亲吴雯延是秀才,嗣父吴霖起是拔贡,做过一任苏北赣榆县教谕。

家族的光荣传统激励、鞭策着吴敬梓走科举之路,但在考取秀才后,他一直困于科场,因此对科举考试有着极为复杂的心态。一方面,他有着浓烈的功名心。另一方面,他逐渐对科举失去了信心,转而淡漠功名憎恨时文。临死前一年,作组诗《金陵景物图诗》,首页题"乾隆丙辰荐举博学鸿词,癸酉敕封文林郎内阁中书,秦淮寓客吴敬梓撰"。前一功名是他自己挣来的,后一功名是儿子给他挣的。尽管都是虚的,吴敬梓还是把它当做人生的荣耀。

在吴敬梓内心深处,还景仰着一个历史更为悠久的传统,那就是吴姓始祖"推位让国"的道德传统。吴姓始祖为泰伯和仲庸,乃周太公长子和次子。周太公想把王位传给三子之子,即后来的周文王。周代实行嫡长子继承制,太伯与弟仲庸理解父亲的心思,乃出奔江南,推位让国。后来,泰伯被作为道德典范为世人所钦敬,南京先贤祠就是为祭祀泰伯而建立的。吴敬梓在《移家赋》中回顾了吴姓始祖的美德,并写到自己的远祖近祖们继承并发扬了吴姓始祖的光荣传统,这些美德都对吴敬梓产生了重大影响。吴敬梓对吴姓始祖推崇不已,小说的高潮——祭泰伯祠就是吴敬梓高扬祖上道德理想的明证。而这个情节乃源自于吴敬梓的亲身经历:"江宁雨花台有先贤祠,祀吴泰伯以下五百人。祠久圮,敬梓倡捐复其旧。资罄,则鬻江北老屋成之。"(民国《全椒县志》卷十)这个时候,吴敬梓已经穷困潦倒,其举动足以证明他对道德传统的衷心景仰。

然而,令吴敬梓痛心的是,"君子之泽,斩于五世。兄弟参商,宗族诟谇"(《移家赋》),大家族内经常发生的鸡争鸭夺不幸降临到吴敬梓头上。原来吴敬梓出生不久,父亲吴雯延便把他过继给长房吴霖起为嗣子。根据宗法制度,作为长房的吴敬梓在分配财产时可多得一份,吴敬梓便成为族人嫉恨的对象。吴霖起去世后,近房中有人率领打手,冲入吴敬梓家抢夺财产。那年,吴敬梓23岁。受到刺激的吴敬梓从此藐土钱财,大肆挥霍。他把钱挥霍在妓院里。他大吃大喝不算,还做大老官,把钱大把大把地送给别人花。吴敬梓"田庐卖尽,乡里传为子弟戒"(《减字木兰花(庚戌除夕客中)》),根本就无法在家乡立足,于是在33岁那年,变卖祖产,举家迁至南京,寄居秦淮水亭。34岁那年,他曾作《乳燕飞·除夕》词表示过忏悔之情;但是,他这种豪宕的性格至死未改。吴敬梓落魄南京,卖文为生,经常弄得狼狈不堪——"灶冷囊无钱"、"灶突无烟青"(程晋芳《怀人诗》、《寄怀严东有》,《勉行堂集》卷二、卷五);亲朋馈赠钱米,"则饮酒歌呶,未尝为来日计"。临死前数日,以"囊中余钱,召朋友酣饮,醉,辄诵樊川'人生只合扬州死'之句"(程晋芳《文木先生传》,《勉行堂文集》卷六)。这话不幸成为谶言,吴敬梓生病,客死扬州。

　　作为科举世家,吴敬梓的家族还有研究学问关注社会命运的传统。祖上世代研究医学,高祖吴沛著有《诗经心解》六卷。曾祖辈中,吴国鼎著有《诗经讲义》,吴国龙著有《吴给谏奏稿》八卷,吴国缙著有《诗正韵》五卷。这个传统显然影响了吴敬梓。程晋芳就指出:"其学尤精《文选》,诗赋援笔立成,夙构者莫之为胜";"锦庄好治经,先生晚年亦好治经,曰:'此人生立命处也'"。(程晋芳《文木先生传》,《勉行堂文集》卷六)吴敬梓治易学和诗学。1999年,其《文木山房诗说》旧抄本在上海图书馆被发现,笺注本由齐鲁书社于2002年出版。吴敬梓研究学问有独立思考之精神,论诗不偏主汉宋门户,这和时文代圣贤立言、坚守程朱观点的做法是背道而驰的。在这一点上,颜(元)李(塨)学派对他产生了巨大的吸引。这一学派反对理学的空谈,倡导务实学风;反对八股举业,主张以儒家"六艺"培养人才。颜元曾说:"如天下不废予,将以七字富天下:垦荒,均田,兴水利。以六字强天下:人皆兵,官皆将。以九字安天下:举人才,正大统,兴礼乐。"(李塨《习斋先生年谱》卷下)受这个学派的影响,吴敬梓一方面不满程朱理学,一方面又以礼乐兵农作为挽救社会沦落的工具,并将这一理念写进了《儒林外史》。

　　上述家族传统和人生经历激发了吴敬梓的创作欲望。大约在40岁左右,吴敬梓开始写作《儒林外史》,用了10年的时间,全书才基本完成。小说中的杜少卿是以他本人为原型创作的,其他很多人物也都有原型。另外,吴敬梓还留下了《文木山房集》四卷,这些诗文"大抵皆纪事言怀,登临吊古,述往思来,百端交集,苟无关系者不作焉"(李本宣《文木山房集序》),可以和《儒林外史》对读。

　　《儒林外史》最初以抄本形式流传,在作者去世十几年以后,金兆燕在扬州出资刊刻,此本今不存。现存最早的刻本是清嘉庆八年(1803)卧闲草堂本,五十六回,有闲斋老人序,有回评。光绪年间增补齐省堂石印本,六十回,比卧闲草堂本多四回,叙沈琼枝与宋为富婚后生活,乃后人伪托。清代的黄小田、天目山樵张文虎等人对《儒林外史》作过评点,这些评点收入李汉秋辑校的会校会评本《儒林外史》,1977 年由上海古籍出版社出版。

二、对比与重复

吴敬梓开宗明义,在小说第一回就指出,明代礼部议定的科举取士之法不好:"将来读书人既有此一条荣身之路,把那文行出处都看得轻了。"这就是"贯索犯文昌,一代文人有厄"。《儒林外史》采用了纪传体结构来反映 100 多年来文人的厄运,并采用了对比框架和重复情节来安置人物、强化主题。

小说正文从明代成化末年写起,一直写到万历四十三年,总共 128 年的历史。除了楔子叙及礼部定科举取士法外,小说中的叙事纪年主要有如下七处:第二回,成化末(1487);第八回,宁王造反(1519);第二十回,嘉靖九年(1530);第二十五回,嘉靖十六年(1537);第三十五回,嘉靖三十五年(1556);第五十五回,万历二十三年(1595);第五十六回,万历四十三年(1615)。从叙事框架来看,第二回至第八回,32 年;第八回至第二十回,11 年;第二十回至第二十五回,7 年;第二十五回至第三十五回,19 年。这些叙事纪年显示,《儒林外史》用 100 多年的时间跨度来展示科举制度下士人命运的风云变幻,这无疑是一种史学意义上的纪传体叙事。[①]

除楔子和最后一回幽榜外,《儒林外史》的情节可以分为三个部分,第二回至第三十三回为第一部分,第三十四回至第四十四回为第二部分,第四十五回至第五十五回为第三部分。只要仔细分析作品的情节,我们就会发现:在总体的情节框架上,作者运用对比原则将情节分成了两大类,其分类的依据就是有关人物是否遵行"文行出处"的人生信条;在具体情节的设计上,作者不断采用大量的重复情节来对士风进行穷形尽相的描写,其心理动因可以归结到作者的宣泄冲动。

风起于青萍之末,作品的对比情节框架是通过两个小人物来导入的。作者写功名富贵之士从一总甲入手:"夫总甲是何功名,是何富贵?而彼意气扬扬,欣然自得,颇有'官到尚书吏到都'的景象。"写真儒从一戏子入手,

---

① 张锦池:《论儒林外史的纪传性结构形态》,《文学遗产》1998 年第 5 期。

他恪守儒家等级规范和朝廷体统,兼具廉而义的传统美德,其知耻德化教育模式甚至可以看做是虞育德的先导。卧评对他的品行作了准确的定位:"鲍文卿之做戏子,乃其祖父相传之世业,文卿混迹戏行中,而矫矫自好,不亏其为端人正士,虽做戏子,庸何伤?天下何尝不有士大夫而身为戏子之所为者?则名儒而真戏也。今文卿居然一戏子,而实不愧于士大夫之列,则名戏而实儒也。"黄评则在定位的基础上进一步揭示作者刻画这一人物的心理动因:"写文卿之守本分,曰义曰廉,兼而有之,求之读书成进士者曾见几人?而乃出于戏子乎!此先生嫉世之深心,激而为此,以愧天下之读书成进士者耳。"这两个小人物分别预示了关于"文行出处"的两种行为方式,预示了对待功名富贵的两种态度,因而成了两类故事情节的起点。

叙完夏总甲,作者便以一对对士人在各种生存境遇中的表现来展示他们因功名富贵而承受的屈辱,因功名富贵而丧失文化品格、道德水准的历程。作者通过一对老童生周进、范进的发迹来说明士人所承受的屈辱,以及发迹后孝道的沦丧;通过二王(王仁、王德)二严(严贡生、严监生)这两对本该体现社会良心维护社会风化的地方乡绅来说明士子的堕落;还通过对西湖、莺脰湖聚会的重复描写(情节设计几乎完全相同)展示了乌衣子弟的落寞情怀和名士的求名趁食心理,目的是说明名士们"假托无意功名富贵自以为高",结果却"被人看破耻笑"(闲斋老人序);又通过描写两个青年的功名生涯、名士生涯来说明青年人是如何在功名富贵面前一步步走向堕落的。值得注意的是,作者"写牛浦、匡超人往往相对:匡超人之事父未尝不孝,牛浦之念诗未尝非好学;匡超人遇景蓝江便溺于势利,牛浦一读牛布衣诗便想相与老爷;匡超人停妻再娶,牛浦亦停妻再娶,而匡超人因搭郑老爹船而后为其婿,牛浦亦趁黄客人船而后为其婿"(天二评)。

叙完鲍文卿,作者便以南京为中心描写真儒们、名士们为维持文运恪守"文行出处"准则的种种努力,并一一展示了这种努力的悲剧性结局。以二杜(杜慎卿、杜少卿)为中心的南京名士聚会,除了以风流才情相激赏外,还以品行学问相称许,并希望通过祭祀泰伯祠弘扬礼乐教化来维持文运。尽管作者对杜慎卿不无微词,尽管杜慎卿很瞧不起名士选家们的俗气,但我们还是可以看到,作者对这次聚会中的风流才情激赏有加。除了风流才情之外,以杜少卿、虞育德为中心的名士还倡导礼乐兵农,因此,大祭泰伯祠后就有武书、杜少卿、虞博士、庄绍光等人,或写书信或送银子帮助郭孝子千里寻父,以示礼乐以孝为先;于是有清风城奏凯、野牛塘大战,以体现礼乐兵农思想。作者用对比手法对五河县士人的堕落和真儒的难以立足加以揭示后,便刻意用重复描写渲染真儒们对泰伯祠祭祀以及主祭虞博士的追忆,显示真儒们维持文运的彻底失败。

《儒林外史》的这种对比框架和重复描写,与作者由于人生失败长期受压抑而产生的宣泄冲动密切相关。只要留心观察,我们就会发现,贯穿全书的情感就是作者的那份抑郁的情感。作品中的主人公无论是功名士、八股选家,还是名士真儒,都是功名蹭蹬者,作者对他们都有一分同情之理解。除了那些作者深恶痛绝的功名士外,像周进、范进、鲁编修这些人,作者还着力写出了他们的种种辛酸。鲁编修择女婿做举业,女婿偏偏视举业为俗事,结果气得要娶个小妾,生个儿子做举业;夫人不让娶小妾,大吵一顿后着了重气,又跌了一跤,弄得半身不遂;他是因肥缺无望才告假回家的,在家中好不容易接到侍读朝命,乐极生悲,痰病发作,命丧黄泉。作者让陈和甫作起了鲁编修的心理医生:"总是老先生身在江湖,心悬魏阙,故而忧愁抑郁,现出此症。"

三、自况与淑世

《儒林外史》的纪传体叙事、对比叙事框架和重复描写,与作者作为一个乌衣世家子弟的失败人生经历密切相关,与作者力图用儒家精神挽救颓败的士风密切相关,因此整部作品体现了浓厚的自况色彩和强烈的淑世精神。

作者通过有关人物毫不掩饰自己乌衣世家的优越感;但是,乌衣世家毕竟没落了,所以作者对乌衣世家的旧人旧物倾注了特别的感情。杜慎卿告诉鲍廷玺:"我这兄弟有个毛病:但凡说是见过他家太老爷的,就是一条狗也是敬重的。"世家子弟的优越感受到了来自现实的刺激,作者的切肤之痛体现为对功名富贵场中的"暴发户"的极度蔑视极度鄙薄。这种心态体现为杜少卿"又有一个毛病:不喜欢人在他跟前说人做官说人有钱"。

作者在小说中对自己的失败人生作了辩解。面对乡里传为子弟戒的境况,作者不忘通过有关人物来称许自己的豪杰行为。作者还通过杜少卿传达了自己举业无成、功名蹭蹬的痛苦及挣脱功名富贵之后的解脱心态。饱受科举挫折之苦的杜少卿,在面对突如其来的异路功名时,对功名富贵已经有了清醒的认识:"正为走出去做不出甚么事业,徒惹高人一笑,所以宁可不出去的好。"他辞征辟时强调"小侄麋鹿之性,草野惯了,近又多病";辞掉征辟后又表示"我做秀才,有了这一场结局,将来乡试也不应,科岁也不考,逍遥自在,做些自己的事罢"。作者在肯定自己人生价值的基础上追求一种自适的人生态度。

为了抵御来自世俗社会的攻击,作者渴望能够寻找到以品行、文章、学问相激赏的知音。"你的品行、文章,是当今第一人","南京是个大邦,你的才情,到那里去,或者遇着个知己,做出些事业来",娄焕文的临终遗言,实际上道出了杜少卿寻求知音的心声,杜少卿确实在南京的名士真儒那里获得了人生价值的认同。

面对浇薄的世风、颓败的士风,作者希望用儒家思想来建构理想社会,为此他塑造了一个真儒领袖来倡导社会理想。为了表现这一理念,作者运用儒家圣贤诞生神话来渲染主祭真儒虞育德。虞育德的出生地叫做"麟绂镇"。麟者,麒麟也,古代传说中的仁兽也,古代儒家政治神话以麒麟再现代表圣贤出世;绂者,祭服也,暗示着后文虞育德做泰伯祠主祭。"虞博士是书中之第一人,故另立传。'麟绂'言见此人,便可算得《外史》中之圣人矣"(黄评);"云'麟绂'者,见此人直《外史》中之圣人也"(天一评),可谓的论。

为了说明这一维持文运的基本准则,作者特意打破叙事常规,为虞育德树碑立传。立德先立身,虞育德听从祁太公建议学会了地理、算命等"寻饭吃的本事",也进了学稳稳地坐上了馆,解决了生存问题。虞育德品行独特,在功名富贵面前恪守文人文行出处的准则。除了描写虞育德与南京真儒互相激赏共同祭祀泰伯祠外,作者还浓墨重彩地描绘了虞育德以德化人的种种举动:表侄把虞育德托他看管的房子拆卖了,还来向虞育德借银子租房子住,虞育德不但不生气,还把银子借给他;对于过不了清淡生活而变心求去的管家,他不仅赔了个丫鬟给他做妻子,而且还送给他生活费,甚至把他荐在一个知县衙门里做长随;对待犯赌博的监生,虞育德并没有加以惩罚和羞辱,而是把他当做座上客,问明原委后帮他辩白;发现考生舞弊后,不仅不惩罚他,而且还偷偷地把考生夹带的经卷还给他,甚至把这个舞弊的考生取在二等,事后考生来感谢时,他又"害怕考生无容身之地"而装作不认识。虞育德这么做,就是要让读书人乃至一般老百姓"养其廉耻",从而实现文运的好转。

主祭泰伯祠具体体现了真儒以礼乐兵农思想维持文运的理念。泰伯是礼乐的象征:"泰伯之事文王,视于无形,听于无声,三以天下让,宗庙享之,子孙保之,德之至极,孝之至极也。""雨花台祠凡祀先贤二百三十人,而此独举泰伯者,泰伯青宫冢嗣而潜逃避位,如弃敝屣,其于功名富贵无介意。"(天二评)为了实现祭祀先贤以助名教的目的,作者特意在情节上设置了莺脰湖、西湖、莫愁湖名士和南京真儒的大聚会,目的是为了聚拢与祭人员。

泰伯祠与祭人员的名单饱含深意:"《儒林外史》除虞、庄、杜、迟诸人,皆不免切切于此(指功名富贵),此番大祭亦居然系名其间,得无文不对题？亦作者寓意所在也。"(天二评)作者的寓意就是试图让一代文人都接受道德感化,都参与到维持文运的行动中来。

四、讽刺与戏拟

吴敬梓的人生是悲剧性的,他的道德理想也是悲剧性的,他对世情尤其是士风的认识是清醒的,对道德理想困境的认识也是清醒的,这些特质造就了《儒林外史》的讽刺风格和戏拟叙事。

作为中国讽刺小说的代表作,《儒林外史》的特色在于第三人称客观叙事,即作者从不对事件和人物发表议论,而是通过事件的发展和人物自身的行动来展示世情的可笑。作者习惯于使用人物言行的对比来达到讽刺的效果。严贡生一向喜欢欺压、讹诈老百姓,与汤知县也没有什么交情,却对前来投奔汤知县的张举人和范进说自己和汤知县是如何要好,夸耀自己"只是一个为人率真,在乡里之间,从不晓得占人寸丝半粟的便宜"。话音刚落,家中小厮跑来报告:"早上关的那口猪,那人来讨了,在家里吵呢。"原来他的小猪在春节期间走到人家家里,他觉得不利市,逼着人家花钱买了;等人家把猪养得肥肥的,他却把猪关了,硬说是自己的不说,还把人家的一条腿打断了。人家告到县里,汤知县大怒,派人缉捕严贡生。严贡生也顾不得自己和汤知县如何有交情,一阵风跑到省城去了。他兄弟严监生花钱帮他了结了这个案子,他老兄大摇大摆地跑回来,责怪兄弟没本事,把兄弟帮他理赔案子的费用赖了个精光。

作为中国讽刺小说的代表作,《儒林外史》的另一特色在于作者对讽刺的对象饱含悲悯,这一悲悯让读者的笑中充满着眼泪,备感人生的艰辛和苦涩。作者写周进撞号板、范进中举发疯是饱含着同情的。古人说得好,这二人"同是一副苦泪,真乃沉瀣一气"(齐评),"但一是郁,一是喜,喜亦由于郁也"(天二评),"功名富贵无凭据,费尽心情,总把流光误"(第一回卷首词)。

出于对现实的清醒认识,作者高扬道德理想时不得不面对残酷的现实,不得不写出道德理想实践的悲剧性结局。在这种清醒的意识指引下,作者讽刺现实时还特意对历史上的理想主义叙事进行了消解,即通过戏拟经典叙事来营造戏剧效果。①

作者戏拟才子佳人的浪漫叙事，让一个名士跑到现实中的妓院里去和妓女谈诗，结果闹了一个大笑话。聘娘这样的名妓，"相与的孤老多了"，的确也想与"几个名士来往，觉得破破俗"。陈木南之所以受欢迎，他会写诗自是因素之一，但另外两个因素却更为重要：一、他是国公府内徐九公子的表兄。"相与了他，就可结交徐九公子，可不是好！"二、花钱如水，颇有"大老官"的派头。相形之下，只拿出二十个铜钱的丁言志居然想与聘娘谈诗，岂不是太小看这位名妓了吗？他活该挨聘娘一顿嘲笑。

作者戏拟礼贤下士的理想化叙事，让两个豪门公子去拜访一个老阿呆，结果弄得啼笑皆非。二娄三访杨执中明显有着仿写《三国演义》中刘备"三顾茅庐"的痕迹。杨执中读了一辈子书，功名无望，为生计所迫，替盐店管账，却不务正业，成天不是闲游就是看书，伙计于是大做手脚，结果亏空七百多两银子，被东家送到监狱里去了。娄氏公子科举失败，牢骚满腹，回家途中发现杨执中也和自己一样非议永乐帝，引以为知音，把他从监狱中救了出来。杨执中不知道谁救了他，娄公子却以为他知恩不谢，以为他是个有学问的高人，敬重不已。一访杨执中，老婆子告诉二公子：昨日出门看人打鱼去了，不知道何时回来，给两公子山中寻隐者不遇的神秘感。二访杨执中，杨执中以为衙役找他麻烦，干脆躲起来了，两公子失望之余又有惊喜发现，杨执中剽窃的"不敢妄为些子事"的七绝让两公子"不胜感叹"："这先生襟怀冲淡，其实可敬。"三访杨执中，两公子如愿以偿，老阿呆答应："三四日后，自当敬造高斋，为平原十日之饮。"杨执中怕自己应付不了，还推荐了权勿用同赴"盛会"，两公子特意造了一所"潜斋"以待高士。两公子的豪举最后闹了一系列笑话，从此闭门不问世事。

作者戏拟笑傲江湖的豪侠叙事，写出了现实中的所谓侠客的拙劣与无谓。作者戏拟豪侠，让张铁臂走进娄府，一个猪头会戳破了娄公子的梦幻，也见证了侠客的拙劣。作者还写了一个女侠沈琼枝。这个女侠的原型是张宛玉，程廷祚曾有《与吴敏轩书》指出张宛玉所作所为的无谓："居可疑之地，为无名之举，衣冠巾帼，溷然杂处，窃资以逃，追者在户，以此言之，非义之所取也。将为红拂之投药师，文君之奔相如？而今皆无其人矣。"（《青溪文集续编》卷六）

---

① 陈文新：《儒林外史对诗性叙事传统的反省》，《传统小说与小说传统》，武汉：武汉大学出版社2005年版。

第三节 《红楼梦》

《红楼梦》的问世，标志着中国古代的人情小说发展到了顶峰，标志着中国古典小说发展到了顶峰。作为富贵场中的过来人，曹雪芹饱含深情地追忆往昔生活，放弃以往小说中难以忘怀的功名念，塑造了一位"意淫"的崭新形象；作为诗礼簪缨之族的后裔，曹雪芹汲取传统文学的营养，对世情书、才子佳人和艳情小说进行了超越，创造了一部写实与诗意相结合的不朽巨著。

一、生平与创作

曹雪芹（1715？—1763？），名霑，字梦阮，号雪芹，又号芹圃、芹溪。其家庭背景和人生际遇对《红楼梦》的创作产生了决定性的影响。

曹雪芹出身于贵族世家，祖籍辽宁辽阳，生于江苏南京（一说原籍河北丰润，寄籍辽阳）。其先祖为汉人，但很早就成了正白旗内务府"包衣"（奴仆）。曹府是个"百年望族"。高祖曹振彦、曾祖曹玺、祖父曹寅、父辈曹顒、曹頫（有人认为曹雪芹为曹顒遗腹子，但大多数人认为曹雪芹是曹頫的儿子）均身居要职，与宫廷关系密切。其祖先从清兵入关，曹振彦曾任山西平阳府吉州知州、浙江盐法道，曹玺"随王师征山右有功"而成为顺治亲信侍臣，做了21年江宁织造，曹玺妻子为康熙乳母，曹寅为康熙伴读，做了4年苏州织造21年江宁织造，并四次兼任两淮巡盐御史，曹顒做了3年江宁织造后病亡，康熙特意下诏，令曹頫过继给曹寅，以奉养曹寅妻子，并令曹頫续任江宁织造（做了13年）。曹家任织造这个肥缺达58年，为皇家采办物资的同时，还负责访察江南吏治民情，直接向皇帝密奏。曹府还是个"诗礼之家"。曹寅就是个著名的诗人、学者和藏书家。他奉旨刊刻《全唐诗》，编纂《佩文韵府》，著有《楝亭诗钞》，藏有3000多种珍贵书籍。康熙帝六次南巡，有五次以曹家主管的江宁织造署为行宫，其中四次是在曹寅任内。接驾的巨大开销，加上其他一些开支，造成了织造署的巨大财政亏空。康熙曾多次下诏让曹家想办法填补亏空。1722年11月，雍正即位，政海风波叠起。曹頫在雍正初年累受谕批斥责，雍正五年因"行为不端"、"骚扰驿站"、"织造款项亏空"被罢职抄家。

曹雪芹小时候过的是纨绔子弟的生活，大约在雍正六年（1728）六月间，曹家回到北方，从此离开了江南旧家。这年曹雪芹大约十二三岁。返北后，曹雪芹曾就读于"官学"，就职于宗学，家境贫困。乾隆二十三年之际，曹雪芹由城内祖宅迁居西郊白家疃,过着"茅椽蓬牖,瓦灶绳床"(《红楼梦》第一回)、"举家食粥酒常赊"(敦诚《寄怀曹芹圃》,《四松堂集》稿本卷上)的生活。大约在乾隆二十八年,前妻之子病亡,曹雪芹忧伤过度,在这年的除夕弃世。

曹雪芹"素性放达,好饮,又善诗画"(张宜泉《伤雪芹居士》)。其画不存,诗仅存两句:"白傅诗灵应喜甚,定教蛮素鬼排场。"乃为敦诚《琵琶行》剧所作题跋中的两句。其放达好酒的风神却屡屡见诸于朋友的诗文。

《红楼梦》是曹雪芹于"悼红轩中批阅十载,增删五次"而成。现存抄本大都为八十回本,并附有脂砚斋评语,题名为《脂砚斋重评石头记》,这就是所谓的"脂评本"。《红楼梦》一百二十回本是书商程伟元请高鹗根据其所收集的曹雪芹稿本整理而成的。脂砚斋是曹雪芹的亲朋辈。他非常了解曹雪芹的身世遭遇和创作情况,看过一百二十回稿本,对曹雪芹修改《红楼梦》提出了许多意见,其评点透露了曹雪芹创作《红楼梦》的情况,尤其是稿本八十回后的一些情节线索。

二、滥淫与意淫

《红楼梦》和《金瓶梅》创造了两个经典人物——贾宝玉和西门庆,他们的区别在于:一为意淫,一为皮肤滥淫。警幻仙姑对滥淫和意淫的内涵作过界定:"尘世中多少富贵之家,那些绿窗风月,绣阁烟霞,皆被淫污纨绔与那些流荡女子悉皆玷辱。更可恨者,自古来多少轻薄浪子,皆以'好色不淫'为饰,又以'情而不淫'作案,此皆饰非掩丑之语也。好色即淫,知情更淫。是以巫山之会,云雨之欢,皆由既悦其色,复恋其情所致也。吾所爱汝者,乃天下古今第一淫人也。""淫虽一理,意则有别。如世之好淫者,不过悦容貌,喜歌舞,调笑无厌,云雨无时,恨不能尽天下之美女供我片时之趣兴,此皆皮肤淫滥之蠢物耳。如尔则天分中生成一段痴情,吾辈推之为'意淫'。'意淫'二字,惟心会而不可口传,可神通而不可语达。汝今独得此二字,在闺阁中,固可为良友,然于世道中未免迂阔怪诡,百口嘲谤,万目睚眦。"

贾珍、贾琏辈的滥淫主要体现为两个方面。一为调笑无厌,云雨无时。贾琏脏的臭的只管往屋子里拉,其淫戏"多姑娘儿"和鲍二家的就是典型的皮肤滥淫。二为不顾伦理道德的乱伦行径。贾瑞调戏王熙凤,偷腥不着反折了性命,属于典型的乱伦行为。贾珍父子、贾珍贾琏兄弟与尤氏姐妹聚麀、乱伦更是属于寡廉鲜耻的皮肤滥淫。贾府的屈原——焦大痛骂贾珍辈:"我要往祠堂里哭太爷去。那里承望到如今生下这些畜牲来!每日家偷狗戏鸡,爬灰的爬灰,养小叔子的养小叔子。"宁国府的这种丑闻声闻于外,连柳湘莲都说,宁国府"除了那两个石头狮子干净,只怕连猫儿狗儿都不干净"。

意淫的精髓之一为美的欣赏。贾宝玉对女孩推崇备至,认为女孩之美是大自然恩赐给她们的:"女儿是水作的骨肉,男人是泥作的骨肉。我见了女儿,我便清爽,见了男子,便觉浊臭逼人。""原来天生人为万物之灵,凡山川日月之精秀,只钟于女儿,须眉男子不过是些渣滓浊沫而已。因有这个呆念在心,把一切男子都看成混沌浊物,可有可无。"第四十九回,大观园女子齐聚一堂,诗社队伍蔚为壮观:李纨为首,余者迎春、探春、惜春、宝钗、黛玉、湘云、李纹、李绮、宝琴、邢岫烟,再添上凤姐儿和宝玉,一共 13 个。贾宝玉像发现新大陆般对新来的姐妹赞叹不已,袭人认定他起了"魔意"。这魔意就是对美的欣赏。

意淫的精髓之二为爱的体贴。脂砚斋就曾敏锐地指出:"宝玉一生心性,只不过是'体贴'二字,故曰意淫。"这种体贴是对女孩子的一种关心、呵护、安抚。贾宝玉超越了男女恋爱的排他性和肉欲满足,将爱的体贴推广到所有女孩身上。这是爱的诗意表达,这是爱的哲学思考。龄官画蔷、平儿理妆、晴雯撕扇、香菱解裙将爱的体贴发挥到了极致。贾宝玉之所以感染了一代又一代的女孩,就是因为他的体贴揭示了恋爱的真谛:恋爱不仅要用情深,而且要有诗意。

爱的体贴带来的后果是,爱博而心劳,苦恼丛生,最后不得不寻求解脱。袭人怪宝玉和姐妹们没大没小,和宝玉赌气,宝玉看《南华经》,笔续《外篇·胠箧》,表示要将美丑齐一。王熙凤说演戏的戏子像一个人,心直口快的史湘云说像林黛玉,宝玉急忙给史湘云使眼色,本意是体贴史湘云和林黛玉两人,结果两边不讨好,越解释越糟糕。袭人劝慰,宝玉脱口而出的是:"赤条条来去无牵挂。"龄官画蔷,心系贾蔷,这个大观园里唯一对贾宝玉不屑一顾的女孩子让宝玉"自此深悟人生情缘,各有分定"。

贾宝玉的意淫遭到现实的重创,只能眼睁睁地看着美的毁灭,最后参透情缘回归太虚幻境。宝玉经常为青春的无常、美丽的无常而伤心欲绝。宝玉听林黛玉吟唱《葬花吟》,"不觉恸倒山坡之上,怀里兜的落花撒了一地。试想林黛玉的花颜月貌,将来亦到无可寻觅之时,宁不心碎肠断!既黛玉终归无可寻觅之时,推之于他人,如宝钗、香菱、袭人等,亦可到无可寻觅之时矣"。感于青春的无常、美丽的无常,贾宝玉居然设计出了一种新奇的死法,并屡屡向袭人等人诉说:"趁你们在,我就死了,再能够你们哭我的眼泪流成大河,把我的尸首漂起来,送到那鸦雀不到的幽僻之处,随风化了,自此再不要托生为人,就是我死的得时了。"从抄检大观园开始,大观园的悲剧就接踵而来。群芳陨落的悲剧震撼着贾宝玉,经过悲剧洗礼的贾宝玉大彻大悟,认识到眷恋尘缘是"反认他乡是故乡",最后毅然决然地跟着和尚道士走了。

三、园内与园外

《红楼梦》是曹雪芹缅怀往昔、寄托"意淫"的产物。曹雪芹特意设计了一座大观园,慷慨地送给了贾宝玉和他的姐妹们,并通过园内与园外的互动来展示家族的衰败和青春(美丽)的毁灭。

大观园是太虚幻境在人间的投影。茫茫大士告诉石兄:"携你到那昌明隆盛之邦,诗礼簪缨之族,花柳繁华地,温柔富贵乡去安身乐业。"那昌明隆盛之邦、诗礼簪缨之族就是中华帝国的贾府,那花柳繁华地、温柔富贵乡就是大观园。警幻仙姑案下的木石降凡,携带一干风流冤家来到人间,先后聚会于贾府,最后搬进了大观园。这个大观园便是太虚幻境在人间的投影。怡红院总一园之水,贾宝玉作为群钗护法住进大观园,和姐妹们丫鬟们一起诗意般地栖息着。

大观园是个人间天堂。且不说小姐们如何锦衣玉食,且不说贾宝玉如何富贵闲人无事忙,且来看看丫鬟们在这个体仁沐德之第的待遇吧。丫鬟们和主子一样过的是锦衣玉食的生活。司棋们平日细米白饭肥鸡大鸭子吃腻了膈,想方设法倒换口味,要吃什么鸡蛋、豆腐、面筋、酱萝卜儿,厨房总管怠慢了她们,她们居然把厨房砸了个稀巴烂。丫鬟们也和贾宝玉一样过着"富贵闲人无事忙"的生活。怡红院十几个丫头,都是用来侍候贾宝玉的。可贾宝玉有奶妈有教引嬷嬷,院子里还有一干老婆子们做粗活,出门有李贵等仆人、茗烟等小厮前呼后拥。这帮丫头是作为贾宝玉的身份的象征而存在的,除了做做针黹浇浇花喂喂鸟外,就是陪伴贾宝玉过那悠哉游哉的生活。

大观园是个青春王国。怡红公子和一大群豆蔻年华的女孩子在大观园里吟诗作赋,宴饮嬉戏,青春的气息和生命的活力洋溢在大观园的每一个角落。青春期的女孩子,各有各的美,贾宝玉置身其间,呆意不断;青春期的女孩子,才情四溢,林黛玉、薛宝钗、史湘云等人的诗赋令贾宝玉为之倾倒;青春期的女孩子,性情各异,贾宝玉周游其间,领略其魅力,如行山阴道上,目不暇接。史湘云之豪爽,薛宝钗之宽厚豁达从容大雅,带给贾宝玉无尽的快乐,带给贾府上上下下无数的温馨。薛宝钗"罕言寡语,人谓藏愚,安分随时,自云守拙","行为豁达"。她懂得奉承长辈,点贾母喜欢的热闹戏文、爱吃的甜烂之食;她懂得体贴大人的心理,解除王夫人的心理障碍,甚至不忌讳把自己的新衣服拿出来装裹金钏尸身;她懂得持家,帮着薛姨妈料理被薛蟠夏金桂闹得天翻地覆的家;她懂得关照弱小,一视同仁地关照连丫鬟都敢瞧不起的贾环,送土仪时也有贾环的一份;她懂得关爱同辈,非常细心地体察到史湘云、邢岫烟和林黛玉的艰辛和苦闷,给予尽可能的帮助,尤其是宽和地对待林黛玉的挑衅,成了林黛玉的知己。薛宝钗的贤德来自于艰苦的自我修养。率性、任情是一种美,律己、宽和何尝不是一种美呢!

  大观园还是个绝尘脱俗的精神乐园。贾宝玉在大观园里可以无拘无束地生活,可以回避他不喜欢的一切:读正经书,与贾雨村等士大夫男人交往,学习八股文,吊贺往返,晨昏定省,家族盛衰,辅国安民。相反地,他可以尽情地毁谤一切不喜欢的东西,可以尽情地杂学并蓄,可以尽情地欣赏《西厢记》,可以尽情地意淫。他最后还从林黛玉那里得到了精神的共鸣,因为林黛玉从不劝他做他不喜欢的事情,从不扫他的兴。与林黛玉交往,贾宝玉没有压力。大观园里没有压力,大观园成了贾宝玉超越尘寰的精神乐园。

  大观园是一首诗,大观园外的贾府却是一个现实的世界,一个日趋没落的世界。冷子兴演说荣国府,指出贾府"如今生齿日繁,事务日盛,主仆上下,安富尊荣者尽多,运筹谋画者无一,其日用排场费用,又不能将就省俭,如今外面的架子虽未甚倒,内囊却也尽上来了"。尽管如此,秦可卿出殡、元妃省亲、贾母八十大寿,贾府极尽豪奢之能事。宁国府除夕祭宗祠,贾蓉说到荣国府"这二年那一年不多赔出几千银子来!头一年省亲连盖花园子,你算算那一注共花了多少,就知道了。再两年再一回省亲,只怕就精穷了"。贾母八十大寿,排场依旧,贾琏把所有的银子都用光了,接下来的开支无从筹措,偷偷向鸳鸯借贾母的金银家伙来典当。史太君寿终归地府,贾赦辈连老太太自己留下的殡葬费都不肯拿出来,丧事只好草草了事。

  贾府还是个欲望的渊薮。贾府的奢华刺激了家人、仆人和丫鬟们的欲望,这些欲望加剧了贾府的衰败。作家多次安排贾府管事的主人全部外出,从而展示贾府家人、仆人乃至亲戚如何无法无天,吞噬贾府的钱财,危及贾府的命运。为了利益,仆人们挑拨主子之间的矛盾,激化了贾府内部的鸡争鸭夺。

  君子之泽,五世而斩。贾府迫切需要有人来中兴家族、重振家风,可是"这样钟鸣鼎食之家,翰墨诗书之族,如今的儿孙,竟一代不如一代了"!宁国府的贾敬一味好道,只爱烧丹炼汞,余者一概不在心上;贾珍"只一味高乐不了,把宁国府竟翻了过来,也没有人敢来管他"。荣国府也没有什么正经人,操守好一点的贾政,既不会理家,也不会做官;贾宝玉又拒绝承担中兴家族的重任。

贾府男人实在令人失望,只有"一二裙钗可持家"。王熙凤是个管理天才。协理宁国府,她首先想到的是宁国府有五大弊端,对症下药,把宁国府管理得井井有条,把丧事办得风风光光。王熙凤病倒了,贾府只好委托李纨、探春、宝钗管家,不识大体的赵姨娘首先给探春过不去,一班刁奴诚心欺负幼主。但探春们行事谨慎,中规中矩,整肃下人;她们分析贾府弊端,革除不必要的开支,改革大观园管理体制,着实给贾府打了一剂强心针。对于贾府的危机,王熙凤是有预感的,秦可卿也多次托梦给她;探春痛骂贾府内部争斗,认为外部是杀不死贾府的,内耗才是致命的。贾府失势,经济窘迫,王熙凤这位管理天才也回天乏术,众叛亲离,势败奴欺主,身患血崩之症,心力交瘁,含恨而亡。

贾府的衰败、世态的炎凉吞噬着大观园,大观园群钗风流云散,大观园最后成了一个妖异时现、阴森恐怖的所在。神瑛侍者降凡大观园,到头来,饮的是万艳同杯(悲),品的是千红一窟(哭)。

四、诗意与意境

《红楼梦》无疑是写实主义的杰作。曹雪芹在继承文学传统的基础上超越了以往的世情书、才子佳人小说和艳情小说,创造了一个洋溢着诗意、富有意境的世界。

曹雪芹的伟大之处在于他超越了以往的世情描写。《红楼梦》继承了世情书《金瓶梅》描写世态炎凉的传统,却多了一份超然和淡定。作为过来人,曹雪芹以"白头宫女在,闲坐说玄宗"的方式叙说着悠悠往事,少了一份愤慨,却多了一份缅怀,没有了功名念,却多了一份风月情。这种超然的态度使得《红楼梦》显得非常通脱、非常大气,营造了诗意的心理基础。《红楼梦》弘扬了才子佳人小说的诗意却发现了现实的缺陷美:林黛玉的小性儿,贾探春、薛宝钗的"无情",史湘云的口吃,贾迎春的木讷,贾惜春的冷口冷心。现实感使得《红楼梦》更加富有生命气息,而生命气息却是诗歌的灵魂。曹雪芹关注到了艳情小说中的性描写却采用了虚写的方式。如在描写秦可卿事件、秦钟事件、贾瑞事件、尤三姐事件时采用了异常干净的笔墨,就连贾琏和王熙凤的床笫生活也写得非常隐晦。这种干净笔墨尊重了事实却无损全书的诗意。

曹雪芹的伟大之处还在于他让世情描写拥有了诗意和意境。诗意和意境来自于日常生活的诗化。作者把贾府豪奢的日常生活写成了一首诗,大观园中的贾宝玉和姐妹们都像诗人一样诗意地栖息着。贾母是能将日常享乐诗化的人。第七十六回:"贾母因见月至中天,比先越发精彩可爱,因说:'如此好月,不可不闻笛。'因命人将十番上女孩子传来。贾母道:'音乐多了,反失雅致,只用吹笛的远远的吹起来就够了。'""这里贾母仍带众人赏了一回桂花,又入席换暖酒来。正说着闲话,猛不防只听那壁厢桂花树下,呜呜咽咽,悠悠扬扬,吹出笛声来。趁着这明月清风,天空地净,真令人烦心顿解,万虑齐除,都肃然危坐,默默相赏。"如此行乐,真正雅得不得了。

《红楼梦》的诗意和意境来自于人物性情的诗化。林黛玉美丽无比,其弱不禁风的体态简直就像一首诗;潇湘馆馆如其人,那斑竹似乎在悠悠地述说一个动人的爱情悲剧。林黛玉禀性率真,没有人格面具。她出现于大观园就是为了写诗和谈恋爱,而谈恋爱本身就是在做诗。恋爱没有诗意,那就不成其为恋爱。林黛玉的诗清奇悲凉。葬花是诗意般的举动,《葬花吟》述尽天下伤心事。"试看春残花渐落,便是红颜老死时。一朝春尽红颜老,花落人亡两不知!"吟者心碎,听者悲恸! 林黛玉的身世、病体和恋爱充满着悲剧意味,那流淌不完的眼泪足以让世界动容。请看:林黛玉"越想越伤感起来,也不顾苍苔露冷,花径风寒,独立墙角边花阴之下,悲悲戚戚呜咽起来。原来这林黛玉秉绝代姿容,具希世俊美,不期这一哭,那附近柳枝花朵上的宿鸟栖鸦一闻此声,俱忒楞楞飞起远避,不忍再听。真是:花魂默默无情绪,鸟梦痴痴何处惊。因有一首诗道:颦儿才貌世应希,独抱幽芳出绣闺。呜咽一声犹未了,落花满地鸟惊飞。"木石前盟是一首朦胧诗,木石前盟的悲剧赋予这首朦胧诗以隽永的魅力。

《红楼梦》的诗意和意境还来自于活动场景的诗化乃至神秘化。作者采用了宗教叙事来完成创作意图的传达、情节框架的设定和人物命运的设计,将大观园设计成了太虚幻境在人世间的投影,营造了朦胧、神秘的诗意空间。茫茫大士、渺渺真人将青埂峰下的石头交割给警幻仙姑,让他随着木石和一干风流冤家降凡历劫,自身也幻形为跛足道人和癞头和尚,倏忽而来,飘然而去,点化群钗,开悟石兄,最后又将这一干风流冤家一一携归太虚幻境和青埂峰。他们的存在,既神秘又富有哲理。

《红楼梦》的诗意和意境还来自于情节的暗示性、象征性。曹雪芹特别喜欢利用生活场景中的谜语、酒令、剧目等来暗示、象征创作意图、情节走向、人物性情和人物命运,营造氛围,创造意境。第二十九回,贾母在清虚观打醮,神前拈了三本戏:《白蛇记》演刘邦斩白蛇起义,《满床笏》演郭子仪七子八婿富贵寿考,《南柯梦》演淳于棼梦中入大槐安国,经历荣辱升沉,最后梦醒而觉悟。这三本戏无疑象征着贾府的盛衰荣辱和世态炎凉。第六十三回,寿怡红群芳开夜宴,群钗掷骰抽签饮酒,各人所抽签词均为各人风韵、性情和命运的写照:任是无情也动人(宝钗),日边红杏倚云栽(探春),竹篱茅舍自甘心(李纨),只恐夜深花睡去(湘云),开到荼蘼花事了(麝月),连理枝头花正开(香菱),莫怨东风当自嗟(黛玉),桃红又是一年春(袭人)。生命中总会有期待,生命中难免有不能承受之重。有了《红楼梦》,会心的读者可以尽情地做一回诗人。

第四节 晚清四大小说

《官场现形记》、《二十年目睹之怪现状》、《孽海花》和《老残游记》是晚清最重要的小说。这些作品无疑都表现出晚清小说注重社会批判功能的时代风气,它们之间的差异却更值得重视:这不仅仅代表着它们各自不同的作风,也代表着晚清小说演进中若干重要的线索。

一、《官场现形记》:职业作家的创作

晚清著名的小说家中,李伯元、吴趼人二人是职业作家的代表性人物,李伯元身上的职业化气息尤其显著。

《官场现形记》是李伯元最负盛名的小说,最初连载于李伯元主办的《世界繁华报》上,从光绪二十九年(1903)四月到光绪三十一年(1905)六月止,刊载六十回,后由世界繁华报馆陆续印行单行本。这部小说全面反映了晚清官场种种令人怵目惊心的丑态,小说的结尾以游戏笔法概括全书内容,宣称这部《官场现形记》是烧残的半部教科书:上帝可怜中国积贫积弱,一心要救救中国,因为"中国一向是专制政体,普天下百姓都是怕官的",提纲挈领的办法莫过于先将官员陶熔到一定程度,于是决定给官员编一部教科书,"前半部是专门指摘他们做官的坏处,好叫他们读了知过必改;后半部方是教导他们做官的法子。如今把这后半烧了,只剩得前半部。光有这前半部,不像本教科书,倒像个'封神榜'、'西游记',妖魔鬼怪,一齐都有"(第六十回《苦辣甜酸遍尝滋味 嬉笑怒骂皆为文章》)。小说全面反映晚清官场盛行的钻营、蒙混、倾轧、罗掘等丑行,展示了大小官员的无能、无知、无耻的精神状态,表明这个官场毫无改善的希望。

这种以暴露当代社会弊端为主题的小说,当时被称为"社会小说"。社会小说的出现,是作家折衷"新小说革命"的主张与民众的阅读趣味的产物。无论是维新派还是革命派,他们提倡"新小说",关注的重点都是小说

的启蒙、教育作用,希望用小说来提升民众的国民素质。职业作家则更关心作品对读者的吸引力,对读者的阅读趣味更加敏感。在积极的方面,他们矫正了"新小说"理论中过于强调作品教育宣传功能而忽略艺术性的偏颇;在消极的方面,则是部分地牺牲了"新小说"的启蒙目标。正如鲁迅、胡适等学者所指出的那样,《官场现形记》一类作品带有迎合时人骂世心理的成分,在输入新知、培养新的国民意识方面难免有所不足。

李伯元及其同道习惯用"穷形尽相"、"铸鼎燃犀"等词语表示作品达到的效果。《官场现形记》首先在材料的广度上下功夫,将晚清官场丑行劣迹包罗无遗,甚至具有"汇编"的性质;作品也试图达到入木三分的深度,但由于材料过于庞杂,不可能一一作典型化处理,往往以评述性语言直接显露所持的态度。他们认为这样的写法足以使物无遁形,实际上却不免粗率、直露之病。《官场现形记》另外一个显著特点是对谐谑风格的追求。李伯元善于抓住人物荒唐可耻的言行,利用漫画式的方法加以夸张,形成一种滑稽可笑的效果。他将办报生涯中形成的轻松、诙谐的文字风格转移到小说创作中,结合批判性的内容,转化为一种嬉笑怒骂的风格,使他的小说具有特殊的魅力。这种谐谑风格有力地补偿了粗率直露的弊病。

《官场现形记》全书艺术成就是不平衡的,书中包含着大量精彩的片段,但整部小说比较凌乱。小说采用《儒林外史》式的写法,由一段一段的短篇小品连缀起来,这种结构方式既降低了小说创作的难度,又能够适应报纸的排印要求和报纸读者的阅读要求,也属无可厚非。关键在于《官场现形记》的整体布局不清晰,各种材料很随意地、杂乱地堆砌书中,这需要到李伯元的创作状态中寻找原因。李伯元在创作《官场现形记》的同时,还创作着《文明小史》(1903 年 5 月—1905 年 7 月)、《活地狱》(1903 年 5 月—1906 年 6 月)、《中国现在记》(1904 年 6 月—1904 年 11 月)等作品,一手握数支笔,还要编辑自办的《世界繁华报》和商务印书馆的《绣像小说》杂志。他创作的几部小说都采用了《儒林外史》式的结构,都存在材料杂乱的通病,这种艺术缺陷反映了职业作家卖文为生的窘境。

作为晚清社会小说的开山之作,李伯元的《官场现形记》产生了巨大影响,确立了这一类型小说的基本范式,启发了《二十年目睹之怪现状》、《孽海花》、《老残游记》等优秀作品。同时,一大批既无抒写之才又无社会责任感的作家也应时而起,进行拙劣的模仿。在晚清,仅标名为"新官场现形记"和"后官场现形记"的作品即有十余部,其他如《家庭现形记》、《新党现形记》、《学生现形记》以至《嫖赌现形记》、《滑头现形记》、《海上风流现形记》、《最近女界现形记》等更是层出不穷、每况愈下。这种状况虽然不由《官场现形记》负责,但也从另一个侧面提示这部作品所包含的商业化因素。

二、《二十年目睹之怪现状》:西方小说的影响

吴趼人是与李伯元齐名的职业作家,所作《二十年目睹之怪现状》也是与《官场现形记》并列为晚清社会小说经典的作品。

《二十年目睹之怪现状》一百零八回,是吴趼人第一部小说作品。前四十五回从1903年10月起连载于梁启超主办的《新小说》杂志,《新小说》停刊后作者继续写作,前后经历七八年时间始成全书。小说叙写"九死一生"二十年间目见耳闻的种种怪现状,描写范围比《官场现形记》要广,所记的"怪现状"近200件,以表现官场和家庭怪现状的题材居多。作品展现的官场众生,上自老佛爷、王爷、中堂,下至佐杂小官、衙役、马弁,旁及寄生在官场体系的宫中太监、官吏仆妇、讼师幕客等,无不被贪婪之心驱使,如中魔魇,不能自主,演出一幕幕的丑剧。小说借书中人物卜士仁(谐音"不是人")之口,将做官的要诀归结为"不怕难为情"五字(第九十九回),九死一生的感叹为这五字真言做了注脚:"这个官竟然不是人做的。头一件先要学会了卑污苟贱,才可以求得着差使。又要把良心搁过一边,放出那杀人不见血的手段,才弄得着钱。"(第五十一回)在作者的笔下,晚清官场散发出令人作呕的腐臭,整个社会也烂掉了,连传统的家庭、家族伦理也变得岌岌可危。九死一生的伯父吞没亡弟的财产,包养他舅老爷的女儿做情妇;苟才为讨好上官逼迫守寡的儿媳去给总督做姨太太,其次子苟龙光又与父妾私通,并勾结医生断送生父性命;旧家子弟黎景翼逼死胞弟,将弟媳卖入娼家;吏部主事符弥轩虐待抚养他成人的祖父,饭也不给吃……这些内容,加上穿插描写的洋场才子、强盗小偷、娼妓龟公等形形色色的人物,勾画出这个时代的整体景象。正如卷首所称,这是一个"蛇虫鼠蚁"、"豺狼虎豹"、"魑魅魍魉"大行其道的世界。书中写到的几个正直人物——九死一生和他的亲友吴继之、文述农、蔡侣笙等人,却都结局惨淡,作品以强烈的对比表达了对世道人心的忧虑。

《二十年目睹之怪现状》引人注目之处是它第一次在章回小说中采用第一人称的叙事模式。吴趼人熟悉西学,也了解西方小说。晚清时期,福尔摩斯侦探故事在中国很受欢迎,一些人敏锐地注意到小说用"华生笔记"的方式处理故事带来的新鲜感受。《二十年目睹之怪现状》假托此书是"九死一生笔记",由九死一生以"我"的语气来叙述故事,借鉴的痕迹非常明显。

这种叙事方法不仅使散乱的材料有一个贯穿之法，而且带来一些其他的效果。例如，九死一生初入世途时，用天真的眼光感受社会，对种种怪现状常常感到不解，这使情节进展带有悬念的性质，这种悬念比传统小说说书人手法要自然得多；作品的一些议论也被转化为主人公的思索、感受，有助于弱化评述性语言所带来的弊病。

但这部小说对第一人称限知叙事的运用是不彻底的。从叙事角度着眼，小说大致可划分成三个部分：第一部分是"我"与伯父的故事，这里，"我"是事件的亲历者、参与者、"家庭怪现状"的受害者；第二部分是"我"在东奔西走中"目睹"的故事，这里，"我"是事件的旁观者；第三部分是"我"听来的故事，这里，"我"是事件的旁听者、转述者。第一人称限知叙事仅在第一部分故事中比较突出，即在全书前二十回比较集中；在小说的第二部分故事里，多次出现"视角越界"的情况，写到许多"我"根本不可能"目睹"的场面；至于第三部分由"我"再加以转述的故事，基本采取了全知叙述模式。因此，小说在整体上仍未摆脱一般社会小说插曲繁多、材料散乱的通病。

吴趼人其他几部小说受西方小说影响的痕迹也非常明显。根据译本加以衍义的《电术奇谈》、翻新小说《新石头记》两部作品，都带有科幻小说的性质；写情小说《恨海》结构紧凑，始终以两对青年男女的命运来烘托庚子之乱的大背景，已经接近现代小说。《九命奇冤》一书，借鉴了侦探小说的写法，布局谨严；采用倒叙的方式叙述，别开生面。胡适从布局和结构的角度着眼，称其为"中国近代的一部全德的小说"，"在技术方面要算最完备的一部小说了"（《五十年来中国之文学》）。吴趼人的创作实践表明，他对小说艺术的探索、对西方小说的借鉴都怀着持久的兴趣。

三、《孽海花》：历史小说的变体

《孽海花》是曾朴的一部未完之作。其创作和发表过程比较复杂。小说由金天翮发起，1904年曾朴接手续写，至1907年写到第二十五回，此后创作中辍。1927年至1930年，曾朴修改二十一至二十五回，并续撰至三十五回，全书仍未完成。这部作品可视为曾朴的独立创作，属于晚清小说范围的是前二十五回。

曾朴的意图是写成一部特殊的"历史小说"。他原计划用全书反映中国自19世纪60年代到20世纪初资产阶级革命兴起的历史变迁，但前二十五回只写到甲午战争前夕，至三十五回仍然只写到1895年的台南失陷及康有为在万木草堂讲学。

与古典历史演义相同,《孽海花》强调写"真人真事"。小说第二十一回开头这样表白:"在下这部《孽海花》,却不同别的小说,空中楼阁,可以随意起灭,逞笔翻腾,一句假不来,一语谎不得,只能将文机御事实,不能把事实起文情。"小说中绝大部分人物及其活动都有历史的依据。主要人物金沟(字雯青)与傅彩云,分别影射同治戊辰(1868)状元洪钧及其妾赵彩云。小说中其他人物十之八九实有其人。他们中一部分直接以原名出现在小说中,一部分则被作者改换姓名写入小说。冒广生原编、刘文昭增订的《〈孽海花〉人物索隐表》列举的原型可考的小说人物接近 300 位,《孽海花》写"真人真事"的特色由此可见一斑。

小说由相互联系的两部分内容构成:金雯青与傅彩云的个人生活,主要是二人的情史;以金、傅二人为线索穿插的各类近代人物的活动。两部分都围绕着中国文化、政治变迁组织材料,但每一部分中都存在游离于这个主题之外的成分。

前一部分对金雯青和傅彩云的塑造非常出色。金雯青身为生活在"五洲万国交通时代"的状元名士,意识到需要留心外事、讲究西学,但又无法克服传统的名士气,也无法真正摆脱传统的"词章考据"。他面向故纸堆作"考据",造成错印地图,引起外交纠纷,反映出旧式知识分子对近代社会的不适应以及"旧学"向"新学"蜕变的艰难,这确是近代社会文化变迁的一个缩影。傅彩云随夫出使的传奇经历,也多少反映了近代社会的变迁。但作为小说浓墨重彩加以表现的内容,金雯青与傅彩云不成功的爱情婚姻生活本身具有独立的审美意义,与"三十年历史"的关系极为淡薄。金雯青状元出身,身为名士、达官,对妓女傅彩云一见钟情,在居丧守制期间偷娶回家,对彩云宠爱有加,得知彩云与他人私通之后,仍一片痴心,指望她回心转意,这个情节显然更适宜从人性的角度来理解。傅彩云的形象塑造在揭示人性复杂程度上更胜一筹。她妓女出身,"从良"嫁给状元、贵官,感念金雯青对她的"恩义"和"柔情蜜意",却始终不能安分守己,除了长期与仆人阿福私通外,还与外国的军官、船主以及本国的戏子私通,以致将金雯青气得一病不起。她身上似乎有一种令作者欣赏的生命活力,在心怀愧疚的同时不改她的放诞风流,不加节制地运用智力,放任自己的情欲。从揭示情欲世界的复杂度而言,这个人物是古典小说中所未出现过的,倒是和左拉等法国作家塑造的一些人物相似。但这个新颖的、典型化程度极高的人物形象,却很难容纳到作品的主题之中。

第二部分借众多近代人物的活动为中国三十年的大历史留下侧影。小说从金雯青抢元后的苏州名士的议论写起,几位名士在雅聚园历数苏州的科名史,透露出旧学之士对科举的迷信;继之写金雯青归家途经上海,遇到冯桂芬、薛淑云(薛福成)、王子度(黄遵宪)、云宏(容闳),与闻他们的议论谈吐,感到"那科名鼎甲是靠不住的,总要学些西法,识些洋务……才能够有出息哩",点出西学东渐的大势。作者"避去正面",让各色历史人物——从守旧不化者到洋务派、维新派、革命派——先后登场,借着他们"有趣的轶闻琐事",把晚清的政治、文化变迁的宏观轮廓生动地显现出来。其中描写最为出色的,是作者所熟悉的"旧学"人士。作者往往以片段的描写传神写照,暗示出他们精致优雅的情趣、古色斑斓的学问与现实的脱节,展示出整个旧学体系的沦落。但作者过于专注名人的轶闻琐事,写进不少与小说主题无关的故事,如作品花了一回的篇幅(第三、四回)写龚自珍与顾太清的"丁香花公案"等,都显得芜杂。

作者试图以金雯青、傅彩云的生活为主线,克服材料松散的问题,但这种意图未能成功。因为金雯青、傅彩云并未处在当时的政治、文化活动的中心地位,直接参与的活动极少,众多的事件和场景并不能通过他们的活动连带写出。曾朴实际上看到了傅彩云形象中所蕴含的独立的审美意义,也希望借助她的"韵事"增强作品的趣味,因此对傅彩云的相关情节难以割舍。他同样不能放弃"三十年历史"这一主题,当情节进展到傅彩云在金雯青死后离开金家,彻底脱离政治文化圈的活动,这两方面必须分道扬镳时,作品便难以为继了。

《孽海花》着重从思想文化的变迁来展示中国近代的历史,打破了以往历史演义注重"史迹"的传统,作者获得了更多的主体性;通过琐细的轶闻遗事来展示历史的宏观面貌,既带有《世说新语》等古典笔记小说的神韵,也隐然与西方的历史小说相呼应。《孽海花》虽然未能实现全部的写作意图,仍然做出了值得肯定的艺术探索。此外,作品描写的主要是高级知识分子,作者以雅传雅,采用文人风味十足的语言,典雅丰赡,很能适应知识分子读者的兴趣;在全书的大部分章节中,作者表达自己的态度都很节制,甚至有意采用暧昧的笔调,给读者留下回味的余地。这些地方,都显示出与《官场现形记》等小说不同的特色。

四、《老残游记》:抒情小说的杰作

刘鹗的《老残游记》是晚清的一部具有浓郁现代气息的小说。

《老残游记》带有强烈的自叙色彩。主人公走方郎中老残,姓铁名英,号补残,明显是作者的化身;故事展开的背景主要是19世纪90年代初的山

东,叙述老残游历时的见闻、行动、感触,很多成分是直接取自刘鹗自身的经历。刘鹗在《自叙》中说:"吾人生今之时,有身世之感情,有家国之感情,有社会之感情,有种教之感情,其感情愈深者,其哭泣愈痛。棋局已残,吾人将老,欲不哭泣也得乎?"作品表达了对国家沦亡的忧惧、无所归依的惆怅,对国家前途进行了深沉的思考。

初编二十回借着社会政治问题容纳作者的政治思想和哲学思想,其突出成就是成功塑造了玉贤、刚弼两个酷吏形象。曹州知府玉贤号称"能员",善于治盗,其实是滥杀无辜,在他治下的百姓无不战战兢兢,过着暗无天日的生活。刚弼自负清廉,审理齐东村一案时刚愎自用,唯恐不能陷人于罪。

在暴露官场黑暗方面,《老残游记》不仅比《官场现形记》等深刻,在艺术手法上也迥然不同。《官场现形记》等汇集大量的官场故事,难以用大篇幅深入全面地塑造人物形象,《老残游记》初编二十回内容集中,各以十回左右的篇幅展现玉贤和刚弼,对人物的描写更加充分。《老残游记》尽量摒弃叙事者直接发表评论的方式,而是通过具体的描写来呈现作者的态度,因而避免了"辞气浮露"的弊病。

《老残游记》的风格,突出的一点是贯穿全书的寓意式或象征式的叙事方式。小说第一回,即以波涛中的一艘行将沉没的巨船隐喻危机四伏的中国。此后,这种叙述方式一直在小说中持续,并且逐渐变为一种有节制的寓意方式,表现为对特殊的视觉意象和抽象概念的特殊关注,以及对游历的引申性解释。作者并不关心严格的写实性,往往直接从写实性描写过渡到寓意性描写。例如,在齐东村一案中,白太守代替刚弼审案,释放无辜者之后,将寻找真凶和救人的任务交给老残。这时作者直接由这具体问题的解决转入到对国家出路的暗示上。"千日醉"不再是那件案子里的凶器,而成了缠绕中国的问题的象征;洋教士无力帮助老残解决,老残由安贫子引见,在玄珠洞见到青龙子,得到"西岳华山太古冰雪中"的"返魂香",才救活被昏迷的众人,这些情节暗示西方文明不是解决中国问题的全部希望。《老残游记》二集叙写泰山女尼逸云斩断对孙三爷的痴恋,立志修道,从禅理上说,这是用"慧剑"斩除"魔障",认清自家面目的过程。作者用这一个过程来象征中国的出路,提供给中国的答案是要摆脱依附于人的天真幻想,立足于自立自强,在种种外来冲击面前立定自家脚跟。

《老残游记》是突出政治与暴露官场时代的产物,但是它更深地受到中国抒情文学传统的影响。"游记"文体一向与写景、抒情以及哲理的探求紧密联系,刘鹗不仅以"游记"来命名小说,实际上也将"游记"文体的特质引入到小说之中,使《老残游记》成为抒情性的文本。刘鹗关注的焦点不是小说情节,而是心境的流露。小说用相当篇幅进行景物描写,如第二回描写千佛山、大明湖,第十二回描写冰洞下的黄河,都是绝佳的文字,其他描写景物的文字也随处可见。他用白描的手法,达到"写生"的效果,更为关键的是,这种随处可见的景物描写有力地烘托了人物的心境。对哲理的探讨,对中国古人那种渴望超尘出世的传统的关注,使作品具有深长的意味。

第七章　清代文言小说

清代是中国文言小说取得全面收获的时期,传奇小说与志怪小说的成就尤为卓著。其中,传奇小说以《聊斋志异》为代表,追随者有沈起凤《谐铎》、和邦额《夜谈随录》、长白浩歌子《萤窗异草》;晚清宣鼎的《夜雨秋灯录》,王韬的《遁窟谰言》《淞隐漫录》《淞滨琐话》等亦步《聊斋》后尘。志怪小说以《阅微草堂笔记》为代表。纪昀的这部作品典型地体现了子部小说的若干特征,追随者亦不少。

第一节　《聊斋志异》及其后裔

《聊斋志异》是中国古代最为卓越的文言小说集,它奠定了蒲松龄在中国文言小说史尤其是传奇小说史上的崇高地位。

一、蒲松龄的生平

蒲松龄(1640—1715),字留仙,一字剑臣,别号柳泉居士,世称聊斋先生,淄川(今山东淄博)人。其祖辈有蒲生池、蒲生汶等人登第入仕。其父蒲槃因年逾20尚未考上秀才,加之家境贫困,遂弃儒从商。蒲松龄自幼由父教读,"经史皆过目能了"(蒲箬《清故显考岁进士候选儒学训导柳泉公行述》)。19岁,以县、府、道三个第一名"补博士弟子员,文名籍籍诸生间"(张元《柳泉蒲先生墓表》),受到当时山东学道、清初著名诗人施闰章的赏识。次年,与本邑友人张笃庆、李尧臣等结"郢中社",砥砺学问,作诗寄兴。

此后屡试不第,其中康熙二十六年(1687)乡试系因"越幅被黜"。这使蒲松龄十分痛苦。"惨淡经营,冀博一第,而终困于场屋",构成他怀才不遇、穷愁潦倒的一生。康熙五十一年(1712),蒲松龄以72岁高龄援例补岁贡生。面对县令挂匾、亲朋祝贺的荣耀,蒲松龄回顾大半辈子科举不第的窘迫,感慨万千,他在一首诗中写道:"落拓名场五十秋,不成一事雪盈头。腐儒也得亲朋贺,归对妻孥梦亦羞!"(《蒲松龄集·蒙朋赐贺》)在漫长的应考岁月中,蒲松龄主要靠做幕宾和坐馆为生。在他25岁左右,蒲家因"为寡食众,家以日落",兄弟析居,蒲松龄分得薄田二十亩、农场老屋三间,从此独立生活,家庭渐渐陷入贫困。康熙九年(1670)入宝应知县孙蕙幕,见识了江南风光和官场生活,次年辞职还乡;康熙十二年(1673)始在本邑王敷政家坐馆;康熙十四年(1675)至唐梦赉家做西宾;康熙十七年(1678)到刑部侍郎高珩家坐馆,次年到本邑大族毕际有家坐馆,宾主甚相得。在科举失意、落拓不遇的境况下,毕家让蒲松龄有了一个较理想的读书、著书的条件。康熙二十七年(1688)暮春,蒲松龄在毕家与神韵派领袖王士禛相识。蒲松龄创作的《聊斋志异》得到王士禛的欣赏,他先后派人送来两封信,向蒲松龄借阅《聊斋志异》稿本。蒲松龄大受感动和鼓舞,激动地写下《偶感》一诗:"潦倒年年愧不才,春风披拂冻云开。穷途已尽行焉往?青眼忽逢涕欲来。一字褒疑华衮赐,千秋业付后人猜。此生所恨无知己,纵不成名未足哀!"约在康熙四十八年(1709),蒲松龄70岁,才从毕家撤帐还乡。蒲松龄一生主要在山东农村度过,教书、科考和写作是他生活的主要内容。

《聊斋志异》是蒲松龄的代表作。康熙元年(1662),蒲松龄22岁时开始撰写狐鬼故事。康熙十八年春,他初次将手稿集结成书,名为《聊斋志异》,由高珩作序,他自己也作了一篇序——《聊斋自志》,诉说他创作的缘由和苦衷:"才非干宝,雅爱搜神;情类黄州,喜人谈鬼。闻则命笔,遂以成编。……独是子夜荧荧,灯昏欲蕊;萧斋瑟瑟,案冷疑冰。集腋为裘,妄续幽冥之录;浮白载笔,仅成孤愤之书。寄托如此,亦足悲矣!嗟乎!惊霜寒雀,抱树无温;吊月秋虫,偎阑自热。知我者,其在青林黑塞间乎?"此后屡有增补。直至康熙三十九年前后和康熙四十六年,该书还有少量补作。《聊斋志异》的写作历时40余年,倾注了蒲松龄大半生精力。

蒲松龄亦能写诗、文、词、赋、戏曲,善作俚曲。有《聊斋文集》、《聊斋诗集》、《聊斋词集》。戏曲作品有《闹窘》(附南吕宫[九转货郎儿])、《钟妹庆寿》、《闹饭》三种。俚曲有《禳妒咒》、《磨难曲》等11种,合刊为《聊斋俚曲》。另有《农桑经》、《省身语录》等有关农业、医药内容的通俗读物多种。一说长篇小说《醒世姻缘传》亦为他所作。

二、《聊斋志异》的情感世界

蒲松龄的《聊斋自志》明确地告诉读者,作者在描绘非人间题材时,自觉地用以书写"孤愤",其作品的抒情特征是异常鲜明的。他在《聊斋志异》中重点展示了他情感世界的三个侧面:

1. 恋爱题材和知己情结

蒲松龄是富于才华的,但自19岁考上秀才之后,数十年间屡试不第。他富于才华而不为人赏识,这就提出了一个知己难得的问题。在《聊斋志异》的爱情小说中,他采用比兴手法书写期待知己的情怀,融入自己的审美理想和现实感受,创造出异常激动人心的情境。这类作品有《连城》、《乔女》、《瑞云》等。

《连城》的宗旨,正如冯镇峦所评:"知己是一篇眼目。"少负才名的乔大年以其诗受到史孝廉之女连城的赏识,遂视之为知己,不仅割胸肉救连城一命,甚至在连城病逝后甘愿与之同死,其人生已臻于"士为知己者死"的境界。蒲松龄在文末感叹道:"一笑之知,许之以身,世人或议其痴;彼田横五百人,岂尽愚哉?此知希之贵,贤豪所以感结而不能自已也。顾茫茫海内,遂使锦绣才人,仅倾心于蛾眉之一笑也。悲夫!"作家本人怀才不遇的悲愤之情,显然寓含在其中。

从表达知己之感的角度看,蒲松龄的爱情题材小说还有一个引人注目的特点,即在《聊斋志异》中,爱情常常发挥着调节器的作用,纯真美丽的女性是衡量男子价值的重要尺度,只有"绝慧"、"工诗"而又怀才不遇的"狂生"才有可能得到少女们的青睐。这样的情节安排,意在用虚构的故事对作家自我的才情予以认可,以补偿他在现实生活中失去的一切。这一旨趣,经由某些细节鲜明地表现出来。比如《连琐》。性情胆怯的连琐最初对杨于畏颇存戒惧,后因杨隔墙为她续诗,且续得很妙,她便主动来到杨的房间,还不无歉意地解释说:"君子固风雅士,妾乃多所畏避。"《香玉》中,牡丹花精香玉最初很害怕黄生,只因见了黄生题的一首精致的五绝,便主动相就。但明伦就此评道:"可知是诗符摄得来,骚士究竟占便宜。""骚士占便宜"的确是《聊斋志异》人物设计的一个特点。小说中那些花妖狐魅幻化成的少女,如婴宁、小谢、小翠、白秋练等,都是作为"骚士"的知己而出现的。她们归真返璞,一任性灵自由舒展,充分发挥了确认"骚士"人生价值的作用。

2. 豪侠题材与理想的生命形态

《聊斋志异》的主角是"狂生"、狐女,大都具有侠的风采。值得关注的是,蒲松龄笔下的豪侠题材尽管是传统的,但他藉以表达的对理想生命形态的向往之情却是独特而新鲜的。如果说《商三官》、《细侯》、《伍秋月》、《窦氏》、《向杲》、《席方平》等作品中刚烈顽强、不屈不挠地介入社会人生的豪侠具有较多继承传统的意味,那么,《青凤》、《陆判》、《章阿端》、《小谢》、《秦生》中纵逸不羁、自然纯朴、富于浪漫情怀和少年壮志的豪侠则更多创新的成分。后一类作品体现了蒲松龄那种书生意气和向往于建功立业的"狂"的人生态度。他的这种抱负作为一种人生理想,带有极强的少年人不知世事艰难的青春气息。当这种抱负经由情感的渲染和想象的发挥而渗透到作品中时,则具体展现为"豪放"、"磊落"、"倜傥不羁"等个性风度。

《聊斋志异》描写了大量"性不羁"的"狂生"。在恐怖的狐鬼世界里,在令人"口噤闭而不言"的阴森气氛中,他们反倒兴会淋漓,情绪热烈。例如《狐嫁女》中的殷天官:"少贫,有胆略。邑有故家之第,广数十亩,楼宇连亘。常见怪异,以故废无居人;久之,蓬蒿渐满,白昼亦无敢入者。会公与诸生饮,或戏云:'有能寄此一宿者,共醵为筵。'公跃起曰:'是亦何难!'携一席往。"这种摧枯拉朽的气概,这种意气雄放的生命形态,所体现的正是侠的精神。

3. 隐逸题材和操守的砥砺

《聊斋志异》隐逸题材的卓越之处,在于蒲松龄将它与品格的砥砺联系在一起,而不是仅仅引导读者出世。

蒲松龄对于"拙"的人格有特别好感。所谓"拙",指的是宁折不弯、固守节操的品质。以"拙"于逢迎为人格的立足点,蒲松龄藉隐逸题材开辟了一片新的艺术天地。《聊斋志异》中的《长清僧》就集中描写了这种"拙"的人格精神。这是一个因借躯还魂导致人生境遇大为改变的故事。道行高洁的长清僧,死后灵魂飘出,至河南界,适逢某故绅子从马上摔下身亡,魂与尸"相值","翕然而合",又活过来了。灵魂是"长清僧"的,而身体则是"故绅子"的。"长清僧"的人生境遇因而大为改变:"入门,则粉白黛绿者,纷集顾问。"有财产,有奴仆,有宏楼巨阁。"长清僧"只要稍"巧"一点,以"故绅子"的身份出现,那么,妻妾、奴婢、财产,一切都理所当然属于他了。但"长清僧"不屑于这些,他守定本来面貌,一口咬定:"我僧也。"他严格按照僧人的方式生活:"饷以脱粟则食,酒肉则拒。夜独宿,不受妻妾奉。""诸仆纷来,钱簿谷籍,杂请会计",他一概"托以病倦,悉卸绝之"。后仍回到山东长清县那座僧寺去了。蒲松龄写这个故事,当然不是劝说富贵中人去当和尚,去过看破红尘的生活;作者着力突出的是"拙"的人格力量:它可以抵御"纷华靡丽之乡"的种种诱惑。故事所象征的人生意义具有广泛的针对性:凡能在世俗的名利之前固守节操的仁人志士,凡是具有"富贵不能淫,威武不能屈,贫贱不能移"的浩然之气的人,不妨说都有守"拙"的信念存于胸中。蒲松龄在小说结尾特别提醒读者:"人死则魂散,其千里而不散者,性定故耳。予于僧,不异之乎其再生,而异之乎其入纷华靡丽之乡,而能绝人以逃世也。若眼睛一闪,而兰麝熏心,有求死不得者矣,况僧乎哉!"我们从这段话里不难看出,中国士大夫重视名节的传统已渗透到蒲松龄的心灵深处,并外化为小说中人物的性格塑造。

三、《聊斋志异》的审美特征

《聊斋志异》在艺术上取得了卓越的成就。

首先是"用传奇法,而以志怪",继承唐代的若干传奇小说集如《玄怪录》、《传奇》等的传统而发扬光大,境界拓展得更为广阔。这在文体方面的表现是,蒲松龄在描绘非人间题材时,既瑰异,又真切,委曲细腻,把事物摹绘得如在眼前一般。传统的"志怪"以"粗陈梗概"为正宗写法,传奇则注重按照生活逻辑经营细节,蒲松龄将志怪题材与传奇的文体特色结合,遂创作出了许多令人耳目一新的名篇。总体上看,《聊斋志异》近500篇作品,文体多样,既有传奇体,又有志怪体,还有轶事体。可以说,中国古代文言短篇小说的各种形式体制都能在《聊斋志异》中找到,而又被打上了"用传奇法"的烙印,具有蒲松龄个人的风格。单从文体的丰富性看,《聊斋志异》也足以被称为集大成的作品。

其二,《聊斋志异》在人物形象的塑造方面也取得了高度成就。或集中笔墨突出人物性格的一个方面,略及其余,将单一与丰满有机结合,如《婴宁》;或在各种对比中刻画人物性格,如真假阿绣(《阿绣》)、真假方氏(《张鸿渐》)的对比等;或借助于梦境、幻境将人物心理具体化,如《王子安》;或用富于特征的行动揭示人物内心世界,如《娇娜》写孔生因贪近娇姿唯恐手术结束等。这类手法的灵活运用,使《聊斋志异》在塑造人物形象时精彩纷呈。《聊斋志异》的人物形象多为花妖狐魅、鬼怪神仙,通常具有奇幻瑰异的一面;同时,作者也刻画出他们"和易可亲"的一面,赋予他们清新的人间气息。如《绿衣女》中绿衣女"绿衣长裙","腰细殆不盈掬",就符合绿蜂精的物性;《花姑子》中的花姑子是獐子精,就写她"气息肌肤,无处不香"。《聊斋志异》的人物形象多为真和幻的融合。

其三,《聊斋志异》有不少作品诗情浓郁。作者将他所热爱、歌颂的人物和美好的事物加以诗化。如《黄英》中的陶黄英姊弟实是菊花的化身,他们售菊致富,"聊为我家彭泽解嘲",使小说诗意盎然。《聊斋志异》经常通过环境气氛的渲染烘托来创造意境。《宦娘》中优美的琴声,烘托出鬼女宦娘那风雅不俗的精神世界;《婴宁》中女主人公天真爽朗的笑声,以及总是伴随着她的鲜花,"乱山合沓,空翠爽肌,寂无人行,止有鸟道"的生存环境,烘染出婴宁天真无邪的性格。

其四,蒲松龄还是一位杰出的语言大师。他不是仅仅追求文言的醇雅,而且力求在醇雅的文言中注入生活的新鲜与清纯。其叙述描写语言往往能逼真地展现生活一角的面貌;其人物语言高度个性化,口吻惟妙惟肖。《聊斋志异》所以能臻于这种境界,从较为普遍的情况来看,有两个不容忽视的前提:蒲松龄所选择描写的情景,是充分生活化的,所谓花妖狐魅多具人情,内容本身提供了这种可能性;虽用文言,但力避晦涩,尽量使之具有口语的浅显流畅,在某些作品中,还有意引入口语、谚语,如"世无百年不散之筵"、"一日夫妻,百日恩义"、"丑妇终须见姑嫜"等,这些口语或谚语虽以文言的句式出现,仍不失生活的亲切感。

《聊斋志异》问世后,甚受人们欢迎,对清中叶后文言短篇小说尤其是传奇小说的创作有很大影响。清末冯镇峦在《读聊斋杂说》中写道:"是书传后,效颦者纷如牛毛……予谓当代小说家言,定以此书为第一,而其他比之,自桧(郐)以下。"陈廷玑《聊斋志异拾遗序》称赞它为"空前绝后之作"。乾隆至光绪年间,从和邦额的《夜谭随录》,到邹弢的《浇愁集》等,都明显受到《聊斋志异》的影响,形成我国文言小说史上模拟《聊斋志异》的一个创作流派。其中较有名的是沈起凤的《谐铎》、长白浩歌子的《萤窗异草》、宣鼎的《夜雨秋灯录》、王韬的《淞隐漫录》等。

第二节 《阅微草堂笔记》与清代志怪小说

清代志怪小说的发展历程,可大体分为三个阶段:从王士禛《池北偶谈》到袁枚《子不语》,这是第一阶段,清代志怪逐渐向高潮推进;纪昀的《阅微草堂笔记》代表第二阶段,是清代志怪小说的典范之作;此后是第三阶段,《阅微草堂笔记》的仿作拟作大量产生,其中较为出色的是俞樾的《右台仙馆笔记》。

《阅微草堂笔记》是《聊斋志异》之后又一部重要的文言小说集,它打破了《聊斋志异》在文言小说领域"一统天下"的局面。自此,两种不同类型的文言小说作品有如双峰对峙、两水分流,自成流派,各极其盛。

一、纪昀的小说观念

纪昀(1724—1805),字晓岚,又字春帆,号观弈道人、孤石老人、石云,谥文达,直隶河间府献县(今属河北沧县)人。父亲纪容舒是康熙朝举人,历任户部、刑部属官,外放云南姚安府知府,后升任礼部尚书,《阅微草堂笔记》中的"姚安公"即是他。纪昀生于官宦家庭,得到良好的培养。自幼聪明,能一目十行,过目成诵,更有夜间清晰见物的特异功能。15岁受业于名儒董邦达。24岁应顺天府乡试,考取第一,解元夺魁。后两次会试落第。31岁中进士,入翰林院为庶吉士。历任侍读学士、学政、知府等。乾隆三十三年(1768),因姻亲两淮盐运使卢见曾罹法,纪昀为其通风报信而获罪,谪戍乌鲁木齐三年,48岁遇赦返京。乾隆三十八年(1773),纪昀50岁,开始任《四库全书》总纂官,"始终其事,十有余年",乃其一生最重要的事业。他主纂的《四库全书总目提要》具有极高的学术价值。后累官至礼部尚书、协办大学士。82岁卒于京师。纪昀学问渊博,长于考证训诂。

纪昀创作《阅微草堂笔记》,是有意别于《聊斋志异》的。盛时彦《姑妄听之跋》引述纪昀语曰:"《聊斋志异》盛行一时,然才子之笔,非著书者之笔也。……今一书而兼二体,所未解也。小说既述见闻,即属叙事,不比戏场关目,随意装点。……今燕昵之词、媟狎之态,细微曲折,摹绘如生。使出自言,似无此理;使出作者代言,则何从而闻见之?又所未解也。留仙之才,余诚莫逮其万一;惟此二事,则夏虫不免疑冰。"这表明他不赞成《聊斋志异》"用传奇法,而以志怪"的叙事体例;主张"文章流别,各有体裁",小说创作应揆情度理,直录其事,"简淡数言,自然妙远"。纪昀坚持目录学意义上的小说观念,这从他主编《四库全书总目提要》对"小说"所作的分类上可以看得出来。

明以前,关于目录学意义上的"小说"的归属问题,主要存在子部说和史部说的分歧。东汉班固《汉书·艺文志》把"小说"附于诸子"九家"(法、名、儒、墨、道、阴阳、纵横、杂、农)的骥尾,是由于它秉赋有与诸子相同的素质,即"以议论为宗"。《隋书·经籍志·小说家》也说:"儒、道、小说,圣人之教也,而有所偏","合而叙之","谓之子部"。与子部的特征形成对照,史部的标志在于"以叙事为宗"。但唐代的刘知幾注意到一个事实:子书与史书并没有逾越不了的界限,将"小说"划入子部或史部,都有一定的事实依据。但"子部说"与"史部说"的对峙并存,却导致了学术思想的混乱。

作为《四库全书》的总纂官,纪昀无法回避这一挑战。因为"小说"也是四部中的一员,他必须为之安排一个合适的位置,并使"小说"的各成员之间关系协调。纪昀选择了"子部说"。但这已不是原生态的"子部"理论,而是吸取了"史部说"的合理内核,并尊重"小说"创作的实际情形,以叙述性作为"小说"的基石。因此,他关于"小说"的分类就比胡应麟整洁:"其一叙述杂事,其一记录异闻,其一缀辑琐语。"这三类,"校以胡应麟之所分,实止两类,前一即杂录,后二即志怪,第析叙事有条贯者为异闻,钞录细碎者为琐语而已。传奇不著录;丛谈辩订箴规三类则多改隶于杂家,小说范围,至是乃稍整洁矣"(《中国小说史略》第一篇《史家对于小说之著录及论述》)。

既以叙述性作为"小说"的基石,又将"小说"归入"子部",二者结合才能说明纪昀的小说观念:小说必须重视叙述(包括叙事),其叙事内容允许一定程度的虚构,并且负有"议"即论事说理的责任。这一观念贯彻在《阅微草堂笔记》的创作中,使之表现出与《聊斋志异》显然不同的风貌。

二、《阅微草堂笔记》与中国叙事传统

子部小说主要是相对史家纪传和集部叙事作品而言的,纪昀也正是着眼于相互之间的区别来把握子部小说的特点。就与史家纪传的差异而言,《阅微草堂笔记》不仅从形式上常用限知叙事而不用全知叙事,而且从内在气质上表现了叙述者的局限性,自觉使用存疑语气;以"理所宜有"作为子部书的取材原则,以"事所实有"作为史部书的取材原则,适度地拓展了子部小说的虚构空间;还注意到子部小说在描写对象和叙述详略等方面的特殊性,大量志怪,不避琐屑。

先看《阅微草堂笔记》卷一的一则:

> 旧仆庄寿言:昔事某官,见一官侵晨至,又一官续至,皆契交也,其状若密递消息者。俄皆去,主人亦命驾递出。至黄昏乃归,车殆马烦,不胜困惫。俄前二官又至,灯下或附耳,或点首,或摇手,或颦眉,或拊掌,不知所议何事。漏下二鼓,我遥闻北窗外吃吃有笑声,室中弗闻也。方疑惑间,忽又闻长叹一声曰:"何必如此!"始宾主皆惊,开窗急视,新雨后泥平如掌,绝无人踪。共疑为我呓语。我时因戒勿窃听,避立南荣外花架下,实未尝睡,亦未尝言,究不知其何故也。

此则采用第一人称限知叙事,它与正史纪传的区别,不仅在于从形式上采用限知叙事而不用第三人称全知叙事,而且在于从精神实质上表现了叙述者的局限性,"旧仆庄寿"对所叙述的事实缺少确切的了解,因而使用了存疑的语气。这样一种存疑的叙事态度与史家是大为不同的。盖子部小说家承认一己见闻之局限,而史家并不具有纯粹的个人身份,从理论上说是不能有局限的。尽管正史中事实上多有"传闻之误"的情形,但史家从来不在理论上赋予"传闻之误"以合理性。子部小说家纪昀则在理论上确认:一定程度的"传闻之误"在子部小说中有其存在空间。

由此延伸,纪昀指出:子部小说具有适度的虚构权力。"事所实有"是史部书的取材原则,"理所宜有"是子部书的取材原则。纪昀对此反复地予以强调。如《阅微草堂笔记》卷十六"武强张公令誉"则:"然紫陌看花,动多迷路。其造作是语,固亦不为无因耳。"卷十八"莫雪崖言"则:"此当是其寓言,未必真有。然庄生、列子,半属寓言,义足劝惩,固不必刻舟求剑尔。"

与史家纪传相比,子部小说在描写对象和叙述方式上也存在特殊性。史家传记必须符合两个条件:不能虚构;题材必须重大。而稗官小说的传记则是可以虚构的,甚至不妨以文为戏,传主不必是重要人物。《阅微草堂笔记》卷二二附录吴钟侨之《如愿小传》就属于寓言滑稽、以文为戏一类作品。纪昀特意指出:"此钟侨弄笔狡狯之文,偶一为之,以资惩劝,亦无所不可;如累牍连篇,动成卷帙,则非著书之体矣。"在他看来,这类"稗官小说之传记"虽然并非与子部小说水火不容,但不是子部小说的正宗。子部小说的一个重要使命是传达思想和知识,尤其是传达关于各种事物的知识。《四库全书总目》卷一四〇子部小说家类总序论及子部小说的功能是:"寓劝戒,广见闻,资考证。"所谓"寓劝戒",与子部书表达思想的宗旨衔接;所谓"广见闻,资考证",与子部书传达知识的宗旨衔接。志怪题材小说的功能首先是"广见闻",《阅微草堂笔记》同时又赋予了它"资考证"的功能,这样,其传达知识的宗旨就更为显著了。

这里我们要强调的是,《阅微草堂笔记》用大量篇幅"测鬼神之情状"乃是纪昀小说宗旨的体现。在子部小说家看来,这也是传统知识体系的一个部分。胡应麟《少室山房笔丛》卷三九《华阳博议下》云:"两汉以迄六朝所称博洽之士,于术数、方技靡不淹通,如东方、中垒、平子、景纯、崔敏、崔浩、刘焯、刘炫之属,凡三辰七曜、四气五行、九章六律皆穷极奥眇,彼以为学问中一事也。"卷三八《华阳博议引》亦云:"古今称博识者,公孙大夫、东方待诏、刘中垒、张司空之流尚矣,彼皆书穷八索,业擅三冬,而世率诧其异闻,标其僻事。"胡应麟所列举的"博洽之士"中,郭璞(字景纯)、张华(曾任司空一职)正是大名鼎鼎的子部小说家。由此一例可见,在胡应麟看来,"博"于"物"的子部小说家,特征之一是"淹通"各种"方技、术数";"测鬼神之情状"亦是"博物"的内容之一。纪昀创作《阅微草堂笔记》,将"测鬼神之情状"视为学问的组成部分是无疑的。

子部小说与史家纪传对于志怪题材的处理,在详略方面存在值得关注的区别,而这一区别根源于其体裁宗旨的不同。《阅微草堂笔记》卷九载:

> 晋杀秦谍,六日而苏,或由缢杀杖杀,故能复活;但不识未苏以前,作何情状。诂经有体,不能如小说琐记也。佃户张天锡,尝死七日,其母闻棺中击触声,开视,已复生。问其死后何所见,曰:"无所见,亦不知经七日,但倏如睡去,倏如梦觉耳。"时有老儒馆余家,闻之,拊髀雀跃曰:"程朱圣人哉!鬼神之事,孔孟犹未敢断其无,惟二先生敢断之。今死者复生,果如所论,非圣人能之哉!"余谓天锡自以气结尸厥,瞀不知人,其家误以为死耳,非真死也。虢太子事,载于《史记》,此翁未见耶?

纪昀自题《阅微草堂笔记》诗云:"前因后果验无差,琐记搜罗鬼一车。传语洛闽门弟子,稗官原不入儒家。"这里,纪昀含蓄地表达了他的写作宗旨:子部小说不是从儒家的门庭中发展起来的。它在儒家的殿堂里没有地位,也不受儒家种种规范的限制。比如,"子不语怪、力、乱、神",但子部小说却不妨以"测鬼神之情状"作为重心。而我们从纪昀的表白出发,还可以展开进一步的讨论,即:史家纪传与子部小说在处理志怪题材时,在详略方面存在什么差异?何以会存在差异?

现代史学理论不会认可一个笔涉怪异的史家,但在中国古代,一个史家如果从展示社会重大事变的立场出发记怪述异,他不会受到太多挑剔。赵翼《廿二史札记》卷八《晋书所记怪异》条云:"采异闻入史传,惟《晋书》及《南、北史》最多,而《晋书》中僭伪诸国为尤甚。……此数事尤可骇异,而皆书于刘、石之乱,其实事耶?抑传闻耶?刘、石之凶暴本非常,故有非常之变异以应之,理或然也。"赵翼是中国古代有影响的史学理论家之一,他在评议《晋书》大量志怪的现象时,尽管并未予以赞许,但"理或然也"的措辞表明他大体上是能接受的。只是史家志异与子部小说志异仍有一个出发点的不同。史家志异,旨在表明社会生活处于异常状态;子部小说志异,却是为了传达关于怪异事物的知识。服务于展示历史事实,正如"诂经有体",不能像子部小说那样琐琐道来。可以说,琐琐道来地志怪,这是子部小说表达上的一个重要特征,具有体裁的合法性。《阅微草堂笔记》大量志怪,不避琐屑,正是子部小说体裁宗旨的表现。而这种体裁宗旨,其主要比照对象正是史家纪传。

《阅微草堂笔记》与集部叙事传统的差异,主要表现为与传奇小说的差异。在我们看来,传奇小说的基本特征即传、记的辞章化。所谓辞章,即集部作品,包括诗、赋、骈文等。传奇小说就其本性而言是以集部的修辞方式改造史家传记的产物,集部的叙事传统在传奇小说中表现得较为充分。

关于子部小说与传奇小说写作立场的差异,盛时彦《阅微草堂笔记序》作了强烈暗示:"河间先生以学问文章负天下重望,而天性孤直,不喜以心性空谈,标榜门户;亦不喜才人放诞,诗社酒社,夸名士风流。是以退食之余,惟耽怀典籍;老而懒于考索,乃采掇异闻,时作笔记,以寄所欲言。《滦阳消夏录》等五书,俶诡奇诵,无所不载;洸洋恣肆,无所不言。而大旨要归于醇正,欲使人知所劝惩。故诲淫导欲之书,以佳人才子相矜者,虽纸贵一时,终渐归湮没。而先生之书,则梨枣屡镌,久而不厌,是则华实不同之明验矣。"盛时彦所说的"诲淫导欲之书,以佳人才子相矜者",其主体即自中唐开始兴盛的传奇小说。

唐人传奇是在德宗至宪宗朝发展到鼎盛阶段的,其基本特征之一便是"才子佳人"题材的作品骤然勃兴。在唐人传奇之后,宋、明传奇小说,包括清代的《聊斋志异》,也一以贯之地以"风流"故事为主体。如何解读传奇小说中的才子佳人题材作品,见仁见智,大概很难统一。作为学者的纪昀,他对传奇小说的解读深入准确,在某些层面上甚至为现当代学术界所不及。比如《阅微草堂笔记》卷九载:

> 林塘知其异人,因问以神仙感遇之事。僧曰:"古来传记所载,有寓言者,有托名者,有借抒恩怨者,有喜谈诙诡以诧异闻者,有点缀风流以为佳话,有本无所取而寄情绮语,如诗人之拟艳词者;大都伪者十八九,真者十一二。此一二真者,又大都皆才鬼灵狐,花妖木魅,而无一神仙。其称神仙必诡词。夫神正直而聪明,仙冲虚而清静,岂有名列丹台,身依紫府,复有荡姬佚女,参杂其间,动入桑中之会哉?"林塘叹其精识,为古所未闻。

中国古代的神仙感遇故事,先是存在于辞赋中,如宋玉《神女赋》、曹植《洛神赋》,接着出现于志怪小说中,如《搜神记》卷一的《董永》、《杜兰香》、《弦超》,然后在唐人传奇中蔚为大观,如《玄怪录·崔书生》、《传奇·裴航》等。这些感遇故事,"伪者十八九",占去了绝大部分。

纪昀在《阅微草堂笔记》里比较全面地表达了他关于神仙感遇故事的

理念。如卷二二的"太原申铁蟾"：

> 太原申铁蟾，好以香奁艳体寓不遇之感。尝谒某公未见，戏为无题诗曰："垩粉围墙罨画楼，隔窗闻拨（拨）钿筝筿；分（去声）无信使通青鸟，枉遣游人驻紫骝。月姊定应随顾兔，星娥可止待牵牛？垂杨疏处雕栊近，只恨珠帘不上钩。"殊有玉溪生风致。王近光曰："似不应疑及织女，诬蔑仙灵。"余曰："'已矣哉，织女别黄姑，一年一度一相见，彼此隔河何事无？'元微之诗也。'海客乘槎上紫氛，星娥罢织一相闻。只应不惮牵牛妒，故把支机石赠君。'李义山诗也。微之之意，在于双文；义山之意，在于令狐。文士掉弄笔墨，借为比喻，初与织女无涉。铁蟾此语，亦犹元、李之志云尔，未为污蔑仙灵也。至于纯构虚词，宛如实事；指其时地，撰以姓名，《灵怪集》所载郭翰遇织女事，（《灵怪集》今佚。此条见《太平广记》六十八。）则悖妄之甚矣。夫词人引用，渔猎百家，原不能一一核实；然过于诬罔，亦不可不知。盖自庄、列寓言，借以抒意，战国诸子，杂说弥多，谶纬稗官，递相祖述，遂有肆无忌惮之时。如李伉《独异志》诬伏羲兄妹为夫妇，已属丧心；张华《博物志》更诬及尼山，尤为狂吠。（按：张华不应悖妄至此，殆后人依托。）如是者不一而足。今尚流传，可为痛恨。……"

这一则所包括的核心内容可分两层，第一层内容是：词人借艳遇故事来寓托某种社会性的感情，这样做具有一定程度的体裁的合法性，即所谓"文士掉弄笔墨，借为比喻，初与织女无涉。铁蟾此语，亦犹元、李之志云尔，未为污蔑仙灵也"。但这里有一条底线，即不可"过于诬罔"。事实上，在纪昀看来，"好以香奁艳体寓不遇之感"，虽然具有体裁的合法性，但不应受到鼓励，因为这类题材可能对社会造成负面影响。第二层内容是：对于"纯构虚词，宛如实事；指其时地，撰以姓名"，如《灵怪集》所载郭翰遇织女事"一类传奇志怪作品，纪昀深恶痛绝，严加指斥。纪昀之所以痛恨这类作品，主要是由于其描写太像真事，就社会影响而言，有可能造成显著的负面后果。他点名批评的《郭翰》见收于《太平广记》卷六八，写织女与郭翰的婚外恋，是《灵怪集》现存作品中最长的一篇。牛郎织女一向以感情的坚贞不渝著称，所以北宋秦观《鹊桥仙》感叹："金风玉露一相逢，便胜却人间无数。"张荐却将织女设想成一个轻佻的女子，因"佳期阻旷，幽态盈怀"而背弃牛郎，下凡另寻新欢。在纪昀看来，这真算得"肆无忌惮"、"过于诬罔"了。他认为，诸如此类作品是造成风俗败坏的原因之一。

"太原申铁蟾"一则所包含的第二层核心内容不仅是针对唐人传奇的,也包括宋明传奇小说和清代蒲松龄的《聊斋志异》等作品。《聊斋志异》是备受纪昀关注的一部小说集。《阅微草堂笔记》附有纪昀之子纪汝佶的六则小说作品,纪昀的题记说:"亡儿汝佶,以乾隆甲子生。幼颇聪慧,读书未多,即能作八比。乙酉举于乡,始稍稍治诗,古文尚未识门径也。会余从军西域,乃自从诗社才士游,遂误从公安、竟陵两派入。后依朱子颖于泰安,见《聊斋志异》抄本,(时是书尚未刻。)又误堕其窠臼,竟沉沦不返,以讫于亡。"这一事实增强了纪昀对《聊斋志异》的戒备心理。

如前所述,从表达知己之感的角度看,蒲松龄的才子佳人题材小说有一个显著特点,即:在《聊斋志异》中,纯真美丽的女性是衡量男子价值的重要尺度,只有"绝慧"、"工诗"而又怀才不遇的"狂生"才有可能得到少女们的青睐。对《聊斋志异》这类旨在"寄怀"的作品,如同对于唐人传奇中的"神仙感遇"之作一样,纪昀一方面注意到其"寓言"意味,小说的存在具有学理上的合理性,另一方面更注意一部分读者可能误读,其结果是将"寓言""见诸实事"。《阅微草堂笔记》中的若干作品便是针对"《聊斋志异》贻误读者"这一事实而写的,如卷十三的一则:

> 董秋原言:东昌一书生,夜行郊外。忽见甲第甚宏壮,私念此某氏墓,安有是宅,殆狐魅所化欤?稔闻《聊斋志异》青凤、水仙诸事,冀有所遇,踟蹰不行。俄有车马从西来,服饰甚华,一中年妇揭帏指生曰:"此郎即大佳,可延入。"生视车后一幼女,妙丽如神仙,大喜过望。既入门,即有二婢出邀。生既审为狐,不问氏族,随之入。亦不见主人出,但供张甚盛,饮馔丰美而已。生候合卺,心摇摇如悬旌。至夕,箫鼓喧闻,一老翁搴帘揖曰:"新婿入赘,已到门。先生文士,定习婚仪,敢屈为傧相,三党有光。"生大失望,然原未议婚,无可复语;又饫其酒食,难以遽辞。草草为成礼,不别而归。家人以失生一昼夜,方四出觅访。生愤愤道所遇,闻者莫不拊掌曰:"非狐戏君,乃君自戏也。"

与"东昌一书生"相辅相成的故事在《阅微草堂笔记》中还有几则。如卷十六:"闻有少年随塾师读书山寺。相传寺楼有魅,时出媚人。私念狐女必绝艳,每夕诣楼外,祷以媟词,冀有所遇。"结果遭到狐的陷害。卷十七:"狐魅,人之所畏也,而有罗生者,读小说杂记,稔闻狐女之姣丽,恨不一遇。近郊古冢,人云有狐,又云时或有人与狎昵。乃诣其窟穴,具贽币牲醴,投书求婚姻,且云或香闺娇女,并已乘龙,或鄙弃樗材,不堪倚玉,则乞赐一艳婢,用充贵朘,衔感亦均。"结果为狐所蛊惑,"家为之凋,体亦为之敝"。某"少年"、罗生和"东昌一书生",他们与毕怡庵(《聊斋志异·狐梦》)一样,都沉溺在对艳遇的渴望中。不过结局迥然相异:毕怡庵如愿以偿,"东昌书生"大失所望,某"少年"和罗生食的却是苦果。纪昀反仿《青凤》、《狐梦》一类作品,旨在调侃《聊斋志异》对艳遇故事的热衷,并藉以消解其负面的社会影响。这体现了子部小说家注重"淑世"的写作立场。

在叙事准则的选择上,纪昀也一以贯之地保持了与传奇小说的距离和差异。他所关注的叙事准则,包括虚构限度、叙述手段和叙事风度等方面。

关于虚构限度,纪昀认为,传奇小说中存在大量"欲神其说,不必实有是事"的虚构。这类虚构在传奇小说中具有体裁的合理性,但就虚构逻辑而言,却属于不合情理的过度虚构。如前所举唐代李公佐的传奇小说《谢小娥传》,写谢小娥之父与夫往来江湖做买卖,被强盗杀害。小娥访得凶手,受雇为役,伺机杀死了两个仇人,并报官府尽收其余党。在小说中,作者有意留下虚构的痕迹,比如谢小娥的父亲和丈夫被申春、申兰劫杀,他们向谢小娥托梦,理当直接点出申春、申兰的名字,可是他们偏不,而用"田中走,一日夫"隐申春,以"车中猴,东门草"隐申兰,以至于小娥好些年也弄不清仇人是谁。这显然不合情理。纪昀批评李公佐所设计的谢小娥之梦,是因为在他看来,李公佐未免好奇过甚。纪昀创作《阅微草堂笔记》,即格外注意把握虚构限度。《阅微草堂笔记》卷七提出一个观点:"余尝谓小说载异物能文翰者,惟鬼与狐差可信,鬼本人,狐近于人也。其他草木鸟兽,何自知声病。至于浑家门客并苍蝇草帚亦俱能诗,即属寓言,亦不应荒诞至此。"

关于叙述手段的选择,我们的意思是:无论是子部小说还是传奇小说,它们都离不开叙述,但子部小说的叙述服务于"论",而传奇小说的叙述旨在创造引人入胜的故事、情境或氛围。这种体裁宗旨的不同有可能影响叙述者对叙述手段的选择。比如,以《阅微草堂笔记》和传奇小说相比,传奇小说无疑更注重诱发读者的悬念,而《阅微草堂笔记》往往依次道来,平铺直叙,纪昀的目的不是讲述一个扣人心弦的故事,他更关注对哲理、知识的说明。

《阅微草堂笔记》卷十载:

至危至急之地,或忽出奇焉;无理无情之事,或别有故焉。破格而为之,不能胶柱而断之也。吾乡一媪,无故率媪妪数十人,突至邻村一家,排闼强劫其女去。以为寻衅,则素不往来;以为夺婚,则媪又无子。

乡党骇异,莫解其由。女家讼于官,官出牒拘摄,媪已携女先逃,不能踪迹;同行婢妪,亦四散逋亡。累绁多人,辗转推鞫,始有一人吐实,曰:"媪一子,病瘵垂殁,媪抚之恸曰:'汝死自命,惜哉不留一孙,使祖父竟为馁鬼也。'子呻吟曰:'孙不可必得,然有望焉。吾与某氏女私昵,孕八月矣,但恐产必见杀耳。'子殁后,媪呫呫独语十余日,突有此举,殆劫女以全其胎耶?"官怃然曰:"然则是不必缉,过两三月自返耳。"届期果抱孙自首,官无如之何,仅断以不应重律,拟杖纳赎而已。此事如兔起鹘落,少纵即逝。此媪亦捷疾若神矣。安静涵言:其携女宵遁时,以三车载婢妪,与己分四路行,故莫测所在。又不遵官路,横斜曲折,歧复有歧,故莫知所向。且晓行夜宿,不淹留一日,俟分娩乃税宅,故莫迹所居停。其心计尤周密也。女归,为父母所弃,遂偕媪抚孤,竟不再嫁。以其初涉溱洧,故旌典不及,今亦不著其氏族焉。

就实质而言,这是一个公案故事,涉及作案和破案等程序。公案故事通常伴随着悬念迭出的情节,这一则也不例外。但纪昀所采用的叙述方式却提示读者:他更关注的是故事所体现的哲理而不是故事本身的传奇性。其叙述方式有这样几点值得注意:以"论"带"叙","论"构成作品的第一重心;采用全知叙事,以加快信息的释放。可以这样认为:"至危至急之地,或忽出奇焉;无理无情之事,或别有故焉"的见解本身需要有"至危至急之地"、"无理无情之事"与之呼应,否则,论点就缺乏必要的论据。论点的特殊性决定了论据的特殊性。所以,纪昀虽然不能消除故事本身所具有的传奇性,却在力所能及的范围内淡化而不是强化这种传奇性。如果因为这则故事而误以为纪昀对悬念情有所钟,其把握文本的能力是会受到质疑的。

关于叙述风度,纪昀《阅微草堂笔记》卷十八描述过"才子之笔,务殚心巧;飞仙之笔,妙出天然"的境界。在他看来,所谓"天然",即"如春云出岫,疏疏密密,意态自然,无椳桠怒张之状","如空江秋净,烟水渺然,老鹤长唳,清飙远引,亦消尽纵横之气"。卷二四又特别倡导"无笔墨之痕"而反对"努力出棱,有心作态"。《聊斋志异》正是纪昀所谓"才子之笔",因此"纵横之气"、"务殚心巧"、"努力出棱,有心作态"可以视为他对传奇小说的批评;而"妙出天然"、"意态自然"、"无笔墨之痕"则可看做纪昀理想的子部小说风范。如果不把纪昀的意见当成价值判断,我们确实可以由此出发,去理解传奇小说与子部小说叙事风度的区别。

综上所述,《阅微草堂笔记》在题旨上注重事理的揭示,在叙事准则上反对过度虚构,风格简淡,回避现场感,其文类特征是鲜明而系统的。这一事实表明,纪昀在写作《阅微草堂笔记》时,既注意与史家纪传划清界限,也注意与传奇小说划清界限,而致力于建立和完善子部小说的叙事规范。换句话说:《阅微草堂笔记》是一部渊源于子部叙事传统的经典,在中国叙事文学发展史上,其重要性可与《史记》(史部叙事经典)、《聊斋志异》(偏重集部叙事传统的经典)等相提并论。现代学者在面对《阅微草堂笔记》时,应当采用子部小说的原理来阐发文本,否则,牛头不对马嘴,议论越多,误解越深——不仅是对《阅微草堂笔记》的误解,也是对中国叙事传统的误解。

第八章　清代戏曲

清代杂剧基本上成为案头读物,已经彻底沦为文人表达心声的载体;清代传奇创作在重视抒情的基础上强化了叙事特性,编剧技巧进一步提升,并于清代前期诞生了两部巅峰之作——《桃花扇》和《长生殿》;清代传奇声腔和地方戏逐渐繁盛,导致花雅之争,昆腔失势,花部盛行,并于晚清催生了京剧。

第一节　清代戏曲的历史进程

戏曲是清代文娱活动的重要形式,上至帝王,下至平民百姓,都乐此不疲。清代诸帝均爱好戏剧,先后在内廷的景山和南府设立了演戏机构。道光时裁撤宫廷冗员,景山戏班并入南府,后又将南府改为升平署。康熙、乾隆都是戏迷,南巡时各地纷纷竞献戏曲,一度掀起了编戏演戏的热潮,乾隆还命张照等人创作了一系列宫廷大戏。清代商业戏班极为发达,神庙戏台、堂会剧场、酒馆、茶园都可看到他们忙碌的身影。

在长期的舞台实践中,传奇在清初形成了四大声腔,并在全国各地开花结果,衍生出新的变种。四大声腔包括以中原各地俗曲小令为基础形成的弦索腔,秦陇一带盛行的西秦腔,由南方的弋阳腔、青阳腔等声腔同化而形成的高腔,受到士大夫追捧的最流行最兴盛的昆山腔。这一南一北四大声腔系统又在接触中形成了吹腔、梆子腔、二黄腔、西皮与楚调等南北复合声腔。此外，在民间歌舞和民间说唱的基础上形成了一系列民间小戏，即花鼓戏、采茶戏、花灯戏、秧歌戏、摊簧戏等。昆山腔在万历时期取得官腔地位后，盛行两百余年，在清代乾隆后期遭遇到了被称为"杂调"、"花部"、"乱弹"的其他传奇声腔的挑战，并于嘉庆年间彻底衰败。道光年间，京剧诞生，确立了规范化的板式音乐体系，并逐渐发展成为全国性的剧种。20世纪初叶，梁启超、陈去病、汪笑侬掀起戏剧改良运动；留日学生曾孝谷、李叔同成立春柳社，标志着一种迥异于传统戏剧的剧种——话剧的诞生。

　　清代传奇的剧本体制大为缩短，一般为三十出左右，改变了以往传奇冗长不便搬演的毛病。戏剧行当在清代走向成熟和完善，形成了"江湖十二色"："梨园以副末开场，为领班。副末以下老生、正生、老外、大面、二面、三面七人，谓之男角色。老旦、正旦、小旦、贴旦四人，谓之女角色。打诨一人，谓之杂。此江湖十二色。"（李斗《扬州画舫录》卷五"新城北录下"）经过长期的实践，皮黄戏逐渐形成了生旦净丑四大行当系统，行当的表演技巧进一步提高，一些行当甚至有了绝技和武功，人物脸谱也朝个性化、象征化和定型化发展。音乐体制方面，在原来的曲牌联套体的基础上增加了板式变化体。板式变化体简便易行，乐段可长可短，乃至在一些场合可有可无，演员甚至可以完全抛开剧作家进行自由创作。

　　传奇创作的舞台意识进一步强化，戏曲的叙事性也得到强调。早在晚明时期，祁彪佳、王骥德、凌濛初等人试图改变传奇作家长于言情而拙于谋篇的局面，一些曲家如吴炳、阮大铖等人以布局谋篇见长。到了清代，曲家的舞台意识更为自觉，李渔等曲家甚至对戏曲的舞台演出和剧本的编辑进行了全方位的理论阐述。他认为填词首先应该重视结构，并提出了"立主脑"、"减头绪"、"密针线"的主张。所谓立主脑就是要确立全剧结构的枢纽；减头绪就是要尽量减少情节的因果线，保证结构的单一性，以便于展开戏曲的矛盾冲突；密针线就是要注意情节照应，做到环环相扣，达成戏剧效果。他还倡导场上之曲，认为"填词之设，专为登场"，注重词曲和宾白的锻造，化俗为雅。（《闲情偶寄》卷之四《演习部选剧第一》）

　　清代杂剧已经沦为文人治学之余的雅事、宣泄情感的工具，基本上成了案头读物。音乐体制方面，南曲化倾向更加显著，联套有纯用北曲、纯用南曲以及南北曲合用三种情况，唱法有独唱和众唱。演出体制方面，参考传奇分派角色，以生代末，出现了净丑等角色。剧本体制方面，楔子基本上被抛弃，折数长短不一，从一折到十二折都有，一折短剧在清前中期达到高峰；受南曲影响，出现了副末开场和下场诗等体制。剧本内容方面，所写为风雅文人的韵事,所抒发的是耿耿于怀的心绪,因此清代杂剧被称为纯正的文人剧。手法上,清代杂剧作家喜欢藻饰曲文,以作诗文的态度写曲。短剧无冲突无情节,仅仅交代事件,仅仅由角色抒情言志大发议论;一折以上的作品大部分亦无关目,剧作家关注的是遣兴述怀。

清代前期最重要的剧作家是将传奇创作推向巅峰的洪昇和孔尚任。此外,还有三类作家颇为引人注目。一是苏州派作家群。这一作家群由一群下层文人组成,为市场演出而写作,属于一个比较松散的编剧集团。主要包括李玉、朱素臣、朱佐朝、张大复、叶时章、丘园、毕魏等一二十人。他们总计创作戏曲170余部,代表作品有朱素臣《十五贯》、朱佐朝《渔家乐》,叶时章《琥珀匙》、李玉《清忠谱》、《千钟戮》等。剧作关注广泛的社会生活,表达鲜明的爱憎情感,具有平民意识,道德意识非常强烈。十部传奇九相思,清代前期的一批文人自命风流,热衷于搬演才子佳人的遇合。代表性作家有李渔、徐石麟、范希哲、万树、薛旦等人,其中,李渔还是个职业剧作家、戏班班主。清代前期还有一批传统文人,把戏曲当做抒愤寄怀的载体,其创作在一定程度上走上了案头化、寓言化的道路。代表性作家有丁耀亢、黄周星、嵇永仁、吴伟业、尤侗等。

清代中期,昆曲开始衰落,地方戏兴起,戏曲创作诗文化案头化,剧本长度进一步缩短。代表性作家主要有唐英、杨潮观、蒋士铨等。

乾隆以后清代地方戏曲极度繁荣,除了传奇各种声腔的剧目外,大量文人剧作、说唱文学、历史故事、民间传说都被改编成地方戏曲。今天所能见到的清代刊本有乾隆年间刊刻的《缀白裘》,其中第六集、第十二集收有72出地方戏。

清代晚期戏曲作家作品中比较重要的有:黄燮清《倚晴楼七种曲》、杨恩寿《坦园六种曲》、陈烺《玉狮堂十种曲》、刘清韵《小蓬莱仙馆传奇》。吴梅的戏剧创作也值得一提。此期作家有感于晚清内忧外患的现实,创作了一批抨击时政、带有爱国主义思想的作品。

第二节 《桃花扇》

《桃花扇》和《长生殿》是清代传奇中的双璧,是昆曲最为杰出的代表作。孔尚任的史家情怀和舞台意识决定了《桃花扇》艺术构思和舞台演出的成功,在清代剧坛产生了重要影响。

一、生平与创作

孔尚任(1648—1718),字聘之、季重,号东塘、岸堂、云亭山人。籍贯山东曲阜,乃孔子第六十四代孙。著有《石门山集》、《长留集》、《湖海集》、《岸堂稿》、《岸堂文集》、《宫词百首》、《小忽雷》(与顾彩合著),编纂有《平阳府志》、《莱州府志》、《阙里新志》、《节序同风录》等。家族传统和人生际遇造就了《桃花扇》,奠定了孔尚任在文学史上的崇高地位。

孔尚任和所有的读书人一样,毕生追求功名,幸运之神也曾向他招手,不幸的是他一直没有把握住机会。康熙二十三年(1684),康熙南巡返归途中,到孔府祭孔,孔尚任给康熙讲经,导游孔庙孔林,深得康熙赏识,传谕大学士明珠和王熙,着不拘例议用。康熙二十四年三月,孔尚任被破格擢升为国子监博士。1686年秋,孔尚任随工部侍郎孙在丰赴淮扬,督办疏导黄河河口工程。康熙破格录用孔子后人孔尚任实际上是一种文化政策的象征,目的在于收买民心,笼络汉族知识分子。孔尚任本可以"好风凭借力",但是康熙亲自筹划的黄河河口治理工程却让孔尚任与幸运之神失之交臂:他蹉跎三载,无功而返。孔尚任于1690年回到国子监任祭酒,1693年转任户部福建清吏司主事,1700年升任广东司员外郎。1700年,康熙突然下令将孔尚任罢免。1702年,滞留北京一年多的孔尚任绝望地返回老家。1705年,康熙第五次南巡,孔尚任再度产生幻想,失望后出门远游。晚年的孔尚任对自己的功名作过总结:"错料世事悔无期,呜呼冯唐人已老。"(《刘静伯招饮同余鸿客、李抱一剧谈》)

在追求功名的同时,孔尚任一直有着强烈的创作冲动。这种冲动来自于他对南明兴亡的浓厚兴趣。他曾动手创作过相关的剧本,但是这个稿本并没有产生什么影响,以至于令孔尚任兴致阑珊。三年治河生涯给了孔尚任感悟南明历史的一个绝好的机会。他在那里结识当地名士,探寻弘光遗事,探访京口、明孝陵、明故宫、燕子矶、秦淮河、栖霞山、梅花岭等历史遗迹。冒襄曾以80高龄,从如皋到兴化,和孔尚任同住30日;孔尚任还特意拜访了经历甲申之变和南明败局的栖霞山隐士张怡。孔尚任再一次被深深触动,于是寻腔按拍,填词设科。好友户部侍郎田雯"来京,每见必握手索览。予不得已,乃挑灯填词,以塞其求,凡三易稿而书成,盖己卯(1699)之六月也"。这个修改本出来后,"王公缙绅,莫不借钞,时有纸贵之誉",到这年的秋天,康熙皇帝派内侍索要《桃花扇》剧本(《桃花扇本末》)。除夕夜,左都御史李木庵索《桃花扇》剧本,买吏部尚书李天馥家班"京斗班"排戏,次年四月首场演出,尊孔尚任于上座。座客频频称颂,孔尚任颇有凌云之志。从此，京城之演《桃花扇》岁无虚日，南北之演《桃花扇》盛况空前。

尽管孔尚任有着强烈的功名欲望，但是，作为衍圣公的后裔，他毕竟深受儒家文化的熏陶，因而对南明历史有着特殊的体认。孔尚任对自己的血脉传承和文化传承深感自豪。他曾在诗歌中这么夸耀祖先："吾祖自称东汉叟，会心林水耽诗酒。龆龄即膺天子知，召登便殿频握手。邑食万户壁藏经，商鼎周彝种种有。"（《敬观景泰年御赐衍圣公谨礼崇德金图书歌》）并在《桃花扇》试一出《先声》中通过老赞礼这么介绍自己："但看他有褒有贬，作春秋必赖祖传；可咏可叹，正雅颂岂无庭训？"他父亲为明末举人，入清不仕，隐居石门山。孔尚任也跟着父亲在石门山读书，钻研诗乐兵农，并于康熙二十三年（1684）被推荐主持孔府祭庙的"释菜"典礼。孔尚任创作《桃花扇》，继承了乃祖"微言大义"的春秋笔法。所以，尽管他在《先声》中将《桃花扇》的演出时间定在他为康熙讲经的康熙甲子年（1684），并通过老赞礼颂扬康熙时代"尧舜临轩，膏雨零"，"见了祥瑞一十二种"，但在作品中却别有寄托。

孔尚任在康熙三十九年（1700）春天被莫名其妙地罢职。孔尚任本人没有说出具体原因，但认为是被人诬告；实际上可能是因《桃花扇》触犯了康熙的禁忌。比起庄廷鑨、戴名世来，孔尚任是幸运的，康熙给这个孔圣人的后代留够了面子：仅仅罢职而已，甚至没有禁止《桃花扇》的演出。要不然，就不会有金斗班首演《桃花扇》，也不会有寄园豪演《桃花扇》。

二、离合之情与兴亡之感

1644年，李自成攻打北京，崇祯皇帝自缢于煤山；吴三桂引清兵入关，黄河以北各省一片混乱；同年五月，凤阳总督马士英等人在明朝陪都南京拥立福王，建立了南明王朝。清兵入关之初，兵力不过十多万，地盘不过关外辽东以及河北山东部分州县，可是这个南明王朝仅仅支撑了一年就灭亡了。其灭亡原因，夏完淳有过精辟分析："朝堂与外镇不和，朝堂与朝堂不和，外镇与外镇不和，朋党势成，门户大成，虏寇之事，置之蔑闻。"（《续幸存录》）孔尚任的《桃花扇》借离合之情写兴亡之感，成功地揭示了南明王朝灭亡的原因。

作者将世家公子侯方域和秦淮名妓李香君的恋爱置于明末的复杂政治环境中，即魏忠贤阉党余孽与东林党、复社的政治斗争中，李香君"却奁"使得侯李恋情陷入了深深的政治漩涡。阮大铖是个政治投机商，拜魏忠贤为干爹，趋炎附势；魏忠贤失势，又赶紧以丁忧为由，想抽身而退；魏忠贤倒台后，又写曲子表示悔恨，企图伺机东山再起。复社文人视阮大铖为阉党余孽,《留都防乱揭帖》让世人看清了阮大铖的本来面目,使得阮大铖声名狼藉,惶惶如丧家之犬:丁祭时为吴应箕等秀才驱赶,借戏给陈贞慧等公子却被公子们咒骂,节日游赏也只好半夜出门,碰到复社文人只好赶紧躲避。复社文人侯方域访翠眠香,宫扇题诗,以为定情之物。阮大铖送来妆奁,主动示好,希望和秀才领袖吴应箕、公子班头陈贞慧交厚的侯方域帮自己摆脱政治困境。李香君的母亲李贞丽和复社、几社名流交游,李香君从小受东林正气熏陶,认为"阮大铖趋附权奸,廉耻丧尽",坚决反对侯方域为阮大铖分解,毅然决然地将妆奁退还给阮大铖,从此埋下了祸根。武昌的左良玉准备挥军东下就粮南京,阮大铖乘机向马士英诬告,说侯方域里通左良玉,侯方域被迫和新婚燕尔的李香君分离,前去投奔史可法。

侯方域访翠眠香之际,正值明王朝风雨飘摇之时,各种政治投机商为一己利益着想而置国家利益于不顾。甲申三月,李自成攻入北京,崇祯帝自缢煤山,消息传到江南,各种政治势力议立纷纭。阮大铖此前曾表示:"若是天道好还,死灰有复燃之日,我阮胡子呵,也顾不得名节,索性要倒行逆施了。"凤阳督抚认为国家大乱是天赐良机:"一旦神京失守,看中原逐鹿交走。捷足争先,拜相与封侯,凭着这拥立功大权归手";"幸遇国家多故,正我辈得意之秋"。为了攫取拥戴之功,马士英、阮大铖勾结江南四镇黄得功、高杰、刘泽清、刘良佐等拥立昏庸的福王监国;史可法等大臣坚决反对,但是阻挡不了这些政治投机商的私欲。左良玉和袁继咸、黄澍等将帅痛哭崇祯帝,表示一旦有太子诸王中兴定鼎,便勤王北上恢复中原;可惜这个南明王朝从建立伊始便陷入了朋党争斗和荒淫享乐之中。

作者巧妙地借助侯方域和李香君的离合来展示这种朋党争斗和荒淫享乐。兰雪堂本第二十一出《媚座》原评精辟地道出了这一艺术构思:"争斗则朝宗分其忧,宴游则香君罹其苦。一生一旦为全本纲领,而南朝之治乱系焉。""争斗则朝宗分其忧",就是说侯方域被阮大铖诬告后逃亡到史可法那里,替史可法做参谋,化解各种政治争斗。马、阮为一己私欲拥立福王,侯方域向史可法指出福王有三大罪五不可立;马士英倡议迎立,功居第一,即升补内阁大学士,兼兵部尚书,随即将史可法排挤到江北督师;史可法欲与各路将领共商复仇之事,江北四镇却为了争夺地盘而互相残杀,侯方域只好替史可法居中调停,建议失势的高杰前往开、洛黄河前线;史可法派侯方域前往高杰军中监军,高杰不听侯方域劝告,斥责侮辱黄河守将许定国,许定国杀高杰投敌,黄河防线崩溃;侯方域逃回南京,却碰到马士英、阮大铖打击异己大肆搜捕东林党和复社成员,结果锒铛入狱;苏昆生为救侯方域,向左良玉汇报:马士英、阮大铖为一己私欲迫害崇祯太子、福王妃子,一代中兴之君行的是亡国之政;左良玉草檄清君侧挥师东下,马士英、阮大铖"宁可叩北兵之马,不可试南贼之刀",调取江北三镇抵御左良玉,长江千里防线只剩下史可法三千军马;史可法兵败沉江,刘泽清、刘良佐劫弘光帝投降清兵,南明王朝彻底瓦解。马士英官居首辅,权握中枢,"那朱紫半朝,只不过呼朋引党;这经纶满腹,也无非报怨施恩。""私君,私臣,私恩,私仇,南朝无一非私,焉得不亡?"(《拜坛》眉批)可以说,党争彻底葬送了南朝!从监狱中逃出来的复社领袖陈贞慧、吴应箕感慨万千:"日日争门户,今年傍那家?"

"宴游则香君罹其苦",就是说李香君被阮大铖陷害,被迫为南明君臣的荒淫享乐服务,见证了弘光王朝的腐败。弘光君臣想到的不是如何去抵抗清兵,而是日夜荒淫享乐。田仰趋附同乡马士英而得官,欲娶李香君上任,遭到李香君的拒绝;阮大铖等人趋奉马士英日日宴饮欢歌,征取李香君侑酒;李香君拒绝应征,阮大铖乘机进谗言,马士英派人替田仰强娶李香君,李贞丽只好代女出嫁;阮大铖官复光禄之职,随即升补内廷供奉,做的第一件事就是向新主献《燕子笺》等四种传奇,将李香君等优人拘入内廷,并向弘光皇帝表示"鞠躬尽瘁,以报主知";大敌当前,弘光帝却认为"目今外侮不来,内患不生,正在采选淑女,册立正宫。这也都算小事",痛感自己"独享帝王之尊,无有声色之奉",把《燕子笺》当做中兴一代之乐、点缀太平第一要事。李香君义愤填膺,痛骂马士英辈:"堂堂列公,半边南朝望你峥嵘。出身希贵宠,创业选声容,《后庭花》又添几种。"逃亡途中,弘光群丑念念不忘的却是:嫔妃们走动着,不要失散了(弘光帝);那一队娇娆,十车细软,便是俺的薄薄宦囊,不要叫仇家抢夺了去(马士英);家眷行囊,都在后面,不要也被抢去(阮大铖)。

宫扇是侯方域送给李香君的定情之物,扇上桃花乃李香君坚守爱情的象征,但与南明王朝的覆亡相比,桃花扇又算得了什么!自从侯方域投奔史可法后,李香君立志守节,不肯下楼,拒绝嫁给田仰。马士英派人逼娶,李香君一头向地上撞去,"血喷满地,连这诗扇都溅坏了"。杨龙友感其情,将点点血迹点染成桃花;苏昆生心痛弟子,替李香君千里送扇。侯方域感香君之情,无论在监狱里还是在逃亡途中,无时无刻不在思念李香君;李香君时时刻刻都在牵挂着侯方域,就是在逃难途中也不忘请师父打探侯郎消息。这对有情人终于在白云庵里相遇,双方互诉衷情。张道士抢过桃花扇,裂扇掷地,断喝一声:"呵呸!两个痴虫!你看国在哪里?家在哪里?君在哪里?父在哪里?偏是这点花月情根,割他不断么!"侯方域、李香君如梦忽醒,双双出家,一住采真观,一栖葆真观。

"桃花扇底系南朝",此言是对《桃花扇》艺术构思的精彩概括。

三、史家情怀与舞台意识

《桃花扇》的成功除了表现为"借离合之情,写兴亡之感"的艺术构思外,还体现在作家的史家情怀与舞台意识。史家情怀决定了作品的悲剧意蕴,舞台意识为艺人的成功扮演创造了条件。

作者不止一次地指出,创作《桃花扇》就是为了探寻南明王朝灭亡的内在原因。"《桃花扇》一剧,皆南朝新事,父老犹有存者。场上歌舞,局外指点,知三百年之基业,隳于何人?败于何事?消于何年?歇于何地?不独令观者感慨涕零,亦可惩创人心,为末世之一救也矣。"(《桃花扇小引》)"桃花扇何奇乎?其不奇而奇者,扇面之桃花也;桃花者,美人之血痕也;血痕者,守贞待字,碎首淋漓不屈于权奸者也,权奸者,魏阉之余孽也;余孽者,进声色,罗货利,结党复仇,隳三百年之帝基者也。"(《桃花扇小识》)

为了探寻南明王朝灭亡的历史原因,作者采用了史家的实录原则。剧中"朝政得失,文人聚散,皆确考时地,全无假借。至于儿女钟情,宾客解嘲,虽稍有点染,亦非乌有子虚之比"(《桃花扇凡例》)。作者甚至在《桃花扇考据》中列出了相关参考文献,细致到史传著作、诗文集的具体篇目。当然,为了服从戏剧的文体规范,《桃花扇》中的许多人物如侯方域、阮大铖、左良玉、黄得功、柳敬亭、苏昆生等都与史实略有出入。侯方域顺治八年(1651)被迫应河南乡试,中副榜,三年后故去;李香君晚年依卞玉京以终,但未尝与侯方域再晤;杨龙友为清军所俘,拒绝投降,英勇就义。这就是所谓的"世事含糊八九件,人情遮盖两三分"。作者的这些改动从艺术真实的层面更为深刻地揭示了弘光王朝的所有重大事件和弘光王朝灭亡的内在原因。《桃花扇》可以说是戏剧中的信史。

孔尚任的史家情怀促使他设计了苏昆生、柳敬亭、张道士、老赞礼等小人物来褒贬历史。《留都防乱揭帖》一出,身为阮大铖门客的苏昆生、柳敬亭等人立即弃阮大铖而去,被复社中人视为朋友。柳敬亭说稗说《论语》,蕴含着史家的批判准则;下书智谏左良玉就食南京及替左良玉下书,颇有铁肩担道义的精神。侯方域、左良玉称柳敬亭是"我辈中人,说书乃其余技耳"。苏昆生向左良玉哭述弘光君臣恶行,又替左良玉料理后事。丁祭之日,老赞礼痛揍阉党余孽阮大铖;崇祯皇帝忌辰,那些文武百官虚应故事,只有老赞礼悲切痛哭,并立志要替崇祯皇帝建一个水陆道场;目睹史可法沉江,老赞礼又去扬州梅花岭为史可法立衣冠冢;锦衣卫仪正张薇归山入道,就是看不惯权奸当道，朝局日非；张薇启建水陆道场超度崇祯皇帝和甲申殉难文武大臣，又入定洞察弘光君臣命运，向大众指出史可法等人超升天界、马士英等人得到恶报。顾彩序指出："气节伸而东汉亡，理学炽而南宋灭。胜国晚年，虽妇人女子，亦知向往东林，究于天下事奚补也。当其时，伟人欲扶世祚，而权不在己；宵人能覆鼎铼，而溺于宴安；扼腕时艰者，徒属之席帽青鞋之士；时露热血者，或反在优伶口技之中。"这切中了作者微言大义的良苦用心。特别需要强调的是，《桃花扇》上本开头试一出《先声》、末尾闰一出《闲话》，下本开头加一出《孤吟》、末尾续一出《余韵》，剧中人物出戏，对南明王朝的兴亡作历史评判，颇有"太史公曰"的味道。

作者深谙舞台规律，具有很强的舞台意识，其排场设计全为伶工演出着想。长折止填八曲，短折或六或四，适合优人演出；排场有起伏转折，突如其来，倏然而去，具有很强的演出效果。为谐于歌者之口，孔尚任参考了昆曲产地吴人王寿熙所携曲本套数，曲名不取新奇，其套数皆时流谙习者；为了增强舞台效果，还使用了多种声腔和曲艺。"词曲皆非浪填，凡胸中情不可说，眼前景不能见者，则借词曲以咏之。又一事再述，前已有说白者，此则以词曲代之。""说白则抑扬铿锵，语句整练，设科打诨，俱有别趣。宁不通俗，不肯伤雅，颇得风人之旨。"（《桃花扇凡例》）更为重要的是，"说白详备，不能再添一字"，避免了伶工随意增减说白以致粗鄙浅陋的恶习。

《桃花扇》的角色安排也符合舞台规律。作者把全剧角色分为色部、气部和经部，气部角色主要展示兴亡之感，经部的张道士、老赞礼充当南明兴亡的评判者，色部角色则起到了贯穿剧情的结构功能：生旦在结构上统领剧情，苏昆生、柳敬亭、杨龙友则是关合生旦恋情的线索性人物。而杨龙友不仅是关合生旦恋情的最重要的角色，也是最重要的线索性人物。杨龙友是个罢职县令，乃凤阳督抚马士英的妹夫，原光禄大夫阮大铖的盟弟，李贞丽行院中的常客，这一身份让他从容周旋于风月场和兴亡场中。杨龙友因见李香君色艺双全，替她找到梳栊客人侯方域；阮大铖希望弭除来自复社的敌意，杨龙友替他出主意，给李香君送来了妆奁，从而将侯方域、李香君的恋情卷入政治风波。左良玉准备就粮南京，杨龙友出主意让侯方域矫写父书劝阻左良玉，侯方域被阮大铖诬告私通左良玉，又是他劝侯方域去投奔史可法，从而令侯方域奔波于各种争斗事件中。田仰欲娶美妓上任，杨龙友向他推荐李香君，并派人替田仰说亲；马士英要听曲，又是杨龙友向他推荐李香君演《牡丹亭》最为出色；马士英派人替田仰强娶李香君，又是杨龙友在其中周旋，最后定计让李贞丽代李香君出嫁；李香君血溅桃花，杨龙友钦佩不已,将血迹点染成了桃花,并建议李香君派人把桃花扇送给侯方域;李香君骂筵激怒马士英,又是杨龙友从中加以保护;李香君入宫,杨龙友又派人看护媚香楼,后来侯方域、李香君先后来到媚香楼,又是杨龙友将他们的消息告诉对方。《媚座》评语曰:"香君一生,谁合之?谁离之?谁害之?谁救之?作好作恶者,皆龙友也。"作好也罢,作恶也罢,都是为了结构剧情。

《桃花扇》文辞音律俱佳,且词意明亮,词中典故无堆砌之病,歌者便利,听者明白。《桃花扇》中的佳曲很多,既富有抒情意味,又境界具足。如续四十出《余韵》[离亭宴带歇指煞]将《桃花扇》的悲剧意蕴推向极致:

> 俺曾见金陵玉殿莺啼晓,秦淮水榭花开早,谁知道容易冰消。眼看他起朱楼,眼看他宴宾客,眼看他楼塌了。这青苔碧瓦堆,俺曾睡风流觉,将五十年兴亡看饱。那乌衣巷不姓王,莫愁湖鬼夜哭,凤凰台栖枭鸟。残山梦最真,旧境丢难掉。不信这舆图换稿。诌一套《哀江南》,放悲声唱到老。

这种抒情段落是极富感染力的。

第三节 《长生殿》

《长生殿》熔铸了洪昇失意人生的生命体验,诗化了唐明皇和杨贵妃的爱情,营造了浓郁的抒情气氛,从而登上了清代传奇创作的高峰。

一、生平与创作

洪昇(1645—1704),字昉思,号稗畦、稗村、南屏樵者,钱塘人。工诗,著有《稗畦集》、《稗畦续集》、《啸月楼集》;后期寄情词曲,撰杂剧传奇10种,今存传奇《长生殿》和杂剧《四婵娟》。"才人不得志于时,所至诎抑,往往借《鼓子》、《调笑》为放遣之音。原其初,本不过自抒其性情。"(毛奇龄《长生殿院本序》)就洪昇的创作心态而言,毛奇龄可谓一语中的。

洪昇功名不遂,在失意中度过了悲剧性的一生。24岁那年,洪昇进京,依外祖父户部尚书黄机,为国子监监生。他在京城交谒权贵名流,期盼功成名就;但却不得不于第二年返回家乡。返家不久便蒙家难,为父母不容,失去了家中的经济支持,从此开始了20余年的清客生活,漂流于中原、越中、大梁、京城。30岁那年,第二次进京,以诗卷投谒吏部左侍郎李天馥,李天馥延请至家,待为上宾,并把他推荐给大名士王士禛,洪昇由此"以诗有名京师"(王士禛《香祖笔记》卷九)。康熙十八年(1679)冬,洪昇父亲得罪朝廷,几乎被充军,后因当道救免。康熙二十八年(1689)八月,因伶工们在佟皇后丧期内为他专场演出《长生殿》,为人告发,一同观剧宴饮的赵执信被罢官,洪昇遭国子监除名。两年后,离京返家,过起了纵情山水的生活。1704 年,苏州汇演《长生殿》,洪昇被奉为上宾,江南提督、江宁织造也纷纷以先睹为快,着实让这个才人风光了一次。返乡途中,友人招饮,不幸在吴兴落水而亡。

由于科举失败和身遭家难,洪昇养成了狂放不羁的性格。希望破灭,受尽辛酸,洪昇不免牢骚满腹,到了晚年依然无法忘怀:"惭恨却抛山水胜,京华尘土送流年。红尘扰扰头将白,虚掷浮生四十年。"(《秋夜静德寺院同徐灵昭》)出身名门却遭遇坎坷,才华横溢却人生失意,这让洪昇拥有了一般清客所没有的孤傲。直到晚年,洪昇的性格也依然故我。

洪昇的创作史就是他的心灵史。洪昇家境饶益,藏书颇丰,从小受到了良好的教育,才华横溢。在 20 余年的清客生涯中,洪昇凭借的就是自己的文学才华。《长生殿》乃洪昇"经十余年,三易稿而始成","可谓乐此不疲矣"(《长生殿例言》)。在长达十余年的创作过程中,作者的心境和作品的主旨逐渐升华,由关注个人的失意到关注社会的兴亡,再到致力于爱情的诗化,一步步将作品推向高峰。洪昇对杨李爱情的诗化可能融进了自己的情感体验。洪昇妻子乃其表妹黄兰次,精琴棋书画,通音律,俩人婚后过着灯下吟诗月底合弦的生活;洪昇 39 岁娶妾邓氏,"丈夫工顾曲,霓裳按图新。大妇和冰弦,小妇调朱唇",一时成为美谈。(蒋景祁《出都留别洪布衣昉思》)这种情景和《长生殿》中的一些场景何其相似乃尔。他的《四婵娟》咏叹才子才女唱和的雅致生活:谢道蕴咏雪、卫夫人授艺王羲之、李清照与夫君斗茗、赵孟頫和夫人管仲姬泛舟画竹。这里面也应该有洪昇爱情生活的影子。

《长生殿》由当时京城第一剧班"内聚班"首演,为大内称赏,诸亲藩、诸王府、诸大臣宴集必演是剧。"一时朱门绮席、酒社歌楼,非此曲不奏,缠头为之增价。"(光绪庚寅上海文瑞楼刊本徐麟序)"优伶能是,升价什佰。"(光绪庚寅上海文瑞楼刊本吴舒凫序)。洪昇曾指望《长生殿》能给他的仕途带来光明。但是,"可怜一曲长生殿,断送英雄到白头"(梁绍壬《两般秋雨庵随笔》):内聚班艺人因演《长生殿》而获缠头无算,于是为洪昇举行专场演出,请洪昇邀集所有交游赏剧,一小人以国忌日演戏向朝廷告发,结果断送了洪昇的前程。

二、情场与朝纲

唐明皇李隆基和陈后主、隋炀帝、南唐后主、宋徽宗等一批帝王均富有诗人和艺术家气质,却不幸做了帝王,角色错位使他们的人生染上了浓厚的悲剧色彩。唐明皇曾励精图治,开创了开元盛世,后期纵情声色,导致了安史之乱,因此杨玉环与李隆基的爱情历来被史家否定。杨玉环封贵妃时,唐明皇 63 岁,杨玉环 27 岁,两人沉醉爱河,荒废、扰乱了朝政。在洪昇看来,这是"占了情场,误了朝纲"。

作者描写了李隆基由用情不专到用情专一的心理过程,凸显了杨李爱情的纯粹性。李隆基发现宫女杨玉环德性温和、丰姿秀丽,将其册立为贵妃,特赠金钗、钿盒,与其定情,"惟愿取恩情美满,地久天长","惟愿取情似坚金,钗不单分盒永完";但是,李隆基的感情并不专一,杨玉环使出浑身招数才终于集三千宠爱于一身。作者通过虢国承恩、翠阁秘招所带来的感情风波,细致地描绘了杨贵妃的专宠和李隆基的痴情。从《傍讶》、《幸恩》、《献发》、《复召》四出戏可知,李隆基属意虢国夫人,杨贵妃怕夺了恩宠嫌猜骨肉,结果被李隆基撵出宫廷;李隆基思念贵妃,一日如三秋,无情无绪,性情暴躁,竟至殴打侍卫;得知妃子献发悔过后,急忙将妃子招回宫中,一再向妃子赔不是,表示要"拼把百般亲媚,酬她半日分离"。从《夜怨》、《絮阁》两出戏可知,李隆基宠爱杨贵妃,把梅妃迁至上阳楼东安置,梅妃"长门自是无梳洗,何必珍珠慰寂寥"的诗句令李隆基旧情复发,偷偷地把梅妃招至翠阁;面对杨贵妃的上门发难,李隆基手忙脚乱,一方面派人悄悄地送走梅妃,一方面装聋作哑地搪塞杨贵妃,借口上朝落荒而逃;朝罢归来,后悔不迭:"媚处娇何限,情深妒亦真。且将个中意,慰取眼前人。寡人图得半夜欢娱,反受十分烦恼。欲待呵叱他一番,又恐他反道我偏爱梅妃,只索忍耐些罢。"一面向杨贵妃献殷勤,一面赔罪:"总朕错,总朕错,请莫恼,请莫恼。"经过长期的试探、考验,杨李二人终于在七夕之日、长生殿内密誓,"愿世世生生,共为夫妇,永不相离"。

李隆基能够专情于杨贵妃,在于杨李之间有着浪漫的闺中情趣。杨贵妃闻乐制曲,盛装舞盘,李隆基知音识曲,亲击羯鼓助兴,陶醉于佳人韵事中:"妃子,妃子!美人的事,被你都占尽也。""妃子,不要说你娉婷绝世,只这一点灵心,有谁及得你来?""妃子,看你晚妆新试,妩媚益增。似迎风袅袅杨枝,宛凌波濯濯莲花。芳兰一朵斜把云鬟压,越显得庞儿风流煞。""妙哉,舞也!逸态横生,浓姿百出。宛若翩风回雪,恍如飞燕游龙,真独擅千秋矣。""俺仔细看他模样,只这持杯处,有万种风流飐人肠。"杨李二人还善于别开生面地营造闺中情趣。李隆基追求清雅,安排小宴于御花园中,杨贵妃清歌李白《清平调》,李隆基"亲倚玉笛以和",歌罢取巨觞对饮。李白锦心,妃子绣口,帝王知音,妃子醉酒,帝王醉心,此情此调,世间罕有。杨李二人彼此欣赏,彼此倾慕,自是风情无限。第四出《春睡》极写杨贵妃承恩之后的羞涩、娇怯、慵懒以及李隆基的温存爱抚,第廿一出《窥浴》则通过宫娥的眼睛极写李杨的房中情趣:"恨不把春泉翻竭","恨不把玉山洗颓","不住的香肩鸣嗫","不住的纤腰抱围","无言匿笑含情对"。

作为帝王,李隆基愿倾天下所有宠爱自己的女人,结果导致朝政腐败、安史乱起。杨贵妃爱吃荔枝,李隆基令人千里快马专贡,不惜踏坏禾苗,不惜踩死行人;李隆基爱屋及乌,给予杨氏家族以巨大的荣耀和特权:封贵妃的三位姐姐为夫人,拜贵妃的哥哥杨国忠为右相,赐四人以豪宅。杨氏三姐妹的豪奢甚至激发了安禄山的野心,杨国忠窃弄威权却引起了郭子仪的担忧。杨国忠拜相之后,"穷奢极欲,无非行乐及时;纳赌招权,真个回天有力"。安禄山临阵失机,罪该正法,杨国忠却接受其贿赂,蒙蔽李隆基,令其在京任职。安禄山谄媚李隆基,官封东平郡王,赐第东华门外,从此飞扬跋扈,与杨国忠争权夺利,李隆基只好调安禄山任范阳节度使。为了扳倒安禄山,杨国忠甚至故意激反安禄山,引发了安史之乱。

马嵬兵变,杨李二人面临生死诀别。杨贵妃心里想的是:"臣妾受皇上深恩,杀身难报。今事势危急,望赐自尽,以定军心。陛下得安稳至蜀,妾虽死犹生也。算将来无计解军哗,残生愿甘罢,残生愿甘罢!"李隆基的反应却是:"妃子说那里话!你若捐生,朕虽有九重之尊,四海之富,要他则甚!宁可国破家亡,决不肯抛舍你也!"杨贵妃舍身赴死,这是一个政治悲剧,更是一个爱情悲剧,而这一悲剧使得杨李爱情获得了永恒。

三、写实与写意

洪昇尊重历史,诗化历史,运用多重叙事结构和抒情结构来展开剧情,从而使《长生殿》成为借写实以写意的经典之作,成为最具抒情意味、最具意境的经典剧作。

作者以历史为依据,净化、诗化了杨李爱情。历史上的杨玉环原是寿王之妃,是李隆基的儿媳,杨李两人在两性生活上也有着不少秽迹,各种诗歌、小说、说唱、曲艺、戏剧对此津津乐道。仅就戏曲言,白朴《唐明皇秋夜梧桐雨》、屠隆《彩毫记》、吴世美《惊鸿记》等剧作都不免过多渲染。洪昇感于帝妃真情,借太真外传谱新词,"止按白居易《长恨歌》、陈鸿《长恨歌传》为之。而中间点染处,多采《天宝遗事》、《杨妃全传》。若一涉秽迹,恐妨风教,绝不阑入"(《例言》)。在《长生殿》中，杨玉环是个宫女，为追求真爱而活着，为追求真爱而舍身，死而有知，情悔何极，最后感动牛郎织女，由他们作合而生忉利天，和李隆基永为夫妻。从《定情》到《埋玉》，作者用写实笔法叙述杨李真情；从《埋玉》到《重圆》，作者用写意笔法诗化杨李情缘。

作者从《临川四梦》中汲取灵感，以钗盒情缘作为贯穿全剧的叙事结构和抒情结构。从第二出《定情》开始，直到第五十出《重圆》，杨李的定情物金钗、钿盒始终是贯穿全剧的线索，《定情》、《絮阁》、《密誓》、《埋玉》、《冥追》、《情悔》、《哭像》、《神诉》、《尸解》、《弹词》、《仙忆》、《见月》、《改葬》、《补恨》、《寄情》、《得信》、《重圆》诸出中均有关于钗盒的情节。《埋玉》作为剧情高潮，将钗盒情缘分成了三个部分：埋玉之前的情节，见证了杨李爱情的成长；埋玉是杨李爱情的升华，埋钗埋盒实际上埋下了杨贵妃的无穷思念；埋玉以后的情节主要叙写杨李的悔恨和思念，直至往生忉利天。

作者尊重历史改写历史，使朝政治乱的叙写服务于钗盒情缘这一叙事结构和抒情结构。李隆基宠爱杨贵妃导致杨国忠弄权，杨国忠弄权必然祸害朝廷，马嵬兵变惩治了弄权的杨氏家族，毁灭了杨李的爱情。这是一个历史的事实，更是杨李爱情的悖论。为了强化这一爱情悖论，深化杨李爱情的悲剧色彩，《长生殿》描写朝政治乱的几个重要关目都对历史进行了改动。第三出《贿权》写安禄山贿赂杨国忠，不仅免了死罪，而且得以亲近李隆基，这是将李林甫的事迹移植到了杨国忠身上，当时杨玉环还未入选，杨国忠尚未在朝做官；第十三出《权哄》写杨国忠和安禄山互相攻讦，李隆基令安禄山出镇范阳，杨国忠甚至希望"禄山此去，做出事来，方信我忠言最早"，这也是一个虚构：安禄山做范阳节度使时，杨玉环还未被册封为贵妃，杨国忠还未登上政治舞台。安禄山谋反有着极为复杂的原因，但是《侦报》、《陷关》两出戏却说杨国忠为泄愤激反了安禄山。

在钗盒情缘这一叙事结构和抒情结构中，作者双线并进，一方面让生旦忏悔追念，另一方面通过天孙评判天孙作合，深化钗盒情缘的表达。《密誓》一出中，牛郎感于杨李恩爱，建议对杨李爱情加以护持，天孙则表示："只是他两人劫难将至，免不得生离死别。若果后来不背今盟，决当为之绾合。"埋玉之后，天孙一直对杨贵妃之死耿耿于怀，从而怀疑李隆基对杨贵妃的爱情，作者设计了三重情节来确证杨李爱情：《冥追》、《情悔》、《尸解》、《仙忆》、《寄情》叙写杨贵妃的悔恨与痴情，《闻铃》、《哭像》、《见月》、《驿备》、《改葬》、《雨梦》、《得信》叙写李隆基的悔恨与痴情，《神诉》、《纵合》、《觅魂》、《补恨》、《重圆》写天孙对杨李悔恨与痴情的确认与评判，最后帮助杨李团圆。

在朝政治乱这一叙事结构和抒情结构中,作者也是双线并进,一方面叙贵戚乱政,另一方面又让剧中人物对朝政治乱作出历史评判,为钗盒情缘的展开作铺垫。《疑谶》、《侦报》主要表达了郭子仪对杨国忠弄权祸国的担忧与愤恨;《献饭》、《看袜》则通过扶风野老郭从谨抨击李隆基"占了情场误了朝纲",致使干戈四起,生灵涂炭;《弹词》和《私祭》则写乐工李龟年、宫娥永新、念奴流落人间后自伤身世,追忆历史,缅怀往昔。

《长生殿》的抒情意味和深邃意境不仅得益于叙事结构和抒情结构的巧妙安排,而且得益于曲辞的精心设计。洪昇自称:"恪守韵调,罔敢稍微逾越。盖姑苏徐灵昭氏为今之周郎,尝论撰《九宫新谱》,予与之审音协律,无一字不慎也。"(《例言》)"其词之工,与《西厢记》、《琵琶》相掩映矣。"因此"爱文者赏其词,知音者赏其律","传闻益远,蓄家乐者攒笔竞写,转相教习"。(光绪庚寅上海文瑞楼刊本吴舒凫序)《长生殿》曲辞清丽流畅,善于人物心理刻画,富有抒情韵味和意境。《闻铃》和《弹词》中的[武陵花]、[南吕一枝花]两支曲子堪称绝唱:

淅淅零零,一片凄然心暗惊。遥听隔山隔树,合合风雨,高响低鸣。一点一滴又一声,一点一滴又一声,和愁人血泪交相迸。对这伤情处,转自忆荒茔。白杨萧瑟雨纵横,此际孤魂凄冷。鬼火光寒,草间湿乱萤。只悔仓皇负了卿,负了卿!我独在人间,委实的不愿生。语娉婷,相将早晚伴幽冥。一恸空山寂,铃声相应,阁道崚嶒,似我回肠恨怎平!

不提防余年值乱离,逼拶得歧路遭穷败。受奔波风尘颜面黑,叹衰残霜雪鬓须白。今日个流落天涯,只留得琵琶在。揣羞脸,上长街,又过短街。那里是高渐离击筑悲歌,倒做了伍子胥吹箫也那乞丐。

这样的曲子被广为传唱是理所当然的。

【导学训练】

一、学习建议

学习本编应重点掌握清代文学在不同发展阶段的特点、代表作家和作品、主要流派和风格。清代文学具有集大成的性质,它与此前文学有很多联系,应注意从纵向的角度加以理解。

二、关键词释义

神韵派：明诗有模拟、纤佻之弊,清初多宗宋诗以救弊,但其末流又落入雕饰。王士禛独倡"神韵",推尊王、孟、韦、柳,一扫当时诗坛剽袭涂饰之风。王士禛编选《唐贤三昧集》、《五七言诗》、《十种唐诗选》、《唐人绝句选》,确立典范,昭示后学。于题材偏爱山水,于体裁偏爱五言,于风格偏爱"古"、"淡"、"清"、"远"。神韵派是清初诗坛声势最为煊赫的流派。

格调派：乾隆朝以沈德潜为领袖的诗歌流派。所谓"格",主要指诗歌的题材必须"关乎人伦日用及古今成败兴坏之故"(《国朝诗别裁集》凡例),诗歌的功能应该"可以理性情,善伦物,感鬼神,设教邦国,应对诸侯"(《说诗晬语》)。所谓"调",突出的是诗歌的音乐特性,"诗以声为用者也,其微妙在抑扬抗坠之间"(《说诗晬语》)。格调派是清代儒家诗学的主要代表。

性灵派：清代中期以袁枚为宗主的诗歌流派。袁枚论诗,推崇言情之作,而对于人世中的各种情感,尤重男女之情。他说:"诗者由情生者也,有必不可解之情,而后有必不可朽之诗。情所最先,莫如男女。"(《答蕺园论诗书》)他还标榜"诗贵有"兀介"、"风趣",以此与神韵、格调、肌理等派抗衡。性灵派成员众多,其代表人物除袁枚之外,又有赵翼、张问陶、李调元,以及袁氏家族诗人、随园弟子(包括人数众多的女弟子)等。

肌理派：乾嘉时期以翁方纲为代表的诗歌流派。翁方纲提倡"为学必以考证为准,为诗必以肌理为准"(《言志集序》),以宋诗为理想范型。他反对"空谈格韵"(《延晖阁集序》),对格调派、神韵派关注体格声调、兴象风神等"虚"的内容表示不满,强调诗歌应讲究"实"。他所推崇的"实"亦即"肌理",包括"义理"(以儒家经典为依据的思想、以考订训诂为主体的学问)和"文理"(章法、句法等)。宋诗以后以才学为诗、以议论为诗者,当以肌理派最著。

花部与雅部：万历以后,昆山腔成为"官腔",其他南戏声腔则被视为"杂调"。文人一般为昆山腔演唱而写。昆山腔盛行两百余年,在清代乾隆后期遭遇到了被称为"杂调"的其他传奇声腔的挑战。乾隆时期的文献中,文人习惯于将昆腔称为"雅部",将昆山腔以外的其他传奇声腔称为"花部",又称为"乱弹",褒贬态度泾渭分明。乾隆初年至嘉庆年间,花部戏剧以其巨大的魅力战胜了雅部,昆山腔从此衰落下来。

小说界革命：梁启超发动的小说变革运动。1902年,梁启超在日本横滨创办《新小说》杂志,吹响了"小说界革命"的号角。《新小说》杂志的诞生和小说界革命的提出是一次天翻地覆的革命,其意义可以概括为如下三个方面:第一,《新小说》征文确立了文学创作的稿酬制度,为职业小说家的成长创造了条件。第二,确立了小说的政治功用。他利用小说新民,进行政治宣传,这直接影响了此后小说创作的命运,小说创作从此和政治结下了不解之缘。第三,确立了现代小说的分类体系。

三、思考题

1. 试述清代中期诗歌的主要流派及其理论主张。

2. 试述桐城文派在不同阶段的发展状况。
3. 试述常州词派的理论主张及其影响。
4. 如何理解清代小说的自况性、思想化和才学化?
5. 技术革命和文化碰撞是如何影响晚清小说的变革的?
6. 你觉得明清章回小说反映了哪些民族精神?
7. 如何理解《红楼梦》的生命意识及其诗意表达?
8. 有人说,《儒林外史》是一部反科举的巨著,你同意这个看法吗?请说明理由。
9. 从蒲松龄和纪晓岚的人生际遇和小说观看《聊斋志异》和《阅微草堂笔记》的差异。
10. 晚清四大著名小说各自具有什么特点?
11. 清代传奇作家的叙事艺术较此前有了很大提高,试举例说明。
12. 历史上有多少作品反映了杨李爱情,洪昇的创作对此前的作品有何超越?
13. 《桃花扇》、《长生殿》都描写了历史兴亡和儿女之情,试比较其差异。

四、可供进一步研讨的学术选题

1. 清代作家作品个案研究

提示:清代作家人数众多,作品浩如烟海,学术界已有的成果多集中于少数具有代表性的作家作品,可供"填补空白"的选题很多。清代文学研究的繁荣,有赖于具体作家作品研究的深入。

2. 清代文学流派研究

提示:清代文学流派众多,与地域、家族、社团、幕府等皆有很多关联。可以对具体流派做详尽的考察,以此推动整个清代文学研究的发展和深入。

3. 清代俗文学研究

提示:清代俗文学的各个门类,如弹词、宝卷、子弟书、道情、鼓词、民歌等,研究较为薄弱。且现有研究成果关注较多的,是与之相关的民俗、宗教、语言等外围内容。如何凭借俗文学"替中国文学扩大范围,增添范本"(胡适语),是值得研究的重要课题。

【研讨平台】

一、清代文学与学术思潮

提示:清代文学和清代学术皆具有"集大成"的特点,它们之间的关系相当密切。学术变迁与文学发展究竟有何联系,值得细致梳理。

《沈乙庵先生七十寿序》·王国维

我朝三百年间,学术三变:国初一变也,乾嘉一变也,道咸以降一变也。顺康之世,天造草昧,学者多胜国遗老,离丧乱之后,志在经世,故多为致用之学。求之经史,得其本原,一扫明代苟且破碎之习,而实学以兴。雍乾以后,纪纲既张,天下大定,士大夫得肆意稽古,不复视为经世之具,而经史小学专门之业兴焉。道咸以降,涂辙稍变,言经者及今文,考史者兼辽金元,治地理者逮四裔,务为前人所不为。虽承乾嘉专门之学,然亦逆睹世变,有国初诸老经世之志。故国初之学大,乾嘉之学精,道咸以降之学新。

窃于其间得开创者三人焉:曰昆山顾先生,曰休宁戴先生,曰嘉定钱先生。国初之学,创于亭林;乾嘉之学,创于东原、竹汀;道咸以降之学,乃二派之合而稍偏至者,其开创者仍当于二派中求之焉。盖尝论之,亭林之学,经世之学也,以经世为体,以经史为用。东原、竹汀之学,经史之学也,以经史为体,而其所得往往裨于经世。盖一为开国时之学,一为全盛时之学,其途术不同,亦时势使之然也。道咸以降学者,尚承乾嘉之风,然其时政治、风俗已渐变于昔,国势亦稍稍不振。士大夫有忧之而不知所出,乃或托于先秦、西汉之学,以图变革一切,然颇不循国初及乾嘉诸老为学成法。其所陈夫古者,不必尽如古人之真;而其所以切今者,亦未必适中当世之弊。其言可以情感,而不能尽以理究。如龚璱人、魏默深之俦,其学在道咸后虽不逮国初、乾嘉二派之盛,然为此二派之所不能摄,其逸而出此者,亦时势使之然也。

(王国维:《观堂集林》,石家庄:河北教育出版社2001年版,第574—575页。)

二、清代文学与地域文化

提示:清人在文学创作和理论批评方面具有相当自觉的地域意识,这对我们重新认识清代文学版图具有重要的意义。

《近代诗派与地域》(节选)·汪辟疆

近代诗家,可以地域系者,约可分为六派:一湖湘派,二闽赣派,三河北派,四江左派,五岭南派,六西蜀派。此六派者,在近代诗中,皆确能卓然自立蔚成风气者也。湖湘风重保守,有旧派之称,然领袖诗坛,庶几无愧。闽赣则瓣香元祐,夺帜湖湘,同光命体,俨居正宗,抑其次也。北派旨趣,略同闽赣,虽取径略殊,实堪伯仲。江左稍变清丽,质有其文,风会转移,亦殊曩哲。岭南振雄奇之逸响,西蜀泻青碧之灵芬,并能本其风土,播诸声诗,驰骋骚坛,允无愧怍。其他诸省,或以僻处而声气鲜通,或以诗少而面目难识,无从诠次,姑付阙如。惟八旗淹雅,皖派坚苍,今以便于叙述之故,入八旗于河北,附皖派于赣闽,亦以同声之和,具审渊源,非仅地域之接壤而已。

(汪辟疆:《汪辟疆说近代诗》,上海:上海古籍出版社2001年版,第18—19页。)

三、清代文学与女性

提示:明清两代,女性文学相当繁荣,是文学史版图不可或缺的组成部分。清代女性文学与明代有何不同?在不同阶段有何特点?与地域、家族、社团的关系如何?这些问题有待深入研究。

《清代闺阁诗人征略序》·易顺鼎

诗家至于有清,遂臻极轨。琼闺之彦,绣阁之姝,人握隋珠,家藏和璧。其最著者,若培远堂之母教,不愧儒宗;蕴真轩之诗才,足称女杰。沈云英、毕韬文之勇略,真兼孝女奇才;纪阿男、黄皆令之生平,俨然宿儒遗老。徐昭华共推都讲,卞篆生亦作塾师。诵《桃溪雪》杂剧,不返惊才绝艳之魂;读《桂林霜》传奇,犹陨大节纯忠之涕。若陈南楼、蒋季锡、潘素心、汪懋芳，不愧名卿之母；若王采薇、席佩兰、金礼嬴，何惭名士之妻。若王照圆之经学，曹贞秀之法书，吴蘋香、庄盘珠之工词，恽冰如、马江香之善画，丁白商白，皆负才名；梁端汪端，尤多著述。《西青记》之孤芳自赏，凭吊绡山；《借红亭》之晚节能完，绝怜羽步。以及桐乡之孔，京江之鲍，海宁之杨，钱塘之袁，叠萼重跗，连珠合璧。又若抱月楼之赵，问月楼之王，听月楼之汪与黄，纤云楼之廖，望云楼之吴，倚云楼之江与朱，飞霞阁之董，含烟阁之堵，垂露斋之郑，映雪堂之柴，紫霞轩之卢，绿雪楼之陶，吟红阁之夏，集翠园之顾，环碧轩之沈，延绿阁之黄，俯沧楼之卓，枕涛庄之查，湘筠馆之孙，沅兰阁之汪，只鸳词之任，十燕巢之王，若金纤纤、童观观、杨珊珊、沈关关；此皆恐扫眉才子之不如，称不栉进士而无忝者也。若斯之类，更仆难终。

（施淑仪:《清代闺阁诗人征略》，台北：明文书局影印本，第5—6页）

【拓展指南】

一、清代文学重要研究成果简介

1. 沈德潜编:《清诗别裁集》，上海：上海古籍出版社1984年版。

简介：又名《国朝诗别裁集》。本书选录清初至乾隆年间诗人996家，诗3952首，是清代影响最大的本朝诗选。其选诗以"温柔敦厚"的儒家诗教为标准，对于王次回《疑雨集》之类，认为"最足害人心术"，故"一概不存"。选诗之外，又有诗人小传和诗话。

2. 徐世昌编:《清诗汇》，北京：北京出版社1995年版。

简介：又名《晚晴簃诗汇》。本书选录有清一代诗人6100余家，诗27000余首，是迄今为止规模最大的清诗总集。徐世昌《叙》及《凡例》言其采择标准有云："自名大家外，要皆因诗存人，因人存诗，二例并用，而搜遗阐幽，尤所加意。"选诗之外，又有诗人小传，间附诗话及诸家评论。

3. 沈粹芬、黄人等编:《清文汇》，北京：北京出版社1995年版。

简介：又名《国朝文汇》。本书选录全清历代之文，凡1356家，文章一万余篇。其《例言》言及选录特点云："国朝古文选本最夥。如《湖海文传》之类，但存交契；如《古文辞类纂》，则又拘于宗派，论者病之。姚、李二家《文录》及吴氏《文征》、朱氏《汇抄》，稍宏富矣，而甄采亦仅数百家，尚多挂漏。兹集不拘成格，义在兼收，最录一千三百五十六家，在总集中，此为大观。"选文之外，亦有作者小传。

4. 袁行云:《清人诗集叙录》，北京：文化艺术出版社1994年版。

简介：本书所录清人诗集2500余种，乾隆、嘉庆间诗集收录最多，道光以后稍减。以内容多涉清代时事与社会生活者为标准，尤重于中外关系、少数民族、小说戏曲等资料之掇拾。

5. 张舜徽:《清人文集别录》，武汉：华中师范大学出版社2004年版。

简介：本书著录清人文集600余种，自序谓"虽未足以概有清一代文集之全，然而三百年间儒林文苑之选，多在其中矣"。每题略叙作者行事，摘录书中要旨，论其得失利弊。于清代学术源流、风气转移，多有精当之论。

6. 钱仲联主编:《清诗纪事》,南京:凤凰出版社 2004 年版。

简介:本书广采同类著作之长,辑录反映清代政治历史和社会生活的诗篇作为全书主干。同时,凡记述清代各阶层人物的活动或故事者、名家名篇有名家评赏者、名家诗作直接阐明其创作主张者、名家或无名小家以一诗或一联得名而有本事可征者,均予收录。各位诗人附有简历,纪事诗作之后汇集各家诗评。

7. 柯愈春:《清人诗文集总目提要》,北京:北京古籍出版社 2001 年版。

简介:本书著录清代有诗文别集传世者 19700 余家,四万余种。提要包括别集卷数、版本、作者小传、主要内容、收藏单位或私家收藏者等内容。较之于传统目录专著,本书介绍作者,尤重时代背景;考镜诸书版本,侧重刻书源流;评述诗文得失,注重文献价值。

8. 李灵年、杨忠主编:《清人别集总目》,合肥:安徽教育出版社 2000 年版。

简介:本书为第一部全面反映现存清代诗文别集著述、馆藏及其作者传记资料的大型工具书,共著录近两万名作家所撰约四万部诗文集,可为清代及近代文史整理研究提供目录传记类文献的基本线索。

9. 程千帆主编:《全清词(顺康卷)》,北京:中华书局 2002 年版。

简介:共 20 册,收录作者近 2100 家,词作计为五万余首。卷末编有《全清词顺康卷作者检索》,以方便读者查阅。

10. 吴书荫主编:《全清戏曲》,北京:学苑出版社 2009 年版。

简介:本丛书是清代戏曲总集,总共 1000 册,收录剧本约 1000 种,影印出版。

11. 谢伯阳、凌景埏编:《全清散曲》,济南:齐鲁书社 2006 年版。

简介:本书汇辑有清一代散曲,旨在反映 300 年来散曲的全貌。共收作者 342 家,计小令 3214 首,套数 1166 篇。各家散曲均缀作者小传,间录序跋及作品评语。

12. 车锡伦编著:《中国宝卷总目》,北京:燕山出版社 2000 年版。

简介:本书是在搜访、目验全国各地所藏宝卷的基础上写成的专题目录,是目前收录最全的宝卷目录。

13. 刘复、李家瑞等编:《中国俗曲总目稿》,台北:学生书局 1993 年版。

简介:本书系民国中央研究院历史语言研究所组织力量编写的俗曲目录,共收十个省区的作品六千余种,涉及各类曲艺品种。

14. 中国戏曲研究院编:《中国古典戏曲论著集成》,北京:中国戏剧出版社 1959 年版。

简介:本书汇集了元明清时期的戏曲论著,是研究古代戏曲和古代戏曲学的重要资料。

二、清代文学重要研究资料索引

钱仲联:《梦苕庵清代文学论集》,济南:齐鲁书社 1983 年版。

刘世南:《清诗流派史》,北京:人民文学出版社 2004 年版。

严迪昌:《清诗史(修订本)》,杭州:浙江古籍出版社 2002 年版。

严迪昌:《清词史》,杭州:江苏古籍出版社 1990 年版。

朱则杰:《清诗史(修订本)》,南京:江苏古籍出版社 2000 年版。
张宏生:《清词探微》,上海:上海古籍出版社 2008 年版。
蒋寅:《清代文学论稿》,南京:凤凰出版社 2009 年版。
陈水云:《清代词学发展史论》,北京:学苑出版社 2005 年版。
刘勇强:《中国古代小说史叙论》,北京:北京大学出版社 2007 年版。
陈文新:《传统小说与小说传统》,武汉:武汉大学出版社 2005 年版。
孙逊:《中国古代小说与宗教》,上海:复旦大学出版社 2000 年版。
张锦池:《中国四大古典小说论稿》,北京:华艺出版社 1993 年版。
谭帆:《中国小说评点研究》,上海:华东师范大学出版社 2001 年版。
潘建国:《古代小说丛考》,北京:中华书局 2006 年版。
王进驹:《乾隆时期自况性长篇小说研究》,北京:中国社会科学出版社 2006 年版。
〔美〕韩南:《中国近代小说的兴起》,上海:上海教育出版社 2004 年版。
〔美〕王德威:《被压抑的现代性——晚清小说新论》,北京:北京大学出版社 2005 年版。

梅新林:《红楼梦哲学精神》,上海:学林出版社 1994 年版。
李汉秋:《儒林外史研究》,上海:华东师范大学出版社 2000 年版。
〔美〕余国藩:《西游记红楼梦及其他》,北京:三联书店 2006 年版。
江苏社会科学院明清小说研究中心、文学研究所编:《中国通俗小说总目提要》,北京:中国文联出版社 1997 年版。

李修生主编:《古本戏曲剧目提要》,北京:文化艺术出版社 1997 年版。
程华平:《明清传奇编年史》,济南:齐鲁书社 2008 年版。
王利器:《元明清三代禁毁小说戏曲史料》,上海:上海古籍出版社 1981 年版。
傅惜华:《清代杂剧全目》,北京:人民文学出版社 1981 年版。
庄一拂:《古典戏曲存目汇考》,上海:上海古籍出版社 1982 年版。
廖奔、刘彦君:《中国戏曲发展史》,太原:山西教育出版社 2003 年版。
〔日〕田仲一成:《中国戏剧史》,北京:北京广播学院出版社 2002 年版。
郭英德:《明清传奇戏曲文体研究》,北京:商务印书馆 2004 年版。
章培恒:《洪昇年谱》,上海:上海古籍出版社 1980 年版。
郑传寅:《古代戏曲与东方文化》,武汉:武汉大学出版社 2007 年版。
黄天骥:《黄天骥自选集》,广州:广东高等教育出版社 2003 年版。
康保成:《中国古代戏剧形态与佛教》,上海:东方出版中心 2004 年版。
陈维昭:《20 世纪中国古代文学研究史·戏曲卷》,上海:东方出版中心 2006 年版。
苗怀明:《二十世纪戏曲文献学述略》,北京:中华书局 2005 年版。
胡晓真:《才女彻夜未眠:近代中国女性叙事文学的兴起》,北京:北京大学出版社 2008 年版。
车锡伦:《中国宝卷研究论集》,北京:学海出版社 1997 年版。

后 记

《中国古代文学》从 2008 年开始酝酿、筹划,历时两年,到现在已大体完成定稿工作。兹将有关编写情况作一简要说明。

中国古代文学史教材的编写已有 100 年左右的历史,产生了许多重要成果。改革开放以来,百废俱兴,这一领域也取得了可喜进展,袁行霈主编的《中国文学史》,章培恒、骆玉明主编的《中国文学史新著》,中国社会科学院文学所主纂的中国文学史系列,得到学术界、教育界的广泛认可。陈文新主编的首部系统完整、涵盖古今的《中国文学编年史》也备受关注。这次编写《中国古代文学》,我们的总体思路是,在吸收中国古代文学史教材编写已有经验、成果的基础上,结合近 30 年的学术进展,致力于对中国古代文学发展的历史作出较为清晰、准确、深入的叙述,以服务于中国古代文学的教学和研究。

《中国古代文学》以时代为经,以文体为纬。根据其历史发展进程,共分八编。第一、二编,先秦两汉文学。古代神话传说、《诗经》、楚辞、诸子散文、历史散文、汉赋、汉乐府和古诗构成其主体部分。先秦两汉是中国古代文学发生、发展的重要阶段,中国文学的各种体裁几乎都孕育于这个时期。第三、四编,魏晋南北朝隋唐五代文学。五言古诗、七言古诗、五律、七律、绝句在这一时期臻于极盛,出现了三曹、陶渊明、谢灵运、鲍照、李白、杜甫、王维、白居易等成就辉煌的诗人。魏晋南北朝骈文、小说、乐府,隋唐五代散文、传奇、词等也成就不俗。这一时期的文坛主角是诗,所谓"建安风骨"、"盛唐气象"等都是就诗而言的。第五、六编,宋辽金元文学。宋诗、宋词、宋代散文、宋元小说、诸宫调、杂剧、散曲等构成其主体部分。这一阶段的重要特征是俗文学开始崛起,宋词、元曲引人注目。第七、八编,明清文学。明清章回小说、戏曲、诗文、文言小说、词等构成其主体部分。明清的重要文化特征是集大成,文学也是如此。这种集大成的特征在文体、题材、语言等方面都有体现。

《中国古代文学》的叙述对象是中国古代文学在其发展历程中的事件、

成果以及其他有关历史状况组成的连续性轨迹。主要内容为五个方面：（一）中国古代文学发生、发展、演变的社会机制、社会条件和文化生态；（二）文学流派的发生、发展和兴衰；（三）不同文类之间的相互影响和内在联系，特别是由其内在联系促成的文学总体发展趋势；（四）一定时期占主导地位的文学风尚，以及潜在的、预示未来发展前景的文学态势；（五）中国古代具有代表性的作家、作品和文学观念。五者并重，从不同侧面呈现中国古代文学的面貌，而对作家、作品的阐释在教材中所占的比重最大。

《中国古代文学》的编写实行全书主编和各卷主编负责制。由全书主编聘请各卷的主编，各卷主编再聘请撰稿人，全书主编、各卷主编和主要撰稿人组成编委会。先由全书主编提出编写的指导思想和宗旨，对全书的体例、篇幅、大纲和整个编写工作作总体设计，编委会讨论通过后，试写样稿。在交流、审阅样稿的基础上，全面展开编写工作。书稿先由各卷主编分别审阅、修改，再请专家审读，提出修改意见，执笔人根据专家意见对书稿作进一步加工。最后由全书主编对全部书稿作增删、修改和润色。兹将各位撰稿人所承担的章节说明如下：

  曹建国：先秦文学

  张玖青：秦汉文学

  周西宁：魏晋南北朝隋唐五代文学（其中魏晋南北朝小说和唐人传奇由陈文新执笔）

  谭新红：宋代文学

  晏选军：辽金元文学（其中白话小说由王同舟执笔）

  吴光正：明清小说戏曲（其中明清文言小说两章和话本小说的基本知识一节由陈文新执笔；晚清小说由王同舟执笔）

  余来明：明代文学（小说戏曲除外）

  鲁小俊：清代文学（小说戏曲除外）

《中国古代文学》初稿曾请阮忠等先生审阅，谨在此致以衷心的感谢。这些审稿专家是：

  阮忠：海南师范大学教授、文学院院长。主审先秦两汉文学；

  陈顺智：武汉大学文学院教授、博士生导师。主审魏晋南北朝隋唐五代文学；

  陈水云：武汉大学文学院教授、博士生导师。主审宋代文学。

在《中国古代文学》的编写过程中，武汉大学文学院给予了大力支持。

北京大学出版社艾英编辑始终关心这套教材,并适时督促和提供必要的帮助。谨一并致以衷心的感谢。本书的编写广泛参考了学术界的相关成果,限于体例,未能一一注明,并非存心掠美。特此说明,敬请有关作者给予支持和谅解。

《中国古代文学》就要出版了,我们不免有一种学术的焦虑,那就是:这部教材,离学术界、教育界的期待还有多远?我们深知,它一定有许多未能尽如人意之处,恳请读者给予指教。

陈文新
2010 年 5 月 23 日于武汉大学